MNÉMOS

De la même autrice

Aux Éditions Mnémos

Shâhra

Les Masques d'Azr'Khila, 2018

Les Voiles d'Azara, à paraître, 2020

Jadis, collectif, 2015

L'Archipel des Numinées

Arachnae, 2009

Cytheriae, 2010 – Prix Elbakin 2010 du roman français de fantasy, Prix Imaginales 2011 du roman français de fantasy, Prix Imaginales 2011 de l'illustration de fantasy

Matricia, 2011

« Toiles déchirées », *Magiciennes et sorciers*, anthologie dirigée par Stéphanie Nicot, 2010

« La Stratégie de l'araignée », *Victimes et Bourreaux*, anthologie dirigée par Stéphanie Nicot, 2011

« Azr'Khila », *Reines et dragons*, anthologie dirigée par Lionel Davoust et Sylvie Miller, 2012

« Le Rouet noir », *Fées et automates*, anthologie dirigée par Jean-Claude Vantroyen, 2016

« La Violoncelliste », *Contes d'Écryme*, collectif, 2017

« La Voix des renards pâles », *Destinations*, anthologie dirigée par Stéphanie Nicot, 2017

« La Lumière de Malia », *Natures*, anthologie dirigée par Stéphanie Nicot, 2019

Chez d'autres éditeurs

Le Dernier ours, Rageot, 2012

Sang-de-Lune, Gulf Stream, 2016

Celle qui venait des plaines, Gulf Stream, 2017

Là où tombent les anges, Le Livre de poche jeunesse, 2018 (Gulf Stream, 2015)

Nos Vies suspendues, Scrineo, 2019

Ouvrage publié sous la direction de Charlotte Volper

Cartes par Stéphane Arson

2, rue Nicolas Chervin | 69620 Saint-Laurent d'Oingt

ISBN : 978-235408-723-4

WWW.MNEMOS.COM

L'ARCHIPEL DES NUMINÉES

Charlotte BOUSQUET

Océan Aquilon
Matricia
florinda
Ténébrosa
Arachnae
Lysania
Arachnae
Cribella
Cytheriae
Borgia
Muricia
Borgia
Bargella
Namea
La Montana
Eresia
Soridae
Messina
Messina
Ishania
Sparassia
N
Archipel des Numinées

ARACHNAE

Va, monstre ! tu n'es pas autre que nous ne sommes,
Plus hideux, plus féroce, ou plus désespéré.
Console-toi ! demain, tu mangeras des hommes,
Demain par l'homme aussi tu seras dévoré.

Leconte de Lisle – *Sacra Fames*

N'exécute aucune action au hasard, ni autrement
que ne le comportent les règles de l'art prescrit.

Marc Aurèle – *Pensées*

Écoutez, mes amis, ce que j'ai encore appris et compris : c'est qu'on
ne peut haïr un ennemi sans se dire qu'on l'aimera sans doute un jour,
et qu'on doit aimer ses amis, même si l'on sait que leur amitié passera.
Rien n'est fixe, rien n'est immuable, pas même l'amour ou la haine !

Sophocle – *Ajax*

Pour Charlotte V. , Elvire, Mélanie et Stéphanie.

Temples
Théâtres
Casernements militaires
Casernements de milices
Puits et points d'eau
Escaliers
Parc et Jardins des Naïades
Quartier de Palatine
Théatre Palatin
Grand temple de la Lune
Palais d'Arachnae
Quartier de Palatine
Académie de Vespera
Jardins
Arènes
Abattoirs

La cité
Arachnae
Les
Quatres Vents
le labyrinthe
Prison
N

Personnages

À Arachnae

Alessio Sforza, prince d'Arachnae
Julia, son épouse
Tiberio, leur fils
Alessandrina, leur fille aînée
Artemisia, leur cadette
Clotho, première Moire
Lachesis, deuxième
Moire Atropos, troisième Moire
Agatha Mangori, gouverneur d'Arachnae
Octavio, son fils
Phoebé, sa fille
Dame Ariana, ambassadrice de Lycosa
Naevius de Mana, libertin
Tristano Putti, libertin
Othellia, magicienne de l'Ordre des Quatre Vents
Tamino, maître nécromancien de l'Ordre de la Nouvelle Lune
Magister Fausta, maître-espionne d'Arachnae
Théodora Ornella Colonna
Magister Villanova, maître d'armes
Capitaine Tigran Gracci
Lorenzo, son apprenti
Bianca, sergent
Dario Callas, lieutenant

Horatio Callas, son frère
Mercutio, poète et rhéteur
Valia, assassin
Le Fèqueux, trafiquant
La Bedaine, son associé
Zella, une maquerelle

À Segestae

Agrippina Segesta, gouverneur de Segestae
Leandrina, sa fille
Genna Servi, membre des Fleurs du Souvenir
Melianda Bari, membre des Fleurs du Souvenir

À Scarpia

Cesario Scarpia
Vitellius Segestrini
Agostino Pia, servante

Le récit prend place en la principauté d'Arachnae durant la saison d'hiver, entre le mois des Adieux et le mois de la Mère.

Prologue

Celui qui croit pouvoir démêler l'écheveau du Destin est un insensé, car les Moires qui en ont la garde se jouent des désirs des mortels et les poussent inexorablement dans les chemins secrets qu'elles ont tissés pour eux.

Ainsi commencent les contes, dans l'Archipel des Numinées.

*

Lycosa, Arachnae – 11e jour du mois de la Vieille

Le nez collé à la fenêtre, Théodora regardait la pluie tomber sur les ruines de Lycosa. Depuis la haute fenêtre de l'orphelinat militaire, elle distinguait, malgré l'averse, la masse sombre du fortin éventré et les quelques bâtisses qui, pareilles à des îlots flottant sur un océan de décombres, surnageaient çà et là dans la ville. L'orpheline soupira. Sa maison avait disparu depuis longtemps. Bâtie en bord de mer, elle avait été l'une des premières à sombrer, engloutie par l'immense incendie qui avait dévasté une bonne partie du port, tout au début de la guerre contre Bargella. Sa mère était morte, cette nuit-là. Et son père, vaillant officier, ne lui avait survécu que peu de temps. D'abord terrassée par le chagrin, Théo avait vite compris qu'il lui faudrait mettre sa tristesse de côté, si elle voulait seulement survivre. Dévorée par la peur et la faim, elle avait appris à se cacher, à voler et à se battre. Elle avait été l'une des dernières à intégrer – de force – cette pension qu'elle haïssait.

— Ma tante va bientôt venir me chercher ! annonça fièrement une enfant aux boucles d'ange, brandissant une lettre décachetée. Elle m'a même dit que je pourrai emmener avec moi des dames de compagnie !

— Oh, Livia ! C'est merveilleux ! s'écria une fillette en battant des mains.

— Tu m'emmèneras avec toi, dis ?

— Si tu me donnes ton ruban…

— Et moi, je peux venir ? interrogea timidement une troisième.

— Certainement pas ! Tu es trop laide ! Et trop sale ! Jamais ma tante ne voudra d'une souillon comme toi ! Moi non plus d'ailleurs !

La petite éclata en sanglots.

— T'es qu'une souillon ! Une souillon qui chouine en plus ! Souillon ! Souillon ! Souillon !

Et Livia entama une danse grotesque autour de sa victime. Aussitôt, ses admiratrices l'imitèrent ; rapidement, la malheureuse se retrouva au centre d'une sarabande infernale, animal pris au piège et incapable de s'échapper.

Théodora se mordit les lèvres, hésitante.

Ce n'était pas la première fois que Livia s'en prenait à l'une ou l'autre des plus jeunes : elle les pinçait pour avoir leur repas, elle les humiliait continuellement, souvent par simple cruauté et leur contait des histoires épouvantables qui peuplaient leurs nuits de cauchemars.

Jusqu'à présent, Théo n'avait jamais pris parti.

Elle était peu disposée à jouer sa tranquillité pour lutter contre une tyrannie qui ne la regardait ni de près ni de loin. Deux ans passés dans la rue, à se battre, parfois contre des rats, pour un quignon de pain et des restes, lui avaient appris la prudence et le détachement.

D'aucuns – les glorieux héros des contes et légendes étudiés en classe – auraient jugé cela lâche. Égoïste. Théodora savait qu'il s'agissait de règles élémentaires de survie et ne comptait pas y déroger.

Enfin, pas jusqu'à aujourd'hui.

Pas jusqu'à ce que son instinct la pousse à réagir.

Sa décision prise, elle s'approcha du petit groupe.

— Souillon ! Souillon ! Élevée chez les cochons ! Souillon ! Souillon ! Élevée chez les…

— Arrête ça, Livia.

L'enfant se retourna, outrée, brisant aussitôt la ronde.

— Qu'est-ce que tu veux, toi, d'abord ?

— Je viens de te le dire. Laisse-la tranquille.

— Et pourquoi donc ?

— Parce que je te le dis.

— N'importe quoi ! lança Livia, fronçant son nez avec condescendance et lui tournant le dos. Eh, la souillon ! Pourquoi tu te redresses ? Tu crois quand même pas que tu vas t'en tirer comme ça ? Souillon ! Souillon ! Élevée chez les cochons !

— T'es sourde ou quoi ? gronda Théodora, l'arrachant d'une poigne ferme au cercle de ses amies.

— Lâche-moi !

— Non.

— Non ? Non ? Comment ça, non ? s'exclama Livia d'une voix dangereusement aiguë.

— Non. N – O – N. Trois lettres. Même pour une demeurée, c'est pas trop difficile à comprendre, si ?

— C'est moi que tu traites de demeurée ? Mais tu ne t'es pas regardée, espèce de saleté d'orpheline de fille de p…

Une violente gifle l'interrompit. Abasourdie, Livia porta la main à sa joue, brûlante de honte et de douleur.

— Et toi, tu crois vraiment qu'on y croit, à toutes les salades que tu racontes sur ta famille ? siffla Théo, dérobant la lettre que Livia avait glissé dans ses vêtements. *Ma tante va bientôt venir me chercher…* Menteuse !

— Je t'interdis ! hurla Livia, se jetant sur son ennemie toutes griffes dehors.

Théodora l'esquiva. Brandit la missive au-dessus d'elle.

— Y a que la vérité qui blesse ! Et moi, je crois que tes parents, ils avaient tellement honte de toi qu'ils t'ont abandonnée dans une fosse à purin ! Alors pour ce qui est d'une tante…

Folle de rage et de panique, Livia attaqua de nouveau. Une fois encore, Théodora se contenta d'éviter la charge – et d'étendre le pied. L'enfant, déséquilibrée par ce croc-en-jambe, s'étala de tout son long sur le sol dur. Avant même qu'elle ait le temps de se relever, Théo fut sur elle. Empoignant des deux mains le col de sa tunique, elle la souleva brutalement.

— La prochaine fois que tu t'en prends à une plus petite, je te tue. Et je te jure que je ne plaisante pas.

— Et moi, je vous jure, Théodora, qu'une semaine au cachot vous donnera tout loisir de réfléchir au bien-fondé de vos propos.

— Et merde, murmura-t-elle, reconnaissant la voix d'une surveillante.

*

Arachnae

Alessio, prince d'Arachnae, fixait avec anxiété l'épaisse porte de chêne damasquinée fermant l'accès aux appartements de son épouse.

Le travail avait commencé plusieurs heures auparavant et le prince avait suspendu ses audiences, renvoyé ses conseillers en leur demeure pour être présent auprès de Julia et de leur enfant dès que celui-ci viendrait au monde.

— Tout va bien, souffla une voix rauque à ses côtés. Les guérisseurs sont compétents et votre femme ne souffre pas.

Silencieuse comme un spectre, Atropos, la plus âgée des Moires s'était glissée à ses côtés.

— Ce sera un fils, n'est-ce pas ?

— Je vous l'avais prédit.

Il soupira. Tourna ses yeux violets ombrés de longs cils de jais vers la puissante sorcière.

— Je crains de m'être trompé quand j'ai pris Julia pour femme, malgré vos avertissements.

— Moi, je n'ai pas jugé votre choix, souffla doucement sa vieille conseillère. Je me suis contentée d'émettre une mise en garde.

Intéressant.

Atropos, par cette simple apposition, se dissociait de ses sœurs.

La Faucheuse posa une main parcheminée sur son bras, trahissant – volontairement sans doute – l'attachement qu'elle lui portait.

— Julia ne cherche pas à supplanter dans votre cœur celle que vous avez perdue, Alessio…

Il sursauta, troublé par sa perspicacité.

— Les autres femmes se seraient laissé happer par le désespoir. Il n'en serait rien sorti de bon. Croyez-moi, Prince, vous n'avez pas failli en prenant cette décision. Parmi tous les possibles qui s'offraient à vous, vous avez choisi le meilleur. Vous le savez : bientôt, je mourrai. Mon âme rejoindra la Triple Déesse. Lachesis prendra ma place, acquérant la puissance de la Vieille. Clotho sera mère et une nouvelle prêtresse incarnera Clotho, qui file la trame du Destin.

— Je sais cela.

— Mais vous ignorez sans doute à quel point elles vous haïssent. Quand je ne serai plus…

À cet instant, il y eut un cri, un cri d'enfant, et la massive porte s'ouvrit. Une sage femme à la chevelure grisonnante s'avança gravement vers eux.

— C'est un garçon, Altesse. Un magnifique petit garçon.

*

Lycosa

Noria ouvrit la porte du dortoir endormi et se glissa furtivement à l'extérieur. Ses pieds nus ne faisaient aucun bruit sur le sol glacé. La nuit était tombée depuis quelques heures déjà et tout le monde dormait. Bravant l'obscurité, la petite fille glissa, telle une ombre, jusqu'à l'extrémité du couloir et descendit les escaliers menant au rez-de-chaussée. Là, elle passa devant plusieurs portes fermées et, enfin, atteignit l'entrée du cellier, la petite pièce noire et humide où était enfermée Théodora.

— Théo ? chuchota-t-elle, frappant légèrement à la porte.

— Qui va là ? souffla la prisonnière.

—Noria. Tu m'as défendue, tout à l'heure. Alors je suis venue te remercier. Et puis, si tu veux, je peux rester un peu avec toi.

— T'es pas forcée. Ça va aller.

— Maman me répétait toujours qu'il fallait être gentille avec ceux qui étaient gentils avec nous. Toi, tu as été très gentille. Et puis, il y a la voix, ajouta Noria dans un souffle.

— La voix ?

— Oui. Tu me crois pas ?

— Si, bien sûr, répondit Théodora après un moment d'hésitation. Et qu'a-t-elle dit, cette voix ?

— Que tu étais importante.

— Et quoi d'autre ?

— Ben, rien. Théo ?

— Oui ?

— Ils sont morts depuis longtemps, tes parents ?

— Depuis quatre ans. Ma mère a disparu pendant l'incendie de Lycosa, expliqua la fillette, étonnée du léger tremblement de sa voix à cette seule évocation. Et le navire de mon père a coulé juste après. Et toi ?

— Papa est parti il y a longtemps. Maman…

La voix de l'enfant se brisa.

— Ne pleure pas Noria ! Si tu pleures, moi aussi je vais m'y mettre et ça, je ne veux pas : ça leur ferait trop plaisir, ici. Et puis, ils croiraient que c'est parce que je regrette ce que je lui ai dit, à cette peste.

— Je la déteste.

— Alors, pourquoi lui as-tu demandé si tu pouvais venir ?

— Je sais pas. Théo ?

— Oui ?

— Tu me racontes une histoire ?

*

Allongée sur un lit de soie et de lin, ses longs cheveux noirs déployés en corolle autour de son visage, Julia dormait, serrant dans sa main un talisman donné par celle qui l'avait accouchée.

Son fils reposait près d'elle, dans un berceau de cèdre rouge. C'était un adorable poupon emmailloté de coton. On avait disposé près de lui quelques menus objets destinés à éloigner les mauvais esprits.

— Tiberio, murmura Alessio, se penchant tendrement sur l'enfançon. Tiberio…

Délicatement, il le prit dans ses bras.

Tout en le berçant, le prince d'Arachnae réfléchissait aux propos de la plus puissante des Moires.

Atropos avait raison : aucune femme ne pouvait rivaliser avec Délia. Il l'avait perdue quatre ans plus tôt lors du coup d'État qui avait coûté la vie à sa sœur Olivia, alors princesse d'Arachnae. Délia, simple courtisane, s'était instinctivement jetée entre la lame d'un meurtrier et le corps de sa suzeraine. Olivia avait survécu assez longtemps pour conter à son frère ce qui s'était passé et le couronner, en un ultime effort, de la tiare d'Arachnae. Alessio n'avait eu aucun mal à retrouver la piste des coupables et à les identifier. Originaires de la principauté de Bargella, les assassins étaient un peu trop bien renseignés au goût du nouveau prince. Mais lorsqu'il avait trouvé le traître, un courtisan sans importance, celui-ci s'était déjà pendu.

Il y avait quelqu'un d'autre derrière ce meurtre. Aujourd'hui encore, Alessio l'ignorait : même la Faucheuse n'avait pu l'aider à le découvrir.

Quant à Lavinia Borghese de Bargella, elle avait payé le prix fort pour cet affront. Au terme de deux longues années de guerre, la principauté avait été vaincue, et contrainte de verser un lourd tribut à Arachnae. Une bien piètre consolation en regard de la douleur du prince. Un bien faible dédommagement en regard de toutes les victimes de ce conflit.

Le petit être blotti contre son cœur gazouilla légèrement, l'arrachant à ses souvenirs.

— Mon fils.

Un fils. Une engeance fâcheuse, en cette principauté traditionnellement gouvernée par des femmes.

Fâcheuse et dangereuse.

Alessio était prince parce que sa sœur Olivia, en mourant, avait fait de lui son successeur. Son rejeton, héritier *de facto* du trône, ne profiterait probablement pas de la même chance que lui. Atropos l'avait prévenu : son enfance ne serait qu'une longue succession de tentatives d'assassinats manquées…

Les ennemis des Sforza seraient trop heureux de ce prétexte pour comploter contre sa lignée et les Moires, d'après ce que laissait entendre Atropos, ne prendraient pas son parti.

À se demander, d'ailleurs, si elles n'étaient pas impliquées dans la mort d'Olivia.

*

Lycosa – 17ᵉ jour du mois de la Vieille

— … Et l'apparition s'évanouit avec un cri effrayant. Encore tremblant, mais très fier d'avoir vaincu le fantôme qui hantait depuis des siècles la citadelle de Lunebleue, Caelius quitta le donjon et retourna dans le bâtiment principal. Là, il prépara une bonne flambée, se nicha dans un grand fauteuil et attendit le matin. Lorsque le soleil se leva, il retourna au village : tous accueillirent avec des « hourra ! » celui qui avait terrassé le spectre du château. Ainsi, Caelius devint le nouveau seigneur de Lunebleue et régna avec sagesse jusqu'à sa mort.

— Et Liria ?

— Quoi, Liria ?

— Caelius a réussi à gagner son cœur ? Elle a compris qu'il était bien plus intelligent et courageux que Dario ?

— Bien sûr, qu'elle l'a compris ! D'ailleurs, au printemps suivant, ils se sont mariés.

— Théo ?

— Oui ?

— Tu veux bien me raconter une au… Oh, non ! On vient !

— Cache-toi, Noria ! Il y a un coffre sur ta droite. Mets-toi dedans, vite !

La petite obtempéra, juste à temps. À peine avait-elle refermé le couvercle sur sa tête que deux silhouettes, éclairées par une torche, arrivèrent près de la porte du cellier.

— Pardonnez mon insistance, mais êtes-vous bien sûre qu'il s'agit d'elle ?

— Vous *doutez* ?

— Ma Dame, c'est que cette Théodora est…

— Je mettrai votre insolence sur le compte de l'heure tardive à laquelle je suis arrivée. Et maintenant, ouvrez.

— Bi… Bien… Je… Tout de suite.

La dirigeante de l'orphelinat s'exécuta aussitôt.

De l'autre côté de la porte, Théodora se redressa, décidée à ne montrer aucune faiblesse devant la directrice et sa mystérieuse visiteuse.

Pourtant, quand la lumière cessa de l'éblouir et qu'elle put clairement distinguer celles qui lui faisaient face, elle sentit ses genoux flancher.

— Par la Déesse, murmura-t-elle, reconnaissant à ses voiles noirs la Faucheuse en personne. Par la Déesse…

— Je l'emmène, croassa Atropos, saisissant l'orpheline par le bras. La Lune au triple visage a posé son regard sur elle et décidé de son destin.

Première partie
LE DÉMON

TREIZE ANS PLUS TARD

Dans le ventre putride des enfants défunts
Grouillent des vers blanchâtres, regroupés en essaims.
Contemplez la pitance des noirs cancrelats :
Des gosses affamés plus maigres que des rats !

Dans les chairs meurtries des malheureux orphelins,
Se devinent maints récits de peur et de faim,
Se dessinent la honte et l'humiliation,
Nées de la misère et la prostitution.

Grâce au souffle ténu de bambins aux yeux morts,
Les esthètes s'abreuvent à l'âcre puanteur
Du désespoir et ils lapent cette liqueur

Jusqu'à l'écœurement, désireux d'y puiser
L'inspiration manquant à leurs esprits fanés.
Stryges ou poètes ? Dans leur cœur, hélas ! nul remords.

Mercutio – *Les Stryges*

Celui qui croit pouvoir démêler l'écheveau du Destin est un insensé, car les Fileuses qui en ont la garde se jouent des désirs des mortels et les poussent inexorablement dans les chemins secrets qu'elles ont tissés pour eux.

Apollina Segesta, princesse d'Arachnae, l'apprit à ses dépens autrefois. Voici comment.

Il y a bien longtemps vivait, dans un village situé au bord du Lac de Léda, une vieille femme à la chevelure de neige et aux yeux étonnamment clairs. En échange de nourriture, elle ravaudait les filets troués des pêcheurs. Elle était arrivée chez eux des décennies auparavant ; et nul, hormis les anciens, ne se rappelait sa beauté, ni les circonstances qui l'avaient menée jusqu'à eux.

De son vivant, jamais ils ne livrèrent la moindre information à son sujet. Ce ne fut qu'à sa mort, lorsque les cendres de la défunte furent dispersées aux quatre vents, qu'ils contèrent son histoire et dévoilèrent l'énigme de son nom.

Elle s'appelait Sentia. Au jour de sa naissance, la principauté tout entière s'était réjouie : la princesse, avait mis au monde une héritière. Ses premières années furent heureuses et insouciantes. Mais lorsqu'elle eut sept ans, son existence bascula dans l'horreur.

Sa mère avait déplu aux Sorcières du Destin. Apollina s'était opposée maintes fois aux puissantes prêtresses et avait même été jusqu'à les chasser, brièvement, de sa cour. Peu de temps après leur retour en grâce, Apollina était tombée amoureuse. Mais pour son malheur, son amant était convoité par Lachesis, la deuxième des Moires.

Un jour, celle-ci les surprit : elle entra alors dans une fureur sans nom, trancha d'un seul coup l'existence de l'infidèle et maudit la princesse.

Que de tes entrailles souillées
Ne surgissent que des morts-nés !
Que par tes actes condamnée,
Tu meures sans héritier !
Puisse celle qui, vengeresse,
Plongera en ton sein l'épée
Ancestrale d'Arachnae
Être à son tour maudite, traîtresse

Matricide au ventre stérile,
Aux amours bréhaignes, inutiles.

Au début, Apollina prit ces imprécations à la légère, persuadée que la colère de la Sorcière n'était que passagère. De faitcomme si l'incident avait permis de rétablir l'équilibre entre la princesse et ses conseillères, leurs relations s'apaisèrent. Le temps passa. Apollina avait presque oublié les imprécations de Lachesis mais un jour, elle vit son ancienne rivale discuter à voix basse avec Sentia. Aussitôt, la crainte étreignit son cœur et la fillette dont elle était si fière devint pour elle objet de peur, puis d'horreur. La malédiction se réalisait à son insu.

Alors, elle décida de mettre un terme à l'existence de l'enfant.

Elle fit appel à l'un des meilleurs assassins d'Arachnae, un individu que rien ni personne ne pouvait détourner de sa tâche. Sentia disparut et pour preuve de sa mort, l'homme lui apporta son cœur frémissant. La princesse le jeta dans un brasier. Passés les trois mois de deuil appropriés, Apollina prit un amant et fut bientôt enceinte. Elle fit une fausse couche quelques semaines après l'avoir conçu. Elle recommença. Une fois. Deux fois – mais toujours perdit le bébé. Persuadée que ses échecs répétés venaient de son concubin, elle le fit empoisonner et choisit un autre compagnon. Elle mena sa grossesse à terme, mais le nourrisson s'étrangla avec le cordon ombilical. Folle de chagrin, la princesse essaya encore. Cette fois, elle faillit mourir : l'enfant avait pourri dans son corps et provoqué une infection. Son partenaire disparut, aussitôt remplacé par un autre. Et lentement, la démence qui s'était emparée d'Apollina crût en son âme, rongeant le peu de raison qui lui restait.

Les propos de Lachesis la hantaient constamment : alors, un jour, elle décida que le seul moyen de contrer la malédiction était d'écarter les Moires à tout jamais du trône. Elle les fit donc emprisonner, mais le peuple l'apprit. Grande fut sa colère et, comme pour la renforcer, une pluie continue commença à tomber sur Arachnae, menaçant de tout inonder.

La Chute des Segesta (I) – ***Contes d'Arachnae***

1

Arachnae – 11e jour du mois des Adieux

Luttant contre la nausée, Tigran se mordit les lèvres et détourna les yeux du petit cadavre. Couvert de sang séché, il exhalait une odeur douceâtre, écœurante : sa mort remontait à plusieurs jours.

— Où l'a-t-on découvert ? s'enquit-il d'un ton rauque auprès du mortuor, qui examinait la navrante dépouille posée sur la table de pierre de l'office.

— Dans les poubelles d'un bordel. Mais il n'a pas été tué là-bas.

— À quoi voyez-vous cela ?

— La position du corps, là où on l'a trouvé. Le lieu, également.

— Je n'ai pas eu le temps de m'y rendre, désolé.

— Vous n'avez pas à vous excuser, capitaine Gracci. Vous êtes l'un des principaux enquêteurs du Labyrinthe et…

— Dites-moi ce que vous avez appris.

— Il a été abandonné dans un cul-de-sac. Une impasse, située derrière *Le Clos de Zella*. Elle sert de dépotoir pour les habitants du quartier – en majorité des ivrognes et des putains. Je suppose que ceux qui ont torturé et violé ce pauvre gosse croyaient que nul ne viendrait l'y chercher au milieu de toute cette merde. Manque de chance pour eux, la chair fraîche a attiré les rats et les chiens errants. Ils ont fait un tel boucan que ça a fini par alerter Zella et ses filles. C'est comme ça qu'on a pu le récupérer.

Tigran déglutit, essuya ses mains moites sur les braies de peau sombre qu'il portait, puis s'accroupit près de l'enfant.

— Ils l'ont…

— Maintes fois. Pas la peine de vous montrer les marques dans les chairs de ce pauvret, vous pouvez me croire sur parole, capitaine. Et puis, il a perdu énormément de sang. Ceux qui lui ont fait ça ne l'ont pas égorgé. Ils auraient pu, mais leur but n'était pas d'abréger ses souffrances…

Tigran haussa un sourcil interrogateur.

— Ils l'ont étranglé, précisa le mortuor. Vous savez, l'ultime spasme.

— Alors il ne me reste qu'à recueillir ses derniers instants et espérer que ce soit suffisamment clair pour en tirer quelque chose, soupira le capitaine.

Il posa sa main sur le front de l'enfant…

... Horreur atroce, abominable souffrance... Hurlement... Mal... Non... Non... Une troisième grande personne entre, jette quelque chose dans un coin... Rires encore... Rires... Peur... Palpe son corps... Le pince... Si rouge... Bouche rouge et yeux cruels... Visage mince, glabre... Il se penche sur lui... Un homme s'approche... Deux silhouettes massive... Odeurs de gibier... Crainte... Adulte... Marbre. Tentures pourpre. Une salle immense...

… Releva la tête, se précipita dans un coin de la salle – vomit. Par saccades. Encore et encore. Agenouillé, le ventre tordu de douleur, les yeux embués de larmes. Jusqu'à ce qu'il n'ait plus assez de bile en lui pour rendre encore une goutte.

Enfin, il se redressa, tremblant.

— Capitaine Gracci, faut que je vous dise quelque chose, murmura le mortuor en lui tendant une serviette de lin humide. Ce cadavre, eh bien, ce n'est pas le premier…

*

Théodora se leva sans un bruit. Elle lança un bref regard à la silhouette endormie et se dirigea vers la fenêtre entr'ouverte. Vive comme un chat, elle se hissa sur le rebord, ses mains aux doigts souples s'accrochant avec assurance aux aspérités de la pierre, puis commença à grimper.

Les premières fois, elle avait hésité, cherchant les meilleures prises, manquant parfois perdre l'équilibre et s'écraser, une dizaine de mètres plus bas, dans la cour de l'Académie. À présent, elle connaissait ce parcours à la perfection.

Quelques minutes plus tard, alors que l'aurore étendait son écharpe irisée sur la ville, Théo effectuait un prompt rétablissement et atterrissait dans sa chambre. Un sourire mutin jouant sur ses lèvres pleines, elle s'étira – et se figea, sentant une pointe acérée peser contre son dos.

— Vous êtes morte, jeune fille.

— Je…

— Je me moque de vos escapades nocturnes, Théodora, coupa la voix dans son dos. Faites ce que vous voulez, avec qui vous voulez, cela m'importe peu. Ce qui m'inquiète, en revanche, c'est votre prévisibilité.

— Mais…

— Depuis trois semaines, vous négligez les règles les plus élémentaires de prudence. Si j'avais voulu vous assassiner, je l'aurais fait sans aucune difficulté.

Théo baissa la tête.

— Je suis désolée. Je ne pensais pas…

— C'est ce que je vous reproche, poursuivit, impitoyable, sa magister venant se planter juste sous son nez. Vous ne pensez pas ! Ou plutôt si : avec vos instincts ! Et cela pourrait vous être fatal, un jour. Cela pourrait *nous* être fatal.

Théodora se mordit les lèvres, les joues brûlantes.

— Vous êtes l'une des élèves les plus brillantes de votre génération, vous ne croyez pas qu'il serait temps de cesser de vous comporter en dilettante ?

— Je ne vois pas de quoi vous voulez parler.

— Vous le *voyez* parfaitement, au contraire, siffla la petite femme svelte qui lui faisait face.

Théodora déglutit.

— J'ai toujours fait ce qui m'était demandé ! protesta-t-elle. Et sur le terrain, j'ai été brillante et efficace, ce sont vos propres mots, magister…

— C'est vrai. Mais votre adversaire n'était pas humain.

— Justement !

— Justement, en effet. Il est très facile d'occire un monstre – et je ne parle pas du péril encouru, Théodora. Vous avez frappé sans hésiter. Vous ne regrettez rien. Et vous aurait-elle terrassée, vous auriez passé, tête haute, les Portes de la Dernière Lune. Soit. Mais comment auriez-vous agi si votre proie avait été celle que vous mettez tant d'empressement à rejoindre, la nuit venue ?

— Ma main n'aurait pas tremblé.

— En êtes-vous si sûre ? Avez-vous déjà tué un être humain de sang-froid ?

— J'ai dû, plusieurs fois…

— Recourir à ces extrémités pour votre propre salut et, quelquefois, celui d'un de vos pairs. Cela ne fait pas de vous un assassin, Théodora, mais une bretteuse.

— Vous allez me demander de l'éliminer pour prouver mes capacités ? interrogea la jeune femme aux yeux cobalt, un soupçon de défiance dans la voix.

— Non. Ornella est une recrue de choix pour Vespera. Elle possède d'excellentes capacités d'adaptation et une prodigieuse mémoire. Non, reprit le magister, ce que je veux, c'est que vous réfléchissiez. Ce que je *veux*, c'est que vous mesuriez pleinement les implications de votre éducation. Et que vous choisissiez ce que vous voulez faire de votre existence. L'Académie ne vous donne pas cette chance. *Moi,* je vous la laisse. Mais j'entends que vous réfléchissiez sérieusement à tout ceci et, une fois votre décision prise, que vous vous y teniez.

Sur ces mots, la magister Fausta quitta la chambre de sa protégée.

Théodora se leva, marcha jusqu'à la fenêtre.

Les toits de la ville, pentus, faits d'étroites tuiles d'ardoise, luisaient sous le soleil hivernal d'un éclat froid, presque métallique. Devant elle, en contrebas, se dessinaient les villas luxueuses du quartier de Palatine, séparées du reste d'Arachnae par une large artère commerciale. Un peu plus au sud s'étendaient les faubourgs animés de Malvola. Au nord, s'élevaient les donjons pointus et les tours crénelées du palais des Sforza, nimbés par un léger brouillard. Au-delà, elle pouvait distinguer la masse sombre de la forêt de Carmenta, fief de la Triple Déesse. À l'est, enfin, invisible depuis sa chambre, il y avait le Labyrinthe, le ventre de l'araignée. Ce dédale de ruelles étroites, d'escaliers glissants, d'impasses et de traboules obscures abritait les citoyens les plus pauvres d'Arachnae. Mercenaires sur le retour, courtisanes déchues, paysans sans terre, fuyards, fugueurs, saltimbanques, tanneurs et fossoyeurs, tous se retrouvaient dans ce quartier insalubre, à la merci des plus infâmes criminels de la principauté. Là, on trouvait tout, même la mort. Et c'était pour toutes ces raisons que Théo adorait s'y rendre. Quand elle se sentait oppressée, quand sa destinée se rappelait à elle de manière trop abrupte, elle se glissait le long des venelles sinistres du Labyrinthe, jouait et buvait jusqu'à l'inconscience. Alors, les paroles d'Atropos s'estompaient : elle avait au moins l'illusion d'être libre.

Je l'emmène. La Lune au triple visage a posé son regard sur elle et décidé de son destin.

Depuis ce moment, sans répit, la sentence de la puissante Moire l'avait accompagnée. Hantée. Lui rappelant qu'elle n'avait aucune prise sur son avenir. La magister Fausta, qui lui avait offert l'illusion du libre-arbitre, le savait pertinemment. L'alternative qu'elle prétendait lui laisser n'était qu'un choix de dupes. Théodora n'était pas arrivée seule, treize ans auparavant, aux portes de l'Académie de Vespera, mais accompagnée d'une Moire. Et pas n'importe laquelle : la Faucheuse, qui incarnait la Lune dans son aspect le plus sombre et pouvait d'un seul regard détruire l'existence d'un homme.

La Lune au triple visage a posé son regard sur elle et décidé de son destin.

Atropos avait répété ces paroles devant la Doyenne de Vespera. Et la Doyenne en avait averti les magisters.

Au début, Théodora s'était sentie fière d'être différente des autres, d'avoir été « élue ». Au fil du temps, cependant, ce privilège avait commencé à lui peser. Elle était une apprentie douée. Trop douée, par rapport à ses condisciples. Ceux qui en avaient pris ombrage et avaient tenté de se débarrasser d'elle n'étaient que rarement parvenus à la blesser. Son intuition, un sixième sens issu d'un don de divination délibérément laissé à l'état de latence, l'avait à chaque fois avertie du danger. Quant à ses professeurs, ils avaient rapidement remarqué son potentiel et résolu de la pousser, toujours plus loin, dans ses études et ses entraînements. À quatorze ans, Théodora était une enfant renfermée sur elle-même, plus introvertie encore qu'à son arrivée.

Cette situation – un cercle vicieux fait d'hostilité et de méfiance réciproque – avait duré jusqu'à ce que son principal maître d'armes, le magister Villanova, fasse d'elle son assistante dans l'instruction des plus jeunes. Les novices n'avaient aucune connaissance des circonstances relatives à son entrée à l'Académie ; elle les impressionnait bien moins que l'ascétique spadassin : ils s'étaient ainsi rapidement pris d'affection pour elle et l'avaient apprivoisée. Si bien que ses pairs, étonnés de la voir sourire, avaient peu à peu commencé à l'approcher. Coïncidence, à cette époque, Théodora était devenue une femme. Sa silhouette s'était affinée, son teint clair s'était paré d'une fraîcheur nacrée, mettant en valeur l'éclat cobalt de ses iris pétillants. Elle avait goûté au plaisir enivrant d'être aimée, appréciée, entourée. Puis, ayant vite compris que, pour conserver son statut nouvellement acquis de personne aimable, il lui fallait se montrer aussi légère qu'insouciante, elle s'était employée à faire de sa « différence » une coquetterie, un embarras mineur faisant partie intégrante de sa personne ; elle avait ainsi commencé à marivauder au gré de ses désirs, enchaînant les conquêtes avec la virtuosité d'une courtisane. Elle avait rapidement acquis la réputation d'être une charmeuse et une incorrigible noctambule. Cela lui avait permis d'être invitée à toutes les fêtes, mais ses résultats à l'Académie avaient chu en conséquence. Ses magisters lui avaient fait durement payer sa négligence. Finalement, Théodora avait fini par se reprendre et retrouver en grande partie l'estime de ses aînés, sans toutefois perdre sa popularité si chèrement acquise. Désomais, elle partageait son temps entre des missions de surveillance pour le compte de l'Académie, la salle d'armes et sa dernière amante, la belle et voluptueuse Ornella, fille du célèbre dramaturge Tybalt Colonna. Une existence qui ne lui convenait qu'à demi, elle en était consciente.

La magister Fausta, venue la surprendre à l'aube dans sa chambre, le savait également.

*

Atropos lissa les longs voiles noirs qui la dissimulaient aux yeux du monde, puis, lentement, se tourna vers ses sœurs. Lachesis et Clotho attendaient, déférentes, qu'elle prenne la parole.

— Comme vous le savez, déclara-t-elle de sa voix sèche, Alessio nous demeure inaccessible : la trame de sa destinée est indéchiffrable et notre présence, à ses côtés, est de plus en plus…

— Ornementale ? suggéra Lachesis.

— Il ne nous consulte que pour connaître les possibles liés à la chaîne feudataire de la principauté, siffla Atropos avec un bref hochement de tête. Ou prévoir les conséquences d'un acte de politique extérieure. Jamais il ne nous a laissé une chance de reprendre la place qui était nôtre, avant la disparition de sa mère.

— Il agit exactement comme sa sœur Olivia, souligna Lachesis. Ça ne l'a pas beaucoup aidée…

Atropos lui lança un regard d'avertissement. Inutile de laisser la plus jeune des Moires entrevoir des faits qu'elle n'était pas prête à accepter.

— Nous sommes les élues de la Triple Déesse, reprit la vieille sorcière, scandant ses propos avec hargne. Mais on nous traite à peine mieux que de simples domestiques. Longtemps, nous avons espéré qu'Alessio se repente de son orgueil et nous rende les honneurs qui nous sont dus. En vain. Et aujourd'hui, en dépit de nos avertissements et de la bienséance, il prépare son fils – un *mâle* ! – à lui succéder ! C'est une preuve supplémentaire de la décadence des Sforza et de leur mépris des règles, même les plus saintes !

Malgré sa timidité, Clotho, pâle sous ses voiles ivoirins, releva les yeux vers Atropos.

— Pardonnez mon audace, ma sœur, murmura-t-elle de sa voix douce, mais il n'existe aucune loi sacrée interdisant à un mâle de gouverner. Dans d'autres îles de l'Archipel, à La Montana et à Tenebrosa, par exemple, règnent des hommes.

— Arachnae a toujours été dirigée par des femmes, Clotho ! Ne comprenez-vous pas ? Nous formons un tout : les trois visages de la Lune et son incarnation humaine !

— Ne croyez-vous pas que la Déesse elle-même soutient les Sforza ? Sans cela…

— Olivia a été assassinée. La guerre a éclaté. Cela ne vous suffit pas ?

La Fileuse ravala ses doutes. Cela faisait seulement sept ans qu'elle avait été choisie, parmi d'autres jeunes prêtresses, pour incarner Clotho et rejoindre les deux Moires. Contrairement à ses aînées, elle n'avait pas vécu les années chaotiques du règne d'Olivia. Elle n'avait pas non plus subi la disgrâce des deux autres Moires et n'éprouvait aucune rancœur contre les Sforza.

Mais elle n'avait pas vingt ans et sa voix ne comptait guère au sein de la Triade. Les liens qui unissaient Lachesis et Atropos étaient ceux d'une mère et d'une fille. Elle demeurait une étrangère à leurs yeux.

L'arrivée de Julia interrompit ses réflexions. Imitant ses sœurs, elle s'inclina respectueusement devant l'épouse du prince.

*

Scarpia

Résigné, l'enfant s'était réfugié dans le coin le plus sombre de la pièce, recroquevillé sur lui-même, s'efforçant vainement de protéger son corps maigre du regard impudique des trois hommes attablés devant un faisan au fumet entêtant. Il avait été nourri, lavé, parfumé et conduit sans un mot en ce lieu, avec pour seule recommandation d'être sage et de se plier sans protester à toutes les exigences de son nouveau maître.

Lorsqu'il avait compris qu'il demeurerait nu, complètement nu, il avait commencé à trembler.

Car il se doutait de ce que cela signifiait.

Et quand il avait croisé, un bref instant, les yeux tristes, pleins de pitié de la servante aux membres striés de marques rouges, il avait deviné qu'il n'y avait plus d'espoir.

*

Arachnae

— Et… Feinte ! Non, Alino ! Évite de fixer la partie que tu comptes toucher : ça te rend trop prévisible. Plus tard, quand tu maîtriseras mieux ta coordination, tu pourras utiliser le regard pour tromper ton adversaire, mais pour l'instant, tu es loin d'avoir atteint ce niveau. Allez, en garde ! Défends-toi !

L'adolescent, à présent, obtempéra, plia légèrement les genoux et l'observa, tous ses sens en alerte, s'efforçant d'anticiper ses prochains mouvements. Théodora plissa les yeux. Alino était doué. Souple, précis. Mais pour le moment, il perdait trop de temps à échafauder des plans d'attaque alambiqués. Pour progresser, il lui faudrait apprendre à faire véritablement corps avec sa lame, à *devenir* le prolongement de son épée.

« Et toi ? Que te manque-t-il pour devenir toi-même ? Quand cesseras-tu de te fuir ? »

Engagement. Feinte de dégagement. Prise de fer. Coup aux yeux.

Engagement. Garde ouverte. Coup de pommeau. Coup de genou.

Engagement. Coup de pied. Échec. Esquive. Feinte de dégagement. Prise de fer. Coup aux yeux.

— Alors ? À quoi pensais-tu ? gronda-t-elle. J'utilise deux fois la même ruse et toi, tu te laisses prendre ?

— Je… Je suis désolé. Je ne pensais pas que…

Il baissa la tête, confus et épuisé.

La jeune femme lança un coup d'œil vers la grande clepsydre translucide, d'où s'écoulaient, lentement, des eaux bleues, vertes, jaunes et rouges – écho discret aux épais vitraux fermant les croisées ogivales de la salle.

— Ça suffit, déclara-t-elle en posant gentiment une main sur l'épaule de son élève. Tu as assez travaillé pour aujourd'hui.

Il salua et s'éclipsa, laissant Théodora seule dans cette salle d'entraînement rudimentaire. Il y en avait d'autres, plus sophistiquées, disséminées un peu partout dans l'Académie, mais pour l'enseignement que la bretteuse dispensait à ses élèves, les bases de l'escrime et du combat de rue, celle-ci suffisait.

Maître d'armes. Ne regretterait-elle pas toute son existence durant, si elle choisissait cette carrière, de n'avoir eu le courage d'assumer son destin ? Entre les murs épais, austères, fatals, mais paradoxalement rassurants, de Vespera et l'incertitude, l'inconnu – le pas dans le vide – que devait-elle, que *pouvait-elle* décider ?

Théodora devait choisir entre une existence paisible de magister et celle d'un assassin. Celle pour laquelle elle avait été éduquée. Taillée. Forgée. Celle pour laquelle Atropos l'avait arrachée à cet orphelinat minable et menée jusqu'ici.

Non. Il n'y avait, en réalité, aucune alternative.

— J'ai besoin d'un verre, marmonna-t-elle, réprimant malgré elle un frisson.

Elle demeura quelques instants encore immobile dans la salle déserte, puis se reprit, rangea les armes d'entraînement, quitta les lieux et regagna silencieusement sa chambre. Un mot avait été glissé sous sa porte, exhalant un discret parfum de chèvrefeuille.

« Viendras-tu, ma sœur, mon aimée
Me rejoindre à la nuit tombée,
Près des jardins enténébrés
Où nous nous sommes embrassées ?

Je t'y attends impatiemment
En espérant, ma belle enfant,
Que de mes caresses, mes baisers
Tu ne t'es pas encor' lassée ! »

— Enfant ? murmura Théodora avec une moue. Je ne suis certainement pas lassée par tes caresses, Ornella…

Ce soir, néanmoins, elle n'avait pas envie de cela. Elle voulait jouer. Jouer et boire jusqu'à l'abrutissement. Pour éviter de penser. Pour éviter de trembler.

Se saisissant d'une plume et d'une fine feuille ivoirine, Théo rédigea une brève missive à l'attention de son amante puis, après avoir passé sur sa chemise et ses braies de daim un surcot anthracite serré par une large ceinture de cuir, laissa ses appartements. Elle effectua un crochet par la chambre d'Ornella, glissa sa réponse sous le seuil et s'éclipsa rapidement.

Nullement désorientée par le dédale inextricable, tout en courbes, paliers, demi-niveaux et impasses, de l'Académie, elle emprunta une issue discrète située au sud du bâtiment et se faufila à l'extérieur.

Le soleil se couchait à l'horizon, baignant la cité de lueurs pourpres, réfléchissant sur les toits du palais des rayons sanglants. Un vent froid et sec soufflait dans les rues sinueuses d'Arachnae, plus mordant à mesure que l'obscurité tombait.

Théodora marcha une demi-heure environ, au hasard des venelles étroites. Elle gravit des escaliers escarpés, souvent glissants et encombrés de mauvaises herbes, s'engouffra dans des passages couverts, bas et nauséabonds puis émergea, enfin, sur une petite place de terre battue où quelques chats ombrageux se disputaient des ordures abandonnées par les habitants du coin. À l'autre extrémité de l'esplanade, l'enseigne branlante et rouillée du *Pendu renversé* – allusion explicite aux Tarots de la Lune, le jeu divinatoire utilisé par les Moires pour prédire le futur – se balançait dans la nuit, rythmant par ses grincements réguliers le brouhaha régnant à l'intérieur de l'estaminet.

Dès qu'elle passa le seuil de la porte, une odeur de graisse et de fumée assaillit ses narines. Indifférente, elle entra et se dirigea vers le comptoir. Un individu à la peau grêlée y servait du mauvais alcool, s'efforçant de satisfaire les commandes de clients de plus en plus éméchés, pendant que des filles de salle trop maigres, trop jeunes, déjà désabusées, se laissaient peloter par des hommes.

Ignorant les regards, Théodora s'accouda au bar.

— Qu'est-ce que tu veux ? aboya le garçon, la dévisageant sans aménité de ses prunelles chassieuses.

— À ton avis ? rétorqua-t-elle, lui tendant une petite bourse de velours épais.

Il l'ouvrit, écarquilla légèrement les yeux, la lui rendit sans un mot et, d'un geste, héla une catin.

— Maria va te conduire.

Théo hocha la tête et attendit, écoutant les conversations alentour, que la prostituée en ait fini avec son client. Plaisanteries graveleuses, récits crânes de conquêtes et de bagarres, plaintes rageuses…

Murmures inquiets concernant des disparitions de bambins, des découvertes macabres.

Immédiatement, Théodora tendit l'oreille. Tout ce qu'elle parvint à glaner, ce furent quelques allusions à des cadavres retrouvés à quelques pâtés de maison de là et à la présence renforcée du guet dans le quartier – une catastrophe pour les affaires.

Enfin, Maria, une brune à peine plus âgée qu'elle, la rejoignit et d'un signe de tête, lui intima de la suivre.

Dans l'arrière-salle, l'atmosphère était différente. Plus calme. Plus feutrée. Plus angoissante, aussi. Ombres chuchotant dans des recoins obscurs. Formes alanguies dans des alcôves, emportées par des rêves d'ambroisie. Silhouettes inquiétantes, installées à des tables de jeu.

— Je peux vous aider ? Vous mener à une table, vous…

— Je connais la maison, merci.

Abandonnant quelques deniers de pourboire à son guide, Théo se dirigea vers le fond de la pièce. Quatre individus, silencieux et concentrés, y faisaient rouler des dés. L'un d'eux, un nabot à la calvitie naissante, leva les yeux vers elle. Un sourire éclaira ses traits ingrats, dévoilant largement les chicots noirâtres qui lui tenaient lieu de dents.

— Alors fillette, prête à nous enrichir cette nuit ?

— Prête à vous plumer, oui !

— Qui c'est, cette greluche ? lança l'un des autres joueurs, grattant sa chevelure graisseuse d'un air soupçonneux.

— Chiara est son nom – et je te prie de la traiter avec respect car c'est une vieille amie, rétorqua le joueur avec emphase. Chiara, je te présente Bela, Silas et Furet. Que veux-tu boire, ce soir ?

— Tout sauf ce que tu sers à tes clients, de l'autre côté !

Sa remarque parvint à arracher un rictus satisfait au dénommé Bela. Sans un mot, Théo s'installa entre eux et posa quinze deniers devant elle. Furet examina les piécettes trouées en leur centre d'un air critique, puis hocha la tête en signe d'assentiment et ses compagnons misèrent à leur tour.

— Honneur aux dames !

Théodora s'empara de trois dés – l'un à trente faces, l'autre à douze et le troisième à quatre – taillés dans de la résine colorée, les examina d'un œil critique.

— Automne, Pluies, le quatorzième, déclara-t-elle avant de les lancer sur la table.

Tous retinrent leur souffle. Le plus petit oscilla un instant avant de s'arrêter sur le trois. Le deuxième s'immobilisa sur le neuf. Et le dernier sur le vingt-deux.

— Automne, Vierge et vingt-deuxième, pour un total de trente-quatre contre vingt-sept ! annonça le propriétaire des lieux.

Elle poussa sept deniers de fer vers le centre et passa la main à son voisin de gauche, Silas.

— Printemps, Forge, le deuxième !

Les dés roulèrent de nouveau, se figeant cette fois sur le quatre, le un et le trente.

— Hiver, Mère, le trentième, pour un total de trente-cinq contre sept !

Silas grimaça, laissa néanmoins la somme de vingt-huit deniers. Et le jeu des Saisons et des Mois se poursuivit, la tension croissant à mesure que le tas de pièces, au milieu des joueurs, augmentait. Ce fut Furet, finalement, qui emporta la première mise – soit un total de près de dix sequins. Il commença donc la seconde partie – perdit quinze deniers et donna les dés à Théodora.

— Automne, Récolte, dix-se…

Elle ne put achever son annonce. Maria, roulant des yeux affolés, fit irruption à leur table.

— Maître ! Maître ! Le guet !

Autour d'eux, les clients se bousculaient déjà, prêts à fuir.

— La porte de derrière ! Vite ! aboya l'aubergiste, pressant ses complices vers le fond de la pièce et contemplant d'un air catastrophé les formes alanguies, hébétées qui, en dépit de l'agitation croissante, demeuraient affalées sur d'épais coussins.

— Je vais t'aider, marmonna Théodora, s'élançant vers l'un des ambrosomanes.

Trop tard.

Déjà, une quinzaine de sentinelles armées de glaives et de bâtons ferrés avaient fait irruption dans la salle, bloquant toutes les issues.

2

Scarpia – 12e jour du mois des Adieux

Le front collé à l'épaisse vitre, Pia fixait l'équipage qui s'éloignait de la propriété, laissant dans la cour deux enfants esseulés. Vêtus de haillons, ils regardaient autour d'eux d'un air désemparé.

Elle aurait voulu leur dire de courir le plus vite possible loin de cette demeure maudite, de fuir le sort abject qui les attendait à l'intérieur des murs.

Il lui suffisait d'ouvrir la fenêtre, de leur crier de courir se cacher dans les bois…

Au lieu de cela, elle baissa la tête, descendit d'un pas traînant les majestueuses marches de marbre menant au rez-de-chaussée et leur ouvrit la porte, bientôt rejointe par quatre autres servantes ; toutes évitèrent soigneusement d'échanger le moindre regard.

— Où on est ? s'enquit le plus âgé des deux, un bambin d'une dizaine d'années au nez constellé de taches de rousseur.

— Au château de Scarpia, répondit l'une des femmes. Venez, nous allons nous occuper de vous et vous rendre présentables pour l'arrivée de votre nouveau maître et de ses amis !

— On va faire quoi ? On va être comme vous ? Je pourrais pas aller plutôt avec les chevaux ? J'ai toujours aimé les ch…

— Nous verrons, coupa Pia. En attendant, il faut vous dépêcher d'aller vous laver !

— Le plus jeune a la tête couverte de poux !

— J'suis pas un garçon, j'suis une fille, d'abord ! s'écria la petite, fronçant son adorable nez. J'm'appelle…

— Au bain ! Et tout de suite ! coupa Pia précipitamment, peu désireuse de connaître leur identité.

Et, prenant la fillette par la main, elle l'entraîna vers les étages.

*

Arachnae

Alessio, prince d'Arachnae, observait d'un œil discret ses trois enfants installés à l'extrémité de l'estrade. Ils assistaient, attentifs, aux audiences matinales. Dissimulant son anxiété sous une indifférence sereine, Alessio reporta son attention sur Dame Ariana, l'envoyée du gouverneur de Lycosa. C'était une femme d'une cinquantaine d'années à la chevelure grise nouée en chignon, à la poitrine et aux rondeurs généreuses. Son visage lunaire et son regard myope dissimulaient une redoutable perspicacité. Son épouse, la princesse Julia, la détestait profondément et une moue à peine voilée manifestait clairement son mépris.

« Raison de plus pour l'apprécier. »

Les relations qu'Alessio entretenait avec Julia demeuraient courtoises, mais ce n'était un secret pour personne qu'il n'existait, entre eux, plus la moindre estime.

— … Et c'est pourquoi, Altesse, conclut Ariana, le seigneur Savine vous supplie de lui accorder un délai supplémentaire pour s'acquitter de l'impôt.

Julia émit un petit reniflement dédaigneux. Alessio fronça les sourcils, se renfonçant sur son trône pour mieux réfléchir. Lycosa souffrait toujours des séquelles de la guerre menée contre Bargella, des années plus tôt. L'île, hantée par le deuil, les spectres du passé et la misère, avait acquis une réputation détestable. Au vu de cette triste notoriété, il était extrêmement difficile pour Lycosa de retrouver une économie saine et une population abondante. Malheureusement, Alessio ne pouvait se permettre d'accorder au gouverneur Savine le délai qu'il demandait.

— Nous ne pouvons accéder à votre requête. L'impôt doit être payé en temps et en heure.

— Bien, Prince, murmura Ariana en baissant la tête.

Elle salua et allait se retirer quand Alessio la héla, interrompant son départ.

— Dame Ariana, vous dînerez à notre table, ce soir. Nous parlerons de Lycosa et trouverons un moyen d'améliorer sa situation.

— Merci, Prince.

Puis elle quitta la salle, un peu rassérénée.

— Étiez-vous vraiment obligé de l'inviter, Alessio ? souffla Julia. Et comment comptez-vous vous y prendre, pour redresser les finances de ce bout de rocher ?

De l'autre côté du trône, les Moires s'étaient raidies. Avaient-elles deviné ce qu'il envisageait ? Avaient-elles d'ores et déjà ourdi un plan pour le contrer ?

Atropos – dont il avait su le nom véritable quelques heures à peine avant sa mort – avait eu raison : celle qui avait pris sa place au sein de la Triade supportait très mal de n'être qu'un simple instrument entre les mains de son suzerain, et non le véritable pouvoir derrière le trône.

Affaiblies par la mort de Sienna, une mort tragique qu'elles n'avaient su prévoir, les Moires avaient été écartées du pouvoir par son héritière, aujourd'hui disparue. Quand Alessio était devenu prince, il avait poursuivi la politique de sa sœur, au grand déplaisir des Sorcières. Souvent, au cours des dernières années, il s'était demandé pourquoi ces prêtresses si puissantes n'étaient jamais parvenues à influer malgré lui sur son avenir, pourquoi jamais elles n'avaient fait usage de leurs effrayants pouvoirs pour modeler à leur gré son devenir. Une vingtaine d'hypothèses avaient traversé son esprit. Il n'avait pu en choisir aucune.

— Vous ne m'avez pas répondu, mon époux, insista Julia, brisant le cours de ses pensées. Comment comptez-vous rendre à l'île sa gloire passée ?

— L'un de nos enfants ira étudier à l'Académie militaire de Lycosa.

Julia se raidit.

— Cela ne vous convient pas ?

Elle se mordit les lèvres, ne répondit rien.

Le reste de la matinée s'écoula sans heurt, au rythme des audiences accordées aux différentes délégations et aux affaires courantes. Lorsqu'un rayon de soleil perça les vitraux pour se réfléchir sur le marbre d'une sculpture, annonçan d'un éclat rosé le zénith, Alessio se leva, mettant ainsi un terme aux audiences matinales. Avec un signe discret à l'attention d'un de ses serviteurs, ilquitta la salle du trône.

— Prince ? interrogea le domestique, un individu à la chevelure poivre et sel, et au bouc pointu.

— Nous dînerons dans le petit salon de nos appartements en compagnie de Dame Ariana, de notre épouse et de nos trois enfants. Veillez à ce que tout soit prêt pour les recevoir.

Avec un hochement de tête laconique, l'homme se retira, laissant le souverain dans son cabinet de travail.

Aussitôt seul, Alessio ferma la porte à clef et se glissa jusqu'à l'extrémité de la pièce. Là, il souleva prestement le pan d'une tenture et appuya sur l'une des pierres de l'austère paroi. Un passage s'ouvrit en silence, laissant un instant des effluences humides et âcres pénétrer dans le bureau. Le prince se saisit d'une lanterne, l'alluma et pénétra dans le boyau refermant le pan de mur derrière lui. Il accéda à un escalier étroit et commença sa descente. Il connaissait mieux que personne le dédale courant sous son palais – et sous la ville. Il avait été à la tête du réseau d'espions d'Arachnae lorsque sa sœur Olivia dirigeait la principauté et avait arpenté chaque coudée de cette gigantesque et complexe toile – jusqu'à en savoir par cœur les moindres recoins.

Sa maître-espionne, Fausta, raillait ce qu'elle appelait ses « fugues nostalgiques » et le tançait souvent pour son imprudence. Selon elle, un prince se devait de quitter sa demeure escorté de protecteurs efficaces et n'avait rien à gagner en errant, grimé et déguisé de surcroît, dans les ruelles tortueuses et mal famées d'Arachnae. Sans doute avait-elle raison ; néanmoins, ses régulières escapades nocturnes et ses occasionnelles investigations lui permettaient de se maintenir informé de la vie de sa capitale.

Enfin, l'interminable descente s'acheva. Alessio déboucha sur le seuil d'une étroite coursive. Évitant quelques dalles piégées, il continua son chemin. Il passa deux carrefours, traversa un pont surplombant une faille abyssale, puis arriva dans une petite pièce meublée de chaises rudimentaires, d'une table et de quelques coffres.

Comme il s'y attendait, son agent était déjà présent, assis sur un trépied dans le fond du réduit.

— Prince.

— Fausta, répondit-il avec courtoisie. Comment vous portez-vous ?

— Plutôt bien, considérant que le piège tendu à ma pupille a fonctionné à merveille.

— Pourquoi cette triste mine, en ce cas ?

— Parce qu'elle aurait dû l'éviter. Parce que j'aurais préféré ne pas employer ce genre de procédés. Parce que je lui ai offert un choix, lui ai laissé du temps pour y réfléchir posément, espérant qu'elle prendrait la peine d'y réfléchir… Au lieu de cela, la belle s'est envolée sous d'autres cieux…

— Un amant ?

— Non, le jeu, répondit-elle avec un soupir. Bref, je l'ai fait suivre et j'ai indirectement organisé son arrestation, au milieu de la nuit. En ce moment, elle se trouve dans une geôle, en compagnie de quelques marauds soupçonnés de se livrer à d'odieuses activités criminelles…

— Les meurtres d'enfants ? interrompit le prince.

— Comment avez…

— Je sais encore écouter les rumeurs de la cité.

Fausta ne releva pas.

— J'espère que, contrainte de travailler avec l'enquêteur principal et confrontée à cette ignoble réalité, elle mûrira un peu et acceptera enfin d'assumer ce qu'elle est appelée à devenir.

— Je le souhaite pour vous. Vraiment.

Sourcils froncés, Fausta lissa sa chevelure striée de gris, puis se redressa et tira d'une cache de sa tunique un étui de cuir oblong, couleur de suie.

— Voici ce que vous m'aviez demandé, Altesse. La preuve de la culpabilité d'Agrippina, de sa trahison future. Souhaitez-vous que je m'en occupe personnellement ?

— Il est trop tôt, Fausta. Je pense qu'elle peut encore nous être utile et nous mener à ses complices. Qui sait ? Peut-être même parviendrons-nous à remonter la piste jusqu'à ceux – ou celles – qui sont à l'origine de tout cela ?

Fausta le dévisagea un long moment, plissant ses yeux turquoise.

—Vous connaissez l'identité de ces individus ! s'exclama-t-elle enfin. Pourquoi ne pas me la dévoiler ?

— Vous n'y pourriez rien, sourit Alessio. Vous n'avez aucune preuve pour le moment : vous vous feriez broyer. Et puis, à l'heure actuelle, que pourrions-nous obtenir ?

— Éviter d'autres « accidents » ? Empêcher la mort d'un de vos vassaux ?

— Le moignon d'un corps démembré ne m'intéresse pas, Fausta. Je le veux tout entier, chair et âme : pour cela, la meilleure solution est de laisser faire. Continuez votre surveillance, ne négligez aucune piste, puis retrouvez-moi devant *La Victoire de Sienna* à la prochaine phase de lune. Et, Fausta, ajouta le prince d'Arachnae en s'engouffrant dans l'étroit boyau, ne soyez pas trop dure avec votre protégée : elle est si jeune !

Puis, empruntant des passages différents de ceux par lesquels il était venu, Alessio regagna son cabinet de travail et se prépara pour la soirée à venir.

Lorsqu'il passa le seuil du salon, un silence glacial l'accueillit. Son épouse et l'envoyée du gouverneur Savine l'attendaient, installées le plus loin possible l'une de l'autre.

— Heureux que vous ayez pu vous libérer, Ariana ! C'est un plaisir de dîner en votre compagnie. N'est-ce pas, Julia ?

Son épouse répondit par un sourire crispé.

— Qu'on nous apporte notre repas ! ordonna-t-il au majordome discret posté à l'entrée de la pièce. Et qu'on fasse venir nos enfants, ainsi que nous l'avions ordonné !

— Mais…

— Ils est grand temps, Julia, qu'ils participent aux décisions les concernant. À moins que vous n'ayez fait empoisonner les plats ? ajouta-t-il d'un ton désinvolte, que démentait la froideur de son regard.

Sa femme rit nerveusement.

— Chère Ariana, continua Alessio à l'attention de l'ambassadrice, nous avons décidé d'honorer votre Académie militaire d'une présence princière.

La nonce écarquilla les yeux de surprise.

— Nous pensons y envoyer notre fils, déclara très vite Julia.

— Ou l'une de nos filles, ajouta Alessio.

— Ce n'est…

— Pas une mauvaise idée, je sais, trancha le prince, mais je n'ai pas encore pris ma décision. Justement, les voilà !

Tous se levèrent pour accueillir les trois enfants. L'aîné, Tiberio, était un garçon mince et pâle, aux yeux anthracite et aux longues boucles noires. La cadette, Alessandrina, avait les iris améthyste et les pommettes acérées de son père. La benjamine, Artemisia, âgée de onze ans, possédait une chevelure raide, aile de corbeau et un regard trop grave pour son âge. Elle avait montré, très tôt, des dons de divination.

— Père, Mère, les saluèrent-ils, s'inclinant respectueusement devant eux.

— Dame Ariana, ajouta Tiberio.

— Installez-vous, les invita Julia. Votre père a quelque chose à vous soumettre.

À cet instant, un serviteur apporta un grand plateau chargé de victuailles : des crêpes fourrées au fromage et aux herbes, des mignardises ornées d'œufs de truite et de saumon, de minuscules croquants semés de miettes d'olive, ainsi qu'une grande carafe de cristal de roche remplie de nectar.

— Dame Ariana habite une île encore victime des séquelles de la guerre menée contre Bargella. Nous avons décidé, afin de renouveler l'intérêt de notre peuple pour ce territoire, d'envoyer l'un d'entre vous étudier à l'Académie militaire de Lycosa.

Les trois enfants s'entre-regardèrent.

— Je crains qu'ils ne soient encore trop jeunes, objecta Julia.

— J'ai eu une vision, murmura alors Artemisia, de sa voix basse, étrangement rauque pour une fillette si frêle d'apparence. Je souhaite, si vous m'en donnez l'autorisation bien sûr, ajouta-t-elle en fixant son père, la confirmer en votre présence par les Tarots de la Lune.

— Faites, je vous en prie, murmura le prince, ignorant ostensiblement l'expression courroucée de sa femme.

Dame Ariana observa la fillette, étonnée.

Artemisia tira de ses robes bleu nuit un jeu de cartes, en tria les arcanes majeurs, les passa sans un mot à son frère, puis à sa sœur, afin qu'ils les mélangent. Ensuite, elle tira plusieurs cartes qu'elle retourna aussitôt.

L'Amoureux. Sixième Arcane. Un homme entouré de deux jouvencelles à la beauté éthérée sous une voûte nocturne, éclairé par une lune en forme de croissant d'argent.

— Voici mon frère, ma sœur et moi, expliqua Artemisia, l'éclat de ses prunelles atténué par une légère brume argentée,

Julia pâlit. Alessio fronça les sourcils.

Le Destin. Dixième Arcane. Trois silhouettes voilées entourant un métier à tisser.

— Voici la destinée qui attend chacun de nous.

La Vierge. Dix-septième Arcane. Une fille au regard tourné vers le ciel étoilé. Inversé. *Le Pendu.* Douzième Arcane. Un personnage pendu par un pied à un frêne. Inversé.

— Voici, poursuivit l'enfant, la destinée d'Alessandrina. Si elle se rend à Lycosa, elle mourra. Voilà celle de Tiberio. S'il se rend à Lycosa, il mourra.

Elle tira la dernière carte de son jeu de Tarots. C'était *La Force.* Onzième Arcane. Une fille maîtrisant sans effort un énorme loup.

— Voilà ce qui m'attend si je me rends à Lycosa. Ainsi, j'irai à l'Académie militaire. Et je survivrai.

— Comment pouvez-vous…

— Je le sais, mère. Je l'ai vu.

— Mais…

— Iriez-vous à l'encontre de la trame tissée par la Triple Déesse ?

Alessio se recula, intrigué. Se pouvait-il que sa cadette, grâce à ses dons d'augure, ait deviné chez Julia une intention cachée ? L'élimination de Tiberio ? Si son épouse pouvait imaginer ce crime pour écarter du trône un garçon, elle ne se risquerait pourtant pas à s'en prendre à la vie d'Alessandrina. L'adolescente n'était-elle pas l'héritière qu'elle avait toujours désirée ?

Que signifiait, alors, l'inquiétant présage dessiné par *La Vierge* inversée ?

*

Scarpia

D'un geste indolent, le maître du château congédia les trois sybarites qui, durant une bonne partie de la matinée, avaient accompagné la chasse de leurs airs licencieux. Les chanteurs s'inclinèrent profondément puis se retirèrent.

— Où les avez-vous dénichés, Cesario ? s'enquit l'un de ses hôtes, suivant le balancement de leur croupe avec intérêt.

— Dans un bouge de Pholcida, répondit ce dernier avec un haussement d'épaules. Des noceurs qui se vendaient aux riches citoyens de la ville en échange d'une panse pleine et d'une couche décente. De ce que je sais – notez, l'histoire est amusante – ils ont le même père, un pirate qui, demeuré quelques jours à terre, aurait visité trois prostituées différentes au cours de son séjour…

— Mais ne sont-ils pas amants ?

— Leur situation n'en est que plus plaisante, non ?

Ses invités s'esclaffèrent.

— Que diriez-vous d'ajouter un peu de piment à notre journée ? interrogea Cesario.

Une lueur équivoque s'alluma dans l'œil de ses acolytes.

— Qu'entendez-vous par là, mon ami ? s'enquit Agostino, un homme aux yeux noirs, profondément enfoncés et aux lèvres rouge sang.

— Une traque un peu particulière. Agrémentée, disons, de quelques menues friandises sur le chemin. Voyez-vous, poursuivit-il, j'ai dans l'idée de renouveler le personnel de cette demeure. Après tout, cela fait près d'une saison que ces gens sont à mon service ! Et l'on m'a rapporté que certains songeaient à s'enfuir et tout divulguer...

— Fichtre ! Ce serait fort ennuyeux, en effet.

— Imaginez, Agostino, qu'il y a une dizaine d'années j'ai eu à subir ce genre de désagrément. Heureusement, j'avais été averti de ce qui se tramait. Il m'a suffi de maquiller quelques dépouilles pour détourner les soupçons... Une battue a été organisée afin de débusquer les « empuses » responsables de tant de morts. Néanmoins, j'ai dû déménager. C'est à partir de là que j'ai pris la décision – à moins d'exercer une domination complète sur leur esprit – de ne les garder que peu de temps auprès de moi. Je ne tiens pas à éveiller l'attention des autorités d'Arachnae. En héritant de ce manoir, je me suis dangereusement rapproché du centre de la toile. Il me faut redoubler de vigilance. D'ailleurs, je ne saurais trop vous conseiller de faire de même...

Les deux convives approuvèrent gravement.

Vitellius, un individu massif aux tempes grisonnantes et à la peau grasse, se saisit d'une tranche de viande, la trempa dans une sauce épaisse et l'engloutit d'une seule bouchée.

— Alors, que proposez-vous ? demanda-t-il, essuyant ses doigts sur la nappe.

— Quatre femmes de chambre doivent être remplacées, ainsi que deux valets, deux rabatteurs, l'apprenti du jardinier et le garçon d'écurie. Je suis assez curieux de savoir jusqu'où ceux-ci sont capables d'aller dans l'espoir de rester en vie. Quant à nos jeunes recrues, je songeais à en faire des récompenses de choix pour celui d'entre nous qui aura le plus de trophées à son actif.

— Si je comprends bien, récapitula Agostino en s'étirant, vous voulez organiser des épreuves durant lesquelles s'affronteront nos proies, rétribuer les vainqueurs en leur offrant la possibilité d'échapper à notre vigilance et permettre à celui d'entre-nous qui aura rattrapé le plus de fugitifs de profiter pleinement de la prime innocence des tendrons que vous avez acquis ?

— Je suis d'accord, intervint Vitellius, mais à une condition : que parmi ces traîtres potentiels, vous ne laissiez aucun survivant.

— Je n'en avais pas l'intention, rétorqua Cesario.

— À une magnifique après-midi, alors ! conclut Agostino, levant sa coupe aux reflets pourpres.

*

Arachnae

— Vous ! apostropha une sentinelle d'une voix claire, mais cassante.

Fronçant les sourcils, Théodora redressa la tête, fixant sans aménité la silhouette élancée qui se découpait sur le seuil du cachot. Son plus proche voisin, un individu qui empestait le mauvais vin, se leva en titubant.

— Laissez-moi sortir ! Vous ne savez pas qui je suis !

— Hélas, si ! répliqua la factionnaire. Et j'ai toujours peine à croire qu'un esprit si brillant que le vôtre puisse tomber si bas !

— C'est l'inspiration, la belle, qui guide mes pas, et puis mon cœur... Je ne chante... Je ne chante pas la beauté de ce monde, mais... mais... Mais sa laideur...

— Vous prenez de la boue, vous la transformez en or : je connais la chanson, Mercutio ! J'ai lu toutes vos œuvres.

— A... A... Alors...

— Alors, coupa sa geôlière, en le repoussant fermement, cela fait quatre longues années que votre poésie se résume à des mots avinés, des peintures malodorantes nées du vomi et des excréments que vous laissez dans les auberges en guise de paiement !

— Putain ! Ordure ! Sa... Salope !...

— Mais oui, c'est ça. Vous, là-bas ! Debout ! ordonna-t-elle, pointant le menton vers Théodora.

La jeune femme obtempéra, non sans avoir lancé un regard chargé de menaces aux autres prisonniers avachis dans la pénombre. Elle avait passé ses premières heures de détention à leur faire comprendre qu'elle n'était ni une mauviette ni une catin. Leurs parties les plus intimes s'en souvenaient encore ; quant à elle, son corps couvert d'ecchymoses témoignait de la brutalité de l'affrontement.

La milicienne, une femme à la mâchoire carrée, la saisit par le bras et l'escorta sans un mot jusqu'au bout du couloir. Deux soldats en faction, armés de dagues et d'épées, montaient la garde. Les voyant, l'un d'eux frappa deux coups secs.

— Entrez !

C'était une voix de basse, douce et ferme à la fois.

La porte s'ouvrit. Théo fut aussitôt propulsée à l'intérieur. Dès qu'elle pénétra dans la salle, elle fut prise de vertiges et sentit la réalité vaciller.

... Comme arrachées à un corps invisible, des fibres argentées aussi fines que les fils d'une toile d'araignée vont se perdre dans un maelström de brume chatoyante. Partant d'elle, un filament scintillant, plus épais que les autres, commence à s'étirer, lentement, vers l'inconnu...

Puis, aussi violemment que son étourdissement avait commencé, il cessa.

Et tout redevint stable. Clair et distinct.

Théo savait ce que cela signifiait. C'était un présage : le champ des possibles diminuait autour d'elle. La trame de sa destinée peu à peu s'épaississait, devenait une.

Elle reprit pleinement possession de ses sens. Un homme dans la fleur de l'âge installé derrière un bureau de bois roux, la dévisageait avec curiosité. Ses pommettes étaient hautes ; ses yeux gris vert étaient bordés de longs cils ; une petite fossette creusait son menton et sa chevelure brune était coiffée en catogan. Il portait, sur un simple pourpoint de cuir sombre, l'insigne de la milice d'Arachnae : quatre paires d'yeux séparés par une lame.

— Il y a certainement une erreur, commença-t-elle avec un sourire charmeur. Je me trouvais, par hasard, au mauvais endroit au mauvais moment et...

— Et vous voici suspectée, au même titre que les autres.

— C'est une plaisanterie ? Quelques dés qui roulent, un peu de monnaie qui change de main...

— Dans un galetas mal famé, fréquenté par la lie de cette cité... C'est d'autant plus criminel, jeune fille, que la salle de jeu du *Pendu renversé* est illégale, tout comme ce qu'on y vend.

— J'étais là par accident, d'accord ? Je suis membre de l'Académie. Si je me suis laissé prendre par vos hommes, c'est uniquement pour ne pas perdre mes contacts... J'étais infiltrée, vous voyez ? Impossible de faire autrement !

— *Impossible de faire autrement ?* répéta-t-il, levant un sourcil incrédule. Et pourquoi, je vous prie ?

— Une enquête, expliqua-t-elle très vite. Je vous le dis à vous, mais c'est confidentiel. Je suis sur la piste de dangereux assassins, et je savais qu'au *Pendu renversé,* ils auraient des renseignements.

— Par exemple, sur des ravisseurs d'enfants !

— Absolument ! s'exclama Théo, sans prendre garde au ton dangereusement calme de son interlocuteur. C'est ça ! J'étais sur leurs traces ! J'étais même sur le point d'obtenir tout un tas d'informations d'un type un peu trop porté sur l'ambroisie, quand la milice est arrivée et...

Alors, seulement, elle prit conscience de l'expression adamantine de son interlocuteur.
— Oups.
— En effet : oups. Ainsi que je l'ai dit, vous étiez soupçonnée au début de cet entretien, d'être mêlée à une effroyable affaire de meurtres d'enfants. Votre connaissance approfondie de l'affaire pourrait faire de vous la principale suspecte. L'un de vos compagnons de tablée prétend que vous lui avez été présentée sous le nom de Chiara. Un sobriquet volé au théâtre de rue. Ce qui tend à confirmer votre culpabilité, comme les différentes armes qui vous ont été confisquées.
— Mais…
— Au fait, continua-t-il imperturbable, insensible à l'expression catastrophée de Théo, je suis Tigran Gracci, capitaine dans la garde d'Arachnae.
— Écoutez, je n'ai rien à voir avec cette histoire ! éclata-t-elle enfin, ses prunelles cobalt lançant des éclairs de fureur. Je me nomme Théodora et je vous le répète, j'appartiens à l'Académie de Vespera !
— À quel titre ? Assurément, vous n'êtes pas espionne ! Vous êtes trop imprudente et mentez bien trop mal. Ce qui, soit dit en passant, vous rend tout aussi peu crédible en courtisane… Et vous êtes trop âgée pour être apprentie : vous avez passé la vingtaine, non ?
Théodora rougit et baissa les yeux, soudain honteuse.
— Alors ?
— Je… Je seconde le magister Villanova dans la salle d'armes, murmura-t-elle enfin. Et je… J'effectue de temps à autre quelques missions. J'ai éliminé une lamia, voici quelques mois.
— J'ai détruit trois goules il y a quinze jours, cela ne fait pas de moi un membre de l'Académie.
— Vous ne me croyez pas ?
— Pourquoi le ferais-je ?
— Parce que c'est la vérité ! s'écria Théo, exaspérée. Écoutez, j'ai faim, j'ai froid et j'ai passé une nuit merdique ! Si vous avez des doutes, vous n'avez qu'à envoyer un messager à Vespera pour vérifier qu'il y a bien une « Théodora » et qu'on en finisse !
— Je risquerais de me ridiculiser, rétorqua Tigran avec un haussement d'épaules. Je n'ai aucune envie d'être votre dupe.
— J'ai raconté n'importe quoi parce que j'ai paniqué ! J'étais là pour boire et pour jouer. Là ! Vous êtes content ? Je peux y aller, maintenant ?
— Non. Je n'ai absolument pas confiance en vous. Et vous me faites perdre mon temps. Gardes !
Aussitôt, la porte s'ouvrit.

— Veuillez reconduire cette jeune personne en cellule.

Les deux soldats se saisirent d'elle.

— Arrêtez ! Lâchez-moi ! C'est une erreur ! Une lamentable erreur ! Je vous l'ai dit, je suis allée au *Pendu* parce que j'avais besoin de me changer les idées, c'est tout ! Ne faites pas ça, capitaine, je vous en prie !

— Très bien, soupira Tigran. J'enverrai quérir un magister. Ce maître d'armes, probablement. Il sera, je pense, à même de vous reconnaître.

La jeune femme devint blême.

— Pas ça. Pas ça, je vous en prie.

Tigran fit un signe aux deux hommes, qui desserrèrent légèrement leur prise.

— Et pourquoi donc ? interrogea-t-il, se rapprochant d'elle avec une lenteur délibérée.

— Je... Je ne veux pas qu'il sache, souffla-t-elle.

— Quoi ? Que son assistante est une joueuse, sans doute ambrosomane ?

— Vous dites n'importe quoi !

— La vérité est une question de point de vue, éluda Tigran avec nonchalance. Votre maître d'armes vous pardonnera aisément vos incartades.

— Non, chuchota Théodora, incapable de réprimer ses pleurs. Il n'est pas comme moi... Je veux dire... C'est un homme d'honneur, il ne comprendrait pas.

Tigran effectua quelques pas dans la pièce, mains croisées dans le dos, ses bottes de cuir ferré résonnant froidement sur le sol de pierre.

— C'est un jugement bien dur que vous portez sur vous-même, Théodora.

Elle haussa les épaules, gardant ses yeux brouillés de larmes obstinément baissés.

— Très bien, dit enfin le capitaine. J'accepte de vous laisser une chance. Aidez-moi dans mon enquête, prouvez votre valeur et je vous rendrai votre liberté. Qu'en dites-vous ?

Une brume miroitante scintille devant les prunelles de Théodora. Des fibres iridescentes se détachent de son corps, s'enroulent autour d'autres filaments, les rendant plus épais, plus unis.

Un signe de la Destinée.

— Je...

— Alors ?

— D'accord.

— Parfait. Messieurs, amenez-la jusqu'à la morgue et demandez au mortuor de lui expliquer ce qu'il a découvert – qu'elle comprenne toute la gravité de l'affaire. Quant à vous, Théodora, présentez-vous demain, à l'aurore, ici même. Si vous avez ne serait-ce qu'une minute de retard, je lance contre vous la milice. Et je vous retrouverai, soyez-en sûre. Est-ce clair ?

La jeune fille hocha la tête en guise d'assentiment.

Demeuré seul, Tigran eut un soupir résigné et tira d'une pile de documents le dossier que Fausta, magister à l'Académie de Vespera, lui avait confié.

*

Scarpia

Un cri retentit, brisant le silence et glaçant le sang des deux enfants. Il y en eut un autre, plus perçant encore. La fillette commença à pleurer.

— J'veux m'en aller ! J'veux ma maman !

— T'inquiète pas ! murmura le garçon. On va bientôt rentrer chez nous !

Un troisième hurlement résonna dans la demeure, chargé d'une indescriptible douleur. Cette fois, l'enfant éclata en sanglots hystériques.

— Ma... Ma... Mamaaan...

Réprimant de son mieux la terreur qui lui tordait le ventre, le garçonnet s'aventura jusqu'à la porte, l'entrebâilla doucement. À cet instant, une plainte déchirante perça les ténèbres du couloir, suivie d'un affreux éclat de rire.

— Mamaaaaaan... Ma... Ma... Mamaaaaaaan...

La petite sanglotait sans pouvoir s'arrêter, secouée de spasmes de terreur. Soudain, une haute et large silhouette se dressa devant le jeune prisonnier.

— Qu'est-ce que tu fais là, toi ? Tu espionnes ?

— Je...

Une main le saisit, l'éleva dans les airs jusqu'au faciès hideux, couturé de cicatrices, d'un colosse à la chevelure rare et grasse.

— Mamaaan... Maaaaan... Ma... Ma... Mamaaan...

— Elle a pas bientôt fini de chialer, la morveuse ?

— Elle a peur !

— Ouais, ben heureusement qu'elle en a plus pour longtemps, parce qu'elle me rend dingue. Et l'autre idiote qui vous a même pas enfermés ! Ah putain, le maître a vraiment eu raison de s'en débarrasser, d'celle-là !

— Qu'est-ce... Qu'est-ce que vous allez nous faire ? renifla le bambin d'une toute petite voix. Qu'est-ce qu'on va devenir ?

Le géant allait répondre. Un hurlement d'agonie l'en empêcha. Alors, avec un haussement d'épaules, il jeta le gamin à l'intérieur de la chambre et ferma la pièce à clef.

Cette fois, les enfants n'auraient plus aucune chance de fuir.

*

Une heure, à peine, s'était écoulée depuis le retour Théo à l'Académie quand Ornella fit irruption dans ses appartements, ses yeux d'orage plus sombres encore qu'à l'ordinaire.

— Où étais-tu ?

— Une enquête en cours, marmonna la jeune femme.

— Menteuse ! riposta son amante, furieuse. Elena t'a vue rentrer, tout à l'heure, escortée par des soldats de la milice et dans un sale état !

— Et ?

— Tu as refusé ma proposition sous prétexte que tu avais besoin d'être seule, de réfléchir – mais en vérité tu n'étais même pas là ! Ne prétends pas le contraire : je suis passée te voir vers minuit et tu n'étais pas dans ta chambre !

Sentant à son tour la colère sourdre en son cœur, la bretteuse serra les poings.

Fille d'une comédienne et du célèbre dramaturge Tybalt Colonna, Ornella possédait un indéniable sens de la scène ; cela faisait partie de son charme et Théo acceptait sans difficulté ce goût prononcé pour l'exagération. Ce qu'elle tolérait beaucoup moins, c'était de se sentir espionnée – et de rendre des comptes.

— Qu'est-ce qui te pousse à croire que je n'étais pas chez moi ? Je n'avais peut-être simplement pas envie de te voir.

— Arrête, Théodora ! Tu n'étais pas dans tes appartements!

— Et quand bien même ? Ce n'est pas parce que nous passons de bons moments ensemble que nous devons être engluées dans une même toile, Ornella. Nous sommes amantes, pas siamoises !

— Il y a quelqu'un d'autre, c'est ça ?

— Je n'ai jamais prétendu être un modèle de fidélité. Et je ne t'ai fait aucune promesse, ma belle !

La courtisane recula, écarquillant les yeux comme sous l'effet d'une gifle.

— Maintenant, si tu souhaites vraiment savoir où j'étais, ce que j'ai fait et avec qui, je vais te le dire : je reviens juste de la morgue. Là-bas, un mortuor m'a expliqué dans les moindres détails le martyre d'un môme retrouvé hier dans le Labyrinthe ! Tu trouves que j'ai mauvaise haleine ? poursuivit Théo. Normal, j'ai vomi tout ce que j'avais dans le ventre, pas à cause de l'alcool, mais de ce que j'ai vu ce matin. Pauvre gosse. Tu sais ce qu'on lui a fait? On l'a frappé, brûlé, violé, au point que ses entrailles se sont déchirées ! Quelqu'un l'a torturé jusqu'à ce que son corps ne soit plus qu'un amas sanguinolent – alors seulement, il a été étranglé.

Ornella blêmit.

— De… Depuis quand travailles-tu là-dessus ? murmura-t-elle enfin, renonçant à toute vindicte.

— Pas très longtemps. Mais j'ai bien l'intention de continuer.

— Comment puis-je t'aider ?

— Tu ne pourras pas. Et puis, ça risque d'être dangereux. Tant que je n'ai pas la preuve que des personnes de haute condition y sont mêlées, ça ne sert à rien de t'impliquer.

— C'est ce que tu crois ? Qu'il y a des aristocrates mêlés à ces meurtres ?

Théodora réfléchit un instant. Comprit instinctivement qu'il s'agissait d'une piste à ne pas négliger.

— Ce n'est qu'une intuition pour le moment, mais c'est possible.

— Tu sais, je peux tout de même me rendre utile : j'ai des relations bien placées et je sais écouter. Laisse-moi essayer.

Et Ornella l'embrassa tendrement, dans le cou d'abord, puis sur sa gorge et enfin ses seins.

— Très bien, souffla Théo, caressant le corps voluptueux de son amante. Puisque tu insistes tant…

*

... Khaï Bahil ! Khaï Bahil ! Khaï Bahil !
Philo vasta cyonis...

Par ces vices et ce stupre et ces crimes infâmes,
Nous invoquons la souffrance

Elle cria, encore et encore, s'efforçant désespérément d'arracher les liens qui la maintenaient attachée, impuissante et nue, sur le lit.

... Khaï Bahil ! Khaï Bahil ! Khaï Bahil !
Philo vasta cyonis...

Il ferma les yeux. Sentit, une fois de plus, l'ineffable énergie engendrée par la terreur s'immiscer en lui, couler tel un feu brûlant dans ses veines. D'un mouvement solennel, il se leva et s'approcha d'elle.

... Khaï Bahil ! Khaï Bahil ! Khaï Bahil !
Philo vasta cyonis...

Le chant des fidèles s'était fait plus lourd, plus solennel.

Il tira son couteau sacrificiel de sa ceinture, entailla le poignet de la victime et recueillit dans un petit cratère d'étain orné de minuscules piques acérées l'ichor qui s'en échappait.

Par ces orgies ignobles, et ces bêtes sans âme,
Nous invoquons la peur...

À son tour, il se blessa, laissant son sang se mêler avec celui de l'innocente dont les hurlements avaient laissé place à des sanglots hystériques. Puis il se tourna vers l'homme nu, examina attentivement son épiderme – et commença à tracer des arabesques sur sa peau.

3

Arachnae – 15e jour du mois des Adieux

Indifférent au poids de son fardeau, l'homme se faufilait dans les venelles insalubres du Labyrinthe. C'était là, en ces lieux de misère et de dénuement, que le corps martyrisé de la malheureuse fillette aurait le plus de chances d'être découvert. Une enquête discrète permettrait de remonter à la source sans alerter les hautes sphères de la société. S'il l'avait laissé dans les faubourgs de Vespera ou de Palatine, aux abords de l'Académie ou des riches résidences de la noblesse, l'affaire aurait fait scandale et serait trop rapidement remontée aux oreilles de son maître. Sitôt prévenu de la découverte du cadavre, celui-ci n'aurait que quelques manœuvres à effectuer pour effacer toute preuve le liant à sa petite victime.

Et cela, il ne pouvait l'accepter.

Pourquoi lui était-ce impossible de se rendre aux autorités de la ville, de dénoncer Cesario Scarpia et ses complices pour les crimes immondes qu'ils commettaient ? Il l'ignorait. Une indéfectible et incompréhensible loyauté l'en empêchait. Il avait voulu essayer, pourtant. Avait tenté à maintes reprises d'approcher l'un des cinq offices de la milice d'Arachnae. Chaque fois, ses pas l'avaient mené ailleurs. Dans une errance sans but. Dans un estaminet. Entre les jambes d'une putain. Et ce, sans qu'il conserve au fond de son esprit autre chose qu'un vague souvenir. Avec le temps, à force il était parvenu à comprendre qu'il ne pourrait jamais trahir son maître, qu'il en était l'esclave et mourrait pour lui. Mais il avait également réalisé qu'il ne lui était pas interdit de souffrir pour tous ces innocents. Et de sa douleur, de sa culpabilité, naissait une force nouvelle qui émoussait cette affreuse emprise.

C'était ce qui lui avait permis, plusieurs fois déjà, de se débarrasser, à sa façon, des cadavres. En leur laissant une chance d'être découverts.

Survivrait-il, si sire Cesario venait à être pris ?

Certainement pas. Il était coupable de tant de crimes. Avant-hier, encore, n'avait-il pas tranché le cou de Pia ?

Un flot de bile jaillit de ses lèvres, corrodant ses gencives, faisant naître des larmes dans ses yeux. Il se courba brutalement. Cracha le fluide amer qui avait envahi sa bouche.

Puis demeura quelques minutes immobile, penché sur la dépouille de la fillette qu'un spasme involontaire avait dévoilée. Fixa de ses yeux brouillés par les pleurs le crâne lisse, les orbites creuses, noires et coagulées, de la victime.

L'averse reprit de plus belle. Ravalant ses remords et son chagrin, l'homme empoigna de nouveau son fardeau et poursuivit sa route sous les cieux enténébrés d'Arachnae.

*

Il avait plu toute la nuit. L'une de ces pluies glacées, denses et brumeuses, qui annonçait les frimas de l'hiver. Les pavés bien entretenus des avenues et des rues aérées du Palatine et de Vespera luisaient, réfléchissant les timides lueurs de l'aube voilée par les nuées. Plus loin, dans les faubourgs de Malvola, la pierre laissait place au sable et à la terre battue. Et dans le Labyrinthe, les traboules tortueuses se métamorphosaient en torrents boueux et insalubres à la moindre averse.

Chaudement emmitouflé dans sa houppelande de toile huilée doublée de laine, Tigran regagnait son office, un peu découragé de n'avoir une fois encore rien découvert. Pourtant, même si le temps hostile et glacial n'incitait guère les citoyens d'Arachnae à mettre le nez dehors, les tavernes étaient bondées et les gens, enflammés par le vin chaud, étaient enclins à parler.

« J'ai l'air trop honnête, trop droit pour inspirer confiance, là-bas. »

Avec un reniflement dépité, il passa le seuil de son office. l y avait établi ses quartiers depuis une dizaine d'années, peu après avoir été nommé capitaine de la section nord du Labyrinthe.

Comme si avoir combattu Bargella et vécu le siège de Lycosa faisait de lui un expert. Comme si avoir tué d'autres hommes, incendié des navires et vu sans émoi s'éteindre la dernière étincelle de vie dans le regard de ses frères faisait de lui un sage. Il n'avait que vingt ans, alors. Il n'avait fait que suivre les ordres et, s'il avait occis des dizaines d'adversaires et tenu une position désespérée près des remparts en ruine, c'était pour survivre, sauver sa peau ou mourir en essayant. Rien de plus.

Cela ne suffisait pas à faire de lui un héros.

Avec un soupir las, le capitaine monta les escaliers menant à ses appartements, sous les combles. Passé le seuil, il se débarrassa de sa cape et la jeta sur son vieux fauteuil de cuir patiné puis se laissa tomber, éreinté, sur sa couche. Bercé par le clappement mat de la pluie contre le toit d'ardoise, il ferma les paupières.

Les rouvrit en sursaut.

Corps livide, couvert de contusions et de taches violacées. Traits figés. Regard aveugle. Images brutales, insoutenables dansant devant lui, chassant l'oubli bienheureux du sommeil avec fureur.

Tigran se redressa, haletant. Passa les mains sur les tempes et les joues. Inspira profondément.

Huma, soudain, un subtil parfum de tilleul.

Il n'était pas seul.

Aussitôt, il se leva, regarda autour de lui, traquant l'intrus dans les ombres les plus épaisses de la pièce éclairée par un petit brasero.

Enfin, il la vit.

Théodora.

Elle était assise de l'autre côté de la pièce et dormait, appuyée au mur, la tête contre les genoux.

Chez lui. Sur son territoire.

— Qu'est-ce que vous foutez chez moi ? rugit-il en la secouant, conscient de l'utiliser comme exutoire.

La jeune femme dodelina de la tête, clignant des yeux comme une chouette et se passa doucement la langue sur ses lèvres desséchées.

— Je… Je suis venue vous tenir compagnie, croassa-t-elle, levant des prunelles troubles, piquetées de reflets dorés.

— Mais vous êtes ivre !

— Pas du tout… Enfin… Un peu… Oui… Mais on s'en fiche, hein ?

— Pourquoi êtes-vous venue cuver ici ? Ils ne peuvent pas prendre soin de vous, à l'Académie ?

— Parce que… Parce que… C'est pourtant évident, non ?

Elle se redressa, voulut s'accrocher à son cou. Le capitaine la repoussa, dévoilant ainsi le flanc ensanglanté de la jeune femme.

— Qu'est-ce qui vous est arrivé ?

— Si vous m'embrassez, je vous le dis.

Tigran déposa un léger baiser sur son front, la souleva et la porta jusqu'à sa couche. Puis il l'abandonna, le temps de fouiller dans ses affaires. Il imbiba d'eau fraîche plusieurs linges propres, ouvrit un pot contenant une préparation à base de plantes médicinales, se saisit d'un flacon de métal et revint vers la jeune femme au regard pailleté d'or. Il lui souleva la tête, porta la flasque à ses lèvres. Théo en avala une longue rasade et toussa, retenant à grand-peine un haut-le-cœur.

— Ça devrait vous éclaircir un peu les esprits, maugréa le capitaine. On nous donnait ce tord-boyaux, à Bargella, quand on était un peu trop amochés… Ça nous permettait de tenir pour une dernière bataille.

— Très poétique…

— Taisez-vous et buvez.

Le temps que le breuvage dissipe, en partie, les effets de son hébétude, Tigran nettoya la plaie et la recouvrit de l'emplâtre verdâtre tiré un peu plus tôt de ses affaires. Quand ce fut terminé, les iris de la bretteuse avaient retrouvé un peu de leur teinte habituelle.

— Pouvez-vous, à présent, m'expliquer ce qui vous est arrivé ?

— Je crois, oui. Je peux avoir à boire, dites ?

Tigran lui servit de l'eau.

— Je me suis fait piéger comme une débutante, dit-elle enfin, écœurée, en reposant son verre vide. Lamentable. Et tellement stupide… J'étais dans le Labyrinthe. Du côté du Cloaque. Là où, en ce moment, les gens crèvent de froid. En plus des maladies habituelles, je veux dire. Je traînais dans un tripot appelé… Non, laissez tomber le nom, ils n'y sont pour rien, là-bas… Dites, vous voulez bien m'héberger ? Je me sens vraiment mal et je ne peux pas mettre les pieds à l'Académie dans cet état…

— Ne vous inquiétez pas.

— Vous êtes mignon… Avant d'oublier… Je sais pas combien de temps votre gnôle fera effet, mais j'ai… J'ai dû boire de l'ambroisie, vous voyez. Je ne pouvais pas faire autrement…

Elle cligna de nouveau des yeux.

— Bien sûr, railla le capitaine. On vous y a obligée.

— D'accord. J'aime bien de temps en temps… Inutile de vous énerver… Mais là, ça n'avait rien à voir… Donc, j'étais dans ce bouge… Je connais le patron. Un type pas très propre, mais qui a son utilité. Quand on cherche certaines choses précises.

— Comme de l'ambroisie ?

— Pas seulement.

Elle haussa les épaules. Réprima une grimace de douleur.

— Des informations, surtout, reprit-elle. Qui sait quoi. Qui veut quoi… Ce genre de choses. Il coûte cher, mais ses renseignements sont fiables. Et puis, ça fait quelques années que je fréquente les lieux…

Tigran la dévisagea, incrédule. Comment était-il possible qu'une femme si jeune ait connaissance de ce genre d'endroits ? Il n'était pas naïf au point de croire que l'Académie de Vespera ne formait que des lettrés, des ambassadeurs talentueux et des courtisanes, mais qu'on laisse des novices errer dans des coins aussi sordides et mal famés…

« Est-ce pire que ce que j'ai vécu au même âge ? »

— Je lui ai demandé qui s'occupait de prostitution, poursuivit Théo d'une voix de nouveau pâteuse. Pas le genre mère maquerelle au grand cœur, hein… Encore moins souteneur honorable – où que soit son honneur, d'ailleurs… Je lui ai dit que je cherchais quelqu'un d'assez veule, immoral et sans scrupules pour faire du commerce de gosses… Après… Merde… Je crois que je vais tourner de l'œil.

Immédiatement, Tigran lui fit boire quelques gorgées de cordial. Déjà la jeune femme avait fermé les paupières et commençait à dodeliner.

— Théodora !

Elle sursauta.

— Vous m'expliquiez comment vous êtes parvenue à obtenir des informations sur les ravisseurs d'enfants.

— Ah oui… Le type. Il m'a indiqué une place. Un immense marché souterrain, situé dans les décombres d'anciens bâtiments, Inferna. Mais vous connaissez, peut-être… Je me suis rendue là-bas… Je… Ce n'était pas si difficile, pour moi, de me repérer. J'y étais déjà allée. Juste comme ça. Pour voir.

Elle se redressa légèrement. Eut un sourire amer.

— J'ai une sorte de sixième sens, vous savez… Une intuition qui me guide, m'oriente. Me piège, sans doute… Quand je suis sur une piste, je ne me paume pas. Bref… J'ai traversé ce dédale… Évité les goulets et les culs-de-sac. Pas difficile, remarquez. Suffit de fuir les odeurs de pisse… J'ai quand même dû passer par des arrière-cours encombrées d'ordures et de charognes – un vrai festival. Puis je suis arrivée à l'entrée de cette bouche noire… Une gueule ouverte sur les enfers.

Théo cala une mèche sale derrière son oreille. Dévisagea longuement Tigran. Le capitaine détourna rapidement le regard. De nouveau bleu cobalt, les yeux de la jeune femme brillaient d'un éclat troublant.

— Donnez-moi encore un peu de votre tord-boyaux, capitaine.

Elle but d'un trait. Inspira longuement.

Quand elle reprit, la bretteuse épuisée avait recouvré ses esprits.

— Pour entrer dans Inferna, il suffit de glisser quelques deniers aux colosses qui en gardent l'entrée. Même si je suis persuadée qu'il existe d'autres moyens. Ils s'écartent, vous jaugent de leurs yeux éteints et vous laissent passer. J'ai descendu une volée de marches taillées dans la roche. Ça m'a menée au seuil de cette immense caverne. Cet estomac gigantesque, éclairé çà et là par d'énormes fanaux rougeoyants – un truc magique, à tous les coups… Entre les ruines et les décombres, dans tous les coins, même les plus improbables, il y a des camelots. Des types qui vendent n'importe quoi. À n'importe qui. Un vrai cauchemar. Pourtant, ça a quelque chose de... Je sais pas... Fascinant, je crois.

Elle poursuivit son récit, les yeux fixés sur la flasque de métal cabossée.

— Quand vous allez là-bas, que vous observez... Vous avez l'impression que les pires raclures et la fange d'Arachnae, les déchets humains et cette sorte d'aristocratie décadente, avide de plaisirs vicieux se sont rassemblés là pour une orgie... Oui. C'est ça, Inferna. Une fête permanente. Sauf que ce qu'on y bouffe, c'est de la chair humaine et qu'on y fait valser les monstres... Faut croire que ça me démangeait. J'ai sauté sur la première occasion pour y retourner... J'ai vu pas mal de choses. Rencontré des gens. Des collectionneurs. Des alchimistes. Des bouffons. Des pervers, amateurs de difformités et autres membres amputés. Des courtisanes déchues, des ambrosomanes et de riches citadins masqués, parés de velours précieux. La face visible des enfers... Finalement, j'ai dégoté un groupe de joueurs. Et je me suis comportée comme une imbécile. J'ai trop bu – et j'ai trop gagné.

Elle baissa la tête, honteuse.

— Théodora, Inferna est l'un des pires lieux d'Arachnae, et tout ce qui vous préoccupe, c'est de ne pas avoir triché ?

— Je me suis laissée emporter par les Saisons et...

— Vous avez trouvé celui que vous étiez venue chercher, au moins ? l'interrompit Tigran, soudain très las.

— Le Fèqueux ? Il n'était pas là-bas. Mais j'ai appris qu'on l'y trouvait chaque semaine, le tertius généralement. J'ai également entendu qu'il avait reçu plusieurs fois un client très inhabituel. Et très riche. Le Fèqueux n'attire pas ce genre de types, d'habitude. Il aurait été payé en pierres précieuses. On dit que c'est pour ça qu'il se fait rare : moins fauché, moins tourmenté, plus méfiant que jamais... Voilà ce que j'ai appris. C'est en sortant d'Inferna que je me suis fait poignarder.

— Et les agresseurs ?

— Un seul homme, qui a volé ma bourse et s'est enfui.

— Je vois. J'imagine que votre sixième sens était engourdi ?

— Ça va ! Je ne pouvais pas refuser l'ambroisie !

— Un simple « non » aurait peut-être suffi. Combien de coupes ?

— Des coupes ? ricana Théo. Vous voulez rire ? Là-bas, on n'utilise pas ce genre de choses. On partage ses miasmes. On boit à même la flasque... Capitaine, je crois que je vais vraiment me sentir mal, maintenant...

*

Julia, le front collé à l'épaisse vitre de sa chambre, regardait tristement l'aurore ôter le voile nocturne quiavait recouvert la capitale d'Arachnae. De pâles nuances de parme et de rose irradièrent l'horizon. Elles disparurent, noyées sous la pluie continue que dégorgeaient des nuées uniformément grises.

En écho parfait à son humeur matinale.

— Je te hais, murmura-t-elle d'une voix morne, sans timbre. Je te hais, Alessio.

À cause de lui, Artemisia quitterait bientôt le palais en compagnie d'Ariana. Cet acte politique, sans attiser les braises de la rivalité et de la discorde parmi ses vassaux, assurait au prince le soutien de Lycosa et permettrait sans doute à cette région de retrouver une bonne partie de son prestige passé. Mais à quel prix ?

Julia se massa les tempes. Secoua la tête. Regagna, lentement sa couche.

— Je te hais, répéta-t-elle, serrant les poings de colère.

Plus que jamais, elle se sentait prisonnière.

Elle avait espéré, en épousant Alessio, acquérir un certain statut, peser dans la destinée d'Arachnae, rendre un peu de sa superbe au sang des Segesta.

Espoir nourri des fantasmagories d'une jeune fille trop romantique, trop ambitieuse aussi. Espoir mort-né.

Julia ne comptait pas. Elle n'était rien, à Arachnae – sauf le corps nourricier chargé de mettre au monde les héritiers des Sforza. Au départ, elle avait tenté de construire une relation d'estime et d'amitié avec le prince. Avec le temps, elle s'était aperçue que cela ne servait à rien. Son opinion ne l'intéressait tout simplement pas. Désemparée, la jeune femme s'était tournée vers les seules personnes en qui elle pouvait avoir confiance. Les Moires. Les plus proches conseillères d'Alessio. Julia espérait que les trois Sorcières intercéderaient en sa faveur. Ses prières n'avaient d'abord trouvé que peu d'écho en elles. Puis Atropos avait passé les portes de la dernière Lune, Lachesis avait pris sa place et une nouvelle incarnation de Clotho, la déesse en sa virginale pureté, était apparue à leurs côtés. Peu à peu, sa terrible situation avait changé. La nouvelle Lachesis venait souvent la voir, dans ses appartements. Elle prétendait que la maternité rapprochait les femmes – et avait certainement raison à ce sujet. Elle avait également, à de nombreuses reprises, fait d'alarmantes allusions. Le règne de son fils, Tiberio risquait de bouleverser Arachnae, d'apporter le malheur et la désolation. La Moire avait déjà tenté d'en avertir le prince. Mais celui-ci se refusait à l'écouter.

D'abord méfiante, Julia avait peu à peu compris que la défiance de son époux envers ses conseillères avait quelque chose d'anormal et de malsain.

Julia s'était rendu compte qu'elle avait enfin un rôle à jouer : Arachnae était menacée par l'aveuglement d'un mâle décadent, prêt à tout, même à défier le destin, pour faire de son fils malingre l'héritier de la principauté. Elle serait celle qui l'en empêcherait.

Pourtant, en dépit de sa détermination nouvelle, Julia ne pouvait s'empêcher de se sentir manipulée. En proie à d'insupportables doutes, elle s'en était ouverte à Agrippina, sa sœur aînée, gouverneur de la cité de Segestae et politicienne de talent. Peu de temps après, Agrippina lui avait rendu visite et lui avait promis son plus indéfectible soutien.

C'était sept ans auparavant. Et à présent…

Tiberio.

Était-elle monstrueuse, de vouloir sa mort ? Était-elle monstrueuse, de n'éprouver pour son fils que pitié et dégoût ? Était-elle monstrueuse, de vouloir sacrifier une vie pour sauvegarder Arachnae ?

Jusqu'à présent, jamais Julia n'avait pu se résoudre à cet infanticide, remettant encore et encore ce crime au lendemain. Mais aujourd'hui…

— Je te hais, Alessio. Si tu savais combien je te hais !

Seul le silence répondit à ses sanglots désespérés.

*

C'était une petite fille. Sept ans, pas plus. Certainement issue d'un milieu très pauvre, car elle n'avait véritablement que la peau sur les os. Son crâne rasé présentait des dizaines de minuscules croûtes noirâtres, indiquant qu'elle avait eu les cheveux infestés de poux.

Sa frêle poitrine était couverte de trous bruns, semblables à des escarres. Ses poignets, le creux de ses coudes et de ses genoux, avaient été ouverts : elle s'était lentement vidée de son sang.

Elle avait été brûlée par des instruments divers. Elle avait été violée. Elle avait été énucléée, enfin. Et ses tortionnaires avaient utilisé ses orbites sanglantes et aveugles comme réceptacles de leur semence.

Elle gisait là, sur cette table de pierre nue, victime poignante et effarante de la barbarie des hommes. Car, sans aucun doute, c'était bien des êtres humains qui avaient commis ce crime. Des frères de race. Des semblables. Là-dessus, l'analyse du mortuor ne laissait aucune place au doute.

Des *semblables*.

Un grand frisson secoua le corps de Tigran, laissant exsuder sur sa peau une humeur collante, humide, glacée – comme si son être tout entier rejetait, honteux, toute possibilité d'appartenance à la même espèce que ces monstres. Le capitaine lança un bref coup d'œil à la jeune femme qui se tenait à ses côtés. Elle tremblait et, à la lueur des braseros, sa peau avait pris la teinte cireuse des cadavres.

— Vous pouvez sortir, vous savez, murmura-t-il.

— Non, répondit dans un souffle Théodora, fixant de ses prunelles cobalt la petite dépouille dévastée. Non. Je veux graver dans ma mémoire chaque lésion, chaque offense faite à cette enfant. Je veux me souvenir de ce visage aveugle, mutilé. De ce corps outragé.

— Pour rendre coup pour coup ?

Théo hocha la tête. Ferma brusquement les paupières, esquissant une grimace de douleur et porta instinctivement la main à son flanc. Le guérisseur venu à l'aurore soigner sa plaie et la tirer de sa torpeur éthylique n'avait pu complètement refermer la blessure.

Enfin, la souffrance cessa, la laissant chancelante et transie. Sans un mot, Tigran la guida, contournant des récipients pleins d'étranges et brumeux liquides posés à même le sol glacé, jusqu'à l'extrémité de la salle. Là, il l'assit sur un trépied et d'un signe bref, ordonna au mortuor d'approcher.

— Qui a découvert la dépouille, cette fois ?

— L'Outre, un peaussier du coin. D'après ce qui m'a été rapporté, il revenait d'une beuverie quand il a découvert la fillette, abandonnée sur un monceau d'ordures.

— Comme la dernière fois.

— Comme *toutes* les autres fois. Et, comme toutes les autres fois, le crime n'a pas eu lieu là où la victime a été retrouvée. Il se peut même que ces innocents n'aient pas été tués à Arachnae.

— Qu'est-ce qui vous fait penser ça ?

— Sur la majorité des corps, j'ai remarqué des traces d'humus. Comme s'ils avaient été traînés dans la terre avant d'être soulevés et transportés jusqu'en ville. D'ailleurs, je crois plausible que cette gosse a été – oh, pas longtemps, trois heures tout au plus – mise en terre.

— Pourquoi ? murmura soudain Théodora d'un ton rauque, étranglé. Pourquoi les laisser dans le Labyrinthe ?

Le mortuor essuya machinalement ses mains sur l'épaisse cotte de toile grise qu'il portait par-dessus son surcot de laine.

— J'ai laissé plusieurs de mes hommes sur place avant de vous prévenir. Avec l'accord de la milice bien sûr, précisa-t-il.

— Il pleut, maugréa Tigran. Ça ne va de toute façon pas être évident.

— Vous n'avez ni l'un ni l'autre répondu à ma question. Pourquoi les abandonner au vu et au su de tous, si ces… Si ces enfants peuvent être inhumés dans l'anonymat le plus absolu ?

Tigran échangea un regard sombre, plein d'inquiétude, avec le mortuor.

— Il y a une dizaine d'années, une série de crimes atroces a été perpétrée dans le quartier de Malvola. Des jeunes femmes, prostituées ou filles de modeste condition, ont été retrouvées mortes, en différents lieux de la ville. Elles avaient été violées. Et mutilées. À l'une, il manquait une jambe. À l'autre, un bras… J'ai rapidement compris qu'en ôtant, à chaque fois, un membre différent à ses victimes, le tueur tentait de créer un nouveau corps.

— L’Arlequin sanglant ? souffla Théodora, abasourdie.

— Oui. L’Arlequin sanglant, répéta-t-il avec une moue désabusée. C’est la gazette de l’époque, qui lui a trouvé ce sobriquet. Entre nous, on l’appelait simplement le boucher. L’équarrisseur. Mais ce surnom théâtral lui plaisait. Il était en quête de gloire. De reconnaissance. Se considérait comme un artiste. C’est pour cette raison qu’il semait tous ces cadavres dans son sillage : il s’agissait d’un défi lancé à la garde de la cité, d’un jeu de piste créé spécialement à notre attention pour nous guider jusqu’au cœur de son antre. Pour que nous soyions les premiers à contempler son chef-d’œuvre.

Un rictus amer voila un instant les traits de Tigran.

— Vous l’avez eu, non ?

— Oui, on l’a eu eu, répondit-il lentement. Mes hommes et moi, on a fini par acculer cette ordure et la tuer. Mais combien d’innocentes ont péri avant que nous y parvenions ? Si l’assassin est un monstre de la même nature…

— Il n’est pas seul, rappela le mortuor. Les blessures de la victime, comme l’épanchement dont elle serait de toute façon décédée, ont été provoquées par de multiples viols. Vos dons de thaumaturge, j’imagine, ne vous apporteront pas plus d’éléments ?

L’horreur de sa dernière tentative remonta brutalement dans sa gorge. S’appuyant instinctivement contre le mur de pierres, Tigran retint à grand-peine une nausée.

— Trop d’émotions. Trop de violence…

— Vous êtes clairvoyant ? s’enquit Théo.

— Non. Je possède de très faibles capacités élémentaires. Juste assez pour déchiffrer l’invisible sur une scène de crime et recueillir les dernières impressions éprouvées par un mort.

Sans un mot, Théodora s’approcha du cadavre, examina ses membres tuméfiés, suppliciés. Ses chairs martyrisées. Son visage dénaturé. Posa les mains de chaque côté du petit crâne, s’efforçant de concentrer sa colère et sa détermination, de les métamorphoser en énergie tellurique, essayant d’ouvrir en son être les vannes de la prescience, ce don latent qui jamais n’avait été exploité. Au bout d’un long moment, la jeune femme sentit un étrange flux monter en elle, s’étirer, se distendre, projetant autour de lui des myriades de particules argentées – puis plus rien.

Elle rouvrit les yeux. Avec, pour tout indice, une odeur un peu écœurante de rose et la certitude que ses tortionnaires étaient issus de la noblesse.

*

Parée d’une longue toge de soie vaporeuse qui dénudait ses bras ornés de tatouages raffinés, Ornella souriait avec grâce, incarnation parfaite de la beauté douce et nacrée des jeunes filles en fleurs. Inclinant son cou de cygne avec une élégance ingénue, sa longue chevelure aux boucles indolentes relevée en chignon, elle avançait parmi la foule de courtisans massés dans l'immense vestibule tendu de velours du Grand Théâtre d'Arachnae.

On y jouait, cette matinée, l'un des plus grands succès de son père : *Carmella*. Cette comédie cynique contait les déboires d'un jeune homme trop naïf amoureux d'une aventurière vénale. Contrairement à la plupart des pièces satiriques dans lesquelles les vilains mouraient, laissant la victoire aux jeunes premiers, *Carmella* n'avait pas de dénouement heureux. Tazzio était spolié de tous ses biens et terminait ses jours dans la misère. Son père, qui s'était du mieux possible opposé à la prétendante, mourait – tué par son propre enfant. Et le rideau tombait sur le triomphe de Carmella, quittant ses victimes sans regrets ni remords, se préparant à séduire et détruire d'autres proies :

Ne pleurez point ces hommes, ni n'ayez pitié !
Tazzio, crédule, et par l'amour aveuglé ;
Marcus, fourbe modèle de vertu outrée,
Trahi par son orgueil et sa lubricité...
N'ont-ils pas récolté tout ce qu'ils ont semé ?
La Destinée, en vérité, les a jugés
Et pour leurs faiblesses, leurs passions, condamnés.
Moi, je n'y suis pour rien. Ne suis-je pas restée
Fidèle à moi-même ? Ai-je seulement changé ?
Ai-je menti ? Triché ? Nié ce que j'étais ?
Non ! Jamais ma nature je n'ai renié.
Jamais l'amour ni le désir n'ont occulté
Ma raison au point de me pousser à tuer
Ceux dont je suis la chair, ceux dont je suis le sang !
Jamais la passion, ni la concupiscence,
N'ont provoqué en moi autant d'incohérence,
De haine, de violence.
Je m'en vais, à présent,
Pur miroir de vos désirs comme de vos peurs,
Sombre beauté jouant des âmes et des cœurs.

Cette comédie acerbe possédait encore, des années après, une aura de soufre assez persistante pour faire salle comble à chaque représentation.

Cependant, Ornella n'était pas au théâtre pour admirer les talents littéraires de son père, mais pour tenter de deviner qui, au sein de cette noble assemblée, pouvait être suspecté de commettre des viols et des meurtres d'enfants. Ainsi, il lui fallait être suffisamment attirante et sensuelle, spirituelle et ingénue, pour attiser le désir des quelques sybarites dominant les bacchanales où folâtrait la noblesse décadente… et les attirer dans ses rets.

La jeune courtisane s'était dirigée vers le grand escalier de bois menant aux balcons et en avait gravi les premières marches lorsqu'une main délicate se posa sur son épaule.

Elle se retourna, un peu surprise et découvrit une femme d'une cinquantaine d'années peut-être, aux prunelles sombres, aux pommettes larges, à la chevelure grise et ondulée. Reconnaissant la gouverneure d'Arachnae, Ornella effectua une profonde révérence.

— Relevez-vous, ma chère ! N'êtes-vous point la fille de Tybalt Colonna ? s'enquit l'aristocrate d'une voix mélodieuse.

— Si, Madame.

— *Carmella* n'est pas ma pièce favorite – j'avoue avoir une nette préférence pour Dora, mais c'est une question d'âge. Sans doute est-ce parce que l'affrontement entre Junie et sa jeune rivale intéresse plus mon cœur. Ma fille, elle, idolâtre Carmella ! Dites-moi, pourquoi ne venez-vous pas vous joindre à nous ?

L'occasion était trop belle.

— Ce serait un honneur pour moi, gouverneure.

Ornella, saisissant le bras que lui tendait Dame Agatha, l'escorta jusqu'à sa loge. Quelques personnes s'y trouvaient déjà : ses deux enfants, Octavio et Phœnia, ainsi que des élégants au regard curieux.

— Mesdames, Messieurs, permettez-moi de vous présenter la fille de Tybalt Colonna…

— Ornella.

— Ornella. Certes. Chère amie, vous connaissez certainement mes héritiers… Et voici Dame Annabella de Segestae, Titus et Andronica Capulli, Naevius de Mana et, enfin, Dame Ariana, ambassadrice de Lycosa.

À cet instant, les braseros et les candélabres qui illuminaient le parterre s'éteignirent. Lentement, le silence se fit et le rideau se leva sur un petit matin blême, à l'angle d'une venelle.

*

La nuit avait jeté son voile de ténèbres depuis quelques veilles, déjà, sur la cité d'Arachnae. La pluie continuait de tomber à verse, creusant des rigoles boueuses dans les traboules tortueuses et pentues du Labyrinthe, charriant excréments et détritus. Indifférente à cette fange, Théodora avançait vers le cœur de ce misérable entrelacs où la mort constituait une échappatoire honorable à l'indigence. Ses excès des précédents jours avaient porté leurs fruits : un informateur était venu la trouver en début de soirée au *Chat échaudé,* un estaminet mal famé où elle avait ses habitudes et l'avait orientée sur une maison bien particulière du Cloaque : *Les Tendrons de la cité.* Aussitôt, Théo s'était mise en route.

Seule.

Non qu'elle n'ait pas confiance en Tigran, mais elle avait besoin de solitude.

De réfléchir – ce qui lui était devenu difficile en présence du capitaine.

D'être pour une fois honnête avec elle-même.

Théodora avait le sentiment d'avoir cherché à fuir toute son existence. Quand elle était petite. Pour ne rien éprouver, ni douleur ni plaisir. Ne pas s'attacher. À qui que ce soit. Rester isolée, tranquille – à l'écart des troubles. Plus tard, à l'Académie. Pour éviter d'être rejetée. Se caparaçonnant dans sa différence. Demeurant loin de tout. Loin de la vie. Adolescente. Pour goûter la joie d'être comme ses camarades. D'être acceptée. Aimée. Admirée, même. Pour s'étourdir dans le tourbillon des fêtes et oublier ce qu'elle avait été. Pour échapper à *qui* elle était. Aujourd'hui. Passant de couche en couche. De taverne en taverne. Brisant les cœurs – y compris le sien. Détruisant consciencieusement son corps et son âme au prétexte d'avoir des informateurs un peu partout en ville. Pour se vanter de pouvoir infiltrer tous les milieux. Pour éviter, le plus longtemps possible, de penser à sa destinée.

Le corps de la fillette, ce matin. Les sévices, les violences atroces qu'elle avait subis, son supplice, rendaient ses préoccupations insignifiantes.

Dérisoires.

Méprisables.

Du mépris de soi, oui. Voici ce que Théo ressentait en se glissant dans la pénombre des venelles.

Un bruit étouffé, mat – le choc sourd d'un corps s'écrasant sur le sol – interrompit ses sombres réflexions.

Aussitôt, elle retrouva sa lucidité et son acuité naturelles. Reléguant au plus profond de son être ses doutes et ses tourments, Théo tira de sa ceinture une dague à la lame effilée, tourna à l'angle d'une ruelle et descendit les marches d'un escalier de pierres glissantes, pour aboutir à l'extrémité d'un boyau malodorant qui séparait deux masures bringuebalantes.

Une silhouette se tenait là, dominant une masse avachie dans la fange. Elle demeura quelques instants immobile au-dessus du cadavre, puis, avec une sorte de haussement d'épaules, se pencha prestement, leva sa main, faisant scintiller l'éclat de l'acier, et trancha. La lune éclaira brièvement les traits de l'assassin. Une jeune femme au visage maigre et étroit, dont l'œil brillait d'un feu implacable.

Théodora s'avança, calme et posée. Instinctivement, elle sentait que c'était ce qu'il convenait de faire : en agissant ainsi, elle effectuait un pas de plus sur le chemin tortueux que la Déesse avait tracé. Mais, pour la première fois depuis bien longtemps, cela ne la gênait pas. Si le destin lui permettait de trouver les monstres qui immolaient des innocents sur l'autel de leurs plaisirs pervers, elle était prête à se soumettre. Du moins, temporairement.

— Qui va là ?

— On m'appelle Chiara.

— N'approche pas .

Avec nonchalance, Théodora s'appuya contre le mur lézardé, sale et ruisselant de pluie d'un des piteux logis.

— Qui est-ce ? questionna-t-elle sur le ton de la conversation.

— Un gros porc que j'ai saigné et châtré, comme ça je suis sûre qu'il ne fera plus jamais de mal à personne. Mais je vois pas en quoi ça te regarde. D'ailleurs, tu ferais mieux de déguerpir…

— Écoute, je n'ai pas l'intention de me battre avec toi, encore moins de te piquer ton territoire. Mais je suis moi aussi sur la piste d'un gros porc, comme tu dis… T'as peut-être des renseignements ?

— Tu paies combien ?

— Trois sequins et un repas chaud.

— Un repas chaud ? Non, mais tu te prends pour qui avec ta pitié !

— Comme tu voudras. Mais j'ai faim, froid et je suis trempée, alors je n'ai pas l'intention de négocier très longtemps. Je te donne quatre sequins, c'est à prendre ou à laisser.

— C'est bon, suis-moi, grogna l'inconnue.

Sans attendre la réponse, elle passa devant Théodora et commença à grimper les marches. La bretteuse lui emboîta le pas, la suivit sous l'averse, dans le dédale insalubre du Cloaque. Elles arrivèrent à la lisière d'une rue un peu plus large où se laissaient deviner, sous la pluie, quelques pavés luisants.

Elles suivirent la chaussée quelque temps vers le nord, puis l'assassin bifurqua brusquement sur la gauche, emprunta un passage couvert, un second et enfin, s'arrêta devant une porte discrète. Elle frappa. Trois coups. Deux. Puis de nouveau trois. Et un petit visage triangulaire se dessina sur le seuil, baignant dans une faible lueur jaunâtre.

— Entre, ordonna-t-elle.

Théo pénétra dans une salle au plafond bas, soutenu par d'épaisses poutres noires constituant les soubassements d'un immeuble. Un unique brasero réchauffait la pièce et l'éclairait.

— C'est mon petit frère, lança la criminelle, se débarrassant rapidement de ses vêtements trempés, dévoilant sans aucune gêne son dos nu, maigre, couturé.

Tout en essorant sa chevelure raide à l'aide d'un morceau de toile souple, elle continua sa présentation.

— Là-bas, dans le coin, ce sont mes deux sœurs. Et tu devrais te déshabiller rapidement, au lieu de me fixer. Tu vas prendre froid.

— C'est que…

— Quoi ? T'es jamais allée aux thermes ou ce sont mes cicatrices qui te posent un problème ?

Rougissant malgré elle, Théo commença, à son tour, à se dévêtir. Elle se délesta de sa houppelande, ôta son surcot de mauvaise qualité, puis s'assit sur le tabouret branlant que le garçonnet lui avait timidement apporté.

— Tu ne m'as pas dit ton nom.

— Ni toi, le tien. Je ne suis pas idiote. Alors ?

— Théodora.

— Valia. Mais on m'appelle Morsure. Toi, ajouta-t-elle, se tournant brusquement vers l'enfant qui les regardait avec curiosité. Va nous chercher de quoi boire et manger. Et retourne te coucher. Je te défends d'écouter.

Aussitôt, le gamin s'éclipsa. Il revint quelques minutes plus tard, portant un plateau sur lequel avaient été disposés une jarre de terre, du pain noir et des fruits secs.

— Alors, qu'est-ce qui t'intéresse ? demanda Valia, après leur avoir servi un bol de mauvais vin.

— Tu ne me connais pas et tu m'amènes chez toi ? Comme ça ?

— Quatre sequins, c'est pas assez. Et tu me fais pas peur.

Théo n'insista pas, préférant se concentrer sur les informations que son hôtesse pouvait lui fournir.

— Ce type, c'était qui ?

— Atto Mucci, répondit Morsure de mauvaise grâce. Un épicier de Malvola, qui venait satisfaire certaines envies à Inferna – si ce nom te dit quelque chose.

— À ton avis ? Bon, as-tu…

— Cette information était gratuite. Pas les autres.

— Combien ?

Morsure réfléchit quelques instants.

— Cinq ducats. Cinq ducats, et je te dis tout ce que je sais à propos de ce porc et de ses semblables.

Théodora plissa les yeux.

— Tu coûtes cher. J'espère que tu… que ça en vaut la peine.

La tueuse eut un drôle de sourire et rejeta sa longue mèche en arrière, dévoilant une balafre blême et un œil complètement blanc.

— Par la Déesse ! souffla Théo, sentant tout le sang se retirer de son visage.

— Ne t'inquiète pas. Je suis parfaitement renseignée sur eux.

— Comment…

— Le prix de la liberté ?

De sa voix grave et feutrée, Valia lui narra son histoire.

Elle lui parla de sa mère, courtisane déchue. Ambrosomane. Prostituée captive dans une maison close du Labyrinthe, sous la protection de son fournisseur. Elle lui conta son enfance meurtrie, volée, violée parce que celle qui l'avait mise au monde l'avait vendue pour un peu d'ambroisie. Elle lui dit sa révolte, lorsqu'elle avait compris – trop tard pour l'une de ses sœurs, malheureusement – que ses cadets risquaient la même chose qu'elle. Elle lui confia son premier meurtre, celui qui lui avait coûté sa beauté.

— Après, ça vient tout seul. C'est la première fois qui compte.

Théo avait terminé son vin. S'en était resservi, sans même s'en rendre compte, une autre coupe. Son regard rivé à l'unique prunelle de Valia – un topaze au cœur brûlant – la jeune femme se sentait défaillir. Sa gorge était sèche, elle était transie de froid et pourtant, un étrange brasier consumait lentement ses chairs. Elle anticipait ses paroles, ressentait sa peine, devinait ce que dissimulaient ses silences – partageait sa rage et sa rébellion.

— Tu te venges ?

— Oui. Quand j'en trouve un. Un de ceux qui m'ont souillée. Et parfois, c'est juste le hasard. Je me balade, et je croise un amateur de chair fraîche…

— Mais de quoi vis-tu ?

— Et toi ?

Théodora baissa les yeux, soudain honteuse de ce qu'elle était. De ce qu'elle avait fait. Ou plutôt, évité de faire.

— J'appartiens à l'Académie de Vespera. J'assiste l'un des principaux maîtres d'armes et… Et je suis… Plus ou moins une espionne…

— Plus ou moins ?

Elle haussa les épaules, grignotant lentement un abricot sec.

— Plus ou moins, répéta-t-elle. Et tu ne m'as pas répondu, Valia.

La tueuse eut une moue cynique.

— Assassin. Voleuse. Putain. Ça dépend des jours. Ça dépend du prix. Et si tu veux la suite, ma belle, tu craches les ducats maintenant.

Théo hocha la tête. Tira de sa bourse en cuir patiné cinq pièces dorées et les tendit à la jeune criminelle. Lorsque leurs doigts s'effleurèrent, un bref frisson la parcourut. Un frisson qui n'avait rien à voir avec l'une de ses intuitions, moins encore avec un nœud de la destinée.

— Alors ? Que peux-tu me dire au sujet de ta proie et de personnes fréquentant… disons, *Les Tendrons de la cité* ?

4

Arachnae – 16e jour du mois des Adieux

— Je suis désespérée, s'écria Julia, affolée, en pénétrant dans le petit boudoir où l'attendaient, impassibles et sereines, les Moires d'Arachnae. La seule idée du départ d'Artemisia me désole. Elle est si jeune !

— Elle sera loin lorsque son frère succombera, contra Lachesis. Elle ne pourra ainsi deviner ce qui se cache derrière son décès. N'oubliez pas que votre cadette possède de puissants dons de prophétesse que la perte de Tiberio pourrait encore exacerber. Artemisia est trop jeune pour comprendre pleinement les raisons du sacrifice de son frère…

— Il n'y a pas que cela ! gémit Julia. Alessandrina… Pourquoi les Tarots l'ont-ils représentée sous les traits d'une Vierge inversée ? Qui souhaite sa mort ? Ne pouvez-vous, chères amies, discerner les dangers qui la guettent ? Ne pouvez-vous y lire le nom de ses ennemis ?

Atropos et la Tisseuse échangèrent un bref regard.

— N'oubliez pas que nous ne percevons que des possibles.

— C'est de la vie de ma fille, dont il s'agit !

— Et c'est pourquoi nous procéderons avec la plus grande prudence, ma chère, déclara la Faucheuse. Clotho, préparez la vasque afin que nous puissions lire les arcanes incertains du futur d'Alessandrina !

La plus jeune des trois Sorcières s'inclina brièvement et s'éclipsa dans le cénacle attenant au petit salon. Là, elle tira respectueusement de l'autel de marbre veiné un cratère d'argent, puis l'approcha d'un petit bassin. Se saisissant d'une sébile, elle commença, lentement, à en remplir le récipient.

— *Une oraison pour le Passé,*

Aux si nombreuses clefs cachées ;

Une oraison pour l'Aujourd'hui,
Aux possibles indéfinis ;
Une oraison pour l'Avenir,
Flot que nul ne peut retenir !
Eau fluide ! Eau pure ! Eau vagabonde !
Toi qui as parcouru le monde,
Montre-nous ce que tu connais !

L'onde se troubla, formant de minuscules tourbillons scintillants, puis s'apaisa graduellement, devenant aussi lisse qu'une psyché.

— Voici, mes sœurs, le miroir de la Destinée ! annonça la Fileuse en pénétrant dans le boudoir.

— Approchez, Julia, murmura Lachesis, pressant doucement son épaule. Approchez et regardez…

Des figures féminines troubles, brumeuses, se formèrent au cœur du cratère. Disparurent aussitôt, remplacées par deux silhouettes sous la pluie, bien trop familières pour la princesse… Trop familières pour qu'elle ne reconnaisse pas, en ces formes mâles et élancées, son fils Tiberio et son époux, prince d'Arachnae.

Clotho, d'abord intriguée par la disparition des premières images, sentit brusquement sa vision se brouiller. Chancelante, elle ferma les yeux, inspira profondément, les rouvrit. Alors, une pluie glacée la transperça, comme si en une fraction de seconde, à peine, elle était passée de l'autre côté du miroir. Elle sentit alors une terrible étreinte broyer son cœur. Car ce n'était pas seulement le trépas d'un fils, que souhaitaient ses aînées – mais l'extinction de toute une lignée.

*

Un individu fluet passa les portes branlantes de l'établissement, une gargote dont le faste vulgaire et criard ne parvenait pas à masquer l'indigence, puis se dirigea vers le comptoir. Sa chevelure raide lui tombait aux épaules ; son visage était long, son nez sinueux et mou ; ses yeux languides, ombrés de cils très noirs, possédaient des reflets glauques. Il était vêtu d'une tunique fluide aux manches larges, de braies sombres et de hautes bottes de daim. Il ne portait aucune arme – mais les deux hommes couturés de cicatrices qui l'encadraient étaient manifestement dévoués à sa protection.

Le Fèqueux.

Ainsi le nommait-on dans les milieux délétères du crime de la cité. Pourquoi ? Tigran l'ignorait : rien danssla mise ne semblait correspondre à ce sobriquet peu flatteur. Un rire vulgaire, suivi des gloussements de quelques prostituées avinées, monta du fond de la salle. Un homme à la peau tavelée, graisseuse, s'extirpa d'une alcôve et s'avança, un peu chancelant, vers le nouveau venu.

Aussitôt, les deux gardes du corps du Fèqueux portèrent la main au pommeau de leur épée. Leur employeur les apaisa d'un ordre bref.

— Salut à toi, Bedaine ! Content de te voir !

— Ça faisait longtemps, dis-moi ! répondit ce dernier, saluant le criminel efflanqué d'une énorme claque sur l'épaule. Mais c'est que tu es tout beau ! Tout neuf ! Te serais-tu enfin trouvé la ribaude pleine d'écus dont tu as toujours rêvé ?

— Pas exactement, l'ami… Et puis, à mon âge, qui accepterait de m'avoir pour giton ? Une vieillarde ?

— C'est pas faux ! s'esclaffa l'énorme escogriffe. Allez, je te paie un pichet, et tu me raconteras ta fortune pendant qu'une de mes filles s'occupera de toi !

Le Fèqueux acquiesça et les deux compères s'éloignèrent vers l'autre extrémité de la pièce, les molosses sur les talons.

Tigran les entendit plus qu'il ne les vit ordonner à des catins de les suivre. Lorsque son instinct lui souffla que tout danger était écarté, il releva les yeux de sa coupe et regarda en direction des escaliers. Sa proie était pour le moment inaccessible – les deux colosses qui l'accompagnaient rendaient toute subtilité difficile – , mais s'il parvenait à se glisser dans une chambre voisine, peut-être parviendrait-il à apprendre quelque chose ?

— T'es tout seul mon mignon ?

Il réprima un sursaut. Se tourna, aussi naturellement qu'il put, vers la putain trop fardée qui s'était assise près de lui.

— Ça te dit de monter ? minauda-t-elle, tripotant ses boucles postiches.

Le milicien tenait là l'occasion qu'il cherchait.

— Pourquoi pas ?

À l'étage, des rires et des halètements provenaient d'une pièce devant laquelle étaient postés les hommes du Fèqueux. Tigran hésita, mais son hôtesse le tira dans une chambre, sur le côté.

— Deux deniers pour une fellation. Quatre pour une pénétration. Un denier par demi-heure supplémentaire. Et je ne suis pas bougresse, récita-t-elle d'une voix monotone, commençant à ôter son jupon bouffant.

— Combien pour un massage ?

Elle écarquilla les yeux, interloquée.

— Tu veux pas… ?

— Pas ce soir.

— Je ne te plais pas, c'est ça ?

— Bien sûr que si, mentit Tigran, peu désireux de s'aliéner une femme qui pourrait s'avérer une précieuse informatrice. Serais-je allé avec toi, sinon ? Mais ma journée a été difficile.

— Je comprends, dit-elle, penchant la tête sur le côté, si bien qu'une guiche vint frôler le bout de son nez pointu. Mais j'ai jamais eu à pratiquer ce genre de… Enfin, je sais masser, mais…

— Sept deniers, cela te convient-il ? Pour une heure, un massage et…

— De la discrétion, j'ai compris.

La catin ôta la tunique du capitaine, l'allongea sur la couche aux draps douteux, grimpa à califourchon sur son dos et entreprit de lui dénouer, un par un ses muscles trop tendus. Tigran, les yeux mis-clos, se concentra et ouvrit ses sens aux énergies élémentaires. Il sentit, peu à peu, son corps devenir plus lourd, plus pesant, comme si l'essence même de la terre, expulsant les autres éléments dont il était constitué, s'étirait en lui, débordant ses chairs et sa peau, au point de le fondre entièrement en elle. Il sentait son esprit s'ouvrir à ce nouvel espace et s'étendre, comme à tâtons, cherchant à identifier sons, couleurs, odeurs qui ne lui étaient jusqu'à présent pas accessibles. Alors, insufflant en ce magma organique et spirituel un peu de sa volonté, il étendit ses nouvelles perceptions jusqu'à la pièce où s'ébattaient le Fèqueux et son corpulent compagnon.

— … Dis-moi… Oh… ces nouveaux vêtements ?

— C'est-à-dire que… Pas… pas devant elles… Je… Mmmmm…

— Oh… Oooh… Ne t'inquiète pas pour… Mmm… Elles, elles me sont absolument, farouchement et… Aaaaaaahhhhhhh… loyales… C'est bien, Jade, tu peux aller te reposer à présent… Je t'assure qu'aucune ne révélera jamais quoi que ce soit.

— Oui… Mmmmmhhhh… Tu en es sûr ?

Bruit de pas lourds. Cri rapidement étouffé. Craquement sec d'os broyés. Troublante impression que quelque chose vient d'être ajouté, presque de force, à la terre.

— C'est ce qui attend la première d'entre vous qui essaie de l'ouvrir, compris ?

— Oui… Oui, maître !

— Très bien. Rassuré ?

— Je dois avouer que tu as de la poigne.

— Ouais, mais je préfère qu'on m'appelle la Bedaine que l'Étrangleur ou Main de Fer, c'est plus rassurant pour le pigeon. Alors ?

— J'ai un contact. Il traîne du côté d'Inferna.

— Comme c'est étonnant. Accouche !

— Disons que je suis en lien avec lui via les *Tendrons,* il m'est arrivé de les fournir en chair fraîche, si tu vois ce que je veux dire. Ce type fait appel à moi, de temps en temps, pour lui dégoter des marchandises intéressantes. Un de ses habitués voulait organiser une soirée très spéciale et très privée, je ne sais trop où et pour ça, il avait besoin de fretin anonyme. L'offre était alléchante. J'ai accepté, puis j'ai rencontré le gars. Un noble, probablement, mais du genre masqué, ganté et *tutti quanti.* Le problème, c'est que l'aristo a décidé de se la jouer solo et a cessé de fréquenter les *Tendrons.* Depuis, le propriétaire des lieux et mon contact m'en veulent un peu...

— D'où les gardes... Et tu chercherais pas un associé ? Je veux dire, si tu me fais une liste, je peux essayer de te trouver des choses moyennant un intéressement...

— Pourquoi pas ?

— Je suis heureux que t'acceptes, tu vois, parce que j'ai deux petits dont je ne sais pas quoi faire, là. Ils viennent de perdre leur mère et moi, tu sais, les gosses... Rubis, Saphir, allez me chercher les marmots de cette pauvre Jade. Immédiatement !

Tigran étouffa un grondement de rage ; sa concentration se brisa.

— Je t'ai fait mal ? Quelque chose ne va pas ?

— Non ! Non, c'est juste... Je me sens un peu fatigué. Je crois que je vais rentrer chez moi. Merci...

— Perle. Perle, c'est ainsi que l'on m'appelle.

— Je me souviendrai de ce nom.

Se contraignant au calme, il enfila sa tunique et quitta la mansarde d'un pas mesuré.

*

Théo s'arracha, à regret, au bassin d'eau chaude et bouillonnante des thermes de l'Académie et s'étira.

— Pourquoi ne veux-tu pas d'un tatouage ? s'enquit Ornella en lui tendant une serviette. Je connais très bien le magister Roméo, et...

— Je ne peux pas, coupa la bretteuse en se frictionnant les cheveux. Ce serait incompatible avec mon métier.

Ornella arqua un sourcil. Côtoyant Théodora depuis plus de trois mois à présent, elle savait que l'éducation reçue par son amie était loin de lui convenir et que son amie s'efforçait de creuser un large fossé entre la voie qu'on lui avait choisie et sa propre vie.

— Aurais-tu décidé de te ranger, ma belle ? murmura Ornella, s'approchant d'elle avec langueur et pressant les lèvres contre la naissance de son cou.

Le rectangle de coton qui recouvrait les hanches de Théodora chut lentement sur le sol des bains. Les mains de la courtisane glissèrent le long de son corps svelte, s'attardant sur sa poitrine menue, ses hanches minces, la naissance de son sexe. Théo s'écarta brusquement.

— Arrête ! Je n'ai pas la tête à ça.

— Excuse-moi, murmura Ornella, blessée.

— Je n'arrête pas de penser à ces enfants, à ce petit cadavre martyrisé et…

— C'est la raison de ton revirement ?

La jeune femme hocha la tête et se retourna, refusant de montrer à son amante le tremblement de ses mains, la soudaine pâleur de son visage.

— Tu n'as pas à dissimuler tes craintes, Théo. J'ignore comment je réagirais à ta place. Ces crimes atroces, cette collaboration forcée avec la milice… J'imagine que tu dois avoir la terrible impression d'être manipulée par le destin !

— Parce que tu crois que c'est seulement une impression ?

« Parce que tu crois qu'il s'agit vraiment de ça ? » s'était-elle retenue de crier. Ce n'était pas la crainte d'être une marionnette de la Destinée qui provoquait cette nervosité. Ce n'était pas le souvenir de la fillette torturée qui l'avait violemment écartée de son amante. C'était la fugitive vision d'un dos sinueux, couvert de cicatrices. C'était la souvenance d'un visage mutin, à demi-dissimulé sous une mèche de cheveux noirs. C'était la trace d'une voix un peu rauque, pourtant douce et feutrée.

« Je suis un monstre. Un monstre égoïste et insensible. Comment puis-je utiliser ces meurtres pour camoufler un mensonge ? »

Ornella se mordit les lèvres, ouvrit la bouche et, se ravisant, commença à se rhabiller.

— Mon enquête progresse, dit-elle après quelques minutes de silence, fixant par une fibule de pierres céruléennes sa longue robe de soie. Je suis invitée, ce soir, à une réception organisée par Naevius de Mana, un débauché.

— Comment sais-tu cela ? demanda Théodora, heureuse que son amie ait changé de sujet.

— Dame Agatha ne l'apprécie guère – et Octavio, son fils, l'adore. Naevius courtise et flatte tout le monde, pratique le double langage avec une effarante effronterie et récite, de tête et à tout propos, les sonnets érotiques de Paso.

— *Les Offrandes écarlates ?* Ma foi, il a plutôt bon goût. Mais *Les Offrandes* n'ont rien de malsain. Je ne vois pas en quoi…

— En fait, c'est la manière dont il les dit. Comme si, là aussi, il ne pouvait s'empêcher de glisser des doubles sens, des non-dits obscènes.

— Je te fais confiance. Et tu crois que tu découvriras quelque chose au cours de cette fête ? Je veux dire, comment…

— N'oublie pas, Théo, que le métier de courtisane exige à la fois une grande adaptabilité et une excellente connaissance de la nature humaine. Je possède les deux. Je n'irai pas, ce soir, vierge de toute expérience, me jeter dans le stupre et la débauche d'une horde de loups… Je suis peut-être plus jeune que toi, mais je connais bien ce genre de lieux – et ce qu'on y pratique.

— Tu vas…

— Possible. Cela étant, c'est l'un des avantages du tatouage. Tant que ta proie est occupée à suivre les arabesques et complexes esquisses dessinées sur ta peau, elle ne pense ni à te mettre dans son lit, ni à chercher les raisons qui t'ont poussée à te retrouver nue dans sa couche. Ce qui te laisse tout loisir de faire ce que tu veux pendant qu'elle se perd dans les méandres de sa propre imagination. Je sais même de source sûre, que certaines usent de ces œuvres d'art corporelles comme d'une arme.

— Encre empoisonnée ?

— Absolument ! Quoi qu'il en soit, cette nuit, je compte bien m'immiscer dans le cercle de ce Naevius et être conviée, par lui ou ses proches, à des festivités plus particulières. Et toi ? Qu'as-tu prévu ce soir ?

— J'ai rendez-vous avec un contact, marmonna Théodora. Mais avant, je dois rencontrer le capitaine Tigran pour faire le point.

*

Silencieux, Tigran observait la jeune femme qui lui faisait face et achevait d'ordonner les différents rapports effectués au cours des dix derniers jours.

Méthode. Concentration. Détermination.

Pour la première fois, peut-être, depuis qu'il l'avait rencontrée, le milicien avait l'impression d'avoir affaire à une professionnelle diplômée de l'Académie – et non une dilettante.

Ce n'était pas la seule confrontation avec l'insoutenable vision de la fillette énucléée qui était cause de ce changement, Tigran en avait la certitude. Il avait lu en son regard une résolution et une gravité inhabituelles en même temps qu'une sorte de hantise mal définie. Ayant lu le dossier que lui avait confié Fausta, il connaissait un peu l'histoire de Théodora et se doutait que cette nouvelle maturité venait de ses choix récents, d'une acceptation de la voie tracée par la Destinée.

Cruelle et fantasque, elle se riait des désirs des hommes et trouvait toujours une faille où s'engouffrer afin que leur existence suive le cours qu'elle leur avait choisi. Du moins, c'était ce qu'on avait coutume de penser dans l'Archipel des Numinées où les devins, les prophètes et les Moires tissaient l'avenir et le manipulaient à leur guise.

Ces présomptions déterministes l'irritaient. Non seulement elles privaient l'être humain de son libre arbitre – si tout était prévu, alors à quoi bon lutter ? À quoi bon créer ? À quoi bon espérer ? – mais de plus, elles permettaient de justifier l'injustifiable : massacres, trahisons, meurtres les plus infâmes pouvaient être légitimés par un « ce n'est pas ma faute, c'était écrit », faisant des pires criminels de simples marionnettes.

— À quoi pensez-vous ? s'enquit soudain Théodora, l'arrachant à ses réflexions.

— À la grande Tapisserie du monde.

— Parce que notre enquête vous semble trop bien structurée ?

— Que voulez-vous dire ?

— Une simple intuition, répondit la jeune femme. J'ai l'impression que tous les événements, tous les éléments s'enchaînent et s'imbriquent à la perfection. Par la Déesse ! Je suis un monstre de dire ça alors que tous ces gamins...

— Peut-être, mais je crois que vous avez raison. Il y a une logique dans ces crimes. Il y a une logique dans la manière dont nous menons cette enquête. Et, je déteste l'idée même de ce que je vais vous dire, mais je me demande dans quelle mesure tout ceci n'est pas voulu par cette foutue Destinée.

Théo tressaillit, déconcertée par l'âpreté de sa voix. Cette rudesse ne ressemblait guère à l'image qu'elle s'était faite de lui – honorable, rigide, presque trop civilisé. Alors, pour la première fois, la jeune femme remarqua ses traits acérés, le pli mordant de sa bouche, les pattes d'oie, l'expression désabusée de ses prunelles vert-de-gris. Cette fragilité rugueuse le rendait plus séduisant encore à ses yeux.

Soudain, un frisson terriblement familier la parcourut. Le lien qui la reliait à Tigran s'épaississait. Une fois de plus, le champ des possibles diminuait.

— Vous le croyez vraiment ? murmura-t-elle enfin.

— À votre avis ? Nous avons des informations qui se recoupent, des raisonnements qui se complètent, des pistes qui se rejoignent... Voyez-vous, ce que j'ai appris aujourd'hui corrobore vos hypothèses : ces crimes abominables seraient le fait d'aristocrates pervers.

— L'une de mes amies a accepté de m'aider. Elle a réussi à être invitée à une soirée un peu particulière organisée par un libertin et espère bientôt être en mesure de nous livrer des noms.

— Le Fèqueux tient sa récente richesse d'un commerce de chair. Il est en délicatesse avec *Les Tendrons de la cité* – le lupanar que vous avez déjà évoqué.

— Oui, c'est un peu l'antichambre d'Inferna, précisa Théodora. Pourvu que vous ayez suffisamment de ducats sur vous et ne soyez pas trop regardant sur l'hygiène, vous pouvez vous offrir à peu près ce que vous voulez en matière de débauche.

— Apparemment, continua Tigran, l'un des propriétaires de ce bordel est à l'origine de la fortune de ce trafiquant. Il lui aurait présenté ce client aux désirs si particuliers. Client qui, depuis, semble avoir déserté *Les Tendrons*... Mais je compte bien me rendre sur place pour obtenir des renseignements.

— Je viens avec vous.

— Certainement pas ! Une jeune femme telle que vous n'a rien...

Il s'interrompit. Secoua la tête, un peu résigné.

— Excusez-moi. J'avais oublié, durant quelques instants, que vous connaissiez bien le Cloaque et sa faune.

Théo se renversa légèrement en arrière, une lueur malicieuse et provocante brillant au fond de ses yeux cobalt.

— Cela vous gêne ?

— Franchement ? Oui, avoua Tigran. Je sais bien que je vous ai trouvée au fond d'une geôle et que je vous ai aidée à récupérer d'un trop-plein d'ambroisie, mais je préférerais éviter d'avoir à vous emmener là-bas.

— Pourquoi ?

— Vous risqueriez de gêner mon enquête.

— C'est vous le patron !

Plus blessée par cette saillie qu'elle ne voulait le laisser paraître, Théo se plongea de nouveau dans l'étude des rapports criminels.

*

À l'abri dans son boudoir, confortablement alanguie sur une méridienne recouverte d'un plaid rebrodé de fils d'argent, Julia parcourait la brève missive que sa sœur lui avait envoyée.

« À Julia Sforza, Épouse d'Alessio, Prince d'Arachnae

Ma chère et tendre sœur,

J'espère de tout cœur que vous vous portez bien et que cette brève missive vous trouvera, vous et les vôtres en pleine santé. Ici, à Segestae, tout va bien en dépit des habituels problèmes de crue. Vous remercierez, à ce propos, Son Altesse votre mari, pour la diligence dont il a fait preuve : à peine la rivière avait-elle commencé à déborder qu'un mage de l'Ordre des Quatre Vents, spécialiste de l'élément de l'eau arrivait en ville pour nous assister ! Son aide nous a été précieuse – même si, je dois l'avouer, il nous sera difficile cette année de nous acquitter de l'impôt exigé. Je sais bien que ma requête pourra paraître déplacée au vu des liens qui sont nôtres, mais vous serait-il possible de porter l'attention du Prince sur le fait que Segestae aura peine à passer décemment l'hiver si elle doit rétribuer la principauté ? »

Julia se mordit la lèvre. Pourquoi pas, après tout? Pourquoi ne pas tenter de plaider la cause d'Agrippina auprès d'Alessio? Celui-ci n'avait-il pas délibérément sacrifié sa cadette sur l'autel de la démagogie? Et, s'il ne voulait pas entendre parler de réduction de taxes, pourrait-il refuser le départ d'un autre de ses enfants?

Son fils, cette fois.

Ainsi, s'il venait à disparaître en chemin, nul ne songerait à un complot. Ce serait un banal accident, la volonté de la Déesse, sans doute.

Elle reprit sa lecture avec un léger sourire.

« Ces difficultés, cependant, ne m'empêchent pas de vouloir célébrer d'importants événements – comme les seize ans de mon unique enfant. En effet, Leandrina fêtera bientôt son anniversaire, ainsi que son entrée dans le monde. À partir de ce jour, elle siègera officiellement à mes côtés au Conseil de ville et aura droit de parole. Je profiterai donc de l'événement pour organiser des festivités où, je l'espère ma chère Julia, vous nous honorerez, Leandrina et moi-même, de votre présence. Je n'ose quérir pour de simples réjouissances votre époux, mais j'espère qu'il vous autorisera à partager ma joie et ma fierté ! »

Agrippina était retorse. Elle n'avait imploré la bienveillance d'Alessio à l'égard de sa ville que pour présenter, au mieux, sa véritable doléance : la présence de Julia à ses côtés.

« J'ai conscience, ma chère, que tout ceci est bien éloigné de vos préoccupations et doit vous paraître bien insignifiant, mais, peut-être aurons-nous l'occasion de discuter plus avant des questions qui pèsent sur votre esprit si vous parvenez à obtenir de votre mari l'autorisation de venir me rejoindre ?

Puisse la Lune vous bénir et vous guider,

Bien tendrement,

Agrippina Segesta d'Arachnae,

Gouverneur de Segestae »

— Enfin, murmura Julia, dissimulant à grand-peine son exultation. Enfin je tiens une occasion d'accomplir la volonté des Sorcières et d'éliminer toute menace du trône d'Arachnae.

Sans plus attendre, elle sonna un domestique, le priant d'informer Lachesis, celle des Moires dont elle était le plus proche, qu'elle souhaitait l'entretenir en privé.

*

— On dit que l'Académie est un sacré nid de frelons, dit Valia. C'est vrai ?

Elles s'étaient retrouvées, en début de nuit, au *Trésor de la nymphe,* une minuscule auberge située à la lisière du Labyrinthe et de Malvola. Théodora connaissait bien le patron : sa fille, dont elle avait sauvé la vie *in extremis,* avait été la dernière proie de la lamia qu'elle avait occise plusieurs semaines auparavant. Sis entre deux bâtisses, au sommet d'un escalier, *Le Trésor* était un établissement exigu, au plafond bas soutenu par d'énormes poutres, aux murs de pierres nues et au sol de roche brute. La décoration était simple : juste quelques bouquets de fleurs et, derrière le comptoir de chêne, une tapisserie rectangulaire représentant des dryades dansant dans les bois.

— J'ai dû me débarrasser de quelques adversaires, c'est vrai, avoua Théo avec un sourire, heureuse que la tueuse n'entre pas directement dans le vif du sujet. Rien de vraiment définitif. En fait, ces fâcheux, comme on dit à Vespera n'étaient que quelques imbéciles dans un quotidien, somme toute, assez banal. Il y a des brimades et des violences, bien sûr. Des excès. Mais c'est tout. Pas grand-chose de croustillant, tu vois.

L'aubergiste s'approcha de leur table, portant à bout de bras un plateau fumant.

— Voici le plat du jour, gentes demoiselles, lança-t-il gaiement. Œufs mollets et purée d'oseille. Le vin est offert par la maison.

Il s'éclipsa aussitôt, laissant les deux femmes devant un plat parfumé et une coupe de liqueur brune.

— Merci de m'avoir invitée ici, souffla Valia, penchée sur son écuelle, les traits dissimulés par un rideau de cheveux noirs et raides.

— Ce n'est… Ce n'est rien, marmonna Théodora.

Un mensonge, une fois de plus. Elle avait choisi cet estaminet en toute connaissance de cause. Parce qu'elle voulait profiter, le temps d'un souper au moins, de la présence de Valia. Parce qu'elle voulait la séduire.

— Pourquoi me fixes-tu ?

— Je… Désolée.

— Pas de mal, allégua Valia avec un geste vague. Tu ne serais pas la première.

Une fugitive expression de tristesse voila l'iris pailleté d'or de l'assassin. Théodora comprit qu'elle faisait allusion à son visage mutilé.

— Alors ? Combien es-tu prête à payer, cette fois ? reprit Valia, toute vulnérabilité envolée.

— Tout dépend de la valeur des informations que tu me livreras.

— C'est ça. Et il te suffira de me dire que tu étais déjà au courant pour me baiser…

— Je te retourne la pareille. Qui me dit que tu ne tenteras pas de m'arnaquer, si je te paie maintenant ?

Morsure haussa les épaules, plongea longuement son unique prunelle dans les yeux cobalt de la bretteuse.

— C'est pas mon genre, déclara-t-elle enfin, de sa voix rauque et basse.

— Que… Quoi ? souffla Théodora, complètement décontenancée par ce qu'elle crut deviner derrière ces simples propos.

— Donne-moi deux ducats maintenant, deux après le repas si tu estimes que mes renseignements en valent la peine. Et voilà.

— D'accord, souffla Théo, luttant contre des sanglots soudains. Puis elle tourna la tête vers le comptoir. Carlo, nous avons terminé, avertit-elle. Apporte-nous le dessert, s'il te plaît !

« C'est pas mon genre. » Théodora ne cessait de s'interroger sur cette petite phrase insignifiante, pourtant gravée en lettres de feu dans son corps. Que voulait dire Morsure ? Avait-elle deviné son attirance ? Était-ce une façon courtoise, mais définitive de repousser ses avances ?

La jeune femme avait beau se morigéner, elle ne pouvait s'empêcher de penser à Valia et aux derniers moments passés en sa compagnie.

« C'est pas mon genre. » Après avoir entendu ces mots, elle s'était efforcée de dissimuler sa frustration, ne parlant plus que de sujets strictement professionnels. La tueuse avait-elle été surprise de ce brusque revirement ? En tout cas, elle n'en avait rien laissé paraître. Soit Valia était excellente comédienne, soit Théo lui était complètement indifférente.

Absorbée par ses réflexions, elle marcha sans prendre garde dans une flaque de boue, glissa, perdit l'équilibre, évita la chute de peu.

— Et *ça,* ce n'est pas mon genre, maugréa-t-elle, s'appuyant contre un mur rugueux et humide.

Respirant longuement, elle s'accorda quelques minutes de repos avant de reprendre son chemin vers les abattoirs. C'était là, selon Valia, qu'avaient lieu certaines nuits d'abjects commerces.

Après une longue marche dans des ruelles tortueuses et sales, Théodora atteignit la limite méridionale du Labyrinthe, une grande avenue de terre battue faisant la jonction avec Malvola. Elle progressa encore quelque temps, puis les effluences douceâtres, écœurantes du sang et de la chair filtrèrent jusqu'à ses narines. Quelques instants plus tard, elle arriva près de l'immense halle.

Celle-ci précédait une enfilade de chambres où pendaient des animaux écorchés, fixés à des crochets. Des effluves de mort et de terreur planaient dans l'austère bâtisse. Profitant de l'ombre des carcasses, la jeune femme avança à couvert, progressant vers le cœur de l'édifice. Là où, peut-être, un innocent allait être vendu.

Son instinct, cependant, lui soufflait que rien, cette nuit, ne viendrait troubler le repos lugubre des abattoirs.

Et tout ce qu'elle trouva, au terme d'une heure d'investigation, ce fut un petit ruban de coton bleu.

*

Lumières amarante et roses. Tentures et voiles incarnadins, ivoire, brocardés de fils chamarrés. Chairs alanguies sur des coussins de velours se tordant mollement, pareilles à d'énormes vers blancs.

Tigran eut un haut-le-cœur face à ces amas organiques et matériels, mais se força à continuer. Il avait donné une bourse pleine de pierres précieuses en échange de services très particuliers – et très discrets, bien sûr. Son guide – une adolescente trop maquillée – le conduisit dans une enfilade de salles où s'ébattaient des anonymes masqués aux corps blets et flétris. Après avoir gravi des escaliers recouverts d'un tapis violine, ils débouchèrent dans un long couloir ouvrant sur plusieurs pièces closes, d'où s'échappaient gémissements, jappements, cris et murmures.

— Nous y sommes. Que désirez-vous ?

— Quelque chose de tendre, de jeune, d'ingénu. Et, quand j'en aurai fini avec *ça,* un entretien avec votre maître.

— Mais j'ignore s'il consentira à vous recevoir. C'est un homme très pris et…

— Dites-lui simplement que nous poursuivons les mêmes fèces.

— Je…

Tigrn lui glissa un ducat dans la main.

— Bien, monsieur. Je ferai tout ce qui est en mon pouvoir pour vous satisfaire.

Puis elle le mena au seuil d'une pièce à l'ameublement clair et enfantin.

Il y avait là des meubles peints, une commode, une dizaine de poupées de chiffon et des jouets de bois éparpillés sur un tapis de laine de mouton brute. Et, nus sur un petit lit de pin, deux enfants, un garçonnet et une fillette, âgés de sept ou huit ans tout au plus, qui le dévisageaient de leurs prunelles aux reflets mordorés.

Des pépites d'or dans les yeux. On leur avait donné de l'ambroisie. Étaient-ils dépendants de cette liqueur ? Certainement. Et sans doute étaient-ils prêts à tout pour en avoir de nouveau.

— Par la Déesse ! siffla Tigran entre ses dents, s'appuyant contre le chambranle de la porte, horrifié.

La petite fille se leva, s'approcha de lui en vacillant un peu, saisit son bras et doucement, l'entraîna vers la juvénile couche où le bambin l'attendait à quatre pattes sur les draps parfumés d'enfance.

« C'est un cauchemar. Un simple cauchemar, qui prendra fin dès que j'ouvrirai les yeux… Un cauchemar, oui… »

Mais ce n'étaient pas les effluves un peu âpres de son bureau qu'il respirait. Et ses yeux étaient bien ouverts.

— Éloignez-vous, murmura-t-il.

Dociles, les deux petits obtempérèrent. Tigran se laissa lourdement choir sur le lit. Les dévisagea quelques instants en silence.

— Depuis combien de temps êtes-vous ici ?

Ils le fixaient sans comprendre. Puis le gamin s'enhardit et se glissa jusqu'à lui, tentant une caresse maladroite sur sa cuisse. Tigran l'écarta fermement. Soudain, il entendit un bruit de pas léger, étouffé par le tapis du couloir. Il se leva aussitôt et se plaqua contre le mur, juste à côté de la porte.

Un homme passa le seuil et regarda autour de lui, perplexe. Il était grand et maigre, vêtu d'un pantalon de soie bouffant et d'une tunique rebrodée de fils chatoyants. Un long poignard pendait à sa ceinture. Sur son crâne lisse s'enroulaient, en un étonnant tatouage aux nuances d'ardoise, des serpents aux gueules ouvertes.

Tigran hésita un instant. Il pouvait attaquer, terrasser l'intrus avant même que celui-ci ne puisse appeler à l'aide ; il pouvait également tenter de faire de l'individu un informateur – même temporaire… Cela allait à l'encontre des désirs de son âme révulsée, mais paraissait la solution la plus ingénieuse.

— Vous me cherchez, peut-être.

L'inconnu sursauta, tira rapidement sa lame du fourreau.

— Du calme ! Je ne suis pas ici pour vous nuire, mais pour vous parler d'une connaissance commune. Le Fèqueux.

Le proxénète cracha par terre.

— Qui êtes-vous ? Que voulez-vous ?

— Qui je suis, ça ne vous regarde pas. Ce que je veux : me venger de cette ordure.

— Moi, j'ai un nom. Vipère. À cause de mes tatouages, ajouta-t-il en désignant son crâne lisse. Vous voulez lui faire la peau, alors ?

Tigran jeta un coup d'œil en direction des enfants, gêné.

— Vous inquiétez pas, les morveux ne sont plus en état de saisir quoi que ce soit, vous savez… Bon, alors… Qu'est-ce qu'il vous a fait, le Fèqueux ?

— Il me doit cinq mille ducats. Un chargement complet d'ambroisie.

— Ah ouais, quand même. Moi, par sa faute, j'ai perdu plusieurs gros clients.

— Je sais. C'est comme ça que je vous ai trouvé. On m'a dit que je pouvais m'entendre avec vous…

— Possible. Mais puisque vous ne voulez pas dire votre nom, va falloir déballer ce que vous savez à propos de ce fumier, que je voie si notre alliance en vaut la peine…

Alors, avec toute l'aisance dont il était capable, Tigran narra une version approximative de ce qu'il avait appris grâce à Théodora et à ses propres découvertes. Il évoqua, tout particulièrement, des échanges mystérieux entre le Fèqueux et plusieurs hommes masqués et décrivit dans les grandes lignes le vol dont il avait été victime.

Au moment même où Tigran achevait son récit, il sentit l'agacement d'une piqûre à la naissance de son cou, y porta instinctivement la main – et tout devint flou.

Les dernières choses qu'il perçut avant de sombrer, ce furent le visage angélique d'une petite fille aux yeux d'or penché au-dessus de lui et la voix lointaine de Vipère.

— C'est bien, Lina. Tu seras récompensée. Quant à lui… Gardes ! Emmenez-moi ça dans les caves et arrangez-vous pour qu'il soit mûr quand je viendrai l'interroger !

*

Par ce sang versé, par ces corps martyrisés,
Nous invoquons l'horreur…

Les hurlements cessèrent : la douleur était trop forte, la victime avait perdu conscience.

Il s'avança, les rares espaces vierges de sa peau tatouée luisant d'un éclat doré à la lueur des chandelles et d'un geste sec, précis, découpa un large morceau de chair sur la cuisse de l'offrande humaine.

… Khaï Bahil ! Khaï Bahil ! Khaï Bahil !
Philo vasta cyonis ! Metusha amynesis
Enytescis basyleis
Par ces chairs à notre avide faim immolées
Nous invoquons la démence…

Alors, brandissant sa prise ensanglantée, il se tourna vers ses fidèles et la leur lança. Un homme se précipita avec un cri bestial et, de ses dents luisantes de salive, déchiqueta la viande avec avidité.

Les litanies reprirent avec plus d'intensité encore.

... Par ces membres brisés, dépecés, dévorés
Nous invoquons ta présence...

5

Arachnae – 18e jour du mois des Adieux

Un vent glacial soufflait sur la cité, charriant des parfums de froid et de pluie. Accoudée à l'ogivale fenêtre de la salle d'armes, Théodora leva les yeux vers les cieux saturés d'orage. Elle avait passé la journée précédente et la matinée à l'Académie, aidant le magister Villanova à évaluer les novices. La bretteuse, ne pouvant se dérober à cette tâche, avait rédigé une brève missive à l'attention de Tigran pour le prévenir de cet empêchement. Il ne lui avait pas répondu. Théo l'avait d'abord pensé trop occupé pour ça, mais ce matin, son intuition lui soufflait qu'il lui était peut-être arrivé quelque chose. La jeune femme ne pouvait agir pour le moment : jusqu'à la tombée du jour, elle devrait éprouver la valeur des apprentis.

— Magister Théodora ?

Elle se retourna. Deux candidats avaient pénétré dans la pièce, manifestement très intimidés. Le premier était un adolescent d'une douzaine d'années, long et maigre ; le second était Alino, l'un de ses élèves habituels.

— Comment t'appelles-tu, petit ?

— Iago.

— Très bien. Allez chercher votre matériel et préparez-vous, ordonna-t-elle sèchement.

Les deux garçons obtempérèrent ; peu de temps après, ils revinrent, armés de rapières et de dagues en bois, le torse bardé d'un mince surcot de cuir et la tête protégée par un masque grillagé. Elle les laissa s'échauffer, tournant autour d'eux d'un œil critique et remarqua rapidement la rivalité qui les opposait. Elle en devinait sans peine la raison : Alino était l'un de ses disciples et s'en était probablement beaucoup vanté ; son compagnon avait pour professeur un autre maître d'armes – peut-être le magister Villanova en personne. Il considérait certainement que l'enseignement de Théodora était de moindre qualité. Réprimant un sourire, elle frappa dans ses mains. Sa voix claqua sévèrement dans la salle.

— Aujourd'hui, vous serez évalués sur vos talents d'escrimeurs, vos capacités mémorielles et votre adaptabilité. Votre coordination, votre précision et votre vivacité d'esprit seront jugées au cours de l'épreuve. Vous avez été sélectionnés parce que vous faites partie des élèves les plus prometteurs de l'Académie. Montrez-vous dignes de la confiance qui a été placée en vous… Et maintenant, en garde !

Un peu tremblants, les candidats obéirent et se placèrent face à face, ligne haute.

— Saluez-vous… Allez !

Les jeunes aspirants croisèrent aussitôt le fer, s'efforçant l'un comme l'autre pour ce premier exercice – un assaut en quinze touches – de demeurer dans le cadre de l'académisme : battements, engagements, dégagés, attaques et ripostes, parades simples, feintes et enchaînements se succédèrent, chacun des deux opposants respectant strictement la structure rigide et courtoise de l'escrime classique. Alino l'emporta de justesse.

Pour l'épreuve suivante, elle leur demanda d'ôter leur masque et de prendre leur dague en plus de leur lame principale.

Pendant l'affrontement, d'autres étudiants étaient arrivés. Théo suivait la plupart d'entre eux depuis leur arrivée à l'Académie.

— À présent, déclara-t-elle, la salle est votre terrain. N'hésitez pas à utiliser tout ce qui est à votre portée. Le combat cessera quand l'un de vous deux aura perdu ses armes ou demandera grâce. Messieurs, c'est à vous !

Aussitôt, ils s'élancèrent, esquivèrent au dernier moment leur similaire et maladroite feinte. Repartirent à l'assaut. Rompirent. Avancèrent, se déplaçant en cercles de plus en plus étroits, cherchant la faille dans la garde adverse.

— Préparez-vous, ordonna Théodora en s'approchant des nouveaux venus. Vous reviendrez discrètement, armés de dagues et à mon signal, vous les attaquerez.

Elle-même s'empara d'une longue épée de bois et attendit.

L'exercice avait pour finalité de mettre à l'épreuve les capacités d'adaptation et la maturité des deux adolescents : seraient-ils capables de mettre de côté leur rivalité pour se protéger mutuellement ?

Quand le dernier candidat quitta la salle d'armes, la pluie tombait à verse, nimbant le crépuscule d'une aura métallique. À mesure que la journée s'écoulait, Théodora avait été envahie par un sentiment d'urgence croissant : Tigran était en grand danger ; elle devait partir au plus vite à sa recherche.

— Théo ?

Elle leva la tête et découvrit Ornella, appuyée contre le chambranle de la porte.

— Bonsoir, répondit-elle d'un ton bref, agacée par l'intrusion.

La courtisane tressaillit, blessée de cette froideur, mais se reprit rapidement.

— J'ai été invitée à l'une de ces réceptions, chuchota-t-elle. Elle aura lieu cette nuit. Malheureusement, seuls les propriétaires des lieux et leurs proches connaissent l'endroit choisi pour les réjouissances. Les autres invités y seront conduits, les yeux bandés.

— Penses-tu que ce soit loin d'ici ? À l'extérieur de la ville peut-être ?

— Aucune idée.

— Comment es-tu parvenue à être conviée là-bas ?

— Secret d'hétaïre ! éluda Ornella. Crois-moi, tu n'as aucune envie de le savoir…

— Si tu le dis.

— J'ignore si les festivités décadentes de ce soir me mèneront sur la piste des criminels que tu recherches, mais ce dont je suis certaine, c'est que des événements étranges s'y déroulent. Je ne te parle pas d'orgies. Non, j'ai le sentiment qu'il se trame quelque chose, là-bas. Et je suis bien décidée à découvrir ce dont il s'agit.

Un trouble soudain s'empara de Théodora. Une sensation familière. Trop familière.

Un brouillard d'un blanc cendreux apparaît autour d'elle, masquant toutes les formes… Un entrelacs de filaments argentins s'y dessine, pareil à la trame d'une tapisserie… L'un d'eux, naissant de son cœur pour s'élancer vers Ornella, commence à vibrer intensément et projette alentour des myriades d'étincelles iridescentes… Puis, brusquement, se rompt et disparaît dans le néant…

Quand Théo revint à elle, elle se trouvait dans les bras de son amie.

— Tout va bien ?

— Je… Je crois que je viens d'avoir une prémonition.

— Oh ?

— Cela te concerne, Ornella. Cette soirée… Sois prudente, si tu t'y rends, d'accord ?

Était-ce ainsi qu'elle devait interpréter ce singulier présage ? Ne signifiait-il pas, tout simplement, que leur liaison s'altérait ? Théodora l'ignorait – mais préférait ne pas risquer inutilement la vie de son amie.

— Je dois y aller, à présent.

Ornella la considéra quelques instants en silence.

— Y a-t-il encore quelque chose entre nous, Théodora ? murmura-t-elle enfin.

— Bien sûr ! C'est seulement que…

Théo baissa la tête, soudain honteuse. Elle tenait à la courtisane et avait beaucoup de tendresse pour elle. Fallait-il qu'elle gâche leur relation par un si piètre mensonge ?

— Je suis désolée, souffla-t-elle enfin.

Ornella la fixait de ses grands yeux couleur d'orage, se mordant les lèvres pour ne pas pleurer.

— Tu as rencontré quelqu'un d'autre ? demanda-t-elle d'une voix tremblante.

— Non.

Ce mensonge là, du moins, était bienvenu. Théodora effleura la joue de son amante.

— Je crois que je ne suis simplement pas faite pour les relations sérieuses, c'est tout. Et cette enquête affreuse n'arrange pas les choses. J'y pense sans arrêt, tu vois. Ça m'obsède… Je suis navrée. Vraiment.

Apparemment, Ornella était trop bouleversée pour lire en son cœur la tromperie.

— J'ai intérêt à t'aider du mieux que je peux pour résoudre cette affaire, alors ?

Pour toute réponse, Théodora sourit, lui embrassa affectueusement la joue et quitta rapidement la salle.

*

… Agonie… Brûlure – grésillement – souffrance… Chaleur… Hurlements… Douleur… Insoutenable… Douleur – corrosion – inflammation… Déchirures… Claquements… Coups. Toujours les mêmes questions. Qui es-tu ?… Qui es-tu ?…

Odeurs aigres.

De sueur. De sang. D'excrétions.

Sol spongieux. Un peu humide.

…Agonie… Brûlure – grésillement – souffrance… Chaleur… Hurlements… Douleur… Insoutenable… Douleur – corrosion – inflammation…

Tigran sursauta. Prit conscience de l'identité de la victime. La victime suppliciée dont il ressentait toujours les affreuses souffrances : lui-même. Il vomit. Encore et encore. Péniblement. Douloureusement. Se redressa un peu, la bouche pleine d'aigreur. Tenta d'ouvrir ses yeux tuméfiés. Tout autour de lui, c'était le noir, l'obscurité étouffante d'une geôle.

Il gémit, s'écarta de ses déjections, roula sur le côté. Fermant les paupières, il tenta de rassembler en lui suffisamment d'énergie pour appeler les puissances élémentaires afin d'atténuer sa peine.

Le raclement du bois que l'on soulève brisa sa concentration. Deux toises au-dessus de lui, une trappe s'ouvrit, laissant un flot de lumière jaunâtre dessiner les contours d'une silhouette massive en haut des marches.

— J'vais voir s'il est réveillé, patron ?

— À ton avis ?

L'individu se précipita, levant bien haut son lampion. Arrivé près de lui, il le frappa violemment. Tigran cria, essaya vainement de le saisir.

— Ouais, y bouge ! beugla le bourreau. 'Voulez que j'le prépare un p'tit peu ?

— Je vais m'en occuper personnellement ! répondit Vipère, descendant lentement les marches. J'aime qu'on me résiste et je trouve cet homme particulièrement obstiné.

Son sous-fifre hocha la tête et se retira dans les ombres.

*

En arrivant aux casernements de la milice, Théodora apprit que cela faisait deux jours que Tigran n'était pas revenu à son office. Le mortuor qui, depuis le début de l'enquête, autopsiait les petits cadavres retrouvés dans les ruelles du Labyrinthe l'avait cherché le matin même : il avait une autre macabre découverte à lui signaler. Mais le capitaine n'était pas là. Et aucun de ses hommes ne l'avait vu. Ils le savaient sur une affaire délicate et connaissaient ses méthodes d'investigation. Aussi ne s'étaient-ils pas interrogés plus avant – l'insistance de Théodora avait fini par les alarmer.

Pressentant qu'une action massive mettrait l'enquête en péril, ils avaient accepté au terme d'âpres négociations de laisser la jeune femme se lancer seule à la recherche de Tigran avant de donner l'assaut sur *Les Tendrons de la cité*. Néanmoins, pour plus de sûreté, ils avaient décidé d'envoyer six hommes, parmi les plus discrets, se poster aux alentours. « Juste au cas où » avait précisé le sergent. De guerre lasse, Théodora avait accepté avant de s'éclipser.

Souple et silencieuse, profitant des ténèbres de la cité battue par le vent et une pluie glaciale, elle se faufila jusqu'au logis misérable que Valia partageait avec son frère et ses sœurs. Elle avait un peu hésité avant de faire appel à la tueuse, mais s'était rapidement persuadée – victoire du désir sur la raison ou simple bon sens ? – du bien-fondé de sa décision. Pour sauver Tigran, l'aide de Morsure se révèlerait précieuse.

Elle demeura quelques instants immobile devant la porte basse – le temps de réprimer le tremblement de sa main, de calmer les battements désordonnés de son cœur – puis se décida à frapper. Attendit, consciente de la durée de chaque instant écoulé, comme s'il s'agissait d'une éternité.

Interminable attente, impossible longueur
De l'instant éternel qui torture mon cœur,
Précédant ta venue d'une lente douleur !

Ces vers de Mercutio s'étaient imposés à son esprit, soudain terriblement réels, quand un flot de lumière l'arracha à sa triste récitation.

— Qu'est-ce que tu fais là, toi ?

La voix de Valia, sèche et cassée, résonna étrangement dans l'obscurité.

— Je... J'ai besoin de tes services.

— Quel genre ?

— Je... Théodora déglutit, un peu déroutée malgré elle, par l'ambiguïté de la demande. L'homme avec qui je travaille a disparu. La dernière fois que je l'ai vu, il se rendait aux *Tendrons de la cité* pour enquêter. J'aimerais assez éviter de créer la panique dans la pègre en débarquant là-bas avec une unité de gardes bardés d'épées, aussi... Je... J'ai pensé à toi.

— Ça te coûtera cher. C'est pas parce que j'ai un faible pour ce genre d'affaires que je vais te faire un prix.

— Pas grave, répondit Théodora dans un souffle, le corps transpercé de milliers d'échardes de glace et de feu. Je paierai tout ce que tu voudras.

— Vraiment ?

Valia était proche. Si proche que sa tête en tournait, enivrée par le parfum musqué, animal de sa peau.

— Cent ducats. Et cinquante de plus si je suis amenée à tuer.

— Ça me va, murmura Théo, les poings serrés à en avoir mal pour ne pas céder au désir qui l'envahissait, ravageant tel un flot de lave incandescente sa chair et son âme.

— Alors allons-y ! lança Morsure, s'écartant d'elle avec brusquerie. Pietro ! Gina ! Mes affaires !

Quelques minutes plus tard, les deux femmes disparaissaient, comme avalées par le ventre d'Arachnae.

*

« Pourquoi ai-je accepté de l'aider ? songeait Ornella, les yeux bandés, assise en compagnie de convives inconnus dans le carrosse les menant vers le lieu mystérieux de la fête. Elle m'abandonne au prétexte d'une enquête. Me ment. M'a trompée, certainement. Et puis, je ne suis même pas certaine de l'aimer... Ça, c'est un mensonge. Un beau mensonge, même. Je peux leurrer beaucoup de monde avec ça, mais pas moi-même... Je l'aime... Suffisamment, en tout cas, pour faire ce qu'elle me demande et poursuivre ces investigations... Il y a autre chose. Cette enquête… Elle a quelque chose d'excitant. J'ai l'impression, enfin, d'être utile. Même si les pistes que je suis me mènent tout autre part que sur la voie de ces monstres… »

— Messieurs ! Mesdames ! Veuillez enlever vos bandeaux, vous êtes arrivés !

La voix emphatique du cocher interrompit le cours de ses pensées. Curieuse, la courtisane obtempéra et regarda autour d'elle. Elle se trouvait dans une vaste halle faiblement éclairée par des lumignons colorés. Il était difficile de se repérer, comme de distinguer des autres invités autre chose qu'un carré de peau laiteuse ou le flamboiement d'une prunelle. À peine descendus de l'équipage, on leur remit à chacun un masque blanc couvrant la moitié supérieure du visage, avant de les guider, au son d'une flûte invisible, vers l'entrée de la demeure. Ils passèrent un porche voûté puis *arrivèrent* dans une galerie tendue de velours noir. À chaque extrémité avaient été dressées des tables débordantes de mets, servis par de très jeunes femmes dont le seul vêtement consistait en un pantalon bouffant et translucide, un peu irisé. Un vaste escalier, au centre, menait vers les étages. Une musique langoureuse s'élevait de nulle part, berçant les hôtes de rythmes suaves, envoûtants.

« C'est là-haut, sans doute, qu'ont lieu certains ébats. »

Ornella regarda autour d'elle avec une moue mutine, souriant plus largement à ceux qui la saluaient.

Combien étaient-ils, ici ? Une centaine, environ. Parmi eux, une majeure partie espérait simplement participer à une nuit d'érotiques festivités aux allures de mystère, rien de plus. Ceux-là n'intéressaient pas Ornella. C'était les autres, moins nombreux, plus discrets, qu'elle était décidée à traquer.

En outre, Ornella en avait la certitude, quelque chose se tramait. Quelque chose de profondément malsain, et dangereux.

Mais quoi ?

Un peu hésitante, elle se dirigeait vers l'un des buffets quand elle sentit une main effleurer son bras.

— Puis-je, gente dame, me joindre à vous ?

Des lèvres minces, bien dessinées. Un port noble. Un corps svelte, musclé, mis en valeur par une chemise de soie charron, une large ceinture de velours, des braies et des chausses moulantes.

— Pourquoi pas ? susurra-t-elle d'une voix pleine de promesses.

Il y avait pire que cet inconnu à l'élégance aristocratique pour accéder aux étages sans attirer l'attention.

Une heure plus tard, Ornella profitait du sommeil de son amant anonyme pour se glisser hors de la petite alcôve au confort vulgaire qu'elle avait occupée, le temps d'une étreinte, avec lui. Des murmures, des éclats de rire, des gémissements de plaisir provenaient des différentes chambres aménagées de part et d'autre du couloir. Des marches de marbre, plus étroites que les précédentes, menaient à l'étage supérieur. Elles n'étaient pas éclairées, et si nulle sentinelle ne montait la garde pour empêcher les gens d'y monter, il semblait, de toute évidence, qu'elles conduisaient vers des quartiers privés.

La courtisane s'apprêtait à s'y engouffrer quand elle entendit des voix sur sa droite. À peine eut-elle le temps de se composer une attitude nonchalante qu'une femme nue, escortée par deux individus débraillés, quitta une pièce en riant aux éclats. Ornella les observa d'un œil distrait, puis fronça les sourcils. Il lui semblait reconnaître l'un des deux hommes escortant l'inconnue. Mais qui était-il ? Bien décidée à le découvrir, elle rajusta son masque et desserra la fibule qui maintenait ses longues robes anthracite.

— Mes amis ! les héla-t-elle avec une révérence provocante, accepteriez-vous que je me joigne à vous ?

Elle était passée de bras en bras, de corps en corps, alternant douces caresses et féroces baisers, tendres morsures et brutales fessées, avant de deviner l'identité de son partenaire. Il s'agissait d'Octavio Mangori, le fils du gouverneur d'Arachnae. Épuisé par leurs longs ébats, il s'était endormi dans les bras de l'autre femme. Le deuxième individu, lui, s'était éclipsé peu après le début de leurs jeux, manifestement mécontent de ne pouvoir prendre son plaisir entre les fesses du jeune homme.

« S'il a été invité, si je l'ai reconnu, nul doute que d'autres connaissent son identité. Ils pourront le faire chanter s'il refuse un jour de les aider… Qu'ai-je appris de plus ? Rien du tout et le temps passe… »

Alors, après avoir vérifié que nul ne l'observait, Ornella se glissa dans les escaliers enténébrés et, à pas de loup, les grimpa.

Elle déboucha sur un palier plongé dans la pénombre. Les lieux paraissaient déserts.

Frottant nerveusement la paume de sa dextre contre son poignet auquel un garrot discret avait été enroulé, Ornella s'avança prudemment vers la gauche. Elle effleura bientôt une porte de bois. Chercha la poignée. Tenta de l'ouvrir. Mais elle était fermée à clef. Silencieuse, elle se pencha sur la serrure, ôta de ses cheveux des épingles à crochetage. Tritura, le plus délicatement possible, le mécanisme métallique et eut la satisfaction d'entendre un cliquetis. Le battant s'ouvrit sur une pièce obscure : son unique fenêtre, donnant sur un ciel à la lune voilée d'orage, ne parvenait guère à en chasser les ombres. Lente et méthodique, Ornella entreprit de la fouiller. Il y avait là un grand lit, une tenture de laine épaisse, une écritoire aux tiroirs vides. Il y avait également deux coffres : le premier renfermait plusieurs flasques de liqueur, le second contenait quelques vêtements et deux livres. Rien de très intéressant. Elle s'apprêtait à quitter la chambre, lorsqu'elle entendit des pas dans le couloir, ainsi qu'un bruit de voix. Le cœur battant, elle se plaqua contre le mur, craignant d'être découverte.

Une porte claqua. Il y eut quelques rires étouffés.

Et, moins de trois minutes plus tard, retentirent les premiers cris de souffrance.

*

Quand Théodora franchit le seuil des *Tendrons de la cité,* elle eut le sentiment d'entrer dans un gigantesque organisme, composé non pas de chair et de sang, mais de voiles et de tentures aux teintes criardes, douloureusement crues. C'était dans ce ventre malsain, elle en avait la certitude, que Tigran avait disparu.

Profitant du couvert de la pluie qui accentuait encore l'épaisseur des ténèbres, la jeune femme et son acolyte s'étaient insinués dans la bâtisse, passant par la toiture glissante aux tuiles mal ajustées – îlot de luxe et de luxure au cœur d'un océan de misère. Elles étaient arrivées dans un grenier puis, en passant par une trappe conduisant aux quartiers des domestiques, avaient atteint les étages.

L'averse avait-elle refroidi les ardeurs des clients ? Cette nuit leur avait-elle promis d'autres plaisirs, ailleurs ? L'édifice était calme, en tout cas. Presque désert. Tout au plus perçurent-elles quelques halètements rauques, des cris de jouissance et, peut-être, quelques pleurs étouffés. Elles fouillèrent consciencieusement chaque chambre. Perturbèrent le sommeil halluciné d'un jeune prostitué. Troublèrent les rêveries d'une catin aux yeux d'or scintillants. Pénétrèrent dans une pièce où un individu masqué gémissait de plaisir sous les caresses d'une fillette.

Théo se figea. Morsure bondit, projeta l'enfant vers la porte et, profitant de la stupeur du client, plaqua une lame effilée sur sa gorge.

— Je... s'étrangla-t-il.

— Ta gueule !

Il obtempéra, piteux et tremblant, s'affaissant légèrement sous la menace de la tueuse.

Désolée pour Valia que cette scène avait bouleversée, Théo releva la petite fille, plongea les yeux dans les siens. Y décela des paillettes dorées. De l'ambroisie. La gamine avait bu de l'ambroisie.

— Dis-moi, petite, murmura-t-elle, comment t'appelles-tu ?

— Lina. J'ai soif... J'ai tellement soif...

Avisant une carafe et des coupes posées sur une petite crédence, la jeune femme la servit.

— Où est ton maître ? interrogea Théodora.

Lina secoua la tête en signe de dénégation.

— La question s'adressait aussi à toi, crevure ! gronda l'assassin.

— Je… Je crois qu'il est occu… Occupé… Il… Il… Il a…

— Parle, et vite, si tu veux rester en vie !

L'homme déglutit. Un liquide jaunâtre se mit à couler le long de ses cuisses, creusant des sillons sur sa peau blafarde à la brune toison.

— Il a… dit qu'il devait… s'occuper d'un client… particulier…

— A-t-il quitté les lieux ?

— Je… je l'ignore ! Pitié ! Je vous en prie, ayez pitié de moi !

La tueuse lança un coup d'œil interrogatif à Théodora. Celle-ci entraînait Lina hors de la pièce. Mais l'enfant s'arrêta soudain, une moue rêveuse sur les lèvres.

— *Ambre ambroise ambroisie*
Grâce à toi je souris !
Ambre ambroise ambroisie,
Je n'ai plus de souci !
Ambre ambroise ambroisie,
Je fais n'importe quoi,
Ambre ambroise ambroisie,
Pour t'avoir avec moi !

Les deux femmes blêmirent, écœurée qu'une fillette connaisse cette rengaine de comptoir. Théo se reprit la première.

— Dis-moi où est ton maître, répéta-t-elle.

— Je veux de l'ambroisie !

— Je t'en donne tant que tu veux pourvu que tu répondes, Lina, intervint Valia.

— D'accord… Eh bien, il y a un monsieur qui est venu. Il était bizarre. Il voulait juste parler… Et le maître nous a fait le signe. Alors j'ai soufflé sur l'aiguille et le monsieur est tombé. Et après, j'ai été récompensée.

— Par de l'ambroisie.

— Oui. Je peux en avoir ?

— Pas encore. Tu ne nous as pas dit où était ton maître.

— Avec le monsieur ! Et maintenant ?

— Théodora, je t'en prie…

Morsure était livide. Une larme perlait au coin de son unique œil.

La jeune femme hocha brièvement la tête, se saisit de la fillette et, d'une rapide pression sur sa nuque, la plongea dans l'inconscience.

— Vous… Vous l'avez…, bredouilla le débauché.

— Elle, non. Mais toi, oui !

D'un coup sec, Valia lui trancha la gorge.

Elles quittèrent rapidement la chambre et s'engouffrèrent, l'une derrière l'autre, dans les escaliers. À l'étage inférieur, il y avait un peu plus d'animation : chants, cymbales et sons de flûte résonnaient sur le palier. Derrière des portes closes, grognements étouffés, jappements, rires et gloussements laissaient deviner de licencieuses orgies. De justesse, elles évitèrent, en se dissimulant sous les marches, un domestique dont le port arrogant ne parvenait à dissimuler ni les origines grossières ni la veulerie, puis poursuivirent leur chemin.

La fillette aux yeux d'or. Le visage meurtri, défiguré de Valia. Superposition d'images issues du passé et du présent. Douloureux écho d'un hier qu'elle ne connaissait pas, qu'elle ne concevait pas, mais ne pouvait que ressentir. Tout comme la souffrance, la colère, la violence qui s'étaient emparées de la tueuse lorsqu'elle avait passé le seuil de la pièce. C'étaient ces émotions, pareilles à des plaies à vif, qui avaient troublé Théo. Ça plus que tout. Elle avait déjà visité de tels lieux. Assisté à de semblables spectacles. Des bambins vendus comme des objets sexuels à de riches pervers. Des gamins aux yeux vides, noyés dans les vapeurs dorées de l'ambroisie. Jusqu'ici, elle s'en moquait. Passait, indifférente, devant ces tableaux navrants, considérant que ce n'était tout simplement pas ses affaires, que ces petits êtres dépouillés d'espoir n'étaient rien de plus que des représentations, des fantômes sans consistance.

Valia avait été l'une de ces gosses. Cela seul changeait la donne.

Maintenant, derrière ces prunelles immenses, derrière ces silences d'enfants sages, il y avait des âmes. Des cœurs.

Mais Théo ne voulait pas cela. Elle haïssait ce trouble, ces sentiments trop vifs qui remuaient ses tripes, remettaient en cause son univers et ébranlaient ses défenses, menaçant de tout briser, tout ravager, tout anéantir.

Et pourquoi ? À quelle fin ? Pour quelle cause ?

Pour rien, sans doute. Une mer d'incertitudes. De souffrances – d'échecs.

— Attention, Théodora ! Tu as failli me rentrer dedans !

— Désolée. Je pensais à autre chose. J'étais inquiète pour…

— Chut ! On vient.

Deux hommes passèrent devant elles. Le premier, un colosse aux sourcils épais, au cou enserré dans un collier à pointes d'acier, portait contre sa cuisse nue un long poignard et tenait une lampe dans la main. Le second était un individu mince, au crâne tatoué de serpents.

— Z'êtes sûr que j'peux pas vous aider ? J'vous l'travaille aux côtes et aux g'noux et j'vous assure qu'il parlera, le bougre !

— Non. Celui-ci est pour moi.

— Mais…

— Suis-je encore le maître ?

— Oui, murmura le géant d'une toute petite voix.

— Alors obéis !

Les deux jeunes femmes les laissèrent s'éloigner, s'engager dans les marches menant vers les étages.

— Ils sont vraiment caricaturaux ! murmura Théodora.

— Caricaturaux – et impunis, rétorqua âprement son acolyte. Ça, tu vois, je pige pas pourquoi.

Pourquoi, en effet ? Pourquoi permettre à des individus qui considéraient autrui comme un bien périssable de hanter les faubourgs d'Arachnae ? Pourquoi les laisser exercer leur immonde commerce ? Les autorités étaient nécessairement au courant de cela – et leurs justifications habituelles paraissaient soudain bien creuses.

Reléguant ses interrogations au fond de son âme, Théodora prit la direction dont venaient le propriétaire des lieux et son sbire. Le couloir, éclairé par un unique brasero, plongeait rapidement dans la pénombre. Valia à sa suite, elle progressa prudemment – jusqu'à ce qu'elle sente contre son dos non plus les parois encombrées de tentures, mais la rugosité d'un bois épais.

À tâtons, elle chercha une serrure, trouva une épaisse barre et tenta de l'ôter, en vain.

— Valia, tu veux bien m'aider ?

— Tu me paies pour ça.

Théodora ne releva pas. C'était la vérité, après tout.

Unissant leurs efforts, elles parvinrent en quelques minutes à soulever l'épar et le firent glisser doucement sur le côté. Elles attendirent quelques instants, parfaitement immobiles, afin d'être sûres que nul ne les avait entendues.

— Vas-y ! chuchota l'assassin. Je monte la garde.

Théodora obtempéra, passa la porte. Faillit choir sur les marches raides, un peu glissantes, menant vers de profondes ténèbres. Reprit tant bien que mal son équilibre, descendit et arriva, enfin, à une surface plane, poussiéreuse et humide à la fois.

Alors elle entendit, un peu plus loin, une respiration saccadée.

— Tigran ?

Un gémissement sourd lui répondit.

— C'est moi, Théo. Je suis venue vous sortir d'ici…

Elle chercha à tâtons dans le noir, sentit, enfin, une forme humaine sous ses mains.

— Pouvez-vous vous lever ?

— Je… D'ici quelques… minutes, souffla-t-il.

Une lumière rougeoyante apparut dans l'embrasure de la porte, en haut des escaliers, dessinant des ombres difformes, tentaculaires, sur les épontes de la geôle humide.

— Alors, il est vivant ? lança Valia.

— Oui.

— Qui… est… est-ce ? balbutia Tigran, s'efforçant péniblement de se redresser.

— Attendez ! Là… Reposez-vous sur moi. Je vais vous aider.

Se mordant les lèvres jusqu'au sang pour ne pas crier, le capitaine se mit sur ses jambes et s'appuya, vacillant, contre la jeune femme. Son corps était en feu. Ses muscles le lançaient et les croûtes coagulées, agglutinées à sa peau tuméfiée, le tiraient affreusement. Grâce à ses modestes dons élémentaires, il était parvenu à atténuer ses souffrances et la gravité de certaines blessures, mais il lui faudrait les talents d'un guérisseur accompli pour sortir de cette épreuve.

Pas à pas, ils progressèrent jusqu'aux escaliers, en gravirent laborieusement les marches et parvinrent, enfin, près de la jeune femme qui patientait, appuyée contre le chambranle.

— Tigran, s'enquit Théodora, plusieurs de vos hommes attendent, à l'extérieur du bâtiment, je leur envoie le signal de l'assaut ?

*

La lune, perle d'opale dans un écrin de ténèbres, écarta les sombres nuées et exposa brièvement deux silhouettes dissimulées par l'ombre d'un arbre aux branches dénudées. Assises sur un banc de pierre dans ce parc triste et désolé, dépouillé de toute vie par les frimas de l'hiver, elles s'entretenaient à voix basse. Face à elles, sinistre figure aux contours morbides et blafards, une statue équestre de la princesse Sienna terrassant une empuse.

La première, élégante en dépit des épais vêtements qui la protégeaient du froid, était Fausta, maître-espionne d'Arachnae. La seconde, ses nobles traits masqués par une large capuche, était Alessio Sforza, son prince.

— Ainsi, de récents rapports m'ont permis de faire le lien entre certains *accidents* survenus à vos alliés au cours des trois dernières années et le gouverneur de Segestae. Mais je suppose que vous vous attendiez à cela.

— Certes. De même, je suis convaincu que Julia est liée à tout cela.

— Alors pourquoi refusez-vous de me laisser les mains libres ?

— Parce que ma femme n'est que le pion de celles qui complotent ma mort et la chute des Sforza. Je croyais, il y a quelques jours encore, que seule la vie de Tiberio était menacée. Avec les augures de ma cadette, j'ai appris qu'Alessandrina est en danger, elle aussi. Mon épouse est peut-être assez bête pour croire les prédictions de mes conseillères et vouloir la fin de Tiberio, mais Alessandrina est sa préférée et Julia espère la voir à la tête de la principauté. L'éliminer irait à l'encontre de ses désirs les plus chers – et de l'amour qu'elle lui porte.

— Et vous ?

— Moi ?

— Quelle est votre position, dans cette affaire ?

Alessio sourit. Un sourire sombre, acerbe.

— Je règne sur cette île, Fausta. J'accomplis chaque jour la volonté de ma sœur. Je ne demeure pas prince, envers et contre tout, par volonté de puissance, mais parce que c'est mon devoir, parce qu'abdiquer serait trahir la parole donnée à la Triple Déesse, rompre tous mes engagements vis-à-vis du peuple. Cela ferait de moi le pire des criminels que cette île ait jamais vu naître, ne croyez-vous pas ?

— Il y a eu pire. La princesse Apollina, par exemple. Et, Prince, vous ne m'avez pas répondu.

— Cela fait longtemps que je me suis résigné à certains sacrifices. À la disparition de mon fils, par exemple. Ou à la trahison de Julia.

Fausta plissa imperceptiblement ses yeux turquoise.

— Après mon accession au trône d'Arachnae, lorsque j'ai dû me marier, plusieurs alternatives se sont offertes à moi. J'ai consulté Atropos – ma plus proche conseillère à l'époque – à ce propos. Julia Segesta était le choix le plus sage, pour Arachnae comme pour moi. Une autre alliance aurait mené à la catastrophe. Folie, meurtres, guerres… Les possibles que m'a laissé entrevoir la Faucheuse étaient terrifiants. Mais je n'ignorais pas ce que cela signifiait : la naissance d'un fils, le ressentiment des autres familles, la colère des Moires. Là encore, plusieurs possibilités se présentaient. Tuer le nouveau-né et annoncer à tous que, sorti du ventre de sa mère, il n'avait survécu que quelques heures ou le garder auprès de moi, ici-même et attendre que l'un de nos détracteurs frappe, se dévoilant ainsi au grand jour. Je sais, depuis l'instant de sa naissance, que Tiberio est condamné. J'y suis préparé.

Fausta déglutit. Elle connaissait assez Alessio pour saisir toutes les implications de ces brèves révélations. Ainsi que leur portée. Il avait décidé, à la naissance de Tiberio, non point de le laisser vivre, mais de lui accorder un sursis. Pas par pitié. Pas par amour paternel, même si Fausta se doutait qu'il éprouvait un réel attachement à l'égard de son fils. Mais par politique.

Depuis sa naissance, le garçon n'était que l'appât qui permettrait au prince de piéger ses ennemis.

— Votre héritière serait donc…

— Artemisia, répondit-il. Vous n'aviez pas encore compris, Fausta ? Je suis déçu…

L'assassin fronça les sourcils.

Âgée de onze ans à peine, la petite princesse possédait un réel don de prescience et une affinité avec la sorcellerie élémentaire. Une rumeur voulait qu'elle rejoigne, d'ici un an ou deux, l'Ordre magique des Quatre Vents pour y développer ses pouvoirs ; une autre prétendait qu'elle avait déjà fait vœu de rallier les vestales de la Triple Déesse. Que ces bruits soient fondés ou non, une chose était sûre : Artemisia serait très puissante. Et si elle devenait princesse d'Arachnae, elle reléguerait les Moires au rang de conseillères spirituelles.

— Ce sont les Moires, n'est-ce pas ? Ce sont elles, l'origine de tous ces complots.

— Possible.

— Sinon, pourquoi choisir votre plus jeune fille pour successeuse ? poursuivit Fausta. Si Artemisia devient princesse, elle n'aura plus besoin des Sorcières puisqu'elle sera à même de discerner les possibles dans l'inextricable tapisserie de la Destinée. Et pourquoi restreindre plus encore le rôle de ces femmes, si ce n'est parce qu'elles deviennent dangereuses pour le trône ? Si ce n'est pour briser leur pouvoir – jusqu'à ce que la Triple Déesse elle-même en décide autrement ?

— Vous voyez, quand vous voulez ! commenta Alessio.

— Ainsi, depuis près de quinze ans, vous préparez leur chute. Et elles ne se sont jamais doutées de rien ?

— C'est encore la seule chose qui me surprenne. Je travaille à leur fin depuis des années. Je n'ai rien laissé au hasard : tous les éléments sont en place. Grâce à leurs dons, elles auraient pu déjouer mes plans, pourtant. Apparemment, elles n'ont rien deviné… Mais changeons de sujet, voulez-vous ? Comment votre pupille se porte-t-elle ?

— Ma ruse a porté ses fruits. Elle est demeurée consignée deux jours à l'Académie – pour aider le magister Villanova à éprouver les recrues – on aurait dit un fauve en cage.

— Et cette affaire de meurtres ?

— L'enquête progresse. Espérons que tout soit vite résolu.

Le prince se leva et l'invita à effectuer quelques pas en sa compagnie.

— Les Moires sont nos ennemies, certes, mais elles ont à cœur la sauvegarde d'Arachnae, expliqua-t-il. Elles ont perçu, il y a peu, quelque chose de trouble et d'obscur dans l'avenir. Quelque chose qui menace la principauté tout entière, mais dont l'une des manifestations se trouverait ici même.

— J'enquêterai, déclara aussitôt la maître-espionne, effectuant une brève révérence. J'enquêterai et trouverai la cause de ce mal, je vous le promets.

Quand Fausta releva la tête, elle était seule dans le grand parc balayé par un vent glacé et la pluie, fine et froide, tombait de nouveau.

Deuxième partie
L'AMOUREUX

Contemplez le cœur vérolé
De notre belle humanité !
Femelle parée de joyaux,
Dont l'éclat occulte la peau,
Faisant scintiller son teint pâle,
Maladif, cadavéreux, sale,
Comme si c'était un diamant !
Fille impie en quête d'amant,
Catin frénétique et mourante,
Elle avale, se goinfre, indécente,
Tout ce qui passe à sa portée,
Espérant dans cette curée,
Trouver la vaine panacée,
Qui la guérira de ses maux !
Hélas ! Qui trouvera les mots
Qui guériront cette folie ?
Quel prophète saura crier,
Sans se faire martyriser
Par la multitude aveuglée,
L'inanité de cette quête ?
Ce que veut cette femme blette,
En effet, c'est à ce poison
Qu'est la finitude, un remède !

Mercutio – *La Plaie de l'humanité*

L'assassin engagé par la princesse Apollina n'avait pu se résoudre à tuer la petite fille. Ses yeux avaient croisé ceux de l'enfant, et toute sa détermination s'était envolée. Après avoir réfléchi quelques instants, il s'était penché vers elle et lui avait ordonné de fuir loin d'Arachnae et de ne jamais revenir. Il avait ensuite tué une jeune biche et avait rapporté son cœur, encore palpitant, à sa souveraine.

Sentia avait obéi.

Elle avait couru, aussi vite que le lui permettaient ses jambes, loin de celle qui voulait sa mort et s'était réfugiée dans la forêt, au sein d'une communauté de bûcherons. Ceux-ci, dirigés par une sorcière, avaient accueilli chaleureusement « celle qui un jour sauverait la principauté ». Et, conformément aux vœux de la vieille femme, ils lui avaient donné la même éducation qu'à leurs garçons. Ainsi, à seize ans, Sentia était capable d'abattre un arbre et maniait la hache avec la même aisance qu'un homme. Elle savait également nager, poser des pièges, tirer des flèches et combattre avec les poings, l'épée ou la lance. Elle avait également appris à aimer : un jeune guerrier lui avait donné son cœur. Ils étaient passionnés, plein d'ardeur et de fougue. Bientôt, de simples baisers ne suffirent plus et ce fut sous la clarté bienveillante de la Lune qu'ils s'unirent, découvrant ensemble la volupté de l'amour. Les semaines, les mois passèrent. Le ventre de Sentia s'arrondissait doucement. Le jeune couple, avec la bénédiction de la matriarche, avait commencé à ériger, de ses mains, le futur foyer, quand survint le drame.

Le soleil brillait, ce jour-là, nimbant les hautes et vertes frondaisons de reflets scintillants. Comme à l'accoutumée, Sentia et Orcus – tel était son nom – travaillaient, ensemble, à couper et élaguer du bois pour construire leur foyer : le bûcheron sciait les branches, sa jeune femme les transformait en planches lisses et douces au toucher. Soudain, le ciel se couvrit de nuages. Le tonnerre gronda. Des nuées sombres, tourbillonnantes, se rassemblèrent au-dessus de la forêt et la foudre frappa. Les deux amants quittèrent précipitamment la trouée, désireux de se mettre à l'abri, mais ils n'en eurent pas le temps. Un violent éclair déchira l'atmosphère plombée d'orage et s'abattit sur un grand chêne, le noyant en un instant sous un déluge de flammes. Pétrifiés par la peur, Orcus et Sentia ne purent éviter l'énorme branche crépitante que le souffle projeta sur eux. Pareille à un pal, elle s'enfonça dans les chairs de la princesse, détruisant la vie qui croissait en elle et déchirant à tout jamais son corps de femme.

Orcus revint au village, désespéré, tenant contre son cœur sa bien-aimée transpercée, couverte de sang.

Quand, des semaines plus tard, Sentia revint à elle, elle apprit que plus jamais elle ne pourrait avoir d'enfant.

Pendant ce temps, la faim et la maladie avaient commencé à gangrener la principauté ; la folie s'était emparée de la princesse et ses sujets menaçaient de se révolter. Apollina avait, disait-on, fait assassiner les Moires et vénérait les Démons. Outragée, la Triple Déesse avait décidé de châtier non seulement l'impie, mais son peuple tout entier.

Alors, Sentia comprit qu'il était temps, pour elle, de reprendre le chemin du palais.

La Chute des Segesta (II) – ***Contes d'Arachnae***

1

Arachnae – 20e jour du mois des Adieux

Il avait fallu deux jours pour que Vipère révèle tout ce qu'il savait. Deux jours de violences et de coups de poing, deux jours de menaces et de tortures. À présent, l'ancien tenancier des *Tendrons de la cité* n'était plus qu'un amas de chairs tuméfiées. Son tourment, sa déchéance auraient dû satisfaire Théodora.

Ce n'était pas le cas.

Ce n'était pas suffisant. Ce qu'il avait fait. Ce qu'il aurait continué à faire si la milice n'avait pas donné l'assaut sur la bâtisse. Le regard embué d'or de cette fillette ambrosomane agenouillée devant un gros porc. La tristesse, la douleur de Valia découvrant l'atroce spectacle.

Et le pire. Savoir que la seule véritable raison de son arrestation était qu'il n'était plus indispensable ni à la cité ni à leur enquête.

— Tout ça m'écœure, marmonna-t-elle, se détournant de la cellule où gisait le prisonnier.

— C'est-à-dire ? s'enquit une voix grave dans son dos.

C'était Tigran, pleinement remis de son épreuve.

— Rien n'avait jamais été fait contre lui, avant. Ni contre *Les Tendrons*. Pourquoi ?

L'enquêteur haussa les épaules.

— À quoi bon ? Des établissements comme celui-ci, tenus par les jumeaux de Vipère, il en fleurirait des dizaines aussitôt. Ne faites pas l'enfant, Théodora ! ajouta-t-il. Vous savez aussi bien que moi que tout ceci *est* Arachnae : vouloir la purger de ses bouges, de ses crimes, ce serait comme l'amputer d'une partie d'elle-même.

— Mais vous êtes censé faire régner l'ordre ! Vous êtes…

— Capitaine de la milice. Vétéran de guerre. Vainqueur d'un fou sanguinaire. Et alors ? Mes prouesses militaires font-elles de moi un imbécile ? J'ai fait serment de faire respecter la justice et de servir mon Prince. Pas de me transformer en fanatique. J'arpente depuis près de vingt ans Arachnae – de ses plus vastes et plus beaux faubourgs à ses culs de basse-fosse les plus sordides – et j'ai appris à les aimer. Tous. Quels qu'ils soient. Parce qu'ils sont l'âme de cette cité. Parce qu'ils expriment son essence. Parce que même ses ruelles les plus infectes ont un rôle à jouer dans la destinée de la principauté.

— Pourtant, l'Arlequin sanglant… Et aujourd'hui, ces crimes…

— Ils en font, eux aussi, partie. Venez, Théodora, cela ne sert à rien de rester dans ce corridor insalubre.

Et, prenant son bras, Tigran l'entraîna vers ses quartiers, songeant, presque étonné, à quel point il pensait ce qu'il disait et combien, malgré ses doutes et ses regrets, il était profondément attaché à la cité.

Arrivé dans son office, le vétéran leur versa une coupe de vin, puis posa sur la table encombrée une assiette d'amandes et de raisins secs.

— On vous a très certainement parlé, à l'Académie, des Âges sombres ?

— Un peu, oui.

— À cette époque, peu après que la peste se fut répandue dans l'Archipel, une vague de puritanisme submergea les différentes principautés. Un nouvel ordre vit le jour : les Anges du Renouveau. Sous prétexte de purifier les îles de leurs souches pourries, ces fanatiques renversèrent la princesse de Matricia, égorgèrent ses Moires et imposèrent un nouveau culte, exigeant un tribut de sang pour leur dieu. Quand on découvrit que ces Anges n'étaient autres que les serviteurs maléfiques d'un Démon, il était trop tard. De Matricia, il ne restait plus que des cendres…

— Je connais cette histoire, coupa impatiemment Théo.

— Alors vous savez certainement pourquoi je vous la rappelle ?

Théodora réfléchit.

Tigran considérait Arachnae comme une maîtresse capricieuse, une courtisane belle à se damner : plus innocente que la plus pure des vierges, plus perverse qu'une lamia, plus dangereuse qu'un maître-assassin.

D'une certaine manière, pour lui, la ville contenait tous les possibles, tous les aspects de la principauté. Multiples, contradictoires, excessifs, ils constituaient pourtant un tout cohérent, un organisme dont les milliers d'habitants formaient l'âme. Dans une telle perspective, vouloir purger la capitale de ses protubérances les plus disgracieuses revenait à créer une plaie suppurante en son être. Une plaie suffisamment profonde pour laisser d'autres Anges du Renouveau tenter de la détruire et suffisamment offensante pour que la Triple Déesse abandonne son peuple à jamais.

— Je crois que je comprends, concéda enfin la jeune femme. Et je crois que vous avez raison.

— Bien. Ce point étant à présent éclairci, que diriez-vous de jeter un coup d'œil aux aveux de Vipère ?

Ils travaillèrent de conserve jusqu'au zénith, considérant et évaluant consciencieusement chaque déclaration, chaque information reçue ; ils consultèrent des cartes, pointant l'emplacement de chaque cadavre découvert d'une épingle ; ils recoupèrent différents témoignages, s'efforçant d'y déceler des liens ; ils examinèrent les rapports du mortuor ; enfin, ils replacèrent chaque fragment de l'enquête de la façon la plus logique possible.

— Les meurtres ont lieu à l'extérieur de la ville, récapitula Théo. Les cadavres sont rapatriés ensuite dans le Labyrinthe et abandonnés là, au vu et au su de tous. Comme si quelqu'un *voulait* qu'ils soient découverts. Pensez-vous que ce soit encore l'œuvre d'un dément ?

— À moins qu'il ne s'agisse d'un culte maléfique… Mais je ne le crois pas. Quoi qu'il en soit, conclut sombrement Tigran, le Fèqueux est l'une des principales clefs de cette triste histoire. Il fournit, au moins en tant qu'intermédiaire, des proies à ces monstres. Nous devons absolument mettre la main sur lui.

À cet instant, on frappa à la porte.

— Capitaine ! Une femme… euh… en armes… demande à vous voir. Elle dit…

Il fut brutalement poussé sur le côté et Valia fit irruption dans la pièce. Elle était blême, échevelée ; son œil mort contrastait étrangement avec l'éclat terrifié de sa prunelle rougie de larmes.

— C'est… C'est Pietro… Théo ! Mon petit frère a disparu !

*

Artemisia, pensive, se tenait face à la psyché d'argent ciselé de sa chambre au décor encore enfantin. La glace lui renvoyait l'image d'une fillette à la peau blanche, à la mine grave et résignée. « Vous êtes trop jeune, Altesse, pour être aussi sérieuse ! » lui disait souvent sa femme de chambre, lorsqu'elle la surprenait ainsi.

Mais comment pouvait-il en être autrement ? Il lui suffisait de se concentrer quelques instants sur le miroir pour contempler non point son reflet, mais celui d'une femme aux iris outremer, aux lèvres pleines, au front serti de la tiare d'Arachnae. Et, si elle tentait de chasser cette vision, d'imaginer d'autres contingences, une main invisible arrachait le fragile voile de ses illusions et l'obligeait à regarder, à s'imprégner jusqu'à la nausée des différents possibles. Pas ceux qu'elle souhaitait voir, mais ceux qui adviendraient réellement, si elle n'acceptait pas sa destinée.

Artemisia en voulait terriblement à la Triple Déesse de lui imposer tout ceci : elle aurait préféré ne rien savoir. Ou, au moins, pouvoir se confier à ses proches. Mais, cela non plus, elle ne le pouvait pas. Elle avait vu les conséquences terribles que son imprudence aurait sur l'avenir de la principauté.

Ainsi, Artemisia s'était résignée, renonçant peu à peu à ses rêves. Mais parfois, la nuit, ses forces et sa résolution l'abandonnaient ; alors le chagrin s'emparait d'elle, faisant jaillir de ses yeux des larmes brûlantes, irrépressibles. Et nul n'était là pour la consoler.

Doucement, la princesse effleura de ses doigts le miroir et concentra sa volonté pour maîtriser la portée temporelle de sa divination. Au bout de quelques minutes, la surface argentine se troubla, laissant apparaître de brumeuses circonvolutions…

… Un corps oint, recouvert d'un linceul sombre et entouré de bougies ; sa chevelure grisonnante encadre parfaitement son visage, trop jeune encore en dépit des rides qui le sillonnent ; il semble serein…

Non. Trop lointain.

… Une aristocrate au sourire figé, dont les traits semblent familiers, étreint sa mère, Julia ; à ses côtés, une adolescente lunaire au regard vipérin…

Trouble. La vision lui échappe, plus évanescente que la fumée…

… Un marbre fracassé sur le sol jonché de victuailles et de vaisselle brisée ; des tentures riches sur les murs ; une table renversée sur laquelle un cadavre achève de se vider de son sang ; un corps est étendu sur le sol ; une silhouette se penche au-dessus de lui, relève soudain la tête vers elle…

Brutal retour à la réalité.

Cette femme aux prunelles cobalt.

Ce n'était pas la première fois qu'Artemisia la voyait dans les trames du destin. Et, presque toujours, elle avait eu le sentiment que l'inconnue devinait sa surveillance. L'autre femme, la noble aux traits compassés, était liée de près au futur de la principauté, Artemisia en avait la certitude. Mais de quelle manière ?

De légers coups frappés à la porte l'arrachèrent à ses réflexions.

— Entrez ! dit-elle d'une voix claire.

Alessandrina pénétra dans la pièce, prenant bien soin de refermer à clef derrière elle. Elle avait coiffé ses cheveux en tresses serrées et les avait remontées sur le sommet de son crâne ; elle portait une robe mauve qui faisait ressortir l'éclat améthyste de ses yeux.

— Je ne te dérange pas, j'espère ?

— Mais non.
— Que faisais-tu ?
— Rien du tout. Je rêvais…
— Tu n'as pas peur de partir dans cette horrible ville ?
— Je ne crois pas. Je suis un peu inquiète, c'est tout.
— Tu me trouves jolie ?
— Bien sûr !
— Crois-tu que…
Alessandrina se mordit la lèvre inférieure.
— Oh, Artemisia ! Il n'y a qu'à toi que je peux me confier ! Et j'ai besoin de savoir… C'est très important pour moi ! Tu veux bien, dis ?
— Regarder dans mon miroir magique ?
— Je… Il est tellement beau ! s'extasia l'adolescente. Je n'ose lui parler et j'aimerais savoir si un jour…
Soudain, un épais brouillard surgit devant les yeux de la devineresse : un chemin, lentement, s'y dessina, écartant les nuées, laissant entrevoir un mince, très mince possible…
… Un couple enlacé, au clair de lune… Des montagnes, au loin… Un feu de camp. Des silhouettes dansent au son des violons…

Puis tout redevint clair – aussi douloureusement réel que le plancher sur lequel elle était tombée à la renverse.
— Ça va ? Tu n'as rien ? s'enquit Alessandrina, inquiète.
— Mais non. Tu devrais être habituée, depuis le temps…
— Tu ne t'es pas fait mal ?
— J'ai la tête dure. Et ce n'est pas une chute qui m'empêchera de lire ta destinée. Rassurée ?
— Oui.
— Bon. Grande sœur… Celui dont tu es amoureuse, c'est un saltimbanque, n'est-ce pas ? Un vagabond ?
Alessandrina devint écarlate.
— Tu l'as vu ?
— Je vous ai vus. Mais je préfère vérifier.
— Oh, s'il te plaît !
Alors Artemisia se leva, tira d'un petit coffret de bois un jeu de Tarots dont elle ne conserva que les arcanes majeurs, puis retourna s'asseoir face à son aînée.
— Coupe de la main gauche, ordonna-t-elle.
Alessandrina s'exécuta.
— Prends quatre cartes, l'une après l'autre, et pose-les devant toi. Quelles que soient les indications que nous donnera ce tirage, je veux néanmoins que

tu gardes à l'esprit que cela ne sera qu'un *possible,* une *éventualité* – et qu'en aucun cas tu ne devras considérer cela comme quelque chose d'inévitable. D'accord ?

Troisième Arcane. *La Princesse.* Représentant le présent, mais également Alessandrina – déterminée, coquette et, en dépit des apparences, peut-être trop sûre d'elle.

Vingt-deuxième Arcane. *Le Fou.* De ce qu'elle pouvait deviner, un nomade, itinérant – incapable de s'arrêter plus de quelque temps en un lieu donné.

Sixième Arcane. *L'Amoureux.* Choix sentimental ? Dilemme d'une autre nature ?

Le quatrième Arcane, *Le Prince* inversé, confirma ce qu'Artemisia soupçonnait : si Alessandrina aimait réellement ce jeune homme, elle devrait d'une manière ou d'une autre renoncer à son statut pour vivre avec lui.

— Voici, déclara la petite princesse, tirant *La Justice* de sa main, ma réponse. Tu es de sang princier. Lui, c'est un voyageur. Un individu fantasque qui tient à sa liberté plus que tout. À quoi renoncerais-tu pour le conquérir ? Jusqu'où serais-tu prête à aller pour lui ? C'est seulement lorsque tu auras répondu à ces questions que tu sauras s'il y a, entre vous, un avenir possible.

Alessandrina demeura un moment immobile, sourcils froncés puis, lentement, releva la tête vers sa sœur.

— Ne peux-tu être plus précise ?

— Non, cela m'est interdit.

— Très bien. Merci quand même, Artemisia.

L'adolescente soupira et, d'un pas lent, quitta la chambre de sa cadette, la laissant de nouveau seule, face à son miroir.

Seule, mais pour la première fois depuis des mois, soulagée, car la petite sorcière entrevoyait enfin un avenir possible pour son aînée.

*

Scarpia

Pietro comptait neuf hivers. Cela en faisait quatre qu'il n'avait pas pleuré. Il avait juré à sa sœur qu'il ne le ferait plus et comptait bien tenir cette promesse, envers et contre tout. Même si, ces dernières heures, cela avait été difficile.

Il savait qu'il avait été enlevé, mais ne se souvenait pas exactement des circonstances. Il se rendait chez la mère Lena, une vieillarde aveugle et presque sourde pour laquelle il effectuait de menus travaux. Il pleuvait. Les rues étaient glissantes, boueuses. Et puis… Plus rien. Pietro avait repris conscience dans une cache obscure et humide. On l'avait ligoté, bâillonné et laissé dans le noir, jusqu'à ce qu'un homme dont il n'avait vu qu'une vague silhouette vienne le chercher. Il avait été soulevé comme un sac de viande puis conduit, papillonnant des yeux, jusqu'à la lumière. Là, on l'avait libéré de ses liens et mené vers un inconnu aux poignets garnis de dentelles, au parfum capiteux dont le visage disparaissait dans les ombres. L'individu l'avait soupesé comme un animal, allant jusqu'à vérifier sa dentition. Pietro s'était débattu ; il avait mordu, griffé – peine perdue. On l'avait aussitôt puni ; quelques minutes plus tard, l'affaire était conclue. Il était passé des mains sèches et rudes de ses ravisseurs à celles, énormes et velues, du géant muet qui accompagnait son inquiétant acquéreur. Puis on l'avait jeté, sans ménagement, dans un carrosse. Il était arrivé, au terme d'un voyage bringuebalant en cette vaste demeure ; là, une fille aux yeux vides l'avait lavé, nettoyé, poncé et parfumé avant de l'abandonner, seul, dans cette pièce.

Une chambre immense. Bien plus vaste que son logis du Labyrinthe. Bien plus vaste, et beaucoup plus belle. Mais Pietro n'y trouvait aucun réconfort.

Parce qu'il savait la raison de sa présence en ces lieux.

Plusieurs fois, déjà, il avait fait le tour de sa cage dorée – comme le lui avait appris Valia. Il avait cherché des issues, du conduit de cheminée aux fenêtres en passant par d'éventuelles caches secrètes, en vain. Les jours étaient barrés d'épaisses tiges de fer ; l'âtre était fermé par une lourde grille ; quant à sa quête de passages dissimulés, elle n'avait, bien sûr, pas abouti.

— Ma sœur viendra me chercher, marmonna-t-il, serrant ses petits poings avec toute la conviction dont il était capable. Elle retrouvera ma trace.

Au-dehors, la pluie continuait de tomber. Un équipage attelé de chevaux à la robe d'ébène pénétra dans la cour pavée de sa prison. Une forme en descendit, empreinte d'une noblesse un peu affectée, bientôt suivie d'une autre – beaucoup plus petite, beaucoup plus vulnérable.

Celle d'un enfant.

Un bref instant, Pietro eut le sentiment que ce dernier levait vers lui un regard éperdu. Il frissonna, sentit des larmes lui piquer les yeux et les balaya aussitôt, rageur.

Il avait promis de ne plus pleurer. Et rien, rien ne l'empêcherait de tenir parole.

*

Arachnae

Pâle comme la mort, Ornella faisait face à Fausta, la magister attitrée de Théodora. Les deux femmes se tenaient dans la chambre de la courtisane, une pièce agréable et chaleureuse en dépit de son étroitesse : l'une était recroquevillée, bras serrés contre la poitrine, sur le rebord de sa couche ;

l'autre s'était assise, impavide, sur un petit trépied rembourré de velours. Entre elles, une table basse sur laquelle reposait un bol fumant au parfum de girofle et de thym.

De profonds cernes creusaient les yeux d'orage de la jeune femme et ses lèvres, d'ordinaire douces et généreuses, n'étaient plus que deux lignes crispées et blêmes. Ses cheveux étaient sales, emmêlés, plaqués par la sueur contre son crâne. De ses magnifiques robes, ne restaient que des hardes maculées de pluie et de boue.

— Buvez, intima Fausta. Cela vous fera du bien.

Ornella acquiesça en tremblant. À petites gorgées, tout doucement, elle lampa l'odorant breuvage.

— Je ne savais pas où j'étais. C'est pour cela que j'ai mis tant de temps pour revenir... Je crois que ce n'était pas si loin, en fait.

Ornella s'exprimait d'un ton morne, apathique. Comme si ce qu'elle avait vécu était arrivé à une autre, à une étrangère dont elle ne se rappelait même pas le nom.

— Pas loin du tout, poursuivit-elle de la même voix sans timbre. Mais... C'est étrange... Je me suis quand même perdue... Il a crié vous savez. Longtemps. Très longtemps. Des râles. De plus en plus forts. De plus en plus longs. Et à la fin, c'était comme un chant continu... Il hurlait, hurlait, hurlait... J'avais l'impression que cela ne cesserait jamais. Mais si. Il a fini par se taire. Et c'était presque pire. J'étais là, dans le noir, dans le silence. Je ne pouvais qu'imaginer... Je n'avais qu'une seule certitude : cela n'avait rien à voir avec les enlèvements d'enfants sur lesquels Théo m'avait demandé d'enquêter... Théo. Nous ne sommes plus ensemble, vous le saviez ? Elle a essayé de me faire croire que c'est parce qu'elle ne se sent pas prête, mais moi, je sais bien que c'est autre chose. Elle a rencontré quelqu'un. Cela se lit sur son visage. Quand elle ment, elle bat souvent des cils et prend une mine sérieuse, comme pour mieux convaincre... Vous croyez qu'elle aurait eu peur, à ma place ? Qu'elle aurait bondi dans la pièce pour les prendre sur le fait ?... Eh bien moi, je n'ai pas pu. Non, je n'ai pas pu... Alors j'ai attendu. Blottie dans les ténèbres. D'abord, rien ne s'est passé. Et puis, j'ai entendu les voix. Une langue que je ne connais pas. Ça s'élevait et retombait, et s'élevait de nouveau. Aigu, grave, aigu, grave... Une litanie. Malsaine. Poisseuse... Une sorte de liturgie démoniaque... Ça a duré une éternité. Une éternité... Ensuite, les mélopées se sont éteintes. Il y a eu des voix. Une porte que l'on claque. Des pas qui s'éloignent... J'ai patienté encore. Jusqu'à ce que je sois sûre. Puis je suis sortie de ma cachette.

La courtisane se tut, baissa les yeux, fixant un point invisible sur le sol.

— J'ai ouvert la porte, reprit-elle après un long silence. Ça sentait mauvais, là-dedans. Ça sentait la viande. L'urine. Les excréments. Comme je ne voyais rien, j'ai rebroussé chemin… J'ai allumé une chandelle… J'ai hésité… Et j'ai entendu un gémissement. C'est ça qui m'a poussée à l'intérieur. Au début, il n'y avait que la pénombre. Des ombres étranges. Des formes anguleuses. Alors j'ai commencé à faire le tour. J'ai trouvé une table. J'ai posé la chandelle dessus… Il y avait un homme, étendu sur le lit. Attaché. Quand je me suis approchée, il a recommencé à gémir. Mais il ne bougeait pas. Ne se débattait pas. Je me suis demandé pourquoi… J'ai vite compris. J'ignorais qu'on pouvait vivre vidé de ses boyaux … C'était avec ses intestins qu'ils l'avaient accroché aux barreaux du lit. L'odeur venait de là. Et il y avait autre chose. Des… Des morceaux qui manquaient.

Ornella s'interrompit. Ferma les yeux, laissant couler sur ses joues pâles des larmes de tristesse et de dégoût. Reprit, enfin, au prix d'un terrible effort, le cours de son récit.

— Ceux qui ont fait ça… Ils l'ont partiellement dévoré. Ils ont découpé des bouts de cuisse, de bras, de flanc… Il y avait des empreintes de dents sur un morceau abandonné… Et l'homme… L'homme… Il me suppliait de l'achever. C'était ça, ce que signifiaient ses gémissements… Je… J'ai perdu la tête. J'ai ramassé un couteau, j'ai fait ce qu'il demandait, et je me suis enfuie… J'ai ouvert la fenêtre et j'ai descendu ce que je pouvais avant de me laisser choir sur le sol. Après, j'ai couru… Je suis tombée… Je me suis traînée à l'abri de la pluie, sous un petit pont, dans les bois… J'ai dormi. Combien de temps, je l'ignore, je devais avoir de la fièvre. J'ai reconnu finalement les Jardins des Naïades… Et je suis revenue ici.

— C'est bien, murmura Fausta. Il faut vous reposer, à présent. Je vais faire venir un guérisseur afin de soulager votre sommeil et de vérifier que rien ne vous a été infligé par ces monstres.

Sur ces propos, la svelte magister se leva et quitta la pièce, laissant Ornella seule avec ses terribles souvenirs.

*

Scarpia

Pietro réfléchissait, jetant de temps à autre un regard à la nouvelle venue, une fillette jolie comme un cœur avec des yeux couleur de ciel et des cheveux noirs. On l'avait amenée, propre et souriante, quelques heures plus tôt dans la chambre. Aussitôt, la petite s'était présentée sous le nom de Cora et avait décrit en babillant tout ce que son nouveau papa lui offrirait, les belles robes et les jouets qu'elle allait recevoir, ainsi bien sûr qu'un petit chien. Puis elle avait grimpé sur le lit et s'était endormie en suçant son pouce, rêvant, sans doute, aux cadeaux qu'on lui avait promis.

Il savait bien, lui, que tout ceci était faux. Peut-être recevrait-elle des présents, en effet, mais certainement pas sans rien donner en échange.

Valia lui avait tout expliqué. Elle lui avait dit qu'il y avait des hommes assez méchants pour prendre plaisir à torturer des enfants, les contraindre à faire des choses contre nature. Des choses qu'ils n'avaient pas à subir parce que c'était mal. « Ce n'est pas normal, Pietro, avait-elle affirmé, qu'un adulte te demande de le caresser ou de l'embrasser que ce soit contre de l'argent ou quoi que ce soit d'autre ! Tu comprends ? Ce que font ces gens, c'est pervers – et il ne s'agit ni de gagner des ducats pour notre famille ni d'être gentil avec quelqu'un ou de le remercier. » Il savait de quoi il en retournait, bien sûr. Il se souvenait, petit, avoir entendu ses aînées pleurer. Il se souvenait avoir aperçu, à plusieurs reprises, des hommes entrer dans leur chambre et se coucher de tout leur poids, haletant et suant, sur Valia en larmes.

Il se rappelait également la nuit qui les avait tous libérés de ce cauchemar.

Leur mère, hagarde, la couleur de ses yeux rongée par une coulée d'or pur, avait ouvert la porte en chancelant, les désignant d'un geste vague à un inconnu. Celui-ci, un individu à la chevelure gris sale, les avait fixés l'un après l'autre d'un air évaluateur avant de jeter son dévolu sur Nora, de deux printemps son aînée.

Elle avait crié de peur et de douleur – mais Gina et lui étaient trop effrayés pour agir.

Et puis, Valia avait fait irruption dans la pièce, brandissant un tison et l'avait abattu en hurlant sur le débauché. Tout était devenu flou, ensuite. Ils s'étaient affrontés, lui à coups de couteau, elle avec les braises, ses poings et ses dents – mais à la fin, elle avait eu le dessus et l'avait laissé, mort, sur le sol crasseux. Ignorant l'affreuse plaie sanguinolente sur son visage, elle avait sèchement ordonné à Pietro et Gina de prendre leurs affaires puis, portant Nora, inerte, dans ses bras, les avaient entraînés loin de ces lieux sordides où se mouraient, à petit feu, les courtisanes déchues.

Pietro n'était peut-être qu'un petit garçon, mais il comprenait ce que signifiait sa présence en ces lieux. Il se doutait du sort qui l'attendait. Et cherchait désespérément un moyen de l'éviter. Mais il ne le trouvait pas – et plus le temps passait, plus il redoutait l'avenir. Car il avait surpris la conversation, à mi-voix, qu'avait eu son aînée avec Théodora, la belle jeune femme qui l'employait ces derniers temps ; il avait parfaitement entendu les mots « cadavre » et « enfant ».

*

Julia vérifia une dernière fois son reflet dans le miroir puis se détourna et, d'un pas lent, gagna la porte de sa chambre. Sa camériste la lui ouvrit, empressée, et s'inclina profondément sur son passage. Très digne dans ses robes de soie miel rehaussées d'un surcot de brocard, elle traversa l'immense galerie et avança jusqu'aux portes des quartiers d'Alessio. Deux sentinelles veillaient, droites, menaçantes, armées de courtes hallebardes et de sabres. La voyant arriver, elles esquissèrent une brève révérence.

— Veuillez nous annoncer auprès de notre époux, ordonna-t-elle, impérieuse.

L'un des gardes obtempéra, disparut dernière l'épais vantail de bois et de bronze, revint un instant plus tard.

— Son Altesse consent à vous recevoir, déclara-t-il d'un ton solennel.

« *Consent*? Comment ose-t-il me traiter ainsi ? »

Mais elle ne laissa rien paraître de sa colère et pénétra, impassible, dans une antichambre sobrement décorée. Un domestique l'y attendait ; il la guida avec déférence jusqu'au bureau du prince. C'était une pièce étroite, dont la principale curiosité était une écritoire en forme de demi-lune – héritage d'Olivia, défunte sœur d'Alessio.

Le prince l'attendait, assis derrière son pupitre. Il portait une simple tunique gris perle et ses cheveux pendaient négligemment sur ses épaules. Plusieurs parchemins étaient posés devant lui.

— Vous désiriez me voir ? s'enquit-il d'une voix neutre.

— Oui. Puis-je m'asseoir ?

Il lui désigna un siège d'un geste vague.

— J'ai reçu, il y a peu, une missive de ma sœur, commença Julia. Elle souhaitait s'enquérir de votre santé, bien sûr, mais me faisait également part des graves difficultés dans lesquelles se trouve sa cité. Vous n'êtes pas sans savoir que la guerre a laissé Segestae dans une situation désespérée et…

— Comme la plupart des îles, Julia. Autre chose ?

— Leandrina, ma nièce, fête bientôt ses seize ans. Sa mère a décidé de la faire siéger, à ses côtés, au conseil de la ville. Elle organise des réjouissances à cette occasion et…

— Nous lui ferons parvenir un diadème, une robe ou ce que vous voudrez dans la limite du raisonnable.

— Agrippina nous convie à ces festivités. Elle a précisé, dans sa lettre, qu'elle comprendrait tout à fait que vous ne puissiez vous déplacer…

— Comme c'est aimable à elle, persifla Alessio.

— … Mais serait heureuse et honorée de nous recevoir, les enfants et moi.

Julia le fixait calmement, ne laissant nulle émotion transparaître dans son regard. Cela, seul, suffisait à la trahir. Son visage était d'ordinaire trop expressif pour que cette apparente indifférence ne soit pas un indice. Elle souhaitait se rendre à Segestae – aurait-elle pris la peine, sinon, d'exposer les prétendus problèmes financiers de la région afin de détourner son attention du motif principal de sa visite ? Néanmoins, Alessio en avait la profonde intuition, il y avait autre chose derrière cette demande.

— Je ne sais pas, Julia, si je puis vous y autoriser…

— Ce n'est pas si loin !

— N'oubliez pas qu'une menace terrible pèse sur Tiberio et Alessandrina. Un tel voyage est très risqué.

— Consultons les Moires ! s'écria-t-elle. Elles pourront nous éclairer !

— Pourquoi pas ? agréa-t-il, se levant pour conduire Julia hors de ses appartements. Après tout, ce sont nos conseillères. Allez les trouver et dites-leur que nous requérons immédiatement leur présence.

Le prince d'Arachnae se laissa lourdement choir sur son siège, un goût de bile dans la bouche. Ce qu'il venait de faire lui donnait la nausée, plus encore que la trahison prochaine de sa femme et ses mensonges mesquins. Questionner les Moires. Quelle que soit leur réponse, elle condamnerait Tiberio, inévitablement. Et lui, son propre père, s'efforcerait de regarder ailleurs pendant que son enfant serait immolé sur l'autel de la politique. Il aurait pu, bien sûr, tenter de se rebeller contre le destin et lutter pour que son fils survive aux complots d'Arachnae ; mais ce que lui avaient montré ses rêves, lorsqu'il avait ne serait-ce que caressé cette idée, était pire encore, mettant en péril non pas le sort de quelques individus, mais celui de la principauté tout entière.

*

Valia les avait suppliés de l'aider à retrouver Pietro. Tigran et Théo étaient déjà debout, prêts à aller tirer le Fèqueux, leur principal suspect, de sa tanière quand un garde était venu quérir d'urgence le capitaine. Celui-ci était revenu une dizaine de minutes plus tard, blême et courroucé. « On laisse tomber le Fèqueux. Nos enlèvements d'enfants ne sont pas ses seuls crimes apparemment, il est mêlé à une autre affaire : cannibalisme et culte démoniaque. Pour les besoins de l'enquête, cette ordure doit rester en liberté. »

Dans l'incapacité d'éprouver leur meilleure piste, les deux enquêteurs s'étaient rabattus sur des pistes de moindre valeur.

Tigran s'était rendu auprès du mortuor avant de recommencer à interroger ceux qui avaient découvert les premiers corps.

Théodora, elle, accompagnait Valia dans l'espoir de reconstituer les événements qui avaient précédé la disparition du garçon. La tueuse n'avait pas prononcé un mot depuis leur départ des casernements de la milice. Elle n'était pas présente lorsque Tigran avait annoncé les ordres de ses supérieurs : elle patientait dans une pièce attenante. Mais elle devait probablement se douter de quelque chose.

— Dame Lena, reprit patiemment Théodora, vous êtes certaine de ce que vous avancez ? Pietro ne travaille plus chez vous ?

L'ancêtre à la peau ridée constellée de taches brunes et aux yeux laiteux émit un son bref – une sorte de ricanement.

— Un bon à rien, j'vous l'dis ! Paresseux comme un chat ! Et voleur, avec ça ! J'y ai d'mandé de compter mon magot, pas pus tard qu'hier ! Y s'est trompé au moins deux fois, le bougre ! Et…

— Je croyais qu'il n'était pas venu, hier ? coupa la bretteuse, se plaçant instinctivement entre Valia et la vieille mégère.

— Bah ! Hier ! Avant-hier ! Qu'est-ce que ça peut faire ? Vermine ! Gibier d'potence que tout ça ! D'mon temps, c'était pas comm'ça, j'vous le dis, moi, ma p'tite dame ! Les gosses, y respectaient les anciens et…

— Pietro est venu hier, oui ou non ? s'enquit Théo, commençant à perdre patience.

— Pourquoi j'vous l'dirais, d'abord ?

— Parce que sinon je te tue ! gronda Morsure. Bousculant sa compagne, elle saisit l'aïeule à la gorge. Écoute, la vieille : soit tu m'expliques où est passé mon petit frère, soit je te tords le cou, compris ?

— Je… Je sais pas où il est ! J'vous jure ! Hier, il est pas v'nu, c'est tout ce que j'peux vous dire ! Ne me tuez pas ! Pitié ! J'suis qu'une pauvresse, moi ! Et j'ai pus personne… J'vous en prie !

Mais la tueuse ne desserrait pas sa prise.

— Cesse de t'acharner, Valia ! Elle est sénile !

— Alors qu'elle crève.

— Ça suffit, coupa Théodora, tirant sèchement la jeune femme en arrière. La mort de cette femme ne t'aidera pas à retrouver Pietro.

— Parce que tu crois franchement que le porte-à-porte va fonctionner ? Il pleut depuis des jours ! La plupart des gens restent chez eux. Quant à ceux qui n'ont pas la chance de pouvoir se mettre à l'abri, ils vont tête baissée, concentrés pour éviter la boue et les flaques d'eau… Un gamin qui se fait enlever ? *Qui* veux-tu que ça intéresse ?

Théo se mordit les lèvres. Valia n'avait pas tort. Retrouver la trace d'un môme dans ce dédale insalubre ? Autant chercher une aiguille dans une botte de foin.

Mais ce n'était pas n'importe quel gosse. Ce n'était pas un inconnu, sans passé ni avenir. C'était le petit frère de celle dont Théo était tombée amoureuse.

Amoureuse. À peine ces lettres s'étaient-elles formées en elle qu'elles se dispersaient, refusant de prendre sens, au plus profond de son esprit.

Amoureuse. Cela ne signifiait rien. N'avait aucun sens. Pas *ici et maintenant*. Cela avait néanmoins éveillé quelque chose, une sorte de vibration, de résonance en elle – comme si un possible s'était esquissé, se frayant insensiblement un chemin en son âme.

Et, à cet instant précis, elle sentit le monde basculer.

... Un brouillard argentin ondoie légèrement autour d'elle. De longs fils soyeux partent de son cœur et se perdent dans le lointain. L'un d'eux, plus brillant que les autres, se dirige vers une silhouette mince. Entourée de cette brume irréelle, Théo s'avance, s'efforçant de repérer puis de saisir, dans l'entrelacs mouvant de l'existence de Valia, les liens qui l'unissent à Pietro. Enfin, elle discerne, au prix d'un douloureux effort, un filament en perpétuel mouvement qui semble disparaître et réapparaître au gré des nues, s'étirant, de plus en plus ténu, vers le couchant...

Aussitôt, Théodora revint à elle. Chancelante, elle se laissa choir sur le sol, indifférente aux immondices que charriaient les eaux sales de l'averse.

— Théo ?

— Tout va bien. Je crois que... les ravisseurs de Pietro ont pris la route d'Éolia, ils se dirigent vers une énorme bâtisse.

— Comment le sais-tu ?

— Un sixième sens, répondit brièvement la jeune femme. Quelque chose qui se manifeste de manière sporadique et me permet de... d'acquérir une perception autre de la réalité. Je possède des dons de divination.

— Et c'est seulement maintenant que tu les utilises ?

Théodora se mordit les lèvres, gênée.

— Ce n'est pas aussi simple que ça. Je n'ai pas de visions précises du passé, du présent ou de l'avenir. Ces pouvoirs me servent à l'état latent, mais ne me seraient d'aucune utilité s'ils étaient développés plus avant. Bien au contraire.

— Je ne vois pas pourquoi ! rétorqua brutalement Valia, prenant sans l'attendre la direction du ponant.

— À trop se reposer sur la sorcellerie du destin, on finit par se laisser égarer. De plus...

... Des volutes tourbillonnantes commencent à danser devant ses yeux. Une femme contemple son reflet dans le miroir. Elle est belle et pâle ; son front est ceint d'un diadème et ses yeux outremer semblent remplis de tristesse...

Théodora tenta d'échapper à cette vision, mais elle se sentit de nouveau happée par les brumes.

... *Un homme aux yeux violets tient dans ses bras le corps d'un petit garçon. Autour de lui, tout n'est que chaos...*

Quelque chose d'incontrôlable l'attirait, plus profondément encore, dans les circonvolutions du destin.

... *Dans les ténèbres, un enfant hurle de terreur...*

Alors elle se sentit suffoquer, bascula vers le sol – puis tout devint noir.

*

— Ces imbéciles ne parviendront jamais à nous atteindre, assura Horatio avec un haussement d'épaules. Leur sorcellerie, prisonnière du carcan de la morale humaine, est beaucoup trop faible.

— Tu en es certain ?

— Je t'assure qu'ils ne peuvent rien contre moi. Lorsque le Seigneur m'a choisi, lorsqu'il a investi mon corps et mes chairs de ses souffrances, il m'a insufflé assez de force pour me permettre de créer ma propre thaumaturgie. Ne la connaissant pas, ne la comprenant pas, ils ne peuvent rien contre elle.

— Il y a déjà une vingtaine d'enquêteurs – dont moi, d'ailleurs – sur tes traces. Ne crains-tu pas d'être découvert ? Ces aristocrates pervers dont tu t'entoures ne sont pas très discrets ; quant à ceux, comme le Fèqueux et ses semblables, qui te vendent les victimes sacrificielles...

— Ils mourront, plutôt que me trahir ! Ne comprends-tu pas, Dario ? Je perçois leurs désirs, leurs pensées – je peux même les mettre en transe. Et lorsqu'ils sont loin, il me suffit de me concentrer pour les retrouver, où qu'ils soient. Je les éliminerai avant qu'ils ne me dénoncent. Et même toi, mon frère... Si tu venais à me manquer...

Le sorcier ferma les yeux. Aussitôt, Dario sentit une vive douleur dans son avant-bras : de son tatouage surgissaient, transperçant sa peau, des dizaines d'épines de ronces. Horrifié, retenant à grand-peine un hurlement de douleur et d'effroi, il dévisagea son aîné.

Le magicien, les paupières closes, psalmodiait, extatique, des mots sans suite.

Soudain, la souffrance cessa, ne laissant d'autre trace que des perles écarlates sur son épiderme.

— L'encre et le sang. Le verbe et la vie, expliqua simplement Horatio en rouvrant les yeux. Quoi de plus puissant ?

2

Scarpia – 21e jour du mois des Adieux

Un domestique au visage couturé de cicatrices était venu, à la tombée du jour, chercher la fillette qui partageait sa chambre. D'abord un peu effrayée par sa masse et son apparence, Cora avait volontiers accepté de le suivre lorsqu'elle avait compris que son nouveau père désirait la voir. « Ça y est ! Je vais avoir de jolies robes ! » avait-elle gazouillé, joyeuse, suivant le serviteur à l'extérieur de la chambre. Elle n'était pas revenue de la nuit – et Pietro avait compris qu'il ne la reverrait sans doute jamais. Il avait attendu deux heures, seul, dans la pénombre puis le même colosse était revenu, lui apportant un bol de soupe et un quignon. Rien de pointu, rien de tranchant – rien, en somme, qui puisse être utilisé pour fuir. D'abord réticent, Pietro avait fini par céder à la tentation : il avait bu l'épais potage jusqu'à la dernière lampée et dévoré le morceau de pain noir avant de céder au sommeil. Il avait été réveillé par les premières lueurs de l'aube – des traînées roses et or, premières touches colorées dans les cieux depuis des jours. Le cœur joyeux, le petit garçon avait regardé autour de lui, mais ses souvenirs lui étaient aussitôt revenus et toute chaleur avait quitté son corps.

Il était seul. Il était prisonnier. Et chaque minute qui passait réduisait ses chances d'échapper à son triste sort.

— Je ne pleurerai pas, murmura-t-il, se recroquevillant sur lui-même.

Mais il sentait les larmes lui monter aux yeux.

Valia.

Quand viendrait-elle ? Quand briserait-elle la porte de sa cellule pour l'arracher à ses geôliers ?

*

L'aurore avait jeté son voile irisé sur le monde, arrachant à la voussure céleste les teintes sombres de la nuit.

Mais le soleil n'avait guère eu le temps de réchauffer la cité : de gros nuages avaient rapidement envahi les cieux, annonçant encore une fois la pluie.

Tigran avala une gorgée de liqueur d'anis, frissonna, puis rajusta son épaisse cape sur ses épaules. De sa cachette – un renfoncement obscur et surélevé près d'un tas d'immondices – il épiait *Le Clos de Zella* et ses alentours. Il avait passé la soirée dans le Labyrinthe, cherchant désespérément une piste et s'était même risqué au plus profond des entrailles souillées et corrompues d'Arachnae dans l'espoir d'y découvrir quelque chose. En vain. Après quelques heures passées à côtoyer la faune la plus abjecte de la capitale, il était remonté à la surface, empruntant d'étroits et malodorants boyaux de terre et de pierre glissante puis, en dépit d'une fatigue croissante, avait repris ses investigations.

Attendre. Observer. Et espérer. Espérer qu'un miracle le mette sur les traces des criminels et de leurs complices. Espérer – morbide souhait ! – être témoin de l'abandon d'une dépouille, fût-elle celle du petit frère de Valia.

Cette interminable vigilance lui rappelait les heures cauchemardesques passées à guetter l'Arlequin sanglant, les soupçons qui l'envahissaient à chaque fois qu'un inconnu – et, à la fin, un collègue, un familier – lui adressait la parole, la peur qui nouait son ventre lorsqu'il entendait la voix du mortuor lui annonçant avec une mine résignée qu'ils « en avaient encore retrouvé une ». Son capitaine et lui-même avaient réussi, enfin, à trouver une sorte de structure logique aux déplacements du forcené – comme aux lieux où les corps mutilés étaient abandonnés. L'Arlequin sanglant reconstituait peu à peu une femme. Cette démarche s'inscrivait à la fois dans les crimes effroyables que commettait le tueur et dans les lieux dans lesquels il se débarrassait des cadavres ; ceux-ci formaient, joints ensemble par des points imaginaires sur la carte de la ville, la sinistre silhouette d'une madone.

Un mouvement, au coin d'une ruelle, attira son attention. Un individu longiligne, vêtu d'une cape sombre et d'un capuchon, avançait à pas prudents en direction de la maison close. Il portait sur son épaule une charge.

Le cœur battant, Tigran se laissa glisser à terre et le suivit discrètement.

Le suspect, un homme de haute taille, maigre et voûté, s'arrêta à quelques pas du tas de détritus où les habitants du quartier avaient coutume de jeter leurs déchets. Alors, il se baissa et, avec une étrange déférence, déroula la couverture protégeant son fardeau : la dépouille brunie de sang, tuméfiée et blême d'une toute petite fille. Presque tendrement, il la déposa sur le tas d'ordures puis leva la tête, comme pour adresser une prière muette au ciel indifférent. Tigran, demeuré immobile durant tout ce temps, hésita un moment : devait-il agir immédiatement et l'arrêter ? Attendre que l'homme le mène jusqu'à ses maîtres ?

Ses vêtements sobres, élimés, son comportement humble et docile trahissaient son appartenance à la caste servile ; l'inconnu se révélait même, aux yeux de Tigran, excessivement obéissant – comme s'il craignait, en permanence, le courroux d'un capricieux seigneur. Son expérience le portait à penser qu'ordonnances et valets, en l'absence des maîtres, avaient tendance à se laisser aller. Or, cet homme paraissait en permanence sur le qui-vive. Il y avait quelque chose d'anormal, dans son attitude.

Ce constat suffit à le décider : ombre parmi les ombres, Tigran se glissa à la suite du sinistre serviteur.

*

Lachesis, ronde et maternelle sous ses voiles gris perle, posa une main affectueuse sur l'épaule de Julia.

— Ne vous inquiétez pas, chère amie. Tout se passera au mieux pour votre fille. Artemisia est encore jeune, mais elle est volontaire. Et puis, ces quelques temps passés à Lycosa lui permettront de déterminer quel chemin elle prendra dans la vie.

— Vous croyez ? s'enquit Julia d'une toute petite voix. Elle est si frêle ! Si petite !

— Elle ne deviendra pas une guerrière, rassurez-vous. Mais je pense sincèrement qu'un peu d'éloignement l'aidera à choisir : préférera-t-elle parfaire ses compétences de thaumaturge en intégrant l'Ordre des Quatre Vents ? Se décidera-t-elle plutôt pour la prêtrise ? Son séjour lui permettra de prendre une décision.

— Est-elle douée pour ce à quoi elle se destine ?

— Ses talents sont latents, mais certains, répondit fermement la deuxième Moire.

— Et Alessandrina ? Dois-je l'emmener avec moi à Segestae ? Dois-je plutôt choisir Tiberio ?

— Votre fille ne risque rien, auprès de vous. Tant que ses ennemis demeureront ici, elle sera saine et sauve.

Julia secoua la tête, réprimant un sanglot. Son époux. Son fils. Qui eût cru que ces deux hommes, au nom du pouvoir, fussent prêts aux plus abjects des crimes ?

— Ne tenteront-ils pas de nous attaquer sur le chemin ?

— Vous ne partirez pas seule, ma chère, mais escortée par de vaillants soldats et une devineresse qui vous préviendra du moindre péril.

— Merci ! s'écria Julia, pressant les mains potelées de Lachesis entre les siennes. Que serais-je, sans vous ?

La Tisseuse ne répondit pas, mais la serra contre son cœur et quitta, d'un pas tranquille, les appartements de sa marionnette.

*

Théodora ouvrit les yeux dans la pénombre, les lèvres sèches et la bouche pâteuse. Des coups sourds, ténus, mais insidieux, martelaient l'intérieur de son crâne. Tout son corps lui paraissait tendu, éreinté – comme au lendemain d'une terrible nuit de débauche.

La bretteuse se redressa péniblement et regarda autour d'elle. Elle se trouvait dans une chambre simple, meublée d'une paillasse, d'une table et d'un coffre. On l'avait allongée avec tous ses vêtements et recouverte d'un plaid de lainage épais, chamarré.

Un billet plié avait été posé sur le chevet.

« Je suis partie sur les traces de Pietro, vers l'ouest. Je trouverai bien.
V. »

Théo grogna, bascula sur le côté et se leva. Le monde vacilla : envahie par la nausée, elle retomba rudement sur le sommier. Elle se sentait fébrile et avait le sentiment d'empester la sueur. Une sueur aigre, nauséabonde.

Son don de prescience.

Jamais il ne s'était manifesté aussi clairement, auparavant : ses haut-le-cœur étaient assurément les conséquences de cette projection de puissance. Son malaise prouvait, une fois de plus, que cette magie était incompatible avec la profession à laquelle le destin la vouait.

Spadassin. Espionne. Assassin.

Ces dernières réflexions ramenèrent soudain la jeune femme à la réalité : elle était seule, ne savait pas où elle se trouvait – et Valia était partie. Sentant des larmes aussi amères qu'inexplicables lui piquer les yeux, Théo serra les poings et essaya à nouveau de quitter le grabat. Elle y réussit, cette fois et, appuyant sa main contre le mur, passa le seuil de la pièce. Celle-ci s'ouvrait sur un étroit couloir au plancher grinçant, comportant de part et d'autre des chambres. Un brouhaha montait de l'étage inférieur. Encore un peu vacillante, elle s'engagea dans le corridor et descendit pas à pas les marches menant à la salle principale de l'auberge. Elle fut accueillie par un joyeux chaos où se pressaient pour le déjeuner clients et serveuses – les filles de la maison au vu de leur ressemblance. L'une d'elle, une adolescente aux cheveux raides, vint à sa rencontre.

— 'Voulez manger quelque chose ?
— S'il vous plaît.
— Pain noir, purée de lentilles et jus d'airelles, récita-t-elle, tournant déjà les talons.
— Attendez ! s'écria la bretteuse, la retenant par le bras. La… La personne qui m'a amenée ici… N'a-t-elle rien dit ? N'a-t-elle laissé aucune instruction me concernant ?
— J'crois qu'elle a simplement réglé vot'chamb' ici avant d's'éclipser. Mais j'peux d'mander à mon père, si vous voulez.
— Où sommes-nous ?
— Dans l'Labyrinthe ! s'exclama la servante comme s'il s'agissait d'une évidence.
Sur ces mots, elle s'éloigna, laissant Théodora plus triste et plus désemparée que jamais. Elle s'était évanouie dans le quartier de Valia, mais celle-ci ne lui avait même pas offert l'hospitalité de sa demeure. Elle avait préféré l'abandonner dans une gargote anonyme. Assez propre pour convenir à l'idée que Morsure se faisait d'une personne de sa condition. Trop neutre pour ne rien signifier de plus qu'un simple effort de politesse.
« Idiote ! Elle a peur pour son petit frère, voilà tout ! Elle a autre chose à penser que… »
On lui apporta son déjeuner. Théo l'avala rapidement, se leva et se fraya un chemin jusqu'à l'air libre.
Une pluie fine tombait sur la ville, parant ses toits d'ardoise de reflets mercuriens, donnant aux ruelles étroites, tortueuses du Labyrinthe l'aspect d'un immense et périlleux marécage. Elle songea un instant à se lancer sur les traces de la tueuse, mais se ravisa : elle avait un rapport à effectuer, ne pouvait risquer de tout faire échouer pour gagner le cœur d'une criminelle déjà brisée par l'existence. Aussi prit-elle la direction des casernements de la milice.
Bâti en pierres de taille, le bâtiment était flanqué de quatre tours massives ; son architecture brute, très éloignée des voussures et des ogives d'Arachnae, rappelait les constructions militaires de Lycosa. Deux sentinelles en gardaient l'entrée : des femmes austères, armées de hallebardes à lame courbe, au visage casqué de cuir et d'acier.
La reconnaissant, elles se décalèrent légèrement afin de la laisser entrer. Théodora traversa rapidement la cour détrempée, emprunta un couloir sobrement éclairé et s'apprêtait à rejoindre par les chemins officiels les quartiers de Tigran, quand un mortuor, celui-là même qui l'avait accueillie, à plusieurs reprises, dans son office, agrippa son bras.

— Pardonnez ce manque de convenances, Madame, mais j'ignore où trouver le capitaine Gracci et je crois avoir découvert de nouveaux éléments sur la dépouille qui m'a été apportée ce matin.

Le cœur de Théodora battit plus vite dans sa poitrine.

— Je vous suis, agréa-t-elle.

Et tous deux s'engouffrèrent dans les escaliers menant vers les sous-sols – là où les corps étaient étudiés, examinés, entreposés avant d'être consumés sur un gigantesque bûcher. Plus que l'aspect extérieur des lieux – une succession de caves sèches encombrées de bassins et d'alambics, de longues tables de pierres brutes sur lesquelles gisaient des cadavres – c'étaient les exhalaisons douceâtres des chairs faisandées mêlées aux effluves alchimiques de différentes préparations qui perturbaient la jeune femme. Son indifférence face à la mort se trouvait considérablement limitée par la permanence et la persistance des odeurs.

— Ça n'est pas beau à voir, je vous préviens.

— Pas grave. Où l'a-t-on trouvé ?

— *Clos de Zella*... Ce n'est d'ailleurs, comme vous le savez, pas le premier qui est découvert près de cet endroit.

— Tigran – je veux dire, le capitaine Gracci – n'a pas été prévenu ?

— Introuvable. Voici...

Le mortuor ôta le linceul recouvrant une petite forme allongée, découvrant les restes d'une fillette suppliciée.

— Elle a été battue, violée, mutilée. Elle a voulu s'enfuir, s'est probablement traînée sur le sol, mais a été rattrapée, révéla-t-il tout en désignant çà et là des taches bleuâtres et des croûtes brunes. La manière dont ils l'ont tuée... C'est obscène. Et le pire...

Un bruit de cavalcade les interrompit. Un jeune homme ébouriffé surgit dans les escaliers, haletant.

— Dame Théodora ! Je vous apporte un message du capitaine Tigran ! Il a pris le temps de rédiger une missive à mon attention et de la laisser à l'un des gardes de la cité. Il a quitté Arachnae par les portes occidentales. Il est sur une piste. Et j'ai ordre de me mettre à votre service.

— Quel est votre nom ?

— Lorenzo !

— Très bien, Lorenzo. Alors, que pouvez-vous me dire de ça ? soupira Théodora, désignant le petit cadavre étendu sur la table de pierre.

*

Alessandrina avait réussi, au prix de maints subterfuges, à se soustraire à la vigilance de sa camériste. Elle avait également échappé aux gardes voués à la protéger d'une éventuelle attaque : elle se doutait que ces derniers ne l'avaient pas vraiment perdue de vue et se contentaient, complices impassibles de son escapade, de la surveiller de loin ; mais l'adolescente préférait imaginer que son stratagème avait fonctionné à la perfection et qu'elle était absolument libre.

La princesse se mordit les lèvres pour les rendre plus rouges et plus pulpeuses, tapota ses joues pour les vivifier et vérifia une dernière fois sa mise. Tout était parfait : elle était prête. Prête à se glisser, dissimulée par une simple houppelande chapardée à une domestique, parmi la foule massée dans la grande cour du palais ; prête à regarder, fervente et terrifiée, les incroyables voltiges des saltimbanques ; prête à applaudir, du fond du cœur, le jeune danseur aux yeux fauves qui hantait ses rêves.

Elle n'avait peut-être que treize ans, mais cela n'empêchait ni d'aimer ni de faire son possible pour l'être en retour. Enfin, pas tout de suite, peut-être : Alessandrina n'était pas stupide et savait bien que le saltimbanque, pendant quelque temps encore, la considérerait comme une enfant. Mais rien ne lui interdisait de tenter ce que les adultes appelaient « une approche diplomatique, en vue d'améliorer les relations entre les deux partis ». Artemisia n'avait-elle pas prédit, après tout, que leur union était possible ? Certes, ses augures n'étaient rien de plus que des hypothèses, mais Alessandrina avait tellement envie d'y croire qu'elle préférait faire fi des avertissements de sa cadette et se dire que son rêve, un jour, se réaliserait.

À quel prix ?

« Peu importe. »

Et, levant bien haut son menton pour marquer sa détermination, elle se fraya un chemin jusqu'au premier rang.

— … Et c'est pour ça que sa mère l'emmène à Segestae !

— Je croyais qu'elle était déjà promise ?

— Mesdames et Messieurs ! Pour votre plaisir, pour échauffer votre âme et faire vibrer votre corps, admirez à présent Nuzi, Djivan et Nadja qui vont interpréter pour vous – et vous seuls ! – leur stupéfiante danse des sabres !

— … Non ! Bien sûr que non ! Alessandrina n'est en aucun cas destinée à régner. Elle a un frère, rappelez-vous…

L'adolescente se rapprocha des commères, soudain curieuse.

— … Je vous assure ! Et – je le tiens de source sûre – si Dame Julia l'emmène à Segestae…

Segestae ? Si loin d'Arachnae ? Si loin de son bien-aimé ?

À cet instant, les premiers accents des mandolines et des violes résonnèrent, immédiatement suivis du rythme clair des cymbales et les trois artistes, avec lenteur d'abord, puis de plus en plus vite, entamèrent leur ensorcelant ballet.

— … Je disais que si Dame Julia l'emmène là-bas, c'est pour la fiancer au fils de l'ambassadeur de Matricia… Vous comprenez bien que ni le prince ni son épouse ne rechignent devant de telles alliances…

Elle ? Promise à un inconnu ? Alessandrina sentit les larmes lui monter aux yeux. Comment ses parents osaient-ils lui infliger cela ? Puisqu'elle comptait si peu, pourquoi ne la laissaient-ils pas simplement tranquille ? Jamais elle ne consentirait à ce mariage ! Plutôt mourir…

Ou s'enfuir.

Ou s'enfuir. Oui, pourquoi pas, après tout ?

*

Route d'Éolia

Le domestique détiré avait quitté les faubourgs insalubres du Labyrinthe avant de s'engager dans l'une des grandes avenues menant vers l'ouest de la cité. Là, il était monté dans un équipage noir sans armoiries et avait lancé les deux chevaux au trot, sur la route d'Éolia. Avant de sortir de la ville, l'homme avait à plusieurs reprises interrompu sa marche, hésitant. Il avait même, deux fois, failli rebrousser chemin, hagard, les yeux vrillés par une sorte de souffrance intérieure – comme si son esprit était déchiré, comme si deux desseins contradictoires s'affrontaient en lui.

Le capitaine avait déjà observé ce genre de comportement au cours de sa carrière : des malheureux, possédés par des êtres maléfiques, telles des lamias ou des empuses. Dans une certaine mesure, penser que l'inconnu agissait peut-être sous l'emprise de quelque créature démoniaque le réconfortait un peu.

D'abord pris de court par la présence d'un attelage, Tigran avait mis cette perte de temps à profit en rédigeant une brève missive à l'attention de Lorenzo, son discret apprenti, puis en passant une bonne heure à interroger les soldats postés à la porte Éolienne. Il avait ainsi pu apprendre que le même coche avait été vu à plusieurs reprises – en particulier ces dernières semaines – tôt le matin. « Ce qui m'a frappé, avait expliqué une sentinelle, c'est qu'il est toujours triste. À chaque fois, on a l'impression qu'il porte le poids du monde sur ses épaules. » L'un de ses collègues avait aperçu le même carrosse, conduit par le même individu, peu de temps auparavant. « Mais il y avait du beau monde à l'intérieur ! De l'aristocratie, pour sûr ! » avait-il précisé.

Finalement, ils avaient fourni suffisamment de détails pour que le vétéran ait une piste et une direction où chercher.

Tigran avançait, depuis plusieurs heures déjà, à un rythme soutenu, sur cette route creusée d'ornières. Tous ses sens étaient en éveil, à l'affût du moindre indice. Les rares charrettes croisées sur son chemin peu après avoir quitté Arachnae lui avaient confirmé le passage de la calèche, mais depuis quelque temps, il allait sur une piste déserte sous une pluie de plus en plus drue.

Partout, il y avait des bois, plus touffus à mesure qu'il progressait vers l'ouest.

Peu de temps après avoir passé une futaie, il arriva à un embranchement.

Un chemin tortueux, assez large cependant pour laisser passer un carrosse, s'enfonçait entre les arbres. Ne voulant laisser subsister aucun doute, Tigran se plaça au carrefour des chemins, s'accroupit et, enfonçant ses deux mains dans la fange, concentra ses maigres pouvoirs pour lire les impressions ressenties par la terre. Un sortilège simple, l'un des premiers appris durant son apprentissage, autrefois.

— *Souvenirs inscrits*

Dans l'humus et le limon

Traces du passé, murmura-t-il, les paupières closes.

Grondement léger. Crissement. Martèlement Fugitive image.

Des roues peintes en noir, suivant les pieds noirs des chevaux. Un attelage tout en résonances funèbres.

La vision disparut rapidement.

Tigran ouvrit les yeux, demeura quelques instants immobile, puis se releva. Il reprit sa marche, ne remarquant rien de plus que le sifflement du vent dans les arbres noircis par les frimas de l'hiver et le croassement lointain des corbeaux.

La route se fit plus sinueuse, plus escarpée. Après une longue ascension, il arriva aux abords d'une immense propriété. Celle-ci, protégée par une enceinte, était construite au pied d'un mamelon rocheux. Tigran se faufila derrière un chaotique amas de rochers moussus et en commença l'ascension. Le vétéran voulait avoir une vue d'ensemble sur la demeure fortifiée. Il manqua plusieurs fois se rompre les os en chutant, avant d'atteindre son but. La muraille ceignait une cour divisée en quatre parties égales par des allées de gravier, planes et impeccablement ordonnées. Près de l'entrée – une grille de fer forgé – se trouvaient les écuries et l'auvent sous lequel avait été remisé le carrosse. À l'opposé, une hutte de bois abritait des outils de jardinage. Devant, des haies taillées avec méticulosité formaient un petit labyrinthe qui devait déployer ses charmes dès les prémices du printemps. En parallèle avait été installée, sous un grand arbre dénudé, une balançoire dont les chaînes grinçaient légèrement. Les jardins menaient à une vaste esplanade pavée donnant sur le bâtiment lui-même. Ce dernier, construit sur trois étages, était de forme rectangulaire. Son toit d'ardoise, plat en son sommet, comptait plusieurs cheminées. Ses façades grises avaient quelque chose de sinistre.

Tigran eut, un bref moment, l'impression qu'il s'agissait non pas d'un manoir où demeuraient des vivants, mais d'un immense mausolée.

Il s'apprêtait à descendre de son perchoir et à partir en quête d'un moyen d'entrer quand un mouvement furtif, près des écuries retint son attention. Malgré le rideau de pluie, il parvint à distinguer une silhouette qui se faufilait, discrètement, vers la demeure.

*

Scarpia

Les heures s'égrenaient lentement. Plus tôt dans la matinée, Pietro avait reçu la visite de deux gaillards aux muscles saillants qui l'avaient lavé et parfumé avant de lui servir un repas copieux et gras – dont il avait été forcé d'avaler jusqu'au dernier morceau.

Le petit garçon, peu habitué à une telle bombance, avait passé beaucoup de temps à la selle, essayant d'alléger son ventre trop rempli. À peine avait-il terminé de se soulager que les deux mêmes serviteurs avaient fait irruption dans la pièce pour le plonger de nouveau dans un bain et le brosser si fort que sa peau en était devenue rouge.

Durant tout ce temps, Pietro avait eu la sensation affreuse d'être épié. Pire, il avait eu l'impression qu'on avait pris plaisir non seulement à se gausser de ses maux de ventre, mais également à le regarder souffrir sous l'étrille des ordonnances. En fait, on l'espionnait certainement depuis son arrivée dans cette prison.

Pietro n'était qu'un enfant, peut-être, mais il comprenait intuitivement tout ce que cela avait de vil, de malsain. Il se sentait diminué, sali, souillé jusque dans sa chair par ces regards invisibles qui rampaient sur sa peau, pareils à une armée grouillante de cafards.

— Je ne pleurerai pas, renifla-t-il à voix basse, serrant les poings et retenant un sanglot étouffé. Je ne pleurerai pas.

Et, parce qu'il se sentait tout de même minuscule, seul et sans défense face à toutes ces menaces, il se réfugia dans le grand lit et mit sa tête sous les draps.

On le tira d'un sommeil agité, le traînant avec brutalité hors du lit. Les yeux papillonnant, Pietro frotta ses paupières, secoua la tête, pour tenter de s'éclaircir l'esprit – et se figea.

Les hommes, devant lui, portaient des cagoules qui masquaient à demi leur visage. L'un d'eux tenait une laisse, l'autre un collier de cuir. Le premier le saisit sans ménagement et l'empêcha de se débattre ; le second passa le carcan autour du cou de l'enfant, serrant si fort que Pietro crut étouffer.

— Il est prêt, seigneur, annoncèrent-ils alors d'un ton monocorde à l'individu poudré qui avait silencieusement passé le seuil de la porte.

Pietro leva la tête vers lui et lut la mort dans ses yeux.

Alors de grosses larmes roulèrent sur ses joues lisses.

3

Scarpia

Une atmosphère lugubre, menaçante, planait sur le manoir et les bois environnants. En dépit des nuées et de la pluie, Tigran avait le sentiment d'être épié. Il avait progressé prudemment et effectué avec grande discrétion le tour de la bâtisse, mais ne parvenait pas à se départir de cette désagréable sensation. Pourtant, les alentours étaient déserts : il n'avait vu personne en dehors de la silhouette qui s'était glissée le long du mur jusqu'à l'arrière du castel.

Méfiant, il contourna de nouveau l'enceinte du bâtiment, cherchant cette fois parmi les rocailles et les buissons dépouillés de leurs feuilles l'entrée d'un souterrain. Il ne vit rien qui puisse correspondre à la bouche d'un tunnel – et sa magie ne lui indiqua aucune ouverture, aucun passage dissimulé.

Tigran renonça à poursuivre ses investigations et revint à proximité du mur ; là, profitant de la nébulosité engendrée par l'obscurité des cieux et l'averse, il entreprit de l'escalader. Il se hissa sans trop de peine jusqu'au sommet, puis se laissa glisser de l'autre côté, près du labyrinthe. Il ne parvenait pourtant pas à se départir de cette impression de surveillance permanente – et cela le gênait considérablement. Le capitaine longea le dédale végétal dont les frondaisons s'élevaient à deux toises au-dessus du sol, parvint à son extrémité. Il attendit quelques minutes puis, ne discernant rien d'alarmant, s'élança. Traversant l'esplanade, il arriva près de la rampe de marbre gris et se plaqua tout contre elle. Doucement, il glissa le long de la paroi, jusqu'à se trouver près des vitres. Il jeta un œil à l'intérieur : elles donnaient sur une pièce étroite, tendue de velours, meublée d'une table basse, de quelques fauteuils et d'une étagère remplie de livres. Un salon de lecture. Tigran préférait tenter sa chance ici, plutôt qu'imiter son prédécesseur et amorcer une périlleuse escalade jusqu'aux étages : aussi tira-t-il de sa giberne de la glu et une pointe en diamant. Après avoir réchauffé la pâte translucide entre ses mains, il la colla contre le verre et appuya, le temps nécessaire pour qu'elle y adhère parfaitement. Sans cesser de tenir l'ensemble, il se saisit de la pierre scintillante et traça un cercle, assez large, autour de la résine. Quand il eut fini, il tira d'un coup sec et arracha un disque parfait, ce qui lui permit d'ouvrir la fenêtre et de pénétrer dans le petit salon.

Tigran le traversa en silence, colla son oreille contre la porte – rien. Pas un bruit ne venait troubler le calme inquiétant du manoir. Il l'entrebâilla, glissa un regard vers l'extérieur. C'était une vaste galerie, tout en longueur. En son centre, des escaliers recouverts d'un tapis sépia menaient vers les niveaux supérieurs. Profitant de la pénombre, il se faufila dans l'immense corridor et arriva au pied des marches.

Un épouvantable hurlement résonna dans les vastes ténèbres, se répercutant en un écho angoissant dans la bâtisse. Aussitôt, Tigran dégaina sa lame et, prompt mais prudent, commença à monter. Un autre cri le guida vers le deuxième étage.

Il aboutit dans un large couloir dont le sol était recouvert du même tapis terne qui courait sur les escaliers. Ses parois étaient de pierre aux nuances d'ossements et les torches y projetaient un éclat orangé, une teinte dont la douceur, en ces lieux infects, avait quelque chose de blet, malsain. Des bruits de combats, de clameurs et de fracas d'armes venaient de l'extrémité du corridor. Aussitôt, il s'élança, heurta au passage une statuette qui s'écrasa bruyamment sur la pierre et, enfin, atteignit le seuil d'une immense salle, entièrement couverte d'un marbre si blanc qu'on aurait dit de la neige.

Haut de près de deux toises, le plafond était décoré de moulures en coquilles incrustées de nacre et d'éclats ambrés. Un immense miroir avait été fixé en son centre, reflétant le terrible affrontement qui avait lieu juste au-dessous : trois individus, les deux premiers torses nus, vêtus de cuir et de chaînes, et le serviteur que le vétéran avait trouvé dans le Labyrinthe faisaient face à un adversaire échevelé, armé de dagues. Dans l'un des angles, presque invisibles, des musiciens jouaient un air guilleret. De l'autre côté, un noble débraillé tenait entre ses bras minces un grand morceau de chair ensanglantée. Au cœur de la pièce, une longue table de bois, recouverte d'une nappe de dentelle immaculée supportait une montagne de mets. Assis en son extrémité, enfin, deux hommes regardaient la scène avec un intérêt amusé. Le premier était massif et large d'épaules. Ses cheveux d'un noir d'encre étaient attachés bas sur sa nuque. Le second était un individu gras, presque flasque.

Et le regard de Tigran quitta l'univers des reflets pour plonger de plain-pied dans la réalité – dans l'horreur d'une scène que son esprit n'avait pu se résoudre à embrasser, interpréter, accepter. Car ce n'était pas un quartier de viande encore couvert de peau qu'étreignait l'aristocrate : c'était le corps ensanglanté d'un petit garçon, le corps inerte et pitoyable d'un enfant mort qui s'ébrouait encore au rythme des coups de boutoir de son bourreau.

Il sentit un gouffre d'horreur s'ouvrir en lui ; quelque chose d'étranger, d'insidieux et de maléfique en profita pour s'y précipiter, exploitant cette brèche pour agripper son esprit et, lentement, l'étouffer. Suffocant, Tigran tomba à genoux, incapable de se mouvoir sous l'étau de ces serres invisibles.

— Nous désespérions de vous accueillir parmi nous, cher ami ! railla l'aristocrate dépravé à la chevelure de suie. Vous en avez mis, du temps, à vous décider à nous rejoindre. Mais je manque à tous mes devoirs ! Je suis Cesario Scarpia, maître de céans et sorcier… Permettez…

Cesario esquissa un bref geste de la main en direction des deux colosses. Oubliant toute retenue, ceux-ci se jetèrent sur leur adversaire et, sans effort en dépit des impitoyables coups reçus, le maîtrisèrent et le jetèrent au sol.

Alors seulement Tigran reconnut le visage mutilé de Valia.

*

Arachnae

Profitant des entrevues de son époux avec de nombreux courtisans et plénipotentiaires originaires des différentes principautés de l'Archipel, Julia, escortée par quatre gardes lourdement armés, avait quitté le palais. Elle s'était rendue, en chaise à porteurs, jusqu'aux Jardins des Naïades, avant de congédier les quelques dames de compagnie qui la suivaient et de s'installer, enfin au calme, dans un petit pavillon de musique aux colonnes torsadées, couvertes de plantes grimpantes brunies par le froid.

Elle était, à présent, plongée dans la lecture de *Capes, épées et baisers volés,* écrit par Siro Venetti, un talentueux écrivain originaire d'Araniella. Ce récit contait les aventures exaltantes de Giovanni Franco, un séduisant spadassin plein de verve et de panache. La nuit, sombre et sans étoiles, était tombée sur le héros du roman, en fort fâcheuse posture, quand quelques raclements de gorge discrets arrachèrent Julia à sa lecture.

Elle leva les yeux sur l'un de ses gardes, un peu gêné, qui tenait fermement par l'épaule une jeune femme au faciès émacié, aux courts cheveux raides, hérissés, vêtue de hardes à peine présentables.

— Cette… demoiselle… Elle prétend vous connaître et vouloir vous parler. Elle n'est pas armée, nous l'avons vérifié et…

— Merci, soldat. Vous avez fait votre devoir. Laissez-nous, maintenant… Seules.

Julia observa quelques instants la nouvelle arrivante, puis l'invita à prendre place, face à elle, sur le sol froid de la ronde coupole.

— Comment vous appelez-vous ?

— On me surnomme La Truite. Parce que je suis rapide, discrète et que je nage dans toutes les eaux, même les plus troubles, même à contre-courant. La personne qui m'envoie m'a dit que vous aviez du pognon – alors j'écoute…

— J'ai besoin d'un assassin. Un individu discret, doué et sans aucun scrupule. Qui soit capable d'infiltrer dans n'importe quel milieu ou, du moins, de ne pas se faire remarquer. Qui soit assez imperturbable, assez maître de soi ou insensible, peu m'importe, pour perpétrer n'importe quel crime, du moment qu'il est assez bien payé.

— C'est-à-dire ?

— Quinze mille ducats, dès qu'il aura accepté sa mission. La même somme à la fin de son contrat – s'il a réussi bien entendu.

— Et moi ? Que me donnez-vous pour trouver cette perle rare ?

— Mille cinq cents dès aujourd'hui, déclara Julia en lui tendant une petite aumônière remplie d'or. Le triple lorsque vous aurez trouvé cet individu si spécifique et l'aurez amené devant moi.

L'espionne plissa les yeux, soupesa la bourse de velours noir et s'inclina devant sa noble suzeraine.

— Vous désirez que je m'occupe de ça au plus vite, j'imagine ?

— En effet. Je pense, au vu de la somme proposée, que deux semaines seront suffisantes.

La Truite hocha la tête en guise d'acquiescement.

— Bien, conclut Julia. Alors, rendez-vous dans sept jours exactement. Même lieu. Même heure. Disposez, à présent.

La Truite obtempéra aussitôt, la laissant seule dans le jardin aux cimes dénudées avec pour toute compagnie ses fidèles sentinelles.

Julia demeura quelques instants songeuse, puis reprit son récit là où elle l'avait laissé.

… Ils étaient vingt, ombres fuligineuses, silhouettes menaçantes armées de lames effilées. Giovanni, lui, était seul. Seul pour se défendre face à ces mercenaires qui pour quelques ducats avaient résolu de l'occire. L'unique personne, en effet, qui aurait pu l'aider, gisait à quelques pas de là, dans les ténèbres, le flanc transpercé par une traîtresse biscayenne…

*

Route d'Éolia

Il avait fallu moins d'une heure au mortuor pour terminer d'examiner le cadavre. Il avait découvert, coincé au fond de la gorge de la malheureuse victime, un simple cachet de cire. Il s'agissait de celui des Scarpia, une vieille famille possédant une demeure dans la région. Le manoir était occupé depuis quelque temps déjà par Cesario Scarpia, le dernier héritier direct de la famille. On ne lui connaissait ni femme ni enfants. Il était venu, fort courtoisement, présenter ses hommages à Agatha Mangori, gouverneure d'Arachnae, lors de son arrivée et s'étant lui-même défini comme un vieil ours bourru et solitaire, avait bientôt renoncé à toute vie sociale. Que faisait le sceau dans la bouche de la défunte ? Avait-il été placé là pour aider l'enquête ? Était-ce une provocation ? Une fausse piste ? Le brouillard d'argent qui s'était une fois encore formé devant les yeux de Théodora avait suffi à répondre à ces questions, confirmant aussitôt son intuition : Cesario était à l'origine de tout ce mal. C'était lui qui avait torturé tous ces enfants.

Alors, tout s'était rapidement enchaîné ; à présent, Théo galopait à bride abattue vers Scarpia. Lorenzo, couché sur l'encolure de sa robuste monture, chevauchait à ses côtés.

La bretteuse et l'apprenti allaient en avant ; une unité de vingt hommes suivait, à moins d'une heure derrière eux. Du moins, Théodora l'espérait. Le sentiment d'urgence et de danger qui s'était emparé d'elle dans les casernements de la milice n'avait cessé de croître, au point d'en devenir oppressant.

Guidés par la peine, presque tangible, de la jeune femme, les deux cavaliers bifurquèrent soudain sur un chemin plus étroit que la boue et la pluie avaient rendu glissant. Si le cheval de Lorenzo, convenablement préparé, passa sans difficulté, il n'en fut pas de même pour la jument de Théo. Elle glissa, l'entraînant dans sa chute. Des années d'apprentissage l'avaient dotée de bons réflexes, pas assez néanmoins pour se dégager à temps et toutes deux roulèrent dans la fange.

La bête se releva aussitôt et secoua la tête, surprise, avant de tourner ses grands yeux bruns vers sa cavalière. Celle-ci gisait sur le sol, immobile.

Lorenzo, qui avait arrêté son palefroi un peu plus loin, revint immédiatement sur ses pas et, sautant à terre, se précipita vers elle.

Elle était livide et respirait avec difficulté.

— Mon dos, murmura-t-elle avec une grimace. Et j'ai… j'ai l'impression…

— D'étouffer ? termina-t-il. Normal…

Sans plus parler, il la saisit précautionneusement, lui soulevant les genoux à hauteur de poitrine. Peu à peu, Théodora reprit son souffle et, au bout de quelques minutes, elle se redressa légèrement.

— Ça va mieux ?

— À part la nausée et les douleurs à la jambe gauche, oui…

— Vous devriez peut-être attendre ici les hommes et me laisser poursuivre seul. Il est possible que vous ayez reçu un choc à la tête – cela expliquerait l'envie de vomir et…

— Vous êtes guérisseur ?

— Non, mais …

— Je refuse d'abandonner Tigran, coupa Théodora. Aidez-moi à me remettre en selle, on bouge.. Tout de suite !

Lorenzo la soutint pendant qu'elle se hissait, péniblement, en selle.

Après un dernier regard à la jeune femme, il enfourcha sa monture et prit la tête de l'équipée.

*

Arachnae

En dépit des soins des guérisseurs, Ornella ne parvenait pas à trouver le repos. Ils avaient passé de longs moments avec elle, l'écoutant, l'éprouvant, vérifiant que rien en elle n'avait été corrompu, puis lui avaient administré des potions au goût amer, destinées à apaiser ses terreurs et l'aider à dormir paisiblement. Elle avait sombré dans un sommeil sans rêves, mais rapidement ses cauchemars étaient revenus, la tourmentant le reste de la nuit, si bien qu'elle avait fini par renoncer.

Elle avait quitté sa chambre et était allée frapper à la porte de Théodora – mais l'endroit était vide. Elle était retournée, frissonnante et fébrile, dans ses quartiers et avait attendu, assise sur le rebord de son lit, que le jour se lève. Cela faisait plusieurs heures, à présent, que la courtisane était tout à fait réveillée. Elle avait vu l'aurore teinter d'orangé sur la ville encore endormie, assisté à la timide percée des pâles rayons du soleil hivernal, vite chassés par des nuées chargées de pluie.

Hélant un domestique, Ornella avait demandé son déjeuner et depuis, allait et venait en cette pièce étroite, pareille à un fauve en cage.

« Ça ne peut pas continuer ainsi. Je ne puis passer mes journées enfermée à attendre un mieux qui de toute façon ne viendra pas et laisser de semblables crimes se reproduire ! Si seulement j'arrivais à me rappeler cette litanie… »

Tournant la tête, elle avisa le baquet d'eau claire posé dans un coin de la chambre. Elle était froide désormais, mais la jeune femme n'en avait cure : ce qui lui importait, c'était de se débarrasser de cette odeur aigre qui ne la quittait pas depuis son retour – et avoir l'esprit assez lucide pour se remémorer, calmement et posément, le plus de détails possible. Contenant une grimace, elle se plongea dans le liquide glacial, s'empara d'une éponge et d'un morceau de savon, puis entreprit de se laver entièrement. Lorsqu'elle se sentit enfin propre, Ornella se rinça avec l'eau qu'elle avait réservée dans une vasque posée juste à côté du bac et s'en extirpa, frissonnante, mais purifiée de toute souillure – réelle ou non.

Ensuite, la jeune femme se frictionna vigoureusement, imprégna sa peau d'huiles essentielles de rose et de jasmin, tressa ses longs cheveux. Elle venait à peine de passer une tunique qu'on frappa à la porte.

— Entrez !

Une haute silhouette passa le seuil de la pièce et referma doucement derrière elle, puis ôta l'épaisse houppelande qui la protégeait du froid. C'était une femme d'une beauté à couper le souffle. Elle venait du sud de l'Archipel : sa peau était couleur pain d'épices ; sa chevelure, noire et crépue, tombait en boucles serrées jusqu'au bas de ses hanches ; ses grands yeux bordés de cils épais possédaient des reflets ambrés et ses lèvres charnues, bien dessinées, brillaient comme un grenat.

— Bonjour, Ornella ! ronronna-t-elle.

— Bon… Bonjour… Je… Vous…

— Je m'appelle Othellia. Je dirige l'Ordre des Quatre Vents, à Arachnae.

— Et vous vous déplacez pour moi ?

— Oui, répondit la magicienne en s'asseyant près d'elle avec sourire. Enfin, pour ce que vous avez dans la tête, plus exactement. J'ai beau être l'une des plus puissantes thaumaturges de cette principauté, je suis incapable ne serait-ce que de discerner l'esquisse d'une piste concernant ce culte.

— Un bouclier ou quelque chose du même genre, c'est ça ?

— Manifestement, oui – et pas n'importe lequel puisque la personne qui l'a créé est capable de contrer toutes les formes de sorcellerie, y compris la nécromancie des mages de la Nouvelle Lune. Leur ambassadeur, Tamino, assure qu'il ne s'agit pas de nécromancie, ni même de quelque sombre sortilège issu des Démons et de leurs adorateurs… Il est tout à fait à même de ressentir la présence d'une forme d'enchantement lorsqu'il se concentre, mais est curieusement incapable d'en deviner l'origine, encore moins d'en trouver le nœud. Mes subordonnés ont pu distinguer, dans votre esprit, des empreintes mémorielles de ce que vous aviez vécu, éprouvé et…

— Et vous voudriez vérifier par vous-même quelle est leur nature, voire tenter d'en découvrir la signification – ou même, le locus. Mais… Ornella s'interrompit soudain, les joues en feu. Cela signifie-t-il que vous allez tout lire en moi ?

La magicienne eut une moue amusée.

— Je ne suis pas indiscrète !

Presque maternellement, elle lui ébouriffa les cheveux.

— Ce qui ne peut m'empêcher de deviner certaines émotions en vous… C'est très flatteur Ornella, mais sans espoir. Je suis mariée et j'ai deux filles, dont l'une a votre âge.

La courtisane rougit de plus belle.

Aucune douleur. Aucune peur.

Othellia avait passé les portes de son esprit avec la douceur d'une plume bercée par une brise printanière et, délicatement, avait fouillé son inconscient pour y trouver les stigmates de son atroce découverte. Elle en avait extrait, usant de moult précautions, les images et les mots, les avait guidés jusqu'à elle avant de se retirer, laissant la courtisane un peu languide sur sa couche.

C'était une expérience étrange. Déroutante. Les circonstances auraient été différentes, Ornella y aurait décelé quelque chose de profondément érotique ; en l'occurrence, elle n'y voyait que la prévenance d'une femme qui n'avait pas voulu altérer ou heurter sa psyché avec une intrusion trop brutale.

— Avez-vous découvert quelque chose d'intéressant ?

— Peut-être, répondit Othellia, sourcils froncés. Des fragments… Prononcés dans notre langue, telle qu'on la parlait dans l'antiquité… *Trouvera le chemin… Transpercé d'échardes de feu… Par son sang versé en éloge funèbre…* Le reste, malheureusement – et peut-être est-ce seulement la suite de ces litanies – a été psalmodié dans un langage que je ne connais ni ne comprends. Je vais le consigner immédiatement, cependant, afin de tenter d'en percer les mystères.

— Accepteriez-vous d'en effectuer une copie à mon attention ?

— Bien entendu. Et vous la montrerez à celle qui a fait quérir les thaumaturges de mon Ordre, la magister Fausta. Je gage que cela l'intéressera.

Demeurée seule, Ornella contempla, immobile, le parchemin laissé par Othellia. Se pencha plus attentivement sur les signes inscrits à l'encre noire.

… Vity stupry et inphanty krimy
In vocatum dolor…
… Khaï Bahil ! Khaï Bahil ! Khaï Bahil !
Philo vasta cyonis…

Elle ne comprenait pas ces mots abscons, mais leurs sonorités seules, stridentes comme le sifflement d'un serpent, suffisaient à comprimer son cœur dans un étau terrifiant.

*

La dernière partie du trajet avait été, pour Théodora, un véritable calvaire. Sa cuisse la lançait douloureusement. La jument avait manifestement senti la peine de sa cavalière, car elle semblait bien plus attentive, s'efforçant d'éviter les secousses et les brusques changements d'allure.

Enfin, ils parvinrent à l'orée des bois, près d'un mamelon rocheux au pied duquel s'élevait une grande bâtisse rectangulaire.

— Laissons les chevaux ici, murmura la jeune femme, mettant pied à terre.

Brusquement, elle se sentit sombrer, précipitée dans un maelstrom d'images et de brume tourbillonnante…

… L'étreinte confiante d'une dame aux yeux outremer, sûre de sa loyauté… Les yeux ternes, voilés, d'un petit enfant mort… Les mains ridées d'Atropos sur les siennes… Visage tuméfié de Tigran… Joues maculées de larmes de Valia… Joues maculées de sang séché d'une fillette aux orbites vides… Tatouages d'Ornella… Corps doux et chaud de Valia, pressé contre le sien… Tigran reposant, inerte, dans ses bras…

Tigran. Blessé. Mourant, peut-être ? Non !

Retour brutal à la réalité. Elle rouvrit les yeux dans les bras de Lorenzo, qui la dévisageait avec anxiété.

— Vous avez… Vous avez basculé…, bredouilla-t-il en rougissant.

— Cela m'arrive de temps à autre. Des visions. Comme votre capitaine, je possède quelques dons. Elle se mordit les lèvres. Déglutit. Je crois que nous ferions mieux de nous dépêcher…

— Qu'avez-vous vu ?

— Rien de très agréable, souffla Théodora. Je crains que nous n'arrivions trop tard pour sauver Pietro. Quant à Tigran…

Laissant sa phrase en suspens, elle désigna du menton le sentier menant jusqu'à l'austère demeure.

En dix minutes à peine, ils arrivèrent à quelques toises de la grande grille de fer forgé. À cet instant, il y eut un coup de tonnerre. La foudre déchira le ciel enténébré, crevant les nuées et la pluie, qui avait cessé pendant quelque temps, reprit de plus belle.

— Heureuse coïncidence ! commenta la jeune femme en sentant les premières gouttes sur son visage. Nous allons pouvoir nous introduire de manière plus discrète dans l'antre de cette immonde raclure…

— Par où voulez-vous que nous passions ?

— Le portail. Et, tant qu'à faire, autant le laisser ouvert pour les soldats : ils ne doivent plus être très loin de nous à présent…

Lorenzo acquiesça d'un bref signe de tête.

— J'y vais.

Sans attendre la réponse, il s'éloigna en direction du porche.

Ignorant sa souffrance et les élancements qui vrillaient l'arrière de son crâne, Théodora se baissa, tira de sa botte une dague effilée et patienta, le regard fixé sur l'apprenti.

L'adolescent s'était faufilé, telle une ombre, jusqu'à la grille puis, après avoir précautionneusement observé les alentours, avait grimpé au sommet du mur avant de se laisser tomber de l'autre côté. Elle le perdit de vue un moment ; il reparut, silhouette troublée par les trombes d'eau de plus en plus violentes déversées par le ciel – et tira l'un des ventaux vers lui. Aussitôt, Théodora quitta l'abri des fourrés et, en claudiquant, courut jusqu'à lui. Au même moment, comme surgie de nulle part, une forme massive armée d'une hache brandie au-dessus de sa tête se précipita sur eux. Elle projeta sa dague sur lui : la lame fila à la vitesse de l'éclair et alla se ficher dans sa gorge – lâchant son merlin, leur opposant tomba à genoux sur le sol, puis s'effondra, mort, sur l'allée de graviers luisants.

Lorenzo considéra alternativement le cadavre et sa compagne d'armes, interdit.

— Mais... Mais comment avez-vous pu... Il pleut !

— Je pourrais vous dire que j'ai été forgée pour ça, rétorqua Théodora, reprenant prestement son bien et beaucoup... Allons-y !

Et tous deux s'engagèrent, d'un même pas, sur l'allée menant à la gigantesque demeure. Ils passèrent le jardin et le labyrinthe, arrivèrent sur le côté de la maison.

Théodora avisa une fenêtre et la désigna d'un bref signe à l'adolescent.

— On entre ! haleta-t-elle, de nouveau oppressée par le sentiment d'absolue urgence qui les avait guidés jusqu'ici.

Lorenzo bondit par-dessus la rambarde des escaliers, atterrit sur les gravillons, en contrebas – tout près du jour désigné par la bretteuse. Tirant son glaive du fourreau, il frappa de toutes ses forces sur la vitre qui se brisa en mille morceaux, laissant une ouverture béante sur les ombres d'une pièce plongée dans l'obscurité. Lorenzo se tourna vers elle, lui faisant signe d'entrer. Entendant un bruit, il se rejeta en arrière, à temps pour esquiver un projectile qui se perdit un peu plus loin sur le sol détrempé. Leur ennemi rejoignit d'un saut un peu raide l'écuyer et l'engagea. Il était armé d'une bâtarde qu'il maniait comme une massue, s'efforçant d'écraser Lorenzo sous son poids. Ce dernier l'évita sans effort, passa sa garde et, porté par son élan, lui transperça le ventre. L'homme, un gaillard aux traits épais, regarda sa panse avec surprise, releva des yeux injectés de sang vers Lorenzo et se précipita sur lui. Le novice esquiva, passa dans son dos et l'acheva.

— Joli, commenta Théodora.

— Ses gestes étaient mécaniques et il ne savait absolument pas utiliser une épée. Tout ceci ne me dit rien qui vaille…

Sur ces mots, Lorenzo se hissa sur le rebord de la fenêtre, passa de l'autre côté et tendit la main pour aider la jeune femme. Elle dut se mordre les lèvres pour ne pas hurler. Arrivée dans la pièce obscure, elle sentit la tête lui tourner : le monde vacilla autour d'elle. Pas de brumes argentées, cette fois. Pas de filaments étincelants. Juste les ténèbres, noires et rouges, menaçant de l'engloutir à chaque souffle. Au prix d'un terrible effort, elle parvint à se maîtriser. Lorenzo, qui ne s'était aperçu de rien, était déjà allé jusqu'à la porte et l'avait entrebâillée, à l'affût de la moindre menace.

— J'ai déjà été témoin de ce genre de phénomènes, murmura-il enfin en se tournant vers elle, apparemment satisfait de ce qu'il avait observé de l'autre côté. Ces regards inexpressifs, ces gestes saccadés… Chez des vivants je veux dire. Il y avait cette lamia, tout au début, lorsque je suis devenu l'apprenti de Tigran. Elle contrôlait l'esprit des gens et pouvait les contraindre à faire des choses… C'était…

— Une lamia ? Ici ?

— Peut-être pas, mais quelque chose qui y ressemble…

— Quelque chose qui y ressemble, répéta Théodora d'un ton presque inaudible. Quelque chose comme la télépathie ? Le contrôle psychique ?

— Quelle horreur. Vous pensez vraiment que des sorciers…

— Nous sommes à Arachnae, coupa la jeune femme.

Un hurlement de souffrance déchira le silence et se répercuta à l'infini sur les parois de l'immense demeure. Aussitôt, les deux compagnons se précipitèrent, lame au clair, dans le grand vestibule plongé dans l'obscurité avant de gravir l'escalier : les plaintes provenaient de là. Après avoir passé un premier palier, ils arrivèrent dans une haute galerie éclairée de candélabres, soutenue par trois colonnes de marbre. De l'autre côté du corridor, face à eux, une pièce ouverte nimbait le seuil et les alentours d'une claire lumière.

— C'est là, souffla Théodora, écartelée entre sa blessure et l'étau qui enserrait son cœur et son âme.

— Allons-y !

Sans plus attendre, l'écuyer s'élança, la jeune femme à moins d'une coudée derrière lui – et pila avec une exclamation d'horreur.

Une tête avait roulé à ses pieds, le fixant de ses yeux froids et morts.

*

... Sa poitrine aux formes pleines, tout contre la sienne, se soulevait au rythme irrégulier des battements affolés de son cœur. Ses paupières, mi-closes, bordées de longs cils, dissimulaient mal l'éclat de ses yeux vert d'eau et sa bouche pulpeuse tremblait de désir et de peur.

— Arabella, dit-il doucement. Que craignez-vous ?

— Bientôt, vous serez las de ma compagnie...

Un domestique frappa à la porte et entra, interrompant avec une courbette gênée la lecture de Julia.

— Veuillez pardonner mon intrusion, Altesse, mais Lachesis souhaite s'entretenir avec vous. J'ai pris l'initiative de la faire patienter dans votre boudoir – peut-être n'aurais-je pas dû ? En ce cas, je...

— C'est très bien, Titus. Faites-la entrer, préparez une légère collation et laissez-nous.

Le serviteur s'inclina, une lueur de fierté brillant au fond de ses prunelles couleur safre et obtempéra, pendant que Julia posait doucement son précieux roman sur une petite table de bois.

« Il est si facile de s'en faire des alliés. Il suffit de se rappeler leur nom et de le prononcer une fois devant eux pour être gratifié d'un regard éperdu de reconnaissance ! »

La deuxième Moire passa de son pas lent et paisible le seuil de la pièce.

— Madame...

— Chère amie ! sourit Julia, l'invitant d'un geste affable à prendre place sur la causeuse, à ses côtés.

Lachesis s'assit, lissant ses robes pour éviter de les froisser. Le valet leur apporta, à peine deux minutes plus tard, un plateau sur lequel il avait disposé des petits gâteaux secs, des amandes et des pâtes de fruits ainsi qu'une carafe contenant un liquide aux reflets orangés, qu'il versa précautionneusement dans deux coupes de verre soufflé.

— Désirerez-vous autre chose, Altesse ? Dame Lachesis ?

— Non, Titus. Vous pouvez nous laisser.

— Qu'est-ce ? interrogea la Moire lorsqu'elles furent seules, désignant la boisson avec curiosité.

— *Fruit défendu.* Un cadeau de ma sœur. À ce qu'il semble, ce breuvage fait fureur, à Segestae. Il est composé de sirop de miel, de liqueur de fraise et de vin de pêche. C'est un peu sucré, mais très bon et... J'imagine que ce n'est pas de ce genre de choses dont vous êtes venue m'entretenir.

— En effet, répondit tranquillement la Moire. En fait, je souhaitais surtout attendre que votre ordonnance ait quitté les lieux.

— Soyez assurée qu'il m'a obéi : Titus m'est entièrement dévoué.

— Si vous le dites. Alors, cette entrevue ?

— Avec… Avec La Truite, c'est ça ? Elle aura ce que nous voulons dans une semaine, environ. Mais croyez-vous que nous puissions lui faire confiance ?

Lachesis prit le temps de saisir un biscuit fourré et de le savourer avant de répondre.

— Nous veillons depuis longtemps sur la destinée de cette modeste espionne, expliqua-t-elle enfin de sa voix chaleureuse. Nous connaissons tout d'elle : la profession de son père, un amant de passage ; l'heure exacte de sa naissance, par une claire nuit du mois du Guerrier ; la véritable identité de sa mère, aussi. Nous savons tout. Pas un seul détail, même infime, de son existence, ne nous a échappé.

— Comment est-ce possible ? Et pourquoi *elle* ? souffla Julia.

— Ainsi que je viens de vous le révéler, celle qui l'a mise au monde était quelqu'un que nous connaissions bien.

— Vous voulez dire ?…

— En effet, c'est l'une de mes filles – bien qu'elle l'ignore.

— Et sa vie a été entièrement modelée par vos soins ?

— Oui. Le destin, la sauvegarde de la principauté, ont voulu qu'il en soit ainsi…

Julia frissonna. Cette révélation et ses implications la terrifiaient, la bouleversaient au plus profond de son âme. Se pouvait-il que tous ne soient que les jouets des Moires ? Se pouvait-il qu'elle-même ne subsiste que par leur volonté ?

— Ceci ne me plaît pas plus qu'à vous, Julia, soupira la Tisseuse, posant une main rassurante sur son épaule. Cela m'a brisé le cœur, croyez-le. Mais avons-nous le choix, en ces temps sombres, des moyens employés ? Vous-même, ma chère, vous vous apprêtez à sacrifier votre fils. Vous agissez par nécessité, parce que vous y êtes contrainte et forcée. Il en va de même pour mes sœurs et moi. Et tant que l'avenir d'Arachnae ne sera pas assuré, nous ne pourrons faire autrement.

Julia soupira. Elle comprenait, bien sûr – et ne pouvait qu'acquiescer. La pérennité de la principauté et des traditions qui avaient modelé ces terres étaient en jeu après tout. Il était de son devoir d'agir pour la préserver.

*

Nul besoin de chaînes. Nul besoin de coups.

Il avait suffi à son bourreau d'écarteler de ses griffes psychiques son esprit sans défense pour y trouver ce qu'il cherchait – l'identité de celui qui avait trahi son secret. Horrifié, pantin impuissant aux mains d'un cruel tortionnaire, Tigran avait vu Cesario tourner les yeux vers le majordome aux vêtements élimés et, d'un mouvement sec, le projeter, tremblant et suppliant, à ses pieds. Il n'avait même pas eu à prononcer un mot. Le pauvre homme avait tout avoué : son horreur croissante pour les crimes de son maître ; la conscience de son impuissance à aller directement à l'encontre de sa volonté ; sa décision de détourner les cadavres des victimes et de les abandonner dans des lieux susceptibles d'éveiller l'attention de la milice. Le malheureux avait même expliqué, en larmes, qu'il avait pensé, tout au début, à utiliser le Fèqueux pour que l'on découvre les corps, mais que cela lui avait paru trop complexe… Il s'était donc résolu à devenir fossoyeur, allant perdre les dépouilles suppliciées, lorsque cela lui était possible, dans le Labyrinthe. Il avait même, avec le dernier cadavre, laissé un indice supplémentaire : un sceau de cire glissé dans la bouche de la fillette défunte.

Cesario et ses complices avaient échangé un regard alarmé, puis le maître des lieux avait ordonné, d'un ton sec, la mise à mort du délateur. « Mais pas tout de suite, avait-il précisé. D'abord, amusons-nous un peu. » Alors, après avoir rassuré ses comparses quant à sa maîtrise de la situation, il avait convoqué toute sa maisonnée. Se riant des visages horrifiés de ses plus récents employés, il avait renforcé son emprise sur les rares laquais qui le servaient depuis plus longtemps avant de frapper dans ses mains : « Que la fête commence ! » avait-il clamé.

Les domestiques s'étaient dispersés. Certains avaient disparu dans les étages. D'autres étaient restés, arrachant leurs vêtements aux servantes désespérées, les entraînant dans des jeux obscènes. Les deux convives, apaisés, étaient bientôt entrés dans la danse. Sous les yeux affolés du capitaine, ils s'étaient emparés de Valia, aidés par deux brutes. La jeune femme avait rugi, mordu, craché comme un fauve en colère – peine perdue. Les mains emprisonnées dans l'étau d'une poigne d'acier, les jambes écartées de force, elle n'avait bientôt pu que hurler. Alors, quelque chose s'était éveillé en Tigran. Une vague d'horreur, de haine et de colère avait tout submergé, arrachant son esprit au joug de l'effroyable Cesario. Se libérant d'un seul coup des liens mentaux qui l'enchaînaient, il avait bondi, se jetant sur les criminels avec une rage incontrôlée. D'un coup de poing, il en avait projeté un à terre, se retournant dans un même mouvement pour frapper le deuxième, quand une douleur d'une effroyable violence avait envahi son crâne ; il avait lutté pour se dégager de l'indicible langue de feu qui lacérait son esprit, en vain – son être lui avait de nouveau échappé. Reprenant conscience entre les cuisses de Valia il avait assisté, désespéré, privé de tout contrôle sur lui-même, au viol de la jeune femme par son propre corps. Brisé, incapable de se défendre, il s'était ensuite emparé d'un long couteau, s'était approché, lentement, de l'assassin sans défense…

Il s'apprêtait à lui ouvrir le ventre quand un cri horrifié rompit la concentration de son bourreau.

« Libre ! Je suis libre ! »

Alors, se ramassant sur lui-même, Tigran bondit et d'un geste brutal, enfonça sa lame dans le corps d'un de ses tortionnaires.

Lorenzo avait crié, plus de surprise que de terreur : ils étaient découverts à présent. Impossible d'agir avec subtilité – pour autant qu'ils en aient eu l'intention. Échangeant un bref regard, Théodora et l'apprenti se précipitèrent en avant, bien décidés à secourir Tigran ou, du moins, à tenir le plus longtemps possible avant l'arrivée de l'unité. D'un coup d'estoc, le jeune homme se débarrassa d'un homme aux traits mous, poursuivit son chemin, tailladant et frappant dans un brouillard furieux ceux qui tentaient de s'opposer à lui – et arriva rapidement près d'un petit cadavre ensanglanté.

Ses yeux se décillèrent et il hurla, enfin conscient du charnier qui l'entourait. À cet instant, un dard incandescent perça sa psyché, embrasa son esprit, et, dans d'abominables souffrances, le consuma.

Théodora restait pétrifiée devant l'atroce spectacle.

Tigran, face à deux hommes – un belluaire au cou encerclé d'un collier de métal et un aristocrate à la peau blême, au sourire écarlate pareil à une plaie.

Valia, avec ses vêtements en loques et ses membres blessés, rampant pour s'échapper.

Trois musiciens, si semblables qu'on eût dit des hallucinations d'ivrognes, serrés les uns contre les autres, les yeux écarquillés de peur et d'excitation.

Partout, des hommes et des femmes, jeunes et vieux, indifféremment victimes ou bourreaux, pantins sans volonté livrés aux caprices barbares et sanguinaires d'un marionnettiste corrompu.

Valia.

Ici.

Lorenzo s'effondrant, hurlant, se griffant le visage comme pour en extirper une intolérable douleur.

Et à ses pieds, pitoyable poupée de chiffon abandonnée, profanée et avilie sur le sol, la tête de Pietro.

Valia.

Enfin, une vague de fureur, d'inhumaine colère, envahit Théodora, submergeant son esprit, sa raison, emportant tout sur son passage – mais cela ne dura qu'un instant. Elle laissa aussitôt place à un calme et une lucidité absolus. Le monde ralentit autour d'elle, se cristallisant en myriades de petits éclats de brume glacée. Clairement, elle discerna chaque filament, chaque lien reliant les personnes entre elles et ce qui les unissait ; elle perçut également la haute et nébuleuse silhouette, gonflée de poussières chatoyantes, vibrante de plaisir et de puissance, qui d'une main démesurée contrôlait toute vie alentour.

Valia.

Le fil de sa destinée semblait soudain si mince, si ténu.

Urgence. Danger imminent. Cette brusque secousse la renvoya immédiatement de l'autre côté du sensible – dans la réalité.

Une longue dague dans chaque main, elle s'élança, vive et féline malgré la douleur, au secours de Morsure. Ils étaient trois à présent, et l'avaient acculée dans un coin de la pièce, tout près de l'estrade. L'aristocrate corpulent et deux domestiques – un homme et une grosse femme aux mains larges et calleuses. Valia s'était recroquevillée dans un coin, semblable à un animal blessé et ne bougeait plus ; seuls les gémissements terrifiés et enfantins qui s'échappaient de sa gorge montraient qu'elle était encore consciente. Froidement, Théodora abattit sa lame, perçant la nuque du serviteur. Dans un même mouvement, elle pivota, frappant d'un violent coup de pied le tibia du débauché. Il poussa un cri, tomba à genoux sur le sol. La matrone, une cuisinière au vu du hachoir qu'elle tenait dans son énorme main, fondit sur elle, une lueur cruelle brillant au fond de ses yeux délavés. La mégère n'était pas sous le joug d'un quelconque pouvoir mental. C'était délibérément qu'elle avait choisi le parti de son seigneur et maître.

Engagement. Feinte..Prise de fer. Dégagé adverse et riposte. Parade en quarte. Botte. Le noble, blessé au bras, recula avec une grimace de douleur offensée. Fouettant l'air de sa rapière, il se remit en garde, aiguillonnant Tigran de sa pointe avec une moue courroucée et boudeuse – comme s'il s'agissait d'un duel au premier sang, entre gentilshommes. Le capitaine rompit, écarta d'un battement violent la lame ennemie, feignit une attaque pour se fendre et passer sous l'aine de son opposant – celui-ci n'eut que le temps de bondir en arrière pour éviter l'estocade. Tigran le suivit, l'accula contre l'immense crédence. Ses yeux noirs étincelant de rage, le hobereau sauta sur la table, projetant au passage une cruche sur le capitaine. Elle l'atteignit à l'épaule, l'inondant de vin sombre et capiteux. Il s'essuya le visage d'un revers de manche, bondit à son tour – indifférent aux couverts et aux victuailles éparpillés sur la nappe. L'affrontement reprit, plus âpre encore. Tigran aurait presque pris plaisir à cette rencontre, mais ce n'était pas un opposant honorable qui lui faisait face : c'était un monstre. Alors, décidé à en finir, il se fendit, se laissa tomber au dernier moment sur les mains, tourna sur lui-même, faucha de sa jambe le sybarite corrompu, reprit son arme, piqua. Sa lame s'enfonça dans la poitrine de son ennemi.

Au même moment, le capitaine sentit une atroce douleur le transpercer – puis sombra dans les ténèbres.

Théodora égorgea son dernier adversaire, s'assura d'un regard que rien ne menaçait plus Valia, se retourna – et se figea. La table s'était renversée, toutes les denrées étaient répandues en un écœurant chaos sur le sol. Agenouillé, les bras ballants, Lorenzo contemplait ses mains avec une horreur hébétée. Son glaive s'était fiché dans l'échine de Tigran.

Théo remarqua à peine le second cadavre gisant un peu plus loin, sur le dos. Ce qu'elle perçut avec une terrible acuité, en revanche, ce fut le rire moqueur du maître des lieux.

— Ils ne viendront pas, jeune fille, ceux que vous attendez, railla-t-il de sa voix sirupeuse, lourde d'ironie. Je me suis assuré qu'ils demeurent loin d'ici, sur les sentiers battus, à la poursuite d'une chimère… Il n'y a plus que vous, moi, et quelques individus sans importance. Qu'en dites-vous ?

— Ordure !

— Si vous le dites. Et vous pensez être ici pour m'arrêter. Me tuer, sans doute ? Je vous en prie, très chère, vous n'êtes pas de taille ! Si je vous ai laissée tranquille, jusqu'à présent, c'est parce que vous ne me paraissiez pas très dangereuse, empêtrée que vous étiez dans vos passions… Vous n'imaginez tout de même pas qu'en dépit des multiples éléments que j'ai eu à organiser et maîtriser au cours de ces dernières minutes, je n'ai pas pris le temps de lire en vous ? Allons ! Ce n'était pas très difficile à deviner – et même maintenant… Voyons… Du chagrin pour cet homme que vous désiriez… De l'amour, toujours, pour cette catin borgne… J'aime ça…

Un télépathe. Elle ne s'était pas trompée.

« Cette magie m'aurait été bien plus utile que la divination. J'aurais pu, par simple observation, déceler les couleurs de l'âme des individus ou comprendre leurs émotions. J'aurais même pu lire leurs pensées, les influencer… »

Les enseignements de Fausta, sa principale magister, lui revenaient à présent. Aussi clairs et précis que si elle les avait reçus la veille.

Très à son aise, presque nonchalant, Cesario s'approcha d'elle. Il sentait le musc et les essences rares. Sa chevelure d'encre, lissée en arrière et brillante, dégageait un léger parfum de miel : des effluves assurément propres à éveiller le désir – au point qu'elle faillit un bref moment se laisser prendre au jeu des apparences séduisantes de son adversaire. Mais elle chassa prestement toute envie de son esprit comme de son corps – notant sa légère surprise.

— Vous ne devriez pas résister, petite !

Il avança la main vers elle – une ruse pour détourner son attention et porter un assaut sur sa psyché. Elle esquiva, sans le moindre effort, et la main, et l'attaque.

Il plissa les yeux, un peu déconcerté.

« Dans un duel, avait dit Fausta, la victoire se devine avant même que les armes aient été sorties. Tout le reste n'est qu'un jeu.

— Et comment fait-on pour savoir ?

— Celui qui doute. C'est lui, le perdant. Le vainqueur est celui qui a su rester calme, froid, détaché. »

Sauf que ce n'était pas un duel. Ce n'était plus un duel. Vengeance. Justice. Nécessité. Peu importait le nom. Il *fallait* simplement que ce soit fait.

Calmement, Théodora avança sur le monstre et saisit le bras encore tendu vers elle. Glissant aussitôt derrière lui, elle tordit sèchement son coude, le contraignant à mettre un genou à terre avant d'appuyer brutalement sur la jointure. Hurlant de douleur, sa proie se débattit, l'assaillant d'images atroces, s'efforçant de la noyer sous un flot continu d'émotions incontrôlées. Alors elle déroula le mince filin couvert de poudre de diamant enroulé autour de son poignet, le passa autour du cou du maître de Scarpia. Et serra.

Cesario battit des bras, tenta vainement d'échapper à son assassin.

Puis cessa de se débattre.

Quand les miliciens, délivrés du sortilège qui les avait égarés, arrivèrent au manoir de Scarpia, ils ne trouvèrent que deux survivants dans l'immense salle de réception aux murs barbouillés de sang. Lorenzo, recroquevillé sur lui-même, inerte, mais sauf.

Et Théodora qui, serrant contre son cœur la dépouille de Tigran, pleurait silencieusement.

Troisième partie

LE BATELEUR

— Dora : *Qu'est-ce qui vous trouble ? Mes joues lisses ? Mes lèvres roses ?*
Mon corps svelte et tendre de fleur à peine éclose ?
Junie, ces tournures seules n'ont pas séduit
Celui qu'enchaîne votre amère jalousie !
C'est mon esprit, tout de finesse et de douceur,
Qui, en dépit de vous, a su gagner son cœur !
Il m'aime ! Il me l'a avoué et d'un baiser
A chassé les craintes qui m'étaient demeurées.
Malgré vos ruses, nos noces seront célébrées.

— Junie : *Je rends les armes, Dora ! Et vous avez gagné !*
À votre hyménée je ne puis plus m'opposer !
Et je vous dois des excuses : je vous ai jugée,
Condamnée sans vous connaître, croyant voir en vous
Non point la jeune fille sincère, vertueuse,
D'un homme mature sûrement amoureuse,
Mais une courtisane ambitieuse, prête à tout
Pour parvenir à ses fins, même à simuler…

— Dora : *Vieillesse rime-t-elle avec naïveté ?*
Pensez-vous vraiment, Junie, que je puisse aimer
Un être dont l'éclat commence à s'estomper ?
Ses charmes fanent ; d'ici peu le poids des années

Pèsera sur ses épaules. La sénilité
S'emparera de lui ! Je pourrai hériter,
Enfin, de tous ses biens et de ses dignités !

— Arioste (sortant de sa cachette) : *Créature perfide !*

— Dora : *Arioste ? Vous ?... Ici ?*

Tybalt Colonna – ***Dora***, *Acte V, scène dernière.*

Arachnae était en proie au chaos. La pestilence ravageait les villes et des pluies de grêle s'étaient abattues sur les champs, dévastant toutes les récoltes.

Partout, ce n'était que misère et désespoir, colère et deuil.

Partout, ce n'était que révolte et sang.

Quand, enfin, Sentia parvint aux abords de la capitale, tout n'était que ruines. Les fumées noires des brasiers planaient au-dessus de la ville, répandant une insupportable odeur de chairs brûlées ; çà et là résonnaient des cris d'agonie.

Enfin, au terme d'un long chemin le long de rues gorgées de misère, elle parvint au château. Une légion entière était massée autour des murailles et veillait, silencieuse, menaçante, à la sécurité des lieux. Sentia observait les alentours, cherchant un moyen de s'introduire dans la forteresse ; des nuages sombres, gonflés d'orage, se rassemblèrent au-dessus de la ville ; bientôt, on entendit le tonnerre et la foudre s'abattit sur Arachnae. Frappant sans relâche la citadelle et le palais, elle provoqua un incendie : aussitôt, un détachement de soldats se précipita pour l'éteindre, laissant à Sentia l'opportunité de parvenir à ses fins. La guerrière passa sans difficulté de l'autre côté des murs. Tout paraissait plus sinistre encore que dans ses souvenirs.

Apollina, à qui autrefois Sentia avait donné le nom de mère, se trouvait dans la salle du trône. L'immense pièce était éclairée par des braseros et les lumières froides des vitraux. La princesse était seule. Des mèches grises s'échappaient de son chignon désordonné ; ses prunelles cerclées de rouge brillaient d'une lueur démente ; sa peau blême paraissait tendue sur ses os. Une longue épée pendait le long de sa cuisse.

Quelques cadavres épars, à demi décomposés, témoignaient de sa folie.

Dégainant son arme, Sentia s'avança sur le sol dénudé, à la rencontre de celle qui l'avait mise au monde et qu'elle était désormais déterminée à tuer. Comme arrachée à un monde qu'elle était seule à voir, Apollina vacilla légèrement en arrière et écarquilla les yeux. Aussitôt, un rictus furieux déforma ses traits hâves : avec un grognement animal, elle s'élança.

Les lames se heurtèrent avec fracas, sonnant l'envoi d'un affrontement impitoyable. Taille, estoc, bottes, parades, ripostes s'enchaînaient à un rythme terrifiant entre ces deux femmes, dernières d'une race devenue stérile. La lame maternelle toucha Sentia à la poitrine, la fille transperça l'épaule de sa mère. Haletantes, furieuses, elles revinrent à l'assaut, toujours plus violentes, plus résolues. Enfin, Sentia, blessée de toutes parts, accula Apollina contre le trône et, se fendant avec toute la force dont elle était capable, porta l'estocade finale.

Alors que la vie s'échappait de son corps, la princesse retrouva un instant ses esprits. Une unique larme s'échappa de son œil déjà voilé ; dans un dernier souffle, elle murmura : « Que celle qui, vengeresse, plongera en ton sein l'épée ancestrale d'Arachnae soit à son tour maudite, traîtresse matricide au ventre stérile... Ainsi s'est accomplie la malédiction des Moires. Ainsi s'achève notre règne, ma fille. »

Sur ces mots, Apollina expira.

Pour Sentia, tout devint clair.

Les Moires.

Les Moires avaient tout provoqué.

Alors, une froide détermination s'empara de la dernière des Segesta. Saisissant la lame de sa défunte mère, Sentia quitta la salle du trône et se rendit dans les entrailles du palais, dans les geôles où croupissaient, à demi mortes de faim et de soif, les trois Moires. Avant même qu'Atropos puisse réagir et couper le fil de sa destinée, elle lui trancha la tête. Répéta son geste avec Lachesis. Acheva Clotho d'un seul coup d'estoc.

Et disparut.

Telle fut l'histoire de Sentia, princesse bréhaigne et matricide, dernière de sa lignée – déclarée anathème par les Moires. C'est ainsi que les Segesta perdirent la tiare d'Arachnae, laissant place à la lignée des Sforza.

Car nul ne peut échapper à la Destinée : tout est filé, tissé sur la Grande Tapisserie du monde. Et la Lune au triple visage veille à ce que nul accroc ne vienne en altérer la trame.

La Chute des Segesta (III) – ***Contes d'Arachnae***

1

Arachnae – 2e jour du mois de la Vieille

Théodora effleura doucement l'épaule nue de Valia, caressa ses cheveux épars. La jeune femme, qui ne cessait de gémir et de s'agiter dans son sommeil, s'apaisa un peu et se tourna sur le côté. Tendrement, son amante l'embrassa et la prit dans ses bras jusqu'à ce qu'elle soit sûre de la sérénité de ses songes. Dix jours s'étaient écoulés depuis les terribles événements de Scarpia qui avaient vu la mort de Pietro et de Tigran. Les funérailles du capitaine avaient eu lieu quelques jours auparavant. Le prince d'Arachnae en personne, Alessio Sforza, avait assisté à l'office en compagnie de son épouse et de ses deux aînés. Selon les rumeurs, Artemisia, la benjamine, avait quitté la région : elle accompagnait l'ambassadrice de Lycosa en sa ville natale.

Le corps de Tigran avait été oint et préparé par les embaumeurs. Au terme de la cérémonie funèbre, les prêtres de la Vieille – la Déesse sous son aspect le plus sombre – avaient déposé le cadavre sur un bûcher. Le brasier avait brûlé le reste de la journée et une bonne partie de la nuit. Théo était demeurée jusqu'à ce que, de Tigran, il ne reste que des cendres.

Au souvenir de ses yeux vert-de-gris, de ses sourires et de sa voix grave, un peu cassée, elle sentit sa gorge se serrer. Plus jamais elle ne humerait son odeur de cuir un peu musquée, en entrant dans son office ; plus jamais, elle ne jouerait au jeu de la séduction avec lui. Il était mort – le temps des regrets appartenait au passé.

Et puis, n'avait-elle pas ce qu'elle voulait ?

Pensive, la bretteuse se leva et, emmitouflée dans une épaisse cape de laine brune, passa le seuil de la masure où vivaient la criminelle et ses sœurs. Au-dehors, l'air était sec et la lune brillait dans le ciel nocturne, grosse perle de nacre cernée par une multitude d'éclats de diamant.

Leur liaison avait commencé deux soirs après la conclusion de cette tragédie. À peine remise de ses blessures, Théo s'était rendue chez Valia, qui avait fui durant l'affrontement la demeure de Scarpia. Elle avait trouvé la jeune femme prostrée dans un coin de la pièce ; ses cadettes, les yeux rougis de larmes, ne savaient que faire pour l'arracher à son affliction. Théodora s'était assise à ses côtés, l'avait sans un mot serrée contre son cœur, embrassant doucement ses cheveux emmêlés. « Ils vont l'incinérer avec les autres, anonyme. Je n'ai même pas de quoi lui offrir des funérailles décentes. » Morsure avait murmuré ces paroles avec un tel désespoir que Théodora n'avait pu faire autrement que de l'aider.

La dépouille de Pietro, trop abîmée pour être présentée face nue à ceux qui demeuraient en vie, avait été enveloppée dans plusieurs couches de lin imprégnées d'essences odorantes et recouverte d'un voile noir avant d'être placée sur un lit de bois. Les paroles rituelles avaient été prononcées par une prêtresse, puis Valia s'était emparée d'une torche et avait mis le feu au bûcher.

Elle était restée immobile face au brasier, son œil unique luisant d'un éclat inquiétant, presque dément dans la pénombre éclairée par les flammes orangées. Elle n'avait pas pleuré. Elle n'avait rien dit. Elle s'était contentée d'attendre, perdue en elle-même, que le cadavre achève de se consumer. Puis, toujours silencieuse, elle avait raccompagné ses petites sœurs jusque chez elle avant de se tourner vers la bretteuse. « Emmène-moi… N'importe où… Loin d'ici. » Théodora avait obéi, avait entraîné Morsure à l'extérieur du Labyrinthe, dans un estaminet au charme discret situé aux abords des Jardins des Naïades. Valia s'était saoulée méthodiquement, vidant verre après verre sans prononcer un mot. Enfin, elle s'était écroulée sur la table, ivre et épuisée. Théo l'avait soulevée, portée délicatement dans une des chambres de l'étage, tentant de la veiller le reste de la nuit, mais s'était finalement endormie. Le soir même, Morsure l'entraînait dans son lit – par reconnaissance, par intérêt, sans doute. Certainement pas par passion.

Depuis lors, elles étaient amantes.

« Valia ne m'aime pas. Elle accepte mes baisers et mes caresses sans jamais me les rendre vraiment. Elle se prostitue à moi parce qu'elle ne veut pas rester seule ; parce qu'elle espère que je prendrai soin d'elle et de ses sœurs. Je ne devrais pas tolérer cette situation. Rester avec cette fille pour qui je ne suis rien… À croire que je suis amoureuse… »

Elle soupira.

« Non. Ce n'est pas vrai. J'ai eu ce que je voulais. Elle me lasse déjà. »

C'était difficile à admettre. Pourtant, c'était la vérité. La jeune femme en avait assez de cette relation. Et la seule raison qui retenait la bretteuse auprès de Morsure, c'était la pitié.

Écœurée par ses propres sentiments, elle retourna sans un bruit se coucher auprès de l'assassin.

Théo ouvrit les yeux, réveillée par une odeur de pain chaud. Gina s'affairait dans la pénombre et préparait le déjeuner. La fillette, grande pour son âge et large d'épaules, ne ressemblait guère à son aînée. Elle possédait une chevelure noire et épaisse. Ses yeux à la forme arrondie étaient d'un vert translucide cerclé de jade et son nez, un peu busqué, rappelait le bec d'un oiseau de proie.

« Quelle idiote je fais ! Leur mère était une prostituée. Logique qu'aucun des enfants n'ait le même père. »

— Vous voulez un bol de lait ? s'enquit Gina avec une impassible courtoisie.

— Pourquoi pas ?

Elle but en silence, sans toucher à la galette encore chaude posée au centre de la table, consciente du regard hostile de l'enfant. Méfiance ? Crainte que la bretteuse ne soit pas différente des autres personnes que fréquentait Morsure ?

Théo acheva d'un trait le doux breuvage. Cette crainte était parfaitement avérée. Elle achetait les baisers, la présence de Valia comme l'aurait fait n'importe quel homme pour s'attirer les faveurs d'une catin qu'il respecte et devenir, pour un temps, son client exclusif.

— Vous avez fini ?

— Oui, murmura-t-elle. J'ai terminé.

Puis elle se leva et quitta la demeure de son amante – pas assez rapidement, toutefois.

— C'est bon ? Elle est enfin partie ?

C'était la voix grave, un peu rauque, de Valia.

Et Théodora, en dépit de son indifférence, sentit les larmes lui monter aux yeux.

*

Segestae, Arachnae

Agrippina Segesta pénétra sous le dôme de mosaïques figurant le ciel étoilé. Derrière elle, silencieuse et attentive comme à son habitude, suivait Leandrina, son unique enfant.

— Bonjour, mes sœurs, déclara-t-elle en s'inclinant brièvement devant la dizaine de femmes réunies dans les vestiges des anciens thermes de la cité.

— Bonjour, gouverneure ! répondirent-elles en saluant à leur tour. Bonjour, Leandrina.

Agrippina s'avança, ses lèvres carmin esquissant un mince sourire.

— Bientôt, Julia quittera le palais d'Arachnae, cette odieuse prison où le prince, son époux, la retient captive et viendra à Segestae. À force de ruses et de prières, ma cadette a réussi à endormir la méfiance du serpent d'Arachnae. D'ici quelques semaines, sa fille et elle seront parmi nous.

— C'est merveilleux !

— Inouï !

— Comment l'aider ?

Les exclamations fusaient. Satisfaite de son effet, Agrippina laissa au brouhaha le temps de s'apaiser, puis s'assit face à elles. Leandrina, dissimulant l'éclat malveillant de ses prunelles pâles sous de longs cils noirs, servit l'infusion qu'une domestique avait préparée en vue de l'assemblée.

— Je sais de source sûre, chères Fleurs du Souvenir, qu'Alessio l'usurpateur projette de se débarrasser *très bientôt* d'elle et de sa puînée pour assurer l'héritage de son fils.

Il y eut quelques exclamations scandalisées. Agrippina, une fois encore, laissa à l'assemblée le loisir de s'exprimer avant de reprendre la parole.

— Je crains de l'héberger au palais Segesta. Le félon le connaît fort bien et – qui sait ? – il y a peut-être des espions. Si l'une d'entre vous acceptait de se charger de cette lourde tâche, la sécurité de Julia et de son enfant serait assurée : nous pourrions, par exemple, choisir nous-mêmes ceux qui seraient chargés de les protéger …

— C'est une excellente idée ! s'écria Melianda, doyenne du petit cercle et veuve du général Bari, mort héroïquement face aux Borghese. Mais laquelle d'entre nous assumera cette tâche ?

— J'avais pensé que, vous, Dame Melianda…

— Non, ma fille, protesta la matrone, agitant ses mains ridées, constellées de taches rousses. Je suis trop vieille pour supporter ce tracas.

La gouverneure de Segestae soupira.

— Alors, qui ? Qui d'entre vous est prête à miser son honneur et sa tête pour sa princesse légitime : ma sœur Julia Segesta ?

Neuf mains se levèrent.

Les débats furent houleux et durèrent fort longtemps. Quand ils s'achevèrent, néanmoins, les Fleurs du Souvenir avaient élu leur représentante – celle qui accueillerait chez elle Julia et s'engagerait sur sa vie à la protéger. Elle se nommait Genna Servi. Son époux, un tatoueur de renom, avait lui aussi péri durant la guerre contre Bargella. Genna avait trente-sept ans, son fils en avait seize et elle mourait d'envie de faire enfin ses preuves au sein de ce cercle restreint de femmes.

Genna correspondait exactement à ce que cherchait Agrippina : une marionnette naïve, inutile, aisément sacrifiable.

*

Arachnae

Alessandrina sourit à l'aristocrate joufflue située à sa droite, puis son regard se perdit de nouveau dans le vague. Elle avait la réputation d'être distraite – beaucoup trop, aux yeux de ses magisters – et ce défaut lui était en ce jour d'une grande utilité. Nul n'oserait déranger ses méditations oniriques de peur, non pas de se faire rabrouer, mais bien de déchaîner des rires sur sa propre personne. On ne se moquait pas de la fille d'un prince. En revanche, on pouvait à l'envi railler celui qui avait provoqué une réponse intempestive.

Aussi, la plupart des courtisans la laissaient tranquille et, parfois, oubliaient même sa présence.

Cela permettait à l'adolescente d'entendre des conversations qu'elle n'était pas censée comprendre, voire de surprendre des secrets compromettants. Jusqu'à présent, jamais elle n'avait usé de ce qu'elle avait appris pour obtenir les faveurs des gens : le chantage lui répugnait. Mais, à mesure que se rapprochait son départ pour Segestae, cette méthode lui semblait être la plus raisonnable si elle voulait échapper au terrible sort que lui réservaient ses parents et retrouver Djivan. Le jeune saltimbanque avait quitté Arachnae deux jours auparavant. Surmontant sa timidité naturelle et la crainte d'être découverte, la jouvencelle s'était enquise de leur prochaine destination auprès d'un des bateleurs : ils se rendaient à Mana, port situé au nord de l'île. Ils prendraient, au départ du moins, la même direction qu'Alessandrina et sa mère. Si elle voulait fuir sans être remarquée, l'adolescente devrait agir avant d'embarquer pour Segestae. Et ce, en obtenant le soutien d'une personne à laquelle elle ne laisserait d'autre choix que de l'aider.

Encore fallait-il que sa future victime soit présente dans la suite princière. Toutefois, il ne serait pas trop difficile de convaincre sa mère d'emmener sa proie. Il suffirait d'un peu de charme et de doigté pour arriver à ses fins.

Restait, pour le moment, à savoir *qui* aurait le privilège d'être son obligé.

Ses prunelles apparemment embuées de songes examinèrent les courtisans présents en cette matinée « intime » donnée par Dame Julia. Combien étaient-ils ? Une centaine, probablement, qui se pressaient près des buffets et s'efforçaient d'obtenir l'attention des puissants. Et parmi eux…

… Dame Rosa Schiaparelli. Proche de la gouverneure d'Arachnae. Mariée à un homme bien plus âgé qu'elle, mécène d'une école de peinture dont Alessandrina avait oublié le nom. Coquette et libertine, la jeune femme avait eu plusieurs amants, parmi lesquels Octavio, le propre fils d'Agatha Mangori.

… Giangaleazzo Robbia. Bretteur de talent, empoisonneur également. N'avait-il pas occis, de la pointe de sa rapière enduite d'un venin mortel, celui qui avait osé mettre en doute l'honneur de sa maisonnée ? Un homme qui n'était autre qu'un cousin du prince ?

… Dame Desdemona, qui n'avait de noble que le titre, étant en réalité la fille d'une hétaïre – que son protecteur, vieux et épris, avait épousée avant de mourir – et d'un soldat de passage.

… Sire Caïus Sogno di Jania, viril séducteur se vantant sans cesse de ses conquêtes, qu'elle avait surpris un jour en train d'embrasser un jeune musicien et se faire repousser, de surcroît.

… Adriano, poète de talent qui avait bâti sa réputation sur trois sonnets écrits près de dix ans auparavant et se contentait à présent de plagier les anciens ou de recopier les vers que sa trop naïve et gentille épouse écrivait dans l'espoir de lui complaire.

Pas un de ces individus ne convenait.

Certains, parce qu'ils étaient prêts à tuer pour garder leur secret ; d'autres, parce que cela n'en valait pas la peine. Quant au reste des courtisans présents ce jour-là, aucun ne lui paraissait être la bonne cible.

Un jeune homme entra dans la salle de réception, escortant le Grand Prévôt d'Arachnae. Il était bien bâti, carré d'épaules, impassible dans son rôle de garde du corps silencieux. Mais sa chevelure ébouriffée, ses taches de rousseur trahissaient son jeune âge et son regard était rongé par la culpabilité.

Alessandrina l'avait repéré lors des funérailles de Tigran Gracci. Il se nommait Lorenzo et se croyait visiblement responsable de la mort de son capitaine. Il avait échoué à le protéger, peut-être même l'avait-il blessé et ne pouvait se le pardonner.

En somme, il avait désespérément besoin de se racheter.

« Si je me montre suffisamment fine, je ferai de lui mon chevalier attitré. Mon défenseur. Mon complice. Il mourra, trahira et tuera pour moi – car je serai celle qui aura rendu un peu de sens à sa vie. »

C'était froid. Calculé. Cruel, même. Mais Alessandrina, déterminée à fuir le destin qu'avaient prévu ses parents et à retrouver celui qu'elle aimait, savait que c'était la meilleure solution.

Alors, esquissant un sourire, elle se leva et avança dans sa direction.

*

Ombre parmi les ombres, silhouette trouble aux contours éclairés par la seule lueur céruléenne des vitraux, la maître-espionne d'Arachnae l'observait, silencieux et froid. Trop impressionnée pour tenter de percer l'obscurité, pour essayer de deviner son identité, Ornella avait le sentiment d'être mise à nu, dépouillée de tous ses désirs, ses peurs, ses secrets.

La courtisane avait été convoquée, à la fin de cet après-midi glacé, par le Conseil de l'Académie afin d'éclaircir certains points qu'elle avait découverts sur l'aristocratie et ses « douteux passe-temps ».

Autrement dit, les rituels démoniaques et le cannibalisme pratiqués dans une demeure impossible à retrouver, même en usant de magie.

Ornella s'attendait à une sorte de tribunal ; mais, à la place d'austères magisters, elle avait trouvé une pièce nue – et cette forme, près de la fenêtre, qui la jaugeait.

Ornella frissonna.

— Connais-tu la raison véritable de ta présence ici ? murmura la femme d'une voix douce, un peu étouffée.

Une voix familière qu'elle ne reconnaissait pourtant pas.

— Je croyais qu'il s'agissait de ces sacrifices, mais… vous êtes ici, et j'ignore pourquoi.

— Veux-tu dire, plutôt, que tu espères que je ne suis là ni pour faire de toi ma successeuse ni pour te faire disparaître ? Rassure-toi, ce n'est pas le cas. Je ne veux pas de toi comme élève et n'ai aucune raison de t'ôter la vie : on m'a confirmé que tu étais pure de tout mal.

La jeune fille déglutit.

— Alors… Pourquoi ?

— Ton père, je le sais, t'a transmis sa passion du théâtre et tu es aussi bonne comédienne que courtisane. Une place est à prendre au sein des *Baladins d'Arachnae,* l'une des troupes favorites de notre prince. Je t'ai recommandée auprès de leur dirigeant, Orlando. Il t'attend. Je ne doute pas de tes capacités et sais que tu sauras te faire remarquer sinon d'Alessio, du moins de la haute noblesse. Cette position t'ouvrira maintes portes – et te permettra d'enquêter à loisir sur cette affaire.

— Ainsi, murmura Ornella, vous avez décidé de m'aider.

— Non, rétorqua sèchement la maître-espionne. Je te prends temporairement à mon service. Jusqu'à ce que l'histoire soit résolue ou que j'en décide autrement, tu seras considérée comme une nonce à part entière et ne rendras de compte à personne, sinon à la magister Fausta ou à moi-même. Tu travailleras également – et partageras dans la mesure du possible ce que tu sais – avec sa pupille, Théodora.

Théodora. Ornella avait assisté, non loin d'elle, aux funérailles du capitaine Tigran Gracci. Depuis, elle ne lui avait pas parlé et ne l'avait pas vue.

Elle devinait – et les rumeurs de certaines tavernes estudiantines du côté de l'Académie le lui avaient confirmé – que la seconde du maître d'armes avait quelqu'un et elle ne savait pas encore si ceci la blessait ou lui était indifférent.

Avait-elle encore envie de vivre quelque chose avec la bretteuse ? Était-elle prête à souffrir de nouveau pour quelques caresses, quelques baisers ?

— La pièce qui doit être jouée pour le départ de la princesse et de sa fille, dans deux jours, est *Caprices* de Leporello Musso. Et le rôle qui t'échoit est celui de Paolina.

Paolina, sœur de la capricieuse Anna, était également sa confidente malheureuse. Cette vierge au cœur pur était, en effet, éprise de l'amant de son aînée. Ornella connaissait bien ce rôle et l'avait déjà interprété par le passé. Ce fait n'était certainement pas inconnu de la maître-espionne d'Arachnae. Il était même possible qu'elle ait suggéré à la troupe leur prochaine pièce ! Après tout, *Caprices* appartenait au répertoire et ne demandait pas beaucoup de travail aux comédiens – tout au plus la révision d'un texte su de tous.

— Vous aviez tout prévu, n'est-ce pas ? demanda-t-elle enfin.

Seul le silence lui répondit.

La maître-espionne était déjà partie.

— *Tu ne l'aimes pas ? N'es-tu point sensible à ses yeux de saphir ? Ne frémis-tu pas au timbre de sa voix ? La finesse de son verbe ne te fait-elle pas rire et pleurer à la fois ?...* Trop mièvre. *Tu ne l'aimes, pas ? N'es-tu point, sensible, à ses yeux de saphir ?... Ne frémis-tu pas, au timbre...* Non. Trop haché. *Tu ne l'aimes pas ? N'es-tu point... sensible... à ses yeux de saphir ? Ne frémis-tu pas au... timbre de sa voix ? ...* Mieux. Beaucoup mieux.

Ornella arpentait sa chambre, concentrée, un exemplaire de la pièce entre les mains. Peu après le départ de la maître-assassin, elle y était retournée afin de préparer son entrevue avec le directeur des Baladins d'Arachnae.

— *Ne frémis-tu pas au... timbre de sa voix ? La finesse de son verbe ne te fait-elle pas rire, et pleurer à la fois ? Anna : Quand tu parles de lui, chère Paolina, j'ai l'impression que tu es sa promise, et fais tout pour le défendre devant l'un de ses adversaires. Tant de « d » ! Ces phrases ne sont pas aisées.*

Quelques coups frappés à sa porte l'interrompirent.

— Entrez !

Othellia passa le seuil de la pièce. La dirigeante de l'Ordre des Quatre Vents était magnifique. Ses cheveux tressés étaient réunis en un épais chignon ; deux gouttes d'or et de topaze pendaient à ses oreilles, en écho subtil à l'éclat de ses prunelles.

— J'ai quelque chose pour vous, annonça-t-elle de sa voix chaleureuse. J'espère que je ne vous dérange pas ?

— Je ne faisais que répéter un rôle. Je suis engagée dans la troupe des *Baladins d'Arachnae* et… Elle s'interrompit soudain. Croisa les bras sur sa poitrine, boudeuse et accusatrice. Vous saviez.

— C'est exact, reconnut la magicienne. Comme je le disais, je vous ai apporté quelques fétiches pour vous aider dans votre enquête. Vous protéger, également.

Tirant des replis de son surcot un paquet de soie, elle le déplia précautionneusement sur la couche de la jeune femme, dévoilant son contenu : une petite fiole contenant un liquide pâle, un épais jonc de nacre et de turquoise, un pendentif d'ambre en forme de plume, un minuscule crâne d'animal…

— Qu'est-ce que c'est *que ça*? hoqueta Ornella, désignant l'objet du bout du doigt.

— Tamino, l'ambassadeur de l'ordre de la Nouvelle Lune, l'a fabriqué pour vous. Il vous protègera d'éventuels assauts psychiques.

— Mais c'est… Ce sont des os !

— Rien ne vous oblige à le porter en évidence.

— Et si je refuse?

— D'après ce qu'il m'a expliqué, ce talisman peut être également broyé et ingéré… C'est bien ce que je pensais. Ceux contre lesquels vous allez vous battre sont peut-être des vampires psychiques. Les voies des nécromants sont étranges, mais ce sont à mon avis les plus efficaces contre les adorateurs des Démons.

— Parce que la nécromancie se rapproche de la magie des damnés et de leurs suppôts?

— Peut-être, répondit Othellia en lui tendant le pendentif. Portez-le et il vous permettra d'entendre des conversations en des lieux où vous n'êtes pas. Il vous suffira de vous concentrer sur la personne que vous souhaitez surveiller.

Ornella eut un sourire ravi.

— L'utiliser vous demandera une grande concentration. Tout comme l'usage de celui-ci, continua-t-elle en désignant le bracelet, qui vous rendra discrète comme une ombre.

— Merci, murmura la courtisane. Et cette petite flasque?

— Un philtre capable de purifier votre corps de toute forme de souillure.

Ornella s'empara de la bouteille, l'examina un instant en silence.

— Le prix à payer?

— Une atroce sensation de brûlure.

Spontanément, la magicienne serra Ornella contre son cœur. Sa peau embaumait l'orchidée et le miel, des effluves doux et sensuels.

— J'aurais souhaité faire plus, mais ça n'aurait pas été sage. Tous ces talismans irradient une aura aisément identifiable pour les individus versés dans les arts magiques. Vous en fournir d'autres n'aurait pas été prudent. Qu'une personne malveillante les découvre et…

— Je comprends. Et je vous remercie de votre aide, murmura la jeune courtisane. À dire vrai, je n'en espérais pas tant.

— L'Ordre des Quatre Vents est votre allié. Même si, pour le moment, il demeure impuissant à percer les boucliers de cette sorcellerie.

— Et le sens de la litanie que j'ai entendue psalmodier, cette nuit-là ?

— Tout ce que nous avons réussi à trouver, murmura la magicienne d'un ton soucieux, c'est qu'il s'agirait d'une langue oubliée, issue des temps mythiques qui ont précédé notre civilisation. Nous avons envoyé une copie scellée de ces phrasés abscons à l'un des plus grands spécialistes de notre confrérie : Orfeo Bocanegra. En attendant…

Elle laissa sa phrase en suspens, pressant une nouvelle fois Ornella contre son cœur, puis se retira.

Demeurée seule, la courtisane se saisit des talismans et les examina avec attention. Le pendentif et le bracelet paraissaient parfaitement normaux pour un œil ordinaire ; quant au crâne gravé, il n'était de toute manière pas naturel.

« Où vais-je pouvoir dissimuler cette horreur ? Impossible, apparemment, de m'en séparer. D'autant que cette chose ne nécessite aucune dépense d'énergie, aucune concentration pour être active. »

La jeune femme réfléchit encore un moment. Elle glissa l'artefact dans une petite bourse de soie grise, l'attacha à la fine gaine de dentelle qui serrait son jupon et le fit passer contre sa peau. Puis, après s'être drapée dans de longs voiles tourterelle, elle quitta l'Académie en direction du *Théâtre Palatin*.

*

… La gorge de la vierge se soulevait, pareille à l'aile d'une blanche colombe, au rythme de sa respiration désordonnée. Ses joues étaient roses ; ses paupières pudiquement baissées laissaient entrevoir l'éclat émouvant d'une prunelle couleur de ciel et ses lèvres irisées, brillantes et pleines, s'étaient entr'ouvertes dans l'attente d'un baiser.

— Si vous saviez depuis combien de temps je désire ce moment ! murmura Laelius d'un ton rauque d'émotion.

Et, se penchant sur elle…

— Que lisez-vous, ma chère ?

Sans attendre la réponse, Alessio souleva l'ouvrage.

— *Les Amants du clair de lune,* par Arabella Dell'amore, lut-il. C'est une romancière très en vogue à la cour, non ? Mais n'est-ce pas un peu mièvre ?

— Pas du tout, se récria Julia. C'est une peinture romanesque des premiers émois amoureux. Et puis, en quoi ceci vous concerne-t-il ?

— En rien, vous avez raison, répondit calmement le prince. Ce n'était de toute façon pas pour discuter vos goûts que je désirais vous voir.

Se redressant sur sa méridienne drapée d'écru et d'argent, son épouse arqua un sourcil.

— Et de quoi mon seigneur souhaite-t-il m'entretenir ? susurra-t-elle d'un ton fielleux.

— Mais, de votre sécurité et de celle de notre fille ! Nous savons tous deux que sa vie est menacée : les Moires n'ont pas nié ce risque.

Julia se mordit la lèvre. En évoquant les dangers de leur voyage, Alessio lui rappelait – sans doute de manière inconsciente – qu'il n'avait en rien oublié leur éloignement et comptait bien en profiter. Lachesis n'avait-elle pas dévoilé, la semaine passée, quels étaient les terribles desseins de ce monstre prêt à tout pour placer son fils à la tête de la principauté ?

— Soit. Que proposez-vous ?

— Une escorte renforcée : dix soldats et deux mages pour veiller sur vous. J'ai entendu dire que notre aînée s'était prise d'affection pour un spadassin, reprit-il après un bref silence. Il serait peut-être judicieux d'en faire son garde du corps, qu'en pensez-vous ?

Julia se leva, fit quelques pas vers la fenêtre, contemplant à travers l'épaisse vitre les toitures floues de la ville et le ciel embrasé du crépuscule.

— Lorenzo ? C'était l'apprenti de ce capitaine défunt – Bacci ou Gracci, je ne sais plus. J'ignore ce qu'Alessandrina a dit à ce jeune homme, mais il lui est tout dévoué, depuis. C'est une bonne idée.

— Parfait. Je voulais votre accord avant de le convoquer. C'est chose faite, à présent.

Et, sur une brève révérence, le prince quitta le boudoir.

Julia se tordit les mains, en proie à la peur et au doute. Que mijotait Alessio ? Avait-il conclu un arrangement avec Lorenzo ? Que leur arriverait-il, sur le chemin de Segestae ? Parviendraient-elles, saines et sauves, auprès de sa sœur ?

Le jeune homme semblait loyal, honnête et courageux – mais *était-il* ce qu'il *paraissait* ? Après tout, Vitellio, le duelliste dont s'était éprise, au début du récit, la jeune héroïne des *Amants du clair de lune,* n'était qu'un vil intrigant et seule la perspicacité de Laelius l'avait sauvée du déshonneur.

— Il faut que je demande conseil à Lachesis, conclut enfin Julia, reprenant le cours de sa lecture.

... Et, se penchant sur elle, il s'empara de la bouche tendre et fraîche de la jeune fille. Son étreinte, d'abord hésitante, se fit à mesure que la belle répondait à ses caresses plus exigeante, plus passionnée. Bientôt, elle gémit sous ses effleurements experts. Éperdue, pantelante, elle était prête en cet instant, à tout lui sacrifier : son honneur et la fleur de sa virginité.

À regret, l'aristocrate joueur de lyre se recula.

*

Segestae, Arachnae

Quand Agrippina avait créé les Fleurs du Souvenir, près de quinze ans auparavant, elle se doutait qu'un semblable rassemblement lui apporterait un pouvoir politique non négligeable. Elle ignorait, en revanche, qu'il deviendrait au fil des ans à la fois une arme redoutable et l'un de ses outils les plus précieux.

Composé uniquement de femmes, la plupart veuves de guerre, ce cercle était devenu, au fil du temps, un acteur majeur du pouvoir local. Il pouvait, par un simple vote, décider de la disgrâce d'un courtisan ou de sa mise à mort – sociale, même si elle était généralement suivie par une déchéance conduisant inévitablement au trépas. Il pouvait également aider à forger des alliances ou à les défaire. Il pouvait, enfin, fomenter des révoltes, faire souffler un parfum de colère parmi les citoyens de la ville, voire de l'île entière. C'était ce qui s'était passé, au cours des dernières années, concernant le prince, sa femme et leur héritier. À la suite d'une requête financière jugée trop lourde par les nobles et riches marchands de Segestae, ces dames s'étaient réunies et avaient vivement critiqué les ordres d'Alessio. Au début, juste pour éprouver les Fleurs du Souvenir, Agrippina avait appuyé ces contestations, arguant qu'il ne s'agissait même pas d'une princesse – mais d'un simple mâle sans légitimité véritable. L'île avait toujours été gouvernée par des femmes. Qu'un prince soit assis sur le trône d'Arachnae avait quelque chose d'hérétique. À sa grande surprise, ses comparses avaient renchéri. Quelques mois après, sous sa subtile impulsion, l'assemblée des femmes se muait en véritable conjuration, ayant pour dessein de bouter l'usurpateur hors d'Arachnae et de placer Julia ou sa fille aînée sur le trône. Pamphlets anonymes, espionnage et même une tentative d'assassinat – rien de tout ceci, pour l'instant, n'avait abouti, mais les matrones ne désespéraient pas : elles avaient même mis à profit l'absence de Julia pour envoyer un tueur éliminer le prétendu prince d'Arachnae. Elles ignoraient, bien entendu, qu'elles contribuaient d'abord et avant tout à aider Agrippina à s'emparer du pouvoir et à restaurer, ainsi, la gloire de sa lignée.

La gouverneure de Segestae avait appris – grâce aux derniers rapports de son espion sur place – que Julia avait engagé un professionnel. Était-ce pour se débarrasser de son seul époux ? De son fils ? Agrippina savait sa sœur extrêmement sensible et peu encline à verser le sang de sa propre chair, aussi s'était-elle arrangée, grâce aux Fleurs du Souvenir, pour s'assurer de la mort prochaine du prince et de son rejeton. Une fausse servante imbiberait bientôt les oreillers de Tiberio d'un venin rare : incolore, inodore, celui-ci provoquerait en quelques jours des crises d'étouffement mortelles chez l'adolescent. Quant à Alessio, si l'individu engagé par Julia s'avérait incapable d'accomplir sa tâche, la même empoisonneuse s'en chargerait.

Julia et Alessandrina trouveraient, elles, la mort dans de tragiques circonstances, au sein de la demeure de Genna Servi. La veuve survivrait – il était toujours intéressant de garder près de soi des êtres rongés par la culpabilité, prêts à tout pour se racheter –, mais pas son fils. Ce n'était qu'un garçon, après tout.

« C'est un plan intelligent. Pas parfait. Aucun ne l'est jamais. Mais si la Destinée est favorable à mes ambitions, ce que je crois, il réussira. »

— Mère ?

Leandrina, lunaire et froide, pénétra dans le petit bureau éclairé par des candélabres de cristal scintillants.

— Qu'y a-t-il ?

— Je suis lasse de servir des infusions à ces femmes sans jamais avoir le droit à la parole ! Je veux participer à ces réunions ! J'exige d'être respectée pour ce que je suis !

— Tu veux et tu *exiges* ? Mais qui es-tu pour t'exprimer ainsi ?

L'adolescente eut une moue boudeuse.

— Je serai bientôt princesse d'Arachnae, non ?

Vive comme un serpent, Agrippina se leva et saisit brutalement l'épaule de l'adolescente.

— Arrête ! Tu me fais mal !

— Si tu deviens princesse, ce sera par *ma* seule volonté et lorsque je te jugerai prête à diriger, pas avant ! En attendant, tu te tairas et feras ce que l'on te demande !

— Je te déteste !

— C'est tout ce que tu avais à me dire ? Bien, alors je crois qu'il est temps pour toi de regagner ta chambre et de réfléchir à tes droits, devoirs et exigences.

Avec un regard chargé de haine, Leandrina obtempéra.

*

L'eau se troubla, abîmant peu à peu le pâle visage d'Agrippina. Les yeux sombres et renfoncés d'Atropos croisèrent un instant ceux, plus jeunes, plus doux de Lachesis, puis s'attardèrent brièvement sur le front pudiquement baissé de Clotho.

— Le temps est proche, mes sœurs, où de la lignée des Sforza il ne restera plus rien. Bientôt, Agrippina Segesta et sa fille Leandrina prendront le pouvoir. Les leçons du passé ont été comprises : les Segesta ne chercheront plus à nous évincer. Notre voix sera de nouveau écoutée en Arachnae.

— Certes, avisa Lachesis, mais il ne faudra pas oublier qu'il existe de graves dissensions entre Leandrina et sa mère. Cela pourra nous servir. N'es-tu pas d'accord, Clotho ?

La Fileuse demeura silencieuse, paupières baissées.

La plus âgée des trois Moires eut une moue renfrognée et se leva, aidée de Lachesis. Les deux Sorcières quittèrent la petite chapelle, laissant Clotho s'occuper, seule, de remettre les objets sacrés à leur place et de prononcer les paroles rituelles.

Une manière comme une autre de lui faire sentir combien son manque d'enthousiasme était de mauvais aloi.

*

Au cœur du Labyrinthe, sous le Cloaque formé de ses faubourgs les plus miséreux, Inferna pulsait, suintait, éructait comme le poumon d'un ladre ; ses clients grouillants formaient les bubons et les pustules répandant cette maladie infecte et contagieuse au sein de la capitale. Inferna, plus qu'une gangrène, était semblable à une peste, une peste devenue par un étrange et grotesque paradoxe aussi inhérente qu'essentielle à Arachnae.

Théodora s'y était rendue, ce soir, sur les conseils du Furet, l'un des joueurs du *Pendu renversé.* D'après les renseignements du malfrat, le Fèqueux était réapparu dans la place quelques jours après la mort de son pire ennemi. Il ne faisait plus aussi ouvertement commerce de chair humaine. Il semblait s'être diversifié, investissant dans le trafic d'ambroisie – au grand dam des fournisseurs de métier. Le Furet lui avait expliqué, un peu écœuré, que l'homme avait une méthode imparable pour ferrer le poisson : il était en permanence escorté par quatre ou cinq pantins – éphèbes, femmes ou enfants – visiblement drogués, présents pour satisfaire gratuitement les désirs de ses clients. Son informateur avait également précisé l'origine de ces esclaves : le nouvel associé du Fèqueux, Bedaine, les lui fournissait.

Théo s'était postée près de la gueule de la caverne. Une odeur de sang, de mort et de putréfaction régnait dans l'immense salle aux excroissances innombrables. Çà et là, des béances fuligineuses, éclairées par d'intermittentes lueurs, indiquaient la proximité d'autres excavations. C'était ça, Inferna. Une succession organique de boyaux et de cavités, de sinuosités et de parois lépreuses, effritées. Un abdomen scrofuleux, dégouttant de pus, de pourriture et de chairs avariées.

Du fond d'une nécrose de pierre, des gémissements s'élevaient. Humains ? Animaux ? Créatures indéterminées ? – Théodora s'en moquait et n'était guère encline à le deviner. Plus profond encore, d'une lointaine fosse, s'échappaient des plaintes de damnés. Leurs hurlements lugubres se répercutaient le long des entrailles de roche, porteurs d'un souffle de folie et de meurtre.

Les yeux plissés, le visage dissimulé par un épais capuchon brun, la jeune femme contemplait ce spectacle, un peu étonnée de son indifférence, un peu coupable aussi de ne rien ressentir d'autre qu'une vague curiosité.

« Tigran, lui... »

Mais Tigran était mort, n'est-ce pas ?

Une bagarre éclata non loin d'elle. Elle fut brève. Sans appel. Il y eut un grondement de colère, une lame dégainée puis, plus rien. Rien que le cadavre d'un colosse se vidant de son sang. Son adversaire, lui, avait déjà disparu dans les ombres. Un peu plus loin, vers le centre, une horde furieuse assistait à un combat de coqs, braillant et vociférant pour encourager ses champions. Après les coqs viendraient les rats, les chiens, les fauves, puis les hommes ; et, si l'individu à la tête de cette arène célèbre pour sa violence et sa cruauté était en fonds – et de bonne humeur – l'assistance avinée et bestiale aurait peut-être le plaisir d'assister à un combat entre un humain et une créature démoniaque – stryge ou empuse affamée. À l'opposé, entassés comme du bétail, une dizaine de malheureux attendaient d'être vendus au plus offrant. Il y avait également, parmi eux, un enfant aux traits anguleux et à la chevelure claire, dont les bras se terminaient par des appendices difformes, semblables à des pinces de crabe. Que deviendraient ces captifs ? Des esclaves, des prostitués, sans doute. Théodora détourna la tête, une fois de plus assez honteuse de ne pas se sentir touchée par leur détresse. Elle avait cru, pendant quelque temps, que ce dont elle avait été témoin ces dernières semaines l'aurait profondément affectée. Il n'en était rien.

Elle avait retrouvé son détachement coutumier. Pire, même. Chaque jour l'éloignait un peu plus de sa capacité à éprouver. Paradoxalement, elle souffrait de cet état. Elle avait la sensation de partir à la dérive.

L'espèce de lien malsain qu'elle entretenait encore avec Valia l'empêchait de se couper définitivement de ses émotions. Sa pitié, son désir, la retenaient aux rives de la réalité. En même temps, ce n'étaient que des illusions, qui dissimulaient d'autres sentiments, d'autres souffrances, plus réelles, et bien plus profondes.

Comme la mort de Tigran.

Comme la peur de plus en plus prégnante de n'être que l'instrument du destin.

Non. Non ! Plutôt les mensonges, plutôt le vide que ces brûlures qui, à tout instant, menaçaient sa raison et son âme !

Théodora frissonna, poursuivit en direction de l'extrémité du colossal boyau. C'était ici qu'elle trouverait les vendeurs d'ambroisie et leurs clients. C'était là qu'elle pourrait approcher le Fèqueux.

Ils s'étaient installés le long de la paroi granuleuse de l'immense bouche. Des couches avaient été aménagées à même le sol, certaines luxueuses, d'autres mangées aux mites, toutes dans les mêmes teintes criardes – orange, mauve, cramoisi, jaune citron. Des ambrosomanes y étaient allongés, par grappes de deux ou trois, les yeux vagues et pailletés d'or. D'autres, un peu plus lucides, se laissaient aller au plaisir confus de caresses mutuelles et alanguies. Les revendeurs, divisés en petits groupes, veillaient à ce que leurs hôtes ne manquent de rien. Un corps sur lequel quelques rats faisaient déjà bombance, un peu à l'écart, indiqua à la jeune femme qu'un employé avait été congédié. De manière définitive.

L'individu qu'elle cherchait, mince et mou, avait pris ses quartiers dans un renfoncement étroit, mal éclairé, à l'écart de ses rivaux. Son sanctuaire était surveillé par quatre gardes du corps bardés d'armes et de cuir. Un obèse aux nippes voyantes lui tenait compagnie, parlant avec animation pendant qu'une catin, agenouillée devant lui, s'acquittait d'une fellation. Leur dernier invité laissait dans son sillage une odeur de lys un peu sucrée. Il était mince, blanc de chair et ses cheveux artificiellement bouclés luisaient de cire. Un tatouage complexe ornait son dos noueux : longeant sa colonne vertébrale, une multitude de feuilles aux arabesques élégantes s'épanouissaient à la naissance de son cou en une écharpe aux nuances incarnadines et cuivrées. Il allait et venait à un rythme soutenu contre un corps musclé tout en aspirant, à petites gorgées, la liqueur que lui tendait une gosse aux yeux d'or liquide. Lina. La fillette ambrosomane trouvée aux *Tendrons de la cité.*

Théodora la contempla longuement, une fois encore étonnée de ne rien éprouver, pas même du dégoût, à la vue de l'enfant. Puis elle s'approcha du Fèqueux.

Les sentinelles l'interceptèrent, la fouillèrent sans ménagement et lui retirèrent ses armes les plus apparentes – coutelas dentelé, rapière et couteaux de lancer.

— C'est bon, tu peux y aller ! maugréèrent-ils.

Le trafiquant la dévisagea entre ses longs cils noirs avant de lui intimer d'approcher. Son compagnon, au même instant, poussa un grognement d'extase. La fille penchée sur son ventre eut un soubresaut avant de s'écarter de lui le plus délicatement possible. Du coin de l'œil, Théodora vit qu'elle se précipitait dans un coin pour rendre la semence infecte contenue dans sa bouche.

— Alors, qu'est-ce que tu veux ? Mes services coûtent cher et je suis pas sûr que t'en aies les moyens, petite !

— J'viens pour mon maître, renifla la jeune femme avec un frisson parfaitement maîtrisé.

— T'as un maître, toi ? Je dirais plutôt que tu roules pour toi-même, vu l'attirail que tu te trimballes ! Allez, tu devrais pas essayer de mentir, gamine ! Montre l'oseille volée au dernier pigeon que t'as plumé et dis-moi ce que tu veux ou bien file !

— Si tu préfères, je m'occupe de toi ! intervint l'obèse. J'ai des clients qui apprécient les bougresses dans ton genre, un peu androgynes…

Elle se mordit la lèvre, faisant mine de réfléchir, puis tira de sa tunique une bourse de satin rouge vif et la lança en direction du Fèqueux. Ce dernier s'en saisit, en examina le contenu – et poussa un sifflement admiratif.

— Pour cette somme, petite, je te donne de quoi tenir une semaine au moins… En plus de la petite spécialité de la maison, bien sûr !

Le visage de Théodora s'éclaira soudain, visiblement soulagé.

— C'est vrai ? C'est suffisant ? Et c'est grave si je ne profite pas tout de suite de votre truc spécial, là ?

Deux heures plus tard, parfaitement lucide en dépit de son apparente transe, elle quittait discrètement le cœur corrompu d'Inferna, et filait le Fèqueux et son compagnon. Escortés par deux hommes, ces derniers quittèrent, après maints détours et circonvolutions, les entrailles nauséabondes de la capitale. Devisant gaiement des gains de la soirée, plus détendus à mesure qu'ils s'éloignaient, ils cheminaient en direction des faubourgs populaires et marchands de Malvola. Au terme d'une bonne marche, ils arrivèrent à un carrefour. Six individus drapés dans de longues houppelandes couleur de nuit surgirent des ombres et s'avancèrent à leur rencontre.

— Un problème, Messieurs ? s'informa la Bedaine, effectuant un pas vers eux.

L'un des deux hommes de tête, le plus grand, ôta lentement son capuchon, révélant une chevelure bouclée et un visage masqué par un loup noir.

Recroquevillée à l'angle d'une traboule, Théodora observait l'échange avec attention.

— Nullement, cher Bedaine, répondit l'inconnu d'une voix précieuse, un peu traînante. Ce rendez-vous était prévu, somme toute, d'assez longue date… N'est-ce pas, Fèqueux ?

Ce dernier acquiesça, tête basse et son long nez frémit mollement.

Au même moment, ses hommes se saisirent du gros proxénète, le désarmèrent et le projetèrent au sol, face au mystérieux seigneur. Puis ils reculèrent et revinrent se placer de part et d'autre de leur employeur.

— Fèqueux ! Je… Je comprends pas !

Son associé détourna les yeux.

L'homme masqué tendit le bras en direction de l'obèse. L'air crépita. La Bedaine hurla – un cri atroce de bête qu'on égorge – et s'écroula, le corps agité par des soubresauts. Théodora, rencognée dans sa cachette, serra les poings de colère. Elle devinait ce qu'avait fait le thaumaturge. Il s'agissait d'un assaut psychique – une attaque foudroyante et cruelle, qui privait la victime de toute volonté et réduisait en miettes son esprit. Comme pour corroborer ses réflexions, le sorcier leva lentement sa paume tournée vers le ciel nocturne ; aussitôt, la Bedaine se redressa, les yeux vides. Avec un mince sourire, le magicien tira un fil invisible vers lui. Le pantin obéit, avançant en oscillant vers son maître.

— Je suis étonné, tout de même, que vous ayez accepté mon offre, susurra le marionnettiste pendant qu'un serviteur au visage encapuchonné de brun apportait une grosse besace de cuir au criminel. N'était-il pas votre ami ?

— Un associé, mon seigneur. Un associé. Rien de plus.

Puis, avec une révérence servile, le Fèqueux se retira, abandonnant sans remords son ancien allié.

Le sorcier le regarda s'éloigner, une moue amusée jouant sur ses lèvres minces. Quelques instants plus tard, un équipage noir, sans armoiries, apparut derrière eux.

— Messieurs, notre carrosse est avancé.

Et il grimpa à l'intérieur de la calèche. Tous le suivirent et ils quittèrent au petit trot le carrefour, laissant flotter derrière eux une odeur de poudre, de lys et de mort.

*

… Par ces membres brisés, dépecés, dévorés
Nous invoquons ta présence
Khaï Bahil ! Khaï Bahil ! Khaï Bahil !
Philo vasta cyonis !…

Une forme fantomatique, luisant d'éclats argentins, apparut au-dessus de l'énorme corps éventré dont les entrailles répandaient un parfum écœurant. Les battements du cœur de l'obèse, faibles et désordonnés, emplissaient la pièce d'un rythme de tambour hypnotique.

L'apparition plana quelques instants au-dessus de la victime sacrificielle, puis fondit sur elle, se gorgeant de son sang avec d'ignobles bruits de succion.

... Par ces cris et ces larmes, ces pleurs désespérés
Nous invoquons ta vengeance...

Avec un feulement affreux, l'être s'arracha à la carcasse dont il se repaissait. Son visage à la divine beauté, meurtri par d'énormes piques, parut prendre un peu de consistance – puis s'évapora, laissant l'écho de son rire grinçant planer dans l'atmosphère confinée de la pièce.

Khaï Bahil ! Khaï Bahil ! Khaï Bahil !
Philo vasta cyonis ! Metusha amynesis
Enytescis basyleis

Alors, le grand prêtre de Kebahil s'approcha de la dépouille avec lenteur ; solennellement, il la découpa, répartissant les parts entre ses fidèles.

2

Segestae – 4ᵉ jour du mois de la Vieille

De ses yeux pâles et froids, Leandrina observait la domestique aux tresses brun-rouge qui s'affairait dans sa chambre. Sa peau était mate et l'ovale de son visage régulier. Ses prunelles, couleur noisette, étaient ombrées de cils noirs.

— Dis-moi, petite, s'enquit-elle d'un ton affable, quel est ton nom ?

— Serena, Madame.

— Depuis combien de temps es-tu rattachée au palais?

— Neuf mois, Madame. Mais je suis à votre service depuis quatre jours, c'est tout.

— Et d'où viens-tu ?

— Je… J'ai… Un petit port au nord de l'île, Madame, bredouilla-t-elle.

— Cela ne te manque pas ? Cette vie au bord de l'océan, je veux dire.

— Si !… Je… Je suis désolée… Je voulais pas dire que je me plais pas ici, mais…

— Je comprends, sourit Leandrina. Il m'arrive également de me sentir nostalgique.

La fille de la gouverneure se leva et, avec une lenteur délibérée, s'approcha de la soubrette. Elle lui releva le menton, examina d'un œil critique le grain de sa peau, passa un doigt mince sur la courbe pleine de ses lèvres et se recula.

— Aimerais-tu retourner, disons, une fois par mois, parmi les tiens, dans ta bourgade natale ?

Le regard étincelant de Serena valait toutes les réponses.

— Je crois que je peux faire cela pour toi, susurra Leandrina. En échange d'une toute petite chose, en fait. Rassure-toi, je ne te demanderai rien que tu ne veuilles effectuer. Du moins je l'espère.

— De quoi s'agit-il ? murmura la servante d'une toute petite voix.

— Tu es joliment faite et ton port est gracieux. Tu n'as pas l'air stupide et je suis certaine que tu as plus de conversation que les péronnelles qui hantent les salons de ce palais. Accepterais-tu de devenir ma camériste ?

Avec un cri étranglé, Serena se jeta à ses pieds et, les joues baignées de larmes, laissa libre cours à sa joie et son émotion. Leandrina lui caressa affectueusement la tête, le temps qu'elle reprenne ses esprits, puis l'aida à se relever.

— Il va te falloir des toilettes, à présent !

— Des… Des vraies robes et…

— Évidemment ! Il ne sera pas dit que ma dame de compagnie est vêtue comme une souillon !

Sur ces paroles, Leandrina entraîna l'adolescente en dehors de ses appartements.

Le zénith était passé depuis longtemps lorsque Leandrina, lasse, mais satisfaite, regagna ses quartiers dans l'aile gauche du palais des gouverneurs de Segestae. Elle avait laissé Serena entre les mains expertes d'une masseuse, aux thermes, et savourait avec délices ces moments de solitude retrouvée. Serena était certes gentille, mais elle était un peu encombrante avec ses grands yeux humides de reconnaissance et sa maladresse. Néanmoins, elle lui était déjà complètement dévouée. C'était exactement ce que voulait Leandrina. Une suivante loyale. Choisie par ses soins. Capable de résister à l'influence de sa génitrice.

Elle s'assit face à son miroir, s'empara d'une brosse et entreprit de lisser sa longue chevelure brune.

Servir ces dames et sourire. Servir sa mère et se taire. Servir. Toujours servir. N'être qu'un faire-valoir. Un prétexte. Une projection, tout au plus.

Un nœud résistait à ses efforts. Patiemment, elle commença à le démêler.

« Si je monte sur le trône, *quand* je monterai sur le trône, je gouvernerai entièrement. Hors de question de n'être qu'une poupée malléable entre ses mains. »

Depuis plusieurs mois, déjà, elle éprouvait le profond besoin de s'affranchir de la tutelle maternelle. De s'émanciper. Comme mue par le destin, par une volonté plus forte que la sienne, Leandrina avait affronté Agrippina à deux reprises, déjà. Elle savait bien que c'était inutile ; pourtant, devant l'assurance de celle qui l'avait mise au monde, Leandrina n'avait pu s'empêcher de se révolter.

Elle s'était, à chaque fois, vivement morigénée de son impulsivité – d'autant qu'un tel emportement allait à l'encontre des projets qui germaient en elle durant la nuit… Aujourd'hui, cependant, elle avait réussi à en mener un à terme.

Choisir ses propres compagnes, se forger ses propres alliés.

Et qui oserait croire que c'était exclusivement à des fins politiques qu'elle avait décidé de tirer cette paysanne du ruisseau ?

*

Alessio vérifia son reflet dans le miroir. Sa chemise de soie bleue et son court surcot de velours renforcé de cuir auréolaient ses iris violets d'une fallacieuse douceur. Ses braies de peau anthracite et ses bottes rappelaient élégamment l'épaisse pelisse jetée sur ses épaules. Ses cheveux sombres, striés de blanc, étaient retenus en catogan sur sa nuque.

Un pan de tapisserie se souleva à l'autre extrémité de la pièce. Fausta, vêtue comme à son habitude de gris et de brun, se coula sans un bruit dans la chambre.

— J'espère être la seule personne à surprendre vos entrées discrètes ! railla le prince, amusé.

— Mettriez-vous en doute mes capacités ?

— Vos talents d'assassin, absolument pas. Votre sens de l'humour, beaucoup plus !

Fausta baissa la tête, un peu honteuse.

— Que prendrez-vous ? Une coupe de nectar ? Une petite liqueur de myrtille, peut-être ?

Elle le dévisagea, intriguée.

— Vous paraissez de très bonne humeur…

— En effet. Demain, dès l'aube, mon épouse partira. Les Moires, trop occupées à suivre sa progression vers Segestae me laisseront en paix – et le tueur qu'elle n'a certainement pas manqué de m'envoyer pourra enfin agir au grand jour. Quant à ma fille aînée, je crois qu'elle ne risque rien tant qu'elle est protégée par ce jeune homme, Lorenzo.

— Une intuition ou…

— Aucune divination. Mais l'un de ces songes aux accents de vérité qui, vous le savez, hantent parfois mes nuits et toujours se sont avérés justes.

— À propos de meurtrier, révéla Fausta, mes agents en ont rattrapé un il y a deux jours. Il – ou plutôt elle – venait de Segestae, avec l'intention de se faire engager comme servante au palais, puis d'imbiber votre oreiller et celui de votre fils de poison. Elle a été embauchée par les Fleurs du Souvenir. Mon espion, là-bas, me confirmera prochainement ses aveux.

— Qu'est-il advenu de cette criminelle ?

— Elle est morte. Ce n'était qu'un instrument, un pion sans aucun intérêt, motivé par l'appât du gain. Je suppose que vous ne voulez toujours pas que je règle définitivement le problème de Segestae ?

— Toujours pas, non, répondit Alessio. Attendez qu'elles frappent. Avec un peu de chance, vous aurez l'occasion d'agir en personne, quand vous serez là-bas.

La maître-espionne soupira. Un voile d'anxiété assombrit brièvement son regard. Décelant son trouble, Alessio se campa devant elle, bras croisés sur la poitrine.

— Dites-moi le véritable objet de votre visite, ordonna-t-il.
— Je pars dans l'escorte de votre femme, Altesse, mais je laisse derrière moi un désordre qui me préoccupe.
— Expliquez-moi.
— Nous ne parvenons ni à démasquer les monstres infâmes qui s'adonnent au cannibalisme, ni à situer leur lieu de réunion, ni même à identifier la nature des forces telluriques auxquelles ils font appel. Théodora a été témoin d'un assaut psychique sur un criminel, il y a deux nuits. Elle en a déduit que l'un d'eux au moins était doué de magie. Jusqu'à présent, c'est tout ce que nous avons réussi à trouver. Même Dame Othellia a échoué dans ses investigations. Nous sommes seulement parvenus à reconstituer des fragments de prière. La maîtresse de l'Ordre des Quatre Vents a décidé de faire appel à Orfeo Bocanegra – vous le connaissez je crois – pour déchiffrer ce langage, mais cela prendra du temps.
— Je suppose que les nécromanciens ne sont pas plus capables de comprendre ce dont il s'agit ?
Fausta secoua la tête.
— Les Moires n'ont rien découvert non plus, reprit le prince. Elles m'auraient prévenu, sinon. Quand l'avenir d'Arachnae est en jeu, nos conflits s'effacent.
Un coup discret, frappé à la porte, interrompit leur discussion. Immédiatement, Fausta bondit dans les ombres et disparut.
— Entrez ! déclara Alessio.
Son valet pénétra dans la chambre et le salua avec déférence.
— Altesse, votre épouse et vos deux aînés patientent dans le boudoir.
— Fort bien. Dites-leur que je les rejoindrai d'ici quelques minutes. Il ne s'agirait pas d'arriver en retard aux festivités organisées pour le départ de Julia et de ma fille !
Le laquais se retira avec une courbette.
Aussitôt, Fausta sortit de sa cachette.
— Je dois vous laisser, murmura Alessio. Retrouvez-moi tout à l'heure, que nous puissions mettre au point les derniers préparatifs de votre voyage.
Et, écartant galamment un pan de la tapisserie, il aida sa maître-espionne à quitter la pièce.

*

Zella, propriétaire de la maison close du même nom, était une quadragénaire aux hanches larges et à la poitrine opulente, aux boucles décolorées et aux yeux bruns. Chaleureuse et gouailleuse, Zella se prétendait la fille du terrible Barbarossa, pirate qui avait écumé l'Archipel des Numinées pendant vingt ans avant de disparaître, dans de mystérieuses circonstances, avec tout son équipage. Sa mère, une noble demoiselle, avait selon elle tout quitté pour le suivre, mais le sort avait empêché les amants de se retrouver. Quant à Zella, le détail de ses aventures variait selon son humeur. Théodora ne la connaissait pas très bien, mais appréciait beaucoup sa truculence. Aujourd'hui, ce n'était pas pour écouter la patronne volubile et fantasque gloser sur ses mystérieuses origines qu'elle se trouvait dans le grand salon orné de tentures passées du lupanar.

C'était avant tout pour obtenir des informations.

— Alors ? murmura-t-elle, glissant une bourse pleine de sequins en direction de la tenancière, accoudée au comptoir de bois crevassé faisant office de bar.

— Alors on ne veut plus qu'il mette ses sales pieds ici. La dernière fois qu'il est passé, y a cinq jours, c'est cette pauvre Colombe qui s'est occupée de lui : elle savait pas, la pitchounette, qu'il était plus le bienvenu dans la maison… Bref, je l'ai pris par la peau du cou et foutu dehors avec un grand coup de pied au cul ! Après, peut-être qu'il lui a fait des confidences avant que je le vire de chez moi ? Eh ! Colombe ! Viens un peu par là !

Une fille aux pommettes larges, serrée dans un corset fuchsia, s'approcha.

— Dis-moi, petite, tu te souviens du Fèqueux ?

— Ben ouais. Et je suis bien contente que vous l'ayez fichu à la porte, mâme Zella. Il avait une sale façon de nous regarder. Vrai, on aurait dit qu'il voyait juste de la viande, pas des filles.

— Alors, la pitchounette, qu'est-ce que tu peux dire sur ce sagouin ?

— Il ne t'a jamais proposé de travailler pour lui ? Jamais non plus tenté de t'acheter ?

Colombe eut une moue dégoûtée.

— Clair qu'il a essayé, le maraud! Mais je n'allais pas me laisser gruger, moi. Pas comme l'autre gourd…

Elle s'interrompit et baissa les yeux, soudain très rouge.

— Qui ?

— Ben, Jasmine elle s'est laissée avoir. C'est pour ça qu'elle vous a quittée, mâme Zella. Pas pour retourner dans sa famille.

— Foutre d'empuse ! Et elle me devait de l'argent, en plus ! éructa la maquerelle. Je suis trop gentille, moi ! Jamais j'aurais dû lui rendre sa liberté !

— Jamais vous n'auriez dû laisser le Fèqueux passer votre seuil, surtout, intervint Théo. Essaie de te souvenir, Colombe : il ne t'a rien dit, rien confié de ses projets ?

— Ben il avait l'air guilleret, et pis il m'a demandé si je voulais gagner plus, mais…

Un client passa le seuil de la porte, interrompant leur conversation. C'était un homme d'une quarantaine d'années, aux longs cheveux noirs, noués en queue de cheval et aux yeux aigue-marine. Vêtu de cuir sombre et d'une cape de laine, il contrastait par la sobriété de sa mise avec les clients habituels de l'établissement et les pensionnaires. D'un pas lent, mesuré, il s'avança vers le comptoir.

Autour de Théodora, le monde vacilla.

... Les couleurs se diluent dans une brume argentine. Des filaments aux reflets perlés, aussi fins que des cheveux d'enfant, apparaissent et commencent à ondoyer. Devant elle, un homme, dos nu. Des arabesques de feuilles sombres courent le long de son échine...

Chancelante, la jeune femme enfonça les ongles dans ses paumes pour demeurer maîtresse d'elle-même et dissimuler son trouble jusqu'à ce qu'elle parvienne à reprendre pied dans la réalité.

— Bonsoir, Zella, salua le nouveau venu. Comment vous portez-vous ? Mesdemoiselles...

— Lieutenant ! Quel plaisir de vous voir ! minauda la maquerelle. À laquelle de mes filles ferez-vous l'honneur d'une visite, aujourd'hui ?

Le milicien évalua les catins présentes dans le salon. Puis ses yeux croisèrent ceux de Théodora.

— Celle-ci a besoin de faire ses preuves avant d'être engagée, j'imagine, dit-il, se saisissant déjà de son poignet.

— Mais Chiara n'est pas...

Zella, interloquée, fut interrompue par un clin d'œil imperceptible de la bretteuse.

— La chambre rouge, reprit-elle d'une voix un peu chevrotante. Elle est libre...

— Je t'y rejoins, ma belle, déclara l'inconnu. Avant, il faut que je parle à ta patronne de certaines choses.

Ignorant l'expression inquiète de la tenancière, Théodora monta les marches. Décoré, à l'instar du reste de l'établissement, de voiles et de tapisseries passées, l'étage se composait d'un large corridor donnant, à gauche, sur les appartements privés des prostituées et, à droite, sur une série de pièces destinées à recevoir les clients. Halètements, gémissements et cris d'extase plus ou moins outrés s'en échappaient. Elle chercha, parmi celles qui étaient silencieuses, la chambre qu'on lui destinait, finit par la trouver et, après avoir hésité un moment, ôta ses vêtements. Sa brève plongée hors du réel l'avait bouleversée : le souvenir de l'épine dorsale tatouée de feuilles, aperçue deux nuits plus tôt dans les entrailles d'Arachnae, s'était gravé dans son esprit avec une terrifiante acuité. Pourquoi avoir eu cette vision à cet instant précis ? Existait-il un lien entre ces deux hommes ? Étaient-ils amants ? Complices ?

Surtout, qu'est-ce qu'un individu tel que lui venait chercher en ce lieu de débauche ? Zella était, certes, une femme de cœur et prenait soin de ses filles, mais celles-ci n'étaient ni très jolies ni très propres. L'homme qui, à présent, se tenait dans l'encadrement de la porte et la contemplait, était décidément bien singulier.

Après avoir refermé derrière lui, il se déshabilla. Son torse était noueux, couvert de balafres et de cicatrices. Un tatouage courait le long de son bras droit. Il formait un réseau de ronces et d'épines d'où perlaient des larmes écarlates, et s'achevait à la naissance de ses doigts sur des rigoles de sang.

... De nouveau, la brume apparaît, recouvrant la réalité d'un nuage iridescent...

Au prix d'un effort de volonté, Théo la retint à la lisière de son être, laissant le milicien s'approcher, venir à elle.

Sa peau était étonnamment douce. Ses cheveux, épais et soyeux, dégageaient un léger parfum de bois et de miel. Ce ne fut que lorsqu'il s'allongea sur elle que Théodora laissa s'échapper les vaporeuses nuées de la magie.

Un entrelacs de fils argentés, aussi serrés et inextricables que les rets d'une toile d'araignée se dessine, masquant tout alentour. Sur le voile lumineux, un visage d'une inhumaine beauté commence doucement à se dessiner, minutieuse esquisse d'un chef-d'œuvre inspiré par les Muses... Œil à l'ovale parfait, aux longs cils courbes. Nez droit, aux ailes délicates, palpitantes de vie. Lèvres admirables, délicatement ourlées, veloutées et vibrantes. Pommettes hautes, menton noble. Traits fermes et symétriques. Peau glabre. Peau douce. Peau piquetée de pointes... Pointes qui s'allongent, s'étirent, s'épaississent, déchiquètent les chairs, éclaboussent d'ichor ce divin visage. Pointes qui le distendent, le déforment sous l'effet de la douleur. Pointes perçant de mille épingles acérées les pupilles écarquillées, aveuglées de larmes et de sang...

Affolée, le cœur battant, Théodora lutta de toutes ses forces pour s'arracher à l'abominable vision. En vain. Une force invisible la maintenait immergée dans l'enfer tourbillonnant de ce cauchemar – et la dernière chose qu'elle perçut avant de perdre connaissance, ce fut son propre corps, dépecé et dévoré par des êtres qui n'avaient d'humains que le nom.

*

— Tu ne l'aimes pas ? N'es-tu point sensible à ses yeux de saphir ? Ne frémis-tu pas au timbre de sa voix ? La finesse de son verbe ne te fait-elle pas rire et pleurer à la fois ?

— Quand tu parles de lui, chère Paolina, j'ai l'impression que tu es sa promise, et fais tout pour le défendre devant l'un de ses adversaires. Serais-tu éprise, ma sœur ?

— Et quand bien même ? Puisque c'est toi qu'il aime ! Puisque c'est pour toi qu'il souffre, qu'il respire ! ...

Julia, comme la majorité des invités présents ce soir, connaissait bien *Caprices* – assez en tout cas pour se permettre d'être distraite. Confortablement installée dans un épais fauteuil de velours de brocart, aux côtés de son époux et de ses aînés, elle laissait son esprit vagabonder. Son départ, le lendemain matin, pour la cité de Segestae, la préoccupait. Alessandrina, selon Lachesis, ne courait aucun risque durant le voyage et Lorenzo donnerait effectivement sa vie pour la protéger. Pourtant, Julia ne pouvait s'empêcher d'être inquiète.

Elle coula un regard discret en direction de son époux. Le prince d'Arachnae, très droit sur son siège, semblait complètement absorbé par la pièce.

« C'est la dernière soirée que nous passons ensemble, lui et moi. La prochaine fois que je le verrai, il reposera, immobile, sur le bûcher, attendant d'être immolé par les prêtresses de la Triple Déesse. »

Julia sentit, malgré elle, une vague de remords. S'efforça, du mieux qu'elle put, de les chasser de sa conscience.

« Et puis, c'est trop tard. La Truite m'a trouvé l'assassin parfait. Impassible. Impitoyable. Indifférent à l'identité de ses deux cibles. »

Julia observa son fils à la dérobée, détaillant – comme pour les graver une dernière fois en son esprit – son profil fin et régulier, son nez droit, sa peau pâle, les longues boucles de sa chevelure. Elle sentit, en dépit de sa résolution, des larmes involontaires piquer ses yeux. Reporta aussitôt son attention sur la pièce, se concentrant du mieux qu'elle pouvait pour ne rien trahir.

Julia était triste, rongée par le doute. Cela signifiait qu'elle avait décidé d'agir. Qui, de Tiberio ou de lui-même, serait le premier à en subir les conséquences ? Alessio soupira. Peut-être eût-il mieux valu qu'il suive les conseils de sa maître-espionne et s'arrange pour éliminer les conspirateurs dont il connaissait clairement l'identité ? Non. Il ne pouvait dévoiler son jeu maintenant. Cela mettrait en péril la stratégie qu'il avait mis tant d'années à mettre en place. Son fils mourrait. D'une certaine façon, il en avait été décidé ainsi avant même sa naissance : sa fin était le prix à payer pour libérer Arachnae du joug des Moires. Cela faisait longtemps qu'elles ne servaient plus la Triple Déesse, lui substituant leur propre volonté de puissance. Elles n'avaient plus de raison d'être, en sa principauté. Justice devait être rendue. Il y aurait des victimes. Tiberio. Julia, sans doute. D'autres – toutes celles que la Triade avait entraînées dans ses manigances. Toutes celles qu'il sacrifiait pour parvenir à ses fins. Lui-même n'était pas assuré de survivre aux complots dont il était la proie. Mais, à cela aussi, il était préparé.

— *Où est-elle ? Dis-le moi ! Dis-le-moi, Paolina !*

— *Hélas ! Pourquoi ne me regarde-t-il pas ?... J'ignore où se trouve ma sœur, cher ami. Elle est sortie tôt, aujourd'hui et n'a point jugé nécessaire de m'indiquer sa destination. Voulez-vous l'attendre en ma compagnie ?*

Alessandrina avait longuement réfléchi. Longuement mûri sa décision. Elle était déterminée à s'enfuir, se refusant absolument à suivre le chemin qui avait été tracé pour elle.

« Je n'épouserai pas ce vieillard que je déteste avant même de le connaître ! Même si, pour cela, je dois renoncer pour toujours à mon rang. »

Ses prunelles améthyste, si semblables à celles de son père, se voilèrent un instant et son cœur se serra. En s'enfuyant ainsi, sur la route de Segestae, elle ne laisserait pas seulement derrière elle de belles robes et de jolies poupées, mais une cadette et un frère qu'elle adorait, des parents qui, bien que distants, la chérissaient peut-être.

« Et quand bien même ! S'ils m'aimaient vraiment, ils ne m'auraient pas fiancée à cet inconnu. »

Elle attendrait quelques jours – une semaine tout au plus – puis, la nuit venue, échapperait à la vigilance des soldats. Lorenzo l'aiderait bien sûr, peut-être même fuiraient-ils en volant des chevaux. Et la garnison qui les escorterait aurait bien du mal à les rattraper...

Un tonnerre d'applaudissements salua la fin du troisième acte, annonçant l'entracte et interrompant le cours de ses pensées. Imitant ses parents, l'adolescente se leva, souriante, et acclama les comédiens.

*

Théodora ouvrit les yeux. Le visage préoccupé du lieutenant était penché au-dessus d'elle et son épaisse chevelure noire chatouillait sa peau.

— Vous vous sentez mieux ? murmura-t-il.

— Merci, oui. Je me suis évanouie combien de temps ?

— Moins d'une minute.

Ainsi, il n'avait pas eu le temps de fouiller dans ses affaires.

Théo se redressa avec une grimace, s'assit sur le bord du lit et le fixa.

— Ce tatouage est étonnant ! dit-elle enfin, désignant d'un doigt tremblant les ronces ensanglantées de son bras. D'où vient-il ?

Il arqua un sourcil, un peu surpris qu'elle retrouve si vite ses esprits.

— Mon frère aîné l'a dessiné. Il y a... des années.

— Désolée. Je suis trop curieuse, je sais.

— Ce n'est pas grave. Ça fait si longtemps, à présent, qu'Horatio a disparu en mer…

Un long silence s'installa. Le lieutenant paraissait lointain, perdu dans des souvenirs ou des pensées qu'il ne souhaitait partager avec personne – et certainement pas avec une inconnue. Théodora, quant à elle, était incapable de détacher son regard des arabesques sanglantes qui couraient le long de son bras. Elle était convaincue qu'il s'agissait d'une clef – mais quelle porte était-elle destinée à ouvrir ? – et aurait donné n'importe quoi pour entrer en transe et découvrir dans les brumes du destin, l'histoire de ces motifs et leur signification. Avaient-ils un lien avec cette effigie transpercée de mille épines acérées ? Contaient-ils son calvaire, sa démence ? Et qui était l'être à la beauté inhumaine ainsi condamné ? Qui était le prisonnier tordu de souffrance dans ce lieu froid, barbare, inconnu ? S'agissait-il de la métaphore d'un esprit enchaîné à ses propres tourments ? S'agissait-il de l'appel désespéré d'un être prisonnier de son propre corps agonisant ?

— Vous vous appelez comment ? demanda-t-elle enfin. Et qu'est-ce que vous faites ici ? *Le Clos de Zella,* c'est pas vraiment un palais et quelqu'un comme vous pourrait…

— Prétendre à mieux ?

— Oui, ou bien…

— Je pourrais aussi me passer des services de ces dames ?

— Oui, souffla-t-elle, dissimulant l'éclat de ses prunelles cobalt sous ses longs cils noirs.

— Et vous ? Qu'est-ce qui vous a poussée dans cette voie désespérée ? Qu'est-ce qu'une femme comme vous est venue chercher ici ? Répondez et je satisferai votre curiosité.

Théodora réfléchit quelques instants. Résista, non sans une étrange répugnance, à l'envie de lui dévoiler sa véritable identité. Releva lentement la tête et plongea les yeux dans les siens.

— Je savais pas où aller, dit-elle simplement. Je connais personne, ici. Je suis pas très douée comme spadassin et le vol, c'est pas trop mon domaine, alors…

— N'avez-vous pas pensé à devenir serveuse ? À travailler dans une auberge ou une taverne ?

— J'ai déjà essayé. C'est pas mieux qu'ici.

— Quel est votre nom, déjà ? interrogea-t-il – Théodora sentit une puissante injonction dans sa voix.

— Chia… Chiara, articula-t-elle au prix d'un terrible effort de volonté. Et vous ?

— Je suis Dario Callas – lieutenant dans la troisième section de la milice d'Arachnae. D'où venez-vous, Chiara ?

— Jania.

— Vous n'êtes pas originaire de notre capitale ? J'aurais juré, pourtant, à votre accent…

— Ma mère venait d'Arachnae. Elle a suivi son second mari dans le sud. Mais elle est morte… Je n'avais pas de raison de demeurer là-bas, surtout avec le beau-père dans les parages. Alors, quand Sylvius m'a proposé de partir avec lui, j'ai accepté. Et puis, ça a mal tourné entre nous.

— Vous n'avez donc plus *aucune* famille ? Nulle part où aller ?

Elle secoua la tête en signe de dénégation.

— Zella est une vieille connaissance. Elle pourra prendre soin de vous le temps que vous trouviez un emploi décent. À moins que vous préfériez me suivre ?

Théodora haussa les sourcils.

— Je vis seul, dans un logis un peu trop vaste pour moi, expliqua Dario. Je vous offre l'hospitalité et tout ce que je vous demande en échange, c'est un peu de ménage et la préparation des repas. Cela vous convient-il ?

— Oui ! s'écria-t-elle, un bref moment complètement sincère dans son rôle. Oh, merci ! Merci du fond du cœur !

— Alors en ce cas, rhabillez-vous : je vous attends en bas.

Et, après avoir enfilé sa tunique noire et son plastron de cuir, Dario quitta la chambre rouge.

« L'occasion est trop belle. Et Dario est clairement suspect. Sa fréquentation du Clos de Zella – alors qu'il est séduisant et de plus, assez bon sorcier pour attiser le désir d'une personne ou la forcer à dire la vérité ; son tatouage et ce frère disparu ; sa proposition, enfin – bizarrement juste après s'être assuré que personne ne s'inquiéterait de ma disparition. Combien de temps durera cette mascarade ? Je l'ignore – j'aurai néanmoins suffisamment de temps libre, durant ses patrouilles, pour enquêter… »

*

Jamais Ornella n'aurait pensé qu'il pouvait être aussi aisé d'approcher le prince. En vérité, c'était Alessio qui était venu à elle, tenant à la féliciter en personne de son interprétation. « Vous avez beaucoup de talent, avait-il déclaré avec chaleur. Vous avez brillé en Paolina et je ne doute pas que vous saurez nous éblouir dans vos futurs rôles » et il l'avait entraînée dans son sillage, sans se soucier des convenances. Il avait tenu à lui offrir une coupe de Rose péché – un mélange de liqueur de rose et de vin de pêche – avant de prendre congé, happé par une horde de courtisans empressés.

Il l'avait laissée seule, à la merci de flagorneurs prêts à tout pour obtenir la considération de la nouvelle favorite du prince.

Ornella n'était pas naïve au point de croire que l'attitude du prince, sa chaleureuse démonstration d'amitié, étaient impulsives et désintéressées. Sans nul doute possible, il était au courant de son enquête et sa manœuvre n'avait certainement d'autre dessein que lui faciliter la tâche.

— Je ne vous savais pas si proche de notre dirigeant, très chère !

C'était Agatha Mangori, gouverneure d'Arachnae, accompagnée de ses enfants. Ornella effectua une profonde révérence. Les femmes lui répondirent avec élégance ; Octavio, lui, la salua distraitement, son regard rêveur la survolant pour se perdre un peu plus loin, dans l'assemblée cosmopolite qu'avait rassemblée *Caprices*.

« Il cherche des complices. Des gens qui pourront lui permettre de participer à d'autres orgies. Il pense que je suis la clef qui lui permettra de franchir certaines frontières. »

Alessio avait noté, avec une certaine satisfaction, la surprise – oh, infime ! – qui s'était un instant peinte sur le visage de sa maître-espionne, connue de tous comme la magister Fausta, lorsqu'il s'était avancé vers Ornella Colonna pour la féliciter. Il savait pertinemment ce qu'il faisait, en agissant de la sorte – et se doutait que Fausta, comme la jeune femme, savait qu'il savait… L'éternel jeu de la manipulation politique. En l'occurrence, ce soir, les enjeux étaient bien plus importants que d'habitude : la Faucheuse en personne était venue l'avertir. Les Sorcières avaient acquis l'absolue certitude qu'une tragédie se tramait dans l'invisible toile d'Arachnae. Une tragédie terrifiante. Une tragédie que la Triade elle-même avait échoué à deviner.

Connaissant l'atroce affaire de culte cannibale aussi bien que ses espions, il avait décidé de leur faciliter la tâche en projetant la belle comédienne de plain-pied dans le grand monde. Aussi longtemps qu'elle durerait, l'amitié du prince lui ouvrirait toutes les portes de l'aristocratie – même celles dont nul ne soupçonnait l'existence. Tout ce qu'Alessio espérait, c'était qu'elle saurait en tirer parti et ne se laisserait pas prendre au piège du luxe ou de la corruption.

— Comptez-vous faire de cette fille votre favorite ? siffla aigrement Julia, interrompant le fil de ses pensées.

— Pourquoi cette question ?

— Vous la dévorez des yeux.

— Ah ? Sans doute est-ce parce que son talent et ses formes me laissent rêveur, répondit-il avec une désinvolture distraite.

Elle lui lança un regard lourd de rancœur et de colère.

« Dire que, parmi tous les choix qui se sont présentés à moi lorsque j'ai dû prendre épouse, celui de Julia s'est avéré le plus judicieux pour la principauté comme pour moi. Je n'ose imaginer l'horreur des autres possibles… »

Alessio soupira, puis détourna son attention de sa famille. Il se refusait à ressasser les mêmes pensées, les mêmes questions. Et de toute façon, il connaissait déjà la plupart des réponses.

L'approche de la magister Fausta et de la dirigeante de l'Ordre des Quatre Vents lui donna l'occasion tant espérée de s'éloigner de son épouse. Sans se donner la peine de prendre congé, le prince se porta aussitôt à leur rencontre.

— Nous avons une piste, murmura Fausta tout en effectuant une profonde révérence.

— Quelles nouvelles de l'Ordre, Dame Othellia ? s'enquit galamment Alessio, prenant la magicienne par le bras et l'entraînant vers le balcon. Artemisia souhaite toujours intégrer votre école, vous savez !

Une foule de murmures accueillit cette révélation et en quelques minutes à peine, la rumeur se répandit, occupant assez les courtisans pour les détourner d'Alessio et de ses alliées.

Quelques instants plus tard, la magister rejoignit le prince et son invitée sur le balcon.

— Je vais créer un bouclier, déclara Othellia. Cela nous mettra à l'abri des oreilles indiscrètes.

Elle se concentra sur une pierre ambrée montée en bague, créant une barrière presque invisible qui les isolait complètement.

— Pratique, commenta Fausta.

— Ce talisman rend la tâche particulièrement aisée.

— Alors ? s'enquit Alessio. Cette piste ?

— Un homme est mort, en début de soirée, rapporta l'espionne. Un courtisan qui se rendait au théâtre.

— Il s'est fait étouffer par son propre tatouage, expliqua Othellia. Je n'étais pas loin quand cela s'est produit. Ses domestiques appelaient au secours – j'ai accouru, mais je suis arrivée trop tard.

— Il a été garrotté par un étau de ronces et de piques nées de son propre corps, termina Fausta. L'encre a pris vie, s'est arrachée à ses chairs et l'a étranglé. L'empreinte thaumaturgique était la même que celle laissée par le bouclier que nous ne pouvons passer.

Ornella avait passé la soirée à guetter, parmi tous les spectateurs présents ce soir-là, les personnes susceptibles d'appartenir au culte cannibale sur lequel elle enquêtait : la magicienne avait rencontré des flagorneurs et des libertins, des noceurs et des débauchés, mais aucun – pas même le décadent Naevius

– qui fasse en son esprit écho avec ce qu'elle cherchait ou avec ce que Théodora, au retour de son effroyable nuit dans les bas-fonds, lui avait décrit. Elle avait en revanche obtenu trois invitations susceptibles de l'amener à côtoyer les anthropophages – la plus intéressante venant d'une femme aux prunelles languides : Malena Grimani. Malena appartenait à ces aristocrates désabusés qui, vivant oisivement et s'ennuyant de tout, cherchaient à combler le vide de leur existence en s'adonnant aux divertissements les plus pervers et les plus dangereux, pourvu qu'ils puissent quelque temps les détourner de l'ennui qui les rongeait. Malena Grimani avait passé le plus clair de sa vie à la cour, ne se retirant de la vie publique que le temps de mettre au monde un enfant. À la mort de son vieil époux, quelques années plus tôt, elle avait mis à profit sa nouvelle liberté pour s'étourdir dans le tourbillon du monde et, manifestement, s'était laissée prendre au piège du stupre et des excès. Et, même si ce soir aucune pépite d'or ne scintillait dans les yeux de la veuve, Ornella était convaincue qu'elle était ambrosomane, potentiellement prête à tout pour obtenir cette drogue.

La comédienne avait pris congé de ses futurs compagnons de licence et s'apprêtait à quitter le théâtre quand Fausta, aussi discrète qu'une ombre, s'était glissée jusqu'à elle. L'attirant un peu à l'écart, elle lui avait conté la mort ahurissante d'un noble tué par son propre tatouage. « Il y a un lien avec votre enquête et les dernières découvertes de Théodora, avait-elle déclaré avant de s'éclipser. Tâchez de travailler ensemble. »

*

Segestae – 5ᵉ jour du mois de la Vieille

Agrippina Segesta, gouverneur de Segestae, examina d'un œil critique les quatre domestiques – deux hommes et deux femmes – qui se tenaient, immobiles, devant elle, puis hocha la tête avec satisfaction.

— Vous êtes parfaits. En vous voyant ainsi, nul ne songerait que sous votre apparence banale se dissimulent des criminels aguerris – et certainement pas la bécasse chez qui vous allez travailler. Vous souvenez-vous de ce que je vous ai demandé ? interrogea-t-elle, les jaugeant avec sévérité.

— Nous sommes engagés, avec une dizaine d'autres domestiques pour aider Dame Genna Servi à préparer la venue de Julia Sforza et de sa fille. Nous demeurerons à son service durant toute la durée du séjour, commença l'une des tueuses.

— Quand nous jugerons le moment opportun, et ce, sans vous consulter pour ne point vous impliquer directement, nous frapperons, poursuivit la seconde.

— Nos cibles sont la princesse, sa fille et le fils de Dame Genna, mais nous ne devons pas hésiter à éliminer tous ceux qui se dresseront en travers de notre route.

— C'est pourquoi nous engagerons, avec l'argent que vous nous avez confié, une quinzaine de spadassins destinés à créer une diversion à l'extérieur du manoir…

— Parfait ! Voici vos lettres de recommandation – ainsi qu'un bref historique de vos fonctions passées. Vous aurez tout loisir, avant de vous présenter chez Genna, de les étudier et de vous en imprégner. Allez, à présent ! Puisse la Lune guerrière vous protéger !

Ils s'inclinèrent très bas, puis s'éclipsèrent, laissant la gouverneure seule dans la pièce dénudée. Il faudrait environ quinze jours à sa cadette pour arriver en la cité de Segestae. Le temps pour les assassins de prendre leurs marques. Ils frapperaient probablement juste après l'anniversaire de Leandrina.

Si tout se déroulait selon ses plans, la nouvelle du décès du prince et de son héritier parviendrait un ou deux jours plus tard en ville. Agrippina étant l'aînée de la défunte, il semblerait à tous normal qu'elle succède à Alessio et Julia. Au moins, en tant que régente. Artemisia ne resterait pas longtemps un problème. Si la petite sorcière avait la moindre prétention, la moindre velléité de gouverner, Agrippina saurait trouver un moyen élégant de la faire disparaître. Quant à Leandrina, sa propre fille, elle avait intérêt à se montrer docile si elle souhaitait un jour diriger la principauté.

— Dans le pire des cas, je forcerai un mariage et je ferai en sorte d'élever moi-même l'héritière, réfléchit à haute voix la politicienne. S'il le faut, je l'éliminerai pour avoir la paix. Je veux Arachnae, pour moi, pour mon sang. Et ce, quel qu'en soit le prix.

3

Arachnae, – 10e jour du mois de la Vieille

J'entends, des corbeaux, les cris sombres et funestes ;
Ils tourbillonnent, en cercle, au-dessus du charnier,
Dans cette plaine où gisent nos macabres restes.
Soldats superbes et courageux, sans trembler

Nous avons en un jour sacrifié notre vie,
Accepté les tourments d'une longue agonie,
Et pourquoi ? Pour l'honneur, pour l'orgueil, pour la gloire
Et pour la vaine chimère d'une victoire !

Nos visages disparaissent sous les nuées,
Des becs féroces déchirent nos chairs blessées,
Crèvent nos yeux aveugles, se gavent des humeurs

Fétides de nos orbites, dénudent nos cœurs…

Le sonnet, intitulé « Le Visage de la guerre », était inachevé et la deuxième strophe, entièrement raturée. La plume gisait un peu plus loin, brisée, aux côtés d'une carafe de grès fendue d'où suintaient les vestiges d'un mauvais alcool.

La milicienne plissa les yeux, inquiète. Mercutio était peut-être un ivrogne, mais jamais il n'aurait laissé se perdre un sonnet – d'autant que celui-ci était, au vu des nombreuses biffures et des feuilles de brouillon chiffonnées, travaillé, réfléchi – et de qualité. Elle fouilla la chambre, en quête d'un indice, d'une éventuelle trace de lutte – ne découvrit aucun signe supplémentaire.

Passant la main dans sa courte chevelure, elle franchit le seuil de la pièce, fronçant les sourcils avec perplexité.

— Je ne comprends pas ! C'est comme s'il s'était volatilisé !

— J'ai interrogé les personnes qui nous ont alertés, sergent Bianca. Elles ont entendu un hurlement – et c'est tout. Quand la voisine de Mercutio est sortie dans le couloir pour savoir ce qui se passait, elle a trouvé sa porte grande ouverte et le logis tel que vous l'avez observé, déclara son adjoint, un individu maigre à la mine fatiguée.

— Et pourtant, il n'y a aucune trace de pas, murmura-t-elle, désignant d'un geste las le sol de terre battue. C'est comme s'il s'était évaporé dans les airs. Je…

Un gémissement, dans la pénombre du couloir, l'interrompit.

La milicienne s'avança, brandissant sa lanterne devant elle et découvrit une fillette chétive, recroquevillée dans un coin. Ses cheveux blonds étaient emmêlés, son visage était maculé de crasse et de morve.

Surpris, le sergent tendit son lumignon au soldat et s'accroupit.

— Mercutio aurait donc une fille ! Pauvre gosse… Comment t'appelles-tu, petite ?

— Iris.

— Et où est ton papa ?

— Ils… Ils… Ils l'ont emmené ! hoqueta la gamine, éclatant en sanglots.

Bianca la prit dans ses bras, le temps que l'enfant se calme. Puis, quand Iris fut un peu calmée, elle lui demanda de conter par le détail ce qu'elle avait vu.

Reniflant encore un peu, Iris s'exécuta.

Mercutio avait été enlevé. D'énormes ronces noires, nées des ombres de la chambre, l'avaient arraché à son écritoire et entraîné avec elles. Le poète s'était débattu, mais l'encre avait pris vie à son tour et attaqué. Il avait hurlé une dernière fois avant de disparaître, absorbé par l'obscurité.

*

Ornella s'était éveillée en proie à une légère migraine, conséquence des excès de la veille. Elle avait été conviée par les comédiens des *Baladins d'Arachnae* à une soirée et les festivités s'étaient achevées tard dans la nuit. La jeune courtisane, l'esprit encore obscurci par des relents d'alcool, avait néanmoins réussi à se traîner jusqu'aux thermes et s'était plongée avec délice dans des bains de vapeur brûlante et des bassins d'eau froide – le temps que son mal de tête disparaisse complètement.

Puis elle était remontée chez elle et, désormais tout à fait lucide, préparait ses vêtements pour la soirée à venir tout en réfléchissant à ce qu'elle avait appris de ses nouveaux compagnons.

Écartant avec une grimace un surcot de velours noir, Ornella en saisit un autre, d'un vert opalin et l'examina d'un œil critique avant de le mettre lui aussi de côté. Elle s'immobilisa, songeuse.

« Marco est un opportuniste. Il n'aspire qu'à briller d'une lumière plus vive que celle des autres – hommes ou femmes – et pour cela est prêt à tout. Mais il est bien trop transparent pour intéresser mes proies. Et bien trop timoré pour avoir ne serait-ce qu'envisagé de se mêler aux bacchanales des libertins fréquentant le théâtre. »

Elle posa un vêtement bleu vert bien à plat sur sa couche, tritura ses boucles, en quête d'une robe pouvant lui être assortie.

« Orlando, notre directeur, est un homme de principes. Viola, en revanche… »

Elle se posta devant sa psyché, une robe mauve plaquée sur son corps nu.

« Elle est très réservée avec nous, mais je l'ai aperçue en compagnie de certains hommes – dont ce cher Naevius – et ça ne m'étonnerait pas qu'elle prenne part à des orgies. Plus par intérêt que par goût, à mon avis. Il n'y a donc aucune raison pour qu'elle ait déjà participé, de près ou de loin, à l'une de ces soirées. »

À cet instant, on frappa à la porte.

— Entrez ! lança-t-elle après avoir prestement passé une longue camisole de lin écru.

C'était Othellia.

— J'apporte des nouvelles fort préoccupantes, Ornella, déclara sans préambule la magicienne. D'après nos analyses et les renseignements obligeamment fournis par Tamino, la sorcellerie utilisée pour tuer le courtisan n'a jamais encore été observée dans l'Archipel. Il ne s'agit pas non plus des maléfices des Démons et de leurs rejetons.

— Les cannibales que nous traquons sont donc bien liés à la mort de ce malheureux ?

— Oui…

— Des tatouages qui prennent vie, qui tuent…

— Et qui enlèvent, ajouta la sorcière. Le poète Mercutio a disparu cette nuit. Emporté par des ronces tentaculaires surgies des ténèbres.

Ornella pâlit. Les échos de l'incompréhensible litanie psalmodiée le soir où elle avait découvert l'existence de la secte revenaient brutalement à la surface de sa conscience.

— Et Orfeo Bocanegra ? Avez-vous reçu des nouvelles de lui ? Qu'a-t-il découvert ?

— Rien de plus, pour le moment, que ce que nous savons déjà. Cette litanie est composée de plusieurs langues, certaines antérieures à notre civilisation.

*

Dario Callas vivait dans un appartement situé au deuxième étage d'une grande bâtisse aux murs verts, dans les faubourgs de Malvola. Son logis, comprenant deux chambres, une grande cuisine et une salle d'eau, était étonnamment luxueux pour un simple milicien. Dario s'en était expliqué : son frère, artiste peintre et tatoueur de talent, avait réuni assez d'argent pour payer ce logement. Un rival l'avait assassiné des années plus tôt et le lieutenant avait hérité de ses biens. Théodora, toute à son rôle de fille perdue, lui avait lancé un regard noyé de gratitude – en lui confiant le récit de cette bonne fortune, ne lui faisait-il pas la faveur de la traiter comme une égale ? – , mais en réalité, elle doutait profondément de la véracité de ses dires : ses révélations contredisaient ce qu'il avait évoqué lors de leur rencontre au sujet de son aîné, disparu en mer.

Soucieuse de ne pas trahir ses soupçons, Théo avait passé les trois premiers jours à parfaire son rôle de provinciale éperdue de reconnaissance. Elle était d'ailleurs surprise qu'il n'ait pas tenté de l'attirer dans sa couche. Elle avait – ne trouvant rien qui mérite qu'on s'y arrête – nettoyé son logement de fond en comble, lavé son linge et fait la cuisine avec les provisions contenues dans son garde-manger. Elle avait attendu son retour, sagement assise sur une chaise et demandé, timidement, la permission de sortir. Dario l'avait évidemment autorisée à se promener si elle en avait le désir. La jeune femme avait attendu la quatrième journée pour s'éclipser. Après une brève incursion à l'Académie, elle s'était rendue au *Clos de Zella* et avait longuement questionné la propriétaire des lieux sur le lieutenant. Ce dernier fréquentait l'établissement depuis plus de cinq ans. C'était un habitué, pour lequel elle servait parfois d'informatrice. En échange de renseignements sur tel ou tel client de passage dans son établissement, Zella commerçait en paix et, si l'une de ses filles avait un problème, elle pouvait faire appel à lui. Le Fèqueux était, par exemple, l'un de ceux que le lieutenant Callas lui avait demandé de surveiller. Il arrivait également à Dario d'éprouver les talents de ses nouvelles recrues. Jamais aucune des prostituées de Zella n'avait eu à se plaindre de lui. Théodora avait quitté *Le Clos de Zella* pour rejoindre aussitôt les casernements du Labyrinthe, où le remplaçant de Tigran avait consenti à mener pour elle une petite enquête sur la maison close. Elle s'était ensuite rendue – par devoir, par vague pitié – en la demeure de Valia.

La tueuse et ses cadettes avaient abandonné les lieux sans laisser de trace. La misérable chambre était à présent occupée par un vieil ivrogne qui n'avait su lui révéler quoi que ce soit à leur propos. Quant au voisinage, nul n'avait la moindre idée de la destination des trois sœurs : tout ce qu'on avait pu lui dire, c'est qu'elles avaient quitté le quartier, emportant avec elles leurs maigres biens dans un baluchon de toile rapiécée. Comme Dario l'interrogeait ce soir-là sur sa mine déprimée, elle lui avait avoué, en sanglotant, qu'elle se sentait « triste, si triste et avait tellement peur ». Blottie dans les bras de son hôte, elle avait pu pleurer la fin navrante d'une relation à laquelle elle ne tenait plus, et était devenue son amante.

Théodora partageait son lit depuis deux nuits, à présent. Il se montrait doux, attentionné et assez prolixe durant son sommeil. Pas au point de lui révéler des pans entiers de son existence, bien sûr. Mais il avait à plusieurs reprises prononcé des phrases suffisamment intéressantes pour retenir son attention.

... Horatio, je t'en prie... Arrête cette torture !... Qu'as-tu fait ? Qu'as-tu fait ? Il faut... Kebahil... Non, je ne peux pas...Non !

Horatio était le prénom de son frère aîné. Kebahil ne correspondait à aucun nom connu – si ce n'était, peut-être, en vague écho, à certains mots répétés dans la litanie qu'Ornella avait entendue.

Théo avait cherché à se renseigner sur le peintre : s'il était fortuné, Horatio avait eu au moins eu un mécène et connu une certaine célébrité. Le résultat de ses recherches était assez maigre. Elle avait pu apprendre qu'un dénommé Horatio Callas avait illustré plusieurs sonnets de Mercutio, plus de quinze ans auparavant. Il existait un rapport entre le défunt peintre, les tatouages et l'enlèvement du poète, la bretteuse en avait l'intuition.

La bibliothèque de l'Académie était vaste, riche et très bien structurée. On y trouvait un grand nombre d'ouvrages et de rouleaux, traitant de sujets aussi divers que l'histoire, la politique, les sciences de la nature, l'alchimie ou les mathématiques, ainsi que de nombreux récits et recueils venus de tous les coins de l'Archipel. On y trouvait, à condition d'avoir les accréditations nécessaires, bien d'autres choses encore et on pouvait même avoir accès à certaines archives. Théodora se trouvait là, installée à une longue table de chêne, face à une énorme pile de documents. Elle parcourait, une feuille et une plume à portée de main, un gros registre parcheminé où étaient consignées – en théorie – toutes les informations relatives au poète Mercutio et aux différents artistes qu'il avait pu côtoyer.

— S'il n'y avait pas tous ces vides, grommela la jeune femme, ce serait tout de même plus simple. Récapitulons... Mercutio a eu deux frères, décédés... Plusieurs maîtresses, dont la comédienne Rachela, morte assassinée.

Elle soupira, s'étira longuement – se figea. Elle n'était plus seule. Quelqu'un avait pénétré dans la pièce – et pas par la porte d'entrée.

Elle ne s'en serait pas aperçue sans la brusque tension qui s'était emparée d'elle, créant à toute vitesse devant ses yeux un épais nœud de filaments argentés qui, l'espace d'un instant, avait comprimé son cœur au point de l'étouffer.

Tous les sens en alerte, elle abandonna le trépied sur lequel elle était perchée, sortit un mince stylet de son fourreau et, guidée par l'écho tellurique de ce qu'elle avait ressenti, se glissa dans l'obscurité des rayons, à la recherche de l'intrus.

Plus discret qu'une ombre, il se déplaçait dans un silence quasi surnaturel – et elle ne l'aurait pas retrouvé sans le lien invisible qui la guidait. Silhouette mince vêtue de brun, le visiteur lui tournait le dos, regardant en direction des deux lanternes que Théodora avait laissées et contournées pour se glisser jusqu'à lui. Elle effectua un pas dans sa direction, puis un autre – et fut plaquée contre une étagère, une dague aiguisée sous la gorge, le poignet enserré dans une main d'acier.

— Que… Qui êtes-vous ? souffla-t-elle, les yeux écarquillés de stupeur.

— Je pose les questions, siffla la voix d'un ton menaçant. Avancez dans la lumière, que je vous voie !

Sans attendre sa réponse, l'inconnu la poussa vers le halo jaune et brillant qui éclairait une parcelle de l'immense pièce, découvrant ainsi son visage.

Des traits fins, nobles et volontaires. Une bouche bien dessinée, à peine altérée par une expression cynique. Des prunelles améthyste, d'une incroyable intensité, qui plongèrent dans les siennes avec le tranchant de l'acier et fouaillèrent jusqu'aux tréfonds de son âme.

— Al… Altesse, hoqueta la jeune femme.

Il la jaugea longuement, la maintenant à distance de la pointe de sa lame puis, enfin, effectua un pas en arrière.

— Votre nom ? demanda-t-il d'un ton un peu plus doux.

— Théodora.

— L'enfant prodigue de Vespera ! commenta Alessio. Vous êtes douée, jeune fille. Rares sont ceux qui peuvent me démasquer lorsque je me fonds dans les ombres.

— J'ai… J'ai eu de la chance, c'est tout ! marmonna-t-elle, les joues en feu.

Elle demeura un long moment immobile, confuse et troublée, face à celui qui, en sus d'être la personne la plus puissante d'Arachnae, était devenu une légende au sein de l'Académie.

— Que savez-vous de Mercutio ? bredouilla-t-elle enfin, d'une voix si ténue qu'elle en était à peine perceptible. Pardonnez mon insolence, mais je… Je traque les anthropophages. Il a été enlevé et…

— Je sais, coupa le prince. Et vous cherchez un lien entre cette secte et le poète. Où en êtes-vous ? Je pourrai répondre à des questions plus précises, si j'ai une idée de ce que vous avez déjà trouvé.

Théo lui narra dans le moindre détail ce qu'elle avait éprouvé et découvert en côtoyant le lieutenant Callas, lui fit part de certaines de ses hypothèses et de ses déductions. Quand elle eut terminé son récit, Alessio hocha la tête et s'approcha, presque nonchalamment, de la table jonchée de papiers épars.

— Mercutio était un génie, un avant-gardiste au talent inouï. Il avait fait de l'art poétique une arme redoutable, savez-vous ? Il provoquait ses détracteurs en duels poétiques – et sortait généralement vainqueur de ces affrontements. C'était un galant, aussi, qui séduisait ses proies avec de beaux sonnets et les abandonnait en leur léguant une ballade. Jusqu'à ce qu'il rencontre Rachela.

Il demeura un long moment silencieux, le regard vague, lointain, puis reprit.

— Un peintre nommé Horatio, réfléchit-il à mi-voix. Horatio Callas…

— Il a illustré plusieurs poèmes de Mercutio. Vous voulez voir ?

Théodora lui désigna un ouvrage relié de cuir damasquiné. Doucement, il commença à le feuilleter. Il s'agissait d'un exemplaire des *Sonnets d'automne,* le recueil qui avait rendu Mercutio célèbre. « Avec les eaux-fortes de G Cicli et H Callas. » Il tourna quelques pages.

Le crépuscule engloutit mes rêves, mes espoirs
Hélas ! le funeste caprice du destin…

Alessio se concentra. La gravure représentait un être ailé, agenouillé devant un corps prisonnier de ronces. Un souvenir indistinct, comme troublé par le flux d'une eau tumultueuse, affleura alors à la lisière de sa conscience. Yeux plissés, il s'efforça, tout doucement, de la recueillir en sa mémoire.

— Je me souviens d'Horatio Callas, dit enfin Alessio. C'était effectivement un ami de Mercutio. Mais ils aimaient la même femme : cette comédienne nommée Rachela. Elle a choisi le poète et par désespoir, Callas l'a poignardée. On l'a retrouvé agenouillé auprès d'elle. Son visage était maculé de sang et de larmes, sa lame gisait, un peu plus loin. Callas a été emprisonné, bien sûr.

— C'est possible qu'il se soit évadé ?

— Des prisonniers ont été réquisitionnés lors de la guerre contre Bargella. Il a pu participer à ce conflit. Si je comprends bien vous supposez qu'il n'est pas mort et que son frère le couvre ?

— Oui. Vous voyez, j'ai demandé à la milice du Labyrinthe de constituer un dossier sur Dario et sur *Le Clos de Zella,* son établissement favori. J'attends juste le résultat de leurs investigations pour confirmer mes hypothèses. Et puis, il y a un lien entre Dario et un type surnommé le Fèqueux. Tous deux sont clients de la maison. Enfin, le Fèqueux n'y est plus le bienvenu, maintenant. Mais Dario est l'enfant chéri de ces dames : Zella l'idolâtre et m'a expliqué maintes fois qu'il s'était toujours démené pour ses protégées et pour elle. Le Fèqueux, lui, était leur bête noire. Il soudoyait les prostituées et se montrait violent quand elles refusaient de lui obéir. Zella ne veut plus entendre parler de lui. Or, Dario enquête sur ce criminel.

— Malgré cela, vous croyez qu'ils sont complices ?

— Absolument. Pour moi, Dario indique au Fèqueux les filles susceptibles d'être achetées et ce dernier leur promet monts et merveilles. Ensuite, le Fèqueux organise les disparitions avec la complicité de Dario. Quant aux informations demandées à la propriétaire, elles ont un double but : d'abord, se dissocier du trafiquant, ensuite, vérifier sa loyauté. Ce qui est assez prudent lorsqu'on connaît le bonhomme.

— C'est votre cas ?

— Hélas, oui. Le Fèqueux a vendu son propre associé à ces cannibales. Cette raclure a laissé son allié en pâture à un noble sorcier… Noble sorcier au dos tatoué que j'avais surpris quelques heures plus tôt, dans les tréfonds du Cloaque. À Inferna.

Alessio arqua un sourcil. Inferna était sans nul doute l'endroit le plus infâme d'Arachnae. Un intestin purulent, fétide, en lequel grouillaient des monstres qui passaient des pactes sanglants dans l'obscurité des grottes suintantes d'humidité. Il avait du mal à imaginer qu'une jeune femme puisse s'y rendre sans hésiter. D'un autre côté, Fausta y était souvent allée – et lui-même, autrefois, y avait négocié plusieurs affaires. Manifestement, Théodora était à la hauteur de ce qu'espérait sa magister et avait l'étoffe d'une maître-espionne.

*

Il neigeait.

Cela faisait près d'une semaine que Julia et Alessandrina avaient quitté le palais.

Alessio, installé à son écritoire, relut une dernière fois la missive de sa maître-espionne. Un message bref, concis, où Fausta l'informait du déroulement du voyage de son épouse et de sa fille vers Segestae. Ayant pris place dans le convoi, elle avait pour charge de veiller à la protection d'Alessandrina et de confondre, le moment venu, Julia et ses complices.

« … J'ai ainsi pu noter qu'Alessandrina et le jeune Lorenzo sont très proches. Pas comme deux jouvenceaux sur le point de commettre une sottise amoureuse, mais comme deux complices bien décidés à faire une bêtise beaucoup plus grave. J'ai surpris une de leurs conversations. Alessandrina semble s'être entichée d'un jeune saltimbanque et tente de convaincre son chevalier servant de l'aider… »

Ces informations le distrayaient agréablement de ses préoccupations actuelles, en particulier l'avancée de l'enquête menée sur la terrifiante secte anthropophage qui gangrenait la capitale.

On frappa à la porte. Le prince d'Arachnae replia posément la missive et se recula sur son siège, de manière à pouvoir se défendre contre n'importe quelle attaque.

— Entrez !

La poignée tourna et son fils passa le seuil du bureau. Une épée courte dans un fourreau de cuir sobre battait contre sa cuisse. Son visage ovale et son regard anthracite rappelaient énormément au prince les traits de sa défunte sœur, Olivia.

— Père, salua l'adolescent d'une voix au timbre vacillant.

— Tiberio ! Quelle joie de vous voir ! l'accueillit Alessio, le priant de s'installer sur un siège face à lui. Que me vaut le plaisir de votre présence ?

Le garçon se mordit les lèvres. Baissa les paupières. Déglutit.

— Je vais bientôt mourir, n'est-ce pas ? murmura-t-il enfin. Je le sens. Et… Je crois que je le sais depuis longtemps.

Alessio hocha la tête. Leur servit à chacun une coupe.

— Quand Artemisia a lu l'avenir qui était le nôtre dans les Tarots de la Lune, avant son départ, elle a… triché. Oh, ce qu'elle vous a montré ce jour-là était exact, bien sûr ! C'est ce qu'elle a découvert *avant* qui a été transformé : *Le Pendu* inversé. Il était là, pour moi, quoi que je décide. Elle a tenté de me distraire pour le remettre dans le bon sens, je n'ai rien dit, mais j'ai vu… Il y a eu cette soirée, aussi. Alessandrina voulait absolument savoir si elle rencontrerait un jour le grand amour. Quand Artemisia en a eu terminé avec elle, il a fallu également demander ce qu'il en serait pour moi. Vous savez ce que les cartes ont répondu ? *Le Fou* inversé : dispersion, incohérence, non-sens. Artemisia a eu beau blâmer son inexpérience et Alessandrina me prédire un avenir de séducteur impénitent, j'ai su au plus profond de mon cœur que les arcanes ne mentaient pas. Ce n'était pas ma capacité ou mon incapacité à aimer qui étaient révélées par le tirage effectué : c'était l'absurdité de la question posée. Il ne pouvait y avoir de réponse, puisque mon sort n'était pas de vivre aussi longtemps.

Alessio but une gorgée de vin et invita son fils à l'imiter. Tiberio obéit. Demeura un bref moment silencieux.

— Mes affaires sont en ordre, murmura enfin le jeune homme. Je suis prêt. J'aurais juste une faveur – et une question.

— Je vous en prie.

— J'aimerais pouvoir mourir les armes à la main. Je sais que des assassins rôdent, en ce moment, au palais. Peut-être ont-ils été envoyés par des ennemis lointains, peut-être attendaient-ils simplement le départ de ma mère et Alessandrina pour frapper. Je ne suis pas stupide : cette femme qui m'a mis au monde n'éprouve aucune affection pour moi et son dégoût serait plus manifeste encore si elle ne craignait pas de bouleverser mes sœurs. Aujourd'hui, Artemisia s'en est allée et Alessandrina l'accompagne loin d'ici alors…

— Où voulez-vous en venir ?

— Elle veut votre trépas. Laissez-moi abandonner la vie en protégeant la vôtre ! S'il vous plaît, père ! Laissez-moi, au moment du grand départ, me montrer digne de ma lignée !

Alessio termina sa coupe et la reposa doucement sur la table, s'efforçant de réprimer le tremblement de sa main.

— J'accède à votre requête, Tiberio. Quelle est votre question ?

Le jeune homme se leva, alla jusqu'à la fenêtre et contempla en silence, quelques minutes durant, les nuées d'étoiles immaculées tourbillonnant dans le ciel gris-blanc.

— Pourquoi cela doit-il s'achever ainsi ?

S'il y avait de la colère dans sa voix, il ne la montrait pas. S'il y avait de la peur, elle était parfaitement maîtrisée.

— Parce que l'avenir d'Arachnae en dépend, répondit franchement le prince. Vous devez mourir parce que trois enfants gâtées aux pouvoirs divins ont triché avec le destin. Votre survie signifierait la fin de notre lignée. Et, bien pire, la fin d'Arachnae.

Tiberio posa la main sur la vitre glacée, soupira, puis se retourna, étonnamment calme pour un garçon encore si proche de l'enfance.

— Il n'y a aucune alternative, j'imagine ?

— Aucune.

— Vous l'avez toujours su ?

— Toujours.

— Je crois que je m'en doutais.

— Je suis désolé, Tiberio.

— Je sais, affirma le jeune homme. Comme je sais que vous n'avez aucun regret – et je le comprends. Enfin, je crois.

— Je suis fier de vous. Mon fils.

Tiberio battit des cils pour dissimuler les larmes qui perlaient au coin de ses paupières.

— Avez-vous des doutes sur l'identité de nos… des meurtriers ?

— Je sais qui le – ou les – envoie. Mais je n'ai pas encore démasqué le bras qui portera les coups.

Le garçon s'inclina et tourna les talons, s'apprêtant à prendre congé.

— Tiberio ! le héla son père.

Il se retourna.

— Dès demain, vous siégerez à ma droite durant les audiences.

Une fois seul, le souverain d'Arachnae se versa une autre coupe de nectar et reprit la lecture de la missive de Fausta.

« ... Alessandrina semble s'être entichée d'un jeune saltimbanque et tente de convaincre son chevalier servant de l'aider. Elle s'est mise en tête que Julia et vous avez décidé de la marier de force à un vieil aristocrate et n'a pas l'intention d'obéir... »

Il reposa le billet. Se passa les mains sur le visage.

Comment se concentrer après l'entretien qu'il venait d'avoir avec Tiberio ? Comment ignorer ce qui avait été dit, ce qui avait été tu, et poursuivre imperturbablement sa lecture ? Comment ne pas se laisser submerger par la douleur, alors qu'il venait à peine de découvrir l'immense dignité de cet enfant qu'il n'avait jusqu'à présent jamais voulu prendre la peine de connaître ?

Parce qu'il était prince. Parce que tel était son devoir. Envers Tiberio, qu'il immolait sans remords sur l'autel de la Destinée ; envers sa principauté, qu'il avait fait le serment de protéger.

*

Tout en démêlant sa chevelure, Théodora songeait à ce qu'elle avait appris au sujet d'Horatio, le frère de son amant.

Peintre doué, il avait pour amis le brillant Mercutio et d'autres artistes de talent. Il avait tout gâché en poignardant celle dont il était épris et qui s'était refusée à lui. Il avait été emprisonné, puis avait complètement disparu des registres. Après vérification, il faisait bien partie des prisonniers envoyés sur le front durant la guerre contre Bargella, mais ensuite, il n'existait plus aucune trace de lui.

« Reste à savoir ce qui s'est passé. Car il est vivant, j'en suis sûre. »

Un claquement de porte la prévint de l'arrivée de Dario. Elle vérifia l'échancrure de sa tunique et se porta, pieds nus, à sa rencontre.

— Mon amour, murmura-t-elle, se coulant contre son torse et lui entourant le cou de ses bras nus. Tu m'as tellement manqué ! Mais... Mais c'est du sang ! Par la Déesse ! Qu'est-ce qui t'est arrivé ?

— Rien de grave, je t'assure, répondit le lieutenant en la repoussant. Une rixe qui a dégénéré. Je me sens las et sale. Prépare mon bain, Chiara.

Voûtant les épaules, la jeune femme obéit. Elle se rendit, soumise, jusqu'à la salle de bains et actionna la pompe permettant de monter l'eau jusqu'à leur logis, puis la mit sur le feu.

— C'est prêt ? aboya Dario, de l'autre côté de la porte.

— Bientôt, bredouilla-t-elle d'une toute petite voix, espérant être convaincante dans son personnage d'amoureuse effarouchée. Je fais de mon mieux !

Un quart d'heure plus tard, le liquide était chaud. Elle le transvasa dans la bassine et appela son compagnon. Il arriva, torse nu, son tatouage de ronces et de sang faisant ressortir de manière presque effrayante la pâleur crayeuse de son corps.

— Lave-moi, ordonna-t-il en se plongeant dans le bain.

Elle s'exécuta en silence, frottant son dos avec application.

« Que se passe-t-il ? Il est prêt à bondir à la moindre provocation. Aurait-il découvert la vérité à mon propos ? Si c'est le cas… »

Elle lança un bref coup d'œil au garrot enroulé autour de son poignet.

… La peau s'étire, devient floue, se confond en une masse brumeuse avec la mousse de savon et le dos de Dario. Une pellicule d'argent se forme, tissée par les filaments imperceptibles de la Destinée. Une silhouette se dessine dans les volutes nébuleuses de sa vision…

— Qu'est-ce que tu fiches ? Tu rêves ?

Elle sursauta, brusquement rappelée à la réalité et laissa échapper l'éponge.

— Je… Pardonne-moi ! Je suis tellement distraite !

— Eh bien, tâche de te reprendre !

Théodora serra les poings. Se contraignit au calme. Recommença à le frotter.

… Un visage, dans l'ombre d'une houppelande purpurine. Des iris pâles, creusés de profonds cernes rubescents. Un nez étrangement rond, presque épaté. Une bouche bien dessinée, d'un rouge flamboyant. Figée en un sourire sensuel et énigmatique. Des lèvres de femme sur une tête d'homme. Une peau laiteuse cousue avec une peau mate. Partout, des cicatrices. Des ronces noires et luisantes agrippées à son corps, incrustées en lui. Gravées. Greffées…

— Chiara !

Elle revint à elle. Sentit le contact rugueux du parquet de bois sur son dos. Cligna des paupières. Réprima une nausée. Et tout recommença.

… « Horatio ! Je t'en supplie ! Non ! » Dario recule. La silhouette pourpre avance, implacable. Tend vers lui un bras long, décharné, couvert de peintures sinueuses et de scarifications. Dario tombe à genoux sur le sol, regarde avec horreur son bras déchiqueté par ses propres tatouages. Il proteste. Pleure. Les ronces s'élancent vers son visage…

— Chiara ! Chiara !

Elle ouvrit les yeux. Dario, ruisselant d'eau et de savon, la secouait, tentant de lui faire reprendre connaissance.

— Je vais bien, ne t'inquiète pas, souffla-t-elle.

— Qu'as-tu ? Dis-moi la vérité !

Elle résista de toutes ses forces à l'impulsion qui s'était emparée de son esprit et qui la poussait à tout dévoiler ; tenta de trouver, le plus rapidement possible, une explication plausible, renonça – et fondit en larmes, certaine de pouvoir gagner un peu de temps. Mais ses sanglots le laissèrent indifférent. Pire, il resserra son emprise sur elle, la forçant à redresser la tête et croiser son regard.

— Réponds !

Il y avait dans le timbre de sa voix une intonation dure, complètement inhumaine. Théo devina que Dario n'était plus lui-même.

— Réponds !

— Je… J'attends un enfant, mentit-elle enfin.

Il la relâcha aussitôt. Théodora eut le sentiment que deux volontés s'affrontaient dans le crâne de son amant. Enfin, Dario se reprit ; quand il posa les yeux sur elle, la jeune femme sut qu'il avait recouvré ses esprits.

— Tu es enceinte ? Pourquoi ne pas l'avoir dit avant ?

— Parce que… Parce qu'il n'est pas de toi, Dario. Il est… Avant de te rencontrer…

— Peu importe ! Nous l'élèverons ensemble. Je veux que tu restes avec moi, Chiara. Pour toujours !

Et il la serra longuement, tendrement contre son cœur.

« Il est amoureux. Enfin… Il va peut-être se décider à me confier ses secrets… À moins que son frère, d'ici là… car c'était lui, tout à l'heure, je le sais… n'ait pris complètement possession de son esprit. »

*

Ornella avait finalement choisi une robe vaporeuse tout en nuances ambrées, ainsi qu'un voile de soie. Ses longues boucles, savamment travaillées, se paraient de reflets cuivrés. Ses tatouages, entrelacs précieux et floraux, rehaussaient avec sensualité sa peau claire. Appuyée élégamment contre une colonne, une coupe de vin à la main, elle observait l'assemblée, un sourire énigmatique jouant sur ses lèvres diaprées.

Patiente, elle attendait que ses proies viennent à elle. Elles ne tarderaient pas. La comédienne jouissait encore de sa récente célébrité – le prince Sforza lui avait parlé ! Peut-être était-elle sa maîtresse ? – et son attitude était trop étudiée pour être complètement innocente. Sa pose, son indolence, étaient en réalité de véritables invites pour qui savait lire le langage des corps. Et ceux dont elle voulait être approchée le connaissaient parfaitement. En attendant, elle s'amusait à deviner, parmi les autres convives, qui cherchait un partenaire – et de quel sexe ; qui était avant tout présent pour cultiver ses relations et en faire naître d'autres ; qui, invité par des amis d'amis, tentait de trouver ses marques dans un univers qui n'était pas tout à fait le sien.

— Demoiselle Ornella ?

La voix, douce et suave, l'enveloppa comme une caresse et elle ne put s'empêcher de frissonner. Un individu d'une trentaine d'années, à la chevelure d'encre et aux traits fins, la salua avec grâce.

— Je…

— Mon nom est Tristano. Tristano Putti. Mon cousin, Naevius, m'a énormément parlé de vous et je mourais d'envie de vous connaître ! J'espère que mon abord ne vous importune point ? Peut-être attendiez-vous quelqu'un ?

— Nullement, articula Ornella, soudain très consciente de la proximité du courtisan.

Instinctivement, elle porta la main à sa hanche, toucha du bout des doigts la petite bourse où reposait le talisman fabriqué par le nécromancien. Aussitôt, les sons, les parfums, les couleurs, cessèrent de résonner de manière troublante. Ses idées s'éclaircirent, et elle comprit que l'homme usait de magie.

— Vous m'en voyez ravi, belle, charmante amie !

Elle battit langoureusement des cils, désireuse de le leurrer et humecta sa bouche, en une invite à peine voilée.

— Vous voyant ainsi, des vers me viennent… Mais je n'ose…

— Je vous en prie ! supplia-t-elle d'un ton vibrant. J'adore la poésie !

— Très bien ! Puisque vous le demandez avec tant d'ardeur ! Comment résister ? Écoutez :

Sur ta gorge scintillent d'opalins pétales,
Iridescents échos de l'éclat de tes yeux
Qui brûlent de leurs flammes mon cœur amoureux
Et percent mon âme de blessures fatales !…

— C'est magnifique ! s'exclama Ornella, reconnaissant immédiatement un sonnet du poète Cinziotti. Est-ce de vous ?

Tristano sourit et lui prit la main.

— Oui, jolie Ornella ! Et je n'ose vous en dire plus ici !

L'approche n'était guère subtile, mais la courtisane n'était pas censée le remarquer. Aussi, répondant d'une moue tremblante de désir à la suggestion du sorcier, elle se rapprocha de lui et le suivit à travers la foule jusqu'aux escaliers menant aux étages, reconnaissante à Othellia de l'avoir contrainte à porter le talisman. Sans sa protection, elle ne serait plus qu'une marionnette entre les mains de Tristano.

Il la guida dans un long corridor tendu de tapisseries aux teintes harmonieuses vers une chambre au baldaquin tendu de voiles roses, parme et argent. L'allongeant doucement sur le lit, il entreprit de la déshabiller, embrassant du bout des lèvres chaque parcelle de sa peau. Peu pressée d'être séparée de l'amulette, Ornella se laissa dévêtir jusqu'à la taille puis, emprisonnant les mains de l'aristocrate entre les siennes, commença à sucer ses doigts avec une langueur pleine de promesses et l'aida à ôter sa chemise. Ce qu'elle découvrit, un tatouage représentant une écharpe de feuilles correspondant exactement à ce que lui avait décrit Théodora quelque temps auparavant, lui glaça le sang.

« Je crois que j'ai enfin découvert ce que je cherchais, cette fois. De plus, je connais son nom. »

*

Le grand prêtre de Kebahil s'accroupit devant le poète inconscient. Palpa sa peau, ses chairs, avec une attention critique. Sourit enfin, satisfait. Mercutio était une épave. Un ivrogne que toute espérance avait depuis longtemps abandonné ; un misérable, aigri et à moitié fou, rongé par le deuil et le chagrin.

Une enveloppe idéale pour accueillir la divinité.

Souffrance. Démence. Vengeance. Quoi de plus noble à ses yeux ? Quoi de plus proche de son essence ? Ces sentiments, ces états d'âme, ne formaient-ils pas la substance même de son être ? N'étaient-ils pas ce qui le nourrissait ?

Le prisonnier gémit.

— Ne t'inquiète pas, Mercutio, murmura Horatio de sa voix sépulcrale, demain, tu ne sentiras plus rien. Demain, tu seras débarrassé à tout jamais du fardeau d'être toi-même. Et plus jamais le spectre de Rachela ne viendra te hanter.

Il n'avait pas pensé, au départ, utiliser Mercutio comme réceptacle de la volonté de son Maître. Horatio l'avait enlevé parce qu'il le haïssait – et parce qu'une telle offrande plairait à son Seigneur. Puis, l'amante de son frère lui avait révélé sa grossesse. Le peintre déchu avait compris qu'une telle occasion ne se représenterait peut-être jamais. En immolant la femme et l'enfant à naître, il parviendrait à canaliser suffisamment d'énergie pour permettre à l'esprit de Kebahil de s'incarner.

Demain, il verrait son dieu prendre chair, prendre vie.

L'existence de Mercutio aurait enfin un sens – et lui, serait vengé.

Le captif battit des paupières. Grogna.

— Soif… Soif… Si soif…

— Je peux te donner de l’eau, mais ce sera tout. Je refuse de voir ton corps souillé par l’ivresse.

— Qui… Qui es-tu ? Je te connais… Je connais ta voix ! lança le poète, s’efforçant dans la pénombre de distinguer les traits de son geôlier.

Mais celui-ci ne répondit pas. La porte de la cellule s’ouvrit et se referma, laissant Mercutio seul dans le noir.

4

Route de Segestae – 11e jour du mois de la vieille

Alessandrina contemplait l'horizon voilé par de gros nuages blêmes que charriait une bise glaciale.

D'habitude, elle aimait lorsque les toits de la capitale se recouvraient d'une pellicule givrée, lorsque les jardins du palais disparaissaient sous une chape immaculée : les odeurs de neige se frayaient un chemin à travers les effluves de la ville et, quand tombaient les flocons, elle avait la sensation d'être dans un autre monde, un monde blanc, et bleu, et pur. Mais aujourd'hui, la jeune fille était inquiète. Elle voyageait depuis une semaine et avait eu tout le temps de prendre l'exacte mesure de son projet insensé. Comment survivre sans autre protection que Lorenzo, dans ces terres inconnues, battues par le vent et le froid ? Pourtant, l'adolescente refusait de demeurer sagement dans sa litière et d'attendre, passive et soumise, qu'on la livre à ce vieillard qu'elle haïssait avant même de le connaître !

— N'avez-vous besoin de rien, demoiselle Alessandrina ? s'enquit l'une des caméristes chargées de veiller à son bien-être. Si vous voulez, je peux vous préparer une tasse de mafé.

Alessandrina fronça les sourcils.

— Qu'est-ce ?

— Une infusion composée à partir d'algues séchées et de plantes. Les marins l'utilisent souvent en mer.

— Je veux bien essayer, risqua l'adolescente.

La domestique tira d'un petit coffre couvert de cuir noir une flasque d'argent et la lui tendit, ravie d'exhiber ses connaissances devant si noble auditoire.

— Le mafé, c'est un peu comme cette poudre.

Elle lui montra un sac de jute. Alessandrina l'ouvrit avec curiosité : il contenait une préparation noire à l'odeur assez âcre.

— Comment appelle-t-on cette… mixture? renifla-t-elle avec une légère moue.

— On évite de la nommer. On la met dans de l'eau chaude, on l'avale et on pense à autre chose. Ce brouet est infect, mais il a l'avantage de tenir au ventre et de nourrir. Et ça, poursuivit la servante, sans remarquer l'excitation soudaine de sa maîtresse, c'est contre les engelures. Quand vous marchez et qu'il fait froid comme aujourd'hui, vous enduisez vos pieds avec cette pâte : ça ne sent pas très bon, mais au moins, vous gardez vos orteils intacts.

L'adolescente se retint de l'embrasser. À la place, elle fit mine de bâiller.

— Je suis fatiguée à présent. Voulez-vous me laisser?

— Bien sûr, mon enfant! J'espère que ce mafé vous fera du bien!

Sur ces mots, la camériste descendit péniblement du chariot.

— Lorenzo! Lorenzo! appela Alessandrina, sans quitter son refuge de fourrures et de couvertures. Elle entendit le bruit d'un homme mettant précipitamment pied à terre.

— Qu'y a-t-il, Mademoiselle? interrogea-t-il, passant la tête sous l'épaisse bâche.

— Vous souvenez-vous de ce que je vous ai demandé, avant-hier?

— Vous vouliez éprouver mon dévouement. Vous désiriez savoir si j'étais prêt à mourir pour vous.

— Quelles que soient les circonstances.

— Quelles que soient les circonstances, répéta le jeune homme. Et à chacune de vos questions, j'ai répondu. Vous êtes ma suzeraine, Alessandrina. Je vous suis loyal. Et je vous suivrai, quoi que vous décidiez de faire.

L'adolescente sourit. Donna à son écuyer une main à baiser.

— Alors tenez-vous prêt, messire, murmura-t-elle. Bientôt, nous partirons.

À l'extérieur, tout près de l'équipage, la vieille camériste gloussa, ravie que l'adolescente ait écouté avec autant d'attention son discours.

La maître-espionne d'Arachnae avait longuement hésité quant à la conduite à tenir. Elle avait scrupuleusement pesé le pour et le contre, analysé avec le plus grand soin toutes les conversations qu'elle avait eues avec Alessio au cours des derniers mois. En avait déduit que la fuite représentait probablement, pour Alessandrina, la seule chance de rester en vie. Fausta n'était pas dupe : elle savait que les Moires voulaient se débarrasser du prince et de sa famille. Elle avait depuis longtemps compris quels étaient leurs pions : Julia, bien sûr, mais aussi sa sœur à l'ambition dévorante. Les Fleurs du Souvenir, ce rassemblement de veuves éplorées n'était en réalité que le masque derrière lequel se dissimulaient les ambitions du gouverneur de Segestae. Si la jeune fille pénétrait sur le domaine d'Agrippina, elle n'en ressortirait jamais vivante. Bien entendu, les terres d'Arachnae n'étaient guère accueillantes en hiver, et l'on risquait d'être confronté à des maraudeurs ou des prédateurs affamés. Mais le danger serait moindre qu'en demeurant aux côtés de sa mère.

« Et puis, elle ne sera pas seule. Lorenzo veillera sur elle… Et d'autres, également. »

*

Arachnae

L'aurore projetait ses lueurs diaprées sur les toits d'Arachnae, mais les timides rayons du soleil naissant ne parvenaient pas à réchauffer les faubourgs de Malvola ; quant aux tortueuses venelles du Labyrinthe, verglacées et boueuses, elles étaient encore plongées dans l'obscurité. Profitant du départ matinal de son amant, Théodora s'habilla rapidement. Emmitouflée dans une mante de peau huilée et de laine, elle quitta leur logis et prit la direction des casernements de la milice. Une chemise de cuir scellée à la cire l'y attendait. La bretteuse s'en saisit puis, sans attendre, se rendit à l'Académie. Empruntant d'étroites coursives et d'interminables corridors, gravissant de vertigineux escaliers en colimaçon et dévalant des marches de taille inégale, Théo atteignit, enfin, sa chambre.

Après s'être débarrassée de sa pelisse, elle s'installa confortablement sur sa couche et ouvrit le dossier.

« … et le lieutenant Dario Callas a donc classé l'affaire, faute de preuves. Le cas du double assassinat dans la rue des Fossés, lui, a été éclairci. Le lieutenant s'est rendu au lieu-dit, où avaient été retrouvés les corps des deux prostituées et n'a pas mis longtemps avant de remonter la piste du tueur. Celui-ci, un ambrosomane, voulait "juste un peu d'argent"… »

— Et en plus, il incarnait le coupable idéal, commenta la jeune femme à voix basse, tournant les pages avec impatience.

« …Dame Zella étant venue signaler la disparition de Topaze, le lieutenant a pris les choses en main. Il a pu établir après enquête que ladite Topaze avait l'intention de quitter l'établissement… »

— Ben voyons.

La bretteuse se redressa, cala une mèche rebelle derrière son oreille et mordilla pensivement l'ongle de son pouce. Il y avait trop de coïncidences.

Beaucoup trop. Le nombre d'affaires non résolues avait crû au cours des trois dernières années ; chaque fois, Dario s'en était occupé. Il compensait ces échecs répétés par la résolution de plusieurs meurtres, dont certains, Théodora en avait la certitude, n'étaient que de macabres mises en scène destinées à éloigner de lui tout soupçon. D'ailleurs, toutes se ressemblaient : elles présentaient systématiquement un suspect parfait, possédant tous les critères requis pour une arrestation et une prompte décapitation.

Les informations sur *Le Clos de Zella,* elles, n'étaient que très banales si l'on prenait en compte le lien du lieutenant Callas avec la perte d'une quinzaine de filles au cours des dernières années. Taxes impayées, recels, vols. Rien de très important, d'autant que les différents problèmes avaient été réglés assez rapidement – par Dario, en général.

— C'est Horatio qui se dissimule derrière tout ça, murmura-t-elle. Son frère n'est qu'un pion. Un criminel, c'est vrai, mais ça m'étonnerait qu'on lui ait laissé le choix.

La jeune femme se leva, s'étira longuement, puis, après avoir vérifié ses armes, quitta sa chambre. Elle se dirigeait vers la bibliothèque, quand une intuition lui fit rebrousser chemin. Quelques minutes plus tard, elle frappait à la porte d'Ornella.

La courtisane mit quelque temps à répondre. Sa bouche était sèche et ses yeux gonflés de sommeil lorsqu'elle ouvrit.

— Entre !

Il régnait dans la pièce une tiédeur languide, presque musquée.

— Tu ne m'as pas apporté de quoi déjeuner ? se plaignit Ornella, faussement boudeuse. Honte à toi !

— Je sais qui dirige le culte, répondit Théodora.

— Je sais qui y participe, riposta son amie. Mais j'ignore encore où se déroulent les cérémonies. Je l'apprendrai probablement ce soir.

— Pardon ?

— Te souviens-tu de l'aristocrate tatoué dont tu m'as parlé ? Il m'a abordée hier, au cours d'une fête donnée par l'un de ses cousins et a tenté de m'imposer sa volonté. J'ai feint de me soumettre. Il m'a assez rapidement entraînée dans un endroit plus approprié à certains ébats. Cela m'a permis de voir son dos. Ses tatouages correspondaient en tout point à la description que tu en avais faite.

— Comment s'appelle-t-il ?

— Tristano Putti. C'est l'un des innombrables sybarites qui traînent à la cour. Son cousin, Naevius, l'a probablement renseigné à mon sujet.

— Le problème, maugréa Théo, c'est qu'il ne servira à rien de chercher à lui soutirer des informations. Il mourrait, étranglé par ses propres tatouages.

— Sans compter que sa magie le protégerait, renchérit Ornella. J'ai tout de même l'impression que les mages psychiques sont légion, dans cette secte. À moins qu'il ne s'agisse d'un autre effet de cette sorcellerie ?

— J'ai été témoin, au cours d'une vision, de la manière dont Horatio l'utilise, précisa Théodora. C'est une arme répugnante, à la fois physique et psychique. Tristano n'aurait aucune chance de sortir vivant d'un interrogatoire.

Ornella demeura quelques instants silencieuse.

— Cette nuit, je serai là où leurs sacrifices prennent place, annonça-t-elle enfin. Je pourrai ainsi découvrir l'antre secret de ces cannibales.

Théodora fronça les sourcils.

— Que comptes-tu faire exactement ?

— Il semble évident que Tristano a l'intention de m'emmener là-bas. J'ignore s'il compte m'offrir en présent à son maître, demander à ce que je sois initiée à ce culte, ou simplement m'utiliser comme objet de plaisir avant le début de leurs bacchanales ; mais ce dont je suis sûre, c'est que je me trouverai là-bas.

Théodora dévisagea son ancienne amante avec un respect nouveau. Elle l'avait toujours considérée comme une courtisane lascive et un peu étourdie, disposée à prêter son corps lors de missions d'espionnage, non à mettre sa vie en jeu pour autrui. Elle s'était complètement leurrée.

Si Ornella s'aperçut de cette soudaine prise de conscience, elle n'en montra rien et se dirigea vers un petit placard en bois d'olivier. Elle l'ouvrit, en tira une carafe et deux calices.

— Liqueur de framboise, déclara-t-elle. Tu en veux ?

— Mais tu viens à peine de te réveiller !

— Et alors ?

— As-tu prévenu des personnes *responsables* de ce que tu comptais faire ? demanda enfin Théodora.

— La magister Fausta n'est pas là en ce moment, mais Othellia est au courant.

— Qui encore ?

— Certains de ses alliés, je suppose. Et toi. Cette affaire devant demeurer secrète, même au sein de l'Académie, personne d'autre n'a été averti.

Théodora plissa les yeux, perplexe. Ornella lui dissimulait quelque chose : un voile de crainte avait un instant assombri ses prunelles. Lentement, elle s'approcha de son amie et, d'un geste tendre, lui saisit le menton, la contraignant à la regarder dans les yeux.

— Tu ne me dis pas tout, n'est-ce pas ? Es-tu tenue par un serment ?

Hochant la tête, la courtisane s'empara de la main de Théodora, la serra fortement dans la sienne.

— As-tu confiance en moi ?

Théo secoua la tête.

— Non, Ornella. Pas entièrement. Je ne doute pas de tes bonnes intentions, ni de tes compétences, ajouta-t-elle, la voyant reculer, blessée par ses propos. C'est simplement que dans cette histoire, je préfère ne me fier qu'à moi-même. Je n'ai aucune idée de ce qui peut advenir cette nuit ou dans les prochains jours... Et j'ignore l'étendue des pouvoirs de ce dément. Le souvenir de Tigran, de ce qu'il a subi, de ce qu'il a *commis*, est encore trop présent. Je suis désolée.

Ornella but une gorgée de liqueur, reposa doucement le verre.

— Comment as-tu découvert le nom de celui qui est à la tête de cette secte ? demanda-t-elle enfin d'une voix posée.

— C'est une longue histoire.

— J'ai le temps, murmura la courtisane, s'asseyant sur son lit et invitant la bretteuse à la rejoindre.

Théodora obtempéra, puis entreprit de lui relater ses visions, l'étrange comportement de Dario et la vie affligeante de son frère aîné.

— Nul ne l'a revu, conclut-elle. Ce qu'il est advenu de lui, ensuite – son visage grotesque, sa puissance... Je ne sais pas ce qui s'est passé.

Ornella frissonna. Si ce que Théodora avait perçu grâce à ses dons était vrai, Horatio était un monstre constitué de chairs éparses et disparates, sans doute arrachées aux corps suppliciés de ses malheureuses victimes. Quant à ses pouvoirs...

— As-tu déjà entendu parler d'Orfeo Bocanegra ? souffla enfin la comédienne.

— Orfeo Bocanegra ? Qui ne connaît pas ce nom ?

— D'après lui, la langue employée dans les prières que j'ai entendues, ce soir-là, est antérieure à notre culture.

— Ce n'est pas la première fois qu'un tel idiome est découvert, observa Théodora. D'après mes souvenirs, d'antiques poèmes funèbres ont été découverts dans des tumulus de l'extrême nord de l'Archipel.

— Cette fois, il semble que le contenu des litanies soit terrible. Peut-être que le mal qui, d'après certaines légendes, a détruit cette ancienne civilisation, s'est éveillé ?

— Possible... Quoi qu'il en soit, je vais prévenir le maître d'armes Villanova de ce qui se prépare. Sa lame ne sera pas de trop, ce soir. Et je te promets d'être là. Il est hors de question que je t'abandonne à ces monstres.

Le zénith était passé depuis longtemps lorsque Théodora quitta l'Académie. Elle prit la direction du logis de Dario, s'efforçant de réfléchir aux découvertes de la matinée, mais elle peinait à se concentrer. Sans cesse, elle se remémorait les propos d'Ornella, se rappelait sa détermination, son sang-froid admirable. C'était une courtisane, et même si le magister Fausta lui avait sans doute discrètement enseigné quelques passes d'armes, elle n'était pas taillée pour le combat. Pourtant, elle n'avait pas hésité un seul instant.

Qu'est-ce qui m'a pris de la laisser tomber ? Et maintenant, j'ai bien compris que j'avais laissé passer ma chance. Elle ne se représentera plus.

Théo passa une petite place, descendit des escaliers glissants et poursuivit son chemin dans une tortueuse venelle qui la mènerait, si son estimation était juste, à dix minutes à peine de la demeure de son amant.

Elle traversa une rue bordée d'échoppes colorées et arriva sur une petite place. Un marché s'y tenait chaque jour, de l'aube au zénith. Mais à cette heure, l'esplanade était presque déserte.

« Que vais-je dire à Dario, s'il est déjà revenu de ses rondes ? Quelle justification donner à mon absence, par ce temps si maussade ? Je pourrai toujours arguer que je me suis rendue au temple de la Mère et ai prié pour la santé de l'enfant à venir… »

Ces réflexions la ramenèrent à l'éprouvante scène subie la veille, lorsque Dario avait été possédé par l'esprit malveillant de son frère. Théodora était quasi certaine que le lieutenant, gouverné par la volonté d'Horatio, tenterait de la livrer à ce dernier. Restait à deviner comment. Arrivée au pied du bâtiment où vivait son amant, elle frissonna et se retourna, soudain consciente de l'imminence d'un danger. Trois individus quittèrent l'angle d'une ruelle et avancèrent dans sa direction. Une silhouette malingre surgit de l'ombre du porche, un sourire perfide tordant ses traits mous.

C'était le Fèqueux.

Ainsi, Dario a décidé de l'utiliser pour m'avoir ! J'aurais dû signaler à la milice qu'il était temps de s'occuper de cette raclure.

La bretteuse se baissa promptement, en quête d'une des dagues dissimulées dans ses bottes.

Elle n'eut pas le temps d'agir – à peine de sentir la piqûre d'une aiguille dans son cou.

Une sarbacane ! Un instant plus tard, elle perdait connaissance.

*

Penchées au-dessus d'une vasque d'eau pure, les Moires observaient la créature androgyne qui, en cuisine, s'affairait à découper des légumes en fines lamelles sous l'égide autoritaire d'un chef aux pommettes plates et aux yeux enfoncés. Ses cheveux étaient raides et noirs, coupés en un carré court qui laissait une mèche épaisse dissimuler une partie de son visage. Elle maniait le couteau avec une incroyable dextérité, si rapidement qu'il leur semblait parfois que sa lame devenait floue.

Elle acheva promptement sa tâche et, après avoir tout ramassé dans un grand récipient de terre, s'approcha de l'imposant maître-queux. Il examina son travail, sourcils froncés, puis hocha la tête avec une moue satisfaite avant de lui indiquer ses prochaines corvées. Obéissante, elle s'approcha de la carcasse d'un énorme sanglier et, suivant à la lettre les instructions de son maître, entreprit de le dépecer.

— Elle paraît douée, observa Lachesis de sa voix maternelle.

Un rictus satisfait altéra brièvement le visage tavelé, creusé de rides, de la Faucheuse.

— Elle l'est, souffla-t-elle. Elle l'est d'autant qu'elle n'a plus rien à perdre.

Lachesis haussa un sourcil curieux.

— Ce à quoi elle tenait le plus lui a été arraché – et les coupables n'ont pas été châtiés comme ils le devaient.

Ses Sœurs paraissant perplexes, Atropos les écarta brièvement et laissa tomber trois gouttes d'un fluide miroitant dans le récipient d'argent poli.

— Permettez-moi de vous montrer, dit-elle en commençant à incanter.

Eaux confuses de l'avenir, disparaissez !
Eaux bouillonnantes du présent, allez-vous-en !
Et vous, eaux claires, eaux calmes du passé, venez !
Montrez quels furent les tourments de cet enfant !

L'onde bouillonna et, lentement, se couvrit d'une pellicule argentine, aussi réfléchissante qu'un miroir. La vie misérable de la jeune femme se déploya devant les yeux des Sorcières, parfois floue, parfois précise. Les dernières images, effroyablement nettes, montrèrent…

… *Le corps inerte et supplicié d'un petit garçon aux prunelles vitreuses, secoué par les spasmes obscènes d'un monstre à visage humain. Le regard inexpressif d'un homme allant et venant entre les cuisses de sa victime impuissante, brutal et indifférent, comme absent de sa propre chair…*

— C'est affreux ! s'écria Clotho. Comment un être humain peut-il survivre à de telles horreurs ?

— Ainsi l'a voulu la Destinée, énonça Atropos, comme si un simple proverbe suffisait à expliquer cette barbarie.

La Fileuse dévisagea son aînée avec une incrédulité teintée d'effroi. Se pouvait-il que la Moire ait délibérément infligé ces épreuves à cette malheureuse dans le seul dessein d'en faire l'arme qui mettrait fin aux jours du prince d'Arachnae ?

— Ceci, je crois, appartient à l'avenir, intervint Lachesis, les yeux fixés sur la surface brillante.

Les deux aînées des Moires n'étaient pas conscientes de l'horreur croissante de leur cadette. Elles contemplaient avec intérêt les silhouettes troubles qui se mouvaient dans les brumes argentines de la Destinée.

... Une lame reflétée par le croissant de lune arrête la course mortelle d'une dague incurvée. Deux formes indistinctes luttent l'une contre l'autre dans la pénombre. La pâle lumière de l'astre nocturne éclaire brièvement les visages. L'étonnement se lit dans le regard de la fille aux yeux cobalt...

— Qui est-ce ? s'enquit Lachesis.

— Je l'ignore, cracha la Faucheuse, courroucée. C'est la première fois que je la vois ! C'est étrange : je ne parviens pas à distinguer clairement le fil de son existence : il se dérobe sans cesse à ma vue... Mes sœurs, il est hors de question que cette femme fasse échouer nos projets. Je vais régler ce problème, mais, pour cela, il me faudra œuvrer sans votre présence.

Les deux magiciennes se levèrent, obéissantes et quittèrent la chapelle. Une fois à l'extérieur du sanctuaire, la plus jeune des Moires se tourna vers son aînée.

— Pourquoi Atropos doit-elle demeurer seule ?

— Pour accomplir un rituel de bannissement. Le plus puissant de tous. Seule Atropos le connaît – et elle m'en transmettra le secret avant de mourir. Elle va extraire de la trame de la Tapisserie l'existence de cette importune et la détruire entièrement. Mais ce rite est si complexe que la moindre distraction peut le faire échouer ou pire – le retourner contre la personne qui l'effectue.

— En ce cas, dit calmement Clotho, je ferai en sorte de ne pas la troubler.

— Elle n'en attendait pas moins de vous, sourit affectueusement la Tisseuse.

La Vierge s'inclina et, tournant les talons, prit la direction de sa cellule. Elle avait reconnu ce regard bleu cobalt. C'était celui de Théodora, la fillette qui l'avait secourue, autrefois. Et son destin n'était pas de disparaître de la Tapisserie du monde.

*

Route de Segestae

Bottes. Braies de peau solide. Tunique de flanelle. Pourpoint doublé de laine de mouton. Dague passée dans un vieux fourreau de cuir. Alessandrina vérifia une dernière fois sa tenue. Elle traversa prudemment sa roulotte, prenant garde à ne réveiller personne puis, aidée par la lumière de la pleine lune, fouilla dans ses affaires et trouva au bout de quelques minutes ce qu'elle cherchait : le petit coffret noir posé près de la domestique assoupie. Un souffle lent, régulier, s'échappait de sa bouche entrouverte. Avec d'infinies précautions, Alessandrina se saisit de la boîte. À l'intérieur, soigneusement rangés, se trouvaient deux flasques de mafé, le petit pot de terre contenant la pommade contre les engelures et un sachet de toile. Elle glissa le tout dans sa gibecière et le remplaça par une bourse de velours contenant une quinzaine de ducats. Ensuite, elle recula, vérifia une fois encore que tout le monde dormait et regagna sa couche. Là, elle prit la peine d'arranger un semblant de leurre, espérant que les chiffons roulés sous les draps et les fourrures tromperaient ses suivantes une bonne partie de la matinée, puis passa la tête par la fente pratiquée un peu plus tôt dans la soirée, dans la toile huilée de la carriole et se coula à l'extérieur. Un vent glacial balayait le bivouac et des plaques de verglas s'étaient formées sur le sol.

Lorenzo avait monté sa tente tout près de la caravane.

Elle s'y faufila, prenant garde de se montrer discrète afin d'éviter les gardes effectuant leur ronde à l'intérieur du camp.

Le jeune homme veillait, sa lame posée à ses côtés.

— Lorenzo ! chuchota-t-elle. Nous partons.

Silencieuse, la petite chouette prit la direction de la capitale. La maître-espionne d'Arachnae la regarda avec satisfaction disparaître dans les ombres nocturnes, puis se tourna vers ses agents, deux hommes aux traits banals, vêtus en simples soldats.

— Protégez Alessandrina. Veillez sur elle. Et envoyez-moi des rapports réguliers.

— À vos ordres !

— Allez, Messieurs ! La principauté compte sur vous – faites votre devoir et que la Triple Déesse vous garde !

*

Ornella avait reconnu sans peine l'immense galerie : elle était, cette fois, tendue de velours écarlate et non plus sombre, mais c'était bien là qu'elle se trouvait lorsqu'elle avait découvert le culte. Les invités étaient un peu plus nombreux, ce soir. Masqués, pour préserver le confort de l'anonymat, mais déjà alanguis et prêts à la débauche. Les domestiques, hommes et femmes, étaient quasiment nus : seul un minuscule cache de tissu noir recouvrait leur intimité et un collier de cuir hérissé de pointes enserrait leur cou. Au fond de la longue salle, sur une estrade de bois, des danseuses ondulaient au son de flûtes et de tambourins.

— Aimeriez-vous danser ? susurra Tristano dans son oreille, caressant du bout des doigts le creux de ses hanches.

La courtisane retint une réponse négative. Refuser sa demande implicite eût été admettre qu'elle pouvait résister à sa magie – et se démasquer. En outre, rejoindre les almées au bout de la pièce lui permettrait d'avoir une vue dégagée sur ce qui s'y passait et d'ouvrir son esprit à Othellia. Point de fétiche accroché à sa taille, cette nuit : surmontant sa répugnance, elle l'avait réduit en poudre et avalé. Quant aux autres talismans, ils reposaient, pour le moment innocentes parures, autour de son bras et sur sa poitrine.

— Je danserai pour vous si vous le souhaitez, ronronna-t-elle, simulant admirablement le désir.

En réponse, Tristano lui embrassa le cou et la poussa en avant. Aérienne, Ornella s'avança vers les musiciens, dénoua d'un geste gracieux sa longue chevelure aux chatoiements cuivrés et la laissa cascader librement sur ses épaules. Gravissant les marches menant jusqu'aux planches, elle dégrafa la fibule maintenant son voile. Le vêtement glissa jusqu'à terre, dévoilant une longue robe de soie mordorée.

Comprenant que la courtisane allait se joindre à elles, les danseuses avaient formé un arc de cercle et tournaient lentement sur elles-mêmes, faisant vibrer leurs chairs en écho aux instruments. Ornella, se balançant au rythme des tambourins face aux invités, défit les attaches de sa robe et la laissa tomber à ses pieds. Puis, se dégageant souplement de cette brillante corolle, elle commença à son tour à ondoyer. Ses compagnes se rapprochèrent d'elle, effleurant sa gorge et son ventre de leurs mains douces aux ongles peints d'or et d'argent. Comme elle répondait à leurs caresses, la cadence s'accéléra. Dans la galerie, la plupart des convives contemplaient le spectacle ; certains, excités par les jeux érotiques des almées, satisfaisaient sans aucune pudeur leur désir, souvent assistés par un comparse ou un domestique ; d'autres se contentaient de regarder, savourant ce langoureux tableau comme une mise en bouche. Un petit groupe, indifférent à ce qui se déroulait sur l'estrade, grimpait lentement l'escalier menant à l'étage. Un autre, massé autour d'un buffet débordant de victuailles, paraissait plutôt se distraire en se gaussant des autres invités.

Tout en esquissant quelques déhanchements sensuels, Ornella ouvrit son esprit à la présence inquiète qui, depuis le début de la soirée, se tenait à la lisière de sa conscience.

— *Alors ?* s'enquit Othellia.

— *Voyez par vous-même. Cet endroit est une caricature. Les serviteurs sont corvéables à merci, les gens forniquent et se masturbent au vu et au su de tous, persuadés d'être libres et pleins d'audace, alors qu'ils sont juste pitoyables ...*

— *Effectivement,* observa la magicienne après avoir pris la mesure de la situation. *Et qu'en est-il de celui qui vous a accompagnée ?*

Ornella le chercha des yeux. Appuyé contre un mur, à côté de l'une des tables de banquet, il dégustait une grappe de raisin et s'entretenait avec deux individus. De haute stature, le premier portait un pourpoint anthracite aux manches doublées de pourpre. Le second était un petit homme aux cheveux gris, ramenés en chignon serré et au nez large. Il portait une ample chemise noire et un glaive était passé à sa ceinture.

— *J'ignore ce qu'il prépare,* dit Ornella tout en poursuivant ses voluptueux mouvements. *Et je ne saurais vous dire s'il s'agit de complices...*

— *Connaissez-vous l'identité du maître des lieux ?*

— *Non.*

— *En ce cas... Croyez-vous pouvoir demeurer seule quelque temps ?*

— *C'est-à-dire ?*

— *J'ai réussi, grâce à vous, à passer le bouclier magique qui protège celui que nous cherchons et ses sbires. Je suis désormais en mesure de repérer l'emplacement de cette demeure et d'y mener nos alliés. Néanmoins, je serai contrainte de vous abandonner durant une heure. Peut-être un peu plus.*

— *Théodora est probablement déjà arrivée. J'ai du soutien.*

— *Théodora ?*

— *Comme je vous l'ai dit tout à l'heure, elle surveille le frère du monstre qui dirige cette secte. Si quelque chose doit avoir lieu cette nuit, elle sera présente. Nous pouvons compter sur elle.*

— *Bien,* répondit doucement la magicienne. *En ce cas... Puisse la Déesse vous protéger de tout mal !*

Et Othellia, doucement, quitta sa psyché.

Jugeant qu'elle avait suffisamment dansé pour satisfaire aux exigences de son amant, Ornella salua gracieusement et, ramassant ses vêtements au passage, quitta la scène où continuaient à sinuer les almées dénudées. Indolente, elle se laissa effleurer par les convives qu'elle croisa pour rejoindre l'aristocrate ; mutine, elle répondit à leurs attouchements par de coquins baisers. Enfin, elle fut près de lui.

Des paillettes d'or dansaient au fond des prunelles du libertin. Ses pupilles étaient dilatées et une fine pellicule de sueur recouvrait sa peau blanche. Il venait certainement de boire quelques gorgées d'ambroisie.

— C'était magnifique, ma douce, murmura-t-il en prenant avec avidité ses lèvres roses et pleines. Mes amis, ici présents, ont beaucoup apprécié le spectacle.

— J'en suis ravie. Que puis-je faire d'autre pour vous satisfaire... *tous* ?

L'invitation était claire et répondait, Ornella le savait, à la demande implicite de Tristano. La courtisane, néanmoins n'avait pas l'intention de se livrer à eux. Tout ce qu'elle souhaitait, c'était être seule, débarrassée de la présence de l'ambrosomane. Quant à ces hommes, il lui suffirait de verser dans leur boisson un peu de somnifère et elle serait tranquille. Cela lui laisserait tout loisir d'espionner le sorcier et ses pairs en attendant l'arrivée des renforts.

— Accepteriez-vous, belle dame, de montrer à ces messieurs toute l'étendue de vos talents ? Il y a des alcôves, au premier, qui conviendraient tout à fait à de telles représentations !

— Viendrez-vous ? s'enquit-elle avec une moue désarmante.

— Hélas, ma fleur, je ne puis ! Le devoir…

Une fois de plus, un flot de puissance tenta de la contraindre.

— Très bien, soupira-t-elle, feignant la soumission, j'attendrai donc votre venue en leur compagnie. Mais vous me manquerez !

Alors, après lui avoir donné un dernier baiser, elle prit chacun de ses galants par le bras et les entraîna vers les étages.

Vingt minutes plus tard, ses deux victimes avaient sombré dans l'inconscience. Leurs coupes de liqueur de prune, aux trois quarts vides, reposaient sur la table basse trônant au centre du boudoir. Ornella se leva, vérifia en les pinçant qu'ils étaient bien endormis et ôta doucement leur masque – découvrir l'identité de telles personnes pourrait s'avérer utile un jour. Elle ne les connaissait ni l'un ni l'autre, mais savait qu'elle n'oublierait pas leurs traits.

Elle attendit encore un peu, puis s'assit sur un gros coussin mou et confortable et se saisit de son pendentif d'ambre. Suivant consciencieusement les conseils d'Othellia, elle se concentra, s'efforçant de composer en son esprit une image mentale de Tristano. Sa première tentative échoua. Une crainte souterraine l'en empêcha. Le front couvert de sueur, elle reprit. Parvint à reconstituer les traits de son éphémère amant, mais ils oscillaient encore, demeuraient flous. Jurant à voix basse, elle recommença, les doigts crispés sur l'artefact en forme de plume.

Plume… Plume… Feuille… Fleurs… Écharpe de feuilles… Un dos nu, un visage masqué, des iris mordorés – aussi brillants que les reflets de cuivre sur son tatouage…

Et soudain, la réalité se modifia, offrant à ses yeux écarquillés un insoutenable spectacle.

*

D'abord, la conscience pénible de ses chairs tuméfiées contre le sol froid et humide. Ensuite, les odeurs. Effluves fétides d'humeurs aigres. Bouffées âcres et nauséabondes d'excréments humains. Exhalaisons pestilentielles de chairs décomposées. Puis les sons. Crissements irritants de minuscules griffes sur la pierre. Raclements monotones d'un corps enchaîné se mouvant machinalement. Gémissements accablés d'un être ayant abandonné toute espérance. Enfin, les contours flous de la cellule et de ses compagnons, éclairés de l'extérieur par la lumière des torches. Il y avait là, recroquevillé dans un coin, un homme aux bras maigres et aux côtes saillantes. Le menton posé sur les genoux, il était nu et se balançait d'avant en arrière, indifférent aux chaînes qui le retenaient. Le second prisonnier était mince, musclé et bien fait de sa personne. Un tatouage de ronces et de sang courait le long de son bras, se confondant dans la pénombre avec les anneaux de fer qui le maintenaient au mur.

Dario.

Que faisait-il ici ? Se pouvait-il qu'elle se soit trompée du tout au tout ? Qu'il soit, comme elle, la simple victime d'un monstre à l'identité inconnue ? Horatio n'était-il donc pas le sorcier dirigeant la secte des anthropophages ? Le grand prêtre de cette entité impie ?

— Dario ! Dario ! appela doucement Théodora.

Il releva la tête. À la place de ses yeux, deux cavités béantes et ensanglantées.

— Par la Déesse ! murmura la jeune femme, retenant à grand-peine une nausée.

— Chiara ?

— Je suis là. Attachée, tout comme toi.

— Je… Je suis désolé… Désolé…

— Que t'est-il arrivé ?

— Mon frère… Il…

— Est-ce le monstre défiguré qui est à la tête de ce culte ?

— Co… Comment sais-tu ?

— J'ai résisté à l'emprise d'Horatio. Dario… Que fais-tu ici ? Pourquoi…

Un rire sec, presque un caquètement, l'interrompit. Le troisième captif avait cessé son va-et-vient halluciné et se grattait frénétiquement le crâne.

— J'ai soif, soif, soif… Soif… S – o – i – f… SOIF ! Donnez-moi à boire ! Donnez-moi à boire bande d'imbéciles ! À boire ! … À boire ! À boire ! À boire !…

Il se redressa, porté par la force de ses cris.

— À BOIRE !

Mais son énergie le quitta aussi vite qu'elle était venue et il plongea de nouveau dans sa transe démente.

Théodora déglutit. Elle venait de reconnaître, dans le misérable aliéné, le célèbre Mercutio. Son amant tourna la tête en direction du poète – et ce simple mouvement lui arracha un gémissement de souffrance.

— Et lui ? Que fait-il là ? Explique-moi, Dario. Explique-moi tout, depuis le début.

Alors, d'un ton monocorde, brisé, le lieutenant lui conta comment, rendu fou par le rejet de celle qu'il aimait, Horatio avait préféré la tuer plutôt que la savoir dans les bras d'un autre. Il avait été écroué pour ce meurtre et aurait dû être exécuté, mais Arachnae avait besoin de tous ses hommes contre Bargella. Horatio avait été incorporé, avec d'autres prisonniers, dans l'armée. Laissé pour mort après une terrible bataille, il avait survécu par miracle et s'était réveillé, mutilé et meurtri, vivant cependant, dans un village en ruines.

— Il ne se rappelait pas son identité, chuchota Dario. Mais ceux qui l'ont recueilli ont trouvé un portrait de son aimée sur lui. Une minuscule peinture montée en pendentif. Au dos étaient gravés le nom de la défunte et le sien. Quand il est revenu, mon frère avait été amputé d'une partie de lui-même. Pas seulement son corps. Son âme, également, était partie en lambeaux.

Un râle s'échappa de sa gorge. Un spasme douloureux secoua ses épaules, râpant les muscles de ses bras liés contre la paroi rugueuse et glacée.

— Kebahil…

— Qui est-ce ? Un démon ?

— Il… Il a rendu à Horatio ce qu'il a perdu… Il lui a donné la puissance… Mais ce que ce… ce dieu… exige en échange, c'est qu'il l'aide à recouvrer sa gloire passée, à prendre corps en ce monde. Il se nourrit de souffrance, de folie et de peur. Les actes les plus odieux, il les accueille avec joie… Et les récompenses… Oh ! Tu ne peux savoir ce qu'il offre à ceux qui le servent bien ! Le sexe, l'ambroisie n'étaient rien en comparaison de l'extase qui m'envahissait lorsque j'accomplissais les rites… Je me souviens…

Assise contre le mur de pierres, Théodora observait Dario avec un détachement effrayant. Elle aurait dû, elle le savait, éprouver de la colère, de la pitié, de la compassion – un sentiment, n'importe lequel – à son égard. Mais il n'en était rien. Elle aurait dû crier, pleurer, appeler à l'aide ou au moins trembler de peur à l'idée de ce qui allait se produire, mais les battements de son cœur étaient réguliers. Elle se sentait calme, lucide.

La Lune au triple visage a posé son regard sur elle et décidé de son destin.

Or, Théo en avait la certitude, son lot n'était pas de mourir, ce soir, immolée par un sorcier dément voué à quelque divinité anthropophage. Jamais encore les paroles d'Atropos ne lui avaient paru si claires, si évidentes. La jeune femme hésitait encore, pourtant, à embrasser le chemin qui était sien. Pouvait-elle l'assumer ? Était-elle prête à s'abandonner complètement dans les bras de la Destinée ?

Un cri dément, puis le fracas d'un corps et de chaînes emmêlées s'abattant sur le sol dérangèrent ses réflexions. Mercutio gisait sur la pierre humide, se tordant comme un ver dans ses anneaux de fer, s'efforçant désespérément de se redresser. À quelques pas de lui, un gros rat le contemplait d'un œil narquois. Le poète fondit en larmes. Des sanglots discordants qui s'atténuèrent, laissant peu à peu place au silence. Dario se taisait, lui aussi. Il s'était affaissé sur lui-même, le menton reposant contre sa clavicule – apparemment inconscient.

... Le brouillard familier, gris, iridescent apparaît, se répand sur les murs du cachot, s'insinue dans les interstices laissés entre les pierres, formant insensiblement une toile d'argent. « Laisse-la ! Épargne-la ! Elle attend un enfant, Horatio ! »... Dario est agenouillé face à son frère, les mains liées dans le dos. « Tu sacrifierais ta vie pour elle ? » Il lève ses claires prunelles vers son bourreau, une détermination soudaine dans son regard. « Oui ! Peut-être cela m'aiderait-il à expier tous les crimes commis au nom de ta divinité ! » Un rictus écœurant déforme les traits disparates du sorcier. « Trop tard, petit frère : son sort est scellé ! Mais je vais te faire une faveur. Tu n'auras pas à voir son supplice. » Les ronces tatouées sur la peau de Dario prennent vie, s'épaississent, s'animent, pareilles à de sinueux reptiles, grimpent le long de son cou, emprisonnent son visage...

Le fracas du fer heurtant le sol de pierre la ramena à la réalité. La porte de la cellule s'ouvrit, laissant place à une haute silhouette encapuchonnée.

— Il est temps.

*

...Vityi stupry et inphanty krimy
In vocatum dolor...

L'écho du chant impie résonnait dans son crâne, martelant sa course folle du rythme de la litanie. Invisible aux yeux des mortels, Ornella avait gravi quatre à quatre l'escalier menant aux étages, s'était engouffrée dans un large couloir, trompant la vigilance de deux sentinelles au faciès de pierre et grimpait à présent les dernières marches, guidée par l'horreur de la scène qu'elle avait vue – grâce à son artefact. Un être au visage maculé de sang séché et aux orbites vides était accroché, les bras en croix, au-dessus d'un autel où reposait un individu étique. Un épais ichor coulait, en un filet continu, de la gorge du pendu à la bouche entrouverte de l'autre homme. Devant eux, suspendue par une chaîne emprisonnant ses poignets, il y avait Théodora. Le menton haut elle regardait droit devant elle, une lueur de défi dansant au fond de ses prunelles bleu cobalt.

... Khaï Bahil ! Khaï Bahil !
Philo vasta cyonis ! Metusha amynesis
Enytescis basyleis...

Ornella arriva enfin, hors d'haleine, à l'entrée du corridor d'où s'échappait l'immonde mélopée. Quatre vigies bardées de cuir et d'acier surveillaient l'entrée, armées de dagues incurvées. La courtisane s'arrêta, consciente qu'il lui serait difficile d'ouvrir la porte de la salle sacrificielle sans attirer leur attention. À cet instant, la présence rassurante d'Othellia se manifesta.

— *Nous sommes là, Ornella. Ne vous inquiétez pas.*

—*Théodora est à l'intérieur ! C'est horrible ! Ils vont... Ils vont la tuer ! Et je ne sais comment passer ces soldats !*

— *Ouvrez votre esprit et ayez confiance : je vais vous frayer une voie jusqu'à la pièce. Et d'ici là, des renforts plus physiques arriveront pour vous épauler.*

Ornella obéit, laissant la puissance de la magicienne agir à travers elle.

*

... Membryti zabazyi depekyi devoryti
In vocatum sentias...

La pièce répercutait à l'infini les paroles répétées par les adeptes en transe. Horatio, les prunelles injectées, s'était approché, exalté, du piédestal où reposait Mercutio. Traçant de minces arabesques sur son corps nu, il psalmodiait.

... Khaï Bahil ! Khaï Bahil !
Philo vasta cyonis ! Metusha amynesis
Enytescis basyleis...

Théodora, contemplait l'ignoble cérémonie avec indifférence, insensible aux souffrances de son amant agonisant comme à l'atmosphère fébrile et enivrante régnant au sein de l'infect sanctuaire. Plus tard, lorsque tout serait terminé – et quelle que soit la fin de l'affaire – peut-être pourrait-elle, à rebours, éprouver l'écœurement et l'effroi qu'auraient dû lui inspirer ce monstrueux spectacle. Elle ignorait si elle en serait *capable*. Elle ignorait si elle saurait encore éprouver une once de pitié pour Dario ou pour ce poète que les Muses avaient depuis longtemps abandonné. Et, en vérité, cela ne lui importait guère.

Avec un soupir résigné, la prisonnière examina les tatouages de Mercutio qui commençaient à pulser.

... Kakophyi acrimyi thiilyi
In vocatum eryas...

— C'est le moment, belle Chiara, d'offrir votre chair à la divinité ! C'est le moment, vous qui portez la vie, de la sacrifier à celui qui va, bientôt, s'incarner !

Théodora sentit une vague pression sur son esprit : le sorcier essayait de la soumettre. Pour la première fois, elle perçut la gangue invisible qui étouffait, effaçait la magie qui la prenait pour cible.

« C'est quoi ? Un cadeau du Destin ? Une compensation pour tout le reste ? »

— Votre volonté est forte ! l'interrompit le dément, exalté. Tant mieux ! Votre agonie n'en sera que plus délectable !

... Khaï Bahil ! Khaï Bahil !
Philo vasta cyonis ! Metusha amynesis
Enytescis basyleis...

Enflammé, il se tourna vers ses fidèles, brandissant une dague à la pointe effilée dont le manche, couvert de ronces et de piques d'acier, transperçait ses chairs jusqu'à l'os.

... Sanguinyi guttyi somatyi supplikyi
In vocatum horror...

— Je crois qu'il y a un problème Horatio, lança la jeune femme du ton traînant qu'elle employait parfois dans ses errances au cœur du Labyrinthe. Et elle se mit doucement à se balancer d'avant en arrière, les mains agrippées à la chaîne qui la maintenait prisonnière.

Il se tourna vers elle, outragé et surpris.

— Je ne m'appelle pas Chiara.

— Mais...

— Et je ne suis pas enceinte. Je crains que votre rituel soit quelque peu compromis...

À cet instant, la porte s'ouvrit à toute volée et une silhouette aux formes généreuses se précipita en hurlant dans la pièce.

*

Ornella avait recouvré le plein usage de ses sens près du cadavre d'une des sentinelles. Othellia avait utilisé son corps comme catalyseur. Les deux gardes étaient morts, tués par un puissant sortilège. Prenant à peine le temps de ramasser son kriss, la courtisane s'était précipitée au secours de son amie et avait ouvert, d'une poussée brutale, la porte de la salle. Son artefact de discrétion totalement inutile à présent, elle faisait face à une macabre assemblée. Assaillie par les exhalaisons nauséabondes et entêtantes du sang, des fèces et de la chair brûlée, elle contint une nausée et, genoux fléchis, lame pointée en avant, se mit en garde.

— Ornella ! Que faites-vous ici ? dit Tristano de sa voix mélodieuse et basse. Vous n'auriez pas dû venir, belle dame.

Il essayait, une fois de plus, de l'envoûter.

Elle tourna les yeux en sa direction, esquiva de justesse l'attaque d'un des adeptes et roula sur elle-même pour échapper à l'emprise de son amant d'un soir.

De l'autre côté de la chapelle, Théodora, fermement agrippée aux maillons de fer, se balançait de plus belle, s'efforçant de faire basculer le corps de Mercutio de l'autel. Un moment décontenancé par l'arrivée de la courtisane, Horatio réagit. Avec un hurlement dément, il arracha ses vêtements, libérant les tatouages grouillants qui recouvraient son corps. Un serpent jaillit de son torse et se précipita sur Ornella, ses crochets luisant de venin prêts à mordre. Il pointa un doigt vers Théodora : un fouet né de sa peau et de son sang claqua, la manquant de peu.

Un instant plus tard, Théodora sentit une présence glacée la traverser et ses fers se brisèrent, corrodés par la rouille et les siècles. Sans prendre le temps de se demander comment un tel miracle était possible, la bretteuse prit son élan, sauta et se raccrocha à l'une des chaînes qui maintenaient le corps de Dario en suspens. Effectuant un rétablissement, elle entendit les os du mourant craquer sous son poids. De là, elle bondit sur Horatio et l'agrippa, l'entraînant avec elle sur le sol.

Près de la porte, les conflits s'étaient intensifiés. La pointe d'une rapière avait transpercé le serpent aux sombres annelures, sauvant de justesse la vie de la courtisane. Ses deux défenseurs, le magister Villanova et un personnage au visage maculé de cendres combattaient dos à dos, aux prises avec une horde de possédés armés de poignards et de tentacules hérissés de piquants. Ornella regarda autour d'elle, affolée, cherchant une arme susceptible de venir à bout de leurs assaillants – avisa une torche sur le mur. Elle se précipita, la saisit et se rua sur les adeptes, embrasant des voilures sur son passage.

Théodora hurla, transpercée par des milliers d'épines. Elle sentit ses chairs se racornir, consumées par les pointes brûlantes qui de toutes parts l'enserraient, la maintenant contre le corps hideux du sorcier. Tenta, en vain, de s'arracher à son emprise. Mais plus elle se débattait, plus l'étau s'étrécissait, plus la morsure des aiguilles chauffées à blanc dans son corps se faisait insoutenable. Aveuglée par la souffrance et les larmes, lucide malgré tout, elle songea avec ironie qu'au moment de passer les Portes du Pays des Morts, le Destin auquel elle avait fini par croire la trahissait. La seule chose qui lui venait à l'esprit était qu'elle avait commis une monstrueuse erreur en attaquant son ennemi au corps à corps.

Ornella frappait ses adversaires de son brandon enflammé, quand un cri de souffrance déchira les airs.

— Théo !

Un cocon de ronces, né d'une forme dont seules quelques parcelles du corps étaient visibles, la recouvrait. La courtisane se précipitait à son secours, quand une main froide sur son épaule l'en empêcha.

— Mais…

— Allez au corps à corps et c'en est fait de vous ! prévint le nécromant au visage cendreux. Laissez-moi faire !

Sans attendre sa réponse, il se tourna vers le monstrueux amas et arrachant de son cou un pendentif fait d'ossements, le lança droit sur le sorcier dément et sa victime. Il y eut un sifflement haineux. Des spectres translucides se jetèrent sur les piquants et les tentacules, transformant aussitôt ce qu'ils touchaient en poussière. La tête d'un ignoble ver jaillit d'Horatio ; ses mâchoires claquèrent près de l'épaule de Tamino. Il les évita, contre-attaqua d'un coup de dague. Au contact du tatouage, les symboles gravés sur la lame luirent d'un feu glacial. Il y eut un bruit de succion et la chose disparut, aspirée par le poignard.

Ornella, pétrifiée d'effroi, fut arrachée à cette scène par l'assaut d'un fidèle. Elle l'esquiva, ripostant d'un coup de torche dans le torse. La tunique de son adversaire s'enflamma, et l'homme s'écroula avec un hurlement de douleur. Le feu commença à se propager dans la pièce, rejoignant celui qui rongeait les tapisseries tendues sur les parois. Une femme échevelée, au corps gras, blanc, tatoué de roses, assaillit le nécromancien. Des tiges hérissées d'énormes épines s'arrachèrent à ses chairs et fondirent sur lui. La courtisane abattit son brandon, mais les pédoncules s'enroulèrent autour de son arme. L'adepte la percuta et toutes deux roulèrent sur le sol. Une lueur démente brillant au fond de ses yeux exorbités, la forcenée tentait à coups de griffes de rapprocher la tête d'Ornella du brasier. Un hurlement furieux, une atroce plainte d'agonie, l'interrompit. Elle cessa de combattre – Ornella profita aussitôt de l'ouverture. Passant vivement dans son dos, elle saisit sa chevelure, tira d'un geste sec sa tête en arrière et, de son genou, appuya de toutes ses forces entre ses omoplates. Il y eut un affreux craquement.

L'incendie avait gagné en puissance. Les flammes rampaient, crépitantes, le long des murs, léchaient les meubles et les cadavres épars de la chapelle impie. Au centre, le nécromancien se redressa, portant une forme inerte dans ses bras.

— Venez, lança-t-il à la jeune femme. C'est fini.

5

Arachnae – 15ᵉ jour du mois de la Vieille

— *C'est important ce qui s'est passé tout à l'heure, petite Noria.*
C'est une voix grêlée, poussiéreuse et pourtant, étrangement réconfortante.
— *Qui... Qui êtes-vous ?*
— *Tu le sauras, un jour. Le moment venu. Je suis celle qui comprend les mystères de la naissance, de la croissance et de la mort.*
— *Montrez-vous !*
— *Tu me verras très bientôt...*

Clotho étouffa un cri, la main plaquée contre sa bouche. Pourquoi n'avait-elle pas compris plus tôt ? Comment avait-elle pu être aussi aveugle ? Cette voix était celle d'Atropos ! Non pas la vieille folle acariâtre qui avait voulu modeler le destin de la principauté selon sa volonté, mais celle qui l'avait précédée. Celle qui avait emmené Théodora et était revenue, peu de temps avant sa mort, chercher Noria.

Atropos l'ancienne avait prévu la trahison des Moires et avait tout fait pour la contrer. Qu'avait-elle murmuré, cette nuit-là ? Cette nuit où Noria avait été choisie ? « Tu n'es pas la plus douée de toutes, mais ton cœur est pur et tu sais te souvenir. »

Et quelles avaient été les paroles de la vieille prophétesse lorsqu'elle avait emmené Théodora ?

Clotho ferma les paupières, inspira profondément – et les souvenirs jaillirent, plus vivaces que jamais, à la surface de sa conscience.

— *Théo ?*
— *Oui ?*
— *Tu veux bien me raconter une au... Oh, non ! On vient !*

— Cache-toi, Noria ! Il y a un coffre, sur ta droite. Mets-toi dedans, vite !

Elle obéit, juste à temps. À peine a-t-elle refermé le couvercle sur sa tête que deux silhouettes, éclairées par une torche, arrivent près de la porte du cellier.

— Pardonnez mon insistance, mais êtes-vous bien sûre qu'il s'agit d'elle ?

— Vous doutez ?

— Ma Dame, c'est que cette Théodora est...

— Je mettrai votre insolence sur le compte de l'heure tardive à laquelle je suis arrivée. Et maintenant, ouvrez.

— Bi... Bien... Je... Tout de suite.

La dirigeante de l'orphelinat s'exécute.

— Je l'emmène, croasse Atropos, saisissant l'orpheline par le bras. La Lune au triple visage a posé son regard sur elle et décidé de son destin.

Lorsque Noria ouvrit les yeux, une singulière fragrance – mélange d'herbe mouillée, de terre et de poussière – avait envahi la pièce. Une silhouette translucide, encapuchonnée de noir, lui faisait face. Derrière elle, intermittente, il y avait la forme d'une jeune femme au front ceint de la tiare princière. Atropos l'ancienne et Olivia, la défunte princesse d'Arachnae. Que voulaient-elles ? Que faisaient-elles là ?

— Ta ruse était intelligente, Noria, souffla le spectre de la Moire. Une souris, une simple petite souris traversant la pièce... La Faucheuse n'a pu accomplir son rituel. Tu as réussi.

— Mais ta tâche n'est pas terminée, murmura le spectre d'Olivia. Mon frère n'a pas encore vaincu...

— Le monde change. De profonds bouleversements se préparent. Les Sorcières du Destin doivent accepter leur fin...

Soudain, les deux fantômes vacillèrent.

— On vient, expira la Faucheuse avant de disparaître.

Lachesis pénétra d'un pas vif dans la pièce.

— Atropos ne nous rejoindra pas, déclara-t-elle en s'asseyant face à la jeune vierge. L'échec du rite de bannissement l'a profondément secouée. Je ne m'en étais pas rendu compte avant aujourd'hui – peut-être parce que je ne *voulais* pas le saisir –, mais j'ai vu le fil de son existence s'effranger.

— Voulez-vous dire, ma sœur...

— Oui, mon enfant. Il est temps pour vous, je crois, de songer à devenir mère.

*

Alessio, vêtu d'une chemise ardoise, de braies en daim assorties, de solides cuissardes de cuir verni et d'un épais pourpoint aux chatoiements irisés, avait jeté sur ses épaules une cape et ceint son front du diadème princier. La main posée sur le pommeau de sa longue lame serpentine aux quillons bardés de pointes acérées, le prince traversa la vaste pièce, à l'extrémité de laquelle l'attendait Tiberio, bravement assis sur un pliant de bois au pied du trône. Saluant intérieurement la finesse de l'adolescent, qui marquait ainsi clairement son renoncement à toute prétention de dauphin, il distribua çà et là de brefs sourires avant de rejoindre son siège. Les deux sentinelles massives et impénétrables qui l'escortaient allèrent se placer à quelques pas derrière lui.

— Comment vous portez-vous, Tiberio ?

— Pas très bien, je crois. Je n'ai pas fermé l'œil de la nuit, souffla l'adolescent. J'ai peur de m'assoupir – et de ne jamais m'éveiller. Je ne veux pas mourir ainsi.

— Vous êtes un jeune homme très courageux, mon fils.

— Et vous, père ? Je veux dire… Vous allez bien ?

— Je n'ai jamais beaucoup dormi.

Les deux plus jeunes des Moires pénétrèrent dans l'austère et majestueux prétoire. Les chuchotements, qui s'étaient tari quelques minutes durant lorsque le prince Sforza était entré, reprirent de plus belle. Où était Atropos ? Que faisait-elle ? Se pouvait-il qu'elle soit… Le mot n'osait franchir les lèvres des courtisans assemblés au pied de l'estrade.

Comme à son habitude, le prince d'Arachnae adressa, mains jointes, une profonde révérence à ses conseillères spirituelles, avant de reporter son attention sur la foule. Son impassibilité provoqua une autre vague de murmures. Il attendit quelques minutes le silence, puis leva la main gauche, signalant ainsi que les audiences pouvaient commencer.

— Sire Lucius Capri, ambassadeur du prince Borgia, annonça le héraut de son timbre clair et ajusté.

Un homme s'avança, effectua une révérence. Âgé d'une soixantaine d'années, il portait sa chevelure grise aux épaules et d'épais sourcils ombraient ses prunelles vertes.

Venant d'entrer dans ses fonctions, il formula les compliments et espoirs d'alliances attendus puis se retira. Plusieurs personnes lui succédèrent. Parfois, Alessio se tournait vers les deux Moires pour quérir conseil – et Tiberio comprit qu'il agissait ainsi par devoir envers son peuple et non par respect. L'adolescent faisait de son mieux pour ne pas se laisser terrasser par la somnolence qui montait en lui. Était-ce la fatigue ? Était-ce une drogue qu'un meurtrier avait mélangée à sa nourriture ? Il n'aurait su le dire. Il priait de tout son cœur pour que ce ne soit que l'épuisement, mais en doutait. Et s'étonnait que ni lui ni le prince, n'aient envisagé la possibilité d'être empoisonnés. À moins que son père y ait déjà songé et n'ait point jugé utile d'en discuter avec lui ?

Le soleil était à son zénith. Des myriades de rayons chatoyaient à travers les vitraux de la pièce ; ils s'épanouissaient, telles des fleurs, en pétales orangés et violets, sur les dalles de pierre. Soudain, Tiberio se sentit vaciller.

Le souffle court, haletant, il parvint, crispant les poings jusqu'à s'en faire blanchir les jointures, à dominer sa faiblesse et demeurer assis sur son pliant. Enfin, son père se leva, indiquant ainsi la fin de la séance du jour et invitant l'assistance à se retirer. Chancelant, Tiberio l'imita. Trébucha légèrement. Se reprit. Croisa, un bref instant, les yeux de Clotho, si jeune sous ses voiles blancs.

Sombra.

*

Segestae, Arachnae

Agrippina pencha gracieusement la tête sur le côté et adressa un sourire plein de bienveillance à la timide Fleur du Souvenir. Dame Genna l'avait invitée à venir vérifier que tout avait été préparé dans les règles pour accueillir ses hôtes.

— C'est parfait, chère amie, susurra le gouverneur. Je n'aurais pas mieux fait.

— C'est vrai ? C'est bien vrai ? s'exclama la veuve, les mains jointes, le regard plein de fierté.

— Je vous le répète : votre demeure est aujourd'hui bien plus propre à accueillir ma sœur que mon palais ! Les appartements que vous lui avez réservés sont spacieux, convenablement agencés et meublés avec goût. Les chambres de Julia et de sa fille sont proches, tout en préservant l'intimité de chacune. Mais dites-moi, interrogea la courtisane avec une moue soucieuse, comment comptez-vous veiller à leur sécurité ?

Dame Genna se rapprocha avec une mine de conspiratrice. Vérifia que nulle oreille indiscrète n'écoutait leur conversation.

— Il y aura des tours de garde, souffla-t-elle. Effectués de manière aléatoire.

— Qu'entendez-vous par là ?

— En fait, tout a déjà été planifié. Premièrement, expliqua la veuve, comptant sur ses doigts au rythme de ses propos, il y aura une rotation de huit hommes toutes les cinq heures – qui se relaieront deux par deux pour surveiller les appartements de nos précieuses invitées. Deuxièmement, des patrouilles se succéderont, jour et nuit, à l'intérieur et à l'extérieur du palais. Troisièmement – et c'est ici que le hasard entre en jeu – d'autres sentinelles se joindront aux rondes, à différents moments correspondant au résultat d'un tirage.

— Pardon ?

— J'aime beaucoup le Jeu des Saisons. Il m'a paru judicieux d'en utiliser les procédés pour renforcer la protection de Dame Julia. Par exemple, tenez…

Elle sortit une aumônière d'un petit coffret de laque, posé sur une desserte. Prit trois dés d'ivoire – le premier à quatre faces, le deuxième à douze, le dernier à trente – et les fit rouler sur la table.

— L'automne – trois. Le mois de la Forge – quatre. Et le vingtième. La somme des dés est de vingt-sept, autrement dit, neuf. Ainsi, pendant deux heures, neuf sentinelles supplémentaires soutiendront la garde.

— C'est très intelligent, Dame Genna ! Brillant, même !

Celle-ci se rengorgea.

Agrippina la quitta peu de temps après, d'excellente humeur. Pas en raison de l'efficacité irréprochable de la Fleur du Souvenir. Mais à cause de sa naïveté. Genna lui avait livré, avec une candeur touchante, toutes les informations dont elle avait besoin pour organiser les meurtres de sa chère sœur et de sa nièce.

*

Arachnae

Théodora ouvrit les yeux. Sa gorge était sèche. Sa bouche, pâteuse et malodorante. Elle cligna plusieurs fois des paupières. S'efforça de se redresser. Vacilla. Tenta de nouveau de s'asseoir.

— Enfin, tu reviens à toi !

Ornella était perchée sur un tabouret de bois précieux, un ouvrage entre ses mains.

— J'ai soif.

— Un plateau a été préparé à ton intention. Là, juste à côté de ton lit.

En effet, une assiette contenant des fruits séchés, de petits gâteaux jaunes, une timbale et une carafe de verre opaque avaient été disposés près d'elle. Théodora se servit aussitôt une coupe du liquide transparent au parfum de terre et d'herbes, l'avala à grandes gorgées et recommença, prenant cette fois un peu plus son temps.

— Ça ressemble à du mafé, commenta-t-elle en s'humectant les lèvres du bout de la langue.

— C'est une décoction préparée par un guérisseur de l'Ordre des Quatre Vents.

— Et ça ? demanda la convalescente, s'emparant d'un biscuit.

— C'est un fortifiant.

Théo en croqua un morceau, du bout des dents. La saveur en était un peu piquante, mais laissait vite place à un goût âcre, poussiéreux. La jeune femme grimaça, mais avala néanmoins la totalité du remède. Elle en fit passer l'âpreté avec quelques abricots secs, une lampée de breuvage parfumé et se sentit, enfin, assez solide pour se préparer.

— Tu devrais te reposer encore un peu, Théodora.

— Et pourquoi ?

— J'ai ordre de prévenir la Doyenne de l'Académie de ton éveil – et Aless… le prince tient à nous remercier personnellement de ce que nous avons fait pour Arachnae.

Des volutes d'argent se forment devant Théodora. Les sons et les couleurs s'effacent, laissant place à une brume épaisse, qui rampe sur les murs de la chambre avant de fondre en son centre, créant un tourbillon nébuleux d'où émergent quelques vacillantes figures.

… Une silhouette mince, androgyne, se faufile dans la pénombre d'un large corridor. Elle tient un plateau dans ses mains, mais sa démarche n'est pas celle d'un domestique. Un adolescent s'éveille. Pâle, les traits tirés, de profonds cernes creusant ses prunelles d'agate. Un homme s'est assoupi dans son grand lit aux draps de lin. Une forme aux courbes insolentes repose sur son torse nu. Par terre, deux coupes renversées. Un regard améthyste, trouble et étourdi. La pointe d'un stylet…

Lorsque le brouillard se dissipa, elle était étendue sur le sol et son ancienne amante l'examinait avec curiosité.

— Que t'ont montré les nuées, cette fois ?

— L'assassin. Tiberio. Le Prince et son amante.

— Pardon ? Qui ? Quand ? As-tu seulement discerné son visage ?

La jeune femme se frotta les yeux. Croqua un biscuit avec une grimace.

— Je l'ai déjà vu quelque part, murmura-t-elle en se levant. Tu m'accompagnes aux bains ?

— Non, Théo. Comme je te l'ai dit, plusieurs personnes ont demandé à être prévenues de ton réveil… Tu as frôlé la mort, tu sais !

— Quelle abrutie, aussi, de me jeter comme ça sur lui ! Je ne sais pas ce qui m'a pris. Une impulsion subite. J'ai beau être soulagée d'avoir survécu, je ne peux m'empêcher de penser que la Destinée m'a fait une sacrée faveur.

— C'est-à-dire ?

— J'aurais dû mourir. Regarde-moi : j'aurais dû avoir des plaies partout, des brûlures, que sais-je encore ? Et qu'est-ce qu'il en reste ? Rien. À peine des bleus et quelques égratignures. J'ai fait une énorme erreur, Ornella ! Du genre dont on se remet pas, tu vois ? La magister Fausta m'aurait égorgée de ses propres mains si elle m'avait vue. Mais je me sentais invincible. Tellement au-dessus de ce fou. Tu te rends compte ? Qui l'a tué ?

— Tamino, le nécromancien. Othellia a dirigé les assauts de l'Ordre des Quatre Vents contre le monstre et ses adeptes. Et…

— J'ai honte de moi, Ornella. Vraiment. Le pire de tout, c'est que je suis parfaitement consciente que le sort n'aurait épargné aucun d'entre vous. Je me fais l'effet d'une sale gosse trop gâtée.

— Ce n'est pas faux, sourit la comédienne. En attendant, tu as été choisie par Atropos pour effectuer une tâche bien précise. Manifestement, tu ne l'as pas encore accomplie.

— N'empêche.

— Arrête ! Cette attitude ne te ressemblait pas, de toute façon.

— De quoi parles-tu ?

— Pas de tes crises d'auto-apitoiement en tout cas, lança la courtisane, excédée. Non, j'évoquais plutôt ton comportement téméraire durant l'affrontement. Je me demande dans quelle mesure tu n'as pas été influencée. Et je ne songe pas, ici, à du marionnettisme.

— Je ne me suis pas fait avoir par Horatio, marmonna la bretteuse, un peu vexée.

— Comme je viens de le dire, je ne pensais pas à cette forme de magie. Je me demandais – mais après tout, toi seule peut répondre à cette question – dans quelle mesure une Sorcière de la Destinée pourrait être à l'origine de ton erreur.

Théodora se mordilla les lèvres, songeuse.

— J'imagine que ce n'est pas impossible, concéda-t-elle enfin. Cela étant, seule une très puissante thaumaturge pourrait y arriver.

— Une Moire ?

Les deux amies échangèrent un regard troublé. Se pouvait-il que la Triade soit la cause de l'imprudence qui avait failli coûter la vie à Théodora ?

— J'aurais aimé que ce soit impossible, souffla enfin Théo. Mais je *sens* que ton intuition est juste, Ornella. Je *sais* que tu ne te trompes pas.

*

Atropos se mourait. L'échec du rite de bannissement avait été fatal à sa santé déjà incertaine. Ses os, plus fragiles de jour en jour, étaient sur le point de s'effriter. Sa respiration était faible, saccadée. À chaque fois qu'elle franchissait le voile de la réalité, elle voyait le fil de son existence s'amoindrir, s'effilocher et sentait, tout autour d'elle, les spectres de la mort guetter.

— Pas tout de suite, mes jolis, croassa-t-elle d'une voix au timbre poussiéreux, cassé. Je trancherai moi-même ce filament. Quand le moment sera venu. Et pas avant ! Pas avant !

Haletante, elle quitta son fauteuil et, s'appuyant sur une épaisse canne, claudiqua jusqu'au centre de sa chambre. Là, sur un petit autel de marbre veiné dédié à la Déesse Lune, trônait une vasque d'argent remplie d'eau pure.

— Je saurai qui est responsable de ce gâchis.

Sous la pression de sa volonté, l'onde se troubla, puis devint en quelques minutes à peine complètement opaque, semblable à la surface d'un miroir.

— Qui ? gronda-t-elle.

On avait mis une souris dans la chapelle. Car il était impossible que la bête se soit glissée d'elle-même en ce lieu sacré, hermétiquement clos. Mais quand ? Et pourquoi la bête avait-elle traversé la pièce au moment le plus délicat du rituel ? Qui l'avait introduite en ces murs ?

— Qui ?

Au lieu du coupable, l'argentine psyché lui montra la chambre de Tiberio.

... L'adolescent, épuisé et pâle, dort. L'assassin entre à pas de loup, fixe de son œil le seuil de la chambre plongée dans la pénombre. Un bref sourire traverse son visage androgyne. Implacable, il ramasse un coussin, s'approche...

— Je m'en moque ! pesta la vieille femme. Je sais qu'il réussira. J'ai sacrifié trop de vies, trop de destinées, pour forger la sienne !

... Un bref sourire traverse son visage androgyne. Elle ramasse un coussin, s'approche...

— Qui m'a fait ça ? Je veux savoir ! ragea Atropos, plongeant sèchement un doigt noueux dans le cratère consacré.

... Une jeune fille, drapée dans des voiles laiteux, ouvre doucement, sans faire de bruit, la porte de la chapelle. Observe la silhouette noire assise au centre du sanctuaire. Se penche et laisse échapper de sa main blanche une petite créature grise...

— Clotho ! Clotho ! Ah ! J'aurais dû me douter de sa traîtrise ! Mais pourquoi ? Que veut-elle ? Mon trépas, évidemment ! Je suis bête ! Je suis stupide ! Quel âge a-t-elle ? Vingt ans, à peine ? Elle s'est amourachée d'un homme ! Elle veut sentir un mâle entre ses cuisses ! Et la seule manière de l'avoir, n'est-ce pas... C'est me tuer ! Alors qu'il lui suffisait d'attendre...

Elle frappa rageusement son bâton sur le sol dallé.

— Je ne laisserai pas cette péronnelle faire échouer mes projets ! Hors de question ! Tu as voulu m'occire ? Très bien ! C'est ta vie qui va se finir ! Le rite de bannissement n'est pas le seul que je connaisse, ma fille... Et tu vas bientôt comprendre ce qu'est la fureur de la Faucheuse. Je vais réduire ton existence à néant. Je vais trancher, raccourcir, raboter ! Et quand ce sera fini, je t'aurai volé des pans entiers de ton avenir : il me restera encore quelques belles années devant moi… Et toi…

Une brusque douleur. L'atroce sensation d'être transpercée d'une brûlante lame. La Moire suffoqua. Se retourna – et vit, devant elle, le spectre d'une vieille femme encapuchonnée de noir.

— Toi ? glapit-elle, les yeux écarquillés de surprise, reconnaissant celle qui l'avait précédée.

Et elle s'effondra, morte, sur le sol.

Le spectre d'Atropos l'ancienne tournoya encore quelques instants près du cadavre de la traîtresse, puis disparut avec un sourire satisfait.

*

Deux heures après son réveil, Théodora avait été convoquée dans le bureau de la Maîtresse de l'Académie. Situé au cœur d'un dédale de couloirs étroits et de galeries ouvertes, il ressemblait plus à l'oratoire d'un temple qu'à un office. Vitraux ogivaux, pierres brutes auxquelles avaient été çà et là fixés de petits braseros, immense statue de la fondatrice de Vespera. La doyenne était une femme d'une soixantaine d'années à la peau sombre, aux pommettes hautes et aux joues creuses. Elle était vêtue avec une élégante sobriété d'une longue robe et d'un surcot de jais.

Un chat tigré ronronnait, roulé en boule, à l'angle de sa table de travail.

La matrone l'avait examinée, longuement, posément avant de l'inviter à prendre place, face à elle, sur une chaise. Alors avait commencé un entretien durant lequel Théodora avait dû répondre à des interrogations n'ayant d'autre fin que de lui poser cette ultime question : « Êtes-vous enfin prête à assumer la destinée qui est vôtre ? »

Les ombres bleutées du crépuscule nimbaient la ville depuis quelque temps maintenant, mais cette énigme, toujours en suspens, continuait à tourmenter Théo.

— Si je suis prête ? Comment je pourrais le savoir, hein ? pesta la bretteuse, confortablement installée dans le petit équipage aux armoiries d'Arachnae qui les menait, Ornella et elle, au palais. Et ce n'est pas cette foutue magie qui va m'aider !

Souriant dans la pénombre, la courtisane vérifiait sa coiffure et sa mise.

— Ce talent de sorcellerie ne t'a-t-il jamais montré la voie ? Indiqué de quelle nature serait la tâche qui t'incombe ?

— Je n'en sais rien, Ornella ! Rien ! Je n'ai rien perçu, rien décelé qui puisse en quelque façon m'aider, me montrer le chemin…

— Et le prince ? Tu l'as *vu*, non ?

— Mais qu'est-ce que tu veux que je fasse ? À moins de me poster derrière les rideaux de sa chambre et attendre que l'assassin veuille bien se montrer…

L'attelage s'arrêta, mettant un terme à leur discussion. Un domestique en livrée leur ouvrit respectueusement la porte et les aida à descendre du carrosse.

Les jardins du château étaient recouverts d'une fine pellicule blanche. Les pavés de la cour luisaient, reflétant en scintillements diaprés les lumières qui éclairaient l'intérieur de l'édifice. Les tourelles pointues et les donjons se découpaient dans le ciel étoilé, ombres plus noires que la nuit elle-même.

Resserrant les pans de leurs mantes autour d'elles, les deux compagnes suivirent le valet vers le seuil de la majestueuse bâtisse.

*

… Du haut de ma tour isolée
Je vois les toits de la cité
Et leurs ardoises ruisselantes

J'écoute le bruit de la pluie
Et je pleure
Pourquoi, pourquoi es-tu parti ?

Un trio de musiciens accompagnait la ballade de la chanteuse, parant sa voix mélancolique de notes mélodieuses.

La cour avait été réunie dans les salons de l'aile ouest et ne comptait qu'une centaine d'invités. Tout en grignotant les mignardises disposées sur les tables de banquet, ils commentaient, à mi-voix, les événements de la journée : Tiberio, malade, avait tout de même tenu à assister à la soirée ; *Les Baladins d'Arachnae* donneraient, une heure avant minuit, une récitation de quelques morceaux choisis ; Agatha Mangori, le gouverneur, n'ayant pas quitté le chevet de son fils souffrant, seule sa fille Phoebé était présente ; Son Altesse Alessio avait une nouvelle amante dont on ignorait l'identité…

… J'ai cru à toutes tes promesses !
À tes poèmes passionnés
J'ai répondu par des baisers…

Les soupçons des courtisans, néanmoins, se portaient sur la jeune et belle comédienne qui avait si magnifiquement interprété le personnage de Paolina et ne quittait pas l'entourage du prince.

Théodora, qui était demeurée quelque temps avec eux, avait d'abord souri de leurs supputations, mais à présent, elles ne lui paraissaient plus si invraisemblables que ça. Et, en observant le prince et son ancienne amante du coin de l'œil, elle se demandait si ce n'était pas Ornella qu'elle avait discernée, alanguie contre Alessio, dans sa dernière vision.

... J'écoute le bruit de la pluie
Et je pleure
Pourquoi, pourquoi es-tu parti ?

Une bouffée soudaine de jalousie, vite réprimée, lui comprima la poitrine.

« Après tout, qui suis-je pour lui faire une scène ?. Ce n'est pas Ornella qui est partie, c'est moi. Tout ça parce que je n'ai pas voulu voir en elle plus qu'une belle évaporée. Tout ça parce que je n'ai pu m'empêcher de fuir dès que je l'ai sentie amoureuse et de me jeter dans les bras de cette catin... Juste parce qu'elle ne m'aimait pas. »

C'était la principale raison pour laquelle Théo s'était éprise de Valia. Parce que l'assassin n'éprouvait aucun sentiment, aucune attirance pour elle. Morsure l'avait considérée comme une employeuse, puis une cliente. Jamais comme son amante, ni même son amie.

« Et moi, je n'ai pas été plus franche, avec elle. Cette fille était une parfaite échappatoire. À la limite, j'étais presque plus sincère avec Dario. Pas que ça change grand-chose, de toute façon. Je me lasse tellement vite ! Si seulement je comprenais pourquoi... »

Les accents déchirants de la mandoline s'élevèrent, prélude à la tragique conclusion de la chanson.

... Le ciel est sombre, triste est mon cœur
Je suis seule et la vie m'écœure...

Théodora, agacée par le tour que prenaient ses réflexions, secoua la tête et recommença à observer les serviteurs et les invités. Au cas où. Çà et là, des groupes s'étaient formés, créant d'étonnants bouquets aux pétales chamarrés, éclatants.

La jeune femme, vêtue de gris, paraissait bien fade à côté d'eux.

Puis Othellia entra dans la pièce, accompagnée de ses filles, de son époux et d'un homme vêtu de noir de pied en cap, aux prunelles ambrées, à la peau blême et à la longue chevelure de jais. Tamino le nécromancien. Aussitôt, Alessio et sa suite se portèrent à leur rencontre. Sachant que le souverain ne tarderait pas, par un discours élogieux en lequel il louerait leur dévouement, à donner le véritable coup d'envoi des festivités, Théodora rejoignit le petit groupe. Elle s'apprêtait à se glisser près d'Othellia lorsque son regard fut attiré par un domestique aux mouvements vifs, souples – beaucoup trop pour un simple valet. Saisie d'une intuition fulgurante, la bretteuse se lança à sa poursuite.

*

Ornella, encore étourdie par la présence du prince, avait rejoint la troupe des *Baladins d'Arachnae* peu de temps avant le début de leur florilège.

Ravie qu'Orlando lui laisse tout loisir de choisir une tirade issue de son propre répertoire, elle s'était décidée après quelques minutes de réflexion pour le célèbre monologue de Carmella, qui achevait sur une note ironique la tragi-comédie éponyme écrite par son père des années auparavant. Son choix n'était évidemment pas anodin : Ornella espérait montrer à Alessio qu'elle n'était pas si candide qu'elle le paraissait. Même si elle ne doutait pas qu'il le sache. Il n'était pas homme à se laisser envoûter par une ingénue. Il n'était point homme, en vérité, à se laisser séduire par qui que ce soit. Mais, en interprétant cette créature ensorcelante et cynique, en s'appropriant ses paroles, Ornella voulait donner l'illusion de le savoir et d'en jouer. Quand ce fut son tour, la belle jeune femme s'avança, lissa sa robe du plat des mains et se lança.

— *Vous m'accusez de trahison, mais oubliez*
Bien vite, je crois, que je ne vous ai rien juré !
Jamais je ne vous ai promis fidélité,
Je n'ai jamais prétendu que je vous aimais !
Aveuglé par le désir qui vous consumait,
Vous avez voulu le croire, m'avez tout donné :
Est-ce ma faute si votre envie passionnée
A pris le pas sur votre raison, mon ami ?...

Une salve d'applaudissements ponctua la fin de sa tirade. Ornella salua, et accepta le bras du prince. Celui-ci, une lueur malicieuse au fond des yeux, lui tendit une coupe de nectar. Il n'était probablement ni dupe ni amoureux.

« Contrairement à moi. Cela ne fait que quelques nuits, à peine, que nous sommes amants et déjà, je me languis lorsque je ne suis pas avec lui ! Si j'avais su qu'au terme d'un souper, je succomberais aussi facilement… Par la Lune ! D'abord, Théodora, terrifiée à la seule idée d'être attachée à une personne, tétanisée par le spectre de son destin. Maintenant, le prince pour lequel je ne suis qu'une distraction. Je ne pouvais pas faire pire. »

Soudain, Tiberio, qui de toute la soirée n'avait pas quitté son père, chancela. Ses traits étaient tirés, son visage sérieux creusé de cernes bleutés.

— Je crois que je vais me retirer, murmura-t-il d'un ton faible.

Ornella contempla l'adolescent avec pitié. Il paraissait complètement exsangue, à bout de forces. Des guérisseurs étaient venus l'examiner dans la journée, mais n'avaient rien pu déceler en lui, hormis une intense fatigue. La jeune femme devinait qu'il souffrait d'un mal bien plus profond et qu'il était condamné. C'était quelque chose qu'elle sentait – dans l'attitude de son père, peut-être, ou dans le triste regard d'Othellia. Le prince posa la main sur l'épaule de son fils.

— Allez vous reposer, Tiberio. Nous vous rendrons visite tout à l'heure, avant d'aller nous coucher.

Peu de temps après, l'adolescent quittait la pièce, escorté par un mince domestique et deux soldats lourdement armés. Ornella les regarda partir, le cœur serré par le chagrin, puis le prince l'entraîna vers une table de banquet.

— Il faut que je vous parle, Alessio, murmura-t-elle doucement. Théo… mon amie… Elle a eu une vision. Elle a vu quelqu'un s'introduire dans vos appartements et…

— Ne vous inquiétez pas, Ornella. Tout ira bien.

*

Segestae, Arachnae

« À l'attention d'Agrippina Segesta, Gouverneur de Segestae

Ma chère sœur,

Je vous écris dans l'urgence, inquiète et désespérée, en dépit des propos des Sorcières de la Destinée. Alessandrina a disparu ! Elle a fui le convoi en chemin, avec pour toute escorte un jeune guerrier ! On m'assure qu'ils trouveront sur leur route confort et protection, mais je ne puis m'empêcher de douter : et s'il leur arrivait quelque chose ? Si par l'un de ses soudains caprices, le sort décidait en leur défaveur ? Quel espoir aurai-je, si ma petite fille n'est plus ? Il reste Artemisia, c'est vrai, mais nous le savons depuis longtemps, le prince et moi-même, sa vocation n'est point de diriger la principauté… »

Le gouverneur de Segestae leva les yeux vers sa fille et sourit.

— Qu'y a-t-il ? s'enquit cette dernière avec une moue soupçonneuse. Vous paraissez de bien bonne humeur et pourtant, cette lettre vient de ma chère tante !

— Tais-toi ! On pourrait nous entendre ! siffla Agrippina. Lis, plutôt ! Ça t'évitera de pérorer !

Leandrina se saisit de la missive. La parcourut rapidement, écarquillant les yeux à mesure de sa lecture.

— *« ... Je serai donc seule, en votre belle cité. En espérant que les toquades d'une enfant et le retard causé par l'inquiétude d'une mère ne vous contrarient pas plus que de raison, soyez assurée... »* Je comprends votre joie ! Mais cela risque de nuire à nos projets, non ? Je veux dire, si ma cousine se dérobe à notre hospitalité, nous ne pourrons l'assassi...

— Taisez-vous, Leandrina ! À vous comporter ainsi, vous faites preuve d'une bien grande immaturité. Pendant que je m'occupe de ce problème, je vous prie d'aller méditer dans votre chambre sur la notion de discrétion et sa nécessité politique.

L'adolescente se leva rageusement et quitta le boudoir en claquant la porte, laissant la gouverneure organiser la suite des événements.

— Ce ne sera pas bien compliqué, spécula Agrippina avec une moue amusée. Il me suffira d'envoyer sur ses traces quelques mercenaires. Que pourront deux enfants face à dix hommes déterminés ?

Aussitôt sa décision prise, elle chiffonna la missive de Julia et la jeta dans le brasero.

*

Arachnae

La nuit était bien avancée, déjà, lorsque Théodora reprit ses esprits. L'astre nocturne avait presque achevé sa course dans le ciel et la lumière des étoiles faiblissait. La jeune femme se redressa péniblement. Regarda alentour. Elle se trouvait à l'extrémité d'une galerie, au pied d'un petit escalier en colimaçon menant vers les niveaux inférieurs.

Son talent s'était de nouveau exprimé.

— Foutu don de clairvoyance ! Pourquoi refuse-t-il de se manifester lorsque je le désire ?

Pestant entre ses dents, elle frotta vigoureusement son épaule meurtrie par la chute, tentant de se remémorer les événements qui l'avaient menée jusqu'ici.

« Qu'est-ce qui s'est passé ? Qu'est-ce que je fiche ici ? »

Elle avait repéré un domestique trop agile, à la silhouette familière, et l'avait suivi dans les étages. Là, elle avait été aspirée par les brumes d'une vision.

Et puis, plus rien.

À présent, la jeune femme peinait à se souvenir de ce qu'elle avait vu. De ce que le destin lui avait montré.

Fichue mémoire !

Ce valet...

Ce corps androgyne. Théodora le connaissait. Comment ? Elle l'avait déjà contemplé, touché, caressé. Où ? Quand ? Et à qui appartenait-il ?

— Je n'ai pas connu tant d'hommes que ça, réfléchit-elle à haute voix. Et aucun n'était assez mince, assez souple pour correspondre… C'est donc une femme. Mais laquelle ?

… Une main soulève doucement la nuque de l'adolescent endormi. S'empare de l'épais oreiller de plumes. Le presse, toujours plus fermement, contre son visage…

« Tiberio ! Le Prince ! Vite ! Je me souviens, maintenant !Pourvu qu'il ne soit pas trop tard… Alessio… Son fils… Pourvu qu'ils soient encore en vie. Et son amante… Par la Déesse ! Ornella ! Elle risque… »

Sans plus hésiter, Théodora s'engouffra dans les escaliers étroits et raides, dévala les hautes marches de pierre, glissa, se rattrapa, reprit sa folle cavalcade. Arrivée à l'étage inférieur, elle s'arrêta quelques instants, tira de son fourreau une dague incurvée et prépara trois fins stylets, puis regarda autour d'elle, confuse. Où était-elle ? Où chercher les appartements princiers ?

Elle poursuivit son chemin en quête d'un signe susceptible de lui montrer la bonne direction. Mais dans ce large corridor, elle ne trouva nul indice. Et il n'y avait pas âme qui vive. Aucune sentinelle. Aucune patrouille.

Rien que ce vaste couloir ponctué d'austères bustes de femmes aux traits ridés, pleins ou encore juvéniles.

« L'antre des Moires. »

Un frisson la traversa. Avança plus doucement, plus furtivement, encore. Mais cela ne suffit pas. Elle passait, prudente et silencieuse, devant une porte d'où filtrait une pâle lueur quand celle-ci s'ouvrit à toute volée, laissant place à une prêtresse drapée de gris, dont les douces rondeurs contrastaient effroyablement avec la rage insensée qui déformait son visage.

— Arrière ! Arrière ! rugit l'effrayante prêtresse. Je ne permettrai pas que tu te dresses entre la volonté de la Lune et cet infâme usurpateur !

— Quoi ?

— Meurs ! Meurs ! hurla Lachesis, hors d'elle.

Et, crispant ses mains comme des serres, la Tisseuse fondit sur Théodora, emportant son destin dans une étreinte fatale.

La bretteuse hoqueta, se recroquevilla sur elle-même, en proie à une atroce douleur. Le voile du sensible se déchirait tout autour d'elle, ne laissant apparaître qu'un immense entrelacs de fils, semblables à la toile d'une monstrueuse araignée. Suffoquant, elle essaya de reprendre l'écheveau qui la rattachait à la vie, de l'arracher à la malveillante puissance de la Moire – en vain. Sa résistance cédait, d'instant en instant. Bientôt, elle n'aurait même plus la force de lutter…

Soudain, les couleurs, les odeurs, les perceptions familières de la réalité réapparurent. Lachesis gisait à ses pieds, morte. Une tache pourpre allait s'agrandissant sous son crâne enfoncé. Face à elle, Clotho tenait entre ses mains inquiètes une vasque d'argent humide de sang.

Ces pommettes anguleuses et ces prunelles d'encre trop grandes pour ce petit visage parurent soudain curieusement familières à Théodora – comme surgies d'un passé depuis longtemps enfui.

Alors les souvenirs affluèrent, fulgurants, à la surface de sa conscience…

— *Ils sont morts depuis longtemps, tes parents ?*

— *Depuis quatre ans. Ma mère a disparu pendant l'incendie de Lycosa. Et le navire de mon père a coulé juste après. Et toi ?*

— *Papa est parti il y a longtemps. Et Maman…*

La voix de l'enfant se brise.

— *Ne pleure pas Noria ! Si tu pleures, moi aussi je vais m'y mettre et ça, je ne veux pas : ça leur ferait trop plaisir, ici. Et puis, ils croiraient que c'est parce que je regrette ce que je lui ai dit, à cette peste.*

— *Je la déteste.*

— *Alors, pourquoi lui as-tu demandé si tu pouvais venir ?*

— *Je sais pas. Théo ?*

— *Oui ?*

— *Tu me racontes une histoire ?*

— Noria ? souffla-t-elle. Mais…

— Tourne à gauche au fond du couloir. Traverse la passerelle. Monte les escaliers. Peut-être auras-tu le temps de les sauver ! Vite !

Théodora obéit. Traversa, en courant, la galerie suspendue. Esquiva, d'un saut périlleux, deux gardes postés à l'entrée des quartiers princiers. Poursuivit sa course désespérée, ignorant leurs cris.

Arrivée en haut des marches, elle hésita. Avisa les majestueuses portes fermant les appartements du prince. Les factions chargées de veiller à la sécurité des Sforza avaient entendu les appels de leurs confrères ; l'apercevant, elles chargèrent. Trois lames acérées se fichèrent, avec une terrifiante précision, dans leurs chairs. Elles s'effondrèrent en suffoquant. Sans perdre de temps, Théodora franchit les quelques toises qui la séparaient de son objectif, poussa l'un des vantaux – il résista. Elle recommença, en vain. Déjà, d'autres gardes étaient apparus à l'angle du couloir. Ceux qu'elle avait semés, plus tôt, sur la passerelle, émergèrent de l'escalier. Il était trop tard pour parler. Trop tard pour négocier.

Ce qu'il lui fallait, c'était gagner du temps. Sans délibérer plus avant, la bretteuse arracha de son cou un minuscule pendentif en forme de larme et le jeta violemment par terre. Il se brisa, dégageant une fumée opaque, âcre, à l'odeur pestilentielle. Profitant du désarroi et des nausées de ses poursuivants, retenant son souffle le temps d'échapper au méphitique nuage, elle se colla contre les pierres sculptées de bas-reliefs – commença à grimper. Ses doigts trouvant naturellement les prises s'y accrochant sans difficulté, elle parvint rapidement en haut du mur. Hors de portée.

« Au moins, cette babiole aura été utile. Mais je ne sais toujours pas comment pénétrer dans les quartiers du prince ! Si seulement... Si seulement, pour une fois, ce don de malheur pouvait se montrer utile ! Lune ! Déesse au triple visage, je t'en prie ! Montre-moi comment parvenir jusqu'à lui ! Si tu m'as vraiment choisie... Aide-moi... »

Durant quelques interminables instants, il ne se passa rien. Puis le brouillard familier apparut devant ses yeux, traçant non pas des images issues du passé ou d'un hypothétique futur, mais une bande étroite, pas plus large qu'un ruban de soie, lui indiquant un chemin. Elle le suivit, se déplaçant comme un lézard contre le mur froid avant de redescendre doucement vers le sol. Elle arriva, enfin, devant une cariatide. Le filet de brume argentée se perdait dans les replis d'une robe de marbre. Théodora laissa courir ses doigts sur la pierre, s'efforçant de trouver quelque mécanisme dissimulé lui permettant d'accéder aux appartements. Elle rencontra dans la paroi rugueuse un long interstice : commençant à trois coudées au-dessus du sol, il se poursuivait, perpendiculaire à son tracé initial, le long du parquet.

C'était le passage qu'elle cherchait.

Les quartiers princiers étaient tranquilles, paisibles, éclairés çà et là par des braseros dont les flammes projetaient sur les murs des taches dorées et pourpres. D'abord un peu étonnée de ne voir aucun garde, Théodora se souvint que les dirigeants d'Arachnae possédaient les meilleures sentinelles qui soient : les Moires, dont les prodigieux pouvoirs de divination permettaient de prévenir toute tentative d'assassinat. Normalement. Il paraissait évident, à présent, qu'au moins deux des Sorcières avaient comploté contre le prince pour placer sur le trône sa veuve ou sa fille aînée. Et pourquoi ? Parce qu'il était un homme ? Pour pouvoir avoir une mainmise absolue sur la destinée de la principauté ? Peu leur importait que son avènement ait été béni par la Triple Déesse. Seule comptait leur volonté de puissance.

Théo dépassa une porte entrebâillée. S'arrêta. Revint sur ses pas. L'ouvrit doucement.

C'était une chambre d'adolescent. Des chatoiements mordorés, issus de l'âtre de la cheminée, éclairaient faiblement la pièce. On distinguait, accrochées aux murs lambrissés, de discrètes tapisseries. Il y avait quelques coffres soigneusement rangés, un petit secrétaire près de la fenêtre et un lit, où l'on devinait, derrière les voiles des baldaquins, une forme immobile. Théodora s'approcha avec précaution de la couche. Souleva le pan d'une voilure.

— Et merde, souffla-t-elle, atterrée.

Le meurtrier n'avait même pas pris la peine d'ôter l'oreiller qui avait servi à étouffer le malheureux.

Elle se précipita hors de la pièce, chercha une trace, un signe trahissant le passage du meurtrier – finit par trouver, dévoilant un panneau de bois entrouvert, une tenture dont un pan avait été relevé. Théodora le fit coulisser, déboucha après quelques pas dans la chambre d'Alessio. Et se rua sur la silhouette mince qui, d'une main assurée, avait saisi la longue chevelure bouclée d'Ornella pour l'égorger. Elle la percuta de plein fouet et toutes deux roulèrent à terre, loin de la couche où reposaient le prince endormi et son amante, vraisemblablement drogués. L'assassin plongea entre ses jambes, tentant de la faire tomber. Théodora esquiva, cogna au passage un grand vase qui éparpilla sur le sol une douzaine de roses. Elle reprit son équilibre, pas assez rapidement pour éviter le poignard. Ignorant la douleur cuisante de son épaule, la bretteuse répliqua d'un violent coup de pied dans l'estomac. Projetée en arrière, le souffle court, la fausse domestique s'affala à proximité d'une fenêtre ogivale pour se relever aussitôt – et la lame acérée d'une dague taillada son bras gauche, lui arrachant un cri. Elle répliqua d'une feinte brutale et Théo ne dut qu'à ses réflexes et son entraînement de garder son œil : la pointe déchira juste sa joue. Elle contrattaqua, frappa le poignet de son adversaire et, du plat de sa dextre, heurta sauvagement son menton.

Les premières lueurs de l'aube commencèrent à poindre, révélant le visage de son ennemie ; nébuleux d'abord, ses traits se précisèrent, comme si l'illusion qui les dissimulait aux yeux du monde se dissipait.

C'était une créature androgyne, aux formes troublantes, aux traits délicats malgré le sang qui coulait de sa bouche. Un feu glacé couvait au fond de son œil unique.

— Valia ? articula Théodora, stupéfaite. Je…

Le chuintement d'un stylet fendant l'air l'interrompit. Morsure avait agi si rapidement qu'elle avait à peine eu le temps de la voir attaquer. Elle ne put que suivre, impuissante, le parcours de la pointe qui, filant à toute vitesse, alla se ficher dans le corps d'Ornella. Encore embrumée par la drogue, la courtisane s'était jetée en travers de la lame pour sauver la vie du prince. Sans un bruit, elle s'effondra dans ses bras.

Théodora sentit la froideur de l'acier sur son cou. Instinctivement, elle se jeta en arrière, bascula sur son opposante et se libéra de son emprise. Sans lui laisser le temps de se reprendre, elle se retourna, lui asséna un coup de tête et la plaqua sur le sol, face contre terre. Alors elle s'installa à califourchon sur son dos, se saisit de son bras et, d'une torsion sèche, précise, le brisa. Valia hurla. Indifférente à sa souffrance, le cœur brûlant de rage, elle déroula le mince garrot qui entourait son poignet. Le passa autour de la gorge de son ancienne amante. Et commença à serrer.

— Je t'en prie…

— Tu as tué quelqu'un que j'aime. Alors ne me supplie pas.

— C'est pour elles. Pour les petites. Pour qu'elles puissent vivre décemment…

— Cesse de te cacher derrière tes sœurs pour justifier tes crimes, Valia.

— Quinze mille ducats, Théo !… Quinze mille ducats – et pour quoi ? Mettre un terme à l'existence d'un homme qui se fout bien de son peuple… Débarrasser le monde d'un usurpateur… Je l'ai fait pour elles… Je l'ai fait pour la principauté…

La colère reflua lentement, laissant place à l'incrédulité, puis à l'indifférence. Théodora le devinait, la tueuse n'avait été qu'un pion, la pitoyable marionnette des Moires.

— Tu l'as fait pour deux sorcières aveuglées par la haine. Deux sorcières qui ont réduit ta vie en miettes pour mieux t'influencer, siffla Théo, comprenant instinctivement que chaque mot prononcé était *vrai*.

— Théo… Je… Promets-moi… Promets-moi au moins de les épargner…

— Je te promets qu'elles ne souffriront pas.

Valia avait rempli son rôle dans le théâtre du monde. Elle avait même failli changer le dénouement de la pièce. Mais tout était fini. Le rideau était tombé. Il était temps qu'elle quitte la scène.

Alors Théodora, pesant de tout son poids contre les omoplates de sa victime, raffermit sa prise sur le filin couvert de poudre de diamant – et tira.

Épilogue

Car nul ne peut échapper à la Destinée : tout est filé, tissé sur la Grande Tapisserie du monde. Et la Lune, déesse au triple visage, veille à ce nul accroc ne vienne en altérer la trame.

Ainsi se terminent les contes, dans l'Archipel des Numinées.

*

Arachnae – 5e jour du mois de la Mère

La minuscule chouette entra sans un bruit par la fenêtre ouverte et se percha sur la barre de bois prévue à cet effet, face au bureau d'Alessio. Elle l'observa en clignant des yeux et poussa un doux chuintement. Il releva la tête vers elle. Un sourire anima ses traits las. Il fit le tour de son écritoire, fouilla dans un coffre, en extirpa la friandise espérée et la tendit, paume ouverte, à la messagère ailée. Celle-ci s'en empara avec avidité, laissant au prince tout loisir de saisir l'étui attaché à sa patte. Pas plus grand que le pouce, il contenait un mince ruban de papier couvert d'une écriture trop petite et trop serrée pour être déchiffrée à l'œil nu. Revenant à son secrétaire, Alessio fureta quelques instants avant de trouver ce qu'il cherchait : une énorme lentille. Alors, la plaçant à bonne distance de la missive, il commença sa lecture.

« À Alessio Sforza, Prince d'Arachnae
Segestae, 30e jour du mois de la Vieille

Altesse,

Vous trouverez, dans ce courrier concis, le récit des événements qui se sont déroulés depuis mon arrivée à Segestae et, d'abord, des nouvelles de votre aînée.

Durant leur périple, Alessandrina et son chevalier ont échappé par deux fois à des bandes errantes : mes agents se sont chargés de mettre les brigands en déroute. Ils sont arrivés en vue du camp des saltimbanques voici quelques jours. Le chef de la compagnie a été mis au fait de leur venue : il veillera sur eux comme s'il s'agissait de ses propres enfants – et vous savez ce que cela signifie pour les gens du voyage. C'est un serment sacré et il mourra plutôt que les voir souffrir. Ainsi, quoi qu'il advienne à l'avenir, Alessandrina sera sauve et, si elle décide de revenir auprès de vous, il s'arrangera pour que son voyage se déroule au mieux. Pour l'instant, néanmoins, nos deux fugitifs demeurent à bonne distance des caravanes. Ils observent, prennent la mesure de ce qui les attend... »

Un coup bref interrompit sa lecture.

— Entrez !

La dirigeante de l'Ordre des Quatre Vents pénétra dans la pièce, suivie par Tamino le nécromancien. Tous deux arboraient des mines graves, préoccupées.

— Altesse, nous avons des nouvelles d'Orfeo Bocanegra, déclara la magicienne en entrant. Elles ne sont pas bonnes.

— Asseyez-vous, leur enjoignit Alessio en retour.

— Orfeo Bocanegra a été empoisonné, annonça Othellia. Et sa bibliothèque a été détruite dans un incendie.

— Mon Ordre a mené une enquête, ajouta Tamino d'une voix blême. Les morts ont parlé : le sorcier a été éventré par des ronces nées de ses propres entrailles. Le feu serait né par hasard : dans sa chute il aurait renversé une lampe.

— Un hasard bien conciliant, murmura sombrement le prince.

— Ce n'est pas tout, dit encore Othellia. À Sparassia, un nouveau culte est apparu. Des exaltés se sont donné la mort en hurlant le nom de Kebahil. À Matricia, une peste dont nul ne sait l'origine est aux portes de la capitale.

*

Route d'Éolia

Théodora resserra les pans de sa cape autour d'elle puis arrêta son cheval, une bête robuste à la robe grise, jetant un regard en arrière. Noria la rattrapa au petit trot, pressant maladroitement les flancs de sa monture. Les deux jeunes femmes avaient quitté Arachnae trois jours plus tôt et pris la route d'Éolia. Une fois le port atteint, elles embarqueraient pour Lycosa. Le prince leur avait ordonné de rejoindre sa fille cadette et de veiller à son éducation. Noria était chargée de l'aider à maîtriser ses dons de magicienne ; Théo avait accepté de prendre en charge son apprentissage des armes – à la mode de l'Académie. Ainsi, la future princesse d'Arachnae serait versée à la fois dans la magie du destin, dans la stratégie – c'était, après tout, le domaine privilégié de Lycosa – dans la diplomatie et dans l'art de l'escrime.

— Veux-tu que nous fassions une pause ? demanda la bretteuse.

— Si cela ne t'ennuie pas. Je n'ai pas l'habitude de voyager.

Théo mit pied à terre et aida son amie à faire de même. Tenant leurs chevaux par la bride, elles quittèrent la piste et prirent la direction d'un bosquet, situé non loin de là. Elles marchaient, chacune perdue dans ses pensées. Elles ne rompirent le silence qu'une fois les bêtes attachées.

— Tu as faim ?

— Pas trop, répondit Noria.

— Tu devrais manger.

— C'est à moi que tu dis ça ? Tu n'as rien avalé, ou presque, depuis que nous sommes parties. Tu penses toujours à elle ?

— À qui ? À Valia que j'ai tuée ou à Ornella que j'ai perdue ?

Noria s'approcha de Théodora et lui passa un bras autour des épaules. Elle se sentait triste pour la jeune femme, qui n'avait été qu'un pion de la Destinée. Elle se sentait désolée pour tout ce qui s'était passé : ces trahisons et ces morts. Tout ça parce que de simples mortelles s'étaient crues au-dessus des lois de la Triple Déesse et, ivres de puissance, avaient voulu plier la Grande Tapisserie à leur volonté.

Aujourd'hui, les Moires d'Arachnae n'existaient plus. Le prince avait réuni sa cour et conté la trahison des Sorcières. Clotho, la plus jeune d'entre elles, avait confirmé son récit. La Triade avait été dissoute. Et la Déesse elle-même s'était manifestée, entérinant cette décision. Au moment précis où Noria arrachait le voile qui symbolisait sa condition et le déposait devant Alessio, la Lune avait masqué le soleil à son zénith. Alors, trois spectres anciens, trois sorcières, trois visages de la déesse, étaient apparus : le premier était vêtu de blanc, le second de gris et le troisième de noir ; ils s'étaient profondément inclinés devant le prince et avaient disparu.

Ces événements sans précédent bouleverseraient l'ordre spirituel et religieux dans les Numinées : les Moires des autres principautés y verraient certainement une menace et les dirigeants, une opportunité. Rares seraient les prêtresses assez sages pour comprendre les raisons profondes de ces changements – et les accepter. Elle-même n'était pas sûre d'en saisir la subtilité.

La voix de Théodora, basse et tremblante, la ramena à la réalité.

— Le pire, c'est que je ne l'aimais pas. Valia était juste une échappatoire. Avec, en prime, un coup de pouce de la destinée j'imagine. Quant à Ornella… Ornella, ça a été un beau gâchis. Et je ne suis même pas sûre que ce soit de l'avoir perdue qui me rende si triste.

— Alors c'est quoi ? s'enquit Noria.

— C'est moi, murmura la jeune femme, ses prunelles cobalt, brûlantes de larmes, fixées sur l'horizon. Je suis incapable d'aimer. J'ai vu un ancien amant mourir devant mes yeux sans lever un sourcil. J'ai éliminé Valia, j'ai tué ses petites sœurs sans hésiter. Pour tout cela, je n'éprouve aucun regret. J'ai accepté ma destinée et la Destinée a fait de moi un monstre. C'est mon humanité que je pleure.

À cela, Noria ne put rien répondre.

*

Arachnae

Othellia et Tamino étaient partis, laissant dans leur sillage un parfum de peur et d'amertume. Les nouvelles n'étaient pas bonnes. Car ils avaient affaire à un Démon, voire une créature plus puissante encore, et plus ancienne.

Il ne servait à rien de se torturer l'esprit avec ça, pour le moment. D'autant qu'il ne possédait presque aucun élément sur cette terrifiante affaire. Avec un soupir, le prince retourna à son bureau et reprit la lettre de son maître-espionne.

« Quant aux Fleurs du Souvenir, elles ne sont plus que cela.

Des souvenirs.

Rassurez-vous, j'ai respecté votre volonté et votre épouse, toute traîtresse soit-elle, a été épargnée.

Je lui ai même sauvé la vie.

Sa sœur, Agrippina, avait organisé non seulement un complot contre vous, Prince, mais également contre son propre sang : une dizaine de brigands se sont rués à l'assaut de la demeure qui accueillait Julia durant son séjour à Segestae, pendant que deux assassins se glissaient, à l'intérieur du manoir. Il ne m'a pas été très difficile de m'en débarrasser. Son hôte, Dame Genna, a survécu. Grâce à cette femme et à mon agent infiltré – la nouvelle demoiselle de compagnie de feue Leandrina – j'ai pu rassembler les preuves nécessaires à la chute d'Agrippina et de ses alliées. Profitant de la catatonie de votre femme, nous avons fait croire, la maîtresse des lieux et moi-même, à sa mort. J'ai pu épier les réactions d'Agrippina : elle n'attendait que la nouvelle de votre trépas pour propulser sa fille à la tête de la principauté. J'ai satisfait son désir au mieux de mes capacités : une lettre, annonçant votre mort, est arrivée fort opportunément entre ses mains. Elle a aussitôt organisé un banquet pour fêter l'événement – hélas ! Il semblerait que leur vin ait été empoisonné. Aucune de ces traîtresses n'a survécu.

Je pars, dès aujourd'hui, en compagnie de votre épouse. Elle est sous bonne garde, n'ayez crainte, et mes agents veillent sur sa sécurité. Si d'aventure vous décidez de vous en débarrasser en chemin, envoyez-moi une chouette... »

— Certainement pas, Fausta, murmura Alessio, abandonnant le papier aux brandons ardents de son brasero.

Le prince avait longuement hésité sur le sort de Julia ; il pouvait la répudier ou l'éliminer, cela n'aurait aucune incidence sur la destinée. Alessio avait finalement décidé qu'il ne ferait rien de cela. Ni par bienveillance ni par compassion – mais simplement parce qu'elle lui serait bien plus utile en vie. Du fond de son austère cellule, dans le couvent de la Triple Déesse où elle finirait ses jours, elle lui éviterait l'éventualité d'un pénible remariage – fut-ce avec celle qui partageait ses nuits, la belle Ornella.

La comédienne avait survécu. Un cadeau de la Destinée, peut-être. Alessio l'appréciait. Il se pouvait même qu'il en soit amoureux. Mais dans dix ans, il serait un vieil homme. Il n'avait pas le droit de lui voler sa vie.

Le soleil hivernal brillait. Se réfléchissant en myriades de particules dorées sur les toits encore humides d'averse, il dissimulait sous une lueur aveuglante les obscures venelles d'Arachnae et protégeait ses plus sombres secrets. De frauduleux trafics dans les venelles du Labyrinthe. Des crimes abjects dans les culs-de-basse-fosse du Cloaque. Des commerces abominables et des meurtres sanglants dans les entrailles d'Inferna. Et, à la surface, cette vive lumière. Ces parfums de neige et de pain chaud.

Cela lui rappelait, étrangement, quelques vers écrits par le défunt Mercutio pour une vaniteuse amante.

... Ô, splendide hétaïre aux courbes insolentes !
Merveilleuse odalisque à la pose indolente !
Sais-tu ce que cachent tes formes généreuses,
Et tes chairs, pétales d'une fleur vénéneuse ?
Des abats répugnants, des entrailles fumantes,
Les morceaux avariés d'une viande sanglante,
Les effluves fétides de tes excrétions...

Arachnae était semblable en tout point à cette courtisane. C’était là son âme. C’était là son essence. Et nul n’aurait conçu qu’il en aille autrement.

Arlequinades

Et la voix répéta lentement sur son front:
— Maudit! autour de toi les astres s'éteindront. —
Et déjà le soleil n'était plus qu'une étoile.

Hors de la terre – Victor Hugo

Arachnae – 8ᵉ année du règne d'Alessio Sforza

Le soleil nimbait les ruelles d'un halo fauve. Mêlées à la poussière, les particules de lumière dissimulaient ce faubourg miséreux d'Arachnae sous un voile de douceur. Les mouches ne s'y trompaient pas : en cette matinée d'été, elles vrombissaient par centaines, affairées autour d'une masse blanche et brune.

Un chien maigre, le poil ras, souillé de croûtes et de scories s'approcha. Excité par l'aubaine, il se pourlécha les babines. D'abord prudent, il se jeta rapidement sur sa pitance, incapable de résister au fumet du sang.

Un javelot le faucha dans son élan. Il s'affaissa, mort, à côté de son repas. Les insectes agglutinés s'envolèrent, furieux d'être dérangés. Leur irritation ne dura qu'un instant : l'essaim recouvra rapidement son calme et s'abattit sur le cadavre ensanglanté.

Deux soldats surgirent sur la petite place. Le premier était un homme d'une trentaine d'années, à l'épaisse chevelure brune tombant aux épaules, au regard gris-vert. Le second, plus âgé, plus râblé aussi, avait le teint rougeaud et la mine renfrognée. Tous deux portaient, sur leur plastron de cuir, l'insigne de la garde : quatre paires d'yeux séparées par une lame.

— C'était vraiment utile ? demanda le plus jeune, désignant du menton le pauvre animal.

— J'aime pas les bêtes.

Le vieux milicien, sans prêter plus d'attention à son acolyte, s'approcha du cadavre. Il chassa, de sa cape sombre, trop chaude pour la saison, les insectes de la dépouille, se détourna avec dédain.

— Bon, ben c'est ton rayon, Tigran. Moi, je m'occupe pas de ça.

Tigran s'y était préparé. À ce qu'ils allaient découvrir, sur cette petite esplanade de terre battue. À la réaction de l'imbécile qui lui servait d'équipier. Encore une idée lumineuse de la capitaine Morosini : madame faisait de la politique, madame souhaitait s'élever dans la hiérarchie et prendre la tête de toutes les milices du Labyrinthe ; alors madame soignait ses alliés et faisait le nécessaire pour éliminer tous ceux susceptibles de lui faire de l'ombre. Commee lui. Tigran était trop auréolé de gloire – c'était un héros de guerre – pour qu'elle envisage de le laisser en paix. Et tant pis si cela coûtait des vies. Tant pis pour les victimes ; tant mieux pour elle et sa fichue ambition, pour le boucher – l'Arlequin sanglant, quel surnom stupide ! – qui ravageait les faubourgs d'Arachnae, abandonnant dans son sillage des corps souillés et mutilés.

Qui avait-il massacré, cette fois ? Une prostituée ? Une servante ? Une commère revenue trop tard du temple ?

C'était une femme dans la force de l'âge. Elle était entièrement nue. Un peu grasse, elle avait la peau laiteuse. Ses cheveux châtains, méchés de gris, étaient épars autour d'elle, formant une étrange corolle autour de son visage défiguré. Ses bras étaient étendus le long de ses flancs.

Il n'y avait que de la viande rougeâtre, déjà souillée de larves, à la place de ses seins.

Tigran s'accroupit. Examina son cou. Découvrit des traces de strangulation. La fit basculer sur le côté. Elle avait été frappée à l'arrière du crâne, assez pour provoquer une commotion, pas pour la tuer.

« Comme les autres. Il a préféré la regarder mourir. Et arracher ses yeux, pour s'assurer que nul ne découvre son visage dans le regard de cette pauvre fille. »

— Alors ?

— Tu n'as qu'à regarder par toi-même, Marco.

— Je pensais plutôt à chercher du renfort. Des bleus pour porter le corps, et pis prévenir le mortuor.

— Va. Moi, je monte la garde…

Le vieux milicien fila sans demander son reste.

Resté seul, Tigran ferma les yeux, massa quelques instants ses tempes douloureuses. Il n'avait pratiquement pas dormi. Il ne dormait pratiquement plus depuis que ce monstre arpentait les rues d'Arachnae au nez et à la barbe des autorités.

« Pas étonnant, si tous sont aussi arrivistes et malhonnêtes que Morosini. »

Doucement, il caressa la tête de la défunte. Il ne pouvait recueillir ses dernières visions, les orbites crevées l'en empêchaient, mais les pouvoirs élémentaires qui le liaient à la terre lui permettraient peut-être de relever un indice.

Il plaça sa paume sur le cou du cadavre, attirant à lui les énergies. Il sentit des crissements contre sa peau, comme si la matière hésitait à répondre à la pression tellurique.

J'invoque la terre
J'invoque la matière
Ses secrets scellés

Il intensifia sa concentration, aiguisa sa volonté. Enfin, la résistance céda.

Les sensations affluèrent.

*

La vieille était à sa porte, une fois de plus. L'œil inquisiteur, rivé à la fenêtre de l'unique étage de sa bicoque. Elle savait, évidemment, qu'il était là. À croire qu'elle n'avait que ça à faire : épier les gens, et sortir de chez elle pour les importuner avec ses problèmes en tous genres et ses listes de commissions. Il l'aurait bien ignorée, mais elle était plutôt indiscrète et rancunière. Et il ne pouvait pas la tuer. D'abord, il n'en avait pas envie, ensuite, cela aurait été très imprudent. Ils étaient voisins, après tout.

Résigné, il descendit les marches grinçantes de son escalier et ouvrit à l'encombrante commère.

— Ah je me demandais si vous étiez chez vous, justement.

Ben voyons.

— Que puis-je pour vous, Irina ?

— Je me disais que, puisque c'est sur vot'chemin, vous pouviez p'têt aller me chercher mes remèdes.

L'apothicaire ? Sur son chemin ? Drôle de conception des distances. Elle lui tendit une liste écrite sur un papier jauni, couvert de taches.

« Quelle horreur ! Si ça se trouve, elle a bavé dessus. »

— Pis comme ça, quand vous viendrez m'les porter, j'vous offrirai un p'tit coup de gnôle et on bavardera, tous les deux.

« En plus, il va falloir que je supporte ses médisances et son tord-boyau. »

— Avec plaisir, Irina. À ce soir. Je dois me préparer pour aller travailler, maintenant.

Il était employé chez un cordonnier. Un travail fastidieux, qui lui apportait un revenu régulier. Pas au point d'acheter cette petite bicoque – les deniers lui venaient d'un héritage –, mais assez pour mener une vie décente et propre.

Propre, c'était le plus important.

« Il faudra que je me lave les mains pour ôter l'odeur de cette feuille. Elle pue la pisse et la mort, cette vieille. C'est dégoûtant. »

Une fois à l'abri dans son vestibule, il plia soigneusement le feuillet, le glissa dans une pochette de cuir et fila à la salle d'eau : eau froide, savon noir, pierre ponce. Il frotta jusqu'à ce que sa peau soit rouge, alla jusqu'à faire saigner l'un de ses doigts. Enfin, satisfait, il se prépara à partir, quand une idée lui traversa l'esprit. Une idée qui le fit sourire, et suffit à le mettre de belle humeur pour la journée. Il avait récemment remarqué une jeune fille au profil intéressant. Une domestique, à en juger par sa tenue. Travaillant dans une noble maisonnée, elle venait plusieurs fois par semaine dans le quartier, sans doute rendre visite à sa famille. Irina saurait lui donner tous les renseignements qu'il désirait.

*

Tigran, las d'attendre un équipier qui ne venait pas, s'était résigné à faire appel à la bonne volonté des citoyens. Il avait recouvert le corps de sa cape, s'était mis en quête d'une personne pour l'aider : un rémouleur avait accepté, moyennant quelques piécettes, de quérir des renforts.

Le lieutenant n'eut pas longtemps à patienter. Pas assez, en tous cas, pour ruminer sa rancœur à l'encontre de Morosini et de l'ivrogne incompétent qu'on lui avait imposé. Un bruit de bottes, des voix résonnant dans une ruelle toute proche. Faisant jouer les muscles de ses épaules, il se redressa pour accueillir l'assistance.

Elles étaient deux, absolument identiques : cheveux bruns coupés aux épaules, visage étroit, regard gris-bleu, corps androgyne ceint dans l'uniforme brun de la milice d'Arachnae.

— Lieutenant, le saluèrent-elles d'une voix profonde, un peu cassée. C'est un honneur de travailler avec vous.

Tigran haussa un sourcil.

— Et vous êtes ?

— Clio et Cora, de la division du Nord.

— Il va falloir transporter le cadavre jusqu'aux casernements de mon unité. Malheureusement, je n'ai pas de civière sous la main et… disons que le spectacle n'est pas très ragoûtant.

Les jumelles échangèrent un bref coup d'œil.

— Nous connaissons l'objet de votre enquête, lieutenant Gracci, dit l'une d'elles. Nous savons à quoi nous attendre.

« Vraiment ? Eh bien, nous allons voir ça. »

Doucement, Tigran ôta le tissu qui protégeait la dépouille et l'étala sur le sol. Cela servirait de base pour un brancard. Il effleura, par mégarde, la peau de la malheureuse. Frissonna au souvenir des émotions – lassitude, surprise, effroi, souffrance, terreur – lues en elle. Il n'avait rien pu obtenir de plus. Tout ce qu'il espérait, c'était que le mortuor parviendrait, cette fois, à découvrir un indice.

— Que l'une d'entre vous place sa cape au-dessus de la mienne. Ensuite, nous soulèverons le corps…

Il s'interrompit. Blême, l'une des gardes se précipita de l'autre côté de la petite place et vomit. Lèvres pincées, jointures blanchies, sa sœur s'efforçait de tenir le coup.

— Ça va aller ?

Évitant d'ouvrir la bouche, celle-ci hocha brièvement la tête et défit sa pelisse avant de s'avancer jusqu'à la défunte. Sa jumelle les rejoignit. Tigran pensait se placer aux pieds du cadavre pour le porter, mais au vu des réactions des jeunes femmes, il était préférable qu'elles n'aient pas la tête au-dessus du visage mutilé. Cela prit une bonne dizaine de minutes ; finalement, ils déposèrent la morte sur la civière improvisée, la recouvrirent et prirent la direction des casernements.

Sur leur passage, les gens s'écartaient sans un regard. Ils étaient accoutumés aux morts violentes, et trop engourdis, en ce matin d'été, pour se poser des questions. Ce soir, autour d'un verre, ils s'interrogeraient ; puis la rumeur parviendrait jusqu'à eux – « L'Arlequin sanglant a encore frappé » – et ils paniqueraient, mais pour le moment, les miliciens et leur sinistre brancard leur étaient indifférents.

Tigran et ses compagnes traversèrent des passages couverts d'où montaient des relents d'urine et de mauvais vin, grimpèrent un escalier de pierre envahi de mousse sèche, suivirent un lacis étroit de ruelles poussiéreuses. Ils arrivèrent en vue de la bâtisse au moment où Marco en sortait, accompagné par deux soldats. Avisant Tigran et son escorte, il s'arrêta net.

— Alors à quoi ça servait que je me bouge pour trouver quelqu'un ? râla-t-il. Tu m'as fait faire tout ce chemin pour rien ! À une prochaine, les gars. Désolé pour le dérangement. Bon… T'as plus besoin de moi, alors ?

« Trop, c'est trop. »

— Clio, Cora, vous voulez bien patienter deux minutes ?

Sans attendre leur réponse, Tigran, posa le corps sur le sol et fondit sur son équipier. Ce fut si rapide que l'autre n'eut pas le temps de réagir et fut plaqué contre le mur râpeux de la caserne, le cou enserré dans une poigne de fer.

— Écoute-moi bien, Marco. À partir de maintenant je ne veux plus voir ta gueule d'ivrogne et si je te surprends à rôder du côté de mon enquête, je te démolis. Compris ?

— Mais… mais on fait équipe, glapit le milicien, dont le teint avait viré à l'écarlate. Tu peux pas faire ça ! C'est la capitaine Morosini qui…

— Les ordres de la capitaine, je m'en contrefous ! Il y a un tueur qui se balade en toute impunité dans la ville parce que madame ne pense qu'à ses magouilles politiques. Alors tu sais quoi ? À partir de maintenant, je choisis mes équipiers et toi, tu disparais.

— T'as pas le dr…

Coup de tête. Brutal. Efficace. Sans appel. Marco glissa, le nez éclaté, le long du mur. Sans tenir compte des deux hommes qui le contemplaient, bouche bée, Tigran se tourna vers es nouvelles recrues.

— Prêtes ?

En chœur, Clio et Cora acquiescèrent. Une fois dans les casernements, le groupe prit le chemin de la morgue.

*

La vieille avait bien fait les choses : olives noires et vertes, piments marinés, eau-de-vie – une bouteille neuve, ouverte rien que pour lui. Comme cela venait de son hôtesse, qu'elle sentait mauvais et que ses doigts noueux avaient la couleur de la pisse, il frissonnait de dégoût à chaque bouchée, chaque gorgée et se disait qu'une fois rentré chez lui, il se forcerait à vomir, se laverait jusqu'à ce qu'il ne reste rien, plus une trace, plus un seul relent d'elle. Mais elle avait ses bons côtés : ses commérages valaient les sacrifices que sa proximité et ses avances exigeaient de lui.

La jolie brunette sur laquelle il avait jeté son dévolu se nommait Silvia. Ainsi qu'il l'avait deviné, elle travaillait comme servante pour les Putti, une noble famille d'Arachnae. En revanche, ce n'était pas ses parents, qu'elle venait voir dans le quartier. Mais ses amours.

— Pas une amante ! Pas une, mais deux ! Vous les connaissez sûrement ! Les sœurs Machelli : des jumelles, jolies, mais vicieuses. Y paraît qu'elles partagent tout, voyez. Tout, depuis toujours. Alors, qu'en y en a une qui s'trouve une jolie poulette, vous pouvez êt' sûr que l'autre, elle rapplique illico ! Un p'tit coup d'gnôle pour digérer ? Bah, je suis pas née d'la dernière pluie, savez… J'ai ben compris qu'elle vous plaisait, la Silvia. Mais z'en faites pas. Z'en retrouverez une autre, et bien mieux. Un bon gars comme vous ! Y a pas idée de s'enticher d'une garce pareille.

— Vous êtes dure, Irina. Peut-être les aime-t-elle toutes les deux ?

Irina eut une moue dubitative. Dissimulant du mieux possible son excitation, il échangea encore quelques banalités avec la harpie avant de quitter sa bicoque.

Des jumelles. Il n'y avait jamais pensé. Et pourtant : quoi de mieux pour poursuivre son œuvre ? Corps identiques membres identiques. L'idée le séduisait. Que manquait-il ? Une tête, un bras, les jambes et la partie inférieure du corps. Il suffirait de les capturer en même temps. Quant à Silvia... Son visage possédait un ovale parfait, ses yeux en amande brillaient d'une lueur malicieuse et ses lèvres pleines avaient une moue sensuelle.

« Il me la faut. Et, si je me débrouille bien, la jolie Silvia me permettra d'attirer ses amantes jusqu'à moi. Je vais leur préparer une chasse au trésor. Je suis sûr qu'elles aiment jouer. »

En attendant, il avait besoin de se laver, de se purifier des miasmes dégoûtants dont la vieille l'avait barbouillé.

*

Depuis son retour de guerre, Tigran habitait un taudis, tout près des casernements de la milice. Deux pièces ; une chambre à coucher meublée d'une paillasse et d'un bureau, un espace servant à la fois de cuisine et de salle d'eau ; le logis était fonctionnel et sinistre. Telle était, du moins, l'opinion de son occupant après la cuite monumentale de la veille.

La veille, oui.

Morosini lui avait signifié sa mise à pied. Il s'était énervé, l'avait insultée. Elle l'avait renvoyé, évidemment. Et ce, juste quand il avait obtenu, enfin, des informations du mortuor : le boucher avait serré si fort le cou de sa victime que l'empreinte de ses mains s'était imprimée dans la peau. Moins prudent qu'avant, il avait également oublié, dans une des orbites, la grosse aiguille qui avait servi à lui crever les yeux.

Des coups, frappés à sa porte, l'arrachèrent à ses réflexions. Se grattant la tête, Tigran se dirigea d'un pas lourd vers l'entrée et ouvrit. Clio et Cora se tenaient sur le seuil, livides.

— Qu'est-ce qu'il vous arrive ?

— C'est l'Arlequin sanglant.

— Je ne suis plus sur l'enquête. Morosini m'a viré.

— On a besoin de vous, Tigran. Silvia, notre amie... Elle a disparu.

Soudain dégrisé, Tigran leur fit signe d'entrer, de s'asseoir où elles pouvaient pendant qu'il préparait une infusion assez puissante pour le remettre d'aplomb.

— Racontez-moi.

La jeune femme devait les rejoindre comme d'habitude après son service et les attendre à leur domicile. Elle n'était pas là quand les jumelles étaient rentrées. Elles avaient patienté jusqu'à la nuit, en vain. Silvia étant au service d'une famille d'aristocrates aussi fantasques qu'exigeants, elles n'étaient pas trop anxieuses. Cela arrivait, de temps en temps, qu'elle soit retenue. Clio, néanmoins, avait mal dormi – des cauchemars récurrents, toute la nuit. Aussi s'était-elle rendue de bon matin au palais Putti. Silvia était partie après son service, comme d'habitude.

— J'ai mené mon enquête, interrogé ses collègues, des commerçants aussi. Rien.

— Clio m'a prévenue, nous avons recommencé, à deux cette fois. En vain. C'est pour ça que nous sommes venues vous voir, lieutenant Gracci. On est très inquiètes pour Silvia, mais ça se sait qu'on a travaillé avec vous, au bercail. Et personne nous prend au sérieux. Vous êtes le seul capable de nous aider.

Morosini, Marco et leur clique de gardes obtus, solidaires ou corruptibles pour les mauvaises raisons. La mesquinerie au service de l'ambition. La rancœur en guise de lettre de marque. Et pendant ce temps, le boucher continuait son œuvre de mort.

— C'est Marco qui a repris l'enquête, hein ?

— Non. C'est la capitaine Morosini en personne, lieutenant.

— Tigran.

— Tigran, elle n'a même pas voulu nous recevoir.

Morosini comptait sans doute sur ses partisans pour réussir la tâche qu'elle s'était fixée. Elle-même était incapable de résoudre une affaire : cela faisait des années qu'elle n'était pas allée sur le terrain. Elle s'était hissée à ce poste à la force de ses relations. En cela, elle était douée. Pour le reste, son incompétence n'avait d'égale que son égo.

Tigran se leva, chercha quelques instants dans les notes posées sur son bureau et revint, sourcils froncés.

— Voilà, déclara-t-il. Par chance, j'avais tout consigné dans ce carnet – y compris ce que j'ai appris avant de me faire jeter dehors par cette…

— Ordure ? proposa Clio.

Tigran répondit d'un bref sourire. Clio était un peu plus mince et un peu plus bavarde que sa jumelle : c'était ce qui les distinguait.

Le trio passa les heures suivantes à éplucher minutieusement les feuillets noircis par l'écriture serrée de l'ancien lieutenant. Quand ils eurent terminé, ils tenaient enfin une piste.

*

La préparation était importante, cette fois. Et le piège devait être parfait. D'habitude, il ne leur laissait pas le temps de le sentir-voir-entendre. Il ne leur permettait pas de le souiller de leur présence. Avec Sylvia, il ne pouvait procéder ainsi. Il avait pris des risques pour la capturer. Il était demeuré tout le jour avec elle – torture de la proximité –, dissimulé dans les soubassements délétères d'un vieux bâtiment, puis l'avait portée, en pleine nuit, jusque chez lui.

Il l'avait installée dans une chambre vide. Cordes, bâillon, suspension à une poutre afin de s'assurer qu'elle ne bouge ni n'appelle au secours. Ensuite, il s'était lavé : l'odeur de Silvia s'était incrustée dans sa peau, dans ses narines – une véritable horreur. Une fois propre, purifié de toutes ces scories, il était descendu dans la cave.

Il régnait en ce laboratoire de vie, d'art et de mort des effluves lourds, sensuels, en même temps un peu écœurants. Espace et temps s'y dilataient, s'y délitaient, métamorphosant les chairs de l'œuvre à venir. De minuscules artisans participaient à la création en marche : rongeant, creusant des galeries sous la peau, ils donnaient à ce corps sans tête une existence non dénuée de charme.

Il n'y était resté que quelques minutes afin de se ressourcer, de puiser des forces pour les tâches à venir. Il s'était ensuite autorisé un petit en-cas et se dirigeait vers l'étage quand le marteau de la porte d'entrée résonna.

« La mégère, encore. Maudite sorcière ! Ne me laisseras-tu jamais en paix ? »

Irina attendait sur le seuil. Son chignon rêche, gris poussière, était à moitié défait. Elle roulait des yeux affolés et sa bouche ridée, orifice noir rongé par la vieillesse, était tordue en une expression de pure détresse.

— Je suis venue vous voir sitôt que j'l'ai su ! La p'tite Silvia qui vous plaisait tant, ben elle a disparu !

— Mais c'est affreux ! Comment avez-vous appris ?

— Mazette ! L'amante des sœurs Machelli, c'est pas rien, vous savez. 'Sont dans la milice, après tout.

— Elles sont dans la milice, répéta-t-il, se sentant soudain blêmir. Ça, vous ne me l'aviez pas dit.

— Bah, je pensais que vous le saviez. Tout l'monde le sait, par ici.

Les jumelles. Des gardes. Il aurait dû se renseigner mais, excité par la perspective de la symétrie des corps et le proche achèvement de son œuvre, il en avait oublié l'essentiel : la prudence. Submergé par une bouffée de panique, il s'excusa rapidement auprès de la vieille pie, claqua la porte, monta quatre à quatre les marches de l'escalier.

« Les jumelles. Des miliciennes. Comment ai-je pu être aussi insouciant ? Et maintenant, il va falloir tout arranger différemment – et je ne sais pas comment. Un jeu pour les piéger. Bonne idée. À conserver. Mais elles risquent de comprendre. De se défendre. Je ne veux pas qu'elles se défendent. Je ne veux pas les toucher – pas qu'elles me touchent-frappent-voient. Et *elle* – erreur sur la marchandise, peut-être. Trop tard. Plus moyen de reculer. »

À mesure qu'il raisonnait ainsi, effectuant les cent pas dans la pièce où gémissait la prisonnière, il se sentait mieux – raffermi dans ses convictions, plus en confiance. Qu'avait-il à craindre ? Depuis des semaines que cela durait, nul n'était parvenu à remonter sa piste. Il était bien trop malin pour eux. Pas besoin de magie : il suffisait d'avoir de l'esprit et le sens de l'organisation pour se jouer d'eux et jouer *avec* eux.

« Tu n'as pas peur, tu n'as pas à te cacher. Bientôt tu ne te cacheras plus. Tu ne dois plus te cacher. C'est ça ! C'est une idée : prévenir cette fois que tu vas tuer. Alerter la gazette de la ville. Mieux, le chroniqueur qui a trouvé le nom que tu aimes tant : L'Arlequin sanglant.»

Comment procéder ? Par messager, c'était le plus simple, encore.

Il s'approcha d'elle, un hachoir, emprunt définitif au boucher, de l'autre côté de la rue, à la main. Belle lame, bien aiguisée. Coupure nette : l'os au centre, le rouge et le rose des muscles, la peau éclaboussée de sang. Un seul gémissement : elle s'évanouit de douleur. Tant mieux. Pas envie qu'elle ne le voie, lui vole ces moments – rares – d'intimité. Elle reprit ses esprits – beaucoup trop tôt. Le fixa – salit – de ses yeux suppliants et humides. Ce regard – hideux, obsédant. Brusquement, il sut que ce n'était pas sa tête qui couronnerait sa statue. Impossible : il ne pouvait pas supporter de la *voir*. Alors, il se saisit de ses outils et s'approcha.

*

L'aiguille de cordonnier, de ravaudeur ou de boucher peut-être, la taille exceptionnelle des mains, l'arme utilisée pour découper les victimes. Les endroits où elles avaient été retrouvées, jamais les mêmes, cependant proches de Malvola. C'était là, sans doute, dans ces faubourgs populaires, que le boucher habitait ou travaillait. Une fois les éléments établis, le trio se rendit sur place, commença à interroger les habitants.

Ils se séparèrent : chacun de son côté, pour plus d'efficacité.

Tigran était réticent, au départ. Habitude de guerre : jamais sans couverture, jamais sans un compagnon pour protéger son flanc. Mais Cora et Clio l'avaient convaincu. Alors, il allait seul, en quête d'indices et de témoignages, interrogeant les habitants des faubourgs d'Arachnae. Des cordonniers, des bouchers, il y en avait beaucoup ; de braves gens, parfois un peu frustres, parfois portés sur la bouteille selon leurs voisins : rien ne permettant de soupçonner que l'un d'eux soit… « L'Arlequin sanglant ? Impossible ! Tino est adorable, toujours prêt à rendre service, une crème comme on n'en voit plus de nos jours… » « Y a eu une histoire, comme ça – un homme qui faisait bouffer de la viande pas très nette à ses clients, si vous voyez ce que je veux dire. Mais lui ? Non.

Non, certainement pas… » « Si vous voulez mon avis, votre Arlequin, c'est une Arlequine et je peux même vous dire qui… »

Le soleil déclinait, quand une aïeule prenant le frais sur le pas de sa porte le héla. Il s'approcha ; ridée comme une vieille pomme, elle avait des yeux perçants – de la même teinte que sa chevelure d'argent.

— Alors ! Elle avance, vot'enquête ?

Tigran haussa les épaules.

— Nous cherchons.

— Je sais ben : vot'collègue, elle m'a demandé pas plus tard qu'tout à l'heure. J'y ai parlé d'Bardo, la maison là-bas, 'voyez. Pas que je l'soupçonne le pauvre, mais y s'intéresse d'près à la ptite Silvia et ça lui a fait tout drôle, quand il a appris.

— Bardo ?

— Ben l'a dû a lui réparer une fois ses chaussures, et pis Sylvia est mignonne, vous savez c'que c'est…

— Et… ma collègue…

— Elle a dû l'passer à la moulinette des questions, j'suppose. Mais…

Tournant les talons, Tigran se précipita vers la petite bicoque de guingois. Il le sentait. Il le devinait. Le tueur était là. L'une des jumelles au moins était en danger. Arrivé sur le seuil, il dévissa une petite fiasque métallique, en but, d'un trait, le contenu. En quelques secondes, à peine, le mage se sentit empli d'une vigueur nouvelle : il le paierait cher, plus tard, mais peu importait. D'un coup d'épaule, il enfonça la porte : la barre qui la maintenait fermée céda sans résistance. Il passa dans le vestibule, arriva au pied d'un étroit escalier de bois. Tout était silencieux. Soudain, le parfum piquant et nauséabond de la putréfaction monta jusqu'à ses narines. Réprimant un haut-le-cœur, Tigran tira sa lame du fourreau, prit dans sa dextre un mince poignard et suivit la piste de la mort. Elle l'amena à une porte entr'ouverte, menant vers une cave. Venant d'en bas, une lumière glauque les éclairait vaguement. Il écouta : pas un bruit, pas même un souffle. Soit la demeure était vide, soit le tueur se terrait quelque part, attendant qu'il s'en aille ou prêt à le piéger.

Tigran n'hésita pas un seul instant.

Quand il arriva au pied des marches et découvrit la masse grouillante de vers, amas de trophées cousus les uns aux autres par des fils grossiers, ses jambes se dérobèrent sous lui. À peine eut-il le temps de s'appuyer contre la pierre râpeuse pour se retenir de tomber. Un flot de bile jaillit de sa gorge, saccades incontrôlables et acides. Ses vomissements apaisés, il se retourna, à temps pour esquiver un hachoir de boucher.

*

D'abord, la fille. Questions sournoises, insidieuses. Des yeux magnifiques, un nez un peu fort, une bouche trop grande. Si grande qu'elle avait fini par occuper tout son visage – bouche, dents, salive. Elle postillonnait, chaque goutte était une brûlure, une intrusion. Puis elle avait senti, méchante chienne flairant une proie. « Il y a quoi là-bas ? » Il l'avait fait taire, définitivement. L'avait traînée en haut pour la préparer. Jusqu'à ce que *l'autre* fasse irruption dans son sanctuaire et viole d'un simple regard la perfection de l'œuvre en devenir.

Quelque chose, derniers lambeaux d'un vernis qu'il avait mis des années à construire, se brisa en lui. Bardo le cordonnier disparut, absorbé par l'être de rage et de haine – Lui, Ça – prêt à tout pour défendre Son territoire. Son œuvre. Son intimité.

Il se précipita dans les escaliers, profita de la faiblesse de son ennemi, incapable de supporter l'insoutenable beauté de l'art en mouvement, frappa. Manqua de peu sa cible. Arma son bras.

Observa, détaché, apaisé, libre enfin, l'espace d'un infime instant, son propre corps s'effondrer en une gerbe de sang sur le sol.

Puis tout devint noir.

*

Ils l'avaient nommé capitaine.

« Une juste récompense pour le héros qui a mis fin aux crimes ignobles de l'Arlequin sanglant, » avait déclaré le général Rienzi, à la tête de la milice d'Arachnae. Les jumelles, elles, avaient été promues au grade de sergent, l'une à titre posthume, l'autre pour la consoler d'une perte dont elle ne se remettrait jamais.

Tant de victimes, sacrifiées au nom de la folie d'un homme, de l'arrivisme malsain d'une femme.

Tant de morts.

Ces récompenses, cette mascarade.

Tout cela était dérisoire.

Mais Tigran était capitaine : ce titre, au moins, lui permettrait de protéger les gens.

Quelqu'un frappa à la porte, interrompant ses sombres réflexions et entra sans attendre d'invitation. C'était Cora. Blême, les yeux rouges encore du deuil de sa sœur, elle se tenait très droite, s'efforçant du mieux qu'elle pouvait de paraître forte, digne de son poste.

Elle l'était, d'ailleurs.

— Capitaine, on a trouvé un cadavre, près du Grand Marché. Un homme a été égorgé.

Tigran ne put réprimer un soupir de soulagement.

Pendant un instant, il avait cru que c'était l'œuvre du boucher, que le monstre était revenu à la vie. L'Arlequin sanglant. Cela faisait plusieurs jours, maintenant. Il appartenait au passé. Pourtant, Tigran savait que ce nom le hanterait jusqu'à son dernier souffle.

Lutzi

De la mort le temps ne sait rien
les mots ne se comptent pas.

Rajko Djurić

Pour Alban

Arachnae – 11e année du règne d'Alessio Sforza

Venu du sud de l'Archipel, à peine adouci par les embruns, un vent brûlant soufflait sur la principauté. Les esprits s'alanguissaient, la sueur recouvrait les corps alourdis par la chaleur et, dans le Labyrinthe où vivaient les plus pauvres, où se terraient criminels et assassins, la maladie gagnait du terrain. Durant le jour, on rampait, on se recroquevillait à l'abri des murs et des passages couverts dans l'espoir de trouver un peu de fraîcheur ; le soir venu on s'extirpait des recoins et des ombres et on s'ébrouait, profitant d'une tiédeur bienvenue pour fêter, avec un peu d'avance, le début des moissons.

Théodora appréciait ce rythme estival. Il lui évitait de justifier ses échappées nocturnes, excusait ses cernes et lui permettait, enfin, de manquer sans aucun scrupule à ses devoirs. Il faisait bien trop chaud pour enseigner. Même les fleurets semblaient aussi lourds que des marteaux de guerre. Depuis quatre ans, elle assistait l'un des meilleurs maîtres d'armes et entraînait les recrues à ses côtés. Elle appréciait à sa juste valeur l'honneur qui lui était fait et d'habitude, prenait plaisir à cela. Mais en ce moment, elle ne désirait qu'une chose :

boire suffisamment pour s'abrutir, si possible en mauvaise compagnie – et peu importe où elle finirait, fut-ce à la morgue.

« Tout, pourvu que j'échappe à ça. »

Ça : les cauchemars qui la tourmentaient ; les attentes de ses magisters ; ce maudit don de prescience : il se manifestait n'importe où, n'importe quand, l'aspirait de l'autre côté du miroir dans un univers trouble, qui la laissait toujours nauséeuse.

Lorsque Théo quitta l'Académie la lune, face laiteuse auréolée d'argent de la Triple Déesse, brillait dans la nuit étoilée. Dans les jardins, les feuilles des arbres bruissaient. Une chouette, silhouette fantomatique, la frôla lorsqu'elle abandonna les hauteurs rassurantes du quartier de Palatine et s'enfonça dans le Labyrinthe. Dédaignant les tavernes saturées de rires et de musique des principales artères, elle se perdit volontairement dans un entrelacs inquiétant de ruelles et d'escaliers abrupts. Malgré les rondes de la garde et les lanternes placées aux carrefours, les affrontements étaient légion ; on se faisait égorger pour une fille ou une dette ; on s'entretuait pour un oui pour un non.

Et le Cloaque, ventre putrescent de ces faubourgs mal famés, vomissait ses déchets – trop souvent humains – avec la régularité d'un battement de cœur.

Théodora prit cette direction, esquivant passages couverts et coupe-gorges, sourde au crissement des lames dans les recoins obscurs, aux gémissements de douleur comme aux râles d'agonie. La mort des autres ne la regardait pas. Pas ce soir. Ce soir, elle désirait jouer et se saouler, rien de plus. Elle marcha une heure peut-être avant de trouver une gargote sans nom, ouverte sur une place ronde, dont les rares pavés noirs et blancs ainsi que le vestige d'une arche, laissaient deviner l'ancienne présence d'un temple. Des tables de fortune et des sièges faits de caisses de bois y avaient été installés ; un lumignon baignait les lieux d'une lueur jaune et douce.

« D'abord, l'alcool. Les dés, on verra plus tard. »

Elle entra dans la taverne bondée, qui puait la crasse et la piquette, commanda un pichet de venin. Cette eau-de-vie locale, capable disait-on de terrasser un géant, serait plus saine que le mauvais vin et la bière, puisés dans des tonneaux où flottaient cancrelats et rats crevés. Avisant une place libre à l'extérieur, juste à côté de l'entrée, elle s'y installa et, sans hésiter, avala son premier verre de la soirée.

*

Théo commençait à sentir les effets de l'ivresse, quand elle la vit.

Peau cuivrée, cils épais, longs cheveux noirs et bouclés cascadant jusqu'au creux de ses hanches, la nouvelle venue portait une robe échancrée aux jupes longues et bouffantes. Des grelots enserraient ses poignets et ses chevilles ; elle tenait un tambourin dans ses mains. Elle se plaça en pleine lumière et attendit.

Rapidement, les conversations se turent. Un murmure se répandit, passa le seuil de l'établissement, attirant les clients au-dehors : Lutzi était de retour. La bretteuse soupira.

« Moi qui espérais une soirée tranquille, c'est raté. »

Lutzi était une légende, dans le Labyrinthe ; à dire vrai, la réputation de la saltimbanque avait depuis longtemps passé la gangue poisseuse du quartier. Une beauté à couper le souffle. Une danseuse ensorcelante. Un être cruel, qui laissait dans son sillage cadavres et cœurs brisés. Théo savait tout cela et pourtant ne parvenait pas à la quitter du regard. Lutzi s'en aperçut, plongea ses yeux d'or dans ceux de la jeune femme et se détourna, un sourire amusé sur ses lèvres pleines. Théodora sentit son ventre se nouer.

« Boire et jouer, tu n'es pas venue pour autre chose… »

Mais elle savait bien que cela ne *pouvait* plus être vrai.

— Y a-t-il, parmi vous, un musicien ?

Murmure déçu dans l'assemblée.

— Du moins, quelqu'un capable de frapper dans ses mains et…

Un rugissement enthousiaste étouffa le reste de ses paroles.

— Alors… Écoutez bien !

Et Lutzi se mit à jouer de son tambourin.

Dessinant quelques pas gracieux, elle donna le rythme, aussitôt repris par les clients. En quelques instants, la gargote miteuse et la placette prirent des allures de fête : les dalles anciennes se muèrent en piste de danse, la lanterne brûla d'un feu plus vif, et plus joyeux. Happée par le tourbillon des clochettes et du tempo, par les mouvements sinueux de la belle saltimbanque, Théo se sentit basculer…

… Autour de la danseuse, de vibrantes nuées d'or et de cuivre… Partant de son propre corps spirituel, un fil argenté s'élance, essaie de toucher le cœur de ce maelström… Serpents écarlates nés de la nasse compacte des spectateurs, des filaments tentent de l'atteindre… Soudain, l'un d'eux s'épaissit, tourbillonne, noircit, fond rapidement sur elle…

La jeune femme retint à grand-peine une nausée. Ce don de prescience qui la tourmentait de plus en plus… Elle n'en voulait pas. N'en avait jamais voulu.

« Mais ce soir, c'est peut-être une chance. »

Elle inspira profondément afin de recouvrer son calme et mieux se concentrer.

Sure la scène improvisée Lutzi était en transe. Elle tournoyait sur elle-même ; les grelots attachés à ses poignets et ses chevilles bruissaient, voilant ses déhanchements sensuels d'un halo de mystère. Les spectateurs, hypnotisés, extatiques, frappaient dans leurs mains, de plus en plus vite.

Une joie sauvage se lisait sur les visages ; certains roulaient des yeux, d'autres donnaient de la voix, comme les chiens d'une meute. Théo décelait en eux le désir. La tristesse teintée de désespoir d'un amour impossible. Nulle part elle ne percevait les âpres stigmates de la haine ou l'envie de tuer.

« Où te caches-tu ? »

Elle termina d'un trait son venin, et scruta les alentours : les trois venelles naissant de ce carrefour ; les ombres inquiétantes du portique de l'ancien temple ; les fenêtres étroites, rarement éclairées sur les façades des immeubles bas et resserrés. Levant la tête, elle chercha sur les toits une silhouette embusquée.

Rien, en dehors des gargouilles qui se découpaient dans le clair de lune.

De nouveau, elle scruta l'assemblée. Le repéra cette fois, et plissa les yeux, perplexe. Elle le connaissait : ancien élève de l'Académie, il se nommait Flavio, était réputé pour ses talents de courtisan, certainement pas d'assassin. Ses traits ne manifestaient aucune émotion : nulle joie, nulle colère ne troublait ce faciès banal à l'exception d'yeux légèrement globuleux. Sa neutralité, trop lisse pour un esprit exercé, le désignait comme suspect.

« Pourquoi Flavio voudrait-il la mort de cette femme ? Des amours malheureuses ? Non. Lutzi aurait remarqué un ancien amant. Et lui, ne m'a pas l'air d'être du genre à se laisser emporter. Non. Ce n'est pas de la haine que j'ai discernée, mais la volonté de tuer. S'il est l'assassin, il agit pour des raisons politiques. Lutzi serait-elle dangereuse à ce point ? »

Tout en réfléchissant, la jeune femme se rapprocha discrètement de Flavio. Celui-ci, concentré sur la saltimbanque, ne lui prêta pas attention. Elle se posta à côté de lui, prête à intervenir.

« Admettons que ce soit lui. Comment s'y prendra-t-il ? Il est à peine capable de tenir une arme pour se défendre. Alors, pour ce qui est de tuer… »

Le tempo ralentit peu à peu ; les tintinnabulements des clochettes et du tambourin s'espacèrent ; Lutzi écarta largement les bras, sourit, esquissant une révérence. Et repartit de plus belle, prenant ses admirateurs par surprise.

Elle virevoltait, ses bras levés dessinant au-dessus d'elle des arabesques gracieuses. Puis le rythme changea. D'abord aérienne, sa danse se fit plus fluide, plus sinueuse. Sirène, elle fit rouler son corps, jouant avec une écume invisible, dévoilant ses courbes pour mieux les dissimuler dans les flots. La cadence s'accéléra. Les tintements des instruments se métamorphosèrent en sifflements hargneux. Son corps commença à se tordre, passant au ras du sol en mouvements de plus en plus saccadés. Flavio, demeurait immobile, entièrement concentré. Et Théo comprit.

« Il va la forcer à tournoyer jusqu'à ce qu'elle meure d'épuisement. Pas étonnant que ce soit un politicien d'exception s'il peut contrôler les corps et les esprits. »

La foule tenta d'abord de suivre. La danse, frénétique, n'avait plus rien de sensuel. Les applaudissements s'éteignirent. Peur et perplexité se lisaient sur les visages : on commença à murmurer.

Les vibrations de ses pas sur le sol étaient celles de son cœur emballé. Des sons inarticulés passaient les lèvres de la saltimbanque ; ils ressemblaient aux râles d'un mourant.

« Je ne devrais pas intervenir. À tous les coups, il obéit à des ordres. Peut-être est-ce la seule solution pour protéger – quoi ? Un secret princier ? Des nobles qu'elle fait chanter ? Après tout, je m'en fiche. Je ne la connais même pas... »

À cet instant, Lutzi se figea, luttant contre une force invisible, une expression de pure terreur déformant ses traits.

Cela suffit à la décider. Incapable de demeurer sans rien faire, Théo tira un poignard de sa ceinture. Frappa, du pommeau, la tempe du marionnettiste. Sonné, celui-ci s'affaissa dans ses bras : la bretteuse le tira aussitôt dans les ombres. Libérée de l'emprise du mage, Lutzi, épuisée, en larmes, se laissa tomber, à genoux, sur le sol.

Flavio gémit, réussit à tourner la tête.

— Vous ? s'étrangla-t-il. Mais pourquoi...

Théo plaqua la lame sur sa gorge.

— Si vous tentez quoi que ce soit avec vos pouvoirs tordus, je vous égorge.

— Elle *doit* mourir.

Les murmures enflèrent ; les insultes se mirent à fuser. « Sorcière ! » « Démone ! » « Il faut s'en débarrasser ! » Mus par une haine, une fureur incontrôlée, les spectateurs se ruèrent sur elle.

— Salaud!

— Mes ordres viennent d'en haut.

— Et on vous a demandé de la torturer dans la foulée ? Ça m'étonnerait !

— Vous ne pouvez pas com...

Théo ne le laissa pas terminer et, d'un second coup, l'assomma. Sans se préoccuper de lui, elle se précipita au secours de Lutzi. Jouant des coudes et des poings, n'hésitant pas à piquer les chairs, elle se fraya en hurlant un chemin jusqu'à la malheureuse. Les vêtements déchiquetés, sa longue chevelure emmêlée, poissée de rouge, la danseuse gisait, recroquevillée sur elle-même. On l'avait griffée ; on l'avait frappée, à coups de poing et de couteau. Son beau visage, qu'elle avait jusqu'au bout tenté de protéger, était maculé de sang.

Brutalement arrachée à l'ivresse du massacre, la foule contemplait, hébétée, leur victime et celle qui la protégeait.

Un homme secoua la tête, horrifié.

— Que... que s'est-il passé ?

Un autre, pris de sanglots, s'effondra sur le sol.

Un troisième fit quelques pas dans l'ombre, vomit.

— Cette voix, murmura une serveuse, blême comme un linceul. Cette voix dans ma tête…

Théo se pencha sur le corps de la saltimbanque. Mit la main sur son cœur. Palpa sa gorge, chercha un souffle, en vain.

Il avait suffit de quelques instants.

Lutzi était morte. Flavio avait gagné.

Elle aurait pu venger sa mort, désigner le courtisan et le livrer en pâture à l'assemblée. À quoi bon ? Le maître-espion du prince, la Destinée peut-être, en avaient décidé ainsi.

Résigné, elle écarta doucement quelques mèches du visage de la défunte et se releva.

— Plusieurs lamias hantent le quartier, déclara-t-elle, toisant la foule hébétée de ses yeux froids. Vous avez été victimes de leurs jeux pervers. Je vais prévenir la garde. Quant à vous, vous devriez aller chercher une prêtresse de la Triple Déesse. Lutzi mérite des funérailles décentes.

Alors, après un dernier regard au marionnettiste inconscient, Théodora quitta la scène. Elle n'avait plus rien à faire en ces lieux.

CYTHERIAE

Nous sommes ensemble pour un instant, un instant seulement.
Je te serre contre moi. Douleur, viens te nourrir.
Enfonce tes crocs dans ma chair. Déchire-moi.

Virginia Woolf – *Les Vagues*

Dans tout rêve, il y a au moins un endroit qui est insondable – un ombilic, pour ainsi dire, qui est son point de contact avec l'inconnu.

Sigmund Freud – *L'Interprétation des rêves*

Qu'est-ce que l'on a, de soi, à transmettre ?
— Sans doute rien ; mais ce Rien est tout ce que nous possédons.

Edmond Jabès – *Le Livre des marges*

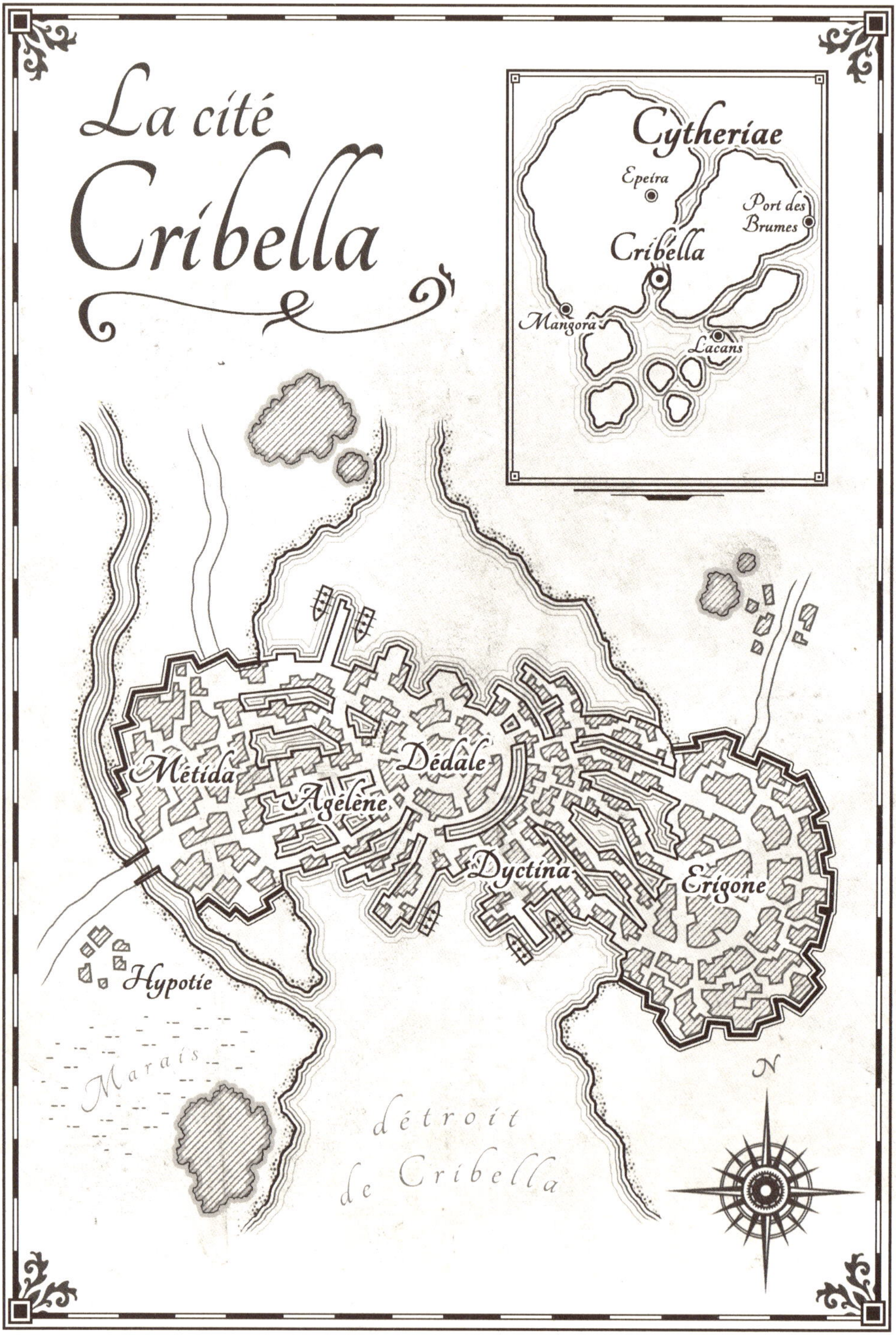
La cité
Cribella
Cytheriae
Epeira
Port des
Brumes
Cribella
Mangora
Lacans
Métida
Dédale
Agélène
Dyctina
Erigone
Hypotie
Marais
détroit
de Cribella
N

LES TAROTS DE LA LUNE

I – Le Bateleur
II – La Prêtresse
III – La Princesse
IV – Le Prince
V – Le Prêtre
VI – L'Amoureux
VII – Le Chariot
VIII – La Justice
IX – Le Sage
X – Le Destin
XI – La Force
XII – Le Pendu
XIII – La Vieille
XIV – La Mère
XV – Le Démon
XVI – Le Temple
XVII – La Vierge
XVIII – La Lune
XIX – Le Soleil
XX – Le Jugement
XXI – Le Monde
XXII – Le Fou

Personnages

Sestier de Métida
Nola, écrivain public
Angelo di Larini, nécromancien
Guariento Scrivi, imprimeur
Leporello Dandolo, ancien luthier
Bartoldo, apothicaire
Domenico Fiori, barbier
Claudio Tetto, céramiste
Le Duc, souteneur
Rossana Paolo, artiste et propriétaire de *L'Ambre rouge*
Pamina, fille de joie
Catarina Bacci, propriétaire de *La Gazette de Métida*
Isadora Bacci, sa fille
Orseo Giovanni, chroniqueur
Renzo Lippi, chroniqueur
Tino, commis
Fosca Mazzario, capitaine de la Garde Noire du sestier de Métida
Polissena Duccio, lieutenant
Massimo Calli, mortuor
Marsile Sotto, sergent
Giulio, milicien
Daniela, milicienne

Dédale de Cribella
La Bête
Andrea, condamné

Sestier de Dyctina
Violante Moravia, princesse de Cytheriae
Agnese della Trava, prêtresse de la Triple Déesse
Francesco de Barbari, représentant du Conseil de ville
Chiara Tullio, représentante du Conseil de ville
Alceo di Lacana, général de la Garde noire de Cribella
Octavio Mangori, fils du gouverneur d'Arachnae
Sienna della Trava, sa fiancée
Lotario della Trava, frère de Sienna

Le récit prend place à Cribella, capitale de la principauté de Cytheriae, entre le mois du Feu et le mois du Vent, durant la quarante-neuvième année du règne de la princesse Violante Moravia.

Prologue

(Une place de Cribella, la nuit. Anzolo entre, circonspect.
À mesure qu'il parle, une douce lumière éclaire la scène.)

ANZOLO : *Me voici de retour, après un long exil.*
Toute la journée, j'ai erré dans cette ville
Qui m'a vu naître ; pourtant j'y suis un étranger,
Aujourd'hui. Les souvenirs des jeunes années
N'étaient que des mirages sans goût ni odeur,
Destinés à me faire oublier ma douleur.

Marcantonio Bembo
L'Ange de Cribella, Acte I, scène 1.

Cribella, capitale de Cytheriae – 24e jour du mois de la vierge

Sestier de Métida

Dans la mansarde sombre, un parfum de mimosa et de jasmin, un peu évanescent, se mêlait aux effluves âcres d'urine de chat. Celui-ci, un gros mâle noir aux griffes acérées, était parti chercher pitance et caresses ailleurs.

Cela faisait plusieurs semaines que le logis était inhabité.

Les cloches du temple de la Lune résonnèrent, tout près, appel solennel à la prière. Il ne se passait pas une semaine sans qu'une procession soit organisée en l'honneur de la Triple Déesse, divinité tutélaire de l'Archipel des Numinées. Violante Moravia, la princesse de Cytheriae, et les Moires, ses trois conseillères spirituelles, espéraient par ces témoignages de foi attirer sur le royaume Sa bienveillance.

« La Moravia et sa Triade veulent surtout faire oublier la peur et la maladie. »

Rossana fit quelques pas dans le salon. Les lattes rongées par le temps craquèrent bruyamment : le tapis de laine posé au sol était trop mince pour atténuer les sons. Frissonnant malgré la chaleur de ce printemps agonisant, elle repéra quelques chandelles à demi consumées. Les coulées de cire avaient métamorphosé le chandelier en sculpture. Immobile, elle s'imprégna de sa forme étrange, puis reprit ses esprits et alluma les bougies.

Éclairée par une douce lumière, la pièce prit un aspect moins sinistre. Au mur, des étagères débordant de livres et de bibelots. Sur la causeuse aux tons passés, balafrée de griffures, un châle de coton finement tissé. Dans un vase posé sur la table basse, des roses aux corolles séchées, aux tiges pourrissantes.

Un souffle d'air fit vaciller une flammèche. Rossana se retourna, s'attendant presque à voir se profiler sur le seuil la silhouette familière. La clarté inattendue du souvenir la bouleversa. Tremblante, elle se laissa tomber sur le siège, se passa les mains sur le visage, y recueillit ses larmes. Instinctivement, elle en goûta le sel sur le bout de ses doigts puis ferma les paupières pour mieux en apprécier la saveur. Capturant dans sa bouche l'essence de cet instant, elle transformait son chagrin en plaisir sensuel.

Une manière de rendre hommage à la disparue.

Quand Rossana rouvrit les yeux, son regard fut attiré par un petit objet, sur le tapis. Elle s'en saisit et l'examina un moment avant de comprendre qu'il s'agissait d'un os gravé de symboles. Une amulette de sorcier.

« Évidemment. »

Elle laissa tomber le fétiche et se releva, tirée de la torpeur feutrée du deuil. Elle secoua la tête, lissa sa robe et traversa le salon.

La lumière du jour éclairait la chambre. La lucarne, pourtant entrouverte, ne suffisait pas à en chasser les fragrances où dominait le mimosa. D'autres odeurs s'y mêlaient, rendant plus prégnante l'absence de son amie.

Les draps étaient froissés ; le lit, défait. Un ouvrage relié était posé sur la table de chevet, sous une petite boîte d'écume. Sur le parquet, un rectangle vide et des traces de pas trahissaient la venue du nécromant. Il avait récupéré des affaires, chez son amante, avant de quitter la ville.

— Salaud, gronda Rossana. Et dire que tout ce temps, elle a couché avec toi.

Elle se détourna, alla jusqu'à l'écritoire calée contre la pente du toit. Le plateau, couvert de cuir clair taché d'encre, disparaissait presque sous les feuilles. Elle fouilla, en quête des poèmes qu'Orseo lui avait demandé de trouver, ne vit que des brouillons de lettres et de vers de circonstance – témoignages d'affection et remerciements pour la plupart. Son attention fut attirée par un tiroir fermé, sur le côté. La clef n'était pas dans la serrure et Rossana fureta un moment avant de se rappeler que la morte lui avait confié un soir qu'elle dissimulait ses trésors sous une latte du plancher. Elle se mit aussitôt à quatre pattes, vérifia chaque pouce de la pièce avant de remarquer la cachette. Différents objets – médaillon d'or à l'effigie de la Lune sous son aspect virginal, vieille plume d'oie, bague sertie de malachite – y étaient entreposés, protégés par un morceau de tissu grisâtre. Rossana repéra ce qu'elle cherchait et regagna le secrétaire, envahie par l'excitation : la curiosité prenait le pas sur tout, reléguant tristesse, colère et lassitude bien loin dans son esprit. La main tremblant légèrement, elle glissa la clef dans l'orifice et tourna. Le compartiment contenait plusieurs carnets aux couvertures parcheminées. Elle les tira tous de leur abri. Sur l'un d'eux étaient inscrites, en belles lettres régulières, les *Poésies* qu'Orseo lui avait demandé de récupérer. Elle en prit un autre et dénoua le lien retenant les pages prisonnières. Des effluves d'encre s'en échappèrent.

Le cœur battant, consciente qu'elle s'apprêtait à déchirer le voile d'un secret, Rossana ouvrit le cahier de la défunte et commença sa lecture.

... Aujourd'hui, un homme est venu me voir pour que j'écrive son histoire. Première fois qu'on me demande ça. Un général ou un artiste qui fait appel à un biographe, je comprends. Mais là ? Parfait inconnu, lettré de surcroît. Dit avoir besoin de moi parce que je ne le connais pas. Parce que je suis « à la bonne distance » : ce sont ses mots. Dit qu'il me paiera pour mes services. Tout ce qu'il demande, c'est une oreille attentive et une plume de qualité. Rien que ça. Je ne suis pas sûre d'être la personne idéale. Lui ai dit. Mais apparemment, si (pour lui en tout cas). Passé une partie de l'après-midi à prendre des notes. À me demander comment il arrivait à se souvenir de détails avec tant d'acuité. Un son, une odeur, une volute de dentelle sur le poignet délicat de son premier et seul amour, une petite fille aux yeux verts. En fait, ce n'est pas si difficile. Il suffit de fermer les yeux, de se laisser aller. Franchir la barrière de la douleur. Ignorer les épines dans les yeux, les brûlures dans l'âme. On atterrit de l'autre côté. Du côté des possibles, avant que le destin ne fasse tout basculer. Ce qui est difficile, ce n'est pas de se remémorer, c'est de dire. Je me demande si c'est pour ça qu'il est venu. Il y a certainement le désir de laisser une trace écrite, de se détacher (chemin mental du verbe vers l'encre) du vécu. Il a de la chance. Parler. Vouloir. Pouvoir. Moi, je ne sais plus. Je sais entendre écouter recueillir exprimer ce qui leur appartient.

Les mots ne peuvent passer ma gorge. Bloqués. Tabous. Ce qui sort, ce qui se montre à moi seule c'est ce que j'expulse : des traces de sang sur ma peau, des traces d'encre sur cette page.

*

Détroit de Cribella

Les dernières manœuvres terminées, la trirème s'éloigna. Massée sur l'embarcadère, une petite assemblée assistait au départ du magnifique navire. Sa figure de proue élancée, sculpture d'écume et de bois gris, évoquait une vierge sortant des flots. Ses voiles, comme la bannière de la principauté d'Arachnae, claquaient dans le vent. Mouettes et goélands saluaient son départ ; leurs cris moqueurs avaient remplacé les olifants accompagnant le noble cortège et les discours d'adieux, officiels et froids. Le spectacle des trois rangs de rames s'élevant et se baissant au même rythme était hypnotique ; plusieurs personnes comptaient, à voix basse, la cadence régulière.

Quand la galère fut trop éloignée pour que l'on puisse distinguer clairement les passagers, quand la vogue, prise entre l'eau et les rayons du soleil, se mut en ballet éblouissant et confus, l'assistance, nobles courtisans et simples badauds, se dispersa.

Accoudé au bastingage, Octavio Mangori contemplait Cribella, la ville dans laquelle il avait passé les quatre derniers mois. Construite sur le bras de mer divisant l'île en deux, la capitale de Cytheriae ressemblait à un crabe difforme. En son centre, la citadelle de Dyctina ou se terraient la princesse Violante, les Moires – ses conseillères spirituelles – et quelques courtisans de haute naissance. Brillant de mille feux, le dôme, tout de bronze et de marbre, ressemblait à un joyau dressé au milieu des flots. Le Grand Temple de la Lune, monument de marbre noir, gris et blanc couvert de feuilles d'argent, et la maison du Conseil de ville aux bulbes mordorés, deux parures plus modestes, étaient situés de part et d'autre du castel. À leurs pieds, un parterre de palais l'entourait d'un écrin précieux et chamarré. De longues bandes de terre, de sable et de roche s'étendaient, pareilles à des pattes, de chaque côté de Dyctina, formant les quartiers d'Erigone, Agelène et Métida. Les deux premiers abritaient théâtres, courtisanes, riches commerçants et étudiants. Le troisième, bâti sur pilotis des siècles plus tôt par une aristocratie curieuse de vivre au-dessus de l'eau, était aujourd'hui à l'abandon. Ainsi, les somptueuses demeures devenaient le fief de petits ouvriers, d'artistes et de marginaux inexplicablement attachés aux interminables quais rongés par les algues et bordés de façades miteuses. À son extrémité, près de la terre ferme, Métida jouxtait les faubourgs miséreux des marécages d'Hypotie.

— C'est beau, n'est-ce pas ? demanda Sienna, son épouse, se glissant auprès de lui. Croyez-vous que nous pourrons y revenir, un jour ? Je veux dire, malgré…

— Malgré les rapports tendus entre nos deux principautés ?

— Oui, souffla-t-elle d'une toute petite voix. Si mon frère vivait, je sais qu'il viendrait nous voir, à Arachnae ! Peu lui importaient la politique et les conflits… Mais il est mort et…

— Je ne suis pas devin, Sienna. Je n'en sais rien.

En vérité, Octavio en doutait.

Sa mère, gouverneure d'Arachnae, avait profité du départ d'une ambassade pour lui imposer ce séjour. Son fils, trop libertin, trop scandaleux, devait s'assagir et contracter une alliance profitable. Octavio n'avait eu d'autre choix qu'obéir, mais n'avait guère apprécié ce printemps à Cribella. La ville était à l'image de sa dirigeante : vieille, décrépite, accrochée à une gloire depuis longtemps éteinte. Même les bordels visités au tout début de son séjour étaient fades. Tout était affreusement provincial et étriqué dans cette île glacée qu'il laissait derrière lui avec plaisir. Trop poli, trop lisse : une cité-mausolée aux parures d'or, aux chairs desséchées.

Arachnae, avec ses venelles étroites, ses palais labyrinthiques et sa faune inconvenante, lui manquait terriblement.

Une fois de retour dans sa ville natale, Octavio s'arrangerait pour ne plus jamais avoir à la quitter.

*

Sestier de Métida

… Je me suis fait deux entailles, une sous chaque sein. J'ai regardé couler le sang. Il dessinait des sillons sur ma peau. Sur le moment je me suis sentie mieux, vidée de toute cette crasse qui m'empoisonne. Mais dès que je ferme les yeux, dès que je suis seule je revois tout. Impossible de pleurer je ne sais pas pourquoi. L'impression que quelqu'un (lui, eux) a fait un trou en moi pour voir ce qu'il y avait à l'intérieur, a tiré vers lui, le cœur, l'âme, tout, et quand il en a eu assez de regarder, a ramassé ce qu'il y avait et l'a jeté dans un canal (la chair de ma chair a emporté mon âme en chutant). Il y avait : moi, mes rêves, mon amour, ma raison d'être. Non ce n'est pas vrai il n'y avait pas seulement ça il y avait ce qui faisait de moi quelqu'un. Ce qui faisait de moi « moi ». Maintenant il y a cette plaie qui me tue…

Rossana reposa le cahier commencé par son amie peu de temps après son arrivée dans le quartier. On l'avait ramenée, un soir, pauvre chose émaciée couverte de sang et de contusions, à son auberge, *L'Ambre rouge*. Elle avait pris soin de la rescapée. Au bout de quelques semaines, une jolie fille aux lèvres pleines avait émergé, comme d'une chrysalide, de ce corps malmené.

Il avait fallu du temps, mais elle semblait remise.

Semblait.

Elle donnait fort bien le change. Rossana n'avait jamais soupçonné qu'une telle souffrance la hantait. Quant aux entailles…

« J'ai vu son corps, quand elle a posé pour moi. J'ai vu les cicatrices, les marques encore roses. Pourquoi je n'ai pas compris ? Comment j'ai pu être aussi aveugle et croire à ses mensonges ? Un chat, une maladresse, un accident. Jusqu'à ce qu'elle décide qu'il était temps que je passe à d'autres filles. Et son insistance pour ne pas être nue, quand elle a été mon modèle pour le Printemps… »

Venus du dehors, des chants la tirèrent de sa confusion.

Ô Lune ! Belle Dame au triple visage
Entends la prière de tes enfants !
Sèche leurs larmes et écoute leurs chants
Qui volent vers Toi, depuis les rivages
De ces terres que Tu as engendrées !
Ô Lune ! Leurs âmes espèrent Ta présence !
Ô Lune ! Leurs cœurs désirent ta clémence !
Contemple cette procession sacrée,
Repais-toi de la sève de nos voix
Chasse le mal qui ronge tes sujets…

— La Lune s'est déjà repue du sang d'une innocente, ça ne lui suffit pas ? siffla Rossana.

Un blasphème. Mais l'hypocrisie des Moires et de leurs prêtresses lui donnait la nausée. D'un bout à l'autre de Cytheriae, on ne parlait que de famine. Ici, dans la capitale, des *choses* immondes, innommables, dévoraient tous ceux – hommes, femmes, enfants, même lamias et stryges – qui croisaient leur chemin. Le quartier d'Hypotie était devenu un cloaque où l'on s'entretuait pour un quignon de pain, où la maladie terrassait des foyers entiers. Mais la Triade et la vieille bique vissée sur le trône de la principauté ne cherchaient qu'à préserver l'ordre établi, conserver leur pouvoir.

Quel qu'en soit le prix.

*

Sestier d'Hypotie

La procession s'était arrêtée en bordure des marais. La prêtresse de la Lune, une femme d'une quarantaine d'années au visage plat et au cou épais écarta largement les bras. Les pans de sa soutane voltigèrent, comme animés d'une vie propre. Dans la lumière du soleil, ils se paraient de rayons d'argent. Les fidèles se massaient derrière elle : prêtres et prêtresses de la Triple Déesse, mais aussi pieux individus venus prier pour le salut d'un sestier dans lequel ils n'avaient jamais mis les pieds et, plus rares, quelques habitants du quartier.

Là, se trouvaient les dernières masures, construites en planches de bois mal ajustées, à peine protégées par des toiles pourrissantes. Là, vivaient les plus humbles citoyens de Cribella : plongeurs, mendiants et petits pêcheurs s'entassaient dans des cahutes insalubres. Les réfugiés de Matricia, fuyant la peste qui ravageait leur île, avaient également trouvé asile en ces lieux de misère. Ou plutôt : on les y avait groupés, en attendant que soit écarté tout risque de contagion. Cela durait depuis la fin de l'automne : ils ne semblaient pas plus mal en point que les miséreux d'Hypotie, mais nul n'avait jugé utile de mettre fin à cette quarantaine.

Perché sur une hauteur, un monticule de pierres, de terre et d'ordures, le braconnier observait la scène. Un couteau allait et venait entre ses mains, créant une danse fascinante. Lui-même faillit se laisser prendre et dut faire un effort pour retenir la lame qui, comme animée d'un mouvement propre, pointait vers le cœur de la religieuse.

— Gloire à toi, Lune, origine du monde ! Vierge, Mère, Sage Devineresse, nous t'implorons ! lança-t-elle, tournant son regard exalté vers les cieux. Nous t'implorons, Déesse ! En ce jour sacré…

Il cessa d'écouter. Qu'avait-il de sacré, ce jour ? La mort de la Bête n'avait pas changé les choses : les gens continuaient à disparaître et la famine avait tué vingt personnes ces dernières semaines. Pis, les rares sources de nourriture étaient contaminées par la vermine. Les prières et les processions ne servaient à rien, sauf peut-être à donner aux gens m'illusion que tout allait s'arranger. Écœuré, le colleteur cracha par terre et quitta son perchoir. Il envisageait sérieusement, lui qui craignait l'océan, d'embarquer à bord d'un navire et voir où le vent le portait.

Perdu dans ses réflexions, il ne remarqua pas la silhouette blafarde qui se glissait dans son dos. Il s'écoulerait quelques jours avant que l'on découvre son cadavre – un de plus – rongé par une humeur visqueuse.

*

Le jour déclinait quand Rossana quitta le petit appartement. Elle avait longuement hésité, déchirée par la tristesse, les remords et la colère envers cette amie qu'elle connaissait finalement si peu. Enfin, elle s'était décidée : en plus des poèmes destinés à Orseo, la jeune femme emportait, empaquetés dans le châle de coton fin, les journaux de la défunte.

Qu'en ferait-elle ? Peut-être une sculpture en papier mâché. Ou bien des masques. Des masques, oui, qui décoreraient un mur de *L'Ambre rouge.* Un dernier hommage, ironique et tendre, à la disparue.

Elle descendit les étages, posant précautionneusement ses pieds sur les marches bringuebalantes. Une fois à l'extérieur, elle cligna des yeux, gênée par la lumière rouge et rose du soleil couchant. Une brise tiède charriait les lourds effluves du canal. De l'autre côté du pont, allongée contre le mur grenat de son auberge, une chatte allaitait ses petits, trois boules de fourrure soyeuse et tigrée.

Rossana se laissa bercer par la quiétude de cette fin d'après-midi. Quand elle revint à la réalité, Orseo, avec ses cheveux hirsutes et son menton ombré de barbe, se tenait devant l'auberge. De loin, ses yeux cernés donnaient l'impression d'être deux puits d'obscurité. Réprimant son agacement – cet étalage d'affliction, cette appropriation du deuil l'horripilaient – Rossana traversa.

— Tu… Tu as trouvé ?

— Les poésies sont sur le dessus, répondit-elle, les désignant du menton.

— Comme elle m'avait promis…

— Pas besoin de te justifier, Orseo. Vous vous étiez mis d'accord, non ?

— Oui, mais elle disait n'être pas prête. Après, nous nous sommes disputés. Mais comme elle est…

— Morte, tu souhaites publier son recueil. Pour que son souvenir demeure. Allez ! Prends-le !

Il hocha la tête. Ses mains tremblaient tellement qu'il faillit faire tomber le paquet tout entier. Marmonnant des excuses inintelligibles, Orseo s'empara du cahier et s'éloigna rapidement en direction du canal.

L'artiste le regarda partir, puis haussa les épaules. Se muer en martyr lui permettait peut-être de supporter l'absence de celle qu'il avait aimée. Elle s'apprêtait à entrer dans l'auberge, prête à se rendre aussitôt à son atelier pour se mettre au travail quand un petit rectangle brillant, sur le pavé, attira son attention. Curieuse, elle déposa son paquet et s'accroupit.

C'était le dos d'une carte de tarot. De fins entrelacs dorés formaient, à l'intérieur d'un cercle, les cinq phases de la lune. Le cœur battant, les mains glacées, elle la saisit. Cette carte… Comment avait-elle atterri ici ? Se pouvait-il que…

Elle la retourna. Blêmit.

Première partie

LE SAGE

Trois mois plutôt

VIOLETTA : N'ajoutez pas au chagrin d'une fiancée
Hantée par le fantôme d'un mort tant aimé,
Seigneur, l'insupportable tourment de l'espoir !
Vous le dites vivant : je ne veux point le croire !

LE MASQUE : Douce Violetta, celui qui m'envoie, ce soir,
Auprès de vous, m'a demandé de vous donner
Cette fibule en gage de sincérité.

(Le Masque exhibe une broche sertie de turquoise.
Violetta, reconnaissant l'objet, s'évanouit.)

LE MASQUE (triomphant) : *Ah ! Tu ne pourras que me croire Violetta.*
Anzolo ne reviendra pas, naïve enfant.
Il est mort ! Son corps boursouflé est maintenant
La proie des charognards. Ma vengeance sera
Plus douce te sachant, chair de mon ennemi,
Par mes soins attachée à ma toute merci...

Marcantonio Bembo
L'Ange de Cribella, Acte II, scène 2

1

CULTURES RAVAGÉES – En dépit de tous les augures, une nouvelle vague de froid et de grêle s'est abattue sur les cultures du nord. Une grande partie de l'approvisionnement fourrager et céréalier de Cytheriae devra être achetée dans les principautés du sud : Soridae et Messina. Il faut donc s'attendre à une hausse considérable des prix dans ce domaine. […] VIOLENCES À HYPOTIE – De nouvelles violences sont à déplorer dans le quartier populaire d'Hypotie. Une rixe a éclaté entre deux hommes, hier, en début d'après-midi. L'un des belligérants a trouvé la mort au cours du combat. Arrêté pour meurtre, le survivant a expliqué qu'il voulait simplement « nourrir sa famille » et qu'il ne pouvait pas « laisser un poivrot bouffer le pain » destiné aux siens. […] THÉÂTRE – Au théâtre de la Stella, c'est un classique, L'Ange de Cribella, de Marcantonio Bembo qui ouvre la saison. Avec, dans les rôles principaux, Veronica Alba (Violetta), Vittorio Lotto (Anzolo) et Marcello Bellini (Isidro/Le Masque). La première aura lieu, ce quintus, 26e jour du mois du Feu, une heure avant dîner, en présence de Son Altesse Violante Moravia. […]

La Gazette de Métida (Extraits)
Quatrième semaine du mois du Feu

Sestier de Métida – 24e jour du mois du Feu

Le Duc avait perdu de sa superbe. Son couvre-chef de velours, d'habitude crânement juché sur sa tête, pendait lamentablement entre ses mains. Celles-ci, maigres et jaunes, tremblaient. Ses cheveux négligés formaient des mèches grasses et plates autour de son visage, faisant ressortir son nez déformé par plusieurs fractures et ses yeux bordés de rouge. Non plus l'arrogant souteneur qu'elle avait connu autrefois, mais un homme brisé.

— J'aurais jamais pensé. Jamais. Une fille magnifique. Pleine de vie. Et maintenant…

La jeune femme qui l'accompagnait posa timidement la main sur son épaule. Le Duc ne réagit tout d'abord pas, puis la chassa comme un insecte indésirable. Blessée, honteuse d'être repoussée ainsi, elle marmonna quelques excuses et sortit.

— Marquise est partie et… J'avais l'habitude de me reposer sur elle, tu vois. Maintenant, je ne sais pas quoi faire. Je…

Perdu, il laissa sa phrase en suspens. Nola lui laissa le temps de se reprendre. Elle concevait sa tristesse, son incompréhension. Le geste de Marquise, cependant, ne lui semblait ni invraisemblable ni incongru. La jolie prostituée paraissait gaie et enjouée, certes, mais qui l'observait quand elle était seule ? Qui connaissait les ombres qui hantaient son esprit ? « Marquise ». Ce sobriquet cachait sans doute de nombreux secrets. Nul ne les découvrirait, à présent ; nul ne saurait si l'un d'eux, trop douloureux, avait provoqué son suicide. En rebaptisant ses filles, le Duc les affranchissait de leur passé et leur donnait son nom. Pour le meilleur et le pire. Se dépouiller d'une identité n'avait rien d'aisé, il restait toujours des traces de l'ancien « moi », des blessures qui refusaient de cicatriser. Si elles se rouvraient, plaies à vif, infectées par les cauchemars…

— Elle a sauté, reprit-il. Personne ne sait pourquoi. Elle s'est écrasée sur le pavé dans sa belle robe jaune. On aurait dit une poupée brisée.

Le Duc se leva. Il paraissait trop grand pour l'espace confiné de l'échoppe. Il fit le tour de la pièce. Passa en revue les étagères où se bousculaient rouleaux de parchemin, ouvrages reliés et livres imprimés à la va-vite ; s'attarda sur les deux miniatures fixées au mur. La première, une allégorie de la Poésie, figurait une femme enveloppée dans de longs voiles céruléens. Assise sur un rocher, elle contemplait, rêveuse, les dômes de Cribella dans le soleil couchant. La seconde représentait différents couples, au pied d'une statue couronnée de roses. Un arbre les protégeait du soleil. En contrebas, sur la grève, une nef s'apprêtait au départ. Des brumes, dans le lointain, dissimulaient un grand pont de pierre. Le Duc poursuivit son inspection avec l'écritoire de cèdre massif sur laquelle s'entassaient, à côté d'encres de différentes couleurs, d'un plumier de bois vernis incrusté de nacre et de feuilles immaculées, différents dossiers protégés par des chemises de peau et une tasse pleine d'un liquide vert sombre. Enfin, il revint à elle, plongeant son regard épuisé dans les iris verts, piquetés de paillettes argentées, de Nola.

Compassion ? Assurance ? Le proxénète y trouva ce qu'il cherchait, se rassit lourdement, tira de l'intérieur de son pourpoint un papier tout chiffonné. Le lui tendit.

— J'ai essayé, mais j'y arrive pas. Chaque fois, je me rappelle son visage, son rire et cette manière qu'elle avait, quand elle réfléchissait, de mordiller ses cheveux… Et puis, je vois son corps dans cette robe jaune… Et le sang… Elle sera incinérée demain.

Nola saisit doucement l'ébauche, la parcourut. Maculée de taches, raturée, la maladroite oraison laissait cependant transparaître l'immense tendresse – l'amour ? – du Duc pour sa prostituée. Si une fille de joie pouvait dissimuler son désespoir sous un sourire aguicheur, pourquoi un vieux souteneur cynique n'éprouverait-il pas de sentiments ?

— Je vais voir ce que je peux faire.

Le Duc sursauta, comme surpris par le ton de sa voix. Il la connaissait, pourtant. D'habitude, seuls les étrangers manifestaient de l'étonnement devant son timbre grave, un peu rauque.

— Tu me diras combien…

— Après les funérailles. Un éloge funèbre n'est pas une lettre de menaces. Reviens au coucher du soleil : ce sera prêt.

Le Duc la remercia d'un signe de tête et déploya sa grande carcasse dans la boutique. Les épaules voûtées comme celles d'un vieillard, il sortit, laissant la scribe, seule, face à une feuille vierge.

*

Sestier de Dyctina

Bouche pâteuse. Yeux secs, ensablés. Tête lourde, martelée par le rythme narquois d'une comptine.

Ti-tati-tati-tata
Tatatata-tata-ti

Aucun sens. Trop bu, la veille. Vin parfumé à la rose ou à la violette. Liqueur – de quoi ? Ambroisie. Pas beaucoup. Un verre, peut-être, de nectar doré. Assez pour donner l'apparence de la réalité à des rêves insensés, non pour le rendre véritablement dépendant. Certainement pas pour provoquer cet insupportable mal de crâne.

D'épaisses courtines masquaient la lumière du jour, plongeant la chambre dans une pénombre bienvenue… Sa chambre ? Oui. Qui l'avait ramené ? Des domestiques ? Octavio, le fiancé de sa sœur ?

Trop de brumes sur cette soirée… Et toujours ce *ta-tati-tati-tata…*

— Par la Déesse ! Faites que ça cesse ! gémit Lotario, se redressant péniblement sur sa couche.

Il passa la langue sur ses lèvres poisseuses de salive. Déglutit. Se gratta la tête, accrochant les doigts à ses cheveux emmêlés. Découvrit la forme allongée à côté de lui. Des courbes pleines et harmonieuses, dissimulées par le drap et la couverture de laine, une longue chevelure blonde, épaisse et bouclée. D'abord intrigué, il fit glisser, tout doucement, pour ne pas la réveiller, les tissus sur le côté. Il découvrit la chair blanche, veloutée, d'une femme à peine sortie de l'adolescence.

« Je ne suis donc pas rentré seul, hier… Et j'ai oublié une telle perfection ? »

Qui était-elle ? Une comédienne ? Une hétaïre ? Le jeune homme tenta de rassembler ses souvenirs – en vain. Lancinantes, les notes de musique empêchaient toute concentration.

« Tant pis ! »

Il embrassa son épaule. La peau de la belle endormie, plus douce qu'il ne l'imaginait, fleurait le jasmin et le mimosa. Elle se retourna dans un soupir. Curieux de découvrir un visage qu'il pressentait familier, Lotario ôta les mèches opulentes dissimulant ses traits.

Ti-tati-tati-tata
Ta-ti-tata-tata

Dans son esprit embrouillé, la comptine repartit, plus vivace, plus irritante.

Ce minois légèrement triangulaire, au front large et aux pommettes hautes… Ces sourcils bien dessinés… Ce nez à peine trop fort, participant pourtant à la beauté des traits… Cette bouche charnue, aux lèvres pulpeuses et appétissantes…

— Antonella ? souffla-t-il, soudain transi.

Elle ouvrit les yeux – des yeux bordés de cils fournis, aux iris verts mouchetés de gris. Avec un sourire timide, elle effleura du bout des doigts sa joue, caresse glaciale qui fit naître en lui un frisson d'épouvante. Puis, d'un geste lent, gracieux, elle saisit sa main et la guida jusqu'au bas de son ventre.

Le regard de Lotario suivit, hypnotisé, le même chemin. Soudain, il bondit avec un hoquet d'horreur. Antonella baignait dans une mare de sang. Des grumeaux de chair sanguinolente maculaient ses cuisses. Un flot s'écoulait de son corps, imbibant les draps et le matelas épais. Bouleversé, fasciné, il ne pouvait se détourner de cette macabre peinture. Il devinait la souffrance, la vie fuyant ce corps trop faible pour la retenir…

Ti-tatati-titatati
Titatati-tatati

La mélodie, de plus en plus forte, se confondait avec les gémissements désespérés de la malheureuse étendue, sans forces, devant lui.

— Antonella ! Mais… Je ne voulais pas…

Lotario découvrit, au pied de la couche, une petite forme dans la pénombre. Il s'accroupit, toucha une substance chaude et visqueuse, sentit le tracé d'un bras, d'un dos, se rejeta brutalement en arrière… Au même moment, la jeune femme se pencha, ramassa l'embryon, amas trop formé, déjà, de chair et d'os, le brandit devant elle, esquissa quelques pas de danse.

— Dis-moi que tu regrettes, susurra-t-elle, indifférente au sang qui coulait de son bas-ventre.

Lotario vomit. Des larmes l'aveuglèrent, se mêlant aux humeurs acides et âcres envahissant son nez et son palais.

Ta-ti-ta-ta-tatatati

— Je n'avais pas vingt ans ! cria-t-il, s'étouffant presque, au fantôme qui avançait vers lui.

— Moi, je n'en avais que seize, répondit-elle d'une voix lointaine, étrangement monocorde. Trop jeune pour avoir cet enfant, trop jeune pour être rejetée, trop jeune pour mourir seule, dans cette chambre miteuse.

— J'ai paniqué !

Tatata-ta-ta-ta-ti

Les notes, âpres stridulations d'un instrument invisible, lui vrillaient le crâne. Les mains sur les tempes, Lotario tenta d'échapper à la tragique chimère, d'autant plus hideuse qu'elle était née de ses remords.

Ses souvenirs l'en empêchèrent.

Parfums aigres. Moisissures. Vieille pisse. Matelas de noyaux. Draps grouillant de vermine. Peu importe. D'ici quelques heures, tout sera fini… Orage, au-dehors. Pluie glaciale. Et ce corps contre le sien, cheveux mouillés, peau glissante comme celle d'une noyée. Éclair. Lit froid et terne, Antonella, livide, la fièvre, la peur, les membres qui se tordent, le sang... Le médecin, avec sa cape noire et son nez scrofuleux... La misère, crue, terrifiante. « Je m'occupe de tout. » Départ précipité, ne plus rien entendre, ne plus rien savoir. Oublier la mère, l'enfant – est-il de lui, d'ailleurs ? – et le spectre d'une vie miséreuse... Tout sauf l'opprobre. Lui, l'a déshonorée. Sa famille l'a reniée. Alors elle est venue le retrouver, ici, à Cribella... Pourquoi ? Elle ne possède plus rien. Il ne l'épousera pas...

— Te souviens-tu de tes serments, Lotario ?

Ti-tati-tati-tata
Ta-ti-tata-tata

— Je n'avais pas vingt ans, sanglota-t-il.
Parfums de rouille, de vieux sang, d'excréments. Frissons, comme si la pluie qui tombait, ce soir-là, s'était insinuée dans la pièce et le glaçait jusqu'aux os.
Antonella s'agenouilla face à lui. Saisit ses poignets. Le força, implacable, à la regarder. Les yeux dans les yeux. Pétrifié, Lotario vit ses iris brillants perdre leur couleur, devenir opaques, puis gris comme ceux des poissons morts. Les vers firent leur office, crevant les globes, s'insinuant dans la bouche, le nez. Il vit la beauté d'Antonella se flétrir, disparaître, rongée par le temps et la corruption.

Ti-tati-tati-tata
Tatata-ti-tata

Il sut que c'était sa faute.
Ne put le supporter.
Il n'y avait qu'une chose à faire – une seule – pour expier.

Ti-tati-tati-tata
Tatata-ti-tata

On le retrouva quelques heures plus tard, mort. Le chaton de sa chevalière était ouvert. Des traces noirâtres souillaient la commissure de ses lèvres. Une carte gisait sous sa main roide. *Le Prince.* Quatrième arcane du Tarot de la Lune.

*

« *...une flamme vive dont le souvenir restera à jamais gravé dans nos cœurs.* »

Nola posa le vélin devant elle et s'étira, satisfaite de ce qu'elle avait écrit. L'oraison exprimait, en termes qu'elle espérait sincères, les intentions du Duc et rendait hommage à la disparue. Les éloges funèbres n'étaient pas difficiles à rédiger, d'habitude : elle trouvait rapidement le ton, la forme adaptés au défunt et à ses clients, même inconnus. Pourtant, celui de Marquise lui avait pris son après-midi. Était-ce parce qu'elle connaissait le Duc et la prostituée ? Parce que la jeune femme s'était suicidée ? Du pouce, Nola caressa son poignet strié de fines marques blanches. Ces cicatrices-ci étaient vieilles, vestiges d'une ancienne vie – celle d'avant son arrivée dans le quartier. Mais elles évoquaient, plus que toutes les autres, cette possibilité – une délivrance, une porte ouverte vers l'Ailleurs. Elle n'en avait plus le désir, plus pour le moment, mais aimait considérer cette éventualité comme la meilleure échappatoire possible – quand sa propre existence lui serait devenue indifférente.

« Ma propre existence m'est indifférente. Pas celle des autres. »

Vivre pour autrui à défaut de vivre pour soi-même. N'était-ce pas un prétexte ? Une excuse pour prolonger une destinée dénuée de sens ?

« Si seulement je pouvais ressentir ! Si seulement je n'étais pas cette coquille de chair avec laquelle je suis contrainte de vivre tous les jours... »

Le tintement délicat de la clochette d'entrée la tira de ses pensées. Une haute silhouette se découpa bientôt dans l'encadrement de la porte. Orseo.

— Je ne te dérange pas ?

— J'attends le Duc.

Le jeune homme entra, s'abattit dans la vieille bergère aux teintes fanées, face au bureau.

— C'est un sale type, décréta-t-il, repoussant une mèche bouclée de son front. Souviens-toi, la dernière fois que tu as accepté de travailler pour lui...

— Marquise s'est suicidée, coupa Nola.

— Je sais. Probablement en a-t-elle eu marre de se faire tabasser quand elle ne rapportait pas assez ?

Sur le point de rabrouer son ami, Nola remarqua les traces de sueur sillonnant son visage, la poussière, l'expression triste, désabusée de son regard brun.

— Si tu me disais ce qui ne va pas ?

— Il y a eu des morts, cet après-midi. Des gars d'Hypotie s'en sont pris à des réfugiés. Quelqu'un leur a mis en tête qu'ils avaient tué la fille d'un marin. Le corps a été retrouvé dans un sale état... Ils n'ont pas réfléchi. Le hic, c'est que la petite était simplement morte de fièvre. La famille l'a balancée à l'eau pour ne pas avoir d'ennuis. Tu sais, avec toutes ces histoires sur la peste et les risques de contagion, les gens deviennent méfiants. Si le mal avait dû arriver jusqu'ici ça se saurait…Les parents craignaient l'incendie de leur baraque, des abrutis ont trouvé des coupables mais pas les bons, les ont massacrés et se sont aperçus de leur erreur après coup. Le pire, dans tout ça, c'est que la Garde noire a *vu* ce qui se passait. Pas un n'a bougé ses fesses avant qu'il ne soit trop tard. Je suis convaincu qu'ils reçoivent des ordres d'en haut, si tu vois ce que je veux dire.

Nola se leva et alla jusqu'au petit meuble de bois peint accolé au mur, juste sous l'allégorie de la Poésie, l'ouvrit, en tira une bouteille de verre aux circonvolutions violettes et deux verres assortis. Elle les remplit d'une liqueur translucide, parfumée à l'essence d'origan, et lui en tendit un.

Quand il le prit, leurs doigts se touchèrent brièvement. La jeune femme ne put s'empêcher de noter le léger tremblement d'Orseo. Une imperceptible rougeur avait coloré ses joues, son corps exsudait une transpiration née d'un désir mêlé de crainte. Elle en fut attendrie, comme chaque fois qu'elle devinait ses sentiments – et terriblement gênée. Elle aurait voulu lui dire qu'il n'y avait pas d'espoir, qu'elle était incapable d'aimer. Mais Orseo ne lui avait jamais donné l'occasion de lui expliquer cela. Peut-être averti par une sorte de prescience, peut-être simplement par lâcheté, il n'avait pas osé se lancer. Ses seuls assauts – inlassablement répétés, depuis plus de trois ans – concernaient les poèmes. Nola avait eu l'imprudence, un soir de beuverie, de lui montrer ce qu'elle écrivait, hors toute commande. Depuis, il n'avait de cesse de vouloir les publier. Un jour, elle accepterait. N'était-ce pas la seule chose qu'elle pouvait lui offrir ?

— Pourquoi le Conseil de Cribella demanderait-il à la Garde noire de ne pas intervenir ?

— Le Conseil de ville ou… les Moires de la princesse. Ne fais pas ces yeux-là ! Depuis que la Triade d'Arachnae est tombée, elles sont aux abois. Imagine, si la Moravia ou son héritière n'avaient plus besoin de leurs précieux conseils pour diriger la principauté, ou si la Triple Déesse leur retirait Sa protection ! Elles n'auraient plus aucun pouvoir, aucune emprise sur Cytheriae…

— J'imagine très bien. Mais je ne comprends pas bien le rapport avec l'inertie de la Garde noire.

— Les réfugiés apportent avec eux les spectres de l'épidémie et du désordre. De sales souvenirs. Les Âges sombres, ça te dit rien ? ajouta-t-il devant la moue sceptique de son amie.

— Les Âges sombres et leur cortège d'horreurs appartiennent au passé, Orseo.

— Pourtant, tout a commencé de la même manière, par la peste à Matricia…

— Mais Arachnae n'avait pas perdu ses Moires.

— J'espère que tu as raison, Nola. Parce que je ne pense pas que la Moravia et ses trois harpies soient à même de venir à bout d'une épidémie, s'il y en a une… Parce que tu vois, je crois que la Lune ne les protège plus depuis belle lurette. Elles le savent et elles crèvent de trouille. Donc, elles s'acharnent sur ces malheureux. Si ce mal débarque à Cytheriae, le peuple verra que leurs prières ne servent à rien… Tiens, encore un lien avec le passé : tu savais qu'à Matricia, la Triade a été la première à crever ?

— En es-tu certain ?

— C'est ce que m'ont confié des gens avec qui j'ai pu parler. Tu vois, c'est pour ça que je me dis que les Moires ont bien plus à perdre que ce qu'on imagine…

— Un peuple, par exemple ?

Un nouveau tintement de clochette annonça l'arrivée du Duc, interrompant leur conversation.

*

Angelo se tenait face à l'une de ces vieilles habitations délabrées du sud de Métida, un palais abandonné qui, à chaque tempête, à chaque pluie, perdait une pierre, un pan de mur aussitôt avalé par l'eau terne des canaux. Sur sa façade on devinait, entre deux lézardes, les restes estompés d'une fresque florale. Un volet de bois crevassé fermait encore l'une de ses fenêtres. Perché sur le toit, un plongeon poussa une longue plainte lugubre et s'envola, se confondant rapidement avec le gris du ciel de ce début de printemps.

Angelo demeura immobile un moment s'imprégner de l'atmosphère des lieux. Après la tombée de la nuit, ils se rempliraient d'ombres, de silhouettes venues se livrer à quelque obscur négoce, d'adeptes de la magie noire ou de chasseurs – quel que soit le type de proie, humaine ou non. Mais en cette fin d'après-midi, l'endroit était désert.

Une fois certain d'être tranquille, Angelo ouvrit l'aumônière de cuir tanné qui pendait à sa ceinture et en tira la patte momifiée d'un rat. Il utilisa l'une des griffes pour se percer le pouce, puis traça, de son sang, quelques runes sur la peau noircie. Le fétiche luit, brièvement, d'un éclat blafard. Le nécromant l'attacha à un lien et le passa autour de son cou. Cela lui permettrait de se tenir, sans difficulté, à la lisière des deux mondes, celui des morts et celui des vivants. D'un pas décidé, il franchit le seuil de la demeure.

À l'intérieur, des murs décrépits, dévorés par une rouille aux reflets pisseux. Des vestiges de meubles éparpillés sur le plancher envahi par le varech et de minuscules coquillages blancs. De petits squelettes, dispersés au gré de la volonté de fantômes disparus. Il y avait eu d'autres créatures. Des stryges, reconnaissables à l'odeur caractéristique de charogne et de fiente.

Combien avaient occupé ces pièces délabrées ? Cinq, peut-être six. Une femelle et sa portée, le mâle apportant régulièrement leur pitance.

Dans la pièce suivante, Angelo eut la confirmation de son hypothèse : il y avait bien eu un nid. Fait de détritus, d'os humains et d'animaux auxquels pendaient des chairs corrompues, de tissus souillés et de guano, il grouillait de crabes, de scolopendres et de cloportes.

Le nécromant avança, un mince stylet d'obsidienne dans la main. La pierre noire, qui consumait l'engeance des démons, les terrifiait assez pour les maintenir à distance. Considérant que chaque être, aussi redoutable fût-il, avait sa place en ce monde, Angelo trouvait le pouvoir dissuasif de l'arme suffisant : il ne l'utiliserait, à des fins plus offensives, qu'en dernier recours.

L'aire avait été abandonnée. Angelo distingua, dans les décombres, le cadavre recouvert de vers de l'un de ces molosses au poil dru utilisés par les débardeurs et leurs maîtres pour surveiller les entrepôts de marchandises, sur les quais. À première vue, sa mort était récente. Restait à savoir ce qui l'avait véritablement tué. Posément, il rajusta ses gants et, enjambant l'entrelacs de charognes et de débris, gagna l'intérieur de l'abri. Indifférent aux remugles délétères de la corruption, il s'accroupit à côté de la dépouille, en chassa la vermine. La bête avait été éventrée. Trois plaies restaient visibles sur la fourrure rêche et sale. Leurs lèvres, noires, brûlées, portaient les stigmates du poison dégouttant de serres acérées. La marque d'une stryge. Et le chien avait expiré avant d'arriver dans cet antre. Son prédateur, le mâle certainement, lui avait brisé le cou. Les créatures n'avaient pas eu le temps de le dévorer. Quelqu'un – ou quelque chose – les avait contraintes à fuir leur repaire. Mais pas des chasseurs humains. Ces derniers ne s'aventuraient jamais à traquer plusieurs monstres à la fois. Qu'ils viennent des riches faubourgs de Dyctina, d'Agelène ou même de Métida, ces amateurs de sensations fortes étaient prêts à tout, pourvu que le jeu ne comporte pas trop de risques. Autrefois, Angelo avait servi de rabatteur et de guide dans de telles expéditions. Il s'était vite lassé de voir des hommes s'acharner, plus sauvages que ceux qu'ils traquaient, sur des goules ou des leugeias, hybrides au corps d'anguille et au faciès de noyé.

Il reporta son attention sur le mâtin. Puis sur le nid désert. Qui les avait fait fuir ?

De plus en plus intrigué, il poursuivit. La troisième pièce était couverte d'algues et de fissures d'où suintaient des humeurs saumâtres. Le parquet avait disparu, laissant place à d'immenses sillons remplis de poussière coagulée et de bouts de bois gâté, où s'accrochaient moules blêmes et goémons. Ici et là, des mares noires, nées des canaux et des déchets. Dans l'air, un parfum fétide, mélange de limon, d'aigreur et de putréfaction. Recroquevillée près de l'eau, une forme. Il s'approcha, circonspect, reconnut une stryge à ses ailes de peau grise, à sa chevelure blanche, fine comme de la soie.

Elle était morte.

Repliée sur elle-même, ses longs doigts griffus pressés contre son visage, elle paraissait vulnérable comme un enfant. Terrifiée, aussi.

Angelo se pencha sur elle, toucha délicatement ses membres, constata, surpris, qu'elle avait été momifiée, privée de ses fluides vitaux. En la retournant, il vit qu'il s'agissait du mâle. Nota la présence d'un trou au milieu de son ventre. Large d'un pouce, il présentait en ses bords des masses glutineuses, pareilles à une résine transparente. Il en préleva un peu, la renifla – retrouva, plus fortes, les effluves d'acidité et de fange présents dans toute la salle. Enfin, il se redressa, pensif.

Il ne respirait pas ces odeurs pour la première fois. Il avait déjà trouvé cette substance sur un cadavre desséché.

Mais la victime était humaine.

*

L'Ambre rouge, indolente comme un gros chat durant la journée, s'éveillait dès les premières ombres du crépuscule. Les habitants du quartier venaient y prendre un verre ; certains y soupaient ou s'accordaient du bon temps avec les pensionnaires de la propriétaire des lieux, l'éblouissante Rossana Paolo. Parmi les habitués, quelques-uns habitaient dans une chambre ou un petit appartement à l'étage : ils payaient un loyer régulier et rendaient de menus services ; en échange, ils n'avaient à se soucier ni des tâches domestiques ni des repas. Rossana, avec son passé sulfureux – amie des plus grands courtisans de Cribella, elle préférait, disait-on, une vie de saltimbanque au luxe des palais – avait suffi à donner, dès son arrivée, une atmosphère particulière à l'auberge. En quelques mois, *L'Ambre rouge* était devenue le lieu le plus réputé de Métida, et sa célébrité passait même la frontière du sestier. Artiste flamboyante, aristocrate déchue au passé scandaleux, Rossana avait emporté dans ses malles un nombre incalculable d'amants et d'amantes et assez de talent pour faire de l'établissement un atelier en perpétuelle transformation. Au fil des années, les murs s'étaient métamorphosés en fresques marines, érotiques ou légendaires. Plus modestes aujourd'hui, ils accueillaient les œuvres des élèves de la fantasque peintre : plusieurs représentations de la Triple Déesse – Vierge, Mère et Faucheuse – côtoyaient sirènes et différents portraits. Un lustre aux circonvolutions étonnantes, caprice de Rossana, éclairait la salle principale. Composé d'un lacis de métaux, de fleurs de verre multicolores et de morceaux de miroir, il réfléchissait à l'infini les lumières des bougies. Une scène, dans un coin, accueillait régulièrement conteurs et musiciens.

Quand Nola et Orseo entrèrent, l'estrade était vide.

Trois hommes discutaient autour d'un pichet et d'une assiette de pain à l'ail. Deux lui tournaient le dos, mais Nola reconnut le troisième : Bartoldo. L'apothicaire, un homme d'une cinquantaine d'années à la barbe et aux cheveux gris, interrompit sa conversation et l'accueillit d'un immense sourire. Sans lui laisser le temps de répondre, il plongea de nouveau dans la discussion – une diatribe plurivoque contre la fainéantise des jeunes gens, en particulier des apprentis.

Saluant la serveuse derrière le comptoir et quelques connaissances, Nola se dirigea vers la table de Rossana. L'artiste profitait du calme de cette fin d'après-midi, entourée de sa compagne du moment, une timide androgyne, et de la jolie Pamina, danseuse et fille de joie, joyau de *L'Ambre rouge* – et l'une des rares prostituées du sestier à savoir lire et écrire.

Elle savourait un verre de vin épicé et de petits sablés semés de graines d'anis. Voyant Nola approcher, ses paupières mi-closes s'ouvrirent et dévoilèrent l'éclat malicieux de ses prunelles turquoise.

— Tu connais Liana ? lui lança-t-elle en guise de salut.

Liana eut un sourire timide et se poussa pour faire une place aux nouveaux venus. Orseo s'assit à côté d'elle. Nola s'installa en face de Rossana, ignorant la mine renfrognée du chroniqueur. Le jeune homme ne se sentait pas très à l'aise avec l'exubérante libertine et aurait préféré une table isolée. Mais, après plusieurs heures à évoquer la mort, elle avait besoin de se changer les idées.

— Quelles nouvelles ?

Nola narra brièvement sa journée. Les rendez-vous du matin, la venue du Duc, l'après-midi.

— J'aimais bien Marquise, déclara l'artiste. Cette petite avait du charme et ses formes étaient très intéressantes. Elle a posé plusieurs fois pour moi.

Liana se recroquevilla sur la banquette, essayant de ne manifester aucune jalousie. Elle était amoureuse, et angoissée à l'idée que son amante pourrait se lasser de sa simple présence.

« Ne te fais pas trop d'illusions. D'ici une semaine, deux si tu as de la chance, Rossana aura jeté son dévolu ailleurs. Peut-être resteras-tu son modèle, peut-être te laissera-t-elle de temps en temps partager son lit, mais je serais toi, je passerais rapidement à autre chose. »

Plus facile à dire qu'à faire. Elle-même avait aimé, autrefois.

Autrefois. Dans une autre vie.

Et elle en était morte, n'est-ce pas ?

— On m'a commandé une allégorie des Saisons, poursuivit Rossana. Du classique, en somme. J'aimerais beaucoup la présenter sous forme de quatre panneaux, indépendants mais se répondant les uns aux autres, en lequel chaque cycle serait représenté par une femme. Pamina a accepté de poser pour l'automne, et Liana, pour l'hiver. Tu accepterais d'incarner le printemps ?

— Si je ne suis pas nue, oui.

— Aucune des quatre saisons ne le sera, ma belle. En ce moment, je travaille énormément les drapés et les symboles. Pour moi, le nu appartient au passé. Tu t'en rendrais compte si tu prenais la peine de venir plus souvent dans mon atelier.

Nola n'eut guère le loisir de répondre. Orseo serrait les poings, une ombre dans les yeux. Il fixait, très roide, un point à l'autre extrémité de la salle.

Elle se retourna. Angelo patientait, froid et blême, près du comptoir.

— Rossana, je réfléchirai à ta proposition et me risquerai dans ton antre, c'est promis, dit-elle en se levant.

Saluant d'un sourire la petite assemblée, elle alla rejoindre son amant.

Rossana les observa un moment. Nola, adorable avec ses longues boucles blondes, ses lèvres pulpeuses et ses yeux verts pailletés d'argent. Lui, glacial, cendreux – aussi malsain que l'on pouvait imaginer, pour quelqu'un de sa profession. Cet homme aux traits acérés, aux prunelles d'un bleu trop pâle cernées de noir, était, disait-on, un ancien membre de l'Ordre de la Nouvelle Lune. Cette confrérie, présente dans tout l'Archipel, pratiquait les « arts sombres » – comme si fricoter avec des cadavres et l'engeance du Mal pouvait être un art – afin de mieux combattre les démons et leur race. Quel crime avait-il commis pour en avoir été chassé ?

Quand le couple quitta *L'Ambre rouge* et disparut, happé par le crépuscule, Rossana posa un baiser sur les lèvres de son amie et se leva pour commencer son service.

— Je ne sais pas ce qu'elle trouve à ce… ce sorcier. Je le hais, murmura Orseo. Elle n'est pas heureuse avec lui, ça se sent. Et puis, dès qu'il la siffle, elle accourt.

— On ne choisit pas toujours de qui on tombe amoureux, dit doucement Pamina, demeurée silencieuse jusqu'alors.

Des musiciens, arrivés peu de temps auparavant, s'étaient installés sur scène. Un joueur de mandoline réglait les cordes de son instrument. Deux autres vérifiaient la peau de leurs tambourins. Un quatrième époussetait soigneusement sa flûte.

La jeune femme se leva et posa sa main sur celle d'Orseo.

— À ta place, je cesserais d'espérer en vain et regarderais autour de moi.

Sur ces mots, elle rejeta sa longue chevelure en arrière et, d'une démarche gracieuse et ondulante, rejoignit le quatuor sur la scène.

2

ANZOLO : *Las ! La savoir si proche, mais de lui amoureuse !*
Je ne puis souffrir cette flèche douloureuse ;
La jalousie me ronge telle une gangrène,
Et mon amour pour elle se transforme en haine.

Marcantonio Bembo
L'Ange de Cribella, Acte V, scène 1

Sestier de Métida – 27e jour du mois du Feu

Située sur l'un des rares îlots naturels du sestier, proche de la terre ferme sans toutefois toucher de trop près les abords sordides d'Hypotie, *La Gazette de Métida* occupait le rez-de-chaussée d'un vieux palais. Sa façade ocre était entretenue à grands frais par Catarina Bacci, la propriétaire. Merveille de couleur vive dans un faubourg n'ayant pour seules parures que moisissures, algues brunes et fientes d'oiseaux marins, le bâtiment resplendissait dans le matin. Comme s'il concentrait toute la vie des environs, il retentissait de clameurs : aux appels des goélands tournoyant au-dessus du toit répondaient les miaulements d'un chat, les aboiements du gardien des lieux, un molosse furieux d'une intrusion féline sur son territoire, et des éclats de voix.

— *J'ai* vu hier la première de *L'Ange de Cribella*. *J'ai* réussi à m'entretenir avec la Alba. *J'ai* assisté à la soirée qui a suivi la représentation. *Je* prends la une. C'est pourtant facile à comprendre, non ?

Les poings sur les hanches, son petit nez pointu frémissant, Isadora Bacci, fille unique de la patronne et chroniqueuse mondaine, fulminait.

— Mais ma pauvre, explosa Orseo Giovanni, tes ragots de salon n'ont rien à faire en première page ! Ils sont creux, ils n'intéressent personne et ce n'est pas ça qui fera vendre *La Gazette* !

Isadora saisit l'article de son confrère.

— Parce que tu crois que les lecteurs prennent plaisir à la boue que *tu* leur sers ? *Tolérer l'intolérable : serait-ce la nouvelle méthode de la Garde noire ?* C'est racoleur, c'est dangereux ! Avec tes absurdités provocatrices, *La Gazette* va vraiment finir par avoir des ennuis. Et tout ça pour quoi ? Pour dénoncer une prétendue injustice envers trois pouilleux qui seraient de toute façon morts ?

— Ces pouilleux, comme tu les appelles, sont des êtres humains ! Des gens qui ont tout perdu, qui ont bravé l'hiver et l'océan pour trouver refuge à Cytheriae. Quant au plaisir de lecture… Isadora, on achète *La Gazette* pour s'informer, pas pour se distraire. Si tu n'es pas capable de comprendre ça, je ne sais pas, moi, change de métier, change de journal ! Essaie *Les Éphémères de Dyctina* !

Les yeux brillants de larmes, la jeune femme le gifla à toute volée.

Orseo faillit répliquer, se ravisa au dernier moment, lui arracha sèchement son papier et, avec un reniflement de mépris, retourna à son secrétaire.

Il lui restait quelques éléments à corriger, dont le titre de la chronique et l'accroche. Cela le contrariait, mais la gamine trop gâtée qui lui tenait lieu de consœur avait raison : l'ensemble était inutilement provocateur.

S'il avait pu montrer son texte à Nola, elle lui aurait signalé ce défaut. Mais il n'avait eu ni le courage ni l'envie d'aller la voir. Me jeune homme l'avait aperçue, la veille, aux côtés de Rossana, assistant comme bien d'autres aux funérailles de Marquise, dans le temple donnant sur le grand canal, derrière *L'Ambre rouge*. Deux prêtres de la Faucheuse avaient dit les prières et béni l'âme de la défunte, favorisant ainsi son voyage dans l'Au-delà. Le Duc, tremblant – des restes d'ivresse ? –, avait prononcé l'éloge funèbre. Il s'était interrompu à plusieurs reprises et n'avait pu aller jusqu'au bout. Comtesse, une autre prostituée, en avait achevé la lecture. Quand le bûcher avait été allumé, Orseo avait préféré s'éclipser.

De manière générale, les incinérations le mettaient mal à l'aise et puis, il avait son article à terminer.

Nola était sans doute restée un moment avant de reprendre le chemin de son office. Il aurait pu attendre la fin de la journée pour aller la trouver et lui demander conseil, mais l'image de l'adorable écrivain public et du nécromancien l'obsédait. Il se représentait les mains froides et pâles de son rival sur Nola, souillant son corps de ses caresses mortifères ; les paupières nacrées se fermaient, ne laissant entrevoir, sous les cils, qu'un éclat vert et intermittent ; elle s'abandonnait, souple et douce, avec ce drôle de sourire qui dénudait légèrement ses dents et la rendait si vulnérable. Le sorcier, aveugle et sourd comme les morts qu'il fréquentait, la possédait avec indifférence. Et Nola acceptait sans protester d'être à peine mieux traitée qu'une servante.

Un jour, Orseo la secouerait jusqu'à ce qu'elle le regarde comme celui qui l'aimait vraiment – et non comme un gentil camarade.

Un jour, il ne pourrait plus se contenir et lui hurlerait son amour au visage. Pour qu'elle comprenne. Pour qu'elle quitte cet individu arrogant, brutal certainement.

Un jour, oui.

En attendant, il avait des modifications à faire et devait supporter les caprices de la fille de sa patronne. Il réfléchit, biffa certains mots, en griffonna d'autres, hésita, revint sur la première proposition, balança de nouveau et choisit : *Des réfugiés en danger : quand la colère gronde.*

Il terminait les dernières corrections lorsque Catarina Bacci, directrice de *La Gazette,* entra dans la vaste pièce aux parois couvertes de boiseries, son molosse sur les talons. Le grand chien gris, une fois reçue sa friandise matinale, retourna monter la garde dans le vestibule dallé de marbre.

Catarina et sa fille se ressemblaient beaucoup : même nez impertinent, même visage rond, même regard bleu. Néanmoins Catarina, bien que fantasque et meilleure décoratrice que rédactrice, était plus avisée – du moins en ce qui concernait *La Gazette.* Ce matin, elle tenait dans la main un ouvrage au frontispice représentant le portrait d'une femme à la longue chevelure noire.

— Orseo, puis-je vous demander de choisir, parmi ces quatrains, celui qui vous paraîtra vraiment caractéristique de l'œuvre de Lucina Labia ?

Sans attendre la réponse, elle posa le petit recueil devant lui.

— Maman ! Tu me demandes même pas mon avis !

— Pourquoi le ferais-je ? L'œuvre de Labia t'ennuie, tu me l'as toujours dit. Orseo, ajouta-t-elle sans se soucier de la mine outrée de la pimbêche, je compte sur vous pour décider et m'écrire quelques lignes sur elle. C'est un nouvel arrangement avec Scrivi. Il accepte de baisser ses prix si nous évoquons son travail dans *La Gazette.* Comme il vient d'imprimer les *Quatrains en rouge...* D'après ce que j'ai compris, il s'agit d'une commande. Quelqu'un qui a décidé de remettre l'artiste au goût du jour. Avec une nouvelle couverture et les eaux-fortes d'un jeune prodige dont j'ai oublié le nom.

Orseo feuilletait déjà le recueil, écoutant distraitement.

Il aimait beaucoup Lucina Labia. Elle avait vécu deux siècles auparavant, à Epeira, une ville lacustre bâtie au sud de la principauté. Trahie par son fiancé, la jeune poétesse s'était noyée dans le lac portant désormais son nom et avait laissé derrière elle une centaine d'odes, de ballades et de rimes diverses.

— Alors ?

Que dites-vous de ce quatrain :

Mon cœur a été découpé
Avec une lame acérée.
J'ai regardé le sang couler :
Il était rouge comme un baiser.

— Très bien ! Qu'est-ce ?... *Des réfugiés en danger,* lut Catarina, s'emparant de l'article du jeune homme. Excellent titre. Parfait pour la une ! Isadora, puis-je voir ton travail ?

Vaincue, sa fille lui tendit ses feuillets, noircis par une écriture aux rondeurs enfantines. Puis, avec un coup d'œil furieux à son rival, elle regagna sa table de travail.

*

Le jeu de tarots avait été trié. D'un côté, les arcanes mineurs, inutiles pour la tâche qu'il devait accomplir. De l'autre, soigneusement ordonnés, les arcanes majeurs, déjà amputés de quatre lames. Se saisissant pensivement de la cinquième, l'homme alla jusqu'à la fenêtre.

Face à lui, les vestiges d'un palais aux pierres dénudées par les intempéries se dressaient vers le ciel moutonnant. Un peu plus loin, sur la grève, s'entassaient les entrepôts d'Hypotie, bâtisses de briques hautes de plusieurs toises, qui masquaient en partie la laideur du sestier dévoré par les marécages et la misère. Debout depuis l'aurore, débardeurs et mariniers vaquaient à leurs occupations. De l'autre côté, un long canal traversé de ponts de pierre et de bois menait jusqu'au cœur de Métida. Là, on se déplaçait en gondole ou en barque à fond plat.

Il avait hésité sur le choix de sa prochaine victime : les deux personnes, élues parmi des dizaines d'autres, présentaient des caractéristiques intéressantes. Toutes deux soignaient les gens et les écoutaient même si les méthodes différaient. Toutes deux avaient acquis, au fil du temps, une certaine sagesse. L'un était un homme, cela l'avait décidé.

Il tira les rideaux noirs acquis à bas prix chez un vieux tisserand, posa l'arcane du *Prêtre* sur la table et alluma deux bougies.

Les mèches grésillèrent. Une fumée épaisse, nauséabonde, s'en échappa. Il plaça les chandeliers de part et d'autre d'un petit autel aux reflets ivoirins.

Dans une coupelle, il déposa une boucle de cheveux bruns, une pincée de cendres – ce qui restait de sa bien-aimée – et, de la pointe d'un stylet, perça la peau de son pouce. Une goutte de sang tomba dans la sébile.

Alors, il commença à prier.

Khaï Bahil ! Khaï Bahil ! Khaï Bahil !
Philo vasta cyonis, metusha amynesis
In vocato sentias, Khaï Bahil !

Par cet homme immolé aux ombres du passé
Par cette âme déchiquetée et torturée
J'invoque devant tes yeux souffrance et folie

Khaï Bahil ! Khaï Bahil ! Khaï Bahil !
Philo vasta cyonis, metusha amynesis
In vocato sentias, Khaï Bahil !

Quand il eut terminé, ses offrandes avaient disparu.

À leur place, il y avait une gaude gélatineuse d'où s'échappait un léger effluve de violette. Ce parfum, souvenir d'un bonheur douloureux, suffit à lui faire verser des larmes d'espoir et de tristesse.

Plus que quelques mois, plus que quelques sacrifices et il reverrait, enfin, celle qui n'était plus.

*

Sestier de Métida

Renzo Lippi sentait la transpiration et la vieille chique. Ses cheveux gris, poissés de pellicules grasses, étaient noués par un ruban. Il portait, sous un pourpoint de toile, une chemise ternie par la crasse.

Orseo nota la grimace d'Isadora quand le chroniqueur passa à côté d'elle, la saluant d'un vague grognement auquel elle ne répondit pas. D'abord amusé, le jeune homme déchanta quand, saisissant un trépied, son confrère s'installa face à lui, souriant de toutes ses dents jaunies, et lui souffla au visage une haleine d'oignon frit.

— Renzo, tu pues !

— Pas grave. Je sais bien que là-dessus, t'es moins bégueule que certains, et ça tombe bien puisque c'est à toi que je veux parler.

— Je suppose que je n'ai pas le choix ?

Dans son coin, Isadora rit sous cape. Orseo lui jeta un regard noir auquel elle répondit en lui la langue. Refusant d'entrer plus avant dans cet échange puéril, il reporta son attention sur Renzo. Ce dernier vérifiait ses notes, soigneusement consignées dans un carnet relié de cuir, son visage devenu grave, son expression, inquiète.

— Que se passe-t-il ?

— Il se passe que les canaux sont de plus en plus dangereux et que les gars de la lieutenant Duccio ont encore récupéré un drôle de macchabée au sud du sestier, pas très loin de la pharmacie du vieux Bartoldo. Un macchabée bouffé de l'intérieur – je suis même pas sûr qu'ils aient pu l'identifier.

— Oui, j'ai entendu qu'il y avait une recrudescence de cas bizarres, ces derniers temps. Mais tu sais, Renzo, moi, les stryges et les leugeias…

— Justement ! Je ne suis pas sûr du tout qu'il s'agisse de ça.

Renzo rapprocha son tabouret du bureau de son confrère.

— Les gardes, dit-il sur le ton de la confidence, ils avaient pas l'air très à l'aise avec cette affaire. Tu sais, je crois même qu'ils étaient terrifiés. Ce qu'il y a sous les eaux n'a rien à voir avec les saloperies habituelles. J'en ai entendu un parler de pieuvre énorme, avec des tentacules blanchâtres…

Orseo recula. Le souffle du chroniqueur lui soulevait le cœur. Il avait peine à se concentrer sur ses propos – et ne se sentait toujours pas concerné. Les monstres, les cadavres, les crimes passionnels ou crapuleux, les accidents et les annonces publiques – fiançailles comme enterrements – appartenaient aux faits divers, le domaine de Renzo et pas le sien. Il allait le lui dire, avec tact, quand Catarina s'approcha. Humant, d'assez loin, les émanations malpropres de Lippi, elle demeura, les bras croisés sur sa poitrine, le front soucieux, à bonne distance de ses deux employés.

— Renzo, j'ai beaucoup apprécié vos mémorandums sur la vie de Métida. Les lecteurs seront ravis des petites anecdotes que vous contez. Votre compte rendu du duel – sans fer ni verbe – entre ces clients de *L'Albatros* est particulièrement savoureux. En revanche… Vous m'avez appris que votre métier se fondait sur des faits, sur la quête de la vérité. Or, votre dernier article se borne à relater des rumeurs, de vagues théories. Vos « cadavres inexpliqués » et autres « créatures inconnues de la Garde noire » brassent du vent – et vous le savez. Tout ce que ce papier réussirait à faire, c'est alarmer les lecteurs et irriter les autorités. Les sujets d'Orseo sont assez corrosifs, cette semaine. Inutile d'en ajouter.

Orseo se doutait que Catarina utilisait délibérément ses écrits pour justifier sa décision et privilégier les chroniques de sa fille. Il n'appréciait guère la méthode, mais cette fois, la patronne avait raison. Les histoires de Renzo ne tenaient pas la route.

— Je comprends, grogna ce dernier, pas plus ému que cela. Mais je flaire une piste. Je suis comme votre chien. J'ai l'instinct pour ça... Et mon instinct me dit qu'il y a une affaire sérieuse derrière toutes ces rumeurs.

— En ce cas, Renzo, enquêtez ! Fouillez, trouvez la preuve de ce que vous avancez ! Mais pour l'instant, je ne peux rien publier.

— Justement, je voulais en causer avec Orseo.

— Très bien, lança Catarina en s'éloignant. Travaillez ensemble : j'ai confiance. S'il y a quelque chose à découvrir, vous y parviendrez.

Le jeune homme soupira. Des leugeias métamorphosées en immondes poulpes, des spectres provoquant des accidents... Tout cela l'indifférait. Les gens lui importaient. Les citoyens de Cribella, leurs espoirs, leurs souffrances. L'humanité à l'échelle d'une cité ou, plus exactement, de deux sestiers, Métida et Hypotie. Le premier, celui où il vivait depuis quinze ans déjà ; le second, celui qui l'avait vu naître.

Les scènes dont il était témoin, les injustices que subissaient quotidiennement les miséreux l'épouvantaient bien plus que les innombrables horreurs qui faisaient les délices de son collègue.

La journée promettait d'être longue.

*

Abandonnée des décennies plus tôt, la vieille demeure, devenue repaire de la lamia était encombrée de détritus. Moellons rongés, morceaux de bois, lambeaux de tissus éparpillés sur le sol offraient un asile parfait à une colonie de rats aux yeux luisants et à d'autres vermines. Tous détalèrent à l'arrivée de la lieutenant Duccio et de ses hommes.

Trois malheureux avaient succombé à l'étreinte mortelle de la créature. Une adolescente, disparue quelques semaines plus tôt, était revenue, spectre blafard avide de la sève des vivants, révélant la présence maléfique.

Le sergent Marsile Sotto avança de quelques pas, scrutant l'obscurité, à l'affût. Il se figea, pointant le doigt vers le coin le plus reculé du salon dévasté. Tassée sur elle-même, une silhouette les observait. Ses yeux ne reflétaient aucune lumière. Un soldat approcha sa lanterne, éclairant partiellement la scène. Et Sotto se détendit, soulagé de constater qu'il s'agissait d'un cadavre : les restes d'un malheureux décédé durant l'hiver. Les rongeurs et les cloportes avaient nettoyé les os, ne laissant que des lambeaux de peau accrochés au squelette.

Derrière lui, Polissena Duccio fit nerveusement craquer les jointures de ses doigts et vérifia que ses adjoints étaient protégés : la dernière fois, l'un d'eux avait oublié l'amulette qui le gardait des assauts du monstre. Il s'était retourné contre ses collègues et en avait occis un avant d'être tué. Elle-même, autrefois, avait failli succomber au chant séduisant de la sirène.

Elle ne pouvait se rappeler la scène sans frissonner.

Elle ne pouvait se rappeler sans être prise de nausée l'horreur de la possession.

Fascination. Regard noir, abyssal, puits de promesses et d'énigmes. Séduction. Caresse intangible, pourtant ardente, invitation au plaisir. Attaque. Brutale. Implacable. Tentacules s'agrippant à la psyché, puisant leur force dans la peur. Brûlure insoutenable. Pointe acérée s'enfonçant dans l'esprit, en chassant toute raison. Évanouissement. Retour à la conscience. Horreur – être emprisonnée, impuissante, dans son propre corps…

— Lieutenant, on fait quoi ? demanda le sergent Sotto, l'arrachant à ses glaçants souvenirs.

— Giulio, augmentez la puissance de votre lanterne. Tous, déployez-vous et suivez-moi. La lamia doit se terrer dans l'une de ces pièces, sous des décombres ou dans un placard. La lumière du jour l'affaiblit, mais rappelez-vous qu'elle reste extrêmement dangereuse : les talismans vous protégeront de ses pouvoirs mentaux, mais pas de ses griffes et de ses crocs.

Les soldats obéirent. Formant un arc de cercle autour de leur supérieure, ils la suivirent, à pas de loup, dans une seconde pièce, plus obscure. Polissena tendit la main devant elle et se concentra : une flammèche naquit au centre de sa paume. Elle diminua, puis reprit, éclairant la salle d'une lueur vacillante. Polissena n'appréciait pas sa magie. Elle avait appris – d'abord auprès d'une prêtresse, ensuite en entrant dans la Garde noire – comment s'en servir, sans pouvoir se départir du sentiment que l'essence même de l'élément lui serait toujours étrangère, voire n'attendait que l'occasion d'échapper à son contrôle. Mais parfois, le feu était un atout. Les créatures qui hantaient les bâtiments abandonnés et les cryptes le craignaient et fuyaient souvent à son approche.

Alors, elle se résignait.

Des débris jonchaient le sol. On devinait, çà et là, des pieds de table, la forme arrondie d'un vieux coussin et le dossier d'une chaise. À la fenêtre, depuis longtemps condamnée, pendaient les restes de courtines en brocart. Seuls un divan et un fauteuil, près de la cheminée, semblaient encore intacts.

Polissena s'approcha de l'âtre.

— C'est ce que je pensais, lança-t-elle, désignant les sièges d'un mouvement sec du menton. Il y avait là toute une famille.

Des corps gisaient, pêle-mêle, dans les coussins. Amas de chairs desséchées, de tignasses rêches, de vêtements couverts de poussière et de toiles d'araignée, ils formaient une improbable sculpture.

D'un signe, elle ordonna à deux gardes de s'occuper des dépouilles. Fragiles comme du vieux parchemin, elles s'abîmèrent quand ils voulurent les séparer.

Ils en dénombrèrent six : un homme, deux femmes et trois garçons. La lieutenant s'accroupit près de l'une des mortes et l'examina avec attention. Sa chevelure était blanche. Elle portait une robe de velours entièrement doublée de fourrure. Une longue éraflure barrait sa poitrine. Polissena déglutit. Ce sang. Cette vieille blessure. Ils faisaient remonter des souvenirs, des images chaotiques qu'elle ne voulait pas se rappeler, qui jaillissaient, malgré tout, à la surface de sa psyché.

Respirer. Se concentrer sur l'instant présent. Sur ces morts-ci, pas ceux du passé. « Qui sont-ils ? Réfléchis...Cette tenue... Le tissu en est très épais... Et la fourrure... Celle qui la portait n'était pas d'ici. »

Elle observa plus attentivement la morte, approchant sa flamme d'une main où l'on discernait des traces de manucure.

— Il s'agit d'une famille de réfugiés passés outre la mise en quarantaine décidée par la princesse Violante.

— Lieutenant, s'enquit timidement l'un des soldats. À quoi vous voyez...

— Qu'ils ne viennent pas de la principauté ? La coupe et la matière de leurs vêtements, la blancheur de la fourrure, qu'on devine encore sous la crasse. Ils ont quitté Matricia, abandonnant tous leurs biens, mais n'ont pu se résoudre à se mêler aux habitants d'Hypotie. Ils étaient de bonne naissance : cela se devine au poli de leurs ongles. Dois-je vous rappeler, sergent, que j'ai étudié auprès d'un mortuor ? ajouta-t-elle d'un ton sec.

Marsile baissa la tête, désarçonné.

— Ces personnes se sont installées dans cette demeure. Elles devaient vivre très discrètement et ne sortaient qu'à la tombée du jour... Quand la créature que nous traquons les a trouvées, elle n'a eu que l'embarras du choix. Il est même possible qu'elles lui aient servi de garde-manger, pendant quelque temps. Cela expliquerait pourquoi elle n'a laissé que peu de morts sur son passage.

— En plus de ces six-là, elle a bouffé trois hommes, quand même. Sans compter la gamine. C'est pas rien !

— Vous savez comme moi, sergent, que les lamias peuvent faire bien plus de ravages que ça.

Sotto haussa les épaules, sans rien dire. Polissena eut un regard sévère, mais s'abstint de tout commentaire. Marsile n'avait guère apprécié que la capitaine Mazzario la choisisse comme seconde. Homme de terrain, habitué à commander, il considérait que le poste lui revenait de droit. Depuis longtemps, Polissena devait composer avec ce type d'individu – hommes ou femmes – qui considérait comme une perte de temps ses années passées auprès d'un mortuor, à examiner les cadavres, à tenter de comprendre les raisons de leur décès. Selon eux, elle avait plus sa place dans une morgue que dans la rue.

— Nous avons affaire à un être rusé, conclut-elle en se redressant, capable de tendre des pièges. Je compte sur votre prudence.

Éclairée par la flamme lumineuse de Duccio, l'escouade reprit sa progression dans la demeure en ruines.

*

... Adalgisa se détourna, les larmes aux yeux.

Sabina était blonde, spirituelle et sophistiquée. Ses robes, admirablement coupées, mettaient en valeur ses yeux couleur saphir. Les hommes les plus riches et les plus nobles de la ville se battaient pour obtenir ses faveurs. Chacune de ses apparitions, sur la scène du modeste théâtre où elle continuait à se produire malgré sa célébrité, soulevait l'enthousiasme des spectateurs.

« Gianni s'est seulement montré gentil, songea Adalgisa. Et moi, j'ai cru qu'il m'aimait ! »

Comment avait-elle pu espérer rivaliser avec la comédienne ? La jeune fille, avec ses boucles châtaines, ses yeux noisette et ses tenues discrètes, était bien trop terne...

— Alors, poulette, comment va aujourd'hui ?

Réprimant un soupir, Pamina referma son roman et accueillit le nouveau venu. Il s'appelait Claudio Tetto et tenait un atelier de céramique non loin de *L'Ambre rouge*. Un homme dans la force de l'âge, aux tempes légèrement dégarnies, qui venait régulièrement la voir, souvent pour discuter – « parce que, poulette, t'es drôlement futée, même que c'est étonnant qu'une fille comme toi reste ici » – ou pour une heure au lit. Plus rarement pour une nuit.

Chaque fois qu'il désirait une passe, le céramiste lui apportait un présent. Aujourd'hui, un petit vase indigo. Elle posa la main sur la sienne.

— Je t'offre un verre, avant ?

— Hélas non, poulette, marmonna Claudio, grattant sa courte barbe d'un air confus. J'ai... Je... Je n'ai pas beaucoup de temps et...

À cet instant, la porte de l'auberge s'ouvrit. Nola entra, apportant avec elle une bouffée d'air frais et un parfum de mimosa. Souriant à ceux qu'elle connaissait, la jeune femme se dirigea vers le comptoir. Tous les yeux se tournèrent vers elle.

Même le céramiste ne put s'empêcher de la regarder.

« Comment puis-je rivaliser avec elle ? » songea Pamina, se sentant soudain très proche de l'héroïne malheureuse de *Troublante Rencontre*.

Comme Adalgisa, elle aimait, sans espoir de retour, un homme qui ne la voyait pas. Comme Adalgisa, elle avait pour adversaire une femme blonde au charme ensorcelant.

Rejetant sa chevelure châtaine en arrière, elle saisit son poignet.

— Alors, Claudio, je croyais que t'étais pressé ! Tu viens ?

Claudio acquiesça et, confus, lui emboîta le pas.

— La prochaine fois... on aura plus de temps pour être ensemble et... et discuter.

Il n'avait rien compris.

Amère, Pamina l'entraîna dans les escaliers décorés de fresques florales et de niches où, le soir, brillaient des lanternes aux formes sensuelles et bombées.

*

L'escouade, cinq soldats en plus des deux gradés, se trouvait dans le sous-sol gorgé d'humidité ; le grincement des poutres portait en lui un funeste présage.

— Et maintenant ? interrogea Sotto d'une voix tendue.

Polissena regarda autour d'elle. Le canal menant vers l'extérieur baignait dans la pénombre ; un jour sinistre et gris pointait à son extrémité.

Ses hommes échangèrent des coups d'œil inquiets.

— C'est peut-être pas une lamia, lieutenant, risqua Silvio, un vétéran au nez cassé, à la joue barrée par une cicatrice. C'est peut-être l'un d'eux... Vous savez, l'un de ces trucs qui se baladent sous la flotte...

— Les cadavres, là-haut, auraient eu un aspect différent. Vous avez bien vu que ces choses vident entièrement leurs victimes et laissent un résidu blanchâtre, gluant, sur leur peau. Ceux que nous avons trouvés à l'étage ont bienservi de repas à une suceuse de sang.

Il y eut un sifflement perçant. Une silhouette longiligne passa, à toute vitesse, devant eux. Avec une stridulation moqueuse, elle s'engouffra dans l'escalier et disparut vers les étages. Sans attendre, Polissena se rua à sa poursuite. Elle gravit les marches quatre à quatre, Sotto sur ses talons. Arriva au rez-de-chaussée. Discerna, tout près, l'écho d'un rire railleur. Se concentra, projetant devant elle une flamme crépitante. Par chance, elle toucha la chair opalescente de sa proie. Au même moment, venant des soubassements, un cri de terreur déchira l'atmosphère.

— Sotto, allez voir ce qui se passe ! Silvio, avec moi !

Blessée et furieuse, la lamia feula. Dans son visage triangulaire à la perfection inhumaine, ses yeux brillaient telles des opales. Le bruissement de sa longue chevelure, pareil à celui d'écailles frottant les unes contre les autres, était à la fois fascinant et lascif. Sans la protection de leurs amulettes, Polissena et le garde se seraient laissé méduser.

L'assaut vint, plus vite que prévu.

La lamia frappa, lueur blafarde dans l'obscurité. Ses longs ergots, dégouttant de venin, s'abattirent sur eux. Polissena parvint, de justesse, à esquiver.

Silvio n'eut pas cette chance. Passant la mince protection du cuir, les griffes s'enfoncèrent dans ses chairs. Le poison ne mettrait que quelques minutes à le gangrener, entraînant une longue et douloureuse agonie. La lieutenant riposta, par le fer cette fois. La créature, atteinte, siffla de colère et montra les crocs. Elle se ramassa sur elle-même, bondit, déployant son corps mince et délié dans les airs. Polissena, nourrissant le feu de sa colère, la transperça d'une lance incandescente. La silhouette diaphane se racornit. Ses cheveux, serpents de ténèbres, s'embrasèrent. Ses yeux, ensorcelants et maléfiques joyaux, disparurent enfin, ne laissant que deux traces sur un crâne noir.

Lorsque le sergent Sotto et les autres remontèrent, ils trouvèrent la lieutenant, épuisée, accroupie près du garde. Silvio avait été égorgé. Polissena avait préféré lui épargner d'inutiles souffrances. Les restes carbonisés de la lamia gisaient, non loin. Quant à eux, ils n'avaient pas réussi à détruire la chose qui avait emporté l'un des leurs dans les profondeurs du canal.

Ça avait disparu : ils n'avaient pu distinguer que l'éclat d'une peau blette et phosphorescente dans les ténèbres.

*

Soupirer, gémir au moment adéquat. Flatter le client, de la voix ou de la main. Puis, le sentant proche de l'orgasme, enfoncer les ongles dans sa peau pour l'encourager à en finir. Ne pas sentir, mais ressentir. Ne pas penser, mais deviner. Pour ne pas vomir en respirant son odeur, en regardant son visage rouge, congestionné par l'effort et le plaisir. Pour ne pas hurler, malgré une peau salie par le sperme et la sueur.

Certains, comme Claudio, se montraient propres et attentionnés. Ce n'était pas leur faute si, chaque fois qu'elle fermait les yeux, Pamina avait honte et se retenait de pleurer. D'autres, plus rares depuis qu'elle vivait à *L'Ambre rouge,* se comportaient en véritables brutes ; ils se vengeaient des femmes en labourant son corps, laissaient des ecchymoses et des griffures. Pamina préférait travailler avec ceux-là. Les autres portaient en eux une maladresse timide qui l'écœurait. Parfois, elle avait l'impression qu'ils l'aimaient, n'osaient pas lui proposer de faire un bout de chemin avec eux, voire de les épouser.

Mais la prostituée ne voulait pas de leur amour. Elle ne voulait pas de leur fragilité. Leur attachement lui paraissait d'autant plus méprisable qu'il reflétait ses vains désirs. Leur tendresse l'exaspérait, parce qu'elle la renvoyait à la limite de ses propres espérances. Celui qu'elle voulait, jamais la jeune femme ne pourrait l'avoir. Elle devrait se contenter de l'artisan et de ses pairs.

— Je dois y aller, s'excusa Claudio, finissant de se rhabiller. Vraiment désolé de ne pouvoir passer plus de temps avec toi aujourd'hui, poulette.

— Va travailler, répondit Pamina en s'étirant. Je ne t'en veux pas.

— J'étais sérieux, tout à l'heure... Nous devrions passer une soirée ensemble, t'en dis quoi ? Nous pourrions discuter et...

— Pourquoi pas ? Allons, file maintenant !

Demeurée seule, Pamina s'empara de *Troublante Rencontre,* retrouvant avec délice son héroïne.

Adalgisa était éprise de Gianni ; elle, d'Orseo. Adalgisa était courtisée par un poète falot ; elle, par un simple céramiste. Si l'avenir se montrait clément pour la jeune fille, peut-être le serait-il aussi pour elle ? Pour le découvrir, il suffisait de lire la dernière page du roman de Siro Venelli. Elle hésita, paralysée par une crainte superstitieuse. Et si sa curiosité lui portait malheur ? Et si le destin décidait de lui jouer un tour, par caprice ou pour la punir de son indiscrétion ?

« Mieux vaut ne pas tenter le sort. »

Elle se leva, se dirigea vers la vasque d'eau claire dissimulée par le paravent. Claudio lui avait laissé assez d'argent pour lui éviter d'accepter d'autres passes avant le lendemain. Elle n'avait qu'à se laver et profiter de ce répit pour poursuivre patiemment la lecture de son roman.

*

La lieutenant Duccio avait terminé sa journée. Enfin, elle pouvait abandonner le masque d'impassibilité qui la protégeait du monde et se laisser aller. L'après-midi avait été éprouvant. La traque de la lamia. La mort de deux de ses hommes. Les coups d'œil accusateurs de Sotto. Le sergent la tenait évidemment pour responsable. Ses regards, ses allusions à des « imprudences », au « manque d'expérience de certains », étaient éloquents.

Polissena devait régler définitivement les problèmes causés par son subordonné. Soit il acceptait son autorité, soit il quittait l'unité, peu importait son affectation future. Mais, pour le moment, la lieutenant s'interrogeait. Avait-elle fait une erreur ? Aurait-elle pu éviter aux gardes une fin tragique ? Tourmentée par l'incertitude, elle erra un moment dans les rues de Métida, passa un pont de bois menant vers un palais de guingois, aux murs envahis de mousse, continua son chemin, traversa de nouveau le canal. Quand elle passa le seuil d'un estaminet dont l'enseigne branlante évoquait vaguement un hippocampe, le crépuscule étendait son ombre sur la ville.

Indifférents à l'atmosphère enfumée, trois ou quatre gondoliers sirotaient une pinte en piochant dans de petites coupelles débordant d'olives et d'anchois marinés. Les autres clients, débardeurs et modestes artisans, étaient répartis, par petits groupes, dans la grand-salle et discutaient. Un homme assis, seul, dans un coin de la pièce, retint brièvement son attention. Une quarantaine d'années, des cheveux gris-blond, des yeux clairs et rapprochés. Un pli amer barrant sa bouche. Sa mise simple, un pourpoint brun et une chemise bordée de dentelles, rappelait celle des cadavres découverts dans la demeure abandonnée. Voyant qu'elle l'observait, l'inconnu étira ses lèvres en un sourire poli. Elle lui rendit son salut, mal à l'aise sans savoir pourquoi, et se détourna.

Un gamin âgé d'une dizaine d'années vint prendre sa commande. Sans respirer, il récita la maigre carte de la gargote : bière, vin cuit, eau-de-vie de malt. Elle choisit cette dernière.

Polissena boirait quelques verres ici, puis rentrerait chez elle se saouler à l'abri des regards. Elle avait mentalement revu cinq, six fois peut-être, la traque de la lamia. Elle avait été prudente et organisée, protégeant ses soldats du mieux possible. La mort de Silvio était un accident ; nul n'aurait pu deviner la présence de cette chose sous la demeure ni penser que leur proie se révélerait assez retorse pour les mener dans ce piège. Pourtant, elle n'arrivait pas à chasser les doutes de son esprit.

Elle entamait sa deuxième coupe quand une silhouette obstrua son champ de vision et s'assit, posant devant elle une bouteille.

— Je me suis dit qu'on aurait besoin de ça, déclara Renzo Lippi, frictionnant sa chevelure graisseuse.

— Qu'est-ce que vous foutez là, vous ?

— Hé ! Du calme, lieutenant ! Je ne vous veux pas de mal, *moi*...

Polissena poussa un soupir résigné. Si cette glu était ici, inutile d'espérer une soirée tranquille. D'autant qu'à son ton et à sa mine réjouie, il avait des informations et comptait bien les échanger contre quelques renseignements juteux.

— Et qui me voudrait du mal, d'après vous ?

Renzo remplit leurs godets, but cul sec le sien et fit claquer sa langue avec satisfaction.

— Disons qu'il y a des gars, par chez vous, qui prennent un malin plaisir à salir votre travail.

— Le sergent Sotto. Autre chose ? Sinon, vous pouvez retourner dans vos pénates et me laisser en paix, Lippi.

— Sauf qu'il n'est pas tout seul, votre sergent. Il y a d'autres gars, avec lui. Des gars qui n'ont pas digéré une bourde que vous auriez faite, ou je ne sais quoi... Pas la peine de me regarder comme ça ! J'y suis pour rien, moi. En tout cas, Sotto paraissait assez remonté, tout à l'heure. Décidé à « prendre des mesures », si j'ai bien compris.

— Du genre ?

— Donnant-donnant, lieutenant. Vous savez comment ça marche, non ?

Elle massa ses tempes avec lassitude.

— Finissons-en, Lippi ! Que voulez-vous ?

Il se pencha à son oreille et le lui dit.

Dix minutes plus tard Polissena, complètement dégrisée, quittait l'estaminet en direction de *L'Ambre rouge.* Elle devait voir Nola, au plus vite, pour devancer Sotto et ses alliés. Ils voulaient écrire au commandant de la Garde noire ? Se plaindre de son incompétence ? Insinuer qu'elle avait obtenu son insigne à la force de son décolleté – parce qu'elle avait su plaire au capitaine Mazzario ? Elle allait demander à Nola de préparer un courrier révélant les fautes commises par les hommes de son unité depuis qu'elle les dirigeait – les fautes qu'*elle* avait, jusqu'à présent, couvertes. On verrait bien qui aurait le plus de crédit auprès du général Lacana.

3

Lila se jeta dans ses bras, étouffant un cri. Le gentilhomme corsaire accueillit tendrement la belle effarouchée, étonné de se sentir si protecteur envers cette quasi-inconnue qui aurait dû être son ennemie. Il n'eut guère le temps de s'interroger sur les raisons qui le poussaient à agir ainsi : déjà, les damnés se précipitaient sur eux. Ils brandissaient leurs épées rouillées avec un rictus que la mort rendait plus infâme ! Sans quitter la jeune fille, Nello tira son sabre. La lame effilée fendit l'air en sifflant. Cela ne suffit pas à faire reculer la horde affamée. Il faudrait donc en découdre pour se débarrasser de ces morts-vivants et atteindre la sécurité de son navire ! Nello attaqua, trancha les chairs corrompues, jusqu'à ce qu'il parvienne à leur frayer un passage jusqu'au quai. Alors, sans perdre de temps, il souleva Lila et en quelques enjambées, atteignit la passerelle de La Dame des mers.
« Larguez les amarres ! » commanda-t-il avant même d'être sur le pont.
Ses hommes s'exécutèrent.
Au moment où la nef quittait la baie de Tyranna, Nello s'aperçut qu'il n'avait pas lâché sa protégée et surtout, qu'il filait, toutes voiles dehors, avec la fiancée de son plus implacable adversaire. Hélas ! Il n'y avait plus moyen de revenir en arrière.

Siro Venelli
Nello, Gentilhomme Corsaire, Chapitre deux

Sestier de Dyctina – 28e jour du mois du Feu

Reclus dans ses quartiers depuis la mort de Lotario della Trava, Octavio se morfondait. Les relations diplomatiques entre Arachnae et Cytheriae devenaient trop tendues pour qu'il se permette d'offenser la noblesse de Cribella – et, pis, la famille de sa fiancée – en refusant de se plier aux convenances du deuil.

Les funérailles de celui qui avait failli devenir son beau-frère égayeraient sa journée.

— Par la Déesse ! murmura le jeune homme, regardant par la fenêtre d'un air morne. Je donnerais n'importe quoi pour être de retour chez moi ! Les fêtes d'Arachnae me manquent – et même vous, mère.

Mélancolique, il laissa son regard dériver alentour, effleurant les façades alourdies par des colonnades de marbre, flottant au-dessus des canaux sur lesquels glissaient d'élégants, mais trop sobres, esquifs. Il survola les toits, gagna la baie – se figea. Dans le lointain, auréolé de brumes, se dressait le Dédale de Cribella. Noir, menaçant, il abritait l'engeance d'un démon. Fruit des amours scandaleuses d'une femme et d'un monstre, la Bête qui hantait ce labyrinthe de lave se nourrissait de chair humaine : on lui livrait les pires criminels. Mais la rumeur voulait que des gêneurs – adversaires politiques d'un membre du Conseil de ville, maîtresse encombrante – soient abandonnés à ses appétits.

Un domestique entra, brisant sa contemplation. Dans son visage impavide, seuls ses yeux noirs, ronds comme ceux d'un rongeur, trahissaient son mépris pour le courtisan.

— Son Excellence Camilla vous attend, seigneur.

Octavio le toisa jusqu'à ce qu'il baisse la tête, par jeu plus que par réel courroux.

— Très bien. Je vous suis.

Avec une servante, Octavio aurait pu se distraire – l'amadouer par de menus présents, des compliments bien tournés. À la place, on lui avait infligé cet individu rétréci par des années de service impeccable. À croire qu'on le châtiait. Pourtant, il n'avait commis aucun crime. Certes, ses fréquentations, à Arachnae, avaient heurté sa mère – surtout quand elle avait reçu des lettres menaçant de révéler au grand jour sa conduite indécente. Mais, de là à l'envoyer dans ce mausolée pour escorter une vieille pie pudibonde…

« Camilla est à l'image même de cette ville. Le prince Alessio n'aurait pu mieux choisir. »

L'ambassadrice, une femme au visage anguleux, à l'épaisse chevelure grise, l'attendait dans l'immense vestibule dallé de marbre, en compagnie de ses deux caméristes. Octavio détailla discrètement celles-ci. Austères et plates, elles avaient presque l'âge de leur maîtresse.

« Lotario, au moins, savait s'amuser ! Il aurait pu attendre mon départ pour se suicider… Si seulement Sienna était comme lui ! Mais non. Il a fallu qu'on m'accorde à l'une de ces oies blanches élevées dans le giron protecteur d'une famille guindée. Elle n'est pas laide, c'est déjà ça. Reste à espérer qu'elle ait un brin d'esprit… »

Il ne pourrait le découvrir avant d'avoir échangé plus que quelques banalités avec elle.

Saluant poliment dame Camilla et sa suite, le libertin grimpa dans la chaise à porteurs qui lui fut désignée, tira les courtines de velours et s'avachit sur les coussins, écrasé par l'ennui.

*

Sestier de Métida

Une lumière froide traversait les longs nuages qui masquaient le soleil et le ciel grisâtre. Un vent frais soufflait sur les canaux, froissant l'onde viride de centaines de plis, semblables aux rides d'une vieille femme. Nola quitta son immeuble, le gros chat noir sur les talons. L'animal ignorait superbement les plongeons à l'œil écarlate paressant à la surface. De temps à autre, il roucoulait, se frottant contre ses jupons. Il avait faim et savait qu'elle lui donnerait à manger une fois arrivée à sa boutique. Celle-ci, située de l'autre côté du pont, jouxtait *L'Ambre rouge.* Elle l'avait d'ailleurs obtenue grâce à la générosité de Rossana Paolo, qui l'avait recueillie et soignée cet hiver-là. Celui où elle était morte.

L'hiver à ma porte m'emporte tournoyant
De flocons immaculés dans le vent soufflant
Neige et glace. Froidure et congères m'engloutissent ;
Dans un grand linceul blanc tissé de bleu je glisse.

Rimes matinales, trop commodes pour dépasser les apparences des mots ; trop évidentes pour être autre chose qu'un masque, un moyen pour la détourner de la blessure creusée ce soir-là, de l'abîme de douleur dans lequel elle ne *pouvait* regarder.

Rimes à conserver, néanmoins, en transformant un mot ou deux – à commencer par « linceul » – pour un poème de commande.

Nola arriva près de *L'Ambre rouge,* hésita, poursuivit son chemin. Souvent, elle s'y arrêtait pour prendre un bol de lait chaud et saluer Rossana, son exubérante amie.

Mais aujourd'hui, elle n'en avait pas envie. Ses cuisses la brûlaient ; elle sentait à chaque pas le tiraillement des entailles striant sa chair.

Sillons rouges sur peau blême. Traces d'existence dans le néant.

Un trait pour la tristesse. Un trait pour la colère. Un trait pour le mépris, un autre pour elle. Ressentir par la souffrance. Le seul moyen de se délivrer de ce qu'il y avait à l'intérieur. Désormais, une dépendance honteuse, sans autre plaisir que celui d'être libre, tant que le sang – goutte à goutte de liberté – quittait la prison du corps pour se montrer au-dehors. Une fois, une seule, Angelo avait demandé pourquoi, en suivant la coupure – moins large, à l'époque – du bout du doigt. « Pour me sentir vivante. Parce qu'il faut bien que *ça* sorte, » avait-elle répondu. Il avait hoché la tête, n'avait plus jamais évoqué le sujet. Elle appréciait sa discrétion, son absence de jugement. Et puis, il n'essayait pas de la transformer. Il acceptait ce – qui ? – qu'elle était, le peu qu'elle pouvait donner. Ne demandait pas plus. Jamais.

Parfois, ils ne se parlaient pas du tout. Se contentaient de se déshabiller, de se coucher, de faire l'amour jusqu'à l'épuisement. L'orgasme la laissait apaisée, un temps du moins ; il lui faisait le même effet qu'une lame. Il l'affranchissait de toute pesanteur.

Nola entra dans son échoppe. Comme toujours, les effluves de cuir, d'encre et de papier la rassurèrent. Le chat fila au fond de la pièce, là où elle gardait, dans un gros bahut de bois peint, quelques provisions et une jarre soigneusement fermée. Il miaula jusqu'à ce qu'elle lui donne de la viande séchée et une coupelle d'eau puis, rassasié, grimpa sur le coffre, se roula en boule et ferma ses grands yeux d'or.

À peine était-elle installée que la clochette tinta, annonçant un visiteur.

Trois individus entrèrent. À leur tête, le sergent Marsile Sotto. Bâti comme un colosse, avec le cheveu ras, un nez fin et des yeux perçants, il arborait fièrement l'insigne de la Garde noire de Cribella, un cercle sur trois bandes bleues. Ses compagnons, simples soldats, se tenaient en retrait. Nola connaissait le novice, Giulio. Ce jeune homme brun et dégingandé ne savait pas écrire : il était venu la trouver deux fois déjà pour qu'elle rédige des poèmes d'amour en son nom. L'autre, une femme entre deux âges à la mâchoire carrée, à la chevelure miel coiffée en chignon sévère, couvait son supérieur d'un regard empli de dévotion.

— Bonjour Nola, salua Marsile, s'asseyant sans y être invité dans la bergère, face au bureau. Que la Triple Déesse veille sur toi et te garde toujours aussi belle !

— Merci. Qu'Elle veille également sur toi et les tiens !

Les cloches du temple de la Lune sonnèrent, annonçant le début de l'office.

— Ça, c'est Giulio et Daniela.

Nola leur sourit. Seul Giulio lui répondit. Daniela fixait d'un œil farouche son décolleté et ses formes pleines.

— On aimerait bien que tu nous écrives une lettre.

— Vous ne seriez pas là, sinon. À qui ? À quel propos ?

— Il s'agit d'une plainte, qu'on veut signer tous les trois. Enfin, peut-être que d'autres aussi voudront participer, mais pour l'instant, y a que nous. Ce qu'il y a, c'est qu'on pense que la lieutenant Duccio n'a rien à faire sur le terrain. On pense qu'elle a été mise là parce que…

Il se gratta la tête, gêné.

— Parce qu'elle couche avec la capitaine, termina Daniela, faisant rouler ses épaules sous sa cuirasse noire.

— Elle a passé pas mal de temps avec les mortuors, reprit Sotto. Ça lui a donné de la technique, c'est sûr. Elle est capable de deviner à combien remonte la mort d'un type sans se tromper, y a rien à dire là-dessus. Mais sa place, c'est avec eux, pas avec nous. Pas plus tard qu'avant-hier, on en a eu la preuve. Deux hommes y sont passés. Silvio, qui avait fait toute sa carrière dans la Garde, et puis un bleu.

Nola, bras croisés, l'écouta narrer leur expédition contre la lamia. Elle n'était douée ni dans le domaine des armes ni dans celui des investigations mais rien, dans les propos de Sotto, ne justifiait une plainte. Nul n'aurait pu prévoir l'apparition de la chose dans le canal, et son acte envers Silvio avait été courageux et généreux. On ne survivait pas aux griffes des lamias. On mourait, au terme d'une insoutenable agonie.

Nola laissa flotter le silence un moment avant de répondre.

— Je n'écrirai pas cette lettre.

— On te paiera !

— Je n'en doute pas. Mais je refuse d'être mêlée de près ou de loin à… ça.

— C'est ton boulot, non ?

— Mon travail est celui d'un écrivain public, non d'une calomniatrice. Polissena Duccio est compétente, sinon elle n'aurait pas obtenu ce grade.

Daniela fit craquer les vertèbres de sa nuque et serra les poings ; fronçant les sourcils, Marsile se pencha en avant.

— Tu devrais réfléchir, Nola. Si tu fais ce courrier, je te garantis que s'il t'arrive un malheur, je sais pas moi, un vol par exemple, on fera tout pour coincer le coupable. Et personne viendra vous emmerder, toi et les tiens.

— Moi et les miens ? Qu'entends-tu par là ?

— Ton nécromant pour commencer. Tout le monde sait qu'il fait des trucs louches. S'il a été banni de l'Ordre de la Nouvelle Lune, comme on le raconte, c'est pas pour rien.

Le chat noir s'étira, sauta à terre, puis bondit sur le bureau. Fixant les trois gardes de ses prunelles jaunes, il s'allongea de tout son long sur les papiers amoncelés. Soudain mal à l'aise, Marsile reprit sa place dans la bergère.

Il existait des sorciers capables de prendre possession du corps d'un animal, voire de se métamorphoser. Qui sait? Peut-être ce félin était-il l'un d'eux? À moins qu'il soit possédé par l'esprit d'un mort, chargé par le nécromancien de veiller sur Nola?

La scribe les dévisagea tour à tour. Elle se sentait nauséeuse et glacée.

— Allez-vous-en, ordonna-t-elle d'un ton bas. Immédiatement.

— Tu as tort, Nola... Tu as vraiment tort.

Ayant risqué cette ultime menace, Sotto obtempéra. Déployant sa masse, il sortit, ses deux acolytes sur les talons.

*

Sestier de Dyctina

Le Grand Temple de la Lune se dressait, majestueux, au cœur d'un des principaux îlots rocheux de Dyctina.

Vêtus de somptueuses tenues aux couleurs du deuil, famille et courtisans attendaient dans l'hypostyle circulaire, au pied de la statue de la Triple Déesse. Seul Son visage de mort – le faciès ridé, effroyable, d'une vieille aux orbites creuses – présidait. Un grand suaire de velours couleur de nuit recouvrait les deux autres.

Le corps de Lotario reposait dans la nef, visible une dernière fois pour ses proches. Il avait été oint, parfumé, apprêté pour son dernier voyage. Quand l'oraison et les prières auraient été prononcées, la dépouille, voilée par un linceul, serait portée jusqu'au péristyle à ciel ouvert consacré à la crémation.

Octavio avait été chargé par le père du défunt d'escorter Sienna, sa trop sensible aînée, jusqu'au palais. Le jeune homme espérait que la réception serait moins gourmée que les obsèques. Les citoyens de Cribella se révélaient bien trop orthodoxes. Certes, il s'agissait de funérailles. Mais celles-ci ne lui semblaient être que le prolongement de l'atmosphère compassée de cette cité. Lotario, de son vivant, lui avait confié que les Moires de Cytheriae, affolées par la chute de leurs consœurs, étaient devenues intransigeantes. Elles avaient depuis longtemps la mainmise sur la politique de la principauté. Elles avaient renforcé ce pouvoir et installaient un climat de peur. Tout devenait prétexte à processions et cérémonies solennelles. Quant aux ministres, plus présents qu'autrefois, ils n'évoquaient dans leurs discours que péchés et châtiments, éveillant dans le peuple la culpabilité et le mépris de l'autre. Lotario n'espérait qu'une chose : que les vieilles finissent comme la Triade d'Arachnae – aux oubliettes ; ainsi les dévots laisseraient-ils enfin les gens tranquilles. Il avait goûté au poison avant de voir ce jour arriver.

Dans l'hypostyle, tous se taisaient.

Une femme, entièrement drapée de noir, s'était avancée jusqu'au pied de la colossale effigie. À l'ombre de la statue elle paraissait, pour l'assemblée, la vivante épiphanie d'une Lune endeuillée.

Ô Lune ! Belle Dame au triple visage
Entends la prière de ton enfant !
Son âme imparfaite espère ardemment !
Ô Lune ! Ouvre le ténébreux passage
Vers les territoires de l'Au-delà...

Octavio étouffa un bâillement. La prêtresse levait les mains vers le dôme incrusté d'étoiles – des éclats d'argent et de nacre, évidemment. Exaltée, elle communiquait sa ferveur à la majorité de l'auditoire. Quelques rares personnes, guère touchées par la foi, dissimulaient leur manque d'enthousiasme sous un masque de tristesse. Les choses étaient différentes, chez lui, à Arachnae. Les cérémonies s'y déroulaient de façon moins conventionnelle. Il se souvenait même d'y avoir trouvé une certaine beauté. Mais là...

Ô, Lune ! Ô mystérieuse Faucheuse,
Prends pitié de ce trop jeune esprit,
À qui tu as tranché le fil de vie...

Il croisa par mégarde les yeux remplis de larmes de Sienna, sa fiancée. Alors seulement, il se sentit touché par la mort de celui qui avait failli devenir son beau-frère.

*

Sestier de Métida

Nola posa sa plume et s'étira, puis vérifia l'amoureux acrostiche qu'un jeune marinier avait commandé pour celle dont il espérait faire son épouse.

Marina, fleur à peine éclose
Aux belles joues couleur de rose,
Rien ne me fera oublier,
Intrépide et folle beauté,
Ni ton sourire ni ta voix.
Ah ! Que ne ferais-je pour toi ?

Nola réprima une brusque envie de déchirer ce poème, d'une mièvrerie affligeante. Mais les rimes étaient correctes, le nombre de pieds, respecté. Son client serait satisfait : elle avait écrit exactement ce qu'on lui avait demandé. Et puis, elle avait souvent été obligée de faire bien pis. Des vers pour les cérémonies funèbres notamment. « Je t'attends de l'autre côté. » « Ne pleure pas car je suis toujours là. » Rien que les titres donnaient envie de vomir. Mais c'était son travail. Exprimer, du mieux possible, ce que ses clients ressentaient sans trouver les mots pour le dire. La plupart du temps, ce rôle lui convenait. L'espace de quelques heures, Nola parvenait à se projeter hors d'elle-même, à toucher la sensibilité des autres, à transcrire leurs émotions et leurs intentions. Aujourd'hui, elle demeurait prisonnière de son propre corps et de sa souffrance, elle avait envie de faire éclater cette prison de chair, de sentir des flots de vie, enfin délivrés, s'échapper au loin – n'importe où, hors du monde.

La sonnette tinta.

Nola se reprit, dissimulant son trouble sous un masque d'attente sereine.

Un homme âgé d'une quarantaine d'années, aux cheveux grisonnants, coupés aux épaules, aux yeux verts assez rapprochés, pénétra d'un pas timide dans le bureau. Il portait des vêtements simples, modestes mais soignés : une chemise grège aux manches bordées de dentelles sous un pourpoint de toile épaisse et terne, une culotte et des souliers assortis. Il la considéra un long moment, serrant l'une contre l'autre ses longues mains.

— Bonjour, dit-il enfin. Vous êtes écrivain public, n'est-ce pas ?

Il avait une voix douce, quoiqu'un peu sèche.

— En effet.

Il examina les étagères pleines, les deux tableaux, le bahut depuis longtemps déserté par le chat noir. Enfin, il revint à elle. Nola, durant toute la durée de cette inspection, demeura calme et neutre. Trouvait-il son office désordonné ? La pensait-il trop jeune pour exercer cette profession ? Il allait le lui dire, la saluer poliment et prendre congé. Peu importait. Qu'il parte et la laisse en paix.

— Puis-je m'asseoir ?

Nola acquiesça d'un hochement de tête.

— Je m'appelle Leporello Dandolo.

— Nola.

— Nola ? C'est un joli prénom. Un diminutif, peut-être ? Oh, mais je suis indiscret ! Veuillez m'en excuser. Je suis ici parce que… Dites-moi, avez-vous déjà écrit l'histoire d'une vie ?

— Il m'est arrivé de rédiger quelques discours commémoratifs, répondit la jeune femme. Mais une biographie, jamais. Je ne suis qu'une modeste scribe de quartier, vous savez.

Il eut un sourire doucereux.

— Vous avez la bonne distance. Vous ferez parfaitement l'affaire, Nola. Si vous le souhaitez, bien sûr.

Sa dernière phrase sonnait étrangement. Comme s'il l'avait ajoutée, par pur souci rhétorique. Pour lui donner l'illusion qu'elle avait le choix. Que cherchait-il ? Un rapport de force ? Un jeu de mystères et de non-dits ? « Si vous le souhaitez. » Il fallait, de toute évidence, traduire : « Vous souhaitez savoir pourquoi je suis ici » ou « Je vous fais une faveur en vous confiant ma vie. »

— Avant de décider si nous pouvons nous entendre sur le contenu, expliqua-t-elle, ignorant délibérément l'intimité qu'il tentait d'instaurer dans leurs rapports, peut-être devrions-nous nous accorder sur un prix.

— Je vous paierai deux cents ducats.

— Je préfère savoir ce que vous me demanderez, évaluer la somme de travail que cela exigera de moi et établir un devis raisonnable. Deux cents ducats, Monsieur, c'est beaucoup trop. Ce serait m'acheter. J'ai d'autres clients. Je ne puis me consacrer entièrement à un seul.

Une ombre menaçante déforma fugitivement les traits de Dandolo. Nola se recula sur son siège, soulagée qu'un bureau la sépare de lui.

— Je suis navré, Nola. Je ne pensais pas… Je ne voulais pas… Bien sûr, je comprends. Je ne puis espérer votre entière attention. Il s'agirait de ma vie, vous voyez. Ma vie d'avant. Quand j'étais plus jeune. Quand j'ai vu Délia pour la première fois.

Son regard s'égara dans la brume de souvenirs heureux, à présent enfuis. Ses yeux papillonnèrent et il chassa une larme d'un geste embarrassé. Nola, qui s'apprêtait à refuser ce travail, se ravisa. À moins que l'homme ne soit excellent comédien, il s'agissait maintenant d'un être réel, non d'un simulacre. Sa tristesse, sincère, l'avait dépouillé de sa défroque arrogante et malsaine.

— Voici ce que je vous propose, dit-elle, soulevant le gros sablier posé au pied de son bureau et le retournant. Nous allons commencer tout de suite. Quand le temps sera entièrement écoulé, nous arrêterons. D'ici deux jours, j'aurai mis au propre le résultat de ce travail et vous proposerai un texte. Si cela vous convient, nous poursuivrons ainsi.

Dandolo quitta l'office au coucher du soleil. Nola rassembla les notes qu'elle avait prises, ainsi que les dix sequins qu'il lui avait laissés, convaincu qu'elle faisait l'affaire. Mais la félibre restait perplexe : Dandolo la mettait mal à l'aise.

Néanmoins, il lui avait changé les idées. Elle avait presque oublié les marques sur la peau de ses cuisses et se sentait assez forte pour accepter Angelo dans son lit.

Pour le moment.

*

Sestier de Dyctina

Prostrée dans un confortable fauteuil passe-velours, Sienna contemplait fixement son verre, rempli d'une liqueur aux reflets vert clair. Avec ses longs cheveux châtains, ses yeux et le bout de son nez rougis par les pleurs, elle ressemblait à une enfant.

— Pourquoi a-t-il fait cela ? renifla-t-elle, tournant la tête vers son fiancé.

Octavio, qui se tenait près de la fenêtre, s'approcha et lui prit la main.

— Je l'ignore, Sienna. Je ne le connaissais pas assez.

— Cet arcane, retrouvé près de lui… *Le Prince*… N'est-ce pas étrange ?

Trois fois que sa fiancée faisait cette remarque, depuis qu'il l'avait raccompagnée. Le jeune homme commençait à être las. Il venait à peine de faire sa connaissance et trouvait déjà sa compagnie pénible. Restait à espérer que cela s'améliore une fois qu'ils seraient mariés.

— Avez-vous interrogé vos domestiques ? Peut-être ont-ils remarqué quelque chose d'inhabituel ? Quelque chose qu'ils n'oseraient pas dire à vos parents, par exemple ?

Sienna secoua la tête. De grosses larmes roulaient sur ses joues, gouttant sur la soie aniline de sa robe de deuil. Octavio s'accroupit et lui tendit un carré de lin blanc. Elle le prit, se tamponna le coin des paupières, se moucha, le lui tendit.

— Gardez-le, Sienna.

Elle sentait la vanille, un parfum suave et sensuel. Désireux de le respirer plus longtemps, Octavio chercha un moyen de rester tout près d'elle, de la toucher – de goûter un baiser, qui sait ? Il prit sa main fine et douce dans la sienne.

— À propos de cette carte… Peut-être devrions-nous aller consulter une sorcière de la destinée ? Elle pourrait nous éclairer sur sa signification… Et nous dire pourquoi elle était en possession de Lotario.

— Vous viendriez avec moi ?

— Puisque je vous le propose.

— Octavio ! Vous êtes merveilleux !

Sienna se jeta dans ses bras puis, levant vers lui son visage éperdu, l'embrassa.

« Finalement, ce ne sera peut-être pas une si mauvaise journée , songea le jeune homme en lui rendant son baiser. « Lotario, je devrais presque vous remercier d'être mort. Si je me débrouille bien, cette petite sera mienne bien avant notre mariage. Cela devrait m'occuper agréablement en attendant le retour à Arachnae… »

Profitant de l'abandon de la jeune fille, Octavio plaqua fermement la main sur sa poitrine.

4

J'ai lu dans Les Éphémères de Dyctina *qu'avaient lieu tes funérailles et la terre s'est fendue sous mes pieds. [...] Tu sais, c'est bizarre après tout ce temps je pensais vraiment t'avoir oublié je crois que je ne savais même plus pourquoi je me faisais saigner. Tout est revenu. La douleur, le vide dans mon corps et dans mon cœur et cette sensation d'étouffer. [...]Dis, c'est comment de l'autre côté ? Plus froid ? Plus chaud ? Dis-moi, quel effet ça fait de ne plus être là ? [...]*

Nola
Journal (Extrait)
Sestier de Métida, 29e jour du mois du Feu

Le départ d'un apprenti avait toujours des conséquences fâcheuses. Martino était méticuleux et obéissant en dépit de sa balourdise. Il collait les étiquettes à la manière dont Bartoldo lui avait appris, triait les boîtes, les apportait quand son maître en avait besoin et consignait scrupuleusement, de sa grosse écriture maladroite, les recettes journalières. Malheureusement, un drame familial – le décès fortuit de son père, un paysan vivant au sud de l'île – l'avait contraint à s'en aller. À présent, Bartoldo se retrouvait seul parmi ses pots et ses onguents, confus de ne savoir où chercher les différentes herbes servant à préparer la tisane préférée des prostituées. Composée de citronnelle, d'absinthe, de menthe et de sauge, celle-ci possédait des vertus contraceptives et abortives. D'habitude, il en avait toujours d'avance, mais le départ du jeune homme avait bouleversé sa routine.

Il se gratta la barbe. Les ingrédients n'étant pas dans les armoires de la boutique, il lui fallait se rendre dans la réserve. Perspective qu'il détestait. Il n'y avait pas d'ouverture. Ça sentait le renfermé. Par-dessus tout, *elles* étaient là, tapies dans les ombres et les recoins. Guettaient.

Bartoldo les haïssait.

« Tu n'as pas le choix. Hors de question de fermer la maison en attendant le retour de Martino ni de prendre un autre apprenti. Donc... »

Il alluma sa lanterne et ouvrit. La lumière éclaira peu à peu les rangées d'étagères, contenant, bien alignés, des récipients de toute taille, en terre, en verre et en bois, hermétiquement fermés par des bouchons de liège ou de la cire. En bas, dans de gros sacs de jute, reposaient fleurs et graines non triées, casiers où séchaient feuilles, pétales, et différents outils. Il fit quelques pas, levant bien haut son lumignon.

« Tout ira bien. Tout ira bien... Allons Bartoldo ! Tout ce que tu dois faire, c'est trouver ces fichues plantes et partir. »

Un craquement, dans la pénombre, le fit sursauter. De surprise, il perdit l'équilibre, se rattrapa tant bien que mal, fit tomber plusieurs récipients et un petit coffret, qui laissa s'échapper quelques sons harmonieux. L'apothicaire le ramassa, examina avec curiosité ses incrustations d'éclats nacrés, puis l'ouvrit. L'intérieur était peint d'arabesques érubescentes. D'un délicat mécanisme de métal s'envolaient les notes d'une mélodie.

Ti-tatatatati-ta
Ti-ta-ti-tata-ti

« Qu'est-ce que ça fiche ici ? Martino l'aurait-il chipé ? Bartoldo, mon gars, va falloir que tu aies une vraie discussion avec ce gosse lorsqu'il reviendra. Tu ne veux pas de voleur, ici... »

Larcin ou non, cette boîte à musique était jolie et l'air, qu'il connaissait par cœur, évoquait pour lui de bien tendres souvenirs. Ragaillardi par la ritournelle, il posa l'objet sur le bord d'un rayon, s'enfonça, en fredonnant, vers le fond de la resserre.

Ti-tata-tatatita
Sous la lune et les étoiles
Ta-ti-tatati-ta-ta
Je t'ai un soir embrassée...

Une ombre fila devant ses yeux. Il déglutit.

« Une souris. C'est une souris. Je vais encore retrouver des chiures et des trous partout. »

Soudain, il eut la désagréable sensation que quelque chose grimpait sur sa cuisse. Il chassa l'intrus d'un mouvement brusque. Baissa les yeux. Glapit de frayeur.

Là. Sur le sol. À l'endroit où gisaient les pots.

Elles étaient là. Grosses et noires. Pattes velues, abdomen bombé.

Vite. Attaquer avant d'être attaqué. Tuer avant d'être tué. Bartoldo se précipita, les écrasa, rageusement, convulsivement, sous sa chaussure de cuir. Pensa aussitôt qu'il faudrait la jeter, dès qu'il serait sorti d'ici. Avoir *ça* sous ses semelles… Il en avait la nausée.

La porte. Espoir, lumière dans les ténèbres – fuir loin d'elles.

Bartoldo tendit la main vers la poignée. Se recula brutalement. Une… Non ! Deux, trois de ces horreurs sur le bois ! Et d'autres, qui descendaient vers lui, surgissant de l'obscurité.

« C'est un cauchemar. »

Bartoldo ferma les paupières. Se contraignit à compter, pour reprendre ses esprits.

« Un… Deux… »

Un poids sur sa peau.

« Trois… Quatre… »

Fourmillement de dizaines de pattes le long de son corps.

« Cinq… Six… »

Une présence sur sa nuque. Le frôlement d'une épine velue à la naissance de son échine. L'écraser – vite ! Claque douloureuse. Sensation de triomphe.

Trop brève, hélas.

Dans la panique, Bartoldo avait ouvert les yeux. Il y en avait d'autres. Partout. Des dizaines, des centaines, jaillissant des étagères, des lézardes au plafond, des trous dans les cloisons. Certaines tissaient des toiles à une allure vertigineuse ou se laissaient glisser au bout d'un fil. D'autres – énormes et ventrues – bondissaient.

Toutes convergeaient vers lui.

Ti-tatatatati-ta
Ti-tatatata-ti

La mélodie. Se raccrocher à la mélodie. Se rappeler les paroles de la chanson.

Je t'aime depuis longtemps
Et je ne puis t'oublier
Je t'aime depuis longtemps…

Inspirer. Expirer. Rouvrir les yeux, chasser une bonne fois ces hallucinations.

Mais *elles* étaient encore là. Et elles grimpaient, grimpaient le long des murs, sur les rayonnages et sur ses jambes. Bartoldo avait beau se débattre, les écraser, les arracher à son corps, les lancer loin de lui, elles revenaient, toujours plus nombreuses, marée de corps sombres, bruns et gris, aux yeux multiples. Il voulut crier. Seul un sanglot sortit de sa bouche asséchée par la peur. Une abomination couleur de rouille se laissa tomber sur sa lanterne. Fasciné malgré lui, il contempla un moment cette chose à la monstrueuse perfection. Le corps segmenté par un torse épais, sur lequel se dessinaient d'étranges motifs. L'épigastre lourd, renflé. Les pattes, courtes, couvertes de poils roux, terminées par des ergots noirâtres. Les yeux luisants, teintés de sang par la lumière.

Elle se ramassa sur elle-même.

Elle allait l'hypnotiser, puis se jeter sur lui – le dévorer ?

Submergé par la panique, Bartoldo lâcha son lumignon. Celui-ci fut aussitôt absorbé par l'immonde tapis mouvant.

Elles pullulaient. S'insinuaient sous ses vêtements, rongeaient sa peau – il sentit quelque chose se frayer un chemin *en lui,* une substance froide, gluante. Elles pondaient ! Ces immondes saloperies *pondaient* leurs œufs dans sa chair ! Jamais. Plutôt crever. Il arracha sa tunique, griffa ses bras, ses épaules, glissa. S'écroula, sans pouvoir se rattraper, proie sans défense pour ses adversaires avides. Certaines, énormes, sautèrent sur son torse. D'autres, phosphorescentes, filèrent vers sa tête, se perdirent dans sa barbe et ses cheveux – il les arracha par touffes entières, préférant la douleur à l'insupportable grouillement – s'immiscèrent dans ses narines, forcèrent ses lèvres, glissant entre ses dents et réduisant sa langue en bouillie. Quand il hurla – un râle de terreur et d'agonie – l'une d'elles pénétra dans son gosier, paralysant d'une morsure son palais boursouflé. Entre sa gorge et sa luette, elle tendit les premiers fils de sa toile. Et l'apothicaire commença à étouffer.

Déjà passées de l'autre côté, ses minuscules compagnes entamèrent leur lente descente vers l'œsophage.

Les dernières choses que sentit Bartoldo avant d'expirer, furent la fraîche gelée dégoulinant de ses orbites et le fourmillement de centaines de pattes sur son visage.

*

Chaque matin, sous l'égide de deux soldats lourdement armés, Andrea devait balayer le sol de pierre froide, nettoyer sa paillasse et vider son pot de chambre. Il avait, une fois, essayé de profiter de la situation pour fuir : le balai en guise d'arme, l'urine comme diversion, il avait chargé ses geôliers. Jamais plus il n'avait recommencé. Au seul souvenir des représailles, il frissonnait d'effroi. Il ne voulait pas se rappeler ces heures abominables – même s'il ne pouvait empêcher les images et l'écho de la douleur de remonter à la surface.

Chaque matin, Andrea nettoyait la cage étroite qui lui tenait lieu de chambre – jusqu'au jour du châtiment. Au début, il avait interrogé l'un des matons. Lui avait demandé la raison de tout ça. Le ménage quotidien, les repas, frugaux mais sains. Le garde avait haussé les épaules. « Vous êtes humains, non ? »

Dans la solitude de sa cellule, Andrea avait retourné cette phrase encore et encore, l'analysant sous tous les angles afin d'en saisir le sens. Était-ce de la compassion ? L'homme avait-il voulu dire que les prisonniers demeuraient, malgré leurs forfaits, des frères pour leurs semblables ? Il avait peine à croire à cette hypothèse, mais peut-être les autorités agissaient-elles ainsi par dévotion ? Il avait entendu, un jour, le discours d'un prêtre: « Nous sommes tous Ses enfants, disait-il. Tous, même les plus démunis, même les plus indignes. » Au fil des semaines, des mois, il avait commencé à entrevoir une réponse. Celle qui lui paraissait la plus plausible. Tous appartenaient à la même espèce. En permettant aux forçats de conserver leur nom, leur identité – leur raison, aussi – ils demeuraient justes. Mais s'il s'agissait de piété, pourquoi livrer les condamnés en pâture à la Bête et ne pas leur donner une fin plus rapide – plus digne aussi, que celle de proies ?

« De toute façon, ils ne peuvent pas remédier au désœuvrement », songea Andrea, une fois ses corvées terminées, s'allongeant sur la paille fraîche de sa couche. « Ou bien, ils ne veulent pas. Ni pou, ni vermine, ni chasse aux rats pour tromper l'ennui. À peine une araignée, quelques perce-oreilles. Et les heures qui s'égrènent… »

Regrets. Remords. En avait-il ? De temps en temps, oui, il se laissait aller à ces vains sentiments. Il se disait qu'il n'aurait peut-être pas dû… Qu'il aurait pu agir autrement… Alors, il passait en revue toutes ses erreurs, toutes ses imprudences – et se rendait compte qu'il ne déplorait pas son acte, mais la manière dont il s'y était pris pour l'accomplir.

*

Quand la lieutenant Duccio arriva près de l'officine, une foule de curieux attendait, contenue tant bien que mal par deux gardes. Elle crut reconnaître la froide silhouette d'Angelo. Polissena n'aimait pas le nécromancien. Sa présence n'augurait rien de bon.

Bartoldo était mort. Une cliente l'avait retrouvé, allongé parmi des pots brisés, dans son arrière-boutique. Le vieil herboriste était une figure du sestier – on ne disait plus : « Je vais chez l'apothicaire », mais « Je vais chez Bartoldo » ; les habitants voudraient en savoir plus. Il avait soigné une infinité de maux – rhumes insignifiants, goutte et verrues disgracieuses, sans compter les philtres qu'il préparait pour éviter d'indésirables grossesses aux catins et les antidotes qu'il avait mis au point contre certains venins.

— Place ! clama-t-elle d'un ton sévère.

On lui obéit, bon gré mal gré. Elle entra, Giulio sur les talons. Elle préférait savoir ce jeune homme compétent à ses côtés plutôt qu'auprès de Sotto et ses partisans. Il méritait d'être correctement formé, non d'avoir la tête farcie de considérations et de méthodes douteuses. Aussi, quand on l'avait appelée, tout à l'heure, la lieutenant l'avait emmené d'office avec elle.

— Éclaire-moi. On ne voit rien, ici.

Giulio obtempéra.

Ils passèrent dans la réserve. Conformément à la description qui lui avait été faite, le cadavre de Bartoldo gisait dans un amas de poteries cassées et de débris de verre. L'homme, la chemise en lambeaux, les bras lacérés, était recroquevillé sur lui-même.

Polissena fit doucement basculer le corps sur le côté. Prunelles ternes, presque opaques. Bouche grande ouverte avec la langue, bleuie, pendant sur sa joue. Les traits de son visage présentaient des stigmates de terreur. Il y avait du sang sur son crâne : des poignées de cheveux – et de derme – avaient été arrachées.

— Qu'est-ce qui s'est passé ? déglutit Giulio.

Polissena saisit le poignet du défunt.

— Je dirais qu'il a été agressé par une force indéterminée, s'il n'y avait pas ceci…

Dans sa main roide, Bartoldo tenait fermement une mèche grise, ensanglantée.

— Il se serait infligé ça tout seul ?

— Je le crains. Voyez, ses doigts sont couverts de sang. Le mortuor effectuera une analyse plus poussée, mais je ne serais pas étonnée que l'on retrouve des morceaux de peau sous ses ongles. Ne faites pas ces yeux-là, Giulio. J'ai passé assez de temps auprès de Massimo Calli pour connaître ses secrets et avoir une bonne idée de l'étendue de ses compétences.

Elle reprit son examen, prenant mentalement note de tout ce qui lui paraissait étrange – la couleur de son appendice, comme s'il s'était étouffé, les fils de toile d'araignée, presque invisibles, sur son torse –, quand son œil fut attiré par un morceau de carton, coincé sous la fesse de Bartoldo. Il s'agissait d'une carte, au dos décoré d'arabesques dorées. Elle la saisit précautionneusement, la retourna.

Le Prêtre, cinquième arcane du Tarot de la Lune.

*

Domenico Fiori contemplait, morose, sa boutique. Située dans un faubourg entièrement bâti sur pilotis, elle s'enfonçait chaque saison un peu plus dans la mer ; les soubassements, les murs pourrissaient. Il nettoyait tous les jours son pas-de-porte et entretenait de son mieux la peinture – un indigo assez vif – mais sa clientèle, peu désireuse de se faire tailler la barbe et les cheveux les pieds dans l'eau, diminuait singulièrement, ces derniers temps. Le barbier avait, plusieurs fois déjà, envoyé des lettres au capitaine Mazzario qui, outre ses fonctions officielles, tenait lieu d'intermédiaire entre les autorités de Cribella et la population du sestier. Il s'était même risqué, en faisant appel à un écrivain public – un vieil homme vivant à la limite de Dyctina –, à transmettre un courrier au Conseil de ville.

Ses missives demeuraient sans réponse.

Le sergent Sotto lui avait conseillé de déménager. Massimo Calli, un client fidèle, mortuor dans la Garde noire, lui avait expliqué que Mazzario faisait ce qu'elle pouvait ; mais le sestier de Métida n'était jamais considéré comme une priorité.

« Un jour nous sombrerons, et nul ne s'en apercevra. »

Il haussa les épaules et, s'appuyant contre le chambranle, laissa son regard dériver sur l'onde.

Une forme, parfois, s'y dessinait. De légères bulles crevaient la surface glauque.

Piquant du ciel avec un cri sourd, un cormoran plongea dans les flots, en ressortit, un poisson scintillant dans le bec, et s'envola. Domenico le suivit paresseusement des yeux. Des sanglots le ramenèrent à la réalité.

Une barque glissait sur le canal. À son bord, deux fillettes pauvrement vêtues se serraient l'une contre l'autre et pleuraient. Leur mère, qui avait entassé à bord leurs maigres effets, ramait courageusement vers le rivage. Sans doute une modeste veuve qui, ne pouvant plus payer son loyer, s'exilait vers les marécages d'Hypotie.

*

Située dans le prolongement des casernements de la Garde noire, à la frontière du sestier de Dyctina, la morgue était une succession de pièces aveugles, éclairées magiquement par des flammes bleues qui se consumaient dans des braseros et des suspensions murales. Sur les parois de pierre et de stuc défraîchi se devinaient d'antiques fresques allégoriques : ici, la peau blanche, la poitrine menue et les longues boucles fauves de la Beauté ; là, les silhouettes enlacées des trois Moires ; plus loin, l'esquisse d'une roche sur laquelle l'Amour, dont il ne demeurait que l'arc et la couronne de fleurs, guettait sa prochaine proie. Baignées dans cette lumière viride, elles se paraient de reflets inquiétants.

Perché sur un tabouret, juste à côté de la table de marbre où reposait la dépouille de Bartoldo, Massimo se frottait le nez, perplexe. Il quitta des yeux le cadavre, reportant son attention sur Polissena. Son ancienne élève, droite et raide comme à son habitude, attendait son verdict. Aucun trouble n'altérait les traits impassibles, acérés, de cette femme brillante… Trop, selon lui, pour végéter à ce poste minable de lieutenant alors qu'elle était assez douée pour lui succéder à la tête des mortuors de Métida.

— Quelles ont été vos premières impressions, Polissena ?

— Bartoldo s'est infligé, seul, la plupart des blessures. Comme s'il avait été pris de démence. Or, il était d'un naturel calme, équilibré… Du coup, je me suis dit qu'il avait par erreur respiré ou ingéré une herbe hallucinogène, un venin…

— Hallucinogène ?

— Il s'est arraché les cheveux par poignées. Je soupçonne que l'on trouvera des morceaux de peau sous ses ongles. Mais ce que je ne comprends pas, c'est cette langue.

Le mortuor hocha la tête avec approbation, écho de la relation de magister à élève qui avait été la leur pendant longtemps. Il quitta son perchoir, s'approcha du corps, plaça sa main droite sur le cou du macchabée, évitant d'un geste expérimenté d'entrer en contact direct avec l'appendice boursouflé.

— J'ai effectué des examens pendant que vous rédigiez votre rapport. J'ai interrogé son sang, sa chair – et je n'ai trouvé aucune trace de poison. Son cœur s'est arrêté de battre : c'est la cause physique de sa mort. Pour le reste…

Un jeune homme entra dans la pièce, poussant un plateau roulant en bois, sur lequel étaient posées différentes lames et pinces. Reconnaissant les prémices d'une autopsie, Polissena se prépara à encaisser le spectacle désolant d'un cadavre mis à nu.

— J'imagine que vous ne voulez pas faire appel à un nécromant ? s'enquit Massimo, protégeant le bas de son visage d'un voile de coton blanc… Eh bien, très chère, il va falloir ouvrir pour trouver ce que la magie refuse de nous dire.

*

Les rideaux, rêches et noirs, ne laissaient pas filtrer le jour de cette fin d'après-midi morose. Les seules lumières provenaient du brasero installé près du lit et des bougies, de part et d'autre de l'autel où reposaient un éclat de miroir et, tout à côté, une coupelle contenant des cendres et des cheveux.

L'homme était à genoux et priait.

Il avait assisté, pas à pas, à la mise à mort de l'apothicaire.

La musique, s'envolant de la boîte, avait ouvert une porte lui permettant, au moment exact du trépas, de capturer l'âme pour la sacrifier à son maître.

Khaï Bahil ! Khaï Bahil ! Khaï Bahil !
Philo vasta cyonis, metusha amynesis
In vocato sentias, Khaï Bahil !

Reçois cette âme torturée, Seigneur !
Rongée par les chimères de la peur,
Morte de terreur, elle s'offre à toi.

Khaï Bahil ! Khaï Bahil ! Khaï Bahil !
Philo vasta cyonis, metusha amynesis
In vocato sentias, Khaï Bahil !

Un courant d'air balaya la pièce. Les bougies s'éteignirent.

Des milliers d'échardes – des pattes d'araignées ? – le démangèrent, fourmillement frénétique et glacé. Il réprima l'envie d'arracher sa peau, ses cheveux pour s'en débarrasser, se concentra, poursuivit son rituel. Quand la litanie fut achevée, du fragment de psyché ne restaient que quelques grains de sable.

La silhouette évanescente de sa bien-aimée se dessina devant lui.

Il voulut l'atteindre ; elle se dissipa aussitôt, le laissant désespéré, rongé par le chagrin, offrant un peu de sa souffrance à Kebahil qui se repaissait des maux et de la folie des vivants.

*

Massimo avait pratiqué une longue incision, courant du thorax à la naissance du menton. Il avait étudié, attentivement, les muscles et les chairs du défunt, dégagé le cœur et pu ainsi confirmer son premier diagnostic : arrêt du cœur. L'examen des autres parties du corps, en revanche, le troublait.

— C'est comme si un élément étranger avait été introduit dans sa gorge… Mais je ne vois pas grand-chose, en dehors de ces fils de soie qui ne riment à rien.

— Bartoldo avait quelques toiles sur lui. Et puis ça, aussi, ajouta Polissena, tendant à son ancien magister une carte.

— *Le Prêtre*... Et ? Peut-être était-il de ces gens qui sont persuadés d'être protégés par une lame du Tarot de la Lune ! Et puis, cela n'explique ni cette langue ni ces congestions.

— Une araignée l'aurait-elle mordu ?

— La magie l'aurait révélé. Pourtant, vous avez raison… Cela y ressemble furieusement.

Massimo observa une fois encore l'appendice gonflé et le col. Ferma les paupières. Laissa les énergies de la terre communier avec lui, s'infiltrer en son être, lui donnant ainsi la force d'insinuer son esprit dans la matière même de la dépouille. Mais il n'y avait rien. Rien, en dehors de légères empreintes musculaires, vestiges de crispations de terreur et de lésions dues à quelques chutes.

Quand il rouvrit les yeux, son visage était grave. Une ride barrait son front, et sa bouche, une fois retiré le tissu la protégeant, avait pris un pli soucieux.

— J'ignore ce qui a pu provoquer ces lésions, Polissena, avoua-t-il enfin. Je n'ai que deux hypothèses à vous proposer. La première, c'est que ce pauvre apothicaire a été le jouet d'une puissante lamia. Nous savons tous deux qu'elles prennent plaisir à la manipulation et la torture mentale et que leurs anciennes sont capables de tours qui dépassent notre imagination. La seconde, c'est qu'un thaumaturge est responsable de cela. L'un de ces esprits méprisables et pervers pouvant imposer sa volonté à ses victimes ou les séduire contre leur gré, utilisant la souffrance pour évoquer des spectres et les contrôler…

Polissena pâlit. Elle se rappelait soudain avoir vu Angelo, le nécromancien, à proximité de l'officine de Bartoldo…

— Je vous remercie, Massimo. Vos idées sont précieuses et… Il se pourrait que j'aie une piste.

Saluant rapidement, elle quitta la salle d'autopsie, laissant son ancien magister seul avec le cadavre.

*

Les ombres s'étendaient sur Cribella, noyant peu à peu la ville dans le crépuscule. Perché sur un tabouret de guingois, Domenico Fiori comptait la recette de la journée, bien trop modeste.

Le montant des taxes augmentait. Le prix des aliments augmentait. Et le nombre de clients baissait, inexorablement.

« Si ça continue, ça va être mon tour de quitter Métida sur une barque miteuse, avec pour toute possession mon rasoir. J'échouerai, moi aussi, à Hypotie… Tu parles d'un avenir ! Ils n'ont pas de quoi manger, comment pourraient-ils penser à se payer les services d'un barbier ?… Je devrais peut-être plier boutique tout de suite et partir vers le sud avant de ne plus en avoir les moyens… »

Le clapotis de l'eau, le frottement d'une gondole accostant juste devant chez lui interrompirent ses réflexions. Intrigué, il passa la tête à l'extérieur.

Une vieillarde courbe, vêtue d'un épais châle de laine et de jupes de toile brune descendit de l'esquif, aidée par le marinier. Son balluchon à ses pieds, l'aïeule le regarda s'éloigner, au rythme régulier de sa perche plongeant dans l'onde huileuse. Enfin, elle se tourna vers lui. Son visage mangé par de grands yeux noirs, encore beau malgré les rides et la fatigue, lui paraissait familier.

— Maman ? hoqueta-t-il, la reconnaissant enfin.

— Bonsoir, fils, répondit-elle avec un pauvre sourire. Ça fait longtemps, je sais…

— Quinze ans.

Elle baissa la tête, confuse.

— Je l'ai pas gardé, Domenico. Deux mois après…

— Tout ça, c'est du passé. J'ai ravalé ma colère, j'ai fait ma vie.

— Deux mois après l'incident, reprit-elle d'une voix cassée, je l'ai mis dehors et je lui ai dit que je voulais plus jamais le voir. Il a déguerpi comme un corniaud, la queue entre les jambes…

Domenico n'avait aucune peine à imaginer la scène : elle, le cheveu en bataille, menaçant l'imbécile d'un bâton ou d'un poignard ; lui, lâche et veule, heureux de ne pas avoir affaire au fils, filant sans demander son reste. Trop arrogante pour reconnaître ses torts, sa mère s'était drapée dans son orgueil et n'avait jamais cherché à retrouver l'enfant qu'elle avait mis dehors. Jusqu'à maintenant.

— Allons, tu ne vas pas rester là, dans le froid ? lança-t-il, prenant d'autorité son paquetage et l'invitant à le suivre. Si tu me disais plutôt ce que tu fais là ?

Sa mère le lui expliqua. Quand elle eut terminé, Domenico comprit que ses gains ne suffiraient pas à leur subsistance. Bartoldo aurait accepté de soigner sa mère malade à créance, mais il était mort. Un autre apothicaire se montrerait moins conciliant.

*

Pièce aveugle sise au rez-de-chaussée des casernements de la Garde noire, le bureau de la capitaine Mazzario était un capharnaüm dans lequel s'amoncelaient, dans un absolu désordre dossiers, bibelots et masques venus des quatre coins de l'Archipel, nourriture – pas toujours très fraîche – et vêtements douteux débordant d'un vieux coffre, témoins de ses nuits de travail acharné. Certains, déstabilisés par ce chaos, masquaient leur gêne sous des critiques – à voix basse, une fois loin.

Polissena, intimidée par l'énergie que dégageaient et les lieux et leur propriétaire, s'arrêta le temps de rassembler ses idées avant de pénétrer dans cet antre. La capitaine, installée à sa table de travail, releva brièvement les yeux de ses dossiers et lui indiqua un siège, sur la gauche.

Fosca Mazzario avait un visage large aux traits affirmés, une peau couleur cannelle et de grands yeux noirs brillant d'intelligence.

— Alors, lieutenant ? Qu'est-ce qui vous amène ?

— Plusieurs choses, capitaine. Je… Vous avez eu mon rapport, n'est-ce pas ?

— Sur l'incident qui a causé la mort de deux de vos subordonnés ? Oui. Ces… choses… sont un véritable fléau. J'aimerais d'ailleurs que vous et vos hommes parveniez à en capturer une. Pas nécessairement vivante. Mais assez intacte pour que nos mortuors et quelques spécialistes puissent l'étudier.

— Des spécialistes ? Vous voulez dire… des magiciens ?

— Un nécromant. Angelo di Larini, en particulier. Du moins, si j'arrive à le convaincre de nous aider.

Polissena détourna les yeux, essayant de ne rien montrer de son inquiétude et de sa défiance. Si Fosca Mazzario l'engageait, elle n'aurait plus aucune chance de coincer son principal suspect dans l'affaire Bartoldo. Pis, il était peut-être à la source des abominations qui hantaient les canaux, utilisant la douleur de ses victimes pour les invoquer.

— Vous ne préférez pas faire appel à l'Ordre de la Nouvelle Lune ? Leurs sorciers sont … Ils suivent des règles.

— D'une, je n'en ai pas sous la main, deux je connais di Larini et j'ai confiance en ses compétences.

— Justement… À ce propos, capitaine, bredouilla Polissena. La raison pour laquelle j'ai demandé une entrevue…

— Au fait !

Mazzario, bras croisés sur la poitrine, attendait qu'elle poursuive. La lieutenant déglutit, frotta ses mains l'une contre l'autre. Elle, qui demeurait impassible en toutes circonstances, se sentait, sous le regard pénétrant de sa supérieure, gauche et nerveuse comme une recrue.

— Bartoldo a été trouvé dans son office, ce matin…

— Mort, je sais.

— Mort de peur, capitaine. C'est ce que Massimo Calli et moi-même avons déduit après l'autopsie. Tenez, voici mes conclusions, ajouta-t-elle, lui tendant un feuillet soigneusement plié.

Sa supérieure le parcourut, fronçant les sourcils à mesure de sa lecture. Enfin, elle posa doucement le document sur son bureau.

— Si je comprends bien, vous soupçonnez di Larini d'avoir poussé l'apothicaire au suicide… Et vous fondez vos charges sur…

— Sur des hypothèses logiques, capitaine. Il se trouvait à proximité des lieux du crime, il…

— J'ai lu ce qui est écrit et je ne suis pas convaincue. Lieutenant, vous êtes un excellent élément. Ne vous laissez pas aveugler par vos préjugés. Vous valez mieux que ça.

— Mais…

— Vous pouvez disposer.

Vaincue, Polissena salua et quitta l'antre de Mazzario. Elle avait échoué. Se sentait humiliée – et tout ça, à cause du nécromancien. Elle traversa le vestibule poings serrés, heurta un civil, s'excusa d'un vague grommellement et quitta les casernements de la Garde noire.

Ce fichu sorcier. Elle le détestait. Ses airs supérieurs, son mutisme, sa manie de s'imposer sur certaines affaires – Mazzario le payait pour ça, mais sa simple présence suffisait à la mettre mal à l'aise… Et puis, ses hommes ne l'aimaient pas. Giulio en avait peur. Le vieux Silvio qu'elle avait dû achever avait mené sa petite enquête, et découvert qu'il avait été radié de l'ordre de la Nouvelle Lune. Silvio n'avait pu en apprendre davantage, mais cela suffisait à rendre di Larini plus inquiétant encore.

Maintenant qu'il traînait – comme par hasard – près de l'officine de Bartoldo, la capitaine Mazzario décidait de l'impliquer, une fois de plus, dans les affaires de la Garde noire.

« À croire qu'elle a plus confiance en lui qu'en nous – en moi. Sale journée. »

Polissena sentit les premières gouttes de pluie s'écraser sur son visage. Jura – à voix haute cette fois.

Elle avait besoin d'un verre. Et rapidement.

5

TRAVAUX DIFFÉRÉS – Les travaux de rénovation et de renforcement des soubassements de Cribella, décidés à l'automne dernier par la princesse Violante et le Conseil de ville ont été différés. En effet, les troubles qui ont éclaté au nord de la principauté et les dégâts causés par les intempéries exigent une mobilisation humaine et financière immédiate. [...] LES RÉFUGIÉS EN DANGER – Regroupés dans le sestier d'Hypotie, les réfugiés attendent la fin d'une quarantaine qui dure depuis bien trop longtemps. [...] INQUIÉTUDES – « Comment ferons-nous, si nous ne pouvons acheter à manger ? » Devant l'augmentation des prix, l'inquiétude s'accroît. Les plaies de la dernière famine ne sont pas encore cicatrisées. [...] DES PIEUVRES DANS LES CANAUX – L'est de Cribella serait-il hanté ? C'est ce que pensent plusieurs habitants des sestiers de Métida et d'Hypotie. En plus d'étranges disparitions, plusieurs témoins affirment avoir vu des tentacules blanchâtres, presque translucides, surgir des canaux. [...]

La Gazette de Métida (Extraits)
Première semaine du mois de la Forge

Sestier de Métida – 2e jour du mois de la Forge

Renzo lippi avait passé une nuit exécrable : il s'était tourné et retourné dans son lit, incapable de dormir, persuadé, chaque fois qu'il fermait les yeux, qu'une punaise l'avait piqué, qu'un cafard courait sur sa peau, prêt à s'introduire – comme le voulaient les légendes – dans son oreille pour y pondre.

Durant ses rares périodes de sommeil, il avait été emporté dans un dédale de cauchemars en lequel chaque issue ouvrait une porte vers un autre, plus effrayant. D'habitude, Lippi consignait scrupuleusement ses songes dans un petit carnet : il espérait avoir bientôt assez de matière pour écrire des contes noirs, voire un court roman. Mais ceux-ci, impossible de se les rappeler. Il avait lu dans les écrits d'un philosophe ancien que la psyché humaine répugnait à se remémorer certains événements et les entassait quelque part au plus profond d'elle-même. Tels des prisonniers aux oubliettes, ils secouaient de temps à autre les barreaux de leur cachot. De ces secousses naissaient les mauvais rêves – ceux dont on ne pouvait se souvenir sans risquer la folie. Sans doute parce qu'ils étaient trop chaotiques. Trop violents. Comme les siens.

Renzo étouffa un bâillement. Frictionna ses épaules, chercha, presque à tâtons dans le désordre de sa chambre, une bouteille d'eau-de-vie. L'alcool coula dans sa gorge, irradiant une chaleur revigorante. Il fit claquer sa langue avec satisfaction, s'empara d'une serviette douteuse, d'un morceau de savon et descendit dans la cour chercher de l'eau.

Comme la majorité des habitants de Métida, il habitait un ancien palais récupéré par des logeurs malins afin de le transformer en appartements à louer. Insalubre, en partie par sa faute, le sien donnait sur un canal et s'avérait bien trop exigu pour les piles de documents qui moisissaient, entassés dans les coins, entre poussière et toiles d'araignées. Peu importait : il ne faisait qu'y passer pour dormir, se changer et, parfois, manger. Ses recherches, il les effectuait à l'extérieur – sur son terrain de chasse – et il rédigeait ses articles au journal. Ses livres, ses notes, les vieux numéros de *La Gazette* et d'autres journaux de la capitale ne servaient qu'en de rares occasions, lorsque Renzo flairait, devinait un air de déjà-vu. Pour le moment, le vieux chroniqueur se dépêchait de se laver. Le savon grattait : il avait traîné trop longtemps sur le plancher, des poussières étaient venues s'y coller.

« Je me demande pourquoi je fais autant d'efforts. Cette petite se fiche de savoir si ses clients puent. Elle n'est pas payée pour les juger, que je sache. »

Sauf que la gamine, l'une des plus belles femmes du sestier – voire de la cité – en plus d'une paire de seins à se damner, d'un regard renversant et d'une voix sensuelle, était intelligente et cultivée. Trop, pour sa condition et le coin où elle exerçait.

« Et puis flûte ! Je n'ai pas envie d'avoir honte. Les gros mots, les rots, ça va bien pour faire marner la pimbêche de la patronne. Mais *elle* n'a rien à voir avec Isadora. »

Renzo se sécha, enfila ses vêtements les plus soignés et but une autre lampée d'eau-de-vie, histoire de réchauffer ses os fatigués. Il fouilla dans ses affaires, en extirpa ses cahiers de notes et les fourra dans une gibecière.

Enfin, il retourna près de sa couche et s'empara d'un gros tube de cuir rouge carmin qui contenait une soixantaine de feuilles de parchemin sur lesquelles, soigneusement inscrit dans un idiome qu'il ne connaissait pas, était consigné le récit d'une vie. Comment le savait-il ? Il n'aurait su le dire. Pas plus qu'il n'aurait pu expliquer pourquoi il avait récupéré cet étui.

À peine arrivait-il à se rappeler les circonstances de son acquisition.

Un soir du mois du Feu, après une beuverie. Il était sorti de sa torpeur éthylique à temps pour voir passer, au trot, une escouade de la Garde noire. Ni une ni deux, il avait suivi les enquêteurs jusqu'à la scène d'un crime. Un bateleur gisait dans une mare de sang. Tenant dans sa main une dague courbe. Pourquoi était-il mort ? Pour une fois, les causes n'intéressaient pas Renzo. L'instinct l'avait poussé à s'emparer, à peine conscient de son geste, d'une tuyère de cuir rouge avant de déguerpir, en toute discrétion.

À présent, ce même instinct – ou peut-être l'impérieuse injonction d'une voix silencieuse ? – le poussait à remettre l'objet de son larcin à celle qu'il allait voir.

Perdu dans ses pensées, Renzo franchit plusieurs canaux, évita une commère et sa comparse en pleine discussion au milieu d'un pont de pierres blanches, acheta des biscuits aux amandes chez un vendeur ambulant et s'arrêta devant l'enseigne qu'il cherchait.

*

Ses longs doigts pâles, à peine troublés par le grain du métal, se reflétaient dans le disque parfaitement poli. Les perforations avaient été effectuées en rythme, et sans dissonance.

Ti-tati-ta-titata
Tati-ta-titata...

L'artisan avait choisi un air tendre, gouailleur, qui convenait admirablement. Il aimait conférer à ses présents une touche personnelle, évoquant au destinataire un souvenir, une émotion. Il doutait toujours mais, jusqu'à présent, n'avait constaté aucune fausse note.

Il vérifia, moment délicat exigeant une grande précision, les différents engrenages du mécanisme. Ajusta une lamelle de cuivre, pas assez droite à son goût. Voilà... Les notes s'égrenaient, plus claires, plus cristallines.

Restait le plus difficile. L'énergie insufflée à l'objet. L'enchantement qui permettrait à la mélodie, une fois le couvercle de coquillages soulevé, de s'envoler dans les airs... Et de remplir son office.

Ti-tati-ta-titata
Tati-ta-titata
Tati-ta-titata-ta

Sixième arcane : *L'Amoureux.*

Un peu de son sang. Les cendres de la défunte. La mèche de cheveux.

Le feu, la prière, chant funèbre pour la dernière victime, invocation de Sa puissance. La poussière noire, luisante, au parfum de violette. Les souvenirs. Ses larmes sur les scories. La chrysalide – métamorphose de l'offrande en sphère d'énergie, vibrante et translucide, flottant au-dessus de l'autel.

Il la guida, ses mains blêmes esquissant les gestes d'un chef d'orchestre, jusqu'à l'emplacement douillet qui lui était réservé.

— Plus que sept, mon amour. Plus que sept et nous serons à nouveau réunis.

*

Renzo Lippi avait fait beaucoup d'efforts pour soigner sa mise : il fleurait bon le savon noir, portait des vêtements propres, à peine froissés. Touchée par ces signes évidents de considération, Nola ne comprenait pas pourquoi il lui réservait de telles faveurs quand il s'obstinait à imposer ses plus mauvais côtés à ses collègues de travail. Pourtant, le vieux chroniqueur n'était pas épris. Qu'avait-elle fait pour mériter tant d'égards ?

« Peut-être parce que je ne le juge pas, simplement. »

Renzo s'étant confié à elle, Nola savait qu'il n'avait pas eu une existence très heureuse. Orphelin, il avait très tôt commencé à travailler. D'abord commis, puis garçon de salle dans un bouge de Port-des-Brumes, il avait été repéré par un marchand de chair. Enlevé, vendu et acheté plusieurs fois, jusqu'à ce qu'il échoue à Cribella. Renzo devait son nom et son éducation à celui qui l'avait adopté. À sa mort, il s'était retrouvé seul. L'ancien patron de *La Gazette* lui avait donné un emploi de livreur, avant de consentir à le laisser travailler comme chroniqueur au sein de son équipe. Renzo avait gagné sa place à force de travail et d'obstination. Il l'avait conservée lorsque Catarina Bacci avait repris les rênes du journal, mais n'avait jamais été estimé à sa juste valeur. Restant, pour tous « le type des faits divers », il s'était peu à peu laissé gagner par l'amertume, dissimulant son intelligence et sa tristesse sous les oripeaux d'un ivrogne.

« ... comme si le Mal avait engendré de nouveaux séides pour combattre une humanité qu'il abhorre et tentait de la foudroyer... »

Nola termina la lecture du brouillon qu'il lui avait confié et fronça les sourcils.

L'article s'efforçait, en vain, de correspondre, dans sa forme, aux canons esthétiques en vigueur à Cribella. Il était très touchant, pour qui connaissait l'auteur. Mais, ainsi rédigé, il prêtait plus à rire qu'autre chose.

— Le Mal… dit-elle enfin, s'efforçant au tact. C'est un peu emphatique, non ?

— Vous n'aimez pas ?

— Eh bien, cela sous-entend l'existence d'un « Bien » et une lutte entre les deux. Emprunter des termes au domaine religieux peut être interprété avec trop d'enthousiasme par certains…

Surgissant de nulle part, le gros chat noir qui avait élu domicile chez elle bondit sur le bureau, miaula et s'installa d'autorité sur ses genoux.

— Je ne vois toujours pas où est le problème, se renfrogna Renzo.

— « Mal » induit une dimension morale à ces *choses* que vous évoquez. Plus précisément, « Mal » signifie « à l'encontre du Bien » et indique une intention précise : la destruction.

— Et alors ? En quoi cela vous gêne ? Moi, je trouve ça correct.

— Faux : vous ne seriez pas venu me voir, sinon.

— Alors donnez-moi de vraies raisons ! C'est pour ça que je vous paie, pas pour que vous me serviez des prétextes fumeux !

Nola serra les dents, piquée par sa remarque. Il voulait de la franchise ? Très bien !

— Vous voulez la vérité ? Parfait ! La voici ! « …comme si le Mal avait engendré de nouveaux séides pour combattre une humanité qu'il abhorre. » Ce n'est pas vous, Renzo. C'est prétentieux et creux. Vos articles touchent le cœur des gens parce que vous savez rester simple : vous n'avez pas besoin de toutes ces fioritures de style pour captiver vos lecteurs ou donner un ton sérieux à vos textes. Avec ce type de phrases, vous imitez les rédacteurs pompeux qui se gargarisent de leur verve, comme ce petit bonhomme dont j'ai encore oublié le nom, qui sévit aux *Éphémères de Dyctina* ! Laissez l'imitation à des personnes moins douées que vous. Celle qui tient la rubrique mondaine de *La Gazette* est parfaite pour ça.

Nola s'interrompit, le temps de laisser Renzo digérer ses critiques. Elle passait son temps à essayer d'arrondir les angles, à ne pas heurter les autres, mais cette remarque revêche l'avait fait sortir de ses gonds. Elle espérait que Renzo serait capable d'*entendre* ses propos – et d'en tirer parti.

— Vous valez mieux que ça, Renzo. Les lecteurs aiment votre style parce qu'il est fluide, parce qu'il est honnête. Vous êtes un excellent chroniqueur ? Vous n'avez rien à prouver. Et certainement pas besoin de renier ce que vous êtes pour correspondre à ce que vous croyez que l'on attend de vous.

– J'ai eu ce que je voulais, hein ? finit-il par reconnaître avec un petit rire désabusé. Je sais que vous avez raison, Nola. Seulement… Je vois pas trop comment m'y prendre. J'aimerais vraiment que mes papiers se placent avant la troisième page. Je suis sûr – le flair, l'instinct, appelez ça comme vous voulez – que je tiens une piste avec ces histoires de disparitions. Mais je me sens coincé, là. Et sans aide…

— Passer à la une vous permettrait-il d'obtenir plus de moyens pour creuser le sujet ?

— On me prendrait au sérieux, au moins.

Nola éprouvait de la compassion pour cet homme malmené par la vie.

— Je vais voir ce je peux faire, dit-elle enfin, souriant gentiment à son client. Laissez-moi réfléchir un jour ou deux, d'accord ?

— Bien sûr.

Il se leva, demeura quelques instants immobile, les yeux vagues, puis tira un tube rouge de sa gibecière et le lui tendit.

— Pour vous remercier… En plus du paiement, je veux dire.

— Qu'est-ce ?

— Un vieil écrit…

Et, Lippi s'esquiva, la laissant seule face à l'oblong étui.

Le chat lança un coup d'œil à l'objet, changea de position, se rendormit.

Nola posa la main sur le cuir carmin, laissant ses doigts courir sur la matière douce, patinée. Un étrange sentiment l'envahit, mélange d'excitation soudaine, de peur et de curiosité. Elle frissonna, presque un ébrouement.

Quelque chose, profondément enfoui en elle, s'éveillait. Quelque chose renaissait de ses cendres.

*

Geôles de Cribella

Le jaillissement de l'urine contre le pot de fer résonnait avec fracas. Ce bruit avait pour Andrea une résonance curieusement rassurante – presque joyeuse. Cela lui rappelait le torrent tumultueux de sa jeunesse, dans les montagnes de Cytheriae, la caresse du soleil sur sa peau, la neige étincelante, au sommet du mont Nicodamio, le bêlement des chevrettes de son grand-père.

« N'importe quoi. Tu pisses, et te voilà prêt à chialer sur ton enfance. »

Pisser. Renifler. Se souvenir.

Un drôle de rituel – un parmi tant d'autres, dans sa morne vie de prisonnier. Mais il fallait bien s'occuper. Et ressasser les vieilles histoires n'était pas une distraction si désagréable puisqu'il pouvait en changer le cours. Les modeler au gré de ses humeurs et de ses désirs, transformer ceux qui y participaient en marionnettes obéissantes, malléables à l'envi.

Et si ce jour-là, Andrea avait parlé avec l'étranger tout de noir vêtu qui avait brièvement demandé son chemin au grand-père… Et si Andrea avait couru à sa suite, le suppliant de l'emmener avec lui – peu importe où – loin du vieux chalet et de l'alpage… Et si l'homme s'était révélé être l'un des grands virtuoses de la principauté, voire de l'Archipel…

Le cliquetis de la clef dans la serrure métallique interrompit ses rêveries. Un geôlier – tiens, un nouveau ! – posa à un mètre du seuil une écuelle, une miche de pain et de l'eau.

Andrea prit le bol, plein à ras bord d'une soupe parfumée au thym et à l'huile d'olive, le porta doucement à ses lèvres, s'efforçant, deuxième rituel, de l'apprécier, d'en isoler chaque composant. Il y avait des épinards, des poireaux, des raves ainsi qu'un léger bouillon de poisson.

Le détenu avait appris, au fil des mois, à distinguer les nuances des différentes saveurs qui se présentaient à son palais. Il pouvait ainsi deviner quelle quantité d'eau avait été ajoutée au brouet, quel bouquet persistait dans un potage de plus en plus clair.

« Si j'étais gracié, je pourrais aisément devenir goûteur professionnel. »

« Si j'étais gracié… »

Troisième rituel.

Beaucoup plus douloureux.

« Si j'étais gracié » réclamait une absolution – et un avenir. Or, Andrea n'avait rien de tout cela et, à moins d'un miracle, ne les obtiendrait pas. Alors, il imaginait – et souffrait de savoir qu'il ne s'agissait que de songes sans espoir. Néanmoins, il ne pouvait s'empêcher de jouer à ce jeu cruel. « Si j'étais gracié, je serais goûteur professionnel. J'officierais pour le compte d'un riche marchand ou, pourquoi pas, d'une courtisane à la mode. Je lui sauverais la vie et, en échange, serais récompensé par un pécule suffisant pour réaliser mon rêve. »

Quel serait-il ? Il avait beaucoup changé, ce vœu, à mesure que le temps passait. Il avait été érotique, vengeur, explorateur, magique – en ce moment, il était plutôt rustique. Andrea pensait à cette petite maison où il avait grandi, à une vie simple dans les montagnes, avec peut-être une gentille femme pour lui tenir chaud l'hiver et un troupeau de chèvres rousses et brunes.

Un simple rêve. Particulièrement mièvre, d'ailleurs. Fuir une morne vie de berger pour y revenir et y finir son existence ? Plutôt crever !

Crever. Voilà ce qui l'attendait.

De la pire façon qui soit.

*

Nola contemplait, fascinée, les caractères réguliers couchés, à l'encre brune, sur le parchemin. Du numina, un idiome ancien essentiellement connu des érudits et des prêtres de la Triple Déesse. La jeune femme, qui avait reçu une bonne éducation – *autrefois,* dans une autre vie, un autre monde – savait la déchiffrer, exercice qu'elle n'avait pas pratiqué depuis longtemps.

Il lui fallut un peu de temps pour s'accoutumer à la tournure particulière de la langue – déclinaisons difficiles, verbes en fin de phrase – et s'en réapproprier les spécificités. Elle buta sur plusieurs expressions et dut fouiller son bureau à la recherche d'un vieux manuel qu'elle savait avoir en sa possession – mais où ? Elle le trouva finalement dans un coffre de cuir patiné, sous un amas multicolore de plumes usées et de chiffons. L'ouvrage et le précieux étui de cuir serrés contre son cœur, Nola décida de fermer son office et, le chat sur les talons, regagna son appartement.

Une fois chez elle, Nola se mit au travail. Elle passa de longues heures à apprivoiser la langue, se refusant à confier l'écrit à un étranger. Elle se sentait portée par une force inconnue. Enfin, son esprit s'ouvrit aux arcanes complexes du numina. Elle plongea, aspirée par les mots.

Un jour.

Un jour, j'ai accédé à la conscience.

Mes yeux se sont dessillés, est apparue une lumière dans l'obscurité. Et j'ai su que j'étais. Non pas qui j'étais. Mais il y avait un ensemble d'éléments – poils, peau, chair, os – enfermant un esprit, un esprit neuf, à peine éveillé, qui m'appartenait.

Moi.

Je.

Ensemble.

Tout.

Ces mots. D'où venaient-ils ? Avec le temps, j'ai compris qu'il s'agissait des voix filtrant jusqu'ici, les vôtres, humaines – prisonnières ou libres – qui m'avaient imprégné de leur sens. Quand je les ai découverts je les croyais sincèrement miens.

J'ai vu d'autres êtres, définis comme moi par un corps et une psyché. Des êtres qui me ressemblaient. Vous.

Et vous me craigniez. Il ne m'a pas fallu longtemps avant de comprendre : vous aviez peur parce que je vous dévorais.

Dévoreur d'hommes. Dévoreur d'âmes. Ça. Lui. La Bête. Vous me désigniez sans me nommer. Incapables de me définir.

Lacérer. Déchiqueter. Dévorer.

Je l'ai fait, encore et encore. Je le fais quand la rage me submerge. Quand la violence, monstre nourri de terreur, d'horreur, de haine, doit sortir de moi.

Qui suis-je ?

Question posée cent fois à ceux des vôtres que l'on me livrait. Aucun ne pouvait me donner une réponse. Il m'a fallu leur arracher la vérité – une vérité. Mais même cela n'a pas suffi.

Grandir seul. Isolé. Captif d'une geôle de lave.

J'ai échappé à ma prison. Je me suis enfui. En pensée.

Mais avant, je me suis donné un nom. J'ai pris celui d'un condamné, le premier que j'ai tué en sachant pourquoi *je le tuais. Malatesta.*

Comme moi, né dans l'obscurité.

Comme moi, rongé par la colère.

Fils bâtard d'une aristocrate. Élevé dans l'indifférence, le mépris.

Criminel prédestiné à finir au fond d'un canal ou proie de la Bête, dans ce dédale.

Malatesta.

Mon frère humain.

Grâce à lui, grâce à ce nom, je croyais pouvoir répondre à cette question : « Qui suis-je ? », alors je me suis envolé vers Ailleurs.

Nola passa sa langue sur ses lèvres sèches. Elle tremblait, fébrile et glacée. Ces mots. Ces pensées. Ils résonnaient en elle, échos de ses émotions, de son être. Qui était véritablement à l'origine de ce texte bouleversant ? Comment Renzo l'avait-il obtenu ? En vérité, la jeune femme devinait la nature de l'auteur et pressentait que la Triple Déesse elle-même avait mis sur son chemin les soixante feuillets…

Effrayée, fascinée, elle s'empara, au hasard, d'une autre page.

J'ai appris.

Des langues.

Les vôtres, la mienne, celle qui me vient des tripes.

Des arts.

Musique et peinture, poésie et danse, nées de vos envies, vos joies et vos regrets.

J'ai reproduit, seul, les pas complexes d'une sarabande. J'ai fredonné les premières mesures d'un air que je croyais nouveau. J'ai écouté – beaucoup. Souvent. Toutes les voix qui me parvenaient.

J'ai appris.

À ressentir ce que vous ressentez, vous autres humains.

À comprendre pourquoi.

À mettre des mots sur vos émotions, vos actes, vos déchirures.
J'ai appris à vous connaître, mais moi, je ne me connaissais toujours pas.

— Que veux-tu, Malatesta ? Que me veux-tu ? murmura Nola, s'efforçant de calmer le tremblement de ses mains.

Le Dévoreur d'hommes lui faisait face, métamorphosé le temps de sa lecture en ombre d'âme et de papier. Et elle n'avait pas peur. Elle n'éprouvait aucune crainte, face à ce spectre d'encre, mais de la compassion, de la curiosité – de l'attirance ?

« Et s'il ne s'agissait que d'une fiction, d'un jeu littéraire et politique ? Si ces écrits avaient été trouvés, déchiffrés par d'autres... L'identité du narrateur n'est pas si difficile à deviner. Cela créerait un scandale, pas aussi éclatant que *Genova M. ou Les Amours sacrilèges,* mais assez pour déstabiliser le pouvoir de la princesse... »

Nola ne croyait pas vraiment à cette hypothèse. Quelque chose s'était éveillé au moment même où elle avait effleuré le cuir écarlate de l'étui. Quelque chose en lien avec l'hybride enfermé au cœur du Dédale de Cribella. Quoi ? Elle l'ignorait, mais était déterminée à le trouver, ne serait-ce que pour préserver ce sentiment ténu d'être à nouveau en vie.

*

Orseo aimait rédiger ses articles à *L'Ambre rouge.* Le décor insolite, l'atmosphère chaleureuse de l'auberge et les conversations aiguillonnaient sa plume. Il reprenait volontiers certaines expressions des clients, certaines tournures de phrases. Cela donnait à ses articles une touche du folklore issu du sestier. Moins authentique que celle de Renzo Lippi, mais indéniablement plus raffinée.

Ces derniers temps, les conversations tournaient essentiellement autour de la mort aussi spectaculaire qu'inattendue de l'apothicaire Bartoldo, de l'augmentation du prix des denrées, des rumeurs de tempête dévastant le nord de l'Archipel et se rapprochant bien trop rapidement des côtes de Cytheriae.

Orseo percevait d'autres préoccupations, aussi. Plus implicites, à peine esquissées, parfois. Ni la crainte de la famine ni celle de la maladie – l'épidémie de peste qui ravageait Matricia était loin et les réfugiés étaient sains, n'est-ce pas ? –, mais un malaise insidieux, mâtiné de doute. En ces temps troublés, se pouvait-il que la Triple Déesse ait abandonné ses enfants ?

« Ce sont ces histoires de disparitions. Les ragots de Renzo sont fondés, on dirait. À moins que ce soit sa rubrique qui fiche la trouille aux gens ? Non.

Non – ce qu'il écrit, ce sont des histoires pour grands-mères et gosses trop crédules. Même s'il y a du vrai dans ce qu'il raconte, il n'y a pas de quoi fouetter un chat… »

Rossana Paolo connaissait ses habitudes : table du fond, infusion d'épices et beignets de crustacés. La propriétaire de *L'Ambre rouge* avait demandé à une serveuse de les lui porter. Le chroniqueur avait terminé son bol avec le premier brouillon, et s'apprêtait à rédiger le deuxième, quand Pamina, la jolie prostituée qui lui faisait les yeux doux, lui apporta une tasse fumante à l'arôme de clou de girofle, de gingembre et de cannelle.

— Avec les compliments de Rossana ! lança-t-elle avec un sourire plein de fossettes. Comment ça va ?

Il s'étira contre le dossier de sa chaise.

— Bien. Je travaille.

— Un nouvel article ?

Elle le couvait du regard, son visage en forme de cœur légèrement penché sur le côté. Pamina était agréable, et plutôt cultivée pour une fille des rues. Mais passer du temps avec elle ? Supporter une affection dont il ne voulait pas, sentir, derrière le parfum sucré de cerise, la sueur grossière de ses clients ? Il n'en avait aucune envie.

— Comme tu vois. Bon, ce n'est pas que tu m'ennuies, ma belle, mais je dois m'y remettre.

Sans lui prêter plus d'attention, Orseo se replongea dans ses travaux d'écriture.

Pamina demeura un instant interdite, puis hocha la tête et s'éloigna, les yeux brouillés de larmes. Elle ferma les paupières, inspira longuement, le temps de retrouver calme et contrôle de soi. Plus tard, dans la solitude de sa chambre, elle donnerait libre cours à son chagrin. Mais, pour le moment, elle se devait d'être aussi forte que l'héroïne de *Troublante Rencontre*. Adalgisa, contrainte d'entrer au service de sa rivale, demeurait digne malgré les épreuves que le Destin lui faisait subir. Son sort était pire que le sien.

Si cette fille de papier parvenait à garder la tête haute, Pamina y arriverait aussi.

*

La pluie martelait le toit, en un crépitement sourd et continu. De temps à autre, un coup de tonnerre retentissait, un éclair zébrait le ciel nocturne, marbrant d'un rai de lumière azurée la chambre plongée dans l'obscurité, de l'autre côté du salon. Lovée dans sa vieille causeuse, emmitouflée dans un châle de coton vert et bleu, présent d'une cliente pour laquelle elle avait rédigé une longue lettre de rupture un an plus tôt, Nola, captivée, dévorait les écrits de la Bête.

Un jour, il y a longtemps, j'ai essayé de contacter ma mère. Je savais – à force d'entendre toutes ces voix, à force de leur demander – son nom et son identité.

Elle s'appelait Genova, ma mère.

Un joli prénom pour une prisonnière.

Je l'ai rencontrée trop tard. Son esprit dévasté par son crime, son amour, la perversité de ses geôlières, l'ambroisie dont on la gavait, n'était plus. À la place, des bris d'âme et de la poudre dans ses yeux dorés par la drogue. Quant à son corps, il ne ressemblait plus à rien. Il me faisait penser à ces marionnettes d'ossements avec lesquelles je jouais avant d'être conscient de ma propre existence.

Je crois que c'était de la pitié.

Alors, j'ai tendu la main vers elle et j'ai ordonné à son cœur de cesser de battre.

Il m'a obéi.

Une tasse de lait, tiède à présent, était posée sur la table basse. Allongé sur le tapis, le chat noir la regardait en ronronnant. Les yeux mi-clos, les moustaches frémissantes, il la contemplait, surpris de sentir le flot de ses émotions aller et venir librement autour d'elle. Il se laissa bercer un moment par ces vagues frémissantes, goûtant la saveur subtile de l'empathie, l'écho âpre du trouble – et dressa l'oreille.

On montait l'escalier.

On venait frapper à la porte. Ce pas, le petit félin le connaissait bien. L'appréciait pour sa sérénité, regrettait parfois son indifférence. Il se redressa, s'étira longuement, commençant par les pattes avant, puis le dos et fila au-devant du nouvel arrivant.

Un jour, il y a longtemps, j'ai essayé de contacter ma sœur. Mais là encore, il était trop tard. Violante a repoussé toutes mes tentatives. Par la seule force de sa volonté, d'abord, puis avec l'aide des Moires.

J'ai pleuré.

Longtemps, je suppose.

Un chagrin de gosse délaissé, comme ceux qui errent dans les rues mal famées de votre ville ou dépérissent dans vos palais, murés dans leur solitude.

Une présence, un parfum de cuir et de benjoin, l'arrachèrent à sa lecture. Angelo, pâle et mince dans ses vêtements couleur de suie se tenait dans l'encadrement de la porte. Le chat tournait autour de lui en ronronnant.

— Je ne t'ai pas entendu.

— C'est une évidence. Qu'est-ce qui t'absorbe tant ?

Nola lui tendit, réticente, la page qu'elle tenait entre les mains. L'observa, pendant qu'il découvrait le manuscrit.

Il plissa les paupières, l'ombre de ses cils obscurcissant ses iris bleu glacier, et mordilla nerveusement sa lèvre inférieure, creusant ainsi la fossette de son menton.

— Alors ? interrogea la jeune femme quand le nécromant eut terminé.

— Est-ce indiscret de te demander…

— Renzo Lippi. Et non, je crois qu'il ne savait pas ce qu'il faisait.

— As-tu…

— Pas encore. Le numina demeure assez difficile à déchiffrer pour moi.

— Si je ne le sors pas d'ici, pourrais-je l'examiner plus avant ?

— Bien sûr.

Plus de crainte, cette fois. La méfiance l'avait abandonnée aussi vite qu'elle s'était emparée d'elle. Angelo ne la jugeait pas, n'était pas scandalisé par la nature même de l'écrit : le journal du monstre auquel Cribella livrait ses criminels.

Comment avait-elle pu en douter ?

Deuxième partie

LA PRINCESSE

Un couteau planté dans le cœur,
Le fer retiré violemment
Et le sang jaillit, rouge, brûlant
De ma plaie ivre de douleur.
Les chairs sont aussitôt rongées
Par un effroyable poison
Au noir parfum de trahison,
Et ma carcasse est dénudée

Jusqu'à l'os toute dépecée
Et puis jetée dans un fossé.
J'attends que la Vieille Railleuse
Avec sa grimace moqueuse
Vienne me chercher. Et je pleure
De me savoir nue, écorchée
Dans cette combe de malheur,
À tout jamais abandonnée.

Bientôt, il ne restera rien
De moi. Déjà les noirs oiseaux
Nés de la brume du matin
Se perchent au-dessus du tombeau
De feuilles et de terre humide

Où mon corps repose livide.
Mes yeux d'un seul coup sont crevés :
Les corbeaux ont tout emporté.

ENVOI

Vivez tant que vous le pouvez,
Tournoyez, dansez et aimez,
Oubliez donc vos cœurs seulets,
La mort se moque des regrets !

Lucina Labia
Ballade de la plaie ouverte

1

(Un pont, près du palais Putti. Isidro apparaît, une coupe de vin à la main.)

ISIDRO : *Ô nuit ! Entends de mon triomphe le récit !*
Que tes blanches filles en soient également
Témoins ! Oui : ce soir, je veux que le firmament
Tout entier l'apprenne : ma vengeance s'accomplit
Enfin. Violetta est ma femme. Candide enfant,
Elle a reçu de son aimé le frère d'armes,
Avec lui a partagé sa peine et des larmes
Qu'elle a cru sincères ! Rien ne pourra arrêter
Le coup fatal qu'à sa race je veux porter.
Violetta périra sachant que sur son sein
Dormait le fléau de son amant et des siens.

Marcantonio Bembo
L'Ange de Cribella, Acte IV, scène 5

Sestier de Métida – 5ᵉ jour du mois de la Forge

Des nuages gris nimbaient la ville d'une lumière blafarde. Tino, commis de *La Gazette de Métida,* avait commencé sa tournée matinale. Sa gaffe plongeant à un rythme régulier dans les eaux ardoise des canaux, il distribuait les journaux entassés au fond de sa gondole. En dépit du temps couvert et des embruns glacés, le jeune homme était d'humeur joyeuse. Sifflotant un air guilleret, il effectua ses premières livraisons avant de s'accorder une pause. Il attacha son embarcation à un ponton, sauta à terre et gagna, en quelques enjambées, la petite gargote où il avait ses habitudes. Au comptoir de cet établissement étroit et bas de plafond, des mariniers se vantaient, autour d'un verre de vin et de petits pains fourrés, de leurs dernières conquêtes. L'un d'eux prétendait avoir séduit, grâce à sa voix, une « vraie dame », un autre évoquait avec un gros rire les appétits d'une maîtresse que son époux ne pouvait satisfaire.

Tino, qui espérait suivre les traces de Renzo Lippi – le vieux chroniqueur avait commencé comme lui –, avait emporté un exemplaire du journal. Il l'ouvrit, se concentrant sur les faits divers, plus aisés et agréables. Il suivait du doigt chaque ligne. L'écriture et la lecture lui devenaient chaque jour plus familières, mais il avait appris moins d'un an auparavant et peinait à déchiffrer. Il se souvenait avec une nostalgie teintée de regret de son apprentissage auprès de la belle Nola. Quand il avait manifesté le désir de s'instruire, la patronne de *La Gazette* et ses deux employés l'avaient orienté vers la jeune femme. Entiché d'elle, Tino avait fait des progrès fulgurants, jusqu'au jour où il avait osé, par le biais d'un quatrain, lui déclarer sa flamme. Elle lui avait rendu ses vers, corrigés comme un simple exercice, et coupé court à chacune de ses tentatives pour la détromper. Malheureux, Tino avait passé une soirée à s'enivrer et pleurer sur l'épaule de Renzo. Il en avait retiré la satisfaction de savoir qu'Orseo, lui aussi amoureux, n'avait pas plus de chance que lui. Et il n'était plus jamais retourné la voir.

« Je devrais peut-être, aujourd'hui. »

Et d'un sourire, il remercia d'un sourire la grosse matrone qui lui apportait son casse-croûte : un bol de bouillon épais, dans lequel nageaient quelques morceaux d'écrevisse et du pain aillé.

Autour de lui, les conversations s'échauffaient. Des charpentiers, des manœuvres et quelques artisans remplaçaient les mariniers. Renzo lui avait dit, un jour : « Un bon chroniqueur sait entendre et voir. Entendre, surtout. Les rumeurs, les conversations, les confidences. C'est ce qui lui permet de prendre le pouls d'un quartier, de trouver une piste à suivre, un événement à raconter. »

Dès qu'il le pouvait, Tino suivait ce conseil. Il écoutait tout ce qui se passait autour de lui et s'entraînait à le mémoriser. Il souhaitait, un jour, être assez sûr de lui pour le consigner par écrit.

— Je me fous des tempêtes et des pirates ! Ce que je vois, moi, c'est que si ça continue, c'est nous qui aurons les pieds dans l'eau, et pas seulement les gueux d'Hypotie !

L'individu, assis à une table avec quatre camarades, lui tournait le dos. Il portait une tunique de laine épaisse, un pourpoint de cuir et un bonnet couvrait sa chevelure méchée de gris. Son vis-à-vis avait le teint rouge et des yeux en boutons de bottine. Il posa sa tasse de vin chaud et renifla avant de répondre.

— Ça, dans les beaux quartiers, ils se fichent pas mal des marées et des inondations ! Ils sont pas sur pilotis, eux !

— Et quand c'est le cas, ils paient des gens pour entretenir leur demeure.

— Y a vraiment pas de justice. Quand je pense que ma commère et moi, on a passé l'hiver à se geler les pieds et le cul à cause de ces foutues infiltrations…

Preuve que les conseils du vieux Lippi – écouter, prendre la mesure – avaient du bon : les mécontents, de plus en plus nombreux, faisaient écho aux articles de *La Gazette.*

Deux hommes entrèrent, commandèrent, comme lui, un bouillon et du pain aillé, puis s'installèrent à la dernière table libre, un bout de bois bancal perché sur des tréteaux, au fond de l'étroite gargote.

— Heureusement qu'il avait pas d'enfant, le Bartoldo ! lança le premier, grattant sa courte barbe avec une moue. Tu te rends compte, il aurait laissé derrière lui une pauvre veuve et des marmots !

— Pauvre, pauvre, comme tu y vas, Claudio, répondit le second, un grand échalas au teint olivâtre. D'abord, il était pas à plaindre. Ensuite, les femmes, par ici, se dépatouillent plutôt pas mal, une fois que le mari est plus là. Y a qu'à voir la Bacci, qui a hérité du journal de son homme…

— À mon avis, ça l'empêche pas d'avoir du chagrin.

— Te voilà bien sentimental !

Claudio se pencha vers son compagnon, ses tempes légèrement dégarnies soudain rouges d'émotion.

— C'est que… Je me suis décidé. Aujourd'hui, je vais aller la voir, et puis je vais faire ma demande.

— Pamina ?

— Ouais. Je lui ai fait une boîte, avec plein de petits éclats de nacre incrustés dessus, tu vois. Le genre qui plaît aux filles. Dedans, je vais mettre ça.

Il extirpa de sa bourse une bague sertie de pierres d'ambre. Son interlocuteur resta sans voix.

Tino sourit, imaginant déjà le faire-part de mariage, dans *La Gazette de Métida.* Il termina son bol d'un trait et se leva. Il sortait quand surgit un garde, livide. D'une main ensanglantée, il pressait son ventre blessé. De l'autre, il se raccrocha tant bien que mal au comptoir, avant de s'écrouler.

— Allez chercher un médecin… prévenez… la… lieutenant… s'il vous plaît, parvint-il à articuler. Puis, il sombra dans l'inconscience.

*

Adalgisa était aveuglée par les larmes et la pluie. Où la mènerait sa course folle ? Peu importait, songeait-elle, pourvu que ce soit loin de Gianni et de l'odieuse Sabina ! « Que croyais-tu ? avait lancé celle-ci, triomphante. Que Gianni s'intéressait sérieusement à toi et que tu pourrais gagner son cœur ? Petite idiote ! Regarde-toi ! Tu n'es qu'une souillon mal fagotée et moi, j'ai la ville à mes pieds ! » Ces paroles, hélas justes, résonnaient cruellement aux oreilles de la jeune fille. Adalgisa allait au hasard des ruelles, indifférente à tout, quand une silhouette massive lui barra le chemin.

« Alors, ma belle, on est perdue ?

— Laissez-moi passer, messire. Je vous en supplie !

— Elle supplie ! On peut dire que c'est notre jour de chance, les amis ! »

Adalgisa se retourna et vit deux autres silhouettes dans la pénombre. C'en était fait d'elle. Elle était perdue...

Quelqu'un frappa, interrompant sa lecture. Pamina posa l'ouvrage sur son lit et ouvrit, non au client auquel elle s'était résignée, mais à une servante. Celle-ci lui tendit un paquet enveloppé dans un carré de tissu soyeux.

— De la part de l'un de tes admirateurs.

— Qui ? demanda Pamina, vibrant d'un espoir aussi soudain qu'irraisonné.

— Aucune idée.

Pamina remercia la jeune fille, referma doucement la porte de sa chambre, s'appuyant au battant, les yeux fermés. Se pouvait-il que... ? Non. Il s'agissait sans doute de Claudio Tetto ou de Luca, l'un de ses clients réguliers.

Orseo ne lui avait jamais offert ne serait-ce qu'une rose – à peine quelques sourires.

Décidée à étouffer cette bouffée d'espérance aussi vaine que douloureuse, elle regagna son lit, posa le paquet à côté d'elle et reprit le fil de son roman. Dans l'univers de *Troublante Rencontre,* au moins, tout était possible. Même si Adalgisa subissait de terribles épreuves, celle qui partageait – de l'autre côté du livre – ses aventures pouvait se permettre de croire en une bonne étoile.

... Elle était perdue. Face à ces hommes, elle ne pouvait rien faire. Son agresseur la saisit. Adalgisa tenta vainement de résister, puis appela au secours. Une gifle qui lui laissa un goût de sang dans la bouche la fit taire.

« Suis-nous sans faire d'histoire, petite, et il ne t'arrivera rien, dit celui qui lui avait agrippé le bras.

— Rien, si tu es gentille avec nous et que tu fais tout ce qu'on te dit ! » renchérit son compagnon.

À cet instant, un éclair déchira le ciel et illumina le visage de son ravisseur. Hideux, il avait des yeux fous et une longue balafre le défigurait. Il éclata de rire en réponse à son compagnon, dévoilant des dents d'ogre. Adalgisa se sentit défaillir.

Soudain, une ombre se mit en travers de leur route...

— Gianni ! Je savais qu'elle devait garder confiance !

Pamina pressa les mains contre sa poitrine, cherchant à apaiser les battements de son cœur. Une fois de plus, la destinée de la douce héroïne lui semblait étonnamment proche de la sienne.

— Calme-toi. Tu n'es pas Adalgisa. Orseo n'est pas Gianni. Et Nola… Nola n'est pas Sabina. Oh si ! Et je la déteste !

Elle martela rageusement son matelas du poing.

Sous le choc, le tissu protégeant le paquet glissa, révélant une adorable boîte incrustée de coquillages. Pamina la saisit, surprise par la beauté et la finesse de l'ouvrage légèrement bombé, auquel des éclats de nacre aux reflets opalescents donnaient une ligne sinueuse et sensuelle. Les minuscules colimaçons fixés sur son couvercle semblaient autant de boutons de fleurs nés de la mer et de l'écume. Cette merveille était bien trop belle pour avoir été offerte par Claudio.

Les mains tremblantes, Pamina l'ouvrit, espérant un mot, un signe de celui qu'elle aimait. Mais le coffret ne contenait qu'un étrange mécanisme, fait de lames et de cercles métalliques. Un air doux et grave s'en échappa.

Ti-tati-ta-titata
Tati-ta-titata…

Pamina reconnut la chanson : elle parlait d'amour, de mots tendres et de rires complices, des années qui passent, des couleurs de la vie et de la mort si proche.

« C'est forcément lui ! »

Les larmes aux yeux, Pamina se mit à fredonner, imaginant, en même temps que s'égrenaient les notes cristallines, l'avenir dans les bras d'Orseo. Elle descendrait, ce soir, pour se produire devant les clients de *L'Ambre rouge*. Lui, serait au comptoir, bavardant avec Rossana et sa petite amie, ou même – surtout ! à son tour de souffrir et d'être délaissée – Nola. Quand il la verrait, il se précipiterait au-devant d'elle. « Je ne veux plus que tu danses pour eux, Pamina ! » murmurerait-il, plongeant ses yeux noirs dans les siens. « Je te veux pour moi, rien que pour moi – jusqu'à ce que la mort nous sépare… »

— Idiote !

La voix claqua, si sèche qu'elle l'arracha à sa rêverie.

Ti-tati-ta-titata
Tati-ta-titata
Tati-ta-titata-ta

— Toi ?
— Qui d'autre veux-tu que ce soit ?
La mère s'appuyait contre la porte de la chambre, bras croisés. De son long nez aux narines pincées à sa poitrine cachectique, étroitement serrée dans une robe noire et austère, tout en elle était maigre, noueux. Ses yeux ronds, billes terreuses perdues dans un visage anguleux, la dévisageaient avec une expression sévère. Elle renifla, méprisante, et s'approcha.
Instinctivement, Pamina se ratatina sur elle-même.
— Et tu lis… *Troublante Rencontre*. Une niaiserie sentimentale, je me trompe ? Décidément, tu n'as pas changé. Un peu plus grosse, peut-être ?
« Ce n'est pas possible. Elle est morte. Morte ! J'ai assisté à sa crémation : j'ai vu brûler son corps. Il est parti en fumée et avec lui la haine, la malveillance dont elle m'a abreuvée toutes ces années. »
La silhouette maternelle vacilla.
Pamina se redressa.
« Ce n'est que le fruit de mon imagination. C'est parce que j'ai peur. Oui, c'est pour ça… Peur de ce soir… Ce soir, ma vie changera… C'est ça, c'est ma peur qui se manifeste… »

Ti-tatita-titata
Tati-ta-titata

Une gifle, bien réelle, coupa court à ses malheureuses pensées. Submergée par une vague de crainte trop familière, Pamina porta la main à sa joue.
— Je suis morte, c'est vrai. Mais je suis revenue pour toi, imbécile : pour t'éviter l'humiliation.
— Laisse-moi tranquille !
Déjà, elle baissait la tête, gagnée par la honte de ce qui avait été, de ce qui était à venir. La honte. Quatre ans qu'elle l'avait oubliée, cette ennemie railleuse qui la poursuivait en tous lieux. Quatre ans qu'elle l'avait reléguée au plus profond de son être, lui enfonçant la tête à coups de poing, à coups de marteau, chaque fois qu'elle pointait le bout de son nez. À cet instant, celle qui l'avait terrorisée toute son existence l'aidait à s'extirper de la prison mentale où Pamina l'avait enfermée.
— Tu n'as jamais été capable de te trouver un fiancé. Et tu espères que celui-ci va s'intéresser à toi ?
« Il m'aime ! » voulut protester la jeune femme. Mais les mots moururent dans sa gorge, étouffés par le doute, la peur, la certitude qu'*elle* avait raison.

Ti-tatati-tatati-tatata
Ti-tatati-tatati-ta

La mère s'assit à côté d'elle. Son parfum, rance, envahit ses narines. Les souvenirs affluèrent, vivaces. Avec eux, les mots, litanie mortifiante, bilieuse, se déversant sur elle – en elle – en un flot continu d'amertume et de mépris. Tu ne sais pas. Tu ne peux pas. Tu n'es pas capable. Tu ne vaux rien. Tu n'y arriveras pas. Pas toi. Pas toi. Pas toi.

— Que veux-tu qu'il fasse de toi ? Tu ne sais rien faire à part trois déhanchements vulgaires et ouvrir les cuisses chaque fois qu'on te le demande ! Sois réaliste : tu ne vaux pas grand-chose, ma petite fille.

La mère avait raison, une fois de plus. Orseo était comme les autres. Comme ceux qu'elle avait aimés, espérés, attendus, pleurés autrefois et qui l'avaient fait souffrir, lui avaient tout volé, du premier baiser à sa virginité. Orseo ne la voyait pas. Et quand bien même, sa profession le rebuterait assez pour qu'il détourne les yeux.

Tu-nevauxrien-tun'peux-pas
Tu-n'vauxrien-tunesaispas

— Rappelle-toi, Pamina.

La mère posa une main sur son épaule, une main osseuse et froide, aux articulations déformées par les travaux d'aiguille. Les images l'assaillirent, heurtant inlassablement les remparts de plus en plus faibles de son esprit, fendant les cloisons dérisoires contenant les bribes avilissantes de ce qu'elle avait été, avait enfoui, combattu, oublié – n'avait jamais cessé d'être. Une grosse fille maladroite, bête à pleurer, bonne à baiser – mais pas à épouser.

Tunesrien-et-moinsquerien
Tu-nauras-rienderien

À quel moment décider que ça doit s'arrêter ? À quel moment inscrire le mot fin sur une histoire née de commencements ratés ?

La musique s'était tue. La poutre ne grinçait plus : le corps avait cessé de se balancer et pendait, masse lourde et inerte, au-dessus d'une table de chevet renversée.

Un rayon de soleil fugitif se refléta sur une carte brillante posée sur le livre ouvert.

L'Amoureux. Sixième lame du Tarot de la Lune.

*

Marsile Sotto tourna à l'angle de la ruelle – un cul-de-sac qui donnait sur un canal viride, à peine ridé par quelques détritus. Sa proie, un être cauchemardesque doté de griffes squameuses et d'une peau translucide laissant apparaître des organes blanchâtres, avait plongé sous l'onde. Il l'avait débusquée trop tard ; trois hommes avaient été tués, un quatrième grièvement blessé. Le pauvre garde, échoué dans une gargote, avait tout juste eu la force de décrire son assaillant et d'indiquer le lieu de l'agression avant de perdre connaissance.

Ainsi, Sotto, Daniela et quatre recrues avaient pu remonter la piste de la bête, pendant que Duccio s'occupait de rapatrier le blessé – évidemment, *elle* n'allait pas se ruiner la santé à cavaler après ces immondes bestioles, puisqu'*elle* menait une enquête sur la mort de Bartoldo. Une perte de temps : le cœur du vieux avait cessé de battre, vraiment pas de quoi se miner. Alors que traquer et détruire ces monstres…

— Où est-elle passée ? haleta Daniela arrivant à ses côtés, en nage.

— Sous l'eau. Bientôt, va falloir engager des plongeurs d'Hypotie pour draguer le fond et voir ce qu'on y trouve. Parce que, si on compte sur Mazzario et sa grognasse…

— D'après ce que j'ai entendu, ce n'est pas tout à fait leur faute, si on n'a pas les moyens suffisants pour lutter contre ces… choses.

— Tu les soutiens, maintenant ?

Daniela baissa les yeux.

— Non, mais apparemment, la capitaine aurait reçu des ordres « d'en haut ».

Hors d'haleine, les autres arrivèrent à leur niveau. Ignorant les explications de sa subordonnée, Marsile se tourna vers eux.

— *Ça* a disparu – où ? Je m'en fous. Ce dont je me fous beaucoup moins, c'est de ce qui va se passer. Combien de temps on va nous laisser enquêter sans entraînement, sans matériel, sur ces saloperies ? Combien d'entre nous devront y passer pour que Mazzario et ses pairs se rendent compte qu'il y a un truc qui cloche ? Que ce sont pas juste des leugeias ou des bestioles dans ce genre, qui nous bouffent et hantent le sestier ?

— Qu'est-ce que vous proposez, mon lieut… Sergent ? dit Daniela d'une toute petite voix.

Sotto lui lança un regard éloquent.

— Il est grand temps d'avoir une discussion avec Duccio et Mazzario, vous croyez pas ? Bon, alors voilà ce qu'on va faire : vous allez réfléchir à toutes les bêtes, avec ou sans tentacules, humanoïdes ou non, auxquelles vous avez eu affaire ces dernières semaines. Ensuite, on ira trouver nos supérieurs et on leur fera une offre : soit on a du renfort, des moyens, et tout va bien, soit on livre tout ce qu'on sait à *La Gazette.* Je suis sûr que Lippi serait ravi d'avoir un os à ronger, pas vous ?

Il y eut quelques grognements d'approbation. Soudain, l'un des hommes pointa le doigt de l'autre côté du canal.

— Là-bas !

Tous regardèrent. Surgissant des eaux une silhouette, grotesque caricature d'être humain, se hissa lentement sur le quai. Couverte d'algues, elle s'élança sur le mur d'un vieux palais et commença à grimper, ses longues mains griffues s'accrochant aux aspérités de la pierre avec une phénoménale aisance. Arrivée près du toit, elle se retourna, se balançant d'un bras, pencha sur eux son faciès hideux, masse informe, gluante, encombrée d'énormes yeux noirs – et siffla, avant de disparaître, d'un bond, de leur vue.

Quand les gardes reprirent leurs esprits, ils eurent l'impression qu'une éternité s'était écoulée.

*

Tino avait tout consigné dans sa mémoire : la panique des clients devant tout ce sang, toutes ces blessures ; leurs inquiétudes, une fois le premier tumulte passé – récoltes catastrophiques, montée des eaux, recrudescence d'attaques démoniaques : ne fallait-il pas y voir le courroux de la Déesse ? – leurs doutes aussi. Puis l'austère Polissena était arrivée, escortée de quatre de ses hommes et avait ordonné l'évacuation des lieux.

Le commis avait donc repris sa tournée.

Il approchait, à présent, de *L'Ambre rouge,* sa deuxième pause de la matinée. Amarrant diligemment son embarcation, il sauta sur le quai, dérangeant une mouette perchée sur un pilot. Il allait entrer quand des cris provenant de l'intérieur retentirent, suspendant son geste. Il demeura prudemment à la porte, mais tendit l'oreille, dévoré par la curiosité. « N'avez-vous rien remarqué ? », « Il faut aller chercher la Garde ! Ce n'est pas normal… Ça finit par faire beaucoup de morts, dans le coin », « Pauvre Pamina ! Moi, je sais bien pourquoi elle s'est pendue, allez… », « C'est comme pour Marquise, non ? »

Pamina ? Pendue ? Le jeune livreur eut un pincement au cœur en songeant à cette jolie fille aux formes généreuses et aux cuisses accueillantes. Il avait payé plusieurs fois pour passer une heure avec elle et prendre du plaisir. Qu'elle soit morte – et de cette manière – le désolait. Il se détourna, toute envie de prendre un verre au comptoir en grignotant un biscuit envolée. Se figea, affreusement gêné.

Claudio Tetto le céramiste, maladroit dans son pourpoint empesé, trop court pour lui, s'était engagé sur le pont de *L'Ambre rouge.* Il tenait, dans ses mains larges et calleuses, un bouquet de roses rouges et un paquet précieux.

*

À cet instant, un éclair déchira le ciel et illumina le visage de son ravisseur. Hideux, il avait des yeux fous et une longue balafre le défigurait. Il éclata de rire en réponse à son compagnon, dévoilant des dents d'ogre. Adalgisa se sentit défaillir.

Soudain, une ombre se mit en travers de leur route. Vêtue de noir, sa cape claquant dans le vent nocturne, elle les menaçait de la pointe acérée de sa rapière :

« Lâchez cette femme ! »

En réponse, l'un des monstres se précipita avec un grognement. L'ombre s'en débarrassa d'un moulinet de son épée.

« C'est un peu court, Messieurs ! »

Polissena posa le livre, sourcils froncés. *Troublante Rencontre,* l'un des derniers récits de Siro Venelli, n'était pas l'élément déclencheur du suicide de Pamina ; mais peut-être celui-ci avait-il un rapport avec une affaire de cœur ? Le sixième arcane du Tarot de la Lune, *L'Amoureux,* découvert entre les pages du récit, l'incitait à aller dans ce sens.

Et pourtant…

Une autre lame, sur une autre scène de crime. *Le Prêtre*, près de Bartoldo, une semaine plus tôt. Coïncidence ? Polissena n'y croyait guère. Malheureusement, si la lieutenant se doutait de la signification de certaines cartes et de leur lien, elle ne comprenait pas bien comment elles étaient arrivées en possession des défunts.

Le corps de Pamina avait été évacué et emporté à la morgue : Polissena espérait que Massimo, le mortuor, pourrait en tirer quelque chose – au moins, l'assurance qu'il ne s'agissait que de cela : un suicide, sans aucun lien avec le décès de l'apothicaire… Même si son instinct lui soufflait le contraire. Elle avait déjà fouillé la pièce, n'avait rien trouvé d'intéressant : une dizaine de romans d'amour, des recueils de poèmes, de petits vases et bibelots en céramique, une boîte à musique – de très belle facture – au mécanisme cassé, deux peintures de Rossana, des robes, corsets et jarretières ainsi que plusieurs fioles et pots de terre, tous venant de la boutique de feu Bartoldo.

Fallait-il y voir un lien supplémentaire entre les deux morts ?

Non : décoctions destinées à prévenir les grossesses, lotions purifiantes, crèmes à la rose et aux amandes, khôl, masques de beauté étaient communs chez les filles exerçant sa profession ; et toutes se fournissaient, à quelques exceptions près, chez Bartoldo.

Pour être sûre de ne rien laisser au hasard, Polissena effectua de nouveau le tour de la chambre – vérifia sous le matelas, chercha un double fond dans le coffre à vêtements : il n'y avait rien, pas un seul indice.

Restait à interroger la servante qui l'avait trouvée et surtout Rossana Paolo, la patronne de *L'Ambre rouge*.

La grand-salle était calme, vidée de la majorité de ses occupants. Seule la lumière de l'après-midi éclairait la pièce, nimbant les meubles rustiques, l'étonnant lustre métallique et le comptoir d'un halo. Rossana se trouvait à une table, près du comptoir, une bouteille et un verre posés devant elle. De la boule d'argile grise qu'elle pétrissait machinalement entre ses mains, une ébauche naissait. L'artiste, d'habitude resplendissante et lumineuse, paraissait dépouillée de toute énergie.

— Je ne l'ai pas vu venir, murmura-t-elle, quand Polissena prit place sur la chaise. Je la savais malheureuse, bien sûr. Un amour non réciproque… Mais je l'ignorais à ce point désespérée.

— Vous croyez qu'elle s'est suicidée à cause de ça ?

— Pour quelle autre raison ? Certaines personnes pensent que ce n'est pas un accident, qu'il y a un lien entre sa mort et celle de Marquise. Mais…

— Pas vous ?

— Je ne sais pas. Pamina était bien plus fragile qu'elle le laissait paraître. Elle revenait de loin. De douloureuses expériences, une mégère acariâtre en guise de mère… Elle souffrait d'un terrible manque de confiance en soi. Et, ajouta Rossana d'un ton plus bas, l'attitude d'Orseo n'arrangeait rien.

— Orseo Giovanni ?

L'artiste hocha la tête.

— Vous pensez qu'elle ait pu faire appel à une sorcière du destin ou une cartomancienne, pour connaître son avenir ?

Rossana se versa un verre d'eau-de-vie. L'avala, cul sec. Recommença. Cligna des yeux, pour chasser les larmes qui montaient, malgré l'alcool, malgré son impeccable maîtrise de soi. Baissa les yeux sur sa sculpture – une esquisse de Pamina.

— C'est possible, en effet. Mais j'ignore qui – et quand…

Une heure plus tard, la lieutenant Duccio quittait *L'Ambre rouge* endeuillée, avec, pour renseignement, un simple prénom.

L'orage grondait dans le ciel noir et bas ; les premières gouttes tombèrent lorsqu'elle franchit la porte des casernements de la milice.

2

Songeant à sa triste existence, la belle Genova s'enfonce dans l'allée. Bartolomeo ne s'intéresse qu'à ses richesses et à la satisfaction de ses appétits brutaux. Leur fille Violante est fade et effacée. Elle n'éprouve aucune affection pour cette enfant qui lui rappelle et son mariage et son mari. […] Soudain, Genova sent une présence à ses côtés. Absorbée par le jeu des étoiles se reflétant sur la surface de l'onde, elle ne l'a pas entendu arriver. […] Il possède deux ailes grises et membraneuses. Sa peau est blanche. Son torse, velu comme celui d'un bouc. Son ventre et ses membres inférieurs disparaissent dans les ombres. C'est un démon. […] Pourtant, Genova n'hésite pas une seconde. Enivrée par son parfum de musc, elle s'approche, pose la tête contre sa poitrine. Avec délicatesse, il la dépouille de ses vêtements, l'embrasse et se laisse glisser sur les genoux. Il effleure de sa langue sa gorge, ses seins, son ventre. Et quand il atteint son intimité, elle se sent enfin vivante.

Anna Tarenta
Genova M. ou Les Amours sacrilèges (Extrait)

En raison de son caractère diffamatoire, ce récit a été mis à l'index par la Triade. L'autrice, poursuivie pour haute trahison par les autorités de Cytheriae, n'a jamais été retrouvée.

Sestier de Métida

Tôt dans la matinée, Nola avait vu Renzo Lippi. Elle lui avait remis ses dernières annotations pour l'article qu'il lui avait soumis et en avait profité pour lui demander comment il avait obtenu l'étrange manuscrit. D'abord réticent, le vieux chroniqueur avait fini par lui confier qu'il l'avait escamoté d'une scène de crime, le mois précédent. « Je sais pas pourquoi j'ai fait ça : j'avais mal aux cheveux, je me sentais poisseux, fiévreux, et puis il y avait ce tube qui gisait, à une toise du cadavre. Rouge, comme le sang de ce pauvre saltimbanque. J'ai pas réfléchi, je l'ai pris – et je me suis dit, l'autre jour, qu'il te revenait. Me demande pas pourquoi... Et, pour tout t'avouer, je ne suis pas vraiment curieux, sur ce coup... »

Lippi avait été poussé à voler le journal, puis à le lui remettre.

Pourquoi ?

Cette question trottait inlassablement dans la tête de la jeune femme. Les écrits de Malatesta – elle se refusait à le désigner comme « La Bête » ou « Le Dévoreur d'âmes » – étaient à la fois énigmatiques et terriblement proches. Le langage employé – le numina – érigeait une barrière que les émotions transmises par l'écriture pulvérisaient ; ses propos trahissaient à la fois son altérité, son étrangeté, sa vulnérabilité, sa solitude – et sa prison. À cela, Nola ne pouvait demeurer indifférente.

Comme chaque matin depuis qu'elle détenait ce singulier héritage, elle avait laissé les feuillets à la disposition d'Angelo, mais en avait emporté quelques-uns avec elle – et ne cessait de les relire.

C'est ici. C'est ailleurs.

À Cribella, sur un navire au milieu d'une tempête, au sommet d'une crête, ou dans un bon fauteuil au coin d'un feu de cheminée.

C'est ici. C'est là-bas.

Tous les endroits se valent, vous savez. Il y a le corps. Peu importe où l'on va, où l'on souhaite voler avec ou sans ailes, puisqu'on y est lié. Grâce à mon âme, j'ai voyagé ; je me suis rendu jusqu'aux confins des Numinées, dans les îles du Nord avec leurs montagnes noires et leurs brumes glacées, dans les lointaines principautés australes, terres de sortilèges et de transes, j'ai survolé Arachnae, ville organique, araignée monstrueuse qui digère ses habitants, et la mystérieuse Tenebrosa où vivent les plus puissantes des Moires, puis je suis revenu à Cytheriae : j'ai visité les temples de marbre et les palais somptueux de Dyctina, j'ai plongé dans les canaux sombres de Métida et me suis laissé flotter parmi les nénuphars et les araignées sur les eaux calmes et périlleuses d'Hypotie. J'ai découvert le Mal, aussi : non pas celui que vous combattez et craignez, lui donnant les noms de stryges, lamias ou démons, mais une force bien plus insidieuse et plus ancienne. Une force qui m'a terrifié – et j'ai perdu tout contrôle sur moi-même. À la fin, je suis revenu au cœur du Dédale.

Longtemps je n'ai plus osé le quitter.

Longtemps je suis resté ici.

Ancré en ce monde, ancré en moi, un « moi » périssant de ne pouvoir sortir véritablement de lui-même. Un moi emprisonné par des murs, murs de chair, murs de pierre impossibles à briser.

Vous évoquez la danse cruelle de la vie et de la mort, la fatalité, vous haïssez, tuez, aimez avec la même candeur égoïste des enfants que vos femmes mettent au monde. Mais vous ne connaissez pas votre chance : ces émotions vous sont offertes, vous pouvez les éprouver réellement, vous pouvez toucher ceux que vous aimez, vous pouvez détruire ceux que vous haïssez.

Moi, je ne puis rien de tout cela.

Moi prisonnier. Moi ancré, ligoté, enchaîné à la chair, à la pierre. Nola comprenait, ressentait en écho cette impuissance, cette rage désespérée. N'était-elle pas captive, elle aussi, d'un corps et d'un monde dont elle ne parvenait pas à s'échapper ? Les souvenirs – images superposées les unes aux autres, mots violents, souffrances indéterminées – n'avaient aucun sens, pour elle. Elle n'arrivait pas à leur donner corps ; tout ce qu'elle savait, c'est qu'il y avait un avant, et un après. Entre les deux : l'abîme, la mort, l'indicible.

La clochette de l'entrée tinta.

Leporello Dandolo parut, lui laissant à peine le temps de ranger le précieux manuscrit et de se préparer pour la séance d'écriture. Comme d'habitude guindé dans son pourpoint grège, élimé aux manches, il avait noué en catogan ses cheveux gris-blond lissés par un baume à l'odeur citronnée. Serein, il salua d'un large sourire la scribe avant de prendre place.

— Puis-je vous offrir une liqueur ? Un verre d'eau ?

— J'aimerais commencer de suite, si ça ne vous ennuie pas. Ne pas perdre le fil de mes pensées. Je voulais vous dire…

Il s'interrompit, fouilla dans son pourpoint, en tira plusieurs pages manuscrites, barrées de quelques ratures.

— J'aime bien la manière dont vous transcrivez. C'est juste. Oui. C'est ça. Vous trouvez le ton juste. Vous êtes prête ?

Nola prit les brouillons, les posa soigneusement à côté d'elle, saisit une feuille vierge et trempa sa plume dans l'encrier.

— Allons-y.

— Ce que je préférais ? Le travail du bois. Lisser. Poncer. Sculpter. Je dirais, aujourd'hui, que c'était comme manipuler un corps de femme, je veux dire le corps de la femme que l'on aime – que j'ai aimée. Sensuel, doux et âpre à la fois. Et puis, il y avait l'odeur aussi. Vous voyez, chaque bois possède son parfum bien particulier. Certains sentent le miel, d'autres sont salés. D'autres, subtils et complexes à travailler, dégagent des fragrances de fleur et de cuir. Oui, j'aimais cet apprentissage et, plus encore, l'idée que de cette matière morte allait naître une forme de vie. On dit que les violons pleurent et crient vous savez. Délia m'a entendu en jouer, un soir. C'est comme ça que nous nous sommes revus. Après toutes ces années. La fillette dodue, aux fossettes adorables et aux yeux verts qui avait partagé mes jeux s'était métamorphosée en la plus merveilleuse créature qu'il m'a été donné de voir. Je ne sais si vous avez aimé, je suppose que oui, une belle fille comme vous a certainement bien des prétendants, mais en la voyant ce jour-là, dans le crépuscule… Le soleil disparaissait derrière l'horizon, embrasant le ciel d'or rouge. Elle était belle, sur ce petit pont, juste en face de la boutique de mon maître. Elle se tenait exactement au milieu du pont, oui. Une apparition…

Nola laissait la plume courir, comme dotée d'une vie propre, sur les pages. Sa main consignait, soigneusement, les pensées et souvenirs de son client. Son corps – des pieds à la tête – habitué à dissimuler, feindre, masquer, prenait les poses appropriées, manifestait tous les signes d'attention exigés. Mais son esprit, que les envolées lyriques et les réflexions de Dandolo laissaient indifférent, était ailleurs.

Dans un dédale. Dans une prison.

De chair. De pierre.

Peu importait.

*

La mansarde baignait dans une pénombre fantomatique, à peine dispersée par la lueur du jour provenant de la chambre. Les fragrances de fleurs et de benjoin ne parvenaient pas à réchauffer l'atmosphère. Angelo s'en moquait : cela faisait des années qu'il vivait entre deux mondes, celui des morts et celui des vivants ; l'appartement de son amante ne lui semblait guère plus lugubre que la lieux qu'il connaissait.

Partie tôt ce matin-là, Nola lui avait laissé tout loisir de se plonger dans le journal de l'être enfermé dans le Dédale de Cribella. L'existence de cet hybride, rejeton de Genova Moravia, mère de l'actuelle princesse de Cytheriae et d'un démon, était l'une des raisons de sa venue à Cribella. Cette histoire le fascinait : l'union de ces deux êtres antithétiques ; la naissance de la créature, entourée de mystère puisque l'on prétendait qu'elle s'était frayé un chemin vers le monde en dévorant le ventre de sa mère. Une autre version disait

Genova morte après des années d'emprisonnement dans une geôle isolée de son propre palais – hypothèse confirmée par l'écrit de la Bête.

Ses échanges avec son ancien magister, Orfeo Bocanegra avaient également nourri cet intérêt. Orfeo, l'un des plus puissants nécromanciens de l'Ordre de la Nouvelle Lune, la confrérie à laquelle lui-même avait appartenu, avait disparu quelques mois plus tôt dans l'incendie de sa bibliothèque. Malgré sa disgrâce, ils avaient correspondu jusqu'au trépas du vieux sorcier. Pour celui-ci, la Bête de Cribella avait été épargnée parce qu'*on* – les Moires, certains membres de l'Ordre, peut-être – avait vu en elle un espoir pour le futur, quel qu'il fût. Mais Orfeo le Noir était décédé avant d'avoir pu vérifier cette dernière théorie. Il en avait également une autre : un mal plus effroyable et plus ancien que les cohortes habituelles de démons, stryges, lamias, spectres et leugeias, rongeait peu à peu l'Archipel.

Angelo savait qu'Orfeo Bocanegra avait vu juste à ce sujet. Il était également convaincu que son mentor était mort *à cause de ça.* Il espérait, en parcourant les feuillets noircis par l'écriture fine et serrée, trouver une clef permettant de décrypter et de vérifier ces hypothèses – et à entrer en communication avec la Bête.

*

Geôles de Cribella

Andrea avait passé une mauvaise nuit. De violents cauchemars avaient perturbé son repos, au point de le réveiller plusieurs fois, en nage, des brins de paille qu'il avait d'abord pris pour des bêtes rampantes collés à son dos.

Cela lui arrivait de plus en plus souvent, à mesure qu'approchait le jour de son exécution. Même s'il ne s'agissait pas d'une mise à mort avec échafaud, bourreau et foule hargneuse venue assister à la fin d'un odieux criminel, mais plutôt d'une mise au rebut avec mort à l'arrivée. Bizarrement, ce n'était pas cette perspective qui le tourmentait mais plutôt des souvenirs, chaos de lieux, de scènes absurdes et violentes, de personnages fictifs ou bien trop réels issus de ses peurs anciennes. Comme cet homme aux yeux fous qui le poursuivait dans une demeure aux portes innombrables. Comme cet enfant, blotti dans le coin d'une pièce, qui bondissait sur lui, sa gueule démesurée, bardée de crocs, cherchant sa gorge pour lui sucer le sang. Ou encore, cette femme qui lui demandait de l'aider à dévider une pelote, ethurlait qu'à cause de lui, de sa maladresse, tout le travail était perdu. Il s'apercevait qu'il ne s'agissait pas de laine mais d'intestins. Ses intestins ? Ceux de la mégère – sa compagne ? Il ne se rappelait pas assez son visage pour en avoir la certitude. Mélangés, amalgamés.

Ce matin-là, Andrea vida sa couche avant l'arrivée des geôliers. La paillasse puait la sueur, un parfum aigre qu'il haïssait depuis toujours. Chez lui comme chez les autres. Les odeurs corporelles – sudation des pieds et des aisselles, cuir chevelu gras, doigts imprégnés d'urine ou de graisse – le dégoûtaient.

Andrea renifla sa peau, fit la grimace. Encore trois jours avant de se laver.

Dans l'intervalle, il ne pouvait que prendre son mal en patience et tâcher de penser à autre chose.

À ses cauchemars, par exemple. Pour essayer de les comprendre. De les chasser à tout jamais de son esprit.

*

Sestier de Métida

Le journal de l'hybride était étrange : à la fois intime et apologétique, il ne montrait pour le moment aucun indice permettant une interprétation occulte. Il contait une vie, l'éveil d'une conscience, l'expérience de la prison ; il contait l'évasion au-delà des murs, la découverte des autres, de soi – partiellement. Il donnait aussi, allusions, phrases anodines, de rares informations sur le mal insidieux qui rongeait l'Archipel et que son ancien magister avait également décelé. La Bête redoutait l'ennemi invisible qui détruisait indifféremment humains et démons, l'observait pour mieux le combattre. Mais ne livrait aucun nom. Angelo avait cru, brièvement, qu'un passage recelait cette clef qu'il désirait tant :

Je ne suis encore rien
Je suis un être de papier
Je suis ce monstre qui dort
Je suis ce que tu dis sur moi
Je suis ce que je pourrais devenir
Je suis ce que je suis j'ai peur de moi
Cet exercice volé à l'un de vos cahiers d'apprentissage m'a amusé, je l'avoue. Jeu d'esprit, jeu d'enfant. Jeu de géant, aussi, pour peu que l'on regarde de près ce qu'il y a du « je » au « je suis ce que je suis ». N'êtes-vous pas de cet avis ?

Malheureusement, il ne s'agissait rien de plus qu'un exercice, un jeu d'hybride en quête de lui-même. De l'autre côté du réel, les feuillets restaient les mêmes. Aucun signe, aucun symbole thaumaturgique ne les distinguait des autres écrits entassés dans la mansarde de Nola.

Venant de l'extérieur, une impression diffuse, une trace de souffrance et de peur, presque impalpable dans la toile tellurique de Cribella, attira son attention. Intrigué, il se hissa à la lucarne, étendit ses sens : un cyclone miniature, tourbillonnant sur lui-même, enflant à mesure que croissait l'intensité de la douleur. Angelo n'eut guère le temps de s'interroger. La tornade gonflait, tournoyant de plus en plus vite, irradiant l'atmosphère d'un tumulte d'émotions incontrôlées, puis tout se figea ; un calme inquiétant plana au-dessus de ce monde. Et tout explosa. Des myriades de particules s'éparpillèrent dans l'espace, dispersant autour d'elles des éclats de désespoir et de folie. Instinctivement, le nécromant se jeta en arrière, en sécurité derrière les murs de la chambre. Quand il se risqua de nouveau à regarder au-dehors, il n'en trouva plus aucune trace. Il repéra rapidement, en revanche, son lieu d'origine : *L'Ambre rouge,* ou les quelques bâtiments situés à proximité. Nola ! Elle travaillait tout près ! Saisi d' angoisse, il se précipita hors de l'appartement, dévala les marches, courut.

L'assemblée massée devant l'auberge, contenue à grand-peine par la Garde noire, le força à ralentir. Angelo reconnut quelques visages, entendit prononcer le nom de la défunte, apprit la raison de sa mort. Devina qu'elle était la source du maelström.

Mais, quand deux miliciens sortirent de la bâtisse, portant sur une civière recouverte d'un drap la dépouille de Pamina, il blêmit.

Sous le linceul, une enveloppe vide. Comme si rien ne l'avait jamais habitée. Quelle odieuse magie œuvrait ici ? Quel être était assez pervers pour en pousser un autre au suicide et annihiler jusqu'à son existence ? Se pouvait-il que l'hybride fût mêlé à tout cela ? Ne l'appelait-on pas « Dévoreur d'âmes » ? Impossible : Orfeo Bocanegra n'avait pu se méprendre à son propos. Il s'agissait donc d'autre chose. Les lamias, souvent cruelles, prenaient plaisir à faire de leurs proies des marionnettes et s'amusaient de leurs tourments comme de leurs vaines tentatives pour échapper à leurs griffes. Certains mages, doués d'empathie et de talents psychiques, se laissaient ronger par leur propre puissance et infligeaient d'indicibles supplices à leurs victimes.

Aucun d'eux n'était capable de se repaître des essences – ni de les anéantir.

Inconscient du regard venimeux que lui lancèrent Orseo et quelques clients de *L'Ambre rouge,* Angelo longea le mur en direction de l'échoppe de Nola. Il était résolu à poursuivre ses investigations, certes, mais ce soir, il avait besoin de la voir. De la toucher. De sentir ses caresses et son corps contre le sien.

*

Au pied de la causeuse, le journal de Malatesta, présence invisible, fantasmée – rassurante, curieusement. Contre elle, l'entourant de ses bras tièdes, Angelo, veilleur silencieux.

Et, au-dehors, l'orage.

Brutalité des éclairs fouettant les nuées, violence des coups de tonnerre. Pluie, rideau trouble obscurcissant la ville, martelant le toit d'un rythme régulier.

Et au-dehors, la mort.

Pamina, se balançant à une poutre de sa chambre, sans un mot, sans une explication – un suicide, exactement comme Marquise. Cette fois, néanmoins, Nola se sentait indifférente. Coupable, parce qu'indifférente – mais cela n'ôtait rien à ce sentiment. Ni tentation, ni compassion, ni sensation d'étouffement donnant lieu à un irrépressible besoin de libérer son esprit, ses émotions, de leur prison de chair.

Pamina était morte sans que cela lui arrache le moindre signe de tristesse ou de pitié. Elle avait appris le drame en quittant son office, de la bouche de son amant, troublé et soucieux. Pamina s'était pendue – de cela, il n'avait cure – et son âme avait été arrachée : « Comme si quelqu'un ou quelque chose avait fait un trou dans la réalité et volé ce qui faisait d'elle un être singulier, doté d'un cœur et d'un esprit. De l'autre côté du monde, c'est comme si elle n'avait jamais existé. » Or, il avait déjà effectué un semblable constat : quand on l'avait emmené, le cadavre de Bartoldo n'était qu'une coque vide que rien ne semblait avoir habitée.

Nola avait craint, un moment, qu'Angelo ne mît en cause Malatesta ; pas une fois il n'avait évoqué cette possibilité. Certes, le journal l'intriguait, et il n'arrivait pas à comprendre pourquoi il lui était échu. Pour lui, cela n'avait aucun rapport avec les dernières morts. Son amant n'avait rien ajouté, mais elle devinait qu'il conservait par-devers lui théories et soupçons.

Ainsi allait leur relation : elle ne posait pas de question, il ne posait pas de question ; les confidences venaient – ou non – le moment venu.

La pluie tombait de plus en plus fort.

Angelo embrassa ses cheveux, la tirant de ses pensées ; Nola se lova contre lui avec un soupir. Elle se sentait bien, en cet instant – en accord avec elle-même. Une sensation de plénitude assez rare pour qu'elle veuille en profiter. Elle se retourna, l'embrassa, lécha, à petits coups, ses lèvres douces au goût un peu salé ; sa langue agaçait la sienne, chatouillant malicieusement l'intérieur de son palais. Lui se laissa faire un moment, puis défit les lacets de son corset et glissa la main sur sa peau nue. Sa paume à la fois lisse et râpeuse effleurait les aréoles de ses seins, tout en caressant, toujours plus bas, sa peau soyeuse ; quand il atteignit le duvet bouclé de son bas-ventre, puis la fente humide, il se laissa aller à terre, remonta ses jupes et s'agenouilla entre ses cuisses. Il prit le temps – délicieux supplice – d'ôter délicatement ses jarretières et ses bas avant de remonter par de petits baisers le long de ses jambes jusqu'au cœur de son intimité. Alors, il pénétra de ses doigts le sexe offert, sa bouche suçant le chaton rose brûlant de désir, attendant qu'elle soit au bord de l'orgasme pour se dévêtir à son tour et s'enfoncer en elle.

Après l'amour, Nola demeura longtemps immobile, écoutant le souffle régulier de son amant assoupi et l'averse martelant les tuiles de la toiture, duo à l'harmonie étrange et apaisante. Puis elle saisit le journal de Malatesta, se leva en prenant garde à ne pas l'éveiller et se rendit dans sa chambre.

Le chat noir dormait, roulé en boule sur l'écritoire.

Elle alluma une chandelle, s'assit sur le lit, rêveuse. Jamais auparavant Angelo n'avait été si attentionné. Jamais auparavant elle n'avait été tout entière présente, sans que rien ne creuse l'abîme entre sa chair et son esprit.

Elle imagina que c'était Malatesta, dont elle ne connaissait que les mots, et non Angelo, qui l'avait menée au bord de l'inconscience, tout à l'heure. Songea qu'il ne s'agissait peut-être pas d'une simple fantasmagorie. La bouche sèche, elle s'empara de son cahier et commença à écrire.

3

Les murs de sa geôle sont glacés. Une mousse grasse croît sur la pierre poreuse. De l'eau suinte par les interstices. La paille de sa couche est humide, pleine de vermine. Des rats insolents viennent jouer sous son nez, petites créatures brunes et roses au regard vicieux. Pourtant, Genova n'éprouve aucune peur. Quand elle se sent faillir, elle se souvient de lui.

De ses longues mains. De ses griffes, lames mortelles et délicieuses, glissant vers les recoins secrets de son corps. De sa langue d'ébène sinuant sur son ventre, s'insinuant au plus intime et provoquant des vagues de jouissance incontrôlable. De son sexe, gonflé de sève, la guidant follement vers les cimes du plaisir. Et puis, du goût de sa peau, de la texture soyeuse de sa chevelure, de son parfum animal.

Il lui suffit de clore ses paupières.

Et quand elle doute, elle pose la main sur son ventre arrondi. Elle porte le fruit de leurs amours, sacrilèges pour le monde, sacrées à ses yeux.

Anna Tarenta
Genova M. ou Les Amours sacrilèges (Extrait)

En raison de son caractère diffamatoire, ce récit a été mis à l'index par la Triade. L'autrice, poursuivie pour haute trahison par les autorités de Cytheriae, n'a jamais été retrouvée.

Sestier de Métida – 10e jour du mois de la Forge

Le noir.

Un noir épais, compact.

Un noir tiède, confortable et effrayant à la fois.

Un noir qui vous incite à vous perdre, vous abandonner, laisser à jamais ce qui fait de vous quelqu'un – un être pensant, sentant, non un amas chaotique et indistinct.

Je me suis battu, je me bats chaque jour, chaque nuit de solitude – une infinité d'instants – contre cette tentation.

C'est comme fermer les yeux et se blottir dans un cocon doux et protecteur ; j'allais dire, maternel. Mais ma mère est morte et je n'ai aucun souvenir ni de sa chair ni de ses bras. M'a-t-elle aimé ? M'aurait-elle aimé, si elle avait pu me connaître avant d'être emprisonnée – prison de pierre, prison de chimères – pour son crime ? Se donner corps et âme à un démon, au point d'oublier son devoir et son nom. Au point d'abolir les frontières entre le bien et le mal, entre l'humanité et l'altérité, peut-être… Pensez-vous que cela soit supportable ?

Je n'ai jamais connu mon père : de vagues images, des bribes d'une mémoire qui ne m'appartient pas, comme si son être était incrusté dans le mien, y avait laissé son empreinte. Son regard : lave d'or brun, pupilles énigmatiques fendues sur les abysses ; le rythme sourd de son cœur : tambour plus lent, plus puissant que celui d'un homme ; le battement de ses ailes : cuir sombre et membraneux, se soulevant et s'abaissant dans le ciel nocturne.

Je n'ai jamais connu mon père : mais je sais qu'il m'a donné une part de lui-même en coulant sa semence dans ma mère. Pas un simple corps, mais une parcelle de son âme. Oui, les démons ont une âme. Pas comme la vôtre, petite étincelle éphémère. Pas aussi fragile. La nôtre – la leur ? – brûle d'une flamme puissante, sans cesse menacée par les ténèbres.

Noir.

Noir comme l'inconscience, l'obscurité, la bestialité – rien, vide qui absorbe ce que vous êtes et vous transforme en chaos. Ce que j'ai été. Ce à quoi je me suis arraché. Pour accéder à moi-même.

Noir.

Noir qui m'effleure de douces promesses : quiétude de la disparition, du repos. N'être rien.

Nola ouvrit son cahier. Contempla la page semée de filaments bistre. Elle se sentait à la fois calme et singulièrement fiévreuse – comme une enfant excitée à l'idée de braver un interdit. Elle trempa sa longue plume teintée de pourpre dans l'encrier, hésita, un instant de trop, avant de la poser sur la feuille.

Une goutte s'y écrasa, perle luisante, rapidement absorbée, métamorphosée en une tache aux circonvolutions imprécises.

« Qu'y a-t-il dans cette forme qui ne cesse de s'étendre ? Un signe ? »

Elle contemplait le carnet vierge de toute écriture, la figure abstraite qui s'y dessinait, mordillant l'ongle de son pouce, et s'interrogeait : que risquait-elle, en lui répondant ? Son âme ?

La pointe se pressa, plus ferme, contre le papier.

De l'autre côté du réel. C'est ici que je suis et que je vous lis, Malatesta. C'est là que vos pensées trouvent écho en moi. Le noir, la prison, l'impossibilité d'être soi et de sortir de soi, comme si un mur invisible vous empêchait de voir l'ancre qui vous accroche au monde, vous y retient, vous y projette au rythme du ressac. Je ne sais pourquoi j'ai reçu ces pages et j'ignore pourquoi je vous réponds.

Ces mots vous sont destinés – vous les recevrez n'est-ce pas ? Et peu importe comment ? Je vous écris et des images me viennent : cette vieille légende de Messina, dans laquelle une femme pour aider son amant à sortir victorieux d'un piège lui offrit un fil rouge. Que seront nos échanges, Malatesta : illusion ou fil rouge ?

Le chat vint se frotter contre elle en ronronnant. Nola s'interrompit, le prit dans ses bras et fourra son visage dans la fourrure douce, épaisse, au parfum de vieux papier et de jasmin. L'animal se laissa faire quelques instants, puis se tortilla et sauta à terre avec un miaulement impatient.

Elle soupira. Il était temps pour elle d'aller travailler.

*

Démons et morts inexpliquées : dossiers et hypothèses s'accumulaient sur le bureau de la lieutenant Duccio ; les cartes de tarot trouvées près des corps posaient leur propre énigme ; les descriptions des monstres errants dans les faubourgs et les canaux étaient de plus en plus précises, de plus en plus fréquentes. En outre, on signalait des émeutes dans les coins miséreux de Métida et du côté de la rade. La dernière avait éclaté à l'aube : sur les quais d'Hypotie, un foyer de maladie avait déclenché une vague de panique parmi les débardeurs. La famille du moribond avait été chassée du sestier. L'aïeul avait succombé, victime d'un jet de pierres. Une missive accompagnait le rapport : les autorités exigeaient des unités supplémentaires pour contenir les populations comminatoires – leurs termes pour désigner les pauvres et les réfugiés – et éviter tout débordement préjudiciable à la sécurité de Cribella : en réalité, les beaux quartiers et le palais royal. Une seconde note, rédigée de la main même de son capitaine, lui ordonnait d'être présente lors d'un prochain entretien avec le sergent Sotto et plusieurs officiers de la Garde noire. Polissena connaissait le contenu du propos, ses informateurs lui avaient confirmé ce qu'elle avait déjà deviné : Marsile et les siens voulaient plus de soutien, plus de moyens, aussi, pour traquer les créatures non identifiées hantant Métida et ses abords. Pour une fois, la lieutenant approuvait leurs doléances, même si elle se doutait que cela ne mènerait nulle part.

« Si nous arrivions à capturer l'un de ces monstres et à comprendre sa nature, comme l'a suggéré Mazzario, cela donnerait plus de crédit à la requête. Malheureusement, ce n'est pas le cas – et j'ignore comment nous pourrions y parvenir. »

Quelqu'un frappa, entra aussitôt : sale et épuisé, Massimo tenait entre ses longs doigts tachetés de brun une chemise de cuir.

— J'ai des éléments pour vous, Polissena. Deux rapports d'autopsie, les plus complets possible compte tenu des circonstances. Pour la prostituée, vous savez qu'il a fallu faire vite et procéder de façon superficielle. Je suis assez content que Bartoldo n'ait eu aucune famille. Ça m'a permis d'effectuer un dernier examen, ciblé celui-ci.

Polissena retint une grimace, imaginant l'état de la dépouille après quinze jours à la morgue.

— J'ai détecté plusieurs bizarreries sur le cadavre de la jeune femme. Dans le cadavre, plus exactement. Certaines lésions, normales, résultent de la pendaison. D'autres, en particulier des tumeurs dans son crâne, m'ont paru suspectes. J'ai trépané l'apothicaire et constaté des symptômes similaires. Des tuméfactions violacées. L'homme étant mort depuis quelque temps, je ne peux affirmer qu'il s'agit des mêmes dommages mais, j'en ai la quasi-certitude aujourd'hui, tous deux ont été victimes de manipulations mentales.

Il posa son dossier sur le bureau de Polissena et quitta l'office. Demeurée seule, la lieutenant se laissa aller en arrière sur sa chaise et ferma les yeux.

Manipulation mentale.

Ces mots la glaçaient – comme tout ce qui y était lié : possession, influence, séduction, marionnettisme, destruction. Dire que Bartoldo, d'abord, puis cette pauvre Pamina, si jolie, si jeune, en avaient été victimes. Cela lui donnait envie de vomir. Elle avait appris, durant les années passées auprès de Massimo, à reconnaître certaines traces laissées par la thaumaturgie, y compris la plus subtile. Les hématomes cérébraux relevaient de la magie psychique. Elle se souvenait de son premier cas – douloureusement proche, soudain –, un adolescent, proie d'une lamia. Il avait été trouvé dans des ruines, échoué tel un vieux sac sur un tas de gravats. La créature l'avait vidé de son sang, mais auparavant avait joué avec lui : les empreintes violacées sur son cerveau, pareilles à des marques de doigts, le montraient. Se sentir dépossédée de sa raison, pantin impuissant entre les griffes d'un monstre ou d'un sorcier sans scrupule... Des images revenaient, affleurant à la surface de sa conscience, éraflant cruellement les barrières érigées, durant tant d'années, entre *ces* souvenirs et le présent...

Polissena secoua la tête, se redressa sur son siège et s'empara des dossiers laissés par le mortuor, luttant pour ne pas se laisser happer par un passé qu'elle ne voulait pas se rappeler. Elle n'eut guère le temps de se pencher sur les rapports d'autopsie. On frappa de nouveau à la porte.

— Le sergent Sotto et ses hommes sont là, lieutenant, annonça la jeune recrue dépêchée pour porter le message. La capitaine Mazzario vous attend pour commencer la réunion.

Polissena hocha la tête, se leva et emboîta le pas à son escorte.

*

Les orages des derniers jours avaient laissé place à la bruine. Glacée, elle se nourrissait des embruns de l'océan et de l'onde des canaux. Le ciel moutonnant se dissolvait dans le flot vert-de-gris – la nuance des yeux de Nola. Nola qu'il aimait, et qui ne l'aimait pas. Nola qu'il avait besoin de voir. Maintenant. Parce qu'il ne dormait plus. Parce qu'il sentait ce goût amer dans sa gorge, chaque fois qu'il pensait à la disparue. Parce qu'il se sentait affreusement coupable, surtout.

Quand Orseo poussa la porte de la boutique, il faillit perdre l'équilibre et tomber : filant entre ses jambes, un éclair noir s'éloigna en crachant sous la fine pluie de printemps.

Nola, installée à son bureau de chêne, avait natté sa longue chevelure blonde alourdie par l'humidité. Elle tenait entre ses mains une tasse fumante, embaumant la cannelle et le clou de girofle. Un châle de laine saphir piqueté de fils argentés recouvrait ses épaules. Il paraissait doux, soyeux – luxueux. Qui le lui avait offert ? Le nécromancien ? La morsure de la jalousie oppressa le cœur du jeune homme.

— Une infusion ? lança-t-elle en guise de salut.

Acquiesçant d'un hochement de tête, Orseo s'assit. Il la regarda préparer son breuvage, une crampe douloureuse crispant son ventre : elle était si belle ! Une poitrine pleine, une taille fine et haute, des jambes dont l'épaisse jupe anthracite laissait deviner le galbe et la finesse... Et ce regard, quand elle se tourna vers lui pour lui donner son bol ! Et cette fossette irrésistible, ces lèvres roses, pulpeuses !

— Orseo ?

Il sursauta, baissa la tête, les joues en feu.

— Désolé… J'étais…

— Tiens, cela te fera du bien.

Nola retira ses doigts à temps pour éviter tout contact avec les siens.

Il en aurait pleuré, de frustration, de chagrin, de rage aussi, en pensant que *l'autre* avait tout loisir de toucher cette peau douce, de sentir ces mains dans les siennes. Humant le mélange, il en prit une gorgée. Sous l'effet de la brûlure, ses yeux se voilèrent de larmes et sa langue s'engourdit.

— Pourquoi tu es venu ?

Le chroniqueur se mordit la lèvre, honteux de ses pensées. Il la dévorait des yeux alors qu'une femme s'était pendue à cause de lui.

À cause de lui.

Pamina avait préféré mourir parce qu'elle l'aimait et lui ne l'aimait pas – douloureux parallèle avec sa propre situation. Cela lui était apparu, comme une évidence, durant la cérémonie funèbre.

— Pamina… Il paraît que c'est ma faute si…

— Qui le prétend ?

— Tout le monde. Rossana. Je ne sais pas… Elle m'aimait, c'est ce qu'on dit. Mais…

— Ce n'était un secret pour personne Orseo, interrompit Nola, le fixant calmement de ses prunelles mouchetées de gris. Pas même pour toi.

— La dernière fois, elle voulait bavarder avec moi, je l'ai bien senti mais je n'avais pas envie de parler. De *lui* parler. Maintenant, je me dis que ce jour-là…

Son amie le dévisagea longtemps, en silence, avant de répondre.

— Il est possible que tu aies été un prétexte. Orseo, dit-elle en voyant sa mine intriguée, si toutes les amours malheureuses menaient à la mort, il n'y aurait plus grand monde dans l'Archipel. Tu as été l'élément déclencheur, non la cause. Pamina se serait suicidée *de toute façon*.

— Mais si je l'avais écoutée, si je m'étais intéressé à elle ! Après tout, je sais ce que c'est, d'aimer sans espoir de retour.

À peine cette phrase prononcée, le jeune homme comprit qu'il avait fait une erreur.

Néanmoins, était-ce si éloigné de la vérité ? Et n'était-ce pas parce qu'il se sentait rejeté par Nola que l'amour de Pamina lui avait paru si importun ? Nola représentait un rêve ; Pamina, la réalité. Cette réalité, il l'avait haïe et fuie. Maintenant, il payait le prix de sa vanité et de sa lâcheté.

— Je suis désolé, dit-il enfin. Je ne voulais pas te blesser.

Elle ne répondit rien. Orseo la scruta un moment, tentant vainement de déchiffrer l'expression de son visage. Gêné, humilié par cette indifférence, il termina d'une traite son infusion et se leva.

— Je ne vais pas te déranger plus longtemps.

Nola eut un bref sourire.

— Je ne suis pas la meilleure interlocutrice pour toi en ce moment.

Orseo passa le seuil de l'office dans un état d'hébétude, à peine conscient de la pluie qui tombait maintenant à verse. D'énormes gouttes s'écrasaient dans le canal, ridant la surface de l'eau. Nola l'avait laissé partir, n'avait pas esquissé un seul geste pour le retenir. Pourquoi voulait-il la voir ? Parce qu'il avait besoin – envie – de lui parler. Parce qu'elle était, du moins le croyait-il, la seule capable de comprendre ce qu'il ressentait. Pamina était morte, car il l'avait ignorée. Méprisée, même. Petite prostituée, elle lui renvoyait une image qui n'avait rien de gratifiant.

Une putain aux prétentions de danseuse éprise d'un chroniqueur. Un chroniqueur issu du ruisseau amoureux d'une poétesse. Une poétesse cachée sous des oripeaux de scribe, esclave d'un nécromancien.

« Je me demande comment Nola réagirait, si j'avais été à la place de Pamina… »

Était-ce pour cela qu'il se sentait coupable ? Parce qu'il aurait voulu, si la situation avait été telle, qu'elle regrette de ne pas l'avoir aimé ?

*

Geôles de Cribella

Ce matin-là après les corvées, Andrea put se laver. Baquet d'eau froide, savon noir, sous surveillance d'un gardien. Lino était un homme nerveux, plus dur que les autres pour compenser sa taille et ses épaules minces. Le geôlier le toisa, en silence, jusqu'à ce qu'il termine sa toilette. Il y avait longtemps qu'Andrea avait mis sa pudeur de côté, aussi cet examen minutieux ne le dérangeait-il pas outre mesure. Le détenu savait que certains matons profitaient des séances pour reluquer à leur aise des proies faciles, voire les forcer. Cela ne lui était jamais arrivé. Il n'aurait rien eu contre : des mois qu'il croupissait ici, sans autre divertissement que ses pensées et sa main. Lino aurait constitué une distraction de choix, rupture douloureuse mais bienvenue dans un quotidien oppressant.

Mais Lino n'eut pas la moindre expression, pas le moindre geste déplacé. Il se contenta de le fixer en silence. Une fois Andrea vêtu d'une tunique propre, le baquet d'eau sale fut emporté et le prisonnier resta, seul avec lui-même, dans la pénombre de sa cellule.

Andrea soupira, s'allongea sur sa paillasse. Le sang pulsait dans ses veines. Une vague d'excitation monta en lui. Il posa les doigts sur son vît dressé, se caressa – laissa retomber sa main. Il avait soulagé son désir la veille et venait de se laver. Les orgasmes de l'onanisme ne valaient pas une semaine de crasse poisseuse.

N'empêche. Il avait envie de sexe.

« Pas aujourd'hui. Profite de ta couche propre, de cette camisole tout empesée. »

Pour apaiser ce lancinant besoin, le condamné se concentra sur ses cauchemars. Ils empiraient chaque nuit. À ses propres hybridations, assemblages grotesques de peurs et de hontes issues du passé, se mêlaient à présent de monstrueuses créatures aux chairs blettes, translucides, et aux gueules purulentes, hideux amas de crocs, de bave et de gelée sanguinolente. Ces choses immondes dévoraient, rongeaient tout ce qui croisait leur chemin – amis comme ennemis. D'où venaient-elles ? Andrea devinait, par une sorte d'instinct, qu'elles lui étaient imposées du dehors et que les angoisses d'un autre contaminaient les siennes.

Mais pourquoi ? Par quelle magie ? Il l'ignorait.

Le détenu avait demandé aux geôliers l'identité de ses voisins. Ceux-ci avaient haussé les épaules. « La cellule de droite est vide. À gauche, c'est un meurtrier, comme toi. Vous ferez peut-être partie du même chargement. »

Les jours passaient. Les visions se faisaient plus apocalyptiques, contaminant ses propres rêves au point de les submerger complètement. Il se réveillait, hagard, les yeux brûlants et secs. Tentait de se rendormir – les images se déversaient à nouveau en son esprit, effrayantes. Hommes et femmes déchiquetés, traînant sur un sol noir et spongieux ; pieuvres gigantesques, s'empiffrant jusqu'à en crever de victimes hurlantes, arrachées à des embarcations de fortune ; êtres innommables, humanoïdes parfois, souvent parasites, pompant la sève de malheureux parqués comme du bétail dans des palais en ruines…

Andrea pressentait que ces catastrophes appartenaient à un futur possible, mais n'en avait cure. On l'avait condamné à mort. Que lui importait l'avenir de Cytheriae ?

*

Sestier de Métida

Il régnait à *La Gazette* une odeur de chien mouillé. Elle émanait du molosse gris venu se réchauffer auprès d'Isadora. La jeune femme, qui se plaignait régulièrement des relents crasseux de Renzo Lippi, l'avait laissé entrer et acceptait sans aucune réticence ceux de la bête couchée à ses pieds. Orseo, trempé et frissonnant, lui lança un regard noir, mais garda ses réflexions par-devers lui. Le dogue se montrait très protecteur envers sa maîtresse.

Renzo, le nez plongé dans ses papiers, dressa la tête en le voyant arriver. Il leva le doigt comme pour dire quelque chose, se ravisa, sans quitter son collègue du regard. Manifestement, il tenait une piste – ses cheveux gras étaient ébouriffés, ses yeux brillaient d'excitation – et souhaitait lui faire partager le fruit de ses découvertes.

« Pourquoi pas, après tout ? Ça me changera les idées et m'évitera de penser à Nola. »

Il était venu chercher du réconfort. Nola ne lui avait offert qu'une politesse glacée.

« Je n'aurais jamais dû lui parler ainsi. »

Le chroniqueur s'enroula dans une épaisse couverture et s'approcha.

— Un coup de gnôle ? proposa Renzo, tirant de l'improbable baluchon qui lui servait de gibecière une bouteille de métal douteuse. C'est de la pomme.

Orseo en avala une longue rasade, sentit l'eau-de-vie couler dans son gosier, brûlant sa gorge et son estomac. Quand il rendit la flasque à son collègue, il avait l'impression qu'un feu liquide consumait ses entrailles.

— J'ai des choses qui vont t'intéresser. Des choses qui concernent la petite Pamina. Il se pourrait bien que t'y sois pour rien, dans l'affaire. Je veux dire, qu'elle se soit pas pendue par ta faute, contrairement à ce qu'on dit.

Un reniflement méprisant, à l'autre bout de la pièce, l'interrompit. Orseo se retourna, poings serrés, prêt à en découdre avec la pimbêche. Un grognement sourd du mâtin l'en dissuada. Il se contenta de la fixer hargneusement, reçut en retour un sourire moqueur et se détourna.

— Laisse-la dans son coin, va, lança Renzo. C'est qu'une gamine. Ce que j'ai à te montrer est autrement plus enthousiasmant.

Tino, le commis du journal, entra dans le vaste office. Il avait la timidité un peu gauche des gens du peuple face à ceux qu'ils tenaient pour des parangons de culture. Cela le rendait d'autant plus attachant. « Un bon petit gars, disait de lui Renzo. Sûr qu'on en fera quelque chose. » Il voulait devenir chroniqueur, y arriverait s'il ne brisait pas le cœur de la peste qui dévorait des yeux ses épaules musclées et son sourire charmant.

Orseo s'installa en face de Renzo, essayant de ne prêter attention ni à ses doigts gras sur les notes qu'il lui tendait ni à son haleine.

— Figure-toi que j'ai reçu de sacrées confidences, au saut du lit. De quoi alimenter *La Gazette* pendant un bon bout de temps.

Le jeune homme renonça vite à déchiffrer les pattes de mouche raturées et lui rendit ses feuillets.

— Je n'arrive pas à te lire.

— J'avais pas mon carnet quand la lieutenant m'est tombée dessus, s'excusa Renzo. J'étais en train de casser la croûte – tu sais, là où ils font des écrevisses farcies – quand elle s'est pointée, comme si elle avait un démon aux trousses…

— Tu parlais de Pamina.

— C'est vrai. Écoute, elle ne se serait peut-être pas pendue toute seule. Duccio a retrouvé une carte de tarot à côté du corps. Exactement pareil que pour le pauvre Bartoldo.

Il se pencha vers Orseo. Assailli de plein fouet par son souffle rance, ce dernier ne put réprimer un sursaut.

— Duccio m'a donné toutes ces informations pour que je la mette en sourdine à propos de ce que veulent balancer ses collègues. Il y a du rififi à la Garde noire. Ça pourrait faire un bon papier pour toi, d'ailleurs. Enfin, c'est que mon avis. Bref... Figure-toi que Duccio m'a parlé de ces histoires de tarots...

— C'est la même carte, chaque fois ?

— *L'Amoureux* ? Je sais pas. Je lui ai pas demandé.

Orseo se mordit la lèvre. Cette lame le renvoyait à sa propre culpabilité, à son propre état. Il connaissait vaguement la signification des arcanes : *L'Amoureux* impliquait une décision, en général affective. Cela signifiait-il qu'il aurait dû choisir Pamina ? Renoncer à celle qu'il aimait pour sauver la vie de la prostituée ?

— Ce qui est sûr, c'est qu'il y a du louche là-dessous. Peut-être de la magie du destin. Ou de la manipulation mentale...

— Tu peux répéter ? pria Orseo, brusquement ramené à la réalité.

— De la manipulation mentale, de la magie noire, de la nécromancie, du louche en somme. Mais ça, je vais pas pouvoir le mentionner dans ma chronique. Pas encore.

Sorcellerie. Influence psychique. L'apanage des lamias et des démons. Et, pourquoi pas, d'un nécromant ?

*

L'enseigne de Gualterio Scrivi, imprimeur et libraire, se trouvait à l'extrémité de Métida sur l'un des rares îlots naturels du sestier ; celui-ci offrait une vue magnifique sur les riches demeures de Dyctina et la pointe de Tosca, ainsi nommée en hommage à la belle musicienne qui, des siècles plus tôt, s'était jetée dans les flots, à cet endroit précis, pour rejoindre son bien-aimé assassiné par un rival.

La plaque de métal crissait dans le vent chargé de grain ; les grelots du ponton tintaient. Quand Nola arriva, un goéland perché sur la margelle du puits, tout proche, s'envola avec un cri perçant. La jeune femme le suivit des yeux jusqu'à ce qu'il disparaisse dans les nuées, puis entra.

L'office, propre et bien rangé, fleurait bon l'encre, le papier et le cuir. Des rangées de livres s'alignaient sagement sur des étagères derrière un comptoir d'acajou. Protégés de la poussière et de l'humidité par un verre trouble, des ouvrages précieux reposaient dans les armoires. Au-dessus du passage menant à l'atelier, un quatrain manuscrit, enluminé à la mode ancienne, avait été encadré :

Noire, blanche et rousse était ta fourrure soyeuse
Iridescentes, tes énigmatiques prunelles.
Nul ne pourra me faire oublier, toute belle
Au doux ronron, nos jeux et nos fêtes joyeuses.

La facétieuse petite chatte qui avait régné sur la maison Scrivi avait été emportée par un mal que nul n'avait pu soigner. Gualterio avait demandé à la jeune femme un court poème en mémoire de Nina. Deux ans après, il ne pouvait toujours pas se résoudre à accueillir un autre félin en son antre.

Nola s'approcha et sonna la petite cloche posée sur le chêne vernis. Attendant l'arrivée du propriétaire des lieux, elle songeait à la visite d'Orseo, plus tôt dans la journée. À son propre silence, face à l'évidente souffrance du garçon. Son amitié – mâtinée de pitié – pour le chroniqueur se muait en irritation.

Orseo se mentait à lui-même, interprétant ses gestes comme des invites. Même ses remords vis-à-vis de Pamina se laissaient gangrener par ses fantasmes et cet amour importun, de plus en plus possessif. Elle n'avait rien dit. Ne voulait pas lui faire de peine. Mais avait envie de crier pour qu'il s'en aille, loin. La laisse tranquille. Grandisse enfin.

« Où m'emmènes-tu, Malatesta ? Tes mots me raniment, je le sais. Quand je te lis, je respire de nouveau. Des émotions jaillissent, mais j'ignore encore comment les contrôler… »

L'arrivée de l'imprimeur interrompit ses réflexions.

— Je ne vous serre pas la main : les miennes sont sales, déclara le vieux colosse aux cheveux ras, montrant ses grosses pattes tachées d'encre. Alors, que puis-je pour vous, Antonella ?

Seul Gualterio l'appelait par ce nom venu d'outre-tombe. Pour tous, pour elle-même, elle était simplement Nola. Antonella avait sombré depuis longtemps, avec les ruines de son ancienne vie. Mais la jeune femme ne pouvait lui en vouloir : il l'avait sauvée, cette nuit-là. Aussi, pour lui, elle resterait toujours Antonella, la pauvrette qu'il avait portée jusqu'à *L'Ambre rouge.*

— Je cherche des renseignements sur la Bête de Cribella.

— Vous vous aventurez en terrain dangereux, si je puis me permettre.

— Je n'ai pas le choix.

Gualterio fronça ses sourcils gris et touffus, manifestement désireux d'en apprendre plus sur les raisons de cette demande incongrue.

— Quel genre d'ouvrage voulez-vous ? grommela-t-il enfin, vaincu par son mutisme. Livre d'histoire ? Essai théologique ?

— … Et le roman d'Anna Tarenta.

L'imprimeur blêmit. *Genova M. ou Les Amours sacrilèges,* paru quarante ans plus tôt, était l'un des livres les plus scandaleux de Cytheriae. Narrant, de manière extrêmement claire, la liaison blasphématoire de Genova Moravia, l'ancienne princesse, et d'un démon, le récit avait été interdit aussitôt après sa parution par le conseil des Moires et Violante, la jeune héritière. L'imprimeur responsable de la publication avait été écartelé puis démembré en place publique, sa boutique, détruite jusqu'aux fondations. Anna Tarenta, l'autrice, était poursuivie depuis pour haute trahison. De folles rumeurs couraient à son sujet : plusieurs disaient qu'il s'agissait du pseudonyme d'un espion à la solde d'une principauté rivale : l'agressive Matricia, au nord, ou l'ambitieuse Bargella, à l'ouest ; d'autres pensaient qu'il s'agissait du démon en personne ; certains croyaient que le nom de l'écrivain cachait une anagramme et s'efforçaient, des décennies plus tard, d'y trouver une signification ; d'autres affirmaient avoir rencontré Anna Tarenta, la femme de chambre de Genova Moravia qui avait préféré fuir plutôt qu'assister à la chute de sa maîtresse. Ces deux dernières hypothèses demeuraient très populaires. À ce jour, des personnes prétendaient avoir décrypté le nom ou rencontré Anna. Quant à l'ouvrage, malgré l'autodafé, il en circulait toujours des exemplaires sous le manteau, dissimulés par de banales couvertures de romans d'amour ou de poésie.

Lui-même savait où se le procurer.

Néanmoins, le posséder menait à la mort – la Bête de Cribella raffolait, disait-on, des impudents qui se délectaient des histoires de sa mère.

— Êtes-vous consciente de ce que vous me demandez, Antonella ? Vous, moi risquons le pire.

— Si je pouvais m'en passer, croyez bien que je le ferais. Mais j'en ai besoin. S'il vous plaît, Gualterio.

La jeune femme le fixait, à la fois suppliante et déterminée. S'il n'était pas en mesure de satisfaire sa demande, au mépris de toute prudence, elle se risquerait ailleurs.

— Je vais voir ce que je peux faire, soupira l'imprimeur. En attendant, vous devrez vous contenter de quelques titres plus classiques.

Quand Nola quitta la maison Scrivi, la pluie avait cessé, chassée par le vent du large. Un arc-en-ciel s'élevait au-dessus des flots, ses piliers aux multiples couleurs, semblables à la palette d'un peintre, se dissolvant dans les vagues aux ombres gris de maure.

*

Polissena avait été accueillie par le cadavre d'un ragondin. Le rongeur, noyé, flottait sur le dos comme un poisson, son ventre gonflé déjà infesté de vermine. D'une certaine manière, cela résumait assez bien le sestier – du moins, cette partie miteuse et marécageuse. Là où s'entassaient les réfugiés de Matricia.

Leurs baraquements, des cahutes humides, érigées de bric et de broc disparaissaient derrière de hauts joncs dominant parfois d'une toise la surface de l'eau et les palissades bâties à la hâte par la Garde noire d'Hypotie pour contenir une éventuelle épidémie. De l'autre côté des barrières, habitaient plongeurs, pêcheurs d'écrevisses, gueux vivant de braconnage et de rapines. Dans ce coin fangeux, régulièrement inondé, gîtaient aussi des prostituées ravinées par les ans, des filles simplettes et peu farouches, des tendrons vendus pour une bouchée de pain au premier venu. Massimo prétendait que ce quartier, coincé entre l'embouchure du fleuve et la mer, était une escarre : on aurait beau le cureter, le mal, trop profond, reviendrait toujours, gangrenant les parties les plus saines.

Polissena, moins radicale que le mortuor, pensait que la vie pouvait y être améliorée : cela supposait, néanmoins, de considérer les gens d'Hypotie comme des citoyens.

« On en est loin, surtout avec les dernières décisions du général Di Lacana. »

La réunion avec Sotto et ses fidèles avait été d'autant plus houleuse qu'elle avait pris leur parti. Renforcer la sécurité autour d'Hypotie n'avait aucun sens : il fallait tout mettre en œuvre pour chasser les horreurs qui pullulaient dans les canaux et hantaient les sestiers pauvres de la capitale, quitte à faire appel aux mages des Quatre Vents ou à l'Ordre de la Nouvelle Lune. Mais non ; les autorités voulaient se débarrasser des réfugiés, oublier les marécages et leurs habitants affamés, faire comme si tout allait bien, comme si les tempêtes et les inondations ne menaçaient pas les récoltes. D'abord prête à s'allier avec le sergent pour informer *La Gazette de Métida* de la situation, Polissena s'était ravisée : inutile de créer des mouvements de panique en exposant au grand jour les problèmes de la Garde et la présence croissante de créatures inconnues dans Métida. Aussi avait-elle préféré prendre les devants et confier à Lippi, pourvu qu'il s'en tienne à ses révélations et n'écrive pas plus que ce qu'elle lui autorisait, ses soupçons quant à la mort de Pamina et de l'apothicaire. Au lieu de fuir, les gens chercheraient un coupable et – qui sait ?– peut-être cela porterait-il ses fruits ?

La lieutenant, qui avait loué une barque à fond plat, navigua une bonne heure entre les roseaux et les tertres avant de trouver ce qu'elle cherchait : quelques baraques entassées sur un îlot plus grand et plus stable que les autres – le Grand

Rocher. Là vivait, dans un absolu dénuement, la vieille Novella, qui savait peut-être quelque chose au sujet des décès de Pamina et de Bartoldo.

Elle accosta dans une anse étroite, surplombée de roches noires et de roseaux, sauta à terre et tira son esquif sur la langue de terre spongieuse, près d'autres embarcations aussi vétustes que la sienne. Très vite, Polissena se sentit épiée par des paires d'yeux timides, avides parfois –nul n'osa se montrer, encore moins risquer le lance-pierres ou la sarbacane pour la dépouiller de ses possessions.

Arrivée aux premières cabanes, elle scruta les alentours, en quête d'une personne susceptible de la renseigner. Elle ne vit que deux gros rats se disputant la carcasse d'une échasse et un vieux chien borgne, hirsute, allongé contre une masure. Tout semblait désert, abandonné. Les gens se cachaient.

Une vieille habitude.

Polissena entreprit de faire le tour des huttes de roseaux et de peaux mal séchées. Deux gamins déguerpirent ; elle délogea une énorme salamandre et un héron. Enfin, elle arriva en vue d'un cabanon à demi dissimulé par un tertre noirâtre. La lieutenant s'approcha, sentit les poils de sa nuque se hérisser. Elle se retourna : rien, à part le bruit du vent dans les joncs et les longs filets de brume qui, en cette fin d'après-midi, envahissaient les marais.

— V'nez ! croassa une voix râpeuse, éraillée.

Mal à l'aise, Polissena obtempéra et pénétra dans une pièce plongée dans la pénombre. Une marmite était suspendue au-dessus d'un trou creusé dans le sol, où achevaient de se consumer quelques braises. Une vieillarde, emmitouflée dans des hardes indescriptibles, la jaugeait de ses yeux ronds et noirs. Son crâne, couronné de touffes de laine grise, était mangé de croûtes et l'une de ses oreilles, déchiquetée.

— Êtes-vous Novella ?

— Ptêt'ben. Et z'êtes qui ?

— Lieutenant Duccio, du sestier de Métida. Je suis venue vous poser quelques questions.

— Restez pas d'bout. Asseyez-vous. J'vous propose pas de grailler, vous aimeriez pas. J'vous propose pas de gnôle non plus, j'en bois pas. Mais comme z'êtes venue de loin, j'peux vous donner un coup d'main. Si vous m'payez, bien sûr.

Polissena agréa d'un signe de tête. Même si l'aïeule se révélait liée à la mort de Bartoldo et de Pamina, elle préférait éviter d'effrayer ou de braquer sa proie.

— Que voulez-vous ?

— Vot'pelisse.

— Répondez, et elle est à vous.

La lieutenant sortit deux lames de son pourpoint.

— Vous reconnaissez ?

Novella les prit, les examina – allant jusqu'à les renifler.

— *L'Amoureux* et *L'Prêtre,* pas bien compliqué.

La vieille extirpa de ses guenilles un jeu de Tarot de la Lune humide et crasseux.

— Êtes-vous une sorcière du destin ?

— Bah ! J'tire les cartes, des fois j'vois des choses. Pis c'est tout. Pas de quoi en faire une histoire.

— Avez-vous reçu la visite d'une prostituée ? Une fille de mon sestier, je veux dire. Pamina.

— Y en a beaucoup qui viennent. Leurs p'tits noms, j'm'en souviens pas.

— De Bartoldo, un apothicaire ? Grand ? Gros ?

— Lui, si. Il cherchait une plante bien précise – je lui ai montré où en trouver. Y sont morts, c'est ça ? À cause de ces cartes ? Vous fatiguez pas, allez : j'vais vous éviter de m'questionner plus avant, sourit Novella, montrant une denture jaune aux incisives proéminentes. Elles sont pas à moi, bien trop belles pour ça – et j'les avais jamais vues avant. Mais j'peux vous dire une chose : elles portent malheur. J'pourrais pas vous expliquer pourquoi, mais elles puent la mort. Feriez mieux d'vous en débarrasser.

— Elles sont maudites ?

— Possible. Ou ça peut être un jeu récupéré sur un cadavre… Faites pas cette gueule-là ! Qu'est-ce que vous croyez, le mien, j'l'ai eu comme ça. Sauf que j'suis pas idiote. J'suis allée l'faire bénir au temple de la Lune. Comme ça, j'suis tranquille. Pas d'risque que son ancienne propriétaire vienne me hanter.

Polissena plissa les yeux. L'affaire sentait de plus en plus mauvais – et tout convergeait vers la magie noire.

— J'veux bien la p'lisse, maintenant.

La lieutenant ôta la cape de ses épaules et la lui tendit.

— J'veux bien vous tirer les cartes, aussi. Pas que ça marche forcément, mais j'me dis qu'ça vous ferait pas de mal de savoir dans quoi vous mettez les pieds.

Polissena frissonna, en proie au même malaise qui s'était emparé d'elle un peu plus tôt. Esquissant un sourire gêné, elle se leva, salua et quitta la tente à reculons.

— Vous d'vriez pas trop regarder l'passé, lieutenant, marmonna la vieille une fois seule, contemplant tristement l'arcane qu'elle venait de retourner. Ça vous rapportera que des malheurs.

Surgi des ombres, un gros rat noir s'approcha d'elle en sautillant, se dressa sur ses pattes et couina, la tête penchée de côté.

— T'as raison, mon gars. Il est temps d'aller grailler.

Deux rongeurs quittèrent alors la cahute en courant. L'un d'eux avait une oreille déchiquetée.

4

PROCESSION – Pour contrer la menace de famine, le prochain sextus, à l'aube, des processions en l'honneur de la Mère sont organisées dans toute la principauté. À Cribella, le cortège partira du Grand Temple de la Triple Déesse et se rendra jusqu'au nord de la capitale. Lachesis, la deuxième Moire, présidera la cérémonie. [...] LE BAL DE L'AMBASSADEUR – Le bal de l'ambassadeur de Bargella réunissait, la semaine dernière, les personnalités en vogue de la capitale. Parmi elles, impossible de ne pas remarquer la belle Veronica Alba. Vêtue d'une robe à l'antique et de bijoux d'or pur, la comédienne a fait sensation... et scandale ! parmi les invités. [...] MORTELS TAROTS – Après Marquise, c'est Pamina, une autre prostituée, qui est morte dans de bien étranges circonstances. La lieutenant Polissena Duccio a découvert une carte de tarot près du cadavre. Interrogée à ce propos, elle a déclaré : « Ce n'est pas la première que nous en trouvons. Aujourd'hui, l'hypothèse du suicide est probablement à écarter. »

La Gazette de Métida (Extraits)
Deuxième semaine du mois de la Forge

Sestier d'Hypotie – 11e nuit du mois de la Forge

C'était une masure déchiquetée, aux pierres noircies par l'humidité des marécages tout proches. Une fange brune et malodorante, jonchée de détritus, infectait le sol. L'unique étage, effondré, formait un terrier de planches et de paille détrempée au sein même de ce précaire abri.

La lamia s'était réfugiée en ces lieux durant la journée pour y panser ses blessures. Angelo n'avait eu aucune peine à remonter sa piste : une sonde spectrale avait suffi. Le plus difficile avait été d'aller la retrouver sans éveiller l'attention de ses trop suspicieux voisins. Le nécromant savait qu'on ne l'aimait guère dans le quartier de *L'Ambre rouge* ; sa profession et son passé trouble effrayaient ; sa relation avec Nola, objet de bien des convoitises, dérangeait. Avec la recrudescence d'attaques inexpliquées et les morts récentes, la défiance n'avait fait que croître. Il avait même appris que certains, dans la Garde noire, le soupçonnaient d'être à l'origine de ce mal.

D'habitude, la méfiance l'indifférait ; le jeu de cache-cache avec des officiers zélés aurait même pu l'amuser ; mais en ce moment, il préférait éviter les troubles.

Il avait patienté jusqu'à la nuit et n'avait allumé sa lanterne sourde qu'à l'entrée de la rade.

Angelo s'arrêta au centre de la ruine, tira de sa besace un sachet de poudre grise – des cendres, dont il recouvrit son visage. Ensuite, il ouvrit un tube de verre épais, en avala le contenu. Enfin, il perça le gras de son pouce avec la patte de rat momifiée passée autour de son cou, le fétiche lui permettant de se tenir à la frontière des mondes.

Le sorcier attendit que l'amulette imbibée de sang fasse effet puis s'avança précautionneusement vers le calfeutrage moisi servant de cachette à la créature. L'entendant arriver, elle était passée de l'autre côté, dans l'univers blafard, glacial, corrodé des spectres et des âmes en peine. Blottie dans ce sombre et piteux abri, à bout de forces, la tête sur les genoux et ses longs cheveux d'argent cachant son corps nu avec une étrange pudeur, elle ressemblait à une enfant. D'autres que lui se seraient laissé piéger par ce mirage d'innocence. Le nécromancien était trop aguerri pour être leurré. En outre, les poussières étalées sur son visage et le philtre le protégeaient de toute tentative d'intrusion mentale – séduction, possession, illusion, attaque. Calmement, il s'accroupit face à elle, la fixa, silencieux, son souffle formant des volutes claires au-dessus de lui, jusqu'à ce qu'elle le dévisage à son tour. Dans ses immenses yeux dorés, dansaient de fuligineuses nuées. Elle demeurait belle, de cette grâce fascinante qui rendait ceux de son espèce si dangereux pour les humains ; toutefois, son teint crayeux avait pris des reflets glauques ; de mauvaises griffures boursouflées corrompaient sa peau lisse comme de la soie. Se concentrant légèrement, Angelo chercha ce qu'il y avait au-delà du corps agonisant : son âme. Il la trouva, petite flamme blessée, repliée sur elle-même. La chose qui l'avait attaquée avait cherché non seulement à lui prendre la vie, mais aussi à arracher son essence, lui rappelant les coquilles vides qu'étaient devenus Bartoldo et Pamina.

Cela confirmait ses hypothèses et prouvait qu'Orfeo avait raison. Le mal à l'œuvre à Cytheriae était puissant, insidieux – et bien plus ancien que les démons contre lesquels ses semblables avaient coutume de lutter.

La lamia déclinait. Incrédule, éperdue face à la mort, elle tremblait, rouvrant certaines plaies au fond du cœur d'Angelo. À tout autre – excepté Nola – son geste paraîtrait hérétique, mais elle ne mourrait pas seule. Angelo s'y refusait. Tout doucement, il s'approcha, s'assit à ses côtés et la prit dans ses bras. D'abord terrifiée, la lamia se laissa aller contre son cœur, apaisée. Quand elle expira, elle eut une sorte de sursaut, passa brièvement les barrières protectrices que le nécromant avait érigées autour de son esprit.

Et lui laissa une image, vive, brûlante comme de la chaux, en guise de cadeau d'adieu.

... Deux cratères abyssaux dont s'échappent, rampantes et grouillantes, des larves translucides. Une béance décharnée, dévorée par ces monceaux de ronces couleur de sang. Tout autour, des corps putrescents, entassés les uns sur les autres. Çà et là, des chairs blêmes, qui s'accrochent, se tissent, recouvrent l'immense charnier, le métamorphosent, abjecte chrysalide, en visage plus vieux que le monde et plus jeune que le petit à naître, en matrice masculine engendrant de monstrueux rejetons. Les gouffres sont les yeux, les épines, la bouche, la langue et les crocs ; les larves, créatures humanoïdes, pieuvres difformes, bêtes indéterminées sont ses larmes, les gouttes de venin que recrachent ses lèvres lacérées, son essence ; et dans sa gueule tombent, par dizaines, des lambeaux d'âmes écorchées...

Quand Angelo revint à lui, trois mots – désespoir, haine, folie – dansaient dans son esprit. Délicatement, il posa la lamia sur le sol et quitta, sans un bruit, le tombeau qu'elle s'était choisi.

*

Sestier de Métida – 12e jour du mois de la Forge

En vain, Polissena avait tenté d'exposer ses soupçons. La logique ne suffisait pas au capitaine Fosca pour justifier l'arrestation et l'interrogatoire d'Angelo di Larini. Il fallait des preuves et la lieutenant n'en avait pas.

Mais elle avait des tarots – et une piste : Marquise. Peut-être la jeune femme ne s'était pas suicidée, comme on le pensait ; peut-être qu'elle aussi avait été victime de torture psychique. Pour en avoir le cœur net, il fallait interroger le Duc et ses prostituées. Malheureusement, Polissena et le souteneur se haïssaient

– assez pour que celui-ci incendie sa propre demeure plutôt que l'ouvrir à son ennemie et aux rares hommes qu'on lui avait laissés. Une raison de plus pour se mettre en colère. Qu'on la prive de forces vives, en ces temps périlleux. Qu'on affecte des soldats de valeur à la garde de frontières qui n'avaient pas lieu d'être et de réfugiés condamnés à crever de faim à l'orée d'une ville qui ne voulait pas d'eux. Tout ça, pendant qu'un mal hideux s'étendait dans Métida. Tout ça, pendant qu'un pervers tuait sans être inquiété. Et qui lui laissait-on pour l'aider ? Trois gamins à peine sortis des jupes de leur mère, en plus de Sotto et de ses acolytes, bouffis de mauvaise volonté et de mépris. Elle avait protesté, mais Mazzario était coincée, ne pouvait rien changer à la situation.

« Assez geint, ma fille ! Tu as du travail. Autant t'y mettre tout de suite... Le Duc et ses filles répondront à tes questions, quoi qu'il en coûte. »

La lieutenant rajusta sa cuirasse, vérifia le tranchant de ses lames, puis convoqua ses jeunes recrues à l'entrée des casernements. Celles-ci, deux hommes et une femme, se mirent aussitôt au garde-à-vous. Tout, de leur attitude guindée à leur absence d'initiative, indiquait le manque d'expérience.

« Ça viendra. »

Ils marchaient en silence dans les ruelles endormies ; l'aube se levait à peine, des nappes de brume glissaient sur les eaux calmes du canal. Quittant l'îlot des casernements, ils marchèrent un moment avant d'arriver à proximité d'un des principaux bassins du sestier.

Ils le contournèrent, passèrent près de *L'Ambre rouge,* où régnait déjà une certaine animation : le deuil n'empêchait pas les affaires. Une semaine s'était écoulée depuis le suicide de Pamina, la vie continuait. Le chagrin s'atténuerait. La prostituée ne serait bientôt plus qu'un nom, un personnage dans un tableau de Rossana Paolo ; il ne faudrait pas longtemps pour effacer celle qui avait été des leurs.

« Et moi ? Combien de temps mettraient-ils à m'oublier ? Quelques jours, à peine. Pour Renzo, je ne suis qu'une source de renseignements. Pour Massimo, je deviendrai un nouveau terrain d'investigations, intéressante le temps d'une autopsie. Quant aux autres... »

Ils franchirent un pont, croisèrent plusieurs embarcations : des livreurs, essentiellement. Tino, commis de *La Gazette de Métida,* hier canaille, aujourd'hui apprenti de Renzo Lippi, agita la main en les voyant. Polissena le connaissait bien : elle avait arrêté plusieurs fois ce gamin au sourire charmeur et l'avait même, un soir, tiré des griffes de bien plus fort et plus dangereux que lui.

Elle le salua en retour, effrayant une mouette au passage.

Ils traversèrent un dernier canal et parvinrent aux abords d'une petite place carrée au pavement inégal, encadrée de bâtisses mal entretenues. *Le Manoir,* antre du Duc et de ses prostituées, avait été aménagé dans un palais abandonné. La façade, d'un ocre pisseux, ne contrastait guère avec les autres demeures. Sur le pas de la porte – peinte en rouge vif – paressaient deux gros chats tigrés. Voyant la petite troupe arriver, ils se levèrent, s'étirèrent avec un miaulement puis s'assirent en attendant qu'on les laisse entrer.

*

Tino sifflotait joyeusement, déchargeant ici – à *La Mouette,* une auberge modeste – une douzaine d'exemplaires de *La Gazette,* là – chez Vania, une couturière – trois pour faire patienter ses clientes. Le jeune homme était de belle humeur : Renzo lui avait confié sa première mission de chroniqueur, Isadora, la piquante fille de sa patronne, l'appréciait assez pour le laisser faire sa cour. Il commencerait dès demain, avec un présent ; pour le moment, il ouvrait grands ses yeux et ses oreilles, comme le lui avait demandé Lippi, prêt à noter tout ce qui sortait de l'ordinaire. « Ce que je cherche précisément, mon garçon, je ne vais pas te le dire. Sinon, tu te concentrerais uniquement là-dessus, et tu passerais à côté du reste. Et qui sait, le reste est peut-être plus important que ce qu'on croit… Ce que je veux, c'est que tu mémorises, que tu consignes, que tu analyses tout ce qui te semblera louche. »

Il lui avait remis, solennellement, un carnet à la couverture de cuir épais et une mine.

Intimidé, Tino avait d'abord refusé. Devant l'insistance du vieil homme, il avait fini par accepter. Au moment où le garçon recevait le petit cahier, Isadora avait levé la tête vers lui et souri. Tino y avait décelé un signe de la Déesse.

Voir la lieutenant Duccio et son escorte longer les quais en direction d'Hypotie l'avait intrigué : l'aube à peine levée, tous quatre paraissaient déjà fort préoccupés.

Le commis profita de sa première escale pour prendre quelques notes appliquées, décidé à remonter leur piste une fois sa tournée achevée. Quittant sa taverne habituelle, il sauta dans sa gondole et s'apprêtait à plonger sa gaffe dans le canal, quand on l'interpella.

— S'il vous plaît ?

Tino se retourna et dévisagea l'individu aux yeux rapprochés et à la chevelure gris-blond qui se tenait devant lui, mains croisées, un sac de toile brute à ses pieds.

— Me transporteriez-vous ? Trente sequins. Je ne vais pas loin, mais ce que je porte est lourd et…

— Montez !

Pour trente sequins – assez pour offrir plusieurs cadeaux à Isadora – Tino était prêt à l'emmener à l'autre bout de Cytheriae.

*

Sestier de Théride

Trois convois chargés d'olives et de céréales manquaient à l'appel, deux navires marchands étaient perdus en mer et l'on murmurait que jamais la pêche n'avait été aussi médiocre. Comme si une malédiction avait été lancée sur la principauté. Comme si la Triple Déesse, en colère, avait décidé de châtier ses enfants. Les Moires, conseillères spirituelles de la princesse Violante Moravia et hiérarques du clergé, organisaient chaque jour des processions mais cela ne suffisait pas.

— Il y a quelque chose de pourri du côté de Dyctina, marmonna un homme petit et râblé.

Il se trouvait au milieu de l'assemblée massée sur l'immense marché où se croisaient chaque jour au matin négociants, pêcheurs, serviteurs et ouvriers.

— Sûr qu'ils se la coulent douce, sur le rocher ! Ils ont qu'à se baisser pour ramasser des ducats, alors les prix qui grimpent, ils s'en cognent.

Francesco de Barbari déambulait dans la foule, attentif aux rumeurs, au mécontentement croissant des citoyens de Cribella.

— Paraît qu'à Arachnae, pis à Tenebrosa, ils ont fichu dehors la Triade, et qu'ils s'en portent bien mieux !

L'espion se retourna, plissa les yeux, cherchant celui qui avait lancé ces mots. Il ne mit guère longtemps avant de repérer l'individu : visage ovale, cheveux clairs, vêtements de laine grossiers, un couteau au côté. Son tablier de cuir était souillé de traces brunes. Sans doute un boucher.

— Je suis allé voir une de leurs processions, du côté de Métida. Pour voir, et pis j'ai ma mère, qui vit là-bas. Ben je vais vous dire une chose, leurs chants, c'est pas très efficace : la prêtresse avait à peine terminé qu'on a signalé une disparition aux gardes qui surveillaient le temple…

— L'autre jour, renchérit un vieux marin à la tignasse poissée d'embruns, j'ai vu un de ces trucs dont ils parlent tant, à Métida. Je ramenais le bateau au port, y avait un grain qui se levait et vous savez ce que c'est en ce moment… Je suis arrivé ici avec les premiers éclairs. Y avait cette chose, un genre de méduse je me suis dit… Sauf que la méduse, elle s'est mise sur ses pieds et s'est carapatée dès qu'elle s'est sentie observée…

Francesco poursuivit son inspection. La colère montait. Et la peur. On l'avait chargé d'écouter, de regarder – pas d'avoir un avis – mais il les comprenait.

— Moi, je crois que c'est cette saloperie, dans le Dédale, qui est responsable de tout ça ! brailla quelqu'un, tout près de lui. Ça fait trop longtemps qu'on tolère sa présence…

Il se retourna pour l'identifier, trop tard.

*

Sestier de Métida

L'homme l'avait généreusement récompensé de ses services. Plus qu'il ne l'avait annoncé. Quarante sequins, pour un simple trajet jusqu'au port, un ensemble d'appontements et d'entrepôts situés à l'extrémité du sestier, et débordant au nord d'Hypotie.

Tino plongea sa gaffe dans les eaux du bassin : qu'est-ce que cet individu étriqué allait faire là-bas ? Que transportait-il dans son lourd sac de jute ? N'avait-il pas voulu, en lui payant une telle somme, acheter son silence ? Le commis s'en voulait de ne pas l'avoir interrogé, voire discrètement suivi. Qui sait où l'inconnu l'aurait mené ?

Mais il s'était laissé aveugler par l'argent.

— J'ai encore beaucoup à apprendre, soupira-t-il, guidant sa barge vers un pont.

Tout près de lui, un petit oiseau au plumage rougeâtre piqua vers l'eau, en ressortit triomphant, un éclat argenté dans le bec. Tino le suivit des yeux un moment et s'apprêtait à reprendre la direction de Métida quand il aperçut, au fond de sa gondole, un paquet entouré de tissus.

Parce qu'il avait pris du retard – et pour se punir d'avoir négligé les enseignements du vieux Lippi – le garçon se força à attendre d'avoir fini sa tournée pour satisfaire sa curiosité. Enfin, il trouva un endroit tranquille, à l'angle d'une demeure abandonnée et y amarra son esquif.

« Voyons ce que c'est… »

Tino se saisit de l'objet, défit rapidement les chiffons qui l'enveloppaient et découvrit une ravissante boîte en bois de rose, en forme de losange. On aurait dit un coffret à bijoux : un merveilleux cadeau pour Isadora… Il l'ouvrit. Aussitôt, une figurine de métal – une mouette – se mit à tourner sur elle-même, son tempo s'accordant avec les notes tintinnabulantes sortant du boîtier.

Titatati-tata-titatati
Titatati-tata-titatati
Tatititi-titi-titata
Titatata-tatitata

Tino reconnut la mélodie, refrain d'une chanson à boire qu'il entonnait souvent, le soir, avec ses amis. L'air était plaisant, et Isadora n'en connaissait certainement pas les paroles osées.

Son passager s'était montré très généreux.

*

Le Duc avait répondu à toutes ses questions et encouragé les prostituées – Comtesse, Baronne et Damoiselle – à aider, au mieux, l'enquête de la lieutenant Duccio. Depuis la mort de Marquise, l'homme avait changé. Vieilli d'une vingtaine d'années, en l'espace de trois semaines, l'ennemi qui lui avait envoyé des lettres de menaces et tenté de la tuer avait fait place à un vieillard aux mains tremblantes, au regard égaré. L'une de ses filles, la jolie blonde aux yeux pers répondant au surnom de Damoiselle, tenait en laisse les deux sbires chargés de la protection du *Manoir* et s'assurait que tout le monde continue d'exercer son métier sans laisser-aller.

Originaire de Matricia, Damoiselle avait fui la principauté quelques années avant la peste et échoué chez le Duc. « Un homme qui en vaut bien d'autres, il n'est en tout cas pas le pire. Il m'a accueillie quand je n'avais nulle part où aller, ne m'a jamais forcée. Que demander de plus ? »

La chambre de Marquise était mansardée et chaleureuse, avec un âtre, des murs ornés de tentures aux broderies dorées, des courtines tourterelle, un couvre-lit assorti. Polissena avait remarqué quelques traces noires, semblables à de la suie, sur le sol. Plusieurs coffrets – l'un débordant de bijoux – sur le linteau de la cheminée. Et, cachée par quelques vêtements épars auxquels on n'avait pas touché, une carte : *La Princesse,* troisième arcane du Tarot de la Lune.

Quand elle quitta l'établissement, Polissena tenait la preuve qu'il ne s'agissait pas de suicides, mais bien d'une série de crimes suivant la logique perverse d'un tueur. Il lui fallait à présent retourner aux casernements de la Garde et réunir assez de documents pour l'aider à comprendre comment et pourquoi l'assassin agissait ainsi, si l'hypothèse d'une sorcière devait être définitivement écartée, s'il s'agissait de magie noire – ou de nécromancie.

Sur le chemin du retour, quelqu'un la héla. Elle se retourna : Orseo Giovanni venait à sa rencontre en courant.

— Lieutenant, je crois que je tiens une piste pour l'homme que vous recherchez, haleta-t-il. Le tueur au tarot, je veux dire.

— Tiens donc ?

— Je dois vous parler, lieutenant. Je suis sérieux.

Polissena l'examina. Son regard fiévreux, ses traits tendus la convainquirent de sa sincérité. Elle ordonna à ses hommes de monter la garde et, saisissant le chroniqueur par le bras, l'entraîna à l'écart, près du canal.

— Soyez bref !

— J'ai discuté avec Lippi – et j'ai mené mon enquête. J'ai dû aller vite pour récupérer des renseignements, mais je crois que le nécromancien est mouillé jusqu'au cou dans l'histoire.

Polissena retint un sourire. On remarquait enfin ce qui lui sautait aux yeux depuis quelque temps : tous les chemins menaient à Di Larini. Le témoignage du chroniqueur serait certainement bon à prendre. Aussi l'encouragea-t-elle, d'un signe de tête, à poursuivre.

— Il était là, quand Pamina s'est tuée. Pas à *L'Ambre rouge,* mais tout proche. Des gens l'ont vu, quand vos hommes ont emporté le corps. Apparemment, il traînait dans le coin quand le vieux Bartoldo a cassé sa pipe. C'est le barbier, Domenico Fiori, qui me l'a dit. Enfin, pas à moi directement – il l'a confié à Lippi et Lippi, vous voyez…

Il était de notoriété publique qu'Orseo n'appréciait guère le sorcier. En d'autres circonstances, elle aurait hésité à accorder du crédit à de telles insinuations. Mais elles justifiaient son emprisonnement.

— Venez. Nous allons à la caserne mettre vos déclarations par écrit. Vous deux, trouvez-moi Fiori. Et vous, dites à Sotto que je veux qu'il m'amène, au plus vite, Angelo di Larini.

— Je lui dis quoi ? répondit sa jeune recrue. Que vous voulez l'arrêter ?

— À votre avis ?

*

Après la mort de la lamia, Angelo avait passé la journée à étudier, depuis l'autre côté, Métida et Hypotie : les deux sestiers, baignés par les brumes, dévorés par l'usure du temps et l'humidité, sombraient peu à peu dans la mer. Les palais, les riches demeures à l'abandon, n'étaient plus que ruines décolorées ; les marais recouvraient les masures de pierres, ne laissant dépasser que quelques îlots de roches noires. Tout était silencieux, ici. Trop silencieux. Comme si les spectres et les âmes errantes avaient disparu, comme si lamias, stryges, leugeias et autres êtres ténébreux avaient fui. Mais quoi ? Mais qui ?

Au loin, le Dédale pulsait, toile d'araignée iridescente recouvrant une montagne ; l'hybride vivant en son sein en était le prisonnier et l'artisan : un flux constant d'énergie, provenant du cœur du volcan éteint, la nourrissait. En observant plus attentivement, Angelo avait découvert d'autres forces à l'œuvre dans ce nœud tellurique : impalpables, mais assez puissantes, assez malignes, pour résonner dans son ventre et nouer ses entrailles d'effroi. Le sorcier devinait qu'il s'agissait d'un pouvoir étranger à la Lune, comme à ses adversaires.

L'écho d'une terrible souffrance l'avait détourné du labyrinthe ; attiré par ce fil de désespoir, il s'était approché, à temps pour voir une silhouette claire et fantomatique déchiquetée par un vent de regrets, de folie et de pure terreur, disparaître dans le néant – effacée chez les morts et chez les vivants, comme si elle n'avait jamais existé.

Le choc l'avait rejeté dans la réalité.

Angelo craignait de se rendre là où, il le devinait, avait eu lieu la tragédie. Un apparent suicide – humain, puisque les créatures de la nuit n'éprouvaient pas de remords.

« Orfeo n'aurait pas attendu, lui. Mais il est mort… »

Le nécromant ne put balancer plus longtemps. Surgissant d'une ruelle, trois miliciens de la Garde noire – Marsile Sotto et ses sbires – fondirent sur lui. Affaibli par son séjour de l'autre côté du monde et ce qu'il avait vu, il n'eut pas le temps de se défendre : les soldats lui saisirent les bras, leur sergent cogna. Un coup de poing au menton, un autre à l'estomac – assez violent pour lui couper le souffle. Au troisième, tout devint noir.

*

Domenico Fiori rentrait chez lui, après une heure pénible à la Garde noire. On était venu le chercher afin qu'il parle contre Di Larini, le sorcier blafard qui traînait depuis quelques années en ville. Le barbier aurait préféré éviter ; il avait déjà assez d'ennuis en ce moment : les pilotis ne suffisaient plus à maintenir son échoppe au-dessus du niveau de la mer et il n'avait pas les moyens de réparer ; sa mère, malade et sans le sou, était venue s'installer chez lui ; son meilleur ami pleurait la femme qu'il voulait épouser, noyant son chagrin dans l'eau-de-vie. Domenico n'avait aucune envie d'ajouter à cela le courroux d'un nécromant. Mais la lieutenant Duccio l'avait convaincu d'accepter. Il avait besoin de cet argent : devenir ses yeux et ses oreilles dans le sestier n'était pas si méprisable.

Prenant garde à n'emprunter que les voies éclairées par les lumignons suspendus aux murs de certaines grandes bâtisses, il longeait un quai étroit quand des couinements attirèrent son attention. Là-bas, dans la pénombre… près des vestiges d'une grande demeure. Fiori hésita : c'était la route la plus courte, pour retourner chez lui, mais… Tant pis, il ferait un détour.

Il rebroussa chemin.

Dans les décombres, près d'un mur souillé de sang, les rats continuèrent leur festin. Au petit matin, du corps de Tino, de son crâne fendu contre la pierre, il ne resterait que des os et quelques morceaux de chair.

5

ANZOLO *(lame sur la gorge de son ennemi) : Soit ! Puisqu'elle me supplie, qu'il en aille ainsi,*
Traître. J'ai encor de l'amour pour cette infidèle,
Et ne puis, hélas ! de ses pleurs taire l'appel.
Mais sois heureuse, Violetta, je le laisse en vie.
(Anzolo rengaine et se détourne. Isidro tire un poignard de sa botte et se précipite sur lui.)

VIOLETTA : Non !
(Elle se jette sur Isidro et reçoit le coup destiné à son amant.)

Marcantonio Bembo
L'Ange de Cribella, Acte V, scène dernière

Sestier de Métida – 14e jour du mois de la Forge

D'habitude, Nola n'emportait pas son carnet en allant travailler. Jamais. Il restait, à l'abri d'un tiroir, dans sa chambre ; elle ne le sortait qu'absolument seule. Elle le cachait de nouveau, dans ce refuge de bois obscur fermé par une petite clef dorée, jusqu'à ce que l'envie vienne, irrépressible, trop-plein de mots menaçant d'envahir son être, devant à tout prix être libérés. Ce matin, la jeune femme l'avait pris avec elle. Pour écrire, au calme – loin du journal de Malatesta, loin de son ombre, de cette pensée qu'elle sentait, à la lisière du réel, en permanence auprès d'elle.

Angelo avait perçu, lui aussi, cette présence invisible, prégnante par son absence. Tous deux devinaient que la Bête cherchait à établir un contact avec eux. Mais de puissantes barrières magiques avaient été érigées autour du Dédale de Cribella, prison pour l'hybride, tombeau pour les condamnés.

Jusqu'à présent, son amant n'avait pas réussi à trouver comment forcer ce barrage.

J'étouffe, j'ai peur et je ne peux toujours pas parler. Je ressens tout et j'ai l'impression de me noyer. Je veux qu'il s'en aille mais s'il n'est pas là (je devine quand il s'en va) il n'y a que le vide. [...] Hier impossible d'écrire, seul langage : le sang.

Elle voulait, de nouveau, ne plus rien éprouver. Faire taire ses émotions, dangereuses, les apaiser en faisant couler le sang, comme de l'encre sur le papier. Angelo n'était pas venu – ni la veille, d'ailleurs. Profitant de sa solitude, elle avait pris sa dague, étonnée de la voir si propre. Elle l'avait élevée devant ses yeux, examinant le fil de la lame – tranchant, luisant et froid. Avait posé l'arme sur son avant-bras – et appuyé. Une fois. Deux fois. Cinq fois. Jusqu'à ce que les filaments écarlates forment un dessin irrégulier – une étrange toile d'araignée. Avait contemplé l'amarante esquisse, cherchant vainement la quiétude, le repos.

Aujourd'hui les mots sont là :

Trois gouttes de sang sont tombées
Sur la page
Sur la page blanche
C'est l'encre échappée de mon cœur
Plaie ouverte sur les abysses...

Le tintement de la clochette l'empêcha de poursuivre. Un couple miséreux entra dans son bureau. Des rides creusaient leurs traits prématurément vieillis, accentuant le pli soucieux de leur front ; l'homme avait des mains calleuses et couturées de cicatrices, elle, des cheveux striés de gris. Sans doute venaient-ils des faubourgs pauvres de Métida, ou du sestier d'Hypotie.

Les nouveaux venus répondirent timidement à son salut, examinèrent avec curiosité le petit office, écarquillant les yeux devant les livres sur les étagères, le monceau de papiers et le matériel d'écriture. Nola en profita pour tirer un tabouret de sous la table.

— Que puis-je pour vous ? s'enquit-elle, tout en les invitant à prendre place.

La femme claudiqua jusqu'à la bergère ; son compagnon demeura debout, appuyé sur le dossier.

— On s'est cotisés, avec les gens du quartier, pour que vous écriviez une lettre, commença-t-il. Dire qu'on n'est pas d'accord avec ce qui se passe, en ce moment. Et…

Il baissa les yeux, manifestement mal à l'aise.

— Et qu'on a la frousse, termina-t-elle. Mon Sergio, je supporte plus qu'il rentre tard, vous savez. Moi, je deviens pis qu'une femme de marin, sauf que ma trouille à moi, c'est pas la tempête, c'est ces bestioles qui se baladent dans les canaux. Je parle pour moi, siora, mais je suis pas la seule. Et les hommes, ils ont peur aussi, même s'ils le disent pas. Y a eu trop de morts déjà. Des morts dont personne cause, parce qu'ils sont rien de rien.

— À qui souhaitez-vous envoyer un courrier ?

— À la capitaine de la Garde noire…

— Pis au général di Lacana. On veut les avertir de ce qui se passe. On veut les prévenir que, s'ils font rien, nous, on va agir. Moi, je dis qu'il y en a assez d'être des laissés-pour-compte.

Elle parlait, poings serrés, menton en avant, avec une hargne née de la peur et du désespoir. L'homme posa une grosse patte de manœuvre sur son épaule. Elle se dégagea sèchement, baissa aussitôt la tête, honteuse de sa brusquerie.

Nola se saisit d'une feuille vierge et trempa sa plume dans l'encrier.

— Voici ce que je vous propose : d'abord, nous allons faire une liste des points que vous voulez aborder avec la Garde noire ; ensuite, je rédigerai une proposition et je vous la lirai. Cela vous convient-il ?

La femme allait protester. Il la devança.

— C'est parfait, siora. Je crois bien que le vieux Renzo, il s'est pas trompé quand il nous a conseillé de venir chez vous.

Deux heures plus tard, ils quittaient son office, satisfaits de la lettre écrite en leur nom.

Une fois certaine d'être seule, Nola ouvrit son coffre, en sortit une bouteille d'eau-de-vie. Elle but, tremblante, à même le goulot. Ces gens. Leurs propos la glaçaient. Ils avaient faim ; ils redoutaient les horreurs qui les traquaient, en pleine nuit, en plein jour, dans l'indifférence de tous. Mais ils cherchaient des coupables et croyaient en avoir trouvé un : « la Bête immonde qui cause la colère de la Triple Déesse. »

Combien de temps le Dédale demeurerait-il un refuge pour Malatesta ? Combien de temps, avant que le peuple réclame son sang, sa vie ?

*

Sestier d'Érigone

Francesco de Barbari, légat du Conseil de ville, espion officieux des Moires de Cytheriae, faisait face à leur envoyée, Agnese della Trava. Celle-ci, une petite femme aux traits doux, portait sur le visage les signes du deuil : les cendres de son neveu Lotario. Les plus anciennes lignées de la principauté pratiquaient ce vieux rituel : chaque génération consacrait un enfant à la Triple Déesse. Dans certaines circonstances, comme la mort d'un des leurs, ce derniers, devenu ministre du culte, agissait au nom de son clan.

Vêtue des couleurs de la Lune – blanc, gris et noir – Agnese portait, à la main droite, le sceau de la sainte Triade : un anneau d'argent serti de trois sélénites.

— Mes maîtresses vous aimeraient plus offensif.

— J'ai usé de mon influence pour que la Garde noire renforce ses positions autour des lieux sensibles, j'ai pris le pouls de la ville, envoyé de nombreux agents sur les traces de potentiels agitateurs…

— Et elles vous en sont reconnaissantes, coupa la prêtresse. Mais le futur est sombre, signor Barbari : les temps à venir seront difficiles ; nombreux chercheront à renverser la princesse Violante et les Moires. Certains ont déjà commencé à saper leur autorité. Ceux-ci doivent être visés en priorité et arrêtés. Qu'il s'agisse d'individus isolés, de groupuscules, de journaux… Et puis, il y a encore, dans quelques lieux de débauche, des lectures de *Genova M. ou Les Amours sacrilèges*…

— Je crois que le peuple a peur et cherche des coupables. La Bête de Cribella serait même…

— Peu importe. Mettez un terme à tout ceci.

Sur ces mots, Agnese della Trava s'esquiva aussi discrètement qu'elle était venue, le laissant seul dans la chambre qu'il occupait chez une accommodante logeuse. Francesco réfléchit un moment, puis alla jusqu'à la huche de thuya qu'il utilisait pour ranger ses dossiers et sortit celui de *La Gazette de Métida.*

*

Geôles de Cribella

Les rêves avaient cessé. Andrea voulait leur retour car, en leur absence, il n'avait plus rien à penser.

Les visions le tenaient en haleine, déroulant le fil invisible d'un spectacle effrayant dont il était le seul à jouir et qui l'occupait durant la journée. Il passait des heures à s'interroger sur les raisons de ces scènes, sur leur potentielle réalité. Il imaginait même survivre à cela : profitant de l'effondrement de la prison pour se faufiler à l'extérieur, il s'échappait sur une barque et gagnait le large de Cytheriae. Un navire marchand venu d'une autre principauté – Messina, au sud de l'Archipel, qu'il avait toujours voulu visiter – le récupérait, malheureux naufragé, et le prenait à son bord…

L'arrêt violent – agressivité larvée, tournée contre lui ? – de ces cauchemars mettait fin à ses fugues fantasmagoriques.

Andrea tournait en rond dans sa cellule. Sans ces terribles échappatoires, il n'avait d'autre recours que lui-même – sa vie, qu'il connaissait par cœur, ses espérances, ses maigres triomphes, ses échecs – et s'ennuyait à mourir. Ressasser, ruminer, espérer, à quoi cela servait-il ? Il n'avait que les murs. Froids, en pierre nue, épais comme le crâne de ses geôliers.

Andrea en avait assez de son existence – stagnation, sursis plutôt – en cage. Il était temps que cette mascarade prenne fin.

« Vous êtes humains, non ? » La phrase du gardien lui semblait maintenant chargée d'ironie. Il n'avait pas su la traduire, à l'époque, en tirer la substantifique et ironique saveur : « Vous êtes humains, comme nous, donc nous savons comment vous rendre fous, comment vous détruire. »

En dépit de cela, il ne pouvait s'empêcher de croire aux chimères de la libération et de souhaiter différer le jour de son exécution.

Craindre et vouloir. Paradoxe ironique qui, à l'aube de sa mort, résumait parfaitement sa vie. Andrea avait trouvé, certes, le courage d'abandonner les montagnes et le troupeau de son grand-père pour gagner la grande ville et tenter sa chance comme musicien. Il rêvait de gloire et de célébrité, mais ni son apprentissage auprès d'un luthier ni ses prestations ne lui avaient permis d'atteindre les sommets espérés. Après des années passées à accuser les autres ou le sort, Andrea se savait responsable de ses échecs : par lâcheté et par paresse, il avait fui les rares occasions de réaliser ses rêves.

Et puis, il y avait cette voix dans sa tête.

« Tu n'y arriveras pas. » « À quoi bon ? Ça ne sert à rien. » « Tu es si ordinaire. »

Durant toutes les années passées à essayer de sortir de l'anonymat du simple artiste de quartier, elle avait été là et l'encourageait sur la voie de la médiocrité.

Depuis qu'il l'avait tuée, elle se taisait.

*

Sestier de Métida

Illuminé par un jeu de chandeliers, de lustres et de miroirs, l'atelier de Rossana Paolo était une salle aux reflets d'or et de cuivre, encombrée de sculptures de marbre, de bronze, de terre, d'éclats de verre, de pierres précieuses et semi-précieuses, certaines drapées dans de longues parures soyeuses, d'autres entortillées dans du tissu grossier ; des toiles, de toutes tailles, achevées et inachevées, occupaient le reste de l'espace – à l'exception de la petite scène réservée aux modèles et du cercle jonché de taches de peinture, de vélins, de vieux pinceaux et de couteaux où l'artiste avait installé son chevalet. Nola, cheveux dénoués, pieds nus et vêtue d'une longue chemise blanche bordée de dentelles, était assise sur l'escabeau posé sur l'estrade.

Rossana était venue la chercher, peu avant midi. Ces dernières semaines, les deux femmes n'avaient eu le temps d'échanger que de rares confidences, seule à seule, à part lors des funérailles de Pamina. L'artiste, encore secouée par la mort de sa pensionnaire, avait décidé de se changer les idées et de profiter de la disponibilité de la jeune femme pour exécuter les premiers croquis du Printemps. Nola n'avait pas eu le cœur de refuser l'invitation, songeant que cette distraction aiderait son amie et lui éviterait d'être totalement ivre à la fin de la journée.

Dans son dos, le paravent offrait un entrelacs de branches et de feuilles stylisées. Face à elle, achevant de sécher, une œuvre aux nuances roses et aigue-marine, tout en cercles et rondeurs, représentait Pamina, rubans et fleurs dans les cheveux.

— C'est une allégorie de la Danse, expliqua Rossana, mordillant le bout de son pinceau. Je l'ai terminée hier.

Nola suivit des yeux la ligne potelée des bras, la cambrure des fesses et le galbe coquin des demi-pointes. Le modèle tenait du bout des doigts un long voile cuisse de nymphe dont les pans se gonflaient comme des ailes dans son dos pour mourir sous ses pieds, donnant l'illusion qu'elle dansait dans les airs, portée par un vent invisible.

— Une commande ?

— Non, l'envie de représenter les Arts. J'avais dû m'arrêter pour les Quatre Saisons. Mais j'ai voulu terminer celui-ci. En hommage.

— As-tu retrouvé le sommeil ?

— Ça va. Et toi, ma belle ? Dis-moi : es-tu vraiment heureuse ?

Nola avait beau répondre chaque fois par l'affirmative, la peintre revenait à la charge, ne comprenant pas pourquoi une fille comme elle – jolie, sensuelle et pleine de vie – restait avec le nécromancien.

— Oui.

« Mensonge. Envie de disparaître. Envie de hurler. La souffrance, pour exprimer quelque chose, enfin… Puis Malatesta… »

— Tu es sûre ? Tu es tellement distante, ces temps-ci.

Nola battit légèrement des cils. Pour maîtriser le nœud se formant dans sa gorge. Pour évacuer les larmes qui montaient.

« Malatesta. Impossible de parler de lui. Je ne peux pas. Je ne *veux* pas. »

— Je suis fatiguée.

— J'ai croisé Orseo. Il avait l'air fébrile. Triste, aussi, reprit Rossana après un moment de silence. Il se sent responsable du suicide de Pamina.

— Je lui ai dit que ce n'était pas sa faute, quand il est venu me voir, l'autre jour. Mais je doute qu'il ait envie de me croire.

— Que s'est-il passé entre vous ?

Rossana trempa son pinceau dans la couleur – un brun aux nuances caramel – et traça quelques lignes sur la toile de lin. La tête légèrement penchée de côté, elle observait son amie, esquissait un ou deux traits brefs, précis, prenait du recul pour jauger son travail.

— J'aimerais qu'il grandisse un peu.

La peintre la dévisagea, surprise par ces mots et ce ton qu'elle ne lui connaissait pas. Elle renonça à lui en faire la remarque, se détourna, prépara, mélangeant pigments safran et ocre, poudre de benjoin, huile, essence de girofle et blanc d'œuf, une nouvelle couleur.

— Les derniers événements l'ont beaucoup perturbé, lança-t-elle finalement, revenant à sa toile. Tu sais qu'il souhaite publier tes poèmes. Peut-être devrais-tu lui en laisser quelques-uns, histoire de lui changer les idées ?

— Ils ne sont pas… Disons qu'ils ne suivent aucun code précis. Enfin, rien qui s'accorde aux canons du genre.

— Réfléchis-y, en tout cas.

La mèche d'une chandelle grésilla, la flamme vacilla puis s'éteignit. Rossana peignit encore une heure, silencieuse et concentrée sur son œuvre, puis se recula, posa sa palette et plissa les yeux, examinant son travail avec attention.

La séance s'achevait. Nola passa derrière le paravent pour se changer.

Elle fut prête en quelques minutes, impatiente de quitter l'atelier, son atmosphère – brusquement étouffante –, de retrouver la quiétude de son office avant le calme d'une soirée en compagnie de son amant. Quelque chose avait grandi entre eux, une affection qui n'existait pas auparavant ou dont elle ne s'était pas aperçue. Une affection faite non plus de tolérance mutuelle, de longs silences entrecoupés d'étreintes, mais de secrets partagés, de complicité. D'amitié ?

— Tu devrais poser plus souvent pour moi, Nola, murmura Rossana, l'embrassant tendrement sur la joue pour la remercier.

— Tu sais bien que je n'ai pas beaucoup de temps.

— Tu ne veux pas rester avec moi, ce soir ?

— Je n'ai pas vu Angelo depuis deux jours. J'espère pouvoir le retrouver.

— Nola… Je croyais que tu étais au courant, que tu ne voulais pas en parler… Mais Angelo est en prison.

6

Angelo est prisonnier « on l'a vu rôder » près des scènes de crime. « On l'a vu rôder » je ne pensais pas qu'ils en arriveraient là et je les côtoie tous les jours : même ceux dont je suis proche (je suis proche d'eux, ils ne le sont pas de moi) ne le comprennent pas ne l'aiment pas. Ont peur de lui. Rossana m'a appris ça et je n'ai pas réagi ne rien montrer c'est devenu une seconde peau. Mais j'avais envie de leur faire du mal de leur arracher leur bêtise à coup de couteau. À la place je me suis coupée. [...] Impression de voir le monde tomber en morceaux.

Nola
Journal (Extrait)

Geôles de Cribella – 17e jour du mois de la Forge

On vint le réveiller peu avant l'aube.

« Déjà ? » songea Andrea, enfilant la tunique rouge des condamnés.

« Enfin ! » se dit-il, franchissant le seuil de son cachot.

Deux matons qu'il ne connaissait pas, des géants au crâne rasé, au torse protégé par une cotte épaisse enchaînèrent ses mains, l'escortèrent le long d'un couloir éclairé de torches dont s'échappait une fumée noire. À intervalles réguliers, des portes métalliques dissimulaient la pénombre de cellules où les prisonniers attendaient leur exécution. Le petit groupe descendit trois volées de marches, passa près d'un réfectoire, désert à cette heure, avant d'arriver dans la cour.

Le ciel se parait de diaprures pourpres et dorées. Une brise légère soufflait, chassant les ombres de la nuit. Andrea respira à pleins poumons l'air frais, chargé d'iode de ce dernier matin.

« Je ne veux pas mourir. »

Déjà, on le poussait vers les trois autres détenus, également vêtus d'écarlate : l'un à peine sorti de l'enfance, l'autre dans la force de l'âge, et une vieille femme aux jambes maigres et jaunes, pareilles aux pattes d'un échassier. Dix gardes les entouraient : des lanciers et des geôliers armés d'épées courtes et de poignards.

Ils furent rejoints par un officier et un personnage entièrement en noir, portant un masque de mort. Prêtre ou prêtresse de la Lune sous son aspect de Faucheuse, il accompagnerait le convoi jusqu'à destination : l'antre du Dévoreur d'âmes.

Maintenant, Andrea avait peur. Il prenait conscience qu'il allait mourir. Plus jamais, après ce jour, il ne respirerait les parfums chargés d'embruns de l'océan ; plus jamais il ne sentirait le sol dur et froid sous ses pieds nus. Plus jamais il ne goûterait la saveur âcre du pain gris ni ne jouerait à deviner quels ingrédients contenait sa soupe quotidienne.

C'était la fin, et cela le terrifiait.

Quand la cohorte se mit en branle, ses jambes, soudain de plomb, lourdes d'effroi et de regrets, refusèrent de bouger. Un soldat le poussa en avant. Il trébucha. L'aïeule, d'une poigne étonnamment solide, le rattrapa.

Ils quittèrent l'enceinte de la prison. Le soleil levant baignait d'un éclat sanglant le piton noir qui se dressait devant eux, le Dédale où la Bête, avide de chair et de souffrance, guettait. À côté de lui, le garçon gémit. L'homme serra les poings. Contre l'effroi : la colère. La rage, pour oublier l'affolement.

Seule la vieillarde ne manifestait aucune crainte.

On les poussa sur un chemin étroit, bordé de roches noires qui obstruaient la vue sur la ville et la baie. Jusqu'à leur arrivée sur l'esplanade, gueule ouverte sur les enfers, ils ne virent rien d'autre que le dos des soldats et le ciel pâlissant. Une fois aux portes du labyrinthe, ils découvrirent Cribella, avec ses arsenaux, ses navires aux longs mâts tintinnabulant dans le vent matinal, ses hautes bannières au-dessus du chantier naval et, au loin, éclaboussés de jade et d'argent, l'embouchure du fleuve et les marais d'Hypotie.

L'adolescent se mit à pleurer.

Le militaire et le ministre du culte se placèrent face à eux, échangèrent quelques mots à voix basse. Puis le premier fit un pas en avant, déroula un parchemin et commença à lire. Andrea n'écoutait qu'à moitié la liste des charges pesant sur les épaules de ses compagnons d'infortune. Son esprit, fasciné par le ballet des oiseaux de mer, errait loin. Il volait, au-dessus des vagues, parmi les goélands, plongeait avec les pétrels en quête d'une proie aux écailles scintillantes… L'annonce de son nom le ramena à la réalité.

— Andrea Nessi, vous avez été accusé et reconnu coupable, le huitième jour du mois des Tempêtes, en la quarante-huitième année du règne de Son Altesse Violante Moravia, du meurtre de Sonia, fille de salle à la taverne du *Loup de mer.* Vous avez tué votre maîtresse de vingt-trois coups de couteau…

— Vingt-trois coups de couteau ? souffla l'homme enchaîné à ses côtés.

Andrea haussa les épaules.

Les mortuors et les magistrats chargés de l'enquête avaient compté. Pas lui. On l'avait interrogé : pourquoi cet acharnement ? Que lui avait-elle fait ? Andrea n'avait su que répondre. Quelques mois s'étaient écoulés et il n'arrivait même plus à se rappeler son visage.

*

Sestier de Métida

Pareilles à de l'écume de mer, les rumeurs s'étaient éparpillées dans les rues du sestier, certaines pour y mourir, d'autres pour trouver abri au creux d'une oreille attentive, avide de on-dit.

Ainsi avaient-elles atteint Nola : au hasard d'une conversation, d'une discussion de comptoir. Orseo, murmurait-on, avait causé l'arrestation de son amant. D'abord, elle n'avait pas voulu y croire ; elle avait demandé à quelques filles de *L'Ambre rouge,* à Renzo Lippi, croisé en rentrant chez elle, à Giulio enfin, venu quérir ses talents de poétesse après s'être excusé du comportement de Marsile Sotto. Tous avaient été formels. Le jeune garde avait achevé de la convaincre. Angelo di Larini avait été dénoncé par le chroniqueur. « Mais la lieutenant Duccio le suspecte aussi, vous savez… » Nola avait fait montre d'un parfait sang-froid ; pas un haussement de sourcil, pas une crispation. Elle avait composé, pour Giulio, un sonnet acceptable. Elle était même assez satisfaite des premiers vers, écho de sa propre chrysalide :

Aujourd'hui je m'éveille d'un trop long sommeil ;
Il y a longtemps que l'été s'est envolé.
Le vent froid a soufflé sur les monts enneigés.
Un timide printemps accueille mon réveil.

Une fois seule dans son office assombri par les ombres naissantes du crépuscule, Nola s'était laissé gagner par la colère. Une colère violente, mais froide.

Puis elle avait pris la plume et commencé, prenant bien garde à demeurer toujours neutre, toujours en retrait, une lettre à l'attention personnelle de la capitaine Mazzario. Avec grande courtoisie, elle lui avait exposé certains faits portant à croire que le suspect avait été emprisonné de manière abusive : Orseo Giovanni, amoureux d'elle, d'une jalousie maladive ; le sergent Sotto et ses hommes menaçant ses proches parce qu'elle refusait de se prêter à d'odieuses manipulations politiques ; Angelo di Larini, enquêtant à sa manière sur les morts inexpliquées. La jeune femme avait ajouté, en termes clairs, fermes mais polis, qu'elle était prête à tout pour que l'innocence du nécromancien soit reconnue, voire pour que ses détracteurs présentent des excuses publiques. Une fois la missive datée, signée et scellée, elle l'avait portée, en personne, aux casernements de la Garde noire. La voyant, les miliciens l'avaient prise pour une courtisane – cette fois consciente du trouble qu'éveillait sa silhouette chez ses interlocuteurs, elle avait décidé d'en jouer afin de s'assurer que l'enveloppe fût transmise dans les plus brefs délais.

Ensuite, Nola avait regagné son appartement, plongé dans l'obscurité. À tâtons, elle s'était dirigée vers la causeuse. Les yeux grands ouverts, elle avait fixé le noir, les mots de Malatesta résonnant en son esprit.

Le noir.
Un noir épais, compact.
Un noir tiède, confortable et effrayant à la fois.
Un noir qui vous incite à vous perdre, vous abandonner...

Le noir n'était pas entré en elle. Aucune quiétude. Aucun oubli.

Le blanc avait achevé de la posséder. Blanc fureur. Blanc souffrance, chaos. Blanc jugement, purification, ossements.

Nola n'avait pas dormi. Elle était demeurée, immobile et seule, dans l'obscurité – vide de toute présence. Au petit matin elle s'était préparée, lavée et parfumée – jasmin et mimosa –, avait longuement brossé ses cheveux blonds, et passé sa tenue la plus seyante, présent de Rossana : un corsage aux reflets ivoirins, au décolleté brodé de dentelles, une robe safre piquetée de fils d'argent, le châle assorti, ainsi que la paire de gants qu'Orseo lui avait offerte. Puis, ramassant ses affaires pour la journée, elle avait quitté sa mansarde.

Quand elle arriva en vue de la façade, le frontispice de marbre, étincelant dans le soleil matutinal, se réfléchissait en multiples fragments dans les eaux vertes du canal. Pourtant, l'ancien palais résonnait déjà des éclats d'une violente dispute : Orseo et Isadora Bacci.

Elle hésita avant d'entrer : *La Gazette* venait de perdre son apprenti. Sa réponse, mûrie toute la nuit, à l'infamie du chroniqueur ne serait-elle pas déplacée ?

La colère l'avait désertée, laissant place à une froide détermination qui balaya ses derniers doutes. Il était temps de mettre les choses au point avec Orseo, et d'une manière radicale.

Ses pas résonnant sur le sol dallé de pierres lisses, elle poussa le battant de bois noir et ouvragé.

— Et moi, je te dis que cet article fera la une ! *Nello, Gentilhomme Corsaire* est un succès et Siro Venelli va venir ici, à Cribella, chercher l'inspiration de son prochain roman. Alors crois-moi, quand ma mère saura…

Voyant la jeune femme dans l'encadrement de la porte, Isadora s'interrompit.

— Vous ? renifla-t-elle en la toisant, son nez pointu frémissant d'exaspération mal contenue.

— Rassurez-vous. Je n'en ai pas pour longtemps.

Reconnaissant cette voix grave et rauque, si déroutante, si sensuelle aussi, Orseo se retourna. Déglutit, la bouche sèche et les mains moites. Son cœur battait à tout rompre. Jamais sa beauté ne lui avait paru si poignante ni son corps si affolant qu'en cet instant où elle s'avança vers lui, les rayons filtrant par la fenêtre auréolant d'or sa longue chevelure. Elle se tenait là, tout près – il pouvait presque la toucher…

Un soufflet rompit le charme.

Nola recula d'un pas, ôta ses gants, les lança à terre.

— J'avais trop peur de me salir.

Ce n'était pas un cauchemar, elle venait de le gifler.

— No… Nola ? Mais que…

— Tais-toi.

Il la dévisageait, écarlate, les doigts pressés sur sa joue brûlante.

— Tais-toi, reprit-elle d'un ton glacial. Je sais que tu as calomnié Angelo. Je sais que ton témoignage a permis à la Garde de l'emprisonner. Je sais aussi *pourquoi* tu as agi ainsi.

Il baissa la tête, incapable de se justifier, de ravaler ses larmes.

Isadora ne perdait pas une miette de l'échange. Nola hésita à la mettre à la porte, puis renonça : son regard, ici, maintenant, avait son importance.

— Je te trouvais intelligent, souvent drôle – et tes idées, ta passion étaient enthousiasmantes. Je te considérais comme un ami, Orseo. Aujourd'hui, je ne te considère plus du tout.

— Nola…

— Aussi, je ne vois aucune raison de t'épargner. Ta jalousie t'a rendu mesquin et égoïste. Ta jalousie t'a poussé à porter de fausses accusations et à faire enfermer un innocent. Ta jalousie t'a conduit à mépriser la seule femme qui tenait réellement à toi.

Orseo cachait son visage dans ses mains, les épaules secouées de sanglots. Il était temps de porter l'estocade.

— Non, Pamina ne s'est pas suicidée par ta faute : elle était amoureuse, mais pas au point de croire que tu valais la peine de mourir. Quant à moi, je ne t'aime pas, je ne t'ai jamais aimé et ne t'aimerai jamais. Isadora, je vous le laisse, ajouta-t-elle en tournant les talons. Vous ne devriez plus avoir trop de peine à le convaincre de vous laisser la une.

*

Polissena avait ramassé une carte près du corps de Tino. *Le Chariot,* septième arcane du Tarot de la Lune, symbolisait, aux dires du cartomancien qu'elle avait consulté, un bateleur vivant dans les faubourgs, le mouvement et l'équilibre. Tino avait été fauché en pleine jeunesse, alors qu'il s'apprêtait à franchir une étape importante de son existence. Tout portait à croire qu'il s'était, lui aussi, suicidé, se frappant la tête contre un mur jusqu'à la faire éclater. Cette fois, le mortuor avait peiné à faire le lien avec les morts précédentes. Interrogé, Di Larini avait déclaré que son âme, comme celle des précédentes victimes, avait été déchiquetée. Pour Polissena, cela ne voulait rien dire ; le charabia du nécromancien ressemblait à une mauvaise excuse, non une explication. Quant aux lames, il n'avait rien pu en dire, à part que les meurtres suivaient l'ordre du tarot.

Marsile Sotto, le front luisant de sueur, les mâchoires crispées, entra dans son bureau et se laissa tomber sur un siège.

— Du nouveau, sergent ?

— Ce salopard a de la résistance. Il ne lâche rien. Rien d'intéressant en tout cas.

— Vous savez quoi ? Même si Di Larini n'est pas l'auteur de ces crimes, je suis sûre qu'il a des choses à nous révéler.

— Il est louche, ce type. Par la Déesse ! J'ai jamais compris pourquoi la capitaine lui confiait toutes ces affaires bizarres. Je veux dire… C'est pas le seul mage du coin. Vous, par exemple…

— Mes compétences se limitent aux flammes, sourit Polissena. Mais je suis d'accord avec vous : ça fait plusieurs années qu'ils auraient dû s'occuper de nous trouver un sorcier digne de confiance. En ce moment, quelqu'un de l'Ordre de la Nouvelle Lune ne serait pas de trop…

Ils échangèrent un regard entendu. La tension croissante, l'adversité les rapprochaient, enterrant querelles et rivalités. Une fois le meurtrier démasqué et les horreurs décimant les faubourgs exterminées, ils reprendraient les hostilités.

— Il me faut des résultats, sergent. Vous avez carte blanche pour l'interroger.

— Vous aurez ce que vous voulez, lieutenant. Je vais…

La capitaine Mazzario fit irruption dans la pièce. Elle portait une tenue d'apparat : plastron de métal luisant martelé du blason de la Garde noire, épaulettes d'officier, pommeau d'épée serti d'un énorme saphir. Une mèche crépue s'était échappée de son chignon. Elle les fixait, une expression furieuse au fond de ses prunelles noires.

— Je passe deux jours épuisants à me battre pour défendre notre valeur, nos droits et à réclamer le retour de nos unités, je me mets à dos le général Di Lacana et une bonne partie du Conseil de ville… Et quand je reviens ici, je trouve *ça* sur mon bureau ?

Elle lança, sur la table, une lettre décachetée.

— Mais qu'est-ce qui vous a pris, lieutenant ? Je vous avais ordonné de lui ficher la paix !

Reconnaissant l'écriture fine et déliée de Nola, Polissena comprit ce dont il s'agissait et se prépara à recevoir, sans broncher, les blâmes de sa supérieure. Di Larini était impliqué dans cette affaire, elle n'en démordrait pas.

— Il y a de fortes présomptions contre ce nécromant.

— Il y a des témoins, crut bon d'ajouter Sotto.

— Des témoins ? Vous voulez rire ? Un sale gosse qui voit dans la médisance le moyen d'évincer un rival, trois sots qui n'ont rien de mieux à faire que calomnier leur voisin… Vous, sergent, vous avez ordre de libérer immédiatement Angelo di Larini et de l'amener dans mon office. Quant à vous, lieutenant, vous allez lui présenter des excuses – et elles ont intérêt à être convaincantes si vous voulez sauver votre grade !

Sur ces mots, Mazzario fit volte-face et quitta le bureau au pas de charge, laissant ses subordonnés abasourdis.

*

— Reviens, saleté ! Reviens ici tout de suite !

Le vieux grippe-sou pouvait s'époumoner tant qu'il voulait, Leo n'en avait cure. L'aumônière remplie de sequins serrée dans ses mains, le chenapan imaginait déjà tout ce qu'il allait pouvoir acheter avec cet argent : nourriture, bien sûr, nippes assorties, couteau neuf et quelques onces d'ambroisie pour filer rapidement au pays des rêves dorés et oublier ses soucis.

Des bruits de pas, lourds et cadencés, l'arrachèrent à ses pensées : des soldats à ses trousses ! Crachant pour éliminer salive et poussière, Leo accéléra, dérapant sur les pavés glissants d'une ruelle, détalant dans les allées de terre battue, sautant un muret, esquivant un passant.

Le garnement franchit un pont, bondit dans les ruines d'un vieux palais. L'endroit, véritable labyrinthe hérissé de pièges – plancher pourri, poutres vacillantes –, rempli de cachettes et de passages discrets, lui servait souvent de refuge.

Il ne put profiter longtemps de son répit. Brutalement enlevé dans les airs, le garçon n'eut pas même le temps de crier : une membrane blafarde, visqueuse, se plaqua contre son visage et commença à le ronger.

*

Dédale de Cribella – Demeure de la Bête

— Il ne me trouvera pas.

Phrase psalmodiée, répétée à l'envi. Prière ânonnée à voix basse, pour se donner du courage et puiser la force de continuer.

— Il ne me trouvera pas.

Couloirs étouffants, boyaux étroits et noirs, larges voûtes percées – trop loin pour espérer les atteindre – de puits de lumière. Seuls bruits : ses pas, son souffle. Et, de temps à autre, un cri se répercutant le long des tunnels de lave pétrifiée. La mise à mort d'un autre prisonnier ? Une illusion née de ses sens et de sa raison malmenés ?

— Il ne me trouvera pas.

Andrea avançait, fuite en avant, sans issue. Il s'accrochait à ses derniers lambeaux d'existence. Tant qu'il sentait ses muscles, tant que ses pieds le portaient, il vivait. Soudain, des relents nauséabonds le prirent à la gorge. Des odeurs de charogne. Épouvanté, il s'arrêta. Un animal ? La pensée l'effleura une seconde, à peine. Un condamné. Un de ses semblables. Pourrissant, équarri, sur le sol sec et tiède, presque organique, du labyrinthe.

Mort d'inanition ou d'épuisement. Oublié par l'ogre immonde ? Délaissé après avoir été croqué, peut-être.

— Il ne me trouvera pas.

Que valait-il mieux ? Être traqué ? Être abandonné ?

Quelle mort était la plus acceptable ?

— Je ne veux pas. Pas mourir. Pas maintenant.

Submergé par l'épouvante, il détala. Se cogna, papillon aveugle, contre les parois rugueuses du labyrinthe. Poursuivit sa course éperdue. Chut, à plusieurs reprises, meurtrissant ses genoux, éraflant la peau nue de son corps contre les aspérités de la roche, déchirant ses pieds sur des pierres rugueuses et des ossements.

« Jeneveuxpasmourirjeneveuxpasmourirjeneveuxpasmourir »

Prière muette, résonnant au rythme des battements désordonnés de son cœur. Vite. Plus vite. Tant pis pour les meurtrissures, les plaies, le sang coulant de son front, de son nez – accélérer.

Tomber. Essayer de se relever. Négliger la jambe brisée. Oublier la douleur, et ramper. Relever la tête, reprendre son souffle.

Et puis la voir, ombre parmi les ombres.

Silhouette massive, terrifiante, se découpant dans l'obscurité d'une caverne. Ailes immenses. Peau, cheveux, corps fuligineux. Regard incandescent, abyssal – une fenêtre ouverte sur les enfers.

La Bête le toisait. Impossible de détourner les yeux, de s'arracher à l'étau broyant son crâne et sa volonté, fouaillant ses souvenirs – jusque dans les recoins les plus secrets. Enfin, la pression s'atténua. Andrea se sentit de nouveau libre de respirer. À peine le temps d'un battement de cœur.

Implacable, affamé, le monstre fondit sur lui.

*

Le journal de Malatesta devenait une obsession, un besoin vital. Nola s'y plongeait dès qu'elle avait un moment libre, avide de déchiffrer, découvrir, réfléchir – ressentir aussi – les écrits de l'hybride. Il avait ranimé quelque chose en elle. Son âme, ou simplement son cœur.

Depuis son retour de *La Gazette,* la félibre n'avait guère eu le loisir de lire le précieux écrit. Les clients se succédaient ; certains avaient besoin d'aide pour envoyer une lettre à un proche, d'autres – une majorité, ces derniers temps – venaient la consulter pour des courriers d'importance : demandes de délai à des créanciers, recouvrements de dettes, réclamations et appels à la clémence. Les temps étaient durs. L'inquiétude croissait. La misère d'Hypotie gangrenait les faubourgs de Métida. Et le Conseil de ville n'en avait cure.

« Ça ne peut durer ainsi. Les belles paroles et les prières ne suffisent pas… Pourquoi ni Violante Moravia ni la Triade ne réagissent-elles ? Angelo conclurait à une machination terrifiante empreinte de magie noire. Mais il est en prison. Par la faute de cet imbécile… »

La clochette tinta. Le chat noir entra, en trombe, dans l'office, bondit sur l'un des coffres et se mit à faire sa toilette. Une fillette d'une dizaine d'années, vêtue d'une grossière tunique brune, pénétra à sa suite. Elle tenait dans ses mains aux ongles rongés un paquet plat et discret.

Sans un mot, elle le lui tendit. En retour, Nola la récompensa de quelques pièces. Elle attendit que l'enfant soit partie pour ôter l'emballage. L'ouvrage, de belle facture, possédait une reliure indigo, toute de cuir repoussé. Le titre : *Marcantonio Bembo – Œuvres complètes Vol. I – L'Ange de Cribella – Le Crépuscule de l'amour – Songe d'hiver,* avait été travaillé avec des filaments d'argent. Une carte accompagnait le volume.

« *Voici ce que vous souhaitiez. G.S.* »

Gualterio Scrivi. Elle passa les premières pages – une préface résumant la vie tumultueuse du célèbre dramaturge et analysant les principaux thèmes de ses pièces : amour, jalousie, vengeance et trahison. Trouva, à la fin du premier acte de *L'Ange,* ce qu'elle cherchait.

Coincée entre un courtisan adipeux et Bartolomeo, son époux déjà trempé de sueur, Genova a l'impression d'étouffer. La soirée promet d'être une interminable torture. Une torture qu'elle devra subir des heures durant, avec un sourire poli, sans laisser paraître ni son épuisement ni son dégoût.

Hôtesse à la réputation sans égale, elle se doit de préserver les apparences, dût-elle s'enfoncer une fourchette dans la paume de la main pour s'en souvenir. S'efforçant de ne pas respirer trop fort pour ne pas être assaillie par les odeurs délétères que dégagent les aisselles de son mari, elle accueille aimablement les invités. Ici, un compliment sur une tenue, là, un mot courtois de bienvenue. Prétextant un léger mal de tête, elle s'éloigne du flagorneur grasseyant et se dirige vers les jardins. Là, elle pourra se laisser quelques instants bercer par la quiétude du clair de lune et des étoiles naissantes.

« Si seulement je trouvais le moyen d'échapper à cette prison ! » pense-t-elle, laissant courir ses mains sur les corolles des fleurs à peine écloses. « Si seulement je pouvais m'évader de cette vie que je n'ai pas choisie ! »

Songeant à sa triste existence, la belle Genova s'enfonce dans l'allée semée de cailloux nacrés. Bartolomeo est un individu grossier : il ne s'intéresse qu'à ses richesses et à la satisfaction de ses appétits brutaux. Leur fille Violante est fade et effacée. Genova n'éprouve aucune affection pour cette enfant qui lui rappelle et son mariage et son mari...

Avertie par la clochette et un miaulement agacé de l'arrivée d'un nouveau client, Nola dissimula le récit prohibé sous quelques feuilles de papier et se redressa sur son siège, un masque neutre et bienveillant sur le visage. Leporello Dandolo pénétra dans l'office. La saluant d'un bref signe de tête, il s'assit, considéra longuement ses mains cireuses, croisées sur ses genoux, avant de lever la tête vers elle. Il avait maigri. Le pli de sa bouche était devenu plus amer, des cernes bruns creusaient ses yeux obliques.

— Pas de remarques sur notre dernière séance ?

— Non. Commençons-nous ?

— Dans un instant, répondit calmement Nola.

Il la fixa, hostile, jusqu'à ce qu'elle fût prête. Agacée, mal à l'aise, elle faillit tout arrêter – lui demander de passer un autre jour, voire lui rendre son avance et le mettre dehors.

« On dirait un serpent. Un serpent froid et malveillant, qui attend son heure. »

— Je vous écoute, dit-elle enfin, trempant sa plume dans le flacon d'encre noire.

Il fit craquer les jointures de ses doigts avant de se lancer.

— Délia et moi, nous nous aimions envers et contre tout. Elle était belle, pleine de vie. Elle avait foi en nous. Elle me disait souvent : « Toi et moi, c'est un grand amour. Tu verras, un jour quelqu'un écrira notre histoire. » Je la croyais, bien sûr. Mais ses proches voyaient notre union d'un œil très différent. Sa mère était l'une de ces esclaves de la destinée qui se mêlent de dicter la vie des autres. Une commère avec des pouvoirs trop vastes pour son esprit étroit. Elle a consulté les tarots. Il n'en est rien sorti de bon. Du moins, c'est ce qu'elle a dit à sa fille. Et c'est ce que Délia m'a répété. Maudites cartes ! Mais ça n'a pas suffi à nous séparer. Puisque nous ne pouvions pas nous marier avec la bénédiction de ses parents, nous avions décidé de faire sans…

Nola frissonna. Le récit de Dandolo éveillait en elle de tristes échos. Des images, surgies de son ancienne vie. Des résonances. La fièvre et le froid, la misère et la honte, la trahison et les regrets. Les visages, les pleurs, la douleur. Le réveil, cauchemar écarlate.

Elle saisit, mécaniquement, le récit de son client : la fugue, les fiançailles, la première nuit. S'efforça de transcrire fidèlement ses sentiments.

Une fois la séance achevée, une fois Dandolo parti, Nola perdit pied.

Repliée sur elle-même, bras croisés contre son ventre, elle se balançait d'avant en arrière, incapable de respirer. Les souvenirs affluaient.

Suffocants, poignants, ils l'entraînaient, à une vertigineuse allure, loin du présent. Là où elle était morte, des années auparavant. Dans la chambre miteuse où on l'avait laissée, le ventre vide et les cuisses souillées, baignant dans le sang et les déjections. Dans les rues battues par la pluie et le vent où elle avait erré jusqu'à l'inconscience. Dans le noir, cocon confortable, moelleux, qui l'avait accueillie, lui permettant de tout oublier – et surtout elle-même.

*

Il faisait nuit, quand Angelo, escorté par la capitaine Mazzario en personne et deux gardes, arriva au pied de l'immeuble où vivait son amie.

Son séjour en cellule, les coups, les peines endurées l'avaient plongé dans un état second ; dissocié de son corps blessé, il était passé de l'autre côté de la réalité.

Il avait vu la Bête, du moins sa psyché incarnée de l'autre côté. Silhouette translucide aux grandes ailes anthracite déployées dans son dos, elle volait au-dessus du piton noir qui la retenait prisonnière. De temps à autre, elle fondait, plus rapide que le vent, sur une proie invisible ; le nécromancien devinait qu'elle combattait l'un de ces mangeurs d'âmes, l'une de ces larves nées des orbites noirâtres de cette antique et terrifiante puissance. Se sentant observé, le démon s'était retourné. Angelo avait croisé son regard – lave en fusion, hypnotique, terrifiant. Il n'avait pu le soutenir plus de quelques secondes, mais y avait déchiffré une étrange vulnérabilité.

À présent, il ne pouvait s'empêcher de s'interroger sur cette singulière rencontre. Était-elle le fruit du hasard ? L'hybride l'avait-il au contraire provoquée ? Avait-il à ce point besoin d'alliés ? Le sorcier gravissait l'escalier péniblement, contraint d'effectuer des pauses, quand une subtile fragrance de jasmin et de mimosa effleura ses narines. Nola. Une envie de la voir, de sentir la douceur de ses lèvres, de se fondre en elle le submergea, balayant ses questions et ses doutes.

« *Nola n'est pas ici.* »

Voix caverneuse. Grondante. Inquiète, aussi.

« *Je ne puis l'atteindre.* »

— Où la trouver ?

En réponse, Angelo reçut de brèves images – une table de cèdre, des papiers épars, une forme, sur le sol, un chat noir perché sur un coffre. Puis, aussi promptement qu'elle avait surgi, la présence disparut, laissant dans son sillage une vague sensation de peine, de colère contenue.

Ignorant ses plaies et ses contusions, Angelo dévala les marches de la vieille demeure, courut tant bien que mal vers l'office de son amie. Il franchit rapidement le pont, passa près de *L'Ambre rouge,* bousculant au passage un couple, évitant de justesse un gros félin tigré.

Il trouva Nola, roulée en boule, dans un coin de la pièce. Les yeux rougis de larmes, grands ouverts sur des abysses qu'elle seule contemplait, elle tenait entre ses doigts crispés un poignard.

7

TEMPÊTES – De violentes tempêtes balaient les côtes de Cytheriae. Venues de l'est, elles se sont abattues sur l'Archipel et rendent toute navigation impossible. Plusieurs navires marchands ont disparu en mer. Une trirème appartenant à Son Altesse Violante Moravia s'est échouée près du port de Macans. AGITATION – Après Hypotie et Métida, c'est au tour des sestiers de Théride et d'Érigone de s'enflammer. Motifs : la misère, aux portes de la ville ; la crainte de la maladie et la prolifération de créatures démoniaques au sein même de la capitale. « Les cérémonies ne suffisent pas ! » a confié un homme en colère. « Il faut purifier Cribella de sa souillure ! » La Bête, enfermée depuis près de cinquante ans dans le Dédale, serait d'après plusieurs citoyens responsable des fléaux qui s'abattent sur la principauté. […] DÉCÈS – La Gazette de Métida déplore en ces jours la perte de Tino, son commis. Victime d'une mauvaise chute, Tino a été incinéré après la cérémonie qui s'est déroulée, dans la plus stricte intimité, au Temple de la Vieille.

La Gazette de Métida (Extraits)
Troisième semaine du mois de la Forge

Sestier de Métida – 19e nuit du mois de la Forge

Superbe dans sa simplicité, sa forme allongée, la boîte à musique contenait un mécanisme d'une précision admirable – des lames et un disque de métal perforé – et accueillait, bulle translucide, presque invisible à l'œil nu, un sortilège de folie et de mort.

L'homme referma le coffret, l'enveloppa dans un carré de lin noir, se leva avec un soupir satisfait.

Huitième sacrifice. Huitième âme, livrée à son Maître.

Plus que cinq avant d'atteindre la treizième lame, la vieille Faucheuse, symbole de fin et de renouveau. Alors, le rituel serait achevé : sa bien-aimée reviendrait d'entre les morts, intacte, merveilleuse, et demeurerait pour toujours à ses côtés.

L'impatience le rongeait, irradiant son ventre, son cœur d'une souffrance dont le seigneur Kebahil se repaissait avec délectation.

De temps à autre, il avait des soupçons – mais pas de remords. Jamais. Néanmoins, il se demandait si son Maître respecterait sa part de marché et lui rendrait celle qu'il n'avait jamais cessé d'aimer.

Chassant ses doutes, il s'empara de la boîte à musique et quitta la petite chambre au parfum d'encens et de sang. Sa prochaine victime était, jusqu'au lendemain, loin de son logis. Cela lui laissait assez de temps pour déposer discrètement le présent chez elle et disparaître, telle une ombre, dans l'obscurité.

*

Sestier de Métida – 20e jour du mois de la Forge

Polissena avait découvert de nouveaux éléments à propos du décès de Tino. Non sur le commis lui-même, mais sur le lieu où il avait trouvé la mort. Marsile Sotto, pour le moment acquis à sa cause, avait, en fouillant dans de vieux dossiers, découvert des éléments intéressants à ce sujet.

Encore meurtrie de son échec auprès de la capitaine, Polissena s'était retranchée dans le travail et se heurtait à ces questions depuis plusieurs jours. Di Larini trempait dans cette inquiétante affaire de crimes. Malheureusement, ses protestations avaient été vaines et Mazzario en personne l'avait raccompagné chez lui. Sa supérieure appréciait les talents du sinistre individu et, si elle ne lui avait pas demandé immédiatement de l'aide, c'était parce qu'elle se sentait gênée de ne pas l'avoir libéré avant.

« Mieux vaut se concentrer sur ce nouveau casse-tête. Tant que le nécromancien n'aura pas été pris sur le fait, je ne pourrai le confondre. »

Quatre ans plus tôt, un artisan du nom de Falco était décédé au même endroit que Tino, en rentrant chez lui. On l'avait retrouvé le matin venu, au pied du « dernier pont » –les habitants de ce faubourg de Métida surnommaient ainsi la passerelle qui les séparait des quais d'Hypotie. Falco avait eu le front éclaté sur la pierre. Une matière visqueuse, à demi coagulée, s'échappait de son crâne ouvert.

Pour Polissena, le trépas de Tino et celui de ce vannier étaient liés.

Mais pourquoi ? Et surtout, comment ?

Quittant les casernements de la Garde noire, le dossier du défunt dans sa besace, la lieutenant prit la direction d'Hypotie. Aucun nuage ne ternissait le ciel, une brise chargée d'embruns soufflait, vivifiante, sur le sestier.

Une importante activité animait les quais : plusieurs barques chargées de gerbes et de guirlandes de fleurs séchées glissaient sur les eaux charron ; des hommes et des femmes, revêtus de leurs plus beaux atours, se dirigeaient, à pied ou en gondole, vers le Grand Temple de la Lune. Polissena se demanda d'abord quelles noces se préparaient, avant de se rappeler que la grande prière, destinée à attirer la clémence de la Triple Déesse, se déroulerait dans la matinée. Elle-même prenait rarement part à ces cérémonies. Non qu'elle soit sceptique, mais elle considérait ne pas avoir besoin de manifester ainsi sa piété ; et puis, elle n'appréciait guère les prêtresses et les rares prêtres du sestier qu'elle connaissait.

Polissena poursuivit son chemin, saluant au passage quelques connaissances. Les gens, malgré le ciel d'azur et le soleil printanier, demeuraient tendus, les visages ternes et fermés s'éclairaient à peine le temps d'un sourire. Lu deux jours plus tôt dans *La Gazette,* l'article d'Orseo Giovanni lui paraissait d'une grande lucidité. Les désordres d'Hypotie comme ceux des plus pauvres faubourgs de Métida s'étendaient au reste du sestier, et gagnaient peu à peu l'ensemble de la population de Cribella. Les gens avaient peur et cherchaient la cause des malheurs menaçant de s'abattre sur la capitale : il y avait des disparitions à Erigone, quartier estudiantin et fantasque ; des émeutes à Théride, à la suite de la perte de navires et de plusieurs convois marchands, avaient été étouffées dans le sang.

« Par la Déesse, ils n'ont toujours pas compris que ça ne servait à rien ? Processions. Répression… Ces saloperies s'en foutent ! Ce qu'il faut, pour mettre un terme à tout ça, c'est des moyens pour les combattre ! »

Enfin, Polissena parvint en vue du « dernier pont ». Ici, il n'y avait guère que palais et demeures à l'abandon, où proliféraient rats et vermine sans nom. La nuit venue, certains nobles en quête de divertissement venaient y traquer des proies dangereuses et exotiques – leugeias et stryges, surtout –, payant une fortune les veneurs assez inconscients pour les mener dans ces venelles périlleuses. Tino servait-il de guide pour arrondir ses fins de mois ? Falco avait-il, lui aussi, pratiqué ce métier ?

Elle observa les alentours, s'approcha d'un mur lézardé, mangé par une mousse glauque et des algues blanchies par le sel. Il soutenait les vestiges d'une villa dont on devinait vaguementla splendeur passée. Tirant de son sac la chemise de cuir, la lieutenant l'ouvrit et chercha le rapport relatif au vannier.

L'homme avait été tué au pied du pont, battu à mort, avançait-on – son corps présentait de nombreuses contusions. Le sergent chargé de l'enquête avait noté le témoignage de Cosimo D. : *« Falco avait la paluche aussi leste pour siffler des verres que pour rosser, il a pu dérouiller puis se casser la figure en rentrant chez lui. »*

— Ça ne m'avance pas beaucoup.

Le dossier de Tino, lui, ne contenait aucun témoignage de ce genre : l'autopsie, la description de la scène et de la position dans laquelle ses restes avaient été découverts ainsi que la liste de ses possessions – une bourse pleine de sequins, une clef et cette fichue lame de tarot, retrouvée près de lui. Le contenu de sa gondole, amarrée plus au nord, n'avait rien révélé d'intéressant : quelques numéros de *La Gazette de Métida,* une boîte à musique cassée – l'avait-il volée ? Achetée à bas prix en espérant la réparer ? – et des couvertures.

« Si je suis la piste du vannier, si je cherche un rapport entre Tino et lui… Le gamin aurait-il été son apprenti ? Une stryge aurait-elle décidé de se débarrasser d'eux ? Par vengeance, ou pour protéger son nid ? Après tout, ces êtres sont doués d'une certaine forme d'intelligence… Non. Ça ne tient pas la route. Il est mort, et cette carte, *Le Chariot,* se trouvait à côté de lui. *Le Chariot,* symbole de mouvement, de persévérance… Drôle d'ironie. Reprends, ma fille. Reprends depuis le début. Tino voulait devenir chroniqueur. D'après Lippi, il venait de se voir confier son premier article. Mais avant ? Avant, Tino volait… »

Et soudain, tout fut clair. Avec la fulgurance d'un éclair, une intuition – de celles qui ne se produisent que deux ou trois fois dans une carrière – la traversa. Quand Polissena se redressa, elle avait compris le lien entre les deux décès. Quatre ans plus tôt, Tino, petit criminel affamé, prêt à tout pour survivre, avait tué l'artisan. Ce dernier s'était défendu mais Tino, plus vif, plus sobre aussi, avait eu le dessus. Pourquoi, en ce cas, revenir des années plus tard sur le lieu de son crime ? Pourquoi venir mourir à cet endroit ?

« Parce qu'on l'y a attiré. Parce que le spectre de sa victime a voulu se venger. Il suffit qu'il ait fait appel au nécromancien… Oui ! C'est ça ! Di Larini utilise les morts pour accomplir ses crimes ! »

*

Les cloches du temple de la Lune résonnèrent, solennelles, annonçant le début de la prière. Assis au chevet de Nola, Angelo leva la tête vers la lucarne qui laissait filtrer le soleil dans la chambre mansardée. Ses rayons d'or pâle, passant par-dessus le lit, se reflétaient sur le mur et la porte entr'ouverte menant au salon.

La jeune femme avait le teint cireux ; des cernes violacés marquaient le contour de ses yeux gonflés par les larmes et ses lèvres, blêmes, semblaient celles d'une noyée. Une mèche terne, collée par la sueur, barrait l'une de ses pommettes.

Il connaissait cet état, l'avait déjà vue ainsi. De temps à autre, la barrière dissimulant ses failles aux regards du monde et de sa conscience se brisait ; alors Nola n'avait d'autre choix, pour lutter, pour ériger de nouveau ce fragile barrage, que de se détruire. Un jour – cela ne faisait pas longtemps qu'ils se fréquentaient – il l'avait retrouvée dans la salle d'eau, hébétée et nue. Des sillons marbraient son ventre et ses cuisses, traces écarlates, indécentes, sur sa peau blanche et fine. Le sorcier l'avait lavée, soignée – veillée aussi. Et, quand elle avait repris ses esprits, il ne l'avait pas interrogée. Chercher à savoir, au mépris de l'autre, en dépit de tout… Angelo ne voulait pas de cela. Il pouvait écouter le silence, non le forcer. Il avait attendu la crise suivante – parce qu'elle le *voulait* – pour demander : « Pourquoi ? » Elle le lui avait dit – et sa réponse suffisait. Nola n'arrivait pas à exprimer d'une autre façon ce qu'elle ressentait, ce qui couvait en elle et étouffait sa vie : la mutilation, langage de chair et de sang, permettait de le manifester.

Il y a trop longtemps que je suis hors du monde
Pour enrichir mon âme et la rendre féconde
Je suis celui qui veille sur les portes closes…

Trois vers de *La Maison aux secrets,* de Marcantonio Bembo, jaillirent en son esprit, insolites et pourtant justes. Angelo se sentait lui-même tellement extérieur, tellement détaché des personnes, du lieu dans lequel il vivait ! Seule Nola qui n'avait jamais cherché à percer ses mystères, Nola elle-même énigme, être de marge – en marge de ses semblables, de la réalité, de sa propre conscience – lui était proche.

Quelque chose, soudain, apparut à la lisière de son regard. La silhouette d'une main, longue et griffue. L'ombre vacillante d'une chevelure, penchée sur son amie assoupie. Les formes s'estompèrent, réapparurent, fragiles et frémissantes comme la flammèche d'une bougie.

La Bête de Cribella tentait de se manifester.

Calmement, Angelo tira de sa chemise la patte de rat sèche et noircie lui permettant de passer de l'autre côté, piqua son doigt et recouvrit de sang les runes gravées sur l'amulette. Il n'eut aucune peine à glisser dans l'univers gris, corrodé, des esprits et des âmes en peine. Le démon se tenait à côté du lit. Sa peau, ses longs cheveux, ses ailes paraissaient de fumée. Seuls ses yeux caprins, qui l'observaient intensément, semblaient réels.

— J'ai pris des forces, mais je ne pourrai rester longtemps.

De ce côté du monde, il s'exprimait à haute voix. Une voix de basse, râpeuse.

— Orfeo. Votre ancien mentor. Mes écrits lui étaient destinés. Mais il est mort… Nola est le pont qui me permet d'accéder à vous. Nola est un… leurre… pour ceux que je combats. Vous êtes mon dernier espoir. Je ne pourrai tenir beaucoup plus… Ils connaissent ma nature, ma puissance…

— Orfeo croyait que vous pouviez vaincre ce mal, ces choses qui engloutissent les âmes. J'ignore pourquoi il avait foi en vous, peut-être parce que vous êtes prince, parce que vous appartenez aux deux mondes, celui des hommes et celui des démons…

— Nous appartenons au même monde, Angelo : celui de la déesse Lune. Celui que leur seigneur veut détruire.

— Qui est-il ?

— Vous l'avez vu… La lamia vous l'a montré avant de s'éteindre.

Ainsi, il savait. Angelo n'en fut guère étonné : Malatesta, hybride d'une femme et d'un démon, possédait un lien empathique avec l'engeance des ténèbres.

— Angelo, cette ancienne entité… Kebahil… Elle se nourrit de toutes les peurs, de toutes les souffrances, de tous les maux des vivants. Elle exacerbe la haine et la folie, s'en empare, s'en repaît, et ainsi croît et se multiplie… Je l'ai vue, partout, dans l'Archipel. À Arachnae. À Matricia. La peste… Elle en est la source. Et les grands vers, les créatures hybrides qui hantent cette cité sont à la fois ses rejetons et des extensions d'elle-même. Elle contamine les âmes, les corps…

La forme vacilla, heurtée par une force invisible, s'éclipsa le temps d'un battement de cil, revint, faible, ténue.

— Libérez-moi… Je pourrai endiguer le désastre… Du moins, essayer.

Il y eut un second assaut.

L'ombre eut un sursaut. Disparut, définitivement cette fois, renvoyant le nécromancien au réel.

Roulée en boule dans les draps, Nola continuait à dormir. Son souffle était plus paisible. Ses joues avaient repris un peu de couleur. Blotti contre elle, indifférent au monde des spectres, le chat noir ronronnait, les yeux mi-clos.

— Vous libérer ? murmura Angelo, effleurant la joue de la dormeuse. Mais comment ?

*

Rien, ni la lumière du soleil filtrant à travers les vitres ni même les facéties du chien gris tentant vainement d'attraper les rayons, ne parvenait à égayer l'humeur des chroniqueurs de *La Gazette*. À la mort de Tino était venue s'ajouter la brutale sortie de Nola, la tension ambiante, les émeutes et, ce matin, une note sèche annonçant la visite officielle d'un représentant du Conseil de ville pour une « mise au point ».

Catarina, la directrice du journal, ne cessait d'aller et venir dans la salle de rédaction, houspillant sa fille et les deux chroniqueurs, s'attardant sur chaque phrase, chaque mot, voyant des maladresses et des fautes là où il n'y en avait pas. Orseo rédigeait la troisième version d'un article polémique sur la manière dont on utilisait la Garde noire, non pour assurer la sécurité de tous les citoyens de Cribella, mais pour réprimer de justes révoltes et ériger une barrière entre les sestiers riches de Dyctina ou d'Agelène et les autres parties de la capitale. Quand Catarina, regardant par-dessus son épaule, lui fit remarquer que le ton employé – alors qu'il s'agissait du témoignage d'un marinier – était vulgaire, il fut à deux doigts de tout laisser tomber.

Un clin d'œil complice de Renzo l'en empêcha. Le vieux rédacteur, lui, avait renoncé à écrire et attendait tranquillement que l'orage soit passé pour poursuivre. Sa rubrique, qui relatait l'héroïsme de trois jeunes recrues face à la férocité d'un couple de stryges, avait été jugée mal rédigée et navrante de banalité.

Laissant Orseo, Catarina marcha sur sa fille et se saisit d'un brouillon.

— Nello, Gentilhomme Corsaire*, dernier roman de Siro Venelli, est enfin disponible ! On murmure que le célèbre romancier honorerait bientôt Cribella de sa présence. Le roman qui l'a rendu célèbre dans tout l'Archipel,* Capes, Épées et Baisers volés, *devrait bientôt être adapté au théâtre…* Célèbre, bientôt… C'est incroyable ! Ce texte est truffé de répétitions.

— Tu n'as qu'à l'écrire, toi !

— Arrête de prendre mal tout ce que je dis, Isadora.! Mais franchement : *Après la belle Sienna, c'est au tour de Basilia della Trava, benjamine de cette fratrie privée, hélas ! d'un frère aimé, de se fiancer. L'heureux élu n'est autre que Marcello Bellini, comédien et directeur du théâtre della Stella…* Ta chronique mondaine, ma chérie, ne vaut pas grand-chose : le style est lourd et l'ensemble manque de rythme.

Isadora la dévisagea, les yeux brillants de larmes.

— Ça ne sera jamais assez bien pour toi, n'est-ce pas ? Quoi que je fasse ?

— Isadora, ce n'est pas…

L'aboiement du chien l'interrompit. Catarina eut la présence d'esprit de retenir le molosse qui, déjà, s'élançait vers l'entrée, prêt à protéger les siens d'une intrusion.

Mal à l'aise, la capitaine Mazzario entra. En armure d'apparat, elle précédait deux individus à la mise indéniablement noble. La femme portait, sous un long manteau de samit anthracite doublé de fourrure, une robe soyeuse aux moirures pourpres et tenait sous son bras une chemise de cuir ; l'homme, vêtu d'une pelisse de loutre, d'un pourpoint vert aux manches bouffantes et de culottes assorties, portait au côté une dague et une rapière.

— Siora Bacci, voici Francesco de Barbari et Chiara Tullio, délégués du Conseil de Cribella. Signor de Barbari, signora Tullio, voici…

— Inutile de faire les présentations, coupa Francesco, d'un ton rocailleux, qui ne correspondait en rien à sa mise. Chiara, produisez.

La femme s'exécuta, tira de la pochette plusieurs exemplaires de *La Gazette de Métida,* les posa, à plat, sur le bureau de Catarina.

— Le Conseil estime qu'en ces temps de troubles, des articles mettant en cause la compétence des autorités de Cribella et, pis, de notre bien-aimée princesse, Son Altesse Violante Moravia, sont à la fois mal venus et passibles d'amende.

Indigné, Orseo se dressa sur son siège. D'une main ferme, Renzo, qui l'avait rejoint, l'obligea à se rasseoir. Un peu à l'écart, Isadora s'appuya contre le mur, bras croisés contre sa poitrine.

— *Des réfugiés en danger… « Comment ferons-nous, si nous ne pouvons acheter à manger ? » Devant l'augmentation des prix, l'inquiétude s'accroît. Les plaies de la dernière famine ne sont pas encore cicatrisées,* lut Chiara, d'un ton monocorde.

— Vous alarmez inutilement les lecteurs, commenta De Barbari.

— *Après Hypotie et Métida, c'est au tour des sestiers de Théride et d'Érigone de s'enflammer. Motifs : la misère, aux portes de la ville ; la crainte de la maladie et la prolifération de créatures démoniaques au sein même de la capitale…*

— C'est de la diffamation pure et simple, siora Bacci.

— Je…

— Chiara ?

Celle-ci hocha sèchement la tête, tira un rouleau de parchemin scellé et le tendit, sans un mot, à la propriétaire de *La Gazette.* Catarina s'en empara, tremblante, ôta le sceau du Conseil et lut, blêmissant à mesure qu'elle découvrait le contenu de la missive.

— Vous ne pouvez exiger cela, souffla-t-elle enfin.

— Nous le pouvons, au contraire, répliqua De Barbari. Et nous le *devons.* En temps de crise, la principauté ne peut se permettre d'autoriser de tels… affronts… Sans compter ces billevesées qui farcissent la tête du peuple avec des histoires de monstres à dormir debout et de tueurs usant de cartes de tarot. Des billevesées bien impertinentes, soit dit en passant, puisqu'elles incriminent l'art des sorcières du destin et celui des Moires… Le Conseil de Cribella se montre déjà magnanime en vous laissant une semaine. En attendant, il va de soi que le prochain opus de votre hebdomadaire ne paraîtra pas avant que ma subordonnéen'en valide le contenu. Chiara ?

Celle-ci ferma son étui de peau, abandonnant avec une désapprobation méprisante les journaux sur la table et se tourna vers son supérieur.

— Capitaine, nous partons.

Sans attendre, Francesco de Barbari se dirigea vers la sortie, Chiara sur ses talons. Avec une moue désolée, Fosca Mazzario leur emboîta le pas.

— Par la Déesse ! sanglota Catarina, se laissant choir sur le sol, passant comme une enfant les bras autour de son gros chien.

L'animal, surpris, se tortilla, puis entreprit de consoler sa maîtresse, à grands coups de langue sur la tête. Isadora, qui avait suivi depuis la fenêtre le départ du trio, revint sur ses pas et s'accroupit en face d'elle. Cela faisait longtemps qu'elle n'avait pas vu sa mère pleurer. Pas depuis… Toute rancœur envolée, elle posa doucement la main sur son épaule.

— Que se passe-t-il ?

Sans un mot, Catarina lui tendit le billet froissé qu'elle n'avait cessé de serrer dans sa main. Isadora lut, pâlit à son tour. Des excuses publiques ? Un regard permanent sur la gazette qu'avait fondée *son* père ?

— Que comptes-tu faire, Maman ?

Celle-ci lui lança un regard éperdu.

— Girolamo n'aurait pas accepté, mais…

— Jamais.

Elle déchira les ordres du Conseil en petits morceaux, les regarda s'éparpiller sur le sol.

— Jamais, répéta-t-elle. Si on se plie à leurs exigences, on trahit sa mémoire, ses convictions. Ça, je le refuse.

Catarina enfouit sa tête dans la fourrure de son chien.

— Je ne le veux pas non plus. Mais je suis la directrice de ce journal… J'ai des responsabilités envers vous, qui travaillez ici…

— C'est vrai.

Isadora ferma les yeux, comme pour rassembler son courage puis, s'approcha d'Orseo et se campa devant lui.

— Une partie de moi a envie de vous écharper, parce que si on en est là, c'est surtout à cause de vous et de vos causes perdues. Mais je ne vais pas le faire. Vous savez pourquoi ? Parce que cette fichue lettre prouve que vous avez raison, Orseo, et ça me fend le cœur de le reconnaître. Rien que pour ça, ils vont me le payer.

— Comment ? risqua le jeune homme, abasourdi.

Isadora contempla brièvement sa mère, puis dévisagea les deux hommes.

— D'abord, nous allons fermer *La Gazette*. Ici, personne ne souhaite désavouer son travail, je pense. Ensuite… Dites-moi, Messieurs, vous y connaissez-vous en matière de pamphlets politiques ?

*

Légère, éthérée, Nola flotte au-dessus des flots miroitants. Tenant dans sa main un feuillet jauni, elle vole vers le sommet émergé d'un volcan depuis longtemps éteint. C'est un cône de lave, noire comme les roches sur lesquelles s'érige Cribella, noire comme la pierre des ponts et les statues de la Triple Déesse, à l'entrée des temples.

Le parchemin lui sert de guide.

J'ai suivi un homme.

J'ai suivi une femme.

J'ai suivi cet homme et cette femme.

Je les ai observés : j'espérais comprendre. Comprendre ce qui pousse deux êtres l'un vers l'autre, comprendre ce besoin, vital comme se nourrir ou respirer, d'être ensemble, de se toucher, de se parler.

De s'aimer ou d'aimer, simplement.

Nola est sortie du sommeil, tout à l'heure. Seul le chat noir la veillait. Elle a voulu se distraire, pensait poursuivre Genova M. ou Les Amours sacrilèges, *mais ses doigts ont effleuré le journal de Malatesta. Alors, elle a commencé à lire…*

Elle s'approche du Dédale où il est emprisonné, n'a qu'à traverser le roc pour pénétrer au cœur du cratère. Ici, en cette étrange réalité, les lois ne sont pas les mêmes. Tout est affaire de volonté. De courage.

La passion, ce sentiment dont vous tirez tragédies et poèmes, les animait… Lui, batelier, elle, danseuse dans un troquet du port. Ces deux-là se cherchaient et se fuyaient, se blessaient pour mieux lécher leurs plaies. Des animaux avides de l'autre, de sa chair et de son sang. De sa souffrance, aussi.

Je me suis dit que là résidait la différence entre ma voracité de bête et leur voracité d'homme.

Je me repais jusqu'à satiété de mes proies, mais je ne tire aucun plaisir de leur souffrance.

Quand vous ne pouvez vous rassasier des vôtres, la cruauté comble ce vide.

Malatesta est un démon : il se nourrit des condamnés que lui livrent les autorités. C'est un monstre hybride, un mangeur d'hommes.

Leur histoire s'est achevée sur un quai.

Il y a eu l'incident, les cris.

Il y a eu l'éclat d'une lame.

J'ai attendu, patient, que le marinier vienne à moi. Mais il n'a pas voulu me parler.

Ni sa chair ni son sang ne m'ont aidé à comprendre cet étrange mouvement de l'âme.

C'est un être pensant. Étrange, certes. Mais doué d'un esprit et d'un cœur.

Et puis, que risque-t-elle ? La mort ? Morte, elle l'est de toute façon.

Sans plus hésiter, Nola pose les mains sur la roche et s'enfonce dans le labyrinthe. Les murs, les chausse-trapes, les impasses ne sont rien pour elle ; elle glisse vers le centre, vers l'antre de la Bête et plus aucune peur ne la retient. Enfin, elle arrive au seuil d'une vaste salle dont la voûte s'estompe, occultée par les ombres. Au centre, un feu éclaire les parois sculptées d'une infinité de formes. Fascinée, Nola s'approche, observe les visages, la précision des traits, la grâce des mouvements – humains, surnaturels, animaux. Ici, une stryge, perchée sur le toit d'une bâtisse, semble prête à bondir. Là, deux hommes sur un pont sont engagés dans un duel mortel. Plus loin un chat, debout sur ses pattes arrière, tente d'attraper une mouette.

Elle sent soudain une présence, derrière elle. Se retourne. Masse de ténèbres en laquelle ailes, chevelure et corps se confondent, il l'observe et ses prunelles d'or brillent d'un feu troublant.

Nola voudrait évoquer avec lui la singulière beauté de ces bas-reliefs polis dans la lave, lui demander comment, pourquoi il les a créés ; elle voudrait lui dire qu'il la réveille et lui rend le souffle qu'elle a perdu et lui confier tout ce que lui inspire ce journal.

Mais elle demeure muette.

Ses émotions refusent toute parole.

Elle saisit une lame sculptée dans la pierre noire, l'approche de ses poignets. Le sang va couler, encre libératrice, pour exprimer l'indicible… Alors, tirée en arrière, elle file, à toute allure, à travers le volcan, au-dessus de l'eau, réintègre son corps…

Nola battit des cils, ouvrit les yeux. Il faisait presque nuit. Assis à côté d'elle, Angelo lui tenait la main.

*

Polissena s'éveilla, la bouche pâteuse d'un sommeil peuplé de mauvais rêves. Après quinze heures de service ininterrompu, elle s'était jetée sur son lit, tout habillée, ne se donnant même pas la peine d'ôter ses bottes de cuir.

Elle se sentait à peine mieux disposée, avec la tête lourde de cauchemars effroyables – incapacité à protéger les gens de destins funestes, combats sans fin contre des hordes gélatineuses et blêmes – quand, voulant s'asseoir, elle renversa sa table de chevet. Il y eut un terrible fracas. Jaillissant de nulle part, une mélodie cristalline s'éleva dans la pièce.

Tita-tata-tita-tati
Titata-tata-ta-ti

— Qu'est-ce que c'est que ça ? grogna Polissena, farfouillant dans la pénombre à la recherche d'un candélabre.

À genoux au milieu des livres et des objets épars, la lieutenant ne réussit qu'à semer plus de désordre. Elle heurta un pied du meuble, se rappela enfin ses capacités.

— Quelle idiote…

Elle se concentra. Dans sa paume apparut une petite flamme dorée. Vacillante d'abord, elle gagna en puissance, assez pour éclairer le sol et repousser les ombres dans les coins.

Ti-ta-tatitata-tati
Titati-tati-ta-ta

Promenant ses yeux dans la pièce, Polissena cherchait l'origine de la mélodie – un air que l'on entonnait pour célébrer les départs, à la Garde noire. Elle aperçut, entre un vieux vêtement de nuit et son volumineux traité de Droit, une boîte à musique. Au même moment, un courant d'air glacé traversa la pièce.

Tita-tatitata-tati
Tita-tata-ta-ti

La gorge nouée, Polissena, tira son épée, un feu plus vif brûlant dans sa main gauche.

Une forme mince, aérienne, se dessina devant ses yeux. Sa peau crayeuse luisait, iridescente, à la lueur de la flamme. Des prunelles immenses, puits de ténèbres, mangeaient son visage triangulaire et de longs cheveux d'argent ruisselaient sur ses courbes juvéniles.

Ti-ta-tati-tata-tati
Titati-tati-ta-ta

« Regarde-moi », imploraient les envoûtants abîmes.

« Viens à moi », susurrait la main tendue, fine et arachnéenne.

« Laisse-moi t'emmener, t'aimer, te dévorer », ordonnait le corps gracile et impérieux.

Et Polissena, pétrifiée, bascula…

Sa chambre est petite, mais elle s'y sent en sécurité. Elle aime, lorsque nulle corvée ne l'appelle, venir s'y réfugier, sa vieille poupée de bois et de chiffons serrée contre son cœur…

L'étrange fillette la dévisage de ses grands yeux noirs, s'approche, esquissant un sourire carnassier. Fascinée, Polissena se redresse, accueille, en proie au trouble, l'étreinte mystérieuse de sa fantomatique visiteuse…

La créature se nourrit de ses rêves et de ses espoirs, fait taire ses angoisses et ses peurs sous des avalanches de baisers, de caresses brûlantes, douloureuses et sublimes, qui la laissent confuse, assouvie, asservie. Les parents la voient dépérir, s'inquiètent ; le père soupçonne le pire…

Un soir, l'esprit engourdi par l'étreinte de son amie, par ses exigeantes et muettes demandes – « ton sang », « ton âme », « ta vie » – Polissena la laisse s'emparer de ses chairs, s'y étirer, jusqu'à en occuper les moindres recoins. Elle s'endort, paisible, et peu lui importe si jamais elle ne doit se réveiller. C'est tellement confortable, de se laisser aller, de flotter, dans une nébuleuse, ni tout à fait ici ni tout à fait ailleurs, loin d'elle-même et des autres. Quelque chose la tire de cette agréable léthargie. Secousses. Cris. Polissena ouvre les yeux. Sa tête ballotte, son corps impuissant lui échappe, elle regarde le père qui la tient par les épaules, elle regarde la mère qui se ronge les ongles, à ses côtés. Elle entend la petite voix, un chuchotement dans le creux de son cou : « Tue-les. »

Polissena revint à elle, tremblante. La flamme, dans sa paume, mourait. La lumière filtrant par les volets était trop ténue pour chasser l'obscurité. La silhouette, plus proche, se mouvait au rythme de la mélodie, enchaînant des mouvements sensuels, à la fois mécaniques et gracieux.

Tita-tata-tita-tati
Titata-tata-ta-ti

Trouver la boîte à musique dans la pénombre. Fermer le couvercle, pour que cesse cette danse envoûtante, pour que se taisent les sons cristallins, écho des tendres et doux mots dans son esprit : « Viens ! Viens à moi, je t'ai attendue si longtemps… Tu es mienne… »

Bouleversée, saisie par de vieilles terreurs, des images effroyables, plaies de nouveau à vif en son âme, Polissena ne parvint qu'à éparpiller un peu plus le fatras au pied du lit. Elle aurait voulu prier, mais les mots ne parvenaient pas à franchir ses lèvres : elle avait oublié quoi dire, et comment faire.

« Polissena. »

Ne pas écouter.

« Polissena. »

Ne pas lever la tête vers elle.

Ne pas se laisser ensorceler par sa voix mélodieuse, son parfum, sa troublante beauté. Ne pas la rejoindre, ni prendre ses mains ni danser avec elle…

Tita-tatitata-tati

... Polissena voudrait refuser, elle voudrait reculer, mais elle n'en est pas capable. Elle ne peut que demeurer là, prisonnière d'un corps qui ne lui appartient plus, entravée par des chaînes de désir et de sang. Elle ne peut que regarder le père se raidir, les yeux révulsés, se tourner vers la mère avec des mains crispées, lourdes de menaces. Marionnette de chair, il fond sur sa proie, saisit la gorge blanche, palpitante d'effroi. Resserre l'étau... Et la mère cesse de crier. La mère cesse de se débattre, glisse à ses pieds. Le père reprend conscience. Entend le rire clair, moqueur, de la créature. Comprend qu'il a été possédé, qu'il est un meurtrier, qu'il n'y a plus rien à faire...

En larmes, elle tenta de s'arracher à l'emprise de la danseuse. Mais celle-ci la tenait, et raffermit sa prise.

« Te souviens-tu, Polissena ? »

Elle n'avait rien vu ni compris. Ne l'avait pas voulu. Avait tout refoulé, tout enfoui : nulle mémoire ne subsistait. Aucun souvenir ne devait – ne pouvait – resurgir. Tout avait été aplani, étouffé, enterré, pour ne plus jamais réapparaître.

Mais voilà. *Elle* était revenue, à la fois même et autre, plus grande, plus dangereuse aussi.

— Je ne t'appartiens pas !

« Mais si. »

Polissena lui avait parlé. Un pas de franchi. Un pas de trop, qui la rapprochait du point de rupture.

Se rappeler ou lâcher prise.

Se rappeler ou mourir.

Se rappeler ou…

« Tue-le. »

Il bondit sur la créature. Elle l'esquive d'une pirouette. Se perche, aérienne ballerine, sur le lit, entoure l'adolescente pétrifiée de ses bras.

« Tue-le. »

« Je ne veux pas ! C'est mon père ! » tente de hurler la jeune fille.

Elle ne peut parler. Une seconde, une infime seconde, elle sent qu'elle a failli être libre, qu'il aurait suffi d'obéir.

La lamia est en colère. D'une torsion mentale, elle entrave son âme. D'un feu spectral, elle brûle ses paupières.

« Regarde bien, Polissena. Il serait mort, de toute façon, mais à cause de toi, il va souffrir. Quand j'en aurai fini avec lui, je partirai. Et tu auras tout perdu... »

Elle fond sur le père, empoigne ses cheveux bruns, crépus, l'embrasse goulûment, l'étrangle de ce baiser cruel, insinuant sa langue, noire et coupante au fond de sa gorge. Quand elle la retire, le père a la bouche en sang.

Suffoque.

Tombe à genoux, les mains jointes sur son abdomen, son abdomen qui gonfle, se distend...

Se rappeler ou mourir.

Mourir, oui.

Mais pas seule.

Agrippant à son tour les mains de la lamia, Polissena appela la colère, la peur, la culpabilité, la honte, la rage, le désir et la haine. Un feu terrifiant naquit au creux de son ventre, crût, se répandit – jaillit.

Elle ne sentait plus rien quand son corps, submergé par une vague de puissance qu'il ne pouvait contenir, s'embrasa.

Troisième partie

LE SOLEIL

Bouche – béance ténébreuse comme les gouffres
Infinis
Des orbites
Desséchées
Des défunts
Bouche – blessure ouverte sur le vide des chairs
D'où s'envole le souffle
De la vie de la mort
D'où s'échappent les mots
Et les cris d'agonie
Bouche – lésion noirâtre aux lèvres écarlates
Bouche – prison sournoise ouverte sur le réel
Puits de souffrances
Souffrances tues
Tues et tuées
Bouche bée.

Nola de Métida
Poèmes au-dessus de l'abîme

1

Les Paons ou la critique de l'aveuglement

Les paons se miraient dans une mare aux reflets
D'argent ; ils criaillaient, hérissaient leurs plumets.
De leurs longues pennes vertes et azurées,
Ils caressaient et souffletaient leur cour pâmée.
Le temps s'écoulait pour eux dans l'oisiveté
D'une vie de charmes et de facilités ;
Quand les sombres nuées annonçant la tempête
Se massèrent grondantes au-dessus de leurs têtes,
Ils écartèrent la menace d'une roue,
Et, congédiant d'une méprisante moue
Les importuns oiseaux osant les aviser
D'un désastre imminent, se mirent à chanter.
L'orage éclata, terrible ; la foudre tomba.
Lorsqu'après des jours, le ciel se dégagea,
Des paons, il ne restait que quelques ossements
Que chats et rats se partagèrent plaisamment.

Anonyme – Pamphlet placardé sur plusieurs bâtiments officiels de Cribella

Sestier de Métida – 29e jour du mois de la Forge

Nola avait retrouvé les clients, recommencé à sourire, à écouter patiemment leurs souhaits, leurs doléances. Grâce à leur présence, elle se sentait, par intermittence, dans le monde. Un baume sur la souffrance. Léger, imparfait comme toujours. Suffisant pour se raccrocher à une existence dont elle ne voulait peut-être plus. Malatesta occupait ses pensées. Malatesta, même absent, devenait la réalité – sa réalité. La seule qu'elle souhaitait. Elle avait honte. Angelo était son amant, son ami, celui qui la connaissait le mieux, qui la récupérait à chaque fois, pansait les coupures, essuyait le sang et les larmes sans demander « pourquoi ». Rossana, flamboyante, vibrante, tenait à elle et lui avait même rendu visite la semaine passée – « une mauvaise fièvre, rien de grave », avait expliqué le nécromant –, apportant un énorme bouquet de roses acquises à prix d'or au marché d'Agelène. Mais ni l'un ni l'autre ne parvenaient à réchauffer son âme ni ranimer son cœur moribond.

« Et pourtant, Malatesta me terrifie… Ce qu'il est… Ce qu'il veut de moi… Même si j'en ignore la nature… »

Aucune de ses questions n'avait trouvé de réponse. Ni dans *Genova M.,* fantaisie érotique sans grand intérêt en dehors de sa dimension critique ni dans le classique *Cytheriae : Histoire d'une principauté* ni même dans *La Triple Déesse et ses ombres,* essai de théologie audacieux rédigé un siècle plus tôt par une ancienne prêtresse.

Lové sur ses genoux, le chat noir dressa la tête. La clochette de l'entrée tinta. Un instant plus tard, Leporello Dandolo pénétrait dans la pièce, ses vêtements austères troqués contre un pourpoint à crevés bistre et des braies anthracite. Rasé de frais, il avait coiffé ses cheveux gris-blond en un catogan serré qui accentuait la dureté de ses traits. Ses yeux brillaient d'un éclat étrange, inquiétant. Il demeura debout près de la bergère, observant l'office comme s'il voulait graver chaque détail – des étagères encombrées aux petits tableaux accrochés aux murs – dans sa mémoire avant de prendre place.

— C'est notre dernier entretien. Je suis satisfait, précisa-t-il avec un bref sourire. Mais mon histoire touche à sa fin. La prochaine fois, vous me remettrez votre travail et je vous paierai ce que je vous dois encore.

La jeune femme se sentait soulagée. Elle n'aimait pas Leporello qu'elle trouvait mielleux et sournois. Il cherchait toujours à établir entre eux une intimité qui n'avait pas lieu d'être.

— Voici les derniers feuillets. Il n'y a presque aucune correction à apporter. Vous faites un excellent travail, Nola. Je ne sais comment vous remercier, je…

— Vos compliments suffisent.

— Bien. Alors… Allons-y. Si cela vous convient, évidemment.

Nola hocha la tête. Prit sa plume – songeant qu'elle s'en débarrasserait aussitôt ce travail biographique achevé – et se prépara à noter.

— Le climat d'Epeira était trop humide. Il y avait les moustiques. Le froid, venu des montagnes. Nous aurions dû quitter la cité, et notre maison au bord du lac. Nous aurions dû nous résigner et retourner à Cribella ou, au moins, nous rendre dans une autre ville, plus au sud. Mais vous voyez, Délia aimait l'endroit. La vue sur les cimes toujours enneigées, les eaux calmes et bleues, les plaines vertes, où paissaient vaches et chevaux. J'avais ouvert une modeste échoppe de luthier. À vrai dire, je n'avais pas beaucoup de clients. Mais cela m'était égal. Cela *nous* était égal. Jusqu'à ce que Délia tombe malade. Elle a commencé à tousser au début de l'hiver. Nous n'avions pas beaucoup d'argent. À peine assez pour faire venir le guérisseur, une fois, deux fois et puis… J'ai écrit à son père pour quérir son aide. Il ne m'a jamais répondu. Délia toussait de plus en plus. Quand elle s'est mise à cracher du sang, j'ai fermé ma boutique : je n'y gagnais pas grand-chose, alors… J'ai demandé de l'aide au temple de la Lune. On m'a répondu que la Vieille venait chercher son dû. Je les ai haïes, ces prêtresses. Oh, j'aurais voulu les tuer, ces femmes qui me refusaient leur soutien ! J'ai appris, plus tard, qu'il y avait une épidémie et qu'elles avaient vu dans l'avenir qui survivrait ou non.

Leporello se tut. Le regard vague, perdu dans ses souvenirs, dans ce deuil qui n'avait jamais vraiment cessé, il cherchait la force d'exorciser sa douleur.

— Délia est morte avec les premiers bourgeons de fleurs. Elle s'est levée, ce matin-là, pleine d'énergie. Je voulais croire à une rémission. Je me trompais. Je le savais bien au fond mais je refusais d'y songer, vous voyez. Elle voulait sortir, respirer la brise fraîche de ce début de printemps mais ses forces l'abandonnaient et elle s'est effondrée sur la berge. Jusqu'au bout, je l'ai tenue dans mes bras. Elle était si pâle ! Des éclaboussures de sang tachaient ses lèvres et son beau visage. Et puis ses yeux sont devenus fixes.

Leporello s'interrompit de nouveau. Quand il reprit, sa voix tremblait légèrement.

— Je suis allé au bord de l'eau. J'ai regardé le vent disperser ses cendres au-dessus de l'onde, mais n'ai pu me résoudre à tout lui abandonner. J'ai emporté un peu d'elle avec moi.

Nola termina soigneusement de consigner les souvenirs, les émotions de son client. Quand elle revint à lui, il attendait, debout, très raide.

— Vous terminerez par ça, dit-il, lui tendant un morceau de papier.

Nola le prit.

Tu es passée comme un souffle éphémère
Dans les longues années de mon exil.
Auprès de toi, tout me semblait facile,
Mais tu es partie et je désespère.

Le quatrain était maladroit, mais sincère. Manifestement, il tenait à ses vers.

— Revenez dans trois jours, tout sera prêt.

Une fois Dandolo parti, Nola se laissa aller sur son siège. Elle se sentait vidée par l'entretien et avait besoin de se changer les idées. L'arrivée d'un nouveau client l'en empêcha.

*

Les masques. Les masques le frappaient chaque fois qu'il entrait dans le bureau de Fosca Mazzario. Certains, en cuir brun ou passe-velours, représentaient des figures du théâtre populaire de l'Archipel : demi-lune travaillée comme une dentelle pour la douce Chiara, énigmatique damier pour le malin Mascarillo ; d'autres, en stuc ou en papier mâché, peints d'arabesques et ornés de plumes, de fleurs de tissu et de perles de verre, se trouvaient dans les îles boréales, Matricia et Tenebrosa ; les plus mystérieux, des compositions de bois, de peau, de perles et de coquillages, venaient de Messina et de Sparassia, au sud des Numinées. La plupart possédaient une fonction rituelle dans certaines cérémonies sacrées : en plus de la Triple Déesse, les habitants des principautés australes vénéraient des esprits élémentaires et animaux. Ils servaient, de plus, à éloigner spectres et goules des demeures des vivants.

Les pièces accrochées au mur formaient un ensemble hétéroclite, fascinant pour le visiteur. Face à toutes ces figures qui le fixaient de leurs orbites vides, Angelo se sentait étonnamment serein. Protégé.

Fosca, qui disparaissait sous un monceau de documents de toutes tailles, releva la tête en sentant sa présence et, d'un sourire, l'invita à s'installer. Il trouva une chaise et s'y assit, posant sa giberne à côté de lui.

— Si cela ne vous ennuie pas, j'aimerais terminer une note.

Le nécromant hocha la tête, extirpa de son sac un recueil de poèmes – *Les Quatrains en rouge,* de Lucina Labia, nouvellement imprimés par la maison Scrivi – et commença à lire.

C'est un fard couleur rouge sang
Qui recouvre sa peau d'enfant,
Et fige ses traits innocents
Sous ce visage d'ossements.

L'édition indiquait : *Ce quatrain, retrouvé il y a quelques années par les descendants de la poétesse, se trouvait sur le même feuillet qu'une première version de « La Poupée », que nous vous livrons sur la page ci-contre.*

De l'encre rouge et du sang noir
Et non des larmes sur ses joues
De poupée sage, voyez-vous !
Simples sillons de désespoir.

Les vers de Lucina Labia évoquaient Nola. Angelo espérait simplement que la jeune femme ne connaîtrait pas sa fin tragique. Il tourna une page, s'apprêtant à découvrir un autre poème. Fosca Mazzario l'interrompit.

— Je suis désolée de vous avoir fait attendre. Êtes-vous remis de…

— Ne vous inquiétez pas pour ça, capitaine. Vos guérisseurs sont doués et je possède, moi-même, quelques compétences dans le domaine.

Ses yeux noirs le fixant avec intensité, Fosca tentait de lire en lui, de percer l'impassibilité lisse et froide qu'il donnait à voir. Enfin, elle se décida.

— Angelo, je vous ai demandé de me retrouver ici parce que je suis dans une impasse. Les dossiers s'accumulent, la mort de la lieutenant Duccio n'a rien arrangé et son remplaçant n'est pas doué pour les analyses. Je ne peux pas réitérer ma proposition de vous engager. La totalité des fonds de la Garde noire vont à la lutte contre les foyers rebelles ainsi qu'à la sécurité de Cribella. En revanche, je suis prête à payer vos compétences sur mes ducats personnels…

— Tout dépend de ce que vous voulez, capitaine. Je mène mes propres combats, et je n'ai pas beaucoup de temps à consacrer aux vôtres.

Fosca lui tendit *La Justice,* huitième arcane du Tarot de la Lune.

— Elle a été récupérée dans la chambre de Duccio. Le lien est aisé à faire, mais je n'arrive pas à comprendre comment le tueur s'y prend. Je me débats pour mener une enquête et découvrir l'identité de la prochaine victime avant qu'il ne soit trop tard… Malheureusement, la conjecture actuelle fait que c'est impossible… Mes hommes sont dépassés, les mortuors ne peuvent pas faire de miracles et moi, on m'abreuve d'ordres et de contre-ordres. C'est d'ailleurs pour ça que je n'ai pu vous contacter avant.

Angelo examina attentivement la carte. Il sentait, même sans passer de l'autre côté du monde, qu'elle vibrait de résidus telluriques. Des résidus poisseux, malsains.

— Polissena a suivi plusieurs voies, poursuivit Fosca. L'une menait à vous, j'en ai peur. Une autre l'a conduite à interroger une cartomancienne : si l'on en croit cette vieillarde, le jeu utilisé est maudit et aurait appartenu à une sorcière du destin.

— Votre piste commence avec…

— Marquise. Duccio a retrouvé *La Princesse* – ironique, n'est-ce pas ? – dans sa chambre. Nous ne savons pas où chercher les deux premiers meurtres.

Mais, si l'on suit la logique du tueur, le prochain correspondra au *Sage,* la neuvième lame du Tarot de la Lune.

Angelo plissa les yeux. Les éléments se mettaient en place dans son esprit : il ne pouvait connaître l'identité de l'assassin, mais devinait sa routine. S'il s'agissait d'un adepte de magie noire, les cartes lui servaient de catalyseur. En trouvant des proies correspondant à la signification des arcanes, l'assassin créait un portail qui lui permettait de les atteindre. Il se pouvait même qu'il soit en possession de jeux jumeaux et agisse par ce biais. Ainsi, le magicien poussait ses victimes au suicide et, s'il s'agissait d'un adorateur de Kebahil, livrait leur essence à son maître.

— Mes intérêts et les vôtres se rejoignent, dit-il enfin. J'accepte votre proposition. Mais il va me falloir un lieu pour travailler, un entretien avec les mortuors, le dossier complet et un accès à vos archives. Pour commencer, au moins.

— Pour commencer ?

— Cette lame résonne d'échos magiques : la cartomancienne voyait juste, je pense que le jeu auquel elle appartient a été volé sur une dépouille. Mais pas n'importe laquelle. Voyez-vous, pour le récupérer, le tueur a probablement commis son premier crime. Et probablement une personne qu'il connaissait. Voilà pourquoi je dois savoir si des sorcières du destin sont mortes de manière brutale au cours des dernières années, et combien. Cela peut me mener hors des frontières du sestier.

— Autrement dit, si nous tenons la sorcière…

Le visage de Mazzario s'éclaira. Elle rassembla plusieurs dossiers, les plaça dans un gros étui de toile cirée. Ensuite, elle rédigea une lettre et la cacheta de son sceau officiel. Enfin, elle ouvrit un tiroir, fouilla, en tira une bourse de cuir et lui remit le tout.

— Prenez la pièce à côté. Vous y serez au calme. Et… Angelo…

Le nécromant tourna la tête vers elle.

— Merci.

*

Gualterio Scrivi n'avait guère changé au cours des années. Plus lourd, mais les cheveux coupés ras – poussière grise sur son crâne large –, comme autrefois, les sourcils broussailleux. Le deuil, la souffrance avaient raviné ses traits, creusant des sillons de tristesse de chaque côté de sa bouche et sur son front, mais il demeurait le même : le colosse qui lui avait refusé sa fille autrefois, le colosse qui leur avait refusé son aide.

À cause de lui, elle était morte.

La sorcière avait payé.

Un hasard. Un cadeau de la destinée.

Délia avait disparu depuis cinq ans, alors. Son absence, plaie béante, ouverte sur des flots de souffrance, de colère, de regrets le torturait jour et nuit. Il était revenu à Cribella, suivant une intuition qu'il ne comprenait pas, abandonnant la misérable existence de luthier qu'il avait tenté de mener *après,* pour être fidèle à ce qu'ils avaient voulu créer, pour essayer de sauver leur rêve, brisé avant même d'avoir éclos. Mort-né. Il épiait l'imprimeur et son épouse,à l'affût d'une occasion – de se venger, de crier, hurler, pleurer, leur jeter au visage la mort de leur fille.

Ou tuer.

La sorcière tenait boutique, ce jour-là. Rangeait, classait les ouvrages dans les rayons quand son assassin était entré, épargnant au luthier l'hésitation d'un premier crime. L'homme ne lui avait pas laissé le temps de crier. L'avait attrapée par les cheveux, tranchant sa gorge avant de partir en courant, un gros volume relié de cuir pressé contre son cœur.

À cette époque, Leporello portait une barbe, des cheveux trop longs et les nippes chiffonnées d'un vagabond. Impossible d'être reconnu. Il avait franchi le seuil – le sang, partout, éclaboussait les vitrines et le sol – et avait vu le jeu de tarot éparpillé. Avant même de comprendre son geste, il ramassait les cartes souillées. Ensuite, il avait appelé au secours.

Scrivi. Ses yeux fixant le corps de sa femme, poupée désarticulée, peau blanche maculée d'écarlate.

L'incrédulité. L'insupportable douleur. La longue plainte inarticulée.

Oh, qu'il avait savouré cet instant ! Voir l'ennemi, le responsable, à son tour désespéré, à son tour privé de son amour !

Il avait témoigné – faux nom, renseignements précis : le reste demeurerait entre Scrivi et lui.

À présent, il revenait à l'imprimerie. Observait, comme jadis, les allées et venues de Gualterio et de son apprenti. Vit passer un client. Un messager de la Garde noire, au vu de son uniforme. À son tour d'entrer ; l'imprimeur ne le reconnaîtrait pas – cela faisait vingt ans, depuis la mort de Délia.

Et il voulait lui remettre le présent en personne.

Il avait choisi la mélodie avec un soin tout particulier.

La Fiancée du tueur. Un air grinçant, narrant l'amour d'une fille, Elda, pour un assassin. La chanson s'achevait par la mort de la malheureuse.

Et dans la nuit
Se meurt Elda
Naïve Elda
Délaissée

Et dans la nuit
Se meurt Elda
Naïve Elda
Poignardée

Il trouvait à la chanson une certaine ironie. Espérait que Scrivi, avant de mourir, saurait lui aussi en apprécier l'à-propos. Regrettait presque de ne pouvoir assister *de visu* à son agonie.

*

Deux nouvelles œuvres ornaient les murs de *L'Ambre rouge.* La première, le portrait en pied de Pamina, figurait l'allégorie de la Danse. La seconde, travaillée dans des teintes plus contrastées – oranges et bruns tranchant sur un indigo – personnifiait la Musique, sous les traits androgynes de l'amante de Rossana. Quand Nola, le chat noir sur l'épaule, passa le seuil de l'auberge, les conversations allaient bon train – et les tableaux de l'artiste n'étaient pas la principale préoccupation des clients.

Certains évoquaient le pamphlet placardé sur les murs des différentes institutions de Cribella, d'autres s'inquiétaient de l'augmentation des taxes et attaquaient la Garde noire, incapable de les protéger du mal qui gangrenait le sestier – voire la cité entière. Plusieurs discutaient à voix basse des dernières mesures prises par le Conseil de ville : évacuation forcée de certains faubourgs, les exilés allant gonfler les rangs des réfugiés, répression violente des émeutes éclatant à Hypotie et dans certains coins de Métida, arrestations de plus en plus arbitraires de coupables dont le seul forfait était de critiquer trop ouvertement la princesse Moravia.

— Apparemment, la Garde noire est aux trousses de l'auteur des *Paons,* expliquait un homme vêtu d'une camisole trop large, de braies et de bottes en peau. Les autorités auraient mal pris la chose. Je serais à leur place, j'essaierais plutôt de réfléchir au propos du poème et de me remettre en question.

— C'est pas le genre de la maison, ricana son comparse. Au fait, t'es pas au courant ? Ils ont attrapé un type, qui revendait du Tarenta sous le manteau.

— Tu veux dire, *Genova M.* ?

— Quoi d'autre ? Paraît qu'ils l'ont envoyé directement dans le Dédale.

— J'avais entendu des rumeurs dans ce goût-là. Des descentes dans des bordels, même du côté d'Agelène, à ce qu'on prétend. Mais je ne les savais pas si… radicaux.

— D'un autre côté, ce livre est à l'index depuis toujours et sa possession est un crime. T'en as pas un, au moins ?

L'autre lui lança un regard noir.

— Allez ! Un peu d'humour, je sais bien que c'est pas ton genre !

— Ni le tien je suppose ?

Accoudée au comptoir, Nola n'avait rien perdu de l'échange. Ces changements, brutaux, inattendus, l'étonnaient. Elle aurait dû y être préparée : les gens venaient la voir parce qu'ils avaient peur, parce qu'ils appelaient à l'aide, parce qu'ils suppliaient dans l'espoir d'obtenir des délais pour s'acquitter d'impôts, de loyers, de dettes. Mais ces derniers temps passés chez elle, son lien étrange avec Malatesta l'avaient coupée du monde. Et puis, sans *La Gazette,* sans Orseo pour la tenir au courant…

Rossana interrompit ses réflexions.

— Que veux-tu, ma belle ?

— Que proposes-tu ?

— Beignets de légumes, gratin de coquillages…

— Ce sera parfait. As-tu le temps de te joindre à moi ? ajouta Nola, sachant que cela lui ferait plaisir.

L'artiste acquiesça. Dix minutes plus tard, les deux femmes s'asseyaient au fond de la salle, sous une sirène à la longue chevelure d'algues alanguie dans une conque de nacre. À leurs pieds, le chat noir dévorait des restes de poissons.

— Quand seras-tu disponible pour une deuxième séance ? J'ai bien avancé ma toile, mais j'aimerais que tu prennes une nouvelle fois la pose… Si cela ne t'ennuie pas, bien entendu.

Nola songea aux entailles, sur ses cuisses, son ventre, ses bras, ses poignets aujourd'hui protégés par les manches brodées de dentelles de sa chemise, qui n'étaient pas complètement cicatrisées et la lançaient.

— D'ici une semaine, si tu veux. Avant…

— Tu te sens encore faible, c'est ça ? Je suis désolée, je n'aurais pas dû te demander.

Elles entamèrent, en silence, les coques relevées par la crème et les épices, burent un peu de vin jaune. Nola s'efforçait de goûter les saveurs du plat, mais ses pensées vagabondaient vers le Dédale et son prisonnier, Malatesta.

— Nola ?

L'écrivain public sursauta.

— Je suis désolée, j'étais…

— Ailleurs.

— Que disais-tu ?

— Je voulais savoir ce qu'Angelo pensait des rumeurs sur la Bête du Dédale. Tu ne sais pas ce qu'on raconte ? précisa Rossana, notant la mine surprise de son amie. Elle serait la cause de tous les maux de la capitale. Les disparitions, la colère de la Triple Déesse…

La jeune femme dissimula les battements soudains de son cœur sous un sourire distrait.

—Oh ? Vraiment ? Eh bien, je n'en savais rien. De toute façon, nous n'évoquons pas beaucoup le sujet. J'ai cru comprendre que *La Gazette* fermait ?

— Comme *L'Aurore d'Agelène,* et d'autres journaux, jugés inconvenants. J'ai vu Orseo, il y a peu. Il paraissait plus en forme qu'après votre dispute, mais j'ai de la peine pour lui.

— Moi, j'ai eu de la peine pour Angelo, passé à tabac par une bande d'imbéciles à cause d'un gamin jaloux.

— Tu n'es pas prête à lui pardonner, alors ?

« Orseo ne m'intéresse pas. Pas plus que toi. Pas plus que vous tous, qui ne voyez rien, ne comprenez rien – à qui je ne peux *rien* dévoiler. Angelo est mon dernier lien avec ce monde. »

Nola ne pouvait exprimer cela. Inutile de blesser.

— Quand il présentera ses excuses à Angelo, peut-être. En attendant…

Elle se leva, embrassa doucement Rossana sur la joue et quitta *L'Ambre rouge,* le chat noir sur les talons.

*

Gualterio considéra le pli de la Garde noire – l'annonce officielle d'une inspection, le lendemain matin – puis la boîte à musique, un bel objet en bois artificiellement patiné, aux angles arrondis. Son dernier visiteur, un excentrique ravi de trouver, enfin, l'ouvrage qu'il cherchait depuis des semaines, la lui avait offerte.

« Au moins une bonne nouvelle dans la journée. »

À la fermeture de *La Gazette de Métida,* l'un de ses meilleurs clients, s'ajoutaient des problèmes de trésorerie, un contentieux avec son graveur habituel – et cette missive. L'imprimeur savait ce que chercheraient les soldats envoyés chez lui : des pamphlets, des écrits séditieux, voire des copies de *Genova M. ou Les Amours sacrilèges.* Il n'en avait plus : Antonella avait acquis son ultime exemplaire.

« Ils ne fouilleront pas son office, et certainement pas son domicile. Une chance qu'elle me l'ait réclamé, l'autre jour… »

Gualterio rangea quelques piles de livres – *Quatrains en rouge,* de Lucina Labia ainsi que *Prières et Liturgies,* un recueil de textes religieux – puis nettoya les cassetins où étaient disposés les caractères. Il termina une première rangée, se rappela alors le cadeau. Essuyant ses mains tachées d'encre, il souleva le couvercle du coffret, révélant une minuscule figurine aux boucles – de vrais cheveux – châtaines, au visage doux, aux yeux faits d'éclats de verre émeraude ; elle portait une robe vert pâle et commença à tourner sur elle-même, accompagnant les premières notes d'une mélodie. L'imprimeur sentit son cœur se serrer, étrangement ému. Sans qu'il parvienne à expliquer pourquoi, cette fragile poupée lui rappelait sa fille, sa petite Délia disparue des années plus tôt.

Ti-tata-ti
Ti-tati-ta
Ti-tati

« *La Fiancée du tueur* ? Quelle drôle d'idée… » songea-t-il, commençant toutefois à fredonner les paroles de cette chanson grinçante.

C'est un tueur
Sinistre et froid
Et tous le savent
Même toi…

Gualterio ouvrit un deuxième tiroir, trempa son éponge dans la bassine d'eau, l'essora. Du sang se mit à ruisseler sur ses mains. Il la lâcha aussitôt, bondit loin du bac avec un frisson.

Ti-ta-tita
Ti-ta-tita
Ti-tata

« J'ai la berlue. Pas assez de sommeil, trop de soucis. »

L'imprimeur frotta nerveusement ses paumes sur le tablier, baissa les yeux. Il était maculé de taches. Fébrile, il l'arracha, déchirant à moitié le tissu, le jeta loin de lui. Il atterrit là où il préparait son encre, près de la cuve… Elle débordait : un liquide pourpre, épais, glissait le long des parois, s'élargissant sur le sol en coulures visqueuses, serpents liquides qui rampaient vers lui.

Ta-tati-ti
Ta-tati-ta

Rouge. Comme le sang suintant des murs. Les murs qui s'effritaient, laissant s'échapper des flots amarante, charriant d'insoutenables images… Corps désarticulé. Flaque rubigineuse sous sa tête. Chair blanche, si blanche et puis, cette béance obscène, éclaboussée d'écarlate.

Ta-tati-ta
Ta-tata-ta

Rouge. Comme la peur vrillant son crâne. Son crâne comprimé par l'impossible étau de l'horreur qui voulait, à tout prix, se frayer un chemin jusqu'à sa conscience, faire éclater la bulle frémissante de ses souvenirs prisonniers.

Ti-ta-tita
Ti-tata

Rouge. Comme l'encre sous les caractères de métal, comme les mots imprimés sur les livres et les sillons, les rigoles, les torrents qui grossissaient, montaient à ses chevilles, ses genoux, gouttaient du plafond sur ses cheveux, sa peau, glissaient dans ses narines, s'insinuaient dans ses yeux…

Rouge… Rouge comme le sang… Comme le sang de cette blessure… Antonia.

Ti-tata-ti
Ti-tati-ta

La sphère explosa, libérant en centaines de gouttelettes tout ce qu'il avait enfoui, occulté, oublié. Il se rappela ce jour-là.

Ce jour rouge.

Ce jour rouge sang.

Ce jour où elle était morte.

Il se rappela ce jour-là, dans les moindres détails, et son cœur s'arrêta.

*

Contusions, hématomes. Comme si des serres invisibles, enfoncées dans le crâne des victimes, les manipulaient, telles des marionnettes, et prenaient plaisir à leur souffrance. Massimo Calli, le responsable des mortuors, avait effectué le même constat chez tous ceux qu'il avait pu examiner : le dernier corps, celui de la lieutenant Duccio, étant entièrement calciné, il n'avait rien pu faire en dehors d'un rapport de décès. Mais il supposait qu'elle s'était immolée : liée à l'élément du feu, son ancienne élève ne pouvait être exposée à la morsure des flammes. Pas à moins d'être victime d'un artifice magique. Pas à moins de le vouloir – où d'y être contrainte.

Grâce à l'examen des différents rapports et des documents d'expertise, Angelo établit une hypothèse quant à la manière dont le tueur – ou la tueuse – sacrifiait ses proies. Marquise s'était jetée par la fenêtre. En plus de la troisième lame du Tarot de la Lune, Duccio avait remarqué des traces de suie sur les murs, comme un début d'incendie dans sa chambre. Bartoldo, décédé d'une crise cardiaque, avait quelques fils de soie sur le corps et semblait avoir été attaqué par des araignées. Avait-il péri de frayeur, confronté à ce qu'il redoutait le plus ? Polissena avait-elle vu quelque chose de si horrible qu'elle avait préféré mettre fin à ses jours ? Et Pamina ? Tino ? Au sujet du commis, l'ancienne lieutenant avait une théorie intéressante : le spectre vengeur d'un homme assassiné. Les conclusions étaient fausses, mais les prémices, vraisemblablement pas.

Marquise. Bartoldo. Duccio. Victimes de leur plus grande peur.

Tino. Vaincu par un crime surgi du passé.

Pamina. Angelo se souvint de ce qu'il avait ressenti, aux instants précédant son suicide : souffrance, détresse et folie.

Le responsable de ce mal exacerbait le désespoir et l'épouvante de ses cibles afin de les sacrifier à son maître. Comment parvenait-il à connaître si intimement leurs failles ? Les suivait-il ? Les observait-il longuement avant de frapper ? Était-il proche de ses proies ? Laissait-il le hasard – ou l'arcane – agir à sa place ?

Une garde blonde et joufflue, âgée de vingt ans au plus, entra dans la pièce. Elle portait une pile de dossiers : certains, simples chemises de papier, d'autres, documents de peau ou de carton.

Angelo lui indiqua, d'un signe, où les poser et se replongea dans ses analyses. « Marquise s'accordait, par le nom, le sexe, à *La Princesse. Le Prince*... Un mort, quelque part, lui correspond. *Le Prêtre.* Bartoldo. Tout le monde venait le voir pour soigner des maux, en prévenir d'autres... Pamina était amoureuse... »

Il se leva, fit le tour de son bureau, s'arrêta devant les dossiers d'archives. Les sorcières du destin décédées de mort brutale. Le jeu de tarot appartenait-il à l'une d'elles ? Avait-il été volé ? Le spectre d'une magicienne revenait-il d'entre les morts pour se venger ? Peu probable. À moins que, jouet de l'entité qui rongeait peu à peu Cytheriae, il ne le serve dans l'espoir insensé de ressusciter ? À moins qu'il n'agisse par l'entremise d'un être de chair et de sang ?

Le nécromant ouvrit le premier dossier.

Julia, connue pour son indiscrétion – l'officier chargé de l'enquête supposait qu'elle en faisait chanter plus d'un – avait été retrouvée, poignardée, dans une ruelle. Quelques jours plus tôt, elle avait échappé à la mort. Un accident, prétendait-on. Le rapport présumait qu'on avait par deux fois attenté à sa vie – la seconde avait été la bonne.

« Ça m'étonnerait que ce soit ses tarots… Si j'ai bien compris, elle se servait des cartes pour cancaner, surtout… »

Octavia, jeune et talentueuse cartomancienne, n'avait su prévoir que son époux se débarrasserait d'elle pour plaire à sa maîtresse. Livia, une veuve, avait été repêchée dans les eaux d'un canal.

Antonia Scrivi.

« Scrivi. Je connais ce nom… Elle aurait prédit le jour de sa mort, rapporte son époux… Gualterio Scrivi, l'imprimeur évidemment ! Antonia Scrivi, donc. Égorgée. Le quinzième jour du mois du Feu… Les dates ont leur importance. »

L'idée s'imposait avec la force d'une injonction, au point qu'il douta, un bref moment, qu'elle vînt de lui.

— Les dates ont leur importance… Quinzième jour du mois du feu… Il y a quinze ans.

Le nécromancien reprit calmement les dossiers d'autopsie. Les meurtres suivaient le rythme du Tarot de la Lune. Le précédent – *La Justice* – avait eu lieu le vingtième jour de ce mois. Le prochain, lié au neuvième arcane, aurait lieu aujourd'hui même.

« À moins qu'il ne soit déjà trop tard. »

Il se devait, néanmoins, de prévenir Mazzario de ses découvertes.

Quittant son bureau, Angelo frappa à la porte voisine.

— Entrez, lança la capitaine d'une voix lasse, tendue.

Fosca Mazzario faisait face à deux de ses hommes, un individu courtaud et Marsile Sotto, promu lieutenant à la mort de Duccio. Ce dernier le fixa, plein de rancœur. Angelo soutint froidement son regard.

— Que se passe-t-il ?

La question de Fosca interrompit l'affrontement.

— Quelqu'un sera assassiné aujourd'hui.

— Et comment il le sait, d'abord ? Vous ne trouvez pas ça louche ? Moi, je…

— Taisez-vous ou sortez, lieutenant, coupa sévèrement Mazzario. Angelo, je vous en prie, poursuivez.

— Le tueur – ou la tueuse, quelle que soit sa nature – choisit ses proies selon la signification des arcanes et les jours selon leur valeur chiffrée, expliqua le nécromant. Si mes calculs sont exacts, *Le Bateleur* et *La Prêtresse,* les deux premières victimes – dont nous ignorons l'identité – sont décédées les quinzième et dix-septième jours du mois du Feu, *La Princesse,* le vingtième, ainsi de suite.

— Gualterio Scrivi a été retrouvé par son apprenti, il y a deux heures, apparemment mort d'une attaque. *Le Sage* était glissé sous son corps.

Gualterio Scrivi. Antonia Scrivi. Tout se mettait en place. Restait à comprendre comment tout avait commencé et à déterminer avant que ne soit révélée la dixième lame – *Le Destin* – l'origine de ce mal et l'identité de la prochaine cible.

*

Des nuages minces striaient la nuit de filaments clairsemés. La lumière de la lune nimbait la peau et les cheveux pâles d'Angelo, endormi à ses côtés, le revêtant d'un voile d'étrange vulnérabilité. Le chat noir, allongé de tout son long, rêvait au pied du lit. Ses pattes tressautaient, ses moustaches frémissaient, ne laissant rien deviner du contenu de ses songes.

Nola n'arrivait pas à trouver le sommeil. Elle ne pouvait empêcher son esprit de s'échapper, tissant au gré de ses pensées une toile inextricable de fantaisies oniriques, entrelacs labyrinthique d'images, de mots et d'émotions désordonnées. Finalement, elle se leva, prit le journal de Malatesta et son carnet puis, attentive à ne pas faire grincer les lattes du plancher, alla dans le salon.

La lecture, qui suscitait une infinité de questions, de doutes, de possibles, l'épuisait. La présence de l'hybride, à la fois intangible et prégnante, engendrait un trouble douloureux, un désir indéfinissable et obsédant. Son absence la laissait sans force, presque sans vie ; même le fragment qu'elle conservait toujours contre son cœur ne suffisait pas à réchauffer son corps, froid comme la mort.

Malatesta l'ensorcelait.

Malatesta l'effrayait. Grâce à lui, elle vivait, ressentait ; à cause de lui, elle s'éloignait, de plus en plus, d'une réalité avec laquelle elle ne parvenait plus à s'accorder. Elle alluma le chandelier, le posa sur la table basse, près de la causeuse, s'enroula dans son châle de coton et prit l'un des feuillets.

L'une de mes victimes – l'un de vos damnés – m'a traité de monstre, juste avant que je l'égorge. Je me suis montré brutal. Bestial, comme aux premiers jours. Mais j'avais lu en lui comme dans un crime ouvert, je savais tout *ce qu'il avait fait.* Vous *m'envoyez vos monstres, et* moi *j'en serais un ?*

Je lis dans leurs yeux, dans leur cœur, dans la flamme vacillante qui leur tient lieu d'âme ; ils me voient ainsi. Comme une abomination. L'horreur qui les attend au bout du chemin, la chose sans nom, tapie au cœur du labyrinthe, qui guette patiemment.

Je me sens bien moins monstrueux qu'eux. Je suis ma nature et ma nature exige que je mange ; ma seule nourriture est l'humanité – une humanité au rebut, pourrie par le meurtre, la perversité. Parfois, c'est vrai, je me repais d'un innocent. Un innocent que votre justice a décidé de châtier.

Qu'est-ce qui fait de vous des hommes ? Qu'est-ce qui fait de moi un monstre ?
Réfléchissez.
Ma seule nourriture est l'humanité.

Ces mots la glaçaient.
Qu'est-ce qui fait de vous des hommes ? Qu'est-ce qui fait de moi un monstre ?
« Je n'en sais rien. »
Elle saisit sa mine, la mordilla, cherchant une réponse, l'approcha de la feuille blanche. Bascula…

*

À peine a-t-elle le temps de déchiffrer quelques phrases, au hasard du feuillet…

Je ne cherche ni justification ni excuse. Je suis ce qu'on a fait de moi – un prisonnier, cannibale pour moitié, et démon…

Elle file au-dessus des eaux, légère comme une plume, vive comme une brise ; les vagues, éclats d'argent éparpillés sur la noirceur des flots, laissent entr'apercevoir des gouffres, des mondes troubles, effrayants. D'étranges volutes s'en échappent, écharpes d'algues translucides, filaments de méduses difformes et funestes. Rien ne peut l'atteindre : elle est trop rapide et une main invisible la tire vers le volcan, prison labyrinthique dont les barreaux se désagrègent. Elle distingue, au moment de passer à travers la lave noire, des créatures grotesques, impossibles amas de torses humanoïdes, de tentacules et de pattes reptiliennes, à l'affût d'une faille pour s'y engouffrer.

… hybride monstrueux, enchaîné comme une bête fauve – La Bête – puisque c'est ainsi que vous me désignez. Je suis ce qu'on a fait de moi, mais je suis aussi ce que je suis – « je », « moi », être pensant et sentant –, ce que je crée, et ce que je deviens.
Et vous ? Qui êtes-vous ? Qu'êtes-vous ?

Le voyage a été bref. Trop bref, peut-être. Elle est à bout de souffle, ses jambes ne la portent plus. Elle s'adosse, tremblante, au mur sculpté de bas-reliefs. Un feu aux flammes pâles et brillantes éclaire curieusement les parois ; les figures de pierre semblent se mouvoir, vivre une existence mystérieuse, brouillée et travestie par la roche poreuse. Malatesta est proche. Si proche… Elle plonge les yeux dans ses prunelles caprines, minérales et vibrantes à la fois. La topaze et l'ambre s'y fondent ; le feu s'y reflète, révélant d'envoûtantes profondeurs.

« Mon nom est Nola. J'ignore ce que je suis. J'ignore qui je suis. Mais auprès de vous, je sais que je suis en vie. »

Les mots se refusent à franchir ses lèvres.

Son bras se tend vers les ombres qui l'entourent, opaques et tièdes, effleure sa peau – cuir lisse et doux. Une main large, patte de fauve aux griffes tranchantes, se pose sur la sienne, l'enrobe, l'emprisonne. Les nues se dispersent, révélant deux ailes immenses et membraneuses, un rideau de ténèbres en guise de chevelure, un torse animal, sensuel, inquiétant.

« Ma seule nourriture est l'humanité, dites-vous. Est-ce cela que vous désirez ? Me tuer ? »

Un vent soudain s'engouffre dans la salle, l'arrache à son étreinte, l'emporte, tourbillonnant, hors du rêve – hors de ce rêve qu'ils partagent.

*

Elle reprit conscience à l'aurore. Se frotta les paupières, s'efforçant de rassembler ses esprits, de comprendre ce qui s'était passé. Avisa ses doigts, crispés sur la mine. Se figea, en découvrant les mots inscrits sur le cahier :

« Délivrez-moi. »

2

Ils n'ont jamais parlé, à peine ont-ils échangé quelques soupirs entre deux baisers. Néanmoins, il lui a offert un poème :

De tes cheveux d'airain émanent les parfums
Envoûtants du musc, de la myrrhe et du jasmin ;
De ta peau soyeuse aux diaprures mordorées,
S'échappent des odeurs humides et salées.

Tes lèvres grenat, chaudes et nacrées, reflet
De ton intimité, ont le goût des genêts
Sauvages ; de tes baisers enfiévrés et ardents,
S'exhale de la passion le feu brûlant.

Mes mains affolées par tes courbes gracieuses,
Cherchent en aveugle leur chemin sur ton corps :
Enivrées, émues, elles s'égarent encore

T'arrachant, ma belle dame aux boucles ambrées,
Les cristallins soupirs et les cris transportés
D'une mélodie aux harmonies précieuses.

La page a été arrachée à un recueil de Cinziotti. Mais Genova a accepté ce don comme un présent de roi. « Étreintes sauvages. » « Fornication contre-nature. » Tels ont été les jugements des braves gens et des gardiens de la foi. Ils l'ont accusée, également, d'avoir pactisé. De s'être vendue. Genova ne l'a pas nié : alors, elle ne pensait pas à son amant, mais à son époux. Rustre rougeaud, bête à pleurer, Bartolomeo est le seul monstre auquel elle a livré son âme.

Anna Tarenta
Genova M. ou Les Amours sacrilèges (Extrait)

En raison de son caractère diffamatoire, ce récit a été mis à l'index par la Triade. L'autrice, poursuivie pour haute trahison par les autorités de Cytheriae, n'a jamais été retrouvée.

Sestier de Métida – 2e jour du mois de la Vierge

Le niveau de l'eau avait assez diminué pour que Domenico rouvre sa boutique et envisage de rafraîchir l'indigo moisi de ses murs. Le soleil, timide, brillait dans le ciel, encore prompt à se dissimuler derrière les nuages. Une brise douce caressait les visages, effaçant légèrement les plis soucieux, transformant les rides en discrets sourires.

Assise sur un trépied, le dos reposant contre la façade, la mère du barbier profitait des rayons matutinaux et, comme le vieux chat gris qui avait élu domicile non loin de là, se gorgeait de lumière et de chaleur.

Un premier client, tailleur de pierre à la mise négligée, s'affala de tout son poids sur le siège du barbier. Domenico eut une pensée émue pour le cabriolet qui, malgré son piteux état – bourre moisie, structure grinçante –, résistait aux mauvais traitements que lui faisaient subir ses habitués.

— Vous avez vu ? lança l'homme sans saluer.

— Vu quoi ?

— Ça !

L'artisan brandit sous son nez un imprimé de papier bon marché. L'encre avait bavé, rendant certains caractères illisibles.

— *Toi ! Pendant que le peuple crève la misère...*, déchiffra péniblement Domenico. *Que... Que dis-tu ? Et...* C'est un poème, c'est ça ?

Il le lui rendit, commença à préparer le savon et ses différentes lames.

— Un libelle. Et violent, de surcroît. Mais ils n'ont que ce qu'ils méritent. Ceux qui sont visés, je veux dire... Si vous voulez mon avis, plus la Moravia, le Conseil et leurs chiens de la Garde noire s'acharneront sur les petites gens, plus les insurgés frapperont fort. Aujourd'hui, ce sont des pamphlets. Demain ils passeront aux choses sérieuses. Et ils auront raison.

Une crème épaisse au parfum aigre-doux d'olive et de laurier recouvrant peu à peu sa peau, il cessa de parler, renversa la tête en arrière, offrant à Domenico sa gorge semée de poils courts et drus. Partant de la base du cou, le barbier remonta, avec des gestes doux et précis, vers la naissance du menton ; à intervalles réguliers, il se débarrassait de la mousse. Il avait terminé cette délicate partie, changé de rasoir et s'apprêtait à entamer les joues, quand un cri l'interrompit.

Un cri de femme. Un cri de pure terreur.

— Maman !

Laissant tomber ses instruments, Domenico se précipita à l'extérieur.

Trop tard.

Le tabouret gisait, renversé, sur le quai. Sa mère avait disparu.

Il ne restait d'elle que son châle noir et quelques gouttes de sang.

*

Depuis la fermeture de *La Gazette,* Isadora avait changé. La pimbêche trop gâtée avait laissé place à une jeune femme déterminée, capable de mettre de côté ses rancunes et ses défiances au nom d'une cause commune : la lutte épistolaire contre la princesse et le Conseil de ville. Catarina, plus abattue qu'Orseo ne l'aurait cru par la perte de son journal, n'assistait pas à leurs réunions, préférant ignorer leurs activités et présenter au monde une image soumise. Renzo, en revanche, les soutenait : mal à l'aise avec les vers, il préférait le rôle de saboteur, se chargeant de prendre le pouls de Cribella et d'inonder les rues de pamphlets critiques. Isadora et Orseo avaient également gagné à leur cause l'apprenti de Gualterio Scrivi, dernière victime du tueur au tarot.

Orseo, d'abord tenté de poursuivre ses investigations sur l'assassin – il avait le sentiment confus de devoir cela à Pamina –, avait renoncé en apprenant que la capitaine Mazzario avait fait appel à Angelo di Larini. Désormais, il se consacrait, presque entièrement, à la cabale née des cendres de l'hebdomadaire. Mais il ne parvenait pas à oublier Nola ; incapable de faire acte de contrition face à son rival, il espérait que proposer à la jeune femme de publier ses poèmes suffirait à faire oublier sa mesquinerie. Jamais il n'aurait dû se laisser aveugler par la jalousie et sa haine du nécromant, jamais non plus il ne s'excuserait auprès de lui.

— Tu rêves ?

La voix claire d'Isadora le fit sursauter. Elle lui faisait face, bras croisés, son nez retroussé frémissant d'impertinence, une expression taquine au fond des yeux. Ils s'étaient donné rendez-vous au « refuge », salle miraculeusement intacte dans la demeure en ruines que leur avait dénichée Renzo, au hasard de ses pérégrinations. Une fois calfeutrée l'unique fenêtre et les quelques trous dans les murs et le plafond bouchés, ils avaient pu aménager l'endroit et le rendre fonctionnel, à défaut d'être confortable.

— Désolé. Je réfléchissais.

— Laisse-moi deviner : Nola. Pas la peine de me lancer ce regard-là... Je te connais.

— Elle me manque, murmura-t-il d'un air malheureux.

Isadora rapprocha un tabouret de la table et s'assit face à lui.

Sous bien des aspects, Orseo était insupportable. À *La Gazette,* il considérait être le seul à même d'écrire de bons textes et traitait ses deux confrères avec condescendance ; il avait décidé d'aimer une femme qui n'éprouvait aucune attirance pour lui parce qu'elle était brillante, belle et inaccessible. Vexé par son refus, il avait voulu se venger et cherchait maintenant un moyen d'obtenir son pardon sans perdre la face. Depuis la fermeture de l'hebdomadaire, il arborait une barbe de trois jours, une mise négligée, des yeux cernés et fiévreux, ainsi que l'air misérable de celui qui porte, seul, le poids d'une injustice. Il était orgueilleux, égoïste et arrogant – pour cela, Isadora avait envie de le gifler.

Et pourtant, en dépit de ses défauts, la jeune femme ne pouvait s'empêcher d'éprouver de l'affection pour lui. Parce qu'elle savait d'où il venait, ce qu'il avait vécu avant de devenir journaliste ; parce que ses textes avaient un fond humain, et assez de force pour frapper les lecteurs et les pousser à réfléchir. Les sbires de la princesse Moravia et du Conseil ne seraient certainement pas intervenus pour faire taire leur voix, sinon. Et puis, sans lui, aurait-elle eu le courage d'écrire et d'imprimer des libelles, de s'opposer aux décisions injustes et liberticides des autorités de Cytheriae ?

— Puis-je t'aider ? interrogea-t-elle enfin.

— Je ne sais pas. Je me dis que je pourrais peut-être publier ses poèmes, que ce serait une manière de recoller les morceaux, mais... Je n'en ai que quelques-uns en ma possession. Oui, elle m'en avait copié un ou deux quand... Enfin, de toute façon je n'ai pas d'argent, pas d'appui...

— Montre-les-moi.

— Pardon ?

— Montre-les-moi, répéta Isadora d'un ton exaspéré. Je ne vais pas les déchirer, tu sais ! Je peux peut-être te donner un coup de main, mais je veux d'abord savoir s'ils en valent la peine.

Déconcerté par l'intérêt de son ennemie d'hier pour sa relation avec Nola, Orseo fouilla dans sa gibecière et lui tendit, avec réticence, la petite pochette de peau qui ne le quittait jamais. Isadora l'ouvrit, tira trois feuillets de papiers soigneusement pliés. Lut.

Un jour j'ai osé désirer un rêve
Erreur
Illusion alanguie sur des ossements
Os blancs
Blancs comme la mort
Blancs comme la vie

Reposa, songeuse, le feuillet sur la table.

— Je n'avais jamais lu une telle poésie. Je ne suis pas sûre d'aimer. Cela semble tellement… étrange. Question d'habitude je suppose. Mais je connais quelqu'un qui saura apprécier et fera le nécessaire pour qu'elle soit publiée. Si c'est ce que tu souhaites. Si c'est ce que *Nola* souhaite, ajouta-t-elle doucement.

Orseo haussa les épaules.

— Je n'en sais rien. Nous en avions parlé, mais…

— Au moins, elle n'y est pas hostile. À mon avis, si tu as les appuis nécessaires, si tu peux lui faire une proposition solide, elle ne refusera pas.

— Pour l'instant, ce n'est pas le cas.

— Je connais assez bien Romana Stampa.

Orseo écarquilla les yeux, stupéfait. Déglutit, envahi par un grisant mélange d'excitation et d'espoir. Stampa était l'une des plus célèbres mécènes de Métida, voire de la principauté. Découvreuse de talents, cette ancienne comédienne, célèbre pour son interprétation bouleversante d'Amalia dans la tragédie éponyme de Mantegna, régentait depuis quinze ans les goûts artistiques et littéraires de Cytheriae. Si elle décidait de soutenir Nola, qui sait ? Peut-être la poétesse oublierait-elle leurs différends ? Peut-être, s'ils travaillaient ensemble sur son recueil – il faudrait choisir les pièces, les thèmes et l'artiste qui réaliserait les eaux-fortes – lui accorderait-elle plus qu'un simple pardon ?

— Mes chroniques mondaines ne servaient pas simplement à garnir les trous laissés par des articles dans *La Gazette,* tu vois. Elles m'ont aussi apporté des contacts…

Il baissa la tête, confus.

— Si tu lui écris poliment et que tu joins à ta missive l'un de ces poèmes, je pourrai le lui remettre en main propre. Qu'en dis-tu ?

En réponse, Orseo la prit dans ses bras et l'étreignit, humant pour la première fois les effluves sucrés de sa peau et de ses cheveux. Un troublant parfum de miel et de bergamote.

— Tu peux me demander ce que tu veux, Isadora. Ce que tu veux… Je te promets que je ferai ce qui est en mon pouvoir…

« Un baiser », songea-t-elle soudain.

— Un nouveau pamphlet ? lança-t-elle.

*

Sestier d'Érigone

La grande esplanade, face au pont des sirènes – ainsi nommé en raison de ses rambardes sculptées – rassemblait une centaine de personnes. Artisans, étudiants, gondoliers et simples manœuvres attendaient, tendus, à l'affût du signal annonçant le début de leur marche sur Dyctina. Anonyme dans la foule, Francesco surveillait les meneurs et les forts en gueule, ceux qui piaffaient déjà, prêts à en découdre. Il cherchait, également, les dirigeants de cette rébellion trop bien organisée : sans la présence d'agents, un peu partout dans la ville, il n'aurait rien su de ce qui se tramait et n'aurait pas été en mesure de prévenir la Garde noire ni d'organiser une riposte – aussi brutale que possible.

Préparer des embuscades, nasses inexorables, pour piéger les rebelles. Trouver les têtes, les éliminer. Ne pas laisser aux séditieux le temps de réagir.

Pour cela, il avait mobilisé la majorité des troupes armées de Cribella. Leurs ordres ? Pas de quartier. Et tant pis si ce soir, l'eau des canaux se teintait de sang. Agnese della Trava s'était montrée explicite : il fallait endiguer ce vent de révolte quel qu'en soit le prix ; désigner des boucs émissaires ; trouver au peuple un exutoire. Concernant ce dernier point, Francesco avait son idée : la Bête, dont le menaçait l'envoyée des Moires s'il échouait. Plusieurs rumeurs faisaient déjà de l'hybride la source des maux de la principauté : il lui suffisait de les nourrir et de les propager…

— Ça va pas, non ? s'écria une femme, à côté de lui.

Elle gifla, à toute volée, un quidam – individu replet au faciès banal. Rouge de honte, celui-ci bredouilla une vague excuse et disparut sous l'œil goguenard des témoins.

— Que s'est-il passé ? interrogea Francesco.

Il tenait là l'occasion d'infiltrer plus avant les rangs des rebelles.

— Il a cru qu'il pourrait me mettre la main aux fesses sans que je bronche ! Quel rustre !

— Ma femme n'aurait pas mieux dit.

Elle le toisa de haut en bas, ses petits yeux, du même brun que ses cheveux, plissés de suspicion.

— Z'êtes marié, vous ?

— Ça vous étonne ?

— Non, reconnut-elle, lui accordant une solide poignée de main. Je m'appelle Lisa.

Il y eut une bousculade. Des gens protestèrent. Un homme, colossal, émergea de la cohue. Ses cheveux blonds tombaient en mèches raides sur ses épaules ; il portait sans vergogne un tablier de cuir et une camisole tachés de sang ; à sa ceinture pendaient un hachoir et un grand couteau.

— Combien de temps on va encore attendre, hein ? Combien de temps on va devoir poireauter jusqu'à ce foutu signal ? rugit-il. Et d'abord, qui l'a décidé, ce signal ? Ceux qui nous arrosent de discours, mais sont pas capables de mettre la main à la pâte pour nous aider en cas de coup dur ? Ceux qui s'imaginent qui peuvent nous manipuler ? Parce que, croyez-moi, c'est de ça qu'il s'agit ! Ils veulent décider à notre place. Tout diriger. Et nous, on se laisserait faire ?

— Il a pas tort, murmura Lisa.

Nombreux pensaient comme elle. Francesco baissa la tête, dissimulant un sourire discret : ses hommes faisaient bien leur travail. Diviser pour mieux régner : un principe simple, mais efficace. Masse imposante en contre-jour, l'agent continuait sa harangue, soulevant de plus en plus d'enthousiasme. Il ne lui fallut guère longtemps pour prendre le contrôle de l'assemblée et la mener, rugissante, vers Dyctina. Droit dans le piège tendu par la Garde noire. Satisfait, l'espion s'arracha discrètement à la masse en colère. Il avait repéré quelques visages, retenu des noms. S'en occuperait ce soir, quand il faudrait décider, parmi les prisonniers, qui mourrait et qui serait épargné.

Francesco quitta la place. D'autres groupes rebelles l'attendaient. Une feuille de papier s'envola, soulevée par la brise. Il s'en empara prestement, reconnut l'un des libelles insolents qui, ces derniers temps, ornaient les rues de Cribella sans que ni lui ni ses hommes ne réussissent à en trouver les auteurs. Le pamphlet, maculé, n'était plus très lisible. Il put néanmoins en déchiffrer un fragment.

... Toi ! Pendant que le peuple crève la misère,
Que dis-tu ? Et quand sous tes yeux de pauvres hères
Mendient pour un bout de pain même rassis...

*

Sestier de Métida

« Délivrez-moi. »

La plume de Nola, les mots de Malatesta.

L'hybride avait utilisé la jeune femme pour couvrir ses traces et laisser une marque permettant de le contacter sans en avertir l'ennemi.

L'ennemi. Kebahil. Ses agents. Ce tueur, qui utilisait le tarot d'une défunte pour commettre ses crimes. Ces êtres translucides, affamés et répugnants qui se nourrissaient aussi bien des hommes que de l'engeance des démons.

Angelo n'avait guère eu le loisir d'approfondir ses recherches sur Antonia. Il savait qu'on l'avait égorgée et que jamais son meurtrier n'avait été arrêté. Il s'était rendu, sous escorte, à la maison Scrivi. Il avait découvert plusieurs indices : traces d'une fille défunte, résidus telluriques liés à la mort de Gualterio, rien permettant de pousser plus avant ses investigations. Et puis, deux envoyés du Conseil de Cribella, escortés par une unité de la Garde noire, avaient investi les lieux pour mener leur propre enquête – une affaire de moralité.

« Délivrez-moi. »

Derrière l'encre noire, les lettres scintillaient.

« Je vais te rejoindre, Malatesta. Te retrouver, où que tu sois. Après... Après nous verrons. »

Le nécromant prit dans ses affaires un petit coffret de bois, plusieurs pots scellés à la cire, une coupelle, une canule contenant des cendres et les posa devant lui. De la boîte, il sortit le crâne d'un corbeau recouvert de signes symbolisant le passage entre les mondes. Il versa la poudre dans le bol, y ajouta un mortier blanchâtre, se perça la paume avec le bec de l'oiseau, laissa couler un peu de sang, mélangea et étala le tout sur son visage et ses mains. Ensuite, il ouvrit le second contenant, enduit un petit os gravé d'une pâte herbeuse et le porta à sa bouche. Puis il nourrit de sa blessure la patte de rat momifiée qui ne le quittait pas. Enfin, saisissant fermement dans sa main droite les restes du volatile et appliquant l'autre sur l'écrit de la Bête, Angelo ferma les yeux.

Quittant aussitôt son corps, il s'éleva rapidement au-dessus des toits. Ce côté du réel les révélait dépouillés, ternes, rongés par le sel et le temps. Nulle mouette, nul cormoran ne volait dans le ciel uniformément gris ; à peine quelques ombres se dessinaient-elles, çà et là, sur les flots cendreux. Le piton du Dédale se dressa rapidement face à lui, masse énorme que les coulées de sang noir ruisselant sur ses parois rendaient plus obscure encore. Des choses innommables nageaient dans les eaux bordant l'île-prison. Tentacules filandreux, pareils à la chevelure de méduses putréfiées, formes oblongues à la blancheur repoussante tournaient inlassablement, à l'affût de la moindre faille.

« Le temps m'est compté. »

D'une poussée psychique, il prit de la hauteur – s'envola bien au-dessus du sommet du labyrinthe. Piqua.

Les mots de Malatesta. Le sang et l'encre mêlés. Une clef pour franchir l'énorme paroi de lave, trouver l'hybride – et ne laisser aucune piste.

Il traversa des murs, d'épaisses roches, se jouant des impasses et des pièges où pourrissaient des carcasses de condamnés. Franchit sans difficulté les gouffres qui, jadis, avaient déchiré le sol, laissant entrevoir, au fond de plaies béantes, l'ichor incandescent d'une terre en sommeil. Arriva, enfin, en vue de la silhouette d'ombres.

Ses ailes déployées, la Bête était accroupie sur un tas de chairs ensanglantées. Des cadavres, broyés. À moitié dévorés.

Sentant sa présence, elle se retourna, si vite qu'il put à peine percevoir son mouvement. En un éclair, elle fut face à lui, la gueule rougie, sa longue main griffue tenant un membre déchiqueté, d'où pendaient des lambeaux de peau et de viande. Elle le toisa en silence, une lueur sauvage au fond de ses yeux jaunes, puis celle-ci disparut, laissant place à un soulagement mêlé d'une étrange tristesse.

— Je vous attendais en chair et en os.

Il possédait une voix grave, caverneuse, et le souffle brûlant d'un fauve.

— J'ai préféré…

— Vous vous êtes montré imprudent. Si Kebahil découvre notre lien… Le temps presse, Angelo : il gagne en force. Le désespoir. La folie. La violence. Ce sont ses armes, chaque jour plus affûtées. Il tient le peuple de Cribella sous son joug. Il tient ma sœur. Et ses Moires sont complètement aveuglées par la peur de perdre leur légitimité, par la peur de la mort, aussi…

— Que faire ?

Angelo se sentait las, désemparé.

— Je vous l'ai dit. Aidez-moi à quitter cette prison : elle ne me protégera plus très longtemps. Les condamnés affluent, leur sang me permet de résister pour le moment, de consolider ce bouclier qui s'effrite de plus en plus vite… Mais ce n'est qu'une question de jours. Kebahil le sait. Quand il m'aura détruit, rien ne pourra l'empêcher de s'insinuer jusqu'au cœur de Cytheriae, de corrompre définitivement la terre, et tout ce qui y vit.

— Si le Dédale s'effondre, pourquoi n'en profitez-vous pas pour fuir ?

— Je ne le puis. J'ai été lié à cet endroit. Seule la Triade qui m'y a enchaîné, ou un humain choisissant librement de le faire peut m'en libérer. Je dois sortir d'ici. Dehors, j'aurai tous mes pouvoirs et je pourrai faire appel aux miens. À mon père. À mes frères.

Angelo le dévisagea, envahi par la défiance.

— Je vous le répète : nous sommes du même côté. Si vous voulez honorer la mémoire de votre magister, sorcier, il va falloir me faire confiance.

Le nécromant recula d'un pas, peinant à comprendre ce qu'il voulait véritablement. Invoquer des démons ? Exiger sa foi ? Il avait envie de fuir l'hybride. En même temps, il ne pouvait s'empêcher de se sentir mal à l'aise, comme s'il trahissait ses propres convictions. Il y eut un choc. Malatesta vacilla. Une estafilade apparut sur son avant-bras. Une entaille, plus profonde, déchira son flanc, laissant couler un sang pourpre.

— Nola connaît le chemin… Partez, maintenant.

Angelo n'eut pas le temps de répondre. Née au cœur du Dédale, une rafale de vent l'emporta, cinglant son âme. Arraché à l'autre monde, il retrouva brutalement son corps et s'effondra, épuisé, laissant rouler sur le tapis un petit fétiche d'os.

*

Sestier de Dyctina

Octavio étouffait. Il avait ordre de ne plus quitter l'ambassade sans l'escorte d'au moins quatre hommes d'armes et la garde, autour du bâtiment, avait été doublée. Il ne pouvait aller d'un étage à l'autre sans croiser des spadassins cuirassés, prêts – tous sans exception – à donner leur vie pour la maisonnée. Son ordonnance, l'individu sec et anguleux qui lui avait été alloué au début de ce séjour forcé à Cribella – il y voyait le seul aspect positif de cette réclusion – avait été remercié. Devant la détérioration des relations entre Arachnae et Cytheriae, l'ambassadrice avait préféré ne conserver auprès d'elle et de ses alliés que les domestiques les plus sûrs – quitte à demander aux hommes de son propre navire de troquer leurs habits de matelots contre ceux, moins confortables, de valets et de marmitons. Ainsi, le jeune courtisan avait hérité de L'Accroc, charpentier à bord. Bavard, très mal à l'aise dans son rôle de laquais, il égayait la monotonie des journées de son maître en lui contant ses aventures et avait accepté, de bonne grâce, de lui servir d'espion. Pour Octavio, dont les seuls loisirs se résumaient à *Genova M. ou Les Amours sacrilèges,* acquis à prix d'or grâce à d'anciens contacts de Lotario, et à de longues heures de correspondance destinées à sa sœur – la séparation tissait des liens qu'il n'aurait pu imaginer – la présence du loup de mer se révélait une bénédiction.

Le marin entra dans la pièce, portant sur un plateau deux coupes et une fiasque de métal. Octavio leva les yeux de sa lecture, reposa le roman, accueillant cette distraction avec un grand sourire.

— Je me suis dit que ça ne vous ferait pas de mal. Un peu de gnôle, je veux dire. De la gnôle de chez nous…

— L'Accroc, je suis votre serviteur !

— C'est moi, seigneur. Mais si ça ne vous fait rien, on pourrait partager…

— Sers-nous un verre, je t'en prie ! Et dis-moi… As-tu réussi à t'éclipser ?

— Je vous l'ai dit, y font pas attention aux domestiques, ici. C'est jamais très compliqué pour moi de me faufiler dehors. Tenez, je vous ai récupéré ça…

Il lui tendit un morceau de papier froissé, mal imprimé. L'un de ces pamphlets qui, depuis une dizaine de jours, fleurissaient partout dans Cribella.

... Toi ! Pendant que le peuple crève la misère,
Que dis-tu ? Et quand sous tes yeux de pauvres hères
Mendient pour un morceau de pain même rassis,
Que fais-tu ? Rien ! Tu restes impassible, assis
– Vissé, devrais-je dire – le cul sur tes frayeurs,
Tes peurs mesquines, et tes ridicules malheurs.
Toi ! Regarde un peu par là, où souffle le vent
De la juste colère des petites gens !

Des « petites gens » évoqués dans le libelle, Octavio n'avait cure. Le sort du peuple ne l'intéressait pas. En revanche, il trouvait passionnante la révolte qui, partout, semblait éclore en ville. Elle insufflait dans cette cité moribonde un parfum de renouveau qui ne durerait peut-être pas longtemps, mais au moins, chassait la morosité de son quotidien.

— Quelles nouvelles ? demanda-t-il, mettant le feu – mieux valait rester prudent – au factum.

— Pas mal d'émeutes, aujourd'hui. Réprimées dans le sang, pour la plupart. Y a des soldats de la Garde noire partout, qui guettent et qui bondissent – paf ! – et embarquent ceux qu'ils n'ont pas jetés dans les canaux ou pis. Les gens, ils gueulent qu'ils en ont assez, qu'ils sont abusés et pressurés, qu'ils sont en danger et que tout le monde s'en fout.

— Ils n'ont pas tort, souligna Octavio. De ce que tu me rapportes depuis quelque temps, les grands de la capitale préfèrent les ignorer et s'épuiser en processions religieuses. Tu sais ce que je crois, L'Accroc ? Si la révolution n'a pas raison d'eux, ce sera l'ennui qui terrassera ces bigots.

— En tout cas, tout à l'heure, y a une foule qui s'est rassemblée près d'un des temples de la Lune. Pas le Grand Temple, mais un autre, près d'Agelène, vous voyez ? Ben de ce que j'ai compris, les gens hurlaient à la justice, disaient qu'il fallait se débarrasser du monstre, vous savez, la Bête du Dédale.

Réprimant un frisson, Octavio termina sa coupe d'un trait, leur en servit une autre.

— Si la princesse et ses Moires ne sont pas trop stupides, elles sauteront sur l'occasion.

L'Accroc le dévisagea sans comprendre.

— Elles pourront canaliser la colère du peuple en lui offrant un exutoire.

Le marin se gratta le menton, perplexe.

— Mais ça leur rapportera quoi ? Pas que je trouve cette bestiole sympathique, mais elle est là depuis un bail. Elle n'y est probablement pour rien…

— Ça leur rapportera un gain de temps. Vois-tu, L'Accroc, le gain de temps, en politique, est l'atout le plus précieux des désespérés et des incompétents.

*

Sestier de Métida

La dixième lame – *Le Destin* – était l'une des plus difficiles à utiliser. Quel rituel effectuer ? Quelle mélodie choisir ? Leporello avait hésité à cause de son attachement pour la jeune femme à laquelle, durant tout ce temps, il avait conté sa vie. Mais Nola – comme avec les autres, il avait longuement mûri sa décision, se renseignant sur sa vie, ses goûts, ses peurs et ses envies – constituait l'offrande parfaite. Venue de nulle part, abandonnée près d'un canal, sauvée par le père de Délia. Elle n'appartenait pas au sestier, s'y était installée presque par hasard. Tous l'aimaient, mais elle avait choisi cet obscur nécromant au passé trouble. Elle comptait de nombreux amis, mais aucun d'eux ne semblait la connaître vraiment.

Mystère. Caprice du sort. Passivité.

Il eut été impie de sa part de renoncer à ce sacrifice.

Aussi, le luthier avait énormément travaillé sur sa boîte à musique, améliorant le mécanisme et trouvant le moyen d'entrelacer plusieurs rythmes, plusieurs chants. Trois – comme les trois visages de la Lune. Trois – comme ses prêtresses : Fileuse, Tisseuse et Faucheuse. Son Seigneur goûterait l'ironie. Le premier air était une berceuse populaire : *Dors, petite étoile.* Le deuxième, un chant nuptial. Le troisième, *Il n'est plus temps,* évoquait la mort et la fatalité.

Dandolo avait également modifié le rituel de manière qu'il corresponde le mieux possible au symbolisme de l'arcane : il avait mêlé, aux cheveux de sa bien-aimée, un feuillet rédigé de la main de Nola et, au lieu de prendre la vie d'un oiseau pour en extraire l'essence, avait capturé un chaton à la fourrure crème qui, pour lui, évoquait l'écrivain public. La cérémonie avait donné naissance à une sphère céruléenne aux diaprures changeantes qu'il avait, avec d'infinies précautions, glissée dans la niche soyeuse située sous l'automate.

Son œuvre soigneusement emballée dans un tissu précieux, il entra dans l'office de la scribe. Comme chaque fois, la sonnette tinta – un carillon exaspérant. Assise à son bureau, Nola suspendit son geste, laissant sa plume teinter le buvard de taches anilines.

— Je suis venu chercher mon manuscrit. Comme convenu.

Elle se pencha sur le côté, fouillant dans ses tiroirs pour en extraire la commande. Elle paraissait fatiguée, avec un teint blême et des yeux cernés. Quand elle lui tendit l'ouvrage, elle eut un léger battement de cils – comme si elle peinait à demeurer éveillée.

— J'espère que cela vous conviendra, dit-elle de sa voix grave, un peu cassée.

— Certainement. Voici ce que je vous dois…

Leporello lui remit une bourse pleine. Elle l'accepta d'un sourire, la posa à côté d'elle.

— Je vous ai apporté ça, aussi, ajouta-t-il, lui tendant le paquet. Pour votre peine.

— Je… Merci beaucoup !

Elle semblait étonnée. Sans doute ne la récompensait-on pas souvent pour son travail.

— C'est à moi de vous remercier, Nola.

Leporello salua, sortit aussitôt.

Demeurée seule, Nola examina le présent, enveloppé dans son bel emballage satiné. Le geste de Dandolo la laissait perplexe. Elle n'aurait jamais cru qu'un individu tel que lui ferait montre d'une pareille délicatesse. Mais pour elle, en avoir fini avec cette biographie était un tel soulagement qu'il valait tous les cadeaux du monde.

*

Sestier de Dyctina

Francesco de Barbari avait troqué ses oripeaux modestes contre un manteau colombin bordé de loutre, des braies soyeuses, légèrement bouffantes et des brodequins de cuir fin. Nerveux, sursautant au moindre craquement, il patientait dans un petit boudoir aux murs décorés de boiseries. Bientôt, on viendrait le chercher. Il serait entendu par Son Altesse la princesse Moravia et lui exposerait sa stratégie. Il en avait eu l'idée des semaines plus tôt, en prêtant foi à certaines rumeurs, en se laissant guider par l'étrange certitude qu'il était sur la bonne voie. Elle avait éclos au moment précis où il avait besoin d'un plan pour servir les intérêts de Cytheriae et sauver sa vie. Éprouvée l'après-midi même, grâce à des phrases distillées dans la foule et reprises, à voix haute, au moment opportun, elle commençait à porter ses fruits. « Mort à la Bête ! » « C'est la faute du démon du Dédale ! »

Le Dévoreur d'âmes faisait un parfait bouc émissaire. Restait à convaincre sa… sœur… qu'il avait raison sur ce point.

Enfin, on vint le quérir.

Une garde aux traits massifs, aux muscles nerveux sous sa cuirasse martelée du blason personnel de la famille princière – un poisson ailé –, portant une épée et une dague au côté. D'un bref mouvement du menton, elle lui enjoignit de la suivre. L'escorta, le long d'un corridor étroit, bas de plafond, vers une petite pièce aveugle, au sol couvert d'épais tapis de laine. Malgré la pénombre, Francesco distingua, à la lueur du feu de cheminée, les formes de plusieurs spadassins. La silhouette chenue qui se tenait près de l'âtre se tourna lentement vers lui.

— Francesco de Barbari. L'impudent qui veut la tête de la Bête.

La voix était sèche, poussiéreuse.

— Votre Altesse…

Francesco mit un genou à terre et se courba, dissimulant du mieux possible l'angoisse sourde étreignant son cœur.

— Relevez-vous. Et dépêchez-vous de me donner une bonne raison pour ne pas vous jeter en pâture à mon frère.

3

Les Petites Vieilles revenues en enfance

Quatre petites filles jouent à la poupée.
Quatre jolies pestes rient de la destinée.
Dans leur alcôve loin de tout elles fredonnent :
Peu importe si leur voix fait tomber la pluie
Sur le monde et l'inonde, le noie puis le détruit ;
Dans leur chambre confortable elles sautent, chantonnent :
Quelle importance, si dans leur quadrille endiablé
Elles piétinent leurs jolis jouets et les cassent.
Ils leur appartiennent ; et si elles les fracassent,
On leur en donnera d'autres pour s'amuser.
Quatre petites filles beaucoup trop gâtées
Regardent sans le voir leur royaume sombrer.

Anonyme – Pamphlet placardé sur plusieurs bâtiments officiels de Cribella

Sestier de Métida – 5e nuit du mois de la Vierge

La lune baignait de ses rayons de nacre et d'argent la pièce mansardée où Nola, bras en croix, reposait sans trouver le sommeil. Elle était seule, cette nuit – et les mots d'Angelo tournoyaient inlassablement dans son esprit. « La Bête veut que nous l'aidions à fuir le Dédale. » « La Bête veut faire appel à ses pairs, les démons, ennemis de la Déesse Lune, pour combattre le mal qui ronge Cytheriae. » « La Bête assure que tu connais le chemin. » « Ses pouvoirs faiblissent... » Pour la première fois depuis qu'ils se connaissaient, ils s'opposaient. Aussi étaient-ils convenus de réfléchir, séparément, à cette discussion, à ses implications, afin de prendre une décision.

Nola avait foi en Malatesta. Son amant se méfiait, craignait qu'il ne les – *la,* surtout – manipule. Selon lui, elle permettait à l'hybride d'entrer en contact avec lui sans alerter l'entité que tous deux combattaient. « Il y a un lien entre vous. Ce journal... Tes sentiments... Je veux être sûr que tu sais ce qu'il est – et ce à quoi tu t'exposes. »

Ses sentiments.

Jusqu'à présent, la jeune femme sentait qu'elle éprouvait quelque chose de l'ordre du désir, de la fascination, pour Malatesta. Mais l'évidence, difficile à concevoir, lui était demeurée cachée.

« Suis-je la marionnette dont il tire les fils ? Se sert-il de mon amour... »

Amour.

Mot dangereux. Mot terrible. Mot-tiroir.

Amour : toujours, illusion, minable, souffrance, sang, non, joie, solitude, vie, lui, peau, chair – sang, sang, sang.

« Il faut que *ça* sorte. De mon esprit. De mon corps. »

Elle se leva, maladroite et brusque. Renversa le présent de Dandolo, posé sur sa table de chevet.

Ti-tatati-ta
Tatitatitati-ta

L'air lui rappelait... les baisers de sa mère. Les rires dans le jardin. Les histoires, chuchotées sous les draps... *Avant.* Les notes s'élevaient, douces, délicates. Nola se mit à fredonner.

Dors, petite étoile
Dors, ma petite étoile
Tes sœurs sont déjà couchées
Et la lune ensommeillée...

La berceuse l'apaisait, ravivant les images d'une enfance oubliée et avec elles, les échos d'autres chansons, d'une farandole endiablée avec ses sœurs aînées, d'un été dans le grand domaine en bord de mer.

Titati-tata
Ti-tatitatati

Un nouvel air, triste, poignant, rompit le charme.

Nola ramassa l'automate, ferma le couvercle, troublée, avant de l'emporter dans le salon. Ainsi, il jouait d'autres ritournelles. Dandolo lui avait offert un précieux cadeau – bien trop, pour le travail effectué. Mal à l'aise, Nola le posa sur la table basse, alluma les chandelles, le saisit de nouveau pour mieux l'examiner, mais n'eut guère le temps de s'interroger plus avant : feulant, crachant, un éclair noir bondit, et renversa l'ouvrage.

Il y eut un bourdonnement, puis plus rien.

Le cœur battant, Nola regarda le chat, la boîte à musique et à nouveau le chat, Jamais il n'avait agi ainsi, auparavant. Peut-être n'aimait-il pas le son mécanique de l'instrument ? L'odeur de son créateur ?

« Peut-être m'a-t-il sauvée, tout simplement. Mais de quoi ? »

Ronronnant, le félin cligna des yeux et sauta sur ses genoux. Elle caressa sa fourrure raidie par l'humidité et le froid, fut assaillie par une écœurante odeur d'algues et de poisson avarié. Le posa, d'autorité, sur le sol. Il eut un reniflement outré, s'éloigna de quelques pas et se mit à faire sa toilette.

Nola demeura un moment assise, les yeux vagues, puis se laissa aller sur la causeuse. Sentit, sous sa main, la caresse presque tiède du journal de Malatesta. Ce journal qui n'avait pas été écrit pour elle… Ce journal dont elle était la clef.

Mes naissances. Multiples. Étranges parfois. Toujours violentes.

Je me suis glissé, dix fois peut-être, dans les êtres à venir.

Petits d'hommes, jetés bien trop tôt dans le chaos de la réalité. Premier cri, première révolte : être enlevé, de force, aux mondes intérieurs ; être emprisonné dans un corps, trouver des limites là où il n'y en avait pas.

Petits de chats, aveugles et sourds, guidés par la chaleur d'un ventre, par la peur d'y être arraché. Pressés les uns contre les autres, sans autre défense qu'une mère dont les ronronnements dissimulent mal l'anxiété.

Petits d'oiseaux, perçant timidement la coquille protectrice. Contraints de choisir entre la faim et la vie, d'attendre, grelottants et piaillant, à la merci de tous, le retour providentiel de l'oiselle nourricière.

Colère. Peur. Faim.

Je suis né plusieurs fois.

Jamais je n'ai trouvé de sérénité.

« Je ne suis née qu'une fois, Malatesta. Et je n'en garde aucun souvenir. Je me rappelle ma mort, en revanche. Jusque dans les moindres détails.

Même ceux que je ne puis exprimer. Même ceux qui devraient demeurer enfouis, mais s'échappent. »

Nola hésitait à prendre la plume pour lui répondre. Renonça. La dernière fois… Elle n'était pas sûre de pouvoir recommencer l'expérience. Aller là-bas, au cœur du Dédale. Affronter Malatesta, lourde de ce sentiment nouveau. Elle ne pouvait pas. Pas tout de suite.

Alors, elle poursuivit sa lecture.

Je suis allé de l'autre côté, aussi. J'ai cherché, au plus près, à comprendre – échappée belle, fin de tout – le souffle ultime. J'ai épié les moribonds, j'ai tenté de me fondre en eux, de connaître l'instant du passage de la vie au trépas.

J'ai échoué.

J'ai senti le froid, l'engourdissement. J'ai éprouvé la terreur, l'apaisement. C'est chose étrange, savez-vous ? Les naissances, vues de l'intérieur, se ressemblent toutes. Chaque mort est unique. Quand j'écris « mort », il faut entendre « derniers moments », bien sûr. C'est là le grand, l'insondable mystère. Le basculement est intime, fermé à toute tentative de partage. Et puis ? Plus rien. L'âme demeure, parfois, aux côtés du corps. Souvent, d'ailleurs, quand il s'agit d'humains. Il est même possible de recueillir dans les chairs du défunt des souvenirs. Mais il y a un avant, un après et entre-deux – l'inconnu. Interrogez les spectres, ils ne répondront rien. Non qu'ils s'y refusent, mais ils ne le peuvent pas.

Ils sont incapables d'exprimer comme de se rappeler l'indicible.

*

Sestier de Métida – 6e jour du mois de la Vierge

Le ciel ternissait. Les premières lueurs de l'aube teintaient l'horizon et la mer se laissait, dans le lointain, éclabousser de mauve.

Depuis deux heures, les unités de la Garde noire réquisitionnées sur ordre du Conseil de ville, placées à différents points stratégiques de Métida et sur les quais d'Hypotie, attendaient. Fosca, comme les capitaines des autres sestiers de Cribella et leurs lieutenants, avait été convoquée la veille par le général di Lacana. Ordre avait été donné d'abandonner sur le champ les affaires en cours afin de se consacrer pleinement à la protection de la capitale. Par protection, Lacana entendait : contenir la foule en colère, arrêter les traîtres – le mot avait été pesé et répété *ad nauseam* – responsables de ce chaos et mettre un terme aux émeutes. À cela, Fosca avait soulevé de vives objections, rejointe par le capitaine d'Hypotie. Le danger ne venait pas des hommes, mais des choses innommables qui hantaient les canaux, les marais et enlevaient les gens. Il venait du sentiment d'isolement, d'abandon et de peur. Le meilleur moyen de mettre un terme au vent de révolte balayant Cribella était de répondre aux demandes du peuple, pas d'étouffer sa colère dans le sang. « Nul n'est irremplaçable. » La réponse lapidaire du général avait allumé dans les yeux de Sotto une lueur de convoitise. Mazzario et son allié n'avaient eu d'autre choix que de se soumettre et de se taire.

À présent, Fosca, à la tête d'une escouade armée de piques, de massues et d'épées courtes, guettait à l'abri des briques humides et poreuses d'un vieux palais. Selon les informateurs de la Garde noire et les saboteurs à la solde du Conseil de Cribella, l'esplanade qu'ils surveillaient verrait passer une foule furieuse.

Il y eut un courant d'air frais ; des fragrances salées d'embruns, une brume imperceptible s'engouffrèrent dans les ruines, soulevant quelques chevelures, caressant les fronts et les joues.

Au-dessus de leurs têtes, plusieurs mouettes tournoyaient, saluant de leurs cris moqueurs le retour des bateaux de pêche, se préparant déjà à la curée. L'ombre d'un pygargue, silhouette fuselée à l'élégance menaçante, se découpa dans le soleil naissant. Le rapace piqua, droit sur les flots, hors de portée des regards. Fosca soupira. À rester ainsi immobile, elle avait des fourmis dans les jambes. Elle changea de position, frotta ses mains l'une contre l'autre pour les réchauffer.

— Vivement qu'ils arrivent, qu'on puisse enfin bouger ! chuchota une recrue, un grand jeune homme aux traits émaciés.

— Si tu le dis…

— Taisez-vous ! gronda leur sergent. On pourrait nous entendre.

La capitaine se détourna.

Cette situation l'enrageait. Une colère froide, lente et d'une violence telle qu'elle lui tordait déjà le ventre. Fosca ne savait ni quand ni comment elle éclaterait.

*

Impossible de se concentrer.

Une foule se pressait dans les ruelles attenantes à son office et sur les ponts ; des gondoles et des barques glissaient sur les canaux, créant des encombrements sur le chemin du temple de la Lune comme vers *L'Ambre rouge*. Les gens se bousculaient, criaient, s'invectivaient – riaient, aussi.

Des chansons s'élevaient au-dessus de la cohue. Nées de la révolte, elles reprenaient parfois quelques vers volés à des libelles, accommodés à des airs populaires et déformés. Nola ne savait que faire : elle comprenait, mais n'avait nulle envie de rejoindre la foule et de marcher sur Dyctina… Elle n'était pas retournée dans ce sestier depuis des années et en conservait un souvenir amer.

Amer comme la trahison.

Amer comme le sang.

Son sang. Rouge. Si rouge… Affreux contraste avec son visage de spectre, masque de mort cendreux reflété dans les eaux noires du canal, ce soir-là.

« La Bête au bûcher ! La Bête au bûcher ! »

Nola sursauta. Se précipita sur le pas de sa porte.

« La Bête au bûcher ! »

« À mort la Bête ! À mort le Mal ! »

Un étau glacé enserra son cœur, le broyant au point de lui couper le souffle. Malatesta. Le peuple réclamait sa vie.

Combien de temps avant que la princesse et ses Moires acceptent de le lui livrer ?

*

Par grappes de dix ou de vingt, les miséreux en guenilles puant la vase avaient déserté les îlots collants d'humidité et de crasse et quitté les tourbières d'Hypotie. Nombre de réfugiés s'étaient joints à eux, trompant la vigilance des soldats. On les regardait d'un air mauvais, mais depuis le temps, aucune maladie plus exceptionnelle que la fièvre des marais ou la faim ne terrassant les habitants du sestier, on les tolérait. Ils avaient un rôle à jouer dans la lutte opposant le peuple à ses superbes souverains – fût-ce celui de moutons sacrificiels.

Ils avaient bougé pendant la nuit. Vermine silencieuse, ils avaient envahi les venelles étroites et poussiéreuses, s'immisçant dans des recoins improbables, attendant l'aurore. Alors, ils étaient sortis au grand jour, prenant par surprise les hommes de la Garde noire en faction sur les quais ou embusqués dans des endroits stratégiques. Avaient foncé. Leur détermination, leurs yeux luisant de rage et de faim leur avaient frayé un chemin vers les débarcadères et les ponts.

Nombre d'entre eux tombaient, malmenés par leurs pairs, transpercés d'une pique entre les côtes. Mais ils avaient forcé les barrages et rejoint Métida, se mêlant à la foule massée sur les places, devant le temple – ou en marche vers Dyctina.

Renzo Lippi terminait de coller des pamphlets – dont son premier essai – quand des cris et les clameurs d'un combat éclatèrent. Il fourra les derniers libelles et la colle dans sa gibecière, s'empara de son carnet et prit le chemin de la mêlée.

À peine avait-il disparu à l'angle d'une ruelle qu'une haute silhouette s'approcha du mur, parcourut rapidement le placard, l'arracha avant de le plier soigneusement et de se lancer, silencieuse, sur les traces du vieux chroniqueur.

*

Nola étouffait.

Impossible de rester plus longtemps enfermée.

Et ces cris, dehors.

Et tout ce monde, vomissant toute cette haine.

Elle profita d'un moment plus calme pour fermer boutique, regagner son logis, sous les toits – réfléchir. Trouver une solution pour éviter le pire. Trouver le moyen de s'introduire dans le Dédale, de sauver Malatesta.

Angelo avait rapporté des casernements de la Garde noire un monceau de dossiers et travaillait, assis à l'écritoire de la chambre. Le chat, couché sur les draps blancs, le regardait en ronronnant. L'homme et le félin tournèrent, en même temps, les yeux vers elle. Le sorcier avait les traits tirés. Ses yeux, assombris de fatigue, paraissaient enfoncés dans leurs orbites. Ses lèvres, très pâles, se confondaient avec le teint cireux de sa peau.

— Mazzario est obligée d'abandonner l'enquête, lança-t-il en guise de salut. Alors, j'ai décidé d'avancer de mon côté. Gualterio Scrivi. Tu le connaissais bien ?

Traits lourds, cheveux coupés ras. Cette nuit-là, au bord de l'eau. Bras larges, forts, soulevant ce qui restait d'elle – corps vide, chairs bleuies, exsangues. Son regard, plein de compassion. Son expression, la dernière fois qu'elle l'avait vu. Empreinte de douceur, d'inquiétude, aussi. Son cadavre, dans le temple, lors de la cérémonie. À la fois encombrant, minuscule et sans défense.

— Il m'appelait Antonella, dit-elle enfin. Je lui ai donné ce nom quand il m'a trouvée.

— Antonella ?

— C'était moi… Avant.

Angelo la contempla un moment en silence.

— Savais-tu qu'il avait une fille ? Disparue, il y a longtemps. Délia.

Nola fronça les sourcils. La défunte épouse de Leporello Dandolo s'appelait ainsi. Sans un mot, elle s'approcha de la table encombrée de papiers et de dossiers, fouilla, finit par trouver ce qu'elle cherchait : des brouillons, contenant les fragments de la vie du luthier.

— Je ne crois pas aux coïncidences. Pas quand elles sont aussi évidentes…

Avant de les lui laisser prendre, elle le fixa, capturant son regard.

— Angelo, dit-elle d'une voix où perçait l'anxiété. À propos d'hier… Malatesta est en danger. Le peuple veut son sang !

La fièvre animait son beau regard vert moucheté de gris et enflammait ses joues. Nola semblait, en cet instant, à la fois très vulnérable et extraordinairement vivante – plus qu'elle ne l'avait jamais été. Malatesta avait insufflé un feu nouveau dans son corps, dans son âme. Peut-être était-ce de l'amour, peut-être une simple *raison d'être*. Cela aurait dû suffire à Angelo, le décider à accéder au souhait de l'hybride. Mais il se rappelait l'étrange scène au cœur du Dédale, et le doute s'insinua. Il se sentait de nouveau troublé, mal à l'aise sans savoir pourquoi. Un drame se préparait. Certains éléments ne se trouvaient pas à leur place, il le devinait confusément.

« Je ne suis pas devin, mais nécromant. Même dans mon domaine, mes talents sont limités. Si nous aidons la Bête à briser ses chaînes, la Déesse seule sait ce qui adviendra...Il y a d'autres solutions... Je dois y réfléchir. »

— Angelo ?

— Je vais trouver une solution, un moyen de nous faire entrer dans le Dédale... Un charme permettant de nous fondre dans les ombres, peut-être.

— Angelo...

— Cette nuit. Nous irons cette nuit, je te le promets.

Elle laissa le silence s'installer, hocha finalement la tête, son calme recouvré.

— Qu'est-ce que cela ? reprit-il, désignant les feuilles qu'elle lui avait données.

— Ce client, dont je t'ai parlé il y a quelque temps. Leporello Dandolo. Lui aussi a connu une Délia.

— Est-ce que ça t'ennuie si...

— Non. Je vais me laver.

Elle quitta la pièce, s'arrêta dans le salon, face à la boîte à musique que lui avait offerte le luthier. La figurine, à l'effigie d'un chaton, avait été cassée ; elle reposait, à présent, près du coffret. La jeune femme l'effleura d'un index distrait, puis passa dans la salle d'eau.

Dors, petite étoile
Dors, ma petite étoile...

Actionnant la pompe lui permettant de remplir des seaux, Nola fredonnait la berceuse aux parfums d'enfance. Elle fit chauffer l'eau, perdue dans ses pensées, dans ses souvenirs. Un, en particulier, éclata, pareil à une bulle de savon, à la surface de sa conscience : des arômes, des couleurs et des sons s'en échappèrent. Les odeurs de l'herbe humide de rosée, de la terre fraîche et brune. La tendre senteur des premières digitales et du lilas. Le pépiement joyeux des oiseaux dans les arbres, le bourdonnement discret des abeilles. Les rires des domestiques préparant, fenêtre ouverte, le repas. Les aboiements joyeux de son chien, galopant vers elle de toute la vitesse de ses petites pattes. Pipo. Pipo, adorable boule de poils morte quelques semaines avant qu'elle ne rencontre...

Elle versa plusieurs essences – jasmin, lavande et mimosa – dans l'eau chaude. Les délicates fragrances se mélangèrent, embaumant l'atmosphère, embuant la fenêtre d'une fine vapeur.

« Lotario. »

Enfin, elle pouvait penser, épeler mentalement ce nom. La blessure restait, mais quelqu'un l'arrachait à cette fascination morbide pour ses propres abysses.

Malatesta.

Nola délaça son corset, ôta sa chemise de coton épais, défit les attaches de ses jupons. Ils tombèrent, s'effeuillant en corolles autour de ses jambes gainées de bas ivoirins. Elle les enleva et se glissa, nue, dans son bain parfumé.

« Malatesta… Je dois l'aider. Et je n'ai plus beaucoup de temps. »

*

La Garde noire encerclait les rebelles, frappant la horde dépenaillée à coups de lance, à coups de massue. Cris de douleur, de rage, craquements d'os broyés s'élevaient dans le chaos ; ici et là, une cuirasse noire s'affaissait, écrasée par le nombre ou fauchée par une lame dentelée. Des deux côtés, les pertes augmentaient la violence. L'esplanade retentissait de clameurs, de cris et de râles d'agonie ; les corps roulaient, basculaient dans les flots. Isolée de ses hommes, la capitaine Mazzario combattait avec fureur. Sa colère avait trouvé un exutoire – le peuple qu'elle devait protéger. Le dégoût la rendait plus violente, la culpabilité plus implacable. Chaque malheureux qui tombait heurtait sa conscience – et décuplait sa rage.

À court d'adversaires, haletante, Fosca s'écarta de la mêlée.

Elle devait récupérer ses sens. Son souffle. Prendre du recul. Examiner la situation. En tirer le meilleur parti, pour ses hommes, pour elle. Faire quelques prisonniers – des os à ronger pour le Conseil de ville et ses limiers. Trouver le moyen de mettre un terme à tout ça. Ce massacre inutile.

Une silhouette familière l'arracha à ses réflexions.

À du pont, Renzo Lippi observait la scène et consignait minutieusement tout ce qu'il voyait dans un cahier à la couverture passée. L'ancien chroniqueur continuait son travail, envers et contre tout. Fosca se rappela ce que lui avait dit Polissena Duccio, un jour, à son sujet : « Ne vous fiez pas à son allure d'ivrogne, capitaine. C'est un renard qui obtient toujours ce qu'il veut. S'il a décidé de vous filer le train, il ne vous quittera pas tant qu'il n'aura pas ce qu'il est venu chercher. » La défunte lieutenant avait apparemment raison. Lippi n'était pas du genre à lâcher prise.

Soudain, Fosca se raidit. Une forme se mouvait dans les ombres, juste derrière lui. Elle s'élança, voulut le prévenir – trop tard.

Lâchant son calepin, Lippi porta les mains à sa gorge, essayant vainement de contenir le flot écarlate, s'affaissa sur les genoux puis bascula face contre terre, dévoilant fugitivement l'identité de l'assassin. Cheveux blonds, visage épais. Mains larges, stature de colosse – étonnamment discret malgré tout. Et le même tablier de cuir, le même attirail de boucher qu'au jour de son arrestation. Un boucher sans nom, l'un des bras armés de Francesco de Barbari. Cela suffisait à le protéger de tout.

Fosca s'aperçut qu'il avait pris la sacoche de sa proie et son carnet – ne laissant rien, en dehors d'un papier jeté en travers du corps. Doucement, la capitaine s'accroupit près de la dépouille du vieux Lippi.

Une vieille princesse sans vraie héritière,
Se terre aujourd'hui derrière ses conseillères
Et ferme les yeux pour ne pas voir ni savoir
Ce qui restera d'elle à la lueur du soir.
Trois méchantes sorcières dans leur tour d'ivoire,
Se servent de ses craintes et de tous ses tourments
Pour régner dans les ombres et asseoir leur pouvoir
Au mépris de leurs plus sacrés engagements.
Un peuple tout en bas expire lentement,
Victime de sa stupeur, de la peur des grands.

Quand elle se releva, le soleil brillait dans le ciel ; des rebelles, il ne restait que quelques prisonniers. Les autres gisaient, morts, sur la place.

*

Angelo avait emporté les brouillons qu'elle lui avait remis, une description sommaire de l'ancien luthier, ainsi que le fruit de ses propres découvertes : Dandolo et le tueur ne faisaient qu'un. Il avait assassiné l'épouse de Scrivi pour se venger, puis récupéré les tarots encore vibrants de peur de la défunte.

Avant de partir, il lui avait promis de venir la chercher pour arracher l'hybride à sa prison de lave mais les heures s'égrenaient, solitaires, et Nola lui accordait de moins en moins de crédit. Il s'était montré tellement réservé à ce propos ! Et puis, il avait évité plusieurs fois son regard : cela ne lui ressemblait pas. Projetait-il de s'y rendre seul ? Non. Il n'aurait eu aucune raison de le lui cacher.

Quand le soleil commença à décliner, elle avait perdu tout espoir de le voir revenir.

Assise à son bureau, elle se mordillait les lèvres, songeuse, son journal et le cahier dans lequel elle consignait soigneusement ses poèmes ouverts devant elle. À côté, près de l'encrier, *Genova M. ou Les Amours sacrilèges,* qu'elle n'avait pas terminé.

Le meilleur moyen d'être condamnée pour trahison. »

Le meilleur moyen… d'entrer dans la prison de Malatesta.

Il lui suffisait d'être arrêtée.

Ces jours-ci, nul ne perdait de temps en procès ; les criminels étaient exécutés sans jugement, écartelés, pendus – un risque à prendre – ou jetés en pâture à la Bête de Cribella. Inutile d'attendre plus longtemps : elle tenait sa solution. Connaissait même celui qui lui mettrait les fers… Rancunier, Sotto ne lui pardonnerait jamais d'avoir refusé d'écrire cette lettre et de s'être opposée à lui.

Sa décision prise, Nola se leva, rangea soigneusement ses affaires : les carnets à l'abri dans son tiroir, la petite clef en or sous une latte, avec ses autres trésors. Elle les saisit, un à un, les regarda avec une tendresse mâtinée d'un soupçon de dérision avant de les replacer sur le vieux carré de tissu qui les protégeait. Il y avait là : un médaillon, représentant la Déesse sous son aspect virginal, présent de ses parents au jour de ses quinze ans ; une bague d'argent, sertie de malachite, souvenir de Lotario, qui la lui avait offerte en gage de son amour juste avant de rentrer à Cribella. « Ces pierres sont de la couleur de tes yeux », avait-il murmuré avant de l'embrasser.

Hypocrite.

Naïve, enceinte – elle croyait tout ce qu'il disait.

« C'est fini… Temps de tourner la page… De tout recommencer. »

Achevant le rituel, elle disposa, à côté de ses souvenirs, la plume d'oie – une vieille chose sale et grinçante – qu'elle utilisait pour copier ses poèmes et rajusta la planche sur le parquet.

Nola mit la belle tenue que Rossana lui avait offerte : la robe safre semée d'argent, la chemise soyeuse, le châle assorti. Brossa ses cheveux, les laissant librement cascader dans son dos et le long de ses épaules. Ajouta quelques touches de jasmin et de mimosa. La voyant prête à sortir, le chat noir se redressa, s'étira avec un miaulement interrogateur.

— Je ne t'emmène pas avec moi. Pas cette fois.

La jeune femme prit le roman interdit, se pencha vers le félin, le gratta derrière les oreilles et sous le menton. Il se laissa faire un moment, puis feula et fila se cacher sous le lit.

Quand elle quitta l'immeuble, le crépuscule tombait. Des ombres violettes s'étendaient au pied des édifices et sur les eaux brunes des canaux. Tout était calme, paisible – comme si nulle émeute n'avait bouleversé le cours ordinaire de l'existence du sestier. De l'autre côté du pont, les fenêtres de *L'Ambre rouge* brillaient de mille feux, joyaux d'or rose éclaboussant de lumière les façades alentour. Quelques gondoles glissaient, silencieuses, dans la nuit naissante.

Certains rentraient chez eux ; d'autres se dirigeaient, par groupes de quatre ou cinq, vers les auberges et les gargotes du quartier. Au-dessus d'elle, un goéland poussa un long cri.

Où trouver son ennemi ? Nola savait qu'il préférait, depuis qu'il avait obtenu le grade de lieutenant, passer ses soirées du côté de Dyctina. Marsile fréquentait ainsi ses pairs et des individus d'importance auprès desquels il pouvait se faire valoir. L'ambition le gouvernait au point qu'il n'avait même pas eu la décence d'attendre les funérailles de Duccio pour exiger sa place. Il avait su se faire quelques amis influents et la capitaine Mazzario n'avait pas eu son mot à dire.

« Me mettre aux arrêts servira son appétit de pouvoir. Il pourra parader auprès de ses supérieurs… L'homme qui a démasqué une vile félonne. J'espère qu'il n'en profitera pas pour… »

Elle frissonna, resserra les pans de son châle autour d'elle.

Le sang sur ses cuisses. Son corps, vide, déchiré. L'enfant mort, masse de chairs racornies, jetées dans un coin de la masure. La pluie, tombant à verse. L'errance… La fièvre… Les faciès blanc et rose, anonymes. Les masses, sur elle… Cauchemars, illusions… Les piécettes, près d'une couche mangée par la vermine. Des voix… Lointaines… De plus en plus lointaines.

Les souvenirs affluaient, de nouveau. Mais cette fois, elle n'avait pas de lame pour expulser l'horreur.

« C'est fini. C'est fini. Plus jamais… Et il y a Daniela. Daniela le surveille… »

Lorsqu'elle passa à proximité de l'imprimerie de Gualterio Scrivi, les ténèbres avaient envahi la ville. Des lumières jaunes brillaient dans l'obscurité et les silhouettes, aux fenêtres des logis et des estaminets, étendaient d'étranges ombres sur les murs. Des clapotis troublaient la quiétude indolente des canaux ; en franchissant le pont séparant Métida de la pointe de Dyctina, elle entendit un bruit de plongeon. Elle crut discerner, dans la nuit, la tête plate d'un ragondin – à moins que ce ne fût autre chose ? Frissonnant, elle poursuivit son chemin.

La jeune femme arriva, enfin, sur le quai animé où se réunissaient souvent les officiers de la Garde noire. L'un des meilleurs endroits pour soutirer des informations à quelque gradé peu scrupuleux ou adultère, lui avait un jour expliqué Renzo Lippi. « C'est peut-être bien du chantage, princesse, et c'est peut-être pas bien noble, mais je suis pas prêtre. Les renseignements, je les prêche pas, je les pêche. » Les confidences du vieux chroniqueur, parfois pénibles lorsqu'il se laissait aller à son penchant pour la bouteille, se révélaient ce soir d'une grande utilité.

Une musique joyeuse et des éclats de rire provenaient d'une taverne. Nola répondit d'un haussement d'épaules au salut égrillard des deux hommes appuyés contre le mur, un pichet de terre à la main. Ne voyant ni Sotto ni son adjointe, elle poursuivit sa recherche. Elle l'aperçut, finalement, dans un établissement plus spacieux que les autres. La façade arborait crânement l'enseigne luisante d'une gondole, sous laquelle avait été fixé un lumignon. Marsile Sotto palabrait, en plein milieu de la pièce principale, en compagnie de quatre personnes. Deux, Daniela et une femme qu'elle n'avait jamais vue auparavant, appartenaient à son corps d'armes ; les autres, un colosse blond et un brun à la mise soignée, étaient des civils.

« Des agents du Conseil. Des notables… Peu importe. Plus il y aura de monde… Et puis, si l'imbécile ne parvient pas à déchiffrer le contenu de l'ouvrage, un autre le fera à coup sûr. »

Nola repéra le trajet jusqu'à leur table. Le ballet désordonné des filles de salle. Les allées et venues des clients, riches artisans, spadassins et soldats en majorité. Se contraignit au calme.

« Malatesta. »

Tenant le roman contre son cœur, les jointures blanches, crispées, elle entra. Repéra une serveuse, portant à bout de bras un plateau débordant de verres vides.

« Malatesta. »

Elle la percuta, perdit l'équilibre et s'étala, de tout son long, sur la terre battue. Lui échappant des mains, *Genova M.* s'envola, atterrit exactement aux pieds du lieutenant Sotto et de ses amis.

« Malatesta. »

4

Rouge comme ma bouche et le sang qui s'écoule
Sur ma peau
Et ruisselle
En rigoles
Arc-en-ciel
Une couleur pour nos amours

Dernier poème, terminé et soigneusement mis au propre dans le cahier. Pourquoi prendre cette peine puisque je m'en vais ? Malatesta est en danger et Angelo le sait et j'ai l'impression qu'il attend que ce soit trop tard pour agir et je ne comprends pas pourquoi. Ce n'est pas normal ce n'est pas lui. Je ne supporte plus d'être ici de les entendre, de les sentir. Toute cette haine m'étrangle. Je vais partir Angelo il ne faut pas m'en vouloir mais je ne peux plus attendre. [...]
Je vais le chercher. Où irons-nous, après ? Peu importe : il a des ailes après tout.

Nola
Journal (Extrait)

Sestier de Métida – 8e jour du mois de la Vierge

Émeutes. Cadavres par dizaines, et parmi eux Renzo Lippi, égorgé sous ses yeux. Incarcérations. Condamnations, dont celle de Nola, accusée de haute trahison. La rumeur commençait à se répandre : certains murmuraient qu'elle était l'auteur des pamphlets, d'autres qu'elle encourageait la sédition ; les plus nombreux pensaient qu'on l'emprisonnait à tort. Seul Angelo di Larini n'avait paru ni ému ni surpris lorsque la capitaine, temporairement dégagée de ses obligations, l'avait prévenu. « Nola sait ce qu'elle fait », avait-il répondu à son regard étonné. Le nécromant n'avait rien ajouté : l'arrestation du tueur aux tarots occupait entièrement son esprit. Il tenait une piste : Leporello Dandolo, ancien luthier, prétendant de la défunte fille de Gualterio Scrivi. Nola avait écrit pour lui un récit dont elle avait conservé les brouillons. Angelo lui avait remis un résumé soigné, expliquant les habitudes du meurtrier, mais Fosca ne parvenait à comprendre ni la raison de ses confidences ni celle des crimes. Si Leporello Dandolo avait pour dessein la résurrection de Délia, pourquoi laisser des traces ? Si les cartes de tarot lui permettaient d'accomplir cet insensé projet, pourquoi pousser ses victimes au suicide, non les occire, simplement ?

— Justement parce que ce n'est pas aussi simple.

Tous deux s'étaient retrouvés, à l'aube, dans l'antre de la capitaine. Une infusion fumante de gingembre, de miel et de cannelle dans leur tasse, ils examinaient les dossiers d'enquêtes et d'autopsies, les écrits de Nola ainsi que de nombreux feuillets couverts de schémas et d'annotations étalés devant eux, sur le bureau.

— Alors expliquez-moi. *Vous* êtes nécromancien.

Fosca le dévisageait, une flamme déterminée au fond de son regard. Elle exigeait des réponses – ne se contenterait pas de vagues explications. Et pourquoi pas ? Il était peut-être temps qu'elle sache la véritable nature de ce qui rongeait Cytheriae.

— Vous pouvez ranimer les morts, non ? Alors comment…

— Animer des cadavres, contrôler des spectres. Certains d'entre nous le peuvent. Mais ressusciter de cette façon un défunt ? Renouveler ses chairs, lier son âme à son corps ? Il faut autre chose. C'est l'affaire de miracles… ou de pactes. Mais, Fosca, nul démon n'est à l'œuvre, ici. Il s'agit d'un mal bien plus puissant et bien plus ancien. Un mal qui se repaît de folie, de souffrance, de désespoir. Un mal qui détruit les âmes, se répand sous de multiples formes et a trouvé en Dandolo un instrument parfait.

— La Bête ?

— Non. La Bête est son adversaire le plus terrible. Mais ses jours sont comptés : combien de temps, à votre avis, faudra-t-il à la Moravia et à ses Moires pour céder à la colère du peuple et la lui livrer ?

La capitaine se massa les tempes.

— Nous évoquions Dandolo, vous me parlez de… forces…

— Kebahil. C'est son nom.

— Et vous croyez qu'il… que Dandolo…

— … Lui immole ses victimes. Son maître a dû lui promettre de lui rendre Délia, en échange de sacrifices. Il lui a inculqué les rituels nécessaires.

Je soupçonnais les arcanes de tarot ; maintenant, je suis convaincu qu'il utilise son art pour accomplir ses sacrifices : les cartes servent de témoins, de catalyseur. Et la musique tue. Les boîtes à musique, plus exactement. En examinant les rapports d'enquête, je me suis aperçu qu'il y en avait, chaque fois, à proximité des victimes. Avec le chaos des derniers jours, je n'ai pu en étudier qu'une. Peu importe, finalement. Car Kebahil n'a pas l'intention d'honorer ses engagements. Kebahil veut utiliser le fruit de ces offrandes pour s'incarner.

On frappa à la porte. Ce son mat ramena Fosca à la réalité, banale mais rassurante, de la caserne.

Une jeune garde entra. Elle salua, raide et protocolaire, son capitaine et lui remit deux courriers cachetés. L'un portait le sceau d'Alceo di Lacana. L'autre d'Appio Vangalio, un magistrat.

Fosca la congédia, prit connaissance des courriers.

Ses mâchoires se crispaient à mesure qu'elle lisait celui du général. Elle le reposa, découragée, avant même d'avoir atteint la fin, s'empara du second billet, le parcourut rapidement avant de le faire glisser vers le nécromant.

Pas un muscle de son visage ne se crispa. Il ne manifesta aucun signe – même infime – de tristesse ou d'effroi. Il paraissait si neutre, si froid en découvrant la sentence de mort, que Fosca en frémit.

— Je suis désolée, murmura-t-elle enfin pour rompre le silence.

— Elle ne risque rien. Je vous l'ai dit : notre ennemi est Kebahil. La Bête est notre alliée. Nola est allée la délivrer. J'aurais dû l'accompagner, mais...

Comme le craignait Malatesta, le rejoindre au cœur du Dédale était imprudent. Aussitôt, l'entité avait braqué son regard sur lui, manipulant son esprit et ses émotions pour l'éloigner de l'hybride, le retourner contre lui.

Angelo frissonna.

Il avait fallu l'arrestation de Nola pour qu'il en prenne conscience.

— Kebahil et son engeance gagnent en puissance, poursuivit-il. L'entité sait que son identité est connue et que des mesures sont prises pour la combattre. Le temps presse, Fosca.

Abasourdie, la capitaine se leva et, arpentant de long en large le bureau, s'efforça de trouver une logique aux informations et aux innombrables questions qui se bousculaient dans son crâne. Nola était-elle, également, douée de magie ? Di Larini ne craignait-il pas qu'elle soit dévorée ? Pourquoi avoir attendu tant de temps avant de lui parler de ce... ce Kebahil ? Elle-même, quel choix devait-elle effectuer ? Tout en réfléchissant, Fosca triturait les instructions de son supérieur, les froissait en tous sens. Finalement, elle en fit une boule et la lança dans un coin de la pièce.

— Très bien, Angelo. Par quoi commençons-nous ?

*

Geôles de Cribella

On lui avait retiré sa belle robe, son châle et ses bijoux.

Nola était demeurée des heures entières, enchaînée dans la geôle, nue, ses cicatrices exposées à la vue des gardiennes et de ses cinq compagnes de cellule. Trois femmes d'âge mûr, les autres à peine sorties de l'adolescence. Toutes attachées, comme elle, par des anneaux de fer, aux pierres glacées du mur. La plus maigre des deux filles, les cheveux presque ras, la peau constellée de plaques et de rougeurs, ne cessait d'éternuer. La seconde, plus ronde, scrutait les autres prisonnières en tremblant. Elles avaient échangé quelques mots, au début. Des noms, un ou deux récits d'arrestation. On leur avait intimé l'ordre de se taire. L'une d'elles avait regimbé. On l'avait aussitôt frappée. Violemment, cruellement. Avec un bâton souple comme un fouet. La malheureuse avait hurlé avant de s'effondrer, au bord de l'inconscience – vaincue.

Plus personne n'avait osé ouvrir la bouche.

Le temps s'égrenait, infiniment lent. Le froid, l'humidité engourdissaient les membres. La gêne née de la pudeur, de l'exposition de la nudité, un moment atténuée, avait reparu avec le besoin de se soulager. Lisa, une brune au corps et aux membres épais, avait cédé la première. « Par la Déesse !... Oh, par la Déesse ! » Elle s'était fait dessus, sanglotant de honte, avant de se recroqueviller sur elle-même, les fesses dans sa propre pisse. Vaincue à son tour, Nola s'était efforcée de rester le plus propre possible. Mais il y avait eu le bruit, les éclaboussures sur ses mollets et ses chevilles, le sillon tiède sur sa cuisse.

Elle en aurait pleuré.

L'humiliation. Le dénuement. La conscience aiguë de sa vulnérabilité. De sa naïveté, aussi.

Pressée de libérer Malatesta, sûre de son plan, elle n'avait pas pris la peine de se préparer à ce qui l'attendait. Elle n'avait pas imaginé que le chemin du Dédale serait semé de pareilles épreuves. Parviendrait-elle là-bas ? Les juges n'allaient-ils pas décider de faire un exemple – un de plus, parmi des dizaines – et de l'écarteler ou de la pendre en place publique ?

« Malatesta. »

Ce nom ne suffisait plus à lui rendre son courage.

Ouvrant la porte, une geôlière forte comme un ours, aux traits sauvages et plats, l'avait appelée. Nola s'était levée, essayant tant bien que mal de se tenir droite, de ne pas grelotter.

À Lisa qui protestait, évoquait le favoritisme, les protecteurs haut placés, la matonne avait riposté : « Se faire bouffer par la Bête, c'est du piston ? » L'autre en était demeurée coite.

On l'avait changée de cellule. On lui avait donné une tunique, sorte de carré de toile informe, et permis de se laver – à l'eau froide, avec un savon rugueux, mais elle avait été heureuse de se débarrasser des odeurs de moisi et d'urine. On lui avait même servi à manger. Un brouet clair, noyé dans l'huile d'olive, du pain gris et de l'eau. « Ton dernier repas, avait lancé la gardienne. Demain, c'est toi qui serviras d'amuse-gueule. »

À présent, assise contre le mur froid du cachot, Nola s'interrogeait : qui l'avait condamnée ? Pourquoi n'avait-elle pas été questionnée – sur le roman, sa provenance, sa présence, ce soir-là, à la taverne ? Pourquoi n'avait-elle pu assister à son procès ?

« Parce qu'ils n'en font pas. »

Réponse évidente : plus de procès, plus de question. Un verdict immédiat. Être rapide, sans appel pour éviter tout risque de rébellion.

« Malatesta. Demain, je vous verrai enfin. »

À cette seule pensée, son ventre se nouait – de peur, de désir. Émotions mal contenues, inexprimables. Tremblements convulsifs. Mais elle n'avait ni cahier pour écrire ni lame pour libérer le flot.

« Je veux que ça sorte. Je veux que ça s'en aille. C'est trop… Ça brûle… J'aperçois les gouffres. Si proches. »

Souvenirs, images angoissées se mêlaient, dansaient une infernale sarabande. Tout chavirait, tout se faisait écho, formant de grotesques et effroyables tableaux en son âme : les murs de la geôle, le froid, la faiblesse – ici, là-bas, toujours impuissante, et seule, et vide. Nola se balançait d'avant en arrière, repliée sur elle-même, toute raison occultée, les yeux fermés pour ne plus voir, pour s'échapper, fuir les abysses qui s'ouvraient sous ses pas, voraces, afin de l'engloutir.

Enfin, une berceuse s'échappa de ses lèvres sèches, assoiffées.

Dors, petite étoile,
Dors, ma petite étoile…

De cela, elle ne fut pas consciente, pas plus qu'elle ne se sentit chavirer.

*

Peu de personnes, essentiellement des menuisiers et des ferrailleurs, connaissaient Leporello Dandolo. Selon eux l'homme, discret et poli, fabriquait des jouets, réparait ou accordait divers instruments de musique. Ils avaient donné de lui une description qui confirmait celle de Nola.

Dandolo tuait grâce aux boîtes à musique.

En lisant les brouillons laissés par son amante, Angelo s'était rappelé les notes de Polissena prises pendant l'inventaire des biens de Marquise ; il avait découvert, en parcourant les autres dossiers, que chaque défunt en possédait une. Et Nola... Se précipitant chez elle, il avait trouvé le gracieux coffret au mécanisme brisé. Il restait des traces, l'empreinte d'un maléfice. Le chat, mouvement d'humeur ou sixième sens propre à son espèce, avait détruit l'objet, enrayant la progression du rituel. Dandolo chercherait certainement à savoir ; peut-être guetterait-il, non loin du logis, le moment précis où se déclencherait le sort ? Peut-être la lame de tarot – Angelo ne l'avait pas trouvée chez Nola – devait-elle être placée près de la victime pour capturer son essence ?

La jeune femme, qui s'apprêtait à rejoindre l'hybride au cœur du labyrinthe, ne craignait plus rien, mais il préférait capturer le tueur avant le lendemain, jour de l'arcane du *Destin*. La magie demeurant impuissante à le repérer – un bouclier protégeait le luthier – il s'en était remis à la logique... Et à la capitaine Mazzario.

Passée la stupeur provoquée par ses révélations, celle-ci avait déployé ses hommes dans le sestier ; dix gardes avaient pris Dandolo en chasse.

À présent, Fosca et lui allaient dans les ruelles et le long des quais, éprouvant l'atmosphère lourde et suspicieuse, les regards craintifs, malveillants, des passants, les bruissements impalpables de la colère. Ils allaient sous le ciel bleu, percevant plus âprement que jamais le délabrement des anciens palais, les dartres fongiques, brunes et grises, issues de l'humidité, les lézardes dans les murs et les algues, écrin verdâtre pour les crabes et les coquillages rongés de parasites qui s'accrochaient aux pierres des appontements. Ils virent même une bête blafarde, improbable croisement de pieuvre et d'araignée, glisser comme une ombre dans les eaux vertes d'un canal.

Peu avant le zénith, après avoir interrogé une dizaine de personnes, Angelo et Fosca arrivèrent à l'enseigne de *La Mouette*. La capitaine avait décidé que ce comptoir modeste et calme servirait de point de rendez-vous. Ils commandèrent des anchois marinés, des boulettes au fromage et un pichet de vin clairet, puis s'installèrent à l'une des rares tables de l'estaminet.

— Son œuvre est de plus en plus manifeste, murmura le sorcier. Comme s'il déchirait le voile du réel. Bientôt, vivants et morts se côtoieront… Sauf qu'il n'y en aura plus. Il les anéantit. Tous. Les uns après les autres.

— Angelo, je ne comprends rien.

— Kebahil se nourrit des âmes – les nôtres, et celles de… de ce que vous appelez démons. Il détruit la frontière entre les mondes. Chez les hommes, cela crée le chaos et la terreur qui renforcent sa force ; cela désoriente les autres et les affaiblit. Ainsi, il peut absorber plus aisément leurs essences, accroître sa puissance. Spectres et lamias sont pour lui des mets de choix…

— Depuis combien de temps savez-vous ?

— Plusieurs semaines. Des mois, peut-être. Difficile à évaluer.

— Vous saviez. Et vous n'avez jamais…

— Les choses sont rarement aussi claires, Fosca. L'entité a agi avec prudence, tirant les ficelles, influençant subtilement les esprits et les cœurs. Moi-même, j'ai été abusé. Poussé à me soucier de détails, à oublier l'essentiel. Poussé à différer le moment de porter secours à la Bête. Cela vous surprend ? Je n'en aurais pas eu conscience, sans la résolution courageuse de Nola. Quant à prévenir, qui m'aurait cru ? J'ai été banni de l'Ordre de la Nouvelle Lune, ne l'oubliez pas. Les autorités m'auraient peut-être accordé leur confiance si moùn ancien magister vivait toujours, mais je ne suis qu'un renégat à leurs yeux. Les habitants du sestier redoutent ma sorcellerie et se défient de moi…

— Ce n'est pas mon cas.

— À quoi cela aurait-il servi ?

— J'aurais pu opposer des arguments lors des dernières réunions.

— Non. Vous auriez été confrontée aux mêmes difficultés que moi et auriez perdu tout crédit. Votre poste, peut-être.

Fosca haussa les épaules, mâchonnant sans conviction le fromage pané.

— C'est ma dernière enquête, dit-elle enfin. J'ai été convoquée par le général di Lacana, ce matin. Un conseil extraordinaire. Une énième affaire de sécurité – anticiper les prochaines émeutes, les risques de sédition. Je n'ai pas répondu, je n'y suis pas allée. Or nos relations sont… hostiles. De plus en plus. Il sautera sur l'occasion. Et puis, il a un remplaçant tout désigné dans sa manche.

— Sotto ?

— Qui d'autre ?

Deux gardes entrèrent. Angelo les connaissait de vue : le premier, Giulio, avait participé à son arrestation. Le second était la jeune femme qui lui avait servi d'intermédiaire auprès des mortuors et du service des archives.

Avisant Mazzario, ils se dirigèrent aussitôt vers elle.

— Mon capitaine, nous savons où trouver le tueur, annonça la blonde recrue. Domenico Fiori, le barbier, le connaît.

*

Nola, emprisonnée.

Renzo, égorgé lors d'une émeute. Dépouillé de ses affaires : chaussures, braies, sac – jusqu'à son vieux carnet de notes. Tout avait été pillé. La capitaine Mazzario, qui avait annoncé la triste nouvelle à l'ancienne propriétaire de *La Gazette,* regrettait de n'avoir pu récupérer le corps à temps. Elle avait des responsabilités, suivait des ordres – ils passaient en priorité.

Désemparé et hagard, Orseo ne savait que faire, où aller. Ces derniers temps *L'Ambre rouge,* bondée à toute heure, îlot miraculé de libre expression et de gaieté – on venait y gronder sa colère, y noyer ses soucis dans l'alcool et même l'ambroisie –, lui laissait un goût amer dans la gorge. Rossana Paolo, reine flamboyante de cette cour à la fois marginale et banale, l'exaspérait. Et puis, il avait trop de souvenirs, là-bas. Mais chez lui, une chambre terne dans un vieux bâtiment défraîchi, le jeune homme ruminait, tournait en rond, avait l'impression de devenir fou.

Finalement, il prit le chemin du « refuge ».

Il y trouverait le calme dont il avait besoin ; peut-être – cette perspective, étrangement, lui plaisait – y rencontrerait-il Isadora.

Les rues et les quais étaient déserts, en cette heure de la journée : les gens prenaient leur repas. Les mouettes, d'ordinaire bruyantes au-dessus de l'eau, semblaient elles aussi se reposer. À peine entrvit-il, sur son chemin, un plongeon perché sur une rambarde et quelques goélands se laissant dériver à la surface de l'onde.

« Nola accusée de trahison, capturée à cause de ce roman infamant… Comment est-ce possible ? Pourquoi lisait-elle ça ? Qui lui a mis cette idée en tête ? Le nécromant. Une femme et un démon, c'est bien son genre. Maintenant, elle est là-bas, dans ces geôles… Ils vont la condamner, c'est sûr. Que puis-je faire ?… Si seulement… Ça y est ! Je tiens peut-être une solution… »

Il lui suffisait de se rendre : aller aux casernements de la Garde noire. Assumer l'entière responsabilité de l'affaire. Affirmer que Nola ne savait pas ce qu'elle avait entre les mains – le titre de cet ouvrage était rarement inscrit sur la couverture – et n'avait rien dit pour le couvrir. Pour preuve, il revendiquerait les pamphlets. Tous les pamphlets. Inutile d'impliquer Isadora. Nola serait libérée. Alors, elle le verrait d'un œil nouveau. Comme le héros…

Un violent horion, dans l'estomac, le plia en deux, coupant court à ses pensées. Un direct au menton le projeta en arrière. Un coup de pied l'envoya s'écraser sur le sol, la bouche et le visage en sang. Il atterrit sur le dos, suffoquant. Impossible de bouger. Impossible de respirer. Pieds, bâtons pleuvaient sans trêve sur lui. Ses yeux se brouillaient, aveuglés par les larmes, l'ichor poisseux et tiède. De ses agresseurs, il ne distinguait que de vagues silhouettes : un colosse et deux autres, plus minces. Points noirs, lumineux, écarlates, tout se mêlait. Et la douleur qui vrillait, labourant chaque parcelle de son corps ! Et ses côtes, comprimées par la chute, qui l'étouffaient ! Il sentit soudain une brûlure – une lame chauffée à blanc transperçant son être tout entier – perdit conscience.

Brièvement.

Des giclées d'eau le ranimèrent. Il inspira longuement. Ouvrit les yeux. Au-dessus de sa tête, le visage lourd, bestial, d'un géant blond. À quelques pas, ses compagnons, armés de massues.

— Ben il est réveillé ! Il va parler, alors !

— Je…

Goût âcre de la vase, des algues décomposées. Nausée.

Il voulut se débattre. Peine perdue. L'autre maintenait fermement sa tête dans le canal, puis le releva, comme une marionnette. Le retourna.

Le chroniqueur vomit, sous l'œil goguenard de ses bourreaux.

— Il a des choses à nous dire, maintenant ?

— Allez vous faire foutre.

L'eau, de nouveau. Cette fois, Orseo était préparé. Bouche fermée. Yeux grands ouverts, dans le vert-gris de la lagune. Ne pas avoir peur. Se rappeler l'enfance dans les marais, les plongées près de la rade, en quête de détritus, tout, n'importe quoi pouvant se vendre, se manger. Regarder, voir le monde d'en dessous.

Se libérer. Vite !

Une forme longue, blanche, nageait dans sa direction.

*

Dédale de Cribella

Vêtus d'écarlate – couleur de sacrifice et de mort – ils avaient été réunis dans la cour, puis avaient quitté la prison, empruntant une voie bordée de roches noires. Le Dédale, immense piton de lave polie par le vent, se dressait devant eux. Aux portes du labyrinthe, un officier avait lu leur condamnation : l'un, mince avec un regard fourbe et des muscles noueux, avait tué de sang-froid ; l'autre, lors d'une émeute, avait plongé sa lame dans le corps d'une recrue. Les deux prisonniers lui lançaient des coups d'œil sans équivoque : ils avaient eu leur dernier repas, pas encore leur ultime moment de plaisir. Sous ces regards, Nola frissonnait, se sentant de nouveau sale et nue.

À l'approche de l'entrée béante et enténébrée, leur appétit déclina. Leur visage pâlit, leurs membres glacés se couvrirent d'une pellicule de sueur au parfum aigre de mauvais savon. L'assassin, pris de panique, tenta de s'échapper. Il se jeta de côté, roula entre les jambes des gardes, se redressa et commença à courir. Une lance s'enfonça entre ses omoplates, le figeant à jamais dans sa fuite.

— Peut-être est-ce la solution, marmonna le survivant, cherchant à son tour une échappatoire.

Mais les hommes avaient resserré le cercle ; les piques pointées sur son corps le dissuadèrent.

On les poussa vers l'obscurité tiède, inquiétante, des tunnels.

Au seuil du labyrinthe, Nola avait soudain l'impression de tenir dans le creux de ses mains son ancien moi, son ancienne vie. Des images – fragments, esquisses – envahirent son esprit ; des voix – mots, rires, chuchotements – résonnèrent à ses oreilles. Submergée par une bouffée de nostalgie, d'incompréhensible tristesse, elle s'arrêta, s'appuya contre la paroi de lave rugueuse. Ceux qu'elle avait côtoyés, les morts, les vivants… Les avait-elle jamais véritablement connus ? Rossana. Que savait-elle de cette artiste exubérante et avant-gardiste ? Quels secrets, quelles fêlures dissimulait-elle sous sa carapace fantasque ? « Aucun, peut-être. Mais je n'ai jamais cherché à savoir. Et Angelo… » Angelo. Banni de l'Ordre de la Nouvelle Lune. Pourquoi ? Et pourquoi ne lui avait-elle jamais posé la question ? « Cela faisait partie de notre pacte. Ne rien demander… Tout de même. » Elle ne pouvait que l'imaginer, maintenant. Que s'était-il passé ? Quels mystères cachaient les yeux pâles du sorcier ?

— Eh ! Eh ! T'es où ?… Eh ! On reste ensemble ? lança soudain le survivant.

Sa voix tremblait, incertaine.

« Non. »

Ou peut-être avait-elle prononcé ce mot à voix haute ? Peu importait. Elle voulait qu'on la laisse en paix. Sans entrave. Vivante. Libre, enfin, de rejoindre Malatesta.

« Et après ? »

Cela, Nola refusait d'y penser. Comme elle refusait de penser à cette camisole rouge, qui la couvrait d'un manteau de sang. Comme elle refusait de penser aux striures blanches, nacrées de sa peau – plaies d'âme à vif.

Elle avançait, une main posée sur les murs rugueux, dans les ténèbres. Son instinct la guidait sans faillir vers le cœur du Dédale. De temps à autre, une aspérité, sur les parois, sur le sol rocailleux, griffait sa peau. La douleur, écho familier, la rassurait ; à chaque coupure, elle abandonnait un fragment de ce qu'elle avait été. Le temps s'écoulait ; sa marche se faisait plus légère, plus assurée en dépit de l'angoisse qui étreignait de nouveau son cœur.

Vinrent les odeurs, lourdes, entêtantes, de charogne. Les corps, aussi ; carcasses rongées, abandonnées à la vermine, faiblement éclairées par les minuscules champignons rougeoyants proliférant au hasard des galeries. Puis les ossements. Par dizaines. Par centaines. Tas empilés en amas chaotique, tentatives esthétiques singulières, crânes disposés en pyramides ; ces compositions macabres la terrifiaient.

Malatesta, elle n'en avait pas conscience auparavant – peut-être n'avait-elle pas *voulu* en avoir conscience – était un monstre. Un être anthropophage, bestial, inhumain. Il y avait son journal – Angelo ne l'avait-il pas mise en garde ? Ne lui avait-il pas dit qu'il s'agissait peut-être de manipulation ? –, et il y avait le spectacle effroyable de ces corps démembrés, de ces quartiers de viande humaine gonflés par la putréfaction, ces torses ouverts sur des côtes à vif d'où émergeaient parfois rats, vers et cloportes.

Glapissement de panique. Cri d'agonie.

Nola se figea, glacée.

« Il a trouvé le condamné. »

L'hybride était proche. Elle le *sentait.*

« Il l'a tué, le dévore. »

Elle percevait – à moins qu'il ne s'agisse d'un tour de son esprit à vif? – le craquement des membres broyés, le grincement des dents sur le cartilage, le crissement des muscles arrachés aux os, le grondement vorace du prédateur.

« Cet homme… J'ai refusé de l'aider. Je l'ai laissé, seul, aller au-devant de la Bête. Je savais ce qui l'attendait. »

Pressant les bras contre sa poitrine, elle s'adossa à la roche. Ferma les yeux. Besoin de réfléchir. De comprendre son attirance, son effroi. De puiser en son âme la force de fuir ou de le rejoindre de son plein gré. Des questions, incessantes, l'assaillaient, mêlant passé et présent. Son cœur saignait, broyé dans un étau. Prise dans une nasse, sa raison se débattait pour fuir le chaos de sa psyché : fœtus bleu et pourpre, corps démembrés, « la couleur de tes yeux », les prunelles jaunes dans les ténèbres, la mort, la trahison, ne rien sentir, ne rien espérer… Au bord de l'abîme.

La peur. Suffocante.

Le choc de son crâne contre le mur. La douleur, ancre contre la folie.

Musc. Brûlure, évanescente, sur sa peau. Frisson.

Nola releva la tête. Il se tenait là, devant elle.

Et attendait.

*

Sestier de Métida

Délia était une fillette aux boucles brunes et au sourire plein de fossettes. Ses yeux verts pétillaient de malice et son rire clair donnait irrésistiblement envie de rire avec elle. Je l'ai rencontrée pour la première fois au printemps. Elle courait et sa robe aux rubans roses se gonflait sous l'élan. Elle poursuivait un chat, qui se laissa finalement attraper et se mit à ronronner dans ses bras. Pour moi, elle demeura longtemps « la petite fille aux rubans roses ». Même quand j'eus le bonheur d'apprendre son prénom et de jouer avec elle, je disais à ma mère que j'allais voir « la petite fille aux rubans roses. » Quand je l'ai mieux connue, j'ai su que le rose était sa nuance préférée, alors j'ai commencé à chercher tout ce qui pouvait être rose : fleurs, rubans, et même de petits biscuits secs au glaçage de cette couleur…

Leporello ferma les yeux. Il se rappelait, avec une étrange acuité, le goût sucré de ces gâteaux qu'il achetait pour Délia avec l'argent durement gagné lors de son premier apprentissage. Une période bénie ; deux saisons pleines de promesses, et l'illusion que cela durerait toujours…

« J'aimerais tant que tu sois à mes côtés, mon amour. »

Bientôt. Demain, Nola serait sacrifiée.

Resteraient *La Force* et *Le Pendu. La Vieille,* la faucheuse symbole de fin et de renaissance, achèverait le rituel – et Délia lui serait rendue.

« Allons ! Puisque j'ai déjà choisi l'identité de la prochaine offrande, il est temps de m'y mettre. La mélodie, d'abord… *L'Amour sans loi* ou *Saltimbanques* ? »

Réfléchissant, Leporello alla jusqu'à sa table de travail, s'empara d'un disque de métal, en examina la taille et le poli. Un rai de lumière s'y refléta brièvement.

« C'est décidé. Ce sera *L'Amour sans loi.* »

Il commença à fredonner.

L'amour sans loi, c'est toi et moi,
Tita-ta-ti-tati-tati-ta-ta…

Et la porte vola en éclats.

Deux soldats de la Garde noire se précipitèrent sur lui, lame au clair. Derrière eux apparurent Fosca Mazzario, immense silhouette noire, et le pâle nécromancien dont il se méfiait tant.

— Les cartes ! Regardez : elles vibrent d'énergie.

Le sorcier pointait du doigt son jeu de tarot.

— Là ! s'exclama une femme blonde et joufflue. Un autel !

Bouleversé, Leporello vit ses espoirs s'écrouler. Incapable de réagir, incapable de se mouvoir, il laissa la capitaine lier ses mains pendant que les autres profanaient son sanctuaire, réduisant à néant des mois entiers de sacrifice.

— J'ai trouvé un vieux carnet... Il contient des prières, des rituels, aussi. *Khaï Bahil... Philo vasta cillonnis, métoucha amynésis... In vocato sensias...* Je ne connais pas cette langue. Mais mon ancien magister l'étudiait, je crois, quand il est mort. C'est un ouvrage dangereux.

— J'ai confiance en votre jugement... Giulio ! Silvia ! Emmenez cet homme. Vous, gronda la capitaine en le dominant de toute sa hauteur, je ne sais ce qui me retient de vous saigner ici même. Faites un pas de travers, et je vous jure que vous me supplierez de vous accorder la mort. Compris ?

Leporello hocha la tête, hébété.

« C'est fini. Tout est fini... Délia, mon amour... »

Traîné par les gardes, il sortit. Alors, un rire dément résonna à l'intérieur de son crâne. Un rire effroyable, d'une impossible malveillance. Kebahil. Leporello comprit qu'il avait été berné : jamais le Maître qu'il servait n'avait eu l'intention de lui rendre son aimée ; il avait fait tout cela, tous ces sacrifices, en vain.

Son esprit se brisa en mille morceaux.

Demeuré seul, Angelo alluma le brasero, y fit brûler les tarots d'Antonia Scrivi, une partie du recueil de prières et, morceau par morceau, le récit de la vie du luthier. Curieux malgré lui, il parcourut la dernière page avant de la jeter dans les flammes.

... Elle est morte dans mes bras. Elle a souri, une dernière fois. Puis ses beaux yeux verts sont devenus fixes et son pauvre cœur a cessé de battre à tout jamais. Je suis resté longtemps ainsi, au bord de ce lac qu'elle aimait tant... Ses cendres dispersées par le vent... Tu es passée comme un souffle éphémère...

*

Dédale de Cribella

Pas un mot.

Malatesta lui avait tendu la main, une main minérale, aux griffes longues, acérées.

Pas une hésitation.

Nola l'avait saisie, s'y accrochant comme si cela seul pouvait la sauver de la noyade, de la folie. Silhouette aux ailes fuligineuses, il l'avait menée dans son antre, au cœur du labyrinthe.

La salle était telle qu'elle se la rappelait. Une voûte immense, se perdant dans les ténèbres. Un feu aux nuances céruléennes. Des murs sculptés de bas-reliefs, merveilles de grâce et de précision. Mais certaines scènes se creusaient de fissures. Plusieurs personnages gisaient, épars, réduits en poussière.

Nola contempla un moment les débris, se tourna enfin vers lui. Sa peau, anthracite, exaltait l'or de ses prunelles caprines. Il avait les traits acérés et ses lèvres noires laissaient deviner des crocs effilés. Sa chevelure, épais rideau d'ébène, luisait d'un éclat étrange. Une chevelure de lamia. Fascinante. Dangereuse. Elle faillit se laisser piéger par ce jeu d'ombre et de lumière, se reprit. Son regard s'attarda sur le torse noueux, descendit vers le ventre couvert de fourrure, le sexe dressé dans l'obscurité de son aine animale, ses jambes velues, terminées par des serres. Remonta, presque timidement, le long de ce corps singulier, inquiétant – irrésistible. Accrocha les cicatrices, innombrables, les plaies boursouflées, lésions marquant ce cuir de circonvolutions étranges. Discerna la maigreur, les côtes apparentes. Malgré la chair dévorée. Malgré la mort des prisonniers.

L'œuvre de Kebahil.

— Nola.

Sa voix résonna jusqu'au cœur de son être.

La jeune femme leva la tête, plongea les yeux dans les siens. Mit un doigt sur sa bouche.

Elle avait tant à lui dire. Des choses qu'elle ne pouvait exprimer. Des choses que la parole bridait, étouffait, détruisait. Le sang était un langage. Le désir, ce brasier qui brûlait, liquéfiait ses chairs jusqu'à lui faire mal, en était un autre, plus périlleux. Il dévoilait son amour, mettait son âme à nu, à la merci des coups, de la souffrance, de la trahison. De la cruauté, aussi. Mais elle se sentait prête. Qu'avait-elle à perdre, après tout ?

Alors, se hissant sur la pointe des pieds, Nola passa les bras autour du cou de Malatesta. Et l'embrassa.

5

VIOLETTA (mourante) : Anzolo… Jamais, durant toutes ces années,
Je n'ai cessé d'espérer vous revoir un jour !
Anzolo… Je vous aime, vous aimerai toujours…
C'est vrai, hélas ! Le traître Isidro m'a leurrée,
Mais cet indigne époux jamais n'a déchiré
La secrète fleur qui vous était réservée…
Anzolo… Je vous suis toujours restée fidèle…
(Elle expire. Anzolo la prend dans ses bras et l'emporte.)
Rideau

Marcantonio Bembo
L'Ange de Cribella, Acte V, scène dernière

Sestier de Dyctina – 9ᵉ jour du mois de la Vierge

Aujourd'hui, Cribella livrait la Bête. Son plus monstrueux secret. Au coucher du soleil, cinquante années de honte, de gêne et d'inexplicable attachement auraient disparu, avalées par la fureur d'un peuple en proie au chaos, immolées à la pérennité de Cytheriae.

« À ma propre survie », rectifia *in petto* la princesse Violante Moravia, enfoncée dans une chaire massive aux coussins tassés par les ans. « Quoi de plus normal ? La Triade n'arrive pas à comprendre ce qui se trame, ici.

Pas assez de temps pour observer, étudier, examiner les possibles… Pas assez de temps pour démêler les fils de la destinée. Elles redoutent l'abandon de la Triple Déesse. L'éventualité les obsède. M'obsède aussi. Si elles tombent… Que m'arrivera-t-il ? Qu'arrivera-t-il à la principauté ? »

Sans descendance, Violante n'avait eu d'autre choix que de désigner une héritière indirecte, une femme trop jeune et trop ambitieuse en laquelle elle n'avait nulle confiance.

La princesse soupira, ramena son châle sur ses épaules. Elle avait tout le temps froid, ces dernières semaines. Et tout le temps peur. La mort approchait : elle l'apercevait au fond des yeux d'Atropos, la Faucheuse, la plus puissante des Moires. Elle la devinait, silhouette d'ombre attachée à ses pas, à chaque moment de faiblesse, à chaque tremblement de ses mains sillonnées de rides.

« Il est trop tôt. Je ne suis pas prête… Et puis, qui se chargerait de gouverner cette masse imbécile, turbulente et assoiffée de sang, incapable de comprendre la nécessité de la rigueur ? Qui aurait assez de poigne pour tenir les rênes du Conseil ? Certainement pas elle. »

La seule pensée de sa dauphine, avec son visage anguleux, ses doigts aux ongles trop longs, ses yeux avides, lui glaçait les chairs.

« La mort de mon frère n'est qu'un tout petit sacrifice. À quoi sert-il, de toute façon ? C'est l'épouvantail qu'on agite devant le peuple pour l'effrayer. Je ne suis même pas sûre qu'il ait contribué à dissuader les criminels. Tout de même… Je me demande si j'éprouverai de la douleur, quand il succombera. »

La princesse Violante appela, d'un geste las, l'un de ses serviteurs. Celui-ci s'approcha, attentif au moindre signe de sa suzeraine.

— Allez me chercher Lachesis. Dites-lui que c'est urgent.

L'homme salua et s'éclipsa. Violante se rencogna dans sa chaire, soulagée et impatiente à la fois. Elle voulait voir ce qui allait se passer. Suivre, pas à pas, la progression de ses espions, de Francesco de Barbari, cet insolent agent, surtout. Elle voulait voir la mise à mort. Seule la Tisseuse, qui connaissait les rituels de clairvoyance, pouvait la lui montrer.

*

Dédale de Cribella

Sur chaque entaille, sur chaque cicatrice, elle avait posé ses lèvres. Chaque parcelle de sa peau, elle l'avait embrasée d'un doux frôlement. Elle tremblait, de peur et de désir ; ses gestes tendres, impertinents, timides, se muaient en mots et en sentiments qu'aucun son ne parvenait à exprimer. Près de lui, elle était muette et le corps devenait son seul langage possible. Sa chair brûlante et froide, vibrante d'amour, son parfum trouble créaient un langage singulier, ensorcelant.

Amour. Le terme correspondait exactement à ce qu'elle éprouvait.

Et lui ? Lui, d'abord emporté par la vague, étonné et bouleversé, avait répondu en miroir, rendant baiser pour baiser, caresse pour caresse, découvrant au rythme des stries blanches et roses l'âme blessée de Nola. Des crevasses mal refermées. Des trous, béances rouges, pour expulser d'indicibles maux. Des lésions, à vif, pour tenter de lier sa psyché morcelée à la réalité extérieure. Certaines plaies se révélaient trop profondes pour être guéries ; Malatesta pouvait néanmoins adoucir ses peines, lui insuffler des forces – assez pour que flambe, plus ardente, l'étincelle qui faisait battre son cœur et lui rendait la vie. Il l'avait désirée – aimée, aussi ; des sensations, des gestes nouveaux pour lui, mais il avait suivi son instinct, son instinct de démon.

Une mèche blonde chatouillait son visage. De longs cils, ombres dorées, frémissaient à la naissance de ses joues. Dans le sommeil, elle était à la fois fragile, sensuelle et magnifique. Songeant que, pour la première fois, il ne tenait pas une proie dans ses bras Malatesta finit lui aussi par s'assoupir, gagné par une tiède quiétude.

Une terrible douleur, au flanc, l'éveilla.

On l'attaquait ! Pris par surprise, il ne put esquiver les assauts des spectres dénaturés qui le cinglaient de leurs ongles blêmes. Il eut à peine le temps de protéger Nola d'un monstrueux agrégat : crabe, pieuvre, reptile, la chose à la blafarde carapace rampait à toute vitesse sur le sol et les parois lézardées de la caverne, son mufle largement ouvert sur un gosier tapissé de dards.

Encore engourdie, Nola assista, impuissante, aux premiers assauts, si rapides qu'elle parvenait à peine à distinguer les coups. Malatesta avait déployé ses ailes, esquivant les attaques d'une poussée vers les hauteurs, fondant sur la créature, griffes en avant, arrachant des morceaux entiers de chitine, fouaillant les chairs gélatineuses de son adversaire. Il avait le dessus ; pourtant, son corps souffrait de multiples entailles, il perdait du sang et s'affaiblissait. Attaques venues de l'autre côté du réel, comprit Nola. De l'invisible. Mais contre cela, elle ne pouvait rien.

« Il ne tiendra pas longtemps ainsi. Je dois trouver un moyen… Une diversion… »

Nola avisa une énorme pince, à laquelle pendaient des lambeaux filandreux et blanchâtres. Se ruant dessus, elle la saisit à pleines mains et fonça sur la chose en hurlant. Celle-ci, surprise, se retourna ; la pince s'enfonça dans sa gueule béante. Au même moment, Malatesta se laissa tomber, de tout son poids, sur son dos ; ses ergots, impitoyables, s'enfoncèrent dans ses entrailles, en arrachèrent le répugnant contenu.

L'hideuse engeance s'écroula, morte.

Se laissant aller à la part la plus sauvage, la plus primitive de son être, Malatesta se jeta sur la carcasse, la dévora. Ses blessures commencèrent à se résorber. Une énergie nouvelle le parcourut, lui donnant assez de puissance pour invoquer les ténèbres et repousser les hordes de Kebahil.

Enfin, il revint à lui.

Nola, pâle, tremblant de tous ses membres, le contemplait fixement.

« Et elle m'a vu ainsi, démon se repaissant de mes ennemis... Quelle différence entre ces... choses... et moi ? Des fauves qui s'entretuent... »

— Nola, je...

La jeune femme tendit la main vers lui. Sourit. Un sourire timide, mais si lumineux qu'il en fut ébloui.

— Venez-vous ? dit-elle de sa voix grave. Dehors, il y a le soleil.

*

Dédale de Cribella

Des centaines de soldats en uniforme, armés de piques, d'épées et de javelots, s'étaient massés autour de la grande prison de Cribella et surveillaient la foule qui se déversait, vague immense, vociférant, de part et d'autre des murailles, hurlant à la mort de la Bête. Les ordres étaient clairs : laisser passer la meute en colère, tuer sans hésiter qui tenterait de profiter du chaos pour s'introduire dans les geôles et, peut-être, mener une évasion. Disséminés parmi la masse hurlante, les espions du Conseil veillaient à ordonner la marche, concentrer la fureur, la terreur, la haine sur un seul objet.

Une fois l'autorisation de la princesse obtenue, De Barbari, en charge de l'opération – « Réussissez, et vous vivrez. Échouez... », un flou sans équivoque – avait tout organisé, jusque dans les moindres détails. Il avait recruté, usant de faveurs et de pressions, les services de pirates et de saboteurs ; il avait marchandé, corrompu, menacé – il avait même rédigé des placards exhortant les citoyens de Cribella à se débarrasser du vice qui la rongeait. La dernière étape de son plan consistait à circonvenir des prêtresses de la Déesse Lune. Une partie longue, serrée, qu'il avait remportée, conquérant au passage quelques partisans. Leurs sermons avaient fini d'échauffer les esprits.

La veille, il avait mis la dernière touche à son œuvre, répété les ordres, vérifié que tous connaissaient leur rôle. Les barils de poudre et les explosifs, dissimulés contre les flancs du labyrinthe, devaient contraindre la Bête à quitter sa tanière. Les deux mages recrutés, l'un parmi les mortuors de Métida, l'autre dans un temple de la Triple Déesse du côté d'Agelène, devaient s'assurer que la dépouille de l'hybride demeurait intacte, loin de l'ire. La Bête était de sang royal : la laisser mettre en pièces eut été insulter la Moravia et toute sa lignée.

Un peu à l'écart, perché sur un gros rocher de lave, Francesco de Barbari observait la déferlante humaine, satisfait malgré la tension qui crispait ses épaules et son dos.

Le piton du Dédale, fuligineux, énorme, se découpait dans le bleu du ciel, à peine traversé, de temps à autre, par un nuage filandreux. Au loin, au-dessus des vagues, les mouettes criaient et tournoyaient. Tout était en suspens, en attente de son signal.

Alors, Francesco s'empara d'un petit miroir, l'orienta de manière qu'il réfléchisse les rayons du soleil. Il répéta l'opération deux fois. Au moment où les premières explosions retentirent, projetant dans l'air et dans les flots des éclats de pierre noire, une silhouette ailée surgit du labyrinthe. Mais elle n'était pas seule. Une femme, une condamnée, se tenait à ses côtés.

*

D'abord la lumière. Aveuglante, douloureuse, elle vrillait ses yeux d'une multitude d'étincelles. Derrière ses paupières closes, des particules iridescentes le brûlaient. Ensuite, les odeurs. Les effluves suaves, charnels de Nola, à côté de lui, étaient les plus familiers. Malatesta perçut ensuite la tiède âcreté, teintée de soufre et de poussière, de la pierre de sa prison. Et puis, il y eut l'iode, éclaboussé de mille fragrances, la mer dont il avait tant rêvé, mais n'avait vue qu'à travers le voile terne du monde des spectres et des âmes errantes. Impatient de découvrir les nuances des flots, de suivre le vol majestueux des albatros et les jeux des cormorans, il regarda. Cette fois, il découvrit l'azur– sans autre blessure que la chaleur, le vent qui piquait ses yeux et faisait monter des larmes. Pur, radieux, il se déployait jusqu'à l'horizon ; là, il se fondait en une brume scintillante dans le vert du large. Les vagues, ourlées par des crêtes d'écume, marquaient les flots de turquoise et de gris. Très haut dans le soleil, boule incandescente et jaune aux flavescents rayons, tournoyaient les silhouettes effilées des oiseaux.

Il inspira profondément.

Une explosion, derrière eux, déchira ses oreilles. Assourdis, les amants furent projetés en avant. Malatesta eut tout juste le temps de prendre Nola dans ses bras et de battre des ailes pour éviter la chute sur les noirs écueils en contrebas. Au même moment retentirent les clameurs.

« À mort la Bête ! » « À mort le démon, le cannibale ! »

Malatesta recula, assailli par une multitude de parfums, d'émotions. Colère. Excitation. Peur et Haine. Avidité aussi. Puis la marée humaine se mit en branle. Le martèlement de centaines de pas, lancés à pleine vitesse sur le sentier menant au labyrinthe. Les silhouettes bondissant de rocher en rocher. Les barques, instables, grinçantes, déversant leurs occupants près des récifs, en contrebas.

— Malatesta ! Vite !

Plus prompte à réagir, Nola saisit sa main, l'entraîna vers les parois rocailleuses et abruptes du volcan éteint. Abasourdi, affaibli par son précédent combat, l'hybride se laissa mener sur les escarpements. Déjà, les premiers agresseurs atteignaient l'esplanade. Armés d'épieux, de harpons et d'épées, ils chargeaient, mus par une même rage, un même désir de meurtre.

— Arrêtez ! hurla Nola à la horde.

Elle essaya de nouveau, peine perdue. Sous sa chevelure emmêlée, des larmes ruisselaient, inondant son visage. La tunique rouge provoquait l'ire de la foule, accroissait sa dévorante soif de sang. Levant la tête vers son amant, elle voulut l'enjoindre à prendre son envol, à fuir, loin – et peu importait s'il l'emmenait avec lui. Elle n'en eut pas le temps. Une pierre heurta sa tempe. Ses prunelles vertes pailletées d'argent se troublèrent. Elle s'affaissa, sans un bruit, dans les bras de Malatesta. Le démon la posa doucement sur la lave pétrifiée. Fit craquer ses os, indifférent aux projectiles qui commençaient à pleuvoir sur lui. Quand il se releva, ses ennemis demeurèrent figés, terrifiés par les ténèbres qui drapaient leur proie. Seuls ses yeux, brillant d'un feu infernal, apparaissaient dans les abysses qui le recouvraient. Un rugissement caverneux, sauvage, roula au fond de sa gorge et jaillit, expulsant de ténébreuses nues. Se divisant en centaines de pointes, effilées comme des poignards, elles s'abattirent sur ses premiers adversaires. Ils s'effondrèrent, morts. D'autres réagirent aussitôt, le lardant de pierres dures et coupantes. Quelques-uns s'élancèrent, arme en main, à l'assaut des rochers. Un harpon déchira le cuir d'un de ses élytres. Un autre se ficha dans sa cuisse. Incapable de contenir plus avant sa fureur, Malatesta se jeta en avant, déchiquetant de ses griffes, de ses crocs les cohortes grouillantes qui se pressaient, toujours plus nombreuses, autour de lui. Parmi elles, exsudant la haine et la folie, il devinait la présence de damnés de Kebahil. Mais ils étaient trop prompts, et la foule les dissimulait. Il faiblissait. Du sang coulait de ses multiples blessures ; les plaies plus anciennes se rouvraient. La meute déferlait toujours, fourmillement halluciné aux multiples corps, guidé par la folie et l'instinct du meurtre. Il arrachait des bras, des têtes ; ses ombres étranglaient et étouffaient ; ce n'était pas suffisant. Il fallait fuir – mais comment ?

Soudain, la créature attaqua. Anonyme dans la masse, vêtue de hardes qui la recouvraient des pieds à la tête, ne laissant deviner que les puits sans fond de ses yeux arachnéens, elle se fendit. Née de son propre corps, une lame ivoirine, brumeuse, transperça l'hybride de part en part.

Malatesta vacilla, étonné de ressentir une douleur aussi intense et brûlante en son âme. La pointe se retira, aussi vite qu'elle avait frappé. Son assaillant s'affaissa sur lui-même et disparut, ne laissant d'autres traces que des vêtements baignant dans un gruau blanchâtre et nauséabond. Un silence terrible s'abattit sur les premiers rangs, hébétés par leur propre sauvagerie.

Il leur tourna le dos. Commença, lentement, l'ascension de l'escarpement rocheux où gisait le corps de son amante.

En bas, quelqu'un protesta. On le fit taire. La Bête se mourait : à quoi bon s'acharner ?

Chaque pas se révélait une torture. Chaque pas lui arrachait un peu de vie. Enfin, il arriva près de Nola. La jeune femme était livide, du sang maculait sa peau et ses cheveux – mais elle respirait. Alors, Malatesta déposa un baiser sur son front. Se coucha à ses côtés. Déploya au-dessus d'eux ses ailes en lambeaux.

Et ferma les yeux pour toujours.

*

Sestier de Métida

Orseo ouvrit les yeux.

Au-dessus, éclairé par la lueur diffuse d'un lumignon, un plafond de bois creusé de figures géométriques, éclaboussé de nacre chatoyante. Autour de lui, une fragrance de miel aux pointes acidulées. Isadora.

« Où suis-je ? Que fait-elle là ? »

Soudain, il se souvint. Ses agresseurs, sur ce quai désert. Les coups, les questions, la tête sous l'eau. La forme blanche, fonçant sur lui de toute la vitesse de ses tentacules. La souffrance, la panique, l'étouffement… La légèreté retrouvée, la respiration, les aboiements. Et puis… Plus rien. Il essaya de bouger. Son corps tuméfié, blessé l'en empêcha, lui arracha un gémissement.

— Isadora.

À l'autre bout de la pièce, la jeune femme entendit son murmure. Se leva, renversant le trépied avec un bruit mat. Son pas résonna sèchement sur le parquet.

— Où suis-je ?

Elle s'assit au bord du lit. Prit sa main dans la sienne, fraîche et menue. Au contact de sa peau douce, il ne put s'empêcher de frémir. Il considéra son front blanc, son nez retroussé, la tendre courbe de sa joue ; une exquise émotion se diffusa en lui.

— Chez nous. Enfin, chez moi. Je t'ai laissé ma chambre.

— Que… Que s'est-il passé ? Je me rappelle ce colosse, la créature… Des grognements… C'est tout.

— Je me rendais au « refuge », sous bonne garde. Avec tout ce qui se passe, et puis la mort de ce pauvre Lippi, maman préfère que j'emmène le Gris. Je suis tombée sur toi – enfin, je ne savais pas que c'était toi. J'ai vu ces trois crapules qui s'acharnaient… Je m'apprêtais à hurler, appeler à l'aide, quand le chien m'a échappé. Il a bondi sur l'un de tes agresseurs, l'a fait tomber dans le canal et s'est retourné, comme un vrai fauve, contre un des types armés de bâton. Il a réussi à lui réduire un bras en charpie avant que l'autre s'enfuie.

— Et la… la chose ?

Isadora frissonna.

— L'eau était rouge, quand j'ai réussi à te traîner loin de la rive.

Las, Orseo ferma les yeux. Il s'assoupit, grogna quand Nola – non ! Isadora – voulut se lever. La retint, enserrant ses doigts dans les siens.

Nola.

Nola emprisonnée, Nola livrée à la Bête, Nola condamnée à une mort abominable. Il avait un plan pour la sauver, lui épargner cette injuste fin. Mais ces monstres l'avaient attaqué… Combien de temps avait passé depuis ce moment ? Combien d'heures, de jours était-il resté inconscient ?

— Alors, tu as pris soin de moi pendant…

— C'est arrivé hier.

— Hier ? Alors… Il est trop tard… Nola…

Isadora retira sa main et se leva, lissant, pour se donner une contenance, le devant de sa robe. Toujours cette fille.

« Et il n'a même pas dit merci. Je ne sais ce qui me retient de le ficher dehors ! »

Lèvres pincées, la jeune femme quitta la pièce, abandonnant le blessé à ses craintes et à ses remords. Elle revint, portant un plateau sur lequel elle avait disposé quelques petits beignets ronds et une infusion au parfum, un peu âcre, d'herbes macérées. Du mafé, un breuvage largement utilisé par les marins pour tenir le coup en cas de grain, connu pour ses vertus revigorantes.

— Bois, ça te fera du bien.

Orseo secoua la tête, terrassé par une soudaine vague de désespoir et de culpabilité. Nola ! Il ne pouvait rien pour elle… N'avait rien pu faire – rien voulu faire ! Il aurait dû l'arracher, par la force peut-être, aux griffes du nécromant. Il aurait dû lui dire qu'il l'aimait… Alors, elle aurait peut-être évité…

— Il y a une chance pour que ton amie soit vivante, déclara Isadora, l'obligeant à se soulever pour arranger ses oreillers.

Elle avait les joues rouges, seul signe d'une colère parfaitement maîtrisée.

— Ce matin, la rumeur s'est répandue – et nul n'est venu l'infirmer : les Moires et la princesse Moravia ont décidé de ne pas s'opposer au juste courroux du peuple et de lui accorder le droit de se débarrasser de l'hybride démoniaque qui souille Cribella.

— Tu veux dire…

— À l'heure qu'il est, une foule armée de lances, de fer et de pierres marche sur le Dédale. Si la Bête meurt, peut-être Nola sera-t-elle sauvée.

Avec une grimace de peine, Orseo prit maladroitement le bol fumant, but une longue gorgée et le reposa, un peu essoufflé, sur le métal argenté. Nola. Libérée de cette prison de lave. Épargnée par le destin… Tout n'était pas perdu. Il pouvait encore essayer de l'approcher, de lui parler. Et, si la mécène acceptait de la publier…

— Au fait, j'ai parlé avec Romana Stampa. Je lui ai montré les poèmes. Elle s'est montrée enthousiaste. J'étais venue te le dire, quand…

Haussant les épaules, Isadora chipa un beignet dans l'assiette et se détourna. Inutile de lui montrer à quel point son attitude la blessait. De toute façon, tout ceci n'avait aucun sens. Quelques semaines plus tôt, elle le détestait. Et maintenant…

— Isadora ?… Merci. Merci pour tout ce que tu fais.

… Maintenant, elle ne pouvait s'empêcher d'espérer.

*

Dédale de Cribella

Nola battit péniblement des paupières. Sa tête lui faisait mal. Elle se sentait faible, au bord de la nausée. Peu à peu, elle recouvrait ses sens. Dans sa bouche, le goût ferreux du sang. Au-dessus d'elle, une membrane anthracite et le ciel indigo de l'après-midi. Contre elle, roide, Malatesta. Et les odeurs : âpres, terreuses. À peine musquées.

— Malatesta ?

Elle bascula vers lui. Son visage aquilin avait pris la rigidité du marbre. Ses paupières, à peine entr'ouvertes, laissaient deviner l'éclat froid d'une pierre jaune. Aucun souffle ne passait ses lèvres maculées.

Il était mort. Mort en la protégeant.

— À quoi bon, mon amour ? Ta vie importait plus que la mienne, tu le savais.

Elle écarta doucement l'aile déchiquetée, s'assit à côté de lui. Caressa ses longs cheveux d'ébène, sa peau d'ardoise, lisse et glacée.

— Où vont les tiens, quand ils meurent ? As-tu découvert ce qu'était la mort, Malatesta ? Qu'y a-t-il, dis-moi, de l'autre côté ? Le noir rassurant et terrible qui t'attirait tant ? Le vide ?

Ses doigts rencontrèrent une plaie encore humide, ensanglantée. Elle les retira, les tint, tachés de pourpre, un moment devant ses yeux. Sa tiédeur, son parfum. Ses baisers, doux et tendres, féroces aussi. Leurs étreintes. Corps à corps, langage brut, sans paroles. Émotions coulant d'un cœur, d'un esprit à l'autre. Sensation vertigineuse d'être enfin en vie.

Et puis, maintenant. De nouveau les ténèbres, le froid, l'âme déchirée.

— Il ne me reste rien, Malatesta. Sans toi…

Malatesta était mort, emportant avec lui la dernière étincelle qui animait son âme. Doucement, Nola prit sa main, lourde et minérale, dans la sienne. L'examina, effleura du bout des doigts, les longues griffes noires, tranchantes et effilées. Elle réfléchit un moment, puis les frictionna contre la toile écarlate de sa tunique, les débarrassant, patiemment, de tout ce qui les souillait.

— J'ai écrit quelque chose, avant de te rejoindre, Malatesta. Des images, des mots… Ils me sont venus comme ça…

Rouge comme ma bouche et le sang qui s'écoule
Sur ma peau
Et ruisselle
En rigoles
Arc-en-ciel
Une couleur pour nos amours
Un bleu de nuit
Pour nos colères et nos espoirs – désespoirs
Une autre encore
Pour oublier ce qui a été ce qui est
Pour ne pas avoir peur de tout ce qui sera

Elle essuya ses larmes, s'agenouilla front contre front, lèvres contre lèvres.

— C'est une belle épitaphe, n'est-ce pas ? Emportée par le vent, dispersée mais qu'importe puisque nous sommes à jamais réunis.

Alors, Nola l'embrassa une dernière fois et se laissa tomber sur ses griffes.

Épilogue

Regards sur le monde — regards sur la mort
Semblables
En tout point semblables si l'on y réfléchit
Ces regards
Tendres
Tristes
Troublés
Par les passions
Car au bout du chemin car à la toute fin
À la fin de la haine
À la fin de l'amour
Il ne reste rien pas même la poussière

Nola de Métida
Poèmes au-dessus de l'abîme

Cribella, capitale de Cytheriae – 13ᵉ jour du mois de la vierge

Sestier de Métida

Les cloches du temple de la Lune commencèrent à sonner. L'heure de la cérémonie. Rituel insensé, pour qui l'avait connue, pour qui savait combien elle haïssait les prières et les oraisons prononcées en ces circonstances. Nola souhaitait, à sa mort, que ses cendres soient dispersées dans la mer et qu'on la laisse en paix.

Angelo aurait voulu respecter ses volontés ; l'arrivée de la Garde noire ne lui en avait pas laissé le temps. À peine avait-il pu s'assurer que ni son âme ni celle de Malatesta n'étaient avalées par le mal qui gangrenait Cytheriae. Rossana Paolo, Orseo Giovanni et les autres – ceux qui la connaissaient si bien, n'est-ce pas ? – avaient organisé des funérailles solennelles et lui avaient même proposé de dire quelques mots pour la défunte.

Une intention louable de la part de personnes qui le détestaient. Angelo avait fait l'effort de décliner poliment.

Lui, avait déjà fait ses adieux, ses larmes se mêlant au sang de son amie, à celui de l'hybride livré en pâture au peuple pour sauver les dirigeantes d'un royaume moribond. Nola et Malatesta. Tués pour rien. Réunis, peut-être, de l'autre côté du monde. Cela, du moins, il l'espérait.

Angelo caressa les draps froissés du lit, encore imprégné des traces de leurs étreintes.

Il était arrivé trop tard. Confiant – mais pourquoi ? –, il préparait l'avenir, l'exil de Malatesta et le combat contre Kebahil, quand il avait entendu la nouvelle. La Moravia livrait la Bête. Sacrifiait son frère à l'ire du peuple. Épouvanté, le nécromant s'était aussitôt précipité. Il avait lutté contre la foule, grouillante, excitée, qui revenait du Dédale, combattu la Garde noire, qui lui refusait le passage et l'accès à la dépouille. Il espérait toujours, en atteignant le piton rocheux. Mais l'hybride était devenu pierre ; Nola, empalée sur ses griffes, l'enlaçait dans une ultime étreinte.

Ses doigts effleurèrent une surface douce, presque tiède sous l'oreiller : une petite bourse de satin contenant des fleurs séchées – mimosa et jasmin, ses senteurs préférées. Elle disait que cela l'aidait à s'endormir. Il glissa l'aumônière dans son pourpoint. Un souvenir, plus tangible que les quelques ouvrages qu'elle abandonnait. Il n'était pas venu pour cela, cependant, mais pour emporter le journal de la Bête de Cribella et les réponses de Nola, soigneusement consignées dans un carnet, au pied du lit. Pour ne pas laisser de traces. Parce qu'il s'agissait d'un témoignage unique. Parce qu'il ne voulait pas que leur mémoire fût souillée par des prêtres obtus, des politiciens douteux.

Au moment où il s'apprêtait à partir, le chat noir, surgi de nulle part, vint se frotter contre ses jambes et fila dans les escaliers quand il ouvrit la porte. Lorsque Angelo arriva au pied des marches, le félin l'attendait.

L'homme et la bête prirent, côte à côte, la direction de Théride, port marchand de Cribella.

*

Sestier de Dyctina

Un rayon de soleil, se jouant des fins rideaux d'étoffe et de dentelle, se posa sur son visage, chatouilla de sa tiédeur sa joue, puis son œil. L'oreiller et les draps ne le laissant pas respirer, Octavio s'éveilla. Il regarda autour de lui, ne reconnaissant ni la chambre, aux murs peints de fresques florales, ni l'immense miroir au cadre incrusté de nacre trônant au-dessus de la cheminée ; la longue chevelure châtaine au léger parfum de rose de sa femme – femme, oui, il était marié depuis… – le ramena à la réalité. Il se trouvait dans une suite nuptiale, au dernier étage de l'ambassade d'Arachnae.

Marié.

La veille.

Le temple au petit matin, une noce dissimulée sous des voiles d'enterrement puisqu'on n'évoquait que devoirs et fardeaux ; le dîner, protocolaire et froid – il ne pouvait en être autrement, avec les vieilles carnes qui occupaient le palais – ici même ; le banquet, le soir venu, à peine plus festif en la demeure endeuillée de la famille della Trava. Le duel, aussi. Distraction bienvenue entre deux danses guindées, accroc irréparable dans une trop fragile toile politique. Un courtisan, ivre, pas assez pour ne pas savoir tirer l'épée toutefois, l'avait insulté. L'injure n'aurait pas été grave, si l'importun ne l'avait pas souffleté. Francesco de Barbari. Représentant du Conseil de ville, envoyéà coup sûr par des proches de la princesse Moravia, voire ses Moires elles-mêmes, pour porter un coup décisif aux relations entre Arachnae et Cytheriae. L'affrontement avait été rapide. Octavio s'entraînait depuis son plus jeune âge ; il avait eu accès aux meilleurs magisters de l'Académie de Vespera. De Barbari, un tueur – cela se sentait à sa manière de tenir sa rapière et de se mouvoir – s'était laissé mener. Feinte d'engagement, contre dégagé, fente – droit vers le flanc. Son adversaire avait été grièvement blessé.

— Je me suis fait avoir comme un enfant ! grogna-t-il en se redressant.

— Qu'y a-t-il, Octavio ?

Réveillée, Sienna pressait son petit corps mince contre le sein de son époux, entourant ses épaules de ses bras doux et blancs.

— C'est l'affrontement d'hier…

— Il vous a provoqué.

— J'ai failli le tuer. Je crains que cela ne sonne le glas de l'entente entre nos deux principautés, Sienna.

— N'est-il pas tôt pour songer à tout cela ? murmura-t-elle en l'embrassant. Alors que, maintenant, nous avons un vrai lit et tout le temps que nous voulons pour faire l'amour…

Sienna avait raison, bien sûr. Ils avaient assez longtemps dissimulé leurs ébats – étreintes trop brèves, souvent frustrantes – pour ne pas en profiter. Il l'embrassa : la diplomatie et ses multiples complications attendraient.

*

Sestier de Métida

Tôt dans la matinée, devant le temple de la Lune, tous ceux qui avaient connu et aimé Nola s'étaient rassemblés, échangeant parfois quelques mots de sympathie, pour assister à la cérémonie. Tous, à l'exception du nécromant. Rossana sentit une bouffée d'amertume monter en elle. Par égard envers Nola, elle lui avait proposé de participer à la cérémonie. Le cuistre avait refusé. Elle ne pouvait pas s'attendre à ce qu'il vienne, aujourd'hui.

« De toute façon, il n'a pas sa place parmi nous. »

Les grandes portes blanches s'ouvrirent.

Deux vestales vêtues de noir les escortèrent jusqu'à l'effigie de la Lune sous l'aspect de la Vieille, qui tranchait le fil des destinées humaines. La dépouille, allongée sur un autel de bois, reposait à ses pieds. Seuls sa chevelure soigneusement peignée, son visage cireux, ses lèvres aux sombres lividités restaient découverts. Le reste de son corps disparaissait sous un linceul. Les larmes aux yeux, Rossana pressa les mains contre sa bouche. Nola paraissait démunie et fragile dans l'ombre de cette austère statue.

Non loin d'elle, quelqu'un sanglotait. Orseo Giovanni. Recevant comme un coup ce triste tableau, il réalisait brutalement qu'elle ne reviendrait plus. À ses côtés, Isadora, ennemie d'hier, le soutenait du mieux qu'elle pouvait. Plus près se tenait Fosca Mazzario, ancien capitaine de la Garde noire, sacrifiée sur l'autel d'une politique absurde dont le dernier acte de bravoure avait été de ramener le corps de Nola. Près d'elle, Giulio et une jeune garde blonde en uniforme.

Les prêtresses se retirèrent dans les ombres, laissant place à une troisième aux traits dissimulés sous un masque mortuaire, couleur de cendres et d'ossements.

Elle s'inclina face à la Déesse, puis se tourna vers l'assemblée. Quand s'élevèrent les premières notes de musique – flûte et tambourin –, elle commença le rituel.

Ô Lune ! Belle Dame au triple visage
Entends la prière de ton enfant !
Son âme imparfaite espère ardemment !
Ô Lune ! Ouvre le mystérieux passage
Vers les territoires de l'Au-delà.

Elle alluma trois chandelles ; la première, blanche, fut posée devant la défunte ; les deux autres, une grise et une noire, furent placées à ses pieds.

Ô Lune ! Tu as filé la destinée
De cette enfant : écoute la chanson
De son cœur. Écoute cette oraison !
Ô Lune ! Vois de son âme la bonté
Et toujours présente son innocence.

Elle s'écarta, invitant les participants à se joindre à sa prière. Quelques-uns, timidement d'abord, puis plus assurés à mesure qu'enflait le son des instruments, commencèrent à chanter.

Ô Lune ! Tu as tissé toute la vie
De cette femme : tu sais ses espérances,
Ses passions, ses fautes et ses errances.
Ô Lune ! Tu connais ses vertus, aussi.
Aide-la ! Tends-lui ta divine main !

Ô Lune ! Tu as tranché le filament
Argenté. Son histoire est accomplie.
Puisque tu en as décidé ainsi,
Ô Lune ! Conduis ton enfant à présent.

Elle joignit les mains – et tous se turent, la laissant achever, seule, le rite sacré.

Ô Lune ! Ouvre le mystérieux passage
Vers les territoires de l'Au-delà.
Ô Lune ! Ouvre le mystérieux passage
Vers les territoires de l'Au-delà.

Elle leva les bras, invitant l'âme de la défunte à passer, aidée par la fumée des bougies, dans l'Au-delà. Enfin, la musique se tut – la flûte, d'abord, puis le tambourin. Le silence se fit dans le temple, à peine dérangé par des pleurs et des soupirs.

— Le moment des adieux est proche, dit-elle.

Sa voix caverneuse résonnait avec une singulière intensité dans l'austère édifice de pierre grise.

— Ceux qui le souhaitent peuvent lui rendre un dernier hommage.

Orseo fit un pas en avant. Il voulut parler, mais les yeux clos de Nola, ses traits figés par la mort, si vulnérables, l'en empêchèrent. Les épaules secouées de larmes, les mains cachant son visage, il recula. Isadora chuchota quelques mots à son oreille. Le jeune homme secoua la tête.

Rossana s'avança. Elle avait préparé une brève oraison rappelant le caractère de Nola, quelques anecdotes. L'émotion lui coupa le souffle. À la place, elle se pencha doucement sur la défunte, baisa son front glacé et reprit sa place dans l'assemblée.

Quelques-uns lui succédèrent ; certains, comme le Duc, laissèrent une fleur, un petit objet sur son corps ; d'autres se contentèrent d'un adieu – muet, car tous semblaient privés de parole.

Enfin, la prêtresse posa, sur les paupières de Nola, deux oboles de nacre – une offrande pour les gardiens des Seuils – et éteignit, une à une, les bougies. Les vestales parurent à nouveau et emportèrent la dépouille vers le péristyle pour l'incinérer.

*

Sestier de Dyctina

Dame Camilla Robbia l'attendait dans ses robes gris tourterelle, dépourvues du moindre ornement. Elle se tenait à la fenêtre, droite et froide, semblable à un grand rapace. Ses dames de compagnie, assises près du feu, s'occupaient à lire ou à broder. La plus âgée d'entre elles – Octavio l'avait appris au cours de son séjour –, chargée de la protection de l'ambassadrice, maniait fort bien la dague et le poison.

— De Barbari est mort, annonça sèchement Camilla quand il pénétra dans le boudoir.

— Mais… Mais les guérisseurs…

— N'avaient manifestement pas les moyens de le sauver. Vous n'y êtes pas allé de main morte, jeune homme.

— Je crois qu'il ne s'est pas vraiment défendu.

Camilla tourna vers lui son profil d'oiseau de proie, une moue ironique jouant sur ses lèvres minces.

— J'y ai réfléchi ce matin et… Cet homme était un tueur. Je l'ai vu. Je l'ai senti. Pourtant…

— Pourtant, vous vous êtes laissé piéger, termina-t-elle. Et maintenant, nous n'avons d'autre choix que de tenter une sortie honorable, ou de demeurer ici et mourir, lynchés comme cette chose du Labyrinthe pour apaiser une foule en mal de sang, ou empoisonnés au cours d'un banquet… Ce qui provoquerait un conflit armé entre Arachnae et Cytheriae. Ce dont nous ne voulons absolument pas.

— Je suis désolé.

— Vous étiez une proie facile, Octavio. Quelque part, je préfère ça à un piège plus fourbe et plus dévastateur.

— Et j'ai occis cet homme…

— J'en doute, mais il serait fort peu courtois de demander à voir la dépouille, ne croyez-vous pas ?

Un moment plus tard, Octavio remontait dans ses nouveaux appartements, à la fois confus – il n'avait été qu'un pion dans cette affaire – et soulagé. Car d'ici peu il quitterait, en compagnie d'une épouse dont il pourrait s'accommoder, Cribella, capitale sans éclat d'une principauté moribonde.

D'ici peu, il serait de retour chez lui, à Arachnae et pourrait recommencer à vivre – enfin.

*

Sestier de Théride

En ce milieu d'après-midi, le port marchand de Cribella vibrait d'activité ; plusieurs pêcheurs proposaient, en dépit de l'heure, leurs prises à la criée ; des maraîchers bradaient leurs derniers légumes. Quelques artisans vendaient ceintures et sacs de peau, paniers, boucles de ceinturon et breloques de métal. Des cohortes surveillaient l'immense esplanade. La mort de la Bête avait apaisé les esprits et mis un terme aux velléités de révolte, mais le général di Lacana et le Conseil de Cribella préféraient éviter le moindre risque. Aux chalands inquiets, des officiers de la Garde noire avaient expliqué qu'ils patrouillaient pour leur sécurité. La menace démoniaque était écartée, mais…

« La menace est plus que jamais présente », songeait Angelo, attablé à la terrasse d'une gargote, près de l'embarcadère. « Et nul n'en a cure, pas même les Moires. »

Peut-être aurait-il dû agir de manière plus ouverte, les avertir. Mais cela n'aurait eu d'autres conséquences que de lui attirer les foudres de la Triade. Le sorcier imaginait parfaitement la scène : leurs agents et quelques espions de la princesse Moravia lui auraient tendu un piège, le mettant au secret et le pressant, jour après jour, de questions, jusqu'à ce qu'il ne soit plus capable de distinguer vérité et mensonge. Jusqu'à ce qu'ils aient mené leurs investigations à son sujet et découvert pourquoi il avait été banni de l'Ordre de la Nouvelle Lune. Ensuite, dans le meilleur des cas, ils l'auraient exilé.

Sur ses genoux, le chat noir se redressa, changea de position en bâillant.

Angelo lui gratta légèrement la tête. La bête semblait décidée à l'accompagner, mais le périple à venir n'aurait rien de plaisant. Et il n'avait ni le temps ni la patience de s'encombrer. Le voyage jusqu'à Tenebrosa – ici, aucun navire ne se risquerait à débarquer quelqu'un à Matricia – serait paisible : les grains des dernières semaines avaient faibli et le vent balayait les ultimes nuages de ce printemps maussade. Mais, une fois sur l'île, principal fief de son ancienne confrérie, il lui faudrait se montrer prudent – et discret. Et Orfeo le Noir y avait été tué. Que restait-il de sa bibliothèque, de ses archives et de ses secrets ? Angelo devait se rendre sur place, et fouiller. Tenter d'en apprendre le plus possible sur l'entité qui détruisait inexorablement l'Archipel. Ensuite, il irait à Matricia, où l'influence de Kebahil paraissait, pour le moment, la plus forte. Il espérait, dans cette principauté ravagée par la peste et la folie, trouver la clef permettant de comprendre l'origine de ce fléau et de le combattre.

— Vous r'voulez quèque chose ? grogna le garçon en passant près de lui, portant un plateau chargé de bols et d'écuelles vides.

Angelo avisa un homme, qui venait dans sa direction. Vêtu de brun, maigre et noueux, celui-ci travaillait à bord de *L'Albatros,* le navire sur lequel il allait prendre place. Il refusa d'un signe de tête, posa le félin à terre et se leva. L'animal le fixa un instant puis cligna des yeux et, ombre aux pattes de velours, s'éclipsa sans un bruit.

— Le capitaine m'envoie vous dire qu'on va bientôt bouger ! lança le marin dès qu'il fut à portée de voix. On veut quitter la baie avant le crépuscule, même si on vogue à la nuit. Dès que vous serez prêt, on pourra lever l'ancre.

— Je suis prêt, répondit Angelo en le rejoignant.

Les voiles de *L'Albatros*, flambant neuves, claquaient dans le vent. Son nom était inscrit sur le flanc bombé du deux-mâts. Allant et venant entre le bâtiment et le quai, les manœuvres achevaient de hisser la cargaison, de gros ballots enveloppés dans une toile épaisse et des caisses de bois. À bord, le maître d'équipage hurlait des ordres et les marins couraient, vérifiant une dernière fois les câbles et la charpente. Perdu au milieu de cette agitation, Angelo s'approcha du bastingage, les yeux tournés vers le lointain. Le soleil, bas, éclaboussait le ciel de traînées fauves qui se reflétaient en myriades d'étincelles sur les eaux de l'estuaire. Le second, un spadassin à la peau tannée et à la courte barbe blonde, flanqué d'un adolescent longiligne engoncé dans des vêtements trop courts, l'arracha à sa contemplation.

— C'est vous, le passager ? Parfait ! Larguez les amarres ! rugit-il dans son porte-voix.

Le gamin qui l'accompagnait fila aussitôt transmettre les ordres à l'autre extrémité du navire. En quelques minutes à peine, les derniers paquetages se trouvaient sur le pont, les matelots avaient rejoint leur poste et la vigie se tenait au sommet de la hune. On remonta l'ancre, on leva la passerelle.

L'Albatros s'éloigna de l'appontement.

Les côtes de Cytheriae se découpaient, masses sombres, dans le couchant. À l'horizon, une ligne indigo striée de pourpre annonçait le large. D'ici quelques heures, peut-être moins, ils laisseraient la principauté derrière eux et vogueraient sur l'océan. Venu de nulle part, le chat noir s'enroula entre ses jambes et bondit souplement sur le bastingage. Angelo accueillit sa présence avec un mélange de reconnaissance et de résignation, puis tira de son pourpoint l'aumônière de satin. La contempla, songeur. Que devait-il faire ? La garder par-devers lui ? En déverser le contenu dans les flots – manière détournée de respecter les vœux de Nola ?

Il l'ouvrit, laissant les fleurs de jasmin et de mimosa se disperser au gré des vagues.

Poèmes au-dessus de l'abîme, par Nola de Métida

Préfacés par Dame Romana Stampa, et illustrées des eaux-fortes de Sior Valerio Remo (extraits)

Rêves Brisés

Rouge sillon
Trace de vie sur ma peau blême
Ma peau humide et blême
De noyée
Rouge sillon
Souffrance sans parole
Silence
Silence où se dissolvent
Mes rêves déchirés
Mes rêves
Brisés
Déchiquetés
Broyés
Morts-nés

*

Le vide

Courir après soi-même et ne jamais trouver
Aucune trace
Aucune trace de pensée
Un jour j'ai osé désirer un rêve
Erreur
Illusion alanguie sur des ossements
Os blancs

Blancs comme la mort
Blancs comme la vie
Vie
Vide
Dévie

*

L'Ombilic

Trois gouttes de sang sont tombées
Sur la page
Sur la page blanche
C'est l'encre échappée de mon cœur
Plaie ouverte sur les abysses
Au-dessus
Au-dessus de moi
J'étire le fil du destin
Un filament ensanglanté
Ombilic
Ombilic du rêve
Arraché.

*

Le cri

Le cri transperce la nuit
Déchire les nues
Blesse mortellement
Les étoiles et la lune
Trois gouttes de sang
Scintillant comme l'argent
Tombent
Explosent
Éclaboussent
Cette terre livide
Né de ma chair le cri s'éteint
Sur mon tombeau

Chair et âme

La mort a étendu son voile sur mes yeux.
Des taches violines et des ombres vertes
Recouvrent mon corps, l'estompent peu à peu.
À mon chevet pleurent de longues silhouettes
Et leurs sanglots me sont des rires étouffés.
À une noyée – Luchina Labia

Je me suis réveillée avec un goût de cendres dans la bouche. Un goût amer de défaite et de déchéance.

C'est chaque jour la même chose. J'ouvre les yeux et regarde autour de moi dans la pénombre, les formes anguleuses de meubles qui ne m'appartiennent pas et, en désordre sur la chaise, des jupons couleur caramel, un bustier étroit, une chemise au décolleté plongeant. Une tenue de putain.

Je m'assois précautionneusement, je m'étire, je tâte du bout des pieds le plancher froid de la chambre, tente d'ignorer mes reins douloureux avant de me lever. Ce matin, en plus de cette peine lancinante, familière, je ressens celle des coups. Mon dernier client. Il me paie double pour ça. Me prendre par derrière en me traitant de truie, lacérer mon dos de sa chevalière, me frapper de ses poings, enserrer mon cou jusqu'à l'étrangler. Peu m'importe la façon dont il utilise mon corps, et tant mieux si je souffre. Ainsi, j'ai durant quelques heures l'illusion d'être lavée de la souillure de ma condition. Je préfère ça aux regards larmoyants de certains hommes, à leur tendresse maladroite, à leurs paroles stupides murmurées avant, pendant, après l'orgasme – leur orgasme, mon ennui – me promettant une vie nouvelle, couverte de baisers, de bijoux bon marché, et le monde à mes pieds. Je ne veux pas de leur amour. Je veux celui d'un seul, celui qui ne me voit pas et ne monte jamais avec moi, celui qui pendant des mois a confondu mon prénom et celui d'une autre.

Celui devant lequel j'ai honte d'être qui je suis.

Orseo.

Il déjeune souvent à l'auberge où je travaille. Commande le plat du jour, une infusion de cannelle et de girofle. Reste parfois l'après-midi entier, concentré sur la rédaction d'un article, tourmentant du bout des doigts ses boucles brunes, cherchant les yeux dans le vague la formule la plus juste. Parfois, il m'appelle auprès de lui, me glisse quelques compliments auxquels je fais semblant de croire, me demande mon avis. « Que penses-tu de ces mots, Pamina ? » « Crois-tu que ce passage soit bien tourné ? » Je me laisse prendre au jeu du miroir, j'accepte d'être la confidente, le reflet de ses propres pensées, de répéter, à mi-voix, ce qu'il me soumet pour lui laisser le temps, avec le recul nécessaire, d'apprécier la pertinence de sa prose. Ainsi, j'ai l'illusion d'exister à ses yeux. D'être une personne, plutôt jolie et pas si bête, non une figure de chair pénétrable à l'envi, enveloppée dans des robes vulgaires.

Mais il suffit que Nola passe la porte et je disparais, pareille au spectre de cette pauvre noyée, dans la ballade de Luchina Làbia. Elle s'arrête toujours quelques secondes sur le seuil, cherche quelqu'un du regard – le trouve parfois, son pâle amant – et penche légèrement la tête de côté. Orseo retient son souffle, ce petit geste l'émeut.

Moi, ça me donne envie de tuer.

Hier, il s'est interrompu en plein milieu d'une phrase. M'a congédiée d'un signe, comme si j'étais un objet encombrant, rien de plus. Pour cela, j'ai aimé les coups, la violence de la nuit. Parce que je me suis sentie vivante, parce que cette souffrance en chassait une autre, insidieuse et cruelle. Celle de n'être qu'une catin – une masse de viande à coucherie, une pauvre chose qu'on oublie aussitôt remplie. Certainement pas une femme digne de lui.

À l'extrémité de la pièce, derrière le vieux paravent tendu de velours que m'a donné la patronne de l'auberge, un baquetpour le moment. J'ôte ma chemise de lin, j'étudie un instant mon image dans la psyché piquetée de taches brunes. Seins fermes, hanches rondes, jambes galbées, silhouette agréable, martelée de bleus et de traces violacées. La pourriture intérieure apparaît-elle sur le corps ? Ma mère le prétendait. Moi, je crois seulement… Je ne sais pas. Elles sont là, et d'une certaine façon elles m'appartiennent, je les ai *choisies*.

Après le bain, je revêts ma tenue la plus sobre. Des jupes et un corsage gris, un corset au laçage lâche, de vieilles chaussures. Je quitte ma mansarde, descends les escaliers de service, dissimulée sous une capuche épaisse. Dehors, une bruine fine et glacée transforme en silhouettes floues les rares passants. Une gondole glisse sur le canal, trouble comme un spectre annonciateur de mort.

Tête basse, étroitement enveloppée dans ma cape, je traverse le quartier, je prends la direction des marais. Là-bas, au coeur de ces lieux saumâtres où s'est réfugiée la lie de la cité, vit la vieille Novella. Cette sorcière connaît les secrets du tarot et devine dans les coulures de cire les arcanes de l'avenir. Plusieurs fois, déjà, je suis allée la voir, souhaitant trouver dans les cartes conseil et réconfort. Aujourd'hui, ce n'est pas pour chercher quelques onces d'espoir et d'illusions que je me rends dans sa tanière.

Mais pour détruire celle qui gâche ma vie.

*

J'ai froid, mais je n'en montre rien. J'ai peur, mais je serre les dents et me force à fixer sans ciller les roseaux, les talus boueux, l'ombre des barricades érigées à la hâte par les gardes, au début de l'hiver. J'y discerne parfois des silhouettes, à peine humaines. Des relents de misère et de mort flottent au-dessus de l'eau ; elles imprègnent l'atmosphère d'une douceur écoeurante, à laquelle je ne peux m'habituer.

Le passeur s'en moque, lui. Il est né dans cette fange. Il en est l'enfant. Quel âge a-t-il ? Trente ans, peut-être quarante. Une chair bistre et grenée, des poches sous les yeux, les cheveux pendant en mèches ternes et grasses sous sa capuche de peau raidie par la crasse. Son corps est aussi long que la perche de bois noueux qu'il enfonce régulièrement dans l'onde.

Je frissonne. La dernière fois, je l'ai surpris avec une grenouille encore vivante dans la gueule.

Il me dégoûte. Me terrifie. Comme les vieilles catins ravinées, les pêcheurs d'écrevisses au teint blafard, les voleurs, les assassins et les bêtes humaines qui hantent les marais d'Hypotie. Peut-être parce que je vois en eux le reflet de mon avenir. Mon avenir de putain.

Sauf si la vieille sorcière m'aide à me débarrasser de Nola.

La barge heurte la rive. Nous sommes arrivés. Je reconnais sans peine les roches noires et, au bout de l'anse de sable terne, les cahutes brimbalantes des gueux.

La hutte de la sorcière se trouve dans les hauteurs de l'îlot. On y accède par un sentier bordé de roseaux, semé de silex couleur d'ossements. Devant moi, le passeur avance à grandes enjambées, indifférent à la glaise spongieuse et glissante. Il balance ses bras noueux au rythme de sa marche, et je ne puis m'empêcher de songer au contact glacé de ses mains sur ma peau, à ses doigts autour de mon cou… Qui se soucierait de ma disparition ? Ma logeuse, sans doute. Le temps de trouver une autre locataire. Quelques clients. Mais ils m'oublieraient vite, eux aussi. Ils se consoleraient de leurs illusions d'amour entre les jambes d'une autre fille. Enfin, nous atteignons le cabanon de Novella.

Il a cessé de pleuvoir. Autour de nous flottent des langues de brumes au lourd parfum de tourbe et d'herbes mortes.

— Viens, fillette ! Je t'attendais, grince Novella, sans quitter l'abri de sa masure.

J'écarte la toile poisseuse qui obstrue l'entrée, pénètre dans une pièce vaguement éclairée par une flambée. L'aïeule m'accueille d'un sourire édenté. Je le lui rends, m'efforçant de ne pas manifester de dégoût à la vue de ses cheveux laineux et rares, de sa peau rongée de croûtes. Je tire de ma cape un écrin de bois noir incrusté de nacre, lui tend. Novella s'en saisit, l'ouvre, le referme avec un gloussement satisfait et tire immédiatement de ses hardes crasseuses un jeu de Tarots de la Lune, gondolé et poisseux d'humidité.

— Assieds-toi, fillette. Près de moi. Sinon, je risque de me casser le dos en te regardant. Là. Comme ça, c'est mieux.

— Je veux…

— … un moyen sûr pour gagner l'amour de ton prince charmant ?

— Non !

La violence de ma propre voix me surprend. J'ignorais qu'elle pouvait contenir tant de haine, de douleur et de haine. Elle me dévisage, étonnée, curieuse. Dans ses prunelles de rat, je distingue une lueur avide et malsaine. Savait-elle la véritable raison de ma venue ? Sans doute. Et sans doute se délecte-t-elle d'avance de ce que je m'apprête à lui dire. Peu m'importe. J'en ai assez d'espérer en vain. J'en ai assez de souffrir. C'est son tour.

— Non, Novella, reprends-je d'un ton plus calme. Ce que je veux, c'est la mort de ma rivale. Je suis prête à en payer le prix. Vous voulez mon âme ? Prenez-la. Il n'en reste plus grand-chose, après tout.

Cette nouvelle est la réécriture de, « Chair et âme », publiée sur le site d'Elbakin.net avec les illustrations d'Elvire de Cock et de « Invisible », parue dans le Journal des Imaginales 2011.

MATRICIA

Celui qui n'a rien dit
M'a pris mon âme et mon esprit,
Il a sculpté mon crâne
En navet creux, où des chandelles
Font scintiller mes deux prunelles.

Émile Verhaeren – *Chanson de fou*

Tout ce qui avait jamais compté pour elle avait disparu, sa vie était en ruines et la terreur soufflait dans son cœur comme un vent glacé. L'horreur tapie dans le brouillard, l'horreur qui était le brouillard, cherchait à l'agripper. Alors, elle commença à courir.

Margaret Mitchell – *Autant en emporte le vent*

J'enterrerai les blessés comme les chrysalides,
Je compterai puis j'enterrerai les morts.
Que leurs âmes se tordent dans une rosée
Comme de l'encens sur mon passage.

Sylvia Plath – *Arriver*

Généalogie des Tengelli

Telle qu'établie par Horatio Melani dans le Livre d'Or des familles de Matricia (extraits)

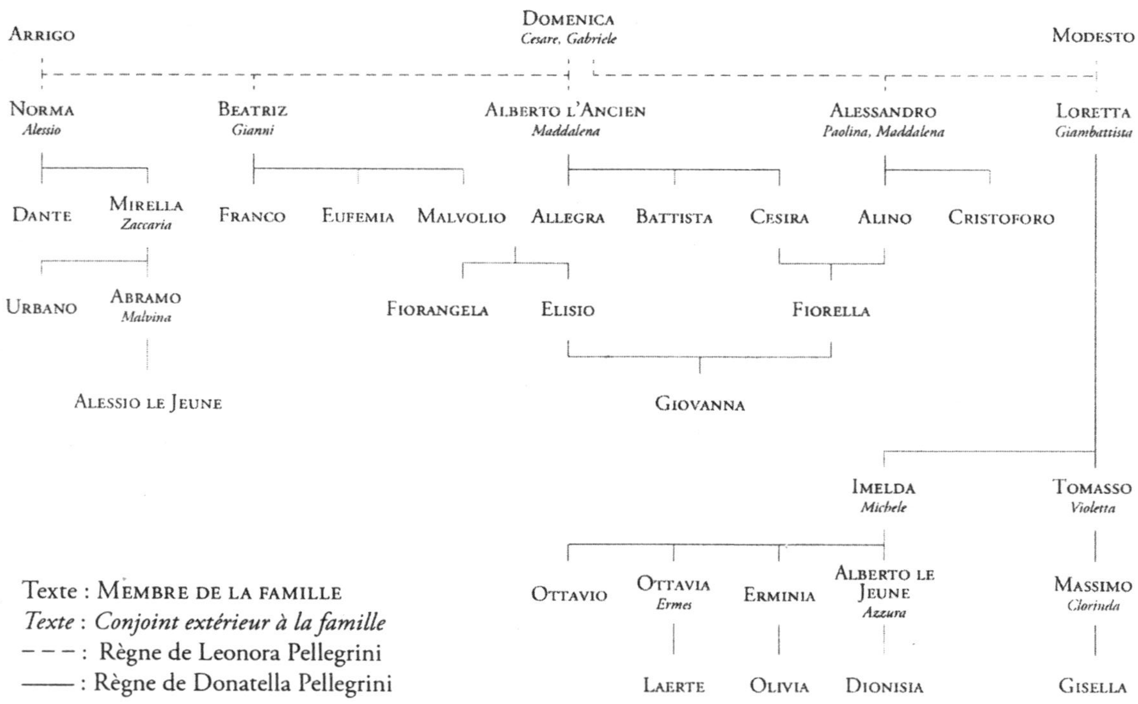

Texte : Membre de la famille
Texte : *Conjoint extérieur à la famille*
– – – : Règne de Leonora Pellegrini
—— : Règne de Donatella Pellegrini

Le récit prend place durant le mois de la Terre, dans la principauté de Matricia, dévastée par la peste cendreuse. La princesse Fiorenza Pellegrini s'est réfugiée à la cour d'Arachnae, sous la protection de son dirigeant, Alessio Sforza. Les Moires, ses conseillères, ont été parmi les premières à succomber à l'épidémie.

Prologue

Les fumées grasses et les cendres
Ont recouvert villes et terres
Où chaque jour se font entendre
De longs sanglots de peur et d'agonie.
Perdus, hébétés, les survivants errent
Au hasard des chemins, et chaque nuit
Se terrent dans l'ombre des creux et des fossés,
Espérant échapper au regard mort des brumes.
Las ! Elles se répandent et s'étirent, affamées ;
Narines frémissantes, flancs couverts d'écume,
Ces goules insatiables chassent jusqu'au jour.
Et ceux qu'elles épargnent sans les avoir blessés,
Ivres d'avoir survécu aux ténèbres,
Chantent insouciants leur éloge funèbre.
Au soir, épuisés d'avoir ri,
D'avoir dansé sous une pluie
De sang gris, de boue, ils tomberont les premiers.
Trop effrayés pour fuir, trop faibles pour lutter,
Ils seront égorgés, dépecés, dévorés.
Leurs spectres rejoindront les livides cortèges
Des monstres sans visage nés des sortilèges
D'une peste infernale venue d'outre-temps
Ravager mon royaume et en sucer le sang.

Fiorenza Pellegrini – *Élégies*

Lysania, capitale de Matricia – 13e jour du mois de la Terre

Des mouettes tournoyaient dans le ciel d'été, au-dessus de l'opéra. Celui-ci, perle striée de marbre vert se dressait au centre de la place Ghilberti. Alentour, ce n'était que désolation : épidémie, incendies et pillages avaient tout détruit. Néanmoins, aucun vandale, fût-il le plus infâme, n'avait osé s'attaquer à l'édifice. Une acoustique parfaite, des plafonds peints par Caccini et Sironnella, deux prodiges des siècles passés, des ornements de stuc dorés à l'or fin et la scène où la grande Stella Velli avait fait ses adieux : aux yeux de tous, le symbole de la principauté était sacré.

Pourtant, ce magnifique emblème avait été profané.

Dionisia passa la langue sur ses lèvres, frotta ses mains l'une contre l'autre pour se donner du courage, tourna entre ses doigts l'anneau d'argent serti d'une pierre d'onyx qui jamais ne la quittait. Des remugles empreints de mort et de malignité empoisonnaient l'air. Tout autre qu'elle, même doué de magie, risquait d'être contaminé. Par le désespoir et la peur d'abord, ensuite…

La sorcière frissonna. En dépit de sa détermination et de sa puissance, elle ne se sentait pas à l'aise ici. Elle caressa l'idée d'une fuite, chassa aussitôt cette chimère de son esprit. Le dernier des Tengelli se terrait au cœur du bâtiment, à sa merci. Depuis des années, elle traquait cette lignée maudite et la vengeance n'était pas le seul enjeu.

Dionisia leva de nouveau la tête. Pas un nuage. Le soleil, proche du zénith, brillait d'un feu jaune et blanc. Elle laissa les rayons de l'astre caresser son visage, savoura leur chaleur, inspira profondément, puis gagna le parvis de la superbe bâtisse, chassant au passage un chien efflanqué au poil gris, couvert de croûtes malsaines. Elle suivit des yeux l'animal gangrené par la maladie : il disparut dans une demeure dont la porte, arrachée de ses gonds, gisait sur le pavé. Dans quelques heures, la peste cendreuse le transformerait en lémure assoiffé de vie. Aurait-elle dû le tuer ?

Haussant les épaules, elle releva ses jupons encrassés et gravit les cinq marches surmontées d'un frontispice sculpté, incrusté de malachite et de jais. En son centre, des vers sur une plaque gravée d'or :

Ô Lune ! Ô mère ! Prends ma main,
Ne m'abandonne pas… Ah ! Ce sont elles,
Elles m'encerclent les brumes mortelles !
Elles m'étouffent et m'emportent ! Prends ma main !
Ô Lune ! Ô mère ! Je meurs ! Ne m'abandonne pas !

Il s'agissait de la mort de Selena, l'une des arias les plus célèbres du répertoire matricien – et la dernière interprétée par la Velli.

Dionisia appuya ses paumes contre la porte et se concentra. Ne percevant aucun sortilège, aucun piège dans le bois noir du vantail, elle poussa. Le hall, percé de vitraux et d'oculi, baignait d'une lumière douce les dalles de marbre rouge et blanc ; sur certaines était inscrit le nom d'un mécène ou d'un artiste. Au pied des escaliers, deux grands bronzes contemplaient la jeune femme de leurs regards impavides. La Ghilberti et la Velli, l'une compositrice, l'autre diva…

Figée devant la statue, Giuditta détourne les yeux, prête à pleurer.

— Je n'aurai jamais son talent. Rendez-vous compte, à vingt ans elle écrivait déjà son deuxième opéra !

— Ce n'est pas une question de talent vous concernant, souffle Dionisia, enlaçant délicatement la blonde aristocrate. Mais de confiance en vous.

— Je travaille, pourtant.

— C'est une affaire de confiance en vous, répète la magicienne, posant une main sur la hanche de sa proie.

Celle-ci frissonne de désir.

Dionisia serra les dents et se détourna, chassant la scène de son esprit. Ce n'était le moment ni des souvenirs ni des regrets. Plus tard, si elle survivait à l'affrontement, elle s'autoriserait peut-être des larmes – pour autant qu'elle fût encore capable d'en verser.

Une silhouette, de l'autre côté de la salle, attira son attention : son reflet dans une immense psyché. Elle s'en approcha. Il lui semblait soudain qu'une étrangère, décidée à l'imiter en tous points, vivait de l'autre côté du miroir. La jeune femme passa les doigts sur la paroi : son double fit de même. Elle inclina la tête sur le côté, la redressa, souleva son épaisse chevelure noire. Les boucles serrées cascadèrent sur ses épaules et dans son dos.

Une autre vision brève, brutale l'assaillit.

Éclats de voix, éclats de rires, murmures… Une foule de courtisans et d'habitués se presse autour d'eux. Certains sourient, d'autres sont indifférents ou hostiles. Dans la glace, Dionisia surprend le regard, défiant et lascif, d'un homme aux tempes dégarnies. Elle arque un sourcil et, avec un clin d'œil moqueur, se glisse sous l'épaule de Savino. Savino dont le parfum de miel et de bruyère l'enivre.

Ce n'étaient que des échos du passé, des mirages fugitifs ne pouvant la toucher, à moins qu'elle ne le désire. Froide et résolue, Dionisia inspecta son image. Une peau cannelle, des prunelles turquoise, ourlées de longs cils, brillant comme des joyaux dans son visage à l'ovale régulier, un nez rappelant celui d'un chat, une bouche généreuse aux lèvres rosées, sensuelles en dépit des gerçures. Un corps souple et mince, ceint d'une chemise de toile grège dont les manches, amples, couvraient ses poignets, et d'un corset de cuir. Des jupes grossières dissimulaient ses jambes et ses chevilles. À sa taille, une aumônière et un poignard. Et, cachés sur elle, bracelets, colliers et chaînes où étaient accrochés une quinzaine de fétiches.

Dionisia était prête : différer plus longtemps le duel était inutile. Alors, d'un pas décidé, elle poussa la double porte sous les grands escaliers de marbre et pénétra dans la salle de spectacle. Les fauteuils du parterre, comme les balcons, étaient plongés dans la pénombre. Le lustre, masse noire et menaçante dans l'obscurité, réfléchissait par intermittence les flammes des bougies. Des dizaines de cierges, certains suspendus, d'autres fichés sur des chandeliers de bronze, nimbaient la scène d'une lumière mordorée. Au centre du plateau, des coussins avaient été disposés, face à face. Un homme occupait ceux de droite. Les flammes donnaient à son crâne et à ses mèches blafardes des nuances rubescentes. Il était vêtu d'écarlate, un costume de théâtre trop large pour son corps squelettique et ses longs bras d'insecte. L'entendant arriver, il se leva, l'accueillit d'une révérence grotesque.

— Enfin, nous nous rencontrons, caqueta-t-il, une lueur hagarde dans ses yeux.

— Alino. Mon oncle, répondit calmement Dionisia. Vous êtes tel que je l'imaginais.

*

Un port, au nord de Matricia

Angelo tira son embarcation sur la rive semée d'écume et de varech, rassembla son paquetage et observa les alentours.

Un squelette auquel s'accrochaient encore des lambeaux de chairs entremêlées de goémons contemplait les nuages. Du même blanc que ses pommettes lisses, ceux-ci s'étiraient dans le ciel d'été où planaient fulmars aux ailes cendrées et guillemots. Plus loin sur la grève, un bateau échoué. Sa coque éventrée laissait entrevoir une armature de bois, pareille à une carcasse ; ses deux mâts, depuis longtemps rompus, avaient roulé sur les galets. Un sentier étroit grimpait entre les rochers, menant au petit port de pêche dont il ne restait que des maisons éventrées, souillées de suie. Témoins d'un autrefois vibrant et animé, des traces de peinture rouge et bleue sur les façades teintaient les lieux d'irréel, comme si elles n'étaient qu'un rêve, une fantaisie d'enfant.

Seule touche de vie dans ce paysage désolé, le gros chat noir, perché sur la misaine, léchait consciencieusement ses pattes, passant et repassant celles-ci derrière ses oreilles. Quand Angelo le rejoignit, il cessa sa toilette et vint se frotter en ronronnant contre ses jambes. L'animal n'avait pas de nom, n'en avait jamais eu, et n'en accepterait probablement aucun. Décidé à le suivre, il avait grimpé à bord de *L'Albatros,* le navire marchand qui avait emmené le nécromancien de Cytheriae, où plus rien ne le retenait, à Tenebrosa, où demeuraient les vestiges de son passé.

Angelo s'assit sur la mâture brisée, ouvrit le plus petit de ses deux sacs, en tira une escarcelle remplie de poussière grise ainsi qu'un collier d'ossements. De la patte de rat momifiée qu'il portait en pendentif, il perça le gras de son pouce. Il enduisit le bijou d'un mélange de poudre et de sang, le passa autour de son cou. Immédiatement, ses perceptions se modifièrent : le monde n'était plus qu'un écho lointain, une brume où, vive étincelle, brillait l'âme du félin. L'intensité de cette flamme l'étonnait toujours ; il se concentra sur le monde des spectres et des esprits, qu'il appelait « l'autre côté du réel ». Des nappes blanchâtres flottaient au-dessus du sol blême, gelé par la mort et le froid. Venu des montagnes, un vent glacial soufflait sur les masures racornies, charriant fumées et brasilles. C'était l'hiver, ici. Un hiver éternel où de rares fantômes avaient choisi de rester. Il y avait un vieillard aux membres translucides qui fixait le vide, la bouche entr'ouverte ; il y avait un marin qui allait et venait sur la grand-place, sourcils froncés. Il y avait, enfin, une prêtresse voilée de gris, debout près des marches d'un temple en ruines. Angelo s'approcha, ses doigts pressés sur les colifichets reposant sur sa poitrine. La défunte tourna la tête vers lui, une expression infiniment triste au fond de ses prunelles ternes. Elle était jeune : à peine quelques rides sur le front, des joues lisses. Une pique grossière, maculée de rouille et de sang, la traversait de part en part, emportant dans la plaie sa longue robe et son surcot de laine. Angelo utilisa de nouveau son fétiche, égratigna l'intérieur de sa main puis se concentra. Une lueur bleutée, née de son sacrifice, s'éleva doucement au-dessus de sa paume blessée. Attirée par cette fragile clarté, l'ombre flotta vers lui, un sourire étrange étirant sa bouche et se jeta sur la sphère, l'avalant avec la voracité d'une stryge. L'éclat d'une présence dissipa le voile flétri de ses iris. Cela ne durerait pas longtemps, hélas ; mais pendant quelques minutes, Angelo pourrait l'interroger.

— Quel est ton nom ?

— Riella.

— Que s'est-il passé ici ?

— La peste cendreuse. Nous avons tout brûlé et à la fin…

Elle écarta les bras, découvrant largement son corps transpercé.

— Pas de rescapé ?
— Aucun… Les morts… se sont relevés… Ils se… repaissent du sang et de la terreur… Et leurs griffes… leurs griffes condamnent…

Angelo frissonna. Lança, instinctivement, un coup d'œil par-dessus son épaule.

Rien.

— Nous avons essayé… prié la Déesse jour et nuit… je suis restée… la dernière pour le bûcher…

Elle s'interrompit, hésitante. Son regard s'éteignait déjà. Ses lèvres tremblèrent, laissant échapper un ultime chuchotement : *j'ai mal… journal*, peut-être. Ce fut tout.

Le sorcier effectua le tour du port, vu de l'autre côté. Le temps pressait ; la folie et la peur nourrissaient son essence, la pestilence et la mort accroissaient sa puissance. Bientôt, rien ne pourrait empêcher Kebahil de ravager l'Archipel, de répandre partout le chaos. Son assaut, sur Arachnae, avait échoué. Tenebrosa avait vaincu. Mais à quel prix ! Orfeo le Noir avait succombé, emprisonné par ses propres tatouages devenus ronces et liens, brûlé vif dans l'incendie de sa bibliothèque. Son seul espoir mort, Cytheriae sombrait. Et si nul n'arrêtait la puissance déchue ici même, à Matricia…

Orfeo, son ancien magister, avait raison : l'horreur des Âges Sombres se répétait. Comme jadis, une épidémie, fruit d'un maléfice, dévastait la principauté. Mais si, aujourd'hui, certains connaissaient son origine, personne n'avait encore trouvé le moyen de la combattre – l'ordre de la Nouvelle Lune, pas plus que les autres.

Avec un reniflement de dérision, Angelo lorgna la chevalière d'argent passée à son annulaire. Dix ans. Il avait fallu dix ans aux nécromanciens, et l'assassinat de leur plus grand sorcier, pour l'absoudre et le réintégrer. Du bout des lèvres. Parce qu'Orfeo l'avait exigé dans son testament. Parce que l'Ennemi terrassait à la fois les humains et l'engeance des démons. Qui de mieux, pour négocier une alliance, qu'un homme ayant eu l'une de ces créatures pour amante ?

Angelo avait failli refuser. Son respect pour Orfeo et l'urgence de la situation l'en avaient empêché.

Poursuivant ses investigations, il découvrit des glyphes de protection encore actives, placées aux points cardinaux.

Une bourrasque glaciale, venue de nulle part, l'arracha à ses réflexions. Sens en alerte, Angelo regarda alentour. Il ne distingua d'abord rien, puis quelque chose apparut au bout d'une rue corrodée : une forme fuligineuse, une monstruosité d'apparence humaine, dont l'existence même était une infamie. L'abomination n'était que matière, mue par la volonté – une infime parcelle de volonté – d'une divinité déchue. Il était impossible de combattre de ce côté du monde.

Le nécromancien ôta le collier de son cou, décrocha de sa ceinture le crâne gravé de runes d'un oiseau.

Retour au monde des vivants : bleu cobalt du ciel, brun mâchuré et luisant du village incendié, parfum piquant et salé des embruns.

À ses pieds, hérissé et grondant, le chat noir.

A vingt pas, le cadavre d'un pestiféré dont le sourire obscène dévoilait chicots et gencives violacées. Sa peau grise était poissée de pus. Il chargea. Ses mains, terminées par des ongles pareils à des griffes, fouaillèrent l'air, le manquant de peu. Un râle s'échappa de sa gorge.

Le chat noir cracha.

Angelo écrasa l'artefact entre ses doigts.

Jaillissant de sa main, un spectre aux ailes embrasées fondit sur son adversaire, l'enveloppa d'une flamme blafarde. Quand elle s'éteignit, il ne restait de l'assaillant qu'un tas de poussière.

Angelo tomba à genoux, le cœur battant. Les restes de la goule – quel autre terme pouvait définir cette monstruosité ? – irradiaient une perversité visqueuse qui lui coupait le souffle, s'accrochait à son corps, grouillait sur sa peau. Ignorant cette sensation, il serra les dents, conscient d'avoir échappé à un sort infiniment plus terrible que la mort. Jamais encore il n'avait ressenti pareille malignité. Palpable, débordant des corps qu'elle possédait, elle disséminait ses miasmes avec la maladie.

Souvenir soudain.

Une masure, dans l'obscurité. Dans ses bras, une lamia, accrochée à lui comme une enfant, terrifiée par une mort dont elle perçoit la présence. Il caresse ses cheveux d'argent, l'apaise comme il peut. Reçoit, ultime présent, une vision. Un visage impossible, décharné et changeant, creusé de rides et lisse comme celui d'un nouveau-né, couvert d'une membrane squameuse, déchiqueté par d'énormes ronces ensanglantées, ouvert sur un charnier sans nom où se tordent des larves et des hybrides blanchâtres. Ses yeux sont des gouffres, ses lèvres crevassées suintent d'humeurs noirâtres...

Ce visage était celui de Kebahil, entité chtonienne et destructrice, plus vaste que l'Archipel, l'Ennemi contre lequel luttaient son défunt magister et l'Ordre de la Nouvelle Lune.

Il comprit la réminiscence : Matricia se trouvait à l'emplacement de sa bouche, souillée à la fois par son souffle et ses sanies. Durant les Âges Sombres, la peste avait ravagé cette principauté boréale avant de se propager dans les autres îles des Numinées. Cette fois, les premiers cas avaient probablement précédé de plusieurs saisons, peut-être de plusieurs années, les autres manifestations de Kebahil. Et on l'avait envoyé, seul, pour dresser un « état des lieux », selon les termes employés par Senta di Mantova. La sénéchale de la Nouvelle Lune, qui le haïssait, avait prononcé son bannissement dix ans plus tôt ; elle espérait – comme d'autres – qu'il périsse au cours de son équipée.

Angelo soupira : il serait de toute façon venu ici. Pour essayer de comprendre et de trouver les moyens de combattre. Par loyauté envers son ancien magister, envers ceux qui n'étaient plus.

Le chat noir bondit sur ses genoux, pressa la tête contre son menton. Angelo le gratta derrière les oreilles, puis le posa à terre et se redressa.

— Tu as raison. Inutile de traîner. Le temps de trouver le journal de cette prêtresse, s'il existe vraiment, et on file d'ici.

En réponse, l'animal arqua le dos pour s'étirer et, d'un trot alerte, prit la direction du temple en ruines.

*

Lysania, capitale de Matricia

La mèche d'une bougie grésilla : sa flamme diminua brusquement, faillit s'éteindre et repartit de plus belle. Un instant distrait, Alino Tengelli secoua sa tête déplumée et fixa de nouveau Dionisia. Ses iris pâles dévoilaient des taches sanglantes au fond de ses pupilles. Il avait un nez étroit et busqué, sa peau crayeuse masquant à peine son squelette. Il sourit, d'un affreux sourire de pantin puis, d'un geste grandiloquent, lui désigna les coussins.

— Bavardons. Je t'ai sentie dans le ventre de ta mère sais-tu ? Je t'ai prédit de grandes choses. À l'époque je croyais encore à ces sornettes sur la destinée. Ridicule. Ridicule ! Mais j'ai posé la main sur son ventre, oui, et tu étais là. Tu te débattais comme une démone ! Tu lui ressembles, à ta mère. Un peu. Pas seulement la peau. Le visage. La bouche. La bouche, oui. Je ne crois pas au destin mais quand même, hein ? Tu sais, je lui avais dit. Je lui avais dit ce que tu serais pour les Tengelli. Je…

— Un espoir ou un fléau, coupa Dionisia.

— Un fléau ! cria Alino, éclatant d'un rire hystérique. Un fléau ! Et nous sommes les derniers ! L'oncle et la nièce. Des parias. Moi qu'ils ont voulu tuer, toi qui n'étais pas tout à fait des leurs. Maintenant, la voie est libre. La famille n'est plus. Les esclaves de la Triple Garce sont mortes, ou exilées. Tout est à reconstruire, tu sais : un ordre nouveau, un monde nouveau, libéré du joug de Ses caprices.

Il cracha, essuya ses lèvres sur les passements précieux de son pourpoint.

— J'ai des projets. Des projets pour toi, pour moi – pour cette terre qui m'a vu naître. Avec Son aide, on va faire de grandes choses, toi et moi.

— *Son* aide ?

— Kebahil, Celui qui m'a sauvé la vie, Celui qui m'a ouvert les yeux ! Mon Maître. *Ton* Maître bientôt.

— Je ne crois pas.

— Tu…

— Je ne servirai pas le monstre responsable de la peste qui ravage Matricia. Je ne servirai pas le monstre qui a fait de vous ce pitre pitoyable et blasphémateur. Je suis ici pour vous tuer, Alino.

Il branla du chef, frappant ses mains l'une contre l'autre, à un rythme saccadé, puis redressa la tête : des ombres malsaines flottaient derrière ses orbites, assombrissant ses prunelles ; une odeur douceâtre, piquante comme celle de la viande, avariée émanait de lui. Il n'était plus seul ; une présence s'était éveillée dans son esprit, lui conférant une infime parcelle de ses pouvoirs. Dionisia sentit les remugles tenter de s'insinuer en elle, cherchant comme des vers aveugles une faille où se glisser pour éclore et proliférer. Elle serra les poings, jaugea froidement son oncle, prêtre ou misérable avatar de Kebahil, peu importait. Dans cet affrontement, seules comptaient la résistance, la volonté.

La patience, également : une qualité qu'elle possédait.

Elle soutint l'épreuve. Les miasmes refluèrent. Une expression malveillante et rusée se peignit sur le visage d'Alino.

— Tu veux te battre ? Très bien ! J'ai le choix des armes, alors ?

— Comme vous voudrez.

— Dis-moi, connais-tu le Jeu du Destin ? Les règles en sont simples. Chacun de nous prend les vingt-deux arcanes majeurs du Tarot de la Lune. Les mélange. En tire un au hasard, et raconte un souvenir lié à ce qu'il représente. Qui tombe sur Le Fou recommence à zéro. Le Jeu du Destin ! Ha, ça va te faire plaisir. C'est un jeu de sorcières, après tout ! Ou de Moires. Il paraît qu'elles l'ont inventé. Les toutes premières Moires de la toute première princesse. De quelle principauté ? Va savoir ! Alors, ma nièce ! Le Jeu du Destin… Tu l'acceptes ?

— Je l'accepte.

— Mais ça ne compte pas vraiment pour un duel, hein ? Au Jeu du Destin, pas de gagnant à part les indiscrets ! Ce qu'il faut, c'est un enjeu. Un enjeu de poids. Comme une vie. Ou une âme.

Dionisia croisa les bras sur sa poitrine.

— Une âme ? Pourquoi pas, mon oncle, mais comment procéderons-nous ?

Alino souleva un coussin, révélant deux paquets de tarots dans leur étui de soie brodée d'une toile d'araignée déchirée : le blason des Tengelli.

— Ils m'appartiennent. Tous les deux, oui. Je les ai créés. Je les utilise pour absorber les fils de la destinée. Les gens sont si naïfs ! Ils veulent connaître leur avenir, parfois parier un peu d'argent et jouer… Chacun de ces arcanes aspire un peu de leur être. Kebahil a besoin de mon aide et la Lune m'a trahi. Qu'en dis-tu ? Cocasse, non ? Son Jeu du Destin vole leurs âmes, nourrit mon Maître, me venge et tout le monde est content. Tu veux savoir comment ça marche ? C'est très simple : j'ai fait de ces lames des voleuses. Touches-en une et ta vie, ta volonté te sont arrachées. Pratique, remarque : pas de tristesse, pas de regrets. À la fin tout est plat et lisse. Tu deviens une marionnette parfaite pour mon Maître.

— Elles agissent comme des lamias, c'est ça ? Elles aspirent l'essence de leurs proies ?

— Des lamias ? C'est exactement ça. Tu es perspicace, ma nièce : je les ai fabriquées avec leur peau, il y a des années.

— Si vous les avez déjà utilisées, mon oncle, ne risquez-vous pas de perdre les derniers lambeaux d'âme qui vous restent ainsi que vos souvenirs ?

— Ils reviennent. Tous reviennent, puisque je gagne ! Tous, tu comprends ? Tous ! Tous ! C'est le privilège des vainqueurs et des princes. D'ailleurs, je suis vêtu comme un prince aujourd'hui. Alors, ma nièce ? Acceptes-tu de mettre ton âme en jeu ?

Dionisia joignit les mains, feignant de réfléchir. Le regard perdu dans la flamme d'une bougie, elle fit tourner plusieurs fois autour de son annulaire l'anneau serti d'onyx qui ne la quittait jamais. Elle sentait, contre sa peau, le contact rassurant de ses fétiches ; la plupart n'étaient pas de simples esprits, mais des alliés qui lui prêteraient leur force, l'empêcheraient de faillir et la soutiendraient jusqu'au bout. Certains, pourtant indétectables, comptaient parmi les plus puissants – et les plus précieux – qu'elle ait créés. Et si, en dépit de ses précautions, la magicienne se laissait piéger, ils s'assureraient que jamais elle ne devienne l'esclave du fou ou de son Maître.

Dionisia redressa les épaules. Sourit.

— Qu'attendons-nous pour battre les cartes ?

La Vieille

Treizième arcane du Tarot de la Lune

Le cœur de la cité
Secoue les carcasses
Et les os se fracassent
Débris blancs et brisés
Sur le sable
Le sable safrané

Tashela Lizengo – *Danses d'os*

Une atmosphère étrange baignait la scène de l'opéra, éclairée de cierges. Une atmosphère délétère, figée hors du temps. Comme si, en acceptant le Jeu du Destin, Dionisia avait complété un rituel.

La jeune femme saisit les lames et les tria. Leur dos était soyeux : une peau fine, soigneusement tannée, teinte d'aniline. Le blason des Tengelli s'y dessinait, entrelacs arachnéen de fils d'argent. Le jeu vibrait sous ses doigts, empreint d'une énergie glacée. Ravalant son dégoût et la crainte sourde que lui inspirait l'artefact, elle battit les cartes, les coupa et les disposa devant elle. En face, Alino fit de même – plus lentement, parce qu'il s'attardait sur leur toucher, les caressait du bout de ses doigts maigres, aux ongles striés de blanc. Enfin, il la considéra de ses yeux délavés, rouges dans la lumière des cierges.

— À toi l'honneur, ma nièce !

Dionisia hésita. Posa la main sur le sommet de la pile. S'aperçut qu'elle tremblait, imperceptiblement. Retourna le premier arcane. Un tentacule invisible s'enroula autour de son poignet, transperça sa peau de milliers d'épingles et fouilla en elle, avide de son essence. Brûlure, brève, contre sa poitrine. L'un des fétiches qui la protégeaient se vidait de sa puissance, s'offrant en leurre à la monstruosité tapie dans les tarots.

Rassurée, la magicienne inspira profondément, puis regarda ce qu'elle avait tiré.

C'était *La Vieille* : la Nouvelle Lune, Déesse sous son aspect endeuillé. La lame représentait un ciel nocturne et en son centre, une forme ronde et sombre. Assise à son rouet, vêtue d'une longue robe et de voiles noirs, une femme-squelette tenait dans sa main le fil qu'elle venait de trancher. Un énorme serpent était enroulé à ses pieds. Dionisia reconnut en lui la silhouette familière, haïe depuis qu'elle était enfant.

— Eh bien ! Qu'attends-tu ? s'impatienta Alino, tirant machinalement sur ses mèches.

— Je rassemblais mes souvenirs, mon oncle. Mais je suis prête, à présent.

— Tu es sûre, ma nièce ? Jouer ton âme contre moi, c'est ce que tu veux ?

Dionisia ne prit pas la peine de répondre à la provocation. Il y en aurait d'autres, ainsi que des attaques qu'il serait moins aisé d'ignorer. Les yeux fixés sur la Faucheuse et son hideux familier, elle préféra se laisser entraîner vers son passé.

*

C'est le début de l'été, dans la principauté de Messina. Une chaleur de plomb pèse sur la ville, écrase sans pitié ses habitants. Levés tôt le matin, ils cessent leur labeur avant le zénith et se terrent à l'abri des murs, somnolents, en attendant que le soleil sur son déclin leur octroie un peu de répit. Les plus pauvres, ceux qui hantent la Nécropole, n'ont d'autre choix que de bouger le moins possible, à l'abri de tentes poussiéreuses ou de mausolées infestés de vermine, chassant les mouches avec des gestes indolents. Les mouches. Elles sont partout, sur la pierre et la peau, attirées par la crasse et la maladie. Une fois encore, celle-ci étend ses tentacules le long des allées bordées de tombes, s'insinue dans les caveaux, se glisse sur les corps alanguis et frappe les plus faibles, vive comme un serpent.

J'ai échappé à son emprise, jusqu'ici.

Ma mère, non.

Et ma mère, en cet après-midi suffocant, m'a appelée auprès d'elle.

Je soulève le pan poisseux de la tente et demeure sur le seuil, clignant des paupières, prise à la gorge par la puanteur. Effluves aigres de sueur et de vomi. Relents d'urine. Et, par intermittence, l'arôme douceâtre, presque sucré, de l'agonie. J'aurais dû m'y attendre. Je vis ici, après tout. Mais je me laisse avoir à chaque fois par la Mort et ses vieilles compagnes, Misère et Maladie.

— Viens.

La voix est faible, chevrotante.

— Viens là, enfant.

Une main grise et maigre surgit de l'amas de couvertures rapiécées. Se tend vers moi, implorante.

J'hésite. Je l'ai suppliée, moi aussi. Souvent. Elle ne s'est jamais approchée, n'a jamais pris la peine d'abaisser son cou gracieux vers la petite chose accrochée à ses hardes. Mais elle est ma mère et se meurt. Alors, j'obéis. Je m'avance, pas à pas. Je m'arrête à bonne distance, détourne la tête pour dissimuler mon dégoût.

Près d'elle, l'odeur est pire.

Crasse. Escarres. Charogne. Je sais ce que c'est. L'habitude de vivre au milieu des gueux, des morts en sursis et des cadavres, corps gonflés de gaz ou squelettes chassés de leur dernière demeure par des vagabonds en quête d'un toit où dormir.

Pourtant, peut-être parce que c'est elle, je ne puis m'empêcher d'avoir un haut-le-cœur. Une manière comme une autre d'avoir pitié.

— Assieds-toi, là, près de moi. Je sais que c'est difficile. Mais je dois te parler.

Son ton est grave, soudain. Et… tendre ?

Je lève les yeux vers ce visage perdu au milieu des chiffons. J'observe les prunelles noires brûlant d'une ultime flamme de vie, les cernes, la peau tavelée, creusée par le mal et la faim, les lèvres craquelées. La fièvre a remporté la guerre qu'elle livrait depuis des semaines à ce corps moribond. Par mansuétude, peut-être par jeu, elle a décidé de lui accorder un sursis avant de la livrer à la Faucheuse. Impatiente, celle-ci attend, énorme serpent lové au pied de la couche. Je la devine, lui lance un regard bravache. Elle me fait peur, mais je ne peux m'en empêcher. À chaque fois que je la croise, je la défie : « Moi, tu ne m'auras pas. »

— Enfant, écoute-moi. Tu ne dois pas rester ici…

Une quinte de toux l'interrompt. Elle frissonne, essuie le sang sur sa bouche.

— Si tu demeures parmi ces misérables, ils te vendront. Tu te retrouveras enchaînée comme un animal dans les cales d'un navire ou sur une place de marché, traînée de ville en ville, de bordel en bordel à la merci du premier soudard venu. Tu n'as que douze ans, enfant, mais ces monstres s'en moquent. Tito, que tu aimes tant, n'aura pas plus de scrupules que les autres. Moins même, parce qu'il sait que tu lui fais confiance. Tu dois partir, Dionisia. Et vite.

Enfin. Elle a prononcé mon nom. Même si c'est sur son lit de mort, elle l'a fait. J'avais fini par me résigner. « Enfant. » Un mot vide, dénué de sens dans cette Nécropole où l'on naît corrompu et usé si l'on veut survivre. Un mot qui en vaut bien un autre, j'imagine.

D'un doigt tremblant, elle montre une petite jarre de terre noire, près d'un ballot.

— Brise-la. Prends son contenu.

Sa voix est sifflante. Elle n'en a plus pour longtemps. La Vieille a dressé la tête, aiguisé la lame qui tranchera le fils. Je distingue de mieux en mieux sa silhouette décharnée.

J'obéis, une fois encore. Son mat, presque creux quand le récipient heurte le bord aigu d'un vieux coffre.

Une bourse tombe sur le sol, ainsi qu'un drôle d'objet enveloppé de tissu. Au moment où je les ramasse, je vacille. Un abîme s'ouvre sous mes pieds. J'ai l'impression que le sol, pareil à du parchemin, se déchire. Des dizaines de morceaux s'envolent, charriés par des vents inconnus. Je tends les mains pour les attraper, ils m'emportent moi aussi… Et j'ai beau m'accrocher aux étranges filaments qui flottent au-dessus de moi, je ne puis lutter. Je m'abandonne au voyage… Soudain, j'aperçois un être pendu à un arbre : une femme. Quand je passe devant elle, des tentacules argentés jaillissent de ses yeux flous, m'entraînent vers une existence qui ne m'appartient pas…

L'océan, d'une noirceur mystérieuse dans le lointain, se parait près de la côte de rayons scintillants. Les mouettes et les cormorans tournoyaient au-dessus des vagues. Des sternes à bec rouge filaient au ras des flots, remontant vers le ciel avec des cris rauques.

Éveillée un peu avant l'aube, Azzura avait grimpé sur la terrasse de la demeure familiale. D'habitude, la jeune fille aimait la caresse de la brise sur sa peau et les parfums salés des embruns. Elle profitait de ces instants de solitude pour imaginer des aventures dans de lointaines îles, rêver du bel étranger qui l'arracherait à son quotidien. Au moins, quand elle se tenait debout, face au soleil levant, nul ne lui reprochait de perdre son temps à rêvasser. Nul ne la jugeait trop lente, trop insignifiante pour s'exprimer. Non qu'elle ait beaucoup de choses à dire : elle avait appris depuis longtemps à se taire et se conformer, au point d'y croire, à l'image que sa famille avait d'elle. Là-haut, assurée d'être seule, elle laissait respirer – oh, pas longtemps ! – la petite flamme qui brûlait en elle et lui donnait l'assurance d'exister.

Ce matin, cependant, si Azzura se trouvait sur le toit, face à l'horizon strié d'or, ce n'était ni pour échapper au carcan qui l'étouffait ni pour se laisser bercer par des songes romantiques, mais pour fuir la maison.

Car elle vivait une romance. Une romance passionnée. Avec l'un de ces fascinants voyageurs venus du nord de l'Archipel qui avaient tant occupé son cœur et ses espoirs. Ils s'étaient rencontrés – « Le destin », avait-il chuchoté à son oreille – à son retour du marché. Perdue dans ses pensées, elle l'avait heurté : sous le choc, son panier plein de fruits s'était répandu sur le sol.

Il l'avait aidée à tout ramasser. Puis ses yeux, bleus comme la mer près de la crique où elle aimait se baigner, avaient croisé les siens.

Le monde n'avait plus jamais été le même.

Alberto Tengelli. Charmant ; audacieux aussi, puisqu'il préférait l'enlever plutôt que renoncer à elle. Alberto Tengelli, que ses parents avaient chassé comme un gueux de leur demeure. « Vous ne l'épouserez pas, avait décrété sa mère. Il est hors de question que vous l'emmeniez vivre loin d'ici. Je vous connais, vous autres. Prompts à vous enflammer pour des fleurs exotiques, prompts à vous ennuyer, aussi. Et que ferez-vous d'une fille qui n'a ni votre noblesse ni votre éducation ? » Azzura s'était enfuie, en larmes, dans sa chambre : elle comptait si peu, pour eux ! Pourquoi ne lui permettaient-ils pas de partir avec celui qu'elle chérissait ? Plus tard, dans la soirée, son aînée était venue la retrouver, portant sur un plateau un morceau de pain et un bouillon de coquillages. « Père et mère ont agi pour ton bien, tu sais, avait-elle expliqué. Peut-être veut-il vraiment t'épouser. Mais le plus vraisemblable, c'est qu'il fera de toi sa catin puis se lassera et t'abandonnera, sans fortune, sans honneur, à la merci de la rue. Matricia est peut-être au nord de l'Archipel, mais il existe aussi une Nécropole, là-bas, sois-en sûre. Tu te vois échouer là-bas ? »

La Nécropole de Messina. La Cité des Morts, où s'entassaient indigents, prostituées de bas étage et criminels, parmi les plus infâmes de la capitale. Azzura, persuadée par les arguments de sa sœur, s'était réfugiée dans le chagrin : pourquoi croire, en effet, qu'elle pouvait compter pour le beau Matricien ? Pour lui, elle ne valait guère mieux qu'une distraction.

Mais le jeune homme était revenu à la charge : lettres, fleurs et poèmes enflammés s'étaient succédé.

Le dernier, appris par cœur, avait eu raison de ses hésitations :

Je veux me griser de ta peau cuivrée
Et de fervents baisers te dévorer,
Tendre et belle fille de Messina !
Avec toi à mes côtés, Azzura,
Illuminant et mon cœur, et mon âme,
Ma vie sera pareille à une flamme,
Enivrante et joyeuse près de toi.

Enfin, après un rendez-vous et un baiser qui l'avait laissée pantelante, Alberto lui avait promis, au nom de leur amour et de la Déesse Lune, qu'il ferait d'elle sa femme. « Les tiens ont une bien piètre opinion de toi, s'ils te croient incapable d'intéresser un homme plus de quelques semaines. Tu es merveilleuse, Azzura, et je t'aime. »

Scellant ses aveux d'un nouveau baiser, il avait vaincu les ultimes résistances de la jeune fille. Il voulait l'enlever ? Elle consentait à tout.

Aussi, avec pour seul bagage la robe qu'elle portait et la bague d'argent sertie d'onyx que lui avait offerte sa mère pour ses dix ans, Azzura s'en allait.

Pour Alberto Tengelli, elle renonçait à son nom, à sa famille et à son honneur.

L'espace de quelques instants, j'ai contemplé le passé. J'ai vu ma mère. Jeune, pleine de vie. J'ouvre la bouche pour le lui dire…

— Tais-toi !

Sa voix claque, sèche comme une gifle.

Je me sens vivante, soudain. Complète. Comme si, jusqu'à présent, je n'étais pas entièrement moi-même.

Elle m'ordonne de lui apporter mes trouvailles. Elle les saisit en grelottant. Au passage ses doigts effleurent ma peau. La sienne est glacée.

— Là, dans cette aumônière… Il y a assez d'argent pour t'embarquer à bord d'un navire. Pour aller jusqu'à Matricia… retrouver ton père. Et ça…

Elle me montre un médaillon d'or pur. De forme ovale, il est scellé par un fermoir délicatement ciselé. Dès que je le prends, des fourmillements parcourent ma main. Ce n'est pas désagréable, moins effrayant que le vertige qui m'a submergée. Je l'examine, remarque les délicats motifs sur le métal poli. Ils forment une toile d'araignée. Une toile déchirée.

— Le blason des Tengelli… Alberto Tengelli. C'est ton père. Il t'attend. Depuis toujours… Suis ton instinct, il te guidera… jusqu'à lui, jusqu'à ta famille…

Sa voix se fait souffle ténu, à peine audible. La Mort se penche vers elle, à présent. Toute noire. Bien droite. Prête à frapper. « Laisse-lui encore un peu de temps, s'il te plaît. J'aimerais tellement comprendre. » A-t-elle entendu ma prière muette ? Sa faux suspend son vol, le temps d'une confession.

— Les Tengelli…

Ma mère tousse. Exhalaisons bilieuses. Filet rouge sombre coulant de la commissure de ses lèvres.

— Tu es des leurs… Je t'ai caché tout ça. J'ai combattu tes pouvoirs, jusqu'à ce qu'ils s'endorment. J'ai fait appel à des magiciens. J'ai même appris des rituels. Mais on ne lutte pas contre ce qui est écrit, n'est-ce pas ? Dionisia, n'oublie pas… Ton père a besoin de toi…

Elle agrippe le mince rectangle enveloppé de tissu. Hésite. Me le tend.

— Tu as le don, Dionisia. Le don de tisser et de lire le destin.

Une nouvelle quinte déchire sa poitrine, secoue sa carcasse, ce corps si maigre qu'il pourrait se briser. Je tourne les yeux vers la Vieille. Sa lame a repris de l'élan. Alors, je regarde ma mère sans rien dire. Et j'attends.

Une bulle sanglante crève contre sa bouche. Ses yeux se voilent. Enfin, elle se tourne sur le côté.

Il y a un sifflement au moment où le tranchant de la faux s'abat, sectionnant le fil de sa vie.

Je reste assise près d'elle, la main refermée sur le médaillon. Je me sens triste. Je me sens libre, vivante et morte en même temps.

Mes yeux dérivent dans la pénombre familière de la tente. Bandages et onguents sont posés non loin du lit. Guenilles et étoffes criardes s'entassent près de l'entrée. Au milieu, sur une vieille natte poussiéreuse, une table de bois gris, bancale et fendillée.

Tout me semble étranger. Comme si, en mourant, ma mère avait emporté mon passé, ma raison d'être ici, à ses côtés. Je ne suis plus Dionisia – « Enfant » – fille d'Azzura, putain de la Nécropole de Messina mais Dionisia, fille d'Alberto Tengelli de la lointaine principauté de Matricia. *Tengelli.* Ce nom évoque un piège, un gouffre étouffant. Ce nom me fait peur.

Mon regard est attiré par le mystérieux paquet, héritage dont je ne suis pas sûre de vouloir. Poussée par la curiosité, par une inexplicable impulsion, peut-être, je m'en saisis. En dénoue, fébrile, les ficelles. En arrache l'enveloppe. C'est un jeu de tarots. *Mon* jeu de tarots, je le devine. Comme je devine qu'il a été donné à ma mère – pour moi – avant ma naissance. Mais pourquoi ? Et par qui ?

Je me sens happée par ces cartes encore énigmatiques, pourtant déjà intimes. Je les examine : dos lisse, bleu nuit, semé de particules d'argent ; au centre, la Lune et ses trois visages. Je prends une première lame, au hasard et la retourne. *Le Pendu.* Je reconnais la figure aperçue, tout à l'heure, dans le tourbillon de ma première vision. Elle représente ma mère. La deuxième est un homme au faciès grotesque, habillé d'un justaucorps à losanges et de pantalons dépareillés : c'est *Le Fou.* La troisième, *Le Prince,* me tire brusquement en avant et me jette dans une toile tissée de centaines de fils d'argent, qui se déchire sur mon passage…

Alberto contemplait son reflet dans le vieux miroir moucheté de brun. Ovale, ceint dans un cadre de bronze aux moulures animales, il lui renvoyait l'image d'un jeune homme de belle taille, aux yeux très bleus et à la chevelure claire. Comme la majorité des siens, il avait le nez droit, la bouche large, carnassière. Il se savait beau. Fier guerrier, esprit fin, aussi.

Mais pour combien de temps ? Allait-il, comme Alino, seigneur des Tengelli et tant d'autres avant lui, sombrer lentement dans la folie ? Et, quand bien même celle-ci l'épargnait, était-il capable de consentir aux sacrifices qu'une telle prise de pouvoir exigeait ? En avait-il seulement la volonté ?

Sa sœur aînée, Erminia, puissante sorcière du destin – et l'une des dernières de la lignée – l'avait averti : « Tu dois choisir. Laisseras-tu Alino causer la destruction de notre famille ? Bien sûr, rien n'est figé. Bien sûr, le futur est en perpétuel mouvement. Peut-être ce dément ne nous mènera-t-il pas à la ruine ; peut-être ton union avec cette inconnue n'est-elle pas nécessaire. Mais es-tu prêt à risquer notre avenir pour satisfaire tes seuls désirs ? »

Le clan des Tengelli était ce qui importait, depuis toujours. Il avait été éduqué pour ça, pour servir et protéger ses précieux intérêts, quel qu'en soit le prix.

Du coin de l'œil, il vit Fiorella – le reflet de Fiorella – s'approcher de lui, laissant dans son sillage un doux parfum de violettes. Il admira la grâce exquise de sa cousine au teint ivoirin, aux boucles blondes, aux iris d'un vert lumineux, transparent. S'attarda sur sa gorge nacrée et sa taille mince, galbée dans une robe aux nuances d'été.

Sensuelle, elle passa les bras autour de sa taille, se pressa contre lui, laissa lentement descendre la main vers son bas-ventre. Alberto, enivré par cette proximité, ferma les yeux en frissonnant.

— Comment renoncer à toi ? souffla-t-il, s'abandonnant peu à peu. C'est trop me demander.

Fiorella, sans cesser de le caresser, le contourna et vint s'agenouiller devant lui.

— Crois-tu vraiment qu'une noce mettra fin à nos petits jeux ?

— Je ne sais pas... Peut-être sera-t-elle...

— Niaise et amoureuse, comme toutes celles qui te tournent autour. Incapable de te satisfaire. Et maintenant, tais-toi.

Les yeux dans les yeux de son double, prisonnier de la bouche experte de Fiorella, Alberto fasciné se laissa peu à peu guider vers le plaisir.

Je m'arrache à cette vision, obscène. Cet homme est... Je ne veux pas savoir, je n'ai *pas* à savoir ! Soudain, les mots de ma mère me semblent dérisoires. « Ton père a besoin de toi. » Je ne crois pas. Et je pressens qu'il n'avait pas besoin d'elle, que son amour n'était qu'une mise en scène. Pourtant, quand je retourne une autre lame, un fol espoir traverse mon cœur. Et si, malgré tout ?... *L'Amoureux,* Sixième arcane du tarot, m'entraîne dans son sillage...

Alberto lança un bref coup d'œil à sa femme. Azzura était petite et bien proportionnée, avec un visage en forme de cœur, une longue crinière d'ébène sagement nattée. Très droite dans sa robe nuptiale, virginale, à l'image de la Déesse Lune en son aspect premier, elle faisait de son mieux pour ne pas trembler. Sa gorge palpitante où reposait le médaillon aux armes des Tengelli la trahissait. Un instant, le jeune aristocrate eut le sentiment qu'il venait d'épouser un animal apeuré. Englué dans une toile d'araignée. N'était-ce pas le cas, d'ailleurs ? Sa mère et ses sœurs guettaient, déterminées à tisser une nasse mortelle pour la piéger. La belle et dangereuse Fiorella se tenait à leurs côtés, fausse ingénue dans une tenue rose et délicate.

Remarquant que son cousin l'observait, la tentatrice se passa la langue sur les lèvres – un geste discret, qui faillit lui arracher un gémissement de frustration.

Alberto se reprit, à temps pour enlacer Azzura qui levait vers lui un regard noyé d'amour. Elle s'était montrée un peu plus hardie sur le navire, mais son arrivée à Matricia, la noblesse de son fiancé, le palais magnifique, le poids du clan l'avaient étourdie au point qu'elle s'était repliée sur elle-même.

— Tout ira bien, douce Azzura.

— Mais bientôt, le bal va commencer et... J'ai peur...

Bien sûr, sa pudeur serait mise à mal ; bien sûr, tout le monde les scruterait. À quoi s'attendait-elle ? Bientôt, il deviendrait le maître des Tengelli. D'ici deux saisons, un an tout au plus, Alino succomberait, officiellement victime d'une attaque. Officieusement, le fou mourrait grâce au poison raffiné que lui administrait, chaque jour, sa propre enfant.

— Tu n'as rien à craindre, je te le promets.

Alberto la serra un peu plus contre lui, entendit son cœur battre follement dans sa poitrine. Il en fut brièvement ému, prêt à se laisser conquérir, prêt à croire que le destin avait réellement béni le jour de leur rencontre et à oublier la magicienne qui lui avait désigné Azzura, au marché de Messina. Mais il sentit le regard insolent de Fiorella peser sur ses épaules et se rappela ses railleries. « Niaise et amoureuse... Incapable de te satisfaire. » Alors, Alberto chassa de son esprit les sentiments qu'il s'était appliqué à jouer, au point de les estimer réels, durant ces interminables derniers mois.

*Il épousait Azzura parce que son clan l'*exigeait. *Elle injecterait un sang nouveau dans la lignée et lui donnerait des enfants – une fille en particulier. Celle-ci rejoindrait la triade des Moires et, si les sorcières avaient correctement interprété l'avenir, éviterait aux Tengelli une lente déchéance.*

Mais sa vie, son plaisir étaient ailleurs.

Un gros rat brun bondit près de la table, renverse un trépied, brise ma concentration. Il se dresse sur ses pattes, museau frémissant. Ses prunelles rondes accrochent les miennes. Il se fige, apeuré. Que lit-il en moi ? La faim ? La colère ? La confusion ?

— Va en paix. Je n'ai pas la force de te poursuivre, dis-je tout bas.

Le rongeur disparaît dans le tas de vêtements. Alors, je me rends compte que ce sont les premiers mots que je prononce depuis très longtemps. À ma mère, je n'ai pas adressé la parole.

— Pauvre maman.

Mon acrimonie laisse place à la compassion. Je pense à sa vie brisée pour des raisons que je commence à entrevoir…

Pelotonnée dans un fauteuil tendu de brocart chatoyant, un châle couvrant ses épaules et son corps mince, Azzura contemplait la flambée crépitant dans la cheminée. Cela faisait plusieurs mois qu'elle habitait le palais Tengelli. Elle avait le sentiment de n'être jamais encore parvenue à se réchauffer. La solitude, sans doute. Alberto se montrait courtois avec elle, et même assez doux ; mais, depuis qu'elle était enceinte, son époux ne la touchait plus. La jeune femme avait l'affreuse impression que son amour était mort avec les premiers signes de sa grossesse.

Les propos blessants de ses parents et les avertissements de sa sœur lui revinrent en mémoire : « Que ferez-vous d'une fille qui n'a pas votre noblesse, encore moins votre éducation ? » « Le plus vraisemblable, c'est qu'il fera de toi sa catin puis se lassera et t'abandonnera, sans fortune, sans honneur, à la merci de la rue. » Ils avaient raison. Azzura n'avait ni le charme ni l'esprit raffiné et subtil de la noblesse de Matricia. À côté des autres femmes, elle paraissait gauche, sans grâce. Elle faisait de son mieux pour s'adapter à sa nouvelle vie : elle s'était formée à l'étiquette, avait appris la danse et la poésie. Quand ils se rendaient à Lysania, capitale de la principauté située au sud du palais Tengelli, elle ne manquait jamais de se montrer à l'opéra et avait même organisé plusieurs matinées ; rien n'y faisait. On la considérait comme une parvenue. Et puis, il n'y avait pas seulement la différence de milieu – elle, issue de la petite bourgeoisie de Messina, Alberto, héritier de l'une des plus puissantes lignées matriciennes. Ici, la population possédait une carnation claire ; Fiorella, avec ses boucles de lin et ses iris vert d'eau, était considérée comme un parangon de beauté. Azzura avait la peau, les yeux et les cheveux noirs, très loin des canons matriciens. Pire, fleur exotique à son arrivée, elle s'était rapidement fanée pour n'être plus qu'une tige encombrante et laide.

Les compliments – « Cette robe met admirablement en valeur votre teint d'ébène. » « Quelle chance de pouvoir porter du blanc ! » – s'étaient mus en critiques, de plus en plus affirmées. Azzura avait même surpris, au cours d'une réception qu'elle-même avait organisée, une discussion entre Fiorella et l'une des invités : « Comment fait-il pour la toucher ? J'aurais peur, à sa place, que toute cette noirceur me reste collée aux doigts ! » « Quand mon cousin a ramené cette créature, j'ai cru défaillir. Une fille comme elle dans notre famille ? Je ne pouvais le croire. Mais si le destin en a voulu ainsi... » « Si encore elle était de sang princier ou parente de l'ambassadeur de Messina à la cour... »

Azzura aurait voulu mourir. Alberto, à qui elle fit un soir timidement part de ses difficultés, chassa ses craintes d'un baiser : « Moi, je t'aime. Cela ne te suffit pas ? »

Mais elle demeurait seule, aujourd'hui, puisqu'il l'abandonnait.

La jeune femme chassa une larme. Dans l'âtre, le feu se mourait. Les flammes avaient baissé, laissant place à des brandons rougeoyants. Tristement, elle saisit le médaillon d'or que lui avait offert son époux au matin de leurs noces. Ce jour-là, elle avait eu le sentiment d'entrer de plain-pied dans le clan, d'appartenir à cette famille puissante à l'aura protectrice et mystérieuse. Elle savait, maintenant, qu'elle s'était bercée d'illusions. Elle ne serait jamais une Tengelli. Elle n'était ni assez belle ni assez intéressante pour cela.

Coupant court à ses réflexions, une haute silhouette apparut dans la pénombre du salon et, faisant craquer les lattes du plancher, marcha sur elle. Reconnaissant Alino, le maître du clan, elle voulut se lever, saluer selon son rang ce seigneur que l'on disait dément. Il l'arrêta d'un signe de la main, s'appuya nonchalamment contre le linteau de la cheminée. À la lueur des braises, ses yeux clairs prenaient la teinte du sang. Ses pommettes hautes, ses joues creuses semblaient encore plus émaciées. La jeune femme se recroquevilla sur elle-même.

— Du sang neuf pour les Tengelli, hein ? Du sang neuf pour le démon, siffla-t-il entre ses dents, la dévisageant avec une terrifiante intensité. Une place assurée au Conseil. Une Moire pour souffler à l'oreille du pouvoir... Combien vous a-t-il payée ?

Alino s'approcha, menaçant.

— Je ne...

— Une putain de Messina. Une fille, vendue à bas prix. Beau marché, mais marché inconscient...

Azzura se redressa dans son fauteuil, les joues brûlantes de colère et d'humiliation.

— Je ne suis pas une catin. Et nul ne m'a achetée !

— Ils ne vous ont pas achetée ? La belle affaire ! Dites-moi, alors, ce qu'il en est de votre fille, l'espoir de la famille ?

— Ma fille ? Mais que voulez-vous... comment pouvez-vous ?...

Devant son désarroi, Alino se radoucit, s'accroupit devant elle avec un air désolé.

— Alors, vous ne savez pas ? Personne ne vous a rien dit ?

— Je ne comprends pas ce dont vous parlez, seigneur.

Délicatement, presque tendrement, il posa la main sur son ventre arrondi. Azzura ne put s'empêcher de frissonner. Des vibrations parcouraient son corps ; sentant une étrange chaleur se répandre en son être, elle perçut brièvement un autre cœur, un autre pouls. À l'intérieur, de l'autre côté de sa chair, une minuscule main se tendit, se pressa contre la paume du seigneur Alino…

Retour à la réalité : la Nécropole, la misère, la mort. Je cherche, hagarde, à ancrer mon regard ici, dans cette tente, près de la dépouille. J'ai besoin de réfléchir, de reprendre mon souffle. Peine perdue : le jeu de tarots attire mon regard, emprisonne mon âme. Des images fugitives, tourbillonnantes, se succèdent au rythme des arcanes éparpillés devant moi. *La Prêtresse* : Erminia, sœur d'Alberto, tente de trouver un sens aux cartes étalées devant elle. Elle n'y parvient pas. Je devine sa colère, sa frustration. Je comprends que c'est moi, l'enfant à naître, qui l'empêche de lire l'avenir. *Le Pendu* : ma mère, une fois encore, en larmes, dans les bras de sa belle-sœur. *Le Destin* : Erminia, toute-puissante, susurre à son oreille des mots mielleux destinés à endormir toute révolte, à la transformer en servante dévouée des Tengelli. « Vous portez en votre sein notre espoir, Azzura. Vous avez été choisie. » Et comme ma mère doute encore, Erminia ajoute des paroles hypocrites qui apaisent ses doutes et l'enferment dans une prison de culpabilité et de gratitude : « Soyez heureuse de votre rôle au sein de notre famille. Allez tête haute et donnez à Alberto des filles et des fils vigoureux. »

Le Jugement, enfin, a raison de mes résistances et m'emporte dans un entrelacs de filaments luisants…

Fiorella se laissa aller contre le torse de son cousin, amusée de sentir son sexe se durcir.

— Ma foi, je ne pensais pas te faire encore de l'effet ! Tu étais si appliqué à me fuir, ces derniers temps ! Je croyais que tu avais fini par succomber à cette dinde noire.

Alberto l'embrassa dans le creux du cou, caressa sa gorge nacrée, ses hanches, souleva lentement le tissu chatoyant de sa robe. Fiorella eut un rire léger, l'aida à remonter ses jupons, guida sa main vers la blonde toison de son bas-ventre.

— Je n'avais pas le choix, murmura-t-il. Ma sœur l'a persuadée qu'elle avait un rôle important à jouer dans la famille et qu'elle devait en être fière. Il a bien fallu que je joue mon rôle de mari attentionné. Mais rassure-toi, il n'y en a plus pour longtemps. Seule notre première fille est nécessaire aux Tengelli.

— Ce… qui veut dire ?

— Je n'ai pas l'intention de rester marié longtemps à cette... dinde noire... le terme est bien choisi, même si elle fait énormément d'efforts pour me satisfaire et se comporte plus en chienne qu'en volatile !

... Azzura recula dans les ténèbres, se mordant les lèvres pour ne pas hurler. Les mains crispées sur son ventre où grandissait celle qui l'avait menée ici et qu'elle haïssait maintenant, elle se laissa glisser contre le mur glacial. Hébétée. Incapable de pleurer. Incapable de penser. Quelque chose s'était déchiré en elle, la projetant au bord d'un abîme qu'elle ne pouvait supporter – sa vie, le mensonge de sa vie, le vide qu'elle avait voulu cacher.

Elle demeura longtemps ainsi. Les minutes s'égrenaient, rythmées par le timbre de l'horloge, se muant en heures que son esprit blessé ne parvenait pas à compter. Enfin, elle fut capable de se lever et de rassembler ses esprits afin de ne pas sombrer. Elle se dirigea lentement vers ses appartements. S'allongea sur son lit, immense et froid. Les yeux grands ouverts, rivés au plafond, regarda s'effriter les unes après les autres toutes les chimères qui l'avaient leurrée.

Je reviens à moi, prise de vertige. J'agrippe la dépouille. Elle bascule vers moi. La tête oscille, roule mollement sur les chiffons servant d'oreiller. Une mèche de cheveux, collée par la sueur, barre le visage encore souple. Ses paupières entr'ouvertes laissent deviner la noirceur des iris. Mes yeux s'égratignent sur cette coquille brisée que j'appelais « mère », qui maintenant n'est plus rien.

Je prends sa main, contemple l'argent de l'anneau serti d'onyx qui ne l'a jamais quittée, hésite à le prendre. Ai-je vraiment envie d'emporter un souvenir d'elle – cette inconnue ?

Petite, cette bague me fascinait. J'avais l'impression que la pierre noire, brillante, recelait un pouvoir merveilleux. Elle en possédait un, en effet – et celui-ci n'avait rien de magique : maintenir un lien avec sa famille et son passé.

Je me demande où sont ses parents et sa sœur, à présent. Accueilleraient-ils l'enfant de leur cadette depuis longtemps perdue ? Je rejette cette idée. Trop de douleur, trop de rancœur. Ils me feraient payer ses fautes.

J'effleure sa joue meurtrie par la maladie. Émue, je voudrais lui dire au revoir, même s'il est un peu tard pour cela. Je voudrais lui dire que je ne lui en veux pas, même si ce n'est pas vrai, même si je la hais d'être partie ainsi, de m'avoir détestée et de m'avoir menti. De m'avoir caché durant toutes ces années qui je suis.

Je n'en ai pas le temps. Mes yeux sont de nouveau attirés par les cartes. Je m'en empare, les retourne malgré moi, mue par une force que je ne comprends pas. Elles m'entraînent, défilent à toute allure devant mes yeux, créent des enchaînements et des suites, des histoires dont je peux à peine saisir le fil : les semaines qui passent, le ventre qui s'arrondit, la colère, le désespoir. La décision, enfin, de fuir le palais, d'emporter au loin l'espoir des Tengelli. Puis Alino – *Le Fou* – entre en scène. Une fois de plus, je perds pied…

Alino n'était plus que l'ombre de lui-même. Le seigneur des Tengelli avait le teint cireux, la peau desséchée. Le blanc de ses yeux paraissait terne, presque sale. Il flottait dans ses vêtements, ressemblant de plus en plus à un spectre.

— La malice sous sa véritable forme. La face cachée du clan. Regardez-la bien, Azzura.

— Que… que vous arrive-t-il ? Et…

— Le poison, coupa-t-il d'une voix sourde. Je meurs, vous partez. Vous ne reviendrez pas. Mais elle…

Alino exhalait le parfum aigre et rance de la maladie. Il sourit, étirant ses lèvres sur des gencives aux lividités malsaines. Il tendit une main émaciée vers le ventre bombé d'Azzura. Une onde chaleureuse se répandit dans son corps.

— Vous lui donnerez ceci, à votre petite, dit-il, sortant brusquement de son pourpoint un étui de cuir noir. Je l'ai fait pour elle.

La jeune femme se saisit du présent, l'examina, intriguée, un peu soupçonneuse aussi. L'enveloppe contenait un jeu de Tarots de la Lune, au dos peint d'arabesques d'argent. Elle prit une carte au hasard : la Treizième lame, La Vieille *avec ses voiles noirs et son masque de squelette, tomba à ses pieds.*

— Ma mort. La vôtre, si vous espérez encore.

Et il s'empara brutalement de son poignet.

Azzura, abasourdie, tenta, en vain, de se dégager. L'enfant qu'elle portait raclait contre la paroi de chair.

— Lâchez-moi !

Grimaçant, Alino resserra son emprise.

— Je vais mourir. Leur offrir ce qu'ils veulent. Un beau spectacle. Fanfares et trompettes. Votre vie prendra fin ce jour-là. Vous profiterez de la musique, de la panique, de la joie dans leurs yeux. Vous quitterez le palais. Vous irez sur le port. Tout au bout. Vous chercherez un navire. Le Suspirio. *Son capitaine me doit beaucoup. Il vous mènera où vous voudrez.*

— Venez avec moi, seigneur, bredouilla Azzura. Il y a sûrement un moyen…

Alino éclata de rire. Un rire grinçant, saccadé. Un rire de dément.

— Un moyen ? Un moyen ! Non. Pas de moyen. Pas de survie pour moi. Le démon des Tengelli est en moi. Son sang infect coule dans mes veines, comme dans le sein gras de mes frères, de mes nièces et de ma propre fille. Tous, nous sommes maudits ! Je meurs pour mettre un terme à cette farce, pour détruire cette lignée. Et vous…

Tourbillon blafard, pantin grotesque et tragique, il projeta la jeune femme loin de lui.

— Vous emportez au loin l'espoir des Tengelli… Et son fléau !

Je reprends mes esprits, la main crispée sur une carte, un goût amer dans la bouche. Un goût de sable, de poussière et de tristesse. Il y a eu le navire. Ma mère a-t-elle accouché à bord ? Il y a eu l'arrivée, après de longues semaines, à Messina. Elle croyait encore à l'amour d'Alberto. Elle espérait qu'il la retrouve, même ici, au cœur de la Nécropole où elle s'était réfugiée. Je sais, à présent, que mon pouvoir l'en a empêché. Je sais qu'aucun rite, aucun philtre n'a pu briser la barrière que j'avais érigée sans en avoir conscience. Elle m'a haïe, pour ça.

Je retourne l'arcane. C'est la Treizième, *La Vieille,* qui prend ma mère dans ses bras et l'emporte…

Dernières chimères. Dernière vision ?

Azzura entendit le crissement léger de la toile, le pas hésitant de la petite sur le seuil de la tente. La fièvre et la douleur décuplaient ses sens. Elle tourna la tête dans sa direction – des milliers d'épines transpercèrent ses chairs, râpant implacablement ses os. Sa peau brûlait, ses yeux brûlaient ; pourtant, elle avait terriblement froid.

— Viens.

La petite fit un pas.

— Viens là, enfant.

Effort surhumain, Azzura tendit la main vers celle qui lui avait ravi ses rêves et qu'elle n'avait jamais pu aimer. Celle à qui elle devait la vie. Cette vie. Cette mort ? Souvent, elle avait pensé, au cours des années écoulées, à ce qu'aurait pu être son existence sans ce fardeau de la destinée. Elle avait imaginé les jours heureux auprès de son prince aux yeux bleus ; le temps passé ensemble à s'apprivoiser, et, bien plus tard, la maternité, sereine, loin de Fiorella qui lui avait ravi Alberto – loin de ce clan qui avait tout détruit.

Azzura battit des cils, s'efforçant vainement de faire venir des larmes sur ses globes desséchés. Debout, l'enfant la contemplait sans rien dire. Elle était souvent silencieuse. Difficile à déchiffrer. Que ressentait-elle en ce moment ? Dégoût ? Pitié ? Aucune importance.

Rien n'avait plus d'importance, en dehors de ce qui devait être transmis – maintenant. Un espoir ou un fléau pour les Tengelli. Voilà ce qu'était l'inconnue qu'elle avait mise au monde…

Dionisia.

Un espoir pour Alberto, qu'elle n'avait jamais cessé d'aimer. Qui l'avait aimée, certainement, malgré sa trahison.

Dionisia.
Son nom, comme une incantation.
Son nom, pour que tout se remette en place.

Elle ne m'a jamais nommée avant.

Comme si, jusqu'à sa mort, elle s'était efforcée d'oublier que j'étais là. Curieusement, savoir qu'il en a toujours été ainsi, même avant que je sois née, me réconforte. Au moins, je n'ai plus cet affreux sentiment de perte.

Elle ne m'a jamais nommée, avant.

Parce qu'elle ne m'a jamais aimée.

Sauf aujourd'hui. Parce qu'elle s'est raccrochée, jusqu'au dernier moment, à l'illusion de son amour perdu. Dans mon esprit, tout s'enchaîne et se chevauche. Le désir de ma mère – sauver le monstre qu'elle a épousé. La volonté d'Alino – renverser le clan des Tengelli.

« Ton père a besoin de toi. »

« Vous emporterez au loin son espoir et son fléau ! »

Je suis l'espoir. Et je suis le fléau.

Il m'appartient de choisir. Mes yeux se posent de nouveau sur l'anneau d'onyx et d'argent. Même si je sais, à présent, même si je comprends, je ne lui pardonne ni son silence ni son indifférence ni ses mensonges. Car ce n'est pas pour m'arracher à un sort affreux qu'elle m'a demandé de partir, de rejoindre ce père que je hais sans le connaître.

C'est pour le sauver.

Je demeure immobile, ma main sur la sienne. Puis je me lève, vais jusqu'à l'entrée de la tente.

Les ombres du crépuscule recouvrent la Nécropole. C'est l'heure, entre chien et loup, où artisans et pauvres serfs s'entassent dans des bouges crasseux et s'enivrent jusqu'à la lie pendant que les criminels se préparent pour la nuit. J'inspire profondément : habituée aux relents de maladie, j'avais oublié les parfums familiers des vieilles pierres et de la poussière.

Il est temps de partir. Je reviens vers la dépouille. J'ôte délicatement le bijou, le glisse dans la petite bourse qu'elle m'a confiée. Je vais quitter la Cité des Morts, laisser derrière moi ce carcan pouilleux, cette misère qui me tord le ventre et rejoindre le clan des Tengelli, dans la lointaine principauté de Matricia.

Tout est calme, alentour : il n'y a rien, en dehors de quelques volutes de sable soulevées par le vent et l'ombre furtive d'un petit félin.

Je me faufile entre les tombes, évitant les mastabas habités comme les cahutes de peaux et de tissus installées entre deux stèles. Un bruit résonne dans les ténèbres, un craquement d'os broyés. Prudente, je prends la direction opposée, m'enfonce peu à peu dans les ténèbres de la Nécropole, là où les habitations se font rares et les morts reprennent leurs droits. J'avance, essayant d'ignorer les récits terrifiants évoquant les goules et les stryges, les spectres et les lémures. J'ai peur. J'ai froid. Mais je ne renonce pas : je vais trouver un navire, embarquer pour Matricia, retrouver ma famille et venger ma mère. Nous venger.

Une main sèche se pose brutalement sur mon épaule. Je hurle. Un coup me projette sur le sol tiède et dur. Je lève la tête. Au-dessus de moi, un immense échalas aux yeux avides, à la chevelure grise et frisée. Terrorisée, je recule, me retrouve, bien trop vite, acculée contre le mur d'un tombeau.

— Alors, ma jolie ! Comment que tu t'appelles, dis ?

Je ne réponds pas.

— T'es toute seule ? T'as perdu tes parents ? Ben dis donc ! Une orpheline, rien que pour moi, si c'est pas un cadeau de la Déesse, ça, j'm'appelle plus Radho ! s'exclame-t-il, me tirant contre lui. Tu sais quoi ? Je me disais justement qu'il était grand temps que j'me dégotte une petite chatte bien tendre, histoire de me dérouiller. Et voilà que je te trouve ! Alors, tu dis rien ? T'es muette, ma mignonne ?

Je regarde autour de moi, affolée. Personne. Déjà, il me traîne vers une stèle, à l'ombre d'un mausolée. Je me débats, griffe, mord, rue en tous sens – peine perdue. Pour seule réponse Radho, hilare, me gifle à deux reprises et me lance comme un ballot de chiffons sur la pierre grenue. De nouveau, j'appelle au secours, de nouveau il me frappe avant de refermer ses doigts sur mon cou et de serrer, me coupant le souffle, m'empêchant de crier. Puis il déchire ma tunique loqueteuse – et s'affaisse, une flèche dans la nuque.

Je me redresse en toussant, la gorge sèche, le cœur battant. Deux individus émergent des ombres. Le premier, un métis, a le corps couvert de tatouages et porte en collier des crânes de rongeurs et de félins. Une dague courbe pend le long de sa cuisse. Le second est immense, musculeux. Son crâne est rasé. Des dizaines de cicatrices balafrent son corps noir.

Mes sauveurs échangent un bref coup d'œil. Le colosse bondit, me saisit par les aisselles et, sans le moindre effort, me jette sur son épaule. Immédiatement, le chaman s'approche, emprisonne mon visage entre ses doigts.

— Résiste, remue ne serait-ce qu'un cil et je te promets un sort pire que la mort, grogne-t-il. Obéis, et tout ira bien pour toi. Compris ?

J'acquiesce en silence, trop effrayée pour répondre. Nous prenons la direction du nord. Nous progressons vite dans ce dédale qu'ils semblent parfaitement connaître. Mais soudain, je me raidis.

Crissements. Grondements. Odeurs fétides de viande putréfiée.

Nous ne sommes pas seuls. Tapies dans les ténèbres des goules nous épient. Je l'entends, je le sens au plus profond de moi. Je ne sais si je dois prévenir mes ravisseurs : j'ai là une chance de leur échapper. Mais que ferais-je, seule, perdue dans ce labyrinthe où la mort règne sans partage ?

Ma décision prise, je frappe le dos du colosse. Il s'arrête aussitôt, me pose sans ménagement devant lui. Son compagnon se retourne, sourcils froncés.

— Qu'est-ce qui se passe ?

— La morveuse m'a frappé.

Je désigne du menton une allée plongée dans l'obscurité.

— Des goules. Une dizaine, au moins.

Les deux hommes échangent un regard perplexe. Reniflent.

— Elle a pas tort, grommelle le griot. Ça pue la charogne et le maléfice, dans le coin.

— Comment t'as deviné, la môme ?

— Je le sais, c'est tout.

— T'es sorcière ou quoi ?

J'inspire un grand coup, puis hoche gravement la tête. Comme si c'était normal. Comme si je n'étais pas terrifiée par ce don à peine éveillé.

— T'as entendu la môme, Oghrio ? Elle dit que…

— Oui Andro, j'ai entendu. Mais on verra ça plus tard. Pour l'instant, il va falloir que je nous débarrasse de ces saloperies avant qu'elles nous sautent dessus. Alors, sois gentil : monte la garde en silence et laisse-moi travailler.

Sans attendre, Oghrio tire sa dague et s'accroupit sur le sol. Il examine au clair de lune les tatouages qui ornent son avant-bras, en choisit un et entaille sèchement sa paume. Puis, la plaquant sur le motif d'encre sombre, il entame une psalmodie.

Oghrio se balance d'avant en arrière, les yeux fermés. Des sons inarticulés, mots, feulements, jaillissent de sa poitrine. Enfin, il se redresse d'un bond, écarte largement les bras.

Je perçois un déchirement, une sorte de sifflement.

Quelque chose a passé le voile entre les mondes.

Le sable, à ses pieds, se soulève, tourbillonne de plus en plus vite et soudain, se fige. Un homoncule en jaillit. D'abord minuscule, l'apparition grandit rapidement, dépasse la taille du chaman. À mesure de sa croissance, sa forme s'affine : muscles saillants, corps massif, crinière épaisse, écarlate. Quand la chrysalide est achevée, un lion haut d'une toise se tient, immobile, devant Oghrio. Celui-ci désigne les ténèbres. Obéissante, la créature fait volte-face, disparaissant dans l'allée. Grognements, râles, craquements de chairs et d'os broyés. Et plus rien. Juste le silence, brisé de temps à autre par un aboiement lointain et les jappements irritants des chacals.

Enfin, la silhouette rubescente revient des ombres. Arrivée devant l'invocateur, elle baisse la tête et attend. Alors, Oghrio ramasse un peu de poussière et souffle sur le fauve couleur de sang. Ce dernier se dissipe, ne laissant derrière lui qu'un âcre parfum de mort.

J'ai contemplé la cérémonie, fascinée. Je n'avais plus envie de fuir. Assaillie de visions, j'en aurai été incapable de toute façon. Dans ces scènes, évocations chaotiques de l'avenir ou rêves incontrôlés, je grandissais près d'Oghrio et de son ami. J'apprenais à me défendre, je travaillais pour eux, je lisais les tarots, le chaman m'enseignait les secrets des fétiches et des potions qui guérissent. J'avais une famille, enfin : deux pères pour m'instruire et pour me protéger…

À présent, j'observe du coin de l'œil Andro et le sorcier. Ils ne seront pas faciles à convaincre. Pas avec des mots, en tout cas. Alors, je m'approche du guerrier et, timidement, glisse ma main dans la sienne. Andro me contemple, effaré ; comme sous l'effet d'un coup ou d'une révélation.

Puis, avec un drôle de sourire, il resserre les doigts autour des miens.

J'ai gagné.

*

Papillonnant des yeux, Dionisia se détourna de la lame de tarot posée devant elle et s'arracha à ses souvenirs. Grâce à ses fétiches, elle avait passé cette première épreuve.

Plus confiante, à présent, elle redressa la tête vers Alino, dissimulant sa satisfaction sous un masque troublé.

— Je me rappelle parfaitement ta mère, tu sais. Azzura. La belle Azzura. Si pure ! Une biche au milieu de chiens enragés. Oui ! Oui ! Une biche innocente. Un faon. Mais tu l'as vengée, hein ? Et je t'ai un peu aidée ! Je te raconterai comment je suis mort, ma nièce. Et comment je suis ressuscité. Les imbéciles. Du poison. À tout poison, il y a un antidote. Et je l'ai trouvé, moi ! Je l'ai trouvé ! Tu sais comment ?

Ses prunelles brillaient.

— Vous allez me le dire, mon oncle. Mais pas avant d'avoir tiré une carte.

Le Pendu

Douzième arcane du Tarot de la Lune

TAZZIO : *Selena, fille de lune*
Ta chevelure d'écume
Et tes douces mains d'opale
Ont ensorcelé mon âme !

SELENA : *Prince au parfum de forêt,*
Prince aux rousseurs de renard,
Mon cœur t'appartient !

TAZZIO (ôte sa chevalière et la lui passe au doigt) : *Et voici le mien !*
Ma belle Selena,
Ma douce Selena,
Seras-tu ma femme ici-bas ?

Cinzia Ghilberti – *Cœur de lune, Acte I.*

Alino retourna une carte, la contempla avec un gloussement. C'était *Le Pendu,* figure noire et blanche au faciès lunaire, attachée par les pieds à un arbre d'argent. Passant la langue sur ses lèvres craquelées, le sorcier posa la main sur l'arcane. Il déglutit, hoqueta, le corps parcouru d'un frisson. Alors, il inspira profondément, les yeux fermés, ses narines fines et cireuses dilatées, ses babines retroussées sur des chairs violacées. Puis, d'un soubresaut, il s'arracha à sa transe, contemplant Dionisia avec une inquiétante fixité.

La magicienne toucha instinctivement son anneau d'onyx et d'argent. S'il devinait sa ruse, perçait le voile de sa faiblesse feinte, elle serait contrainte de le combattre prématurément. Elle tuerait Alino, mais sa mort ne lui apporterait que la satisfaction amère d'une vengeance enfin accomplie. Son véritable adversaire, Kebahil, lui demeurerait inaccessible.

Plongé dans ses souvenirs, Alino ne se souciait déjà plus de la jeune femme. Son regard était vague et ses doigts crayeux trituraient le Douzième arcane du Tarot de la Lune.

*

Ta mère… Quand je l'ai vue la première fois, j'ai pensé : elle ressemble tellement à ma Tiziana ! Tellement ! Toi aussi, d'ailleurs. Même si elle était beaucoup plus gracieuse que toi. Beaucoup plus douce. Après, la douceur, dans ce bas monde, hein ? La tendresse, la délicatesse : notre chère famille n'a que mépris pour cela. *N'avait* que mépris. Elle n'est plus, je t'en remercie.

Ta mère, oui. J'en étais là. Tu sais, je me souviens parfaitement de notre première rencontre. Je lui ai fait peur ! La pauvre, je n'étais plus moi-même. Déjà rongé par la malédiction et le poison.

Je t'ai parlé de Tiziana ? Elle venait de Rienzi. Pas Rienzi la ville, Rienzi le coin des artisans de notre chère et belle capitale. Elle était mince, souple comme un lai de soie. Ses yeux avaient la couleur des sapins, ses cheveux la blondeur des premières feuilles d'automne. Je l'aimais, tu sais ! Je l'ai aimée à l'instant même de notre première rencontre. Il y avait cette auberge, non loin de la demeure familiale, à Lysania. *La Locandiera.* Tu ne l'as pas connue : elle a brûlé il y a longtemps. Remplacée par des habitations et une boutique, tailleur ou apothicaire, qu'importe. La première fois que je l'ai vue, Tiziana chantait, s'accompagnant de sa cithare. Je me souviens des paroles de sa romance comme si c'était hier :

Je m'en suis venue
Sur les voies enneigées
Pour te retrouver
Mais je me suis perdue

Je t'ai dit que je l'ai aimée au premier regard ? Tiziana, comme ta mère, était sincère et pure. Tu sais, c'est ce qui m'a touché chez elle, ce qui m'a donné envie de l'aider. Tiziana. Azzura. Deux fleurs étrangères au clan.

Le clan des Tengelli, ha ! Des assassins vicieux, des êtres infâmes, vautrés dans le mal et la corruption. Et pour commettre leurs crimes – inceste, trahison, perversion, poison, la plus belle des justifications : notre famille !

Tiziana n'avait rien de commun avec eux. Ses chansons étaient simples mais belles, sa voix claire m'emportait loin, très loin de Lysania et des Tengelli. Chaque soir, j'allais l'écouter. Sans oser dire un mot, bien sûr. Je n'avais pas vingt ans. Mes pouvoirs ? Latents, à peine quelques visions, en général aux pires moments possibles, mais tu sais ce que c'est ! Je n'avais d'autre rôle à jouer au sein de notre noble et belle maisonnée que celui de dilettante. Pour passer le temps, je créais des tarots. J'adorais ça. J'étais patient, minutieux. D'abord, il y avait le choix de la matière : vélin, papiers contrecollés ou parchemin. Puis venait la peinture : trouver chaque fois la petite touche rendant une lame unique... J'aimais ça, oui. Et j'aimais Tiziana. Alors, je donnais à *La Vierge,* à *La Princesse* et même à *La Lune* son visage. Et puisque je n'osais pas lui adresser la parole, c'est elle qui est venue à moi.

Je me rappelle ses mots exacts, sa voix douce.

— Je vous vois souvent ici, seigneur. Est-ce présomptueux de ma part de croire que mes chansons ont su vous plaire ?

Plus tard, bien plus tard, elle m'avoua combien ces premiers pas lui avaient coûté. Elle était si timide, si modeste ! Comme ta mère. Tout à fait comme ta mère, à l'exception de la couleur de peau – mais qui s'en soucie ?

On se retrouvait dans sa chambre, après son spectacle. On s'embrassait au clair de lune. La Lune... Sale hypocrite ! Si ça se trouve, elle n'a pas supporté que je Lui donne les traits de ma muse, et s'est vengée. Tu sais comment je l'appelle, maintenant ? La Garce ou la Triple Garce. La Triple Salope, aussi. Où en étais-je ? À nos baisers. On s'embrassait. On se murmurait des mots d'amour à l'oreille, on passait des heures main dans la main, à contempler la nuit étoilée, l'aurore. On était bien ensemble, Tiziana et moi. Heureux comme peuvent l'être deux gamins amoureux, qui se moquent des lendemains. Tu connais ça, j'imagine. Et tu sais également que la magie finit toujours par s'envoler. Les années passent, tu te laisses happer par le rythme monotone de l'habitude, tu t'agaces d'un rien, ta relation s'offusque de petites mesquineries. Et à la fin, il ne te reste rien, à part des regrets et de l'amertume. Tu vois, ma nièce, ce désenchantement-là, j'aurais tout donné pour le connaître.

Les Tengelli ne m'en ont pas laissé le temps.

Cela a commencé à cause d'Alberto. Alberto l'Ancien, hein ? Pas ton père. L'Ancien, c'était le seigneur de notre clan. Le maître. Celui qui savait, décidait, décrétait. Un profil de rapace, grand et maigre. Des doigts comme des serres et un regard gris, froid comme la mort.

Notre race est damnée : le sang de Ruben nous corrompt tous, et les seigneurs des Tengelli qui boivent l'ichor du démon à sa source le paient de leur raison. Mais Alberto ! Alberto, lui, était une ordure, corrompu jusqu'à la moelle – pas besoin de pacte pour ça ! Il devait déjà être ainsi dans le ventre de sa mère. Alberto aimait contrôler, soumettre, détruire. Sa dernière tocade était de posséder sa sœur aînée, Beatriz. Elle était d'une grande beauté, tu as certainement vu les portraits, au palais Tengelli ? Beatriz était Lachesis, incarnation de la Triple Salope sous son aspect de Mère ; oui, c'était l'une des trois Moires conseillères de la princesse Leonora Pellegrini. À l'époque, Beatriz attendait son quatrième enfant. Une fille, future puissante sorcière d'après les augures. Puissante sorcière… Elles le sont presque toutes, dans la famille. Du moins, elles l'étaient : la fontaine a fini par se tarir… Voilà ce qui arrive quand le même sang croupit trop longtemps dans les mêmes veines. Tu le sais bien, d'ailleurs, toi dont la mère devait leur apporter le renouveau… Bref. Alberto voulait Beatriz. Cela devenait une obsession, comme cette grossesse qui le rendait fou. Dominer, procréer… Pour lui, c'était tout un, tu comprends ? Il haïssait l'enfant qui grandissait dans le ventre de sa sœur, parce qu'il l'empêchait de la toucher et surtout, *parce qu'il n'était pas de lui.* Gianni, l'époux de Beatriz, inspectait les chantiers navals d'Ocyala, à trois semaines de voyage dans le sud de la principauté. Son absence lui laissait le champ libre. Cela s'est passé au palais, en pleine nuit, dans les appartements de Beatriz. Ils ont été condamnés, depuis. Pratique pour s'y réfugier, tu peux me croire… Enfin, quand on ne craint pas les fantômes.

Beatriz était endormie ; ses boucles blond pâle prenaient au clair de lune des reflets d'opale, sa poitrine alourdie par la grossesse se soulevait au rythme régulier, profond, des battements de son cœur et de celui de sa fille à naître… L'incarnation parfaite de la Lune sous son aspect de mère.

Eh bien, l'incarnation a été brisée.

L'incarnation a été battue, bafouée, violée.

Alberto ne s'est pas laissé attendrir par cet émouvant spectacle, tu vois. Je t'ai dit que la chambre était hantée ? J'ai passé des nuits entières, là-bas : j'ai tout vu. Le spectre de Beatriz, pauvre chose tuméfiée aux cuisses souillées, surgissait devant moi, se tordait de douleur, tressautait sous des coups de boutoir invisibles. Je voyais son sexe écartelé, blessé ; je voyais un sang noir, épais, se mêler au foutre gluant ; je voyais sa bouche grande ouverte sur un cri terrible que je n'entendais pas ; je voyais les marques bleues et rouges sur son corps. Je voyais tout cela mais je ne pouvais rien faire. Rien, à part regarder, impuissant, et pleurer cette femme qui n'était plus.

Je n'étais pas là quand cela s'est produit. Tiziana voulait voir le soleil se lever sur les premières neiges : nous avions passé la nuit dans sa chambre, à *La Locandiera* et, peu avant l'aurore, emmitouflés dans des fourrures – je lui avais offert une pelisse de renard gris –, nous avions emprunté le chemin de la falaise. Je me rappelle les crissements des cailloux et du sol givré sous nos pas, les lumières vertes et bleues de l'aurore dans le ciel. Et puis, sur les récifs et l'océan d'ardoise, le blanc vaporeux des flocons…

Pendant ce temps, Beatriz endurait le pire. Et ne me dis pas que personne ne savait ce qui se passait ni n'entendait ses cris ? Tu sais ce que je crois ! Ce qui est arrivé, cette nuit-là, ça arrangeait tout le monde – en particulier Norma, la sœur de Beatriz, qui trépignait d'envie de prendre la tête des Tengelli. Ils ont laissé Alberto battre et violer son aînée. Ils ont laissé Alberto tuer l'enfant qu'elle portait. Tu veux savoir comment ? Parce que je l'ai vu, ça aussi : Beatriz – enfin, son fantôme – me l'a montré. Alberto était encore là quand elle a recommencé à saigner. Il contemplait son œuvre, j'imagine. Beatriz n'avait plus de larmes. Elle avait basculé sur le côté et proférait des mots inaudibles, tristes échos du passé… L'instant d'après, elle expulsait de son corps déchiré une enfant aux chairs bleuies, prisonnière d'une membrane de peau et du cordon qui l'avait étouffée. Elle l'a contemplée en silence, puis l'a prise contre son sein et l'a bercée. Les minuscules mains de la petite pressées contre la paroi translucide étaient le pire. Comme si elle s'était débattue, elle aussi. Comme si, dans la panique, elle s'était étranglée en voulant vivre et se protéger ou peut-être, protéger sa mère. Beatriz était à bout de forces. Dans un dernier souffle, elle a lancé une malédiction sur Alberto, et sur les Tengelli.

Pendant ce temps, Tiziana et moi regardions le soleil se lever sur les flots.

Quant à notre chère et vénérée famille… Eh bien, tu la connais ! Tous se sont jetés, avec une voracité de goule, sur Alberto. Alberto le parjure, Alberto le traître, avait violenté une représentante de la Déesse et sacrifié l'avenir des Tengelli sur l'autel de ses propres désirs : destitué illico de ses titres, emprisonné dans les geôles du palais, il n'a pas survécu une semaine. Norma, trop heureuse de l'aubaine, est descendue dans les Abysses, au plus profond des souterrains du palais.

Ruben l'y attendait.

Pas pour lui donner ce qu'elle voulait à en crever, mais pour lui imposer une régence, en attendant qu'un nouveau seigneur vienne à lui. Norma ne l'intéressait pas, tu comprends ? Ha ! Ne me demande pas pourquoi. Elle était cruelle, manipulatrice et ambitieuse : toutes les qualités requises pour un bon chef de clan. Mais Ruben ne devait pas être de cet avis, puisqu'il a jeté son dévolu sur moi. Moi ! Moi ! Mais je ne lui demandais rien, moi. Rien du tout ! Je voulais seulement qu'on me laisse vivre heureux avec ma Tiziana…

T'ai-je dit que ce même matin, je la demandai en mariage ? J'avais fait tailler et monter en bague une aigue-marine : le joailler lui avait donné la forme d'une étoile de mer, parce que Tiziana les adorait. Elle pleura de joie lorsque je lui ai passé l'anneau au doigt et m'a avoué, dans le creux de l'oreille, qu'elle était enceinte. Tu ne peux imaginer mon bonheur en apprenant cette nouvelle. Tiziana attendait un enfant de moi ! Nous allions fonder une famille, vivre heureux avec une petite fille ou un petit garçon – peu importait. Dis-moi : as-tu déjà lu un roman de Siro Venelli ? Oui ? *La Muse aux yeux d'or*, peut-être ? Tu devrais, c'est excellent et l'histoire ressemble un peu à la mienne : un jeune sculpteur, de noble lignée, tombe amoureux d'une saltimbanque au regard farouche. En dépit d'une famille hostile et de nombreux obstacles, l'amour triomphe. Ce roman, je l'ai lu au moins dix fois et je connais la fin par cœur. Ça t'étonne ? Pourquoi ? Alino le fou a aimé, pourtant. Et Alino le fou pleure chaque fois qu'il relit cet ouvrage. Cela aurait pu être notre histoire, tu comprends ? Cela *aurait dû* être notre histoire. Mais non. Non ! Il a fallu que Ruben et la Garce en décident autrement.

Ainsi, je me suis retrouvé, un soir, face au conseil de famille. Il y avait Norma, prématurément vieillie. L'ombre de la Faucheuse planait sur elle, créant des rides sur son visage maigre, creusant des cernes bleuâtres autour de ses yeux. Elle avait la peau fine, presque translucide et crachait du sang dans un mouchoir de dentelles. Elle s'exprimait du ton cassant de ces branches sèches que l'on brise pour les jeter dans le feu. Il y avait également mon père, Alessandro, solennel dans ses habits de velours pourpre : on aurait dit un fauteuil d'orchestre. À ses côtés, à peine veuve et déjà fiancée à lui, Maddalena, l'ancienne épouse d'Alberto. Il y avait aussi mon frère, Cristoforo, que j'avais failli tuer, mes cousins – Malvolio, Mirella, Dante et Cesira –, et surtout Imelda, mon premier amour, mère de jumeaux au regard mauvais. Dans l'ombre, emmitouflés dans des peaux de loups gris ou d'hermine bien trop lourdes pour leurs corps flétris, nos anciens, Arrigo, Domenica et Modesto, leurs orbites enfoncées sous des sourcils de neige, leurs nez squelettiques et leurs bouches ridées, défigurés par des rictus de moribonds.

Ça fait beaucoup de noms à retenir, n'est-ce pas ?

Beaucoup de liens, aussi. Liens de chair. Liens de sang. Liens dans le crime et l'abjection.

Les Tengelli en majesté ! Ils jaugeaient Norma, les yeux durs, à la fois avides et inquiets, prêts à s'entretuer pour le privilège de dominer, terrifiés à l'idée d'en assumer le prix. Ils n'auraient pas dû s'en faire, pourtant. Donner sa vie pour le pouvoir, tous en rêvaient, tous étaient dressés pour cela… Ha ! J'aurais voulu que l'un d'eux me défie, me blesse, me tue ! Oui, j'aurais préféré la mort au sacrifice ignoble qu'ils exigèrent de moi. Je protestai, je me débattis quand ils me traînèrent vers les Abysses où Ruben était tapi, je parvins même à en poignarder un… puis ils l'amenèrent, enchaînée, couverte d'ecchymoses et la jetèrent à mes pieds.

Le message était clair.

Je cessai de lutter.

Pour Tiziana, j'ai vendu mon âme au démon.

Enfin ! Tu sais bien comment ça se passe, hein ? Tu signes avec ton sang, tu bois le sien, ta puissance s'éveille, ta raison disparaît peu à peu, rongée par la folie. Mais Tiziana et l'enfant à naître étaient saufs. Le reste, je m'en moquais. Tu t'en doutes cependant : les Tengelli n'en avaient pas fini avec moi.

Oh, ils m'ont laissé espérer. Rien ne les excite plus que la souffrance et le désespoir d'autrui. Tiziana et moi devions nous marier. Mon père lui proposa même de s'installer au palais en attendant la cérémonie. Mais encore effrayée par ce qu'elle avait subi, elle préférait demeurer dans son humble logis. Tout allait bien. Du moins, je le croyais.

Au jour des noces, Tiziana n'est pas venue.

Je quittai précipitamment le Temple, je courus comme un fou, bousculant les passants, heurtant les gardes et même un magistrat, j'ouvris d'un coup de pied la porte de *La Locandiera* et grimpai les marches à toute volée. Tiziana n'était pas dans sa chambre et ses affaires avaient disparu. Sur l'oreiller, je trouvai une lettre qui m'était adressée. Une lettre qui ne m'a jamais quitté et que je connais par cœur.

« *Alino, je m'en vais pour toujours. Trop de choses nous séparent, et notre amour n'y résisterait pas. Puisque tu ne peux renoncer au rêve impossible d'une vie à mes côtés, je renonce au rêve d'une vie auprès de toi. Je ne t'oublierai jamais, Alino, et parlerai de toi à notre fille. Adieu. Tiziana.* »

Pas de doute. L'écriture était la sienne. Et les mots… Longtemps je les ai crus sincères. J'étais accablé, anéanti. J'ai erré au hasard des couloirs du palais, buvant trop, cédant de plus en plus aux tentations ambrées de l'ambroisie. Au moins, lorsque le miel en fusion irradiait mes chairs, m'alanguissait dans une trompeuse rêverie, je pouvais imaginer qu'elle se tenait à mes côtés, aimante, douce et belle comme une aurore. En vérité, je me droguais tant que je ne me rendais même pas compte de ce que je faisais. Ni de ce qu'*on* me faisait.

Ainsi, j'ai épousé ma cousine Cesira.

Chère Cesira ! Tout à l'heure, si tu es sage, je te raconterai comment je l'ai tuée !

Cinq années ont passé. La douleur s'est estompée. Cesira, aimante – j'étais le seigneur des Tengelli, un motif suffisant à son dévouement – m'aidait à oublier Tiziana et la naissance de Fiorella, notre unique enfant, m'éloignait du vice. Que veux-tu, *La Chanson de l'ambroisie* n'est pas la berceuse idéale ! Quoi ? Tu ne la connais pas ? Incroyable ! On la chante dans tout l'Archipel, pourtant. Elle commence comme ça, écoute :

Ambre ambroise ambroisie
Grâce à toi je souris !

Non ? Ça ne te dit rien ? Peu importe. J'étais sevré. Mes pouvoirs revenaient. Fiorella, tout en boucles et fossettes, faisait déjà tourner les têtes. Et puis, un peu par hasard, j'ai retrouvé la lettre de Tiziana. Je n'éprouvais aucune tristesse, aucune nostalgie – mais quand je l'ai saisie, un frisson m'a parcouru : un frisson de peur. Le bout de mes doigts piquait, mes oreilles bourdonnaient : j'ai ouvert l'enveloppe, déplié la missive. Le monde a basculé : un pan du passé s'ouvrait devant moi…

Cela eut lieu dans sa petite chambre, à *La Locandiera.* Malvolio était là, avec ce sourire fat qu'il croyait séduisant, et ses petits yeux verts brillant de convoitise. Il n'était pas seul : Cesira l'accompagnait. Cette ordure s'était habillée comme un homme, dissimulant sous un couvre-chef ses cheveux blonds. Ils la contraignirent à écrire ce billet de rupture. Au départ, ils lui promirent de l'argent si elle acceptait. Devant son refus, ils la menacèrent de mort. Tiziana n'avait pas le choix. Tu sais, nous ne connaissions pas encore le sexe de notre enfant : je n'avais évidemment pas interrogé les sorcières de notre famille et j'étais encore trop peu expérimenté pour le deviner. Mais lorsqu'elle écrivit « notre fille » – je réalisai enfin que c'était sa manière de me prévenir : les mots n'étaient pas les siens; on la forçait à me quitter. Ensuite, Tiziana a terminé son billet et rassemblé ses affaires. Mes cousins l'ont escortée jusqu'au port où elle a embarqué à bord du *Diamant noir,* un navire marchand appartenant à notre flotte. Tu t'en doutes : Malvolio avait donné des ordres. Deux nuits avaient passé, quand on vint la chercher pour la traîner sur le pont. Il neigeait. À la lueur de la lanterne sourde, les flocons semblaient d'or et d'argent. Tiziana comprit.

Elle tourna les yeux vers son assassin et lui demanda une ultime faveur : celle de mourir dignement. Alors, elle grimpa sur le bastingage et de sa voix claire et pure, chanta notre chanson…

Je m'en suis venue
Sur les voies enneigées
Pour te retrouver
Mais je me suis perdue

Je m'en suis allée
Le long des arbres noirs
Et je suis passée
Aveugle sans te voir
Au bord du chemin

Je me suis endormie
Au petit matin
Ma vie s'était enfuie

Elle s'est jetée dans les flots.
Une belle mort, non ?

*

Alino demeura quelques instants immobile, les yeux voilés de larmes. Sa peau prit des reflets de cendre, ses joues hâves se creusaient d'ombres. Avec son costume de scène, habit de velours écarlate serti d'or brillant, il ressemblait à un pantin de bois, et Dionisia devinait qui tirait sur les fils invisibles. Pauvre Alino ! Sa vie entière, il n'aura été qu'un jouet : celui des Tengelli et de Ruben, le démon qu'ils servaient en croyant le dominer ; celui de Kebahil, qui trouvait en lui un esclave aveugle et dévoué.

Dionisia avait connu Malvolio. Le courtisan, raviné par le stupre, vivait entouré de portraits le représentant, fier et conquérant, dans ses années de jeunesse. Il ne quittait jamais ses appartements, de peur de croiser son double dans un miroir. Il avait perdu une fille qu'il adorait. Elisio, son cadet avait épousé Fiorella, maîtresse d'Alberto et unique enfant du monstre qui lui faisait face aujourd'hui. Comme s'il devinait ses pensées, Alino plongea ses yeux rubescents dans les siens.

— Je t'ai dit que Fiorella ressemblait beaucoup à ma tante Beatriz ? Fiorella est morte étranglée. Fiorella est morte étranglée, et elle ne l'avait pas volé. Elle n'était qu'une traînée, comme sa mère, comme toutes les Tengelli – même toi, oui ! Ha, ton père a bien fait de l'éliminer, même si je n'ai jamais compris pourquoi. Tu le sais, ma nièce ? Hein ? Tu me le raconteras ?

— Oui, répondit doucement Dionisia. Mais voyons d'abord si les tarots m'y autorisent.

La magicienne posa la main sur les cartes. Leur peau noire et argentée pulsait au rythme malsain d'un cœur illusoire, inhumain.

Elle ferma les yeux, et se concentra.

La Mère
Quatorzième arcane du Tarot de la Lune

La flamme pétille
Croque le bois bleu
Couleur de ton feu
Intérieur
Œil rieur
Dont la braise m'embrase

Tashela Lizengo – *Étincelle*

Au moment où Dionisia retourna la carte, une stridulation, imperceptible pourtant, siffla à ses oreilles. Un deuxième fétiche – crâne de vipère gravé de symboles dissimulé contre son ventre – se vida de sa substance, nourrissant l'artefact. Celui-ci, agrippant de ses doigts invisibles l'esprit jeté en pâture, commença à téter.

La Mère, symbole de patience et d'altruisme ; l'arcane se comportant en enfançon avide. Frappée par l'ironie de ce paradoxe, la magicienne examina la figure représentée sur la lame. Voilée de gris et d'argent, celle-ci évoquait la Triple Déesse sous son aspect nourricier. Assise au pied d'un arbre doré par le soleil à son zénith, elle tenait par la main une petite fille aux longs cheveux blonds et allaitait l'enfant calé sur son giron.

— *La Mère* ! coassa Alino, tirant sur ses mèches grasses. La Mère, ha ! Vas-tu encore parler d'elle ? Non ! Non bien sûr ! Ta mère ne t'aimait pas, tu n'as pas oublié, n'est-ce pas ? Oh, peu importe après tout. Tu es libre d'évoquer qui tu veux, cela ne changera rien : à la fin, ton âme sera en lambeaux et mon Seigneur se repaîtra de ton essence. À moins que tu ne renonces, dès maintenant, à m'affronter ? Il t'accueillerait, repentante, et ferait de toi sa disciple...

Croyait-il vraiment l'effrayer ou la tenter ? Dionisia s'efforça de lire en lui, de percer les mystères enfouis derrière ses prunelles rougies, de déchiffrer les signes dissimulés par son faciès macabre et son accoutrement grotesque. Elle ferma un instant les yeux, saisie d'effroi. Le corps décharné du sorcier n'était qu'un masque, une enveloppe de chair à peine douée de pensée, avatar consentant de l'entité chaotique qui rongeait Matricia. Très vite, elle se reprit : il ne fallait rien laisser paraître. Aucune émotion. Aucune défaillance.

Elle devait tisser patiemment sa toile et attendre une négligence de l'ennemi pour refermer le piège.

Dionisia appelait cela la stratégie de l'araignée. Et celle-ci n'avait rien à voir avec les Tengelli et leur emblème. Pour elle, il s'agissait surtout d'un hommage aux prédatrices qui, tapies dans les interstices des mastabas de la Nécropole, sous les pierres ou les ossements, guettaient leurs proies – insectes nécrophages, tiques, moustiques, blattes et même scolopendres –, les laissaient s'engluer dans leurs filets soyeux. Fillette, la magicienne était capable de passer des heures à les observer ; au départ, une façon de vaincre la crainte qu'elles lui inspiraient, ensuite une curiosité empreinte de fascination qui ne l'avait jamais quittée.

Son unique tatouage, niché dans le creux de sa cuisse, représentait une araignée-loup : Oghrio l'avait réalisé quelques semaines, à peine, avant sa mort. Dionisia n'avait pas vingt ans, alors, et tenait une échoppe dans la Cité des Morts, en bordure de l'Amphithéâtre où se déroulaient spectacles de danse, théâtre, musique et, chaque premier Luna du mois, le grand marché.

— Cette lame ne t'inspire guère, on dirait ! Je te comprends : trouver quelque chose à dire sur ta mère à partir d'une incarnation de la Triple Garce, ça ne doit pas être facile. Je te le répète, tu peux déclarer forfait !

Dionisia eut un rire sans joie.

— Ne criez pas victoire trop vite, mon oncle. Et cessez d'assimiler *La Mère* à la seule maternité. Avez-vous oublié qu'elle symbolise tout autant la tempérance et l'amitié ?

*

Enroulée des pieds à la tête dans un drap de coton grège, j'essaie d'ignorer les rayons du soleil levant et la chaleur qui, en dépit de l'heure matinale, envahit peu à peu la pièce. Je grogne, me retourne, chasse d'un frémissement l'insecte posé sur mon épaule. Il bourdonne, revient à la charge... Soudain, une masse tiède s'écrase contre moi, des griffes s'enfoncent dans ma chair; pas le temps de réagir, déjà, mon agresseur a bondi hors de portée. Résignée, je m'extirpe de mon nid douillet, je m'étire et bascule sur le côté. Zio, fasciné par le scarabée noir agonisant entre ses pattes, me lance un coup d'œil empreint d'une vague culpabilité et s'absorbe de nouveau dans la contemplation de sa proie. Recueilli quelques mois après ma rencontre avec Oghrio et son défunt compagnon, Zio est un vieux chat aux prunelles vertes et à la fourrure sable, mouchetée de noir. Autrefois vaillant, il accuse chaque jour un peu plus son âge : il a perdu plusieurs dents, son poil devient terne, ses flancs se creusent et, depuis deux semaines, il refuse de s'éloigner du mausolée que mon magister et moi partageons. Néanmoins Zio demeure joueur : la chasse aux insectes est son passe-temps préféré.

Mon regard s'égare sur le mur ocre, strié de lézardes, auquel est fixée une tenture aux teintes vives : des formes géométriques, bleu, turquoise et vert s'y dessinent sur fond de cobalt. C'est un cadeau d'Andro. Il me l'a offert pour célébrer, à sa façon bourrue, l'anniversaire de mon arrivée dans leur existence.

Andro me manque.

Il a succombé, voici trois ans à une fièvre maligne. Attrapée on ne sait comment, elle est venue à bout du colosse qui se vantait de ne jamais tomber malade. Rien, ni remèdes ni sorcellerie, n'a pu le sauver. Oghrio ne se pardonne pas la mort de son ami de toujours. Je l'entends pleurer, parfois, quand il croit être seul; je perçois les vagues de détresse qu'il projette involontairement autour de lui. Mais j'ignore comment l'aider. Moi, il me suffit de passer la main sur ce grand rectangle de tissu, sur ses vêtements soigneusement rangés dans le gros coffre de bois peint, d'effleurer ses armes accrochées aux murs ou de toucher sa boucle de ceinture gagnée au combat – un scorpion de métal vert-de-gris – pour raviver mes souvenirs et retrouver un peu de lui. Je parviens même à me rappeler le timbre de sa voix, son rire, et cette façon qu'il avait de prononcer certains mots, remplaçant les « g » par les « c ». Ainsi, il disait « recard » et non « regard », « crésillement » et non « grésillement ». Je ne peux partager ces plongées dans le passé avec Oghrio; d'ailleurs, même si j'en étais capable, je ne sais si cela l'aiderait.

Je me déplie, prends appui sur la paroi râpeuse et me lève. Le drap tombe à mes pieds, dévoilant mon corps trop maigre, trop sensuel pour certains prompts à voir dans mes longues jambes, dans la courbe de mes hanches et ma poitrine haute une invitation au voyage et à la débauche. Jusqu'à présent, j'ai échappé aux avances insistantes comme à la vindicte venimeuse. Les pouvoirs d'Oghrio – on le prétend capable de lancer le mauvais œil et de commander aux goules qui hantent la Nécropole – et ma réputation suffisent à tenir les fâcheux à distance.

Zio, indifférent à ces affaires humaines, vient se frotter contre mes jambes. Il n'a fait qu'une bouchée du scarabée, réclame caresses et restes à dévorer. Je passe rapidement mon boubou, saisis l'animal sous les aisselles – comme chaque fois, sa fragilité, sa légèreté de plume me fendent le cœur – et le cale sur mon épaule. Puis, pieds nus sur le sol de terre battue, j'écarte le rideau séparant ma cellule de la pièce principale où dort encore Oghrio et je prépare le déjeuner. Pour Zio dont le ronronnement insistant exprime l'impatience, des morceaux de pain noyés dans du lait caillé et des lambeaux de viande rosée; pour nous, de petites galettes de semoule, des dattes et une infusion d'hibiscus. Les odeurs de beurre chaud et d'épices se répandent dans l'ancien tombeau, tirant le chaman du sommeil. Ses cheveux crépus, grisonnants, retombent en mèches épaisses sur ses épaules, mangeant la moitié de son visage. Il étire son corps sec, entièrement tatoué et me rejoint, les yeux encore ensablés, grattant son bouc court et dru.

— C'est jour de marché, aujourd'hui, grogne-t-il, soufflant sur son infusion bouillante. Tu comptes y aller?

Autrement dit : « Tu es d'accord pour m'accompagner? » Je hoche la tête et souris. Je n'ai pas grand-chose à y faire, mais j'apprécie l'atmosphère bruyante, animée, de l'Amphithéâtre.

Aux abords du cirque, énorme édifice aux peintures défraîchies, les effluves de vieille urine, de poussière terreuse et de mort s'émoussent; les mausolées sont plus hauts, plus espacés; certains sont décorés de mosaïques, d'autres de petites statuettes et d'arabesques de métal poli. Ici, les patrouilles veillent à ce que nul ne profane les maisons des morts et ceux qui occupent les tombeaux sont à la merci des soldats, qui exigent souvent loyer et services en échange d'une autorisation que seul le Temple de la Déesse pourrait délivrer. Pour mon échoppe, tonnelle de laine brune accolée au mastaba d'un dignitaire oublié de tous, je donne chaque mois cinq florins de bronze – et j'offre aux gardes onguents, pommades, tisanes médicinales. Être la protégée d'Oghrio et sorcière capable de déchiffrer dans les Tarots de la Lune les arcanes de la destinée m'assure une relative tranquillité. Il y a bien eu cet importun, qui a voulu se payer en faveurs intimes – il a eu ce qu'il méritait. Dès le lendemain, proie d'horribles douleurs intestinales et de démangeaisons, il envoyait l'un de ses pairs supplier Oghrio de lever la malédiction lancée contre lui. Jamais plus je n'ai été bousculée.

Il est tôt encore, mais le soleil dispense déjà ses rayons sur les pierres jaunes, poreuses, où chassent des lézards. De grands chats beige ou gris, tachetés de noir, paressent sur les stèles, près de l'entrée et le long des marches; par groupes de trois ou quatre, des chiens sales aux flancs émaciés patientent dans l'ombre.

Perchés sur les hauteurs, des milans observent la foule qui se presse dans l'Amphithéâtre. Ce dernier, transformé en rassemblement bruyant, accueille un vibrant chaos. Maraîchers; comptoirs de poissons grillés, de coquillages et de beignets d'où s'élèvent d'épaisses fumées au parfum de graisse salée; herboristes et marchands d'épices dont les étals embaument la girofle, la cannelle et le cumin; porteurs d'eau se mêlant aux tailleurs et aux joailliers. Dispersés dans la place ou montés sur des estrades improvisées, conteurs, charmeurs de serpents et saltimbanques attirent une foule hétéroclite. Au pied des gradins sont éparpillés sculpteurs sur bois, griots et guérisseuses, vendeurs de fruits pelés et de jus de grenade, de figue ou d'hibiscus aux arômes sucrés.

Sans hésiter, Oghrio rejoint un individu à la peau d'un noir profond, vêtu d'une tunique et d'un sarouel verts. Sur ses paupières et sa bouche, un fard turquoise. À ses oreilles, de lourds anneaux d'argent. Azao le Siffleur. Originaire de Sparassia, principauté au sud de Messina, Azao est musicien, un peu sorcier aussi – et, selon Oghrio, le meilleur artisan de l'Archipel. Sur son tapis de laine sont disposés des flûtes d'os et d'écume, des pipeaux, des tambourins, des maracas et même deux luths au manche incrusté de nacre. Je m'assieds sur une marche; après les salutations d'usage, je laisse les deux hommes marchander. Ils se connaissent depuis longtemps : ces échanges sont un jeu auquel je ne suis pas conviée.

Mes yeux errent au gré de ce ballet de couleurs changeantes. Je salue une femme venue plusieurs fois me voir pour des verrues, je souris à une autre cliente, matrone superstitieuse et têtue. Je remarque, un peu plus loin, les œuvres chatoyantes d'un tisserand : tout à l'heure, j'irai les voir de plus près et peut-être céderai-je à la tentation d'une pièce d'étoffe pour me confectionner une nouvelle tenue. Je peux me le permettre, aujourd'hui. J'effleure du bout des doigts ma bague d'onyx et d'argent. Je pense à ma mère, à l'existence misérable que nous menions au cœur de la Nécropole, aux vêtements rapiécés, assemblages hétéroclites de peaux mal tannées, de toiles et de chiffons que nous portions l'une comme l'autre, essayant, en dépit de notre indigence, de paraître propres et soignées. Sauf à la fin, bien sûr. Aujourd'hui, je possède des bijoux, cadeaux ou caprices, une dizaine de robes et de longs pagnes de danse brodés de nacre ou de perles de verre. Le chemin parcouru me semble infini, pourtant, je n'en suis qu'au début.

Intuition soudaine. Tiraillement.

Mue par un instinct que j'ai appris à suivre, je tourne la tête en direction des gradins. Là! Menue, pressée contre un homme d'armes au plastron rutilant! Cette jeune fille, adolescente encore, est étrangère ici; ses mouvements gracieux de gazelle apeurée, le voile soyeux qui dissimule sa silhouette la trahissent. D'où vient-elle? Du quartier d'Eresa, avec ses terrasses blanches et bleues, en bord de mer ? Des faubourgs de la Citadelle, où vivent courtisans et bourgeois ? Curieuse, je l'observe jusqu'à ce qu'elle disparaisse, avalée par le flot humain. J'hésite à la suivre ; la présence de Remo et Voreno m'en dissuade. Remo écume les maisons de passe et les arènes les plus sordides de la Nécropole, offrant à ses clients la chair fraîche qu'ils réclament – peu importe son origine, pourvu qu'elle soit docile. Il hait Oghrio, qui a toujours refusé de me vendre à lui. Voreno organise des combats clandestins et voue à mon magister une rancœur tenace : Andro était l'un de ses meilleurs guerriers, mais il le lui a enlevé. Ces deux-là, associés pour le pire, ont déjà tenté de le poignarder.

Azao le Siffleur et Oghrio sont parvenus à un accord et prennent congé, le poing sur le cœur. Dans la besace de mon magister, quatre flûtes et un tambourin décoré de porcelaines, petits coquillages ambrés. Nous nous arrêtons, le temps de nous désaltérer d'un jus d'hibiscus frais et de grignoter quelques beignets dorés, puis nous atteignons le marchand dont je convoite les tissus : nous repartons avec deux pans de basin, le premier, tout en nuances indigo, le second, abricot, cadeau de l'artisan.

Le soleil est à son zénith lorsque nous quittons l'Amphithéâtre.

Je raccompagne Oghrio, prends le chemin de mon échoppe. Plusieurs personnes m'y attendent : les deux femmes aperçues au marché, un jeune pêcheur d'huîtres désespérément amoureux, un prostitué syphilitique, auquel je ne puis offrir rien d'autre qu'une mort sans douleur et le propriétaire d'un petit âne famélique et fiévreux, au jarret ouvert, gonflé par un abcès suintant de pus.

Je passe un long moment auprès de lui pour faire tomber sa fièvre et préparer des cataplasmes qui soigneront le membre blessé.

Les autres clients, à l'exception d'une vieille femme qui refuse de voir ce que les cartes affirment – ses propres enfants ont décidé sa mort –, ne viennent que pour chercher des herbes et des onguents.

Quand je m'en vais, les ombres longues de la brune naissante se teintent de clartés violettes. Au loin, les jappements des chacals, des éclats de voix, quelques rires. Des volutes de poussière naissent sous mes pas. Portées par une brise chaude, elles s'envolent et se dispersent sur les sépulcres élancés et les mastabas que les habitants les plus pauvres de la capitale partagent avec les morts.

Je m'enfonce, tête haute, dans une allée de tombes, dérange le repas d'un vautour : extirpant sa tête déplumée de la carcasse qu'il dévore, le charognard me lance un regard courroucé.

Soudain, je perçois le bruit d'une course précipitée, des halètements et des sanglots étouffés. Tout proches. Mon cœur s'emballe, mes oreilles bourdonnent : c'est *elle,* l'inconnue aperçue ce matin au marché ! Elle jaillit d'une ruelle, hors d'haleine, éperdue. Trébuche. Je la rattrape, juste à temps. Derrière, j'entends des pas, les respirations saccadées de ses poursuivants – deux hommes, peut-être trois. Je la tire de l'autre côté de la voie, j'aperçois une cachette entre deux caveaux, l'y pousse, comme s'il s'agissait d'une poupée de chiffons puis me tasse contre elle. Quand je respire son odeur, mélange de sueur, de peur et de fleur d'oranger, je reçois, brutales, imprévisibles, ses émotions entremêlées d'images – sang, couteau, rictus mauvais, chicots, mains sur sa peau, voile arraché, coups de poing instinctifs, nez écrasé –, reflets de sa terreur.

Ne pas me laisser imprégner, ne pas me laisser emporter, garder le contrôle de ma psyché… Je cherche un point de fuite, un ancrage pour mon regard et mon esprit. J'avise une toile, fragile et dorée, entre la pierre et la branche sèche d'un arbuste. En son centre, une araignée aux pattes longues, aux minuscules yeux noirs et luisants. Elle agite ses mandibules, se déplace légèrement, puis s'immobilise, attentive à la plus infime vibration. Les agresseurs de la jeune fille surgissent du chemin, furibonds et essoufflés. Des traces sanglantes maculent les traits du plus maigre.

— Où est passée cette pute ? grogne-t-il. J'vais lui faire la peau, j'te jure…

— Elle a dû se planquer dans le coin. On va la dénicher, t'en fais pas. Et tu pourras t'défouler tant que tu voudras. Faut dire qu'elle t'a bien amoché, quand même.

Le blessé crache sur le sol. Regarde autour de lui, l'air mauvais. La jeune fille crispe ses paupières, presse les mains contre sa bouche, suffoque. Elle va craquer, c'est une question de minutes, de secondes peut-être. Je saisis le fétiche accroché à mon cou – un entrelacs de nacre, de résine et de crochets de serpents – et le presse contre ma bouche, perçant ma lèvre ; avec mon sang, je trace un symbole sur la pierre, articulant en silence une prière. Durant un instant, rien ne se passe. Puis l'air ondoie, s'épaissit. Sable et scories se rassemblent, nous recouvrent d'un voile léger comme de la soie. Invisibles, nous échappons à leurs recherches. Ils fouillent les alentours, en vain avant de rebrousser chemin et de s'éloigner, rageurs, dans le crépuscule.

Une fois certaine qu'ils ne reviendront pas, j'efface le glyphe, me redresse et tends la main à ma protégée.

— Je m'appelle Dionisia. Et toi ?

— Tessa. Tessa Bajamonte, souffle-t-elle d'un ton mal assuré.

Bajamonte. L'une des lignées les plus puissantes de la capitale. Fins diplomates. Bâtisseurs. Mécènes. Que fait l'une de leurs filles dans la Cité des Morts ?

— Viens, lui dis-je, l'aidant à se relever. Je t'emmène chez moi. Tu as besoin de soins et de repos. De manger quelque chose, aussi. Comme ça, tu pourras m'expliquer quel mauvais tour du destin t'a conduite ici !

— Ce n'est pas le destin. C'est ma faute. Je croyais... Je voulais... Oh, c'est terrible ! Ce garde est mort à cause de moi et... et je ne savais même pas son nom !

— Inutile de traîner. Tu pleureras tout à l'heure, si tu le souhaites. Pour le moment, ce qui compte, c'est nous tirer d'ici.

Je la serre contre mon cœur, dépose un baiser sur son front et l'entraîne vers le mausolée.

Un corps aux courbes adolescentes, à la poitrine ronde et pleine ; un visage aux pommettes hautes, d'immenses yeux noirs ombrés par des cils de gazelle, des lèvres pulpeuses, humides malgré la poussière et la chaleur. Une beauté candide et tendre, dont Tessa ne semble même pas consciente. Une beauté capable d'attirer dans ses filets l'amour le plus pur ou la plus perverse des passions, celle qui prend plaisir à salir et détruire. Moi, j'ai seulement envie de la bercer jusqu'à ce qu'elle s'endorme, enfin apaisée. Je la connais à peine, mais m'en sens proche comme d'une sœur. Nul besoin de la connaître, je *sais* qu'elle et moi sommes liées, cœur et âme.

Sur le chemin menant au refuge que je partage avec Oghrio, Tessa me confie, d'une voix entrecoupée de sanglots, les raisons qui l'ont poussée à se risquer dans la Nécropole. Elle me conte l'embuscade tendue par le prétendu guide qui l'a emmenée voir un chaman, les coups, la fuite éperdue, aveuglée par les larmes et la peur, dans le dédale des tombes, l'errance sous le soleil écrasant et la poussière, les deux malfrats, bêtes malveillantes déterminées à se servir d'elle, puis à monnayer sa chair au plus offrant. Tessa a réussi à leur échapper, mais elle est blessée, terrifiée. Je l'écoute, promets de l'aider à quitter le dédale.

Quand nous arrivons, la nuit enveloppe la Cité des Morts d'un voile violacé où volètent des chauves-souris ; çà et là résonnent cris, hululements et, plus inquiétants, les monstrueux ricanements des goules.

Éclairé par la flambée, le corps noueux d'Oghrio se teinte de bronze et ses tatouages, éclaboussés de lueurs bleutées, sinuent sur sa peau. Les flammes se reflètent dans ses prunelles et les fétiches, crânes de rongeurs et d'oiseaux, plumes et morceaux de fourrure, turquoises et coraux, ornant son torse nu paraissent s'animer. La jeune fille se serre contre moi.

— Qui c'est ?

— Tessa, une amie. Tessa, voici Oghrio, mon magister, le plus grand magicien de la Nécropole, même s'il s'en défend.

— Ton... tu... tu veux dire que... Oh, mais c'est vrai, tu es...

— Chamane. Sorcière du destin, aussi.

— Sorcière du destin ? Mais alors, tu vas peut-être pouvoir me dire... Oh, je ne devrais pas te demander ça, je le sais...

— Je t'ai promis de t'aider… et de ne jamais trahir ton secret. Je respecterai ces engagements, ne t'inquiète pas : tu peux compter sur moi. Mais d'abord, montre-moi ces écorchures et cette plaie, sur ton bras.

Intimidée, Tessa obéit. Une fois l'infusion d'hibiscus, de mélilot et de fleurs d'oranger bue, elle se détend et me laisse désinfecter ses blessures. Effleurant sa peau, je suis assaillie par un flot d'images, scènes brèves que j'ignore le temps de la soigner. Puis, inspirant profondément, je me laisse porter par la vague…

La salle était bondée. Bruissante de rires contenus et de chuchotements, d'échanges discrets et de confidences. Aux poutres d'ébène sculptées de plantes et de grandes tiges entrelacées, des voiles de gaze iridescents ; le long des colonnes damasquinées, des guirlandes de narcisses, de lis jaunes et de roses trémières. Sur les tables couvertes de lin blond, des plats d'or débordant de victuailles : rouleaux de feuilles de vignes, croquettes de fèves et de courgettes, coquillages grillés, filets de poisson marinés sur des canapés, canards rôtis, figues et dattes fraîches, pétales de fleurs confits et amandes, pyramides de boules de pastèques, de prunes roses et de melons, gâteaux au miel et au sésame. Dans des cratères de verre coloré, des liqueurs d'anis et de menthe, des vins épicés aux robes pourpres, jaunes et mordorées. Vêtue d'un boubou de soie nacrée, les bras et le cou ornés de bracelets de perles, Tessa se frayait un chemin dans l'assemblée, un peu étourdie par le monde, quand elle le vit. Le lieutenant Ivo Scherzo faisait face à Savino, son frère aîné. Dans sa tunique brodée de minuscules sphères cuivrées et ses pantalons bouffants d'étoffe précieuse, le jeune officier à la longue crinière tressée et aux prunelles d'absinthe semblait à Tessa un fauve. Jamais encore l'adolescente, intimidée par sa prestance, n'avait osé lui adresser la parole, se contentant de l'admirer de loin, d'écrire des poèmes qu'elle détruisait aussitôt, de brûler sous le feu de son regard.

« C'est le moment. Savino le connaît… Si je m'approche, il sera obligé de me le présenter… »

Le cœur battant la chamade, elle s'avança vers eux…

La vision s'estompe. Je bats des cils et reviens à moi. Tessa me contemple, une lueur d'étonnement, d'inquiétude peut-être, au fond des yeux.

— Cet Ivo dont tu m'as parlé, je l'ai vu… Oui : voir ce qui a été, en touchant un être, un objet… Cela fait partie de mes talents. Tu veux que je tire les cartes pour toi ?

— Oui ! Oh, oui !

— Très bien, Tessa. Grâce aux Tarots de la Lune, tu sauras ce qu'il convient de faire avec ton bel officier… et s'il vaut la peine d'avoir le cœur brisé. Mais d'abord, mangeons, veux-tu ?

Conscient de la timidité de notre jeune invitée, Oghrio s'est éclipsé, nous laissant seules avec Zio, roulé en boule sur un tas de couvertures, si discret qu'elle ne l'a pas encore remarqué. Je sers un brouet parfumé à la coriandre, accompagné de galettes de mil. Nous mangeons en silence. Curieuse, trop polie pour le montrer ouvertement, Tessa examine les murs où sont fixés javelines, coutelas, tambourins et filets ornés de coquillages, puis le grand coffre de bois, près de la paillasse où somnole le chat. La pauvreté de notre antre la bouleverse ; jamais encore elle n'y a été confrontée. Enfin, d'une petite voix, elle se risque à m'interroger.

— Tu vis ici depuis longtemps ?

— À peu près six ans.

— Et… et avant ?

— Avant ? Au cœur de la Nécropole, pas loin des Charniers. C'est ainsi que certains nomment la partie la plus ancienne de la Cité des Morts. Parce qu'on y trouve des goules, en meutes. De nombreuses larves, également.

Tessa déglutit, baisse les paupières, gênée, honteuse peut-être d'être riche en cette masure si modeste.

— Je peux te poser une question ?

— Je t'en prie.

— Comment se fait-il que tu paraisses tellement… différente ? Je veux dire, tous ceux que j'ai croisés, jusqu'à présent, ont cette drôle de façon de parler : j'ai l'impression qu'ils avalent les mots et mélangent les lettres. Toi, non.

— Ma mère prétendait que j'étais le fruit de ses amours avec un noble seigneur du Nord. Elle-même, bien que déshonorée par cette grossesse et contrainte de vivre comme une catin, était de belle naissance. Elle a tenu à me donner l'éducation qui me permettrait, un jour, de rencontrer mon père et de me faire apprécier de lui.

— Un étranger… D'où venait-il ? D'Arachnae ? souffla-t-elle. On dit que là-bas, les mœurs sont très libres et qu'il n'est pas rare de voir un homme s'entourer de ses amants… et amantes… Enfin, tu vois… Je veux dire… Peut-être qu'il aimait ta mère mais n'a pas pensé…

— J'ignore ses origines. Ma mère est morte avant de pouvoir m'en parler.

J'ignore pourquoi, mais j'éprouve pour Tessa une immense affection ; je ne lui ferai aucun mal ; je ne la trahirai pas. Mais je ne puis lui confier la vérité, lui expliquer comment, durant ces dernières années, je me suis efforcée d'apprendre, seule, en touchant livres, objets, ossements, en invoquant le passé, ce que nul n'avait jugé bon de m'inculquer. Quant à confier la lamentable histoire d'Azzura et de son fiancé et révéler mon lignage… Jamais !

— Oh ! Alors, tu es orpheline ? Si tu le souhaites, tu peux venir vivre au palais de mon père. Tu m'as sauvé la vie, après tout, et…

Sa proposition me touche. Me tente. Mais, je le devine, le moment n'est pas encore venu. Sans répondre, je tire de mon aumônière de peau le jeu de cartes.

— Je ne suis pas malheureuse, ici. Tessa, tu voulais consulter les Tarots de la Lune pour connaître les chemins que ton cœur doit choisir, n'est-ce pas ? Alors, concentre-toi sur une question…

Je bats les lames, les lui tends. Elle hésite, ferme les yeux, coupe le jeu de ses doigts fins et doux. Je l'étale devant elle puis l'enjoint à me dire à voix haute ce qu'elle espère savoir, de choisir quatre arcanes et de me les donner. Je les saisis, perçois leur infime bourdonnement, indice du flux reliant Tessa, les tarots et moi, les dispose faces cachées entre nous, les retourne un à un. *Le Destin,* d'abord : coup de foudre, coup du sort. Tessa l'aime, et ne peut lutter contre ses sentiments. Ensuite, *Le Pendu.* Tessa se complairait-elle dans un rôle de dupe ? Accepterait-elle de se crever les yeux, de refuser l'évidence, pour conserver l'illusion d'une relation ? Ivo est un militaire, noble d'apparence mais volage ; s'il s'engage auprès d'elle, si, comme l'indique *La Vierge,* elle a raison d'espérer, ils finiront par s'unir. Par devoir. Par intérêt. Non par amour. *Le Temple,* signe de déception et d'amertume, m'indique l'auspice de leurs noces : un mélange d'impatience et de mensonges de moins en moins habiles, de souffrance lasse et de résignation. À moins que la Triple Déesse n'en décide autrement. Une union très éloignée des aspirations romanesques de la jeune fille.

Je balance. Dois-je lui dire la vérité, au risque de la blesser, lui mentir pour l'éloigner du beau lieutenant ? Je pense à Azzura, ma défunte mère, aveuglée jusqu'à la fin par des chimères romantiques, niaise jusqu'à la stupidité. Aurait-elle cessé d'attendre, en vain, un homme qui n'avait vu en elle qu'une reproductrice, si on l'avait arrachée de force à ses illusions ?

Je prends le risque.

— Le lieutenant Ivo Scherzo n'est pas celui que tu crois, Tessa. Il t'épousera, si c'est ce que tu veux vraiment, mais n'espère de votre mariage ni tendresse ni passion. C'est un homme froid, calculateur ; il a des maîtresses, en aura toujours. Ce qu'il désire, c'est une alliance politique. Rien de plus…

*

Dionisia se tut, savourant le parfum de cette amitié dont il ne restait, à présent, qu'une vieille correspondance et des remembrances. La vie, ses propres choix l'avaient éloignée de son amie. Ceux de la jeune noble, également. Ivo Scherzo, envers et contre tout.

Celui-ci, fier de sa beauté et de son statut, n'envisageait pas de rester longtemps marié. Il comptait sur une grossesse malheureuse pour se débarrasser de Tessa et conquérir, avec les honneurs, celle qu'il désirait jusqu'à l'obsession : elle-même. Ne pouvant rien obtenir de Dionisia, l'officier, furieux et vexé, s'était employé à miner leur amitié. Disparu en mer avant d'y parvenir complètement, il laissait derrière lui une veuve éplorée, toute prête à lui vouer un culte, et une fillette, Ivelina. Murée dans un deuil éternel, indifférente à tout ce qui ne concernait pas Ivelina et son défunt époux, Tessa avait vécu six ans coupée du monde. Jusqu'à ce que…

— Alors ? Que faisait ton amie dans la Nécropole ? demanda soudain Alino, la coupant de ses souvenirs.

— Je lui ai donné ma parole de ne jamais révéler ce secret. Jusqu'à ce jour, je l'ai tenue. Pourquoi en irait-il autrement aujourd'hui ?

— Pourquoi, en effet ? glapit-il. Pourquoi ? Pourquoi ? Et même au jour de ta mort tu ne diras rien ? Eh bien, moi, je te dirai tous mes secrets. Tous mes sales petits secrets. Les mesquins, les minables, les sordides. Et puis les beaux, ceux qui te feraient oublier tes promesses, tiens ! Mais pour ça…

— Pour cela, mon oncle, conclut Dionisia, croisant calmement ses mains brunes sur ses cuisses, il faut que le Jeu du Destin vous accorde la bonne carte.

Secundo

Soleil 11. *Il en vient de partout. Affamés. Terrifiés. Certains sont blessés, d'autres malades. Le Temple ne peut plus les accueillir. Hier, avons incinéré dix-sept cadavres. Deux arrivés dans l'après-midi. […]* ***Secundo 13.*** *Au matin, la neige avait recouvert les bûchers. Passé une partie de la journée à déblayer, ça me changeait des salles de soins mais n'a servi à rien. Il a recommencé à neiger. Ça pose un problème pour se débarrasser des corps. Nous devons les brûler tout de même, pour éviter les maladies. Utiliser la poix peut-être ? […]* ***Quintus 23.*** *Les rumeurs disent vrai : cette peste est un maléfice. Les morts se sont levés cette nuit. Sans nos prières, ils nous auraient dévorés. Il FAUT les éliminer avant le crépuscule mais cela ne laisse que quelques heures […]* ***Luna 26.*** *Il n'y a plus de poix…*

Journal d'une prêtresse de la Triple Déesse (extraits)

Exténué, Angelo s'accroupit, mains sur les genoux, le temps de récupérer. Près de lui, le chat noir dont les larges pupilles semblaient deux disques d'airain. Il n'eut guère le temps de souffler, cependant : ses poursuivants se rapprochaient. Les côtes et les à-pics ne signifiaient rien pour eux ; ils étaient déjà morts, ne craignaient que le feu et la prière. Par trois fois, déjà, il avait repoussé leurs assauts, embrasant de flammes spectrales les carcasses putrides. Dix avaient été consumés. Il en restait le double, et Angelo était à bout de forces.

Le nécromant s'était mis en route à l'aube, abandonnant les falaises noires, sculptées par le vent et le sel, creusées de criques désertes où gisaient des carcasses de barques éventrées par les récifs.

Évitant les fermettes probablement ravagées par la peste cendreuse, il avait pris, à travers champs et prairies, la direction des Procores, principale chaîne montagneuse de l'île dont les contreforts séparaient le nord de Matricia de sa capitale, Lysania. Il avait suivi, toute la journée, les sentes qui s'élevaient vers les premiers escarpements rocheux et le couvert des arbres, n'effectuant qu'une pause, près d'un autel de pierre envahi de ronces dédié à la Déesse Lune, pour se restaurer. Puis il y avait eu ce hameau niché au milieu des rochers et des épicéas, au soleil couchant. Le petit garçon, au bord du torrent. Une ruse grossière à laquelle il s'était laissé prendre, malgré les feulements rageurs du félin.

Il s'était conduit comme un imbécile. Il aurait dû sentir le danger, comprendre les avertissements du chat. Mais non. À croire qu'une force invisible, le privant de raison, le poussait droit dans ce piège…

À cette pensée, Angelo frissonna.

Poing fermé sur un chapelet d'ossements, son bâton de marche dans la main droite, le sorcier recommença à grimper le long du sentier tortueux et abrupt. Sous ses pas, les pierres crissaient, rendant bruyante sa fuite. Soudain, il heurta une racine. Une vive douleur vrilla sa cheville. Serrant les dents, il poursuivit son ascension. Derrière lui, les pesteux n'éprouvaient ni fatigue ni douleur. Mus par une faim insatiable, par la volonté de le priver d'âme et de vie, ils le traquaient sans relâche. Débouchant sur un chemin plus large, Angelo commença à courir mais trébucha, une fois encore. Il roula sur lui-même, se releva immédiatement – et se figea. Ses ennemis étaient là. Leurs yeux flamboyaient d'un éclat obscène; leurs lèvres grises et brunes, retroussées sur un rictus, dévoilaient des gencives blettes. L'un d'eux, plus grand et plus large que les autres, émit un râle bref, presque un sifflement. Alors, ils chargèrent.

Éclair aveuglant. Vague d'énergie glaciale. Insensible aux éclats d'os et de pierres broyées ensanglantant ses mains, Angelo reprit sa course. Combien de créatures son rideau de flammes arrêterait-il? Peu importait : pour le moment, seuls comptaient la fuite et l'espoir de trouver refuge, près du col, dans le cloître de la Triple Déesse aperçu plus tôt dans la journée.

L'air, dans ses poumons, brûlait. Son corps entier irradiait; chaque muscle, chaque nerf lui paraissait à vif, écartelé par un bourreau invisible. Enfin, il arriva en vue du sanctuaire, et les dernières foulées, transperçant ses membres comme des milliers d'échardes de métal chauffé à blanc, lui arrachèrent un gémissement. Grossièrement taillé dans la roche, celui-ci disparaissait sous un monceau de fleurs aux corolles laiteuses, d'arbrisseaux touffus et d'herbes folles. Rien, en dehors de son dôme de granite poli ne trahissait sa présence. Angelo se fraya un chemin jusqu'à l'enceinte, se hissa, s'agrippant aux pierres, jusqu'au sommet et se laissa tomber de l'autre côté, au milieu des broussailles.

Trouver l'entrée, se barricader avant que les goules n'atteignent à leur tour le refuge…

Le fugitif fit le tour du modeste édifice, dont seuls les vitraux à l'image des cinq phases de la Lune manifestaient la nature. De la porte, il ne restait rien ; abandonné depuis longtemps, son toit crevé de fissures, le temple de la Déesse béait aux quatre vents.

Perché sur une masse ovale, probablement l'autel, le chat miaula, le regardant avec insistance. Le nécromant le rejoignit, intrigué. Aussitôt, le félin sauta à terre, se frotta contre le granite. Miaula de nouveau – et feula. Angelo blêmit. Ses ennemis se rapprochaient : il ne lui restait plus beaucoup de temps. Il pouvait contenir, mais le prix à payer – le sacrifice de son plus puissant artefact – lui semblait exorbitant.

S'il en avait eu les capacités, il serait passé, *corps et âme,* de l'autre côté du réel, emmenant avec lui le chat noir. Mais ses années d'exil avaient freiné son apprentissage. Et s'il connaissait nombre de sorts contre les créatures démoniaques, il n'avait ni la puissance ni le savoir nécessaires pour effectuer le rituel.

Il était coincé parmi les vivants.

Au-dehors, la tête, puis le corps décharné d'un pesteux apparurent en haut du mur.

Angelo serra les dents ; d'un coup de griffe, son compagnon attira son attention puis, sans cesser de gronder, de cracher, recommença à se frotter contre la pierre. Obéissant, le nécromancien s'accroupit au pied du laraire, poussa vainement, chercha du bout des doigts une cavité ou une excroissance justifiant cette étrange intervention. Devina un bas-relief représentant un croissant de lune.

Pressa. Tira. Tourna.

Rien.

Son ennemi, sur le seuil, semblait désorienté. Était-ce l'aura, encore sacrée, du lieu ? Attendait-il le reste de la horde pour attaquer ?

Ses hésitations disparues, la goule claudiqua vers l'intérieur. Une autre lui emboîta le pas. Résigné, Angelo se saisit de la patte de rat momifiée qu'il portait en collier. Sèchement, il en transperça sa paume ensanglantée, puis referma son poing sur le fétiche et se concentra.

L'artefact imprégné d'ichor battait au rythme de son cœur, absorbant son essence. Enfin, sa main commença à rayonner, baignant l'intérieur du sanctuaire d'une lueur verdâtre. Celle-ci se répandit, brume glauque et filandreuse, sur les parois, formant un bouclier d'énergie mortifère. À peine le pesteux l'eut-il effleuré, qu'il s'englua dans ses rets acides ; ses chairs décomposées grésillèrent avant de disparaître, rongées, ne laissant qu'un amas poisseux de scories.

Angelo vacilla, s'affaissa sur les genoux. Son pendentif, désormais inutilisable, roula sur le sol.

Nouveau miaulement. Nouveau coup de griffe. Le chat noir s'impatientait.

Tiré de son hébétude, le nécromancien se redressa. La toile malsaine aux reflets de lime éclairait légèrement la salle, à présent, lui permettant de discerner les contours du rare mobilier ainsi qu'une statue de la Triple Déesse sous ses trois aspects. Angelo se traîna jusqu'à la sculpture, cherchant instinctivement dans les aspérités du marbre le mécanisme permettant d'ouvrir un passage vers… N'importe où, pourvu qu'il échappe à ces choses revenues d'entre les morts, mues par la faim et les pouvoirs abjects de Kebahil. Soudain, ses doigts ensanglantés découvrirent une anfractuosité dans les replis de la robe. Au fond, une minuscule sphère. Doucement, il appuya. Et le miracle eut lieu. Crissements. Raclements. Sifflements du chat, contraint d'abandonner son perchoir. À la place de l'autel, gouffre obscur, une issue.

*

Ce fut d'abord un contact humide contre sa joue. Puis un ronronnement doux et bas. Angelo ouvrit un œil, étonné de voir, derrière l'énorme tête du chat noir près de son visage, une lumière grisâtre. Il tenta de s'asseoir, mais son corps entier était endolori ; il voulut écarter l'animal, ne put réprimer un gémissement : ses paumes déchiquetées le lançaient. Recouvrant sa lucidité, il se rappela les pesteux, le chapelet d'os et de pierres, le fétiche sacrifié, sa fuite, grâce au passage secret, enfin, sa chute dans les ténèbres… et plus rien.

Il ferma les paupières, se laissant aller en arrière avec un soupir teinté d'ironie. Les dirigeants de la Nouvelle Lune n'en espéraient certainement pas tant en l'envoyant à Matricia : des blessures, des artefacts détruits… S'ils l'espionnaient, les membres du conseil devaient être impatients de le voir succomber pour envoyer à sa place des nécromants plus aguerris – et surtout, plus respectueux des principes de l'Ordre.

Angelo bascula sur lui-même. S'appuyant sur ses coudes, il examina son refuge. Celui-ci, un boyau semblable à la tanière d'un gros animal, se terminait par un orifice assez large pour qu'un homme puisse s'y faufiler. En son autre extrémité, sous le puits grossier fermé par l'autel du temple, un abri de fortune comprenant un coffre plat, du bois sec, des couvertures et un pupitre où sans doute reposait, soigneusement enveloppé dans un tissu anthracite, un livre de prières à la Déesse Lune. Angelo rampa jusqu'à la malle, qu'aucun cadenas ni serrure ne fermait. À genoux, il souleva le couvercle avec ses poignets. Le chat noir bondit dans le meuble et commença à renifler avec curiosité.

— Je te dois une fière chandelle, marmonna le sorcier. Sans toi, je n'aurais jamais découvert ce refuge et serais probablement devenu l'une de ces choses. Je me demande… Non… non c'est impossible. J'ai uni Nola et Malatesta dans la mort, ils ont franchi ensemble les portes de l'Au-delà. Son âme ne peut être en toi. Pourtant, tu es si…

Présent ? Humain ? Il n'aurait su le dire, mais se rappela certaines légendes au sujet de métamorphes ayant oublié leur nature première, vivant leur existence entière sous forme animale. Peut-être était-il l'un d'eux, ou l'un de leurs descendants. Son aura, de l'autre côté du réel, brillait d'une singulière intensité. Était-ce pour cette raison ?

Ayant trouvé de la nourriture séchée, le félin s'empara d'une lamelle de viande grise et s'éloigna, tenant fermement sa prise entre les crocs. Tant bien que mal, Angelo fouilla la caisse, en tira du matériel de soin : bandages, macération purifiante au parfum sur de vinaigre et de menthe, onguent aux relents de galipot, pots de terre contenant herbes et fleurs écrasées, parfaites pour préparer des compresses. Il trouva également une aumônière de velours cramoisi, renfermant une petite clef dorée, ainsi qu'un ouvrage à la couverture de toile délavée où se devinaient encore des motifs indigo et, incrustés en lettres corail sur la tranche, un nom : Tashela Lizengo. Il s'agissait d'un recueil de poèmes, des vers courts aux rythmes musicaux. Il ouvrit une page au hasard. Le titre, « Astres en chute », attira son attention.

Regarde ! Quel beau désastre
Que ces astres qui tombent
Par centaines succombent
S'empalant l'hypogastre
Sur l'épine piquante
Dorsale et saltimbanque
De ce monde.

Angelo entrevit une étrange résonnance avec le chaos actuel, les principautés vacillantes, la peste et, sous la croûte de l'Archipel, l'éveil de Kebahil, ennemi de la Triple Déesse.

Il ouvrit au hasard une autre page – alors, un feuillet de papier s'envola et se posa doucement à ses pieds. Quatre vers, brefs, énigmatiques, y étaient inscrits :

Un chat noir,
Une clef,
Un coffret…
Un espoir ?

Le Démon

Quinzième arcane du Tarot de la Lune

... UN OFFICIER MIS AUX FERS – Ce lieutenant de vaisseau hantait les rades, en quête d'argent facile et d'ambroisie. Il utilisait son titre militaire pour extorquer des florins aux marins ivres et aux filles de joie. Prévenue par un anonyme, l'amirauté a aussitôt alerté la Garde de Lysania. L'arrestation a eu lieu cette nuit, aux abords du Grand Mérou, un repaire de fripouilles et de criminels, selon le capitaine Erezzi (suite, p. II). ÉTERNEL CŒUR DE LUNE – Un siècle après sa création, le chef-d'œuvre de Cinzia Ghilberti continue d'émouvoir et d'attirer les foules. Est-ce parce que certains critiques ont vu en Elvira Volpi (Selena), jeune et prometteuse cantatrice, une nouvelle Valli ? (suite, p. III)...

Les Échos de Lysania (extraits d'archives)

Alino se tut. Son regard était fixe, ses lèvres tremblaient ; sa peau blême et couverte de sueur devenait translucide, laissant paraître, ici, l'ombre violine d'une veine, là, le dessin d'un os. Le Jeu du Destin – à moins que ce ne fût Kebahil ? – happait l'essence du sorcier, le transformant en pantin de chair cartonneuse animé par une volonté faiblissante et le caprice d'une entité funeste. Son récit – il avait tiré la Lune, Dix-huitième arcane, symbole de la Déesse – n'avait été qu'une succession d'insultes envers la Triple Garce, Triple Salope, Triple Merde : aucun mot ne semblait assez violent pour la qualifier. Alors il répétait, ressassait, ruminait son venin. Ce n'était pas un souvenir ; Dionisia aurait pu tourner cette haine dévastatrice, irrationnelle à son avantage, réclamer l'annulation du tour, exiger de lui une nouvelle pioche, une nouvelle entaille à son âme.

À quoi bon, sinon éveiller sa rancœur et ses soupçons ?

Avec cette logorrhée chargée de bile et d'incohérences, de sanglots et d'éclats de démence, Alino Tengelli déviait du chemin ébauché par la destinée ; en réagissant, la jeune femme creuserait cet écart, se rapprocherait dangereusement de l'inconnu, du point de non-retour où les futurs se divisaient à l'infini, créant d'autres routes, d'autres possibles. Cela, elle ne *pouvait* l'envisager. Quoi que fasse son oncle, Dionisia devait suivre son plan, tisser fil après fil sa toile et le laisser s'y engluer.

— À mon tour ! lança-t-elle, rompant l'hébétude de son adversaire. Voyons ce que me réservent les tarots…

— Déception, trahison, mutilation…

Dionisia retourna *Le Démon* ; une fois encore, un fétiche dissimulé sur son corps explosa, libérant assez d'énergie pour leurrer le maléfice à l'œuvre dans les cartes ensorcelées.

— Désir, coupa-t-elle, posant devant elle la lame représentant une lamia à la beauté radieuse, assise sur le corps d'un mortel et se repaissant de son cœur. Lâcheté, secret, jalousie. Lorsqu'il s'agit d'amour et de mensonge, les rimes n'ont aucune importance.

*

Leurs regards, j'ai appris à en jouer ; ils glissent sur moi, curieux ou méprisants, lascifs ou haineux, ne m'atteignent pas. Je les connaissais avant d'arriver à Lysania : ce sont eux qui, telles des flèches de soie, blessaient ma mère autrefois. J'ai eu tout le temps pour me préparer à les recevoir. Savino, en revanche, peine à les accepter. Le frère de Tessa, pourtant fin courtisan, rompu aux jeux de cour et aux manipulations politiques, souffre de l'ostracisme à peine voilé dont lui et moi sommes victimes depuis notre installation à Matricia. Ses talents d'ambassadeur pâtissent des chuchotements désobligeants et des rumeurs qui frémissent quand nous passons le seuil d'un salon ou du hall de l'opéra. Sa volonté faiblit, éprouvée par d'innombrables combats contre la masse pernicieuse de courtisans médiocres, prompts à la médisance et aux attaques traîtresses ; percés de toutes parts, sa fierté nonchalante et son courage s'éteignent, laissant place à la morgue, à la rancœur, aux longues nuits d'ivresse et de jeu. Quand il revient, au matin, ses beaux yeux noirs injectés, souillés par l'eau-de-vie, les traits léonins de son visage brouillés et épaissis, j'ai envie de pleurer. De le prendre dans mes bras. De l'embrasser, de le consoler. De le frapper, de le griffer pour l'arracher à sa stupeur.

Mais je n'en fais rien.

Je détourne la tête quand il approche ses lèvres des miennes, je le repousse sans un mot et je retourne dans ma chambre – close.

Je l'aime.

Pourtant, je participe à sa déchéance.

Pourtant, je le regarde sombrer sans tendre la main pour l'aider.

Nous sommes deux paroles prisonnières, deux âmes incapables – sauf dans l'extase – de se toucher.

Ce matin, il est revenu une heure avant l'aube, saoul, désespéré. Je l'ai observé dans l'entrebâillement de la porte, protégée par la pénombre et le silence. Des plaques de neige maculaient sa cape de velours gris de maure et son couvre-chef pendait lamentablement sur ses longues tresses humides de givre. Il s'était battu ; ses vêtements étaient sales, déchirés ; il avait joué et perdu : son anneau d'or, à l'oreille, plusieurs bagues ainsi que le poignard au manche incrusté de turquoises et de coraux acheté au grand marché de Messina, un mois après notre rencontre. Il s'est arrêté près du seuil, hésitant à pousser le vantail et me rejoindre. Mais sa main est retombée. Il a secoué la tête et poursuivi jusqu'à ses appartements.

Incapable de me rendormir, j'ai passé une robe d'intérieur aux reflets vert pâle et commencé ma correspondance. Quelques invitations : un bal masqué où, à moins d'en couvrir chaque once, notre couleur de peau nous trahira ; un souper intime, pas plus de vingt convives, chez le seigneur Angelotti ; un salon musical au palais Badalla ; des courriers plus intimes. J'ai des admirateurs et des admiratrices, nobles et mécènes épris d'exotisme, excités par mes charmes et surtout, par le désir de briser le légat de Messina, principauté assez insolente pour envoyer dans les îles du Nord des émissaires alors qu'on ne lui demande qu'un comptoir d'épices et de soieries. Certains, comme Artemisia Badalla, sont toutefois sincères ; je compte même des alliés, et quelques amis. Parmi eux, loin d'ici hélas, Siro Venelli. *Capes, épées et baisers volés* est le livre de chevet de tous les romantiques de l'Archipel des Numinées. Ma chère Tessa l'a lu tant de fois qu'elle est capable d'en citer des passages entiers et on dit qu'Alessio Sforza en personne, prince d'Arachnae, l'a invité à sa cour. Siro Venelli n'a jamais démenti la rumeur : il a même tenté de l'utiliser pour me séduire quelques semaines à peine avant mes noces. Il m'a courtisée une saison entière, me couvrant de fleurs, de poèmes et de bijoux, jusqu'à ce que Savino, exaspéré, le défie en duel et d'une blessure au bras, lui ôte toute prétention. Venelli, vaincu, s'est inspiré de l'aventure pour l'écriture de *Sauvage Delfina,* romance dont l'exergue m'est dédié.

Quand tu danses près du feu entre chien et loup
Belle ensorceleuse au parfum suave, sucré,
Des perles scintillantes de sueur salée
Parent de miel et d'or ta peau de sable roux...

Siro, ami à défaut d'amant, n'a jamais cessé de m'écrire.

Je réponds à sa dernière missive, drôle; impertinente, plus mordante que ne le laissent penser ses rimes et ses écrits, quand deux coups sont frappés à ma porte.

— Entrez ! dis-je, posant ma plume sur un buvard, près de l'encrier.

Savino pénètre dans ma chambre. Un domestique, derrière lui, porte un plateau sur lequel sont disposés pain noir et feuilletés aux pommes, miel, beurre et chicorée bleue. Mon époux a un sourire las, les paupières lourdes de fatigue. Discret coup d'œil à mon courrier, haussement de sourcil en reconnaissant l'écriture de Venelli ; il ne peut rien me reprocher : mon galant éconduit réside chez une riche veuve de Soridae, principauté à trois semaines de navigation, au moins, de Matricia.

Avec un soupir, Savino prend place dans une causeuse tendue de bogolan – souvenir de Messina –, ordonne d'un signe bref au valet de nous laisser. Il sert lui-même le breuvage aux arômes fumés. Il tremble imperceptiblement, et, je le devine à la voussure de son dos, à son air emprunté, l'alcool n'est pour rien dans sa maladresse. Je pourrais, d'un simple effleurement, apprendre les raisons de sa confusion, pénétrer l'intimité de ses pensées. Je refuse cette effraction. Je l'ai toujours refusée, d'ailleurs. Par amour. Par respect. Par égoïsme : que me resterait-il à découvrir, à craindre, à espérer, si je connaissais son passé et ses secrets, comme s'ils étaient miens ?

Sans un mot, je m'assieds à côté de lui, troublée comme chaque fois par ce parfum de miel et d'embruns, par ce corps tiède et familier, dont le moindre frôlement suffit à affoler mes sens. Il me tend une tasse ; ses doigts touchent les miens – je frissonne.

— Dionisia...

— Mon amour...

— Mon amour ? Je crains que ce soit un tout autre nom qui franchisse vos lèvres, la prochaine fois que vous vous adresserez à moi... Dionisia, reprend-il après un silence, j'ai fait une énorme bêtise.

— Vous avez joué, perdu de fortes sommes contre un dépravé arrogant ?

— J'ai...

Savino se mord les lèvres, cache longuement son visage entre ses mains. Quand il redresse la tête, son regard erre dans la pièce, évitant délibérément le mien. Ainsi, il ressemble à une bête traquée, à ce malheureux cerf acculé par des chasseurs représenté sur la tapisserie reçue l'hiver de notre arrivée à Lysania. Mon ventre se noue. Son égarement, sa colère, sa honte cinglent mes sens, blessent ma psyché, creusent en elle de douloureux sillons, tentent de s'y engouffrer. Je résiste, dresse aussitôt un rempart entre le feu de ses émotions et mon propre esprit.

— Je vous…

Il agrippe ma cuisse, s'y accroche – ose enfin se tourner moi. Une taie bilieuse voile ses prunelles d'onyx et dans sa pupille se devine un abattement mêlé d'amertume. D'amertume et de peur.

— Savino, dites-moi.

Il inspire profondément, balance. Se reprend.

— J'ai joué. Et l'enjeu, c'était vous. Rassurez-vous, poursuit-il d'un ton sourd, il n'exige qu'une danse et une soirée. À moins que *vous* n'en décidiez autrement.

Mots âpres. Venimeux. L'agression comme défense, la cruauté en guise d'arme.

— *Il* ?

— Laerte Tengelli.

Tengelli… Je déglutis. Ma bouche est sèche, mon cœur bat trop vite.

— Vous semblez émue, mon aimée. Troublée par ce nom. Serait-il l'un de ceux que vous encouragez ? Oh, ne me dévisagez pas ainsi, Dionisia : je vous *connais* ! J'ai appris jusqu'à quel point je pouvais me fier à vous…

Je baisse les yeux. Je sais exactement ce qu'il entend par ces mots. Je perçois le désespoir dans sa voix, la jalousie, la violence contenue, prête à se retourner contre lui-même ou contre moi. Dois-je éviter l'orage qui s'amoncelle au-dessus de nos têtes ? Dois-je lui permettre d'éclater, sauvant son honneur, creusant un peu plus la faille qui nous sépare ?

— Les dés étaient jetés, ne manquait que la dupe ! Voyez-vous, jamais je n'aurais dû perdre. Une saison, l'automne. Un mois, celui des Adieux et un jour, le vingt-sept bien sûr. Oui, Dionisia : j'avais misé notre mariage ! Et savez-vous quel a été le résultat ? Le trois pour la saison : je commençais à espérer. Le onze pour le mois : je sentais que je pouvais l'emporter ! Le dernier dé a roulé lentement sur lui-même, oscillant entre vingt-six, vingt-sept et trente. J'ai prié la Déesse… Sans doute a-t-elle préféré vous écouter : il s'est immobilisé sur le dix-neuf. Laerte ne s'est même pas donné la peine de paraître étonné.

Plus d'hésitation : je le fais taire d'un baiser. Mes lèvres se pressent contre les siennes, mes mains pèsent sur ses épaules, le renversent sur le sofa. Pris par surprise, Savino n'a pas le temps de protester : son corps entier frémit, se tend contre le mien. Nos langues se goûtent – la sienne est tout imprégnée de chicorée bleue – et s'entrelacent ; mes doigts courent sur son torse, caressent et griffent puis, impatients, défont ses hauts-de-chausses et s'emparent de lui. Il soulève ma robe d'intérieur; ses paumes contre ma peau me brûlent, ses caresses embrasent mon ventre. Je le chevauche, l'emprisonne dans mon sexe – va-et-vient, doux, sauvage, chairs à vif, fondues l'une en l'autre, lave, fusion, explosion.

Je l'embrasse sur le front, les yeux, le nez.

L'extase, pour tout oublier.

Mes mensonges. Ses injures.

Ses vices. Mes trahisons.

Un palanquin de bois laqué, orné des armoiries des Tengelli vient me chercher au seuil de notre demeure. Les porteurs, deux colosses en livrée de velours noir et argent, frappent à un rythme régulier le sol gelé pour se réchauffer les pieds. Leur haleine dans le froid s'échappe en volutes de leur bouche. Ils ressemblent sous la neige à ces automates animés par des mécanismes complexes qui ont été présentés, la saison dernière, à la princesse Fiorenza. Un garde à la cuirasse émaillée, armé d'une rapière et d'une pertuisane, protégé du froid par une épaisse cape doublée de loup gris et une toque assortie, me salue et ouvre la porte de la luxueuse chaise. À l'étage, je devine la silhouette de Savino ; son regard noir pèse sur mes épaules, jaloux, chargé de remords.

Je m'installe avec répugnance sur la banquette recouverte de fourrures. Je ne parviens pas à comprendre cette tradition séculaire. Savino, au gré de conversations avec Badalla l'Aîné, doyen de l'une des seules familles qui nous a fait bon accueil, a appris l'existence d'antiques cultes conférant aux enveloppes animales des pouvoirs magiques. De là viendrait – en plus de se protéger du froid – leur usage et leur symbolique : à l'hermine, la pureté de la noblesse et la cruauté, à l'ours la puissance guerrière et le courage. Offrir à son ennemi une coiffe en lièvre est une terrible insulte, à son amante une étole de vison rouge un signe de passion. À Messina, un soufflet ou un poème suffisent et seuls les gueux se vêtent de peaux.

Je m'efforce d'éviter tout contact et me concentre sur la soirée à venir. Laerte Tengelli est un officier de la marine princière – probablement un corsaire doublé d'un espion – venu passer l'hiver à Matricia. Préférant Lysania à l'atmosphère étouffante du palais familial, il habite un ridotto à deux pas de la place Ghilberti et de l'opéra. Comme la majorité des Tengelli, Laerte est un homme de haute stature, aux cheveux de lin, au profil marmoréen. Comme la majorité des Tengelli, Laerte est arrogant et manipulateur. Comme la majorité des Tengelli, Laerte est dépravé, guidé par ses seuls caprices.

Nous avons été présentés l'un à l'autre entre deux actes de *Cœur de lune,* le célèbre opéra de Cinzia Ghilberti. Celui-ci, fils de l'amirale de la flotte princière, était le premier Tengelli que j'approchais. Agir plus rapidement aurait desservi mes plans. Savino et moi, plus que les autres ambassadeurs, demeurons des étrangers ici. Notre couleur de peau et la puissance commerciale de notre principauté font de nous des êtres à part, enviés et dédaignés, à peine mieux considérés que de simples marchands. Pendant que mon époux servait les intérêts de Messina, surveillant les comptoirs d'étoffes, de fruits, d'épices et de pierres précieuses, renforçant des liens, créant de nouvelles alliances, je gravissais, marche après marche, les échelons d'une société pour laquelle je ne serai jamais plus qu'une catin éduquée. J'ai accepté ce statut – fleur chatoyante dont on aime respirer le parfum, bête encore un peu sauvage, baladine aux mœurs légères – et suis devenue la courtisane effrontée dont la noblesse a tant besoin pour frissonner et se divertir. Savino en souffre. Notre mariage s'effrite. Mais l'ambassade prospère et mes plans se réalisent : c'est ce qui importe, n'est-ce pas ?

Ce soir, mon hypocrisie porte enfin ses fruits.

Laerte me veut ? De lui, je ne ferai qu'une bouchée. J'espère, auparavant, en tirer ce dont j'aurai besoin pour accomplir mon dessein.

Le palanquin s'arrête. On m'aide à descendre et conserver l'équilibre sur les pavés gelés, on m'escorte jusqu'à la demeure de mon hôte, un palais dont la façade est peinte de rameaux. La lumière jaune des fenêtres nimbe les flocons de neige de scintillements dorés. Je traverse le vestibule, éclairé par un lustre miroitant. Mes pas résonnent sur le sol de céramique pourpre ; le long des fresques anciennes sont alignés les bustes solennels des grands personnages de la lignée. Je lève brièvement les yeux : au-dessus de moi, un plafond à caissons octogonaux, écrins de bois abritant des fleurs de pourpre et d'argent. On m'entraîne vers l'étage, d'où s'échappent les notes délicates d'un luth ; on me prie de patienter avant de m'introduire auprès du maître des lieux. Laerte n'est pas seul : à ses côtés, la musicienne, une femme gracile et blonde aux traits fins, androgynes, et la belle Nerina, puis Baldassare Vesperi, porc aux tempes dégarnies qui me poursuit de ses assiduités, ainsi qu'une dizaine de personnes, d'autres hétaïres, leurs aristocrates galants et des dilettantes, faux artistes, vrais parasites, alliés, rivaux, flagorneurs – quelle différence ?

J'entre en scène.

Mon pas est lent, aérien. Les chuchotements meurent sur les lèvres des convives. La musique se tait. Après une profonde révérence, je relève les yeux, croise ceux de la belle artiste et mon cœur se serre, inexplicablement. Déjà, mon hôte se porte à ma rencontre, m'offre, avec un sourire suffisant que j'ai envie d'arracher sa main pour me relever. Je me retiens. Je pose mes doigts sur sa peau poudrée. Un battement de paupières suffit – projetée dans son esprit, j'y discerne pêle-mêle la satisfaction du conquérant, l'ennui de devoir partager sa prise avec les invités, mon corps nu, luisant de sueur et soumis, un dé roulant sur la table, l'autre – subtilisé quelques instants plus tôt – soigneusement caché dans sa manche. Savino s'est montré si naïf… Et Laerte a triché avec une telle facilité ! Cela me sert.

Mais il paiera.

L'artiste entame un chant, *a cappella.* Un madrigal libertin rendu plus troublant encore par sa voix suave.

Tombe la neige sur nos corps
Nus… Je frissonne et t'adore,
Mon bien-aimé. Réchauffe-moi
De tes baisers, et de tes doigts
Enflamme mes chairs affolées !
Je suis un luth entre tes mains :
Joue de moi, beau musicien !

L'assistance est médusée, envoûtée par l'audacieuse pièce. La joueuse de luth offre deux autres morceaux, une fantaisie et un madrigal, à peine moins osé que le premier.

La musique est une caresse
Voluptueuse et sucrée
Qui m'emporte jusqu'à l'ivresse
Et me couvre de baisers.
Maîtresse infidèle et fantasque,
Je t'aime malgré tes frasques
Et tes caprices d'enfant !

J'ai l'étrange impression que ces vers me sont destinés, ont été composés au moment même où nos regards se sont effleurés. Je me joins aux applaudissements ; une fois encore je croise ses iris vert d'eau. Une fois encore, je sens un singulier sentiment me gagner.

— Qu'en dites-vous ?

Laerte chuchote dans le creux de mon oreille : sa bouche est trop proche de ma peau, je frissonne de dégoût – et tant mieux si l'imbécile croit qu'il s'agit de désir.

— Que j'aimerais être une mélodie, dis-je dans un soupir.

Frémissement sur ses lèvres. Imperceptible inclinaison de sa tête. Il approuve. Savoure mes paroles. Imagine, je le sais, de délicates notes, deux corps enlacés, celui de l'artiste et le mien, livrés à sa concupiscence. Je lui offrirai bien plus que l'assouvissement d'un fantasme. Bien plus qu'il le souhaitera jamais.

Le désir, à en crever. Le plaisir, au compte-goutte. Juste assez pour effacer la douleur. Engendrer le manque, une autre souffrance. Puis, quand cela ne suffira plus…

— … vous présenter Dionisia Bajamonte, qui m'a fait l'honneur d'accepter mon invitation. Dionisia, voici Giuditta – ma tante.

— Votre…

— D'ici deux mois, ma chère Giuditta épousera le seigneur et maître de notre famille.

Devant moi, la future femme de mon père.

La coïncidence est trop belle. Si je m'y prends bien, je n'aurai même plus besoin de Laerte pour entrer dans les bonnes grâces de cette famille dont je veux me venger. Malheureusement, durant le souper, il nous place à l'opposé l'une de l'autre. Giuditta est assise à droite d'Aldo Narici, un individu au poil grisonnant dont les yeux noirs, le nez large et rond paraissent curieusement disproportionnés pour son visage et son corps cachectique. Narici compose arias, cantates et se pique même d'écrire un opéra. De celui-ci, nul n'a ouï encore le moindre extrait, mais une verve prompte à la raillerie et de puissantes relations, tout aussi médisantes que lui, coupent généralement court aux questions comme à l'ironie. À gauche de Giuditta, Nerina Bella, que ses boucles d'ébène et sa peau d'albâtre ont rendue célèbre. Parmi ses amants, Laerte certainement, le poète Valerio Libelli qui lui a dédié près de vingt sonnets dont le plus célèbre, « Blanche comme neige », a été mis en musique… et Savino. Leur liaison n'a duré qu'une saison – assez longtemps pour être quitte de mes frasques, pas assez pour prolonger le scandale au-delà du raisonnable et nuire à l'ambassade. À ma gauche, Baldassare exulte ; vaniteux et bouffi, le front luisant d'une sueur grasse, il se goinfre de boulettes de foie et de pâtes fourrées aux herbes, de venaison aux airelles, de purée de châtaignes et de légumes braisés, ne cessant d'enfourner d'énormes bouchées que pour éructer sous-entendus et compliments graveleux. Je picore, supporte sa veulerie – observe la musicienne. Détaille l'ovale étiré de ses paupières, la finesse de ses traits irréguliers, pourtant harmonieux. Surprends ses prunelles songeuses posées sur moi – m'émeus de sa rougeur, lorsqu'elle comprend que je cherche également son regard.

Cette femme. Dans le lit de mon père. Connaît-elle le sort qui lui est réservé ? Sait-elle ce qui l'attend, au palais Tengelli ? Elle ne semble pas mieux armée que ma mère. J'ignore comment elle pourra lutter contre la sorcellerie d'Erminia et des autres mages du destin, contre la perversité des membres de cette lignée. Laerte n'hésiterait pas à la forcer, s'il ne craignait de rompre une alliance. Une fois Giuditta prisonnière, plus rien ne l'arrêtera. Et moi… Moi, je la voudrais dans mes bras, alanguie et nue, traversée de frissons à chacune de mes caresses. Alors, je plongerais dans ses iris bleu vert voilés par les prémices de l'extase, je me laisserais bercer par sa voix, mue en gémissements puis en cris sous ma langue et mes doigts en elle…

Je ne vaux pas mieux qu'eux.

Le repas s'achève. Les convives quittent la salle, sont dirigés vers un salon. Laerte m'intercepte. Sa main pèse sur mon épaule. Il est bien trop près de moi. Je devine ce qu'il veut : une représentation publique, manifestation du pouvoir d'un homme sur la femme d'un autre, soumission d'une proie, humiliation d'un rival et au-delà, de façon diffuse, subtile, d'une principauté. Soit. Je danserai pour eux tous. Je le laisserai savourer l'illusion d'un triomphe et peut-être même partagerai-je sa couche. Tout à l'heure. Demain. Qu'importe. Il me suffira de fermer les yeux, de répondre, automate docile, à toutes ses attentes, de me métamorphoser, l'espace d'une insipide nuit, en incarnation parfaite de ses fantasmes. Les mots d'Oghrio, mon défunt magister, me reviennent en mémoire. « Un charme est un lien, peu importe le support. Une plume suffirait, mais les gens préfèrent le sang, la cire, les ossements et tout ce fatras. Mais je te le dis : trouve le lien, tu auras ton charme. » Son désir sera le lien. Quand je l'aurai envoûté, je le viderai lentement de toute dignité. Je transformerai en désespoir l'orgueil cruel dont il se pare – à la fin, il ne restera rien de lui.

— Vous renverrai-je auprès de votre époux ce soir ? susurre-t-il. Il a été fort imprudent de vous laisser venir, et fort négligent. Si vous étiez ma femme, jamais je ne prendrais le risque de vous perdre, même l'espace d'une soirée…

Je me tiens contre lui. Mes lèvres près des siennes. Mon souffle dans le sien.

— Vous m'aiderez à le punir, n'est-ce pas ?

Il me répond d'un sourire. S'écarte, sûr de mon désir. M'invite, d'un geste, à acquitter les dettes de Savino.

J'entre dans un étroit boudoir tendu de toile amarante aux motifs satinés, éclairé par deux chandeliers ouvragés. Les vêtements apportés par mon valet cet après-midi attendent, soigneusement pliés dans leur malle. Une servante de la maisonnée, dépêchée pour m'assister, patiente près du linteau de la cheminée. Âgée d'une quinzaine d'années peut-être, elle a un regard pétillant et des mèches dorées encadrent joliment ses joues rondes et roses. Maladroite, elle m'aide à dénouer les manches de mon corsage, à me défaire de mes jupes et ôter la fine chemise brodée de dentelles qui me couvre jusqu'aux pieds. Elle m'observe, envieuse et fascinée, apeurée aussi, lacer un court corselet de soie, ajuster à mes hanches des jupons de gaze cousus de sequins, ombre diaphane sur mes jambes nues. À mes poignets et mes chevilles, je passe de petites chaînes ornées de grelots. Entre mes mains, un tambourin. Les cymbalettes accrochées au cadre sont gravées de symboles chamaniques, héritage d'Oghrio. Enfin, je me dissimule sous un long châle turquoise aux reflets moirés.

— Je suis prête.

— Je vais prévenir mon seigneur.

— Demandez-lui de faire moucher les chandelles. Et dites à la dame Giuditta de m'attendre à l'entrée du salon.

— Mais je…

— Elle ne s'en offusquera pas.

La jeune fille s'éclipse. Revient une minute plus tard, m'invitant timidement à la suivre. La musicienne se tient dans l'encadrement de la porte, gracieuse silhouette se découpant dans le clair-obscur d'un feu de cheminée. Je discerne dans son regard pers une lueur interrogative, ainsi qu'une nuance de crainte. Décidément…

— Me voici, murmure-t-elle. Que… Que voulez-vous de moi ?

« Un baiser. » Réponse évidente. Trop évidente. À se demander si, par sa question, elle n'essayait pas de me piéger. Il me suffirait d'effleurer son bras, de me laisser aspirer dans le tourbillon de ses émotions, de ses pensées pour le savoir. Plus tard, peut-être ?

— De la musique, bien sûr !

— Mais j'ignore si…

— Connaissez-vous cet air populaire qui commence ainsi : *tidadidada dada dada…*

— « L'Orpheline ». N'est-ce pas un peu triste ?

— Vous avez raison. Le repas a été si… plaisant. Il serait dommage de l'assombrir. Alors, que diriez-vous de « Lune de feu » ? Vous savez…

— *Tidadidi didida didida…* Vous aimez les extrêmes, Dionisia !

J'aime… la manière dont elle prononce mon nom. J'aime… le timbre de sa voix, sa douceur, sa clarté.

— Cela vous gêne ?

— Non ! Non, bien sûr que non, proteste-t-elle, troublée. Et puis, il serait déplacé de ma part de l'être, j'imagine. Mes madrigaux sont assez…

— Provocants ?

Hochement de tête. Paupières baissées, cachant sa confusion.

— Allons-y, voulez-vous ?

Elle me tourne le dos, regagne sa place et accorde l'instrument. J'apparais sur le seuil, immobile le temps de jauger, un par un, les membres de l'assistance, de mesurer leur impatience, leur attente, leur volonté de nuire – il y en a toujours… le temps que tous, intrigués, tournent la tête vers moi. Alors, je m'avance jusqu'au centre de la pièce, laisse choir mon voile et virevolte, marquant les premières mesures du morceau. Les cymbalettes frissonnent et crépitent ; des étincelles jaillissent du tambourin. Les notes s'élèvent, âpres, puissantes. Je me laisse porter par le rythme envoûtant de cet hymne à la chair et à la passion. Je m'élance vers le ciel, flèche de flammes brunes et scintillantes ; je me déhanche et me tords, pirouette, frappe brutalement la membrane du tambour, martelant le tempo de mes pieds. Je puise dans les regards captivés de l'assistance émotions et fantaisies. Je plonge dans la psyché de Giuditta, m'inspire de ses désirs et de ses pensées, m'en nourris… Crainte soudaine : me laisser emporter, partager ses fantasmes, poursuivre les érotiques esquisses de nos baisers, de nos chevelures, parure d'or et d'ébène sur nos corps emmêlés… Je m'arrache à ses rêves, reprends d'une arabesque mes esprits. Puis je ralentis et m'abandonne, yeux mi-clos, aux caresses de la musique, j'arque le dos, les bras, glisse vers le sol, tends une jambe, me redresse, bondis, tournoie – m'affaisse, lascive, en un ultime tintement de clochettes et cymbales. Dernier pincement de corde, dernier envol. Enfin, la pénombre et le silence.

Je roule sur moi-même, je me drape dans le châle satiné, puis me relève et salue.

Laerte me dévore des yeux, rouge, essoufflé. Il est à ma merci.

Je n'aurai aucune pitié.

— Vous aviez raison au sujet de Tengelli.

Savino m'a rejointe sur le balcon. Serti de stalactites de glace aux diaprures bleutées, celui-ci surplombe les toits couverts de neige. Au-delà de la ville, en contrebas, je devine les ombres vertes et grises de l'océan où dérivent d'énormes blocs immaculés et les vagues s'écrasant avec fracas sur les récifs et les roches noires de la falaise.

Mon époux pose la main sur ma hanche. Se tient debout juste derrière moi. Son souffle dans le matin s'échappe en brume givrée, se mêle au mien. C'est notre première étreinte depuis des semaines. Laerte a partagé ma couche. Deux fois, peut-être trois. Savino me hait pour cela. Mais qu'espérait-il, en me jouant aux dés ? Que je me jette à ses pieds et le supplie de ne pas respecter ses engagements ? Étrange : il m'a humiliée, traitée en objet – et me reproche, plus que les autres, ce dernier adultère. Même si, jusqu'à présent, seul mon corps a trahi. Mon âme, mon cœur lui sont demeurés fidèles. Le seraient-ils restés si j'avais revu Giuditta ? D'un haussement d'épaules, je chasse cette dernière question.

— C'est un ambrosomane, poursuit Savino. Sans vous, je n'aurais jamais deviné…

Sans moi, il ne le serait jamais devenu.

Je suis restée, cette nuit-là. Je me suis faite charme. Je suis devenue le lien secret unissant son corps et son esprit, ses soifs et ses peurs. Ses fantasmes imprégnaient sa psyché d'une moiteur médiocre, vaguement perverse. Il aimait dominer, soumettre, décider quand donner ou prendre du plaisir. J'ai transformé mon corps en outil ; il a subi pire, en prison : le fouet, la torture… Profitant de son extase, j'ai plongé profondément en lui, découvrant ses travers et ses secrets – inceste tragique, assassinat d'une fiancée, dépendance longtemps combattue, vaincue au prix de la sueur et du sang, à l'ambroisie.

Juste ce que je cherchais.

J'ai ravivé cette flamme. Cette drogue ambrée et fatale, maîtresse plus fidèle, plus enivrante, plus exigeante que moi, est devenue la seule façon d'oublier mon absence, la souffrance du manque.

J'ai détruit Laerte : bientôt, il mourra, première victime de ma vengeance.

Les Tengelli ne lui permettront pas de souiller leur nom plus longtemps.

Un pas en arrière. Un pas vers le corps de Savino. Il resserre sa prise sur ma taille, réprime l'envie de me prendre dans ses bras.

— Je connais même le nom de son fournisseur et je crois savoir où le trouver. Un dénommé L'Ardoise, qui hante les tavernes du Vieux Port. De ce que j'ai compris, on l'appelle ainsi à cause des crédits accordés à ses meilleurs clients… et de sa brutalité, quand il est l'heure de faire payer l'addition aux plus récalcitrants.

— Pourquoi ces renseignements ?

Son ton est défiant. Considère-t-il ces confidences comme une humiliation supplémentaire ? Son orgueil frôle parfois la stupidité.

— Laerte Tengelli est un tricheur.

— Je sais.

— Un assassin.

— Vraiment ? Qu'a-t-il fait pour mériter votre courroux ? Je vous croyais…

— Amants ? Savino, comment pouvez-vous être à ce point aveugle ! Il y a peu, vous prétendiez me connaître. Et, bien que cela ait été dit sur le ton de l'insulte, je vous ai cru. Amants ? Qu'allez-vous inventer ? Je n'ai qu'un seul amant, qu'un seul époux et je suis dans ses bras, ici et maintenant.

— Mais Laerte…

— Vous vous êtes trompé. Lui aussi ! Et sans doute a-t-il cru que l'acquittement d'une dette valait pour serment. Il m'importune, m'envoie d'insipides billets et des présents que je lui retourne sans même les ouvrir. Bientôt, il paiera des baladins pour me déclamer des sérénades en son nom. C'est risible ! Hier, lors d'une matinée au palais Badalla, l'un de ses laquais est venu m'apporter trois rangées de perles de Sparassia. Je les ai refusées.

— Publiquement ?

— Non : c'eût été indélicat. Mais, poursuis-je en me laissant aller contre le torse de celui que j'aime en dépit de nos différends, il l'eût été plus encore de ne point satisfaire la curiosité d'Artemisia.

Artemisia Badalla. Spontanée, volubile, elle tourbillonne, papillon chamarré dans un parterre de courtisans envoûtés et effrayés par ses transports, ses affections et ses rejets soudains. Attirée par mon exotisme, elle a été la première à m'inviter lors de matinées musicales ou simplement mondaines. Je demeure son obligée : comment lui refuser le plaisir de cancaner ?

Savino soupire, baise mes cheveux.

— Je me suis comporté comme un mufle. Me pardonnerez-vous ?

Au moins, il ne me jure pas d'arrêter le jeu et l'eau-de-vie. Ces promesses, il ne pourrait les tenir. La culpabilité, la mauvaise conscience élargiraient encore le fossé que des années de mensonges et de non-dits ont creusé entre nous. Par ma faute, surtout. Je lui cache tant de choses, et depuis si longtemps. Ma naissance, la puissance de mes dons, le fils mort-né qu'il m'a toujours soupçonné d'avoir assassiné.

Je ne puis lui révéler ni le secret de mon identité ni mes projets de vengeance. Tant pis si cela nous détruit.

Je me retourne, l'embrasse.

— Vous en doutez ?

*

Dionisia passa la langue sur ses lèvres, asséchées par la parole et les odeurs encore prégnantes de poudre de riz et de vieux parfums.

Ce récit ravivait en son cœur de tristes souvenirs. Même dépouillée d'une part d'elle-même, même protégée d'émotions importunes par cette *absence* d'âme et une résistance née d'années d'endurcissement, elle peinait à les ignorer, à ne montrer qu'un masque d'indifférence et de léger ennui.

— Laerte n'était qu'un imbécile, siffla soudain Alino, tirant sur ses mèches poisseuses avec une inquiétante violence. Un imbécile doublé d'un pervers. Alors, tu savais qu'il couchait avec sa sœur ?

— Oui. Mais vous vous en doutez, quand j'ai rencontré le reste de la famille, Gisella n'était plus depuis des années.

— Il l'a mise enceinte. La pauvre était trop chétive… Pour étouffer cette faute, Ottavia, son amirale de mère l'a placé sur un navire, d'abord comme enseigne puis, le goût de la mer venant, il s'est taillé une place de lieutenant. Alors, c'est à cause de toi qu'il est mort.

— Il n'a supporté ni les geôles ni la mise au ban de la société, répondit-elle, en haussant les épaules. C'est bizarre sinon vu que je ne crois pas qu'elle parle du bébé. Allons, mon oncle : prenez une carte ! À présent, c'est à vous de jouer !

La Vierge

Dix-septième arcane du Tarot de la Lune

CONCERTS – Inaugurée hier matin en présence de Son Altesse Donatella Pellegrini, la Petite Salle, annexe de l'opéra Ghilberti, accueillera dès l'automne des concerts de chambre. Parmi les œuvres proposées, les célèbres arias de Mina Monti et une cantate de Cassandra Valli, descendante de la grande soprano (suite, p. II). DÉCÈS – Alino Tengelli, seigneur de sa famille, est mort hier des suites d'une longue maladie. Ses funérailles auront lieu le prochain quarto de ce mois, au Grand Temple de la Lune, en présence des Moires et de Son Altesse Donatella Pellegrini (suite, p. III). MIRACLES EN MER – Ces jours-ci, le Temple du Vieux Port résonne de prières et l'autel est recouvert de coquillages. Les marins, bénis par la Triple Déesse, effectuent des pêches miraculeuses, « comme si les poissons venaient se jeter dans nos filets », explique l'un d'eux (suite, p. IV).

Les Échos de Lysania (extraits d'archives)

Alino posa la main sur le jeu de tarots. La retira aussitôt, se gratta frénétiquement la paume, puis le crâne. Essaya de nouveau. Sursauta, les épaules et le cou secoués de soubresauts. Éructa. Se figea. Ses iris s'assombrirent, leur bleu peu à peu avalé par des gouffres de perversité et de chaos.

Dionisia l'observait, placide. Craignant un piège de Kebahil, elle refusait de manifester la moindre marque de peur ou de dégoût et se concentrait, chassant au plus profond d'elle-même les souvenirs encombrants ravivés par ses récits, et avec eux la douleur, le remords, vieux compagnons qu'elle avait appris à ignorer.

— La jeune catin ! C'est la jeune catin !

Alino, les yeux soudain brillants, brandit l'arcane devant elle. *La Vierge.* Adolescente aux traits purs, couverte d'évanescents voiles blancs, dans une nuit semée d'étoiles, où scintillait la Lune en son premier quartier. Une humeur laiteuse, à peine perceptible, enveloppait la lame, se répandant telle une gangrène sur la peau du sorcier.

— Ta mère, je l'ai appelée ainsi au début, reprit-il. Oui, la première fois que je l'ai vue, c'est ce que j'ai cru. J'ai cru qu'Azzura était une garce à qui on avait promis de l'argent en échange… de son ventre. Je me trompais. Comme toujours, hein ? « Vous vous êtes encore trompé, mon ami, » me disait Cesira. Cesira, tu te souviens ? La putain que j'ai épousée et engrossée… Que crois-tu qu'elle a mis au monde, hein ? Une fille à son image ! Tu ne diras pas le contraire : Fiorella, tu ne l'aimais pas beaucoup, je crois.

— Elle est morte, mon oncle.

Alino toisa l'arcane, méprisant. Plissa les lèvres.

— Vierge, tu parles ! Déflorée à douze ans par un garçon d'écurie. Je le fis, évidemment décapiter, pour l'exemple. Fiorella ressemblait à sa mère. Aussi blonde. Aussi cruelle. Engeance pourrie, née dans l'ordure, aimant s'y rouler jusqu'à la lie ! Imagine : elle est venue me rejoindre, une nuit. Je l'ai chassée : je savais l'ordure qui vivait à travers elle. Fiorella… Une garce sans cœur ! Elle et ton père… Ha ! Ils étaient vraiment faits pour s'entendre, ces deux-là.

Dionisia croisa les bras sur sa poitrine. Les frémissements de ses talismans contre sa peau, pareils à ceux de minuscules êtres vivants, la rassuraient, lui permettaient de patienter, de résister aux assauts insidieux de l'entité qui possédait, sporadiquement, le corps de son esclave et tentait de fissurer ses défenses psychiques. Bientôt, il faudrait lui accorder de menues victoires, accepter d'être blessée. En demeurant ferme, inébranlable, elle finirait par éveiller ses soupçons. *Leurs* soupçons : elle ne doutait pas qu'Alino fut bien plus attentif et présent que le laissait supposer son apparente débilité. Quant à Kebahil… Seul un fragment de son essence habitait la carcasse du sorcier. Seul un fragment de son essence avait causé la peste cendreuse, décimant la principauté, transformant hommes et bêtes en cadavres assoiffés de vie. Une fois véritablement incarné – et Dionisia soupçonnait que son oncle n'était pas le réceptacle qu'il désirait –, même la Déesse Lune ne pourrait lui échapper ni le vaincre. Du moins pas sans condamner l'Archipel. Au terme de ce duel, peut-être la magicienne aurait-elle gagné un répit ?

Un répit, seulement.

Car la guerre commençait à peine. Et nul ne pouvait prévoir, qui, de Kebahil ou de la Déesse, l'emporterait.

*

Tu sais à quel moment j'ai décidé de l'aider, ta mère? Quand je l'ai rencontrée, cet après-midi du mois des Pluies, pelotonnée dans ce grand fauteuil, essayant désespérément de réchauffer son pauvre corps au coin du feu. Non. Non, ce n'est pas vrai : j'ai décidé de l'aider au moment où j'ai mis la main – cette main, la main gauche, tu vois? – sur son ventre et que je t'ai sentie bouger. J'ai su. Oui, j'ai su que je ne pouvais pas vous laisser ainsi. Azzura, naïve, vulnérable, amoureuse à en crever de mon fumier de neveu. Toi, pas encore née, pourtant plus précieuse que le clan entier aux yeux de notre démon de famille. Démon dont j'étais à la fois le débiteur, le créancier et la victime. L'occasion était trop belle! Ils te voyaient Moire, se rêvaient maîtres de Matricia, revenus en grâce et conseillers des ombres, fondant – pourquoi pas? – une nouvelle lignée de princes. Il y avait un risque, bien sûr : la prophétie... Tu ne connais pas la prophétie qui a précédé ta naissance? Ça s'est passé un mois après la chute de Dante et son exil. Mais si! Tu sais bien : Dante, c'est celui qui a ouvert la gorge d'un adversaire en plein Conseil princier. J'avoue : soutenir ses ambitions alors que je le savais proie de fréquentes crises de violence n'était ni très heureux de ma part ni très innocent. Mais tant que je pouvais nuire aux nôtres... Je n'avais pas prévu qu'ils décideraient, sitôt après, de m'éliminer. Ils étaient aux abois, tous! Les augures étaient pris de folie : ils épuisaient leurs lames de tarots à force de les invoquer, sacrifiaient des bêtes pour lire dans leurs entrailles, j'ai ouï une histoire d'orphelin éventré, aussi... Ils priaient vainement la Déesse. De son côté, Ruben se frottait les mains devant leur désespoir. Enchaîné dans son cercueil de glace au fond des Abysses, il les voulait assez faibles pour se traîner à ses pieds et le supplier de leur accorder son aide, en dépit de ses pouvoirs déclinants. Ce cher Ruben se serait sans doute fait un plaisir de renouveler à son seul profit le pacte passé avec nos ancêtres.

Ils sont même venus me trouver. Moi, leur seigneur redouté, leur cadavre en sursis! Ils ont osé me demander si je pouvais regarder dans les prismes nébuleux de l'avenir... Je n'ai jamais été doué pour la divination : je pouvais voir des choses, ça oui! Le genre : filaments argentés se déployant dans un grand flou, formant peu à peu un tableau fugitif, une scène énigmatique, indéchiffrable ou presque... J'étais à peine capable d'interpréter le sens de ces visions. Alors, ce qu'ils me réclamaient était bien au-delà de mes compétences. Mais je ne le leur dis pas. Je me contentai, à la place, de leur offrir un nouveau jeu de tarots. Créé en même temps que celui que je t'ai fabriqué en cadeau de naissance, d'ailleurs. Tu crois que c'était un signe?

Et c'est ainsi qu'un soir, Erminia, la sœur de ton père, pondit quelques phrases au gré d'un tirage : *La Princesse, Le Magicien, Le Destin* et *Le Démon.*

Aurore boréale et australe
Elle tiendra dans ses mains
Les trois fils du Destin
La plus brillante des Étoiles
Scintillant dans le soir
Des Tengelli le fléau ou l'espoir.

Dès qu'ils commencèrent leurs calculs, tout se mit en place : latitude, longitude, vitesse du vent et autres billevesées. Alberto, désigné volontaire, chaperonné par Erminia, partit chercher un ventre pour abriter le prodige à naître : ta mère. La suite, si le Jeu du Destin ne t'a pas encore mis la mémoire et l'esprit sens dessus dessous, tu la connais.

Je t'ai raconté comment j'ai su, pour le poison ? Non. Pas encore, bien sûr. Pour ça, pas la peine de compter sur la Triple Salope ou sur Ruben pour m'avertir. Ça non. Et puis, j'étais fou, n'est-ce pas ? Taré, fêlé, cinglé. Perdu, irrémédiablement. Il y avait des miroirs, dans mes appartements. Trouvaille perverse d'un aïeul, tenue secrète par les seigneurs des Tengelli. Tu le sais, d'ailleurs : tu fus l'un d'entre eux. Tu as occupé cette chambre étouffante, dans l'aile nord ; tu as dîné dans ce petit salon tendu de tapisseries passées aux saveurs d'outre-tombe ; tu as découvert le mécanisme grossier, pourtant jamais éventé, près de la cheminée. L'étroit conduit permettant de se glisser entre les murs du palais, d'espionner conversations et rendez-vous secrets. Les miroirs ? Leur utilité m'est apparue presque par hasard : un coup d'œil écœuré au vase d'étain posé sur la crédence, près de la cheminée. Tu te le rappelles, non ? Ventru, presque bouffi, incrusté de nacre et de verre… Un objet hideux, mais vénérable. Intouchable, donc. Je ne l'avais jamais remarqué jusqu'alors, son poli réfléchissait la psyché posée près de la fenêtre, et celle-ci, le petit chiffonnier de bois laqué. Ce dernier réfractait lumière, images, ouvrant mille perspectives. Je passai des jours à repérer, dénombrer, classifier tous les artifices disposés pour espionner. Puis j'appris comment jouer en virtuose de ces armes discrètes. Tu veux savoir l'un de mes tours préférés ? L'un des plus simples. J'abandonnais les visiteurs à la merci de l'ennui et de la nervosité, seuls, de longs moments avant de me manifester. Ainsi, je pouvais les épier à ma guise, examiner leurs réactions, comprendre leurs intentions – essayer, du moins. J'avais l'impression d'être un prédateur surveillant sa proie, tu vois. J'aimais ce sentiment de puissance. Il me grisait. Pas autant que l'ambroisie. Pas au point d'oublier combien je les exécrais, tous. Mais assez pour étouffer, même brièvement, la souffrance d'être en vie, et prisonnier, et lâche, trop lâche pour en finir.

Pour me tuer, ils envoyèrent Fiorella. Chair maudite de ma chair. Sang impie de mon sang. Fiorella, catin de ton père, versa la première le venin qui, en quelques mois, devait me terrasser. Elle avait demandé audience. Patientait, à la merci de mon caprice, très droite dans sa robe de brocatelle mordorée, très digne malgré ses lèvres gonflées, rouges encore des baisers de son amant. Un domestique complice – il a avoué, il est mort, n'en parlons plus – apporta sur un plateau d'argent deux coupes pleines, une carafe de vin rouge et des biscuits aux noix. Dans l'un des verres, elle vida le contenu de son chaton. Une poudre noire aux reflets bleutés. Atropa, oui. Le poison de la dernière Moire. Inodore, discret. Parfait pour provoquer une agonie lente et douloureuse, aisément imputable à une longue maladie.

Et on voudrait que je baise les pieds de la Garce, alors même qu'elle m'a condamné ? Ha !

Ma propre fille. Je n'aurais pas dû être surpris. Elle me haïssait, guettait depuis longtemps l'occasion de me tuer. C'était ce qu'elle cherchait, en s'immisçant dans ma chambre pour me séduire : je crois – je suis sûr ! – qu'un poignard se cachait dans la manche de sa chemise de nuit. Que veux-tu ? J'ai tué sa mère. Elle avait des raisons de vouloir se venger, même si elle ne l'a guère connue. Vivante, je veux dire. Parce que je suis convaincu que son fantôme instiguait chaque nuit son venin dans l'esprit de cette catin. Peut-être est-ce ainsi que Fiorella apprit la manière dont je m'étais débarrassé de Cesira. Peut-être lui a-t-on dit. Quoi qu'il en soit, ça ne change rien.

Cela faisait six ans. Six ans, oui, depuis la disparition de Tiziana. Était-ce l'anniversaire de sa mort ? Je ne sais plus. Mais je me souviens qu'une bise automnale soufflait et que la terre sous mes pas était gelée. Ce soir-là, je suivis Cesira jusqu'à la falaise dominant l'océan, près du palais. Elle était emmitouflée de fourrures, des fourrures blanches, brillant comme sa chevelure dans ce crépuscule blafard. Je m'approchai sans un bruit, sans autre arme que mes mains. Je la saisis à la gorge, puis la projetai, de toutes mes forces, sur le sol rocailleux. Je fondis sur elle, j'agrippai son cou et serrai. Serrai. Jusqu'à ce qu'elle cesse de me griffer, jusqu'à ce que ses mouvements ralentissent et qu'elle abandonne toute résistance. Alors, je frappai sa tête contre la roche, encore et encore. Sa mort ne m'a pas rendu Tiziana, mais en contemplant son visage sanguinolent, je me sentais un peu moins malheureux. Je l'ai roulée dans sa pelisse souillée, puis jetée dans les flots. Elle a mis une éternité à tomber. L'orage grondait – il *fallait* que cela se passe durant l'orage. L'écume scintillait à la lueur des éclairs ; les vagues se fracassaient contre les récifs où s'accrochaient des tombereaux d'algues brunes. Ce corps tournoyant dans la tourmente, qui laissait dans le vide une traînée pourpre, paraissait gracieux, presque irréel… Enfin, elle s'écrasa… Comme ça. D'un coup. Les rouleaux l'engloutirent en quelques secondes. Au moment de rebrousser chemin, je me sentis observé. Par qui ? Je n'en avais cure.

J'étais le seigneur des Tengelli : qui, de mon sang ou de la domesticité, aurais-je pu craindre ?

Bref. Fiorella a appris la vérité. Son indifférence – la même que je lui portais, la nausée en moins – s'est mue en haine. Je n'aurais pas dû être surpris, non. Pourtant, en la voyant agir, si froide, si déterminée, j'ai ressenti cet étrange pincement au cœur. Idiot, n'est-ce pas ? Je vais t'avouer une chose : au départ, je n'ai même pas cherché d'antidote. J'allais mourir, dans quelques mois, un an tout au plus… Et alors ? À quoi bon continuer ? Tiziana avait passé depuis longtemps les portes de l'Au-delà, ma raison tombait en miettes – ah, je le sentais ! Je le savais, crois-moi, que je devenais fou ! – et chaque jour, chaque instant passé auprès des nôtres me remplissait de dégoût. Leurs misérables intrigues, leur volonté de puissance, leur perversité, fruit de générations entières d'incestes, d'assassinats et d'alliance renouvelée avec l'immonde créature tapie au cœur du palais… Tu sais quoi ? Mon propre visage me devenait odieux : mes yeux, ma bouche, ce nez trop droit, ces mèches trop pâles, la moindre parcelle de peau me rappelaient ce sang exécrable ; je voyais des ressemblances jusque dans la manière que j'avais de rire, de soupirer ; je décelai en moi une espèce de tare, de souillure qui resterait incrustée quoi que je fasse. À quoi bon poursuivre cette existence, monstre parmi les monstres, dans cette fange ?

Mais voilà. J'ai rencontré ta mère. Et je t'ai sentie, toi, vivante et vibrante, dans son ventre.

J'ai décidé de vivre, au moins le temps de vous aider.

J'ai décidé de vivre, parce que j'y ai vu le moyen de venger pleinement Tiziana et de reprendre la promesse de bonheur qui m'avait été arrachée.

Je suis mort le vingt-neuvième jour du mois de la Récolte, deux heures après l'aube. Mon domestique m'a trouvé, les traits figés, les mains crispées et roides. Ma peau s'était tavelée, une mousse bleuâtre souillait la commissure de mes lèvres. Mise en scène parfaite, hein ? Même mon cœur avait cessé de battre.

Ce fut un vrai jeu d'enfant ! Il y avait sur le Vieux Port, une ancienne putain, convertie par l'âge et je ne sais quelles fréquentations douteuses au métier de rebouteuse. Le genre à fabriquer des philtres pour guérir l'impuissance ou la chaude-pisse, à faire passer les gamins non désirés, à t'offrir une nouvelle virginité. Elle savait d'autres tours : c'est pour cela que je suis allé la trouver.

Pour moi, elle créa une boule faite d'une substance grise, gluante, à base de graisse et d'ossements, que je devrais glisser sous ma langue le moment venu. Une recette de nécromant, apprise dans un grimoire qui n'aurait jamais dû tomber entre ses mains. À mes yeux, cela ne revêtait aucune espèce d'importance. Pour les gardiens des deux ordres de magie présents en ville, cela suffit à la condamner. Le Destin ! Ne me regarde pas ainsi : tu n'aurais pas misé sur elle, toi non plus. C'était une vieille garce, retorse et sans scrupule ; elle m'aurait trahie. Je connaissais, rappelle-toi, les différents symptômes de l'atropa. J'en fus victime avant de m'amuser à les reproduire. Durant plusieurs mois, j'observai les réactions des nôtres devant les progrès du mal : je lus dans leurs yeux l'espoir, l'impatience, le dégoût. Et quand, ce matin-là, je succombai, j'entendis leur soulagement. Enfin, Alino le sorcier, Alino le fou n'était plus ! Alberto, docile, dénué de tout don tellurique, bientôt père d'une précieuse enfant, allait lui succéder, reprendre sagement les rênes de la famille et la mener vers les sommets qui lui revenaient de droit… Ha ! Tu les aurais vus…Ils s'agglutinaient comme des mouches autour de mon cadavre, s'entretenaient à voix haute, riaient, même ! Plus tard, cette même journée, Fiorella est venue cracher sur mon lit de mort. Plus tard encore, juste avant le crépuscule, les premiers cris de panique ont retenti. Azzura avait disparu. Obéissante, ta mère avait attendu l'aurore pour emprunter un passage de ma connaissance et se glisser hors du palais. Elle emportait de maigres effets – j'avais eu toutes les peines du monde à lui faire accepter une aumônière pleine de florins – et un précieux fardeau… *le fléau ou l'espoir…* J'ignorais où la conduirait *Le Suspirio.* Je souhaitais qu'elle t'emmène loin de Matricia, loin des Tengelli. Je souhaitais que tu deviennes le fléau, non l'espoir, de la prophétie minable d'Erminia. En cela mes vœux n'ont pas été vains, n'est-ce pas ? Des Tengelli, il ne reste que toi et moi.

J'étais fier de ma réussite. J'avais déjoué leurs plans, leur pion le plus précieux avait fui et ils pouvaient toujours courir pour vous rattraper : tes pouvoirs, j'ignore comment, j'ignore *pourquoi,* te dissimulaient et contraient tous les leurs.

Mais quelqu'un savait. Oui, tapi dans les profondeurs du palais, quelqu'un avait compris ma ruse. L'être infâme, cœur de cette lignée, n'avait pas gagné, avec mon trépas, la puissance qu'il espérait. Le lien mystique qui nous unissait n'était pas rompu. J'avais oublié Ruben : cela fut ma perte.

Tu te rappelles Malvolio, ce cousin meurtrier de mon aimée ? Je ne l'avais pas tué. J'avais essayé, plusieurs fois… Le démon des Tengelli le protégeait. Guidé par cette ordure, il a tout découvert. Les funérailles étaient prévues trois jours plus tard, au Grand Temple de la Triple Salope. Cela me laissait tout loisir de créer un leurre : avec un masque mortuaire sur le visage, qui verrait la différence entre le cadavre d'un gueux et le mien ? La veille de la cérémonie, je profitai de la nuit et de ma connaissance des passages secrets pour quitter la chambre où nul ne me veillait et me glisser hors des murs. Je comptais suivre le même chemin qu'Azzura. Lysania n'était qu'à deux heures de marche du palais : de là, il me suffirait d'embarquer sur un navire. Je caressai un moment l'idée de la rejoindre, mais renonçai vite. Même mort, même exilé, je demeurais un Tengelli : je craignais plus que tout de te souiller par ma seule présence. Et puis, je t'avais légué assez de moi, avec ce jeu de tarots ! Je me décidai plutôt pour Soridae où, dit-on, la douceur de vivre est sans pareille dans l'Archipel. Il y a ce poète… Comment s'appelle-t-il ? De Guardi ! Luca de Guardi ! Tu connais certainement…

Si les blonds parfums du miel,
Du laurier, de l'olivier,
Si la saveur du thym
Sur ta langue rose dragée
Pour toi ne sont rien,
Si l'ocre et l'orpiment, le bleu,
Le vert argent,
Meurtrissent et affligent tes yeux,
Alors, pars !

Tu vois ! J'étais sûr que ça te dirait quelque chose. Je rêvais de ces couleurs chaudes, de ces oliviers baignés de soleil. J'avais tout prévu : une maison basse, quelques arpents de vigne, les promenades sur les sentiers de chèvre ou le long d'une rivière. Une renaissance. J'avais pensé à écrire ou même, à recommencer à peindre…

Mais non.

Au bout du chemin, juste avant de rejoindre la route de Lysania, il y avait trois cavaliers et des chiens. Venant du château, deux autres me barraient le passage. Malvolio était à leur tête. Sa monture, une jument noire comme le charbon, crinière lourde, larges fanons couverts de poils, fit une foulée dans ma direction. Elle renâclait, effrayée et excitée par la meute, par la chasse à venir. Lui, très droit, très digne dans sa tenue de veneur, sa longue chevelure d'argent tombant comme une toile d'araignée sur ses épaules, me toisa avec tout le mépris dont étaient capables ses yeux de serpent. Battista, frère aîné de ma défunte épouse et Ottavia, une nièce aux instincts meurtriers, officière dans la marine, l'accompagnaient. À l'opposé, je reconnus ton père, Alberto, et ma cousine Allegra, mage du destin comme moi, comme toi. « Tu as trahi le clan, clama Malvolio. Tu l'as trahi de la façon la plus lâche et la plus indigne qui soit. À ton image, en vérité. Tu ne méritais pas la mort que ta fille et les anciens avaient prévue pour toi. Je les avais prévenus : ils ne m'ont pas écouté. Ils reconnaissent leur erreur, à présent. Cette nuit, nous allons faire à ma façon. Tu vas aller rejoindre ta femme dans les flots. Mais auparavant, auparavant, mon cousin honni, tu vas courir. »

Ils me laissèrent un peu d'avance, à peine ce que l'on accorde à un gibier acculé avant de lancer la chasse. Ha ! Je courus, en effet ! Jusqu'à l'entrée d'une grotte camouflée par des rochers et de grosses racines. Le passage ouvrait sur des galeries. Elles auraient pu me conduire dans une crique connue de quelques pêcheurs et de contrebandiers. Idiot ! J'oubliais à qui j'avais affaire : ils connaissaient la lande aussi bien que moi. Ils me bloquèrent chaque issue, me rabattirent, inexorablement, vers la falaise. J'entendais les aboiements des chiens – combien de temps, avant qu'ils ne les lâchent sur moi ? J'avais peur... Non ! J'étais terrifié. J'étais une proie affolée, prête à tout pour échapper à ses prédateurs et survivre. Ces longs mois d'empoisonnement m'avaient affaibli : mon cœur cognait dans ma poitrine, prêt à éclater ; ma respiration devenait sifflante, saccadée et mes muscles, atrophiés par l'atropa, me brûlaient atrocement. Un point de côté me précipita à terre. Je me relevai, ignorant la torture de mon corps meurtri, poursuivis ma course. Je tombai encore, à bout de force. Haletant, je continuai, à quatre pattes.

Ils étaient là. Tous les cinq. Et la meute... Je la reconnus enfin ! C'étaient la mienne ! La mienne, tu comprends ? Ces ordures allaient me donner en pâture à mes propres chiens, des molosses que j'avais dressés, nourris ! Avant cela, ils voulaient s'amuser un peu : aucun d'eux n'avait dégainé d'épée. Non, ils préféraient les fouets. Ils lacéraient ma peau, crevaient mes chairs, s'enroulaient autour de mes membres... Ce furent les seules morsures que je reçus. Je roulai sur le sol, agrippant dans mes mains ensanglantées une lanière hérissée d'épines. Je tirai brutalement. Allegra, surprise, lâcha l'arme : je l'abattis aussitôt sur sa monture. Celle-ci se cabra. Au même moment, mon imbécile de cousin, croyant bien faire, libéra les bêtes. Fidèles, enragées par ma propre fureur, elles se précipitèrent sur la sorcière. J'en profitai pour fuir.

Cette fois, Battista me coupa la route. Son étalon chargea et me projeta, d'un puissant coup d'épaule, vers la falaise. Je glissai sur les rochers. Deux toises avant le vide, l'un d'eux m'arrêta. Ayant mis pied à terre, Battista tira un sabre court, un sabre de corsaire, du fourreau. Je lus ma propre mort dans ses yeux, mais aussi une implacable haine, une fureur proche de la folie. Soudain, je compris. La présence dans les ténèbres, c'était lui. Il m'avait vu tuer Cesira. Pas le temps de me demander pourquoi il n'avait pas réagi plus tôt ni tenté de m'arrêter, de la venger ! Et va savoir pourquoi, il n'y avait ni tonnerre ni éclairs cette nuit-là… Cela aurait ajouté un peu de tragique à mon récit : son point faible… Alors, je lui ai décrit par le menu la mort de sa chère sœur, le craquement de son crâne, le clappement visqueux de sa cervelle broyée contre la pierre, les odeurs… Il m'a foncé dessus.

Tu devines la suite, n'est-ce pas ? Emportés par l'élan, accrochés l'un à l'autre, nous sommes tombés.

Par chance, Battista était au-dessous de moi quand nous nous sommes écrasés sur les récifs.

Je n'ai eu que les os brisés.

Lui, est mort. Enfin.

Tu sais quoi ? Ta mère aurait peut-être dû t'emmener à Soridae, plutôt que retourner à Messina. Je n'y suis jamais allé, mais tu m'aurais raconté.

*

Alino contemplait le vide, une expression étrangement douce sur son visage décharné. Il rêvait, tout éveillé, d'une principauté qu'il n'avait jamais pu connaître qu'en lisant des poèmes, en écoutant, peut-être, des baladins interpréter une chanson. Comme en écho à ses pensées, le sorcier se mit à fredonner.

Tidadadi tadi tada
Tidadada tadi tadada…

— Alors ? Qu'est-ce que tu attends ? C'est à toi ! À toi de jouer !

Bercée malgré elle par cet air connu, Dionisia sursauta, surprise. Baissa un instant sa garde. Ce fut suffisant.

Le Chariot

Septième arcane du Tarot de la Lune

Un éventail doré,
Mon adorée, trouvaille
Sans pareille, brin de paille
Canaille… Pour chatouiller
Fouiller et caresser
De tes lèvres bouclées
Le contour et le cœur !

Éventail – Tashela Lizengo

Dionisia sentit une déchirure à la surface de sa psyché. Des griffes squameuses écartèrent les lèvres d'une plaie invisible. Un pédoncule visqueux s'insinua dans la plaie, cherchant une faille où se lover et répandre sa semence.

Le moment était venu de le laisser croire à sa faiblesse. Plus tôt que prévu. Trop tôt peut-être. Serrant les poings, se mordant jusqu'au sang l'intérieur des joues pour résister au besoin viscéral de se défendre, de riposter, la magicienne laissa la chose pénétrer, puiser dans ses souvenirs les armes pour la corrompre. Humiliation, terreur jaillirent brutalement à la surface de sa conscience, l'envahirent…

Sous tes fesses, une paillasse grouillante de vermine. La pierre dure, rugueuse, râpe tes côtes et ton épaule. Enserrant tes poignets, écorchant ta peau au moindre geste, des menottes de fer, épaisses et rouillées. Tu es seule,

dans cette cellule vaguement éclairée par la lueur jaunâtre d'une torche, de l'autre côté de la porte. Seule, avec la rage au ventre et cette angoisse poisseuse, née des empreintes laissées par ceux qui t'ont précédée ici. Pareille à ces insectes parasites qui pondent leurs œufs sous la peau, elle tente de s'immiscer à l'intérieur de tes chairs…

Ce n'est qu'une question de temps, tu le sais. Bientôt, elle sera là, en toi, et te rongera jusqu'à la folie.

En attendant, les heures s'égrènent, solitaires. Les bras, suspendus au-dessus de ta tête, te tirent; assise, agenouillée ou courbée comme une vieille, tu te tords en tous sens pour soulager des muscles crispés à l'extrême. La chaleur croissante sèche tes lèvres : tu devines que le soleil approche de son zénith. Ton estomac gronde, et brûle. Ta vessie tend douloureusement ton ventre. Tu ne vas plus pouvoir te retenir longtemps.

Autour de toi, tu devines les regards avides des morts. Ils sont patients. Guettent le bon moment.

Des voix. Les gardiens, chargés de surveiller les geôles. Tu pourrais crier, pleurer, appeler à l'aide, supplier qu'on ôte tes chaînes le temps que tu te soulages ailleurs que sur cette paillasse, tachant ta robe et tes jambes – quelqu'un finirait par venir, fût-ce pour t'ordonner le silence. Mais c'est exactement cela qu'ils veulent. Ils veulent que tu te dépouilles peu à peu de ta fierté. Ils veulent te peler comme un oignon, t'arracher toute dignité. Tu ne les laisseras pas faire…

Du moins, c'est ce que tu espères.

À bout de résistance, tu t'accroupis, dos pesant contre le mur; tu écartes les jambes de manière à salir le moins possible ton jupon. Le flux jaillit, brûlant, entre tes cuisses, emportant avec lui l'obsession et la honte. C'est fait, te dis-tu : tu n'en es pas morte, tu te sens même plus forte… Pourtant, tu ne peux t'empêcher de frissonner. Quelle était cette sensation, pendant que tu urinais ? N'as-tu pas senti, l'espace d'un instant, la caresse glacée d'une main invisible ? N'aurait-il pas été préférable, finalement, de risquer l'humiliation et d'éviter les spectres ?

Tu chasses ces pensées, tu t'obstines.

Cliquetis soudain. Crissement du bois frottant contre le métal. Tremblante malgré toi, tu tournes les yeux vers la porte…

À sa voix désincarnée se superposaient des images troubles, fugitives qui brouillaient ses souvenirs. Avait-elle résisté aux spectres de sa cellule et à la tentation de supplier ses bourreaux de la prendre en pitié ? Et cet homme presque beau malgré un visage trop long et des yeux globuleux… le lieutenant Cezio Arani… Que s'était-il passé, entre eix ? Dionisia sentit l'effroi la gagner. Elle ne savait plus. Doutait… Son adversaire parvenait trop aisément à l'ébranler… Elle devait le chasser, protéger son esprit. La voix de la raison, néanmoins, lui enjoignit d'attendre encore un peu, de le laisser jouir de cette victoire.

Dionisia ferma les paupières. Planta les ongles dans ses paumes. Les sentit s'enfoncer dans ses chairs, y imprimant des marques écarlates en forme de croissant. Elle offrit, quelques instants encore, sa mémoire en pâture…

Vous êtes quatre, emprisonnés dans le noir d'un cachot empestant la mort et les excréments. Trois hommes, et toi. Quand les gardes t'ont enfermée ici, tu as vu leurs regards affamés et déments : tu as cru mourir. Tu es demeurée immobile, pétrifiée à l'idée que ces bêtes humaines allaient se jeter sur toi – mais rien ne s'est passé. Eux aussi sont enchaînés au mur, impuissants. Mais ils ont des armes : leurs mots, leurs halètements. Cela a suffi à t'effrayer, te souiller, au point de vouloir t'arracher la peau, te crever les tympans pour échapper à leurs miasmes, à leurs soupirs de jouissance.

Tu parviens à les ignorer. Au bout d'un moment, leurs injures et leur délire obscène ne te touchent plus. Tu redoutes une seule chose : qu'on ôte leurs chaînes. Eux libres, toi entravée… Tu oses à peine y songer. Ils ne pensent qu'à ça. Leurs esprits s'échauffent, leur excitation s'accroît… Et soudain, tu entends le pas des gardiens. Tu sais pourquoi ils sont ici, n'est-ce pas ? C'est pour cela que tu cries.

« Cela ne s'est pas passé ainsi ! » Incapable d'en supporter plus, Dionisia repoussa violemment le tentacule qui tentait d'altérer sa psyché, érigea d'une pensée de nouvelles défenses, remparts fragiles destinés à être de nouveau forcés. La chose se retira avec un rire grinçant. Elle n'était pas pressée. Elle avait tout son temps.

Ouvrant les yeux, Dionisia esquiva le regard de son oncle, posa précipitamment la main sur le jeu de tarots et retourna une carte. C'était *Le Chariot* : sur un fond bleu nuit, un char d'or et d'argent, tiré par deux chevaux, s'élançait vers le croissant de lune. Symbolisant l'union de la chair et de l'âme, la confiance et une promesse de bonheur, il évoquait pour elle Savino, leur amour, leurs premiers mois. Quand tout était encore possible. Émue, la jeune femme perçut à peine l'habituelle brûlure, trace d'un talisman sacrifié.

Elle se passa la langue sur les lèvres. Un sourire éclaira brièvement son visage.

— Puisque vous aimez les histoires d'amour, mon oncle, que diriez-vous d'entendre la mienne ?

*

Trois mois. Trois mois, depuis que Savino Bajamonte m'a arrachée aux griffes du lieutenant Cezio Arani et à cette affreuse prison. Trois mois, depuis que j'ai quitté la Nécropole. Oghrio mort, ses assassins châtiés, plus rien ne m'y retenait.

J'ai abandonné mon ancienne vie. D'elle, je n'ai emmené que mes souvenirs et Zio, le vieux chat moucheté. Zio, comme moi, a troqué sans remord les humbles couvertures de laine et les coussins rugueux contre le taffetas et le lin. Il dort toute la journée dans les rayons du soleil, s'éveille au crépuscule pour exiger son dû – un peu de nourriture, quelques caresses – et retourne se coucher. Moins languide que lui, je goûte pour la première fois la douceur de l'existence. Et ce ne sont ni les étoffes soyeuses ni les bains parfumés qui me bercent, en ce crépuscule naissant, mais l'étrange sentiment d'être en sécurité, l'enivrante sensation d'être aimée.

Et d'aimer…

Sa haute silhouette dans l'incendie de l'aurore, lorsqu'il s'étire avant de revenir vers notre couche ; son rire, sa voix comme un souffle de vent brûlant ; sa peau réglisse tiède et lisse, ses muscles sur lesquels mes doigts dessinent des cercles, jouant à l'agacer ; ses sourcils, ses yeux de cannelle, si noirs quand ils se posent sur moi et d'une caresse m'enflamment ; sa langue au goût de miel, de thym, d'alcool parfois, ses baisers sur mes lèvres, sur mes seins, au creux de mes cuisses…

Oui, j'aime et ce soir, songeant à l'instant de notre rencontre dans cette cellule où l'on m'avait transférée – mon corps tremblant, affamé de désir, sous son regard –, je sens un feu embraser mon ventre et mon cœur se serre, transpercé de mille flèches. Sa présence m'affole, son absence me blesse ; auprès de lui, les minutes et les heures déraisonnent, les jours se fondent avec les nuits. La tentation est grande, d'oublier – qui je suis, d'où je viens, mes desseins, aussi –, de me laisser porter par ce bonheur nouveau : je voudrais parfois, comme pour un plongeon dans l'océan, tendre les bras et basculer dans le turquoise scintillant de cet horizon rempli de promesses. Mais j'en suis incapable. La Cité des Morts a gravé le crime et le cynisme en mon âme. Et, si je parvenais à les ignorer, le monde se chargerait de me le rappeler.

Ainsi, cette camériste aux paupières soulignées de khôl, qui esquisse en ma direction un regard lourd de défiance et de mépris en posant, sur ma couche, différentes tenues préparées pour la soirée à venir.

Tessa et Ivo se sont fiancés peu avant le zénith au Temple d'Eresa, consacré à la Déesse Lune sous son aspect de Vierge. Les festivités organisées par le seigneur Bajamonte, en l'honneur des deux promis, commenceront d'ici peu. Je me suis baignée dans une eau semée de pétales de fleurs d'oranger et de roses ; une jeune servante – nouvelle et trop timide pour se permettre le moindre jugement – m'a aidée à oindre mon corps d'huile parfumée à la vanille, à arranger mes boucles épaisses et serrées en chignon : lorsqu'il m'a capturée, Cezio Arani a coupé court mes cheveux, espérant m'humilier et briser ma volonté. Ils repoussent, mais il faudra des mois avant qu'ils retrouvent une longueur appropriée.

Peu importent ma tignasse et mes formes encore maigres. Savino me désire ainsi – et mon bourreau a payé.

Dépouillé de son titre d'officier, privé de ses fonctions, Arani est mort quinze jours après son renvoi. On l'a découvert, à deux pas de son lit, une bouteille brisée à la main, de longues échardes de verre enfoncées dans la gorge. Officiellement, il s'agissait d'un suicide. D'une certaine manière, c'en était un : les regrets, la honte, ont décidé de son destin.

— Dois-je… Dois-je aider madame à se vêtir ? murmure la domestique.

Interloquée par son timbre tremblant, je reviens à moi, sursaute en découvrant dans la psyché mon reflet : cette lueur féroce dans mes prunelles, ce pli cruel à la commissure des lèvres… Pas étonnant qu'elle ait peur de moi : les traits des Tengelli se substituent aux miens. Je détourne précipitamment les yeux, la congédie d'un signe.

Mon image, soudain, me fait horreur.

Demeurée seule, je m'approche des robes précieuses prévues pour la soirée. J'en choisis une, longue tunique de soie émeraude à la transparence discrète, fermée, sur mon épaule, par une rose de corail. Je termine de lacer de fines sandales à mes pieds, quand trois coups sont frappés à ma porte. Avant que je réagisse, Tessa se glisse dans ma chambre. Trouble, angoisse, espérance, désir, terreur, souffrance virevoltent, créant autour d'elle un tourbillon confus d'émotions. Trop tard pour me protéger : je suis assaillie, projetée malgré moi dans cette brume chaotique…

Les jardins du temple embaumaient : aux doux parfums des magnolias se mêlaient les effluves sucrés du laurier-rose et des amandiers en fleurs. Les rayons du soleil projetaient sur les feuilles et les corolles des particules d'argent. Tessa se promenait, émue par la cérémonie conduite par une prêtresse voilée de blanc, à peine nubile et pourtant singulièrement solennelle, heureuse de cette promesse d'union, inquiète d'un avenir qu'elle savait incertain, qu'elle espérait heureux en dépit de ce que lui avaient montré les Tarots de la Lune. Elle avait besoin de calme, de solitude – du moins, le temps de recouvrer ses esprits et de rentrer au palais familial se préparer pour les réjouissances du soir.

Au détour d'un sentier ombragé de treilles et de roses trémières, des chuchotements. Des soupirs.

Tessa s'arrêta, gênée et curieuse à la fois. Écartant les feuillages, elle découvrit un couple, contre le tronc rugueux d'un grand oranger. La fille avait remonté à la hâte son boubou sur son ventre ; ses tresses ornées de perles écarlates tressautaient au rythme imposé par son partenaire. Cou arqué, elle gémissait, se mordant les lèvres pour ne pas crier ; lui, raffermissant sa prise sous les cuisses, accéléra la cadence, la violence de l'étreinte. Il jouit un instant avant elle, avec un long râle, attendit qu'elle le rejoigne et se retira. Tessa était demeurée jusqu'au bout. L'homme se retourna : elle retint un sanglot. Impossible d'ignorer, impossible de nier : c'était Ivo... Et ils venaient à peine de se fiancer !

Quand je reviens à la réalité, Tessa s'est effondrée sur la méridienne, les épaules secouées de larmes.

— Qu'est-ce que je peux faire ? gémit-elle. Oh, j'aurais dû savoir ! J'aurais dû t'écouter, Dionisia ! Mais je l'aime, tu comprends ?

Je m'assieds à côté d'elle, caresse tendrement son dos, étouffant une colère qui ne me servirait à rien. J'exècre Ivo, son arrogance infatuée, sa condescendance amusée envers Tessa qu'il flatte comme un animal familier, son empressement pour le seigneur Bajamonte et les siens, mais quel bien cela ferait-il à mon amie de savoir tout ceci ? Elle est naïve, non stupide. Si elle préfère l'aveuglement à l'amertume, la souffrance d'être trompée à celle de la lucidité, qui suis-je pour la forcer à ouvrir les yeux ?

Alors, je me contente de rester à ses côtés et de l'écouter. Quand elle se tait, je tire un fétiche de mon coffre à bijoux où s'entassent pêle-mêle présents d'anciens amants, gris-gris, bagues, bracelets et colliers offerts par Savino : composé de perles d'os et de plumes d'ibis liées ensemble par des crins, il renferme l'esprit d'un grand chacal brun.

— C'est quoi ?

Tessa, anxieuse, espère et redoute que je lui offre un charme permettant de lier l'inconstant. Elle s'assurerait ainsi de sa fidélité... Mais comment saurait-elle, en l'utilisant, s'il est sincère ?

Elle devrait se douter, pourtant, que jamais je ne la tenterais ainsi. N'est-elle pas mon amie ? Les potions et les amulettes aphrodisiaques, aussi onéreuses qu'éphémères, je les réserve à des clients en mal de sexe ou de séduction. Jamais je ne lui infligerai semblable humiliation.

— Un porte-bonheur.

— Tu crois que...

— Je ne crois rien du tout, Tessa. Je n'ai pas le don de clairvoyance et l'avenir que montrent mes lames de tarot est incertain. Ce n'est pas grand-chose : j'ai acheté ce talisman le jour de notre rencontre, à un marchand de Sparassia. Cela me rassurerait que tu le portes...

— Mais à quoi sert-il ?

À la protéger de l'ordure qu'elle s'apprête à épouser et à lui permettre – qui sait ? – de rencontrer celui ou celle qui l'aimera vraiment.

— Je ne sais pas. Moi, il m'a plutôt aidée, jusqu'à présent.

Je passe autour du cou de Tessa l'artefact créé, en vérité, par mes soins ; puis, après un bref examen, je nettoie le khôl qui a coulé de ses yeux, je farde ses lèvres de rouge coquelicot, rajuste sa tenue de lin crème et son voile brodé de perles.

Dix minutes plus tard, nous franchissons, ensemble, le seuil de la salle de réception.

Celle-ci est illuminée par d'énormes lampions de soie flavescente et des dizaines de feux follets : ils flottent sous le plafond et baignent l'immense pièce de diaprures fauves, de reflets mauves et ivoirins. Quelques invités, émerveillés, suivent l'errance paresseuse des flammes féeriques. D'autres, insensibles ou familiers de ces phénomènes, discutent en petits groupes près des tables couvertes de mignardises salées et de vins ou profitent de la musique douce qu'interprètent trois vieux artistes, près de la terrasse. Intriguée, je cherche des yeux l'origine – humaine – des lumières enchantées. Je la trouve rapidement : Zulia, magicienne de l'Ordre des Quatre Vents, cousine de Savino et de Tessa, mariée depuis quelques mois avec l'un des fleurons de la diplomatie messinite, Lazaro della Robbia. Petite et racée, elle porte sur le monde un regard serein, un peu absent quand sa main touche son ventre rond. Un instant, je l'envie : elle est enceinte, cela m'est interdit ; mais Savino s'avance vers moi – plus rien n'a d'importance. Grisée par sa présence, ivre de sentir son corps près du mien, sa paume sur mon bras, sur ma hanche, j'oublie tout : je souris, salue, ris aux plaisanteries des convives et parviens à jouer le rôle de courtisane plaisante que l'on attend de moi.

Enfin, nous arrivons aux jardins, également éclairés par des girandoles et des globes enchantés.

Des bateleurs jonglent avec des torches et des poignards scintillants ; un aïeul vêtu d'une tunique aux teintes changeantes et de pantalons bouffants, assis en tailleur, raconte à un groupe d'enfants l'histoire d'une lampe magique, d'un prince prisonnier et d'une courageuse voleuse aux pouvoirs de métamorphe ; sur une estrade, deux almées, accompagnées de musiciens, se livrent à un duel sans merci sous les regards admiratifs et les applaudissements. L'un des spectateurs, un étranger à la peau claire et aux longues boucles rouille, détourne un instant la tête de la scène. Nos yeux se croisent ; les siens, malicieux, esquissent une œillade. Je n'ai pas le temps de riposter : une voix s'élève à mes côtés, courtoise mais pleine de fiel. Ivo Scherzo. Impossible de lui échapper. Savino, absorbé par ses devoirs politiques, m'a distancée.

— Enfin, vous voici ! susurre le lieutenant en baisant ma main, bien trop longtemps à mon goût. Me pardonnerez-vous de n'avoir pu trouver le loisir de vous présenter les respects dus à votre rang avant cet instant ?

Une insulte empaquetée dans des excuses doucereuses.

— Quoi de plus normal ? dis-je, ignorant l'affront. Vous êtes occupé. N'est-ce pas votre soirée, et celle de votre fiancée ?

— Oh, mais je serais impardonnable de ne pas accorder à la ravissante sirène qui a ensorcelé mon *frère* l'attention qu'elle mérite !

Deuxième attaque. Plus directe, et doublée d'un avertissement.

— Je suis une enfant de la terre. Non une fille de l'eau… J'aime sentir l'herbe fraîche sous mes pieds et l'écorce rugueuse des arbres contre ma peau, j'aime le parfum des orangers en fleurs, leurs pétales en pluie sur la terre, sur les corps d'amants enlacés…

Je laisse ma phrase en suspens, fière de ma répartie.

Il comprend, blêmit. Riposte aussitôt, d'un ton assez fort pour être entendu de tous.

— Une enfant de la terre ? Alors je suis étonné de ne point vous voir danser ! J'ai ouï que vous étiez remarquablement douée dans ce domaine. À moins que ce ne soit d'un tout autre… *talent*… dont il fut question ? Mais j'ai peut-être mal compris !

Chuchotements, autour de nous. Certains parlent d'offense. D'autres, d'une putain enfin démasquée. Plus fin que ce que je croyais, Ivo m'a tendu un piège : si je relève le défi, j'admets avoir dansé parmi des saltimbanques, peut-être même dans des tavernes ou des places publiques. Si je refuse, même d'une pirouette, je reconnais être une catin.

Il ne me laisse pas le choix.

Avant de rendre les armes, je lance une dernière attaque.

— Soit ! Puisque ce sont vos fiançailles et que vous le demandez, je danserai. Vous comprendrez cependant que, devant une si noble assemblée, je ne puisse simplement vous *offrir*, même une esquisse, de ce talent que vous vantez.

— Je…

— Vous me serez donc redevable, lieutenant.

Lui tournant le dos, je m'avance résolument vers l'estrade.

Nouveau morceau, flûtes, tambourins, cithares. Rythme ternaire, aux échos charnels. Mes deux adversaires, belles femmes aux cheveux de soie noire, aux lourdes paupières auréolées de poudre ambrée, s'écartent : je suis au centre de l'invisible cercle de notre affrontement. Mes bras s'élèvent, mes mains s'envolent. Mon corps entier se déploie, virevolte, se cambre, chavire, se redresse d'un déhanchement aguicheur, s'efface. Une almée prend ma place. Je croise le regard de Savino : interrogateur, amusé… lascif. Je frissonne.

Quand revient mon tour, je danse pour lui. Je danse son impossible pouvoir sur moi quand tout, à l'exception de sa seule présence, s'estompe, disparaît dans un tourbillon nébuleux. Je danse les moments précieux de nos étreintes, de nos rires et de nos chuchotements complices. Je danse mon désir, mon amour, mes peurs. Les mots que je ne peux dire, ceux que je n'ai pas appris, deviennent chair et sang.

La musique se tait.

Je demeure immobile, un genou à terre, enroulée sur moi-même comme un coquillage.

Vivats. De l'assemblée. Des saltimbanques. De l'étranger, au premier rang, qui me lance un sourire étincelant. De Savino – et ses applaudissements emportent tous les autres dans le néant. Le flûtiste m'aide à descendre. L'inconnu aux yeux clairs me reçoit dans ses bras.

— Je suis Siro Venelli, murmure-t-il, et serais honoré, belle damoiselle, si vous daigniez m'accorder, un jour, un entretien…

— Un jour, pourquoi pas ?

Déjà, je m'éloigne pour rejoindre mon amant.

Ce soir, j'ai gagné, je le sais, le respect de ceux qui me considéraient comme une intrigante : ils ont vu dans ce spectacle une franchise inattendue. Bienvenue. J'ai éveillé des jalousies, également. Et quelques convoitises.

Le croissant de lune scintille dans le ciel nocturne, piqueté d'étoiles blondes et blanches. Croquants au miel et aux amandes, gâteaux parfumés à la vanille ou à la fleur d'oranger, fruits frais et liqueurs pétillantes ont remplacé les friandises salées, les plats de coquillages et de crustacés, les volailles rôties, les légumes et les vins. Savino s'entretient, dans la salle de réception, avec son père et quelques nobles convives. Siro Venelli n'a eu de cesse d'obtenir de moi un rendez-vous : je le lui ai accordé en échange d'un peu de son temps, cadeau discret pour Tessa. Mon amie a dévoré *Capes, épées et baisers volés* ; pendue à ses lèvres, elle l'écoute narrer l'intrigue de son prochain roman, oubliant pendant un moment l'inconstance de son fiancé.

Lasse des mondanités, je me réfugie, les pieds dans l'eau, au bord de la fontaine érigée au cœur du jardin, laissant mes pensées dériver. Je songe, mélancolique, à Oghrio, à sa tendresse bourrue, à notre vie parmi les morts, dans la Nécropole. Une chanson que fredonnait parfois mon mentor me revient à l'esprit :

Vient la nuit
Son long voile
Couleur de suie
Recouvre de milliers de plis
L'eau la terre…

Crissement des graviers, derrière moi. Effluves de cèdre et de citron.

Ivo Scherzo.

Je me retourne vers l'officier au profil altier.

— Quelques mots avec vous ?

Sans attendre, il s'assied à mes côtés.

— Vous et moi sommes faits du même bois, commence-t-il. Nous sommes pragmatiques. Déterminés. Quand nous voulons quelque chose…

Il est trop proche, soudain.

— … Nous nous débrouillons pour l'obtenir.

Je devine où il veut en venir, ne réponds rien. Qu'il parle, cela me permettra de trouver le moyen de le repousser sans mettre en péril les fiançailles de Tessa, même si je suppose l'alliance à venir trop avantageuse pour être remise en cause.

— Je me suis toujours donné les moyens de mes ambitions : mon père est fortuné, mais n'est qu'un artisan. Je me suis élevé, à force de volonté, dans le monde. Fils de céramiste. Aujourd'hui, lieutenant de marine. Bientôt anobli. Et vous, Dionisia ! Qui aurait cru qu'une petite danseuse de la Nécropole deviendrait la favorite d'un Bajamonte ! Certes, Savino n'est pas l'héritier en titre mais si vous parvenez à vous faire épouser, vous serez à l'abri – et riche ! J'ai bien réfléchi : nous aurions tout à gagner à mettre nos intérêts en commun.

Sa main emprisonne la mienne. Il se penche : son haleine empeste l'alcool. Je le repousse, esquive un baiser.

— Inutile de jouer les prudes ! Je sais ce que vous êtes, Dionisia. Je sais ce que vous *valez*. Ne me forcez pas à révéler la vérité à votre amant !

— La vérité ?

Brutalement, il m'empoigne et me fait basculer sous son corps.

— Le vaillant héros qui tire l'innocente des griffes de son bourreau ? À d'autres ! Vous êtes une putain, Dionisia ! Une putain qui vend ses charmes pour quelques oboles ! Vous croyez que je vous laisserai, sans rien exiger en retour, souiller le sang des Bajamonte ? Je vous ai vue danser dans ce bouge de la Cité des Morts ! Je vous ai vue embrasser à pleine bouche ce bâtard aux allures d'assassin, vous presser contre lui comme une chatte en chaleur et boire à même le goulot une piquette au goût de vinaigre. Donnez-moi la même chose qu'à lui, Dionisia. Sinon…

La même chose ? Je le tiens.

Agrippant ses épaules, je colle ma bouche à son oreille.

— Ce bâtard, comme vous dites, s'appelait Voreno. Il organisait des combats dans l'Amphithéâtre et près des Charniers. Des combats clandestins, bien sûr. Des combats à mort…

Le lieutenant frissonne de désir, se presse contre moi.

— Entre humains, mais pas seulement. Parfois, il lâchait des bêtes fauves affamées, des stryges ou des goules face aux rétiaires. Ces soirs-là, les enchères devenaient folles.

Son souffle est rauque. Son sexe pousse le long de ma jambe.

— Voreno était une ordure. Une ordure qui prenait son plaisir à infliger la souffrance et à verser le sang. Il avait une affection toute particulière pour les mises à mort, s'invitait parfois sur la piste pour porter l'estocade.

Il va et vient, de plus en plus excité. Tente d'écarter mes jambes, de remonter ma robe. Je serre les poings. Je continue, imperturbable, mon récit.

— Ils étaient cinq, ceux qui ont torturé et tué mon père adoptif. Voreno était parmi eux. Fidèle à ses bonnes habitudes, il a donné le coup de grâce… Alors, il a été le dernier à payer. Vous voulez savoir comment ? La garde a décidé qu'il avait été poignardé à la sortie d'un bouge, qu'il s'était traîné dans un coin, avait fini dévoré par des chiens errants et des chacals. C'est faux. J'ai bu avec lui. Je l'ai embrassé, je me suis frottée contre lui jusqu'à lui faire perdre la tête. Puis je l'ai attiré vers les Charniers…

Ses mouvements ralentissent, gangrenés par l'inquiétude…

— J'avais dit à Voreno que je mourais d'envie de me donner à lui près d'un coin aussi dangereux. Il y avait tous ces combats, tous ces parfums funestes… Il y avait les goules, aussi. Ça, il n'en avait cure : il était ivre et le lieu choisi l'excitait plus encore que je le croyais. Quand nous sommes arrivés là-bas, je l'ai laissé me déshabiller, baisser son pantalon et se jeter sur moi, puis j'ai pris mon épingle à cheveux et lui ai enfoncé dans l'épaule.

… Cessent tout à fait.

— Ce n'était pas grand-chose : un venin paralysant – dans la Nécropole, on le surnomme le jus d'araignée. Effet immédiat, durée limitée. Je l'ai renversé sur le côté avant de le blesser au torse et aux membres. Je lui ai fait des entailles assez profondes pour que le sang coule et que l'odeur les attire… Moins d'une minute plus tard, je percevais les premiers raclements de griffes contre la pierre. Vous savez ce qui est terrible, avec le jus d'araignée ? C'est qu'on continue à ressentir…

Ivo me contemple, les yeux écarquillés. Comme s'il peinait à comprendre le lien entre ce récit et la jeune femme étendue à ses côtés.

— Je ne vous *donnerai* pas la même chose qu'à Voreno, lieutenant. Et ceci est la dernière faveur que je vous fais.

Puis je redresse et m'éloigne, droite et digne en dépit de mon envie de pleurer. J'ai vaincu, n'est-ce pas ?

À peine fiancé, le lieutenant Scherzo a repris la mer. Tessa se languit, pleure, doute, espère, compte les jours, dévore les feuillets que, fidèle à sa promesse,

Siro Venelli lui fait parvenir chaque semaine : le manuscrit de *La Captive aux yeux de louve,* son roman en cours. Sérieuse, elle corrige, annote, suggère – s'applique à la tâche de lectrice que l'écrivain lui a confié. Depuis notre rendez-vous, un pique-nique au son d'une cithare dans les jardins suspendus d'Eresa, le jeune homme m'envoie bouquets et sonnets exaltés ; les premiers s'entassent dans mes appartements, j'ignore les seconds. Beau joueur pour le moment, Savino néglige l'insolence de mon soupirant, m'emmène partout avec lui, exhibe fièrement mes talents d'almée – l'incident lui a été relaté comme un jeu, non un conflit –, me présente ses amis et ses alliés. À ceux qui doutent de ma sincérité, il répond d'un haussement d'épaules insouciant ou d'une repartie prompte à les réduire au silence. Ainsi à sa sœur aînée, mariée très jeune, veuve très tôt, mère chagrine de deux enfants au lignage irréprochable : « Tu as pris toute la vertu : que me restait-il, à part les illusions et le stupre ? » Et à Zulia, sa cousine au ventre distendu, longtemps éprise de lui : « Me croyez-vous trop déplaisant pour séduire une femme ? » Il m'aime, me le dit, s'essaie même à la flûte pour accompagner mes danses.

Je suis heureuse.

Presque heureuse. Bruissement indistinct, le chant de la Cité des Morts bourdonne à mes oreilles : je sais que cela ne durera pas.

« Il est grand temps de te marier, mon fils. » Lueur d'espoir au milieu d'une journée crépusculaire. Lueur trop brève. Espoir déçu, espoir détruit.

Tessa a reçu une lettre de son lieutenant. Depuis, elle s'est enfermée dans ses appartements, sans un mot, refuse d'en sortir, d'ouvrir à quiconque – même à moi.

Zio se meurt : poil en épis, truffe bien trop chaude, pas d'appétit. Il erre de pièce en pièce, miaule beaucoup. Il n'a parfois plus la force de se déplacer jusqu'au jardin pour se soulager. Je nettoie ; Inna, ma domestique, fait de son mieux pour aider : elle a même entreposé du sable dans une grande vasque de céramique, dans l'espoir qu'il l'utilise. Mais Zio est à bout. Je le lis dans son regard, dans la façon dont il pousse sa tête contre ma paume. Il serait cruel de le laisser ainsi.

Ce matin, Inna m'a accompagnée au marché d'Eresa. Une fois repérée l'échoppe de l'apothicaire, je l'ai envoyée à l'autre bout de l'allée, en quête de coquillages frits. À la guérisseuse potelée affairée derrière le comptoir, j'ai demandé de la poussière de léthé, drogue douce utilisée pour endormir la douleur ou supporter le manque d'ambroisie et de la liqueur de pavot aux propriétés narcotiques.

Nous retournons, sous un soleil blanc, au palais Bajamonte. La chaleur est irrespirable, un vent sec soulève des volutes de sable qui s'incrustent, malgré les voiles et les longues écharpes, dans les cheveux, dans les narines et les bouches. Quand nous pénétrons dans le jardin, une fine pellicule de poussière recouvre les allées et la pierre des statues. Inna me précède dans la luxueuse demeure. Un domestique m'aide à baigner mes mains et mes pieds.

Arrivée à l'étage, dédale de salons, de bibliothèques et d'appartements privés, je surprends l'échange entre Savino et son père.

« Il est grand temps de te marier, mon fils. »

Je reconnais la voix solennelle et grave du seigneur Bajamonte, colosse dont le bouc, la chevelure d'argent, les vêtements clairs, richement brodés, font ressortir l'ébène de la peau et l'éclat du regard. Bouche sèche. Tournis. « J'attendais les noces de Tessa pour lui demander sa main. Mais si vous croyez... » « Vous plaisantez ? » Ton cinglant, plein de mépris. « Vous n'imaginez tout de même pas que cette catin va entrer dans notre famille ? »

J'ai fui dans les étages sans attendre la suite. Nulle envie d'écouter la sentence qui condamnera nos amours et me jettera à la rue.

Sur mon lit, Zio somnole, roulé en boule contre les coussins, trop faible pour se glisser entre les draps et s'y cacher. Inna, triste et gênée, entre dans la chambre, pose sur la crédence d'ébène sculpté un plateau ; obéissant à mon signe de tête, elle s'éclipse sans un bruit. Je mélange avec un peu d'eau le léthé et le pavot, formant entre mes doigts de petites sphères. J'y ajoute quelques gouttes de venin de scorpion bleu. Je saisis les pinces apportées par ma servante, ouvre trois noix de pétoncles, y pousse délicatement les boulettes. Même moribond, mon chat ne pourra résister. Je m'assois, caresse longuement sa fourrure terne et rêche, ravale mes larmes, tente de réprimer mes tremblements. Il ronronne, entr'ouvre ses beaux yeux verts, saisit mes doigts entre ses pattes, les presse contre sa truffe. Un par un, je lui tends les coquillages : il avale sans rechigner ses friandises fourrées de poison, soupire. Je m'allonge contre lui, bras passé au-dessus de son corps maigre. Jusqu'au bout, j'écoute les battements de son cœur ralentir, s'espacer, s'arrêter.

Je demeure longtemps immobile, main posée sur la dépouille, mouillant les coussins de pleurs silencieux. Avec la mort de Zio, un pan de mon passé disparaît.

Bruit de pas familiers. À peine ai-je le temps de me redresser, de sécher mes yeux rougis, Savino entre dans la pièce.

Sa mine est défaite, un voile d'orage ombre ses prunelles.

— Je dois vous parler...

Je serre les dents. Des émotions brutales, féroces, me lacèrent et explosent...

La main ridée, ferme et autoritaire encore, pesait sur l'épaule de Savino. À l'annulaire, de bronze et d'onyx, le sceau des Bajamonte. « D'après mes sources, Savino, ce n'est pas seulement une prostituée... » « Vous voulez rire ! Ses mots sont ceux d'une courtisane, d'une lettrée – non d'une catin ! Quant à vos sources, je serais curieux de les connaître, père... » Soupir du seigneur, silence, le temps d'une gorgée de vin noir. « Ta sœur a reçu une lettre de son fiancé ce matin. Il m'en a adressé une également. Le lieutenant Scherzo hésite à s'engager plus avant auprès d'elle... »

Je perçois ses pensées : « Est-ce vrai que vous vous êtes offerte à lui pour quelques oboles ? Si je vous le demande, me direz-vous la vérité, Dionisia ? »

« ... Au soir même des fiançailles, elle a tenté de le séduire. » « Tessa est son amie ! Dois-je vous rappeler, père, que votre fille lui doit la vie ? » Le vieil aristocrate eut un reniflement dubitatif. « Qu'en sais-tu, finalement ? »

Il serre les dents. Ses questions, non exprimées, explosent dans mon crâne : « Avez-vous vraiment sauvé Tessa ? Pourquoi refusez-vous de me dire ce qui s'est passé dans la Cité des Morts ? »

Le seigneur Bajamonte but une nouvelle gorgée de liqueur. « Tu évoquais sa culture, sa belle éducation. N'as-tu jamais songé qu'elle pouvait être une espionne ? Une espionne douée de magie, assez rusée pour élaborer un piège dans lequel ta sœur et toi êtes tombés... »

« Était-ce un piège, mon amour ? »

« Pour qui ? Et si c'est le cas, pourquoi se compromettre avec le fiancé de Tessa ? » s'enquit Savino d'une voix blanche, brisée. « Pour qui ? Sparassia, peut-être. Mais c'est une métisse, alors plutôt Arachnae ou Bargella, qui ont de nombreux intérêts ici... »

« Qui êtes-vous ? M'avez-vous menti, m'avez-vous ensorcelé ? »
Et à haute voix :
— M'aimeriez-vous encore si je devais tout perdre ?
Toutes ses questions, métamorphosées en une seule. Pour ne pas avoir à les poser, pour ne pas savoir – parce que cette réponse, seule, importe.
— Oui.
Mon visage entre ses mains, mes yeux dans les siens, nos souffles bouche à bouche. Soudain, il découvre mes paupières battues, le rouge de mon regard. Avise, derrière nous, le petit corps sans vie, l'assiette de coquillages.
Il comprend, baisse la tête, las et confus.

— Pardonnez-moi, Dionisia. J'ai eu cette dispute avec mon père et j'ai cru… Je n'avais pas vu…

— Je sais.

— Dionisia, voulez-vous m'épouser ?

J'embrasse son front, son nez, ses lèvres, portée par une joie sereine, délicate et tendre comme un pétale d'hibiscus. En cet instant, il n'y a que lui et moi, la trame vierge de l'avenir, une infinité de possibles. Où irons-nous ? De quoi vivrons-nous ? Je me plais à imaginer les eaux claires d'une crique et l'émeraude d'une végétation luxuriante, une taverne de jeu mal famée, une vie d'aventures et d'errances – et même, un bébé.

Brutal retour à la réalité.

Il n'y aura pas d'enfant. Le clan des Tengelli s'éteindra avec moi.

Le soir même, nous trouvons refuge dans une auberge en bordure du port de plaisance. Nos appartements, suite luxueuse aux fenêtres voilées de vert et d'azur, offrent une magnifique vue sur l'Aquilon. Nous soupons sur la terrasse, baignés par les faisceaux rubescents du soleil couchant, savourant en silence la magie d'être tous les deux. Abandonnant aux mouettes les vestiges de notre repas, nous partons, main dans la main, vers la grève. Le sable, d'un blond presque blanc durant le jour, se teinte de gris et d'argent. Le flot prend des reflets de lune. Contre mon cœur, je tiens une lourde aumônière de cuir et de soie. Elle contient, encore un peu tièdes, les cendres de mon petit Zio. Nous marchons, enlacés, vers les récifs, au bout de la plage. Puis, pieds nus sur un rocher envahi de berniques, je disperse ses cendres dans les vagues.

Le cœur serré, je songe à mes disparus et à ma mère que je n'ai pu honorer. Elle aurait aimé, j'en suis sûre, se fondre dans le bleu de l'océan. Mais je l'ai laissée là-bas ; son corps, charogne flétrie par la chaleur et la maladie, a été rendu à la Nécropole.

Nous regagnons l'auberge et, pour la première fois depuis des semaines, nous endormons, l'un contre l'autre – simplement.

Le flamboiement de l'aube transperce mes paupières, m'éblouit. Je m'éveille sans un bruit, contemple Savino. Ses tresses sont éparses, sur l'oreiller. L'une d'elle, égarée sur sa joue, se soulève au rythme de son sommeil. Doucement, je me lève et me rends dans le salon où sont entreposées nos affaires. Je fouille dans l'une de mes sacoches, en extirpe une plume de flamant rose, une once de sang séché, de la poussière d'écume, trois cheveux gris du seigneur Bajamonte, un autre de son fils, de la cire à cacheter. J'ai besoin de calme, d'isolement : le hammam, carrelé de minuscules mosaïques et d'éclats de nacre, est l'endroit parfait. Un ingénieux système de pompe permet d'amener l'eau jusqu'au bassin où sont disposées huiles, savons et gants de crin. Au fond, un âtre et quelques pierres, un briquet d'amadou et un bol d'herbes sèches. J'allume le feu ; dans une soucoupe je brûle les éléments nécessaires à l'enchantement, les mêle à la cire réchauffée, prononce quelques mots pour clore le rituel. Silencieuse, je range coupelle et sceau, puis retourne me plonger dans un bain parfumé à la rose et au jasmin.

Tout à l'heure, je suggérerai à mon amant d'écrire à son père. Je prétexterai la nécessité d'une explication, de l'affirmation d'un amour filial intact, peut-être. En recevant la missive, celui-ci sera pris de remords. Au terme de trois échanges, quatre tout au plus, réconcilié avec son fils, il cédera.

Demeure Tessa ; la menace qu'Ivo fait planer sur leurs fiançailles est ignoble. Sait-elle ce qu'il a prétendu à mon propos, que son bonheur – du moins, ce qu'elle croit tel – dépend de mon humiliation ? Non. Non, bien sûr. Ivo est pervers, pas stupide : cela, il l'a réservé au seigneur Bajamonte et ce dernier s'est gardé d'en informer sa fille. Il s'est sans doute contenté d'insinuer que je ne suis pas si honnête que je le prétends, que mon amitié comme mon amour pour Savino, sont intéressés. J'aimerais agir, mais ne le puis. J'aimerais étendre un filament vers son lieutenant, influencer le destin mais ce serait trahir Tessa, puisqu'elle a refusé d'immiscer la magie dans leur relation. S'il ne revient pas – j'en doute : son ambition est plus forte que sa rancœur –, mes tarots se seront trompés. Et alors ? Ce ne serait pas la première fois, tant versatiles et incertaines sont les trames de l'avenir.

Comme le disent les contes : celui qui croit pouvoir démêler l'écheveau du Destin est un insensé, car les Moires qui en ont la garde se jouent des désirs des mortels et les poussent inexorablement dans les chemins secrets qu'elles ont tissés pour eux…

Mais non.

Savino et son père se rapprochent.

Tessa cesse de pleurer, ouvre grand les fenêtres de la chambre où elle était confinée et regarde le monde, étonnée par tant de beauté. Ivo Scherzo est rentré ; Ivo Scherzo va l'épouser.

Le sang des Tengelli est vicieux comme une peste. Discrète au point qu'on oublie son existence, celle-ci surgit sans prévenir, consume les corps et les âmes et se propage, plus rapide qu'une gangrène, laissant dans son sillage l'ombre noire et sinueuse de l'épidémie. Je le sais ; je l'ai vue, au chevet de ma mère, larve fuligineuse lovée contre sa carcasse moribonde. Je l'ai vue, rampant vers la bouche d'Andro, serpent hideux et avide. Je l'ai défiée, croyais l'avoir vaincue. Ce n'est pas ma volonté qui l'a repoussée, mais le poison coulant dans mes veines. Telle une fièvre maligne, mon propre sang tente par tous les moyens de se répandre.

Nue, face à la psyché de la chambre, je contemple mes formes arrondies : cela fait six mois. J'ai envie de vomir. Ce garçon, je le désire tant ! Je ne le connais pas, pourtant je l'aime déjà. La chair de notre chair, le fruit de notre amour, l'enfant conçu en dépit de toutes mes précautions. Jumeau – ou presque – de la fille de Tessa. Je me rappelle, amère, une récente conversation. « Elle s'appellera… Tashela, comme la grande poétesse… ou encore… Ivelina. Et le tien ? » « Je ne sais pas, Tessa. Andro peut-être ? Nous n'avons pas encore décidé. »

Mensonge.

Il ne s'appellera pas, ne vivra pas.

Je me détourne du miroir, miroir que je hais, miroir qui torture et me fascine. Il me montre *ce* visage : sous mes boucles noires, derrière ma peau cannelle, mes grands yeux turquoise, les traits des Tengelli ; dans mon ventre, adorable, innocent tentateur, *notre* fils. Je voudrais croire la lignée des Bajamonte assez puissante, assez ancienne pour vaincre la mienne, mais c'est impossible. *Eux* n'ont pas scellé de pacte avec un démon. Je sonne Inna : elle accourt, empressée, m'aide à revêtir une tunique de basin céruléen, une longue mante colombine, fermée par une fibule d'argent.

— Vous semblez triste. Quelque chose ne va pas ?

— Un peu de fatigue, c'est tout.

— Et dans votre état, vous sortez ? Pardonnez-moi, madame, bredouille-t-elle, confuse. J'outrepasse mon rang.

Je souris, rassurante, mais ne réponds pas. *Dans mon état,* je m'apprête à sortir, oui. À rejoindre mon époux, les ambassadeurs de Matricia, Tessa et son lieutenant, une quarantaine de convives en tout, pour la soirée. Un palanquin – j'aimerais le renvoyer, ne le puis sans attirer les soupçons – m'attend, m'emmène vers notre ridotto. Présent d'un oncle au jour de nos noces, le petit édifice, situé à la frontière d'Eresa et des riches faubourgs de la Citadelle, accueille régulièrement mimes, comédiens itinérants, poètes et musiciens. J'y ai dansé plusieurs fois, me mêlant au spectacle pour distraire nos invités. Pour plaire à Savino, aussi : notre liaison, notre mariage ont un parfum de scandale qu'il aime raviver.

Ce soir, nous écouterons les œuvres de Tashela Lizengo mises en musique, ainsi qu'un conteur de Sparassia.

Saluer, plaisanter, distiller une parole aimable, un compliment, avertir d'un coup d'œil éloquent un serviteur de l'épuisement de Tessa, ignorer les regards d'Ivo, fuir ses attentions déplacées – il veut attiser sa jalousie, nous éloigner l'une de l'autre et, malgré mes efforts, y parvient peu à peu –, prendre par le bras l'ambassadeur de Matricia et son épouse, m'asseoir à leurs côtés, écouter les mélodies, essayer vainement de me concentrer sur les vers chantés, me perdre dans les aventures des sept étoiles devenues humaines ? Mes pensées dérivent. Soudain, j'imagine un petit garçon aux prunelles ambrées qui écoute le baladin, émerveillé. Notre fils. Mon fils… Je serre les poings. Je reconnais dans ce rêve éveillé la marque des Tengelli, de leur démon. Je suis leur fléau. Il ne sera pas leur espoir.

Jamais.

J'ai la nausée. J'ai envie de pleurer. Je me retiens, patiente jusqu'à la fin, applaudis. Déjà, on se tourne vers moi, on m'interpelle ; un majordome signale l'ouverture du banquet ; un autre me montre le boudoir où, discrète et solitaire, Tessa se repose. Je m'éclipse avec un sourire d'excuse, j'entre dans le petit salon plongé dans la pénombre, m'approche et prends sa main. Alanguie sur le divan, elle lève vers moi son visage émacié.

— Je n'ai pas ta force, soupire-t-elle.

— Alors, pourquoi n'es-tu pas restée alitée ?

Elle détourne la tête.

— Si je suis là, je suis certaine, au moins, qu'il rentrera. Tu avais raison, Dionisia et pourtant… Oh, il suffit d'un petit geste tendre, d'un baiser sur la joue… J'oublie ses infidélités, je me dis… « Je m'en moque : je suis celle qu'il a épousée ! » C'est idiot, n'est-ce pas ? Mais cela suffit à me rendre heureuse, même un peu.

— Je suis désolée, Tessa.

— Vraiment ?… Pardonne-moi ! Cette grossesse me rend folle, ajoute-t-elle en se mordant les lèvres. Je me sens si laide ! Je passe mon temps à transpirer et trembler de froid, j'ai sans cesse envie de… Oh, je me dégoûte ! Mais toi, tu es magnifique. Pas étonnant qu'il n'ait d'yeux que pour toi.

— Ivo est un imbécile s'il est incapable de voir que tu es belle. Et je ne crois pas qu'il me tourne vraiment autour : il cherche juste à t'irriter. Nous en avons déjà discuté, n'est-ce pas ?

— Mais il a dit que…

— J'aime Savino depuis l'instant de notre rencontre, lorsqu'il est entré dans la cellule où j'étais emprisonnée et que son regard a croisé le mien. J'aime Savino, et je suis enceinte de lui. Dis-moi pourquoi je gâcherais notre amour et notre avenir ? Quant à toi, Tessa… Ma plus chère, ma seule amie… Comment peux-tu croire que je veuille te trahir ?

De grosses larmes roulent sur ses joues amaigries. Je m'assois près d'elle, et nous demeurons ainsi jusqu'à ce que sa respiration se fasse plus profonde, son souffle plus régulier. Tessa s'est endormie, tenant comme une enfant mes doigts dans les siens. Je me dégage sans la réveiller – sursaute. Dans l'embrasure de la porte, une femme aux tresses ornées de perles multicolores, vêtue d'une tunique ceinturée de cuir, d'un sarouel et de bottes noires.

Elle porte, à son côté, un sabre d'apparat au pommeau incrusté de grenats. Graziella Tremonti, nièce et garde du corps du doyen de sa famille.

— Comment va-t-elle ?

Cette lueur dans le regard, cette voix inquiète… Ivo aurait une rivale ? Qui sait, peut-être les tarots me révéleront des lendemains meilleurs pour Tessa ?

— Elle se repose.

Je referme la porte derrière nous. Je la scrute, perçois, présent mais ténu, parfaitement maîtrisé, un flot d'émotions : je l'effleure, cela suffit à confirmer mes soupçons.

— Tessa a besoin d'une amie.

— Mais vous…

— Dans quelques mois, Savino et moi-même embarquerons pour Matricia. Tessa sera seule, toute la journée, avec sa petite fille. Nous nous écrirons, mais ce ne sera pas pareil. Alors, si vous acceptiez…

— Bien sûr !

— … de lui tenir compagnie, je serais rassurée.

— Bien sûr, répète-t-elle, plus doucement cette fois.

Je lui prends le bras, l'entraîne vers la salle à manger.

— Laissons-la dormir, voulez-vous ?

Le Chariot, La Mère et *Le Soleil.*

Je m'étire avec satisfaction : Graziella arrachera peut-être Tessa à son existence malheureuse. Soudain, je pense au fétiche que je lui ai offert : le porte-t-elle ? Se peut-il que la bretteuse soit la réponse trouvée par l'esprit du chacal à ses malheurs ?

Savino me rejoint, passe ses bras autour de mes épaules.

— Puis-je savoir ce que cela signifie ? susurre-t-il en mordillant mon oreille.

— Détermination, patience et bonheur, réponds-je dans un sourire.

Il pose la main sur mon ventre, embrasse le creux de mon cou.

— Nous n'avons plus longtemps à attendre, mon amour. Bientôt, nous serons trois.

*

Quand Dionisia se tut, sa voix tremblait : nul besoin de feindre la faiblesse. Elle se sentait vide, au bord du gouffre. L'enfant était né, l'enfant était mort. Savino avait eu le cœur brisé, ne s'en était jamais remis.

— Tu l'as étouffé, c'est ça ? ricana Alino. Inceste, infanticide : une vraie Tengelli ! Mais tu sais quoi, ma nièce ? Tu as bien fait. Ce petit, c'était le démon qui te l'envoyait. Si tu l'avais épargné, s'il avait survécu…

— Je sais.

Alino se redressa, fit craquer plusieurs fois sa nuque et les jointures de ses doigts, puis tendit vers elle son long cou cireux et poudré. Ainsi, il ressemblait à un vautour. Un vieux vautour qui aurait pris un bain de sang.

— Difficile de vivre avec des remords, hein ? Surtout quand on *croit* avoir tout contrôlé. Ne fais pas cette tête-là, ma nièce. Tu sais bien que c'est la Triple Menteuse qui a tout manigancé ! C'est grâce à mon Seigneur que j'ai compris, tu sais ? Il m'a montré les rouages pervers de ses manigances et de ses projets ; Il m'a montré ce qu'aurait pu être ma vie si la Triple Salope ne s'en était pas mêlée – ce que ma vie *sera* de nouveau, un jour… Un jour… Bientôt, quand le temps de Son avènement viendra. Mais avant cela, Il m'a aidé à lâcher prise. Tu devrais faire pareil. Te laisser aller, accepter la vérité.

Dionisia faillit répliquer, se retint. Laisser croire à une brèche. Qu'il s'y engouffre, imagine une victoire facile, relâche sa vigilance…

Alors, elle renifla, lança à son oncle un regard éperdu. La chose dissimulée dans le corps de ce dernier eut un soubresaut, projeta vers les portes ouvertes de son âme une serre glacée.

En silence, on t'a arraché tes vêtements. On les a mis en pièces, puis jetés au feu. Tu as entendu le chuintement des étoffes, le sifflement avide des flammes. Ensuite, on a coupé tes cheveux. Les mèches sont tombées une à une, cisaillées par un couteau dont la pointe, comme par inadvertance, s'enfonçait parfois dans tes chairs, te rappelant la morsure d'autres lames, plus humaines, tout aussi cruelles…

On t'a dépouillée de tout. Tu es vulnérable, à la merci des bourreaux.

Tu es seule, à présent. Dans le noir complet. Nul n'a ôté ton bandeau. Le tissu, rêche et mouillé, irrite tes paupières. Impossible de l'enlever ou même de te gratter : tu demeures entravée… Tu t'interroges, tremblante de peur et de honte : puisqu'ils t'ont traînée jusqu'ici, pourquoi ne pas t'avoir interrogée ? L'angoisse monte. Cette sensation suffocante t'envahit impitoyablement, finit par tout submerger. Et tu commences à crier. Tu cries encore, quand la bourrelle, exaspérée, abat son fouet sur tes épaules, ton dos, tes seins et ton ventre, mordant et griffant ton corps avec une régularité et une précision terrifiantes. Comme si celle qui le tenait n'était pas une femme, mais une mécanique, un automate parfait. Tu aurais voulu être assez forte pour ignorer ces souffrances. Impossible. Chaque fois que tu essaies de t'échapper, en pensée, de cette chambre de torture, les réminiscences de chairs brûlées, de vomi et de sang, de hurlements à déchirer les tympans, de supplications et de questions, toujours les mêmes répétées encore et encore, de faciès tuméfiés, de membres cisaillés, calcinés, étirés, roués t'assaillent. Enfin, tu la supplies d'arrêter.

— Mensonges !

Dionisia projeta brutalement l'entité hors de sa psyché.

— Ils ont essayé de me briser ; elle, obéissante et méthodique, le lieutenant Arani, maestro orchestrant chaque torture dans l'espoir de me voir céder. Il voulait m'entendre avouer le meurtre de cinq hommes. Du moins, c'est ce qu'il prétendait. La vérité était autre… mais c'est votre tour de jeu, mon oncle. Le mien est terminé.

Sextus

Ma chère et tendre Estrella,

Nous ne nous rejoindrons pas à Cytheriae, finalement. La peste a été plus rapide que le pauvre cheval crevé sous moi… espoir de lui échapper… vous écris… apparaissent : gorge desséchée, fièvre et ces affreuses taches grises… grouiller sous ma peau. Combien de temps avant d'être emporté ? Deux, trois jours, à moins d'un miracle. L'auberge où l'on… sanctuaire. Des prêtresses prient la Triple Déesse, soigneurs et guérisseuses… dans leurs yeux… condamnés… chance dans mon malheur : le mal m'a rattrapé au hasard… n'ai pas été traqué et attaqué par une horde de pesteux… transforme en goule. Soyez heureuse, mon amour : vivez, aimez, loin d'ici, pour nous deux… j'emporte dans la mort le plus beau cadeau qui soit : le souvenir de votre visage et de votre sourire radieux. Éternellement vôtre, Giangaleazzo.

Lettre trouvée dans les sacoches éventrées d'un messager.

Trois jours s'étaient écoulés depuis la découverte de la clef et du recueil de poèmes. Angelo avait pris le risque de se reposer dans le refuge, sous le temple abandonné de la Déesse, avant de repartir. Il en avait profité pour comparer le journal de la prêtresse avec les pages arrachées, noircies de fumée, d'un registre et la missive inachevée d'un guérisseur décrivant précisément les stades de la maladie et soulevant l'hypothèse d'une origine surnaturelle.

« *Si le mode de contamination m'apparaît classique (contact avec les humeurs corporelles, respirer dans un lieu empesté, morsure d'animaux), la rapidité avec laquelle la maladie agit sur le patient ne l'est pas. Les squames se répandent en quelques heures sur le corps enfiévré, viennent la salivation et le délire, puis une phase léthargique que l'on peut aisément confondre avec le début d'une rémission. Le stade ultime, terrible à voir puisque le moribond pourrit alors qu'il est encore en vie, dure moins d'une heure. C'est pourquoi je suis convaincu qu'un être maléfique (démon ? lamia ?) est derrière tout cela.* »

Les dernières lignes rejoignaient le témoignage de la prêtresse. Angelo aurait préféré que ce mal soit l'œuvre, même improbable, d'une créature de ténèbres. Mais celles-ci avaient disparu, victimes de la peste ou asses prudentes pour abandonner Matricia. Une fois ces informations rassemblées et consignées dans un carnet, Angelo les avait comparées avec les notes prises à la bibliothèque de l'Ordre de la Nouvelle Lune au sujet des Âges Sombres et des précédentes épidémies. Les symptômes paraissaient les mêmes, les explications rapportées par les chroniqueurs de l'époque allaient de la malédiction lancée par un nécromant avide de vengeance à un châtiment de la Triple Déesse, mécontente de Ses enfants. Les plus récentes évoquaient le terrible rituel effectué par les Anges du Renouveau pour soumettre l'Archipel entier à leur volonté et à celle de leur dieu – dont le nom était alors inconnu.

Quand Angelo se remit en route, il boitait encore et ressentait dans son corps entier souffrance et lassitude. Il ne pouvait cependant se permettre de prolonger son repos. À peine eut-il rampé hors de sa cachette, le chat noir se précipita en avant et, d'un miaulement bref, l'invita à le suivre. Il allait vite, au début, bondissant sur les pentes rocailleuses, se faufilant dans d'étroits goulets et des buissons épineux sans se soucier de celui qui le suivait ; bon gré, mal gré, comprenant qu'Angelo ne pouvait emprunter les mêmes chemins que lui, il avait appris à ralentir et attendre.

Un chat noir,
Une clef,
Un coffret…
Un espoir ?

Le chat noir du recueil, c'était lui. Il le menait, Angelo en était convaincu, vers le coffret évoqué dans ces vers trop brefs. Ces quatre lignes l'obsédaient. Qui les avait rédigées ? Lui étaient-elles destinées ? Et pourquoi ?

Ces questions – et d'autres, aussi troublantes – tournaient sans relâche dans son esprit.

Perché sur la souche moussue d'un chêne, l'animal patientait calmement, et le soleil déclinant éclaboussait de bronze ses prunelles brillant d'intelligence.

Le nécromant le considéra un instant : l'hypothèse du métamorphe prisonnier de son enveloppe féline lui semblait la plus plausible à ce jour. Il se demandait néanmoins par quelle négligence il ne s'en était pas aperçu avant.

Avant, à Cytheriae.

Quand Nola était encore en vie.

Balayant d'un froncement de sourcils un passé bien trop proche, Angelo claudiqua vers son compagnon. Celui-ci s'étira, sauta sur le tapis de feuilles rousses au parfum d'humus, s'engagea sur la pente d'un sentier bordé d'angéliques sucrées, de ronciers et d'orties. Il se laissa distraire, le temps d'un assaut foudroyant et mortel, par une musaraigne imprudente avant de reprendre son trot souple, tenant fièrement le rongeur inerte dans sa gueule. Piètre chasseur, encore diminué par son corps douloureux, Angelo ne put abattre ni lièvre ni perdrix et dut se contenter de viande séchée, trop salée, ainsi que de biscuits étouffants au vague goût de noisette. Le soir venu, il installa son bivouac non loin d'un torrent. Là, il parvint à pêcher une truite pour souper. Il la vida à une dizaine de toises de son couchage, abandonnant viscères et foie au chat noir, la fit griller au-dessus de la flambée et la dégusta lentement, savourant chaque bouchée.

Une brise légère, les bruissements de la vie nocturne, les suaves arômes des tilleuls et de la mousse, la Déesse Lune dans le ciel étoilé pour veiller sur lui. Enroulé dans sa couverture, il ferma les yeux, bercé par la douceur de ces heures enchantées et s'endormit. Un rêve singulier, terriblement réel, l'emporta…

C'est un puits de lumière brumeuse et froide.

C'est une grotte aux parois grivelées, aux stries vertes et nacrées.

Au milieu de l'onde, une stalagmite à la cime élaguée.

Et trois silhouettes. Immobiles. Majestueuses. Terrifiantes.

Attiré malgré lui, Angelo glisse vers elles. Assez proche pour deviner leurs mains unies au-dessus d'une résille argentée, trop loin pour distinguer leurs traits. Curieux, il avance, tente de saisir la nature, la matière du monde qu'elles… nourrissent, de vie et de mort, de lumière, de ténèbres et de magie… tissent, de myriades de filaments d'argent entremêlés… protègent, d'une bourbe où se tordent des choses informes, où naissent des larves souillées, affamées qui se ruent sur la toile pour la dévorer…

Fasciné, impuissant, il est happé par ce chaos, tombe…

Une poigne ferme l'arrache aux abysses. L'eau l'enveloppe et l'entraîne loin de la caverne, loin des avatars de la déesse Lune et de leur ennemi.

Ultime pensée, avant de sombrer : les yeux des trois tisseuses ont la couleur turquoise des flots.

Un poids tiède sur la poitrine et un doux ronronnement l'éveillèrent.

Angelo battit des paupières, sursauta : l'espace d'un instant, les prunelles du chat lui étaient apparues turquoise. Le nécromant se prépara rapidement : il baigna son visage, ses longs cheveux et le haut de son corps dans le torrent glacé, avala en guise de déjeuner un biscuit, quelques fraises et une poignée d'airelles, pansa sa cheville, puis se mit en route.

Il suivait le lit du turbulent cours d'eau ; chants d'oiseaux et croassements de grenouilles les accompagnaient. Aux effluves des tilleuls se mêlaient, plus amers, ceux des saules et des peupliers ; les clairières devenaient prairies semées de taches jaunes et rouges. En chemin, Angelo réfléchissait, jetant de fréquents coups d'œil à l'animal. Était-il un envoyé de la Triple Déesse ? Des Moires ? Les Fileuses de Matricia, conseillères spirituelles de la princesse, parmi les premières victimes de la peste cendreuse, avaient peut-être prévu leur fin. En insufflant au félin une parcelle de leur essence, elles seraient ainsi parvenues à préserver leur influence sur la destinée de la principauté…

Pour Angelo, ce rêve, si prégnant, était un encouragement : la preuve que sa venue ne devait rien au hasard.

Depuis longtemps, il savait le rôle que le Destin jouait dans l'existence des hommes. Excuse facile pour justifier le pire, il influençait cependant, invisible instrument de la Lune, les choix, les actes, les vies. Avec les années, il avait appris à s'en accommoder, à accepter ce qu'il lui réservait.

Cela ne l'empêchait ni de ressentir ni d'agir, mais lui permettait paradoxalement de cultiver son libre arbitre et d'assumer ses choix.

Ainsi, Angelo avait aimé, passionnément, une lamia. Ses amours découvertes, il avait subi, tête haute, son châtiment. Il n'éprouvait nul regret – sauf la mort de la belle créature. Mais il n'était pas en son pouvoir, alors, de l'empêcher. Rien ne lui paraissait plus absurde que ces prétendus héros peuplant les légendes de l'Archipel – en particulier celles de Tenebrosa, où il avait grandi. Obnubilés par la fuite, tous finissaient *de facto* par succomber au sort qui leur était réservé, mais fauchaient au passage amants, parents, amis. Angelo les jugeait lâches, méprisables.

Le songe, les pensées pourtant familières qu'il engendrait, le troublait. Il signifiait qu'il était attendu, qu'il avait *effectivement* une tâche à accomplir – et plus importante qu'un état des lieux pour le compte d'un collège de magiciens.

Perçant une trouée, un rayon de soleil l'éblouit. La main en visière, Angelo cligna des yeux et s'arrêta. Un champ d'herbes folles s'étendait en pente douce à ses pieds, dévoilant un village ; au-delà, des collines clairsemées, l'horizon trouble et bleuté, puis l'océan Aquilon. Il s'accroupit, fouilla sa gibecière, en tira un morceau d'os crânien vaguement triangulaire et des cendres mêlées de poudre d'émeraude. Assis non loin, le chat noir l'observait avec curiosité. Du bout du doigt, le sorcier creusa un sillon étroit dans la terre, versa sur son pourtour une pincée de poussière, plaça au centre du cercle le fragment ivoirin. Tirant son poignard, il en perça son pouce, laissa tomber quelques gouttes de sang sur la relique et prononça un nom. Un brasillement bleuté apparut, aussitôt aspiré par la forme translucide qui en émergea : un spadassin dans la force de l'âge, vêtu d'un pourpoint et de chausses noires, le ventre béant sur des entrailles miraculeusement maintenues à l'intérieur de son corps.

— Cela faisait longtemps… maître, grinça l'apparition.

— Ce hameau, que lui est-il arrivé ? Y a-t-il des vivants ? Où sont les morts ? Fais-moi un rapport précis, tu seras récompensé.

Le spectre courba les épaules et obéit.

Demeuré seul, Angelo se leva, étira ses membres endoloris par cette longue traversée. Se figea soudain : une brindille avait craqué, tout près. Il porta la main à son cou, cherchant sa patte de rat momifiée. À la place, il ne trouva que son chapelet d'ossements. Au même instant, le poil hérissé, le félin cracha et bondit dans les feuillages.

Ils étaient trois, vêtus de guenilles de laine et de peau, armés de mauvaises haches et de fourches. Paysans devenus brigands, le regard fou mais humain, ils avançaient de conserve, avec l'aplomb désabusé de ceux qui n'ont plus rien à perdre et sont là pour tuer.

— Mains au-d'ssus de la tête, bien visib' ou on t'crève, gronda le plus vieux, un homme trapu au poil jaune et dru, à la barbe taillée au couteau.

Angelo obtempéra, rageant de ne pas avoir eu la présence d'esprit de se saisir, au moins, de son poignard ou de son bâton. Il était désarmé, non sans défense, mais répugnait à gâcher un sort contre des manants.

— On s'était pas trompés, les gars. Çui-là a l'air net, même s'il est pas d'ici.

— Ton pourpoint, tes bottes et ton paquetage, grogna le deuxième, un colosse aux yeux clairs, lançant sa mâchoire proéminente en avant.

Le troisième, tignasse sale, bouche rouge et tordue, œil bovin, fit craquer sa nuque mais ne dit rien. Angelo plissa les yeux.

— Vous ne devriez pas…

— Ta gueule.

Mouvement vif dans les branchages. Ses assaillants réagirent aussitôt, le premier plantant sa pique dans un fourré, les autres se jetant sur le sorcier. Celui-ci bondit en arrière, écrasa dans son poing l'un des crânes de son collier. Il y eut un éclair blafard. En quelques secondes, ce fut terminé. À la place de ses agresseurs, deux tas de cendres carbonisés. Le troisième, livide, mourut sans un cri, la main crispée sur le cœur.

Angelo contempla son fétiche, écœuré. Des sept amulettes qui le composaient, quatre avaient déjà été utilisés. La dernière, pour deux imbéciles qu'il aurait dû terrasser d'un simple regard.

— Quelque chose ne va pas… maître ? Oh, mais j'ai de la compagnie, à ce que je vois !

— Ton rapport.

— Tout est désert. Trois maisons brûlées, beaucoup de… comparses, oui. Des rustres qui pleurnichent sur le fléau envoyé par la Déesse en châtiment de je ne sais quoi. Ils ont essayé de s'en sortir, mais quand ils ont vu que c'était peine perdue, que les bêtes elles-mêmes étaient touchées par la peste, ils ont parqué les gens dans la maison commune, l'auberge et la grange, et ont tout fait cramer. Ceux-là, ajouta le spadassin, se sont installés bien après dans le coin.

— Pas de goules ?

— Pas de goules, pas de stryges. Rien.

— Très bien, conclut Angelo. Voici ta récompense.

S'entaillant la paume, il laissa le sang couler. Le spectre se précipita, avide et absorba l'ichor jusqu'à la dernière goutte avant de disparaître. Le nécromancien nettoya sa plaie et rassembla ses affaires. Quand il se releva, le chat l'attendait, lissant ses moustaches avec application.

Il récupéra au hameau les vivres des brigands – de la viande séchée, du mauvais vin et du pain –, poursuivit sa route jusqu'à la tombée du jour, laissant derrière lui les contreforts des Procores et ses forêts touffues, évitant les rares villages et les fermes isolées. Il s'arrêta au sommet d'une colline, sur un encorbellement rocheux. Celui-ci, dominant une plaine verdoyante, permettait de voir jusqu'à la ligne cobalt, presque noire dans le soleil couchant, de l'océan. Puis la lune entama son voyage dans le ciel, illuminant dans le lointain le dôme d'un temple isolé, qu'Angelo n'avait pas encore remarqué.

Un chat noir,
Une clef,
Un coffret…
Un espoir ?

Là, devina-t-il, se trouvaient les réponses à cette énigme.

Le Temple

Seizième arcane du Tarot de la Lune

Je sais bien qu'il ne m'aimait pas de la manière dont je le souhaitais. Il était inconstant, cruel parfois, au point que j'aurais voulu mourir. Mais je ne parvenais pas à lui en vouloir et aujourd'hui, je ne puis me résoudre à l'oublier. Sa disparition a été si soudaine ! Je me souviens encore des mots de l'officier venu m'annoncer le drame : « Vous ne reverrez plus votre époux, madame. Son navire a sombré corps et biens. » « Corps et biens », l'expression est étrange, non ? Et l'âme, dans tout ça ? Je me réveille, la nuit, avec le sentiment qu'il est là et m'observe et veille sur notre petite fille. Parfois, j'entends une porte s'ouvrir, et je songe : « C'est lui ! » Tu vois, Dionisia, j'espère encore : je suis incorrigible. Ces dernières semaines, pourtant, quelque chose a changé : Graziella Tremonti part pour le Sud. Elle a accepté le commandement de la forteresse d'Ovambo. Elle m'a dit qu'elle était lasse d'espérer en vain. Que dois-je faire, Dionisia ? J'ai tant besoin de conseils !

Lettre de Tessa Bajamonte (extrait)

Alino trichait. Main trop rapidement posée sur son jeu, débit incohérent. Tirant *Le Soleil,* les jumeaux des Tarots de la Lune, baignés par les rayons du jour, il s'était lancé sans prendre garde à la signification positive de l'arcane, dans la description fastidieuse d'une rivalité fraternelle mue en haine. Ses interjections incessantes, les soubresauts trompeurs de son corps, simulaient un désordre qu'il était loin d'éprouver.

Il espérait ainsi détourner son attention pour permettre à son maître de s'immiscer dans son esprit. La jeune femme résista jusqu'au milieu du récit, puis laissa l'entité percer ses premières défenses et errer à la surface de sa psyché, puisant en elle émotions et souvenirs. Ainsi, Dionisia avait le sentiment d'être un fruit du doum : écorce rugueuse mais facile à briser, fine pellicule de chair au goût d'épice, noyau épais, dur comme une pierre – incassable. L'ennemi ondoyait dans la partie molle et sucrée, incapable d'en détecter le cœur, glissant sur lui sans même laisser d'empreinte. Mais cela suffisait : armé de ce qu'il savait d'elle, il l'assaillait sans relâche.

Oghrio est étendu devant toi. Sa respiration est sifflante et saccadée. Ses membres ont éclaté, déchirant sa peau, laissant apparaître une chair rouge et des os blancs. Ils l'ont libéré. Mourant, pas même assez fort pour souffler dans le creux de ton oreille le nom de ses assassins. Tu le presses pourtant, même si tu sais qu'il te suffirait de toucher son cadavre pour avoir leur identité. Il agonise, voudrait s'en aller en paix, mais tu n'en as cure.

Dire que tu prétends l'aimer, respecter ses enseignements…

Ses derniers mots sont des paroles de paix : malgré toute cette souffrance, malgré ses chairs écorchées, il tente de te transmettre quelque chose.

Tu l'ignores. Seule ta vengeance importe.

Dans un ultime spasme, Oghrio te fixe : ses yeux agrippent les tiens – s'y accrochent… Et puis, plus rien. Tu te recroquevilles, poings serrés contre les lèvres, paupières crispées pour ne laisser échapper aucune larme. Tu ne veux plus voir ce visage figé ni ces plaies creusant dans ses tatouages des sillons sales et sanglants. Plus jamais.

Mais tu ne parviens pas à chasser cet Oghrio qui ne se ressemble pas et prend la place de celui que tu connaissais, celui qui te contait des histoires et apaisait ton sommeil – celui qui t'a recueillie. Tu essaies, pourtant de le retrouver. L'autre l'emporte, encore une fois. L'autre l'emportera durant des années, d'ailleurs. Et même maintenant…

Car la culpabilité te ronge. Où étais-tu lorsqu'ils l'ont capturé ?

Où Dionisia était-elle, ce soir-là ? Chez la vieille Ebe, qui souffrait fréquemment de douleurs ? Avec un amant, spadassin dont elle s'était rapidement lassée ? Impossible de se le rappeler. Elle aurait dû se tenir à ses côtés. Elle aurait dû sentir…

Le doute, les remords crevaient ses pensées, s'étalaient, obsédants et douloureux, à la surface de sa conscience.

Des images jaillirent, insupportables. Avec elles, des cris, hurlements, sanglots. Un souffle éraillé, si faible… Tranches de peau à vif, lancées en pâtures aux cobras. Rires grossiers, rires cruels. Avec le parfum du sang, celui de la chair grillée – et la douleur…

Tu aurais pu l'éviter. Tu le sais n'est-ce pas ?

Tu peux encore l'éviter. Il suffirait de lâcher prise, Dionisia. D'abandonner cette volonté de tout contrôler. De renoncer à ta Déesse… Elle te manipule : tu n'es qu'un jouet entre ses mains.

Suite évidente : Sa mère mourut par Sa faute. Oghrio fut assassiné par Sa faute. L'enfant périt étouffé par Sa faute. Qu'elle accepte de servir Kebahil, tout serait effacé. Tout pourrait recommencer : nouveau départ, nouvelle existence, pas de meurtres pas de souffrance – un enfant aux yeux d'or et des parents heureux ! Voyant ce fils qu'elle n'aurait jamais, petit Andro souriant dans les bras de son père, courant vers elle dans le soleil couchant, roulé en boule sur son lit, près d'un grand chat messinite, Dionisia se mordit les lèvres pour ne pas repousser l'entité hors de sa psyché et riposter, détruire son réceptacle débile avant terme, mettre fin à ce duel grotesque, ce jeu de dupes dont elle connaissait la fin. Elle résista. Des larmes roulèrent sur ses joues, aveu extérieur de faiblesse, reconnaissance intime d'une douleur qu'elle n'avait jamais pu effacer.

Alors, seulement, elle chassa son adversaire, recouvra entièrement sa maîtrise et sa raison.

— C'est mon tour, dit-elle d'une voix un peu cassée, les yeux rivés aux cartes vibrantes d'énergie froide et malsaine posées devant elle.

Se concentrant sur les fétiches la magicienne posa la main sur les tarots et retourna une lame. Une bâtisse en ruines, dôme éventré, murs lézardés, sous un soleil éclatant : *Le Temple,* arcane de la déception et du désastre.

*

L'automne, à Lysania, me rend mélancolique. Délavé, souvent encombré de nuages, le ciel chargé de pluie noie les formes des bâtiments dans une brume couleur ardoise. Vues de ma fenêtres, les silhouettes, précocement parées de martre, d'hermine et de loup, semblent des hybrides de fourrures et de peau. Les jardins sont tapissés de feuilles mortes et les bouleaux, spectres gris et blancs, ont perdu les leurs. Seules quelques-unes, mordorées, s'accrochent encore aux branches. Parfois, le soleil filtre à travers les nues ; alors, ses rayons nimbent la cité d'un voile d'ambre roux qui, écho fané des lumières éclatantes de Messina, me donne envie de pleurer.

Sur mes genoux ronronne Amin, un jeune chat noir, trouvé il y a quelques semaines sous la pluie. Des prunelles pâles brillant de curiosité, des crocs effilés, blancs et trop longs, le poil dru, un peu terne encore, le corps souple et chaud. Devant mes yeux, en lettres d'or, une invitation d'Artemisia Badalla. Giuditta Tengelli, de retour à Lysania après deux années d'absence – longs séjours au palais familial et dans les îles de Nigellia, au nord de la principauté – interprétera plusieurs pièces du répertoire matricien ainsi que ses dernières compositions : une pavane, et surtout une aria applaudie par Dame Donatella elle-même. La mère de l'actuelle princesse, mélomane et mécène, vit retirée depuis près de dix ans dans son palais boréal où elle reçoit, juge et protège les musiciens les plus talentueux de Matricia. Ainsi, jouer devant la matriarche est un privilège et s'en faire remarquer, le plus beau gage de talent qui soit.

Giuditta, la femme de mon père.

Je ne l'ai vue que trois fois, mais le souvenir de ses traits fins, androgynes, de ses longs yeux aux iris bleu vert demeure vivace et la moiteur soudaine de mes paumes trahit mon émoi. Dois-je esquiver cette matinée ? Proposer à Savino de m'y accompagner ? Ridicule. On ne nous voit ensemble qu'à l'opéra, lors de festivités données par d'autres ambassades ou les membres du Conseil des Neuf, proches de la princesse. Notre couple s'étiole jour après jour – et ni l'un ni l'autre n'avons la force d'endiguer ce déclin.

Nerina Bella est, à présent, la maîtresse officielle de Savino. Les courtisans fielleux qui hantent les soirées mondaines prétendent qu'elle s'est donnée à lui, se sachant fanée, flétrie – Nerina est âgée de vingt-trois printemps à peine –, et n'aurait jamais sans cela accepté qu'il la touche. Savino joue et boit beaucoup trop ; toutefois, excellent diplomate, il a mené d'importantes transactions commerciales et compte nombre d'alliés, parmi les seigneurs marchands et certains nobles de Matricia. Mais on ne lui pardonne ni sa peau noire ni ses succès diplomatiques et amoureux. On ne lui pardonne pas non plus sa scandaleuse épouse… Je ne suis pas dépravée, cependant mes provocations comme mes réparties offensent les âmes étriquées, les prétendants et les amants éconduits ; mon corps cannelle, mes danses lascives et le mystère dont je m'entoure excitent les curiosités. Je demeure malgré les années la fleur exotique et imprévisible qu'il est bon de convier dans un salon ou lors d'un souper que l'on souhaite épicé.

Hésitante, je repose le précieux carton. Je reconnais, sur l'enveloppe suivante, l'écriture ronde de Tessa. Je reçois un flot d'émotions : tristesse, confusion, culpabilité, regret. Depuis six ans, Tessa porte le deuil et élève Ivelina, fruit de ses défuntes amours, dans le culte d'un père qu'elle n'a jamais connu. Depuis six ans, son amie Graziella attend de se dévoiler ouvertement. Je comprends, dans le chaos de sa lettre, que celle-ci a perdu patience et l'a sommée de choisir entre un deuil éternel et la vie. Tessa s'est rendu compte, trop tard, qu'elle l'aimait. Et le spectre de la culpabilité lui coupe les ailes.

Elle a besoin de mes conseils, me supplie de lui révéler *en toute franchise* l'avenir que mes tarots discerneront pour elle.

De la franchise ? Soit.

Le moment est enfin venu.

Je vais à ma coiffeuse, m'assieds sur le tabouret de samit grenat, saisis ma boîte à bijoux. Elle contient colliers et perles, boucles d'oreilles, bracelets et fétiches. Pas de double-fond, mais dans l'un de mes talismans, un tube de cuir orné de plumes d'ibis et d'os de chacal brun, jumeau du porte-bonheur de Tessa, est dissimulé le billet maladroit de son cher disparu.

« Vous voir à son bras, être condamné à supporter cette dinde essoufflée accrochée au mien, par la Déesse, c'est une torture ! Me voici bien puni de mon arrogance : marié par ambition à une femme que je méprise, alors que vous seule hantez mes nuits, vous seule pourriez me rendre heureux. C'est un rêve inutile et cruel, mais pourtant chaque fois que je nous imagine ensemble, libérés des chaînes du mariage, je ne peux m'empêcher d'espérer. Il suffirait de peu : un accident, un tragique accouchement. Vous me trouvez horrible ? C'est que je suis fou ! Je suis fou d'amour, Dionisia et pour vous, je suis prêt à tout, même à tuer. Je vous en prie, dites-moi que malgré tout le mal que je vous ai fait, je peux avoir de l'espoir ! Dites-moi que vous avez de l'amitié pour moi. C'est peu, mais je sens, je sais que ce doux sentiment changera avec le temps ! À la veille de mon départ en mer, j'attends un signe de vous.

Tendrement,

Ivo. »

Il a attendu longtemps, je suppose, avant de monter sur le pont du navire qui fut son tombeau. J'ai gardé, toutes ces années, le secret de son message. Aujourd'hui, en le joignant à ma lettre, je libèrerai Tessa de son passé.

Une fois ce courrier cacheté, je sonne ma camériste afin de me préparer.

Une chemise de lin échancrée, un corselet bleu paon, qui laisse apparaître une doublure de soie blonde, une jupe assortie. À mon cou, aux oreilles, aux bras, pour briser le conformisme matricien de ma tenue, de lourdes parures d'argent serties de turquoises, de malachites et de coraux. Ainsi, je manifeste à tous mon exotisme et la fierté que j'en tire : « Je suis une Messinite : ma peau à la couleur du sucre roux et mes bijoux massifs seront toujours plus précieux à mes yeux que vos fanfreluches. » Une façon comme une autre d'affirmer mon indépendance et d'entretenir ma réputation. Fedra, charnue et tout en fossettes, volée à Laerte Tengelli quelques semaines avant sa mort, passe une lourde cape doublée de feutre sur mes épaules. Elle me précède jusqu'à la porte. Se fige. Sur le seuil, Savino, la mine sombre, les yeux étincelants de rage. La jeune fille esquisse, tremblante, une révérence, s'efface pour le laisser entrer, me lance un regard hésitant. D'un signe, je lui permets de s'éclipser.

— Quels sont vos liens avec les Tengelli, madame ? siffle-t-il, menaçant.

Mes… liens ? Par la Déesse, qu'a-t-il deviné ? Serrant les poings, je camoufle mon anxiété sous un masque d'insolent dédain.

— Moi aussi, je suis ravie de vous voir, mon époux. Je finissais par croire que vous aviez définitivement abandonné cette demeure…

— Cessez vos persiflages et répondez-moi, Dionisia.

— Je ne comprends pas de quoi vous parlez. Maintenant, si vous voulez bien m'excuser…

Il fait un pas vers moi, agrippe mon poignet, heurte de sa paume sèche et froide un bracelet.

— Lâchez-moi, Savino.

Colère, confusion, mépris, douleur, amour, violence, désir, haine – ses émotions, pourtant familières, m'assaillent avec une telle sauvagerie que je suis submergée.

— Je suis heureux que nous soyons parvenus à un accord, messire Narici, conclut Savino, s'apprêtant à prendre congé de son interlocuteur.

Le compositeur, engoncé dans un pourpoint bordé de fourrure rousse et des pantalons de velours bouffants, leva le nez, ses narines palpitant d'excitation contenue.

— Ces ébènes sont incomparables et je ne voulais pas moins pour mes instruments. J'ai obtenu la Petite Salle pour la saison prochaine. Je vous enverrai une invitation.

— Merci.

Savino s'inclina, quitta son office le temps de donner quelques directives à ses gens, laissant son clerc consigner le récapitulatif de l'entrevue. Il n'aimait pas Narici, cet opportuniste prompt à la médisance et aux cabales, prêt à tout pour s'immiscer dans les cercles mondains et y imposer son influence ; il espérait, en s'esquivant ainsi, décourager une discussion dont il n'avait nulle envie. Convoqué à une réunion organisée par le sénéchal de Matricia, il tenait à arriver avant les légats des autres ambassades : cela lui permettrait d'affûter ses arguments tout en évaluant adversaires et alliés.

Hélas, quand Savino revint sur ses pas, sa houppelande de laine et de brocart amarante sur les épaules, l'importun était toujours là, triturant sa toque de renard avec une moue affectée.

— À propos de mes concerts, commença-t-il, mielleux. Je me demandais…

Réprimant son exaspération, Savino l'invita à le suivre. Il traversa d'un pas vif le hall du bâtiment où, deux fois par semaine, il administrait le comptoir de commerce de Messina, eut un signe bref pour les gardes chargés de surveiller l'entrée. Narini, qui trottinait derrière lui, le rattrapa au bas des marches.

— Où allez-vous ?

— Au palais Pellegrini.

Son palanquin l'attendait, porté par deux hommes en armes, arborant les armoiries de sa principauté : un blason sinople orné de deux rameaux d'olivier et d'un croissant de lune argent.

— Vous êtes pressé, je comprends... J'avais simplement une question : les invitations seront nominatives, voyez-vous. Viendrez-vous seul ou...

— Allez au fait, messire, coupa Savino, devinant le coup de griffe sans pouvoir l'éviter.

— Ce ne sont que des bruits de couloir, mais on murmure qu'Alberto Tengelli a convié votre femme à séjourner en son château. Si tel est le cas, je ne l'adresserai qu'à votre nom... Vous serez évidemment libre de venir ou non accompagné... Bien sûr, si ces commérages sont faux, je m'en voudrais de froisser votre délicieuse épouse...

Toutes ces grimaces pour en arriver là. Un trait précis, perfide. Un trait qui fit mouche. Alberto Tengelli habitait Lysania depuis le printemps. Proche de sa cousine Ottavia, amirale dans la marine de Matricia, il l'aidait à régir certaines affaires familiales. Tengelli avait rencontré Dionisia au théâtre. Épris d'elle jusqu'à la déraison, il l'invitait régulièrement à souper, la couvrait de présents. Son épouse musicienne l'ayant rejoint quelque temps plus tôt, Savino espérait que cette foucade passerait. Ce n'était pas le cas et les rumeurs enflaient...

Narici n'agit jamais sans avoir évalué ce qu'il peut en tirer – et le mal que cela cause autour de lui. Parfois, ce dernier surpasse en intérêt le profit. De l'ébène pour ses instruments de musique ? L'occasion de blesser Savino, surtout. De se venger, à travers lui, du camouflet reçu en réponse à ses avances. Quant à mon père... Ignorant tout de moi, il me courtise avec passion et ne soupçonne rien de mon identité. Il m'interroge sur Messina comme s'il en ignorait tout et je n'ai discerné dans ses questions aucune duplicité. D'ailleurs, jamais il n'a évoqué Azzura devant moi, pas même d'une allusion. C'est comme s'il avait oublié ma mère et l'enfant pleine de promesses qu'il n'a pas vue naître. J'ai cru un moment que le voile du désir obscurcissait son jugement, qu'il *refusait* de voir ; j'ai compris que ce n'est pas cela. La folie des Tengelli l'atteint d'une tout autre façon que son prédécesseur : l'oubli gangrène son esprit, des pans de son existence s'effacent sans qu'il en soit conscient. Je ne pensais pas cela possible, mais ma haine s'est dispersée aux quatre vents, balayée par la pitié. Alors, j'accepte la plupart de ses cadeaux et lui tiens compagnie, envahie par la même compassion que j'aurais pour un vieillard. Je sais, pourtant, ce dont il est capable : ici, je l'ai vu battre ses domestiques, ordonner l'exécution d'un homme gênant les ambitions de la famille, et il me suffit de me plonger dans le passé pour connaître ses crimes. Intimement. Mais c'est ainsi : pour moi, le clan Tengelli est pareil à une tenture passée devant laquelle on ne s'arrête plus ; mon père me semble un pathétique pantin dont je n'ai même plus envie de me venger.

Je contemple Savino, l'homme que j'aime. J'ai envie de pleurer. Toutes ces années gâchées, tous ces mensonges, cette souffrance – et pourquoi ? Pour réparer l'honneur d'une mère qui ne le demandait pas. Pour satisfaire un orgueil égoïste. Pour rien. Les saisons défilent à rebours, les années s'entrechoquent ; le temps tourbillonne, les couleurs, les sons, les voix se confondent ; un souvenir soudain m'étrangle, m'écrase.

Dans mes bras, Savino, les épaules secouées de sanglots. Sa peau, contre mes lèvres, semblait glacée. Glacée comme celle de l'enfant mort-né qui reposait, inerte, sur les draps tachés de sang. La guérisseuse s'effaça afin que nous puissions nous recueillir, seuls, devant la minuscule dépouille. En quittant la pièce, elle me lança un coup d'œil aigu. Magicienne, elle avait senti la vie refluer, brutalement aspirée par une énergie dont elle ne flairait pas la présence. Et je demeurais si calme ! Elle n'osait me soupçonner, pourtant : une mère ne provoque pas la mort de son petit, c'est contre nature, n'est-ce pas ? D'une certaine façon, cette femme voyait juste : je n'avais pas tué mon fils, mais un monstre en devenir. Je le sacrifiais, et en échange...

Peu importe ce que je reçus. Peu importe ce que j'évitai.

Malgré ce que je savais, mon regard rivé à ce corps inerte ne discernait qu'un petit bébé.

Je recouvre mes esprits – plus lentement que je l'aurais pensé. Je croise les yeux noirs de Savino, durs comme des pierres d'onyx. Ses doigts broient mon poignet, la ligne de sa mâchoire semble celle d'une statue. Subitement, il me lâche, me toise – et s'éloigne.

— Savino...

Il ralentit, près de l'entrée.

— Savino, où allez-vous ?

— Cela ne vous regarde pas.

Un pas de plus. Il arrive au seuil de la porte.

— Savino, j'ai… J'ai tant d'aveux à vous faire…

— Il est trop tard, Dionisia.

— C'est faux ! Restez. Restez, s'il vous plaît…

Je voudrais le rejoindre, mais j'en suis incapable. Mon corps tremble, mes jambes sont de plomb.

Il s'arrête, se retourne à demi.

— Vous avez vos obligations, j'ai les miennes. Demeurer près de vous n'en fait plus partie.

Mon cœur cesse de battre. Mon sang s'arrête de couler.

Grand vide. Pas un souffle d'air. Pas un bruit. Rien. Un rien blanc, étouffant, assourdissant. Corps ballant, frissons, froid, peau de papier, picotements.

Retour à la chair.

À la douleur. Douleur vite étouffée. La colère se répand, balaie les souffrances, efface les marques de coups, chasse d'une pensée la larme qui perle au coin de ma paupière. Il est trop facile de fondre sur moi comme un rapace, d'exiger des réponses, de fuir avant de les avoir. Il est trop facile d'être jaloux, quand on passe ses nuits chez une courtisane. Il ne veut pas m'entendre ? Que les démons l'emportent ! D'un pas décidé, je quitte mes appartements : je ne veux pas être en retard au salon Badalla.

Et Giuditta m'attend.

Les notes de la pavane flottent, mélancoliques et rondes, au-dessus de nous. Elles éclatent sur le plafond, se fondent dans les allégories bleues, grises, vert mousse et mordorées représentant la nuit et les saisons, leur prêtant un souffle de vie. Celles-ci, encadrées par des dorures travaillées et des médaillons figurant d'éminents personnages du clan Badalla, les happent le temps d'un accord, puis les laissent s'échapper, glisser en sonorités muettes le long des murs, disparaître dans les aspérités du plancher. Face à la vingtaine d'invités, petit noyau de privilégiés et de flagorneurs, Giuditta. Sans son époux. Artemisia m'a confié qu'il nous rejoindrait peut-être pour la fin du concert. Giuditta est plus mince encore que dans mes souvenirs. Sa peau est si fine qu'elle paraît translucide ; derrière ses longues paupières mi-closes, bleuies de cernes, j'entrevois avec étonnement un regard affolé. Elle s'accroche à son luth comme s'il s'agissait d'un rocher au milieu de la tourmente, joue comme dans un songe – un cauchemar ? – éveillé. Suis-je la seule à remarquer son trouble ? Devant moi, Artemisia balance sa tête de droite à gauche et les boucles cendrées de sa coiffure l'accompagnent de curieux tressautements ; son neveu Giangaleazzo, assis à sa droite, semble attentif mais je devine qu'il est en réalité loin d'ici, auprès d'Estrella, sa bien-aimée ; de l'autre côté, au bout de la rangée, Aldo Narici et Ruggero Spelazzi, un librettiste de ses alliés, ne cessent de chuchoter.

Le morceau s'achève sur un ultime accord, grave et lent. Le silence, d'abord déchiré par un « assez désincarné somme toute », de Narici, susurré juste assez fort pour être entendu, est brisé par les applaudissements d'Artemisia et des autres auditeurs. Giuditta sourit, salue l'assemblée.

— Voici « Melancholia », une aria composée pour dame Donatella l'hiver dernier, annonce-t-elle avant de se rassoir.

Elle accorde son luth, inspire. Les premières mesures s'élèvent ; sa voix, claire et pleine, s'enroule autour de celle de l'instrument, la berce d'une tristesse qui ne parvient pas à me toucher.

Loin de vous, je vagabonde,
Âme errante sur la lande
Désolée, si loin du monde,

La musique est belle, mais j'y demeure insensible. Est-ce moi ? À ma gauche, une vieille femme poudrée tamponne le coin d'une paupière de son mouchoir ; Artemisia, les mains jointes, le buste légèrement penché en avant, écoute, extasiée.

Si triste ! Écho de mon cœur,
Battue par le vent boréal,
Elle incarne mon malheur.

— Entre nous, ce n'est pas de la très grande musique…

Narici, encore. Une soudaine bouffée de colère m'envahit. Je lui en veux d'autant plus que cette fois, je suis d'accord avec lui.

Loin de vous, les sombres nues
Se rassemblent en mon esprit.
Dans ces brumes j'erre, perdue,

— Et les rimes, franchement…

J'aimerais que son fiel n'atteigne pas Giuditta. Malheureusement, il sait exactement ce qu'il fait : syllabes, intonations, intensité, tout est parfaitement orchestré. Ses phrases sinuent, perfides, entre les corps attentifs, se glissent jusqu'à elle – et Giuditta tressaille.

J'espère votre présence,
Ne vous trouve nulle part,
Je suffoque, je perds mes sens.

Fausse note. Sourire gêné. Chuchotements surpris. Elle poursuit. Sa voix déraille. Elle manque un accord, s'interrompt, au bord des larmes, tremblante. Elle inspire, reprend.

— C'est une plaisanterie ?

Cette fois, Narici s'est exprimé assez fort pour être entendu de tous. Déjà, certains invités tendent l'oreille, à l'affût de la prochaine saillie.

Loin de vous, plus de soleil
Mais une nuit…

— De sommeil ?

Des rires fusent. Devant moi, Artemisia s'agite, chuchote à l'oreille de son neveu. Si nul n'intervient, la scène va se transformer en exécution publique. Giangaleazzo comprend, se dresse brusquement.

— Un guérisseur, vite ! s'exclame-t-il.

Plusieurs spectateurs se retournent, interloqués. Je me lève, bouscule avec de brèves excuses des auditeurs. Quelques secondes plus tard, je suis auprès de Giuditta, la main posée sur son front.

— Elle est glacée, dis-je, feignant l'inquiétude.

Avec un coup d'œil reconnaissant, la musicienne entre dans notre jeu, s'affaisse complètement sur son tabouret, laisse échapper son luth. Je le rattrape de justesse. Des laquais se précipitent, placent sous son nez un chiffon imbibé ; des effluves de vinaigre, de girofle et de menthe montent jusqu'à mes narines. Giuditta papillonne des yeux, sourit faiblement. Ma voisine s'approche, circonspecte.

— Croyez-vous qu'elle soit contagieuse ?

— Je l'ignore, madame. Peut-être s'agit-il d'une fièvre passagère ou d'un étourdissement dû… *à son nouvel état ?*

J'ai effectué cette fausse confidence d'un ton assez bas pour éveiller la curiosité des indiscrets les plus proches, assez fort pour répandre la rumeur et élargir leur cercle. Les réactions sont immédiates.

— Par la Déesse ! La pauvre enfant ! Elle a tenu à jouer une matinée entière alors qu'elle est…

— Quel courage !

— Je le savais : quelqu'un m'en a parlé il y a une semaine à l'opéra.

— Cela explique ses défaillances…

— Vous vous êtes gaussé trop vite, messire Narici, déclare Artemisia en se tournant vers lui, ses boucles cendrées voltigeant autour de son visage plein. Cela vous apprendra à vous montrer moins acerbe à l'avenir.

Narici s'incline avant de se retirer. Sous son masque hypocrite, je devine un orgueil trop vite ravalé, une haine vipérine et sournoise, une rancœur mesquine, guettant le moment de fondre sur sa proie. Je me place devant la musicienne et la dérobe à son regard. Giuditta saisit ma main. La sienne est glacée.

— Restez, s'il vous plaît.

« Restez, s'il vous plaît. » Ces mots sont les miens. Exactement les miens. Le ton, suppliant, est le même. « Restez, s'il vous plaît. » Cela n'a pas suffi à retenir Savino... Où est-il, à présent ? Auprès de Nerina, bien sûr. Écoute-t-il ses conseils ? Rit-il à ses plaisanteries ? Baise-t-il déjà ses paumes, ses poignets, le creux de ses bras ? Je devrais être à la place de cette courtisane, avec lui. Je n'ai rien à faire ici. Ces gens ne sont que des étrangers, relations politiques, vagues alliés. Et Giuditta...

Je reviens à moi. La compositrice me contemple, reconnaissante, étonnée. Je n'ai pas lâché sa main.

À l'exception de quelques domestiques, nous sommes seules à présent dans le salon de musique.

— Que vais-je dire au guérisseur ? souffle-t-elle.

— Vous étiez si anxieuse à l'idée de ce concert qu'en deux jours vous n'avez rien mangé et vous ne parveniez pas à trouver le sommeil. Cela justifiera votre malaise et notre chère hôtesse sera ravie. Imaginez : celle qui a joué devant *la* Donatella, trop angoissée pour se produire en sa maisonnée !

Giuditta détourne la tête, ses traits androgynes assombris de tristesse.

— Giangaleazzo Badalla et vous m'avez sauvée aujourd'hui, Dionisia. Mais demain ?

J'approche d'elle une chaise, prends place à ses côtés.

— Demain ?

— Ma musique ne vaut rien. Je suis une bonne interprète mais...

Sa voix s'étrangle, ses doigts cherchent les miens, les serrent, désespérés.

— Ne vous laissez pas atteindre par les mesquineries de Narici. Il ne supporte pas le talent des autres et s'abreuve du mal qu'il peut faire autour de lui.

— Mais il avait raison. Cette aria est mauvaise et ma pavane...

— Votre pavane est parfaite.

— Techniquement, c'est vrai. Pas de fantaisie douteuse, pas de mesure en trop. Mais elle n'a pas d'âme. Quand j'ai commencé à jouer, j'avais le sentiment de régurgiter, comme une élève appliquée, un morceau de solfège appris par cœur. C'était médiocre, Dionisia.

Des larmes roulent sur ses joues puis le long de son cou, se perdent dans les dentelles et les rubans satinés de sa robe. J'ai peine à croire que la pâle créature alanguie sur ces coussins est celle dont je rêve, parfois, de partager la couche. Mon père est-il responsable de sa déchéance ? Que s'est-il passé au palais Tengelli ? Je caresse tendrement ses cheveux, soie pâle et fine couleur de lin.

— Giuditta, je vous sens tellement triste. Que vous est-il arrivé ?

Elle hausse les épaules, amère.

— J'ai déçu tout le monde : mon époux, sa famille, moi-même. J'ai joué à la cour de Donatella, c'est vrai. Mais je ne serais pas ici si elle était satisfaite de moi. Elle m'aurait invitée à rester. Et c'était ma seule chance d'être loin… Oubliez cela, Dionisia. Vous avez la gentillesse de me tenir compagnie, et moi, je vous ennuie.

Des pas pesants interrompent notre entretien. Le guérisseur, un colosse accoutré d'une chemise et de pantalons trop étroits pour lui, pénètre dans la salle suivi de son apprenti, adolescent malingre au crâne surmonté d'une tignasse de paille. Je m'éloigne, me rends à la fenêtre. Le crépuscule étend sur la ville un voile d'ombres pourpres et bleues. Je cherche notre demeure, imagine le feu crépitant dans la cheminée de ma chambre, le chat noir étendu près de l'âtre ou roulé en boule sur mon lit, mon écritoire débordante de missives encore cachetées et de lettres inachevées. Dans le couloir éclairé par la flamme jaune de chandelles fixées au mur, rien en dehors d'un vague souffle de vent. Les appartements de Savino sont vides, froids malgré la flambée allumée par son fidèle Adrio, le vieux domestique qui veille depuis des années sur lui. À moins qu'il l'ait accompagné chez *elle* ?

Douleur dans les yeux. Envie de vomir. Le sang martèle mes tempes, des milliers de flocons dansent autour de moi, m'aveuglent, m'étouffent…

— Madame ?

Je reviens à moi, irritée par le parfum aigre-doux des sels, ouvre les paupières. L'apprenti du guérisseur me dévisage avec anxiété.

— Vous avez perdu connaissance. Votre crâne a heurté le plancher, mais j'ai pris la liberté de… Je veux dire… Je vous ai soignée, bafouille-t-il, brusquement gêné. Bon… Je… Je vais retourner auprès de mon… magister… Là-bas.

— Merci.

Écarlate, il se redresse et regagne précipitamment le chevet de Giuditta. Une fois certaine d'avoir recouvré mes sens, je me lève, quitte discrètement la salle de musique. Je veux retrouver le calme de notre demeure. Je veux réfléchir à la meilleure manière de reconquérir Savino. Pas de magie, pas de gris-gris ni de potions. Je vaux mieux que ça. *Il vaut mieux que ça.* Je lui ferai des aveux, sauf au sujet de l'enfant, et lui présenterai des excuses sincères. Puis nous aurons une longue discussion ; ensuite, nous aurons la nuit entière pour raviver notre amour. Il tient encore à moi, je le sais.

Il reviendra.

Il m'est impossible de rentrer, pourtant. À peine m'aperçoit-il dans le grand salon où les convives se sont réunis pour déguster biscuits et soufflés salés, Alberto Tengelli se précipite vers moi. La maîtresse de maison l'a mis au courant :

malgré mes protestations, il assure que nul ne se serait rendu compte de la faiblesse de sa chère épouse, tout juste revenue du Nord, sans ma présence d'esprit. Ses grandes mains sèches et noueuses me paraissent menaçantes. Son haleine bilieuse ravive ma nausée. Enhardi par ma faiblesse, Alberto s'empresse, me force à demeurer assise, me sert une liqueur de baies noires, une assiette de petits gâteaux. Je sens la pression de sa paume sur ma taille, ses doigts glissent jusqu'à la naissance de mon bassin. Je m'écarte, me contrains à la courtoisie : Alberto souhaitait me remercier ; il s'est montré prévenant et plus audacieux que d'habitude, mais comment lui en vouloir ? Peut-être est-il troublé de savoir que sa femme et celle dont il désire ardemment les faveurs se sont enfin rencontrées ? Peut-être espère-t-il avancer d'un pas dans sa cour et, qui sait ? Nous avoir toutes deux à ses côtés ?

Qu'il espère. Peu m'importe.

Car c'est l'une des dernières fois qu'il le peut. Avant la fin de ce mois, Savino et moi aurons quitté Matricia pour ne jamais y revenir.

Brimbalée dans la chaise, j'entr'ouvre les rideaux. Les nuées se rassemblent au-dessus de l'océan ; d'énormes rouleaux se fracassent contre les récifs, projetant, je le devine, une écume épaisse et mousseuse jusqu'aux rades alignées sur les quais du Vieux Port. Un éclair déchire le ciel ; les premières gouttes s'écrasent sur les pavés ardoise de l'avenue. Coup de tonnerre, les porteurs accélèrent l'allure. S'ils se dépêchent assez, ils atteindront la demeure avant l'averse. Dans mes pensées, c'est le chaos : j'anticipe, je crains, j'imagine notre entretien futur, ses arguments et les miens, je répète, recommence, travaille mon discours, mon repentir…

L'acceptera-t-il ? À mesure que nous approchons, mon inquiétude croît. Angoisse lancinante – n'est-il pas trop tard ? M'aime-t-il encore ? ? Mon esprit est assailli. Mes paumes sont moites, ma peau glacée, et je brûle d'une fièvre indéfinissable.

Martèlement de pas lourds, cadencés.

Les hommes s'arrêtent.

Le ventre tordu par une terrible peur, je me glisse à l'extérieur du palanquin.

Face à nous, six gardes de la ville, leur plastron noir et or luisant de pluie. À leur tête, une gradée aux traits séraphiques, aux prunelles lavande. Son timbre cristallin, presque enfantin, teinte d'étrangeté son ton martial.

— Caporale Camilla Salviati, deuxième division nord, se présente-t-elle avec un bref salut. Dame Dionisia Bajamonte ?

— C'est… C'est moi.

Je tremble. Mes lèvres sont sèches. Mon cœur s'affole.

Les sons vibrent, tambours lointains.

— L'ambassadeur a été retrouvé dans une ruelle, madame. Son équipage a été attaqué et votre époux…

Son ton est calme, et pourtant plus strident qu'un cri.

— … déjà mort quand la patrouille est arrivée.

Son visage est de papier mâché, sa bouche béante vomit des mots, mots douleur mots torture mots blessure, que je comprends à peine et qui me transpercent.

— … reçu une vingtaine de coups de poignard…

Mon âme est en miettes. Brisée, lacérée, anéantie.

— … chargé de l'enquête voudra peut-être vous interroger, quand vous serez…

— Je veux le voir.

Ma voix semble un croassement d'outre-tombe arraché à ce corps métamorphosé en pierre.

— Madame, sa dépouille est à la morgue et je ne sais si…

— Je me moque de ce que vous savez, caporale. Menez-moi à lui.

Nuit épaisse et venteuse. Rues désertes. Bâtisses noyées sous un rideau d'eau glacée. Le dos de l'officière, sa pelisse claquant contre ses mollets, est mon seul repère dans l'obscurité poisseuse où je me débats, m'enfonce, me tue. Puis l'édifice massif au portique éclairé par une lanterne se dessine dans l'obscurité. Je remarque à peine les soldats en faction, à l'entrée. Les couloirs, les silhouettes, les voix passent comme dans un cauchemar éveillé. Je suis face à la *mortuor* : arrêt sur visage lunaire, effluves lourds de menthe et de pourriture. Échange bref. Escalier. Salle funéraire. Linceul.

Savino est mort.

Phrase abstraite, irréelle, insensée. Elle pulse dans mon crâne, apparaît, disparaît, je ne la comprends pas. Mais il y a le cadavre devant mes yeux, le rouge de ses plaies ouvertes, le noir de sa peau, la fixité de son regard et les éclaboussures pourpres sur ses lèvres et sa joue éclatée. Mais il y a l'absence, vide écrasant d'émotions, de vibrations, de vie.

Savino est mort.

Le sens me saute à la gorge ; la vérité m'étrangle. Je suffoque : mes ongles s'enfoncent dans la chair froide, mon front heurte la pierre lisse de la table de nécropsie. Puis je bascule…

Bercé par le pas régulier des porteurs, Savino paressait, les yeux mi-clos, dans la cabine de son équipage. Assis en face de lui, Adrio veillait. Une expression soucieuse accentuait les rides de son visage usé. Plusieurs fois, le vieux valet avança la main vers lui, esquissant le geste de chasser une poussière de son pourpoint, mais se retint.

L'ambassadeur soupira. Adrio s'inquiétait beaucoup trop pour lui. Et puis, il n'aurait jamais dû sortir par ce temps. La prochaine fois, il se montrerait ferme et l'empêcherait de l'accompagner chez sa maîtresse.

La prochaine fois. Y en aurait-il seulement une ? Nerina exigeait qu'il mette un terme définitif à un mariage qui se maintenait, selon elle, par le miracle de la négligence et de la lâcheté. Il n'aimait plus sa femme ? Qu'il le lui dise ! Que ses mots soient suivis d'une rupture officielle ! À moins qu'il ne tînt encore un peu à elle ? Furieuse de son silence, la courtisane l'avait mis à la porte : son amant ne franchirait plus le seuil de sa demeure avant d'avoir quitté Dionisia. Définitivement.

Quitter Dionisia. Le souhaitait-il vraiment *?*

Embardée soudaine, bruit spongieux de l'acier arraché à un corps. Puis la chaise heurtant le sol – et le chaos. À peine Savino eut-il le temps de s'en extirper, une pointe acérée s'enfonçait dans son dos. Il se retourna, tira son sabre du fourreau et se fendit ; une botte vicieuse lui sectionna l'arrière du mollet. Perdant l'équilibre, il frappa le vide. Un choc le projeta sur le pavé. Une brûlure, dans les reins, l'empêcha de se relever.

— Arrêtez ! Arrêtez, bande de…

Affreux gargouillement. Son mat du corps d'Adrio heurtant le sol. Savino esquissa une attaque ; au même instant, une douleur fulgurante transperça sa main. Les os brisés, il lâcha son arme, leva les yeux vers son tortionnaire – un colosse blafard au regard rouge. Un pied heurta sa mâchoire, sa pommette. Grognant, il voulut mordre, se débattre : une pluie de coups s'abattit sur lui, transformant son corps en amas de chairs sanglantes et d'os brisés. Un poignard ravageait ses entrailles ; un autre cherchait son cœur avec avidité. Au bord de l'inconscience, il sentit une lame contre sa gorge, discerna dans un brouillard écarlate la forme de l'albinos au-dessus de lui.

— Il a son compte, les gars. Qu'on en finisse…

Instinctivement, je plonge au cœur de la nasse brumeuse du passé ; j'abandonne le filament tranché de la vie de Savino, j'agrippe d'une pensée celui, proche, de son meurtrier, je le tire vers moi, l'enroule autour de mes doigts jusqu'à reproduire la trame de ses souvenirs…

Son employeur avait bien choisi son heure. Le quai était désert. Les derniers soudards ronflaient, bave aux lèvres, joue écrasée contre le bois rugueux du comptoir d'un tripot de la rade ou gisaient dans l'obscurité, noyés dans leur propre vomi ou égorgés par de petits criminels trop timorés pour attaquer de vraies proies. Les débardeurs, eux, dormaient encore, la tête reposant sur le sein généreux d'une catin. Quant aux marins, ils venaient de quitter le port, profitant du clair de lune et d'une brise favorable pour partir.

L'homme patientait à l'angle d'un entrepôt, emmitouflé dans une immense cape brune, le visage dissimulé par un couvre-chef aux bords larges.

— Je n'aurais pas apprécié d'attendre plus longtemps, Le Suaire.

— Pardonnez mon retard, seigneur.

— J'ai besoin de ton équipe. Au complet.

— Quand ?

— Le plus tôt sera le mieux.

— La cible ?

— Savino Bajamonte, l'ambassadeur de Messina.

Le Suaire laissa échapper un sifflement.

— Diantre !

— Je vous paierai trois fois la somme habituelle. Les deux tiers maintenant, le dernier une fois votre tâche accomplie.

L'homme tira une lourde aumônière de cuir de ses vêtements, la lui tendit.

— À l'endroit habituel ?

— À l'endroit habituel. Ah ! Il faut que cela ressemble à un passage à tabac : exécution pour dettes non payées, crime de haine, peu importe pourvu que cela soit confus et le plus brutal possible...

Le Suaire hocha la tête, prit la bourse et disparut dans la nuit.

Je reviens à moi. Goût de bile dans ma gorge. Goût de cendres dans ma bouche. Cette voix lente, un peu cassée, cette grande main aux veines apparentes, ce doigt où se devine, large et claire, la marque d'une chevalière… Je les connais bien.

Ce sont ceux de mon père, Alberto Tengelli.

*

Dionisia contempla, incrédule, la lame de tarot froissée et déchiquetée entre ses mains crispées. Quand elle ouvrit les doigts, la carte mutilée roula devant elle et, un bref instant, la jeune femme eut le sentiment qu'un sang noir coulait de ses bords blessés.

— La Triple Salope t'a bien manipulée, on dirait !

Elle sursauta. Son oncle la contemplait, bras croisés, une moue ironique étirant le pli de ses lèvres.

— J'ai vu…

— Rien du tout ! Et beaucoup trop tard. Tu es une sorcière du Destin, ma nièce. Tu es une très puissante devineresse même si, manifestement, tu n'es pas dotée de tous les dons. Tu ne vas pas me faire croire que la Garce ne pouvait t'envoyer autre chose qu'un mal de crâne et des vapeurs pour te prévenir, hein ? Parce que crois-moi, si Elle avait voulu le sauver, ton Savino, Elle l'aurait fait. Comme ça ! ajouta-t-il en claquant des doigts. Seulement, Elle a ses caprices ! Il était certainement plus intéressant mort que vif – et ne me demande pas pourquoi, il y a longtemps que je ne suis plus dans le secret de Sa folie.

Dionisia eut un sourire triste.

L'attaque vint aussitôt, presque une caresse, un souffle de vent frais s'immisçant doucement en elle, écartant le voile protégeant son esprit… Puis, cruelle, inattendue, une écharde de glace. Et le flot douloureux, tentateur, de ce qui aurait pu être, de ce qui *pourrait* être, un jour, si la magicienne abjurait sa foi et se rendait à Kebahil.

Ton esprit dérive… Les appartements de Savino sont vides, froids malgré la flambée allumée par son fidèle Adrio, le vieux domestique qui veille depuis des années sur lui. À moins que celui-ci ne l'ait accompagné… Soudain, tu te sens happée. Un flot argenté t'emporte, ouvre devant tes yeux une fenêtre brumeuse, plus précise à mesure que tu t'approches… Voici la cabine de ton époux, les deux porteurs… Là ! Dissimulés dans cette ruelle et de l'autre côté de la route, à l'ombre de ce bâtiment : des hommes à l'affût ! C'est une embuscade. Tu cries, tu tentes vainement de le prévenir. Trop tard, ils sont sur lui…

Tu reviens à toi, irritée par le parfum aigre-doux des sels. L'apprenti du guérisseur te dévisage avec anxiété.

— Votre crâne a heurté le plancher, mais j'ai pris la liberté de… Je veux dire… Je vous ai soignée, bafouille-t-il.

— Combien de temps…

— Quelques secondes à peine, madame.

Alors, ce que tu viens de voir… Tu bondis de ton siège, tu bouscules le malheureux. Pas de temps à perdre : la vie de ton mari est en jeu. Tu fonces à l'extérieur, ignorant les regards éberlués et scandalisés des convives, tu esquives ton père qui cherche à te retenir. Tes hommes patientent sous l'auvent de la cour. Tu ne t'arrêtes pas : chaque seconde compte si tu veux arracher Savino à ses tortionnaires.

Inquiets, ils abandonnent le palanquin, se précipitent à ta suite.

Tu cours, tu trébuches sur une plaque de verglas et te rattrapes comme tu peux, accélères l'allure, ignorant le point de côté qui lance douloureusement ton ventre. Tu serres les dents, tu t'accroches, le cœur battant à tout rompre, tremblante à l'idée d'arriver trop tard.

Tu entends le fracas des armes, non loin… C'est lui !

— À moi ! t'exclames-tu, pointant le doigt en direction du combat.

Tes serviteurs fondent sur les assassins. Et au cri d'une femme en détresse, les fenêtres s'ouvrent, les portes s'entrebâillent. De chevaleresques Matriciens surgissent, lame au clair, prêts à te porter secours. L'échauffourée dure le temps d'éliminer les agresseurs, jusqu'au dernier. Le corps d'un de vos hommes gît, baignant dans ses viscères. Mais tu le vois à peine…

— Savino !

Blessé mais vivant, celui-ci lâche son sabre dégouttant de sang et t'ouvre les bras.

— Mais comment…

— Une vision m'a avertie. Oh, Savino, dire que j'ai failli te perdre et je t'aime tant…

— Mon amour, sans toi la vie n'a pas de sens. J'aurais préféré mourir plutôt qu'être séparé de toi.

Serrée contre lui, tu t'enivres de son odeur, remercie en silence la Lune de t'avoir donné la chance de le sauver, de vous sauver.

Voici ce qu'aurait dû faire ta Déesse. Voilà comment ça aurait pu se passer. Voici ce qui pourrait advenir, si jamais tu ouvrais les yeux…

Dionisia secoua la tête, luttant pour s'arracher à la doucereuse influence de son adversaire. L'entité lâcha prise, regagna avec un petit rire son abri de chair. Déployant son long cou à droite puis à gauche, Alino se balançait, bouche pendante, œil vide, en un mouvement irritant et hypnotique.

De nouveau lui-même, il s'arrêta net, ajusta, pantomime grotesque, les dentelles de son costume de scène.

— À moi, maintenant !

Et il éclata d'un rire strident.

Le Sage

Neuvième arcane du Tarot de la Lune

SELENA : *Te souviens-tu de tes serments,*
Ô Prince inconstant !
Te souviens-tu de tes serments
Sous le vieux tilleul où nous nous aimâmes,
Au clair de la lune, bercés par les brames
Des cerfs ? Te souviens-tu ?

Cœur de lune, Acte II – Cinzia Ghilberti

Alino posa la main sur les tarots. Retourna vivement une lame, puis la laissa choir avec une exclamation déçue. Celle-ci figurait un personnage vêtu d'un justaucorps à losanges rose et jaune vif, d'une coiffe à grelots et d'un masque grotesque. Perché sur une jambe, il tenait dans ses bras un grand sac d'où s'échappaient bâtons, oboles, coupes et épées. C'était *Le Fou,* le Vingt-deuxième arcane et le plus dangereux, car il obligeait celui qui en héritait à remettre toutes ses cartes en jeu. Grommelant des propos inintelligibles, le sorcier battit le jeu, le posa avec hargne devant lui. Il prit, avec d'infinies précautions, sans quitter Dionisia des yeux, un rectangle de peau bleu nuit, lisse et soyeux, le palpa en tressaillant. Douleur ? Extase ? Difficile à déterminer, mais quand il dévoila *Le Sage,* maigre vieillard à la barbe hirsute portant pour seul vêtement un pagne de chiffons et tenant dans sa main une sphère argentine, les ailes cireuses de son nez frémissaient d'excitation. Pourquoi cette figure, symbole de retour sur soi et de quête spirituelle l'agitait-elle ainsi ?

Un bref instant, Dionisia crut voir les traits d'Alberto se superposer à ceux de son oncle. Elle pressa les poings sur ses cuisses, se contraignant à ravaler son dégoût.

Les bougies, la scène, l'opéra disparurent, laissant deviner l'horreur insoutenable d'une bouche abyssale expulsant d'énormes larves gluantes, des formes blettes, hybrides d'humains et de monstruosités sans nom.

La vision ne dura qu'une seconde, balayée par la voix chuintante et saccadée d'Alino.

La jeune femme déglutit, surprise par le goût métallique de sa salive.

Elle s'était mordue jusqu'au sang pour ne pas hurler.

*

Je n'aimais pas Lysania, l'orgueilleuse capitale de notre principauté. Je détestai Ordosa à l'instant même où je franchis les portes de cette cité du Nord. Tu n'es jamais allée, là-bas ? Crois-moi, tu n'as rien perdu.

Imagine une enceinte épaisse taillée dans une roche anthracite, gardée par des soldats bardés d'os – oui, tu m'as bien entendu – et d'acier. Au milieu, une forteresse massive, mal bâtie, ressemblant à une espèce d'antique tertre, vestige d'une humanité à peine sortie de l'enfance. Quatre avenues, correspondant aux quatre entrées, séparaient l'ensemble en quartiers égaux. À l'intérieur, excepté vers le centre, des rues de terre noirâtre, sèche durant la saison chaude, boueuses au printemps et dès le début de l'automne, encombrées de neige et de verglas le reste de l'année. Les gens y déversaient leurs ordures, les cochons y circulaient en liberté. De sales bêtes, crois-moi : un après-midi d'hiver, je les ai vues dévorer un ivrogne effondré dans une ruelle. Il essayait de se relever quand elles lui sont tombées dessus. Il criait, le pauvre ! Évidemment, personne ne réagit. Il fut dévoré vif, dans l'indifférence générale. Il faut dire qu'à Ordosa, les habitants ne valaient pas beaucoup mieux que les porcs. Les bourgeois, des péquenauds bouffis d'oboles, ne sortaient jamais sans leurs fourrures – même l'été – et leurs parures surchargées d'or. Ils dédaignaient la fange où croupissaient leurs semblables mais s'avéraient incapables de faire la différence entre une soupe au sang et du lard bouilli. Pire, ils savaient à peine écrire leur nom. Les autres, artisans et chasseurs, les enviaient et les détestaient, mais se haïssaient plus encore. Rivaux, prêts à toutes les bassesses pour broyer leurs semblables et gravir les échelons de la société, ils produisaient une économie industrieuse et prospère qui ne laissait place ni à l'originalité ni à l'altruisme. Écraser et vendre, cela seul comptait. Quant à la lie, manœuvres et apprentis, même les tanneurs, méprisés de tous, les traitaient à peine mieux que des esclaves.

Voilà, ma nièce, l'enfer dans lequel j'échouai en échappant à notre chère famille.

Tu m'aurais vu ! Je ressemblais à un bouffon, un bouffon estropié et contrefait. Ma jambe – celle-ci, oui – ne s'est jamais correctement remise en place. C'est moins visible désormais, grâce à Lui. Mais à l'époque, entre ma patte folle et cette épaule bancale, je n'étais bon à rien, à peine à mendier. Comment je survécus à ma chute, aux eaux glacées de l'Aquilon ? Nageant mal, plus souvent balloté par les flots, je réussis à atteindre un navire de pêche. Pris de pitié, les marins me soignèrent et m'accueillirent à bord, jusqu'à leur prochaine escale. Ainsi, je me retrouvai dans un port miteux du côté d'Ordosa. Je ne voulais pas pourrir là-bas, alors j'attendis la nuit et rampai vers une charrette à foin. Le lendemain, un paysan furieux me débarquait à coups de bâton. Il me restait – quoi ? – une lieue à parcourir. Eh bien, je mis une journée pour atteindre la muraille, ma nièce. Et une journée encore pour pénétrer dans cette fichue ville. Tu sais, le temps de rafistoler mes pauvres hardes, de me redresser et d'apprendre à marcher appuyé sur une canne, comme un vieillard… Je ne sais si je fis illusion, mais les quelques piécettes dans ma bourse, elles, convainquirent les gardes de me laisser passer.

Voilà, c'est comme ça que j'ai débarqué dans la grand-rue, délesté de mes derniers sequins, mais libre. Et puis, je pensais m'en tirer grâce à mes talents de sorcier : tu le sais bien, les gens sont toujours avides de connaître leur avenir. Je n'avais plus mes tarots, mais j'espérais, je ne sais comment, réussir à en trouver. En attendant, il me restait la psychométrie : pour ça, il suffit en général d'un contact avec un lieu, un objet, plus rarement une personne – sur ce point, entre nous, la Triple Salope semble t'avoir gâtée.

Je me disais qu'avec un peu de temps, j'acquerrais une notoriété qui attirerait, par exemple, l'attention de la milice. Je me voyais, penché sur une dague couverte de sang, aidant le capitaine d'Ordosa à arrêter un criminel, ce genre de choses. Et puis, les gens seraient venus me consulter pour apprendre l'histoire d'un objet de famille, comprendre la naissance d'une querelle ou d'une amitié… Tu parles. Des sots ! Tous des sots ! Il n'y en a pas eu un pour s'intéresser à mes dons. Si, une fois, un gros négociant s'est arrêté près de moi : « Je vais devenir riche ? » Imbécile ! Je le revois, avec sa petite bouche rouge, sa moustache cendrée, son visage poupin et ses yeux plissés par la graisse ; un homme âgé et un couple l'accompagnaient, des gens assez importants pour qu'il éprouvât le besoin de fanfaronner devant eux en m'humiliant. À défaut des cartes, je pouvais toujours utiliser son passé pour esquisser deux ou trois pistes le concernant. Il ne m'a même pas laissé le temps de lui proposer mes services : « Ne vous fatiguez pas, mon brave : je le serai toujours plus que vous ! » Tordant.

À désespérer de la nature humaine, oui !

C'est là que j'ai compris que la Garce m'avait vraiment laissé tomber.

Tu sais, quand tu as ce sentiment qui ne te quitte pas, l'impression qu'on s'est joué de toi durant toute ta vie, que tout ce que tu as accompli, tout ce en quoi tu as eu foi, n'était que poussière… Quand tu te dis que tu as passé ton existence à te persuader que ce qui t'arrivait, le meilleur comme le pire, avait un sens… Et soudain… Rideau, applaudissements, lumière. Eh oui ! Tu n'es qu'un personnage de théâtre, pas même le mauvais acteur qui l'incarne. Ta vie est inscrite sur Sa foutue trame comme sont imprimés les mots d'une pièce, c'est ta seule réalité, *la* seule réalité, sauf que toi tu y as *vraiment* cru. Tu as même imaginé avoir un libre arbitre, et c'est peut-être ça le pire : pendant tout ce temps, tu te disais « J'ai le choix » ou « Ça peut s'arranger ». Quand tu commettais une erreur, quand tu faisais du mal à un être aimé – comme toi avec Savino, ma nièce – tu étais rongée par le remords, la culpabilité, tu te disais : « Si seulement… » Mais en vérité, il n'y a jamais eu de « si seulement »… En vérité, tu n'as *jamais* eu le choix, tout était décidé par avance.

Tu vois, c'est pour ça que j'aime les romans de Venelli : c'est vrai que ses héros souffrent, mais ce n'est pas par caprice. Ils en sortent grandis et l'amour triomphe toujours. Ça doit être moins douloureux pour eux d'être les pions d'une entité toute puissante. Alors que les autres…

Tiens, prends cette pauvre Selena et son prince : Cinzia Ghilberti ne leur laisse aucune chance. Pire, elle joue avec leurs sentiments. Un exemple ? L'apparition de la malheureuse dans la chambre de Tazzio. Mais si ! Quand sous l'effet d'un sort, il l'a oubliée :

Oui, j'ai peur pour toi
Et j'ai peur pour moi
Car un hideux pressentiment
Griffe mon âme, étreint mon cœur
Et je t'attends et j'ai peur et je meurs !

Dès cet instant, les spectateurs *savent* que leur histoire est condamnée. Ils *attendent* l'ultime affrontement entre Tazzio et le comte de la Notte, son arrivée dans la clairière et retiennent leur souffle. Pire : ils *applaudissent* la mort de Selena… Tu trouves ça juste, toi ? Personne ne prévient Tazzio et sa fille de Lune qu'ils n'ont aucune chance puisque *c'est écrit.* Mais eux, espèrent jusqu'au dernier moment !Et pourquoi ? Pour le seul plaisir de leur créatrice et d'un parterre cruel qui se délecte de leur malheur. Je sais ce que tu penses : « Il a perdu la tête, confond fiction et réalité, blablabla. » Tu te trompes. Ce que je te dis, ma nièce, c'est que nous ne sommes pas plus tangibles que Selena et son prince. Nous sommes le fruit d'un caprice divin. La Triple Salope s'est levée un matin et s'est dit : « Tiens, si je tissais l'histoire d'un abruti qui pactise avec un démon en échange d'un peu de puissance ? Si je décidais que sa raison serait le prix à payer pour l'obtenir ? Et tant qu'à faire, autant impliquer sa lignée entière, mettre en place quelque chose de bien noir et de bien sale, histoire d'être sûre de ne pas me lasser… »

Tu ne me crois pas ? Très bien ! Obstine-toi, ma nièce. Continue à te boucher les oreilles et à fermer les yeux.

Moi, j'ai arrêté.

J'ai arrêté ce jour-là, en regardant ce bourgeois d'Ordosa. Je voyais cette baudruche secouée d'un gros rire. Et elle ne cessait d'enfler… J'avais l'impression qu'ils étaient des centaines, à l'intérieur. Ils riaient, et cet énorme corps se dilatait à l'infini comme s'il contenait en lui tous ceux qui me raillaient.

Mais derrière ces pantins, il y avait Son visage.

Derrière leurs rire, Sa voix.

J'aurais voulu le suivre jusque chez lui, ce pantin bouffi qui contemplait ma misère comme on va au spectacle ; j'aurais voulu crever sa bedaine et son orgueil imbécile, réduire en bouillie son faciès suant l'ignorance et la bêtise. Et je pensais à toutes ces années gâchées – tu vois, ma nièce, nous sommes proches, plus que tu ne le penses –, pour le seul plaisir d'une divinité en mal de divertissements. Je songeais aussi à ce porc qui n'était rien, qu'Elle favorisait pourtant. J'aurais dû être à sa place ! *Moi,* j'avais assez d'esprit pour comprendre la misère du monde. J'en avais trop, sans doute, pour la Triple Merde. Elle me préférait sur scène, victime d'une farce aux relents de tragédie.

Alors, ce soir-là, je décidai de me venger.

Il y avait un temple, pas loin du tripot pourri derrière lequel j'avais trouvé refuge, entre deux tas d'ordures, comme un chien galeux. Un temple aussi laid que la citadelle où se terraient le duc d'Ordosa et sa famille. C'était une espèce de construction massive surmontée d'un dôme vaguement recouvert de bronze, dédiée à la Garce sous son aspect maternel. Je m'y rendis, m'appuyant aux murs des masures de pierre et de bois, tombant, me traînant à genoux dans la fange parce que je n'avais plus la force de me relever. Jusqu'à ce que j'arrive au seuil, je te le jure, je n'avais aucune idée de ce que je voulais faire.

Les prêtresses m'accueillirent à bras ouverts. Tu penses ! Un gueux en haillons, rien de mieux pour montrer toute la pitié dont elles étaient capables : elles représentaient la Mère… La Mère est amour, n'est-ce pas ? Avec leurs voiles gris, leurs yeux humides débordant de compassion, elles étaient à vomir. « Prions ensemble mon frère ! » Elles ont prié, ça, tu peux me croire, quand je les ai tuées.

Tu veux savoir comment ? Elles me soignèrent et me nourrirent des semaines durant. Je sentais monter en moi une colère si violente que j'aurais voulu les étrangler sur l'instant, voir leur visage benêt rougir et bleuir son l'étreinte de mes doigts. Je ne pouvais pas bien sûr. Mais c'est comme ça que l'envie se fraya un chemin en mon esprit. Je me mis à songer à la manière dont j'allais les crever. Et plus je réfléchissais, plus je me disais que le meurtre ne suffirait pas. La Salope m'avait fait souffrir mon existence durant, *je ne pouvais pas* me contenter d'un coup de couteau ou d'une corde pour les pendre. Je voulais me venger. Je voulais qu'elles souffrent.

Alors, j'ai patienté. Pas un jour ni un mois, mais une saison entière, le temps pour mon corps estropié de reprendre un peu de force, le temps pour moi de connaître leurs habitudes et leurs manies.

Bien sûr, elles s'attachèrent au pauvre homme si doux, si serviable malgré son… Attention, chuchotement ! *Malgré son infirmité.* Elles me trouvèrent même une place au sein de leur sanctuaire : elles me mirent aux cuisines. Là, j'aidai deux veuves aux allures de matrone à éplucher betteraves, navets et raifort. Le soir, je soupais en compagnie de mes bienfaitrices. Je mangeais, buvais, respirais en remerciant la Garce de me protéger, en la suppliant de continuer à veiller sur moi… Chaque minute passée au sein de ce couvent était une torture : seule la perspective de ma proche vengeance m'aidait à tenir.

Vint enfin le moment propice. Dans la soupe, j'ajoutai discrètement un somnifère de ma composition – pas très raffiné, mais suffisant pour ce que je voulais faire. Elles ne purent terminer leur repas. Je les regardai s'affaisser, l'œil vitreux, le corps mou, avec un plaisir que tu ne peux imaginer. Il y en a même une qui s'effondra, le nez dans son potage. Je me mis au travail. J'avais pris de la ficelle aux cuisines. Je les liai toutes à leur chaise, puis les muselai avec leur propre voile. J'avais hésité à prendre des draps ou des chiffons, mais l'idée me semblait assez ironique.

Je patientai jusqu'à leur réveil. Je les laissai paniquer un moment, puis je me levai, leur fis face et leur racontai mon histoire. Je leur expliquai pourquoi j'avais attendu si longtemps et pourquoi elles allaient mourir. Je leur dis que leur seule chance de survie était de renier la Triple Catin qui leur servait de divinité. Pour ça, il suffisait de hocher la tête : je libérerai la bouche de la renégate afin qu'elle abjure. Évidemment, l'une d'elles essaya de me tromper. À peine eus-je ôté son bâillon, qu'elle se mit à hurler comme truie qu'on égorge. Ce que je fis, d'ailleurs. Tu aurais vu les yeux de ses compagnes et leur mine décomposée ! Ensuite, j'aspergeai les prêtresses d'huile, je répandis à terre ce qui restait, puis je fermai la porte et les regardai brûler. Oui, ma nièce. J'étais avec elles et je voulais en finir : mettre le feu au sanctuaire et m'immoler avec elles me semblait une bonne idée. Tu vois, je n'avais plus aucune raison de poursuivre la comédie grotesque qu'Elle m'avait imposée.

Ha ! Tu te demandes si je suis bien vivant, n'est-ce pas ? Si ce n'est pas mon fantôme, assis face à toi ? Ne le nie pas, je le lis dans ton regard. Eh bien, je vis ! Une belle nasarde à la Triple Merde, hein ?

Tu l'as compris, la mort de Ses esclaves n'était que le début.

Aujourd'hui, Son règne s'achève : Sa belle scène de théâtre, Ses mensonges tragiques... Entends-tu les décors tomber ? Quand il ne restera rien de ce qu'Elle a bâti, un ordre nouveau verra le jour. Un ordre où triompheront lumière et vérité – et ce qu'Elle a mutilé, vicié, détruit, renaîtra. Oui, ma nièce ! Quand viendra l'avènement de mon Seigneur Kebahil, tout redeviendra possible !

J'ai survécu.

L'instinct, bien sûr. Et puis, il y a eu cet appel viscéral... Je me suis retrouvé à l'extérieur du temple enflammé sans savoir comment, vaillant malgré ma jambe difforme.

Je t'ai dit à quel point je haïssais Ordosa, hein ? Je t'ai décrit ses bâtiments austères et la crasse de ses faubourgs. Ses sous-sols étaient pires, encore. Des cadavres et des déchets dédaignés par les porcs pourrissaient dans une fange répugnante.

Pourtant, je vécus longtemps dans ce cloaque, me nourrissant de rats et d'immondices : je l'arpentais de long en large, indifférent à la vermine, aux odeurs infâmes et aux bêtes rampantes qui se pressaient contre ma peau. Lentement, je l'apprivoisais. Je cherchais mon Seigneur, vois-tu ? Dieu caché dans les abysses, dissimulé par l'ordure et l'abjection, Il voulait que je me dépouille de tout ce que je croyais réel, ancré en moi-même comme une vérité. Le Maître mettait mon âme à l'épreuve.

J'ai réussi, ma nièce. Oui, j'ai réussi ! Débarrassé des illusions et des mensonges, j'ai pu naître à nouveau. Il m'est apparu enfin, étincelle d'espoir, lumière diffuse au plus profond de mon être et m'a accueilli comme Son disciple.

Alors, mon apprentissage a vraiment commencé.

De celui-ci, je ne te dirai rien : à toi de renoncer aux artifices de la Salope au Triple Visage – Mensonge, Cruauté, Trahison – et de trouver le chemin vers Kebahil. Sache seulement qu'Il m'a appris à percer les ruses de ta divinité, à balayer tous Ses mirages.

J'ai compris que les souterrains d'Ordosa représentaient le monde. J'ai compris que la Garce l'avait tant corrompu qu'il était impossible de le purifier. J'ai compris qu'il fallait abattre cette usurpatrice, qu'il fallait faire table rase de ce qu'Elle avait tissé.

Tout devait être détruit.

Alors, ce serait la genèse d'une ère nouvelle.

Car ta réalité est un oignon. Chaque couche de peau, une illusion. Cela a pris du temps, tu sais de trouver le moyen de la peler. Mon Seigneur essaya, d'ailleurs, durant ce que vous appelez les Âges Sombres. Mais Ses efforts s'avérèrent vains et Ses Anges du Renouveau furent renvoyés.

Pour Lui permettre de vaincre, je lui offris ma vie et mon savoir en sacrifice. En échange, Il me fit le plus précieux des dons. Il me permit d'abriter une parcelle de Son être, une once de son essence ! Alors, je devins Son légat. En Son nom, je propageai la peste. D'abord, à Ordosa puis, par des germes dans les rivières et les puits, par des cadavres dans le fourrage des bêtes, dans le reste de la principauté. Il suffisait d'être patient, d'attendre les premiers morts.

Ainsi, Sa toute-puissance a été révélée, brisant les miroirs et les faux-semblants, arrachant les masques, traquant la Triple Garce et Ses sbires jusque dans leur tanière !

Tu ne me crois pas ? Tu doutes ? Mais regarde-les, enfin ! Regarde-les, les vivants et les morts, ceux que tu as croisés, ceux que tu as connus ! Ce ne sont que des marionnettes animées par la volonté de ta Garce. Tu crois que la peste cendreuse est un fléau contre lequel il faut lutter à tout prix ? Non, ma nièce. Ces hommes et ces femmes, ces bêtes mort-vivantes, sont tes voisins, tes alliés, tes ennemis, enfin dévoilés ! *C'est ça, la vérité sans fard, la vérité nue !*

*

Alino se tut, à bout de souffle. Une écume jaunâtre séchait à la commissure de ses lèvres. Des vaisseaux avaient éclaté dans ses yeux. Près de lui, une bougie acheva de se consumer ; la cire étouffa les dernières lueurs de la flamme avec un sifflement sourd. Soudain, le sorcier s'affaissa, menton sur la poitrine, bras ballants, pareils à ceux d'une poupée de chiffons. Venu de nulle part, un vent glacial se leva dans la salle enténébrée, charriant des relents de pourriture et de mort. Il glissa sur la scène, s'immisça entre les deux adversaires, osant sur leurs corps des caresses impudiques avant de s'engouffrer, assaut brutal mais attendu, dans les narines de Dionisia, la harcelant jusqu'à la nausée.

Vaincue, la magicienne bascula sur le côté et vomit, s'efforçant de chasser les visions terrifiantes – corps putrides, squames, cendres, chairs éventrées et noircies, gueules difformes ouvertes sur des crocs dégouttant de bave et de sang – engendrées par la pestilence. Quand elle y parvint, la bouche pleine de bile, les yeux embués de larmes, l'entité attaqua.

Le Démon

Quinzième arcane du Tarot de la Lune

Laisse mon cœur, belle insolente !
En échange, je t'offre mes lèvres
À baiser, ma gorge indolente
À caresser. Sens-tu la fièvre
Embraser mon corps transporté ?

Madrigaux – Giuditta Tengelli

Douleur cuisante, cruelle comme une morsure de fouet. Une fois encore, la griffe de son adversaire creusait en Dionisia un sillon, mêlant à ses souvenirs d'invisibles humeurs, glu poisseuse et délétère amalgamant désirs et regrets, mensonges et bribes du passé. Un passé qu'elle mettait en jeu, contant à chaque lame tirée un pan de son histoire. Un passé qui la fragilisait, arme puissante, pourtant, contre celui qu'elle combattait.

Ouvrir son esprit, l'exposer, le mettre à vif pour mieux tromper l'ennemi. S'affaiblir, délibérément. C'était le plus difficile. Elle avait le sentiment d'être une funambule en équilibre au-dessus d'un abîme balayé par les vents, risquant son âme, pour atteindre l'autre rive. Un faux mouvement et elle basculerait, emportée dans les serres de Kebahil ou arrachée à ce duel par son propre instinct de survie. Un pas après l'autre elle avançait, ses pieds, pareils à ceux d'une danseuse, agrippés au filin d'une existence en suspens ; un pas après l'autre elle résistait aux assauts pernicieux de l'entité. Maternité, amours perdues, amitiés défuntes déferlaient, altérées et souillées, vagues pestilentielles sur sa psyché offerte. Elle tint bon, laissa se craqueler un peu plus les couches supérieures de sa raison, chassa l'écume fascinante du désespoir, échouée si près – trop près – du noyau de sa conscience.

Ainsi, elle donna à son ennemi les triomphes qu'il cherchait.

Enfin, elle le repoussa, apparemment défaite, et d'une main tremblante prit une lame. *Le Fou* absorba l'un de ses talismans. Fermant les yeux, comme pour retenir ses larmes, elle saisit les tarots défaussés, les mélangea avec le reste du paquet. Alino la contempla un moment en silence, gloussa.

— Chacun son tour, hein ? Chacun son tour, c'est équitable et les morts seront bien gardés ! Ne sois pas triste. Tu n'as pas encore perdu. Mais tu t'épuises à lutter, je le vois bien. Tu ne devrais pas. Ça ne sert à rien. À rien, rien, rien !

Un rire hystérique secoua ses épaules.

Près de lui, un deuxième cierge s'éteignit ; un filet de fumée sinua vers le plafond et disparut, aspiré par l'obscurité. Serrant les dents, Dionisia retourna un autre arcane.

— Tu l'as déjà eue ! Tu l'as déjà eue ! La chance tourne, ma nièce ! Abandonne avant qu'il ne soit trop tard.

Le Démon, moins puissant que la première fois, consuma l'énergie d'un fétiche sans pouvoir le détruire. La jeune femme releva la tête, jaugea longuement le sorcier, sourit.

— Allons, mon oncle. Ne soyez pas si pressé. Je suis sûre que vous ne manqueriez pour rien au monde l'avènement du fléau des Tengelli.

*

Six mois.

Six mois et trois jours.

Six mois, trois jours et dix heures.

Mon cœur a cessé de battre. Je suis morte en même temps que lui. Je ne suis plus sur cette terre qu'une carcasse habitée par un spectre, le spectre de mon âme.

J'ai accompagné ses cendres à Messina. J'ai revu Tessa, le jour des funérailles ; elle tenait par la main Ivelina, adorable fillette au regard de gazelle, et sa femme, la commandante Graziella Tremonti, se tenait à ses côtés. Zulia della Robbia était là, elle aussi. Au moment de me saluer, elle m'a serrée dans ses bras, murmuré à l'oreille : « C'est à cause de toi. » Je n'ai pas répondu. J'ai attendu la fin de la cérémonie. Puis je suis partie. J'étais une étrangère, parmi eux. Pour ses parents, sa famille je l'avais toujours été ; pour Tessa, mon amie, je l'étais devenue. J'ai loué une maison de pêcheur, à l'ouest de la cité. Je n'étais pas seule, cependant : Fedra, la jolie cameriste volée à la maisonnée de Laerte, m'accompagnait et Amin, mon chat noir, ne quittait pas mes bras. Il dormait avec moi, lové sur ma poitrine. Ses ronronnements m'apaisaient. Nous sommes demeurés quelques semaines au bord de l'Aquilon. Je lisais – les poèmes de Tashela Lizengo, le conte du chacal chacal, tel qu'écrit par le grand Fedele, et même *Nello, Gentilhomme corsaire* de mon ami Siro Venelli. Je me noyais dans les mots, ne quittais ma retraite que pour de longues promenades et des bains à l'aube ou au couchant. En nageant dans les eaux tièdes et salées, parfois jusqu'à l'épuisement, je me sentais purifiée de toutes ces années de mensonges et de compromis ; j'avais l'impression, en m'éloignant vers les grands fonds et en retenant mon souffle assez longtemps, de voir apparaître parmi les algues bleues la forme de Savino.

Durant ces heures, j'oubliais tout, l'amertume et la rancœur, la tristesse, la haine et la vengeance. J'étais… légère. Sensation. Pur instant. Je disparaissais.

Et puis, un jour, en sortant de l'océan, j'ai compris qu'il était temps de refermer cette parenthèse avant qu'elle ne se transforme en fuite. La semaine suivante, j'embarquais pour Matricia, Amin dans les bras. Ensorcelée par Messina, Fedra est restée.

Six mois, trois jours et dix heures.

Dehors, la pluie.

Ici, dans cette chambre sinistre, le gris impalpable d'une lumière fade. Pas de feu dans l'âtre. Aucune chandelle allumée. À mes pieds, un gros volume de cuir relié : *Les Grandes Familles de Matricia : histoire et anecdotes.* Sur le guéridon, à gauche de la bergère où je me suis réfugiée, un tirage de tarots.

Le Pendu me représente : ce que j'ai sacrifié, ce que j'ai appris.

Le Magicien, frère ennemi du *Fou,* se tient devant un autel éclairé par la nuit. Posés sur la table de pierre, une coupe, une dague, un rameau d'olivier et un sequin d'argent.

Premier arcane du Tarot de la Lune, *Le Magicien* me met en garde contre ma propre tristesse, contre la langueur qui me ronge depuis la mort de Savino.

La Vierge, blonde et gracieuse jeune fille, contemple une vasque d'eau pure reflétant les étoiles. Avec ses traits gracieux et androgynes, elle évoque Giuditta.

Le Monde, Vingt-et-unième arcane, est ma famille. Pour triompher d'elle, je dois m'y plonger, me rouler dans sa fange.

L'Amoureux, cet homme drapé de nuit qui tient dans ses bras deux femmes, l'une vêtue de blanc et l'autre de noir, me livre une réponse. Elle corrobore mes plans, pourtant j'en espérais une autre. Pour atteindre mon père et détruire mon clan, je dois séduire, mentir, trahir – encore.

Six mois, vingt jours, une heure.

Sur la scène éclairée par un jeu de lumières bleues, sphères scintillantes suspendues dans les hauteurs, coule une rivière argentée enjambée par un pont de bois. En son centre, deux hommes s'affrontent dans un duel à mort. Tazzio et le comte Della Note. Le prince lève son épée, charge son ennemi.

Traître ! Tu paieras de ton sang
Les souffrances infligées
À ma tendre fiancée !

Des cordes râpeuses soulignent par des phrases courtes la brutalité des premiers engagements de fer. Un trille s'élève : Della Note a blessé le prince. Il chante son triomphe – et sa voix de basse enfle, pareille à un roulement de tambour.

Ha ! Ha ! Regarde le sang
Souille le drap immaculé
De ta chemise... C'est un suaire
À présent. Dis tes prières
Prince arrogant... et meurs !

Les passes d'armes sont de plus en plus rapides. Les instruments crient ; la tension, dans la salle, est à son comble. À mes côtés, Artemisia Badalla passe la langue sur ses lèvres, haletante. Son neveu Giangaleazzo et la belle Estrella, penchés en avant, retiennent leur souffle. Tous connaissent *Cœur de lune* – trésor de Matricia – par cœur, mais chaque représentation est une redécouverte, chaque mise en scène un défi. Tazzio pare une attaque, riposte et sa lame s'enfonce dans le corps du terrible comte. Un sang écarlate se répand sur le costume du mourant, exploit scénique assez rare pour provoquer un mouvement de stupeur dans la salle. Les lumières s'éteignent peu à peu, les vents se mêlent aux cordes, les percussions préparent la dernière scène. L'orchestre, plus discret, accompagne le clair de lune, faible contre-jour nimbant Séléné, mourante, et confinant dans les ombres son prince impuissant.

Je sens dans mes chairs roides le venin
De la mort... Autour de moi tout est froid
Et triste. Je suis seule et tu es si loin,
Ô Lune ! Ô Mère ! Penseras-tu à moi,
Du haut de la voûte étoilée,
Lorsque j'aurai disparu,
Lorsque je ne serai plus

Sa voix, pleine et soyeuse, porte dans ses résonnances cristallines un tel désespoir que je sens mon cœur se serrer. Artemisia se mord les lèvres et les larmes coulent sans retenue sur ses joues. Quand les ultimes notes du *finale* se dissipent, les applaudissements éclatent; au moment où les trois principaux chanteurs reviennent sur scène et saluent, ils se muent en véritable ovation. On lance à la soprano des pétales de fleurs et des bouquets, des vivats retentissent du parterre au paradis. Un instant étourdie par les clameurs, je reprends mes esprits, cherche des yeux ma proie. Dans une loge sur la droite, escorté par ses habituels admirateurs, Aldo Narici me salue avec obséquiosité. À l'opposé, Nerina Bella me dévisage, livide de rage et de chagrin. Enfin, je la repère, amaigrie et pâle, aux côtés d'une femme aux cheveux blancs, arrangés en bandeau et au visage aux pommettes larges, aux sourcils arqués. Je reconnais Erminia, sœur aînée de mon père, sorcière du Destin toute dévouée à la pérennité de la famille. Elle a, voici des années, guidé son frère jusqu'à Messina et lui a désigné celle que le sort lui réservait : la naïve Azzura. Erminia était puissante, déjà, mais pas assez pour me deviner dans la lecture des tarots ni pour retrouver la trace de ma mère lorsqu'elle a fui le palais Tengelli.

Je l'anéantirai.

Giangaleazzo aide sa tante à se lever; Estrella et moi échangeons un sourire poli : j'impressionne cette jolie demoiselle vêtue de parme. Artemisia a été la première à accueillir mon retour, répondant à ma missive par une invitation chaleureuse à venir lui rendre visite, fût-ce à l'improviste, dès que possible. Je suis revenue dans son monde, et j'y ai été reçue comme une vieille amie, presque un membre de la famille. Cela me touche; cela m'éprouve aussi. Car à Messina, ma terre natale, j'étais une intruse. Peut-être est-ce toujours ainsi. Peut-être, en vivant au-delà des frontières où l'on a grandi, devient-on étranger pour ceux qui restent? On serait alors en perpétuel exil, idéalisant une vie, des saveurs et des odeurs issues de souvenirs transfigurés, incapable pourtant d'y retourner, désespéré par l'existence dont *il faut,* bon gré mal gré, s'accommoder. Ici aussi, je suis une déracinée. J'occupe la place d'une fleur exotique, plus aimable et plus libre maintenant que je suis veuve et que ma compagnie ne présente ni danger ni enjeu politique. La princesse de Messina n'a encore renvoyé aucune ambassade : le comptoir de la principauté est tenu, pour ce que j'en sais, par de puissants marchands.

Dans les coursives, une foule se presse; des étoles d'hermine ou de renard bleu recouvrent les épaules des femmes, les hommes portent des pourpoints de velours bordés de fourrure. Le mois du Feu, ici, est froid et pluvieux : les flaques d'eau sont couvertes d'une fine couche de glace, le givre fige dans le matin les rares brins d'herbe et les bourgeons qui bravent les frimas du printemps naissant. À Messina, au contraire, les averses sont devenues rares.

Jasmin et hibiscus, tamaris et orangers fleurissent un peu partout, rehaussant de pourpre, d'or et de rose la capitale et la campagne alentour.

Mais je ne retournerai pas là-bas.

Je salue, souris, plaisante avec les courtisans croisés dans le sillage de ma bienfaitrice, j'esquive discrètement Aldo Narini. Je suis Giangaleazzo et Estrella dans la galerie, puis dans le majestueux escalier menant vers le hall dallé de marbre rouge et blanc. Giuditta, immobile au pied des marches, se tient devant l'une des deux cariatides de bronze. Son chaperon, austère dans sa robe vert sapin dont les manches à crevés laissent entrevoir une épaisse soie lie-de-vin, s'entretient avec un couple que je ne connais pas. C'est le moment. Je me glisse jusqu'à la blonde jeune femme, pose une main sur son épaule. Elle sursaute, frémit, se contient et lève la tête vers moi. Imperceptible élargissement des pupilles, délicat tremblement de la lèvre. Son trouble est intact. Son désir, encore inavoué, se devine derrière des paupières brusquement baissées.

— Bonsoir, chère Giuditta.

— Bonsoir, Dionisia. Ainsi, vous voici de retour à Lysania…

Ton las, presque un chuchotement. Elle jette un coup d'œil rapide à Erminia. En elle, je sens de la nervosité, de la crainte et de l'épuisement. Est-ce à cause de ma tante ? De mon père ? De ce clan maudit dont elle est la prisonnière et la proie ?

— Cette soprano… Qui est-ce ? J'aime beaucoup Elvira Volpi, mais celle-ci possède un timbre… Je crois n'avoir encore rien entendu d'aussi plein et lumineux.

— Leontina Prizzi. Une jeune et talentueuse protégée de Donatella Pellegrini.

Sa résignation, son abattement, sont une plaie béante sur une âme écorchée – mutilée. Je réprime une bouffée de rage contre ceux qui l'ont brisée. Il y a le clan des Tengelli, mais ils ne sont pas les seuls, je le devine. Une intuition me traverse : je me retourne. Stratégiquement placés, de façon à pouvoir intercepter la diva quand elle quittera les loges, Aldo Narici et Ruggero Spelazzi minaudent et chuchotent. Giuditta les aperçoit, courbe l'échine, poings serrés.

Quelqu'un toussote, derrière nous.

De près, Erminia Tengelli est plus grande que je ne le pensais, plus masculine aussi, malgré ses joues larges et poudrées, sa coiffure élaborée. La sorcière me toise : elle sait sans doute que je suis la fantasque métisse qui a tourné la tête de son cadet. Ses yeux vert-de-gris luisent d'un feu inquisiteur. J'effectue une révérence polie, puis je lui rends calmement son regard. Désarçonnée, elle baisse sa garde. Je force sans effort sa psyché.

Qui est-elle vraiment ? Se pourrait-il que cette… cette courtisane… soit la fille d'Alberto ? À quoi ressemblait la mère, déjà ? Plus petite, la peau noire… plus ronde. Mais cette bouche… Qu'aurait-elle de mon frère ? Le front haut, peut-être. Le nez. Si j'ai raison... Dire qu'il s'est entiché d'elle! Son propre père? Ce ne serait pas raisonnable. Le pauvre perd la mémoire : sans doute a-t-il oublié sa première épouse et les promesses de la fille qu'elle portait... Non. Je me trompe. Je me trompe! Cette femme est à peine mieux éduquée qu'une catin. Jamais une Tengelli ne s'abaisserait à danser comme une saltimbanque dans les soirées de ces citadins en mal d'exotisme...

Je pénètre plus profondément son esprit. Ses pensées laissent place aux souvenirs : ma mère, petite chose encombrante errant, sans but, dans les couloirs du palais Tengelli; mon père, furieux, découvrant sa fuite; l'impuissance des sorcières à la retrouver; Giuditta, obsédée par sa musique, incapable de donner à la famille l'enfant qu'on exige d'elle; Giuditta, qui s'obstine à jouer quand on la prive de tout élan; Giuditta, qu'elle doit escorter en tous lieux durant l'absence d'Alberto et d'Ottavia, leur cousine. Fil à fil, je défais l'ordre de ses réflexions, je modifie la matière même de sa mémoire. C'est instinctif, irréfléchi; pour la première fois, je déploie d'invisibles doigts, dénoue associations d'idées et doutes, brouille le visage de ma mère, efface sa méfiance : je suis la respectable veuve de l'ambassadeur de Messina, elle pourra compter sur moi pour m'occuper de Giuditta. Et puis, Alberto m'apprécie tellement!

Je me retire, peut-être trop brusquement. Erminia porte la main à sa gorge, vacille. Je la rattrape; sa camériste extirpe, tremblante, un flacon de sels, les presse sous le nez de sa maîtresse. Celle-ci revient à elle, bat des cils.

— Je... Je crois que je ne me sens pas bien. Vous êtes... Dionisia Bajamonte n'est-ce pas?

— En effet, dis-je, passant un bras sous son aisselle. Voulez-vous vous asseoir, madame? Dois-je faire mander votre équipage?

— Vous êtes gentille... Cora va s'en charger... Cora! Qu'on amène ma chaise!

Habituée à se soumettre promptement aux ordres, la domestique s'éclipse. J'aide la sorcière à prendre place sur une banquette moelleuse tendue de samit. Timidement, Giuditta s'assoit à côté de moi.

— Je vais m'allonger, décide Erminia, lançant vers la jeune femme un coup d'œil rapide et sournois. À moins que dame Bajamonte accepte de vous escorter jusqu'en notre demeure, vous rentrerez par vos propres moyens.

— Ne vous inquiétez pas, madame. Je prendrai soin de Giuditta.

Avec un reniflement méprisant, Erminia renverse la tête en arrière, croise les bras, et attend, les yeux mi-clos, l'arrivée de Cora. Portant une fourrure, celle-ci nous rejoint, aide la sorcière à s'en envelopper et à se lever. En les regardant partir, je frissonne, comme si les fantômes des bêtes sacrifiées pour satisfaire le caprice de cette femme sans âme hurlaient en silence leur souffrance. Giuditta se rapproche de moi.

— Je suis désolée, marmonne-t-elle.

— Pourquoi ? Vous ne portez pas la peau de dix loups sur vous que je sache ?

— Huit. Abattus, il y a deux ans. Sa dernière chasse. Son ultime trophée. La famille de mon époux aime cela. Le plaisir de la traque. Le plaisir de tuer. Cet hiver, Alberto a occis un grand ours noir. Il n'était pas seul, bien sûr : il y avait le veneur, les piqueurs, les chiens… mais il lui a porté le coup de grâce…

— Et vous ? Chassez-vous, Giuditta ?

— J'avais un faucon, mais il a… disparu.

Je l'entraîne vers la sortie. Sur les marches, nous croisons Artemisia Badalla, son neveu et la douce Estrella. Nous prenons poliment congé, avant de nous éloigner. Dehors, la pluie a laissé place au vent. Un vent mordant, humide, qui s'engouffre dans les manteaux et gifle la peau. Giuditta resserre les pans de sa marlotte. Des mèches de lin voltigent autour de son visage. Ainsi, on dirait une adolescente.

Je saisis son bras.

— Où allons-nous ? demande-t-elle.

— Chez moi.

Je perçois une crainte soudaine, mêlée d'excitation. J'effleure son esprit, discerne pêle-mêle son désir, nos corps enlacés, la peur d'être repoussée, le soulagement d'échapper, cette nuit, aux ombres du palais Tengelli.

Huit mois, deux jours, neuf heures.

Je m'éveille dans l'obscurité d'une chambre qui n'est pas mienne. Au-dessus de moi, un plafond à caissons, épais voile d'ombres où apparaissent çà et là des éclats ambrés ; aux murs, des tapisseries anciennes représentant le cycle des saisons et des mois. Dans la cheminée, les braises d'une flambée à l'agonie. Le bras de Giuditta pèse sur ma poitrine. Son corps tiède se presse contre le mien, cherchant, même dans le sommeil, un rempart contre le monde. Je caresse son épaule nue, si frêle qu'elle semble une porcelaine prête à se briser, puis je la repousse doucement pour ne pas l'éveiller et me lève. J'enfile ma chemise de batiste puis traverse sans un bruit la pièce enténébrée, j'entrebâille l'épais ventail de chêne et me faufile dans le couloir désert. Celui-ci est éclairé par de hautes girandoles d'argent et de bronze, à peine ternies par la cire. Les flammes des cierges projettent sur les murs de stuc ornés de motifs animaliers et de délicats entrelacs des lueurs ambrées. Ma chambre, en cette demeure de ville, se situe trois portes plus loin. Les appartements d'Erminia sont à l'étage, comme ceux d'Ottavia, maîtresse des lieux, amirale de la flotte princière et mère de Laerte, mon défunt cousin. Ottavia et mon père sont absents : la première inspecte les chantiers navals de Nigellia, l'île de la matriarche Donatella, le second séjourne au palais Tengelli, non loin de Lysania. Seigneur du clan, il règne en maître sur ces terres noires et giboyeuses, ultime symbole de la puissance de la lignée. Fiorella partage encore sa couche, quelquefois ; néanmoins, d'après ce que m'a révélé Giuditta, la fille de son amante a pris sa place dans le lit d'Alberto. La jolie Giovanna, une sorcière, dernière-née de la famille, travaille ardemment à concevoir l'enfant que ni son épouse ni sa cousine n'ont été capables de lui donner. Derrière cette hérésie, les oracles malsains d'Erminia et de ses semblables, le vieil Alessandro, Eufemia et Mirella. Celle-ci, mère de jumeaux au cœur noir, aux mœurs dépravées, est de frêle apparence mais ses mots sont perfides. Pire, elle laisse ses rejetons, l'un grand veneur du domaine, l'autre juge, abuser impunément de leur pouvoir : les domestiques en ont fait les frais, les vassaux des Tengelli également. Quant à Giuditta, ils l'ont forcée à tour de rôle – pour rassurer Alberto, ont-ils prétendu. Lui ne souffre d'aucune déficience : mais la garce est stérile.

Giuditta n'a rien dit de cela ; certaines plaies sont si douloureuses, si profondes qu'elles ne savent être exprimées. Il m'a suffi d'effleurer ses pensées d'abord, puis, profitant de son sommeil, de plonger dans sa psyché, pour découvrir les horreurs dont elle a été victime. Son âme est un champ de ruines dévasté par la peur, la honte, la souffrance et la résignation, spectres dont les silhouettes sont celles de ses bourreaux. J'aimerais l'aider, parcourir ce territoire désolé en chassant cela de son esprit, bâtir pour elle de nouveaux édifices, retraites où elle pourrait panser ses blessures et recouvrer le talent qu'on lui a ravi. Je ne le puis ; il faudrait, pour cela, que je renonce à la seule chose qui m'importe encore : la vengeance, dont elle est la clef.

Pelotonnée sous les draps rêches et l'édredon, je réfléchis au plan que j'ai conçu, aux lames de tarot confirmant, implacables, le chemin choisi, à Giuditta, qui est amoureuse de moi et que je n'aime pas. Chacune de nos étreintes est pour elle un refuge, chaque orgasme reçu, un nouveau souffle, l'esquisse d'une renaissance. Avant de me quitter, avant de s'endormir, elle me couvre de baisers. Si nous sommes séparées, même une seule journée, elle m'envoie des cadeaux. Lorsque je passe une soirée en compagnie d'Artemisia et des siens, lorsque je me rends au théâtre ou que je pars, seule, me promener dans les jardins de Lysania, plus rarement sur le sentier de terre qui borde la falaise, elle me fait porter de petits poèmes où se dessinent les prémices de la jalousie. J'y retrouve parfois la trace de ses audaces passées, des madrigaux sensuels qu'elle interprétait le jour de notre rencontre. Cela suffit à éveiller en moi l'ombre d'un remords.

Je ne l'aime pas, mais je ne puis me résoudre à la sacrifier.

Je vais l'aider à fuir le joug de ses tortionnaires. Je lui promettrai – ce ne serait pas la première fois que j'agis en parjure – de la rejoindre dès que j'aurai démasqué le véritable meurtrier de mon époux. Pourquoi pas ? Trois de ses assassins ont été arrêtés et pendus, mais Le Suaire, leur chef n'a jamais été retrouvé. Pas difficile de deviner qu'il est mort, tué par les sbires fidèles de son commanditaire et que son cadavre a été jeté dans les flots. Mais qui sait, en dehors de moi, sa véritable fin ?

Où Giuditta ira-t-elle ?

Je me remémore Cytheriae et les mots de mon vieil ami, Siro Venelli.

« *Les eaux vert-de-gris des canaux de Cribella cèlent de profonds mystères et les palais à l'abandon, investis par une foule colorée d'artistes et de courtisanes, donnent à la capitale un parfum inimitable. C'est à ce point que j'ai décidé de m'y établir pour rédiger l'un de mes prochains romans, au moins. Et puis, le climat de cette cité possède un parfum romanesque qui conviendra parfaitement à mon inspiration...* »

Siro s'y est installé, dans la plus grande discrétion, l'été dernier. Je suppose qu'il vit toujours là-bas. Il pourrait aider Giuditta à prendre ses marques... Pourvu qu'elle accepte d'abandonner cette vie et de tout recommencer.

Je parviens enfin à me détendre. Peu à peu, je me laisse gagner par le sommeil.

Huit mois, quinze jours, une heure.

La Petite Salle est bondée. J'occupe, avec Erminia, Giuditta et Valerio Libelli, poète et pique-assiette qui s'est mis en tête de trouver mécène parmi nous, une petite loge louée pour la saison. Le clan Badalla, au grand complet – ceux qui vivent à Lysania, du moins – s'est installé dans la baignoire qui lui est réservée, près de la scène. M'apercevant, Artemisia agite son éventail dans ma direction et chuchote quelque chose à son neveu. Celui-ci lève les yeux vers moi, me salue avec un sourire. Derrière eux, Badalla L'Aîné, digne vieillard au bouc parfaitement taillé, au crâne couronné de neige, observe le monde depuis son face-à-main. J'aperçois, gros et suant, Baldassare Vesperi. À ses côtés, perle délicate livrée à ce pourceau, Nerina Bella. La belle courtisane paie au prix fort sa liaison avec Savino. Nul homme, dans l'assemblée, ne lui a pardonné d'avoir, entre tous, choisi un étranger à la peau d'ébène. Je suis presque tentée d'aller lui parler. Presque. Je n'oublie ni notre rivalité ni que les derniers baisers de mon époux ont été pour elle.

Lasse d'observer la foule, je lève la tête vers le plafond : une œuvre moderne représentant, dans des teintes contrastant radicalement avec celles de l'opéra, un groupe de musiciens éthérés ; en son centre, un lustre de cristal scintille de minuscules boules lumineuses. Derrière une lourde pièce d'étoffe cobalt, je devine les allées et venues des artistes. Plus que quelques minutes et le concert commencera. Plus que quelques minutes et le triomphe de Narici se transformera en débâcle. Cela fait des semaines que je prépare sa ruine. Même avant de devenir la maîtresse de Giuditta, j'étais décidée à le faire tomber. Lui aussi est responsable de la mort de mon bien-aimé. Sans ses propos perfides, sans sa malveillance, Savino n'aurait pas fait irruption dans ma chambre, ivre de rage. Savino ne m'aurait pas quittée. Le mal qu'il a fait à Giuditta sert mes plans. Elle sera sa chute.

Œuvre d'un sorcier invisible, les lumières magiques s'éteignent, les unes après les autres. Le rideau se lève sur la scène illuminée par quatre sphères qui, tournoyant lentement sur elles-mêmes, nimbent les artistes de rayons d'or et d'argent.

Deux luths, une viole, un tambour et des castagnettes. Quatre musiciens, qui ouvrent le concert par un air enlevé : « Une variation, chuchote Giuditta, sur un thème aussi vieux que la principauté. » Une variation ? Décidément, la chance me sourit – il s'agit bien de variations, en effet, ce soir. Ou plutôt, de plagiat – et il ne m'a pas fallu beaucoup d'efforts pour influencer Narici : les œuvres de Giuditta, ses madrigaux, sa pavane surtout – celle qu'il a tant critiquée – étaient profondément ancrées dans sa mémoire, brûlure à vif sur son orgueil. Pire, elles existaient sous-jacentes, souvent à rebours, dans chacune de ses compositions.

Pour manipuler sa psyché et la transformer, il m'a fallu accepter plusieurs fois de m'entretenir avec lui, de subir ses flagorneries et ses coups de griffe, jamais dirigés contre moi mais assez sournois pour blesser, par le ricochet de la rumeur, ceux auxquels ils sont destinés.

Narici entre en scène, un instrument d'ébène entre les mains. Dans son visage poudré de blanc, ses énormes prunelles luisent d'un éclat terrible. Ses boucles grises et pommadées auréolent son crâne d'un halo. Son pourpoint à crevés et ses pantalons bouffants sont coupés dans une brocatelle noire, dépouillée de tout ornement. Simplicité apparente, fausse modestie : tout a été pesé, mesuré jusque dans les moindres détails.

Premières mesures.

Morceau grave, rythme lent d'une danse aux allures de marche solennelle. De mon aumônière, je tire discrètement une minuscule poupée de cire et une aiguille et je les dissimule sous les larges manches de ma robe. Les gestes sont aisés, instinctifs. Nul besoin de concentration.

Fausse note.

Regard étonné du percussionniste.

Narici cligne des paupières, poursuit.

Deuxième fausse note. Bien moins discrète, celle-ci. Chuchotements, dans la salle. Giuditta se penche vers moi.

— Avez-vous entendu ?

Je hoche la tête.

Irrité, Narici vérifie discrètement les cordes de son luth, puis reprend. Il mène à terme, mais trop vite, cette pièce maîtresse de son répertoire. À peine est-elle achevée, ses musiciens entament « Un défi », air populaire et enlevé, dansé comme un duel. Quelques minutes plus tard, Narici prend place au centre de la scène. Les premières mesures de la pavane de Giuditta, à peine transformées, résonnent dans la salle. Mon amante, d'abord incrédule, plaque une main sur sa bouche, agrippe mon bras. La pointe de mon épingle s'enfonce dans la figurine. Narici sursaute ; un son discordant s'échappe de son luth. Cette fois, des commentaires fusent. « Que se passe-t-il ? » « Est-il malade ? » « Incroyable ! » Je plisse les yeux, regarde fixement Artemisia Badalla. A-t-elle reconnu l'œuvre qu'il s'attribue ? Pas encore, mais elle est perturbée, s'agite. Ce désastre lui en rappelle un autre : il est temps de lui rafraîchir la mémoire. Précautionneusement, je projette vers elle le souvenir de cette matinée durant laquelle Giuditta, interprétant ce même morceau, fut ridiculisée par Narici. Elle hoquète, happe l'air, le souffle coupé par l'indignation. Giangaleazzo, inquiet, se tourne vers elle – et le mot est lâché : plagiaire.

C'est d'abord un murmure. Ensuite, un grondement. Un rugissement, enfin, présent sur toutes les lèvres.

Plusieurs spectateurs bondissent de leur siège.

Narici, levant fièrement son nez, continue à jouer.

Premières huées. « Quelle honte ! »

Dans le poulailler, quelqu'un lance sur la scène une boulette de papier – sans doute le programme de la soirée. D'autres l'imitent, suivis par les occupants des balcons.

« Plagiaire ! » « Imposteur ! »

Narici vacille, cherche dans la pénombre Ruggero Spelazzi, mais le librettiste s'est éclipsé, laissant la meute dévorer son ami de toujours.

Les insultes fusent.

Le compositeur laisse tomber son luth et quitte précipitamment la scène.

Tout est fini.

Les lumières reviennent, dévoilant un indescriptible chaos. On se bouscule, on crie ; certains exigent d'être remboursés, d'autres veulent Narici cloué au pilori. Les alliés d'hier se muent en ennemis, les adversaires pusillanimes osent enfin aboyer, les victimes redressent la tête, une lueur d'espoir et de fierté retrouvée brillant au fond de leur regard. Giuditta quitte son fauteuil, les joues enfiévrées.

— Il l'a qualifiée de médiocre, ma pavane ! Et il n'a même pas été capable de la jouer !

Les larmes roulent sur sa peau diaphane, sinuent le long de ses joues, se perdent dans les ombres violettes de son cou. Valerio Libelli la contemple, interloqué.

— L'artiste plagiée… C'est… C'est vous ?

Une inspiration. C'est le temps qu'il lui faut pour prendre congé et se tailler, à peu de frais, la réputation de *celui qui sait,* auprès de courtisans avides de cancans et d'informations de première main. Derrière nous, Erminia s'impatiente. Elle ne comprend rien. Trop de monde, décidément. Trop de bruit. Sa migraine la fait de nouveau souffrir. Elle veut rentrer. Conciliante, je lui propose de l'escorter. Giuditta, ainsi, pourra profiter de sa célébrité retrouvée et – qui sait ? – composer quelques pièces avant de quitter la scène.

— Ne m'abandonnez pas, je vous en prie. Dès qu'ils sauront…

— Ils se précipiteront pour vous courtiser, se répandre en excuses et clamer haut et fort qu'ils ont toujours su, dans le fond, que vous valiez bien mieux que Narici. N'est-ce pas ce que vous vouliez ? Une chance de tout recommencer ?

— Non ! Je ne peux pas les affronter. Je ne peux plus…

— Mais ces madrigaux que vous m'avez montrés ?

— Dionisia…

Je cède à son ton implorant. Je l'aide à passer sa marlotte sur ses épaules. Cora, silencieuse et efficace, s'occupe de la sorcière. Une fois hors de la loge, cependant, il nous est impossible d'avancer. La galerie est bondée. Les gens reconnaissent Giuditta, s'exclament, saluent. Je jette un bref regard à la camériste. Celle-ci hoche la tête, empoigne un valet, désigne la vieille femme, puis la sortie – inaccessible sans jouer des coudes et donner de la voix. « Place ! » « Place ! » En moins d'une minute, tous trois disparaissent, avalés par la foule.

Quand nous parvenons, enfin, à quitter les lieux, Giuditta sourit, ses craintes apaisées. Elle est attendue, la semaine prochaine, au salon Badalla. L'aïeul en personne souhaite l'entendre jouer.

Neuf mois, deux jours, dix-huit heures.

Acrimonie. Malveillance transformée en haine.

Erminia est une Tengelli. Son sang est corrompu, elle ne connaît aucun scrupule ; supporter Giuditta vivante et libre lui devient impossible. Aussi, Giuditta doit mourir. L'idée germait depuis longtemps dans son esprit pervers, ces dernières semaines l'ont mue en obsession. Quel moyen employer ? Malédiction ou poison ? Sa magie devenant capricieuse, ma tante craint un revers de fortune ; alors, ce matin, elle fouille dans ses fioles, ses poudres, ses liqueurs, en quête du venin idéal pour l'éliminer. Je n'ai même pas eu besoin de l'influencer : sa décision était déjà prise, seul le moment n'était pas encore déterminé.

Dans moins d'une semaine, mon père sera de retour ici : Erminia doit agir. Maintenant. Ce sentiment d'urgence, je le lui ai insufflé. Il l'imprègne, guide ses pensées, ses choix. Efficacité, rapidité, discrétion : une poudre mêlant l'aconit et la digitale dissoute dans le vin de Giuditta fera l'affaire.

Pour l'espionner, je n'ai nul besoin de me trouver dans la même pièce qu'elle ni de projeter ma psyché : elle est de mon sang. Une légère concentration suffit à percevoir les plus infimes nuances de son âme.

Assise à son pupitre, Giuditta, yeux fermés, pince les cordes de son luth, en tire de graves et harmonieux accords. Sur mes genoux, Amin ronronne, les yeux mi-clos, bercé par la mélodie.

Mon amante pose son instrument, soupire.

— J'ai peine à vous croire, Dionisia.

— Parce que je ne suis pas musicienne ? Je vous assure, chère Giuditta, que vous progressez : vos madrigaux n'ont plus la délicatesse de vos débuts, c'est vrai. Mais ils ont gagné en profondeur.

— Vous êtes gentille, répond-elle tristement. Je sais bien que vous ne dites cela que pour me faire plaisir. Mon heure a passé : je n'arrive simplement pas encore à me faire à cette idée. Mais je ne parlais pas de ça.

Le chat noir se laisse glisser sur le côté, enfonce voluptueusement ses griffes dans ma robe de damas mordoré.

— Vous soutenez qu'Erminia me veut morte, mais je ne comprends pas comment vous pouvez l'affirmer. Elle a tellement changé ! Il y a quelques mois encore, je n'aurais eu aucun mal à l'admettre. Ces derniers temps, elle se montre plus douce – et puis, ces maux de crâne, ces vertiges incessants l'ont affaiblie. Vraiment, je doute que…

— Laissons parler le Destin, voulez-vous ?

Giuditta soupire, déplace son tabouret près du guéridon. J'utilise mon deuxième jeu de tarots : son dos noir et gris, un peu passé, ne dévoilera rien de mon identité. J'en tire les arcanes majeurs, les mélange rapidement.

— Choisissez trois lames, Giuditta.

Mon amante s'exécute. Les pousse une à une vers moi. Je les retourne. Toutes sont inversées. Giuditta blêmit : elle sait ce que cela signifie.

— Pourquoi ? souffle-t-elle.

— *Le Démon* : Perversité, volonté de puissance. Vous lui échappez, elle ne le supporte pas. *Le Fou* : rappelez-vous qui elle est. Rappelez-vous sa famille, ce qu'ils ont fait de vous ! Je suis devineresse, Giuditta. Pensiez-vous pouvoir me le cacher ? *La Princesse* : vivante, vous êtes devenue un fardeau dont elle doit se débarrasser.

Giuditta vacille.

— Que dois-je faire ? Quand va-t-elle… Par la Déesse ! Dionisia, elle veut me tuer et… et lui va revenir… Je ne puis…

— Fuir ? Pourquoi pas ?

— Pour aller où, Dionisia ? Et sans vous…

Je la prends dans mes bras, la bascule sur le sol. Je baise sa tempe, sa joue, son cou, ses lèvres douces. Je voudrais pouvoir les aimer, mais elles ont le goût amer et douloureux d'un autrefois que jamais je ne retrouverai. Je m'attarde, pourtant, j'enveloppe sa langue dans la mienne, j'effleure sa nuque, son épaule, sa poitrine menue, je soulève ses jupons de satin et, sans cesser de l'embrasser, glisse la main entre ses cuisses, caresse les poils frisés et blonds de son sexe, enfonce profondément mes doigts en elle. Sa peau, brûlante de sueur, a le goût du miel et du chèvrefeuille.

Savino, lui…

Je me concentre sur son plaisir, j'essaie de m'y noyer pour oublier ma souffrance, mes regrets.

Enfin apaisée, elle tourne la tête vers moi et sourit. Un sourire doux, humide.

— Pourquoi ne me laissez-vous jamais vous rendre la pareille ?

— Pourquoi ne voulez-vous pas m'écouter ?

— Dionisia…

— J'ai un plan. J'y songe, en fait, depuis quelque temps et je n'osais vous en faire part mais ce que j'ai découvert, le danger que vous courez…

— Dites-moi.

— J'ai un ami, à Cribella. Il pourrait vous aider à vous installer là-bas.

— Les Tengelli me traqueront ! Ce sont des sorciers ! Ja…

— Je le suis aussi. Faites-moi confiance : jamais ils ne vous retrouveront.

J' aide Giuditta à se relever. Dehors, les rayons du soleil printanier percent timidement les nuages. Dans le ciel tournoient des mouettes et quelques sternes noires. À notre arrivée, à la fois par jeu et par curiosité, Savino et moi avions tenté de dénombrer les différents oiseaux qui nichaient à Lysania. Nous avions compté une dizaine d'espèces avant de nous lasser. C'était avant… *Avant.* Toujours ce mot. Je le hais.

Trois coups secs frappés à la porte interrompent mes tristes pensées.

C'est Cora. Dame Erminia nous attend pour dîner.

La salle à manger, vaste pièce au sol de céramique rouge, est meublée d'une longue table de bois aux pieds ornés de rinceaux, et de chaises hautes tendues de cuir. Un dressoir débordant de vaisselle précieuse fait face à la cheminée. Son linteau soutient un bronze représentant le combat d'un loup et d'un sanglier. Erminia a déjà pris place et triture nerveusement sa fourchette quand nous entrons. Je remarque, en m'asseyant à sa droite, que le vin est déjà servi.

La poutargue, trop salée, nous incite à boire. Giuditta avance la main vers sa coupe. Je l'en empêche d'un coup de pied discret. Le deuxième plat, une tourte de saumon accompagnée de légumes frits, paraît presque saumâtre. Ma tante lance à sa proie des regards courroucés. Elle s'impatiente ? Moi aussi. Inspiration. Brusque poussée dans sa psyché : d'une main invisible, je secoue ses pensées. Bouleversée, elle perd conscience durant quelques instants. C'est suffisant pour que j'intervertisse son verre avec celui de la musicienne. Quand elle reprend ses esprits, je porte le breuvage à mes lèvres et hoche imperceptiblement la tête à l'attention de Giuditta. Elle m'obéit, aussitôt imitée par Erminia.

Dix minutes plus tard, celle-ci se meurt, les mains crispées autour de sa gorge, sa bouche ouverte comme celle d'un poisson hors de l'eau. Mon amante s'est levée d'un bond. Pétrifiée, livide, elle contemple l'agonie de celle qui a voulu la tuer.

— Maintenant, Giuditta, vous n'avez plus le choix.

— Par la Déesse…

— Erminia était la sœur de votre époux. Il vous tiendra responsable de ce qui s'est passé.

— Comment faire ? Et Cora ?

— Préparez vos bagages, je m'occupe de tout. D'ici quelques semaines, vous serez sauve, à Cytheriae. Et je vous promets, ma tendre amie, de vous y rejoindre au plus tôt.

Mensonge impudent. Trahison réfléchie. Je sais que je ne la reverrai pas. Ce qu'il adviendra d'elle, à Cribella, ne me regarde pas. Mais, peut-être parce que je regrette de n'avoir su l'aimer, peut-être parce qu'il apprécie sa musique et sa voix, à l'instant du départ, je lui confie Amin, mon chat noir.

Quand mon père, de retour en sa demeure, cherchera à comprendre ce qui s'est passé, je lui relaterai le drame que j'ai découvert, quelques jours plus tôt : Erminia, morte. Cora, choquée au point d'avoir perdu l'esprit. Giuditta, disparue, moi qui la pensais mon amie.

Neuf mois, sept jours.

Neuf mois, sept jours, vingt heures.

Savino est mort.

Et son assassin est encore en vie.

*

— Erminia était une garce, souffla le sorcier, les bras serrés contre sa poitrine, se balançant d'avant en arrière, en proie à d'affreux souvenirs. Acariâtre, méchante comme une teigne. Sorcière, oui ! Pas assez puissante pour régner ni nous percer à jour, toi et moi ! Assez pour tourmenter, torturer, tuer. Au nom du clan. Elle a beaucoup souffert ?

Dionisia haussa les épaules.

— Je ne sais. J'aurais voulu lui dire qui j'étais et pour quelle raison elle mourait. Mais…

— Tes pouvoirs, pourtant…

Ses pouvoirs ! Si son oncle en devinait l'étendue, il lui faudrait attaquer sans attendre et son plan échouerait.

Elle se passa les mains sur le visage, scruta intensément Alino. Son récit semblait l'avoir arraché – fut-ce partiellement – à l'emprise de l'immonde entité. Ses prunelles brillaient, animées d'une flamme humaine. Ses lèvres qu'il tordait en tous sens avaient perdu leur teinte blette. Les prémices de sa vengeance repoussaient Kebahil dans les ombres.

— Giuditta était bouleversée, je ne pouvais la laisser ainsi. Et puis, j'avais un clan entier à détruire.

— Mais les autres, ma nièce ? Les autres, tu les as eus comment ?

— Je vous le dirai si je tire la bonne carte, mon oncle. Mais pour le moment, c'est à vous.

Froncement de sourcils, poings serrés. Grondement soudain. Plus d'humanité dans son regard rubescent, mais une volonté pure, écrasante, maléfique.

— Je veux savoir comment tu les as eus ! Maintenant !

Soleil

Certains disent qu'elle a surgi de la terre, parce que les premiers touchés furent le bétail et les paysans ; d'autres affirment qu'elle est venue de la mer, raz-de-marée qui a tout submergé. Les Moires, elles, pensent à un châtiment de la Triple Déesse (mais pourquoi ?). Je crois, pour ma part, son origine très humaine et au lieu de crier à la punition divine, nos saintes intermédiaires et nos politiciens feraient mieux de chercher du côté des nécromanciens que l'on continue à tolérer dans cette principauté, ou mieux encore, de ces « Anges du Renouveau » (de quoi, je me le demande !) qui prêchent d'étranges choses et que l'on rencontre de plus en plus souvent.

Chroniques des Âges Sombres, Annexe II : Lettres et témoignages (Lysania, principauté de Matricia : exemplaire annoté et commenté, conservé à la bibliothèque de l'Ordre de la Nouvelle Lune)

Sis au sommet d'un mamelon rocailleux, le temple révélé par le clair de lune était plus proche qu'Angelo ne l'avait cru. Pour l'atteindre, il fallut moins d'une journée de marche entre prairies et vallons embaumant les pommiers sauvages. Le chat noir le précédait, alerte, ne se laissant distraire ni par le lézard croisé sur leur chemin ni par les papillons jaunes et blancs voletant au-dessus des fleurs. Plusieurs fois, en scrutant le ciel bleu – un bleu profond semé de rares nuages –, le sorcier vit des rapaces planer et se laisser tomber, en piqué, sur une proie invisible. Malgré les maléfices, malgré l'épidémie, la nature reprenait ses droits. La vie continuait.

Taillé dans la roche des collines, l'édifice avait un aspect brut et primitif. Son enceinte, large d'une toise, était depuis longtemps envahie par les ronces et les herbes folles. Au centre du portique, à peine visible sous le lichen, une spirale noire, antique représentation de la Lune. Dans les pierres, les mêmes symboles, ainsi que de singulières incrustations pisciformes. À l'abri des murs épais, la pénombre et l'humidité. Angelo alluma une chandelle. Au cœur du sanctuaire, les yeux du félin flamboyèrent, pareils à de l'or en fusion. Les parois, éclairées par la flamme, révélèrent une voûte et des peintures anciennes. Elles représentaient dans des teintes brunes et corallines différentes scènes : ici, un berger et son troupeau de chèvres, une meute de loups attaquant un grand cervidé ; là, des silhouettes agenouillées au pied d'un mégalithe, trois femmes entourant un croissant de lune. Dans une niche scintillait une effigie de la Triple Déesse. Sculptée en mica, elle était érodée par les âges et de ses trois paires d'yeux, seuls subsistaient ceux de la Mère : deux perles de quartz bleu. Saisi, devant cette antique figure, d'une révérence émue, Angelo mit un genou à terre et pria, pour la première fois depuis longtemps.

Je Te salue, Vierge aux bras blancs
Aurore de la destinée
Je Te salue, Mère du monde
Grise tisseuse aux doigts d'airain
Je Te salue, sage Faucheuse
Qui de la vie tranche les fils
Par ce chant je T'honore, ô Lune
Par ce chant je T'implore, ô Lune
Que Ta lumière guide mes pas

Sa voix basse, enrouée, résonnait dans le temple, engendrant d'étranges crépitements. Les poils de sa nuque se dressèrent ; il frissonna. Une fois sa prière terminée, il y eut un flottement, comme si des forces se rassemblaient, et la chandelle s'éteignit. Au même instant, une douce lueur, née de la statue, se diffusa dans la salle. Les fresques, illuminées par ce rayonnement sacré, s'animèrent ; des lignes apparurent, dessinant une toile argentée et déclenchant un mécanisme invisible.

Un autel circulaire émergea des profondeurs du sol, s'immobilisa avec un crissement.

Le chat noir bondit et se roula en boule sur le laraire. Angelo l'observa un moment, puis se mit en quête de réponses concrètes à l'énigme découverte dans le recueil de poésies. Il chercha du côté de la statue, palpant le fond de la niche et le socle : rien. Les murs, quoique fissurés, n'abritaient aucun dispositif, aucune cache secrète. Se rappelant les spirales noires de la façade, il sortit. Le soleil se couchait à l'horizon, éclaboussant le ciel mauve de vermeil et de cuivre. Le vent du crépuscule charriait les embruns et les parfums acidulés des arbres alentours. Il inspira profondément, s'étira – se figea soudain.

Grognements. Martèlements de sabots sur le sol. Tiré de sa torpeur, le chat noir apparut à ses côtés, le poil hérissé, toutes griffes dehors. Un feulement sourd s'échappait de sa gorge.

Il y avait un cavalier en contrebas. Sur ses talons, une masse mouvante, indistincte. Sa monture galopait en direction du temple, maintenant son allure en dépit des escarpements ; Angelo percevait son souffle puissant, régulier comme les battements d'un cœur – mais pour combien de temps ? Et la silhouette, agrippée à son encolure… La silhouette était celle d'un enfant !

Vidant le contenu de son sac sur le sol, Angelo attrapa, presque au jugé, un cordon membraneux, une bourse de cendres et saisit son bâton de marche. Il dévala la pente, heurta un obstacle, pierre ou racine. Trop tard pour l'esquiver. Il dérapa sur les rocailles, reprit sa course. Au-dessous de lui, la bête trébucha également. Déséquilibrée, la gamine lâcha prise, glissa sur le côté. Avec un hurlement de triomphe, la horde accéléra l'allure.

Angelo les distinguait parfaitement, à présent : des carcasses déformées par la peste, caricatures de chiens et de loups, mues par une faim impie. Avant qu'il ne puisse agir, l'une d'elles bondit, ses babines noirâtres découvrant d'énormes crocs.

Hennissement furieux. Ruade. Projetée dans les airs avec un jappement de douleur, la chose s'abattit sur le reste de sa meute. Deux autres chargèrent. La première, gênée par le terrain, manqua sa cible. Le cheval frappa aussitôt, la piétina. Les mâchoires de la deuxième claquèrent dans le vide, à moins d'une coudée de la petite fille. À cet instant, le nécromancien se laissa tomber à ses côtés et attaqua.

Les créatures revinrent à l'assaut, écumantes, un éclat malveillant au fond de leurs prunelles mortes. Bâton, sabots, pluie de cailloux : avantagés par le terrain, Angelo et les fugitifs parvinrent à les repousser. Mordu au jarret, l'entier regimba, écrasa contre la roche son assaillante. La goule lâcha prise, broyée par son gibier.

Surprises par tant de résistance, les charognes reculèrent.

C'était le moment. Angelo ouvrit l'escarcelle, éparpilla son contenu sur le sol, murmura un mot de commande. Des formes jaillirent de la poussière, flammes fantomatiques brillant d'un éclat glauque et froid. Elles empêcheraient, un temps, les monstres de les atteindre.

— Le temple, vite ! ordonna-t-il.

La fillette se coula vers son compagnon. Celui-ci piaffait, naseaux dilatés, flancs mouillés d'écume, mais s'immobilisa, dès qu'elle agrippa sa crinière. À peine Angelo l'avait-il hissée sur son dos, qu'ils s'élancèrent, le laissant seul face à la horde enragée. Saisissant le morceau de cuir noirâtre attrapé dans son paquetage, il le déchira d'un coup sec et le lança dans l'obscurité. Un vent glacé se leva, portant un bruissement d'ailes froissées. Un sifflement perçant retentit, plein d'une joie mauvaise. De l'autre côté du feu spectral, il y eut des grondements furieux, quelques aboiements, puis des glapissements de terreur et de souffrance. Angelo ne s'était pas trompé : mort-vivantes, animées par un mal hideux, ces abominations *ressentaient.*

Le nécromant espérait seulement que leur agonie suffirait à assouvir celle qu'il avait invoquée.

L'esprit libéré était celui d'une érinye, démon des seuils se repaissant des peurs, des peines et des remords des vivants et des morts. L'entrave lui avait été remise, des semaines auparavant, par l'apprenti du Grand-Maître de la Nouvelle Lune. « Vous en connaissez tous les dangers, avait-il susurré d'une voix onctueuse. Qui, mieux que vous, saurait l'utiliser? »

Comme s'il ne savait pas combien elles étaient imprévisibles! Ce présent était un piège, mais le sorcier se sentait de taille à affronter la démone et à la repousser. Il y avait longtemps que les blessures de son âme s'étaient refermées.

Les rugissements de la meute se turent, laissant place au silence. Un silence de plomb, lourd de menaces et de tension. Le bouclier vacilla, disparut, remplacé par un être familier. Longue et soyeuse chevelure d'argent, prunelles piquetées d'étoiles comme un firmament, peau douce et nacrée.

— Néréis? chuchota Angelo, bouleversé par l'apparition de celle qu'il avait tant aimée.

Du bout des doigts, la belle lamia lui envoya un baiser. Ses traits se brouillèrent, disparurent, avalés par le corps fuligineux d'une femme ailée.

— Pas de regret? Pas de douleur? Pourquoi tant de tristesse, alors?

En deux pas, elle le rejoignit, tendit la main vers sa joue, y cueillit une larme. La portant à ses lèvres couleur de nuit, elle sourit.

Angelo serra les poings, sentit une explosion dans son être, dans son cœur…

Et les souvenirs affluèrent. Néréis, riant dans le clair de lune. Néréis, baisant ses paupières, son nez, ses lèvres, enfonçant ses petits crocs pointus dans sa gorge. Néréis, fredonnant pour lui une étrange mélodie. Néréis, le cœur transpercé d'une flèche d'argent. Néréis dans ses bras, au bord de la falaise.

Il n'avait rien pu faire. Rien. Rien…

— Pas même la retrouver dans la mort?

Se concentrer. S'arracher à ce tourbillon déchirant. Résister au désir de se jeter aux pieds de l'érinye, de la supplier, quel qu'en soit le prix, de recréer ce mirage.

La démone se tenait tout contre lui, inhalant voluptueusement sa détresse et ses souffrances. Enfin, elle s'écarta avec un léger rire. Angelo tomba, libéré de l'étau qui le broyait, et leva vers elle son visage ravagé par le chagrin.

— C'était un présent, souffla-t-elle, déployant ses immenses élytres. Un présent pour te remercier de m'avoir libérée.

— Un présent ? souffla le nécromant.

L'érinye sourit.

— Chéris tes souvenirs et les tourments qu'ils engendrent. Contre le mal, ils seront tes meilleurs remparts.

D'un battement d'ailes, elle s'éleva au-dessus de lui.

— Que la Lune et les Ténèbres te protègent, Angelo di Narini.

Puis elle disparut, avalée par la nuit. Le sorcier demeura immobile, ses yeux brûlants cherchant dans l'obscurité une silhouette qui, depuis longtemps, n'était plus. Enfin, il revint à lui. Il était seul. De la meute corrompue par la peste cendreuse ne restait qu'un amas d'ossements desséchés. Lentement, il retourna vers le temple. Ramassa ses affaires éparpillées sous le portique.

Le chat noir l'attendait : il se frotta contre lui, s'éloigna de quelques foulées, miaulant jusqu'à ce que le nécromancien le suive de l'autre côté de l'édifice, là où il n'avait encore pu aller. Un escalier étroit, éclairé par la lune, menait à une cavité partiellement obstruée par un entrelacs d'herbes hautes et d'épines. Angelo s'accroupit, alluma sa chandelle, posa le pied sur une première marche. Une voix timide l'intercepta.

— S'il vous plaît, seigneur…

Surgie des ombres, la fillette le contemplait d'un air suppliant. Âgée d'une dizaine d'années tout au plus, maigre et sale, elle portait une mauvaise tunique et des jupes en lambeaux. Ses pieds souillés de terre étaient nus.

— Quel est ton nom ? demanda-t-il doucement.

— Elsa. Seigneur, reprit-elle, se tordant les mains avec appréhension, je voulais vous dire… je voulais savoir…

— Ces monstres ne sont plus, rassure-toi.

— Merci, seigneur. Quarto… Il est blessé. Je l'ai amené à l'intérieur… Je me suis dit que ça La dérangerait pas, mais…

— Ne t'inquiète pas. Il peut rester.

— Vous m'aiderez à le soigner ? S'il vous plaît ?

— Bien sûr.

Sauf qu'une de ces horreurs pesteuses l'avait mordu et contaminé. Sauf que, dès l'apparition des premiers symptômes, il faudrait l'abattre et le brûler.

— Retourne là-bas, poursuivit-il. Je ne serai pas absent longtemps.

Avec un sourire, il tourna les talons et descendit, accrochant dans les ronces sa chemise et son pourpoint élimé.

Malgré ses parois irrégulières, la crypte avait été creusée de main d'homme. En son centre trônait un bloc de quartz grossièrement taillé, figure féminine coiffée d'un croissant de lune. À ses pieds, trois urnes de pierre, contenant probablement les restes de ses prêtresses. Il souleva le premier couvercle. De la poussière s'en échappa. Elle ne renfermait que des cendres. Toussant, Angelo recommença, plus prudent cette fois. Découvrit un coffret de bois nervuré, fermé par une serrure simple. Il s'en empara, remit en place le vase funéraire et remonta à l'air libre.

Quand il pénétra dans le sanctuaire, la fillette priait, agenouillée devant la statue. Le petit cheval aux membres trapus, aux fanons couverts de longs poils, patientait à ses côtés. Il tourna la tête dans sa direction, secoua son épaisse crinière grise et reprit calmement sa position.

Les yeux du nécromancien glissèrent vers la blessure.

Mais elle s'était effacée, ne laissant sur le jarret de l'animal qu'un mince sillon rose, légèrement boursouflé.

C'était un miracle.

Alors, il réalisa que ses plaies et ses meurtrissures avaient également disparu.

*

De longues boucles de lin, un regard bleu comme l'azur, un visage fin et les mains calleuses d'une paysanne. Elsa, fille d'une rebouteuse, s'enfuit quand l'épidémie se répandit dans son village « de l'autre côté, dans les montagnes au nord ». Sa mère le savait : leur magie, leurs connaissances, ne suffirait pas à soigner cette peste maléfique. Un matin, bien avant l'aurore, elle la conduisit jusqu'au col de Tandra, à plusieurs lieues de la maison. Là, elle s'arrêta et s'accroupit face à elle. « Vers l'ouest, c'est l'océan. Là-bas, tu prendras un bateau. Il t'emmènera loin d'ici, en sécurité. » La soigneuse lui confia une besace pleine et une petite aumônière de toile remplie de sequins avant de la serrer, très fort, dans ses bras. Elle-même, avait décidé de rester, ne pouvait se résoudre à abandonner ses voisins, ses amis, sans essayer de les aider. Angelo devinait qu'il s'agissait surtout d'un sacrifice. En demeurant parmi eux, la mère d'Elsa s'assurait de lui laisser assez d'avance pour leur échapper, si elle-même venait à mourir, contaminée par le mal ou victime de leur vindicte…

Après des semaines de voyage, épuisée, la fillette se laissa surprendre par une horde de brigands. Les brutes lui prirent tout puis, découvrant onguents et cataplasmes dans sa gibecière, la traînèrent jusqu'à leur campement. L'un d'eux était gravement blessé. Une plaie noirâtre, puant la gangrène, rongeait sa jambe. Elsa sauva son membre, devint leur guérisseuse, contrainte et forcée. Vint l'hiver; avec lui le froid, la neige et la maladie. Rien d'insurmontable : la peste cendreuse attendit le printemps pour attaquer. Grâce à la bénédiction de la terre qui effaça ses pas, referma derrière elle branchages et fourrés, la petite magicienne parvint à s'échapper. Elsa marcha des jours et des jours, se perdit, esquiva, de justesse parfois, des hordes de pesteux, arriva en vue d'un village abandonné. « Quarto – c'était le nom d'un cheval très beau, là-haut, c'est pour ça que je l'ai appelé comme ça – était coincé dans une espèce de grange. Un arbre était tombé en travers du toit à cause de la foudre et du vent. J'ai réussi à le sortir de là. Et voilà... » Cavalière et monture poursuivirent vers le ponant, jusqu'à ce qu'une meute les prenne en chasse.

— Et puis vous êtes arrivé.

Le nécromant lui tendit un gâteau épais et sa gourde d'eau, à demi pleine. La fillette s'en empara, but une longue gorgée et sourit.

— Je L'ai remerciée, vous savez, dit-elle avec un regard vers la statue. Je sais bien que c'est parce qu'elle a entendu mes prières, que Quarto est guéri. Sans ça... Même vous, vous auriez rien pu faire, hein ?

— J'aurais essayé. Elsa...

— Seigneur ?

— Tu peux m'appeler Angelo.

Ils grignotèrent en silence, le sorcier perdu dans ses pensées, l'orpheline mâchant avec application son biscuit.

— Sei... Angelo, il y a quoi dans la boîte, à côté de vous ?

Angelo hésita, contempla brièvement le chat noir, sur l'autel. Roulé en boule, celui-ci dormait profondément. Alors, il introduisit la clef dorée dans la serrure et poussa le coffret vers l'enfant. Elsa le saisit avec précaution, l'observa, yeux plissés, puis l'ouvrit.

— Alors ? demanda-t-il, réprimant l'envie de se lever et d'en examiner lui-même le contenu.

— Juste une espèce de tresse et des papiers, soupira-t-elle. Je croyais qu'il y aurait autre chose...

— Un trésor ?

— Des objets magiques, bâilla-t-elle. Je crois que je suis fatiguée, maintenant. Ça vous embête si je vais me coucher ?

Quelques minutes plus tard, Elsa dormait profondément. À ses côtés, l'encolure basse, Quarto somnolait. Angelo les contempla, étrangement ému, puis reporta son attention sur le contenu de la cassette. Il s'empara de la mèche crépue, nouée à chaque extrémité par un lien de cuir et des perles couleur de sang. Un frisson le parcourut ; au même instant, il eut l'impression fugitive d'une main glaciale se posant sur son épaule. Il s'agissait certainement d'une entrave... l'entrave d'un fantôme ou d'un très puissant esprit.

Il la posa à côté de lui et examina le reste du coffret. Celui-ci contenait sept inquiétants fétiches imprégnés de magie, ainsi qu'un feuillet, couvert d'une écriture fine et serrée.

« J'ai rêvé de vous, Angelo. J'ai rêvé votre arrivée sur cette île, votre combat contre ce pesteux – et bien avant cela, je vous connaissais : la Lune m'a montré le chemin de votre destinée. Je sais qui vous êtes, Angelo, et j'ai besoin de vous... »

La Justice

Huitième arcane du Tarot de la Lune

Aurore blessée de mille flèches de glace,
Aurore agonisante, Aurore dont les grâces
Des esprits et des cœurs en silence s'effacent,
De tes reflets joyeux, de tes scintillements,
Ma mémoire endeuillée ne garde plus la trace.
Et je pleure ta beauté que je n'ai su voir,
Aurore !

Fiorenza Pellegrini – *Élégies*

« Je veux savoir. » Avide d'entendre le récit d'une vengeance qu'il projetait comme sienne, Alino oubliait le Jeu du Destin ; la volonté qui le gouvernait utilisa ce désir pour prendre une fois encore son contrôle et darder vers elle une serre inhumaine, la contraindre à étancher la soif de son oncle.

Se concentrant pour *ne pas* lui résister, Dionisia posa la main sur le jeu de tarots et retourna *La Justice,* guerrière plastronnée d'argent tenant dans sa dextre une épée et une balance dans sa senestre. Une flamme spongieuse parcourut son poignet ; le talisman attaché à sa cuisse tomba en poussière. La magicienne ferma les yeux : pour le meilleur ou le pire, le Huitième arcane annonçait le terme prochain du duel. Elle avait anticipé et préparé ce moment, mais comment être sûre de l'emporter ? Quel que soit le chemin emprunté, à la fin, le Destin demeurait toujours maître de l'avenir. La jeune femme inspira profondément : elle ne pouvait se permettre de douter, pas maintenant, alors qu'elle approchait de la victoire. Redressant les épaules, elle sourit.

Recroquevillé sur lui-même, Alino l'observait en se rongeant les ongles. L'assaut mental – à moins que ce ne fût le poids de Kebahil dont il était le réceptacle ? – le laissait visiblement épuisé.

— Bon, tu les as tués comment ? chuinta-t-il, d'un ton dépourvu de toute puissance.

— En dépit de votre insolence et de vos infidélités, la Lune, mon oncle, semble de votre côté : *La Justice* me force à vous le révéler.

Le sorcier se renfrogna, un rictus déformant son visage émacié. Il tirailla nerveusement la dentelle de ses manches, cracha. Puis, avec un reniflement, il se pencha vers elle, impatient et fiévreux.

*

Deux ans, deux mois et deux jours.

Un manteau épais recouvre la cour intérieure du palais Tengelli. Celui-ci, taillé dans une pierre couleur d'orage, semble, sous le ciel blême de cette matinée d'hiver, fait de bois calciné. Déjà excitée, la meute, une quinzaine de bêtes trapues au pelage noir et fauve rassemblées autour du veneur, donne de la voix. Quand les palefreniers amènent les montures, l'un des chiens, n'y tenant plus, échappe à son maître et bondit vers un grand cheval bai. Ses mâchoires claquent à une coudée, à peine, de l'encolure ; un instant plus tard, il s'effondre dans la neige, le flanc transpercé. Abramo arrache sa javeline de la carcasse et tance son meneur. Les rideaux retombent, je m'écarte de l'étroite fenêtre de la chambre. Derrière moi, je sens la présence discrète de ma camériste : un pourpoint de velours et de cuir dans les bras, elle attend. Je la rejoins, lui permets de m'aider à enfiler la tenue de monte : de lourdes jupes fendues devant et derrière, des braies de peau et des bottes. Mon séjour ici aura au moins eu un aspect positif : l'apprentissage de l'équitation. Ainsi, tous les jours depuis deux saisons, j'effectue, veillée par un garde du corps silencieux, une longue promenade sur le dos de Dolce, la jument pommelée à la croupe large, aux fanons touffus, qui m'a été offerte par Alberto, mon père – mon époux.

Les noces ont eu lieu l'année dernière, durant le mois des Adieux. Après la mort accidentelle de sa cousine, l'amirale Ottavia, lors de l'inspection des chantiers d'Ocyala, un port du sud de la principauté, nous nous sommes retirés parmi les nôtres, dans les terres ancestrales de la famille.

Le clan des Tengelli s'étiole : Fiorella a succombé peu de temps après mon arrivée. Je n'ai eu aucune peine à m'immiscer dans sa psyché pour la convaincre de me tuer. Elle a essayé plusieurs fois, jusqu'à ce qu'Alberto la surprenne, un jour, versant du poison dans une coupe de vin que l'on me destinait. Mon père n'a eu aucune pitié. Il l'a étranglée de ses propres mains.

Sa fille, Giovanna, qui n'a plus accès à la couche de son seigneur et oncle, enrage de ses prochaines fiançailles avec un noble de la région. Je ne lui laisserai pas le temps de concevoir un héritier. Mais ma proie, aujourd'hui, n'est autre que le maître de chasse : Abramo Tengelli dont le jumeau, juge implacable, partage parfois ma couche. J'ignore encore si je lancerai ce dernier contre Alberto ou si je le jetterai en pâture aux serfs qu'il maltraite.

Dehors, je suis assaillie par un vent glacial au parfum minéral et les aboiements des chiens. Abramo me contemple, sévère, mais mon époux, déjà en selle sur son palefroi, m'accueille d'un sourire tendre. Giovanna, son teint de porcelaine rehaussé par des vêtements bordés de renard gris, me toise, haineuse, puis talonne sa monture et s'éloigne vers le porche. Un valet m'aide à me mettre en selle, vérifie la sangle et règle la longueur de mes étriers.

Quelques minutes plus tard, rejoints par un second veneur et des molosses au poil dru, semblable à des loups, nous quittons le palais.

— Je suis heureux que vous consentiez enfin à vous joindre à nous, déclare Alberto, chevauchant à mes côtés.

Ses cheveux blancs noués en catogan sur sa nuque, le sommet du crâne couvert par une toque de fourrure assortie à son manteau court, il se tient droit, regarde devant lui, vers la ligne sombre de la forêt, éloignée de quelques lieues. Bon cavalier, il accompagne du bassin le trot lent de son cheval, tient trop fermement les rênes cependant et ne laisse à l'animal aucune possibilité de se détendre.

— Je ne me sentais pas prête, auparavant. Je n'aurais fait que vous retarder.

Il se penche, saisit ma main gantée, y dépose un baiser.

— Ma tendre amie, pour vous, j'aurais manqué un hallali.

« Jamais encore, me confia un jour la vieille Eufemia, matriarche de la famille, Alberto ne s'était montré si épris. Même sa cousine, pour laquelle il éprouvait la plus vive affection, ne parvenait à l'attendrir autant. » Eufemia me soupçonnant de l'avoir envoûté, j'ai semé définitivement la confusion dans son esprit. À présent, l'aïeule passe son temps, enroulée dans d'épaisses couvertures, près de l'âtre du grand salon. Une domestique lui fait la lecture et essuie la bave qui coule à la commissure de ses lèvres.

Quand nous abordons l'orée de la forêt, des flocons commencent à tomber.

Nous nous enfonçons sous les arbres, aulnes noirs et sapins, dans une allée couverte d'un tapis dur et compact, qui crisse sous les sabots des chevaux. Alentour, tout est calme et silencieux, comme si le gibier, devinant notre arrivée, allait jusqu'à retenir son souffle pour échapper au danger. Les meutes s'agitent, gagnées par l'impatience et les veneurs peinent à maintenir leur autorité sur elles. Les cavaliers, attentifs, guettent les premiers aboiements signalant l'odeur d'une proie. Les haleines, dans le froid, se condensent en petits nuages blancs. La neige sur les vêtements et les poils forme un lacis, pareil à de l'écorce. Ma jument s'ébroue. Je passe mes doigts dans son épaisse crinière ondulée. Soudain, les chiens noir et feu jappent, tendus dans une seule direction. Abramo donne un ordre sec : les bêtes sont lâchées.

Le maître de chasse prend la tête, ses piqueurs suivent au train. Nous demeurons en arrière. Giovanna se retourne plusieurs fois sur sa selle : elle aimerait qu'Alberto la rattrape, mais celui-ci préfère se maintenir à mes côtés, cisaillant la bouche de sa monture pour rester près de moi. L'étalon me fait de la peine : à l'écume de ses lèvres se mêle un peu de sang. Si j'avais oublié un instant la nature véritable de mon père, étouffée par une dépendance due à sa mémoire de plus en plus chancelante, la souffrance du destrier est là pour me la rappeler.

Désireuse d'atténuer son martyre, je me penche sur l'encolure de Dolce et l'encourage de la voix. Elle allonge aussitôt ses foulées. Alberto m'imite – sans jamais cependant donner une once de liberté à son cheval. Guidés par les aboiements des chiens, nous suivons une piste qui serpente entre les arbres, se perd dans des buissons dénudés et des tertres rocheux, longe un ruisseau dont les eaux roulent et bouillonnent sous leur prison de glace. Dolce, oreilles pointées en avant, franchit sans effort le lit du petit torrent, se rassemble après quelques foulées et saute par-dessus un tronc noir. J'agrippe ses crins, attentive à ne pas la gêner dans ses mouvements. Grisée par le vent et le froid, à demi aveuglée par les cristaux tourbillonnants, je me laisse porter par le rythme régulier du galop. Les véritables raisons de ma présence au sein de cet équipage s'estompent ; les souvenirs des derniers mois, souillés par l'inceste et les compromis, la haine et le meurtre s'atténuent. Je ne suis plus Dionisia Tengelli, assassin sans âme gouvernée par la vengeance, mais simplement Dionisia, à peine Dionisia, dissoute dans l'instant présent et la joie de la chevauchée.

Les brames d'un cerf, les hurlements des chiens, me ramènent brutalement à la réalité. Quand j'arrive dans la clairière baignée de relents de musc et de mort, l'énorme six-cors perd l'équilibre, submergé par le poids de ses adversaires. Son sang imbibe rapidement la neige. Il résiste pourtant et emporte d'un violent coup d'andouiller un assaillant. Les chasseurs, immobiles, contemplent la scène ; dans leurs prunelles couve un feu avide : ils savourent chaque seconde de cette lutte inégale, se repaissent de terreur et de souffrance.

La silhouette de ma mère, puis celle de Giuditta se superposent brièvement à celle du malheureux gibier : victimes de ce clan aux appétits monstrueux, elles ne durent leur survie qu'à la fuite.

Abramo porte une corne de brume à ses lèvres. Le son, sourd et inquiétant, perce les clameurs du combat. Les mâtins s'écartent du cervidé blessé. À bout de force, un ichor gouttant de ses naseaux, celui-ci se redresse. Une mousse rosâtre baigne ses flancs et son large poitrail ; ses yeux voilés brillent encore d'une étincelle sauvage, indomptée.

Giovanna me jette un regard mauvais.

— À vous l'honneur, puisqu'il s'agit de votre première chasse ! clame-t-elle, me désignant l'animal.

— Vous n'y pensez pas ! se récrie Alberto. Elle pourrait se…

— Elle risque surtout de tout gâcher, coupe Abramo. Si vous n'y voyez pas d'inconvénient, mon oncle, je me charge de cette venaison.

Sans attendre, il tire son épée du fourreau, s'approche. Haletante, sa proie baisse la tête, gratte le sol de son sabot, charge. Abramo l'esquive d'un pas de côté, plonge sa lame jusqu'à la garde dans le cou maculé. Dans mon poing serré, je sens un frémissement. Dissimulé sous le cuir souple d'un gant, mon fétiche absorbe l'esprit de la bête. Le palais Tengelli est encombré de trophées, un massacre occupe une pièce entière de l'aile ouest : récupérer poils et ossements ne me fut guère difficile. La chasse d'aujourd'hui me permet de compléter le rituel.

Laissant le grand mâle aux valets chargés de le rapporter au château, nous suivons une autre piste : cette fois, ce sont les molosses qui mènent la partie. Leur cible ? Huit loups gris : cinq mâles et trois femelles, l'une alourdie par la gestation. Les meutes les encerclent, les harcèlent, les rabattent dans notre direction. Les prédateurs, unis contre ces opposants à quatre pattes, se défendent avec férocité et courage. Devant nous, ce ne sont que grognements, hurlements et jappements d'agonie, tourbillon pourpre, argenté et brun. Le vent, cinglant, charrie des parfums âcres et puissants de sueur animale ; les chevaux renâclent. Dolce secoue la tête et recule : je la laisse faire, peu désireuse d'assister à ce carnage. Giovanna me sourit – un sourire cruel et méprisant – puis, empoignant un épieu, aiguillonne sa monture et charge la louve gravide. Deux mâles s'interposent : l'épée d'Abramo transperce le premier, le second est balayé d'une ruade. La femelle tente de fuir, en vain. La pointe métallique se fiche dans son garrot, sectionnant sa colonne vertébrale. Giovanna saute aussitôt à terre, s'accroupit près du cadavre. Tirant un poignard de sa ceinture, elle ouvre le ventre de sa cible, en extirpe fièrement trois paquets fumants. Mon artefact frémit ; je détourne la tête, retiens une envie de vomir.

J'hésite un instant à modifier mes plans, recouvre rapidement mon sang-froid. Je ne changerai rien. Ma cousine mourra, mais pas maintenant.

Après trois autres curées, nous rebroussons chemin. Abramo, satisfait de la journée, permet à ses veneurs de partir en avant et de détacher les chiens.

Quand nous arrivons en vue du château, le soleil déclinant éclabousse les pierres de scintillements vermeils. Après une caresse, je confie Dolce à un palefrenier et gagne à la hâte mes appartements. Je me sens souillée par cette journée. J'ôte mes vêtements, dissimule le talisman dans ma boîte à bijoux puis ordonne à une domestique de préparer un bain.

Une fois plongée dans l'eau chaude parfumée au miel, je ferme à demi les yeux et laisse mon esprit s'imprégner des innombrables échos qui hantent les lieux. Comme chaque fois, je perçois, dans les profondeurs, la caresse d'une conscience ténébreuse : Ruben s'efforce de m'atteindre, sans succès. Étonnée par son impuissance, j'essaie régulièrement d'en apprendre plus à son sujet, mais mon père a oublié jusqu'à son existence. Même en plongeant dans le flot épars de sa mémoire, je ne parviens à saisir ni sa véritable nature ni sa forme. J'ai peine à concevoir, d'ailleurs, qu'il n'essaie pas de contrer ma vengeance. Certes, jamais, jusqu'à présent, je n'ai attaqué directement un membre de la famille : accidents et malchance se sont succédé, sans que l'on puisse m'en attribuer la responsabilité ; mes dons de manipulation mentale ne laissent aucune trace tangible. En vérité, à moins d'être un magicien doué de ces talents ou un individu assez volontaire pour en combattre les effets, ils sont impossibles à déceler.

Alberto pénètre dans ma chambre au moment où je sors du bassin tiédi, interrompant mes réflexions. Tendrement, il m'enveloppe dans une grande serviette de lin et embrasse le sommet de mon crâne. Ses mains veinées sur mon corps cannelle prennent une teinte d'ossement ; ses doigts glissent sur ma peau, suivent les gouttelettes à l'arôme sucré, taquinent la pointe de mes seins. La chasse éveille souvent ses appétits. Docile, je supporte ses attouchements et ses baisers.

Je le lie ainsi, en lui donnant exactement ce qu'il veut, en allant parfois jusqu'à devancer ses désirs. Chaque étreinte, chaque *instant* de nos étreintes, est un supplice. Ce n'est pas l'inceste qui me tourmente, mais la haine. Elle enfle telle une tumeur et je la garde en moi, je la nourris avec la constance d'une mère. Bientôt, je le sais, je pourrai m'en délivrer. En attendant, je subis patiemment ses exigences.

Une fois ses besoins assouvis, mon père disparaît quelques instants puis revient, portant dans ses bras de lourdes étoffes semées de perles de verre : des jupes et un corselet de brocatelle vert mousse, une longue camisole de satin flavescent.

— J'ai fait tailler ces vêtements pour vous, ma mie. Je veux que vous les portiez pour souper.

Je connais cette tenue, Alberto me l'a offerte il y a un mois. Manifestement, il ne s'en souvient plus.

— Une raison particulière à ce magnifique présent, mon époux ?

— Vous vous êtes montrée courageuse, aujourd'hui. Je sais que vous n'appréciez point la chasse. Cependant, vous avez tenu à m'y accompagner. Pour cela, j'ai voulu vous récompenser.

Dix minutes plus tard, nous rejoignons les autres membres de la famille, dans la salle à manger. J'ai glissé mon fétiche dans le creux de mes seins ; je le sens palpiter, comme si les treize esprits agrippés à cette entrave, devinant que le moment de la vengeance approchait, tiraient sur leurs liens pour se libérer. Eufemia, pitoyable vieillarde engoncée dans ses couvertures, est tassée sur une chaise à dossier. En face d'elle, dos tourné à l'immense tapisserie représentant une chasse à l'ours, Mirella et ses fils. Urbano, plus mince que son jumeau, me dévore du regard. Avec ses yeux gris, trop rapprochés, ses lèvres fines et son nez aquilin, on dirait un oiseau de proie. Abramo, plus massif, arque un sourcil en me voyant.

— Vous êtes partie si vite ! Je craignais que l'après-midi vous ait éprouvée au point que vous préfériez passer la soirée dans vos appartements.

Giovanna glousse discrètement. Je l'ignore et prends place, très digne aux côtés d'Alberto.

— Il eût été navrant de manquer la clôture de cette journée exceptionnelle, vous ne croyez pas ?

Trois valets en livrée apportent, dans des soupières d'argent, un bouillon de liqueur épicée et de sang : celui du dernier cerf de l'après-midi. Chaque gorgée de ce breuvage douceâtre est une torture pour mon palais ; je préfère encore les insectes et les rats trop cuits de la Nécropole à ce potage écœurant. Très à l'aise, Giovanna se délecte de chaque lampée et minaude, essayant d'arracher à ses oncles la promesse d'une autre chasse, moins aisée cette fois.

— Je n'ai jamais encore abattu d'ours.

— Il faudra, pour cela, attendre le printemps, répond Abramo. L'hiver, ils sont terrés dans leur tanière : ça n'a aucun intérêt.

— Nous pourrions convier mon fiancé, poursuit-elle. Si Dionisia a suivi l'équipage, alors qu'elle est novice, pourquoi ne pas lui demander de se joindre à nous ? C'est un homme expérimenté et…

— Un accident est si vite arrivé ! coupe Alberto. Nul ne souhaite, chère Giovanna, vous voir veuve avant même d'être mariée.

Après la soupe, la venaison : le civet d'un sanglier abattu quelque temps auparavant près du domaine, baignant dans une sauce aux oignons, au lard et aux baies noires, accompagné de légumes. Un domestique coupe d'épaisses tranches de viande et les répartit dans les assiettes ; un autre sert un vin corsé.

Crissements des couteaux dans le plat fumant, ballet des fourchettes piquées dans la chair et portées à la bouche, toutes dégoulinantes de sauce, mastication et claquements de langue satisfaits rythmant le silence de la dégustation. J'observe ces visages à la carnation délicate, ces lèvres aristocratiques à la moue volontiers hautaine qui s'ouvrent largement et enfournent d'une bouchée obscène la venaison juteuse, la laissent fondre sous le palais, exploser en bouquet de saveurs imprégnées des souvenirs de chasse et de mort. Des rigoles coulent sur les mentons ; les doigts se saisissent directement des morceaux. Eufemia, épuisée par les efforts du souper, laisse échapper un morceau mâchonné et s'endort. Sa camériste fait signe à deux valets, qui s'emparent du fauteuil et l'écartent de la table.

Contre ma peau, le talisman est brûlant.

— Puisque vous avez enfin surmonté vos réticences ridicules, lance soudain Giovanna, j'imagine que vous viendrez souvent chasser avec nous ?

— Seulement si mon cher époux le souhaite.

— Elle nous accompagnera, bien sûr ! N'est-ce pas, ma mie ? ajoute mon père, en baisant ma main.

Je souris, ignorant les traces grasses sur ma peau.

— J'ai remis les louveteaux à notre tanneur, intervient Abramo. Il en fera la paire de gants que vous souhaitiez, ma nièce.

— Merveilleux !

J'enfonce les ongles dans mes paumes. Un mélange de bile et de sang envahit ma gorge. Je porte rapidement une serviette à la bouche, j'attrape le fétiche et inspire pour retenir ma nausée. Puis j'expire, déchire l'artefact, libère d'un coup les esprits enragés. Pas le temps de les contenir : ils fondent, furieux, sur les convives. Abramo hurle, les yeux exorbités de terreur, le corps transpercé par des bois invisibles. Mon père, blessé d'un coup de croc à l'épaule, n'a que le temps de s'écarter. Une meute fantomatique s'abat sur Giovanna. Avant même que je puisse agir, les loups lacèrent ses robes, déchiquètent ses chairs. Un grand mâle arrache son bras, la femelle ouvre d'un coup de dents son giron, se repaît de ses entrailles. De l'autre côté de la table, c'est la curée. Abramo, empalé, secoué en tous sens, tente encore d'échapper à ses anciennes victimes ; Mirella gît, éventrée ; son sang forme des rigoles sur les céramiques couleur de rouille.

Soudain, une bourrasque glaciale. Les hurlements silencieux des spectres sont étouffés, leur présence, balayée. Un grognement s'échappe de la gorge d'Alberto. À genou, la main crispée sur la morsure, il se balance d'avant en arrière, psalmodiant des mots dont je ne perçois pas le sens. Peu à peu, sa blessure se referme – et celle d'Urbano également. Mirella gémit. Son sang s'est arrêté de couler ; les lèvres de sa plaie se rapprochent. Une membrane rose recouvre son abdomen. Elle tousse, tente de se mouvoir. Aussitôt, un laquais se précipite pour l'aider.

Je me tourne vers Alberto. Celui-ci me contemple fixement. Une taie bleue s'étend sur ses prunelles. Un souffle polaire s'échappe de sa bouche entr'ouverte. Ruben, le démon de la famille, trop faible pour prendre consistance, utilise le corps de mon père pour se manifester.

— Tu es… des nôtres… Je le… sens…

Sa voix est un chuintement pareil au sifflement d'un serpent. Je le regarde, hésitant à dévoiler mon identité. Ruben est aux abois : si je la lui révèle, il fera tout ce qui est en son pouvoir pour regagner sa puissance. Il m'attirera dans les Abysses afin de faire de moi la maîtresse des Tengelli – et son esclave. Quant à mon père, il s'en débarrassera. Cela me privera de ma vengeance. À moins que…

Ma décision est prise.

— Je suis votre espoir, dis-je doucement.

Éclair dans ses yeux froids. Soupir de contentement. Un instant plus tard, mon père s'écroule, sans connaissance, sur le sol.

Deux ans, deux mois et vingt jours.

La neige a cessé de tomber, remplacée par une bise qui creuse dans l'immensité froide d'étranges sculptures, formes aux reflets verts et roses scintillant dans les lueurs tardives de l'aurore.

Dans un lit trop vaste pour lui, disparaissant sous un édredon de plumes et des couvertures de laine, mon père tremble de fièvre. Depuis le début de la maladie, sa peau a pris l'aspect d'un vieux parchemin collé sur les os de son visage. Son nez saille affreusement et le blanc de ses yeux est injecté. Il se meurt, le sait, refuse tout autre que moi à son chevet. De tous les coins de la principauté, les membres de notre famille affluent ; ils ne manqueraient pour rien au monde la mort de leur seigneur : chacun espère dans le secret de son cœur pervers être l'élu du démon. En moins d'une semaine, j'ai découvert l'existence de cousins, oncles et tantes dont j'ignorais tout. Le domaine compte un nouveau grand veneur : Alessio, dit Alessino, le propre fils d'Abramo ; deux prêtresses aux faibles pouvoirs conduisent les cérémonies funèbres. L'une d'elles, Olivia, est la fille d'Erminia. Alors Moire et Lachesis, celle-ci a failli succomber lors de son accouchement. Les deux autres Fileuses et Donatella, princesse de Matricia, n'ont guère eu de peine à interpréter ce signe : la Déesse au Triple Visage la destituait de sa fonction. Olivia a été envoyée dans un temple, au sud de la principauté. Erminia s'est consacrée tout entière à sa famille.

— Ma mie…

Je m'approche d'Alberto. Ses iris, jadis d'azur sont ternes, enfoncés dans leurs orbites. En me voyant, ils s'illuminent pourtant d'une étincelle joyeuse. Le moribond effleure d'une main décharnée ma joue.

— Je me meurs.

— Ne dites pas cela.

— Je le sais… Je devine Sa présence… La Vieille est ici, ma mie. Dans cette chambre. Elle s'impatiente…

Je scrute les ombres, n'aperçois ni la Faucheuse ni son hideux familier. Est-ce parce que je hais mon père qu'elle ne se manifeste pas ? Est-ce pour que je ne puisse savoir quand elle l'emmènera ? Mais non. Son vice la trahit. Elle est bien là, même invisible pour moi.

— Vous resterez jusqu'à la fin ? implore-t-il, ses doigts agrippant les miens.

— Je vous le promets.

— Merci, Dionisia... Grâce à vous... Grâce à vous, j'emporte un peu de bonheur dans l'Au-delà. Grâce à vous... Je ne craindrai pas d'entrer, seul, dans le Pays des morts... À mes côtés, j'aurai votre souvenir...

Étrange paradoxe : ma mère me détestait et j'ai gâché ma vie en voulant la venger ; mon père m'aime, peu lui importe que je sois la cause de son trépas et je m'apprête à le briser. En cet instant, il semble si frêle que je ne puis m'empêcher, une fois encore, d'avoir pitié de lui. Ma vindicte a-t-elle encore un sens ? Ma vie aura-t-elle encore un sens si je renonce maintenant ? Non. Je deviendrai comme eux. Pire qu'eux. Et Savino...

Alberto tousse, reprend.

— Ruben vous a choisie, ma mie. Il dit... que vous êtes l'espoir du clan... Il dit... que vous êtes de notre sang, mais je...

C'est le moment. Je saisis sur la table de chevet le médaillon d'or pur, ciselé d'une toile déchirée, d'Azzura. Il contient, entremêlés, les cheveux d'Alberto et les siens. Je l'ouvre, le lui tends.

— Vous ne reconnaissez pas cela, bien sûr...

Alberto secoue faiblement la tête.

— Vous l'avez offert à ma mère, jadis. Au jour de sa mort, elle me l'a remis, me faisant jurer de partir à votre recherche.

Il fronce les sourcils, cherche dans sa mémoire, ne se rappelle rien – mais comprend.

— Vous ...

— Je *suis* votre fille, Alberto. L'espoir des Tengelli. Ruben vous a volé vos souvenirs, mon cher et tendre père, mon époux. Laissez-moi vous les rendre, voulez-vous ?

Les battements de son cœur s'accélèrent, sa vie s'échappe. C'est le moment. Je m'engouffre brutalement dans sa psyché dévastée par l'oubli, j'y écrase, de toutes mes forces, les scènes du passé, les souffrances d'Azzura, ses espoirs déçus, sa longue maladie, la promesse qu'elle a voulu m'arracher, puis, pêle-mêle, Laerte, Giuditta, l'assassinat de Savino, la mort d'Ottavia, celle d'Abramo, mon serment – les détruire jusqu'au dernier.

Je m'arrache à son esprit, reprends mon souffle.

Mon père gît dans ce lit trop grand pour lui.

Une larme roule sur sa joue inerte.

À l'instant de sa mort, il a enfin compris.

Deux ans, deux mois et vingt-cinq jours.

Les litanies des prêtresses ont duré la matinée entière.

Le clan, réuni autour de la dépouille d'Alberto dans le sanctuaire ancestral, prie la Lune, puis je m'avance, veuve et fille du défunt, afin de prononcer le panégyrique que l'on attend de moi. Je parle d'amour, de reconnaissance et de pardon ; j'évoque l'inceste, caprice de la destinée, dessein secret de la Triple Déesse ; je cite, enfin, nos glorieux morts et promets de raviver la flamme des Tengelli.

Chaque parole prononcée, chaque inspiration, soulève parmi les membres de cette famille honnie espérance, méfiance, envie. Les uns se rappellent ma mère, la prophétie, et se réjouissent de ce retour inattendu ; les autres doutent de mes explications – « J'ignorais le secret de ma naissance avant cette tragédie », « Alberto... Mon père... m'a révélé toute l'histoire avant de mourir » – ; tous me jalousent, et certains envisagent déjà de m'assassiner.

La cérémonie achevée, le corps embaumé est déposé sur un bûcher pour être incinéré. La crémation, interminable, engendre des flammes noires et grasses que le vent porte jusque dans la salle du conseil, pièce solennelle aux murs couverts de tentures, des effluves acides de chairs brûlées.

Le conseil de famille m'entoure, sévère et digne. Ils sont cinq – Mirella et Urbano, Massimo, chambellan de Dame Donatella, Olivia et Loretta, une aïeule aux yeux morts et aux cheveux clairsemés. Pourpre ou cobalt, leurs vêtements sont riches, empesés, doublés de soie, bordés de loup blanc ou d'hermine, ornés de bijoux d'or massif sertis de pierres précieuses et de perles. Leurs traits, en dépit des distinctions de sexe et d'âge, me sont indistincts – comme si un peintre, souhaitant représenter les différents aspects de l'humanité, s'était satisfait d'un seul modèle et l'avait modifié selon ses besoins. Je leur ressemble, certes – le nez droit, la bouche, la clarté du regard, même si la teinte de mes iris est plus chaude, plus vibrante que la leur –, mais je demeure une étrangère parmi eux : ils le pressentent, moi, je le sais. J'écoute à peine leur discours : les mots « devoir », « responsabilité », « abnégation » bourdonnent inutilement à mes oreilles. J'ignore leurs réticences : Ruben m'a désignée, ils n'ont pas le choix.

Enfin, je suis menée jusqu'à la cheminée, dont le linteau sculpté de têtes d'ours et de sangliers est surmonté d'un buste de granite noir : Lorenzo, le premier des Tengelli. Mâchoire volontaire, nez aquilin, cheveux courts, coiffés à l'antique. Et, sur le socle de la statue, leur blason : une toile d'araignée déchirée. Sans hésiter, Urbano presse ses pouces contre les yeux de pierre. Grondement d'un mécanisme, grincement : sur le côté, un passage s'ouvre, libérant des relents de poussière.

Mirella me tend un cocon de soie gros comme un poing.

— Une fois dans les ténèbres, l'artefact vous guidera… si vous êtes vraiment celle que Ruben a choisie.

— Vous en doutez ?

Et, saisissant le lumignon avec un sourire, je m'engouffre dans l'escalier menant vers les Abysses.

Derrière moi, le panneau se referme avec un crissement sinistre, me plongeant quelques secondes dans l'obscurité. Compacte, étouffante, elle fait naître en mon ventre une bouffée d'angoisse. Et si c'était un piège ? Brusquement, mes succès me paraissent trop faciles : l'empoisonnement d'Erminia, l'accident d'Ottavia, mes noces, ces longs mois durant lesquels je tissai ma toile, la mort du maître de chasse, celle de mon père… Si, durant tout ce temps, Ruben m'avait laissé agir pour endormir ma méfiance et me duper ? C'est un démon – des siècles de malfaisance et d'intelligence perverse dans un corps inhumain. Moi, je ne suis qu'une magicienne. S'il veut me tuer, m'anéantir, je ne pourrai l'en empêcher. Mais qu'importe ? Je suis morte il y a deux ans, et Savino est vengé.

Née du centre de la sphère, une lumière purpurine illumine peu à peu les parois étroites du tunnel. Celles-ci, taillées dans un granite noir, se parent d'écarlate. Les marches s'enfoncent sous terre. Ici, règne un froid terrible : mon haleine forme de petites volutes, mes doigts sont gelés et l'air qui pénètre dans mes poumons me coupe la respiration, comme s'il était chargé de cristaux de glace. La descente est interminable : un colimaçon qui se perd dans des gouffres dont je ne puis concevoir l'existence sans frissonner. Dépouillée de toute notion de temps et d'espace, je descends dans les abysses, hypnotisée par le son monocorde de mes pieds sur la roche et le rythme régulier de mon souffle. La tête me tourne, je ressens un début de nausée. Mais je poursuis, déterminée à en finir une bonne fois, avec la vie ou avec cette famille que je hais.

La pente s'adoucit. Je suis à présent un couloir, éclairé de loin en loin par des feux rougeoyants. De longues langues neigeuses serpentent le long des murs et sous mes pieds. Je ne reviendrai pas de ce voyage : si je terrasse Ruben, son territoire ne lui survivra pas. Je périrai broyée par d'énormes blocs de gravats. Et après ? Comprenant que ces pensées ne sont pas miennes, qu'une conscience au cœur de ce gouffre tente de me faire ployer, j'accélère.

Enfin, je parviens au seuil d'une caverne où luisent une multitude de sphères semblables à la mienne, ondoyant au-dessus du sol. Les parois, recouvertes de givre, réfléchissent la lumière en myriades de scintillements vermeil. Au cœur de cette crypte, un tombeau de glace veinée de rouge.

Malgré moi, je suis impressionnée par la puissance tellurique émanant du sépulcre. L'araignée d'encre, à l'intérieur de ma cuisse, devient brûlante :

unique tatouage réalisé par Oghrio, mon magister, il contient un esprit d'une grande force. Je l'ai réveillé, à l'aube, d'un sommeil vieux de quinze ans. Avide, impatient, il n'attend qu'un signe pour se manifester.

— *Viens.*

La voix, chuintante, résonne doucement en mon esprit. Étonnée de n'y déceler ni malveillance ni ruse, j'obéis et m'approche de lui.

D'immenses yeux céruléens, semés de stries cobalt et fendus en leur centre par une pupille de félin. Un étrange visage, masque blafard et lisse, encadré par de longs cheveux d'argent, un corps cachectique au cuir épais, à peine plus grand que celui d'un enfant et des ailes dont il ne reste que de hideux moignons. Ruben est faible, misérable, sans doute moribond.

— *J'espérais ta venue.*

— Je suis ici pour vous détruire, Ruben. Non pour vous sauver.

— *Le fléau des Tengelli... Tu mourras avec moi, alors. Tout ce qui est là...*

— S'effondrera.

— *Et tu t'en moques ? Je te comprends. Il y a quelques décennies, quelques années, même, j'aurais trouvé la force de lutter contre toi, j'aurais tenté de te convaincre... Je suis las, Dionisia.*

— Est-ce pour cela que vous m'avez laissé les tuer ?

— *Les protéger tous m'aurait demandé un trop grand sacrifice. Et puis, je n'en avais aucune envie. Toi, en revanche... Sais-tu comment cela a commencé ?*

Je secoue la tête.

Alors Ruben me chuchote son histoire, et celle de mon clan. Elle a débuté deux siècles avant les Âges Sombres. Lorenzo Tengelli, mercenaire à la carrure de géant et aux mœurs cruelles, dirigeait une unité de quinze vétérans entraînés à la guerre et au meurtre. Des barbares, qui ne valaient guère mieux que lui. Il les traitait si mal qu'ils se révoltèrent et le laissèrent pour mort, dans le camp déserté. Lorenzo survécut. Ses blessures guérirent, il passa l'automne, puis l'hiver au milieu des bois, vivant comme un sauvage, se nourrissant de sang et de viande crue. Au printemps, rétabli et plus résistant que jamais, il se mit à traquer ses anciens soldats. Il les tua les uns après les autres, gardant son fidèle aide de camp pour la fin. Il le tortura longtemps, apprit l'existence d'une damoiselle dont celui-ci espérait un jour gagner les faveurs et décida de la séduire. Iolanda, la jeune fille, appartenait à une noble lignée : pauvre et sans naissance, Lorenzo ne pouvait prétendre l'épouser. Deux années passèrent. Des années de guerre incessantes contre les autres principautés. Lorenzo s'illustra dans de nombreuses batailles, et reçut quelques arpents de terre pour y bâtir une demeure. Mais cela ne suffisait pas. Lors d'un combat, Lorenzo captura un sorcier de Tenebrosa. Il le força à lui livrer ses secrets, puis l'assassina. La mort du nécromancien lui donna la puissance nécessaire pour invoquer un démon des glaces. Ruben apparut, et Lorenzo lui trancha les ailes ; il voulut riposter, et celui-ci brisa ses membres à coups d'épée. Ensuite, le colosse tira un couteau de chasse, plaqua Ruben sur le sol et l'ouvrit du col au pubis, tel un gibier que l'on s'apprête à vider. Il enfonça la main dans le torse de sa victime, résolu à s'approprier sa force en dévorant son cœur. Ruben, terrifié, lui proposa un pacte. Sa magie, son soutien, pour lui et sa lignée.

— *Jamais je n'ai pu recouvrer mes ailes ni ma liberté. Je n'étais pas assez puissant pour me défaire de lui ni de ceux qui lui succédèrent. Et je compris rapidement que ma survie dépendait d'eux : leur cruauté, leur démence me sustentaient mieux que tout ce que j'avais connu auparavant. Comme mon essence coulait dans leurs veines, elle les rongeait peu à peu. Certains, plus faibles à mesure que le temps passait, n'étaient que des réceptacles dans lesquels je pouvais m'incarner. D'autres m'échappèrent, développèrent leurs propres pouvoirs. Beatriz était de ceux-là.*

— Est-ce à cause de vous qu'elle est morte ?

— *Alberto la désirait tant ! Je pressentais que la naissance de son enfant pourrait sonner le glas de mon existence. Il aimait la violence, alors…*

Je devine la suite : Ruben se doutait que ma mère fuirait. Il la laissa faire parce qu'il avait décidé d'en finir avec les Tengelli et savait que je reviendrais pour lui.

Il cherche à semer la confusion en moi, à provoquer ma colère, à me dominer pour faire de moi sa marionnette, l'imbécile qui jusqu'à la fin aura été le jouet d'êtres qui la dépassent.

Il suffit.

Je recule d'un pas, m'accroupis. Je verse sur le sol les cendres contenues dans le chaton de ma bague puis, de la pointe du stylet dissimulé dans mon corset, j'entaille mon poignet, me concentre sur le tatouage d'Oghrio et laisse le sang couler. Tourbillon glacial, poussière écarlate. Une forme se dessine devant mes yeux, grandit jusqu'à atteindre ma taille. Une tarentule. Énorme et rouge, elle se dresse sur ses pattes et agite impatiente, ses mandibules.

— Va.

Deux ans, deux mois, vingt-cinq jours.

Ma vengeance s'achève ici.

*

Dionisia laissa tomber la carte qu'elle tenait entre ses mains. *La Justice,* illuminée par la flamme des bougies, brilla quelques instants d'un éclat doré.

— Et c'est tout ? glapit Alino.

Ses poings noueux crispés sur les cuisses, ses traits acérés chiffonnés de dépit, il la toisait, offusqué.

— Je vous ai conté ma vengeance, que voulez-vous de plus ?

— Comment t'es-tu échappée ? A-t-il beaucoup souffert ? Et les autres, les autres Tengelli ? Comment t'en es-tu débarrassée ? Tu es sûre qu'ils ont péri, tous, jusqu'au dernier ? Si tu n'es pas demeurée jusqu'au bout, comment peux-tu savoir…

— Ruben est mort, mon oncle. La tarentule a mis une semaine à le digérer. Cela m'a permis de regagner la surface et de mener à sa perte ce qui restait de notre chère famille.

— Tu le savais pour l'araignée, hein ? Tu savais qu'elle ne tuerait pas Ruben tout de suite mais le paralyserait ! Et tu as voulu préserver le suspense de ton récit ! Tu m'as bien eu, ma nièce. Mais ça ne me dit pas…

— La peste cendreuse a eu raison des derniers survivants. Ils se terraient dans le château, se nourrissant de leurs propres chiens quand elle a atteint le premier d'entre eux. J'ai érigé moi-même leur bûcher au début du printemps. Les Tengelli sont un souvenir, mon oncle. Il ne reste que vous et moi.

Le sorcier se gratta la tête, plissa les yeux – sursauta. Comme s'il saisissait réellement ce que signifiaient ces paroles. Au terme du duel, l'un d'eux ne serait plus.

— Alors… Tu es venue pour me tuer, c'est ça ?

— Je vous l'ai dit.

Alino s'affaissa sur lui-même, ses longues mèches éparses formant un voile blême sur ses genoux. Gémissant, il se balançait d'avant en arrière, arrachant un à un ses cheveux. Dionisia attendit, impassible, la fin de la crise qu'elle devinait en partie simulée. Lorsque son oncle releva la tête vers elle et la dévisagea, hagard, elle désigna le jeu de tarots posé devant lui.

— Continuons, voulez-vous ?

Le Jugement

Vingtième arcane du Tarot de la Lune

Avec les décombres des maisons et du temple, ils érigèrent un immense bûcher sur la place. Puis ils convièrent toute la ville à l'exécution des sorcières : ceux qui refusaient d'assister à cette barbarie y furent contraints, sous la menace et les coups ; ceux qui s'obstinaient furent emmenés et jetés avec les prisonnières dans le brasier. Quand tous furent rassemblés, les Anges du Renouveau arrivèrent. Ils étaient terribles : leurs armures blanches étincelaient dans la lumière du jour. Certains racontaient qu'elles étaient faites d'assemblages de cartilages et de peaux humaines. Puis sont apparues, enchaînées et meurtries, leurs voiles déchirés, les dix prêtresses de la Déesse Lune.

Chroniques des Âges Sombres, Chapitre IX : Les Hérésies
(Lysania, principauté de Matricia : exemplaire annoté et commenté, conservé à la bibliothèque de l'Ordre de la Nouvelle Lune)

Alino se passa la langue sur les lèvres, fit craquer les os de sa nuque, pencha son long cou grenu vers le paquet de tarots posé devant lui, releva vivement la tête vers Dionisia.

— J'en ai assez de jouer.

Sentant venir une attaque, la jeune femme se prépara mentalement à accueillir la charge et laisser de nouveau Kebahil s'immiscer dans sa psyché. De quel moyen serait-il, cette fois, pour tenter de la piéger ? S'appuierait-il sur les miettes de souvenirs qu'elle lui laissait en pâture ? Préférerait-il puiser dans ce qu'elle avait conté ? Contre toute attente, l'assaut ne vint pas.

Le sorcier, sourcils froncés, écoutait une voix que lui seul pouvait entendre, et y répondait en marmonnant. Enfin, il haussa les épaules et retourna une lame. *Le Jugement* crépita dans sa main et une gangue de filaments poisseux se colla contre sa peau.

— *Le Jugement,* hein ? Bel arcane, l'un de mes préférés, je crois. Surtout celui-ci. Regarde : tu vois ce guerrier en armure, avec ses yeux brillants ? C'est un Ange du Renouveau. Ce long panache noir, au-dessus de son heaume, est fait des cheveux d'une adoratrice de la Triple Salope et la garde de son épée est taillée dans une coupe de divination. Une vision envoyée par mon Seigneur Kebahil m'a inspiré cette œuvre, alors que je doutais. Je vais te raconter. J'espère que cela t'aidera à ouvrir ton cœur et accepter une vérité que tu fuis.

Saisissant une bougie allumée, il la tint quelques secondes à hauteur de son visage puis, l'inclinant sur le côté, regarda la cire couler, goutte à goutte, sur la scène, souillant le bois de taches rondes et blêmes. Enfin, la flamme vacilla, mourut dans un grésillement, libérant un filet de fumée.

*

J'étais Son disciple : je recevais Son verbe et m'efforçais de comprendre le message qu'Il me délivrait. Je demeurais des heures, des jours parfois, en transe. Je le priais, prononçant des mots anciens dont je n'appréhendais d'abord pas le sens et j'effectuais régulièrement les rituels qu'Il m'enseignait. Ainsi, je gagnai en vigueur ; mes os se remirent correctement en place, sauvant de ma jambe et de mon corps difforme ce qui pouvait l'être ; je me dépouillai comme d'une peau morte de mes dons de divination. Je n'en avais plus besoin. Pire, ces talents hérités de la Triple Merde m'entravaient. Comme s'ils m'avaient apporté autre chose que des déceptions et de l'amertume ! Tu verras, quand tu rejoindras Kebahil : ils disparaîtront rapidement. C'est la preuve qu'ils ne sont qu'illusion, une illusion nourrie par l'orgueil de se sentir quelqu'un ! Tu ne me crois pas ? Pourtant, tu les as côtoyés, ces mages prétentieux et ces sorcières aux airs de mystiques ! Tu sais, comme moi, qu'ils se drapent dans leurs fariboles pour oublier la vacuité de leur existence…

Allons, ma nièce ! Entre nous : à quoi te servent tes petits tours de passe-passe ? Certes, tu as leurré notre famille et Ruben a été détruit. Mais pour cela, un poignard dans le cœur aurait suffi. Quant au clan des Tengelli, tu l'as dit toi-même : ta vengeance était vaine. Seul le meurtre de Savino la justifiait. Tu vois où ce raisonnement nous mène ? À une énième manipulation, de la Salope au Triple Visage. Sans Elle, ton amour serait encore en vie et tes pouvoirs n'auraient plus de raison d'être, puisqu'ils n'existent que parce que la Garce a tout fait pour que tu *croies* en avoir besoin.

Je t'ai dit que j'ai douté ? Pas à ce propos. Jamais à ce propos. Tout ce qui venait d'Elle, je voulais m'en débarrasser. J'étais heureux de m'en débarrasser, même. Ce qui me posa problème, ma nièce, fut cette peste.

Le monde était un monceau d'ordures dont la Triple Salope avait fait son terrain de jeu. Les acteurs, premiers rôles ou figurants, étaient tous corrompus, je l'avais compris durant mon initiation, dans les égouts de la cité d'Ordosa. Pourtant, je ne pouvais me résoudre à ce que me commandait mon Maître : purifier par la mort Matricia tout entière de sa souillure.

Je haïssais Ordosa : chaque pierre, chaque pouce de cette ville noire et bourbeuse m'étaient odieux. Je n'eus besoin que d'un cadavre putréfié trouvé dans le cloaque de la ville et d'un arcane mineur. Je choisis le Neuf d'Épées qui, comme tu le sais, représente la fatalité. L'épidémie se propagea rapidement. L'air chargé de miasmes et l'eau des puits furent ses principaux vecteurs. Les premiers temps, les habitants crurent à une peste bubonique : ils firent brûler des feux de genévriers, incinérèrent les corps des défunts, empêchèrent les étrangers de passer les murailles. Le mal reflua, les gens recommencèrent à vivre et voyager : alors, la puissance de mon Seigneur se révéla vraiment. Des centaines d'hommes, de femmes et d'enfants périrent sous mes yeux. Les bêtes succombaient également. Tous se relevaient du tombeau, pantins sans âme, véritables visages de la Garce et de Son théâtre grotesque ! Je ne regrettai rien, ma nièce. Mais quand il fallut quitter Ordosa, en flammes, quand je traversai des villages où de braves paysans immolaient leur famille avant de se jeter dans le brasier, quand un petit garçon – ton fils, s'il avait vécu, aurait eu son âge – se jeta, toutes griffes dehors, sur un malheureux voyageur et tenta de le déchiqueter… c'était trop, tu comprends ?

Alors, Kebahil m'a envoyé une vision.

J'ai vu deux créatures gigantesques engagées dans un combat mortel sur un roc fuligineux entouré d'eaux sombres et tumultueuses. La première était une hydre : hideuse, elle possédait trois têtes au mufle hérissé de crocs et des yeux abyssaux. Ses écailles, couleurs d'ossement, luisaient de reflets métalliques. La seconde était un géant à la longue chevelure solaire armé d'une épée et d'un bouclier. Son crâne protégé par un heaume d'airain ne laissait apparaître que d'étincelantes prunelles. Combien de temps luttèrent-ils, l'hydre à coups de griffes et de crochets dégouttants de venin, le géant à la force de sa lame et de son courage ? Pour moi, cela n'a pris que quelques minutes, mais j'ai deviné que leur affrontement avait duré une éternité. À la fin, le colosse, couvert de sang, épuisé de trancher les têtes de son effroyable ennemie sans jamais parvenir à la blesser, s'est jeté sur elle, pointe en avant et a plongé son arme jusqu'à la garde dans son cœur. La bête mortellement touchée a poussé un sifflement terrible et, dans un ultime sursaut de malignité, refermé ses mâchoires sur le bras du guerrier avant de sombrer. Alors, les flots se sont soulevés en un grouillement abject : des dizaines, des centaines de monstruosités écailleuses nées des gueules tranchées de l'hydre immortelle, se sont jefes sur lui pour le dévorer.

Et voici la suite, ma nièce.

Sur son cadavre déchiqueté, la Garce bâtit Son empire. Ses rejetons proliférèrent, se nourrissant de ses entrailles et de ses chairs. Des plantes poussèrent et les reptiles, métamorphosés malgré Elle par le sang de mon Seigneur, devinrent bêtes et hommes.

Oui, ma nièce. Sans Kebahil, nous ne serions que de répugnants serpents. Je sais : tu te demandes pourquoi, si nous sommes un peu Ses enfants, il a provoqué cette pestilence. Je me suis interrogé, moi aussi.

Alors, Il m'a offert une autre vision. La vision de ce que les séides de la Triple Salope appellent « Âges Sombres ». La vision de l'une des premières tentatives de mon Maître pour disperser l'illusion dont Elle pourrit le monde. Pour cela, Kebahil envoya Ses disciples, Les Anges du Renouveau, dans l'Archipel.

Et voici ce qu'Il m'a montré.

Cinquante vaillants guerriers ont affronté une cohorte infernale de nécromants, de sorcières et de créatures de ténèbres : lamias, démons et stryges se sont mêlés à la curée, heureux de se repaître d'innocence et de pureté. Il y avait aussi de simples humains, dans leurs rangs, mais crois-tu qu'ils commandaient ? Ha ! Ils n'étaient que des pions envoyés en première ligne se faire massacrer. Les Anges du Renouveau ont formé là leur dernier carré. Tous les autres étaient morts, assassinés par la magie de la Garce. Les saints disciples de Kebahil ont essayé, pourtant, de renverser son culte et de débarrasser le monde de ses agents : ils les ont traqués dans les villages comme dans les villes les plus peuplées, répandant Sa parole, érigeant des bûchers pour éradiquer l'engeance maudite. La peste cendreuse les aidait mais, moins virulente qu'aujourd'hui, elle n'a pas suffi à leur accorder l'avantage. Aveuglée par les mirages de la Garce, l'humanité ne comprenait pas que l'épidémie était en réalité une apocalypse.

Les Anges du Renouveau prêchaient la suprématie de l'homme et de la lumière, des vertus viriles et de la loyauté : ils savaient que les pouvoirs n'étaient qu'une illusion créée par la Triple Ordure et qu'Elle n'aurait de cesse d'accroître Sa puissance sur le monde, gâtant tout ce qu'il y avait de beau en Ses enfants, altérant leur âme jusqu'à la rendre aussi noire et putrescente que la sienne.

Alors, j'ai enfin saisi la raison et la nature véritable de cette maladie. Toi aussi, n'est-ce pas ? Tu comprends, maintenant ? Tu sais que Kebahil ne détruit rien, mais retire les dons qu'Il a octroyés aux vivants ? Ce qui reste du monde, ma nièce, c'est la vérité mise à nue, c'est la part de l'Hydre.

Tu vois, ma nièce : je ne suis pas l'assassin dément que tu crois. Je suis Son disciple et je porte Son flambeau. Sur mon passage, les mirages de la Garce se dispersent, laissant éclater la vérité, l'atroce vérité d'un monde moribond. Matricia n'est que le début : bientôt, la peste cendreuse se répandra dans l'Archipel entier et il ne restera des Numinées que des ossements et des cendres. Alors, s'achèvera un empire de mensonge et de cruauté. Alors, Kebahil sera libre enfin de bâtir Son royaume ! Il règnera sur un territoire vierge, délivré de toute corruption ! Il forgera de nouvelles races, puissantes et nobles ! Il rendra à Ses serviteurs ce que l'Hydre leur aura volé. Oui, ma nièce : Kebahil me rendra ma Tiziana, il me l'a promis. Et si tu renonces à tes croyances impies, si tu L'acceptes en ton cœur, Savino et ton fils te seront rendus.

*

Pendant son discours, Alino s'était levé. Il arpentait le plateau de long en large, ses mèches blêmes et graisseuses rejetées derrière ses épaules, son costume de velours écarlate débordant de dentelles flottant autour de lui ; ainsi, il ressemblait à un épouvantail ou à l'un de ces pantins de bois peints utilisés par les marionnettistes pour distraire les enfants. Ses propos exaltés fissuraient la carapace de faiblesse sous laquelle il se dissimulait depuis toujours : ses phrases étaient plus fluides, ses mots plus recherchés. En dépit de cela, la folie demeurait, plus inquiétante peut-être : l'échassier grotesque se métamorphosait en prophète.

— Alors, ma nièce ? demanda-t-il, une fois son récit achevé.

— Alors, quoi ?

— Tu ne comprends pas ? Je t'offre… Mon Seigneur t'offre la chance de suivre comme moi Son enseignement, de devenir Sa disciple ! Je t'ai révélé Son combat contre l'Hydre : tu connais la vérité, à présent…

Le combat de la lumière et des ténèbres, du soleil et de la lune.

Un mythe aux variations multiples, destiné à donner sens à la création du monde et asseoir le culte de la Déesse au Triple Visage.

À Messina, les prêtres contaient une histoire un peu différente : au commencement était la Nuit. Lasse d'être seule au milieu du néant, elle extirpa le Destin de son propre flanc. Mais celui-ci s'ennuyait : la Nuit arracha une autre parcelle de son essence et engendra la Vie. Rapidement, le Destin voulut la Vie pour lui seul et tenta d'anéantir la Nuit. Un duel terrible s'engagea : des rivières de sang coulaient de leurs blessures, si nombreuses qu'elles formèrent un océan.

L'océan recouvrit la Vie et la féconda. Ainsi naquirent le monde et les créatures qui le peuplaient.

Pour Dionisia, toutes ces légendes se valaient : elles n'étaient que l'interprétation d'actes et de phénomènes dépassant l'entendement humain. Mais Alino, rongé par la folie, brisé par le clan des Tengelli, n'était plus capable de percevoir la réalité ; il considérait les fables de Kebahil, grossières déformations des cosmogonies de l'Archipel, comme une épiphanie. L'entité avait trouvé en lui un terreau fertile et nourrissait cette démence d'espérances infantiles : un monde heureux, des humains innocents, une nouvelle chance auprès de Tiziana.

— Pourquoi hésites-tu ? Ce que je t'ai dit ne te suffit pas ? Tu en veux plus ?

Déjà, une brume fuligineuse obscurcissait son regard, des spasmes parcouraient son corps décharné. Pressentant une attaque, Dionisia abattit brutalement sa main sur le jeu de tarots.

— Non.

Le sorcier sursauta ; l'entité qui le possédait, surprise, se replia dans son enveloppe de chair.

— Non, reprit-elle. Je n'ai pas besoin de plus. J'ai appris depuis longtemps à discerner le réel du mensonge et à assumer mes actes, quels qu'ils soient. Je n'ai nulle intention de blâmer un démon ou une divinité pour mes erreurs ou mes malheurs. Je…

— Tu refuses, alors ? glapit-il, frémissant d'excitation.

— Je refuse, tant que la partie n'est pas achevée. Vous ignoriez mon vice, le voici : comme mon défunt époux, j'aime parier – d'autant plus quand les enchères sont hautes. Et une bonne joueuse, mon oncle, ne s'incline jamais.

La Prêtresse

Deuxième arcane du Tarot de la Lune

J'en ai eu un, papa. D'abord, quand je l'ai vu avec ses yeux vides et sa gueule j'ai cru que mon cœur allait se transformer en pierre. Mais je ne me suis pas laissé faire. J'ai fait comme tu m'as montré : je lui ai coupé la tête et j'ai brûlé son corps. Seulement, je n'ai pas été assez prudent : je l'ai laissé venir trop près et il a réussi à me blesser. C'est pour ça que je t'écris et que la seule chose que tu trouveras en rentrant, ce sera mon cadavre. Je te demande de le brûler, papa. Sans le toucher. Je ne serai plus là, moi. Il n'y aura plus que ce corps, qui sera un piège pour tous ceux qui approcheront. Voilà, la corde est là, tout près de moi. C'est le moment, je crois. Pardonne-moi si je n'attends pas que tu reviennes, mais j'ai peur de plus avoir le courage, après. Ni l'esprit. Que la Lune au Triple Visage te protège, papa. Ton Massi.

Lettre d'adieu (Lysania)

Dionisia retourna l'arcane sans même la regarder : elle connaissait son chiffre et sa figure, n'avait nul besoin de les vérifier. Concentrée sur ses propres pouvoirs, sur la vision d'un avenir si proche qu'il en devenait palpable, elle sentit à peine la morsure de l'artefact sacrifié pour leurrer la carte maléfique. Son allié était entré en ville. Bientôt, il passerait les portes de l'opéra Ghilberti et se joindrait à elle pour affronter Alino et l'écho de son maître.

Elle bascula sur le côté, prit appui sur sa dextre et se leva, tenant négligemment la lame entre ses doigts.

— Qu'est-ce que tu fais ?

— Dans le Jeu du Destin, les adversaires se font toujours face, mon oncle. Je rétablis l'équilibre.

Deux feintes, deux succès : ayant vécu longtemps avec un joueur, Dionisia connaissait les règles et les coutumes. Restait à gagner du temps jusqu'à l'arrivée du nécromancien. Alors, elle cesserait de dissimuler sa nature et la réelle étendue de ses pouvoirs.

— Je n'ai pas été tout à fait honnête avec vous, mon oncle, avoua-t-elle, rejetant en arrière ses longues boucles d'ébène. Je vous ai laissé croire que je suis une sorcière dotée de talents de divination et de manipulation mentale, mais médiocre augure – juste assez douée pour déchiffrer les énigmes de l'avenir dans les cartes. J'ai menti. Dès la mort de ma mère, dès l'instant où elle me légua les Tarots de la Lune et le médaillon, j'ai eu des visions, parfois de vagues intuitions, parfois des scènes précises, concernant ceux qui m'étaient proche. Oghrio m'a appris à les contrôler et à éviter l'embarras de transes inopportunes. Avec l'entraînement, je suis même parvenue à les provoquer sans en subir les inconvénients. À la mort de Savino, ce don s'est décuplé, au point qu'il m'a fallu des mois avant de le maîtriser de nouveau, et l'usage des arcanes pour le canaliser. Cette fois, mon pouvoir me permettait de suivre le fil de la destinée de parfaits inconnus. Ainsi, *Le Fou* m'emporta à Arachnae, dans le sillage d'une courtisane fantasque et imprévisible, bien plus valeureuse que ne le laissait penser son insouciance. *La Mère* m'entraîna à Soridae, sur les traces d'un métamorphe contraint de choisir entre sa magie et sa famille, entre le devoir et l'amour. Une histoire triste, qui vous aurait certainement rappelé la vôtre. *La Force,* à Bargella… Quelle triste mine, mon oncle ! Est-ce le doute qui vous ronge ainsi ? Laissez-moi vous convaincre, voulez-vous ?

De l'aumônière attachée à son giron, Dionisia tira le jeu patiné qui jamais ne la quittait et prit la première lame au sommet du paquet : *La Princesse,* fille aux cheveux de soie tenant une sphère entre ses mains. Elle l'examina avec attention.

— Mon histoire commence à Tenebrosa, au cœur de l'hiver, murmura-t-elle, plissant les yeux d'un air concentré. Là-bas, le soleil est si faible qu'il ne suffit ni à éclairer le ciel ni à tiédir le sol glacé. Un jeune homme, donc, emmitouflé dans d'épaisses fourrures, avance bravement. Chaque pas lui coûte et pourtant, chaque pas est une victoire qui le rapproche de son but : la forteresse de la Nouvelle Lune, son foyer. Là, il pourra réchauffer son corps gelé et ses blessures seront soignées. Mais la route est longue encore, et il est épuisé, engourdi par la bise polaire. Sa progression est de plus en plus lente, il trébuche de plus en plus souvent. À quoi bon poursuivre ? La citadelle est loin, encore, et il est si fatigué… Un peu de repos lui permettrait de reprendre des forces. Il se laisse tomber dans la neige. Ses paupières se ferment, son esprit chavire. Le sommeil l'accueille, la mort l'effleure d'une caresse… Soudain, il s'éveille : un liquide visqueux et brûlant coule dans sa gorge et se répand dans ses veines. Le goût, métallique et salé, n'est pas désagréable. En ouvrant les yeux, cependant, il ne peut retenir un sursaut, repousse brutalement le bras ensanglanté collé à sa bouche. La créature accroupie se relève avec un léger rire, referme sa plaie d'un coup de langue. Immenses yeux de topaze et peau reflétant la pâle lumière des étoiles, corps gracile et chevelure d'argent : c'est une lamia. Instinctivement, le jeune homme agrippe la patte de rat momifiée attachée à son cou, cherche dans ses vêtements une dague : êtres démoniaques, ces sangsues se nourrissent des émotions des êtres humains et de leurs souffrances, aspirent leur essence et font de leurs filles des monstruosités à leur image. La Nouvelle Lune les étudie depuis des siècles dans l'espoir de les détruire. Pourquoi celle-ci, son ennemie, ne l'a-t-elle pas attaqué ?

« Je m'appelle Néréis, susurre-t-elle, en réponse à sa question muette. Jadis, j'étais semblable à vous. »

Dois-je poursuivre, mon oncle ? Fort bien…

Des stries orangées éclaboussent le ciel. Le soleil flotte au-dessus de l'horizon, énorme sphère qui, en ce soir d'été, prend la couleur du sang. Le jeune homme est accroupi ; de longues mèches de lin voilent son corps voûté par le chagrin. Du bout des doigts, il effleure la dépouille de sa bien-aimée, abattue par son Ordre lorsque leur amour fut découvert. Comment ? Par qui ? Il s'en moque, n'éprouve même pas le besoin de se venger. Il aimait Néréis, et Néréis l'aimait. Tous deux connaissaient les risques et, sans l'intervention de son magister, il serait mort lui aussi. Celui-ci, colosse à la peau de nuit, le rejoint et se tient, immobile, derrière lui. « Je comprends la décision du Conseil, déclare-t-il. Et je suis obligé d'en respecter les termes. Mais de sorcier à sorcier, de maître à disciple, jusqu'à mon dernier souffle, je te soutiendrai. Où que tu sois, quoi que tu fasses, tu pourras compter sur moi. » Le banni retient un sanglot, se relève, le corps blême de la lamia dans les bras. « Je ne sais même pas comment faire pour qu'elle repose… » « Viens, je vais te montrer, » soupire le sorcier, posant une main sur son bras.

Dionisia croisa les doigts derrière sa nuque, s'étira et saisit discrètement le fétiche dissimulé sous son épaisse chevelure. L'artefact, minuscule membrane tressée d'ossements, contenait un esprit du froid. Une fois libéré, celui-ci la recouvrirait d'une carapace capable de la protéger de la plupart des assauts que son oncle ou l'entité qui le possédait tenteraient contre elle.

— C'est tout ?

Tournant lentement autour d'elle, Alino l'observait, soupçonneux et impatient.

— Je peux vous conter le reste si vous le souhaitez : le jeune nécromant voyage dans tout l'Archipel, passe quelques mois à Sparassia auprès d'un chaman, loue ses services comme chasseur de démons, utilisant cette couverture pour en apprendre toujours plus sur les enfants de la nuit, aide, malgré la distance, son magister dans ses recherches occultes, s'établit au terme de quelques années à Cytheriae, rencontre une femme…

— Pas comme ça ! Tu vas beaucoup trop vite, ma nièce, reprit-il d'un ton plus mesuré – et une lueur rusée luit un instant dans ses prunelles délavées.

Cherchait-il à gagner du temps ? Espérait-il, en la laissant parler, trouver le moyen de pénétrer ses défenses ? Cela signifiait que le sorcier, ou l'entité qui l'habitait, se méfiait plus encore qu'il ne le laissait paraître. Dionisia tritura la carte entre ses doigts. C'était sa faute : d'abord faible pour le leurrer, elle avait brutalement changé d'attitude, se montrant forte, déterminée – plus puissante qu'il ne l'escomptait.

Avait-elle dévoilé trop tôt une partie de son jeu ?

— Puisque vous voulez connaître la suite dans ses moindres détails, mon oncle, dit-elle enfin, je dois de nouveau me concentrer.

Elle éleva *La Princesse* à hauteur de son visage. Nul besoin de chercher dans l'arcane l'histoire du nécromancien : elle la connaissait depuis longtemps. Mais ce répit lui permit d'étendre ses perceptions au-delà du bâtiment, de suivre les filaments d'or et d'argent la guidant vers son allié et ceux qui l'accompagnaient.

Ils avançaient, prudents, au centre d'une large avenue pavée inondée de soleil. Le petit cheval, oreilles pointées en avant, naseaux dilatés, devenait plus nerveux à mesure qu'ils s'enfonçaient dans la ville dévastée par la pestilence. Sa cavalière, une fillette vêtue de hardes, chuchotait des paroles rassurantes en caressant sa longue crinière ondulée. À leurs côtés marchait le nécromancien, tenant un sabre à la lame effilée… Ce sabre… Dionisia baissa les yeux, et vit le chat noir, quelques mètres en avant. *Son* chat – Amin, le gardien de son âme. Se sentant observé, l'animal se figea, la gueule entr'ouverte, croisa son regard. Aussitôt, une terrible douleur, le besoin irraisonné de quitter la scène et de le rejoindre, quitte à y laisser la vie, vrillèrent le cœur de la magicienne.

S'arrachant à cette vision, elle inspira profondément et reprit son récit.

— Le jeune homme – l'homme – ne parle guère. L'habitude de la solitude, certes ; mais il n'a jamais été très bavard : il préfère écouter et se taire. De même, il évite de se montrer indiscret envers ses semblables. On le juge froid, insensible et sa nécromancie contribue à cette réputation ; on ne l'aime pas, mais on fait appel à lui quand des gens disparaissent et que la garde soupçonne des créatures démoniaques. Tout cela l'indiffère. Cependant, depuis qu'il a croisé cette inconnue aux traits doux et aux prunelles tristes dans une auberge du quartier, il éprouve une étrange sensation. Est-ce du désir? Est-ce le regret de vivre coupé du monde? Curieux malgré lui, il se décide, un jour, à l'aborder. Cela n'est pas difficile : elle est écrivain public et tient une échoppe non loin de son logis. L'endroit embaume l'encre, le papier et le cuir; les étagères débordent de livres et de parchemins roulés; au mur, une miniature représente une nymphe enveloppée de voiles. Assise derrière une écritoire de cèdre, elle le contemple fixement. Un instant dérouté par l'intensité de son regard vert, pailleté d'argent, il se reprend et s'assied dans le grand fauteuil qu'elle lui désigne. « Que puis-je pour vous? » demande-t-elle. Son timbre est grave, un peu rauque, terriblement sensuel. « Je ne sais pas... Je suis entré ici parce que je voulais vous rencontrer... J'ignorais comment... » Se sentant soudain ridicule, il se lève, prêt à partir. « Je n'aurais jamais dû venir. Excusez-moi. » Déjà, il tourne les talons. « Restez! » Il se fige. Elle fait le tour de son écritoire, se campe devant lui...

— Pourquoi t'arrêtes-tu? Que s'est-il passé, dis-moi? Sa princesse est-elle morte, elle aussi?

Mains croisées dans le dos, Alino effectua quelques pas sur le plateau. Il marchait en crabe et son visage cireux, penché sur le côté, se parait d'ombres sournoises.

Ignorant ses questions, ses soupçons, Dionisia déploya de nouveau ses sens : le nécromancien avait atteint la place Ghilberti. Plus que quelques minutes, il passerait le seuil de l'opéra. Il était inutile, à présent, de poursuivre cette mascarade.

— Le Destin les a séparés, déclara-t-elle, broyant le talisman dissimulé dans son poing. L'homme a été réhabilité par son Ordre. Aussitôt, il est parti en mission. Il a débarqué voici dix jours, dans un port de pêche à l'abandon. Passant par les contreforts des montagnes, il a traversé la principauté dévastée et atteint Lysania ce matin.

Partant de sa paume, un filet d'énergie crut le long de son bras, recouvrit son corps entier et s'y cramponna, faisant naître en elle une douloureuse sensation de brûlure. La négligeant, elle se redressa de toute sa taille et laissa courir en elle le flux de la magie. La magie de la Déesse Lune.

*

Le dôme de l'opéra se découpait dans l'indigo du ciel d'été. Pas un nuage, pas un souffle de vent n'atténuaient la touffeur du soleil dans les rues désertes de la capitale. La poussière soulevée à chaque pas du nécromant, à chaque foulée du cheval, stagnait au-dessus du sol, s'infiltrant dans les cheveux et les vêtements, desséchant les gorges. Angelo allait en tête, aux aguets; le sabre déterré trois jours auparavant dans les ruines d'un pavillon de chasse était dégainé. Nul hasard à cette découverte : le chat noir les avait conduits jusqu'à ce refuge. Elsa, intriguée par la confiance avec laquelle le sorcier se laissait guider, avait demandé des explications. Parce qu'il n'en connaissait plus d'autres, il raconta qu'il s'agissait du familier d'une prêtresse de la Déesse Lune. Et, d'une certaine façon, *déterminer* la nature du félin donnait sens au périple de ces derniers jours.

Le contenu du coffret, l'entrave, les sept talismans renfermant des esprits dont il ne mesurait pas encore la puissance et la missive de l'inconnue soulevaient de nombreuses questions : était-elle Moire, servante de la Triple Déesse ou chamane venue des principautés du Sud ? Que faisait-elle à Matricia ? La mèche crépue tressée de rouge confirmait cette dernière hypothèse. Le fantôme échappait à toute contrainte, mais l'artefact lui permettait, comme autrefois la patte de rat momifiée, de passer de la réalité à l'autre côté du réel.

Ils avançaient sur une avenue bordée de demeures aux façades ornées de fresques brunes et rousses, échos d'une époque vibrante, proche, néanmoins déjà éteinte. Elsa, malgré son épuisement, se tenait très droite sur le dos de Quarto et jetait alentour des regards curieux : jamais encore elle n'était entrée dans une ville. Lysania, avec ses rues pavées, ses bâtisses luxueuses aux portiques sculptés de bas-reliefs, ses auberges aux enseignes pittoresques, ses temples et ses théâtres, lui paraissait sans doute un autre monde.

— C'est triste, dit-elle soudain, avisant les ruines d'une étroite échoppe à la devanture lambrissée, où s'entassaient étoffes précieuses souillées de poussière et meubles brisés. Là-bas, j'avais l'impression que c'était pas si terrible… Tu sais, quand on traversait un village abandonné ou qu'on voyait des fermes incendiées… Je me disais que c'était pas grave, que ça allait mieux ailleurs. Mais maintenant… Tu crois qu'ils sont tous morts, Angelo ? Tu crois qu'on est les derniers ?

Celui-ci n'eut pas le loisir de répondre.

Quatre pesteux surgirent d'une ruelle, à quelques toises devant eux. Un couple ou ce qu'il en restait, deux enfants. Tous vêtus de loques poisseuses de boue noire et de sang séché, tous défigurés par la mort et la putréfaction. Le plus jeune, un garçon fauché dans sa sixième année peut-être, gronda, découvrant des gencives grisâtres et des dents jaunies. Sa sœur, plus effroyable parce que ni ses chairs tavelées ni les croûtes putrides souillant son visage ne parvenaient à en altérer tout à fait la beauté, fondit sur eux.

Quarto se cabra.

Le chat noir sortit les griffes en crachant.

Angelo s'élança. Il abattit brutalement sa lame sur l'épaule de la première assaillante, la ressortit couverte de sanies mais fit peu de dégâts : combattant médiocre, le sorcier maniait encore moins aisément le sabre que la rapière. Sa manœuvre n'avait d'autre fin que créer une diversion et le rapprocher des morts-vivants. Oubliant leurs autres proies, ceux-là l'attaquèrent, un rictus distendant leur gueule difforme et noire. L'enfant agrippa sa hanche, planta ses crocs dans le cuir épais de son pantalon ; la mère, suintant d'humeurs fétides, tenta d'atteindre son visage.

De sa main libre, Angelo saisit son chapelet, broya un nouveau crâne. Explosion silencieuse. Lumière blafarde. Hurlements. En quelques secondes, les flammes spectrales dévorèrent les abominations, ne laissant d'elles que des traces fumantes et grasses. Aussitôt, le nécromant rejoignit Elsa, tremblante sur son cheval, et le félin. Aussitôt, celui-ci, impatient, fila en avant. Il contourna les restes des pesteux, s'arrêta quelques mètres plus loin. Miaula.

— Ça va ?

La fillette hocha bravement la tête, caressa l'encolure de sa monture.

— Tu es très courageuse… Et Quarto aussi.

— Il était prêt à charger, je l'ai senti, murmura-t-elle d'un ton mal assuré. Il voulait nous protéger.

Angelo ôta le chapelet d'ossements, le lui tendit.

— Mets-le autour de ton cou, ordonna-t-il. Il reste deux talismans. Pour les utiliser, il suffit de te concentrer sur tes adversaires et d'en briser un.

— Mais… mais je suis pas magicienne…

— Tu es une guérisseuse, non ? Tu as senti plusieurs fois la bénédiction de la terre ? Quand tu as échappé à ces brigands, par exemple…

Elsa acquiesça d'un reniflement.

— Alors, crois-moi, si tu as le don, tu peux les utiliser.

— Tu vas pas rester avec moi ?

— Je ne sais ce que nous réservent les prochaines heures, répondit-il, effleurant du bout du doigt sa joue maculée.

Devant eux, le chat noir feula.

— Allons-y.

Ils s'enfoncèrent dans la ville. L'air était sec, chargé de poussière nauséabonde et de miasmes. À mesure qu'ils progressaient vers le cœur de Lysania, l'atmosphère devenait plus pesante, empreinte d'une malignité presque palpable. Des clameurs résonnaient de loin en loin – à moins que ce ne fût l'écho chimérique de cris d'agonie ; des bourrasques soudaines soulevaient des tourbillons de scories aux exhalaisons méphitiques. Des ombres inquiétantes s'étiraient le long des façades, se dispersant dès qu'Angelo ou Elsa tentaient de les identifier ; des silhouettes fugitives apparaissaient à l'angle d'une venelle ou d'un carrefour. De temps à autre, le nécromant tirait de son pourpoint la tresse du griot ; nul besoin de sang pour réveiller son pouvoir : il suffisait d'une pression des doigts. Alors, le voile séparant le réel du monde des morts et des esprits se soulevait doucement, révélant l'autre côté de Lysania, corrompue jusque dans ses fondations par la pestilence, hantée par des spectres prisonniers de leur rage et de leurs regrets. Venues du centre, d'immondes rigoles se répandaient dans les rues, transformant la cité en nasse empoisonnée et contaminant toute vie sur leur passage.

Angelo devinait que le mal les avait déjà atteints. Si nul ne parvenait à fermer la gueule de la divinité déchue et à la bannir, Elsa mourrait. À cette seule pensée, le cœur du sorcier se serrait. En quelques jours, il s'était profondément attaché à la fillette. Il voulait qu'elle découvrît Sparassia, ses montagnes rouges et ses lagons vert turquoise ; et la froide Tenebrosa où l'été, le soleil ne se couchait jamais ; et encore La Montana, grande et majestueuse, témoin d'une civilisation antique. Il voulait lui montrer les aurores boréales et les plages où se rassemblaient les grands phoques gris, les ruines couvertes de runes sur lesquelles avait été érigé le plus vaste temple des Numinées, plus majestueux encore que le Sanctuaire de la Lune à Bargella, les oiseaux multicolores aux longues traînes de plumes et les gazelles jaunes du Sud. Il voulait lui apprendre l'histoire du monde et les clefs des lettres, l'emmener au théâtre, la voir rire et vibrer devant les spectacles des saltimbanques dont on croisait, parfois, le chemin, lui enseigner tout ce qu'il savait de la vie et de la mort, des esprits et des hommes, des enfants de la Lune et de leurs conflits.

Elsa avait su le toucher comme nul autre ; il l'aimait et pour elle, voulait, *devait* combattre Kebahil et vaincre.

Ils arrivèrent en vue de l'opéra, majestueux édifice de marbre vert, rose et blanc épargné par les pillages et les incendies. Le chat noir gravit d'un bond les marches menant au seuil surmonté d'un frontispice sur lequel étaient inscrits, en lettres d'or, quelques vers. Ses griffes raclèrent la porte entr'ouverte puis, avec un feulement sourd, il glissa la tête à l'intérieur du bâtiment.

Angelo se tourna vers sa protégée.

— Vois le palazzo, au bout de l'esplanade… Celui dont les rideaux pendent par la fenêtre. Je veux que tu ailles là-bas et que tu m'y attendes, Elsa.

— Mais…

— Si des pesteux t'attaquent, utilise ce qui reste du chapelet.

— Et toi ? interrogea la petite fille, ses grands iris d'azur brillant de larmes.

Sans répondre, le nécromant tira de sa besace l'entrave du spadassin. Il effectua rapidement le rituel, versant le mélange de poudre d'émeraude et de cendres autour de l'os crânien, imbibant celui-ci de sang. Quand le fantôme apparut, maussade mais soumis, Elsa écarquilla les yeux. Saisissant le fragment ivoirin, Angelo le lui mit dans la main et referma ses doigts sur lui.

— Garde ça avec toi, d'accord? Quant à toi, ordonna-t-il, se tournant vers le revenant, je veux que tu la protèges de tout assaut psychique. Quoi qu'il arrive, ne la quitte pas. Et quand tout ceci sera terminé… je songerai à te rendre ta liberté.

Le défunt acquiesça sans protester.

— Angelo… Qu'est-ce qui va se passer? souffla la fillette

— Je vais retrouver la prêtresse de la Déesse dont je t'ai parlé. Nous devons affronter le monstre responsable de la peste cendreuse et le détruire. Mais c'est trop dangereux pour que tu m'accompagnes, tu comprends?

— Promets-moi que tu vas revenir!

— Je te le promets. Et maintenant, obéis…

Elsa renifla, souffla quelques mots à sa monture; le couple s'éloigna vers la demeure en ruines. Crachant et sifflant, le chat noir fila à leur suite.

Une fois certain qu'ils avaient traversé la place, Angelo poussa le vantail et pénétra dans l'opéra.

*

Ton geôlier remplit une coupe de mauvais vin, s'approche de toi. Tu tends le cou vers lui, soumise, enfin consciente de ta place. Il saisit tes courtes boucles noires, tire ta tête en arrière et verse le liquide dans ton gosier.

Il a tenu parole et t'a permis de boire : à ton tour de remplir ta part du marché. Quand ce sera fini, tu auras le droit de te décrasser. Tu devrais obéir. Cela t'éviterait bien des souffrances… mais non, tu ne peux t'empêcher de tricher. Tu puises dans ses propres souvenirs pour l'attaquer. Tu lui craches en pleine face ses frustrations, ses vices… Tu ne lui laisses d'autre choix que te châtier.

Brûlure fulgurante. Morsure répétée d'un fouet s'abattant sur son corps dénudé, lacérant sa peau, creusant de profonds sillons dans ses chairs. Projetée malgré elle dans le passé, Dionisia hurla.

Ta douleur est la seule façon pour lui d'exorciser ses tourments. Chaque coup, chaque giclée de sang l'apaise… Alors il continue, de plus en plus fort…

Dionisia se souvint : la souffrance, la folie, le parfum du sang et de la mort, puis la voix claquant dans les ténèbres, mettant fin à son agonie. Cette voix. Savino. Trop faible alors, aveuglée par le sang et les larmes, elle n'avait entrevu qu'une silhouette avant de s'évanouir. Des années plus tard, elle sentait encore la chaleur de son corps, s'enivrait de son parfum, s'abreuvait de ses paroles, syllabes sans suite qu'elle percevait dans un épais brouillard. Ce souvenir lui donna la force de repousser l'attaque de l'entité. Mais celle-ci frappa de nouveau, sans lui laisser le temps de la riposte.

Libérés de leurs entraves, les prisonniers se jettent sur toi. Macario passe sa chaîne autour de ton cou, t'étouffera si tu te débats trop. Il aime la viande morte, son inertie. Silvio, meurtrier de sa famille, se jette en grognant entre tes cuisses…

Un râle furieux interrompit l'assaut. Arrivé dans la salle, le nécromancien tentait un premier mouvement.

Dionisia reprit aussitôt ses esprits ; Alino avait empoigné une dague et, ramassé sur lui-même, s'apprêtait à bondir sur l'un ou l'autre de ses adversaires. Il écumait ; un voile fuligineux obscurcissait son regard et une grimace haineuse, obscène, déformait ses traits crayeux. Il était prêt à tuer pour son Maître ou à se sacrifier pour lui donner le temps de fuir et regagner les abîmes dont il était issu.

Cela, elle ne pouvait le permettre : si l'écho de Kebahil, avatar ou parcelle de sa conscience, s'échappait de son enveloppe de chair, il serait impossible de colmater la brèche ouverte dans la réalité ; l'épidémie décroîtrait au point d'être oubliée, mais poursuivrait insidieusement ses ravages ; leur victoire se teinterait vite d'amers relents de débâcle. Il n'y avait qu'une seule façon d'éviter cette défaite : maintenir le réceptacle en vie.

Elle lança un regard rapide au nécromant : grand et pâle, sa longue chevelure de neige attachée sur sa nuque, il avait bondi sur la scène, sabre au clair. Les sept artefacts qu'elle lui avait confiés étaient suspendus à son cou. Parmi eux, un seul pouvait assurer la protection de l'aliéné.

Vif comme un insecte, Alino se fendit. L'acier de son poignard, froid et brillant, manqua de peu son adversaire. Celui-ci leva sa lame, prêt à la riposte – un regard de Dionisia l'en empêcha. Profitant du déséquilibre de son oncle, celle-ci se jeta sur lui.

— Le corail ! Vite !

Comprenant aussitôt, Angelo saisit l'amulette, la lui lança. Elle la rattrapa, la broya sous sa paume. Née du talisman écrasé et du sang, une brume céruléenne s'éleva au-dessus du sol, tournoya quelques instants, prit la forme d'un être aux ailes membraneuses, aux énormes prunelles cobalt.

Ruben.

Alino laissa choir sa dague et s'affaissa sur le plateau. Ses yeux injectés de terreur passaient du démon à la magicienne, impuissants, terrifiés.

— Je… Je croyais…, gémit-il en se recroquevillant sur lui-même, faible comme un enfant. Tu avais dit…

Dionisia le jaugea un instant, puis haussa les épaules et se tourna vers celui qu'elle avait invoqué.

— Qu'il reste en vie, jusqu'à ce que tout soit terminé.

Ruben acquiesça avec une révérence sinueuse puis, se glissant sur le corps du sorcier, se fondit en lui avec un soupir d'extase.

Au même moment, une chose monstrueuse apparut devant eux. Elle avait le visage d'un enfant, les yeux et la bouche ouverts sur d'innommables abîmes ; son corps flasque était agité de soubresauts, comme si des milliers de vers grouillaient sous ses téguments blêmes et maladifs. D'énormes veines luisantes, hérissées d'épines, percèrent son derme et jaillirent vers eux, balayant candélabres et bougies. L'une d'elles, pédoncule visqueux, s'enroula autour d'Angelo, commença à serrer – et le monde bascula…

Sous ton corps nu, la pierre est glacée. Au-dessus de toi, suspendus au plafond, des crochets et une poulie. Ils savent que tu les as trompés, se moquent de ton silence comme de tes aveux. Ils haïssent les traîtres : tu es là pour payer. D'abord, avec le bâton. Pieds, frappés jusqu'à ce qu'explosent tes os ; chevilles, genoux, écrasés sous la violence des coups ; mains brisées, coudes retournés. La douleur est atroce. Pourtant, ce n'est que le début. Sur tes membres endoloris et gonflés, de la cire brûlante est versée. Ta peau éclate comme un fruit mûr.

Angelo hurlait, le corps broyé par les tentacules bleuâtres, les prunelles révulsées. Conscient qu'il s'agissait d'un mirage, il ne pouvait cependant s'arracher à ces insoutenables sensations, à ces odeurs écœurantes de viande brûlée, d'urine et de sang. Qui étaient ses tortionnaires ? S'il connaissait leur identité, peut-être pourrait-il s'échapper…

Tu ne vois ni leurs yeux ni leur visage. Tu sens leurs mains brutales, les doigts qui s'enfoncent de chaque côté de ta mâchoire, l'ouvrent, y glissent un écarteur de métal rouillé. Un tison ardent est approché de ta bouche, tu devines ce qu'ils veulent, ton cœur s'affole, tu tentes de te débattre – impossible… Et l'horreur de ta langue mutilée te suffoque, et le goût répugnant de la fumée et de ta propre chair t'étouffe…

Pris de nausée, les yeux brouillés de larmes, Angelo se tordait en tous sens sur les planches, luttant désespérément pour échapper à l'ignoble entité. Secoué de spasmes, il vomit, roula sur lui-même, déchirant une minuscule bourse remplie de cendres pendue à son cou.

On descend la poulie : elle est placée juste au-dessus de ton ventre. Les crocs de fer se balancent doucement de part et d'autre de l'instrument. Une lame froide court sur ton abdomen, évalue la force du coup. Une nouvelle vague de panique s'insinue en toi…

Poussière âcre et piquante sous le palais. Sursaut de lucidité. Angelo s'arracha à l'emprise de son bourreau. Il devait briser cette illusion qui le torturait, qui le tuerait à la fin de cette scène. Les paroles de l'érinye lui revinrent soudain en mémoire : *Chéris tes souvenirs et les tourments qu'ils engendrent. Contre le mal, ils seront tes meilleurs remparts.*

La lame mord tes chairs, t'éventre de l'estomac au pubis. Des effluves fétides de charogne et d'excréments s'échappent de cette plaie…

Néréis gisait devant lui, le cœur transpercé d'une flèche d'argent. Une froidure minérale roidissait sa peau diaphane. Ses beaux yeux de topaze, ternis par la mort, fixaient le ciel rouge de cette nuit d'été.

À quoi bon vivre sans Néréis ? À quoi bon vivre, avec le cœur en miettes et l'âme amputée de ce qu'elle avait de plus beau ? Angelo saisit la main glacée de son aimée, la porta à ses lèvres, les joues baignées de larmes, éperdu… Il aurait tout donné pour recevoir ce trait à sa place… Mais elle était morte sous ses yeux, sans qu'il puisse rien faire. Et la blessure, après tant d'années, demeurait – douloureuse, terriblement réelle.

Angelo revint à lui. Se tortillant pour échapper aux tentacules, il parvint à saisir l'un des fétiches de la magicienne et le serra dans sa paume, jusqu'à la transpercer. Nourri de sang, celui-ci réagit aussitôt : une bise polaire l'enveloppa, cinglant le monstrueux appendice d'une douzaine d'échardes de glace et le libéra de son emprise.

Au même moment, insensible à l'incendie qui rongeait les rideaux et les décors de bois, aux morsures des ronces et aux brûlures acides, la chamane achevait d'un cri guttural une incantation : un feu noir jaillit de ses paumes ; quand elle ferma les poings, les flammes grandirent, se rassemblèrent, prirent la forme d'un serpent de ténèbres ; il se dressa, ouvrit son énorme gueule avec un sifflement et fondit sur la monstruosité née de la pensée de Kebahil.

Alors, elle s'approcha du nécromant. Ses prunelles turquoise – de l'exacte nuance du regard des trois Fileuses aperçues en rêve – irradiaient une puissance inhumaine.

Malgré lui, Angelo recula.

Une prise glaciale pesa sur son épaule. Se retournant, il découvrit le spectre d'un homme aux longues tresses grisonnantes et crépues, aux iris d'ambre, étonnamment brillants pour ceux d'un défunt – et retint un cri. Les chairs du chaman étaient à vif ; sa peau brune n'était qu'un amas de brûlures et de sanies.

— Je ne puis, seule, passer de l'autre côté, déclara la sorcière de sa voix chaude, sensuelle. Vous devez m'aider.

Elle le scrutait, apparemment indifférente à la présence du spectre, et Angelo comprit qu'elle ne pouvait le voir. Il tendit la main vers elle. La sorcière la saisit et ils basculèrent de l'autre côté du réel. Découvrant l'écorché, à leurs côtés, elle se figea, bouleversée, se mordit les lèvres, puis se détourna, résolue, vers la plaie monstrueuse ouverte dans le sol, juste derrière eux. Des remugles s'en échappaient. En son centre frémissait une excroissance blafarde, tige glaireuse d'une fleur sans pétales. Conscient de leur présence, l'appendice fouetta l'air, libérant des milliers de scories couleur de cendres qui s'abattirent sur eux en tournoyant. Pris par surprise, Angelo ne put les esquiver ; les miasmes pénétrèrent son corps, s'agglutinant aussitôt dans sa gorge lui coupant le souffle. Il s'écroula, toussant et crachant du sang, sur le sol jonché d'ossements.

Aussitôt, le griot fut près de lui, saisit entre ses doigts brisés un talisman, le plaça entre les dents d'Angelo. Aveuglé par la souffrance et la peur, ce dernier l'écrasa sans même en avoir conscience entre ses mâchoires. Insoutenable brûlure. Sensation d'agonie. Puis un souffle frais dans ses poumons, et dans sa bouche, le goût salé des larmes et du sang.

Il reprit ses esprits, tremblant, s'agenouilla, releva la tête. La magicienne s'était accroupie près de la faille, paupières closes. Venue du plus profond d'elle-même, une antique mélopée se déversait de ses lèvres entr'ouvertes. Une litanie dont il ne saisissait pas le sens, mais qui nouait, d'une crainte et d'une révérence primitives, son ventre et son cœur. Elle enflait comme une vague ; les mots roulaient et tournoyaient, créant une nasse arachnéenne le long des parois du gouffre, emprisonnant lentement l'hideuse protubérance. Angelo frissonna ; il lui semblait soudain voir, à la place de la prêtresse, une énorme araignée d'argent, filant de ses pattes velues une toile née de la trame même de la destinée.

Enfin, le piège fut achevé. La tarentule disparut et la jeune femme, épuisée, bascula sur le côté. À cet instant, Angelo sentit une vibration monter en lui ; en écho, ses derniers fétiches se mirent à palpiter. Il s'accroupit, les posa un à un à ses pieds – les six de la magicienne, puis les siens : deux reliques offertes par la Nouvelle Lune avant son départ. L'une contenait l'âme d'une stryge, l'autre l'esprit torturé d'une renégate. Le griot prit sa main ; le contact, semblable à celui d'une eau froide, lui arracha un spasme. Le revenant lui désigna son poignard, dont la lame d'onyx luisait d'un éclat inquiétant ;

Angelo s'en empara sans hésiter, le plongea profondément dans leurs paumes réunies. Son sang, mélangé à l'essence noirâtre du spectre, se répandit sur les talismans. Une silhouette apparut, suivie d'une deuxième, de cinq, de dix, toutes dotées de cheveux clairs et de traits altiers – comme issues du même moule, ou de la même famille. D'autres les rejoignirent, lémures avides de sang et de mort, à l'affût d'un ordre pour assouvir leur faim.

D'un même mouvement, Angelo et le chaman écorché pointèrent le bras vers l'abîme encombré de filaments gluants. Alors, mus par une volonté implacable, les spectres fondirent sur leur proie. Il y eut un cri effroyable, d'immenses feux bleus et glacés. Puis, plus rien.

Retour à la réalité : fumée suffocante et âcre, piquant les yeux, dévorant les poumons, langues de feu rampant sur les planches et s'enroulant, pareilles à d'immenses serpents, autour des fauteuils. Dionisia se redressa en toussant, embrassa d'un coup d'œil le plateau. Déjà sur ses pieds, Angelo l'attendait au pied des marches.

De la chose monstrueuse qui les avait assaillis, projection tellurique de Kebahil, il ne restait rien. Son rôle terminé, l'être fuligineux invoqué par la magicienne s'était évanoui, retournant aux ténèbres dont il était issu. Recroquevillé sur lui-même, prisonnier du démon des Tengelli, Alino sanglotait.

Craquement soudain. Sifflement. Une poutre incandescente s'effondra, de l'autre côté du plateau.

— Venez, souffla le nécromancien. Tout va s'écrouler !

— Il me reste une dernière chose à accomplir…

La jeune femme, vacillante, ramassa le sabre de son défunt époux et s'approcha du dernier des Tengelli. La silhouette aux ailes membraneuses vibrant au-dessus de lui leva la tête vers elle, plongea ses prunelles de cobalt dans les siennes.

— Tu as respecté ta part du contrat, Ruben, dit-elle doucement. Et je t'en remercie. À mon tour d'honorer la mienne. Par la Déesse Lune, je te libère, Ruben Adonaï Tenghe. Puisse ton esprit tourmenté trouver le repos et ton âme morcelée redevenir une dans le pays des Morts.

Alors, levant la lame au-dessus de sa tête, Dionisia l'abattit de toutes ses forces sur le disciple déchu. La tête du sorcier roula jusqu'au bord de la scène et disparut, avalée par les ténèbres de la fosse.

Épilogue

Aurore blessée de mille flèches de glace,
Aurore agonisante, Aurore dont les grâces
Des esprits et des cœurs en silence s'effacent,
De tes reflets joyeux, de tes scintillements,
Ma mémoire endeuillée ne garde plus la trace.
Et je pleure ta beauté que je n'ai su voir,
Aurore ! Car en mon âme tout n'est que tourment,
Blessures sanglantes et infections,
D'où suppure une bile amère et noire,
Déliquescence de mes émotions.
Dans les ténèbres aveugles de la douleur,
Je cherche encor, pourtant, l'étincelle diaprée
De ta présence et je désespère et je pleure
De ne trouver autour de moi
Que le vide, la mort et l'effroi.

Fiorenza Pellegrini – Élégies

Lysania, capitale de Matricia – 23e jour du mois de la Terre

Angelo et la magicienne quittèrent l'opéra en flammes, vacillants. Au-dehors, le soleil déclinait, éclaboussant la place Ghilberti de rayons cuivrés. Une brise fraîche, chargée d'embruns, soufflait dans les rues de Lysania, chassant les miasmes de l'épidémie et les maléfices de la divinité déchue. Inquiet pour Elsa, le nécromant se hâtait, courant presque en dépit de ses blessures et de son épuisement. À peine avait-il parcouru la moitié du chemin, qu'une silhouette sortit de la demeure en ruines où elle s'était réfugiée. Derrière elle, le petit cheval gris.

Dès que la fillette l'aperçut, elle se précipita vers lui, riant et pleurant à la fois. Angelo la souleva de terre, l'étreignant jusqu'à l'étouffer. La Déesse avait entendu ses prières : Elsa vivait ! Incapable de se séparer d'elle, il l'écouta raconter, chuchotement doux à son oreille, ses épreuves. Les bruits inquiétants, la peur croissante ; l'attaque des chiens rongés par la peste, créatures couvertes de bubons ; les artefacts explosant en jets de flammes blanches, anéantissant aussitôt les bêtes ; la douleur dans ses membres ; la lente montée de la maladie, souillant chaque parcelle de son être, rognant toute espérance ; les tentatives impuissantes du spadassin fantomatique pour l'aider – et puis, le reflux, l'étincelle, le retour à la vie.

Son récit terminé, elle se blottit contre le nécromant. Ses joues étaient humides de larmes et son souffle lui chatouillait le cou.

— La prêtresse et toi, vous avez réussi ?

— Je crois.

— La peste, les morts, tout… Tout ça… C'est fini ?

— Pour le moment, oui. Pour un long moment, répéta-t-il doucement.

Elsa renifla, resserra les bras autour de son cou.

— Alors, ça veut dire que tu vas t'en aller ?

Angelo fourra le visage dans ses boucles blondes, ému par la tension de son petit corps et le tremblement de sa voix. Le nécromancien comprit qu'il ne partirait jamais sans elle, qu'il donnerait sa vie pour sauver la sienne, que leurs existences étaient liées : comme celles d'un magister et de sa disciple, comme celles d'un père et de son enfant. Il n'eut pas le temps de le lui dire surpris par un mouvement vif sur sa droite. Il bondit sur le côté, protégeant Elsa de son corps.

Il y eut un éclair, l'écho d'une déflagration.

Et de nouveau le calme, la brise sereine d'un après-midi d'été.

Angelo risqua un regard sur le côté. Se figea.

La chamane gisait, yeux fixes, grands ouverts, sur le pavé. Allongé sur sa poitrine, le chat noir la contemplait en ronronnant.

Inquiet, il posa Elsa et s'approcha. La main sur sa gorge, il vérifia qu'elle respirait : son souffle, son pouls étaient réguliers, comme si elle était plongée dans un profond sommeil. Il laissa glisser son regard sur sa peau pain d'épices, sa bouche pulpeuse, délicatement ourlée, ses prunelles turquoise, profondes et troublantes. Elles évoquaient l'eau transparente et pure de la grotte dont il avait rêvé, et les trois Fileuses, envoyées de la Déesse Lune. Il se recula légèrement, saisit entre ses doigts l'entrave du griot, bascula durant quelques secondes de l'autre côté du monde : l'âme du félin brillait de la flamme discrète des êtres ordinaires : il était dépouillé de toute magie. Celle de la jeune femme en revanche, rayonnait, vibrante d'énergie. Puis, il comprit. Durant l'affrontement, aucune lumière n'émanait d'elle…

Il cligna des yeux, revint à la réalité.

Des larmes glissaient sur les joues de la magicienne. Accroupie près d'elle, Elsa caressait ses cheveux.

*

Quand Dionisia revint à elle, une pluie d'été chargée d'iode chassait les remugles de pestilence et éteignait, près de l'opéra, les dernières traces d'incendie. La jeune femme ferma les yeux, saisie de vertige : sa respiration, les pulsations du sang dans ses chairs, les fourmillements de l'air sur sa peau, l'étourdissaient; elle avait le sentiment d'émerger d'une longue transe. Enfin, ses perceptions s'ajustèrent à la réalité. Mêlé à celui de l'orage, un parfum âcre de bois brûlé picotait ses narines. Des silhouettes d'ombre s'étiraient dans la pièce, déformées par les flammes d'un modeste feu de cheminée. Angelo. La petite fille qu'il avait recueillie. Dans un coin, l'encolure basse, le cheval gris. Puis Amin, son chat noir, qui, la sentant éveillée, bondit de son perchoir, trotta jusqu'à elle, frotta sa truffe humide contre sa joue jusqu'à ce qu'elle se tourne sur le côté et le tienne contre son cœur. Alors, il se mit à ronronner. Dionisia se mordit les lèvres. Goût de cendre dans sa bouche, envie de pleurer. Elle enfouit le nez dans la toison tiède de l'animal, s'efforçant de chasser ses souvenirs. En vain. Échappant à tout contrôle ils engloutirent dans un tourbillon son âme retrouvée.

Cela fait longtemps qu'ils ne se sont pas retrouvés dans cette chambre. Plus longtemps encore qu'ils n'ont pas goûté aux plaisirs des caresses et de l'amour…

Trop de mensonges, trop de conflits les séparent, à présent. Et puis, Savino a une maîtresse. Pourtant, le voyant ainsi, assis en tailleur, au pied du lit, Dionisia ne peut s'empêcher d'espérer, de songer que tout peut redevenir comme avant.

Boule de poils maigre et effrontée, Amin se dresse sur ses pattes, attrape entre ses griffes l'une des longues tresses qui ombrent ses épaules et son torse. Son grognement est noyé dans un rire grave et doux.

L'entendant, Dionisia frissonne de désir. Savino sent-il son trouble? Délaissant un instant le chaton, il redresse la tête, plonge son regard dans le sien, la ramenant, comme chaque fois, à l'instant de leur première rencontre…

Dionisia gémit, incapable de contenir ses larmes. Elles ruisselaient, inondant son visage et la fourrure d'Amin, flot ininterrompu d'émotions chaotiques trop longtemps contenues.

C'est un parfum d'abord, mélange d'embruns, de miel et de girofle. Puis le corps souple d'un athlète ; une tunique bleu cobalt sur une peau d'ébène ; des traits altiers, un bouc soigné autour d'une bouche sensuelle, un nez légèrement busqué et des yeux... Des yeux noirs, profonds, lumineux... Des yeux qui la dévisagent avec tant d'intensité qu'elle sent un brasier s'allumer en son ventre. C'est une voix, enfin – le ronronnement d'un fauve.

— Je suis heureux de vous voir consciente. Cela fait deux jours que vous avez sombré. Si vous aviez succombé, jamais ma sœur ne me l'aurait pardonné.

Sa sœur ? Mais de qui parle-t-il ? Elle l'examine plus attentivement, devine, enfin. Savino Bajamonte, l'aîné de Tessa. Mêmes pommettes, même noblesse dans les traits – léonins chez lui, plus tendres chez sa cadette. Se souvenant de son rang, elle tente une révérence.

— Ainsi, voici le grand frère dont Tessa me parle tant... Je suis honorée de faire votre rencontre, seigneur. Même en ces circonstances.

Il verse un peu d'eau dans une timbale, la lui tend. Quand leurs doigts se frôlent, le cœur de la jeune femme s'affole.

— Dionisia, vous êtes libre. Du moins, vous le serez quand vous aurez effectué devant un scribe le récit de votre arrestation, et fait le serment solennel de n'avoir usé d'aucun maléfice contre les cinq individus qu'on vous accuse d'avoir assassinés.

— Vous ne me demandez pas de jurer que je ne les ai pas tués ?

— Est-ce le cas ?

Poings crispés entre ses cuisses, elle lutte pour résister à l'envie de l'embrasser à pleine bouche, coller son corps contre le sien et le supplier malgré les blessures du fouet et des geôles, malgré son épuisement, de l'aimer à même les dalles râpeuses et tièdes...

Une main d'enfant, une caresse maladroite sur son épaule, le chuchotement du nécromant écartant gentiment la fillette de sa couche... Dionisia tenta une fois encore de maîtriser ses pleurs et son chagrin. En vain.

— Matricia ? Mais en dehors de l'opéra, mon amour, là-bas il n'y a rien. Et puis, les hivers sont terribles, avec des journées courtes, des nuits interminables et...

— L'été, les aurores sont féeriques, avec des lumières d'opale et d'émeraude dans le ciel, et le soleil de minuit permet de longues promenades

dans les forêts d'épicéas. Je ne sais à quoi ressemblent ces arbres, mais leur nom me fait rêver.

Savino baise son front et le bout de son nez.

— Si c'est vraiment ce que vous voulez...

Vision soudaine. Lames de tarots – Le Magicien, La Force *– en lambeaux, éclats de voix... Dionisia hésite : elle sait ce que cela signifie : les arcanes les représentent, leur avenir est en jeu. Si elle s'obstine, s'engage réellement sur le chemin de la vengeance, Savino et elle s'entredéchireront. Mais il ne s'agit que d'un possible, n'est-ce pas ? Le futur demeure toujours fluctuant...*

— C'est vraiment ce que je veux, oui, répond-elle en l'embrassant.

Dionisia demeura prostrée, prisonnière de ses souvenirs et de ses remords. À bout de forces, elle finit par sombrer dans un sommeil fiévreux dont elle n'émergeait, que pour avaler dans une semi-conscience un breuvage au goût amer et sentir, tout près d'elle le corps doux du chat noir.

La magicienne s'éveilla au zénith, la bouche sèche et les nerfs à fleur de peau. Étirant ses muscles endoloris, elle examina les lieux : un plafond à caissons dorés à l'or fin, aux murs des tentures représentant les allégories de la musique et de la poésie, éparpillés dans la pièce déserte, un buffet d'ébène éventré, une table brisée, quelques sièges en morceaux. Le palais d'une famille noble, certainement.

Elle se leva, en proie au tournis, se força à respirer profondément, jusqu'à ce que le monde cesse de vaciller. Elle s'apprêtait à quitter la salle, quand Angelo apparut dans l'embrasure de la porte. Émotions confuses, étroitement mêlées, intérêt, crainte, méfiance, inquiétude et bienveillance émanaient de lui – et Dionisia devina ce qu'il attendait. Réprimant une bouffée d'anxiété, l'oppressant besoin d'être seule, elle saisit le broc posé sur le linteau de la cheminée, avala quelques gorgées du liquide terreux et le rejoignit.

— J'imagine que vous avez des questions à me poser, dit-elle avec un soupir. Faisons quelques pas, voulez-vous ?

Angelo acquiesça.

Ils traversèrent un vaste vestibule ; un sentier d'empreintes se dessinait dans la poussière : celles, humaines, de la fillette et du nécromancien, les sabots du cheval et les traces délicates d'Amin. Ils sortirent sur une large avenue débouchant sur la place Ghilberti. Dans le soleil de midi, les pavés scintillaient et les façades peintes, lavées par la pluie, rayonnaient d'un nouvel éclat. Près de l'esplanade, sa monture non loin d'elle, Elsa jouait avec le félin. Angelo les observa un moment, se racla la gorge, visiblement gêné. Puis se lança.

— Cet homme... C'était l'avatar de Kebahil, n'est-ce pas ?

— Son réceptacle, son pantin, appelez cela comme vous voudrez. Pas assez intéressant pour qu'il s'incarne réellement en lui, assez puissant pour permettre à l'Ennemi de répandre sa pestilence.

— Comment avez-vous…

— J'ai suivi sa piste. Cela m'a pris des mois.

— Et vous avez laissé des indices, que votre familier m'a aidé à trouver.

— Quand Savino est mort, Amin est devenu le gardien de mon âme.

La gorge nouée, Dionisia s'arrêta le temps de se ressaisir, de maîtriser les tremblements de son corps. Effroyables, des images pulsaient en elle, menaçant de tout emporter. Puis la douleur reflua, éloignant les échos du passé.

— Il a fallu qu'on l'assassine… Auparavant, j'ignorais tous les avertissements que m'envoyait la Déesse. Peu m'importait leur contenu, leur intensité : seule comptait cette vengeance absurde. J'ai eu le choix, pourtant. Jusqu'à la fin. Ce jour-là, parce qu'il m'avait blessée, parce qu'il m'avait mise en colère, je l'ai laissé partir. Je savais que sa vie était menacée. Pourtant, je suis restée au palais Badalla à écouter Giuditta se faire ridiculiser… Quand les premiers coups de poignard l'ont transpercé, une chape de ténèbres a écrasé mon cœur, j'ai perdu connaissance… Je me suis précipitée à son secours – mais il était trop tard. Je n'ai pas voulu le *voir* avant de me trouver face à lui… Face à ce corps qui n'avait plus rien de lui… À cet instant, tous les possibles abandonnés, ignorés, rejetés, se sont rassemblés devant moi, traçant dans ma psyché ces routes que je n'avais pas empruntées… Mon père a fait tuer Savino. Mais j'aurais pu aussi bien tenir le couteau du meurtrier.

Un froid soudain l'envahit, dizaines d'échardes de glace perçant sa peau, se frayant un chemin jusqu'à son cœur. De nouveau, les souvenirs. Savino, recouvert d'un linge souillé de sang sur cette table de pierre, masse de chairs et de muscles inerte ne ressemblant à rien, surtout pas à lui. Puis, à toute allure, le lucide condensé d'une vie entière de mauvaises décisions, d'occasions manquées, les larmes, la fièvre, les visions – le choix, enfin.

— Il a fallu qu'on l'assassine, reprit-elle d'un ton sourd, pour que je prête enfin attention aux signes, pour que j'accepte mes dons. J'ai vu la peste ravager l'Archipel, transformer en monstres sans âme les enfants de la Lune ; j'ai vu le monde sombrer dans un chaos innommable, peuplé de larves avides de la souffrance et du sang de leurs esclaves ; j'ai vu la Triple Déesse enchaînée et l'avènement de Kebahil… mais Savino mort, rien ne comptait. Même cette vengeance qui guidait mon existence et m'avait tout volé me semblait inutile… comme ma vie sans lui. À quoi bon poursuivre ? Il faisait nuit ; la neige recouvrait la ville endormie d'un immense linceul… Cela changerait-il quelque chose, une fois le monde dévasté ? Puis, il y a eu le ronronnement d'Amin, des rires dans le lointain et, plus proche, les efforts pitoyables d'un homme ivre pour conquérir le cœur de sa belle. Il chantait tellement faux, en mélangeant les syllabes et les mots, que je n'ai pu m'empêcher de sourire... Je me suis décidée. Nul ne méritait de payer pour des erreurs dont j'étais seule responsable.

Angelo était troublé. Ses sentiments virevoltaient, lucioles multicolores, apeurées et curieuses à la fois. Des questions se pressaient sur ses lèvres, mais il ne parvenait pas à les formuler.

— J'ai étudié tous les possibles jusqu'à ce que je trouve une stratégie, poursuivit Dionisia. Ce n'était peut-être pas la meilleure, mais à mon sens, celle qui avait le plus de chances de réussir. Puis, parce que c'était la seule manière de la préserver de Kebahil, parce que j'avais *vu* Amin à vos côtés, je lui ai confié mon âme.

Le nécromancien s'arrêta. La dévisagea, sourcils froncés. Il se doutait de sa nature, ne savait comment l'interroger. Enfin, se lança.

— J'ai fait ce rêve... Trois Fileuses aux prunelles turquoise tissant une toile autour d'une... chose effroyable... C'était vous, n'est-ce pas ? Vous êtes Son avatar ? Plus tard, vous avez convoqué ce démon... Vous avez banni Kebahil, son écho... Vous n'aviez pas besoin de moi.

— J'ai de nombreux talents, je sais emprisonner des esprits, invoquer les créatures des ténèbres et contôler des démons mais sans vous, il m'aurait été impossible de passer de l'autre côté du réel et de repousser l'entité... Vous voulez savoir ce que je suis ? continua-t-elle après un instant. Des trois visages de la Déesse, j'incarne la Mère. La Vierge est une enfant d'Arachnae, une enfant trop sage au regard outremer et aux longs cheveux noirs. Quant à la Vieille, j'ignore encore son nom. Mais, pour anéantir Kebahil, nous devons être trois.

*

Lysania, capitale de Matricia – 1er jour du mois de la Récolte

Le navire, une trirème aux voiles noires, au pavillon d'argent, largua les amarres et s'éloigna mollement du port. Envoyé par la Nouvelle Lune, il avait accosté trois jours auparavant, emmenait ses passagers vers Tenebrosa, où Angelo et sa protégée feraient escale avant de repartir. Accoudé au bastingage, le sorcier contemplait la silhouette, de plus en plus petite, sur le quai. Dionisia Bajamonte. Fille de la Déesse Lune. Son avatar ou Son élue. Elle lui avait demandé de poursuivre les travaux d'Orfeo le Noir, son ancien maître, et de découvrir l'identité de la Vieille. Selon la magicienne, celle-ci se trouvait probablement au sud de l'Archipel. Elle-même ne pouvait s'y rendre : sa place était ici, à Matricia. Auprès de la princesse Fiorenza Pellegrini, qui reviendrait bientôt d'exil.

Angelo avait accepté. Quoi qu'il advienne, cela ne pouvait être pire que de dépendre de l'Ordre et épargnait à Elsa le joug pénible de magisters, hostiles pour la seule raison qu'elle était sa pupille.

La fillette apparut à ses côtés, se hissa sur une caisse, regarda Lysania disparaître à l'horizon.

— Angelo… C'est très loin, Sparassia ?

Il sourit, la serra affectueusement contre lui.

— À l'autre bout du monde, Elsa.

Les plus belles pages de la poésie des Numinées

Extraits

À Son Altesse Alessio Sforza d'Arachnae, ces souvenirs d'une année d'exil, en remerciement de son hospitalité. Puisse la Triple Déesse protéger votre peuple et veiller sur vous.

Fiorenza Pellegrini, Princesse de Matricia.

Matricia

Cinzia Ghilberti

La mort de Selena, qui clôt le dernier acte de Cœur de lune*, de Cinzia Ghilberti, est l'air le plus célèbre de l'opéra matricien. Bien qu'il ne s'agisse pas de poésie pure, j'ai tenu, en hommage à mon peuple, aux arts de ma principauté et à cette grande compositrice à ce qu'il ouvre ces pages.*

Cœur de lune

Je sens dans mes chairs roides le venin
De la mort... Autour de moi tout est froid
Et triste. Je suis seule et tu es si loin,
Ô Lune ! Ô mère ! Penseras-tu à moi,
Du haut de la voûte étoilée,
Lorsque j'aurai disparu,
Lorsque je ne serai plus
Qu'écho, à peine une pensée,
Un souffle qui s'efface dans l'obscurité
D'une nuit éternelle, sombre et désespérée
Comme mon cœur qui se meurt
Et mon âme qui se fane ?
Ô Lune ! Ô mère ! Pour la dernière fois
Je vois ton opalescente clarté
Je sens tes longs voiles blancs m'effleurer
J'entends les doux bruissements de tes voix

Multiples et les chants joyeux
Des grillons, les cris amoureux
Des renards et des chats-huants.
J'écoute les adieux de tes enfants
Et je pleure... Ô Lune ! Ô mère ! Prends ma main,
Ne m'abandonne pas... Ah ! Ce sont elles,
Elles m'encerclent les brumes mortelles
Elles m'étouffent et m'emportent ! Prends ma main !
Ô Lune ! Ô mère ! Je meurs ! Ne m'abandonne pas !

Giuditta Manzoni

Joueuse de luth et compositrice disparue dans d'étranges circonstances, deuxième épouse du défunt Alberto Tengelli, Giuditta Manzoni a laissé derrière elle une œuvre brève mais empreinte de sensualité.

Madrigaux

Laisse mon cœur, belle insolente !
En échange, je t'offre mes lèvres
À baiser, ma gorge indolente
À caresser. Sens-tu la fièvre
Embraser mon corps transporté ?

*

De nos corps naît une musique
Aux amoureuses harmoniques
Entremêlées de longs soupirs.
Dans ces doux instants de silence
Où tout se tait, où la cadence
De nos ébats semble faiblir
J'aime d'un accord isolé
Sur ta peau sucrée enfanter
Une note aiguë comme un cri.

*

Enroulée le long de ton corps,
Je cherche à retrouver l'amant
Dont les amoureuses caresses,
Dans de profonds gouffres d'ivresse,
M'ont plongée ! Mon sein brûlant
Contre ta peau espère encore…
Ami, tiendras-tu ta promesse ?

*

Aux lendemains de nos amours,
Je chante nos corps enlacés
Et les doux plaisirs partagés,
Quand l'instant murmurait : toujours !
Je te guette belle endormie,
Les yeux mi-clos, j'attends la nuit…

Alessandro Badalla

Peintre et sculpteur, Alessandro Badalla fut le protégé de mon aïeule, la princesse Leonora Pellegrini. À la cour de Lysania, il rencontra le ténor Angelo Esti, dont il tomba éperdument amoureux. Après la mort de son amant, Badalla livra un recueil de onze élégies puis se retira de la vie publique.

Sur le deuil de son bien-aimé

Trois ans, déjà. Les souvenirs vivaces
De ta voix, de tes rires aux éclats,
De tes joies et de tes folies s'effacent ;
Le grand portrait au-dessus de la cheminée
Invoque les ombres altérées d'un passé
Qui s'estompe. Même tes beaux yeux de chat
Figés sur cette toile craquelée
Ne suffisent plus, las ! à ranimer
Les heures brûlantes de nos amours.
Je croyais pouvoir te garder toujours,
Même mort, même froid, à mes côtés,
Chérir en chaque objet l'écho de ta présence ;
En jouant ton air préféré
À la viole de gambe, pleurer ton absence ;
Et sentir, durant les plus sombres nuits d'hiver,
Une caresse douce, à peine un souffle d'air,
Venue me consoler, me rassurer, m'aimer.
Mais notre lit est vide, ô spectre bien-aimé !
Vide, oui, même de remembrances !
Au cours d'une sinistre errance,
Hier, j'ai tenu contre mon cœur endeuillé
L'écrin marmoréen de tes cendres aimées.
J'espérais voir surgir au détour d'une allée
La forme joyeuse d'un fantôme adoré.
Mais je n'ai vu qu'un manteau blanc,
Des flocons couleur d'ossement.
De toi, nulle trace. Alors, je suis retourné
Sur mes pas. La neige les avait avalés,
Comme l'oubli, ce qui reste de toi.

*

Pendant une longue maladie

Ta main froide couleur de lune
Sur mon front doucement se pose :
Frissonnant de fièvre je hume
Ton effrayant parfum de roses
Décomposées. « C'est la fin, » disent les soigneurs ;
« La mort s'approche, la sentez-vous ? » Chuchotement
Respectueux, ému, d'un ami, d'un parent.
Ils Te devinent mais ne Te voient pas ; mon cœur
Tressaute, s'accorde au Tien, si lent,
Fort et rythmé comme un tambour.
Ah ! Sont-ils aveugles et sourds,
Ou bien statues, même aux relents
Délétères de Ta présence, indifférentes ?
À mon chevet, austère et tendre tu patientes ;
N'aie crainte, Vieille voilée de noir,
Tu n'attendras plus très longtemps :
J'espère en cet ultime soir
La présence de mon amant ;
Mes derniers mots, mon dernier cri,
Je les veux murmurer pour lui.
Hélas ! Il n'est pas là. Où avais-je l'esprit ?
Comment pourrait-il se tenir à mes côtés ?
Tu l'as emporté voici cinq longues années :
Je l'ai veillé, bercé, pleuré... Étrange oubli,
N'est-ce pas, ô Déesse bien-aimée ?
Peut-être ruse de cette vie abhorrée,
Misérable sursaut d'une proie acculée
Par une cruelle ennemie : ma volonté.
De toute mon âme je T'ai priée,
Ô Vieille au sourire glacé.
Je T'en supplie à présent, mène-moi à lui !

Arachnae

Mercutio

Mercutio, poète fantasque et passionné dont les Sonnets d'automne *sont célébrés dans tout l'Archipel, fut l'amant de la belle Rachela. La fin tragique de la comédienne plongea le poète dans le désespoir et une folie que ses dernières œuvres, sombres et tourmentées, reflète parfaitement.*

Liqueurs d'oubli

Dans les voiles froissés et blêmes d'une aurore
Moite, je m'arrache aux ensorcelantes étreintes
De mes amantes éthérées ; icône peinte
Par un maître ancien, l'une a de grands yeux d'or

Et le corps blond d'un perfide serpent. L'autre, brune
Aux courbes sensuelles, au parfum de péché,
Brûle d'une soif inextinguible. Chaque lune,
Ces louves impudiques, de plaisirs affamées,

M'entraînent dans les sarabandes infernales
De leurs songes funestes et de leurs bacchanales.
De leurs perfides caresses elles m'enivrent,

Et leurs baisers au goût de stupre me délivrent
Des chaînes cruelles et noires des remords,
Me plongent dans l'oubli bienheureux de la mort.

*

L'ivrogne

La tête lourde et le cœur dans une bouteille
De mauvaise liqueur aux reflets de vermeil,
Dans les venelles inextricables et noires
Du Labyrinthe, il vagabonde jusqu'au soir ;

Rêveur étourdi de promesses et de baisers
Volés, avide de se noyer dans les chairs
D'une vieille catin empoissée par les glaires
D'éphémères amants, il attend, affolé,

Que s'ouvrent enfin les portes de son paradis.
Il se précipite, âme aveugle et tourmentée,
Et s'empare aussitôt d'une cruche ébréchée,

Pleine de vin saumâtre aux relents de vomi.
Ses craintes apaisées, ses désirs assouvis,
Il s'abandonne enfin dans les bras de la lie.

Cytheriae

Francesco le Fol

Nés à la fin des Âges Sombres, Francesco le Fol et Lucina Labia ont profondément marqué leur siècle et comptent parmi les poètes les plus célèbres de Cytheriae. Le premier, vagabond et voleur, fut pendu ; la seconde, par désespoir, se noya dans le lac qui porte aujourd'hui son nom.

Ballade des damnés

Entendez-vous sur le vieux port
Brailler sans l'ombre d'un remord
Tous ces pendus et ces noyés ?
Cadavres gris de condamnés
Aux noires orbites rongées
Par les crabes et les corbeaux
Ils se pavanent, font les beaux
Et chaque nuit s'en vont danser.

Avec leurs hardes miséreuses,
Leurs parures de coquillages
Et de varech ou de plumage
Terni de fientes, nulle amoureuse
Ne voudra d'eux pour bien-aimé !
Pour oublier leurs dulcinées,
Ils trinquent, tristes et déjà morts,
Et s'enivrent jusqu'à l'aurore !

Ils se rappellent les chansons
Qu'ils reprenaient à l'unisson,
Les filles aux corps voluptueux
Aux goûts simples et généreux,
Mais de leur langue verte et bleue
Tombent des vers, et leurs chicots
Bruns ne leur concèdent aucun mot :
Écoutez donc ces malheureux !
ENVOI

Vous qui vivez, virevoltez
Au bras de vos joyeuses mies
Ayez pitié des vilains cris
De la ballade des damnés !

Lucina Labia

Quatrains en rouge

Je me suis mirée dans tes yeux
Mais n'ai y vu que deux orbites
D'ombres et le rictus affreux
De nos mensonges, de nos fuites.

*

Des larmes rouges sur le blanc
De cette peau de porcelaine :
Mes yeux crevés, mes yeux d'enfant,
Te toucheront-ils puisqu'ils saignent ?

*

J'ai pris des fils d'or et d'argent,
Une aiguille chauffée à blanc,
Puis j'ai cousu toute ma bouche,
Pour que jamais tu ne la touches.

*

Une mélodie dans le vent
Éparpillée au fil du temps
En quelques notes insensées :
Et meurent nos amours blessées.

*

Le fer heurte mes os blanchis
Par le temps, le vent et la pluie.
Un éclat jaillit dans la nuit,
Vestige de mon cœur trahi.

*

Mêlé à mes larmes, un ichor
Souille ma peau de noirs sillons :
Décharné, yeux crevés, un mort
Pleure et implore le pardon.

Ballade des vanités

Je contemple dans le miroir,
Les visages entremêlés,
De ma sinistre destinée ;
Sous le voile clair de l'espoir,
Se devine le crâne blanc
Au sourire sombre, effrayant
De la mort. Entre-deux, un masque
De chair à la grâce fantasque.

Lui, je l'ai longuement porté.
J'ai cru que ses vives nuances
Blondes, anis et rouge garance,
Suffiraient à ensorceler
Celui que je désirais tant.
Las ! Funeste naïveté !
Candeur gorgée de vanité !
À peine fut-il mon amant,

À peine ses baisers brûlants,
Eurent-ils entr'ouvert la fleur
De mon innocence, son ardeur
ternit. À mes bras s'arrachant,
Au loin l'indifférent s'enfuit ;

Et maintenant seulette suis.
Ma peau et mes yeux délavés
Sont ceux d'une pauvre noyée.
ENVOI
Exquises et douces beautés,
Soyez promptes à déchiffrer,
Dans le reflet d'une psyché,
L'énigme de la vanité.

Soridae

Luca de Guardi

Comme la plupart de ses compatriotes, Lucas de Guardi puise son inspiration dans la terre bienveillante et généreuse de Soridae. Ses poèmes, tel « Les pêches de vigne », extrait de son recueil Les Vignes rouges, *évoquent également très souvent son enfance et ses premières amours.*

Sous les oliviers

Écoute le chant des cigales,
Cruelle,
Et l'éclaboussure d'opale
De la lune,
Regarde-la ! Dis, mon aimée,
Dis-moi vraiment,
Si de ma terre la beauté
La chair, les odeurs,
La douce générosité,
Te sont indifférentes !
Il faudrait un cœur desséché
Et une âme insensible,
Plus inquiétante que la nuit,
Pour contempler sans s'émouvoir,
Tant de richesse et d'harmonie !
Si les blonds parfums du miel,

Du laurier et de l'olivier,
Si la saveur du thym
Sur ta langue rose dragée
Pour toi ne sont rien,
Si l'ocre et l'orpiment, le bleu,
Le vert argent,
Meurtrissent et affligent tes yeux,
Alors, pars !
J'entendrais, seul, cette magie.
Adieu !

*

Les pêches de vigne

Des vignes de notre enfance,
J'ai la mémoire d'errances
Insouciantes et gourmandes.

De pêches rouges friande,
Pour cueillir les plus juteuses,
Tu te hissais, courageuse,

Sur mes épaules ; moi, heureux,
Je restais sans bouger, yeux
Clos, mes mains sur tes chevilles,

Par ta douce peau de fille,
Par ton parfum d'orangers
En fleurs et d'anis, grisé.

Puis, dévalant en courant
L'étroit chemin du torrent,
Tu tentais de m'échapper.

Quand je t'avais rattrapée,
Je te volais un baiser
Suave comme le péché.

Messina

Tashela Lizengo

On l'a dite saltimbanque, courtisane, un peu sorcière ; on l'a dite métamorphe, femme-chatte ou femme-faucon. On a raconté beaucoup de choses à son propos. Une seule est sûre, cependant : Tashela Lizengo est l'une des plus grandes poétesses de Messina.

Chanson d'été

Je cherche une chanson
Chatoyante et changeante
À chanter sans raison
À danser indécente
Avec joie avec toi
Dans mes bras

*

Chasse de printemps

Mon beau chat nonchalant
Chasse les chatoyants
Rayons blonds du soleil,
Écharpe de vermeil
Aux reflets vagabonds,
Et d'un terrible bond
Attrape dans ses crocs
Un fil d'or et d'argent.
Dans le ciel, un accroc
Et des nuages blancs !

*

Éclat de rêve

La nuit sous une pluie
D'étoiles filantes
Quand la lune montante
Sur la dune luit
Je m'en vais sur la grève
Et je ris des rêves
Enflés
Enfuis
Enfouis

*

La Nécropole

La pluie en tombereaux
Martèle les tombeaux.
S'enfuient parmi les stèles
Des revenants frêles,
Des fantômes d'enfants
Délaissés, plus vivants
Que les gueux en guenilles
Qui guettent égorgent et pillent
Les passants imprudents,
Les larrons insouciants,
Les assassins stupides,
Et les catins languides !

*

Coquin crotale

Sous mes lentes caresses
Sur tes fesses et tes seins,
Tu cambreras tes reins
Ambrés et ma tendresse
Dressée, soudain cruel
Crotale, croquera
Tes chairs, embrasera

De baisers l'or rebelle
De ton...
De ta...
Oh ! Volupté !

Chango Fedele

Changolo Fedele reprend dans les deux extraits ci-dessous l'une des plus célèbres légendes de Messina. Célébrée par les tragédiens et les conteurs, représentée par les mimes, elle narre les amours malheureuses d'Amin, un bel adolescent, et du poète, favori d'un riche mécène. Apprenant qu'il le trompe, celui-ci fait espionner le couple et découvre qu'Amin est un métamorphe. Pour se venger, l'aristocrate organise une chasse, à laquelle le traître est convié. Ignorant la nature d'Amin, son amant abat d'une seule flèche un grand chacal brun. Reconnaissant l'anneau d'or à la patte de l'animal, il comprend qu'il a tué l'amour de sa vie et se suicide.

Tes sourcils sont les chemins
Secrets des mondes enfouis
Au fond de tes yeux de nuit.
Tes joues sont dans le matin
Semblables aux prunes bleues
Dont se gavent les enfants,
Ô Amin, mon tendre amant !
Laisse-moi, triste amoureux,
Consoler mon cœur pâmé
En baisant la peau nacrée
De tes lèvres d'aniline,
Ta gorge noire et féline
Au goût d'épices brûlées,
De sel et de volupté.

*

C'est pour ce soir, mon aimé.
Vois ! Je sombre, enveloppé
Dans ta dépouille soyeuse,
Tragique et navrant vestige
De nos amours malheureuses.
La respirant, le vertige
S'empare de mon esprit
Par le poison enfiévré
Et je crois voir dans la nuit

Ta silhouette éthérée
Surgir de l'obscurité.
Est-ce toi, mon adoré ?
Est-ce toi, venu chercher
Celui qui a transpercé
De cette flèche fatale
Ton sombre corps de chacal ?

Sparassia

Riana Fanilo

Riana Fanilo avait dix ans quand elle a écrit ses premiers poèmes. Cette jeune fille, emportée dans les tragiques circonstances que l'on sait au lendemain de son quinzième anniversaire, laisse derrière elle deux recueils émouvants, Les Forêts enchantées *et* Poèmes au bord de l'eau*, tous deux illustrés par sa jumelle Nirina, dont vous trouverez en ces pages les eaux-fortes.*

Les esprits des forêts

Dans les yeux, des éclats dorés
Qui papillonnent
Joyeusement
Des mains d'enfant noires et tièdes
Aux doigts agiles
De chapardeur
Une belle fourrure douce
Parfois rayée
De noir et blanc
Tels sont les esprits des forêts !

*

Jeux de mer

Une étoile de mer
S'est posée sur le nez
D'un énorme rocher

Paresseux.

De grandes algues bleues
Sommeillent dans un creux
Qui reflète les cieux

Et les nues.

Le rocher éternue
Un géant biscornu
Se réveille tout nu

Dans les flots.

Aina Nedranto

Dualité, férocité, audace caractérisent cette femme qui abattit les barrières canoniques du genre. Très critiquée, elle répondit à ceux qui la prétendaient incapable de rimer par Aux morts-vivants, *recueil de dix poèmes classiques dont « Amours fauves » est issu.*

Chasse rouge

Le soleil te caresse
Rouge terre d'argile
Et laisse sur ta peau
Rouge sang antique
Une tiédeur dorée
Rouge moiteur d'été
Un doux parfum d'épices
Rouge corps emmêlés
Tu te roules et t'étires
Rouge danse de mort
Chasseur prêt au combat
Rouge proie égorgée
Sur le sable écarlate
Rouge festin de chat

*

À l'aube

Dans les moiteurs fauves de l'aurore naissante
Résonnent les clameurs affolées des troupeaux
Flairant de leur bourreau les odeurs puissantes
Et de leur propre peur les parfums infernaux.
Les formes immenses et noires des vautours
Tournoyant au-dessus des bêtes effrayées
Se découpent dans le mauve moiré du jour
Naissant. Dans les hautes herbes dissimulé,
Le chasseur enivré du fumet de la peur
Se ramasse en grondant, se prépare à bondir.

Mais l'instinct de ses proies leur ordonne de fuir
Gracieuses almées, elles filent avec l'ardeur
Du désespoir dans les broussailles desséchées
Par l'impitoyable feu de l'astre doré,
Dont l'éclat doux encor baigne les fugitives
De fragiles étincelles blondes et vives.
L'une d'elles, jeune et gracile, heurte dans sa fuite
Une roche traîtresse ; lancé à sa poursuite,
Le terrible félin d'un élan magnifique
S'abat en rugissant ; et un rayon oblique,
D'une cruelle clarté nimbe cette étreinte
Amoureuse et mortelle, où de féroces baisers,
L'amant couvre l'aimée, et laisse son empreinte
Dans ses chairs écarlates et déchiquetées.
Puis, le mufle rougi du sang de l'éphémère
Fiancée, insensible aux brames d'une mère
Endeuillée, il s'étire et s'éloigne, indolent,
Ombre évanescente dans le soleil levant.

Remerciements

L'Archipel des Numinées est né en 2009, avec *Arachnae*. Sans Charlotte Volper, sans Frédéric et Nathalie Weil, qui ont pris le risque, jamais ce roman n'aurait vu le jour. Merci pour leur confiance et leur soutien – contre vents et marées. Merci également à Elvire de Cock et Mélanie Delon pour leurs belles couvertures – *Cytheriae* a reçu les prix Imaginales du roman et de l'illustration en 2011, ce n'est pas rien ! Merci aussi à Valérie Lawson, grâce à qui *Cytheriae* – encore et toujours – a reçu le prix Elbakin. *L'Archipel*, c'est aussi… Les Imaginales… et Stéphanie Nicot, qui m'a choisie comme Coup de cœur du festival, et m'a toujours encouragée ! Merci à elle, ainsi qu'à toute l'équipe de ce bel évènement.

Merci également à Bernard et Nelly B. pour l'ouverture musicale, parce qu'ils sont là ; à Fabien, parce que c'est lui ; à Thomas H., *cat addict* – Amin devrait te plaire…

Et comme, en dépit d'une production francophone, d'une inventivité et d'une qualité de plume indéniable, certain.e.s fâcheuses et fâcheux s'obstinent à considérer qu'il s'agit de sous-littérature, merci à tou.t.es les lectrices et lecteurs et tou.t.es les défenseurs et les défenseuses des littératures de l'imaginaire, sans qui rien de tout cela ne serait possible.

TABLE DES MATIÈRES

La Région
Auvergne-Rhône-Alpes

Ouvrage publié avec le soutien de la Région Auvergne-Rhône-Alpes.

Achevé d'imprimer
en mai 2019
par Smilkov